天津出版传媒集团
天津人民出版社

图书在版编目（CIP）数据

唐史演义 / 蔡东藩著；刘子儒校订．—天津：天津人民出版社，2019.9
ISBN 978-7-201-15137-3

Ⅰ．①唐… Ⅱ．①蔡… ②刘… Ⅲ．①章回小说—中国—现代 Ⅳ．① I246.4

中国版本图书馆 CIP 数据核字（2019）第 176591 号

唐史演义
TANG SHI YANYI
蔡东藩 著　刘子儒 校订

出　　版　天津人民出版社
出 版 人　刘　庆
地　　址　天津市和平区西康路 35 号康岳大厦
邮政编码　300051
邮购电话　（022）23332469
网　　址　http://www.tjrmcbs.com
电子信箱　tjrmcbs@126.com

责任编辑　郭晓雪
特约编辑　丁　兴
装帧设计　张文艺
责任校对　余艳艳

制版印刷　天津旭非印刷有限公司
经　　销　新华书店
开　　本　710 毫米 ×1000 毫米　1/16
印　　张　33.5
字　　数　769 千
版次印次　2019 年 9 月第 1 版　2019 年 9 月第 1 次印刷
定　　价　76.00 元

序言　被过分演义的一代

先有石晋、刘昫和史官张昭远等几人，一起合力编纂了两百卷本的《唐史》，也就是我们后来的《旧唐书》，详细记录了大唐一朝二百九十年的史事。后人对这套书有些评价，说这部唐史记录不得章法，很多史实也没有依据。

于是，宋朝庆历年间，朝廷开始组织人力重新撰写唐史。《新唐书》共二百二十五卷，前后花费了十七年才成书。这套书的主编是欧阳修和宋祁。话说这欧阳修和宋祁，都是北宋有名的大儒，对比刘昫和张昭远这些人，他们俩的名气可就大多了。此外，重修唐史的团队又前后花了十几年，搜集资料参考文献。那些在五代时期还未曾为人所知的史料，到北宋时也大多被人考据流传开来了，这些都被作为参考，《新唐书》应该算是很详细严谨的了。而且对于编史来说，最开始撰写的那批确实比较难做到尽善尽美，后世重修的人有了基础依据更容易成功。虽然《新唐书》已经做得很好了，依然有人给差评。说用字选词太过生涩，不便阅读；对诏令文书的删节，也不太让人满意。哎，足可见著史确实太难了。

写史难，读史也难。泱泱《旧唐书》就有两百卷，《新唐书》更是到了二百二十五卷，有多少人能一一看完，阅览无遗？此外，后世还有诸多其他版本的唐史，比如孙甫的《唐史记》，赵瞻的《唐春秋》，陈彭年的《唐纪》，袁枢的《唐史纪事本末》等等。这些多的上百卷，少的数十卷不等，即使没日没夜地阅读考究，恐怕也不能尽皆了然。

我学识有限，想把这相关的所有唐史都看完，实在难以尽阅，再加上那一阵身患疾病，力不从心，就放弃了，转而去搜寻民间流传的相关小说、演义来读。像《隋唐演义》《说唐全传》《薛家将》《征东》《征西》《罗通扫北》等作品，以及《西游记》《长生殿》《镜花缘》《绿牡丹》等小说，每天潜心研读。当然心里也有一个标杆，这些作品里也有很多荒唐无稽的描述和编造的故事，这些内容不但不能增加世人的学识，反而会扰乱人心。

我资质一般，曾搜列宋、元、明、清等几朝的史事，编撰为系列通俗演义。这一系列作品陆续在国内出版发行，承蒙大家不嫌弃我的学识浅薄，得到广大读者的欢迎，也算为当时通俗历史的普及做了点儿贡献。

这回我再次不自量力，着手编撰唐史通俗演义，成书一百回。这部作品以正史记载为基础框架，但求真实可信；辅以民间传闻修饰润色，但绝不虚构杜撰。

在这部作品里，我还力求能够破除一些关于唐史的缪传。比如徐懋功从未做过军师，李靖（李药师）也根本没有仙术；罗艺叛乱被杀，并没有子孙；秦琼扬名天下，却并没有荫蔽儿女；唐玄奘去西竺取经，也没有招惹什么妖魔。薛仁贵在天山立下丰功伟绩而扬名，并不是因为儿媳妇樊梨花。至于都说武则天淫乱，却从来没听说过她生过一男半女这事儿，以及杨贵妃被诛杀，后来又说她皈依佛门了等事，显然都是荒腔走板胡编乱造的。对于这些子虚乌有和以讹传讹的说话，我在书中都有辟谣。作为一个著史人，力求破除世俗迷信，还原、补充真实历史，是应有的操守。

《唐史通俗演义》修成，这部作品成书仓促，难免有些细小错漏，各位读者看官，请见谅勿怪。我能力有限，希望诸位史学家批评指正。

中华民国十一年夏

蔡东藩自序于临江书舍

目录

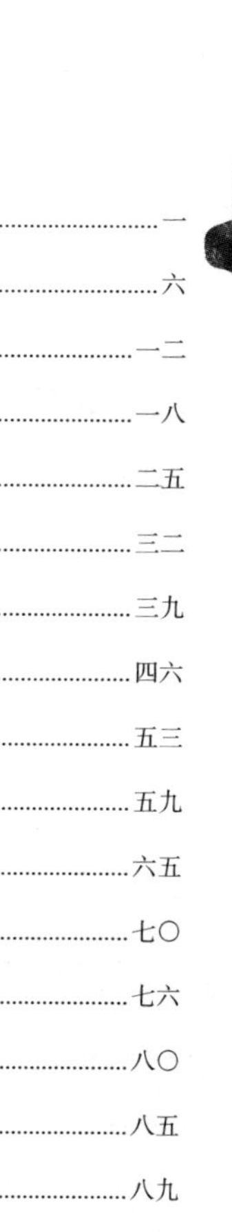

第一回 隋末天下大乱

李渊，字叔德，唐朝开国皇帝，陇西成纪（今甘肃省天水市）人，是西凉武昭王李暠的七世孙。东晋时，李暠率军占据西凉一地，自称为王，传位于儿子李歆，后来被北凉灭掉。李歆生个儿子叫李重耳，李重耳生个儿子叫李熙，李熙生个儿子叫李天锡，李天锡又生个儿子叫李虎。李虎在西魏立了大功，被魏王赐姓大野，封为太尉。

因为辅佐北周伐魏有功，李虎和李弼等八人号称“八柱国”，死后被封为唐国公。北周灭亡后，隋朝建立。李虎的儿子李昞效力于隋朝，袭封唐国公。

李昞的妻子独孤氏，与隋文帝的独孤皇后是同胞姊妹，因此文帝与李昞，名为君臣，实为姻亲。李昞的儿子李渊，身体强健，器宇不凡，隋文帝觉得他是个有出息的孩子，对他十分喜爱。李昞过世后，隋文帝命李渊世袭爵位，继任谯、陇二州刺史。

隋炀帝继位后，封表兄李渊为太守，后又升为殿前少监卫尉少卿。隋炀帝率军出征辽东时，派李渊督运兵粮，接济大军。这时，隋朝故相杨素的儿子，楚国公杨玄感起兵叛乱，围攻东都洛阳。李渊飞书禀明隋炀帝，隋炀帝慌忙率军归来，任命李渊为弘化(甘肃省合水一带)留守，抵御杨玄感。后来，杨玄感兵败身亡，李渊就一直留守在弘化。李渊平时对身边人很宽和，深得人心。

此时，隋朝政治荒暴，已经让百姓怨言四起。最开始，隋朝将亡的谣言只是在坊间流传，后来竟传入宫廷，就连隋炀帝也经常听到这些谣言。

有些什么谣言呢？一则谣言说:“桃李子，有天下。”还有一则说:“杨氏将灭，李氏将兴。”

蒲山公李宽的儿子李密，就是李弼的曾孙。他因祖宗余荫入朝为官，被隋炀帝授官左亲侍。隋炀帝见李密额头棱角分明，眼睛白多黑少，就说他非常狡猾，随即就罢免了李密的官职。杨玄感叛变的时候，李密与他密谋，后来，杨玄感兵败，李密就逃入瓦岗山投奔翟让。李密一心想利用谣言，自己称帝，哪知真命天子是另外一个姓李的，不是他。

隋炀帝把李密赶走后，又怀疑郕公李浑不安分。他一边诬陷李浑谋反，杀了李浑并诛灭其亲属；一边大造龙舟，到处游山玩水。

后来，隋炀帝又听说李渊很得将士之心，于是又开始猜忌李渊，派使臣到弘化传召李渊。

因为李浑被诛灭亲族，李渊正在兔死狐悲，隋炀帝突然召他觐见，李渊就猜到对方不怀好意，自己的处境很危险。于是，李渊装作生病的样子，接见使臣，说自己病重，等病好了，就马上去觐见皇上，并拿出许多金银珠宝送给使臣。

使臣得了许多钱财，很乐意做个人情，于是满口答应着告辞了。回去后，使臣在隋炀帝面前回禀，说李渊病重，并为李渊说了很多好话。当时，隋炀帝正在恣意淫乐，也没有心思顾及李渊，于是，李渊这件事就被搁置了好几个月。

一天，隋炀帝在后宫遇见了在此当差的王氏，王氏是李渊外甥，这让隋炀帝重新记起李渊的事情。

隋炀帝突然问王氏，说："你的舅舅为什么好几个月不来见朕？"王氏连忙答道："恐怕是病还没痊愈，所以一直没来。"隋炀帝微笑着说："干脆病死了，倒也好了。"说完这话，隋炀帝就走了。

王氏担心舅舅的安危，偷偷写信告知李渊。李渊看了密信后，惊魂不定，左思右想，也想不出好的办法来避祸，最后，李渊只好再次用钱财贿赂隋炀帝的宠臣，请他们从中斡旋。李渊还故意纵情酒色，收敛锋芒，躲开旁人的侦查和监视。

钱财果然可以通神，正在李渊忧心忡忡的时候，隋炀帝突然又下旨，加封李渊为山西河东慰抚大使，命他围捕盗贼。

李渊奉命来到龙门（今山西运城）。这时，贼寇毋端儿在龙门一带起义，率数千部众逼近城下。李渊带领数十骑兵，射杀盗贼，连发连中，盗贼的前军纷纷倒地，后军被李渊吓得一哄而散。李渊乘胜搜剿，连续击破贼寇敬盘陀，柴保昌等人，收降了数万人，威声大震。

捷书快马传到行宫，隋炀帝非常高兴，于是准备北巡。不料，隋炀帝车驾刚出雁门关，就来了一大队突厥兵，头目叫作始毕可汗，意欲在路上袭击隋炀帝，劫夺车马。

隋炀帝听闻消息，连忙驰回雁门关，据关自守。始毕可汗竟然调集几十万番兵，把雁门关团团围住，夜以继日地疯狂攻打。隋炀帝非常恐慌，急忙传檄天下，召集天下臣民救援。

屯卫将军云定兴应诏，招兵买马，准备前去救援。这时，有一位将门之子，到云定兴军营报名入伍，这人就是抚慰大使李渊的二儿子——李世民。

李世民的母亲窦氏是一个女中豪杰。窦氏的父亲名叫窦毅，曾是北周的上柱国，北周武帝把妹妹襄阳长公主嫁给了窦毅。窦氏出生时，头发很长，垂过脖子，三岁时，她的头发就和身体一样长了。窦毅教她读《女诫》《列女传》等书，窦氏能过目不忘。隋高祖杨坚篡位时，窦氏非常愤慨，说："恨我不是男儿身，不能救舅舅家。"窦毅连忙捂住女儿的嘴，命令她不要随便乱说话，暗地里却很是惊异。他对襄阳公主说："这个女儿有奇相，而且智识不凡，要为她小心择婿。"

于是，到了窦氏出嫁的年纪，窦府命人在屏风上画了两只孔雀，对外宣称，向窦氏求婚的人，须用箭射中孔雀的眼睛，才能娶得窦氏。当时的王公贵族都争来竞技射箭，连门槛都被踏破了，但是都不能射中。只有李渊一人后来居上，连发两箭，一箭中孔雀左目，一箭中孔雀右目，于是，李渊成功地娶到了窦氏。

窦氏嫁给李渊后，生了四个儿子一个女儿，大儿子名叫李建成，二儿子就是李世民，三儿子名叫李玄霸，小儿子名叫李元吉，唯一的女儿嫁给了临汾人柴绍。

李世民出生时，李府门外有两条龙嬉戏跳跃，一直逗留了三天才离去。路人都觉得很惊奇，窦氏也认为是个吉兆，于是对李世民格外怜爱。

过了四年，有一个书生前来进见李渊，自称会看相算命。一见到李渊，这个书生就说："大人将来富贵逼人，而且会有个人中之龙的儿子。"

于是，李渊把四个儿子叫了出来，这书生唯独指着李世民说："这孩子龙凤呈姿，天日露表，将来必然大富大贵。这孩子不到二十岁就能济世安民，大人一定要好好重视他啊！"李渊听了这话非常高兴。

书生走后，李渊转念一想，担心他把这话泄露给他人，反而不好，当即派人去追书生。谁知，仆人四处找了好半天都没找到书生，李渊感到很惊讶，心想书生可能是神仙下凡。于是，他采用"济世安民"的意思，为二儿子取名"李世民"。

李世民只有十几岁的时候，就能理解古今兵法，并背得纯熟。而且他又有胆识和魄力，轻财仗义，交游广阔，真是天生英姿，不同凡响。隋炀帝被围雁门关时，他已经十六岁了。

云定兴见了李世民，问了他的履历，知道他是名门之子，又见他相貌不凡，于是对他十分器重。李世民向云定兴献计，说："始毕可汗倾全国大军之力围攻天子，肯定是料定我军时间太仓促，不能及时前去救援，所以才敢如此嚣张。为今之计，我军应该大造声势，在数十里之内插满旌旗，即使到了晚上也鸣钲击鼓，做出人多声杂的样子。始毕可汗听到我军这么大的声势，肯定会觉得是援兵来了，一定会望风逃去。"云定兴点头说："这是一条疑兵计，现在正用得着哩。"

随即，云定兴依计行事，命令军兵逐队行动。始毕可汗果然中计，很快解除围攻，撤兵离去。隋炀帝这才平安返回东都。

李世民在云定兴营中待了一年多，一直没有什么封赏，后来又听到消息，说隋炀帝又南巡江都，并杀死了好多谏官，不禁叹息，说道："皇帝这么昏庸，我在这里有什么用啊？"于是，李世民向云定兴辞别，回到家乡。

那时，乘着隋炀帝南巡，中原各地的草莽英雄开始四处起兵。李渊被隋炀帝封为太原留守，李世民也跟着父亲前去上任。

当时，有个草寇名叫甄翟儿，自号历山飞，率领很多强盗来攻太原。李渊率军出击，深入贼阵，却被贼众围住。在这千钧一发之时，李世民提弓跃马，只领着几十个骑兵突围而入。贼兵一拥而上，前来拦阻，但都被李世民用箭射退，渐渐地贼兵阵势大乱，李渊乘机杀出，又召集步兵，和李世民夹击贼人，把贼众杀得尸横遍野，血流成河。甄翟儿仓皇逃跑，太原又恢复了安定。

转眼又过了一年，隋炀帝还留驻江都，整日沉湎于酒色之中。四面八方的草寇陆续揭竿起事，把浩荡中原撕扯得四分五裂。

从隋炀帝七年开始，到十三年止，各路草寇揭竿起义的差不多有数十起。而这数十起的草寇起义之事，在历史史册上均有所记录，可以查考，他们分别是：

刘武周起马邑。林士弘起豫章。刘元进起晋安。以上均自称帝。朱粲起南陽。自号楚帝。李子通起海陵。自号楚王。邵江海起岐州。自号新平王。薛举起金城。自号西秦霸王。郭子和起榆林。自号永乐王。窦建德起河间。自号长乐王。王须拔起恒定。自号漫天王。汪华起新安。杜伏威起淮南。以上均自号吴王。李密起巩。自号魏公。王德仁起邺。自号太公。左才相起齐郡。自号博山公。罗艺起幽州。左难当起泾。冯盎起高罗。以上均自号总管。师都起朔方。自号大丞相。孟海公起曹州。自号录事。周文举起淮阳。自号柳叶军。高开道起北平。张长凭起五原。周洮起上洛。杨士林起山南。徐圆朗起豫州。张善相起伊汝。王要汉起汴州。时德叡起尉氏。

李义满起平陵。綦公顺起青莱。淳于难起文登。徐师顺起任城。蒋弘度起东海。王薄起齐郡。蒋善合起郓州。田留安起章邱。张青持起济北。臧君相起海州。殷恭邃起舒州。周法明起永安。苗海潮起永嘉。梅知岩起宣城。邓文进起广州。杨世略起循潮。冉安昌起巴东。宁长真起郁林。李轨起河西。自号凉王。萧铣起巴陵。自号梁王。

此外，还有许多不出名的小丑东劫西掠，骚扰民间，记不胜记。而那一直驻留在江都的隋炀帝，还日坐迷楼，采集吴娃，沉醉在女色中，整日里花天酒地，醉死梦生。一群阿谀奉承的杨家奴又把各处的警报匿不上报，眼见杨氏基业危在旦夕了。

太原留守李渊看到时事艰难，经常愁眉苦脸，独自叹息，只有李世民信心满满，礼贤下士，结交了很多英雄豪杰，一起密谋，准备举事。晋阳令刘文静和宫监裴寂都和李世民有所往来。刘文静非常器重世民，因此两人交情深厚，然而裴寂对李世民不以为然。

一天，裴寂与刘文静一同来到城楼，远远地看到太原城外烽火连天，裴寂不禁长叹道："我穷官一个，又遭逢乱世，要怎样才能生存下去啊！"刘文静反而微笑着说："时事可知，只要我们两人同心协力，怕什么贫穷呢？"

裴寂连忙问刘文静："刘大令（对县官的尊称）有什么高见？请多多指教！"刘文静说："乱世出英雄，你觉得李公子世民怎么样？"裴寂摇头说："他虽然有些才识，但终究只是个孩子，能成得什么大事？"刘文静说："这个孩子虽然年纪尚小，却是个济世奇才，你不要小看呀！"裴寂仍然半信半疑。

过了一晚，江都使臣持诏前来，向李渊宣旨，道："李密叛乱，刘文静跟李密联姻，应该连坐，着立即将刘文静革职入狱。"李渊不敢违慢，随即把刘文静拘入狱中。

李世民听说刘文静被抓到狱中，急忙前去探望。狱吏一看是李公子，就连忙让他进去。两人一见面，李世民不禁替刘文静叹惜。

刘文静说："如今天下大乱，还有什么公正的赏罚呢？除非汉高祖，光武帝等人在世，拨乱反正，或许还能善恶分明，不冤死好人。"李世民生气地说："你这话我不认同，难道当今世上就没有奇才异士了？只怕是你肉眼不识真人吧！我来这里探望大人，就是想和你共图大事。我不是那种看着亲友下狱，束手无策，只知哭泣的妇孺之辈。"

刘文静鼓掌称赞，说："好！好！我没看走眼，公子果真是济世奇才，我一定会尽心尽力为你出谋划策。如今天下大乱，盗贼遍地都是，公子既然有雄才伟略，正好把他们收为己用，然后号令天下。就是进城避难的太原百姓，如果把他们收集起来，就可得十万人了。公子父亲手下也有数万人马，如果我们现在乘虚入关，传檄四方，我可以肯定，不出半年，公子就可以成就帝业了。”

李世民听了这话，沉默了半天，缓缓地说：“您说的确实是好计策，但就怕家父不同意啊，该怎么办呢？”刘文静说：“这也不难。”说到这里，刘文静就在李世民耳旁悄悄说了几句话，李世民明白了他的意思，便辞别了李文静。

李世民从狱中出来之后，马上设宴，邀请裴寂喝酒、吃饭。裴寂喝完酒之后，很喜欢赌博，于是，李世民拿出数万贯私房钱来，和裴寂赌博游戏，故意输钱给裴寂。裴寂很高兴，于是经常和李世民往来，渐渐地，俩人交情变得很深厚。

李世民见时机成熟，就把与刘文静密谋大举的事告诉了裴寂。裴寂犹豫着说：“你的父亲和我本是老友，如果我跟他明说，恐怕他会拒绝，看来只好暗度陈仓了。”李世民说：“全丈大人出力。”裴寂答道：“现在还不必明说，他日我自然会尽心效力。”李世民很高兴，连声向裴寂道谢，裴寂随即告辞离去了。

过了两天，裴寂在晋阳宫设宴，请李渊吃饭。原来，隋高祖最初将都城设在长安，又在长安城东修建了一座新城，称作“大兴”。后来，隋炀帝建都洛阳，称为东都。隋炀帝喜欢玩乐，四处游玩，到处设置行宫。这晋阳宫就是行宫之一，宫中设有外监，正副监官各一人。李渊留守太原，兼领晋阳宫监，为正监管，裴寂为副监官。

这次，裴寂在晋阳宫设宴招待李渊，李渊认为自己身为晋阳宫正宫监，去晋阳宫赴席也并无不妥。于是，在裴寂的殷勤招待下，两人入席坐定，喝着美酒吃着佳肴，追忆往昔，一切都很祥和。

李渊开怀畅饮，接连喝了很多酒，很快就有了五六分醉意。这时，忽然听到门帘一动，走进两个美人儿。这两美人都生得十分俏丽，如姊妹花一般。两美人婷婷嬝嬝，来到席前，参见李渊。李渊慌忙答礼，裴寂让两美人在李渊左右分坐，劝酒布菜。

俗话说，酒不醉人人自醉，色不迷人人自迷。此时，李渊被酒色冲昏了头脑，也不问明两个美人的来历，就左拥右抱，喝到酩酊大醉。两美人随即搀扶着他，前去就寝。虽然三人没有颠鸾倒凤，但李渊也偎玉倚香，搂着美人一起睡了。

第二回 李渊起兵晋阳

酣睡了好长时间，李渊才朦朦胧胧地清醒过来，突然鼻中闻到一股异香，似兰非兰，似麝非麝，不由得很好奇。李渊揉开双眼，左右一看，猛然发现床上竟躺着两位美人，李渊很是吃惊，心想："这是怎么回事？"。

正在李渊胡乱猜想的时候，一位美人开口说话了："唐公不要生气，这是裴副监的主意。"李渊又问她们姓什么，叫什么名字，老家是哪里的。两位美人，一个说自己姓尹，另一个说自己姓张，两人都说是宫女。

李渊大惊失色，赶紧披上衣服，一跃而起，说道："你们原来是宫中的贵人啊！我怎敢跟你们同床共枕，我这是犯了死罪啊！"两位美人听李渊这样说，连忙劝慰李渊："皇上失德，荒淫无道，而且自从南巡后，一直都不回来。现在各处都兵荒马乱，我们如果没有大人的保护，想必也会遭他人侮辱。所以，裴副监特地嘱咐臣妾等人，早日托身大人，才能保住性命啊！"李渊频频摇头，说："这可怎么得了啊！"边说边慌慌张张地往外走。

刚出门没几步，就遇着裴寂，李渊将裴寂一把扯住，一连数声，呼喊裴寂的表字，说道："玄真啊玄真！你这是要我命啊！"裴寂笑道："唐公！你为什么这么胆小啊？收纳一两个宫人是件小事，就是那大隋的江山，只要你想要也是唾手可得。"

李渊听了这话，吓得半死，连忙说："你我都是杨氏臣子，怎么能口出叛言，自己惹上灭门大祸啊？"裴寂又说："识时务者为俊杰。如今，皇帝昏庸无能，百姓穷困，中原大地已经群雄逐鹿，就连晋阳城外，也快成为战场了。唐公手握重兵，令郎广交英雄，为什么不趁机起义，安抚百姓，讨伐暴君，趁此机会经营帝业呢？"李渊小声嘀咕，道："我李家世代承蒙国恩，不敢叛变啊！"

裴寂还想劝李渊，突然，有一士卒前来禀报，说道："突厥兵到马邑（今山西省朔州市）了，请留守大人快点回署发兵，抵抗外寇！"

李渊听了这话，连忙往回赶。这时，太原副留守王威，高君雅等人早就已经等着了，李渊连忙与他们两人商议对策。最后，李渊决定派高君雅率领一万兵马，前去马邑救援，高君雅领命而去。

李渊回想起晋阳宫的事，担心得好几天寝食不安。随即，李渊又接到马邑军报，说马邑太守王仁恭，出战不利，高君雅也战败了。李渊急得没办法，退到内室，独自呆坐着。

突然，一个少年进入内室，开口就对李渊说："大人现在不想想计策应对，还要等到什么时候啊？"李渊听了这话，抬头一看，发现来人是二儿子李世民，于是问道："你有什么计策？"

李世民趁机低声劝父亲，说道："如今天下大乱，朝廷朝不保夕。大人如果再守小节，还这样迟迟不动，到时下有寇盗，上有严刑，很快就会大祸临头了。大人只有顺应民心，兴兵起义，才能转祸为福呢。"

李渊听了这话，非常生气，对李世民说："你别胡说八道！小心我把你抓去报官，免得牵累我。"李世民说："儿子观看天时人事，现在形势已经到了这个地步，所以才敢说这些话。如果大人想把儿子送去官府，儿子也不敢不死。"李渊叹息道："你是我的儿子，我怎么忍心去告发你，置你于死地，但是你以后说话不要再这么轻率了！"话虽这样说，但此时李渊已经心动了。李世民听见父亲这样说，就从父亲房中快步退了出去。

过了几天，贼寇入侵的警报越来越紧急，李世民又进入内室劝父亲，说道："现在盗贼日益猖獗，遍布天下，父亲受命讨伐贼寇，可是您想想，这些贼寇怎么可能全部灭掉呢？如果贼寇不能扫除，父亲您就难免获罪。况且，民间盛传李氏当兴，皇上现在对姓李的人非常忌惮，郕公李浑即使没有罪，但是皇帝还是把他杀死，并诛灭了他的族人。父亲如果真把盗贼都灭了，恐怕也会功高盖主，李家更加危在旦夕。儿子想了好久，还是觉得只有昨天的计议才可以免祸，请大人不要再犹豫了！"

这时，李渊镇定下来，说道："我昨晚也细细想了一宿，你说的话也有道理。是福是祸由你来决定吧，我也做不了主了。但是，现在我们的家人还在河东，这件事还是要从长计议，不能太急，我们还要慢慢筹划。"

李世民说："父亲既然这样说，我立刻派妥当人去接家人。"李渊点头应允。李世民从内室出来，连忙派人快马加鞭，前往河东去接家人。

正在悄悄安排的时候，江都又传来消息，吓得李渊魂不附体。原来，隋炀帝因为李渊不能抵御贼寇，特派使臣来到太原，要捉拿李渊问罪。李渊心急如焚，连忙招来副宫监裴寂和二儿子李世民，一起商议对策。

裴寂进言，说："明公（旧时对有名位者的尊称），我前几天一直劝您，就是担心这个祸事，眼下情况紧急，不能再犹豫了。古人有言：'先发制人，后发被人所制'。请明公三思！"裴寂说到这里，李世民接过话茬，说："当今皇上昏庸无能，我们不能无谓地尽愚忠。偏将出师不利，就要加罪于主帅，这种国法太荒谬！既然主上不守法，臣下也不需要再去守法了。"

李渊叹了叹气，说："如果我们弄巧成拙，没有成功，那该怎么办啊？"裴寂应声说道："大可不必忧虑！晋阳兵强马壮，主公又蓄积巨万资财，起义之事还担心不成吗？如今代王杨侑留守关中，他是隋炀帝的孙子，年龄太小，关陇豪杰正想着选其他的明主跟随。如果主公现在发动起义，率领大军向西进发，招抚各路群豪，拿下关中如拾草芥一般容易，为何要甘心被人囚禁，白白送死呢？"

李渊还是迟疑不决，裴寂又逼近一层，说道："前几天，我让两位宫人服侍大人，已经是死罪了。二公子担心事情暴露，因此时常戒备，如今朝廷又因为剿寇的事拿大人问罪，如果两罪并罚，我裴寂是死不足惜，但是大人是要被诛灭九族的啊！”这一席话终于说得李渊死心塌地，决定起义。

不久，有人来报钦使已到，李渊推说病重不能起床，让钦使到官署暂时住下，说等病好点就来接旨。钦使因为李渊手握兵权，不敢抗议，只好忍气吞声，在官署等待。

李渊和李世民等人暗地里部署，想杀掉钦使祭旗，然后马上率兵出发。这时，江都又传来赦免的圣旨，说是让李渊照旧供职，戴罪立功。李渊这才出来接了诏书，并且盛情款待了前后两位使臣，临行前又馈赠了使臣许多财物。这下李渊稍稍放心，把起义之事又拖了好几天。

裴寂和李世民总是催促李渊，李渊这才重新提起起义之事。李世民保举刘文静，说他足智多谋，可以请他作参赞谋士，于是，李渊秘密地召刘文静出狱。刘文静见了李渊，立即献上一计，让李渊假传圣旨，召令太原，西河，雁门，马邑等地的百姓，凡是年满二十的都要参军，东征高丽。这道假圣旨发下去，百姓怨声载道，都恨不得那隋朝皇帝快点死去，才能解心头之恨。

不久，贼寇刘武周占据了汾阳宫。李世民又来劝李渊，说道：“父亲身为留守，却让盗贼刘武周占据了离宫，恐怕我们还没起事，大祸就要临头了。”李渊说：“这我也知道，只是家人还没到，所以才不敢行动。”李世民道：“父亲不用担心，家人已经启程了，想必这几天就要到了。眼下事情迫在眉睫，父亲要赶紧部署才好啊！”李渊皱眉道：“我担心兵力不足，一时不能起事。”李世民听了这话，连忙走近一步，对李渊耳语几句，李渊连声说好。

计划已定，李渊立即召集将佐议事。王威等人得到命令，全都过来了。

李渊升起军帐，说道：“现在刘武周占据了汾阳宫，我军还没去讨伐他们，这是灭族之罪，如何是好？”王威等人一起说道：“我们一切听从留守大人的命令。”

李渊又说：“朝廷用兵，按例必须要禀报节度使，现在贼寇就在几百里之内，而江都在三千里之外，真是远水救不了近火，进退两难，所以我也不知如何是好。”王威等人齐声道：“大人位兼亲贤，应该与国家共存亡。如果禀报朝廷之后再用兵，恐怕会误了事机。目前最重要的事就是讨伐贼寇，所以一切举措，大人不妨自己决定。只要能把贼寇灭掉，那么皇上肯定不会怪罪大人的。”

李渊假装想了想，过了一会儿说：“既然大家都这么说，那我就只能自作主张了。但是，现在突厥还没退兵，刘武周又来侵袭，眼下我们兵力不足，应当立即招募新兵。”王威等人都说：“这确实是第一紧要之策。”李渊又道：“刘文静在这里当了多年的县令，很了解本地民情，我想这招兵买马的事非他不可。我想暂时把他放出来，负责这件事，你们觉得如何？”大家都非常赞同。于是，李渊让人把刘文静从监狱里放出来，命他招兵买马，并让王威等人暂时退下，等候下一步的命令。

王威等人退去后，李渊命池阳人刘弘基、洛阳人长孙顺德两人协助刘文静募兵。王威等人听到这个消息后，心中不免起了疑心。

原来，这刘弘基曾做过右勋侍，长孙顺德也做过右勋卫，他们二人本来是在隋炀帝左右，只是因为隋炀帝出征辽东，二人不愿意随行，于是逃亡到了晋阳，暂时在此居住。还有一个让人心生怀疑的原因是，李世民的妻子是已故骁卫将军长孙晟的女儿，而长孙顺德就是长孙晟的族弟。此次让刘弘基、长孙顺德二人协助募兵，显得形迹可疑。而且，此次陆续招募的新兵都归他们二人统领，并没有派给其他将领，这让王威更加怀疑，于是，王威就去问行军司铠武士彟是怎么回事。

武士彟是文水人，此人是李渊的心腹，曾经劝李渊兴兵起义。王威偏要去问他，士彟当然为李渊辩解了。王威又说："其他的事也就罢了，只是这长孙顺德和刘弘基二人是朝廷的逃犯，为什么要他们统兵呢？我还想把他们依法处置了。"

武士彟说："这两人都是唐公的门客，你如果把他们处置了，唐公肯定不同意的，你这不是自寻烦恼吗？"王威听了这话，感到很沮丧，也不敢有什么异议了。这时，高君雅回城求援，与王威相见，王威悄悄地跟高君雅说出自己的疑惑。高君雅也觉得事情可疑，于是他们打算找机会诛讨李渊。

这时，晋阳正遇上干旱，李渊打算到晋祠求雨，提前几天就下令斋戒。王威认为时机到了，于是和高君雅设计除掉李渊。但士兵大多被李渊统领，王威无法调遣，没办法，王威只好让晋阳乡长刘世龙，召集乡兵，埋伏在晋祠中，准备刺杀李渊。刘世龙假装同意，但却暗中告知了李渊。

李渊连忙召李世民商议。李世民说："王、高两人死期就到了，儿子正要把这两人除掉，他们却自己前来寻死，真正凑巧。"于是，李世民和李渊秘密定下计策。

第二天一早，李渊来到议事堂，邀王威，高君雅二人一起议事。忽然，开阳府司马刘政会前来告密，李渊向王威使了个眼色，让他接密信审读。王威立即命刘政会把密信呈上来，但是刘政会抗议，说道："我所告的人就是副留守王威，因此，只有唐公才可以取阅。"李渊假装很惊讶："有这样的事？"

于是，李渊亲自取过密信。只见信上写着"副留守王威、高君雅暗地里引突厥来攻城"等话。李渊立即把信递给王威，很是不高兴。王威没等看完，就捋起袖子，大声骂道："哪里来的叛徒，竟敢来诬陷我们二人？"李渊冷笑，说道："叛徒不叛徒，问你们两人就知道了。"

王威和高君雅感到事情不妙，一起赶紧往外跑，刚一出门，就被军兵包围了。李世民指挥刘文静、刘弘基、长孙顺德三人，抓住王威、高君雅二人，将二人送入大牢。

过了两天，果然有数万突厥兵来攻打晋阳。李渊命裴寂等人分头埋伏，大开四面城门，让城内城外畅通无阻。突厥兵冲进外城，看到内城大开着城门，都感到很惊讶，面面相觑，不由得起了疑，喧闹了一段时间，突厥兵竟出城离去了。

于是，李渊将王威，高君雅二人绑到闹市，对军兵和百姓们说："就是这二人把突厥兵招来的，你们觉得他们该杀吗？"百姓信以为真，都说该杀。于是，李渊一声令下，两颗血淋淋的人头就落了地。

没过多久，突厥兵又来攻城，李渊派部将王康达等人，率领一千多名骑兵出战，没想到被突厥兵杀得全军覆没，城中百姓都很恐惧。李世民想了一个计策，派将士晚上偷偷地出城，等到天一亮，让他们张旗鸣鼓，喊呐着奔城而来。突厥兵以为是援兵来了，连忙退走。有些城外居民被突厥兵掠夺，而城内却不损分毫。军兵百姓都满是欢喜，李氏父子也松了一口气。

更让李氏父子高兴的是，李氏家眷已经全都从河东到达晋阳。这时，窦夫人已经过世了，李渊的妾室万氏等人、儿子李建成、李元吉等人和女婿柴绍全都来了，一同入堂拜见。全家人都相聚了，大家都很高兴。只有三儿子李玄霸在老家病死了，还有李渊的小妾万氏的儿子李智云，在路上失散了，现在生死未卜，所以，欢聚中还是有点悲伤。

李渊问柴绍怎么一起来了？柴绍答道："小婿本寄居长安，在东宫任千牛卫，侍卫太子。二舅哥写密信让小婿来这里，我就来了。路上刚好遇到岳父的家人，就一起过来了。"李渊不等他说完，连忙问道："我女儿一起来了吗？"柴绍说没有来。李渊责备李世民，说："你既然召你姐夫来，为什么不叫你姐姐一起来？"柴绍连忙替李世民辩解，说："令爱说自己不方便同行，自有妙计可以避祸。"李渊又道："只要她平安无事，我就安心了。只是我的儿子李智云，只有十几岁，这次失散了，现在都不知道他在哪里啊！"柴绍劝慰道："吉人自有天相，岳父不用太担心。"

家人都来了，李世民随即劝李渊赶紧准备出兵，说道："我们现在必须趁人不备，快点商议出兵的事，以免夜长梦多。"李渊听了这话，立即召集刘文静，裴寂等人一同商议出兵对策。

刘文静说："出兵不难，就是担心突厥时来侵袭，对我们造成牵掣。为今之计，倒不如先跟突厥通好，然后举兵不迟。"李世民接着说："暂时只能这样了。"于是，刘文静写信给突厥，大致说了"我眼下准备起兵，远迎主上，并且准备和贵国和亲通好，就像文帝时候那样。如果大汗肯发兵，助我南行，那请大汗不要侵犯我朝百姓，如果大汗愿意和亲，坐收财物，也唯可汗之命是从"之类的话。草稿写完，李渊亲自录写了，派刘文静为使臣赶赴突厥。

刘文静去突厥还没回来，李渊不便仓促发兵，只能整军以待。闲暇时，李渊屡屡想起了失散的儿子李智云，便多次派人到河东打听儿子的下落。后来，被派出去打听消息的人回来报告，说智云被官吏押送到了长安，被留守阴世师杀害了。李渊十分伤痛，裴寂等人都来劝解。李渊含泪说道："玄霸自小就很聪慧，活了十六岁，谁知病死了，这也是命中注定，人力无可挽回的事。但是，智云非常善于骑射，书法也写得不错，还比玄霸小两岁，没想到被官军抓到，惨遭杀害。我的宏图大业还没实现，我的儿子就先死了，这真是人生一大痛事啊！"说完，李渊泪流不止，裴寂等人也连连叹息。

忽然，有人来报，称刘文静从突厥回来了，李渊当即召他见面，询问情况。刘文静说："突厥主始毕可汗说一定要请唐公自己当皇帝，他才肯兵马相助。"裴寂一跃而起道："突厥都同意唐公当皇帝，大事成了。"李渊听了这话，立即转悲为喜，但是嘴上还是再三推托，不敢称帝。

裴寂站起身，说："机不可失，失不再来，必须好好抓住这个机会。"刘文静也说："如今军兵虽然招齐了，但我们的战马还是不足。我们现在急需突厥的战马，若一直拖着不答复突厥，突厥一旦反悔，便失去了一个很好的援助了。”李渊还是推脱，又问：“大家还有什么其他的办法吗？”裴寂答道：“如果大人实在不想称帝，那就尊称当今皇上为太上皇，另立代王为皇帝，暂时安定一下隋室。另一边，我们传檄天下，改旗易帜。这样，表面上向突厥表明您有称帝的意思，免得引起突厥的怀疑。”李渊说道：“这也是掩耳盗铃，但事已至此，也顾不得那么多了。”于是，李渊又让刘文静前去告知突厥，并与突厥约定，共同攻打京师，事成后一同分享利益，土地归唐公，财物和美女归突厥。

始毕可汗非常高兴，立即先派使臣到晋阳，赠送给李渊一千匹马。李渊很欣慰，再写信给突厥时，竟然卑躬屈膝地以外臣自称。

李渊和突厥通好后，马上到处传布檄文，宣布起义的消息，自号义军。谁知，西河郡丞高德儒坚决不买账，于是，李渊派儿子李建成和李世民率兵攻打西河。

李世民不仅跟军兵同甘共苦，而且，李世民要求义军对沿途的百姓秋毫无犯，百姓的蔬菜和水果，不出钱买下绝对不吃，百姓对义军大加称颂。义军来到西河城下，高德儒闭门坚守。李世民带军猛攻，而且自己身先士卒，冒险登城。李建成紧跟他的后面，很快就把城池攻下了，并抓住了高德儒。高德儒被斩首示众，除他之外，义军没有杀任何其他人，并且让百姓各安旧业，远近的百姓都对义军交口称颂。随后，建成和世民两人带兵返回晋阳，这一来一去只花了九天。李渊非常高兴，说：“如果这么顺利，那么征服天下也不是件难事。”

李渊决定入关，于是再次招兵。李渊命人打开粮仓，赈济贫民，一时间，老弱病残领粮，壮丁入伍，很是壮观。裴寂等人为李渊上尊号，称为大将军，于是，李渊建公府，选官员，按照各人的才干分别封了官职。

其中，裴寂被任命为长史，刘文静任司马，唐俭、温大雅任记室，并且让温大雅和弟弟温大有两人共掌机密。武士彟任铠曹，刘政会、崔善和张道源任户曹，姜謩任司功参军，殷开山任府掾，长孙顺德、刘弘基、窦琮，和王长谐、姜宝谊、阳屯为左右统军，其他的人也按照各自的才干，授予了职务。

另外，世子李建成被封为陇西公，兼左领军大都督，李世民被封为敦煌公，兼右领军大都督，二人都被允许自建官署。柴绍被封为右领军府长史咨议，刘瞻被封为西河守。部署完毕后，人人各司其职。长史裴寂把晋阳宫内储藏的九百万斛粮草，全部移送大将军府，还把五百匹各色布帛，四十万副铠甲也一并移交过来，并把尹、张两美人以外的所有宫女全都送到军府内服役，从此，唐公李渊真正得到了尹、张两位美人。

这一年是隋炀帝大业十三年，初秋，秋风送暑，天气转凉。李渊亲自率三万军兵从太原出发，让小儿子李元吉留守晋阳宫。李建成和李世民等人一同跟随出征。义军誓师后，向各地传发檄文，只说要尊代王为帝，所以出兵。

义军走到半路，前队探兵突然来报，说隋将宋老生、将军屈突通，奉代王杨侑的命令，分兵抗拒义军。屈突通率军留驻河东，宋老生已经领兵到霍邑了。李渊道：“我们先向霍邑进兵，其他的事等到了再说！”于是，各军奉李渊命令，继续驱马前行。

义军攻破长安

晋阳义军奉命前行，来到贾胡堡，距霍邑还有五十多里。这时，天空突然下起了滂沱大雨，不便行军，义军只好就在贾胡堡驻扎。偏偏大雨一连下了好几天，老是不停，大军只好坐等，无法前进。李渊担心军粮吃完了，派府佐沈叔安赶赴太原，让他再运一个月军粮救济义军，沈叔安领命前去。

李渊日夜盼天晴，天气却迟迟不见好转，心中非常焦虑烦躁。忽然，军校呈上一篇檄文，李渊急忙打开看，只见开头两句写着："魏公李密，谨以大义布告天下。"李渊不由得失声说道："李密也起义了？"再往后看，就是历数隋炀帝十宗罪状，后面写着"隋炀帝的罪多到罄竹难书，愿选有德的人来当这天下的君主，仗义讨贼，共安天下"之类的话。

再看文末所属日期，写着永平元年五月。李渊非常气恼，说道："好大的胆量！"话还没说完，李世民正好进来，于是，李渊把檄文递给他看。李世民看完后，把檄文放在案上，对李渊说："儿子听说李密攻取河洛，瓦岗寨盗贼翟让等人奉他为主，李密自称魏公，现在有数十万兵马，声势浩大。为今之计，不如暂时跟他联合，免得东边受到李密的牵制。"李渊点头同意，让温大雅写信给李密，约定与他结为同盟。信写好后，李渊就派人快马加鞭地送去给李密。

很快，李密的回信就到了，李渊立即阅览，上面写着："我和兄长虽然派系不一样，但是都姓李。现在，我已经被天下英雄推选为盟主，希望兄长和我一起，共同夺取隋王室的天下。李渊看到这里，不禁微笑说道："真是太狂妄了！"信上还写着："兄长如果不嫌弃，就和我各自率几千军兵到河内，当面结盟，一起征讨隋王室，那我真是感到很荣幸啊！"李渊看完后，召李世民前来商议。

李渊对李世民说："李密很是狂妄自大，只靠写信的方式定约还不行。现在，我军征战关中，如果不跟他结盟，就会树敌。我们不如摆出谦卑的姿态，假装同意，让他志骄气盈，帮我们挡住河洛的隋兵，那么我们就可以专心西征。等把关中平定了，我们再借助天险，养精蓄锐，看他们鹬蚌相争，我们就坐收渔翁之利。你觉得呢？"

李世民很高兴，答道："父亲的计策太好了，就按照你说的回信吧！"于是，李渊再让令温大雅回信，写道：

渊虽庸劣，幸承余绪，出为八使，入典六屯，颠而不扶，通贤所责。所以大会义兵，和亲北狄，共匡天下，志在尊隋，天生烝民，必有司牧，当今为牧，非子而谁？老夫年逾知命，愿不及此。欣戴大弟，攀鳞附翼。唯弟早膺图箓，以宁兆民，宗盟之长，属籍见容，复封于唐，斯荣足矣。殪商辛于牧野，所不忍言。执子婴于咸阳，未敢闻命。汾晋左右，尚须安辑，盟津之会，未暇卜期。谨此致覆！

温大雅把信写好后，李渊和李世民都看了一下，都说写得很好，让人快速给李密送去。李世民说："这封信送去后，李密肯定会专心攻打隋军，那我们就没有东顾之忧了。"信使回来说，李密看了回信后很得意，拿着信左右炫耀。李渊听后更加放心了。

一天，探兵突然来报，说刘武周和突厥勾结，准备乘虚袭击晋阳。李渊忍不住长叹，说道："看来是时机还没到啊，我们赶紧回去吧！"于是，李渊跟裴寂等人商议回晋阳的事，大家都很赞同。而且，裴寂也认为隋兵实力还比较强，不容易攻下，而且李密比较狡猾，难以预料，刘武周又唯利是图，所以还不如回去把本营守住，以后再图大事。李渊听了这话，立即决定第二天就还军。

当时，李世民正在外面巡逻，忽然听到还军的消息，立即返回询问事情的真假，谁知还是真事。世民连忙进入内室，对李渊说道："大人为什么要撤军呀？"李渊把大概的原因跟他说了一下，还说："粮食快吃完了，再继续前行也很难。"李世民劝阻，说道："这时候到处都是谷物和大豆，怎么担心没有粮食呢？隋将宋老生性格浮躁，我们一战就可以把他擒住。李密顾恋洛口，根本无暇顾及远处。刘武周表面跟突厥勾结，其实他们内部都是互相猜忌的。况且，突厥的可汗刚跟我们通好，也不见得这么快就毁约。因此，这样的传闻，父亲不要轻信。父亲举兵起义为的就是拯救黎民百姓，因此我们应当先入咸阳，号令天下。现在遇到小小的敌人就想班师回去，这对我们大军的士气很不利啊！跟随我们的义军，一旦灰心丧气，大事就不可能成功了。"李渊摆头，说道："如果晋阳失守，那我们不就无家可归了。我已经决定回去了！"说完，李渊命令大军赶紧整装返回。

李世民没有办法，只得出来见李建成，打算邀他一同劝阻父亲。李建成道："我也不想马上回去，但父亲已经决定要返回，看来是不能阻止了。"李世民见李建成说话支支吾吾，猜到他无心去劝谏，于是又找裴寂等人商议，谁知他们也说要归去，惹得李世民很懊恼，连饭也吃不下。想来想去，还是决定再去向李渊进谏，谁知，世民刚踏入后营，就被李渊的亲兵拦住，说大将军已经就寝了。

李世民悲愤填胸，忍不住痛哭起来。李渊听到哭声，这才召李世民进来问明缘由。李世民哭着说道："我们举兵起义，有进无退，前进就生，后退就死。现在您要退兵，我怎得不哭啊！"李渊又问退兵怎么就会死呢？李世民说道："父亲想一想！行军打仗靠的就是军兵的锐气，一旦撤兵，锐气尽失，人心必定涣散。敌军如果趁机抄我们后路，我军肯定会土崩瓦解，哪里还有士气去战场砍杀？这样不就只能束手就擒了吗？"听了这话，李渊恍然大悟，可是又叹息道："左军已经撤回了，怎么办呢？"李世民道："左军虽然已经离去，料想也走得不远，儿子愿意前去把他们追回。"李渊笑了笑，道："成败都由你决定了，你快去把他们追回吧。"李世民欣然退出，立即与李建成带领轻骑，连夜追回了左军。

过了两天，沈叔安把粮食运来了，老天也成人之美，渐渐雾散云消，展开了一道日光。李渊命令军士把铠甲晒晒，整理军械，绕行山脚，避开泥泞，来到霍邑城。宋老生一直固守城门，不肯出来迎战，李建成，李世民两人带着几十骑精兵来到城下，扬鞭指挥后军，假装要围城，并且让军士辱骂宋老生。

宋老生很生气，实在忍耐不住，率三万军兵开城出战。李渊率领几百骑精兵赶到，见宋老生出来对仗，命令殷开山催促后军赶快增援。大军很快赶到，李渊打算让军兵先吃点东西再迎战。李世民却说："敌军已经出城，我们应该立即杀过去。先把他们消灭了再吃吧！"

于是，李渊和李建成在城东列阵，李世民在城南列阵，城内的隋兵从东门驰出。李渊和李建成率兵迎头拦杀，隋兵也不弱，一拥而上，反将李渊的大军逼退了几步。这时，柴绍冲到阵中，指挥军兵奋力抗击，义军这才勉强得以支撑。宋老生又率兵从南门出来，径直向城东冲去，夹击李渊的大军。这时，李世民正在南边观战，看到此情景，世民连忙和军头段志玄从高处冲下来，直击宋老生背后，宋老生只好回马与世民交锋。

李世民手握两把大刀，争先杀敌，左砍右劈，一连杀死了几十人，身上溅满了血，两把大刀都砍卷了，再换刀继续杀敌。段志玄等人紧随马后，拼命格杀，一当十，十当百，杀得隋军四处逃窜，人仰马翻。李世民让士兵大喊："宋老生已经被擒住了！隋军快点投降吧！"此时，城东的隋军正和李渊的大军绞杀在一起，没有分出胜负。猛然听到主将宋老生被抓了，隋兵连忙退兵回城。

李渊趁势紧逼，可隋兵不一会儿就退到城中，还把城门紧闭，只剩下宋老生一支孤军进退无路，想要退回南门，被李世民截住，想要退回东门，又被李渊和李建成截住。两路义军向宋老生围拢而来，宋老生自知大势已去，下马想要投水寻死，这时，刘弘基驰马来到，大刀一挥，将老生砍成两段。宋老生的部下也都作了刀下之鬼，尸体绵延数里。李渊命令军兵赶紧吃饭，吃完饭继续攻城。

这时，天快黑了，大家一鼓作气，攻进城中，随即，李渊下令投降者免死，城中兵吏全部投降。李渊贴出安民榜文，引见以前的官吏，要去要留听从他们自己的意愿；已经投降的军兵，愿意回关中的，李渊命令一律授五品散官，当天就可以遣返回去。裴寂等人认为这样授官太过随意。李渊笑着说："隋主很吝惜，不舍得封赏他人，所以失了人心，我怎么能像他一样呢？"

过了两天，李渊率军来到临汾，守城官吏投降，开门迎接义军，李渊对他们好生安抚，和对待霍邑的降军一样。然后，李渊率军进攻绛郡。绛郡郡守陈叔达是陈高宗的儿子，很有才学，一直闭门拒守。李渊一面攻城，一面招降。陈叔达先是跟李渊对抗，后来也归降了李渊。陈叔达迎李渊入城，李渊也对他以礼相待，将他招为幕宾。

然后，李渊出兵攻打龙门。这时，刘文静带着五百名突厥兵和两千匹马，来到军营。李渊对他慰劳有加，并说："突厥兵少马多，正合我意，你可是不辱使命啊！"刘文静连忙称谢。

李渊正打算率军往河东攻打，去袭击屈突通。忽然，河东户曹任瓌求见，李渊立即召他进来。任瓌行过了礼，向李渊进言，说道："关中豪杰都翘首瞻望义兵，我任瓌在冯翊（今陕西韩城一带）多年，这里的英雄豪杰我大多认识，如果唐公派我前去游说，他们肯定会望风投诚。而且，唐公可从梁山出发越过济河，攻打韩城，逼近郃阳。冯翊太守萧造是一个胆小的文官，肯定会归降您，就是关中盗贼孙华等人，也会远迎义师。这样，义军就可以长驱直入，占据永丰仓（京师附近重要粮仓），然后占据长安，关中就可以坐定了。”李渊听了这话，非常高兴，立即封任瓌为银青光禄大夫，让他写信招抚孙华等人，自己则督率大军转赴壶口。

黄河沿岸的百姓献上舟伐，李渊的大军准备渡河。这时，孙华过河来见李渊，李渊跟他握手交谈，让他就座，并当面封他为左光禄大夫武乡县公，兼任冯翊太守。孙华的门徒，李渊也依次封了官，并且对他们大加赏赐。孙华愿意做先锋，引军渡河。李渊派偏师先渡河，又封任瓌为招慰大使，让他去劝抚河西的郡县和城池归降。任瓌是个能言善辩的人，凭着三寸不烂之舌，很快拿下韩城和冯翊两座城池，冯翊太守萧造恭顺地呈上了归顺文书。将士们都推举李渊任太尉，让李渊增设官署，李渊听从了他们的建议。

随后，李渊召集众将商议下一步大军的去向。裴寂道：“屈突通手握重兵，坚守河东，我们如果舍他西去，进攻长安，万一长安没有攻下来，又不能回退到河东，到那时我们腹背受敌，那不是很危险吗？我们不妨先攻下河东，再去攻打长安。长安以河东为支撑，如果河东这边被攻下，那么长安就会闻风丧胆，有什么难破的呢？”

这话还没说完，李世民驳斥说道：“裴公说错了！兵贵神速，我今日乘胜西行，正是出人意料的上策。长安人士有智无谋，有勇无断，我军对长安唾手可得。如果我们围攻河东，长期滞留在河东城下，那么长安就可以趁机修缮城池，加固防御，养精蓄锐以逸待劳，而我们久攻河东不下，军心溃散，这是很危险的啊！况且，关中豪杰蜂拥而起，群龙无首，如果我们不及时加以招抚，就会有失众望，将来我们四面都是敌人，后悔莫及啊！”

李渊捻着胡子，说：“两种说法都有些道理，我看不如这样，我们兵分两路，偏军攻河东，正军向长安进攻。”

于是，李渊留下部分兵力围攻河东，自己率领大军渡河西进。路上，朝邑法曹靳孝谟，以蒲津、中鐔二城来归降。华阴县令李孝常，以永丰仓来归降。

长安城周围的京畿地区的郡县，也有很多派人前来归降。李渊命令长子李建成和司马刘文静，率领王长谐等人，在永丰仓屯兵，驻守潼关，控制河东。慰抚使窦轨以下的官员都归李建成管辖。二儿子李世民率领刘弘基等人攻打渭北，慰抚使殷开山以下的官员，都归李世民管辖。两军分头各事，各挡一面。

李渊自己住在长春宫（隋王室行宫），隋冠氏县长于志宁、安养县尉颜师古以及李世民的大舅哥长孙无忌都来求见。李渊一一接待了他们，封于志宁为记室，颜师古为朝散大夫，长孙无忌为渭北行军典签。

这时，鄠县（今陕西省西安市下属县市）派人来见李渊，还呈上文书。李渊刚看了一眼，就把柴绍召入宫，笑着说道：“我的女儿真是智勇双全啊！”说着，就把文书递给柴绍看。柴绍看完文书也非常高兴。李渊接着说：“你可带领骑士前去迎接她了。”柴绍连忙把文书还给李渊，自己三步并作两地跑了出去。

这到底是怎么回事呢？原来，柴绍奔赴太原时，曾对妻子李氏说："岳父举兵起义，招我过去，我如果和你一起去，路上诸多不便，但是如果把你一个人留在这里，我又担心你有危险。这要怎么做才好啊？"李氏从容说道："夫君一个人快去吧！我一妇人，很好避祸。而且，我自有妙计脱身，请夫君不用挂念！"

所以，柴绍一个人去了太原。柴绍走后，李氏就躲进鄠县的深山。她把家财散尽，聚集了一批人马。这时，恰好李渊的堂弟李神通也躲进了鄠县山中，并和长安大侠史万宝等人，起兵响应李渊。李氏随即与李神通合兵，攻下了鄠县，又派家奴马三宝，联络关中盗贼何潘仁、李仲文、向善志等人，攻下了盩厔、武功、始平等县，聚集了七万多兵马。左亲卫段纶娶了李渊的妾生女儿，也在蓝田起兵，聚集了一万多人，和李氏结为援军。李氏等人听说李渊已经渡河，就由李氏写信报知李渊，信中说明了和李神通合兵，以及盗贼们归降等事情。

李渊喜出望外，连忙让柴绍前去迎接。柴绍很想念妻子，突然得到这样的好消息，不由得眉飞色舞，当下一跃而出，带着几百名骑兵前去欢迎佳偶了。

柴绍走后，李神通和段纶等人都派来使者，接迎李渊，就连那些投降的盗贼也都写信表达诚心。李渊封李神通为光禄大夫，段纶为金紫光禄大夫，又写信慰劳那些盗贼们，并且各封了官职，命令他们依旧待在原地，听从敦煌公李世民调遣。

李世民率大军向西进发，沿路的盗贼们全都来归附，数不胜数。义军来到泾阳时，扎营相连数里，大约有九万人马了。隰城（今山西省汾阳市）县尉房玄龄也来归附义军，和李世民一见如故，李世民封房玄龄为记室参军，让他做主要的谋士。两人正互谈军事，滔滔不绝，相见恨晚，

这时，柴绍夫妻也带兵赶到，李世民高兴地出门迎接。只见姐姐李氏头戴雉尾，身披兽甲，腰上佩着七星宝剑，脚上穿着三寸战靴，一副将门女子，巾帼英雄的样子。李世民大大夸奖了姐姐一番。后面，柴绍的军兵有一万多人，一眼望去，也全都精神抖擞，没有羸弱之辈。李世民看到此景，不禁惊喜交加，满面春风，向姐姐行礼道："姐姐辛苦了！"李氏笑着答道："特来帮助兄弟！"李世民听了这话，连忙道谢。随后，世民又与柴绍说了几句，就命令来兵左右驻扎，然后带着姐姐、姐夫二人入帐，聊了好长时间，才从帐中出来。柴绍居左，李氏居右，各自设置军帐，带军驻扎。当时，李氏所带的兵马被称为娘子军。

李世民又向阿城进兵，一路上军律严明，队伍整齐。他派人禀告李渊，请求与其会师，一同赶赴长安。这时，李渊已经率军从长春宫出发，来到永丰仓，给将士分发军粮、军饷。随后，义军进驻冯翊。李渊命令刘弘基，殷开山等人，分兵向西攻打扶风。扶风城中出兵来迎战，被刘弘基击败，捷报传来，李渊非常高兴。这时，李世民的军报传来，李渊于是起兵西行。

一路上，义军经过隋朝的行宫时，李渊下令把宫殿全部撤销；把宫女也遣散回家。大军到达长安时，李世民早就已经驻军多时，两下会师，共有兵马二十多万。李渊命令大军各自原地驻扎，不能侵掠百姓，并派人来到长安城下，告知守城将士，义军愿意拥立代王为帝。

代王杨侑是隋炀帝的孙子，已故太子杨昭的第三个儿子。太子杨昭死得早，他留下三个

儿子，大儿子杨倓被封为燕王，二儿子杨侗被封为越王，三儿子杨侑被封为代王。

越王杨侗留守东都洛阳，代王杨侑留守西京长安，京兆内史卫文升等人辅佐守城。卫文升年事已高，听说李渊的大军来到城下，吓得要死，竟然一病不起了。城中只有左翊卫将军阴世师和郡丞骨仪在调兵坚守。

李渊派人前去招降，被斥回，于是李渊率军开始攻城，并且下令所有将士入城后，不能侵犯隋氏宗庙和代王宗室，有敢违抗命令的，诛灭三族！

军兵奉命开始攻城，城上弓箭、石块像雨点般落下，孙华冒险越过战濠，摇晃旗帜准备登城，却被流箭射中要害，竟然一命呜呼。

看到此景，义军非常愤慨，全都努力进攻，前仆后继，连日不退。大将雷永吉左手执刀，右手持盾，最先登上城，其他军兵随即涌上，把城头守兵杀散了，打开城门，义军随即一拥而入。

阴世师、骨仪等人率领部众与义军巷战，先后被义军抓住。卫文升听说城池被攻陷，立即吓死了。代王杨侑在东宫吓成一团，左右宫人只顾着逃命，四处奔散。只有代王的伴读姚思廉保护代王，陪在代王身边。

李渊大军喧闹着闯进大殿，姚思廉厉声呵止，说道："唐公举兵起义来到这里，为的是匡辅帝室，你们现在怎么这么放肆无礼？"姚思廉临危不惧，很有胆气。众人听了他的话，都感到很惊讶，退回大殿台阶之下，不敢轻举妄动。

李渊下马进入大殿，仍然按照臣礼拜见代王，并请代王迁居到大兴殿后厅。代王当时只有十三岁，能有什么主意，看到满屋子手拿兵器的军兵，吓得抖个不停。姚思廉没有办法，扶着代王到后厅后，哭着拜别后走了。

李渊退居长乐宫，和百姓约法十二条，把隋炀帝制定的所有的苛捐劳役全都废除，然后拉出阴世师和骨仪等十几个人，以贪婪苛酷，抵抗义兵的罪名斩首，并且把城内所有的囚犯全都释放了。

马邑郡丞李靖也在狱中，李渊问他犯了什么罪。李靖笑着说："我没有犯罪，只是听说唐公要举兵起义，不知该怎么向天子报告，所以自己上了囚车，让长官把我送到江都，以便向天子密告。谁知到了长安，正好遇上唐公率军来围城，城中守将不明白这是我的计策，因此把我暂时押在这里。"

李渊听了这话，勃然大怒，说道："你竟然敢告发我？左右将士，快点把他推出去，就地正法。"李靖大声喊道："唐公兴兵起义，为了就是平定天下暴乱，现在竟然因为私怨要杀壮士吗？"李渊不说话，左右将士上前，要把李靖押出去行刑。忽然，有一人进来，劝阻道："杀不得！杀不得！"

第四回 隋朝灭亡

话说李靖被军兵推出去，正要被行刑，忽然有一人前来劝阻。这人不是别人，正是敦煌公李世民。李世民和李靖曾有一面之交，知道他才勇双全，所以急忙拦阻。

李世民启禀李渊，说："父亲不记得韩擒虎的遗言了吗？韩擒虎曾经说李靖这个人很有用兵的谋略，如果为我们所用，一定能立大功。请父亲宽恕他，授予他官职！"

李渊沉默了半天，说道："我看他相貌奇伟，器宇不凡，将来恐怕不好驾驭。"李世民道："儿子自有办法驾驭他，请父亲不要担心！"李渊听了这话，同意了李世民的请求。李世民随即出去，把李靖身上的绳索解了，并对他好言抚慰，并请李靖到自己的军帐之中，待他为上宾。

李靖本是京畿地方人士，字药师，是隋朝行军总管韩擒虎的外甥。韩擒虎跟李靖谈论兵事，李靖无所不知，因此韩擒虎非常喜欢他，认为他是个将相之才。李靖还有一段风流艳事。隋炀帝刚登基的时候，曾游幸江都，命司空杨素驻守西京。有一天，李靖进见杨素，和杨素谈论时事，一身豪气，英采逼人。这时，杨素旁边有一个美貌的侍女，手里拿着红拂站在杨素一侧，屡屡偷看李靖。

李靖退出后，红拂侍女偷偷嘱咐门吏，询问李靖的住址，李靖告诉了门吏。当晚，李靖在旅舍睡下，半夜时候，突然有人敲门，李靖起床开门，一少年拿着包裹闯了进来，然后督促李靖赶紧关门。

等少年脱下外衣，摘下帽子，竟变成了一个十五六岁的美丽少女。李靖大吃一惊。少女问道："公子可还认识我吗？"李靖看了半天，不是很确定地说了句："杨家侍女？"

少女嫣然一笑，说道："我是杨家的执拂侍女。"说完，少女向李靖俯身下拜。李靖慌忙答礼，问她来有什么事。少女说道："小女子侍奉杨司空多年，阅人无数，今天看公子一表人才，世间少有。丝萝不能独生，愿托乔木，我想找人托付终身，所以来投奔公子。"

李靖答道："杨司空在京师位高权重，如果被他知道你和我在一起，那岂不是要惹来祸端？"少女说道："他已经是暮气沉沉，无所作为，有什么好怕的！现在，府里的侍女大多都跑了，他也没心思去追回，小女子这才有胆跑来，公子不要担心！"

李靖问少女姓名，少女回答姓张，在家中排行老大。李靖邀少女一起坐下，两人畅聊心事。言谈间，少女谈吐俊雅，风情万种，李靖渐渐地产生爱意，不忍割舍，于是李靖就留下少女，二人结为夫妻。

后来，李张二人担心杨素追捕，一同来到太原，在灵石客栈投宿。一天，黎明时分，李靖刷马，张氏梳妆。突然有一位满脸络腮胡子的人骑着驴，来到客栈，他取来枕头斜卧在一边，观看张氏梳头。

李靖不禁很生气，刚想要呵斥那人。张氏连忙摇手阻止李靖，匆匆忙忙梳好头发，整顿衣衫，向前询问那人的姓名。

男子自称张姓。张氏答道："我也姓张。"男子听了这话很是高兴，连忙说："今天真是幸运啊，遇到一个自家妹妹。"话说完，随即一跃而起。张氏叫李靖出来相见，两人彼此间行过了礼，李靖买来酒肉，和这位张壮士同坐共饮。

张壮士问："我看李公子现在很贫穷落魄，怎么得到这么好的美人啊？"李靖答道："他人我就不方便告诉了，但是哥哥为人光明磊落，那我就实话告诉你吧！"

于是，李靖就把和张氏相识的来龙去脉全都告诉了他。张壮士接着问："那你们现在打算到哪里去啊？"李靖回答说，要到太原去避祸。张壮士微微点点头，随手取出一个装食物的口袋，笑着对李靖说："我这里也有下酒的食物，李兄弟愿意和我一起吃吗？"李靖谦虚地说不敢。

等张壮士打开口袋一看，里面竟然是一个人头，一副心肝。张壮士把他们放到碗里，用匕首切成薄片，大嚼着吃完，对李靖说："这是天下的负心人，我已经怀恨他十年了，如今被我杀死，才消了我的心头之恨。"言谈间，全是侠客行径。李靖只得连声应答，不敢细问个中究竟。

张壮士又道："我看李兄弟器宇轩昂，不愧是人中丈夫，我这位妹妹可真是找到了一位佳偶了。但是，不知道太原一带还有没有奇人异士？"李靖答道："有啊！这人和我李靖同姓，年方二十，生得一副帝王之相，我看他以后一定会是真命天子。"

张壮士道："此人现在在做什么事呢？"李靖回答说是将门之子。张壮士点头说："那李兄弟能帮我引见一下吗？"李靖答道："我有个朋友，名叫刘文静，跟这个人交情很深，可以请他为你引见一下。但是，哥哥为什么要见他呢？"

张壮士道："现在太原有帝王之气，想必就应在这人的身上，所以我想跟他见一面。只是现在我还有些琐事，不方便与你们一起到太原，等到了太原我们再见面。李兄弟就在汾阳桥等我，千万不要失约呀！"说完，张壮士就骑驴走了，转眼间就不知去向。

李靖知道张壮士是位侠士，立即和张氏启程前往太原，来到汾阳桥等他。张壮士果然如约而来，两人相见很是高兴，随即一同去刘文静家。张壮士自称会看相，想见一见李世民。刘文静本来就很赏识李世民，听说来客善于看面相，就打算让他验证下，于是派人请李世民过来聊天。

李世民身着便装前来，举止间潇洒大方，神采飞扬，相貌堂堂。张壮士见了不禁大惊，连忙对李靖小声地说："果真是位真命天子，我已经料定十之八九。我还有一位道兄，让他见见，那么就能料定十成了。"

李靖转告刘文静，刘文静答应再定日期，再见一面。张壮士随即告别。约期一到，张壮士把一道士领来，和李靖见面，一起去见刘文静。

刘文静正在下棋，见到道士，随即邀道士一起下棋，并派人去请李世民一同来观棋。很快，李世民赶到了，抱拳相见后在旁边就座，回首抬眼之间一副卓尔不群的样子。道士怅然，把棋全都放在匣子里说："这一局，我输了，不必再继续下了。"随即请辞。道士一出门就对张壮士说："有这个人在这里，你就不必强图大业了，可到别的地方谋出处了。"说完，道士飘然离去。

张壮士对李靖说："李兄弟是个可信之人，只是妹妹还没有一个栖身住所！我为你们筹划一个住宅安顿下来，今天你们就和我一起返回西京长安，怎么样？"李靖觉得很为难。

张壮士说道："你是怕杨素吗？他已经死了。况且有我和你们同行，你怕什么呢？"李靖听了这话，于是和张氏一起，跟着张壮士一同返回京中。果然，杨素早就已经死了，隋炀帝另派代王杨侑留守西京，于是李靖夫妇放心地进入京城。张壮士又对李靖说道，今日先暂时分别，明日你和妹妹一同来某坊某宅，我在那里等候你们。说完，张壮士挥手离去。

第二天，李靖和张氏一同来到某坊，果然看到一个小小的板门，才叩了一二声，就有人出来迎接他们。

几重门之后，两人被引入内院，顿时豁然开朗。屋舍非常宏丽，有几十个奴婢，侍女带着李靖夫妇来到东厅，厅内的陈设珍奇异常。这时，张壮士出来相见，只见他头戴纱帽身穿紫衫，和之前的装束截然不同，让人眼前一亮。后面跟着一位少妇，只见她身着华服，非常雍容端庄，也很秀丽。李靖料到是张壮士的妻子，随即让张氏上前相见。张壮士非常殷勤地招待李靖夫妇，并邀他们进入中堂。

四人刚刚相对坐下，就有仆人端来佳肴，整饬酒席，还有女乐在庭中奏乐助兴，四人一起把酒言欢，非常高兴。喝到高兴的时候，奏乐停止，张壮士让奴仆抬出二十个宝箱，放在酒桌左右两旁。

张壮士指着箱子，对李靖说："这些都是我这么多年积蓄，今天我就把它们全部赠送给你们。我本来是想在这里建功立业的，如今既然遇到真龙天子，那我就不应该再留下了。太原李氏是真龙天子，三五年内，他就可以平定天下了。李兄弟很有才能，如果能辅助天子，将来必定位极人臣。妹妹独具慧眼，得以配得你这位君子，将来你们两人夫荣妻贵，儿女双全。李兄弟安心将我所赠的钱财用来建功立业，辅佐天子，努力奋斗，如果十多年后，在东南数千里外有消息传来，那就是我得志了。到那时，妹妹和李兄弟可前来喝酒祝贺。"

说到这里，张壮士把房契，钥匙等一并交出，还让家僮拜见李靖夫妇，并嘱咐道："这两人以后就是你们的主人了，你们不得怠慢！"听了这话，李靖和张氏正要拒绝。谁知，张壮士已经带妻子，进入内室，不一会儿，两人穿着戎装出来，拱手向李靖夫妇告别。二人出门乘马，也不多带行囊，只带着一个奴仆，扬鞭向东去了。

李靖夫妇送他们出门，不一会儿，就不见张壮士夫妇踪影了。两人若有所失，返回室内，检视那二十具箱子，都是价值不菲的财宝。张壮士还留了几箱子兵书，内面记载着风角、鸟占、云祲、孤虚等奇门要术。

李靖趁空闲时间认真揣摩兵书，很有收获，逐渐料事如神。后来，到了唐太宗贞观年间，东南蛮族上书奏报，说海外有一个番邦首领，入侵扶余国，自立为王，国中大势已定。李靖就知道是张壮士成事了，于是，李靖和张氏洒酒于地，一起向东南拜贺。世人所称“风尘三侠”，指的就是李靖夫妇和张壮士三人。

李靖得了张壮士馈赠的钱财后，非常豪爽大方，到处交游，结交了很多达官贵人。这些贵人推荐李靖入朝为官，李靖很快入朝当了殿内直长，不久之后，李靖出任马邑郡丞。

听说李渊已经在太原起兵，李靖料他必会进攻长安，于是李靖借告发为名，自己主动进入牢车，由衙役押送长安，先在长安等候。果然不出李靖所料，长安城被义军攻破。见到李渊后，李靖知道自己命不该绝，故意当面冲撞李渊，不愿意乞求怜悯。

李世民曾与李靖有一面之缘，并且听说李靖很有才能，于是竭力营救李靖。后来，李靖效力于李世民的军帐之下，尽心竭力辅佐襄助。

李渊安定好百姓后，停止杀戮，拥立代王杨侑为帝，在大兴殿即位，改年号为义宁，遥尊隋炀帝为太上皇，并且自封为大丞相，全权掌握内外军事兵权，称唐王，把武德殿作为丞相府，设置官吏处理政事。

李渊还是让裴寂任长史，刘文静任司马，召前尚书左丞李纲为相府司录，掌管选拔人才的事，前考功郎中窦威为司录参军，掌管礼仪。李渊又追封自己的祖父李虎为景王，父亲李昺为元王，夫人窦氏为穆妃，封大儿子李建成为世子，二儿子李世民为京兆尹秦公，四儿子李元吉为齐公。

布置完毕，忽然接到来报，说西秦霸王薛举自称秦帝，派儿子薛仁杲侵略扶风，并且谋划攻打长安。李世民听到这个消息，主动请命出击，李渊让李世民率部众前去攻打。李世民大军来到扶风境内，遇着薛仁杲的军队，李世民立即率军大刀阔斧杀了过去。薛仁杲的军队抵挡不住，纷纷逃走。扶风太守窦琎和河池太守萧瑀都来迎接李世民，李世民也很有礼貌地接见了他们，还把他们二人引见给父亲。李渊封窦琎为工部尚书燕国公，萧瑀为礼部尚书宋国公，又派人到河东招降屈突通。

屈突通正和刘文静相持不下，已经有一个多月。屈突通经常派牙将桑显和，突袭刘文静军营，刘文静和段志玄等人奋力痛击，杀了好多屈突通的军兵，桑显和只好带着几个骑兵逃回。屈突通见局势日渐严峻，就留下桑显和把守潼关，自己率军向东逃往洛阳。他走后，桑显和随即率众归降了刘文静，刘文静派窦琮等人，与桑显和联军，追击屈突通，屈突通让大军列成队形，结成阵势，坚决不出来迎战。

窦琮派屈突通的儿子屈突寿，劝父亲归降，屈突通见儿子屈突寿来到阵前，大骂说道：“你这逆贼来干什么？从前我们是父子，从今以后我们就是敌人了。”说完，屈突通就命左右侍卫用箭射杀屈突寿，屈突寿狼狈跑回。

桑显和对屈突通的部众喊话，说道：“现在京城已经沦陷，你们都是关中人，跟着屈突通要去哪里呢？还是快快投降吧，这样还可以回去和家人团聚。”屈突通的部众听了这话，全都缴械投降。

屈突通自知大势已去，无力挽回，于是下马，向东磕头痛哭，道："臣已经尽力了，并非有意负国，天地神灵明鉴。"部众二话不说，押着屈突通来到刘文静的营中。刘文静把屈突通押送到长安，李渊再三抚慰他，并封他为兵部尚书，赐予他蒋国公的爵位，还派他到河东城下招降尧君素。

尧君素登上城楼，见到屈突通，潸然泣下。屈突通也流着泪，对尧君素说道："我军已败，如今义兵所到之处，没有不响应的。大势至此，您还是早点投降吧！"

尧君素正色说道："大人身为国家大臣，皇上把关中委托给你，代王把社稷委托于您，你怎么能负国降敌，还来为他人做说客呢？"

屈突通叹道："君素啊！我也是因为力竭计穷，才投降啊！"尧君素道："我还没有力穷，你不用多说了，我是不会投降的！"说到这里，尧君素不再理会屈突通，自己下城离去。

屈突通也感到很惭愧，返回报知李渊。李渊听说尧君素的家属都居住在长安，随即派人把他的家眷扣押起来，还让尧君素的妻子写信劝降。尧君素仍然不予答复。

于是，李渊调虞州刺史韦义节等人，率军逼攻河东。另外，李渊派刘文静向东征讨弘农（今河南省灵宝市）各郡，又派侄子李孝恭等人抚慰山南，山东，派云阳令詹俊等人南征巴蜀，各地陆续投诚。

义宁二年，李渊封李建成为抚宁大将军，李世民为副将，率军七万，征讨东都。李元吉被封为镇北将军，掌管太原十五郡军事。三个儿子奉命渡河，东南两边分兵进攻。

忽然，江都传来急报，说隋炀帝被宇文化及杀害，另立秦王杨浩为帝了。李渊得到这个消息，不禁痛哭，说道："我在这里辅助代王，不能前去救先帝，真让人痛心啊！"

原来，隋炀帝在江都久住，一天比一天荒淫无道。朝廷大臣，无论文武，都有卸甲归田的想法。将作少监宇文智及和郎将司马德勘、直阁裴虔通等人，推举宇文智及的哥哥宇文化及为头领，密谋杀害隋炀帝。宇文化及等人乘夜放火，带兵杀入玄武门，直奔东阁，把隋炀帝拉出宫室，历数他的罪过，然后把他勒死了。

隋炀帝的弟弟蜀王杨秀、儿子齐王杨暕、赵王杨杲，以及长孙燕王杨倓等人，包括宗室外戚都被斩首。宇文化及等人还把大臣虞世基、裴蕴、来护儿、萧巨、许善心等十几个人也杀了。只有隋炀帝的侄子秦王杨浩，因为跟宇文智及交情好，才没有被杀。宇文智及建议宇文化及立杨浩为帝，让杨浩居住在别宫，只许发诏署名，不得干涉政事。

宇文化及自封为大丞相，掌管所有大权，并拥兵十几万。他还把六宫妃嫔占为已有，就连隋炀帝的皇后萧氏也被他奸污了，跟隋炀帝一样荒淫无道。宇文化及封弟弟宇文智及为左仆射，宇文士及为内史令，裴矩为右仆射，把左卫将军陈稜留下来，把守江都，自己劫持萧后和秦王杨浩等人向江东出发，打算返回长安。宇文化及一路上的仪卫甲仗，都仿照皇帝的规格。

宇文化及等人抢了江都人的舟楫，打算经彭城水路，陆续出发。虎贲郎将麦孟才、虎牙郎钱杰和折冲郎将沈光等人，打算谋杀宇文化及，谁知事情败露，全都被宇文化及杀害。

队伍开到彭城，水路行不通，宇文化及等人又抢夺百姓的牛车两千辆，装满了宫人和珍宝，所有的兵戎铠甲没有车可以装载，就命军士背着前进。路途遥远，军士们疲劳不堪，都忍不住唉声叹气。

司马德勘又联络郎将赵行枢等人，商议杀掉宇文化及，并且派人到曹州，秘密和孟海公结盟，让孟海公施以援手。谁知孟海公还没有赶过来，司马德勘等人的计谋就败露了。于是，宇文化及假装出去打猎，召司马德勘等人同行，帐下藏着伏兵，宇文化及把司马德勘等人一并拿下，把他们全都处死了。

这时，魏公李密屯兵在巩义、洛阳一带，拦住了宇文化及。吴兴太守沈法兴凭借长江以南十几个郡，也来声讨宇文化及。梁王萧铣，因隋炀帝被杀，居然自己称帝，把京都迁到江陵（今湖北荆州）。李渊接连听到这些消息后，也跃跃欲动，于是，他把李建成和李世民召回，威胁代王杨侑禅让帝位。

代王杨侑本来就是一个小孩子，自己的性命都不能左右，一直握在李渊的手上，因此无论李渊说什么，他都只好唯唯从命。一班攀龙附凤的臣僚当然乐意代为拟诏，于是，诏书今天赐予唐王九锡，明天又允许唐王戴十二冕旒，建天子旌旗，出行时警戒清道，禁止行人。

到了五月戊午日，代王杨侑终于宣告禅位，诏书说：

天祸隋国，太行太上皇遇盗江都，酷甚望夷，衅深骊北，悯予小子，奄造不愍，哀号永感，心情糜溃。仰维荼毒，雠复靡申，形影相吊，罔知启处。相国唐王，膺期命世，扶危拯溺，自北徂南，东征西怨，致九合于诸侯，决百胜于千里。纠率夷夏，大庇甿黎，保义朕躬，繄王是赖。德侔造化，功极苍旻，兆庶归心，历数斯在。屈为人臣，载违天命。在昔虞夏。揖让相推，苟非重华，谁堪命禹？勉强附会。今九服崩离，三灵改卜，大运去矣，请避贤路。予本代王，及予而代，天之所废，岂其如是？庶凭稽古之圣，以诛四凶，幸值维新之恩，预充三恪。雪冤耻于皇祖，守禋祀为孝孙，朝闻夕陨，及泉无恨。今遵故事，逊于旧邸，庶官群辟。改事唐朝，宜依前典，趣上尊号。若释重负，感泰兼怀。假手真人，俾除丑逆。济济多士，明知朕意！

禅位诏书下达后，代王杨侑派刑部尚书兼太保萧造，司农少卿兼太尉裴之隐，带着皇帝的玉玺，来到唐王府中宣诏。李渊假装推让一番，然后才受命。随即，李渊改大兴殿为太极殿，择了甲子日登基。

当天辰时，李渊先派萧造在南郊祭告，然后即位。李渊继位时已经五十多岁了，眉毛胡子都有点白了，因为相士推断本朝为土德，于是服色以黄为尊。

李渊头戴黄冕，身着黄袍，由侍卫拥护着登上帝座。宗室贵戚和大臣们纷纷按序进入大殿，分列两班，跪拜朝贺，三呼万岁。历史上称李渊为唐高祖。

李渊登基后，颁布诏书，改义宁二年为唐武德元年，并大赦天下，官吏各赐爵一级。义军所经过的地方，免除三年赋税徭役，并且撤郡设州，改太守为刺史。退朝后，又赐宴百官，按照功劳大小赏赐金银。

第二天，李渊封李世民为尚书令，侄子李瑗为刑部侍郎，裴寂为右仆射，刘文静为纳言，萧瑀、窦威为内史令，李纲为礼部尚书，窦琎为户部尚书，屈突通为兵部尚书，独孤怀恩为工部尚书。殷开山等将士，也都分封了官职。

李渊还废除了隋朝的律令，颁布了新法，又在都城建造高、曾、祖、父四亲庙，追尊高祖李熙为宣简公，曾祖李天锡为懿王，祖父李虎为景皇帝，庙号太祖。父亲李昞为元皇帝，庙号世祖。祖母及母亲都称王后。追谥王妃窦氏为太穆皇后，追封皇子李玄霸为卫王，立世子李建成为太子，封李世民为秦王，李元吉为齐王，还封赏李氏宗亲，李渊堂弟蜀公李孝基等人，封王约有十人。

李渊把杨侑降为酅国公，赐予宅邸让他在京师住下，追谥隋炀帝为太上皇，江都太守陈稜，按照天子仪卫，改葬炀帝于江都宫西吴公台，被杀的隋朝王公的坟墓都葬在隋炀帝墓的两侧，隋朝自此结束了。

东都留守官段达，王世充，元文都等人还在垂死挣扎，听说隋炀帝死后，他们奉越王杨侗为皇帝，改年号为皇泰，与唐军为敌。此外，还有几个占据一方的草头王，互相吞并，没有投降，其中最为强悍的几个，还想逐鹿中原，李渊父子围剿了好几年才把他们歼灭。

秦王妙计平薛举

越王杨侗在东都称帝，封段达、王世充为纳言，元文都为内史令，让他们共掌朝政。听说宇文化及率军来攻打，元文都等人都很惊慌。这时，有个叫盖琮的人上书，建议招抚李密，和李密结盟，一起抗击宇文化及。元文都等人都赞成盖琮的提议，封盖琮为通直散骑常侍，让他拿着诏书去联络李密。

话说李密为了逃命，来到瓦岗寨。当时，东都法曹翟让从监狱逃到瓦岗寨，聚集民众，占山为王。单雄信、徐世勣、王当仁、王伯当、周文举、李公逸等人都来响应他。于是，李密就劝翟让率众起义，自立为王，翟让很谦虚，一再推辞。

这时候，一个叫李玄英的人，从东都洛阳来了到瓦岗寨，此人偷偷地拜访李密，并对李密说，民间流传一个歌谣，叫作《桃李章》，这歌谣一共有五句话："桃李子，皇后绕扬州，宛转花园里。勿浪语，谁道许。"李玄英说，"桃"跟逃同音，"李"指的是姓李的人，"释"就是说李氏后代逃亡的意思，"皇"和"后"都指的是君主，"宛转花园"就是说隋主隋炀帝在扬州没有回来的一天，将会自己吊死园中，"莫浪语，谁道许"这两句则暗藏一个"密"字。所以，李玄英一听到李密的名字时，就来寻访他，然后把歌谣告知李密。

李密听了李玄英的话，更加自负，就打算借翟让的势力自己称王。翟让有个军师名叫贾雄，平时很得翟让信赖，于是李密就和贾雄勾结，让他想办法去劝说翟让。贾雄对翟让说："李密是蒲山公的后代，将来必成大事。"翟让说既然李密能成大事，那为什么要到我这里来呢？贾雄又说："将军姓翟，翟有泽义的意思，蒲没有泽是活不下来的，因此要倚赖将军。"李玄英的解说已经很牵强，贾雄的劝解更是穿凿附会，但是翟让信以为真，于是很重用李密，与李密的感情日渐深厚。

李密劝翟让攻下荥阳各县。齐郡郡丞张须陀非常骁勇善战，奉命调守荥阳，引兵迎击翟让。翟让非常害怕，想要回到瓦岗，李密竭力劝阻，并且为翟让出谋划策，用埋伏计袭击张须陀。张须陀兵败身亡，翟让非常高兴，让李密自己建立一军营，称蒲山公营。

然后，李密又和翟让袭击占据了兴洛仓，连续几次打败了东都的援兵。于是，翟让推李密为首领，号魏公，改年号为永平，设置长史等官吏。翟让为上柱国司徒东郡公，手下也掌管了一班官吏。单雄信、徐世勣等人都封为大将军，各领所带部众。祖君彦任记室，传檄四方，讨伐隋朝。李密大军夺取了河南各郡县，和李渊互通信函结盟，就是这个时候。赵魏以南，江淮以北大部分揭竿起义的人士，都来归附李密，势力非常强盛。

翟让被李密封为行军总管，李密让他夜里率步骑兵袭击东都，烧杀掠夺城外居民。没办法，东都居民只好全都逃到城中，由王世充等人率军登城坚守。翟让见东都难以攻下，率军退去。

巩县长柴孝和，监察御史郑颋以及虎牢守将裴仁基，都归降了李密，李密给他们各自封了官职。紧接着，李密又得秦琼（字叔宝）、程咬金、罗士信、赵仁基等大将，一时间声势大振。李密和东都将士们互相攻击，双方都有胜败，不分上下。

此时，武阳郡丞元宝藏也率领全郡百姓，归降了李密，李密封元宝藏为上柱国武阳公，元宝藏让门客魏征写信，感谢李密。魏征是巨鹿人，年少时，家里穷，很喜欢读书，本来他是一位道士，后来被元宝藏召为书记。李密觉得他文辞恰当，很喜欢他，于是特地召他为参军，同时掌管记室。元宝藏跟徐世勣联军，袭击并攻破了黎阳仓，他们发粮赈民，挑选壮丁为兵。前后不到十天，就征募了三十万名兵士。永安、义阳、弋阳、齐郡等地的首领都闻风前来归降，就连窦建德，朱粲等人也派使者，前来归附李密。

这时，王世充调兵十万，攻打洛口，与李密隔水列阵。李密率军渡过洛河与王世充激战，被王世充击败，李密率军向洛南逃去，柴孝和等人掉入河中淹死了。

王世充带军涉水追击，谁知被李密的大军转头击退，王世充战败，逃窜到石子河，再与李密的大军交战，又被击败，王世充向西逃走。于是，李密声威更加强大，所有归降李密的人都劝他称帝。李密觉得东都还没有平定，暂时没有同意。

翟让的哥哥翟弘看得眼红，对翟让说：“这个天子应该是你来当的，你怎么就让给别人了呢？你要是不敢当，就让我来当吧！”翟让的司马王儒信，也劝翟让自为冢宰，把李密的大权夺过来。翟让一直犹豫不决，迟迟没有行动。

翟让的总管崔世枢和左长史房彦藻，曾受到翟让的责备辱骂，对翟让怀恨在心，于是偷偷地把这件事告诉了李密，并且劝李密除掉翟让。李密还没有同意，左司马郑颋说：“毒蛇螫手，壮士断腕，你怎么为了私义误了大局呢？”

李密听了这话，有所动摇。于是，李密和几个人定计除掉翟让。李密摆了桌酒席，找翟让来喝酒。翟让和哥哥翟弘，还有哥哥的儿子翟摩侯，司马王儒信等人相约到来，结果都被李密杀掉了。李密为了抚慰各营军兵，历数翟让的罪过。翟让为人本来就很残忍，所以死后也没人为他哀伤。但是通过这件事，军兵们都觉得李密背叛朋友，心狠手辣，也不免心怀顾忌，渐渐产生了猜忌。

李密进攻东都，与王世充两军相持。越王杨侗招募兵丁支援王世充，可是王世充总是打败仗，而李密却打了很多胜仗，并且占据了金墉城，东都非常恐慌。

唐抚宁大将军李建成，副将军李世民也率兵来到东都，名义上说是来援师，实际上也是来占领地盘的。东都城中情形更加紧急。

李密乘势率军攻打东都城，李建成率军加以阻止，没办法李密只好引兵退去。等到李建成等人回到长安，李密又打算进攻东都。这时，宇文化及引兵来到黎阳，李密的将士徐世勣扼守仓城，马上派人向李密告急。

于是，李密率军回到清淇，与宇文化及隔水对话。李密大声喊道："你本是匈奴的差役，后投入中原。你们家族父兄子弟，世代深受大隋的恩惠，荣华富贵，朝中无人能及。主上失德，你们不以死劝谏，反而忤逆叛乱，弑杀主上。你们不学诸葛瞻（诸葛亮之子）的忠诚，反而效仿汉代霍禹（霍光之子）的悖恶，真是天地不容啊！你如果迅速来归降于我，还可以饶你性命。"

宇文化及听了这话，瞪了李密很久，道："今天要么开战，说什么废话？"李密对左右随从说道："宇文化及这么蠢笨，还想自立为王，真是可笑啊！我就是不要兵器也可以把他赶走！"

于是，李密率军深挖壕沟，高筑壁垒，坚固防御，不与宇文化及争锋，并对徐世勣下令，让他也深挖壕沟固守城池，等到宇文化及粮尽退师，再去追击也不迟。

宇文化及率军修缮兵器，准备进攻仓城，但是被护城河所阻断，一直没有得手。徐世勣从护城河下挖通地道，出其不意的攻打宇文化及大军，并纵火烧了宇文化及的军营。宇文化及大败，兵器大多被烧毁，但还是不肯退兵。

李密正担心会遭到东都的夹击，这时候，盖琮带着越王杨侗的问罪书来了。

于是，李密将计就计，给杨侗写下降书，称愿意除掉宇文化及为自己赎罪，当下派人带着降书，和盖琮一起去见越王。

此时，越王已经称帝，看了降书后非常高兴，立即封李密为太尉，又加封魏公，等他把宇文化及的叛军扫平了，就让他入朝辅政。册封李密使臣出发之后，元文都等人看到李密肯来归降，以为天下从此太平，就在上东门开始饮酒作乐。王世充却很清醒，严肃地说道："朝廷这么轻易就把官爵授给贼人，到底想干什么呢？你们也高兴得太早了！"元文都听了这话，感到愤愤不平，于是说王世充私通宇文化及，不可不防。从此，两人有了隔阂。

宇文化及的粮食吃完了，只好退兵，向北逃往魏县，李密乘胜追击，大获全胜，向东都告捷。元文都等人一起向越王道贺，而王世充却扬言，说道："元文都等人都是文官，看不透盗贼的心肠，将来必为李密所擒。况且我军多次跟李密交战，杀了他部下很多兵士，数都数不清。如果李密来执政，他的部众肯定想要报复我们，到那时我们就死无葬身之地。"

元文都听到这些话，连忙转告段达，想要趁王世充入朝的时候，派兵把他除掉。不料，段达反而向王世充告密，王世充主动出击，趁夜袭击含嘉门。元文都得知变故，随即把隋主杨侗带到乾阳殿，闭门坚守。

王世充率军进攻太阳门，一路斩关，长驱直入，令段达进入殿内抓住元文都，乱刀砍死，接着派部将替代殿中守卫，然后进入大殿，拜见隋主，磕头谢罪。

隋主杨侗本来就没有什么权力，怎么好责备他，只好听他说话，王世充披发起誓，声泪俱下，说得隋主还真相信了。随即，王世充被封为右仆射，总管内外所有军事。从此，大权全落在王世充手里，他的兄弟子侄全都掌握重兵，而隋主杨侗就像傀儡一样，一切不能自主。

李密把宇文化及赶走后，打算入朝东都，听到变故后只好返回。他下令打开洛口粮仓，赈济难民，并且不设限制，随意领取。一时间，强盗们都来瓜分粮食，来人不下百万之众。东都的很多兵民，因为想要得到粮食，都来投降。谷粒满地都是，随意散落在道旁。

李密很高兴，对贾润甫说："这就是所谓的丰衣足食吧。"贾润甫道："国以民为本，民以食为天。如今百姓背着米袋而来，无非就是为了白拿粮食。而负责发粮的官吏又不爱惜，随便发放，等到米粒发放完，百姓也都跑光了，到那时，还有谁来帮你完成大业呢？"这话说得很在理，于是，李密立即封贾润甫为司仓，并让他参与军事。

王世充在东都大揽朝权，密谋拿下李密。他假装派人跟李密讲和，说愿意用自己的布换李密的米。李密军中有很多粮食，但是很缺乏布匹，所以同意跟他交易。东都兵民得了粮食后，没有人出来投降。这时，李密才知道中了王世充的计，从此与他绝交。

谁知，王世充这时暗地里已经挑选精兵，喂饱战马，打着永通字号的大旗前来进攻。李密留下王伯当守金墉，邴元真守洛口，自己引兵从偃师北境出发，迎击王世充。裴仁基献计，说道："王世充率部众前来袭击我军，那么东都必定空虚，我们分出部分兵力扼守要路，不与他们开战，另外，再派三万精兵，从河西绕道，袭击东都。如果王世充前去救援的话，我军就可以前后夹攻，这样还怕不能取胜吗？"李密听了他的计策，很是满意。然而，单雄信、陈智略、樊文超等人却主张速战速决，李密因此也有所动摇，裴仁基苦劝李密，然而，李密却不听从他的劝告，主张速战。万般无奈，裴仁基哀声叹道："主公将来一定会后悔的呀！"

王世充夜间派一队轻骑兵潜入北山，埋伏在溪谷中，又让兵士早早喂饱马，吃完早饭，黎明出发，突袭李密的大军。李密刚打败宇文化及，士卒都很疲惫，再加上他十分藐视王世充，所以根本没有防备。等到敌兵杀到跟前，李密的军队才慌张地列阵，这时已经来不及了。那王世充手下的士卒都是江淮勇士，拼死冲杀过来，锐不可当。

刚开始，李密军队还能勉强招架，不料伏兵从高处冲下，很快就把李密的大军冲作几段。王世充抓到一个长得很像李密的人，把他两手反绑，押到阵前，假装大声喊道："李密已被我军抓住了！"军兵大呼万岁。李密的大军本来就已经节节败退，怎么能禁得住这番喊话，不由地误认为真，顿时溃乱。单雄信、陈智略等人投降了王世充，裴仁基、郑颋、祖君彦等人，被王世充的手下抓住。

李密狼狈地逃回洛口，谁知守将邴元真已经投降王世充，还帮着王世充图谋李密。李密自知无力支撑，连忙向虎牢关逃去。同时，王伯当也舍弃了金墉城，率军退守河阳。

当下，李密召集部众商议，还准备南阻河北，北守太行，东连黎阳（河南省浚县古称，自古以来兵家重地），再图进攻。将士们都不同意，极力阻止道："我军刚刚战败，军心还不稳，如果还在这里逗留，军兵会越来越少，到那时，我们要如何进攻呢？"李密长叹道："我能依靠的只有你们了，你们既然都不同意我的话，那我就是穷途末路了。"说到这里，李密就要拔剑自刎。王伯当连忙将他抱住，夺去他的剑，一边哭着，一边劝解李密。众人都跟着落泪，李密对大家说："大家如果不相弃，我们就一起到关中去，我李密虽然没有什么大本事，但是一定可以保证大家的富贵。"接着，他又对王伯当说："将军家大业大，不应该跟我李密一起逃亡。"

王伯当说道：“当年萧何率父母子弟，跟随汉王，我王伯当既然跟随主公，就不会背叛，活在一起活，要死一起死。”大家都被他的话感动，全都跟着李密入关，一共有二万人。所有李密遗留下的将士和占据的州县，大多都归降了东都，就连程咬金、秦叔宝等人也投入了王世充军下。只有徐世勣还在坚守黎阳，不愿背叛李密。

李密率军入关，对部众道：“我带着百万民众，解甲归唐，山东那边的有几百座城池，知道我归降了唐朝，肯定也会来归附，我的功劳像汉时的窦融一样，非常大。唐主念我有功，肯定会待见我，至少封我做宰辅吧？”王伯当道：“应该就是像你说的这样。”

一行人来到长安，入朝拜见唐主李渊。李密本以为李渊会重用他，谁知李渊只是封他为光禄卿，赐爵邢国公，李密大失所望。而且，朝臣又大多轻视李密，因此李密又怀异心，无奈寄人篱下，只好忍耐。

唐高祖李渊定都长安后，便想进一步平定陇西。陇西一直被薛举占据，有十多万兵马，声势很强大。薛举本来是陇西的土豪，做过金城府（今甘肃省兰州市）校尉。金城县令郝瑗让薛举剿盗，薛举反而扣押了郝瑗，自立为西秦霸王，接着便称帝，立儿子薛仁杲为太子。

薛仁杲很会骑马射箭，绰号万人敌，战无不克，非常厉害，占据了陇西的所有土地。薛仁杲只有在扶风一战，被李世民打败。

武德元年六月，薛举兴兵侵犯泾州。李渊派李世民率领八位总管兵，出城应战。大军开到豳岐的时候，李世民得了疟疾，于是，李世民让长史纳言刘文静、司马殷开山两人暂时代掌兵事，并且嘱咐他们不要随便开战。然而，殷开山与刘文静两人不听李世民的告诫，竟然仗着人多马足，在高墌城耀武扬兵，被薛举偷袭，全军大败。总管慕容罗、李安远等人都战死了，兵士伤亡过半。李世民也只好退兵，刘文静等人因这件事被罢官。

两个月后，薛举又派薛仁杲围攻宁州，被宁州刺史胡演击退。没过几天，薛举就病死，薛仁杲继位。唐秦州总管窦轨，奉命讨伐薛仁杲，谁知战败而回。

薛仁杲又来围攻泾州，骠骑将军刘感奉命出城迎战，谁知遇到埋伏，被敌军擒获，射死城下。长平王李叔良率兵前来增援，进入城中坚守，勉强守住。

高祖李渊听到这个消息，于是，再次封李世民为西讨元帅，率军出击薛仁杲。唐军来高墌，薛仁杲派骁将宗罗睺率众抵御。宗罗睺仗着自己很勇悍，径直来到李世民营前，耀武扬威，指名挑战。

李世民假装没听到，只是命令将士坚壁自守，不得轻举妄动，违令者立斩。偏偏这宗罗睺每日总是来挑衅，而且骂得越来更狠，惹得唐军很恼怒，个个摩拳擦掌，想要跟他们决一死战。只是军令难违，大家不得不入帐，请求元帅下令出战。

李世民解释道：“我军刚打了败仗，士气沮丧，敌军却士气正盛，轻视我军。因此，我军应该坚持固守，养足锐气，等到敌军骄傲而我军奋勇时，就可以克敌了。大家如果不听我的话，可不要后悔啊！”众将半信半疑，只因他是主帅，不好与他争论，于是耐着性子，退出帐外。就这样今天不战，明日又不战，一直过了五六十天，仍然不战，将士都很郁闷。

忽然，有一天，从敌营来了一员大将，带着几百名骑兵前来归降。李世民召他入营，问他的姓名，才知道他叫作梁胡郎。这位将士说营中快没粮食了，最后免不了被擒，所以率部众来投降。大家都怀疑他有诈，全都进来劝阻。李世民呵斥道："梁将军是个识时务的君子，大家不要多疑了！"接着，李世民好言劝慰梁胡郎，让他住在后营，一面派行军总管梁实移营浅水原，诱敌来攻。

敌将宗罗睺早就等不住了，立即率领精锐部队攻打梁实军营。梁实一直坚守不出，营中缺水，军兵和马匹好几天都没有喝水了，宗罗睺却又来围攻，情况很是紧急。

李世民于是召集部将，说："今天可以出战了。"右武侯大将军庞玉主动请战。李世民道："庞将军可在浅水原南面出阵，如果贼兵用力来攻，你要跟他们血战到底，不得退怯！我一定会带兵来援助你的。"庞玉奉命带领部众来到浅水原南，选地列阵。刚列好阵，宗罗睺就带兵攻打过来，仗着人多马众，包围庞玉的大军，四面环击庞玉。

庞玉抖擞精神，督军激战。但是，敌军层层进逼，不管你如何奋勇，也杀不退敌军，反而伤亡了很多部众。庞玉大呼，道："元帅料敌如神，一定会有精兵来援助我们的，大家不要退缩，一定要拼死杀敌！我今天也不想活了！"

部众听了这话，也都再接再厉，战场上血肉横飞，天地为愁，草木凄悲。忽然，宗罗睺阵中人马纷纷逃窜，一位大帅手持长矛，最先冲进敌阵，后面跟着好几名健将奋勇杀来，援助庞玉。

庞玉见来的大帅不是别人，正是西讨元帅秦王李世民，不禁一下子来了精神。军士们也感到精神抖擞，与李世民等人一起合击敌军。外面又有唐军接应，唐军里外夹击敌军，喊杀连天。宗罗睺部众这时已经疲惫不堪，哪禁得起这支生力军，再加上前后受敌，眼见抵挡不住，于是四处逃散。李世民指挥大军追击，一连杀了几千敌军，又亲自带着两千多精兵，一直穷追不舍。

窦轨是李世民的表舅，他勒马拦住李世民，苦苦劝道："薛仁杲还占据着城池，防守很坚固，我军虽然战胜了宗罗睺，但是不能轻进啊！我们应该暂时收军休息一下，再决定是否进攻！"

李世民说："我已经考虑过了。现在我军势如破竹，不能错失良机了。舅舅不用多说。"于是，李世民带兵进攻薛仁杲所居的折摭城。

薛仁杲列兵城外，与李世民隔着泾水。两军相对，还没等到交锋，薛仁杲的大将浑干等人，已经渡河投降了李世民。薛仁杲看到这样的情形，就知道大势不好，急忙带兵退入城中。

这时，天快黑了，李世民的大军相继赶到，合力围住折摭城。到了半夜，很多守将拽着绳子从城墙上攀缘而下，归降李世民。这时，薛仁杲知道已经是穷头莫路了。没办法，薛仁杲只好写了降书投降，然后打开城门，迎接李世民的大军。李世民入城后，收得精兵一万多人，百姓五万多人。

将士们都来向李世民祝贺，又问李世民，道："元帅一战而胜，既没有用步兵，又没有用攻城的器械，一直来到城下。我们都认为攻不下来，却不到一天就攻下来了，就像元帅你预料的一样。敢问元帅怎么会这么厉害，料事如神，建立这样的奇功。"

李世民道："宗罗睺的部下全都是陇外精兵，我只是出其不意打败了他们。敌军四处逃散，伤亡并不是很多，我如果停下不追，他们就都会进了城，再被薛仁杲安抚收编，就又成了一支强劲的军队。到那时，他们据城固守，我们就很难攻下了。只有乘胜急攻，让那些逃散的敌军进不了城，四处躲藏，折摭城城中虚弱，薛仁杲吓破了胆，就没心思想什么计谋了，不投降还等什么？所以我们一定会成功的。"

将士们听了他的解释，都甘拜下风，一齐下拜道："元帅真是神算啊，我们真是差远了。"李世民道："我用谋略，你们出力，我们都是为国家建功，有什么好分彼此的？"将士们更加心悦诚服了。

李世民押着薛仁杲回到长安，把人带到朝堂上拜见父亲李渊。高祖对李世民说："薛举父子杀了我们好多军兵，我一定要杀光薛氏私党，才能慰藉那些死去的冤魂。"李世民正要劝阻，李密连忙上奏道："薛举残杀无辜，所以该死。陛下一向宽厚仁爱，现在，除薛仁杲之外的贼人既然已经归降，那我们还是安抚他们最合适。"高祖觉得李密说得很有道理，于是下旨斩了薛仁杲和几十个薛军的首领，其他人全都不问罪。从薛举父子占据陇西开始，只过了五年就灭亡了。薛仁杲死后，有个叫旁企地的部将，他先投降了唐军，后来又叛变了。

旁企地是羌族人，薛举父子非常倚重他。旁企地从商洛来到汉川，带着部众几千人，四处烧杀抢夺，大将庞玉率军前来围剿，反而被他打败了。旁企地来到始州，掳得了一个姓王的女子，想要强暴她。这女子很聪明，要求旁企地把部众全都遣散，她才肯从命。等到部众全都走远了，女子又假装想要与旁企地行合卺礼，喝交杯酒。旁企地被女子的美色迷惑，于是取酒跟她一起喝。那女子故意做出娇媚的样子，劝旁企地喝了很多酒，不一会他就醉倒了，于是，女子拔出旁企地的佩刀，用力刺向他的喉咙，旁企地就这样一命呜呼了。女子把旁企地的头颅砍下，逃到梁州，把旁企地首级献给梁州长官。梁州刺史了解了详情，封姓王的女子为崇义夫人。

薛举被平定之后，突然有人来报，说宇文化及杀了秦王杨浩，自称许帝，朱粲也自称楚帝，占据唐邓州之地，杀死刺史吕子臧，和抚慰使马元规。窦建德又改国号为夏，改年号五凤。

第六回 李密叛变被杀

话说宇文化及、朱粲和窦建德等人都称帝，气焰越来越强盛。唐高祖李渊正想要依次征讨他们，忽然，一天，一位青年妇人穿着丧服，跌跌撞撞进来，号啕大哭。高祖见了这妇人，也不禁老泪纵横。

原来，这个妇人是高祖的第五个女儿桂阳公主，自从高祖受禅称帝后，他所有的女儿，无论嫡出庶出，都封以公主名号。柴绍的妻子因为是嫡出，于是特封为平阳公主。在其他的庶出女儿中，只有桂阳公主聪颖有文采，所以高祖喜爱这个女儿。桂阳公主下嫁给华州刺史赵慈景。赵慈景人长得俊美，身材也很魁梧，而且力量惊人。

因为河东久攻不下，刺史韦义节多次出战不利，于是，高祖封赵慈景为行军总管，与工部尚书独孤怀恩，再次率兵前去攻打。独孤怀恩率军来到蒲坂，却不设壁垒，突然被隋将尧君素侵袭，仓促败走。只有赵慈景率军力战，最终陷入敌阵，最终力尽援绝，被尧君素擒获，在城外杀害。

噩耗传到长安，高祖派使臣谴责独孤怀恩。当时，桂阳公主已经知道这个消息，于是她全身穿着丧服来见高祖，哭着请求添兵派将，去为她的夫君报仇。高祖关心女儿，心中感到很难过，但他还是再三劝慰女儿，让她回家守丧，一边又立即封秦王李世民为陕东大行台，让他统领所有蒲州和河北的兵马。

李世民督促独孤怀恩进兵围攻蒲州，尧君素顽固坚守，一直没有攻下来。高祖多次派人前去招降，并且答应赐给尧君素免死铁券，但是尧君素始终不肯投降。李渊又派尧君素的妻子前去劝降，她来到城下，对尧君素喊道："大隋已经灭亡了，夫君你这是何苦呢？还是投降吧！"尧君素道："这些天下大事，岂是你一妇女所能知道的？"话刚说完，只听飕的一声，他的妻子就已经被射倒了，虽然被唐兵救回，但已经是半死不活了。

李世民听说尧君素不肯投降，于是再次调兵助攻。尧君素以死发毒誓，每次说到大隋，都泪流满面，让人嘘唏不已。他经常对将士们说："我为国家大义，不得不死。如果上天要大隋灭亡，那么我就自行了断，你们可以拿着我的头颅去换取富贵。现在城池还是很坚固，粮食也很充足，那么谁胜谁败还不知道，请大家不要心怀异心啊！"将士们听了他的话，很是感激，且因为他平日管理部下，恩威并施，因此都遵守他的命令一直静守。后来，粮食吃完了，大家都自相残杀，饶君素部下薛宗，竟然把他杀了，并提着他的头颅出城投降。

独孤怀恩正打算进城，不料城门又关闭了。饶君素的部将王行本，又把城中兵民集在一起，坚守城池。独孤怀恩不能入城，只好把饶君素的首级押送京师，再来攻打。

谁知，王行本非常骁勇善战，竟然招募了一些死士，出城袭击独孤怀恩。独孤怀恩来不及防备，竟被他们击退。城内粮道再次通畅，于是蒲州城守备更加坚固。

这消息传到大唐朝廷，李渊立即下诏谴责。独孤怀恩是独孤太后的侄儿，一直仗着亲戚的权威很骄横，这时，独孤怀恩心生怨恨，反而跟王行本连和，谋划归附刘武周。等到刘武周被李世民打败后，大家才知道独孤怀恩的叛变，于是李世民把他依法处置了。

高祖李渊又派将军秦武通去攻打蒲州，一下子就攻破了。王行本出城投降，被斩首示众，这时已经是武德三年了。只有桂阳公主终日郁郁寡欢，悲伤叹气，高祖担心她忧郁成疾，索性劝她再嫁他人。后来，桂阳公主改嫁给了杨师道，一直到寿终。

李密归降后，因为没有得到重用，心里一直不是很开心。其实高祖已经对他格外关照了，经常叫他弟弟，还把舅舅的女儿独孤氏嫁给他做妻子。只是李密狼子野心，不论什么恩惠，都不能满足他的欲望。

王伯当被封为左武卫将军，也感到不如意，因此两人经常密谋叛变。有一次赶上大朝会，李密身为光禄大夫，应该向宫中进献食品。李密认为这简直是一种侮辱，向王伯当抱怨。王伯当劝李密离开李渊，于是李密向高祖请命，说道："臣承蒙圣上恩典，无以回报，想起山东的草寇大部分是臣的旧部，臣愿意前去收抚，然后去讨伐东都，仰托陛下的洪威，战胜王世充那就是很容易的事。"

高祖听了他的建议，很是高兴，当下就同意："朕听说东都的将士好多都叛逃了王世充，本来打算等弟弟有空时去讨伐，现在既然你主动请战，我还有什么说的呢！"李密又请求要旧部王伯当、贾闰甫等人一同去，高祖都答应他的请求，并且让李密与他同坐在御塌之上，并亲自为李密赐酒壮行。

李密再次叩拜谢恩，随即带着王、贾二人启程。李密走后，群臣都来进谏道："李密非常狡猾，容易叛变，现在派他东往，就像投鱼赴水，放虎归山，肯定不会回来了。"高祖笑道："帝王自有天命，不是小人所能取代的，就算他叛变了，那也威胁不了我们什么。况且让他们二贼相斗，我就可以坐收渔翁之利了，这是当前最好的处理方法了。"群臣没办法，只好退下。

李密等人出关后，长史张宝德再次单独进谏，说李密一定会叛变的。高祖这时才意识到事情的严重性，于是传旨李密一人还朝，共商大计。

李密接到圣旨，对贾闰甫说："既然派遣我去东征，现在又召我回去，想必朝中有人搬弄是非。我如果奉旨回去，恐怕又去无回。我们不如袭取桃林，去抢些兵粮，然后渡河向东直达黎阳，就此反了，你们觉得怎么样？"

贾闰甫劝阻道："主上对大人很好，我们不宜背主叛变。况且按照预言，李氏终将统一天下，大人既然已经俯首称臣，现在又想叛变，我们即使破了桃林，但是都太匆忙，一时间也无法招兵，一旦叛变的话，哪有人能容得下咱们！如今之计，大人不如就听从朝廷的命令，回去见主上，以示并无二心。主上见大人这么恭顺，一必会再派你去山东的，到时我们再从长计议就是了。”

李密忿然说道：“李渊让我跟周勃、灌婴之流同列，我怎么能受命？况且他姓李，我也姓李，他能称帝，那么我也能称帝，他能占据关中，那么我就得山东。你是我的故友，为什么不同意我的意见呢？”

贾闰甫又苦谏道：“大人之姓虽然也和预言相应，但是近观当前的天时人事，却相去甚远。自从翟让被大人杀掉后，人人都说大人忘恩负义，现在还有谁再肯帮助大人呢？请大人三思啊！”李密听了这话，不由地非常恼怒，竟然拔出腰刀，想要杀了贾闰甫。幸亏王伯当上前劝阻才罢手。

王伯当也委婉劝谏道：“贾君所说的话，不见得没有道理，请大人还是仔细想想啊！”李密瞪着眼睛道：“你也来说同样的话吗？”王伯当道：“义士为友尽忠，不会因为生死就改变主意。我王伯当愿与大人同生死，但就是担心死得毫无意义啊！”李密早就有反心，所以不管他们怎么劝解，他都听不进去。他把朝廷来的使臣杀了，并撕毁了诏书。贾闰甫担心跟着他惹来祸端，就自已逃到熊州去了。

贾闰甫走后，李密也没有心思追回他。很快，李密就带兵来到桃林县，并对县吏说：“我奉诏返回京师，随来家属暂时寄居在你的府里。”县令听了这话，自然答应了。等到天黑时，李密带着几十名妇女来到县令的府里。县令立即出来迎接李密，谁知那当先的妇人竟拔出利剑，把县令的头颅劈碎，县令倒地而亡。更奇怪的是，那些妇女卸除裙饰后，个个变成了健壮的武夫。

李密等人随即烧毁库房，劫取粮食和兵器，然后取道南山，沿着山路向东而去，同时李密派人到襄城去通知刺史张善相。张善相是李密的旧将，得到李密的命令后，就立即发兵来迎。李密对外却扬言说要到洛阳去。

这时，右翊卫将军史万宝镇守熊州，听到贾闰甫的报告后，知道李密叛变，就跟行军总管盛彦师商量，道：“李密是个非常骁勇的贼人，又有王伯当相助，恐怕不好对付啊！”盛彦师笑道：“我只要几千兵马，就能把那两个贼人的首级砍下。”史万宝道：“你有什么好计策吗？”盛彦师道：“此时不方便跟你细说，等我把他们杀了回来，再跟你解释。”说完，盛彦师就率兵五千人，翻过熊耳山，占据要道，在高处埋伏弓弩手，低处埋伏刀斧手，并且下令道：“等到贼兵过去一半，上下同时出击。”

有个偏将问盛彦师，说道：“李密想要去洛阳，大人却进山埋伏，这是为什么啊？”盛彦师道：“李密这个人很狡诈，去洛阳是假，他其实是要去襄城投奔张善相，我料他必定从这里经过。若让李密进入山谷，山路崎岖，他只需让一人断后，我就无能为力，但是，如果我们先在这里埋伏好，那些贼人一定可以被我们擒获。”

于是，大家静静地埋伏下来，等待李密等人的到来。没过多久，李密跟王伯当等人果然翻过山，向南而来。盛彦师早就看到他们，等到他们过了一半的时候，突然率领伏兵冲出。李密的部下人不多，不过一千多人，更因为被冲断，首尾两端不能相救。这时，上面飞来密密麻麻的箭，下面晃来锋利的刀剑，凭他再怎么厉害，也逃不出这张罗网。很快，李密的人马就被杀光了。李密和王伯当同时被斩。盛彦师凯旋归来，随即把两个人的首级押送长安。从李密起兵到灭亡，总计不过六年时间。盛彦师立下大功，被高祖封为葛国公，升任武卫将军，仍然镇守熊州。

这时，徐世勣还占据着黎阳，还没有归附任何一方。高祖曾派降臣魏征去招降，徐世勣不肯投降，他将黎阳的户口册进献给李密，让李密自己做决定。后来，李密被杀，高祖又把李密的人头给徐世勣看。徐世勣看到李密的头颅，面朝北方痛哭，表示愿意收葬李密，并愿意归降。

于是，高祖下诏同意归还李密尸体，徐世勣命令全军着丧服戴孝，把李密埋葬在黎阳山南。高祖因为他不负故主，如此忠心，称他为忠臣，于是特别封他为黎州总管，兼莱国公，并赐姓李氏。他本是曹州人，懋功是他的表字，后人也称他为徐懋功。

高祖除掉了李密，于是打算出师东征。忽然，幽州传来一封降书，原来是罗艺前来投降。李渊很高兴，立即下诏封罗艺为幽州总管。罗艺的得力将士薛万彻、薛万均也都封了官职，还有黄门侍郎温大雅的弟弟温大临，曾在罗艺那里当司马，也被李渊召入长安，被封为中书侍郎。

那么罗艺是什么人呢？他本是襄阳人，曾做过大隋的虎贲郎，跟随隋炀帝征辽东，驻军留守涿郡（今河北省涿州市），罗艺多次剿灭盗贼，立下战功。但是，罗艺性格非常暴躁，将士都不喜欢他。罗艺编造理由，故意激怒手下军兵，带领军兵捕杀了涿郡的郡丞，并把府库的财物全都赏赐给手下，还把官粮分给穷人。

一时间，罗艺很受百姓的喜爱，百姓对他大加称赞，连柳城、怀远等州城也纷纷归附，于是，罗艺自称幽州总管，雄霸一方。

后来，宇文化及来到山东，派人来招降罗艺，罗艺非常生气，说："我本是隋朝的臣子，怎么可能投降你这个贼人呢？"于是他把来使斩了，并为隋炀帝发丧三天。接着，窦建德，高开道等人也都派人招降罗艺，罗艺对手下将士们说："窦建德等人都是些贼人，我不屑于跟他们结盟。只有唐公起义关中，是众望所归，必定成就大业，我们不如归附唐公吧？"温大临极力赞成，罗艺就让他写了一封降书，命人送到长安。

话说罗艺接到李渊的颁诏之后，突然听说窦建德率领十万军兵，从冀州来攻打幽州。罗艺想要出城迎战，薛万均献计道："敌众我寡，我们出去主动跟他交战恐怕会失败。不如安排老弱残兵在城下河边，列好阵势，暗地里由我带领精锐将士埋伏在城边，等他们渡水来攻，渡到一半的时候，我们出兵攻击，一定可以胜利的。"

罗艺听了他的建议，非常赞同，于是依计安排妥当。果然，窦建德带兵渡河来攻，渡到水流中央的时候，罗艺的伏兵突然出击。薛万均手持长矛，策马领着几百人精兵截击窦建德。这时，窦建德才知道中了计，急忙撤军，但还是伤亡惨重。后来，窦建德又分兵出击附近的城池，但最终都被罗艺的兵马打败，窦建德只好返回乐寿（今河北省沧州市一带）城。

乐寿城是窦建德的根据地，号称金城宫。窦建德本是漳南（今山东省武城县漳南镇村）

的农民，后来入伍当兵，因为他非常骁勇善战被提拔为队长。最终因为庇护罪犯，各郡县的地方官都跟他闹翻了。后来，张金称在河曲聚众造反，高士达也在清河造反，他们二人四处抢掠，却唯独不抢窦建德的家。因此，当地郡县的官员更加怀疑窦建德跟盗贼是一伙的，于是捕杀了窦建德的家人。

没办法，窦建德只好独自投奔高士达，高士达很欣赏窦建德才能，对他委以兵权。隋涿郡太守张绚出兵讨伐高士达，却被窦建德用计杀害，因此，窦建德的威名更加响亮。当时，隋太仆杨义臣出兵讨伐张金称，并获得了胜利，于是乘胜追击高士达，窦建德劝高士达，暂时避避敌军的兵锋，然而高士达却不听他的话，最终一战就毙命了。

窦建德只好独自率领一百多名兵马逃走。隋军退兵后，窦建德为高士达发丧，召集旧部，又恢复了元气。于是，他自称长乐王，并占据乐寿城为都城，还设置文武百官。不久，有五只大鸟飞到窦建德的宫前，还有几万只鸟跟随，场面非常壮观，这些鸟儿绕了几天才离开。窦建德认为这是个吉祥的兆头，于是改年号为五凤。后来，窦建德又得到一块奇异的黑玉，认为是上天所赐，于是更加得意了，竟然把自己比作夏禹，又改国号为夏。接着，窦建德率军跟大隋的将军薛世雄开战，并大获全胜，他杀死了自称魏帝的魏身儿，夺取了冀、易、定等州，手下兵马有十几万人。一时间，声势非常浩大。谁知，这次在与罗艺对仗时，竟然战败了。

战败后，窦建德感到非常懊恼，打算再选精兵攻打幽州。这时，宇文化及到了魏县，来信招降窦建德。窦建德召集部众，开会商议，并对他们说："我本是大隋的子民，隋主是我的君王，现在宇文化及胆敢杀了隋帝造反，那么他就是我的大仇人，我要为天下人杀了这些叛贼，你们觉得怎么样？"

这话说得很有道理，大家都很赞同。纳言宋正本道："大王您本是一介布衣，在漳南起兵，所有隋朝的州城陆续归附，他们都是仰慕你的忠义才来的。那宇文化及本是与隋朝联姻的亲戚，现在胆敢弑君篡国，那么他就是我们大家不共戴天的仇人。大王应当立即发兵讨伐，才不愧为义师呀！"窦建德听了这话，非常高兴，于是亲自督战，讨伐宇文化及。

这时候，唐淮南王李神通也奉高祖的命令，率军进攻魏县。宇文化及抵抗失败，率军往东逃到聊城。李神通攻下魏县后，连忙追击宇文化及。宇文化及知道势单力孤，就把从隋宫中抢来的珍宝，全都送给了海曲的贼帅王薄，求他援助。

王薄得了珠宝后，带兵来到聊城，和宇文化及合力坚守，支撑了好多天。突然，听说窦建德也率兵前来进攻，城中军民非常地恐慌，粮食又快要吃完了，军兵们都生出很多怨言。没办法，宇文化及只好向唐军写信，表示愿意投降。

李神通看了信后，非常生气，大骂道："你这个弑君的逆贼，还想要屈膝求生啊？"这时，安抚副使崔世干劝谏，说道："他既然愿意投降，我们不妨同意。"李神通呵斥道："我军来这里攻战很久了，无非是为了诛杀叛贼，现在那逆贼已经走投无路了，而且很快就可以把他们攻下。我们应当入城诛杀他们，以示国威，到时候，还可以把他们的财宝玉帛拿来，赏给战士。如果我们现在接受他的投降，那试问我们师出何名呢？且拿什么东西做封赏呢？"

崔世干又道："如今窦建德率军快到了，宇文化及这边又没有平定，我们内外受敌，一定会战败的。目前，我们的目的已经达到，不需开战就可以拿下，为什么要贪图他们的财物，拒不接受他们的归降呢？"李神通听了这话，勃然大怒，还把崔世干囚禁了起来。

很快，宇文化及从济北运来了军粮，军士得到粮食之后，又开始猛烈抵抗。贝州刺史赵君德在李神通的指挥下，奋勇登城。然而，李神通却在关键时刻鸣金收军，赵君德孤掌难鸣，只好退下。他回来责问李神通为什么收军？李神通说道："窦建德的兵马快到了，我们不便继续攻城。"赵君德向东望去，却没有发现有兵马过来，就知道是李神通妒忌自己，怕自己战功太大，对他不利，只好叹息一声算了。又过了一夜，才听到鼓声震天，窦建德的军兵赶到。李神通见他气势正盛，连忙带军撤退。

宇文化及因为唐军退下了，只剩下窦建德一个对手，就大胆地出兵与窦建德交战。没打到几个回合，宇文化及就被窦建德杀得七零八落，纷纷败回。宇文化及策马入城，战败的军兵也跟着一拥而入，于是，宇文化及又闭门坚守。

窦建德纵兵围攻，此时，王薄等人登城防御，两军相持到晚上，暂时还没有攻破。到了晚上，窦建德突然加紧攻城，王薄担心自己抵挡不住，连忙派人去请宇文化及一同来守城。谁知派去的人回来说，宇文化及已经安寝了。王薄听了这话，非常生气，愤然道："现在是什么时候啊，还有心情睡觉？这样的酒色狂徒成不了什么大事，我还管他做什么？"话说完，王薄就命令部下大开城门，迎接夏军。窦建德麾军入城，到处搜捕宇文化及，这时，宇文化及正与萧后在睡觉。突然，听到外面喊杀连天，宇文化及这才披衣起床，走出寝门，向外乱跑。

这时候，窦建德的大军正好赶到，他们一把抓住宇文化及，并把他捆缚起来。其他的还有宇文智及、杨士览、武元达、许弘仁、孟景等人，有的策马狂奔，有的率军跟窦建德的军士死斗，但结果都是穷途末路，无处可逃，全都被抓住了。

窦建德把宇文化及的余众扫尽后，就请萧后出来。萧后见无处躲避，只好厚着脸皮出来。窦建德见到萧后后，恭恭敬敬地行了臣礼。接着，窦建德又立起隋炀帝神位，穿着孝服举行了哀悼仪式，然后又把宇文智及、杨士览、武元达、许弘仁和孟景五人，推到隋炀帝的神位前斩首祭奠。只有宇文化及和他的两个儿子宇文承基、宇文承趾被囚禁在牢车里，还没有被杀死。后来，窦建德找到传国御玺，带着卤簿仪仗、萧后等人回乐寿城。到了乐寿城，他才把宇文化及和他的两个儿子全都处死。

窦建德这个人不好色，因此，他的妻子曹氏从不穿华丽的衣服，也不怎么打扮，而且他的婢妾只有十几个人，所以，即使得了隋朝宫女几千人，他也全都遣散了。只有萧后不知道怎么安顿，只好在宫中辟一别室，让她安居。萧后依然很漂亮，她不愿意独自一人生活，怎奈窦建德不好女色，他的性格跟宇文化及根本不同，没办法，萧后只能自己空对着春花秋月，闷坐伤怀。

这时候，隋朝义成公主从突厥来迎萧后。窦建德问萧后是否愿意出塞，萧后满口答应，于是，窦建德派人送萧后去了突厥。隋炀帝的幼孙杨政道没有遭难，他是齐王杨暕的遗腹子，一直跟着萧后，所以，窦建德也让他一同去突厥了。

到了突厥，义成公主非常热情地欢迎他们的到来。突厥的处罗可汗是始毕可汗的弟弟，继承了哥哥的汗位，也非常有礼貌，厚待萧后，并且立杨政道为隋主，让他安居在定襄，萧后这才安心地住下。

隋朝的义成公主怎么会嫁到突厥呢？其实这话说来话长。

突厥本是匈奴部族中分出来的一支，一向居住在漠北（今蒙古高原）。后魏末年，部落酋长土门，自称伊利可汗，拥有部众数万，声势日益强盛。后来等到他的儿子俟斤继位，号称木杆可汗。木杆可汗吞并了很多附近的邻国，威行塞外。当时，北齐北周都想分后魏的领土，于是互相攻击，各自都与突厥联姻，想依靠他们作为为外援。

后来，隋文帝篡夺后周之位，自己称帝后，俟斤的侄子沙钵略可汗想要为周报仇，多次率军攻打隋朝，却被隋军打败。隋军又使用反间计，让俟斤的儿子阿波可汗与沙钵略互相攻击，最终，阿波可汗获胜，夺了沙钵略的领地，并自立为国，称西突厥。沙钵略非常恐慌，连忙向隋朝乞和，并答应每年都向大隋朝贡。沙钵略死后，把汗位传给弟弟莫何可汗，莫何又传给沙钵略的儿子都蓝可汗。后来，因为莫何可汗的儿子染干向大隋求婚，于是，隋文帝把宗族的女儿安义公主嫁给他为妻，并陪嫁了很多财宝。都蓝因为猜忌染干，于是率军袭击染干。染干战败了，连忙归附大隋，于是，大隋封他为启民可汗，并让他居住在夏州（今内蒙古鄂尔多斯市准格尔旗北）、胜州（今陕西省延安市）之间。安义公主病逝后，隋文帝又把宗室女义成公主，嫁给他做继室，启民可汗非常感激。

后来，听说突厥发生内乱，都蓝可汗被杀，启民可汗连忙赶回去，当上了主突厥的可汗，对大隋更加毕恭毕敬。启民可汗死后，他的儿子始毕可汗继位。突厥有个习俗，父亲过世后，他的妻室可以作为儿子的妻室，因此，义成公主又成为始毕可汗的可敦（突厥称可汗的妻子为可敦）。始毕可汗非常厉害，在隋朝末年，天下大乱，很多贼寇都臣附于他，就是唐高祖也向他称臣。始毕可汗死后，他的弟弟处罗可汗继位，义成公主又跟他配为夫妻。听说大隋灭亡，萧后等人寄居在夏国，义成公主于是派使者来接他们，这也算是公主念及骨肉亲情，没有忘祖！

窦建德送走了萧后后，马上写信到东都，告知当时的隋主杨侗，并上报诛杀宇文化及的事情。于是，杨侗封窦建德为夏王，窦建德向北下拜谢恩接受。没想到，过了两三个月后，隋主杨侗竟被毒死了。

第七回 刘武周败走

隋主杨侗在东都称帝，本来就是一个傀儡，毫无权力，由王世充专掌朝政。王世充起初假装谦恭，后来，王世充擅自杀了元文都，又战胜了李密，于是就非常放肆，渐渐露出了逆反之心。

到了皇泰（隋主侗年号）二年三月，王世充竟然自称郑王，加九锡（臣子服饰最高规格）。一个月后，他把隋主杨侗幽禁殿中，自制天子车驾入宫，称起了皇帝，并改年号为开明，废掉隋主，封杨侗为潞国公。王世充立儿子王玄应为太子，王玄恕为汉王，其余的兄弟宗族等十九人皆封为王。

这时，程咬金已经改名为程知节，自从李密兵败后，他就与秦叔宝一同归降了王世充。一天，他对秦叔宝说："王世充这个人器量狭小，喜欢胡说八道，种种行为就像个老巫婆，难道还能成为拨乱反正之主？我们跟着他没有前途，应该找机会离开。"秦叔宝也非常赞同。

这时候，刚好唐骠骑将军张孝珉等人，率军来攻王世充，王世充率程知节、秦叔宝等人到九曲城，迎战唐兵。两军还没有交锋，程知节就和秦叔宝两人带领几十名骑兵突然向西跑到一百步开外，然后下马，远远地对王世充说："承蒙您的厚待，我们很想报效，但是您太爱猜忌，并听信谗言，我们担心惹祸上身，不便久留，因此告辞了。"

王世充望见他们离去，连忙派人去追，哪知两人早已上马，扬鞭驰去，竟然去了唐营。这下，王世充惊得瞠目结舌，他很担心部将效仿，心想还是返回东都，对部将多加封赏，或许可以稳住军心。于是，王世充收兵不战，回到东都去了。

回到东都后，王世充就逼隋主杨侗下禅位诏书，隋主不肯，王世充就把隋主软禁了。王世充在外面仍然假装是受禅，并做出三表陈让和敕书敦劝等一系列假象，其实这都是他一个人做成，隋主毫不知情。

裴仁基和儿子裴行俨本来是李密的部将，后来被王世充擒获，投降了东都。裴仁基为尚书，儿子裴行俨为大将军，两人都颇有威名，因此，王世充对他们父子有所猜忌，而他们二人也心不自安。后来，裴仁基父子与左丞相宇文儒童等人密谋，想要杀害王世充，再拥立隋主杨侗为帝。谁知，有人将此事报知王世充，王世充立即将他们二人杀掉，并灭了三族。

为了斩草除根，王世充派侄子王仁则和家奴梁百年，带着毒酒，去毒杀隋主。隋主杨侗一直被幽禁在含凉殿，不能自由行动，只能每天祈求神佛保佑。等到王仁则等人来逼命时，杨侗最后拜了一次佛，说道："从今以后，希望不要再生在帝王家。"说完，他硬着头皮喝下毒酒，一时还没有断气，被王仁则用丝带勒死。奇怪的是，潞国公杨侗被毒杀的时候，酅国公杨侑也在长安病死了。

因为没有平定群雄，唐高祖李渊剿伐安抚并施，想一统天下。忽然，淮安有个土豪叫杨士林，聚集了一万多人去袭击伪楚。自称楚帝的朱粲，性情残暴不仁，部众都对他很有成见，现在突然听说有外兵攻打过来，朱粲的部下一下子逃了一大半。

朱粲率领亲兵来到淮源，跟杨士林交战，没多久，朱粲又战败了，连忙逃到菊潭（今河南省西峡县丹水镇）去了。这时，朱粲的手下已经不到一百人，眼看着当不成皇帝，他只好派人入关，向唐主李渊请降。于是，李渊封朱粲为显州道行台，加封楚王，并派散骑常侍段确执旄节，前去慰问。

段确来到菊潭，朱粲准备美酒佳肴来款待他，对他非常殷勤。这位段钦使很喜欢喝酒，对着杯中物，就像蚂蚁趋附羊肉一般，一杯还没喝完，又来一杯，接连喝了数十杯，不知不觉就发狂了。他没有把嘴巴管好，当下笑着对朱粲说道："听说你喜欢吃人肉，究竟人肉是个什么味啊？"

朱粲听了这话，就知道他是有意嘲笑，心里很是愤怒。原来，朱粲之前确实吃过人肉，而且他专门掳妇女和婴孩来吃，他曾对手下说："世间最美味的食物莫过于人肉了，只要有人，哪里还会挨饿呢！"因此，他每攻破一个州县，就会把粮食烧毁，一点都不觉得可惜。听到段确嘲笑自己，朱粲不禁勃然大怒，道："人肉最美，喝醉酒的人肉，那就更加可口了，就像糟制的猪肉一样。段确大怒，骂道："狂贼狂贼！你今天来归降，不过就是我们唐主的一个奴隶，你还想吃醉人肉啊？"

这时，朱粲也喝多了，他把眼睛一瞪，道："把你吃了又怎样！"话一说完，朱粲就派左右手下拿下段确。段确的随从只有几个人，根本招架不住，很快就被他们陆续捆住。朱粲一刀一个，把他们全都杀死了，然后，朱粲吩咐军士把他们洗涮干净，煮熟后大家饱餐一顿。然后，他又索性将菊潭县的百姓全都杀了，然后跑到东都投降王世充，王世充封他为龙骧大将军。

听说段确被煮着吃了，唐高祖顿时非常生气，想要立即发兵讨伐朱粲。随即，李渊又接到军报，说朱粲已经投奔王世充去了。于是，高祖召集群臣商议，群臣都认为王世充那边势头正强，短时间内是不可能剿灭的。群臣提议先储备粮食，养精蓄锐，等到兵精粮足再出师。

于是，高祖制定了租庸调法。此法以人丁为本，按田地多少收租，按人头服徭役，按户缴纳实物税，再根据实际情况酌情定额。高祖又编制了十二支军队，分别驻扎关内各州府，部队都以天星为名。每支军队设正、副将领各一名，没有战事的时候监督耕作，有事就出战。渐渐地，大唐兵精粮足，国力强盛起来。

这时，宇文士及还在济北，他妹妹曾嫁到大唐为昭仪，很得高祖的欢心。高祖一直对宇文士及很好，还封他为上仪同。还有以前的隋臣封德彝，他跟宇文士及同时入朝，高祖刚开始不是很喜欢他，觉得他很奸诈不忠诚，但是，封德彝察言观色，迎合高祖，谋求仕进，因此，很快被高祖封为内史舍人，后来又升迁为侍郎。

唯独户部尚书刘文静，最初因为辅佐高祖创业有功，很得高祖宠信，后来，泾州一战，因为违抗命令导致战事失败，刘文静被定罪削去官职。后来，刘文静跟随李世民平定陇西之后，被恢复爵位，封为尚书。

刘文静自恃有才，觉得自己官职低，很不满意。并且，因为裴寂被封为右仆射，官职比自己高，但是功劳却没有自己大，于是更觉得愤愤不平。平时，刘文静和裴寂谈论政事，多次产生摩擦，两人生出嫌隙。这时，刘文静家里多次出现怪物，刘文静的弟弟刘文起就找了个巫师驱邪，巫师披着头发含着刀，念咒画符非常热闹。刘文静有个小妾因为失宠心生怨恨，竟然让兄长上书，诬告刘文静兄弟大兴巫蛊之事，想要谋反。

于是，高祖让裴寂前去查明真相，这真是冤家碰着对头了，裴寂将刘文静屈打成招，打入大狱，定了死刑。秦王李世民向高祖求情，说道："以前在晋阳，刘文静第一个想出起兵造反的大计，告诉了裴寂，裴寂才依计行事。后来，入关后，刘文静和裴寂两人受到的恩宠悬殊很大，因此刘文静有怨言是可以理解的，至于谋反的事肯定不会有的，应该赐恩赦罪，这才对得起他当年献计的功劳啊！"

听了这话，高祖一直犹豫不决，这时，裴寂又上殿奏道："刘文静才华谋略过人，但是为人阴险狡诈，如今天下未定，如果留此人，必为后患。"高祖竟然点头同意，随即下令拿下刘文静兄弟，推出斩首。刘文静临刑前长叹道："飞鸟尽，良弓藏。这话果然不假啊！"刘文静死后，裴寂更加得高祖宠爱。

忽然，从晋阳传来急报，说刘武周多次攻打并州，乞求派兵增援。于是，高祖命裴寂为晋阳道行军总管，辅助太原都督齐王李元吉坚守并州。

裴寂奉命离京，正好碰到一队人马，押着一个草头王，入京献俘。这时，城门内外，一出一入，到处是金戈铁马，旌旗飘飘，十分威武。

这俘虏就是河西的李轨。李轨本是凉州人，他乐善好施，乡亲们都很拥戴他，被任命为武威司马。自从看到薛举占据金城，称霸一方后，李轨也想要乘势称雄。于是，李轨结交各路英雄和西北胡人，攻下内苑城，自称凉王。

薛举派军兵攻击李轨，反而被李轨的军兵打败。李轨接连攻下张掖、敦煌、西平、枹罕等州郡，占据河西一方。

李渊想要征讨薛举，派人传信李轨，称他为从弟，让他帮助。李轨很是高兴，派弟弟李懋入朝受命，李渊封李懋为大将军，封李轨为凉王，兼凉州总管。

哪知李轨已经僭号称帝，改年号为安乐，唐使张俟德来时，李轨居然南面召见他，张俟德据理力争，他才稍微礼貌些。李轨私下与群臣商议，道："李氏已经占据天下，大势所归，我不如削去帝号，接受他的分封吧。"

尚书右仆射曹珍道："我们大凉已经自为一国，为什么还要再受他人的册封呢？如果一定要以小事大，不如学萧詧事魏的例子，对梁称帝，对魏称臣。"李轨点头同意，道："这个计策非常好。"于是，李轨作表谢唐，派左丞邓晓跟张俟德一起入朝奉表。

一看表文，开头二句是“皇弟大凉皇帝李轨，奉表兄大唐皇帝陛下”，高祖不由地非常气愤，说：“李轨称朕为兄，那就是明摆着不守君臣之礼了！”

当下，高祖把邓晓打入打牢，并传书吐谷浑，让他起兵攻打李轨。吐谷浑为鲜卑支族，起源于西域，隋朝时，吐谷浑时叛时服，变乱频繁。隋炀帝曾派兵征讨，部落酋长伏允兵败，逃奔党项。伏允有个儿子顺，曾在隋朝做质子，留居长安，隋末大乱，伏允收还故地，唐高祖与他连和，让他的儿子回去，伏允非常高兴，表示愿意向唐进贡。因此，吐谷浑得到高祖的命令后，酋长伏允就立即发兵进逼河西，李轨不得不出兵防御，国内难免空虚。

李轨有个部将名叫安修仁，被李轨封为户部尚书，他与吏部尚书梁硕不和，李轨的儿子李仲琰也因梁硕居功自傲，跟他不和。于是，李仲琰跟安修仁勾结，诬陷梁硕，李轨听信他们的话，竟然将梁硕毒死了。梁硕经常辅助李轨，多有功劳，自从梁硕被毒死后，其他臣子都很疑惧，生了二心。安修仁的哥哥安兴贵在唐为官，经常跟安修仁通信，因此得知河西的虚实，于是，安兴贵上书唐廷，愿意奉诣到凉州招降李轨。

高祖问安兴贵：“李轨占据河西，自称皇帝。你靠口舌就能把他劝服吗？”安兴贵答道：“臣老家在凉州，在当地颇有威望。弟弟安修仁现在在李轨手下做事，很得李轨的信任，如果李轨肯听臣劝说，那就好办，否则臣就伺机把他杀了，也能成事。”

于是，高祖派他西行，没几天就到了凉州，经过安修仁替他安排后，安兴贵被李轨封为左右卫大将军。安修贵劝李轨，说道：“凉州偏僻，财力凋敝，虽然有十万军兵，无险可守，很难成事。且凉州西北与戎狄为邻，不是跟我们同族，一定是我们的隐患。如今唐王室占据京师，平定中原，战必胜，攻必取，一统天下就在眼前。如果我们现在以河西之地归降大唐，大唐必定会世代封我们爵位，就是汉朝的窦融，也不能跟我们相比的。”

李轨迟疑一会儿，愤愤不平，说道：“唐王室在东边称帝，我难道就不能在西边称帝？你今天从东而来，莫非是为唐做说客的吗？”安兴贵连忙解释道：“古人有言，‘富贵不归故乡，如衣锦夜行。’我是因此而回来的。如今我们兄弟俩都受到你的器重，委以重任，我怎么敢有异心呢？这只是我的愚见，说说而已，可行与否，仍由您来决定！”李轨这才没说什么。

安兴贵退出，随即与安修仁暗地里联络西北胡人，里应外合，攻破了大凉城。李轨战败被擒，被安兴贵兄弟押入京城。高祖觉得李轨太倔强，下令把他斩首西市，并封安兴贵兄弟为左右武侯大将军，各赐田宅和财物。河西平定，总计李轨兴亡，只有三年。原大凉左丞邓晓被释放出狱后，入朝谢恩，手舞足蹈地向高祖表示庆贺。高祖非常严肃地说：“你不是凉国的使臣么？怎么你国亡主死都不感到伤心，反而来取悦朕，真是奸佞啊！你是李轨臣子，这么不忠心他，难道肯忠心朕么？”话说完，就把邓晓斥退，邓晓红着脸退下了。

关西基本太平了，高祖正要锐意东征，偏偏一波才平，一波又起，毗陵（今江苏省常州市）又冒出个沈法兴，自称梁王，李子通也在江都自称吴帝。最猖獗的是刘武周，他多次侵犯并州，齐王李元吉抵挡不住，李渊派行军总管裴寂前去增援，以为他老成练达，必定能取胜，谁知他一败涂地，反而把晋州以北的城镇全都丢掉了。齐王李元吉听说战败了，吓得要死，连夜携妻妾奔还长安，好好一座太原城，平白地让给了刘武周，险些儿将河东一带也拱手让人了。

话说刘武周怎么这么厉害呢？刘武周祖籍瀛州，后来跟着父亲刘匡迁居到马邑。刘武周从小善于骑射，喜欢结交各路豪杰。他的哥哥刘山伯曾批评他道："你什么人都结交，肯定会给我们家带来灭门祸患。"

刘武周来到洛阳，投入隋太仆杨义臣帐下，后来，又跟随隋炀帝征辽，被封为校尉。不久，刘武周返回马邑，太守王仁恭欣赏他的骁勇，让他统领帐下军兵，侍奉左右。时间一长，刘武周与王仁恭的侍女有染，他担心事发被诛，索性先下手为强，于是，刘武周暗地里结交当地地痞流氓，合谋把王仁恭杀了，然后提着脑袋在城中招摇，却没有人敢动他分毫。

后来，刘武周开仓放粮，召集乌合之众一万多人，自称太守。隋雁门郡丞陈孝意、虎贲郎将王智辩一起去攻打刘武周，都被他击败。刘武周还乘胜杀进汾阳宫，抢了大批宫女献给突厥，突厥回赠他很多良马，还赠了一面狼头大旗，立他为定扬可汗。于是，刘武周干脆自称皇帝，改年号天兴。

当时，易州（今河北省易县）贼帅宋金刚有一万多人马，并与魏刀儿勾结。魏刀儿被窦建德灭掉后，宋金刚前去增援，也被窦建德击败，于是，宋金刚带领残众投奔刘武周。刘武周大喜，封他为宋王，委以兵权，宋金刚很是感激，愿意为刘武周效劳。刘武周有个妹妹到了适婚年龄，正在找对象，宋金刚休了糟糠之妻，毛遂自荐，刘武周也有意笼络，就把妹妹嫁给了他。

宋金刚劝刘武周进攻晋阳，向南争夺天下。刘武周封他为西南道大行台，统兵三万向南出击，一连攻下了榆次、介州，接着又进攻并州及太原。唐左武卫大将军姜宝谊、行军总管李仲文率兵前去剿杀，都被宋金刚擒获。姜宝谊被杀，李仲文逃回。

齐王李元吉一再向高祖告急，高祖派裴寂前去增援。裴寂率军来到介休，在度索原驻营，饮用山涧溪水。宋金刚把上流的水遏住，裴寂的大军无水可饮，只好到别处驻营，仓促间被敌军偷袭，竟然全军覆没。裴寂花了一天一夜的时间，逃到晋州，李元吉很是担心，召司马刘德威商议，刘德威也没有办法，勉强说了一个"守"字。李元吉假装嘱咐刘德威道："你率老幼百姓守城，我领强兵出战。"刘德威唯唯听命。谁知，李元吉借口出兵，夜里带着妻妾，一溜烟逃归长安了。

于是，宋金刚攻入晋州，刘武周攻入并州及太原。行军总管裴寂，节节败退。敌军直逼绛州（今山西省新绛县一带），攻陷龙门，没过多久，又攻陷浍州，浍州附近的虞州和泰州局势也变得很紧张。裴寂不但没有设防，反而不断催促州吏将城外的百姓赶到城内，并放火烧了他们的家产。百姓怨声四起，都想造反。夏县县民吕崇茂，乘势聚众造反，响应刘武周，自称魏王，四出劫掠。裴寂接连收到警报，只好出兵剿伐吕崇茂，偏偏部下都不耐战，一经对垒，就想逃跑。吕崇茂率军杀来，裴寂大军败退，纷纷逃散。裴寂也飞马逃回，没办法只好再上奏求援。高祖一面命令永安王李孝基和陕州总管于筠，内史侍郎唐俭等人去帮助围剿吕崇茂，一面又发出手谕，让关中守将严行防御，所有河东一带暂时放弃。

这道手谕一下，惹得秦王李世民非常生气，当即愤然上奏，道："太原是我们霸业的根基，国家的根本。河东物产丰富，京城全靠这里供给，如果我们因为打了几次败仗，就轻易放弃，恐怕河东不保，关西也保不了多久了。儿臣愿意领三万精兵，去征讨刘武周，一定能拿下贼人，收复汾阳和晋阳。”于是，高祖调集关中所有的精兵良将，归李世民调配，征讨刘武周。

武德二年十一月，李世民率军来到龙门，正好碰到河水冻成了坚硬的冰，于是，大军踏冰渡河，很快到了柏壁，柏壁前方就是敌营。敌军的主帅就是宋金刚。李世民选择了一处险地，驻扎军营，坚守不战，只是传令各郡，让他们补给军需。各郡官吏都在观望，听说李世民是主帅，都争着来趋附，并陆续运来粮食。

李世民休兵秣马，只命令小部分军兵骚扰敌营。敌进我退，敌退我进，惹得宋金刚非常生气，率部众来攻击。李世民仍然按兵不动，只用硬弓强矢接连射去，一名骁将应声倒地，没办法，宋金刚只好退兵。李世民照旧骚扰。

这时候，李世民接到夏县战败的消息，说永安王李孝基等人全军覆没，李孝基等人都被掳去。李世民非常恼怒，大声吼道：“贼人有这么厉害吗？等我亲自去会会！”话还没说完，有两位将军入帐，道：“此处不方便转移军队，只要由末将等人前去，就可以把他们拿下。”李世民一看，原来是兵部尚书殷开山和行军总管秦叔宝，便大喜道：“二位将军既然愿意一起去，那肯定比我去还要好。现在敌军已经获胜，肯定会撤军返回的，你们最好是中途袭击，攻他无备，一定可以得胜。”

两位将军领命出发，途中得到消息，原来，刘武周的部将尉迟恭、寻相帮助吕崇茂夹攻唐军，才导致李孝基等人战败。敌军已经捉了李孝基等人向浍州去，快要到美良川了。两位将军当下命令大军快速前行，赶到美良川的时候，尉迟恭等人率领人马正渡河，刚渡了一半，两位将军立即指挥部队两边夹击，就算尉迟恭再怎么骁勇，也是没用，不一会儿，他的部下就溃不成军了。

唐兵东劈西斩，前刺后戳，杀了敌军二千多人才收兵。然而，尉迟恭等人还是逃走了，李孝基等人也没有救回。两位将军担心穷追会有意外，于是撤回大营。李世民给两位将军记了大功，但还是坚持据守不战。将士们多次请战，李世民解释说道：“宋金刚孤军深入，兵精将猛，速战速决对他有利。我军养精蓄锐，就是为了避开他们的锐气，等他们粮食吃完了，自然就会撤军的，到那时我们再去追击。”从此，两军相持，竟然持续有一年多的时间，直到武德三年。

刘武周率军攻打潞州，被唐将王行敏击退，转而攻打浩州，又被唐将李仲文、张纶等击走，接连吃了败仗，军威大挫，伤亡惨重。宋金刚的锐气也渐渐地衰弱，粮食供给不来，只好率军向北逃去。李世民带兵追击，一天赶了二百多里，来到高壁岭，却发现只有少许敌军，不值得唐兵一扫。将士请求驻军等粮，李世民没有答应，饿着肚子一路赶到雀鼠谷，这才追上敌军。宋金刚边战边逃，跟唐军交锋了八次，都被李世民杀败，连俘带斩敌军好几万人，宋金刚落荒而逃。李世民已经三天没有卸下盔甲，两天没有吃饭，军中只剩下一只羊，他命令把羊煮了分给将士吃，稍稍缓解饥饿之后，继续领兵向介休追去。

宋金刚逃到了介休城，还有军兵二万人。看到唐军杀来，宋金刚大军开门出战，背对着城列阵。李世民让前军应战，自己率后军绕到敌军后面，夹击宋金刚。宋金刚大败，骑马逃走。李世民追击了几十里，杀了敌军三千人，而尉迟恭、寻相等人还在坚守介休城，于是，李世民派人前去招降，两人当即归降。尉迟恭的部下有八千人，李世民把他们分散到各营中，并封尉迟恭为右府统军。屈突通担心尉迟恭叛变，多次提醒李世民要小心提防。李世民道："我这才刚刚喜得良将，您就不要继续说了！"

没过多久，陕州总管于筠从敌营逃回，他向李世民报告，说刘武周在并州，现在已经穷途末路，想要向北逃去。李世民立即率军向并州进发。唐军来到城下，城门已是大开，刘武周早出城逃走了。

第八回 四面楚歌的洛阳城

刘武周听说宋金刚打了败仗回来，就知道唐军一定会来攻打并州，于是他立即离城逃往突厥。李世民来到并州城，没有残杀一人。接着，李世民攻打晋阳，守将杨伏念连忙投降。

之前，侍郎唐俭和永安王李孝基一同被刘武周所擒，此时，唐俭被释放了，而李孝基已经被刘武周杀了。李孝基是李世民的堂叔，他的尸首被刘武周扔在了大街上，李世民一边安葬堂叔，一边分兵收服周边的郡县，很快，那些被刘武周所占据的州县全部归属了大唐。

宋金刚收集残兵败将，想要回兵再战，部下听说要打仗，全都吓得要死，再次逃去。没办法，宋金刚只好向北逃往突厥，不久之后，又从突厥向上谷（今河北省张家口）逃去，谁知被突厥活捉，腰斩示众。刘武周在突厥待了几个月，他想要逃回马邑，不料被突厥知晓，也把他杀了。

此前，刘武周向南进军的时候，他的谋臣苑君璋就曾进谏道："大唐只用很少的军兵就拿下了关中。他们所向披靡，是天命所为，不是我们人力能争夺的。太原一带多险阻，如今我们率孤军深入，后面又没有援应，一旦失败的话，就会前功尽弃。不如北边跟突厥结盟，南边跟唐朝通好，这才是最好的计策。"然而，刘武周不听他的劝告，到了战败逃到突厥之时，刘武周才哭着对苑君璋说："我没有听从您的建议，所以才到了如此地步。"

苑君璋和刘武周一起逃到突厥，刘武周被杀，突厥封苑君璋为大行台，统领刘武周的部众。后来，苑君璋引突厥攻打代州，被刺史王孝德击退，唐每每派人招降，苑君璋一再抗命，而且，苑君璋还进攻骚扰马邑和太原。后来，突厥势力渐渐衰弱，苑君璋才率领部众投降大唐，被封为安州都督和芮国公，竟然得以显贵终身。

且说李世民平定了太原，向朝廷上书报捷，等待下一步的指令。高祖命李仲文为并州总管，唐俭为并州道安抚大使，留下镇守晋阳，催促李世民班师回朝。李世民奉诏返回京城，高祖对他大加封赏，并且大宴群臣。酒过三巡，李渊对群臣道："现在薛举、刘武周两个贼寇已经剿灭了，此外王薄、郭子和、蒋弘度、徐师顺、李义满、綦公顺等也都陆续归降，只有窦建德、王世充还在负隅顽抗，多次骚扰我边境。窦建德还虏去了朕的堂弟淮安王和朕的妹妹同安公主，朕不会善罢甘休的。现在朕打算先讨伐窦建德，再讨伐王世充。"

李世民进言道："王世充残虐无情，人神共愤，儿臣愿意先去讨伐他，另一面跟窦建德暂时议和，让他归还我皇叔皇姑。等把王世充扫平后，再去招降窦建德，如果他肯投诚，那就最好，否则再剿也不迟。”高祖道：“窦建德如果肯归还我弟妹，我们自当先讨伐王世充了。”酒宴结束后，李渊派使臣到洺州和窦建德修好，并要求他归还淮安王李神通和同安长公主。

原来，李神通为山东安抚大使的时候，曾防守抵御过窦建德。窦建德接连攻陷邢州、沧州、洺州、相州等州城，李神通不能抵抗，跑到黎阳投奔李世勣，并且命慰抚使张道源镇守赵州。

窦建德率军来到赵州城下，张道源与总管张志昂登城坚守，但还是禁不住敌军的猛扑，最终，赵州城被攻破。张道源与张志昂两人仍在城中巷战，最终不支，一并被抓。窦建德下令把他二人斩首，国子祭酒凌敬道：“人臣各为其主，他们坚守不下，实在是忠臣。大王如果把他们杀死了，怎么能勉励自己的臣子呢？”窦建德听了这活，于是将二人松绑，留在军中，再引兵到卫州去。

李世勣派骑将邱孝刚，率二百骑兵侦探敌军的踪迹，途中跟窦建德相遇，这时，窦建德前队军兵距黎阳只有三十里了。邱孝刚善用马槊，自恃骁勇突击窦建德，窦建德败走，后军前来援助窦建德，邱孝刚寡不敌众，竟然战死了。于是，窦建德迁怒黎阳，引兵进攻，黎阳城来不及预防，突然被攻陷。淮安王李神通被掳走，同安公主是高祖的同胞妹妹，本来嫁给了大隋的刺史王裕，客居在黎阳，也被窦建德掳走了。一起被掳走的还有秘书丞魏征，他本来奉高祖的命令去招降李世勣，还没来得及回去，便也被捉了。李世勣仓促逃走，连家属都来不及带走。窦建德捉住了李世勣的父亲徐盖，威逼李世勣投降，李世勣看了父亲的信想了很长时间，最终归降窦建德。

窦建德命李世勣为左骁卫将军，仍然坚守黎阳，只是留下他的父亲徐盖为人质，并封魏征为起居舍人，礼待李神通和同安公主，之后，他又亲自督兵攻打滑州。

滑州刺史王轨正打算守城，谁知竟被怨恨他的家奴刺死，家奴提着他的首级来到窦建德军前。窦建德问明原委，大怒道：“一个家奴竟然敢杀主人，这简直是大逆不道。”随即，窦建德下令把这个奴隶处斩，然后把王轨的首级送回滑州，让家人将首级和身体合于一处安葬。滑州的官吏和百姓都对窦建德心悦诚服，当日就投降了。此后，滑州附近的州县也都望风投降窦建德，连豫州大盗徐园朗也写信来归降。

窦建德返回洺州。李世勣仍然想要归降大唐，但是又担心连累父亲，于是，李世勣找老朋友郭孝恪商量。郭孝恪道：“你刚刚归顺窦建德，如果这时只要有所行动，肯定会引起他的怀疑，你只有先立下战功，取得他的信任，然后才能计划投奔大唐。”于是，李世勣攻破嘉县，进击新乡，活捉了王世充的大将刘黑闼，并把他押献给窦建德。窦建德非常高兴，封刘黑闼为将军，并且嘉奖了李世勣。李世勣又请命攻打孟海公所占据的曹州和戴州，窦建德派大舅哥曹旦，率五万军兵，去帮助李世勣，并说自己将亲自策应。

李世勣听曹旦说窦建德也要来，就打算等他来的时候，把他杀了，并乘机夺回父亲徐盖和窦建德的土地，归附大唐。谁知等了好多天，也没有见到窦建德来。此时，曹旦又侵掠河南，人民怨声四起，李世勣忍耐不住，率部众袭击曹旦的大营，谁知曹旦事先有防备，没有漏洞可乘。李世勣知道自己不可能再留下来，就和郭孝恪带着几十个军兵投奔了大唐。窦建德听说李世勣投奔大唐了，不禁长叹了几声。属下都劝他赶快杀了徐盖，窦建德却说："李世勣本来就是大唐的臣子，只是被我虏获，如今不忘本朝，也是一个忠臣，我怎么能忍心杀他父亲呢？"说完，窦建德就把徐盖放了。窦建德唯独与罗艺多次交兵，一直无法打败罗艺。窦建德的大将军王伏宝，非常勇猛，在军中无人能敌，因此免不了有些傲慢，侮辱众将，大家都很恨他，就诬陷他有谋反之心。窦建德信以为真，要将他斩首。王伏宝大呼道："陛下为什么要听信谗言，斩了自己左右手呢？"窦建德认为他这是狂妄自大，还是把他枭首示众。悍将一失，窦建德接连打了几个败仗。正好，这时候大唐使臣来求和，正中窦建德的意，于是，他就把淮安王李神通和同安公主送回了大唐。

一边，窦建德又带领二十万军兵再次攻打幽州，他仗着兵多将勇，四处架起云梯，鼓动大军登城。谁知，突然背后冒出一些敌军，这些敌军非常勇猛，锐不可当。窦建德的部下在云梯上重心不稳，纷纷向后倒退。城内罗艺又亲自率精兵来攻打窦建德。窦建德仓皇失措，来不及收兵，慌忙逃走。那些踊跃登城的将士看到这样的景象，也下城逃去，脚生得长的，还有幸保住性命，稍迟一步的，就都做了无头鬼，横尸城下。

那么，窦建德背后的敌军是从什么地方来的呢？其实就是城中的二薛，薛万均兄弟。他们见窦建德大举来攻，担心不能坚守，于是，二人组建了一个一百多人的敢死队，凿了条地道，潜行出城，偷偷地跑到窦建德的后面一阵痛杀。再加上罗艺出来夹攻，就这样把窦建德一举击退了。

罗艺想要乘胜扫平窦建德大营，谁知窦建德已经召集全军，填堑出战，奋力击杀，最终，罗艺兵寡力单，杀不过窦建德，只好战败回城。没过几天，窦建德又来围城，罗艺和薛万彻、薛万均等人一边奋力防御，一边派人到渔阳请求支援。

渔阳被高开道占据，他自称燕王。高开道本是沧州人，祖上是制盐的，乘着隋朝末年北方大乱，占据北平，后来又攻下渔阳。当时，怀戎（今河北省张家口市）僧人高昙晟杀害县令，占据县城，自号大乘皇帝，封尼姑静宣为皇后，建元法纶。高昙晟派使者与高开道结为兄弟。高开道带领部众到怀戎，住了三个月后，竟然趁高昙晟不备杀了他，然后把怀戎的军兵收为己用。随后，高开道也像模像样地改历法，易服色，署置百官。

接到罗艺的求助信，高开道乐得发兵扬威，亲自率领二千骑兵去救援幽州。窦建德见有援兵到来，担心自己重蹈覆辙，于是立即撤军。罗艺出城迎接高开道，并进城设宴款待，席间，罗艺劝高开道归降大唐，高开道也非常乐意，欣然乐意。于是，罗艺派人向高祖进表，称他们愿意归顺大唐。李渊封罗艺为燕郡王，封高开道为北平郡王，都赐姓李姓，二人仍旧管辖原来的领地。

这时，因为与东边的窦建德通好，弟弟妹妹也都回来了，所以，高祖李渊就派秦王李世民率军去讨伐王世充。

王世充多次侵犯大唐，但都没有成功，他的将领罗士信、李君羡和田留安反而陆续投奔了大唐。罗士信骁勇善战，大唐封他为陕西道行军总管，跟着李世民东征。李世民让他做先锋，进攻慈涧（今河南省洛阳市新安县磁涧镇）。

王世充听说唐军来征讨，连忙派自己的兄弟子侄等人防守各城。他又担心部下叛变，于是颁布了一条非常残酷的法令：如果有一人失踪，就把他的全家杀了。然后，王世充亲自率军三万前去援助慈涧城。

李世民亲率领一队轻骑兵，侦查王世充军情，谁知半路与王世充相遇，寡不敌众，竟然被王世充的军兵团团围住。李世民英勇非凡，他左右开弓，箭无虚发，射毙了王世充部下几十个人。王世充的骁将燕琪，跃马来刺杀李世民，谁知还没走几步，只听箭镞嗖的一声，就被射中倒地，被唐军擒住。王世充知道拿不下李世民，只好带兵撤退。李世民返回大营，第二天就率领五万军兵直奔慈涧，援助罗士信。守城的敌军听说李世民来了，全都弃城逃去洛阳。李世民率军入慈涧城，随即命各位将士，分道进兵。行军总管史万宝，从宜阳南入龙门；将军刘德威，从太行东围攻河内；上谷公王君廓，从洛口切断敌军的粮饷；怀州总管黄君汉，从河阴攻回洛城。四路偏师，奉命而去。李世民亲自率大军，在邙山以北扎营，步步进逼，并且传檄各郡县，快快归降。

很快，许多州县都归降了李世民。洧州长史张公谨与刺史崔枢，举城归附，邓州当地的豪绅，也逮捕了王世充所置署的刺史，当作俘虏献给了李世民。怀州总管黄君汉一军，用水军突袭，一举攻破了回洛城，又接连攻下了二十多个城堡。

王世充之子王玄应，赶来攻打回洛城，数日不能攻破。于是，王世充只好亲自率领精兵，在青城宫列阵，与李世民交战。

李世民隔河布阵，与王世充遥遥相对。王世充远远地对李世民说："隋朝灭亡，大唐占据关中，郑帝占据河南(此时王世充已废掉隋皇泰主，建立郑国称帝)，我们没有入侵你们，为什么你们率军来征讨，这是什么意思？"李世民让宇文士及回答，道："四海以内，都奉大唐是正统，只有你还执迷不悟，因此前来问罪。"

王世充又说道："天下大乱已经很多年了，长安洛阳，各有分地，如果我们能共同撤兵，彼此和解，那不是更好吗？"李世民又让宇文士及回应道："我只是奉诏拿下东都，没有诏令让我讲和，如果你能解甲归降，就可以保全富贵，否则我们就决一胜负，不必多言！"王世充一直沉默着不回话，两军相持到晚上，各自退归。

这时，显州（今河南信阳市西北）总管田瓒带着所有部将和二十五州城归降大唐。田瓒是杨士林的长史，杨士林击败朱粲后，奉表归顺大唐，并献上汉东四郡版籍，于是，高祖封杨士林为显州道行台。然而，杨士林表面上归顺大唐，暗地里却南通萧铣，北结王世充。

大唐正打算派兵去征讨杨士林，谁知，杨士林已经被田瓒杀了，然后，田瓒投降了王世充。王世充封田瓒为显州总管。田瓒听说唐军大举来攻，多次战胜王世充，于是，田瓒又带着属地归降大唐。由于显州降唐，王世充派遣王弘烈镇守的襄阳（今湖北襄樊市）与王世充的大军被割断。此时，大唐总管史万宝率军进攻甘泉宫，王君廓又率军进攻轘辕，河南一带恐慌不安，各州县接连投降大唐。

李世民行军打仗有个习惯，他每天晚上都要检查将士。这天晚上，降将寻相突然不见了，他带来的河东军兵很多也逃亡了。寻相和尉迟恭是同时归降李世民的，现在寻相一逃，尉迟恭当然很有嫌疑。屈突通和殷开山等人将尉迟恭拿下，入帐劝李世民，道："尉迟恭骁勇绝伦，留下他恐怕会有后患，不如趁早杀掉，去除祸根。我们把他捉来了，听候您的处决！"李世民很惊讶，说道："你们看到寻相跑了，就怀疑尉迟恭吗？如果他要跑，一定不会在寻相之后。现在，尉迟恭还在这里，就足以说明他没有叛变的意思。"说完，李世民就来到帐外，亲自为尉迟恭松绑，又引他入卧室内，取出一锭黄金给他，说："大丈夫要有气量，小小误会不要介意。如果你一定要走，这点金子就可以作为你的路费，聊表我们曾经一起作战之意，我不会因为谗言而加害于你的。"

尉迟恭听了这番话，连忙拜跪，感激涕泣地说："大王如此厚待我，我尉迟恭也不是草木，感激不尽，定当誓死为大王效力，只是这黄金确实不敢收。"李世民扶他起身，道："将军不嫌弃肯留下来，这点金子就收下。"尉迟恭仍然推辞，李世民只好说："留着以后赏给你。"尉迟恭拜谢而出。

第二天，李世民率领五百骑兵巡行战地，又遇到王世充率军偷袭，敌军有一万多人，为首的是单雄信，他手持长槊，向李世民刺过来。李世民连忙拔刀招架，但是刀短槊长，李世民正是手忙脚乱，突然，一员大将杀来，从旁边横戳单雄信，单雄信坠马，被他的部下救走。来将正是尉迟恭，他护住李世民，杀出重围，转身又率骑兵迎战，冲入王世充阵中，左挑右拨，无人能挡。这时候，屈突通也带兵赶到，来援助尉迟恭，一番激战，杀了敌军一千多人。王世充落荒而逃，留下大将军陈智略断后。尉迟恭追赶过去，顺手一槊，将陈智略击落马下，陈智略被唐军活捉。随即，尉迟恭收兵回营，进见李世民。

李世民连忙起身迎接，对他说："大家都怀疑你会叛变，我就认为你不会，没想到你这么快就证明了诚意。"于是，李世民赐尉迟恭一盒金银，尉迟恭这才收下。当下，李世民检验俘虏，除陈智略外，还俘获了六十名排矟兵，这些兵士都愿意归降。李世民把排矟兵安插完毕后，敌将张镇周也来军营投诚，李世民都推恩录用。此后，周围许多州城闻风而至，都争相来归附世民。其中，杜才干以濮州归降，杨庆以管州归降，魏陆以荥州归降，王雄以阳城归降，王要汉以汴州归降，徐毅以随州归降，接连是许、亳一带十一个州县，都来请降。

转眼间，已经是武德四年，梁州总管程嘉会也率部众来归降。李世民又招抚了淮南杜伏威，一同围剿王世充。杜伏威本是齐州人，与同乡辅公祏，亡命为盗，在江淮一带出没，后来，他占据历阳，自号吴王。等到李世民招抚，杜伏威就归附了大唐。杜伏威派部将陈正通和徐绍宗两人，率二千精兵，前来援助李世民，攻下了大梁（今安徽省和县）。

李世民又挑选了一支十余人的骑兵，全都穿着黑衣玄甲，分为左右两队，命秦叔宝、程知节、尉迟恭、翟长孙四将为偏帅，自己为统帅。每次作战，世民的玄甲兵就作为冲锋，无坚不摧。

有一次，屈突通、窦轨等人在巡视军营时，被王世充袭击，很是危急。李世民听说后，连忙率领玄甲兵去营救。玄甲兵冲入敌阵，就像苍龙搅海一样，一时间骇浪奔腾，杀得王世充丢盔弃甲，狼狈不堪，逃回了洛阳。

王世充的儿子王玄应，因为一直没有攻下回洛城，于是移师虎牢。后来，听说王世充战败归来，他也拼命杀回了洛阳。

李世民派宇文士及返回长安，奏请高祖出兵围攻东都。高祖准奏，并对宇文士及说："回去跟你的秦王说，如果攻下了洛阳，那些乘舆法物、图籍器械等要奉给朝廷，其他的美女和财物等都可以赐给将士们。"宇文士及奉命，把高祖的话传给李世民。于是，李世民移军青城宫，还没把大营扎好，王世充就率领二万精兵，在谷水边据险列阵，唐军一看这阵势都有些畏惧。

李世民在北邙山扎下大营，登高遥望，对将士们说："看来敌军是倾巢而出，孤注一掷，我今日如果能破敌，那么敌军就彻底完了。"随即，李世民召屈突通入帐，让他率五千军兵渡河骚扰王世充。临行前，李世民嘱咐他说："一旦跟敌军交锋，马上燃起狼烟，我一定会亲自接应你们的。"

李世民命令将士穿着铠甲待命，自己瞭望对岸。很快，对岸飘起了一缕青烟，于是，李世民一跃上马，冲了出去。将士们跟着渡河，鱼贯而进，踊跃渡河，与屈突通合力奋战。李世民想要知道敌阵情况，于是独自率领几十名骑兵冒险冲入敌阵，他从阵前杀到阵后，所向披靡。突然，前面有长堤阻住前路，李世民只好转头，仍然从敌阵中杀回。

那时，人人都在奋战，不能顾及彼此，李世民与骑兵失散，随身只有邱行恭一人。好几名王世充的骑兵来追击李世民，并且用强箭射杀李世民。然而，李世民身上好像有神灵护佑一样，箭都没有射到他，却射中了他的马，马儿险些儿将李世民掀翻。幸亏李世民已经先跳下马，才没有摔倒，但是，那马匹却死了。邱行恭连忙回马接箭，箭一到手，百发百中，接连射死了好几个敌军。追兵不敢再前行，于是，邱行恭下马，请李世民上马，自己在马前步行，手执长刀，又砍死了好几名敌人。邱行恭奋勇突围后，李世民这才回到大军，再次指挥作战。

王世充指挥将士拼死搏斗，两下里鼓声大震。两军又混战了三四个时辰，忽进忽退，唐军屡次冲杀突击，王世充终于支持不住，领兵退去。李世民乘胜追杀，直奔东都。这时，罗士信已经攻下了千金堡，王君廓也攻下了虎牢城。捷报传来，李世民兴奋地说："王世充失去两座险关，已经是瓮中之鳖了，洛阳虽然坚固，还怕攻不下吗？"

于是，唐军四面围攻洛阳城，昼夜不停。谁知城中守御非常牢固，大炮打出的飞石有五十多斤重，能打到二百步开外；强弩射出的箭像车的辐条一样粗，箭头像刀斧一样尖利，能射到五百步那么远。唐军被大石和弓箭击着，全都立刻倒地。李世民射书招降，守将几次想要做内应，都被王世充察觉，杀死了。王世充的部下御史郑颋想要削发为僧，却被王世充怀疑，王世充将他斩首示众。李世民多次攻打，都没有成功，于是又给王世充发出降书，晓以利害，也不见回信。

这时候，大唐的将士都有些疲惫思乡，总管刘弘基请求李世民班师还朝，李世民摇头，说道："我们大举来攻打敌军，为的就是一劳永逸，永除后患，现在东边的州城已经全部望风归降，只剩下洛阳一座孤城还没有攻下。我料想他也不能坚持多长时间，我们很快就能大功告成，怎么能撤兵呢？"于是，李世民下了一道军令："洛阳一日不破，大军一日不还，敢言班师者，斩！”将士们都不敢再说班师之事了。

后来，李世民接到高祖密诏，让他退军。李世民派封德彝入朝，嘱咐他面奏高祖：“王世充只剩下一城，现在穷途陌路，朝夕之间就能攻下。如果我们现在撤兵，敌军又会重新振兴，相互勾结，以后就更难拿下了。”封德彝领命离去。这时，李世民突然接到东部的警报，说窦建德率十万大军前来援助洛阳，管州被攻陷，刺史郭士安遭害，荥阳、阳翟等县也都失守了。窦建德的大军水陆并进，很快就要到达这里了。唐军都非常惊慌，就连李世民也很是犹豫不决。正在疑虑的时候，有人报告：“夏主窦建德遣人送信，现在来使正在外面等候。”李世民说道：“请他进来。”

第九回　东征北伐

秦王李世民见了来使，问明姓名，知道他叫作李大师，曾在窦建德处充任礼部侍郎。随即，来使呈上一函，李世民看完后，不禁微笑道："来书让我退军潼关，返还郑国归降的领地。试想，我军来这里已经快一年了，花费了无数的粮饷，牺牲了很多军兵，才得到这几十座郡县。如今，洛阳就快要攻下，他却来劝我退兵还地，天下哪有这样的好事？"

李大师道："贵国既然有意安民，就不应该继续穷兵黩武，停战修和既可以让兵民休息，二来免得伤了和气。"

李世民听了李大师话，非常恼怒，瞪着眼睛对他说："郑、夏本是敌国，我灭掉王世充，跟你国有什么关系？如今你们前来劝阻，到底是什么意思？"李大师道："我国是为了休兵息民，所以派我李大师前来送信，代王世充请和，殿下如果不同意，那么我们已经发兵，就不便收回了。"李世民被他的话激得更加生气："你们出兵，我有什么好怕的？"话说完，李世民就下令手下将李大师扣在军中，然后召集将士们商议。

众将都面面相觑，不知道怎么办，只有郭孝恪进言道："王世充现在穷途末路，很快就会投降的，现在窦建德也主动送上门来，这是天意要灭掉他们两国。我军可以在武牢据守，等待时机行动，一定能破敌的。"话还没说完，又有一人接着说道："王世充坚守东都，财物和兵甲器械充足，而且他的部下都是江淮的精锐将士，非常耐战，现在只是因为缺了粮饷，所以才被困在孤城中，坐以待毙。如果窦建德来跟他们合作，给他们输送粮食救济，那敌军的气势就更加强盛，我军就无法与之相争了。现在，请大王分兵困住洛阳，深挖壕沟，高筑壁垒，构筑防御工事，不跟敌军硬碰，然后，大王您就亲自率精锐部众，先占据成皋，以逸待劳，这样，一定可以攻破窦建德。窦建德既然被攻破，那么拿下王世充就很容易了。不出两个月，他们两人就会被我们抓住。"

听了这话，李世民一看，发现说话的人是记室薛收，便对他说："你的建议很有道理，我也是这么想的，就这么办吧。"萧瑀和屈突通等人听了李世民的话，连忙上前劝阻："请大王退到新安，占据险要位置坚守。"李世民驳斥道："窦建德刚打败了孟海公，此时正是将士骄纵，士兵懒惰，根本就不值得一战。我率军占据武牢，扼住他的咽喉，他如果敢冒险来争，我自有方法抵御。如果他只是观望不进，那么不出一个月，王世充必溃败，到时候我们把城攻破，我军的气势自然高涨，这样一举两得，何乐而不为？否则，等到敌军侵入武牢，各州城再次归附他们，那时，我军根本守不了，等到他们两贼合力，与我军开战，我军还能抵挡得住吗？”萧瑀等人听了这话，默然退回。

李世民召回屈突通，让他辅佐齐王李元吉把东都围住，不得轻易出战。自己率领李世勣、程知节、秦叔宝、尉迟恭等人，带着三千五百名骑兵，向东边武牢杀去。

窦建德怎么会救王世充呢？原来，王世充屡战屡败，很早就派侄子代王王琬和长孙安世到河北求援。窦建德本来跟王世充有矛盾，互相攻打，不愿意前往援助他们。谁知，中书侍郎刘彬进劝窦建德道：“现在天下大乱，李渊得了关西，王世充得了河南，我们得了河北，如今的局面是三足鼎立，互相牵制。现在大唐举兵攻打王世充，从秋天打到冬天，唐兵越来越多，王世充越来越危险。唐强郑弱，王世充肯定支撑不了很长时间，如果王世充兵败，郑国覆灭，唇亡齿寒，恐怕我们也不能自保。不如暂时放下仇怨，发兵援助王世充，夹击唐军。唐军如果败退，我们趁势拿下郑国，然后合两国人马，乘大唐疲弱，攻入关中，说不定能统一天下呢！”

窦建德听了这一席话，鼓掌叫好，便召见郑国使者，同意发兵援助。只是，因为孟海公占据周桥，窦建德担心他乘虚来袭，于是打算先剿平孟海公，然后出师援助王世充。王琬与长孙安世拜谢离去。于是，窦建德出兵到周桥，攻打孟海公。

孟海公本是济阴人，喜欢舞刀弄枪，不喜欢文字，隋朝末年群盗纷起，他也聚众为盗，占据曹州的周桥，自称录事。因为所处的位置比较偏僻，一直没有人注意，就这样他安安稳稳地过了六七年。现在，窦建德率军杀到，孟海公不识好歹，率部众跟他对仗。窦建德的军兵经过百战，很有经验，而孟海公的军兵都是乌合之众，一经交战，胜负立马分出。孟海公战败逃回周桥，被窦建德一鼓攻入，把他活捉，立刻杀死，其他的军兵全都投降。

窦建德留下归降的将领守卫周桥，然后，带着部众向西开去，攻陷了管州，夺取了荥阳、阳翟等县。大队人马水陆并进，路上遇到王世充的部将郭士衡，郭士衡带着数千军兵，受王世充的弟弟王世辩之命，前来迎接窦建德。

窦建德到达成皋（别称虎牢）的东面时，命人在板渚城修筑宫殿，作为行宫。然后，窦建德一面派人给王世充报信，一面致书唐营，也不急着进军，还在眼巴巴地等着李大师的回报。哪知此时，大唐秦王李世民已经带着精锐的骑兵过了北邙山、河阳，杀向武牢来了。

窦建德见两个使臣都没有回来，于是派侦骑兵出营打探。探子才出去了三里地，就看见前面有四个骑马的人，为首的拿着弓，随后的拿着槊，威风凛凛，策马前来。侦骑兵还以为是巡视兵，正要询问，忽然听到一声大喝，道：“我是秦王，你们看箭！”话音未落，箭就已经到了，一个探子应声落马，其余的人见情形不对慌忙逃回。

原来，李世民到了武牢后，立即率五百骑兵来探敌营，留下李世勣、程知节、秦叔宝等人沿途设下埋伏，自己带着尉迟恭和两个骑兵前进。这会儿，李世民射死了一名敌骑后，两名随从的骑兵请求李世民撤回：“敌军探子回去，肯定会有大军来攻，我们不如快点回去！”

李世民转头对尉迟恭说：“我手执弓箭，你手执长槊，即使来了百万敌骑，那有什么好怕的？”正说着，只见前方尘土飞扬，五六千骑兵迎面杀来。两名从骑有点惊慌失措，李世民从容道："你们两人不必惊慌，尽管往回跑，我跟尉迟恭两人断后。"于是，李世民和尉迟恭二人勒马等待，等到敌军将要靠近时，立即拉弓射箭，每射一箭，必定击毙一敌军，敌军三退三进，李世民又射杀数人。尉迟恭舞槊迎战，也刺杀了十几个敌军，敌军看这情景也不敢贸然逼近。李世民却假装害怕逃去，敌军不知是计，一拥追来，才追了一里多地，四面的伏兵就冲了出来。李世勣等人上前奋击，杀了敌军三百多名，还活捉了殷秋、石瓒两名敌将，其他人落荒而逃。李世民这才收兵回营，回营之后，李世民给窦建德写了封信，信中写道：

赵魏之地，久为我有，今为足下所侵夺，不情孰甚？但以淮安见礼，公主得归，故相与坦怀释怨，世充前与足下修好，已尝反复，今亡在朝夕，更饰词相诱，足下乃以三军之众，仰哺于人，千金之资，坐供外费，甚非策也。今前茅相遇，已遽崩摧，郊劳未通，能无怀愧。故抑止锋锐，冀闻择善，若不获命，恐后悔且难追矣，幸足下垂察焉！

信的内容是劝窦建德撤兵，但是，窦建德却一直没有回信。从此，两军进入相持状态，双方多次交战，窦建德一点便宜都没占到，反而死伤了许多人马。唐将王君廓又率领一千多名轻骑，截击窦建德的粮饷，并把窦建德的大将张青特捉了回去。窦建德有些害怕了，祭酒凌敬献计，说道："唐兵现在占据武牢，我军很难前进，为今之计，我们不如带兵渡过黄河，攻取怀州、河阳，重兵把守，养精蓄锐，然后大张旗鼓过太行山，进入上党郡，攻打太原，直奔蒲津，占据河东，窥视关西，才是上策。"

窦建德道："我如果去取河东，洛阳还能不亡吗？"凌敬道："依臣之见，攻取河东有三个好处。首先，唐兵都在洛阳，我军可以乘虚入境，会很安全：其次，我军能拓展土地，扩大势力；最后，我军一旦进兵大唐，唐兵一定会撤回关中救援，那么洛阳的围困自然化解了。如果失去这次的机会，战事必定会旷日持久，到时候不但洛阳要完蛋，就连我军也会陷入困境。"

窦建德思虑了好久说："你说的话很有道理。"话刚说完，王世充的侄子王琬和长孙安世又来求援。他们一入帐内，就跪拜在地上，哭着求窦建德快点发兵救援。这下弄得窦建德忐忑不定，只好答应进兵援助。王琬跟长孙安世听了这话，这才起身离去。他们住在窦建德营内，一天到晚不停地催，而且暗地里用大量财物贿赂将士们，托他们敦促窦建德快点发兵。

将士们拿了钱财后，都去催窦建德进兵援助洛阳，并说："凌敬就是个书生，根本就不懂打仗，大王应当立即发兵援助，不要再犹豫了！"于是，窦建德下令进攻武牢。凌敬连忙劝谏道："大王为什么不听臣的建议呢？"窦建德道："大家都主张进兵，这是上天助我，一定能成功的，不能听从你的建议。"凌敬叹息道："不用臣的建议，大王以后不要后悔啊！"窦建德听了这话，非常生气，竟然让手下把凌敬拉了出去。

窦建德的妻子曹氏也跟随大军来到这里，她见窦建德的脸色有怒气，于是就上前问明缘由。窦建德把事情的经过稍微说了下，曹氏听后，连忙说："祭酒凌敬所说的话很有道理。如今大王乘虚攻打河东，不担心攻不下来，如果我军再联结突厥，从西面抄底关中，唐军必定会撤军救援的，到那时洛阳的困境就自然解除了。如果我们一直在这里停留，劳师伤财，不知道什么时候能成功啊？望大王仔细想想！"

窦建德说道："这不是妇人能掺和的，我是为救王世充而来的，他正处在危险之中，如果不去救他，岂不是言而无信？到时候将士们也会认为我是畏惧唐军了。"

第二天，窦建德亲自调集兵马，自板渚出牛口，列阵二十里，大张旗鼓出发。唐军看到这阵势吓了一跳，心中有些胆怯。李世民带领尉迟恭等人登山瞭望，仔细观望了好半天，然后对将士们说："敌军从山东起兵，看样子是没有遇着什么劲敌。如今阵势虽然很庞大，但是他们的队伍不整齐，纪律也不严格，光仗着人多有什么用？我只要按兵不动，等敌军锐气衰弱，腹中饥饿，我们再奋力击打，他们一定坚持不了多久，我和诸位打赌，过了中午，我军一定能破敌。"尉迟恭等人连声说是。

窦建德轻视唐军，只派了三百骑兵渡过汜水，直逼唐营，还大声喊道："唐营中如果有勇士，就出来受死吧！"一连叫了好几声，这下激怒了大将王君廓，他带着二百骑兵，手持长槊，前来迎敌。王君廓与夏军交锋，激战了几十个回合也不分胜负，只好各自收兵。

突然，尉迟恭跃马出营，随身只有两个人，一个是高甑生，另一个是梁建方，他们偷偷跟在敌军的后面，直奔窦建德阵前。刚好，王世充的使臣，代王王琬骑着隋炀帝所乘的青鬃马，正在观战，没有一点防备，猛听得一声大喊："哪里走？"话音未落，王琬的身子就不知不觉被别人抓了过去，身下的坐骑也被人牵住了。王琬急呼救命，夏军闻声前来救援，但是，当他们看到出战的唐将是拿着长槊的尉迟恭时，都不由得倒退数步。尉迟恭擒住王琬，高甑生牵着王琬的马，竟然安安稳稳地跑回了大营。

原来，李世民望见王琬在窦建德阵前，骑着一匹好马，就指给尉迟恭看，说了"好马"二字。尉迟恭就请命夺取此马，李世民本想阻止，不料，尉迟恭竟然与高、梁二将，催马过去，连人带马都抢了过来。李世民担心尉迟恭有闪失，赶紧派宇文士及领着三百骑兵接应他，并且对宇文士及道："如果敬德自己回来了，你可以绕出敌阵，由东边回来。不管敌军是否出兵，你都必须迅速回来，不要惹祸。"

宇文士及领命出发，路上接着敬德，见他立功归来，很是欣慰，于是，宇文士及趁势去骚扰敌阵。敌兵赶紧拦截，宇文士及也不恋战，只夺路向东跑去。李世民早已看到了，又见见敌军有的在河边喝水，有的散坐在阵前，就指挥众将道："敌军的气势已经懈怠，赶快出击！"李世勣、程知节、秦叔宝等人一听将令，立即拍马冲了出去，李世民也不愿落后，紧跟其后，带领大军渡过汜水，直捣夏军阵营。

窦建德因为已经过了中午，大军还没有吃饭，于是召集将士开会，商量下一步的行动。突然，听说唐军杀到，来不及整列军队，慌忙命令骑兵出战，自己率步兵跟在后面，依踞东坡。李世民看见了，派窦抗领兵，绕到后面，袭击窦建德，而自己和尉迟恭等人拦杀骑兵，一阵奋战，把敌军杀得零零落落，四处逃散，李世民等人又乘胜前进。

窦抗被窦建德击退，眼看着要支持不住了，李世民一马当先，率兵杀进敌阵，敌军纷纷退却。淮阳王李道玄也挺身冲入敌阵，穿过敌阵后从敌阵中杀回，身上像刺猬一样身上中满了箭矢，但是勇气不衰，只是战马负了重伤，无法再用，李世民一边把自己副马给了李道玄，让他不要再擅闯敌阵，一边督军大战，一时间战场上尘土滚滚，天昏地暗。程知节、秦叔宝和西突厥人史大奈等人冲出敌后，张起大唐旗帜，飘扬天空。

夏军看到这阵势，相顾错愕，顿时到处溃逃。唐军追奔三十里，杀了敌军三千多人。窦建德被槊所伤，窜逃至牛口渚中，被唐军白士让、杨武威两人发现，两人快马赶来，窦建德吓得浑身乱抖，连马上都坐不安稳，正要去芦林中躲避，却被白士让追上。他一槊刺中马的屁股，马受痛一蹶，将窦建德摔下。白士让又用槊刺窦建德，窦建德连忙摇手道："不要杀我，我就是夏王，如果你能放了我，我一定与你富贵与共。"白士让本来不认识窦建德，因为看到他金甲灿烂，就知道不是一般人，所以穷追不舍，偏偏窦建德自己供认了，喜得他心花怒放，立即一跃下马，把窦建德捆住，带回营中。

这番厮杀，夏国十几万大军死的死，逃的逃，还有五万人做了俘虏，就是王世充派来的长孙安世、王世辩的大将郭士衡也都被擒住了。

李世民收军升帐，检点俘虏。白士让和杨武威上前献功，报称拿住了窦建德，李世民听了非常高兴，立即让人将窦建德带进来。窦建德立而不跪，李世民冷笑道："我来讨伐王世充，关你什么事？你却出兵阻挠，现在感觉如何？"窦建德答不出话来，反而说了句玩笑话："我今天来，是免得你大老远的去抓我。"李世民笑了一笑，下令把窦建德押入囚车，然后将所有俘虏全都遣返回家，再派将士到板渚查看，只见那里只有虚设的一座行宫，里面已经空无一人了。

将士回来告知李世民情况，随后，李世民押着窦建德来到洛阳城下，用鞭子指着窦建德的囚车，仰头向城上喊道："王世充！你看囚车里是什么人？是不是来救你的窦建德啊？"王世充正在城楼督战，向下一瞧，果然看到有一人闷坐在囚车里，于是问道："囚车内真的是夏王吗？"窦建德道："不必说了，我来救你，却先作了监下囚，你真是害得我好苦啊。"说完，泪流满面。王世充也不禁落泪，正打算说几句安慰的话，只见唐军又牵出三辆囚车，被囚的正是侄子王琬和长孙安世，还有大将郭士衡。王世充一时愁上加愁，痛上加痛，险些儿没站稳，从城上堕下。

李世民又对王世充说："你如果不投降，我就把他们立即斩首。"王世充哭着说："且慢！如果我投降，你能免我不死吗？"李世民道："我答应你免死！"王世充下城，召集众将商议，有的说是不如出走，有的说是不如死战，弄得王世充又犹豫不定。刚好唐军放了长孙安世，让他入城力劝王世充投降，王世充才领着太子和群臣共两千多人，开城投降。

王世充见了李世民，吓得满头大汗，叩头谢罪。李世民却以礼相待，让他带路入城，命令萧瑀等人封好府库，拿出全部金银分给将士们。李世民根据降将的罪行，把段达、王隆、崔洪丹、薛德音、杨汪、孟孝义、单雄信、杨公卿、郭什柱、郭士衡、董睿、张童儿、王德仁、朱粲、郭善才等十几个罪大恶极的人，绑到洛河边，一一斩首。百姓最恨朱粲，争着捡瓦石砸他的尸体，瓦石一会就堆积得像坟墓一般。

李世民望着隋朝宫殿，不禁感慨万分，长叹道："隋炀帝奢侈过度，只顾虑到自己享乐，却不顾虑百姓疾苦，怎得不亡？"随后，李世民命人撤端门楼，烧乾阳殿，毁则天门阙，废诸道场，再往黄河南北传发檄文，招降各个州县。

除州行台王世辩是王世充的弟弟，听说王世充已经降唐，接到檄文后，就带着管辖的十三个州县，也到河南道安抚大使任环处请降。

窦建德的妻子曹氏和左仆射齐善行等人逃到洺州，部众都想立窦建德的养子为首领，再图重振。但是，齐善行见大势已去，只好遣散残兵败将，和窦建德的妻子曹氏，还有右仆射裴矩，行台曹旦等人带着传国玉玺，以及攻破宇文化及时所得的珍宝，向唐廷乞降。魏征等人被全部放还，早已入关，仍作大唐的臣子，淮安王李神通，乘势慰抚山东，攻下了三十多个州县。从此，郑、夏两国的土地都归大唐所有。

李世民凯旋回来，率领一万匹铁骑，三万军兵，分为前后两队，沿途吹吹打打返回长安，高祖诏令将俘虏供献于太庙，然后将窦建德和王世充带到殿前，等候发落。

高祖上殿后，先召王世充进殿，王世充跪下三呼万岁，又磕了好几个响头。高祖叱道："朕早就听说你残虐不仁，最可恨的是杀我降臣李公逸和张善相，如果不把你杀了，真是无法慰藉那些冤魂。"王世充又叩头道："臣罪有应得，但秦王已经答应臣不死了。"当时，秦王李世民就在旁边，高祖问他："有这么回事吗？"李世民回答："儿臣确实说过。"

高祖又道："朕不是说一定要杀王世充，但杞州总管李公逸远道来归降，却被王世充捉住杀死。伊州总管张善相在李密死后，带着部众来归降，并为朕竭力守城，然而，王世充多次派兵攻打，当时，朕无暇顾及，没有及时发兵往援，导致他惨遭王世充杀害。他们二人都没有辜负朕，是朕辜负了他们，现在回想两位忠臣，很是可惜。现在王世充已经被抓，不杀对不起忠臣啊！"高祖话说完，吓得王世充浑身发抖，李世民看着很不忍心，替他求情道："父王仁慈，还求父王网开一面！"高祖于是把王世充暂时囚禁，再召窦建德入殿。

窦建德虽然下跪，却不像王世充那样哀求。高祖责问他为什么背叛盟约，他低头无话可说，于是也将窦建德囚住。三天后，高祖下了一道诏命，将窦建德斩首东市，王世充贬为庶人，全家发配四川。总计从窦建德起兵到灭亡，一共六年。王世充从篡位到灭亡，一共三年。

第十回 征讨窦建德余党刘黑闼

王世充奉诏前往四川，在雍州廨署住着，正要启程，忽然有好几个骑马的人拿着敕书而来，让王世充出来跪下听读。王世充就和哥哥王世恽出来，刚要下跪，那些人就下马，拔出腰刀，将他们兄弟杀死。

这些人其实是定州刺史独孤修德，带领兄弟来报父仇的。独孤修德的父亲叫作独孤机，曾经为越王杨侗做事，后来越王被杀死，独孤机想诛杀逆贼王世充，归降大唐，却被王世充知晓，王世充把他全家给杀了，幸亏当时独孤修德弟兄在长安居住，才逃过一劫。

独孤修德在大唐做官，官至定州刺史，听说王世充被捉了，只盼望着高祖将他正法，谁知有诏特赦，顿时让他无法泄冤。于是想出一法子，假传圣旨，杀了王世充。独孤修德杀人后，就上书自首，说情愿受罚。高祖觉得他们父忠子孝，情有可原，于是特别减邢，只是罢了他的官。王世充的儿子王玄应和哥哥王世伟在路上想叛逃，被监吏察觉，监吏飞马上奏唐廷，唐廷把王世充全族诛杀了。

话说窦建德死后，河朔被平定，窦建德手下的余众都被遣散，回归故里。偏偏有几个嚣张蛮横之辈，贼心不死，聚众横行乡里。地方官吏派人追捕，这些人就又冒出叛变的想法。地方官吏担心他们造反，当即上奏朝廷。

于是，高祖下诏召窦氏旧将入京，范愿、董康买、曹湛、高雅贤等人都在列。大家私下聚在一起商议，范愿先开口道："王世充举洛阳投降大唐，他的大臣如段达、单雄信等人全都被杀了。我们如果入长安，肯定跟他们结果一样。而且，我们这十年以来，身经百战，九死一生，现在何必珍惜这剩余的光阴，不如我们再次起事。况且，夏王俘获淮安王后，对他以礼相待，并放他回大唐，再看大唐怎么对待夏王，抓了他之后立即杀死。我们都受过夏王的恩惠，现在不替他报仇，既无以面对夏王，又无以见天下人士，难道不感到惭愧吗？"

高雅贤接着说："你所说的很对，我因有官兵时来侦察，想要把家属徙到别处去，偏偏这班狐群狗党，早就听到风声，把我的家人抓了去，幸亏当时我不在家，才得以脱身。现在又来召我入京，明明就是想置我于死地。同样是一死，为什么不造反呢？"董康买、曹湛等人都齐声赞成，当下商量推选主帅。议了半天也没选好，于是卜了一卦，卦象上说应当选个姓刘的为主帅。高雅贤道："漳南刘雅不是夏主的旧将吗？我们去请他当主帅吧。"于是，这些人便前往漳南，去见刘雅。刘雅问有什么事？他们把想法告知他，然而，刘雅摇头道："天下才刚刚安定，我只求耕田种桑，做个普通老百姓，不想再谈兵事。"

高雅贤等人听了这话，立马变脸道："你这么说，就是不愿意出去了？"刘雅也很不高兴地回道："这是我的自由。"高雅贤等人又逼问一句道："你如果不愿意去，那我们的情谊就从此了断。"刘雅随即起身道："你们和我断绝关系，又有什么关系。"说到这里，范愿竟然拔出腰刀，向刘雅砍去，其他人也趁机动手。可怜刘雅赤手空拳，根本对不过他们，最终被这帮人杀死了。

一行人回来后，范愿又提议道："前汉东公刘黑闼，有勇有谋，超越众人，性情又仁善，我曾经听说过刘氏会当上皇帝，现在我们想利用夏王剩余部众，共举大事，非此人不可。"于是，这些人又去见刘黑闼。刘黑闼是漳南人，先投奔李密，继而归降王世充，后来又投降了窦建德。窦建德封他为将军兼汉东郡公。后来，窦建德败死，他就回家务农。

这天，刘黑闼正在园中锄菜，突然看见范愿等人携手前来，于是，刘黑闼把他们迎入屋内，问明来意。范愿大概讲了下来意，刘黑闼刚开始还稍稍逊让，后来经高雅贤一再催促，就高兴地答应了。当下，这帮人宰杀耕牛，大摆宴席，然后制定计划，召集了一百多人袭击漳南县城，把县官杀死，开仓放粮，招徕旧党，很快就聚集了几千人。这伙人又进攻鄃县，贝州刺史戴元祥和魏州刺史权威合兵前去救援，刘黑闼在路上设下埋伏，两位刺史被引诱入陷阱，兵败而死，兵器也被这伙人抢去了。

于是，刘黑闼在漳南设坛，为窦建德设立灵位，带领大家祭告，让大家起兵为窦建德报仇。然后，刘黑闼自称大将军，向东出兵，攻陷历亭，杀了守将王行敏。饶阳盗贼崔元逊也起兵占据深州，把刺史裴晞杀了，响应刘黑闼。

自从洛阳被平定后，兖州盗贼徐圆朗本来已经上书归降大唐，并被封为鲁国公兼兖州总管，现在竟然也与刘黑闼连和，起兵造反，自称鲁王。兖郓、陈杞、伊洛、曹戴等州县当地的豪绅，陆续归附刘黑闼，山东一片恐慌。

这时候，唐军正打算南下攻打江陵。高祖命令夔州总管，高祖的堂侄李孝恭，大造战舰，练习水军，即日出发。偏偏山东陆续传来战报，李渊只好封淮安王李神通为山东道行台右仆射，宣抚各郡，又派将军秦武通和定州总管李玄通，会同幽州总管李艺（罗艺改名）一同讨伐刘黑闼。征东的大军先行出发，南下的大军紧接着也被派出了。

唐军南下是为了讨伐萧铣。萧铣是梁宣帝萧詧的曾孙，是隋朝萧后的亲戚，隋炀帝任命他为罗川令。隋末，萧铣被巴陵校尉董景珍等人推为梁王，改年号为鸣凤，服色、旗帜和梁朝一样。萧铣只起兵五天，远近归附的人马已经达到好几万人。没过多长时间，萧铣自称皇帝，迁都江陵，并封董景珍等七个功臣为王，又召邓州人岑文本为中书侍郎，派鲁王张绣招降岭南，岭南大部分郡县都来归降。萧铣又命令部将苏胡儿去攻打豫章，杨道生去进攻南郡，一时间威震四方。当时南自交趾，北到汉水，西至三峡，东达九江，都是萧铣的领地，拥兵多达四十多万。

武德二年，杨道生进攻峡州，被大唐刺史许绍击退。萧铣派大将陈普环带领水军进入三峡，被许绍在西陵截击。许绍据险破敌，抓住了陈普环。但是，萧铣还是不死心，在安蜀城屯兵，窥视巴蜀。

高祖命李靖镇守夔州，李靖因为被萧铣的大军阻拦，总是不能前进。高祖命许绍责备李靖逗留，要处李靖死罪，许绍代李靖向高祖解释，高祖才免李靖一死。

董景珍的弟弟因为谋乱，被萧铣杀死。当时，董景珍已经出守长沙，他怕追究罪责，于是投降了大唐。萧铣得知消息，连忙派张绣攻打董景珍，董景珍登上城楼，对张绣说道："功成者死，您难道没有听说吗？为什么还要来攻击我呢？"张绣不肯听，率领部下围城，城内食尽，董景珍想突围逃走，被部下所杀。于是，萧铣封张绣为尚书令，但是张绣居功自傲，未免骄横，最终还是被萧铣杀了。从此，那些功臣将领的心都离萧铣越来越远，因而，萧铣的势力一天比一天衰弱。

后来，大唐峡州刺史许绍攻下了荆门镇，黔州刺史田世康攻下了五州四镇。李靖向高祖献上取梁十策，上达唐廷。于是，李渊任命赵郡王李孝恭为夔州总管，让他整练水师，李靖为行军总管，兼孝恭属下长史，掌管军事。

武德四年秋八月，李孝恭在夔州阅兵，正好碰上秋水暴涨，江水泛滥，李靖劝李孝恭赶快进兵，将士们大多不同意。李靖勃然大怒，道："用兵贵在神速，如今我军刚刚成立，萧铣还不知道，如果趁着江水上涨顺流东下，趁他不备，杀他个措手不及，一定能活捉萧铣。"李孝恭非常赞同李靖的建议，于是，他亲自率领两千多艘战舰带着李靖等人当天出发。他们越过荆门、宜都两镇，直奔彝陵。萧铣的大将林士弘正在清江驻兵，根本没有设备，结果被大唐的水军一下子歼灭，唐军还缴获了三百艘战舰。林士弘踉跄逃走，唐军追奔到百里洲，又与林士弘开战，再次获得胜利，唐军直达北江。江州总管盖彦举带着五个州城来投降。

萧铣正罢兵营农，突然听说大唐的水军杀奔过来，慌忙征兵。一时间没有招到很多兵马，只好调来亲兵卫队前来迎战。李孝恭正打算和他们交锋，李靖连忙阻止，偏偏众将都来请战，李靖解释说："萧铣为了扭转败局，派来的都是精锐军兵，气势锐不可当。我军不如在南岸停舟休整，等他们锐气衰弱，或者分兵归守后，我军再出击，这样才能取胜。"李孝恭不听劝阻，留下李靖守营，自己率领精锐部队出战，果然被萧铣打败了。萧铣的部众见唐军败退，就散乱地向江心去抢夺财物。李靖见他们舰队散乱，于是主动请战出兵，李孝恭正在后悔没有听李靖的话，这时自然同意。萧铣的军兵正在到处抢东西，没料到唐军还会杀来，都吓得四处逃散，哪还有什么心思恋战？李靖带兵追击，一路杀了无数的敌兵，乘胜直抵江陵，冲入外城，分兵攻打水城，缴获了很多战舰。李靖让将士们把这些船只全都散乱地丢在江中。众将很不能理解他的做法，于是都来问李靖："我们得了这么多敌舰，正好可以利用，为什么要扔到江中，这不会被敌军捡去再次利用吗？"

李靖笑着说："将士们有所不知，现在南极岭外，东至洞庭，都是萧铣的属地，我军冒险深入，如果城池攻不下来，那么敌人援兵就会从各处赶来，到那时我们就会里外受敌，进退两难，即使有船只也没用。现在我把敌军的船只散乱地扔在江中，让这些船沿江而下，那么那些远道而来的援兵，就会怀疑江陵是否已经被攻破，就不敢贸然进攻。等他来回派人来打探消息，那也要很长时间，到那时即便察觉，我们也早就把这座城攻下了。"

于是，李靖下令围城。萧铣在城中，天天盼着援兵快点到来，哪知援兵已经中了李靖的计，望见沿江的船只，果然怀疑江陵被攻破，都不敢前进。交州总管邱和、长史高士廉、司马杜之松等人来江陵，朝见萧铣，看到全城被围，吓得连忙退回，竟然跑到李孝恭处投降。

萧铣内外阻绝，非常焦急，于是和岑文本商议，岑文本劝他投降。于是，萧铣对群臣说："上天不保佑我们梁国，现在恐怕很难坚持下去，如果再跟唐军硬拼，只怕会生灵涂炭，何必因为我一个人，让满城百姓都遭殃。算了！还是早点投降吧。"群臣听了这话，全都哑口无言。于是，萧铣以牲畜祭祀太庙，然后宣布投降，守城的将士都哭了。于是，萧铣穿着丧服，带着头巾，来到唐营拜见李孝恭，惨然说道："有罪只是我萧铣一人，城里的百姓没有罪，请不要杀他们！"李孝恭满口答应，可刚一入城，众将就想大肆掠夺，一时李孝恭也犹豫不决。

这时，岑文本对李孝恭说："江南的人民遭受隋朝的虐政，再加上群雄相争，受了很多苦，他们伸长脖子，踮起脚跟，一直盼望有真命天子能来解救他们。如今，你们的大军来到这里，所以，萧氏君臣决定归降，让民众休养生息。如果你们纵兵俘掠，百姓们就会很失望，恐怕从此以南，你们会处处受到阻碍，很难归服了。"

李孝恭觉得他的话很有道理，于是下令大军进城后，禁止杀掠。众将又说："敌将奋力顽斗，死有余辜，应该没收他们的财产，赏给军兵。"李靖连忙劝阻道："王师入境，应该让百姓称颂才是。敌军也是为了他们的主子而战死的，实在是忠臣，怎么能与叛逆相提并论呢？"李恭孝按照李靖的意思再下严令。于是城中一片安然，鸡犬不惊。南方各州县得到消息，闻风全都来投降。援兵来了十多万，最后也全都卸甲，归降大唐了。

李孝恭押送萧铣到长安，高祖当面责问萧铣，萧铣长叹道："隋朝无道，群雄逐鹿，我萧铣没有天命，因此才会失败的。如果你认为这也是罪的话，那我就必死无疑了。"最终，高祖还是把萧铣斩了。总计萧铣从建国号梁到灭亡只有五年。

李孝恭被封为荆州总管，李靖被封为永康县公兼上柱国，招抚岭南。萧铣的部将刘洎、李砻志等人全都归降李靖，就连南方部落酋领冯盎等人，也大多归降，南方这才太平了。

高开道本来已经投降大唐了，被封为北平郡王，后来听说刘黑闼势力强盛，于是，高开道一边暗地里跟刘黑闼勾结，自称燕王，一边又和突厥通使，为自己找靠山。此时，大唐已经出征刘黑闼，没有心思顾及高开道。

刘黑闼势力渐渐猖獗起来，大唐淮安王李神通和李艺等人合兵出击，都被他打败了。刘黑闼再次攻打瀛州，并把刺史卢士睿杀了，又攻下了定州，捉住了总管李玄通，李玄通引刀自杀了。接着，刘黑闼又攻陷冀州，把刺史麴棱杀了。从此，赵魏境内所有窦建德的旧将，全都争着杀掉大唐的官吏，以这样的方式来响应刘黑闼。黎州总管李世勣在宗城屯兵，听说刘黑闼率兵前来攻打，担心自己抵挡不了，就急忙往洺州逃去。半路上，李世勣被刘黑闼的军兵追上，所率领的五千步兵被刘黑闼一扫杀光。只是李世勣命大，只身逃走了。李世勣逃命要紧，哪还有心思顾及洺州？洺州就此全城失守。刘黑闼到了城下，在东南面筑坛祭祀。他先祭告天地，再祭奠窦建德，然后入城。刘黑闼先后攻下相州、黎州、卫州等地，只用了半年时间，就把窦建德过去的领地全都收回。刘黑闼又派人跟突厥联络，作为外援。唐将军秦武通，洺州刺史陈君宾，永年令程名振等人都从河北逃回长安。高祖很是着急，只好再派秦王李世民和齐王李元吉一同前往山东，讨伐刘黑闼。

这时已经是唐武德五年。刘黑闼自称汉东王，改年号天造，定都洺州，任范愿为左仆射，董康买为兵部尚书，高雅贤为左领军。凡是窦建德的旧将，一律官复原职，一切行政都跟以前的一样。

秦王李世民率军东征，先将相州夺回，再进军肥乡，列营洺水南岸，准备逐步进攻。幽州总管李艺也率数万军兵来和李世民回合。

刘黑闼把范愿留在洺州把守，自己率领精兵去抵挡李艺，晚上驻扎在沙河。李世民派程名振连夜运来六十具大鼓，然后把这些大鼓运到城西二里堤上，一齐槌击，顿时鼓声震天，连城中都摇动起来。范愿被这鼓声吓坏了，连忙派人告诉刘黑闼，刘黑闼慌忙还城，派弟弟刘十善和行台张君立，率一万兵马出站，军兵到了徐河，和罗艺打斗一场，大败而逃。

洺水人李玄感投降大唐，李世民派王君廓入城，和李玄感共同守城，刘黑闼又来攻打洺水，因城在水上，不方便进攻，就从东北两个角上挖了两条地道，运兵攻城。李世民引兵增援，去了三次，都被刘黑闼击回，就召集众将商议。

李世勣进言道："敌军的地道快挖好了，如果抵达了城下，那城池必定守不了，不如让王君廓突围出来，再想办法。"话还没说完，就有一少年主动请缨道："末将愿意去守城。"李世民一看是罗士信，就对他说："将军虽然勇猛，但孤城已经摇摇欲坠，恐怕守不住了。"罗士信道："城存我存，城亡我亡。"

李世民到城南登上高冈，挥舞大旗召王君廓回营，并且派罗士信去接应。罗士信带着二百骑兵前往，刚好碰到王君廓杀出来，罗士信连忙出兵相助，王君廓这才安全返回了。罗士信冲进城中，刘黑闼又率兵来围攻，夜以继日，接连攻了八昼夜，罗士信衣不解甲，目不交睫，全神贯注地在城上坚守，这才没有被敌军攻陷。

偏偏这时候，老天下了大雪，全城都白茫茫的一片，照得眼睛刺眼，刘黑闼乘机攻进了城。罗士信还拿着长矛，刺死了好几个敌军头目，敌军都吓得为他闪开了一条道。罗士信已经受了重创，不能再战，只好策马往回跑。因为大雪迷漫，而急不择路，罗士信陷入泥淖中，被敌军四面围住，无法脱身，被敌军掳去。刘黑闼欣赏他的骁勇，劝他归降。罗士信大骂道："黑贼！罗将军肯降你吗？"随即罗士信被杀死，当时他才二十多岁。

罗士信本是齐州人，刚开始是跟随李密，后来归降了王世充，最终归降大唐，为大唐尽忠，这也算是士为知己者死吧！李世民因为被大雪阻住，无法去救他，后来，听说罗士信殉难，感到很惋惜，于是重金买下尸体，厚葬了罗士信，并追封他为勇士。

罗士信死后，刘黑闼又进兵挑战，李世民和李艺合营，坚壁不动。后来，李世民探知到敌将高雅贤在营帐中摆酒宴办盛会，于是派李世勣暗地里出兵袭击，杀入高雅贤的大营。高雅贤当时已经喝醉，勉强乘马出战，很快就被李世勣的部将潘毛从马上刺落。潘毛正要砍他的首级，却被高雅贤的部下救去，但是，当时他已经奄奄一息，很快就死了。

李世民又派程名振截断敌军的粮道，凿沉刘黑闼的粮船，并烧了刘黑闼的粮车，但是刘黑闼还是不肯退兵，就这样两军对持了六十多天。李世民猜到刘黑闼粮食快完了，肯定会来决一死战的。于是，李世民派人在洺水上流筑起大坝，并让他监守，然后叮嘱道：“等我和敌军一开战，你们就把大坝决开，一定不要误事啊！”刘黑闼果然渡河来攻打唐营，李世民亲自率领精兵攻破了他的前军，后来又杀进后队，与刘黑闼相遇。刘黑闼亲自督军死战，从中午一直打到晚上，打了数百个回合，渐渐地支撑不住了。刘黑闼的部将王小胡对他说：“我们已经走投无路了，还是赶紧逃吧。”刘黑闼连忙和王小胡一起先跑了，剩下的敌军还没反应过来，突然间洪水袭来，泛滥两岸，把刘黑闼的部众冲走了好几千人。还有一半来不及逃跑，都被唐兵杀光了。刘黑闼渡过洺水，手下只有二百多人，自知打不过唐军，只好投奔突厥去了。

第十一回 平定江南

刘黑闼逃跑后，秦王李世民移军讨伐徐圆朗。徐圆朗非常害怕，不知道怎么办。这时，河间人刘复礼对徐圆朗说："彭城有个叫刘世彻的人，此人非常有才谋，而且有帝王相。将军如果想自己称帝，恐怕不能成功，不如立他为帝，指挥天下，一定可以成功的。"徐圆朗也这么认为，于是派人到浚仪，去迎接刘世彻招降。不料又有人谏阻徐圆朗，并举例说了李密杀翟让的事，这让徐圆朗又疑惑起来。

刘世彻率领手下赶到城外，满心期望徐圆朗会出来迎接，没想到徐圆朗却只是召他进见。他知道徐圆朗变卦，想要逃走，但更担心徐圆朗出兵追击，反为不妙，没办法只好入城进见。徐圆朗封刘世彻为司马，将他的部众留下，只派了几百名亲兵跟他一同到东边，招抚谯、杞两州城。东边的人听说是刘世彻招降，全都来归附，这事被徐圆朗知道，他就更加猜忌刘世彻，竟然将刘世彻召回杀了。

秦王李世民正打算攻打兖州，忽然有朝廷使臣到来，命他赶紧回京，于是，李世民就将军事交给了齐王李元吉，自己就奉旨，驾乘驿马疾行回长安，拜见高祖，李世民详细说明了攻打徐圆朗的有利条件，于是，高祖又同意攻打，大军赶到济阴，一连攻下十多个州城，在淮泗声势大振。不料，高祖又下诏书，下令李世民班师回朝。李世民不敢违抗命令，只好让淮安王李神通和行军总管李世勣留下来进攻兖州。

这时，刘黑闼已经借到突厥的兵马，又长驱南下，来攻打山东。没办法，淮安王李神通只好移兵防御，幽州总管李艺也奉诏援助。可是，刘黑闼的大军非常凶猛，再加上流亡鲜虞的旧部曹湛、董康买等人也来援助，刘黑闼先攻下了定州，接着攻下了瀛州，大唐刺史马君武被杀。李神通知道自己打不过，急忙向朝廷请求援助。高祖任命淮阳王李道玄为河北道行军总管，会同行台民部尚书史万宝一同讨伐贼兵，又命齐王李元吉作为后应。

李道玄只有十九，他年轻气盛，一边带着三万军兵直抵下博，另一面约史万宝跟过来。史万宝含糊答应，暗地里对部将说："我奉皇上手敕，说淮阳王太小，担心他没经验，所有军事都归老夫指挥。如今，淮阳王这么轻躁妄进，如果跟他一起去，肯定会战败的。不如以淮阳王为饵敌，如果淮阳王战败了，那贼兵肯定会争着进攻，只要我严守阵地等着，还是可以攻破敌军的。"

说完，史万宝就下令军士不准轻易出击。李道玄以为史万宝会来援助，于是大胆前驱，半路被沟渠挡住去路，李道玄传令继续前进，不得拖延。他自己把缰绳一扯，两足一夹，便一跃过去。李道玄的部下不敢落后，也陆续穿越沟渠，不料刚有一半的兵士穿沟而去，刘黑闼带领大量军兵，漫山遍野地杀过来，李道玄来不及整列队伍，不免慌乱，但是既然大敌当前，也只能拼死抗敌。

说时迟，那时快，刘黑闼击鼓激励军士向前冲去，很快就把李道玄包围住。李道玄仗着勇力，左冲右突，口中大喊杀贼，但是，敌军越来越多，冲开一层，又有一层，冲开两侧，又有四五层。看到部下几乎全部杀死，自己也多处受伤，李道玄干脆从敌军最多的地方，闯将出去，杀死数十人之后，大吼一声，喷血而亡。

部众失了主帅，全都溃散，大多数人被敌军杀了。直到这时候，史万宝才整军出来。败溃的军兵纷纷往回逃窜，随后便是刘黑闼的大军，约有四、五万人，都是雄赳赳的大汉，亮晃晃的兵器，唐军看到不由地的害怕起来。史万宝下令出击，谁知，军兵不听他的命令，全都向后倒退，害得史万宝也没有主意了，只好策马往回逃。敌军乘胜追击，好似泰山压顶一般，杀了很多唐军。秦王李世民听到兵败的消息，不禁唏嘘道："李道玄常跟我征伐，看到我深入贼阵，他自己也不顾危险，冒险出击，丢了性命。"李世民一面说，一面流涕。高祖也为李道玄悲悼，追封他为左骁卫大将军，谥号壮。

李道玄败死后，山东大为恐慌。洺州总管庐江王李瑗，弃城往西逃走，州县又归附刘黑闼，不到半个月，刘黑闼又收复了旧地，仍然占据洺州作为都城。

齐王李元吉和淮南王李神通两人都犹犹豫豫，不敢向前，高祖想要再派李世民出征，只心中却有些迟疑，于是一天一天地拖着。正好，这时，太子李建成主动请命东征，李渊顿时大喜，立即封他为山东道行军元帅，征讨刘黑闼，所有河南、河北的州县都听命于他。李建成高高兴兴地奉旨启程了。

这其中是有隐情的。原来，秦王李世民多次立奇功，被封为天策上将，位居其他王公之上，并开府置官。李世民延揽文豪，一共得了十八人，全都封为文学馆学士。这十八人是：杜陵人杜如晦、临淄人房玄龄、余姚人虞世南、钱塘人褚亮、万年人姚思廉、陇西人李元道、江陵人蔡允恭、汾阴人薛收、薛元敬（薛收侄子）、万年人颜相时、武功人苏勖、高陵人于志宁、武功人苏世长、赵州人李守素、苏州人陆德明、衡水人孔颖达、信都人盖文达、新城人许敬宗。这十八个学士分为三班，轮流值班。李世民空闲时就来馆中讨论文籍，彻夜不眠，又让阎立本画像，褚亮作赞，当时人称"十八学士登瀛洲"，说的就是这段故事。

太子李建成和齐王李元吉心里嫉妒李世民。因为高祖起兵时，曾想要立李世民为太子，但李世民一再推辞，这才立李建成为太子。李建成沉迷酒色，又好游猎，李元吉比他哥哥更过之，高祖多次训斥他们，并且有另立太子的意思。李建成非常恐惧，就和李元吉密谋加害李世民。

高祖晚年有很多妃子，这些妃嫔生了很多儿子，总计不少于二十人。其中的张、尹二妃，就是早先晋阳宫内的两个美女，她们妖柔善媚，深得高祖欢心。尹德妃生了个儿子叫元亨，封为酆王；张婕妤生个儿子叫元方，封为周王。李建成和李元吉经常讨好后宫妃嫔，经常往来馈赠，对尹张二妃更是曲意奉承，无微不至。只有李世民不屑结交后宫的人，就是遇着二妃，也不过作个揖，所以，后宫妃嫔都称赞李建成和李元吉，不喜欢李世民。

张、尹二妃更是整天在高祖枕边说李世民的坏话，称赞李建成和李元吉仁孝，于是，高祖渐渐地亲近李建成和李元吉，越来越疏远李世民了。就是在李世民东征徐圆朗时，高祖一会儿召回一会儿派走，无非是怀疑的缘故。

另外，太子中允王珪和洗马魏征也担心李世民功高，会夺了太子之位，于是，二人劝李建成道："秦王功盖天下，天下归心，殿下只是长子，才被立为太子，此时不立大功，恐怕日后不能镇服海内。如今，刘黑闼劫后余生，又占据山东，跟随者不多，人心还没定，殿下可主动请战出征。这样殿下一来可以扫平残贼，取得功名，二来可以结识山东英雄作为指臂，这样您的太子之位就安稳了。"

李建成听了他们的建议请求出征，魏征等人跟着一起去。路上接连传来相州、桓州被攻陷的消息，李建成有些害怕了。幸好，魏州总管田留安传来捷报，说已经击破刘黑闼，擒住了莘州刺史孟柱，还收降了敌军六千人，李建成这才放心前行。路上，齐王李元吉率军会和李建成，大军向魏州进发。这时，山东州县大部分已经投降了刘黑闼，只有田留安一直对大唐忠心耿耿，没有叛变。他曾对部众说："我和你们一样，都是为国杀贼，应该同心协力，如果你们谁想投降，可以砍了我的脑袋去求取富贵。"军兵听了这话，全都很感动，誓死跟随。当时，田留安军中有一个刘黑闼旧党，名叫苑竹林，想要叛变，被田留安察觉后，好言相劝，还委托他掌管仓库。苑竹林因此非常感激，愿意效力。刘黑闼多次攻打田留安，都被田留安击败了。

李建成和李元吉来到昌乐，刘黑闼随即引兵来攻，两军相持。魏征对李建成说："之前打败刘黑闼后，所有贼将都被我军处死，他们的妻儿、老小也都被抓了。剩下的贼兵没了念头，所以才尽心为刘黑闼效力。现在，我们可以把他们的亲人都放了，让那些贼兵看到希望，那么他们就不会再追随刘黑闼，自投死路了。这样敌军的军心就会离散，刘黑闼也无计可施。"

李建成立即按照魏征的建议去做，果然，刘黑闼的部下渐渐离去。再加上粮食紧张，不能再支持，于是，刘黑闼连夜逃走，来到馆陶永济桥。当时桥还没有建好，没能渡过去。李建成和李元吉率领的大军从后追赶，快要到桥边，刘黑闼命令王小胡背水迎战，自己指挥军兵火速造桥。桥还没完全建好，刘黑闼就慌忙催马逃走，军兵大乱，多半放下武器投降唐军。唐军过桥追击刘黑闼，才过了一千人，桥就忽然崩坏，就这样，刘黑闼带着几百名骑兵逃跑了。

李建成收军回营，派骑将刘弘基率领一万兵马，追击刘黑闼。刘黑闼日夜奔走，不敢休息。逃到饶阳时，手下只有一百多人，全都饥饿难耐。饶州刺史葛德威开城迎接，刘黑闼本来不想进城，但是经不住葛德威再三邀请，就进了城。而且，葛德威给他们安排了酒菜，刘黑闼非常高兴，当即狼吞虎咽，大喝大吃起来，正在兴高采烈的时候，葛德威引兵到来，一声大喝，把刘黑闼等人团团围住，全都拿下，送到李建成的大营。李建成本来打算把他们押到长安，又担心路上被人打劫，于是将刘黑闼等人全都在洺州就地正法。刘黑闼临刑前感叹道："我本来在家锄菜，被高雅贤等人所骗，招来杀身之祸，真是后悔啊！"刘黑闼一死，徐圆朗非常害怕，淮安王李神通和李世勣合兵进攻他，没办法，徐圆朗只好硬着头皮出城，但是屡战屡败，于是，徐圆朗弃城连夜逃跑，逃到半路被野人杀死。

唐军又进军攻打高开道，谁知，高开道被部将张金树杀死，张金树带着高的首级投降了唐军，朝廷有诏，封张金树为北燕州都督，东北一带，就此都被剿平了。总计刘黑闼称帝三年，徐圆朗称帝三年，高开道称帝六年，都只是烛火微光，很快都被消灭了。

李艺和杜伏威因为惧怕大唐的威势，于是先后入朝称臣。高祖封李艺为左翊卫大将军，封杜伏威为太子少保，兼行台尚书令，都暂时留在京师。

杜伏威一直跟辅公祏关系很好，两人亲如兄弟，军兵都称辅公祏为伯父，像敬畏杜伏威一样敬畏他。后来，大唐封杜伏威为吴王，辅公祏也被封为舒国公。杜伏威封养子阚稜为左将军，王雄诞为右将军，提升辅公祏为仆射，表面上是尊重辅公祏，实际上是夺了他的兵权，并让两个养子在他旁边监视。辅公祏知道杜伏威的意思，于是也借口要学道辟谷，韬光养晦起来。杜伏威进京后，把辅公祏留在丹阳，并委任王雄诞掌握兵权，秘密嘱咐王雄诞道："我到长安后，如果不被降职，你一定要提防辅公祏兵变。"王雄诞答应。哪知杜伏威一走，辅公祏就想起兵举事。这时候，王雄诞正生病，辅公祏一边伪造杜伏威书信，声称杜伏威让自己代掌兵权；一边让自己的亲信西门君仪，煽动王雄诞，帮助自己造反。

王雄诞听到自己兵权被夺，正在怀疑杜伏威食言，直到西门君仪来与他商议，才知道中了辅公祏的奸计。王雄诞从床上一跃而起，说道："天下刚刚平定，吴王又在京师，大唐所向无敌，为什么要突然造反，自取灭亡呢？我王雄诞今天要是依从你们，也不过多活一百天罢了。大丈夫怎么可以偷生惜死，自陷不义呢？你去告诉辅公祏，恕难从命。"西门君仪回去告诉了辅公祏，辅公祏马上发兵到王雄诞家中，将王雄诞拿下，用生娟勒死了。

之后，辅公祏又谎称杜伏威回不来了，还写信让丹阳大军向北攻打。于是，辅公祏大造铠甲武器，储备粮草，自称宋帝，派部将徐绍宗出击海州，陈正通出击寿阳，并封故人左游仙为兵部尚书，兼越州总管，处理军务。

听说辅公祏兵变，唐高祖下诏，命赵郡王李孝恭率领水军，开赴江州，岭南道大使李靖带领交、广、泉、桂等州兵力开赴宣州，怀州总管黄君汉取道谯州、亳州，齐州总管李世勣取道淮水、泗水，四路会兵，共同讨伐辅公祏。启程之前，李孝恭和将士们摆宴誓师，命令手下取水，水忽然变成了血色，将士们都很惊讶。李孝恭却谈笑自如，对他们说："这是辅公祏要被杀的预兆，是件好事，有什么好怕的？"随即，李孝恭调集战舰，即日出发。路上听说黄州总管周法明被洪州总管张善安杀害，李孝恭不禁失声道："张善安也叛变了吗？盗心不改，真是让人担忧啊！"后来又接到捷报，说是安抚使李大亮已经成功诱捕张善安，并将他送往长安。李孝恭又高兴地对将士们说："辅公祏已经失去右臂，我们可以不用太担心了。"

随即，李孝恭率军火速出击，连破辅公祏守兵，一举拿下鹊头镇，接着又攻下梁山等三镇。辅公祏派部将冯慧亮、陈当世等人率领三万水军坚守博望山，又派陈正通和徐绍宗，率领三万步兵，坚守青林山，把梁山下面的江路用铁链锁住，阻截往来的船只，并在两岸筑起壁垒，形成巨大的屏障。李孝恭和李靖率军进攻舒州，李世勣率步兵穿过淮水，接连攻下寿阳、硖石，冯慧亮等人坚守城池不迎战。李孝恭派精兵截断了他的粮道，敌军缺粮，于是连夜偷袭李孝恭的军营。谁知李孝恭早就有所准备，敌军吃了闭门羹，只好返回。

第二天，李孝恭召集将士们商议，众将都说："冯慧亮等人拥兵据险，急攻不一定能攻得下来，我军不如绕道丹阳，捣他的巢穴。丹阳一破，冯慧亮等人还不乖乖投降？"李孝恭正打算按照众将的意思去做，李靖却劝阻道："辅公祏的精兵虽然大部分在这里，但是他老家丹阳的军兵也是很强的，如今博望的各个敌营尚且不能攻克，辅公祏凭借丹阳自保，难道就容易攻下吗？如果我军进攻丹阳，十天半月攻不下，冯慧亮等人从我们后面截击，到时候我军腹背受敌，岂不是更危险吗？依我之意，冯慧亮等人都是身经百战，他们并不是不想出战，现在拖着我们只是辅公祏的计策，目的就是想让我军久攻疲惫，趁我军松懈的时候来攻打我们。我们不如先用老弱残兵来引诱他们出战，然后再派精兵猛攻，这样肯定能一举扫平敌军。"

说到这里，杜伏威的部将阚稜赶到，李孝恭连忙派人请他进来。原来，阚稜跟着杜伏威一同入朝，被封为越州都督，杜伏威在京城病死后，高祖就任命他安抚以前的旧部，来帮助唐军讨伐辅公祏。

李孝恭看到阚稜前来，非常高兴，立即命令一队老弱残兵，假装攻打敌军壁垒，自己带领精兵列阵，在后面等待出击。果然，陈正通等人出兵追来，才追了一里多地就遇上了李孝恭的大军。陈正通等知道中计，但是也只好硬着头皮交战，忽然，阚稜从唐军中冲出来，脱下头盔对敌军喊道："你们都不认识我了吗？敢和我交战。"敌军大部分是阚稜的旧部，自然倒退，有的甚至俯身下拜。唐军趁势杀出，奋力向前，陈正通等人还想拦截，无奈部众已经没有斗志，纷纷逃走，任凭陈正通再怎么骁悍，也是只能是败退下去。

李孝恭和李靖乘胜追击了几十里，杀了很多敌军。博望、青林两城的守军也全都逃跑了。李靖随即率军进攻丹阳，吓得辅公祏胆战心惊，没心思坚守，于是偷偷地带着家属和几千军兵，从后门溜出，狼狈地逃走了。

第十二回 修和突厥

辅公祏弃城逃走，打算向南奔赴越州，因为左游仙已出任越州总管，所以有心想去依附于他。偏偏唐将李靖率军拿下丹阳后，李世勣不肯放过辅公祏，连夜追来。辅公祏逃到句容时，手下的军兵只剩下五百人。天快黑时，他打算投宿常州，突然听说部将吴骚等人，正打算把自己献给大唐，于是连忙逃去，随行的妻子也一并丢掉，只带了几十个心腹。一行人逃到武康时，被野人袭击，部将西门君仪战死，辅公祏被抓到丹阳，立即被斩首，头颅被传到长安。唐军又分兵追捕余党，很快大部分贼军被捕杀。辅公祏从开始造反到灭亡，仅仅只过了六个月。江南从此太平。

高祖听了捷报后，非常高兴地说："李靖这次剿灭萧铣和辅公祏立了大功。古时的卫青、霍去病也不过如此啊！"随即，高祖封李孝恭为东南道行台右仆射，李靖为行台兵部尚书。后来行台被罢撤，于是，李孝恭改任为扬州大都督，李靖为都督府长史。

张善安被押入京都审讯时，他把所有的罪责都推到其他人身上，说自己是无辜的，于是高祖赦免了他。后来，李孝恭在丹阳搜到叛变的书信，张善安无可抵赖，这才被杀死了。

辅公祏伪造杜伏威的诈书也被高祖看到，高祖怀疑是真的，于是追除了杜伏威的官职并没收了家产。阚稜居功自傲，李孝恭很是看不惯，于是也把他所有田产一并没收了。阚稜不服，跟李孝恭争论，惹得李孝恭很生气，竟然诬陷他与辅公祏是同谋，把他杀了。

唐高祖武德七年，中国已经基本统一，所有从前的强盗窃贼，割据州县的草寇，都被消灭，只有梁师都还占据着北方，没有被平定。高祖决定暂时休兵，整顿朝政，于是开始正官阶，制定学制，修改刑法。

官阶分好几个等级，太尉、司徒、司空称为三公；其次是尚书、门下、中书、秘书、殿中、内侍、称为六省；接着是御史台；往下是太常、光禄、卫尉、宗正、太仆、大理、鸿胪、司农、太府，共九等；再往下是将作监、国子学、天策上将府，再往下是左右卫、左右领卫，为十四卫。东宫设置了三师（即太师，太傅，太保）、三少（即少师，少傅，少保）、詹事等职位，王公设置府佐、国官，公主设置职司。这些都是在京的官职，各州县城镇的官员称为外执事官。文官自从一品起，到从九品，共分二十八阶；武官自从一品起，到从九品，共分三十一阶。这些大部分都是参照隋制，稍有改动。

学制有国子学、太学、四门学、律学、书学、算学六种，全都隶属国子监，只有崇文馆和弘文馆等作为皇室宗亲及功臣子弟的学校，不归国子监管辖。此外如各州县乡，一律设置学校，限定年限毕业，依次升级，与选举法并行。学校以习经为主要科目，选举以策论为主要科目，各有等级，不互相混杂。

刑法大多按照隋朝的旧制，把谋反、谋大逆、谋叛、恶逆、不道、大不敬、不孝、不睦、不义、内乱等定为十恶不赦之罪。五刑（笞、杖、徒、流、死）、八议（议亲、议故、议贤、议能、议功、议贵、议勤、议宾）都按隋朝旧律。另外又订了十二律（名例、卫禁、职制、户婚、厩库、擅兴、贼盗、斗讼、诈伪、杂律、捕亡、断狱），这跟隋朝旧制稍有不同。

同时还重新修订了租、庸、调三法。新法规定百姓十六岁以上为丁，每丁给田地一顷。每年交粟米二石，叫作租。男丁根据种植的品类，缴纳一定数量的绫、绢、絁、绵、布、麻等物品，叫作庸。百姓每年充服公役二十天，如果不想服役，就酌情出庸相抵，叫作调。如果有战事征兵，那么满十五天就把调免去，满三十天就把租和调全都免了，遭小灾免租，遇中灾免调，遇大灾租、庸、调全免。朝廷官员吃国家俸禄，不得跟百姓争利。这样征取有制，全国上下都觉得方便可行。

正在整理朝纲的时候，忽然，从庆州传来都督杨文幹造反的消息，庆州全境被其占领。原来，杨文幹曾做过东宫宿卫，他和李建成关系非常好。李建成与李世民有矛盾，于是，李建成经常和杨文幹密谋，想要杀害李世民。李元吉也曾参与过，他对李建成说："想要杀李世民，只要吩咐弟弟一下，就能搞定，还要这么谋划干什么啊？"杨文幹很赞成。一天，李世民跟着高祖，来到李元吉的王府，李元吉命令护军宇文宝等人，埋伏在室内，然后暗地里派人，告知李建成，准备袭击李世民。李建成摇手劝阻，李元吉很生气地说："我不过是为了哥哥着想，我又得不到什么好处。"李建成解释道："弟弟没有听说过投鼠忌器吗？父皇已经老了，如果受到惊吓，那真是我的罪过啊。"元吉这才停止行动。

李建成私下里募集了两千多壮士作为东宫卫士，又调来三百名幽州骑兵守卫东宫，接着推荐杨文幹为庆州总管，暗地里让他招募壮士送入长安。有一天，高祖到仁智宫小住，派李建成居守，李世民和李元吉也跟着一起去。李建成对李元吉说："秦王这次出行，有机会和后宫嫔妃接触，他必定会用重金贿赂众妃，众妃得了钱财，肯定会为秦王说好话的，难道我们只能坐等着遭受灾祸吗？安危大计，我们现在应该赶紧决定！"李元吉笑道："哥哥前几天要是听我的话，这个人早就已经被除去了。"李建成说道："今天父皇出行，可以干掉李世民。"李元吉问李建成用何计策，建成悄悄地告诉了李元吉。李元吉觉得计策很好，就和李建成作别，两人约好依计行事。随后，李建成暗地里命令郎将尔朱焕和校尉桥公山两人，联络杨文幹，往杨文幹处偷偷运送军兵，命令他马上起兵，与自己里应外合。

朱焕等人走到半路时，担心事情败露被连累，就跑到高祖面前告密了。高祖大怒，立即派司农卿宇文颖，快马召见杨文幹，李元吉得知这个消息，吓得一身冷汗，连忙嘱咐宇文颖，给杨文幹传话，让他不要回京。杨文幹听了宇文颖传的话，就道："一不做，二不休，干脆造反算了！"随即杨文幹带兵到宁州去了。高祖又亲笔写诏书，召见李建成。李建成很是害怕，不敢前往。詹事主簿赵弘智劝李建成贬损车服，轻骑谢罪。李建成左思右想，也没有别的办法，不得已轻车减从，前往行宫，见到高祖便扑在地上，接连磕头。高祖狠狠地痛责了他一番，并把他监禁了起来。

杨文幹在宁州造反的消息像雪片一样飘来，刚开始说宁州被包围，后来又说宁州被攻陷。高祖连忙召李世民问计。李世民答道："杨文幹算个什么，有什么好怕的？地方有官员，如果他们不能剿灭他，只要派一员大将去征讨，就能很快扫平的。"高祖道："事情关系到李建成，恐怕响应的人会很多，不如由你亲自出马，等你把叛军扫平回来，我一定立你为太子，把建成贬为蜀王。蜀兵最弱，不用担心有什么变故，即使有变故，你也好容易对付些。"李世民奉命前行。李元吉赶紧贿赂妃嫔，请她们帮李建成说好话，又委托封德彝劝高祖不要怪罪李建成。封德彝本来就是隋朝的佞臣，这时候也很得高祖宠眷，往往三言两语，就让高祖眉开眼笑，身心舒坦。于是，高祖被这些人迷惑，放了李建成，仍让他回去守卫京师，只是责备他兄弟不睦，以后当痛改前非。接着，高祖将罪责归到王珪、韦挺及天策参军杜淹三人身上，说他们撺掇是非，发配巂州。

李世民率军西征，大军刚到宁州附近，杨文幹的部众就吓得要死，有人杀了杨文幹，投降李世民。宇文颖也被擒住，押送长安，审明后就地正法。李世民班师回京后，高祖已经还朝，却并没有提改立太子的事。李世民知道其中又有变故，只能一笑了之。

东突厥主处罗可汗把隋炀帝的萧后和幼孙杨政道接到突厥后，就想要为大隋报仇，有意南侵。所以，从武德四年到七年，突厥多次进犯关中，双方互有胜败。大唐并州总管府长史窦静建议在太原大量屯田，边耕边战，秦王李世民非常赞同这个办法，于是依照窦静之言执行。一年下来收获谷物数千斛，稍稍解了边境之困。

但是，突厥总是出没不定，防不胜防，这时就有人劝高祖道："突厥多次侵犯关中，无非是因为羡慕长安繁丽，想要入境抢夺，如果陛下把长安一把火烧了，然后迁到别的州城去，到那时胡人失望，自然就不会再来了。"高祖竟然认为这是个好主意，于是派宇文士及到襄阳一带择都，为南徙做准备。太子李建成和齐王李元吉也极力怂恿，他们觉得越早越好。只有李世民进谏道："突厥侵犯边境，由来已久，陛下以圣武龙兴，拥有中原大地千里，精兵百万，所向无敌，为什么要因为突厥侵犯边境，就要迁都逃避呢？这样做不但会被天下人耻笑，还会贻笑千古。儿臣愿意率几万军兵出征，一定能扫平突厥，把颉利活捉回来献给您。万一没有成功，您再迁都也不迟。"

高祖也不禁点头称道："这话深合朕意。"当即召回宇文士及，取消迁都的决定。谁知，李建成又勾结妃嫔，诬陷李世民，说道："突厥侵犯边境，只要得了钱财就退了。秦王借口说是扫北，实际上是想掌握兵权篡位，陛下就没有察觉吗？"就这几句话，又把高祖的心弄得犹豫不定。

几天之后，高祖打算到城南打猎，兄弟三人也一起去，打猎竞赛。李建成有一匹肥壮的胡马，很喜欢跳跃，他牵来马对李世民道："这匹马很好，能跃过好几丈的深涧，二弟向来善于骑马，那就来试一下吧？"李世民一跃上马，追赶一头鹿，谁知在快追到鹿的时候，马忽然仆倒。李世民还没等马倒地，已经跳了下来，等马再次站起，他又跃上马身，这样连续三次，一点都没有受伤，因此，李世民对左右道："死生有命，岂是暗算能害死么？"李建成听了这话，不禁失色。等到打猎结束，又去贿赂尹、张二妃，尹、张二妃又向高祖说李世民的坏话，说道："秦王说自己是天命所归，是真正的君主，不可能意外身亡。"

高祖听了这话，顿时大怒，先召李建成李元吉站在身边，然后召李世民，呵斥道："天子自有天命，不是说你聪明就能当的，你为什么总是觉得自己是天子呢？"李世民连忙否认，摘下帽子磕头，请求把自己抓去法司，查明真相。高祖还没有消气，忽然有一内监进来，报告："突厥大举进犯，前锋已经到豳州了。"高祖被内监的话一惊，才将怒意打消，对李世民改变了态度，反过来安慰李世民，让他重新整理冠带，跟他商量战事。李世民说道："兵来将挡，水来土掩，儿臣愿率军迎战。"高祖高兴地说："好极了，李元吉也可随你一起去，能战就战，能和就和。"李世民、李元吉领命，当即点齐兵马，过了一夜便出发了。

大军快到豳州时，有探兵来报，说突厥连营百里，气焰嚣张。李元吉听了这话，就有点害怕。李世民让探兵再去查探，回报说："颉利、突利两位可汗率全国大军来出战，确实有好几十万的兵马。"李世民从容道："两个贼酋都来了，我也不怕，我自有法子破他，不必担心。"于是，李世民带着大军来到豳州，依城扎营。当时，关中已经下了好长时间的雨，运粮的粮道被阻断了。军兵们又由于长时间打仗，都疲惫不堪，朝廷和军中都很是担忧。只有李世民一个人不动声色，安泰自如。

第二天，颉利率一万多精兵来出战。大军开到城西，列阵五陇坂，昂然待战。

李世民对李元吉道："现在胡虏来挑战，我们也不能示弱。弟弟能和我一起出战吗？"李元吉战战兢兢地说："胡…胡虏气势这么强盛，不…不要轻易出战吧？如果我军战败了，那就后悔莫及了。"李世民答道："颉利和突利两人名为叔侄，实际上是互相猜疑。突利是始毕可汗的儿子，始毕把汗位传给弟弟处罗，处罗又把汗位传给弟弟颉利，这样汗位兄弟传给兄弟，就导致突利失了王位，他心中自然不平。颉利担心突利不满，于是让他镇守东方，也封他为可汗。现在，他们虽然合兵来攻打我们，但是却貌合神离，我正好可以从中做文章。别人怕他，我却不怕，你如果不敢去，我就一个人去了。"

话说完，李世民就带领一百骑兵，来到颉利阵前，大声喊道："我们大唐和你们的可汗和亲，为什么你们违约来侵犯我国？我就是秦王李世民，如果可汗能战，就快出来跟我大战。如果你率全军来战，我也不怕，虽然我手下只有一百骑兵，但也可以抵挡你们的军兵万人。"颉利听他这么说，怀疑李世民是诱敌之计，于是只笑不答。

李世民见突利自己率领一队兵马，和颉利隔一条河相望，遥对呈斜角状。于是，李世民又派人去向突利喊话，说道："你们跟我国前两天刚定了盟约，一旦有事，相互援救，现在却带兵来攻我，为什么一点都不顾念焚香盟誓之情？"突利被问得无话可说。李世民又故意催马来到河边，拉着缰绳装作要过河，颉利连忙派人阻止李世民，道："秦王不必渡河，我来并无他意，只不过是想要和贵国更改盟约。"

李世民于是勒马道："可汗想要更改盟约，只需要派一个使臣来就可以了，为什么要这么大费周章，率领大军前来呢？如果想战就进兵，想求和就赶紧退兵。"

颉利于是带兵往后退了一段。

这时，突然下起倾盆大雨，于是两军各自收兵回营。李世民对将士们说："胡虏的长处是弓箭，现在雨水连连，箭胶都坏了，弓就不能用了，他们就好像飞鸟断了翅膀，无法高飞。而我军的长处是刀枪锋利，现在出击正是以长击短。这么好的机会，还要等到什么时候？"于是，李世民让军士们饱餐一顿，冒雨进兵攻打颉利，同时派人到突利那里，说明利害，突利欣然答应不战。

颉利看到李世民突然来攻，很是惊疑，急忙召突利商量，打算出战，突利说道："天降大雨还没有晴，粮草供给不上，我军又深入唐军领地，就使战胜，也不能深入长安，一旦兵败，必将大祸临头。况且，秦王的军队向来很勇猛，开战了我们不一定能取胜，不如跟他们讲和算了。"颉利没办法，只好派突利和部帅阿史那思摩去见李世民，请求和亲。李世民坦诚相待，突利很是高兴，愿意和李世民结为兄弟，很是亲密，双方定好盟约，随即退兵离去。

李世民率军回朝，突厥又派阿史那思摩拜见高祖，高祖让他同坐御塌，再三慰劳他，封他为和顺王。阿史那思摩谢恩后回去，高祖派左仆射裴寂一同到突厥还礼，并答应两国互通贸易。裴寂也修好而回。

谁知突厥言而无信，反复无常，没过多长时间又来侵犯边境。高祖很生气，于是两国再次交恶，又开始打仗。代州都督蔺蓦与突厥兵在新城交战，战败返回。他一边派行军总管张瑾出兵石岭，派李高出兵大谷，分两边防御突厥，另一边又向朝廷请求增援。高祖命秦王李世民出兵蒲州，调李靖为安州大都督，出兵潞州，又派任瓌为行军总管，出兵太行。李靖来到潞州，就见张瑾一个人逃出来，报称全军覆没，连长史温彦博都被敌军捉去了。李靖留住张瑾，并写信给秦王李世民和总管任瓌，约他们三路出击，合力夹攻。

李世民正要出兵，忽然颉利派人来请和，说是愿意将温彦博放了，仍旧和好。李世民严厉斥责了来使，叫他立即放回温彦博，才同意撤兵。来使唯唯诺诺地回去了。

原来温彦博被抓后，颉利知道他职掌机要，于是问他唐廷兵粮的情况，然而温彦博却默不作答。颉利很生气，就把他发配到阴山，又进兵攻打灵州。灵州都督王道宗兜头痛击颉利，杀了颉利好几千人，颉利这才退兵，接着又听说秦王李世民等人，会师来攻，就更加害怕了，于是派使者前来求和。颉利听了使臣的回话，连忙把温彦博送归唐营，双方再次停战撤军。李世民回京复旨，从此威名远扬，也因此遭来更多的嫉恨。一次，李建成和李元吉假装跟李世民增进感情，邀李世民晚上一起喝酒，谁知二人竟然在酒中下毒。李世民回府后，突然心痛，喉咙非常痒，咳了很多血来，随即卧床不起。淮安王李神通知道这件事，告诉高祖，高祖亲自到秦王府看望他，李世民哭着大概讲了下事情的经过。高祖长叹了好几声，然后对李世民道："我从晋阳起兵以来，能够扫平中原，多亏了你的功劳。我本来想立你为太子，而你又一再推辞，这才立了你哥哥李建成。现在时间一久，我又不忍心再换了。只是现在你们兄弟实在是不相容，同处京师，暗斗一天比一天厉害，那就只好派你到洛阳去了。以后自陕州以东都归你管，你可以用天子的旌旗，就像汉朝的梁孝王一样。"

李世民哭着说："这不是儿臣想要的，儿臣怎么舍得远离父皇啊。"高祖说道："这是只是权宜之计，你就顺了我的意，免得你们兄弟相残。”李世民勉强受命。高祖回宫后，李世民又休养了几日，病情渐渐好转，于是召集僚属，整顿行装，只等高祖下诏就出发去洛阳。谁知等了十多天，也没见到高祖的诏书，这又是听了他人的谗言了。

第十三回 玄武门之变

原来，李建成和李元吉听说李世民将要到洛阳去，于是又私下里密谋道："秦王如果去了洛阳，大权在手那就更难对付了，不如把他留在长安，还有机会把他除去。"

于是，李建成、李元吉二人让心腹不停向高祖上密奏，说秦王的部下听说要到洛阳去都很高兴，这次去了，可能就不会再回来了。这时，老糊涂的唐高祖又被这些人迷惑，竟然将秦王镇守洛阳的话抛掷脑后了。

李世民看到高祖一再听信谗言，就感到自己的处境很危险了。这时，李元吉又想出一个法子，想收买秦王府的骁将据为己用。李元吉平时最畏惧的是秦王府中的尉迟恭，于是就想从他开始下手。尉迟恭善于用槊，李元吉也经常用槊，于是他想要和尉迟恭比一比，谁知一比才知道跟尉迟恭相差太远。虽然心中很畏忌尉迟恭，但李元吉还是劝李建成和他结交，李建成私下里赠送金银一车给尉迟恭。

谁知，尉迟恭推辞道："我尉迟恭出身微贱，在这乱世幸亏得秦王提拔赏识，现在我正想报他的知遇之恩，但是一直还没做到，很是愧疚。至于殿下前，我更是没有功劳，怎么敢拿你的财物呢？如果我私下受了殿下的好处，那就是怀有二心，这么不忠心的人，恐怕殿下也不会用我吧？"李建成被他问得没有话说，只好收回了金银。

谁知隔了几天，李建成、李元吉二人又派刺客刺杀尉迟恭，那刺客却被尉迟恭的气势吓跑了。李建成和李元吉看事情没有成功，就在高祖面前诬陷尉迟恭要造反。高祖竟然相信了他们话，要杀死尉迟恭，多亏李世民入朝求情，尉迟恭才免于一死。没有害到尉迟恭，李元吉又算计程知节，让高祖下诏，调程知节为康州刺史。

程知节对李世民道："如果大王的股肱羽翼被砍了，那您就危险了。我程知节就是死也不去那里，秦王还是早做决定吧。"李世民还在犹豫不决，忽然又接到诏书，命令房玄龄、杜如晦两人出秦王府。于是，秦王府的幕僚都人人自危起来。

长孙无忌是李世民的大舅哥，他与房玄龄是莫逆之交，房玄龄秘密跟长孙无忌说道："如今世民兄弟间的嫌隙已经形成，不是你死就是我亡，你是秦王的亲戚，还是劝他早定大计，保全家国，成败就在今日一举了。"长孙无忌把房玄龄的话转告李世民，李世民又召问杜如晦，杜如晦和其他秦王府的门客也劝李世民听房玄龄的话，早定大计，除了李建成和李元吉。只有李靖和李世勣两人不发一言。

这时，突厥又来侵犯边境。李建成推荐李元吉带兵讨伐，高祖同意了。李元吉请调尉迟恭为先锋，并且要把秦王府的精兵，全都调出去，讨伐突厥。尉迟恭急忙和长孙无忌等人，找到李世民，说道："秦王如果还不做决定，恐怕会大祸临头了。"李世民道："同是手足，怎么忍心下手啊？"这时，太子率更丞王晊突然来报，说齐王李元吉和太子李建成定计，要趁李世民给齐王饯行的时候，在席前埋伏好刺客，置李世民于死地。长孙无忌连忙劝李世民，说道："先发者制人，后发者为人所制。还是请秦王快做决定吧！"李世民叹息，道："骨肉相残，自古是大恶。我就是知道祸在旦夕，但也只能等对方先出手，然后再讨伐，这也让我出师有名啊！"

尉迟恭在一边催李世民，说道："大王如果再不决定的话，我尉迟恭不能留居大王左右，束手就擒，就此告辞。"长孙无忌又道："秦王不听尉迟恭的话，我也要跟他一起去。"李世民只好招幕僚商议，大家都说："大王认为舜是个什么样的人？"李世民笑道："舜是古圣人，这还要问吗？"众将又道："舜帝和周公都有过类似的先例。事不宜迟，应当趁早下手。"李世民这才决定，于是秘密地让长孙无忌招来房玄龄和杜如晦，商议如何动手。

晚上，太白星划过天空。太史令傅奕密奏高祖，说太白星出现在秦王府上空，预示着秦王将会统治天下。高祖把奏折看完，刚好这时候李世民来拜见，高祖把奏折给李世民看。李世民请父皇屏退左右，把李建成和李元吉淫乱后宫的事告知了高祖。高祖听后，大惊说道："有这样的事啊？"李世民又道："儿臣自问丝毫没有做过辜负兄弟的事，但是他们二人却总是要加害我，还请父皇保护儿臣啊！"说完竟然呜呜咽咽地哭了起来。高祖气愤地说："明天朕要当面审问这件事。"

李世民回府后，立即连夜调兵，命长孙无忌等人带领军兵，埋伏在玄武门。不久天亮了，李世民偷偷奏报高祖的事，张婕妤已经让内侍告诉了李建成和李元吉。李元吉对李建成道："今天上朝，恐怕有变，我们假装说生病，不去了。"

李建成道："宫内有妃嫔，外面有军兵，秦王虽然厉害，也不能拿我们怎么样，我们不如上朝探听一下。"于是，俩人骑着马穿过玄武门，来到临湖殿的时候，二人听说高祖已经召集裴寂、萧瑀、陈叔达、封德彝、宇文士及、窦诞等人临朝会审，就知道情况不妙，于是立即往回跑，眼看就要跑出玄武门，忽然听到背后有人叫道："太子、齐王为什么不上朝啊？"李元吉回头一看，发现正是冤家李世民。李元吉也不回话，从弓袋中取出弓箭，连射三箭，但都被李世民闪过。最后一箭，还被李世民接住了。李世民接箭后，也取弓搭箭，回手向李建成射去，李建成以为他会射向李元吉，根本就没有防备，谁知飕的一声，李建成中箭，摔下马来。

李元吉也顾不得李建成，慌忙往外逃去。不料迎面碰到尉迟恭，又掉头跑。李世民正追着李元吉，不防李元吉会转头，刚好两人相撞都坠落马下。尉迟恭跑来，把李世民扶到屋里休息，然后去追李元吉。李元吉想要进武德殿见高祖，谁知后面弓弦一响，转身一看，来不及了，恰巧箭入咽喉，立即晕倒。尉迟恭抢步上前，拔刀砍下李元吉的首级，又回至建成尸旁，也将他首级枭下，蓦然听到玄武门外人喧马沸，就知道外面已经杀得翻了天。

尉迟恭催马来到门外，被东宫和齐王府的军兵拦下，不由得眼睛一瞪，喊道："咄！你们看这两个首级是谁？"说着，就把李建成、李元吉二人的首级悬在槊上警示两军，并且又大声喊道："我奉旨诛杀二人，如果你们敢违抗圣旨，那就跟他们同罪。还不快快解散，免得获罪！"东宫和齐王府两军看到那血淋淋的两颗首级的确是李建成和李元吉，又听到尉迟恭说着奉旨二字，于是更加觉心虚胆怯，随即一哄而散。

三个儿子都没有上朝，高祖还以为他们是怕彼此避面尴尬，也没怎么往心里去，匆匆散了朝，留裴寂、萧瑀、陈叔达等人在朝堂上待命，而自己带着妃嫔到海池中泛舟取乐去了。忽然，岸上有一个身穿铠甲的大将，手里持着长槊，匆匆跑来，高祖便喊道："来的是什么人？"那大将随即下马，倒身下拜道："臣是尉迟恭。"高祖道："你来做什么？"尉迟恭答道："太子和齐王造反，秦王起兵讨伐，担心惊动了陛下，特派臣来保护。"高祖感到很惊讶，连忙问："卿快起来！太子、齐王现在在哪里？"尉迟恭起身答道："已经被我斩首了。"高祖不禁大惊失色，就连在旁边的妃嫔也都吓得玉容惨淡，战战兢兢。高祖急忙派内侍去召裴寂、萧瑀、陈叔达等人来。

尉迟恭怎么会跑到后宫来呢？原来，尉迟恭吓退李建成和李元吉的人后，就跑到玄武门报知李世民，李世民问明事情缘由，说："事已至此，我只好入宫谢罪了。"尉迟恭道："且慢！皇上的意思我们还不知道，还是先让末将去打探下吧。"说着，尉迟恭就将两首级交给李世民，自己闯入朝堂，见到裴寂等人，就跟他说明事情的原委。裴寂说："此事如何跟皇上说呢？"尉迟恭说道："等我闯入后宫，去探明皇上的意思，宁可死的是我尉迟恭，也不能让秦王死。"说完，尉迟恭就闯到后宫去了。见到高祖，尉迟恭据实说明情况。

不久，裴寂、萧瑀、陈叔达等人跟着内侍赶来。高祖已经命令船靠岸，对裴寂等人说道："没想到今天竟然出了这样的事，那现在该如何处置啊？"萧瑀、陈叔达齐声道："太子和齐王从起义以来，没有立下什么功劳，反而一个立为储君，一个立为王爵，现在又无缘无故离间兄弟，祸乱家中，如今有这样的下场是他们自找的。只有秦王功盖天下，内外归心，为今之计，就趁这个机会立秦王为太子，授予他军政大权，陛下就可以休息下。"

高祖听了这话，转惊为喜道："这正是朕的意思啊。"尉迟恭在一旁乘机入奏，道："陛下既然愿意立秦王，现在外面还没有平定，请赶快下诏让秦王处理这件事。"高祖随即对宇文士及道："爱卿快去写诏书，等朕回朝发落。"宇文士及领命即去。高祖又派尉迟恭去召秦王觐见，尉迟恭飞一样地出宫去了。

当时，正是武德九年六月，天气很炎热，高祖正开襟趁凉。李世民进来，慌忙跪地请罪，高祖抚慰道："李建成和李元吉胆敢作乱，那也是死有余辜，不过毕竟是亲兄弟，发生这样的事，怎么说也是可悲的事啊。"李世民听到高祖这么说，于是一头扎进李渊怀里，痛哭了起来。高祖也忍不住落泪，父子二人对着哭。宇文士及和裴矩等人入宫，劝慰了他们一番，李世民这才回到府里。

秦王府的人劝李世民，说道："斩草不除根，恐怕会留下后患，李建成和李元吉的儿子也应该杀了。"李世民没有制止，于是李建成的儿子安陆王李承道、河东王李承德、武安王李承训、汝南王李承明、巨鹿王李承义和李元吉的儿子梁郡王李承业、渔阳王李承鸾、普安王李承奖、江夏王李承裕、义阳王李承度都被抓住，全部被处死。秦王府的幕僚还要继续搜捕东宫余党，一百多人被列入搜捕范围，李世民也不制止，尉迟恭极力谏阻，说道："有罪只有二人，如今已经被诛杀了，不宜再伤及其他人。若辗转牵连，恐怕反而会激成祸乱，不得安生了！"

李世民于是向高祖请旨大赦。高祖颁发了赦免的诏书，又诏立李世民为皇太子，国家大事，都归皇太子处理。

太子洗马魏征曾劝李建成早点除掉李世民，李世民知道后，召魏征进见。谁知，魏征对着李世民，只是作揖却不跪拜，李世民很是生气，严厉斥责道："你为什么离间我们兄弟？"魏征坦然说道："如果先太子早点听我的话，现在就不会被杀了。这不过是各为其主罢了。"李世民听了这话，转怒为喜，认为魏征是忠直之士，于是封他为詹事主簿。李世民又召回王珪、韦珽、杜淹等人，命王珪与魏征同为谏议大夫。

后来，庐江王李瑗被查出曾与李建成密通书信，想要谋害李世民，于是，李世民派通事舍人崔敦礼召李瑗进京审问。崔敦礼来到幽州，看到李瑗，只说是奉旨召他入朝，并没有对他说明是什么事。李瑗已经自觉心虚，连忙招来将军王君廓商议。庐江王李瑗本是高祖李渊的堂弟，曾与赵郡王李孝恭一同讨伐萧铣，但是没有立什么功，于是移调洛州总管，后来，因为刘黑闼侵犯弃城逃走，高祖顾念亲情，不忍心怪罪他，于是改任他为幽州都督，担心他不能胜任，特地派右领军将军王君廓区辅佐。王君廓以前是个盗贼，非常勇猛，投降大唐后多次立下战功，李瑗把他当作心腹，并且跟他结亲，有什么事就跟他商量。谁知，王君廓只是把李瑗当作奇货，想要借他讨好新太子。于是，王君廓先鼓动李瑗造反，然后又以讨伐叛贼的借口把他杀了，并把他的首级献到京城。李渊不知道事情真相，信以为真，于是传旨把李瑗贬为平民，并升王君廓为幽州都督。

第十四回 英雄难过美人关

自从玄武门兵变后，谏议大夫魏征多次劝李世民开诚布公、安定人心。等到幽州诛逆之后，魏征又对李世民道："人心没有安定，再不抚慰，恐怕会有祸事。"于是，李世民就派魏征去山东安抚建成、元吉的旧部，并允许他随机行事。魏征奉命东行，路上遇到已故太子千牛李志安和齐王的护军李思行，他们都被地方官吏押送京师。魏征很愤慨，说道："高祖已经下了诏书赦免已故太子和齐王的旧部，现如今又押着他们两人进京，这诏书不是没什么威信了吗，以后百姓还能相信诏书吗？"当下命令官吏把他们二人释放，然后上报李世民。李世民欣赏魏征有见识，传令奖励魏征，同时又下令宣布，凡是跟东宫、齐王和庐江王李瑗有关的事，都不准再互相揭发，违令者严惩。从此再也没有人来告密，天下逐渐太平了。

当时，还有一段关于李世民的风流韵事。李元吉死时，只有二十四岁。他的妃子杨氏跟他年纪相当，长得体态风流，性情柔媚，面如出水芙蓉，腰似迎风杨柳。唐室王妃中，要算这个杨氏长得最为美艳。杨氏平时与秦王妃长孙氏常来常往，非常融洽。李元吉谋害李世民的时候，她曾暗地里劝阻，请求他不要跟李世民为仇，但是李元吉不听她的劝阻，最终落得家破人亡，儿子也一起被杀了。杨氏长得很漂亮，但是这么年轻就守寡，怎么耐得住寂寞呢？她举目无亲，幸亏长孙氏念及妯娌之情，经常邀她过来叙旧，并好言劝慰，排解忧愁。

一天，正当她们二人聊天的时候，李世民从外面进来，杨氏立即起座相迎。等到李世民坐定，她忽然跪下向李世民请死，这弄得李世民一时不知道怎么办。长孙氏在一旁慌忙劝解，偏这杨氏娇声哭泣，表现得楚楚可怜。李世民虽是绝世英雄，但现在也不禁动了情，替她感到难过。又见她淡妆浅抹，秀色可餐，一种哀艳感觉，这使得李世民魂不守舍，站起来连声说请起。长孙氏连忙来搀扶，好容易把杨氏扶起，但是她还是哭个不停，李世民这才说："王妃不要过于难过了，齐王谋乱，应该伏法，这跟王妃没有关系。只要我在世一天，就会保护王妃一天，不要担忧了。如果觉得在府中寂寞，那就搬过来，好在你们妯娌关系好，我也就不担心了。"说到这里，李世民又嘱咐长孙氏几句，然后扬长而去。

长孙氏性格很温和，对长辈非常孝顺，对丈夫也从不违抗。听到李世民嘱咐后，由于跟杨氏关系好，所以也就乐得劝她搬到东宫来住，自己也多个伴。杨氏本来就是个随高逐低的人，当然唯命是从，第二天就搬了过来。哪知，这位新太子已经看上这娇娇滴滴、袅袅婷婷的弟媳妇，特地为她收拾干净的屋子，而且屋里一切布置都是他亲手安排的，又暗地里调了几个心腹侍女来服侍杨氏。杨氏看到李世民这样的安排，心里也很高兴。李世民平时没事的时候，就经常到她房里叙旧，渐渐地两人就有感情了，竟然耳鬓厮磨起来。

一天夜里，杨氏已经就寝，忽然有侍女来报："太子驾到。"杨氏慌忙起床，稍微整理了下衣服，就出来迎接李世民。李世民来到房里，杨氏行过了礼，就问道："殿下为什么深夜来这里啊？"李世民答道："父皇召我侍宴，多饮了几杯御酒，跟父皇一直在商议禅位的事，直到现在才得以脱身，我也是觉得太晚了。"

杨氏道："什么时候行禅位礼？"李世民道："大概是在本月内。我劝父皇再过几年，但是父皇自称累了，一定要禅位给我，这也是没法推辞了。"杨氏立即跪下拜贺，李世民趁着几分酒意，用手搀起杨氏，说道："我还没有正式登基，怎么好意思接受你的拜贺呢？"杨氏轻轻推开李世民的手，娇羞起来。这时正是中秋，皓月当空，再加上烛光高照，屋里非常明亮，跟白天一样。李世民就在这灯光和月光下，定睛瞧着杨氏，只见她云鬟半卷，双目含情，穿着一身白色的罗裳，虽然没有化妆，却更加花容明媚，玉骨轻柔。杨氏见李世民盯着自己看，也不禁对他一笑。

李世民却转眼看明月道："中秋佳节，王妃愿意跟我一起赏月吗？"杨氏还没答话，就有侍女道："厨房里还有酒肴，等我们端过来就可赏月了。"李世民道："太好了。"侍女们连忙出去，不到片刻就把酒肴摆好了，并且笑着道："赏月一定要登楼。"李世民道："这个自然，就请主人引导。"杨氏迟疑半天，被侍女们搀扶了去，不得不移步上楼。古人说得好："酒为色媒，色为酒媒。"杨氏入席时，还是很腼腆的，等到喝了几杯酒后，渐渐地就忘了什么是羞涩。抬头看那风流倜傥的李世民，更觉得他器宇不凡，英姿洒落，眉宇清扬，遇见巫山神女的楚襄王，未必有此仪表；与洛神相逢的曹植，也不曾有这样的丰神，杨氏不禁意马心猿起来。李世民几次叫她，她都像是没有听到一样，惹得席旁侍女都在暗笑她。

直到这时，杨氏方才觉得不好意思，不由地两颊绯红，低头玩弄丝带。李世民便道："夜已深了，再饮一杯就撤席吧。"杨氏唯唯遵命，于是各自斟一满杯，彼此一饮而尽。侍女撤去酒席出去，只剩下这两人坐着。两人坐了一会儿，然后进了卧室逍遥快活去了。第二天早上，李世民才离开。

过了几天，李渊果然下诏禅位，自称太上皇，皇位传给太子李世民。八月甲子日李世民登上皇位。当天黎明，太子李世民先朝见高祖，接受御宝，然后返回到东宫显德殿，南面升座，接受文武百官朝贺，并派左仆射裴寂祭告南郊，大赦天下，赐文武百官爵位，百姓减租二年，免庸、调一年，八十岁以上的百姓赐给粮食布匹，一百岁以上的加倍，接连又颁发了各种恩赐的诏书，然后退朝回宫，历史上称为唐太宗。

过了十天后，太宗把宫里的宫女放了三千多人。又过了两天，长孙氏被册立为皇后。长孙皇后从小就喜欢读书，知书达理，当了皇后以后，崇尚节俭，一切服饰从不奢华。太宗继位后，曾跟她谈及新政，皇后沉默不答。李世民再三追问，皇后温和地说："陛下难道没有听过古话吗？牝鸡司晨，惟家之索，妇人干政，颠倒阴阳，会导致家破国亡。我只管宫中的事，不参与朝政的事。"太宗听了这话，从此更加敬重她。

李世民很喜欢杨氏，纳她为妃嫔，并且越来越宠爱她。长孙皇后直到这时才后悔没有早点防备，导致铸成大错，但木已成舟，没有办法劝阻，只好将错就错的模糊过去。她对杨氏依然很好，只不过换了称呼。杨氏刚开始还觉得不好意思，后来慢慢习惯，也就不在意了。太宗既然纳杨氏为妃，就不得不赦免李元吉和李建成，于是追封李建成为息王，谥号隐太子，追封李元吉为海陵郡王，谥号刺，都按照皇亲之礼重新安葬。

突厥颉利可汗跟唐朝一会儿和好，一会儿开战，是个反复无常的人。伪梁帝梁师都又多次怂恿突厥，侵扰大唐边境。颉利还没有决定是否开战，梁师都就亲自去劝他进兵。

于是，颉利、突利两个可汗再次合兵十多万军兵大举进犯。他们先攻打泾州，然后攻打武功。太宗下诏严防，又任命尉迟恭为泾州道行军总管，领兵出击。尉迟恭来到泾阳，刚好与突厥兵相遇，于是乘着锐气杀了过去。突厥兵抵挡不住，被他横冲直撞地砍毙了一千多人，狼狈败走。尉迟恭收军后，颉利可汗又从小路来攻打渭水，在便桥驻兵，先派心腹大将执失思力，到京城面见太宗，探听虚实。太宗召见执失思力，问他为什么侵犯大唐？执失思力道："大唐每年给我们的金银都没有个固定的数目，有时给，有时不给，没有诚意，所以我突厥两位可汗特地率军百万，前来请命。"

太宗毫不畏惧，凛然呵斥道："朕与你们的可汗面对面约好和亲，赠送了数不清的金银财宝，如今你们可汗违背盟约，率军来犯，你们不信守诺言，我们仁至义尽。你们突厥虽然居住在关外，但也应该有人性啊，怎么能恩将仇报呢？朕现在就把你的脑袋砍了，再跟你们可汗开战，看到底是你们可汗胜还是我军胜？"执失思力听了这些话，哑口无言，只能磕头谢罪。萧瑀、封德彝上奏道："两国相争，不斩来使，还请陛下放执失思力回去，以表示陛下的宽容。"太宗道："朕如果放他回去，反而更让他藐视我大唐，怎么能轻易纵容？"接着，太宗又对执失思力道："暂时把你的脑袋留几天，让你看看朕率军亲征，究竟谁胜谁负？"执失思力已经吓得要死，只好跪着磕头。太宗又命令左右把执失思力拖出殿外，暂时扣押在门下省。

随后，太宗召集禁军，亲自率军迎战突厥，并带上高士廉、房玄龄等人从玄武门出发，直奔渭水。颉利可汗还在营中坐等执失思力的消息，忽然探兵来报："唐朝天子来了！"颉利连忙上马出营，隔着河遥望，只见对面立来了六个人，为首的盔甲辉煌，正是先前的秦王，如今的中原天子李世民。

颉利可汗惊疑未定，唐太宗朗声喊道："颉利可汗！朕与你在豳州定下盟约，你也曾许下盟誓不再侵犯。但是，近年来你多次违约，朕正要兴师问罪，你却带兵来犯，难道是来送死的吗？"说到这里，李世民又扬鞭指着空中道："皇天在上，我大唐并没有负可汗，可汗却偏偏负我大唐，负朕就是负天，试问可汗能够担当得起吗？"颉利听了这些话，心里更加害怕。随身带着的突厥军兵都很迷信鬼神，再看唐天子威风凛凛，都吓得魂飞魄散，连忙俯身向太宗下拜。过了一会儿，忽然听到鼓声震天，如狼似虎的唐军迎面杀来，在对面摆成一字长蛇阵，非常有气势。颉利吓得面色如土，连忙回了大营，闭门静守不敢出战。

太宗一直骑马等着，萧瑀担心太宗太轻敌，于是请求他还朝。太宗秘密地对他说："朕已经想得很成熟了，只是没有告诉爱卿。突厥敢率全国的军兵来攻打我国，以为我国内有难，朕又刚刚即位，不敢与他争锋，如果我显得很怯弱，闭城坚守，那么他们就会大肆掠夺，后果不堪设想。朕这样一个人出马站着，就显得我很从容，然后又令大军做出一种开战的样子，突厥被我们的气势吓到，加上他深入我地，心里已经有所害怕，这种情况下我们开战必胜，议和也会很稳固。制服突厥，就在此一举，爱卿你就看着吧，突厥已经无能为力了。"萧瑀听了这话，就退下了。

果然，等了一会儿，突厥派来一个使臣，渡河向太宗求和。太宗训斥了一番，来使连俯首听命，太宗命令颉利次日来订盟约。第二天，太宗亲自来到城西与颉利会面，两人就在便桥上面，用白马祭天，歃血立约，颉利欣然接受了条件。盟约定好后，颉利退兵，太宗这才放了执失思力。

萧瑀向太宗请教，说道："没有跟突厥修和之前，将士们都争着请命出战，但是陛下不肯，臣等感到很疑惑。现在，突厥大军自己就乖乖地退兵，这是为什么呢？"太宗说道："朕看突厥的部众虽然多但不整齐，君臣上下都是些贪财的家伙。当他们请和的时候，只有可汗站在水西，他的手下都来参拜朕。如果朕摆下酒宴来引诱他们，再趁他们喝醉的时候把他们绑住，然后发兵袭击，必定势不可挡，再派长孙无忌和李靖在豳州埋伏，把他们的后路截断，这样一定可以让他们全军俱覆，片甲不留。不过，朕刚刚即位，国家还没安定，百姓也不是很富裕，不愿大动干戈。所以，朕用金银珠宝收买他们，突厥得了财物，自然退兵。而且他们非常骄傲，一定不再加强戒备，这样我们就可以争取时间养精蓄锐，将来一举歼灭突厥。这就是'将欲取之，必先予之'的计策，难道爱卿不知道吗？"萧瑀于是再次下拜，说道："陛下真是神机妙算，远非愚臣所能及啊。"

颉利可汗退兵后，献上三千匹马，一万头羊，太宗没有接受，只是要求放回所抢的大唐百姓。并且，太宗亲自带领将士在殿前习武射箭，并当面教导他们，说："突厥侵袭中原，由来已久，之所以屡剿不灭，主要是因为边境稍微安定些，历代帝皇就会贪图享乐，忘了战备，所以，贼寇再来侵犯就没有人敢迎战了。现在朕不让你们修筑宫苑，只是让你们练习骑射，没事的时候，朕可以指导你们。突厥进犯的时候，朕就是你们的统帅，带领你们保家卫国，这样我国人民就可以安定了。"

从那以后，每天散朝，太宗都要教侍卫练习骑射，并且他亲自考核，严格赏罚。有大臣担心，上奏道："朝廷规定，兵刃不能带到殿前，如今，皇上带领侍卫习武，万一有人图谋不轨，想要杀害皇上，后果很严重啊！"太宗微笑，道："帝王把四海当作一家，全国的人民都是朕的子民，朕对他们推心置腹，难道担心他们不服吗？朕怎么能首先就把身边的侍卫猜忌上了呢？"将士们听到太宗的话，全都非常感动，于是更加奋勇，不到几年就练成了精锐部队。太宗又为改元做了许多准备工作。比如：修订旧制，创立新礼仪，确定官职封号，还把宗室郡王降为县公，立儿子李承乾为皇太子，封张元素为侍御史，任命张蕴古为大理丞，虚心纳谏，励精图治。

转眼间已是腊月，太宗下诏把第二年定为贞观元年。到了元旦，太宗率百官先朝拜太上皇，然后到宫殿接受朝贺。

第二天，太宗大宴群臣，命令演奏秦王破阵乐这个乐曲。太宗对群臣道："朕从前奉命出征，民间就有这个曲子。虽然不敢说文德，但武功是我大唐建功立业的根本，不能轻易忘记，所以，朕命令演奏这个曲子。"封德彝起身进言，道："陛下以神武平定海内，文德怎么能与之相比呢！"太宗道："平乱靠武力，治国靠文德，文武两种方式应当互相运用，爱卿说文不及武，这就不是很对。难道以马上得天下，就可以马上治天下吗？"封德彝碰了一鼻子灰，自觉羞愧，勉强坐下。众臣又喝了几杯，才各自散席，谢过了宴，鱼贯而出。

第十五回 贞观之治

李艺自从受封为燕王后，在征讨窦建德、刘黑闼时立了很多战功，后来又被封为左翊卫大将军。渐渐地，李艺就骄傲自大起来，把朝廷上的王公大臣都不放在眼里。只要是秦府中的幕僚与他相遇，他就会冷嘲热讽，多加羞辱。高祖担心他在京城闹事，于是借突厥侵犯边境这事，让他去镇压，还特别封他为天节军将，率军出兵泾州。

后来，太宗即位，升任李艺为开府仪同三司。李艺因为之前得罪了秦府中人，心里很是不安，于是有意谋反。他借着阅兵之名，调集军兵，又谎称奉密诏入朝，竟然带着大队军兵，直奔豳州。豳州刺史赵慈皓出城迎接，李艺领兵入城后，立即与赵慈皓商议，背叛朝廷，把豳州据为己有。赵慈皓假装赞成，暗中却让人飞鸽传书给太宗，另一面又和统军杨岌密谋杀了李艺。太宗得到消息后，连忙派长孙无忌和尉迟恭两人带兵征讨。

大军刚出发，李艺就知道了，暗地里调查，得知是赵慈皓告的密，于是把他押进大牢。当时，杨岌已经召集豳州军兵，趁李艺不备，攻入城中。李艺仓皇迎战，最终战败，于是扔下妻儿，只带了几百名亲兵投奔突厥。一行人逃到宁州时，身边的骑兵渐渐散去，只剩下几十个人，这些人觉得李艺不可能东山再起了，于是把李艺杀死，把他的首级献送京师。长孙无忌和尉迟恭到达豳州的时候，李艺已经被扫平，于是把罗艺家眷押回长安，全都处斩。

幽州都督王君廓被长史李玄道依法裁制，怀疑是朝廷的授意，也起了叛变之心。太宗听说王君廓不守法纪，召他入京。王君廓走到渭南的时候，地方官员对他不是很恭敬，他竟然把官员杀了，也投奔突厥去了。谁知半路被野人杀死，人头也被送到京城。太宗顾念王君廓立了很多战功，特别命令将他的尸体收回来安葬，还抚恤了王君廓的妻儿。后来，御史大臣温彦博上奏，说王君廓是叛贼，不应该给予抚恤，于是，太宗把他的家人贬为庶人。

太宗非常会知人善任，从谏如流。凡是中书、门下以及三品以上的官员上朝议事，太宗必定要派谏官参加，如果有失误的地方立刻纳谏纠正。每次召见五品以上的京官，太宗一定要查问百姓疾苦和政事得失。太宗还要求大臣随时举荐贤才。当时各位大臣都推荐的贤才，只有封德彝没有推荐。太宗问他什么是怎么回事，封德彝答道：“臣不是不尽心，只是到现在还没有碰到奇才，因此不敢轻易举荐。”太宗很不高兴：“君子用人就好像打造兵器，各取所长。只能说你自己能力有限，发现不了，怎么能说世上没有人才呢？”封德彝被说得无话可说。封德彝这个人没什么本事，专会讨好太宗，巴结朝中大臣，而对同僚却很排斥，想尽办法陷害他们。太宗被他的花言巧语蒙蔽，封他为左仆射。直到他病死后，才有人揭露他曾经佐导太子，谋害陛下。太宗知道后，非常愤怒，随即追撤了封德彝的官爵，仍任萧瑀为左仆射。

太宗曾让魏征进入寝宫，商议国家大事，让他有话直说，不需要顾忌什么。魏征也被太宗的知遇之恩所感动，于是他知无不言，言无不尽。后来太宗封魏征为尚书右丞。

一天，太宗召集群臣闲谈，魏征也坐在旁边。太宗道："朕听说西域有个商人，买了些漂亮的珠宝，担心被别人偷了，竟然剖腹藏着，结果惨死，这事是真的吗？"众臣道："确实有这么回事。"太宗道："大家都嘲笑西域商人为了珠宝丢了性命的行为，可你们想到了吗？这跟官吏贪赃，帝王贪财，导致国家灭亡，不是一个道理吗？"

太宗又问魏征，说道："帝王要怎样做才是明，怎样做才是暗？"魏征答道："兼听就是明，偏听就是暗。从前尧、舜明察下情，耳聪目明，所以天下归心，百姓安居乐业。秦二世偏信赵高，最终家破人亡。梁武帝偏信朱异，最终饿死台城。隋炀帝偏信虞世基，也惨遭杀害。可见帝皇如果偏听了小人的话，最终必然灭亡，如果广泛采纳各方的意见，就不会被小人蒙蔽，下情就可以上达朝廷了。"太宗听了他的见解，非常赞同。

魏征这个人容貌一般，但很有胆略，经常不顾太宗的面子，苦苦劝谏，即使惹得太宗生气，他也要再三剖辩，往往总能启迪皇上的想法。有一次，太宗得到一只漂亮的鹞鸟，他正把鸟儿放在胳膊上玩，突然，魏征来议事，太宗慌忙将鹞鸟藏在怀中。魏征假装没看到，故意说了很长时间才出去。太宗从怀里取出鹞鸟，发现鸟儿已经死了。还有一次，魏征说完国事，跟太宗闲聊："听说陛下打算去南山打猎，装备都已经准备好了，为什么还没有去啊？"太宗微笑道："前几天确实想去，但怕你来劝阻，所以就算了。"魏征连忙下拜道："臣魏征怎么敢阻止陛下呢？不过是尽自己的本分罢了。陛下能爱惜物力，控制私欲，天下就不用担心了。"

太宗封戴胄为大理少卿，让他审理案件，减少了很多冤案，封孙伏伽为谏议大夫，他也非常正直，有什么话就说，封李乾祐为侍御史，此人执法刚正不阿，封祖孝孙为雅乐，使礼乐正音不乱。太宗又封王珪为侍中，王珪奉诏进殿拜谢，刚好看到一个美人侍立御前，王珪看了过去，感觉似曾相识，于是一直盯着看。太宗指着美人对王珪道："这是庐江王李瑗的侍姬。李瑗听说她长得很好看，就把她的夫君杀死，强行占有。这样的行为，怎么能不亡呢？"王珪答道："陛下您是赞同庐江王还是不赞同呢？"太宗道："杀人取妻，还有什么赞同的？"王珪又道："如今陛下既然知道庐江王过失，现在又纳庐江王的侍姬为妃嫔，臣以为圣心是赞成庐江王，否则怎么会重蹈覆辙呢？"太宗恍然大悟，说道："要不是爱卿的话，朕差点犯了同样的过错。"等到王珪离去，太宗立即将侍姬放回娘家。既而，太宗封房玄龄、杜如晦为仆射，封魏征为秘书监，让他们参与朝政。

房玄龄善于谋略，杜如晦处事果断，两人同心辅佐国事，又能举荐贤才，唐朝的贤相必推房玄龄和杜如晦。魏征也非常有胆略，每次议事都会尽力上谏。

从贞观元年到四年，唐朝出现了太平盛世，一年内的死刑犯只有二十九人。百姓丰衣足食，一斗米只卖三钱，家家夜不关门，人人路不拾遗，史称“贞观之治”。太宗又觉得百姓少，官吏多，于是决定裁并州府，精兵简政。他把整个大唐分为十道，分别是：关内道、河南道、河东道、河北道、山南道、陇右道、淮南道、江南道、剑南道、岭南道。十道定好后，太宗分兵驻守。这时候，北方还被梁师都占据着，没有剿平。于是，太宗派右卫大将军柴绍前去讨伐梁师都，封薛万均兄弟为副将。

梁师都当时势力已经衰弱，又被夏州长史刘旻和司马刘兰成多次出兵袭击，而且部下离心离德，大有朝不保夕的颓势。刘旻等人又攻占了东城，渐渐进逼梁师都。梁师都连忙向突厥求救，颉利可汗发兵援助，会同梁师都直抵东城城下。当时天快黑了，两军见东城上既没有旗鼓，也没有守卒，就好像一座空城。梁师都不免怀疑有诈，于是和突厥兵分两地扎营，打算等天亮再合兵进攻。谁知到了半夜，城内突然响起震耳欲聋的鼓声，一队精兵开城杀出，带兵的将领正是刘兰成。梁师都慌了神，随即弃营逃走。突厥兵也支撑不住，相继逃去，被刘兰成一阵猛击，死伤无数。颉利听说战败了，连忙发兵去救梁师都。刚好，这时候柴绍等人率军赶到，前锋薛万均、薛万彻与突厥兵相遇，奋力攻击，杀死好几名突厥骁将。突厥军大乱，落荒而逃。于是，唐军把梁师都团团围住。

北方天气很冷，春天还在下雪，许多牛马都被冻死了，突厥只好撤兵回归本国。梁师都孤立无助，处境非常危险。唐军围攻了好几天，但因为城池太坚固，一直没有攻下来。于是，有人提出班师回朝，薛万均说道：“大家都没有看到城头的黑气和城里的凄凉的声音吗？这些都是破亡的征兆，怎么可能攻不下来？”很快，城中粮食吃完，梁师都的堂弟梁洛仁把梁师都杀了，然后投降大唐。梁师都从起兵到灭亡，一共有十二年，在隋末群雄中，就算他经历的时间最长了。从此，中国全境终于统一。

太宗接到捷报后非常高兴，改称北方为夏州，并封柴绍为左卫大将军，薛万均为左屯卫将军，薛万彻为右屯卫将军。当时，柴绍的妻子平阳公主已经去世，追谥为昭。柴绍还朝后，出任华州刺史加镇东大将军，徙封谯国公，不久也去世了，追谥为襄。夫妇两人都功成名就，可以算是妻荣夫贵，整个唐代都没有人能跟他们比。

突厥强盛时，曾经统领北方大漠各个部落，威震塞外。等到突厥分为东、西两部之后，各部落又逐渐分离，有的属于东突厥，有的属于西突厥。当时一共有十五个部落，它们是：薛延陀、回纥、都播、骨利幹、多滥葛、同罗、仆骨、拔野古、思结、浑斛薛、奚结、阿跌、契苾、白霫、颉利。这十五个部落都住在漠北，自从颉利渐渐衰败后，薛延陀、回纥等都叛变了他。大唐的鸿胪卿郑元璹奉太宗的命令，前去打探虚实，回来复旨对太宗道：“突厥将要亡国了。不但各个部落分散，而且互不同心，庄稼收成又不好，人气低迷，牲畜瘦弱，都显出一种亡国的征兆，臣断定它们不出二三年就会灭亡。”太宗频频点头。

大臣们听了郑元璹的话，都劝太宗趁这个机会出击突厥。然而太宗道：“朕与突厥刚订下盟约，如果现在违约是不仁不义，还是等他们先来寻衅，我们再去讨伐，这样我们就师出有名，必定可以一举成功。”太宗一直拖延，但是颉利却自取灭亡。因为薛延陀、回纥等部落陆续叛离，颉利命突利可汗率军去攻击。谁知突利连战连败，甚至连原来的领土都丢了不少，最后兵败逃回。颉利非常恼怒，随即召突利入帐，厉声斥责他，又用鞭子抽了一顿，还把他关在牢里十多天，才放他出来。突利因为这件事怀有怨气，于是也要叛变颉利。颉利向突利征兵，突利却没有回复，而是派使臣到唐都去，请求谒见天子。颉利听说突利投降大唐，于是发兵去攻打突利，突利又派使臣到长安请求支援。

太宗召群臣商议道："朕与突利互称兄弟，有紧急情况不可不救。但是朕与颉利也是同盟，现在真是进退两难，你们看怎么做啊？"杜如晦道："臣以为应当讨伐颉利，突厥有什么诚信可言？现在有机可乘，如果放弃了的话，会后悔不及的。古人有言：'取乱侮亡'，请陛下迅速决定，马上发兵。"太宗虽然赞同他的说法，但还是想再等等，于是命令朝廷准备军需观望。

谁知，颉利竟然来侵犯大唐边境，于是，太宗立即派使臣到薛延陀，册封酋长夷男为真珠毘伽可汗，并赐给他鼓旗，让他向南攻打颉利。当时，夷男正被许多部落推举拥戴，正打算正可汗之位，忽然接到大唐来使，非常欢迎，当下派弟弟统特勒跟着唐使进京进贡物品。太宗赐统特勒宝刀和宝鞭，并当面对统特勒道："回去告诉你的哥哥，部下如果有人犯了大罪，就用这把刀处斩，如果犯小罪就用这个鞭子抽打，一定要严格治军，不要放纵部下！"统特勒谢过太宗的恩赐，回来后把太宗的话说给夷男听，夷男听了非常高兴，于是在郁督军山下，建牙设帐，号令回纥、拔野古、阿跌、同罗、仆骨、白霫各部落，准备进军突厥，为唐效力。

颉利听到这个消息，十分恐慌，连忙派人向大唐称臣请求和亲。太宗对来使说道："你们的可汗颉利与朕订下盟约，朕好意待遇，始终如一。他却支援叛寇梁师都，背弃盟约，后来带兵离去，朕还以为他是有悔意了，愿意遵守盟约，所以朕也就没有出兵讨伐。现在，突利可汗前来投降，他是有心归顺，关你们什么事？你们的可汗反而去追击他，而且无端犯我边境，这是什么意思？朕正要兴师问罪，他还妄想和亲，真是可笑！你去转报颉利，如果他想要保住自己的性命，就自己绑自己来投降。"来使不敢说什么，拜别太宗后，连忙离去。

贞观三年十一月，太宗封兵部尚书李靖为行军总管，让他率军北征，封张公谨为副帅，又封李世勣、薛万彻等人为诸道总管，分几路进兵，共计大军十多万，都听命于李靖。

大军刚出发，突利就入朝觐见，随后，蛮酋谢元深等人也陆续朝贡，于是太宗让中书侍郎颜师古绘制《王会图》，昭示后人。贞观三年冬季，户部普查人口，登记列表，总共从塞外和东夷、南蛮、北狄和西戎四夷前后归附的人口有一百二十多万，太宗看了表册非常欣慰。贞观四年春，太宗接到北征军捷报，说是李靖带着三千精兵，从马邑进兵，攻破了定襄，颉利狼狈逃去，突厥头目康苏密来投降，并献出隋朝的萧后和杨政道二人。

大唐雄师深入吐谷浑

太宗接着捷报后，立即颁了一道诏书给李靖，让他把萧后和杨政道送到京城。李靖当然遵旨，派人把二人送到长安。

突厥首领颉利可汗被李靖打败后，逃到碛石去了。他正想着建起壁垒防守，不料，大唐并州都督李世勣从天而降，颉利连忙派兵在白道防御，偏偏又被李世勣攻破。颉利知道自己守不了碛石，于是逃窜进铁山，并派执失思力到大唐京城谢罪投降，称情愿举国归降。太宗派鸿胪卿唐俭和将军安修仁一同去抚慰，又命令李靖率兵相迎。李靖接到诏书后，对副将张公谨道："颉利虽然战败了，但是他的部众还是很强盛的。如果让他们到碛石北边去，那以后就很难扫平了。为今之计，就是乘诏使去抚慰的时候，我们发兵突击，突厥肯定没有防备，到那时，他们来不及躲避，肯定被我军擒获。"

张公谨说道："诏书已经答应他们投降了，而且前去安抚的人也已经去了，如果我们发兵袭击，虽然可以一定胜利，但是那些使臣肯定会被杀害的。"李靖复道："机不可失，韩信破齐，就是用的这个计策，唐俭等人死了有什么可惜的呢？"随即决定半夜发兵突袭，刚好碰到李世勣也率军来会，于是两人决定合兵继续进攻。

颉利可汗接到大唐的诏使，听说太宗同意他们投降，心里感到很欣慰，正在设宴款待来使。忽然，有亲卒来报，说："唐兵已经打来了，离我军不到十里了。"颉利大惊，瞪着眼睛对唐使道："这……这是怎么回事啊？大唐天子既然已经同意我归附，现在又出兵来袭击，难道这么言而无信啊？"唐俭等人连忙起身，说道："可汗不必惊疑，我两人从京城来这里，未曾到过李总管军前，想是李总管还没有接到命令，所以率军来攻，如果由我两人出去拦阻，一定可以让他撤军的，请大汗不要担心！"说完，唐俭等人就一起出帐，快马加鞭地走了。颉利听了唐俭的话，也信以为真，等唐俭等人去后，他还以为不必设防，眼巴巴地等着唐军撤退。哪知帐外传来警报，说是唐军攻来，颉利出营一看，浩浩荡荡的唐军正疾驰而来，颉利只好仓皇逃走，部众也四处逃窜。唐军闯入大营，如入无人之境，东劈西砍，杀死很多人，很快扫平了敌营。李靖、李世勣就地扎营，检点俘虏，竟有好几万人。俘虏中有个身穿华丽衣服的妇人，就是四次嫁人的义成公主，颉利的可敦（可汗的妻子）。李靖觉得她无耻，就将她推出斩首。经过审问，李靖得知那个少年是颉利的儿子叠罗支，于是命令将他抓进囚车，押送京师。

颉利大败逃到弟弟苏尼失那里，想要和他一起投奔吐谷浑，然而苏尼失一直犹豫不决。此时，李靖已经班师回京，太宗就派灵州总管，任城王李道宗出兵追捕颉利。李道宗一边写信给苏尼失，叫他带颉利来投降，另一边又派副总管张宝相率军进逼。颉利听到消息，连忙逃到荒谷。苏尼失听说唐军快要到了，知道自己无法抵御，只好去追颉利，将颉利捉住。刚好这时候，唐军杀到，苏尼失就把颉利献上，然后举众出降。颉利被押送到长安，太宗宽宏大量，赦免了颉利罪行，还命太仆寺盛情款待，又给他找了住的地方，让他安享晚年。太宗加封李靖、李世勣为光禄大夫，并赐给大量绢帛，还颁布大赦诏书。太上皇正住在大安宫，听说颉利被擒，不禁喜慰道："汉高祖曾被困白登，始终没能报仇。现在，我的儿子能灭突厥，我的皇位真是传对了人，我还有什么担心的呢？"

东突厥灭亡后，剩下的兵马有的投奔西突厥，有的向北归附薛延陀，还有十万人投降了大唐。太宗召集群臣商议怎么安置他们，当时魏公裴寂因为获罪被免官，不久就病死了，蔡公杜如晦也已经病故，朝廷里的大臣就只剩下仆射梁国公房玄龄了。房玄龄奉旨觐见，但他并没有发表自己的意见，而是采集了大家的建议。中书侍郎颜师古提议，在河北安置投降军兵，分别设立酋长，管理部落。礼部侍郎李百药的提议和颜师古的差不多。只有温彦博提议效仿汉代建武时期，把降众聚居到塞下。他这么提议是因为一来水土、气候上突厥人能够适应，二来也可以让他们为大唐防卫边疆，一举两得。

太宗听了群臣的建议，打算按照温彦博的想法去办，于是召他上朝商议。秘书监魏征也入朝参议，他劝阻道："突厥就是一群盗寇，总是侵扰中原边境，势力弱时就投降，势力一强就叛乱，毫无信义可言，绝不可以把他们留在中国。如今投降的突厥军兵有十万多人，如果把他们留下，若干年后，他们再繁衍生息，到时候就是我们的心腹大患了。西晋初年就有过类似的教训，皇上要谨记往事的教训啊！"温彦博答辩，说道："王者应该有个宽容的心，现在，突厥走投无路来归降我大唐，怎么能拒绝呢？孔子有言：'有教无类。'如果我们传授他生计，教他礼仪，若干年后他们就会成为我国的良民。我们再精选酋长，让他们入宫宿卫，让他们惧怕我国的同时又感激我国恩惠，有什么后患呢？"太宗点头称赞。魏征见太宗已经偏向温彦博，就知道难以改变他的想法，于是默然退出。

太宗随即颁布诏书，将突厥的降众他们安置在塞下，并规定东自幽州，西至灵州，都是降众的居住地。接着，太宗又把突利的以前的领土分为四个州，把颉利的领地分为六个州，左边设置定襄都督府，右边设置云中都督府，两边分别管理。太宗封突利为右卫大将军北平郡王，兼顺州都督，突利感激太宗的大恩，随即受命辞行。太宗封颉利为右卫大将军，把他留在京城。苏尼失抓获颉利有功，特别封为怀德郡王，兼授宁州都督。还有其他一些有功的人，太宗都对他们进行了封赏和安抚。

贞观七年冬季，太宗和太上皇在未央宫设宴，颉利等人也奉旨前来参加宴席。酒过三巡，太上皇命令颉利跳舞，并让南蛮酋长冯智戴作诗。颉利没办法推辞，不得已起身跳了蛮夷舞。太上皇非常高兴，殿上的大臣齐呼万岁。退席后，颉利越想越觉得很羞愧，从此抑郁成病，不到两个月，竟然死了。太宗按照突厥的风俗安葬了颉利，把他的遗体烧毁，还追封他为归义王，谥号荒。颉利的儿子叠罗支自从被俘进京，太宗仍让他侍奉颉利，他性情刚直，对父母非常孝顺，父亲死后他哭得很伤心。这件事被太宗知道，于是对他大加赞赏，又赐了很多财物，还让他世袭为王。苏尼失听说颉利死了，也很悲伤，很快也死了。突利在顺州住了几年，后来奉召进京，暴死在路上。太宗命令中书侍郎岑文本撰文记录，刻在两个可汗的墓碑上，从此东突厥灭亡。

东突厥扫平后，东夷、南蛮、北狄和西戎各个部落的酋长都奉旨入朝，推举太宗为天可汗。太宗道："朕为大唐天子，又怎么能叫天可汗呢？"部落酋长都解释道："塞外的习惯是以可汗为尊，不知道'天子'二字的含义。如今，我们称陛下为天可汗，根据塞外的习俗就是在可汗之上又有天可汗，自然更加畏服了。"太宗觉得他们的话也有道理，就当面答应了，各部落酋长非常高兴地退了朝。从此，太宗颁给西北各个部落酋长的诏书上，都有"天可汗"三个字。

贞观四年，高昌王麴文泰来投降大唐。第二年，林邑、新罗来进贡。西域康国也请求归附，太宗认为康国太偏僻了，有事不方便援助，就没有接受他的请求。

群臣认为太宗的威名远震中外，于是请求太宗到泰山举行封禅大典。太宗刚开始不同意，后来大臣多次请求，也就动心了。只有魏征入朝，谏阻太宗，说道："皇上虽然威名远播，但我国由于连年征战，百姓还没有恢复，国库也不是很充足，如果车驾再去东巡，必会多增一分劳费。况且，国家刚刚安定，四周的归附国虽然表面投降，但内心不一定是甘心的。现在为了一个虚名，担受这么多的风险，皇上您认为值得吗？"太宗听魏征的话，幡然醒悟过来。当时刚好碰到河南、河北几个州发大水，就将这事搁置在一边了。

太宗在修筑洛阳宫时，想要大兴土木，凿池筑山，后来被谏官劝阻，太宗就下令毁去。中牟丞皇甫德参上奏道："皇上修筑洛阳宫，增加了很多劳役和赋税，真是很不应该。而且现在民间女子喜欢高发髻，这都是跟宫中学的，这风气不好。"太宗听了他的谏言，生气地对侍臣道："皇甫德参是想让国家不驱使一个百姓，不收一斗租子，宫里的人们都剃光头，他才满意是吧？这也太过分了！"

魏征连忙解劝道："皇甫德参作为一个谏官，如果他的语言不激烈些，皇上怎么能改变想法？陛下应当原谅他的忠直，不要怪罪于他。"太宗这才稍稍消气，缓缓答道："朕如果想加罪德参，还有谁敢进忠言？"说完，太宗赐给皇甫德参帛绢二十匹，接着又封他为监察御史。像太宗这样的明君历史上少有，像这种虚心纳谏的事迹，真是太多了，无法计数。但是，在杀掉瀛州卢祖尚和大理寺丞张蕴古这两件事上，太宗有点滥刑。卢祖尚为人很廉洁正直，太宗想要让他去镇抚交趾，卢祖尚已经上表谢恩，但是不久就后悔了，于是他借口生病不去。太宗一再降旨，他始终不肯受命。太宗对他抗旨不遵非常恼怒，竟然将他斩了。

张蕴古曾给太宗献过《大宝箴》，所以太宗对他大加奖赏，特升任他为大理丞。有个叫李好德的河内人，一向患有疯病，他很喜欢说一些谋反的话，官府将他抓捕入狱。后来经张蕴古审讯，认为李好德得了疯病，不应治罪。谁知，侍御史权万纪上奏，诬陷张蕴古说："李好德的哥哥李厚德曾出任相州刺史，张蕴古也是相州人，所以他就徇私枉法，故意不治他的罪。”太宗没有仔细审查，竟然稀里糊涂地把张蕴古斩了。事后，太宗非常后悔，但人死不能复生，后悔也没有用了。

贞观八年冬季，吐谷浑进军凉州。太宗封李靖为西海道行军大总管，让他统领大军去讨伐吐谷浑。太宗又派了五个将军为行军总管，分兵进攻。兵部尚书侯君集为碛石道总管，刑部尚书任城王李道宗为鄯善道总管，凉州都督李大亮为且末道总管，岷州都督李道彦为赤水道总管，利州刺史高甑生为盐泽道总管。五路军兵都归李靖调度，再派番将执失思力、契苾何力等人带领本部军兵随军出征。吐谷浑的伏允可汗本来和唐高祖订过盟约，约定两国保持友好，互相通商。到了贞观年间，伏允可汗已经老了，权臣天柱王掌管朝政，他多次劝伏允侵犯大唐边境。没想到伏允老糊涂了，还真的引兵进犯大唐，并把唐使赵德楷拘禁了。

太宗多次派人去招降，都没有什么结果，于是，太宗派左骁卫将军段志玄等人率兵出击。虽然唐军得了胜仗，但是没有深入虏境，伏允没有受到大创，还是乘机骚扰大唐边境。于是，太宗决定大举进军，这时，李靖已经升任仆射，他主动请战，太宗因他年事已高，还肯为国家效力，于是对他格外嘉许。

李靖和五路总管陆续进发，任城王李道宗年轻气盛，带领大军直奔库山，战胜了吐谷浑步兵。伏允可汗想出了一个坚壁清野的计策，他命部众把野草全都烧了，然后带领轻兵逃到碛中。李道宗追了一程，不见一个敌人，只见火光遍野，一望无际，担心进军有危险，于是扎下大营等待后军。很快，各路大军全都赶到，李靖也到了，大家商量下一步的计划。李大亮等人认为野草被烧，马匹没有吃的，必然导致疲乏，不如退兵算了。侯君集起身，说道：“吐谷浑已经战败逃跑，如鸟兽散，如果我们乘胜追击，把他们剿灭很容易，这个时候不进攻，还等什么时候呢？”李道宗也赞成侯君集的建议，于是，李靖把大军分为两路，李靖和李大亮等人从北边出击，侯君集与李道宗从南边追击。北路大军一直追到乌海，才看见了胡虏的营帐，大军当即杀入帐中，伏允仓皇逃窜，伏允一口气跑到了突伦川。契苾何力主动请命为先锋，发誓要活捉伏允，薛万均担心中埋伏，坚决不同意。契苾何力说道：“吐谷浑没有城池，只是随着水草迁徙，他们现在在一起聚居，这时候不乘胜追击，难道等他们都散了才去围剿吗？”说完，契苾何力就亲自挑选了一千精兵，直奔突伦川而去，薛万均只好引军跟着。路上没有水，将士们把马杀了，喝马血解渴。大军到突伦川附近时，天色已晚，伏允在帐中正准备睡觉，突然听到杀声四起，鼓角齐鸣，四面八方的唐军杀进帐中来了。

第十七回 一代贤后病逝

伏允可汗听说唐军杀到，慌忙从帐后逃出，跨马狂奔，所有妻妾子女都丢下不管。契苾何力舞刀直入，还管甚么生命不生命，见一个，杀一个，见一双，杀一双，非常勇猛。吐谷浑部众在黑夜中还以为唐军有几十百万人，慌忙吓得四处逃命，很快都逃得精光，只剩下伏允的妻妾子女抱在一起，浑身发抖。契苾何力指顾军兵把他们一一捆住，还缴获了杂畜二十多万头。

李靖听说先锋打了胜仗，非常欣慰。这时候，侯君集等人也一路越过星宿川，来到柏海，与李靖会合。这时，吐谷浑派使者来投降。李靖询问得知，伏允已经自杀，虏兵杀了天柱王，拥立伏允的儿子慕容顺为主，上表大唐，愿意投降。李靖立即上奏，太宗下诏，封慕容顺为西平郡王，仍然统辖原来的部落，并且命令李大亮驻兵几千人，暂时留在当地作声援，李靖等人一律还朝。李靖与侯君集等人上朝复旨，太宗对他们一一慰劳，论功行赏。

没过多久，西平郡王慕容顺由于懦弱无能，被族人杀害。他的儿子诺曷钵还是个孩子，吓得躲了起来，才得以保住性命。大臣们都在争权，国内大乱。李大亮打算率兵去镇压，但又担心兵力不足，于是上表请求援助。太宗命令侯君集，引兵前去援助，侯君集日夜兼行，到了吐谷浑，与李大亮一同杀进谋乱的吐谷浑部众帐营之中，很快就把叛乱剿灭了，为首作乱的几个贼人被正法，诺曷钵这才放心出来做了可汗。诺曷钵感念大唐的恩德，派人到大唐，向太宗称臣，太宗非常高兴，封他为河源郡王。贞观十三年，诺曷钵亲自上朝拜见太宗，太宗喜爱他的恭顺，特地把女儿弘化公主赐给他做妻子。诺曷钵非常感激，带着公主愉快地回国去了。

李靖出征吐谷浑时，唐室忽然遭遇大丧。太上皇李渊一病不起，在垂拱殿中归天，享年七十一岁。太宗因为守丧的缘故，不方便临朝，命皇太子李承乾暂时处理朝政。过了五月，太宗把太上皇葬于献陵，庙号高祖，谥号大武。高祖陵墓的高度想仿照汉长陵，高九丈。秘书监虞世南上疏，建议高三丈，以昭示太宗的节俭美德，但是他的建议一直没有得到回复，虞世南又上奏，太宗召集群臣商议。房玄龄等人建议折中，按照汉光武帝墓的规格，以六丈修筑。太宗听取大臣的建议，修建了六丈的皇陵。下葬一年后，太宗才正式上朝处理政事。

谁知，过了半年，长孙皇后又得了重病，而且越来越严重。太宗心中很不安，命太子李承乾日夜守在母亲身边。李承乾想上奏，请求大赦天下，为母亲祈福，并要请道士进宫做法消灾。长孙皇后呵斥道："死生有命，不是人力可以挽回的。如果修福能够延长寿命，那我生平并没有做过恶事，还需要他们做法吗？况且大赦令关系到国家法典，佛、道都是远方的异教，都是你父皇所反对的，怎么能因为我而乱了天下的法度呢？你千万不要胡乱上奏啊！"太子听了母亲的教诲，这才不敢上奏，只是把这件事转告了房玄龄。房玄龄把这件事告诉了太宗，太宗对皇后的做法赞叹不止。

后来，群臣请求颁布大赦诏书，太宗有意答应，偏偏被皇后知道了，由于她的坚决反对，太宗这才没发诏书。刚好碰到房玄龄犯了小罪，太宗让他回家待着，皇后当时已经病得很重，流着泪跟太宗诀别："房玄龄在陛下身边多年，他处事小心谨慎，不愧是忠良之臣，如果没有大的变故，一定不要疏远他。臣妾的娘家本没有什么功劳，只是因为臣妾嫁给陛下，才得到高官厚禄，这样最容易惹祸，陛下就不要再给我家人委以重任了。臣妾一生没有做什么贡献，死后不要厚葬，只要葬在山上就可以了。不要修坟茔，不要用厚棺椁，丧事的器物用瓦木就可以了，一定要节约葬礼的费用，只有这样臣妾才好过些。希望陛下不要忘记！"说到这里，长孙皇后喘息了好一会儿，又握着太宗的手，说道："以后陛下处理朝政，一定要亲君子，远小人，接纳忠谏，拒绝谗言，节省劳役，减少游猎，臣妾就算是死，也死得放心了。"太宗听到这里不禁泪流满面，只是向皇后点头，却说不出话来。长孙皇后担心太宗太过伤心，也不再说话。第二天，长孙皇后病故了，享年只有三十六岁。

长孙皇后性情仁厚，对待其他妃嫔所生的儿子跟自己的儿子一样好，因此，后宫的嫔妃都特别爱戴她。她经常用谦虚俭朴的道理训诫自己的儿子。她的大哥长孙无忌本来就和太宗关系很好，太宗因为他立过很多功劳，封他为尚书仆射。皇后知道后，反而不是很高兴，私下里让哥哥辞职。于是，长孙无忌一再请求辞职，太宗没办法只好同意，皇后这才高兴起来。太子李承乾的乳娘曾请求增加东宫的物资，皇后听后很生气，斥责道："太子所要顾虑的是自己德行和名誉，怎么能请求增加用度呢？"皇后的女儿长乐公主下嫁给了长孙冲，太宗认为公主是皇后亲生的，于是打算多给些陪嫁的物品，比长公主多一倍。魏征进谏劝阻，认为这个做法不妥，太宗听了很不高兴。他把这事告诉了皇后，皇后道："臣妾曾听说陛下器重魏征，一直不知道什么原因，现在听了魏征的话，才知道他是在用礼义来引导陛下，这真是社稷之臣啊。"太宗听了皇后劝解，随即下令减少嫁妆，并赐给魏征四十匹布帛，四十万贯铜钱。皇后也派人赐给魏征厚礼，并且传旨，说道："听说您一直很正直，今天才得以证实，希望你一直直言劝谏，不要改变。"从此，魏征更敢大胆上谏了。

有一天，太宗散朝后，对皇后说："我一定要杀了这个乡巴佬。"皇后问乡巴佬是谁？太宗道："就是魏征。他一天到晚啰啰唆唆，竟然当着文武百官的面让朕下不来台，不给朕面子，只有杀了他才解我的心头之恨啊！"皇后听完太宗的话就退了出去，很快又穿着朝服，进来跪拜，并祝贺太宗，说道："臣妾听说，只有君主圣明大臣才正直，如今朝廷上有正直的大臣魏征，就体现了陛下的圣明啊。"太宗听了皇后劝解，这才转怒为喜，还像往常一样对待魏征。

长孙皇后生平最喜欢看书，曾经收集古代妇女得失之事，整理成《女则》三十卷。皇后去世后，《女则》才由宫司上奏太宗，太宗边读边哭，看完后举起书对近臣道：“皇后的这本书可以流传百世。从此以后，朕在后宫中就听不到劝解了，失去了一个好帮手，实在是可惜啊！”太宗追封皇后为文德皇后，葬在昭陵，太宗亲自写表作序，刻在陵旁。太宗还在宫中修了一座高楼，经常在上面遥望昭陵。一天，太宗引魏征一同登上高楼，他对魏征说：“爱卿看到陵墓了吗？”魏征看了好久，才说：“臣眼睛昏花，没有看到。”太宗于是指着陵墓给魏征看，魏征答道：“臣以为陛下望的是献陵，如果是昭陵那就早见到了。”太宗有所触动，于是命令把高楼毁了。

皇后生了三个儿子，一个是太子李承乾，一个是魏王李泰，一个是晋王李治，就是后来的高宗皇帝。太宗怀念皇后，因此特别钟爱他们。魏王李泰礼贤下士，又擅长文学，太宗特别喜欢他，就命令他在府中设置文学馆，让他自己招学士讨论学问。谏臣们感觉这样做不好，于是，太宗又命令王珪去当他的老师，并且对李泰道：“你对待王珪就像对待朕一样。”李泰听太宗的话，每次见到王珪就先下拜，王珪也很有师道尊严，没有因为李泰是皇子而唯唯诺诺，一直非常自信。师徒二人一个真教，一个真学，两人相处地非常融洽。

太宗又下令自己的儿子吴王李恪、齐王李祐、蜀王李愔、蒋王李恽、越王李贞、纪王李慎等人，分别担任各州的都督或刺史。李恪是安州都督，他多次外出游猎，侵扰居民，侍御史柳范上书弹劾，于是，李恪被太宗免了官。后来，谏议大夫褚遂良上奏，称：“皇子们还太小，缺乏从政经验，不应该让他们这么早就掌管州事。应该让他们留在京师，等教养成熟了，再把他们派往各州府治理百姓。”太宗虽然觉得很有道理，但也只是召回了一两个人而已。

贞观十一年七月，连降大雨，洛河水溢出，流入洛阳宫，毁坏了很多居民的住宅，还淹死了六千多人。于是，太宗下诏将毁坏的宫室稍加修缮，并撤了明德宫内的玄圃院，把院中的材料赐给受灾的百姓。太宗命令文武百官上书指出朝政的过失，大臣们奉旨纷纷上疏，指出利弊。其中以魏征的《十思疏》最为经典，大致说道：

人君善始者实繁，克终者盖寡，岂取之易守之难乎？盖在殷忧，必竭诚以待下，既得志，则纵情以傲物。竭诚则胡越为一体，傲物则骨肉为行路。虽董之以严刑，振之以威怒，终苟免而不怀仁，貌恭而不心服。怨不在大，所畏惟人。载舟覆舟，所宜审慎。诚能见可欲，则思知足以自戒；将有作，则思知止以安人；念高危，则思谦冲而自牧；惧满盈，则思江海下百川；乐盘游，则思三驱以为度，忧懈怠，则思慎始而敬终；虑壅蔽，则思虚心以纳下，惧谗邪，则思正身以黜恶；恩所加，则思无因喜以谬赏；罚所及，则思无以怒而滥刑。总此十思，宏兹九得，简能而任之，择善而从之，则文武并用，可垂拱而治矣。

第二年又遭遇大旱，魏征再上《十渐疏》：

臣奉侍帏幄十余年，陛下许臣以仁义之道，守而不失，俭约朴素，终始弗渝，德音在耳，不敢忘也。顷年以来，浸不克终，谨用条陈，聊裨万一。陛下在贞观初，清洁寡欲，化被荒外，今万里遣使，市索骏马，并访怪珍，昔汉文帝却千里马，晋武帝焚雉头裘，陛下居常论议，远希尧舜，今所为反欲处汉文晋武下乎？此不克终一渐也。陛下在贞观初，护民之劳，煦之如子，不轻营为，顷既奢肆，思用人力，乃曰百姓无事则易骄，劳役则易使，自古未有百姓逸乐而致倾败者，何有逆畏其骄而为劳役哉？此不克终二渐也。陛下在贞观初，役已以利物，出来纵欲以劳人，虽忧人之言，不绝于口，而乐人之事，实切于心，四语最中太宗病源。此不克终三渐也。陛下在贞观初，亲君子，斥小人，比来轻亵小人，礼重君子，重君子也，恭而远之，轻小人也，狎而近之，近之莫见其非，远之莫见其是。莫见其是，则不待间而疏，莫见其非，则有时而昵，昵小人，疏君子，而欲致治，非所闻也。此不克终四渐也。陛下在贞观初，不作无益，而令难得之货，杂然并进，玩好之作，无时而息。上奢靡而望下朴素，力役广而冀农业兴，不可得已，此不克终五渐也。陛下在贞观初，求士若渴，贤者所举，即信而任之，取其所长，常恐不及，比来由心好恶，以众贤举而用，以一人毁而弃，虽积年任而信，或一朝疑而斥。夫行有素履，事有成迹，一人之毁，未必可信，积年之行，不应顿亏，陛下不察其原以为臧否，使谗佞得行，守道疏间，此不克终六渐也。陛下在贞观初，高居深拱，无田猎毕弋之好，数年之后，志不克固，鹰犬之贡，远及四夷，晨出夕返，驰骋为乐，变起不测，其及救乎？此不克终七渐也。陛下在贞观初，遇下有礼，群情上达，今外官奏事，颜色不结，间因所短，诘其细故，虽有忠款而不得伸，此不克终八渐也。陛下在贞观初，孜孜治道，常若不足，比恃功业之大，负圣智之明，长傲纵欲，无事兴兵，问罪远裔，亲狎者阿旨不肯谏，疏远者畏威不敢言，积而不已，所损非细，此不克终九渐也。陛下在贞观初，频年霜旱，畿内户口，并就关外，携老扶幼，来往数年。卒无一户亡去，此由陛下矜育抚宁，故死不携贰也。比者疲于徭役，关中之人，劳敝尤甚，市物襁属于廛，递子背望于道，脱有一谷不收，百姓之心，恐不能如前日之帖泰，此不克终十渐也。夫祸福无门，惟人所召，人无衅焉，妖不妄作。今旱熯之灾，远被邻国，凶丑之孽，起于毂下，此上天示戒，乃陛下恐惧忧勤之日也。千载休期，时难再得，明主可为而不为，臣所以郁结长叹者也。

在《十渐疏》里，魏征直言不讳地指出了太宗内政外交上的种种过失，言辞非常恳切。太宗接受了这两份奏疏中的建议，并特别嘉奖了魏征。

魏征虽然为人正直，也很忠心，但是他疏忽了太宗的一个大毛病。是什么大毛病呢？就是太宗很好色。太宗看到好看的女子，往往不肯放过，所以将弟媳妇杨氏和隋后萧氏都纳入后宫了。此外，后宫的妃嫔非常多，数都数不清。史书上记载着一个徐贤妃，说她五个月就会说话，四岁就能通读《论语》、《诗经》，八岁能作文，到了十多岁后，秀外慧中，才名卓著，于是太宗把她召为才人，又升任贤妃，始终宠眷不衰。还有吴王李恪的母亲，她本是隋炀帝的女儿，隋亡后辗转入宫，也得恩宠。齐王李祐的母亲阴妃、蒋王李恽的母亲王妃、越王李贞的母亲燕妃、纪王李慎的母亲韦妃，都是太宗的佳眷。但是太宗还是不满足，还想选一些美人作为后半世的娱乐。老天也似乎恨他好色，于是生出一个绝世美人来搅乱唐宫，闯出一场大祸，酿成千古未有的骇闻。这人是谁呢？她就是人人知晓的武则天。

武则天是并州文水人，她的父亲名叫武士彟，是高祖李渊的故交。高祖留守太原的时候，武士彟就是行军司铠参军，后来高祖称帝，封武士彟为光禄大夫，兼义原郡公，后来又升任工部尚书，加封应国公，历任利州、荆州都督。

武士彟的元配妻子是相里氏，生下两个儿子，大儿子叫武元庆，二儿子名叫武元爽。后来，武士彟又娶了杨氏，生下三个女儿，大女儿嫁给贺兰氏，青年守寡，二女儿就是武则天。则天并不是她的名字，武氏篡夺大唐，改年号为周之后，自称为则天皇帝，她的乳名已经失传。史书上说她叫作武曌，相传古时候没有曌字，是由武氏杜撰出来的，以日月悬空自比，于是取名为曌。

武氏长到十四岁的时候，已经艳名远扬，并传到宫廷。太宗正在留意物色，听说有这样的美人，于是派人去征召。他的母亲杨氏突然接到诏书，不禁非常伤心，泪流满面，武氏却谈笑自若，并且劝母亲道："女儿是去见天子的，是件好事啊，母亲怎么哭了呢？"母亲听了她的劝慰，这才擦干眼泪，送她上路。到了京师，入宫拜见太宗，武氏一点儿也不慌张，谈吐非常得体。太宗命她起来，仔细打量，真是面如芙蓉，豆蔻年华，体态婀娜，风情万种。太宗当下让她进宫，等到黄昏时候，便召她侍寝。武氏虽然年纪不大，但是很解风情，太宗喜欢她，赐给她一个芳名，叫作媚娘。一夜风流后，太宗第二天睡到很晚，他轻轻地叫了媚娘几声，武氏睁开惺忪的睡眼，连忙要起床谢恩，谁知太宗已经走了。上朝后，太宗立即下诏，册封武媚娘为才人，武媚娘当然谢恩。太宗让她住在福绥宫，并把那些年老的宫娥才女全都放出，连从前高祖所宠的尹、张二妃也让她们出宫回家了，就是最近新宠的萧后，也不再召幸，一心一意地爱恋这武媚娘了。

第十八回 和亲西域

贞观四年的时候，高昌王麴文泰入朝拜见太宗。高昌国东邻吐谷浑，定都交河，位于大唐和西域中间，是西域到大唐的必经之路。当时，西域各国听说麴文泰入朝拜见太宗，于是都托他牵线搭桥归附大唐，还愿意进奉朝贡，太宗表示同意。于是，高昌王麴文泰夜郎自大起来，规定西域各国入大唐觐见，必须由他做引导，并且令薛延陀等部落向他称臣。

太宗得知后，很生气，于是派人问薛延陀是否愿意一起攻打高昌，薛延陀的真珠可汗同意出兵，并愿意作为先锋。太宗派民部尚书唐俭、右领军大将军执失思力与真珠可汗共商进兵事宜。双方约定好后，唐俭等人回朝，太宗又命交河行军大总管、吏部尚书侯君集、副总管兼左屯卫大将军薛万均等人，率领大军征讨高昌。

麴文泰听说唐军要来攻打自己，刚开始还很沉着，没有惊慌，后来听说唐军有十万多人马，麴文泰这才感到害怕，吓得大病不起，没过几天，竟然吓死了。麴文泰的儿子名叫智盛，平时没有什么才干，现在又要治丧，又要御敌，更是手忙脚乱。唐军进攻柳谷，听说麴文泰已经死了，侯君集就暂时停止进攻，只是命令大军把高昌都城团团围住。没过多长时间，城中派出一名使者，来拜见侯君集，并呈上文书，侯君集打开一看，只见上面写着：

得罪于天子者先王也，天罚所加，身已物故。智盛袭位未几，惟尚书怜察！

侯君集看完后对来使道："你们的可汗如果真心悔过，就应当乖乖投降。"来使奉命回去。侯君集等了一天，没见到智盛出来投降，于是下令军兵奋力猛攻。城上的巨石像雨点一样纷纷落下，砸伤了几百名唐军。侯君集特地制造了一辆十多丈高的战车，比城头还超过几尺，很快城被攻下来。智盛还期望西突厥来援助，西突厥本来和高昌协约，遇到急事就来援助，本来已经发兵了，但是因为听说唐军来了，中途撤军，害得智盛孤军无援，没办法只好打开城门投降。侯君集捉住智盛，然后乘胜追击，一连攻下二十二座城池，收降了一万七千七多人，得到土地东西八百里，南北五百里。听说，高昌之前就有童谣云："高昌兵，如霜雪，唐家兵，如日月。日月照霜雪，霜雪自然灭。"等到智盛出城投降，谣言才被验证。

捷报传到长安，太宗打算在高昌设州县，并设定官职。魏征劝谏道："陛下刚继位，麴文泰就来朝贺，最近是因为他自己居功自傲，抗阻西域来我朝进贡，所以，我们才引兵去讨伐。现在，麴文泰已死，已经得到应有的惩罚了。为今之计，陛下应当先去安抚他的子民，安定他的社稷，立他的后代为王，恩威并施，这样才能长远。如果现在就把高昌的土地据为己有，设置州县，那么就需要很多人去镇守，这样成本太高，对陛下不划算，臣以为陛下不应该这么做。”太宗不听魏征的劝解，下诏改高昌为西州，在交河城内建安西都护府，并留兵镇戍，然后召侯君集等人回京。侯君集押着高昌王智盛和智盛的弟弟智湛等人，高奏凯歌，回到了京城。

从此，唐朝的疆土空前地广阔起来，东至大海，西至焉耆，南到林邑，北抵大漠，全部设置州县，东西达九千五百一十里，南北一万九百一十八里。

太宗赦免了智盛兄弟，封智盛为左武卫将军，兼金城郡公，封智湛为右武卫中郎将，兼天山郡公。侯君集等功臣也都受到封赏。

忽然，有人上书太宗，弹劾侯君集和薛万均，说他们借讨伐贼寇的机会，烧杀抢劫，私藏妇女和财宝。太宗想查办二人，中书侍郎岑文本和魏征上谏阻止，太宗才搁置不提。行军总管阿史那社尒跟随大军西征，没有掠取丝毫财物，等到太宗奖赏他时，他也只是稍微意思下，没有接受很珍奇的财宝。太宗对他的廉洁谨慎非常欣赏，于是特别嘉赏他，赐给他高昌所得的宝刀和千段彩帛。阿史那社尒本是东突厥处罗可汗的小儿子，后来率军兵来归附大唐，并被太宗封为左骁卫大将军。太宗把高祖的第十三个女儿衡阳长公主嫁给了他，升任他为驸马都尉，掌握军兵。后来他又立了战功，被太宗封为毕国公。

高昌被平定后，吐蕃赞普（吐蕃王）松赞干布敬仰大唐的威势和仁德，派使臣带着贡品来请求和亲。吐蕃在吐谷浑西南，自从松赞干布当了吐蕃主后，他非常有勇有谋，把国家治理得很好，威震四方。因他来进贡，太宗派使臣冯德遐去抚慰。松赞干布见了冯德遐，说突厥和吐谷浑都娶到了大唐公主，只有吐蕃没有娶到，于是也想向大唐求亲，并且愿意多献些金银珠宝。冯德遐回答说要奏明天子，听候旨意。于是，松赞干布派使臣，带着求亲表文和许多珍宝，跟冯德遐一同进京入朝。太宗看过表文后，知道他想求婚，一直犹豫不决，没有答应。

刚好这个时候，吐谷浑王诺曷钵也来拜见太宗，于是，太宗对他说起吐蕃求亲的事。诺曷钵说吐蕃很偏僻，并且野蛮粗俗。太宗听了这话，于是拒绝跟吐蕃和亲，并且遣来使回去。吐蕃使臣跟松赞干布说，吐谷浑王从中作梗，对太宗进了谗言，才导致求亲没有成功。松赞干布听了这话很生气，当即发兵攻打吐谷浑。诺曷钵刚从大唐返回，听说吐蕃大举来犯，知道自己不是对手，于是连忙逃到青海去了。吐蕃乘胜进兵，到达松州，打败大唐都督韩威。于是，太宗封侯君集为行军大总管，连同将军执失思力、牛进达、刘简等人，率领五万军兵去讨伐吐蕃。

松赞干布正在围攻松州城，已经有十多天了，他没料到唐朝大军赶到。唐军前锋牛进达手持一柄偃月刀杀入阵中，后面，执失思力又横槊直入，左挑右刺，无人敢挡。松州都督韩威也从城中杀出，吓得松赞干布手忙脚乱，率领部下，冲开一条血路，落荒而逃。唐军追击了好几里，杀了敌军好几千人才收兵。

松赞干布战败后，连忙派人到大唐，向太宗请罪。只是他对和亲的事一直很坚持，太宗也不愿意大动干戈，就同意了他的求亲。松赞干布得到消息后，非常高兴，于是特地派大论

（宰相）禄东赞带着金银五千两和几百件的珍宝，来大唐求亲。太宗把宗室女文成公主嫁了过去，并派江夏王李道宗为使节，送文成公主去吐蕃。松赞干布率部众来迎接，见了李道宗，知道他是公主的堂叔，于是更加对他恭顺。松赞干布见大唐的服饰跟礼仪都比吐蕃好，于是特地为公主修筑了一座城池，又建筑宫室，和文成公主成婚。文成公主与松赞干布结婚后，改变了吐蕃的很多陋习，还把吐蕃的王公子弟派到大唐学习诗词文化，从此，吐蕃也一心归顺了大唐。

一波方平，一波又起。薛延陀的真珠可汗又与怀化郡王阿史那思摩打了起来，惊动了大唐，惹起一场战祸。这还要从突利说起。突利自从归顺大唐后，不久就在并州病死了，太宗让他的儿子贺逻鹘继位。太宗曾到九成宫居住，突利的弟弟结社率当时担任侍卫，他竟然暗地里勾结旧部落四十多人，密谋刺杀太宗，顺便劫走贺逻鹘回突厥。偏偏他们晚上到御营，被折冲将孙武开等人击退，并在逃跑途中被唐兵捉住，最终斩首示众。只有贺逻鹘没有被处死，流窜到岭外。朝中大臣纷纷上奏说："突厥的残余军兵不便留在关内。"太宗也有点后悔，于是，太宗开始遣返突厥的残部，封阿史那思摩为泥孰俟利苾可汗，让他率领部落回去旧地。

阿史那思摩很畏惧薛延陀，不敢出塞，于是太宗再给薛延陀下诏书，命令他们各自驻守疆土，不得侵犯。真珠可汗见到来使，表示愿意听命。使臣回去后，太宗就为阿史那思摩送行，阿史那思摩拜谢，并发誓说子子孙孙都归顺大唐。阿史那思摩回到原来的部落，仍然管辖东突厥。

不料，薛延陀的真珠可汗是个两面派，他表面上服从大唐，暗地里命儿子大度设率领二十多万大军，进攻阿史那思摩。阿史那思摩刚从大唐回故土，百废待兴，城池也没有修，部队也没有训练，怎么能抵挡得了薛延陀的大军呢？所有部众还没有开战就已经慌了，阿史那思摩没办法，只好退回长城，拒守朔州，随即飞书向大唐告急。太宗不得不派将去救援，命令营州都督张俭，率领部下精兵和边境投降的番兵从东路出兵，又任命兵部尚书李世勣为朔州道行军总管，率领六万步兵和一千二百名骑兵从北路出兵；右卫大将军李大亮为灵州道行军总管，率领四万步兵和五千骑兵从灵武出兵；右屯卫大将军张士贵为庆州道行军总管，率领一万七千军兵从云中出发；凉州都督李袭举为凉州道行军总管，率领凉州守兵从西路出兵。

众将上殿听命，太宗当面对他们说："薛延陀觉得自己很强盛，跋山涉水来进攻，其实他们的战马已经疲惫，进退都不会太快。朕已经让阿史那思摩烧了秋草，等到敌军粮草吃尽，就一定会撤兵的。你们可以跟阿史那思摩互为犄角，合力出击，一定能打败敌军，朕就等你们的好消息了。"将士们领命出发。

大度设带领薛延陀的三万骑兵作为先锋，进逼长城，正在辱骂阿史那思摩的时候，突然远处尘土飞扬，原来是朔州道行军总管李世勣带着唐军杀来了。大度设非常恐慌，连忙逃跑。李世勣挑选一万精兵和突厥的六千精锐骑兵一同追出长城，越过白道川，很快就追上了大度设。李世勣让突厥骑兵先行出战，却被大度设的军兵击败。大度设乘胜追击，唐军从后面赶到，他担心打不过唐军，于是命令部众拉弓射箭。一时间万箭齐发，唐军中的战马大多受了伤，死伤无数。李世勣命令军兵下马，手执长槊杀向敌阵。敌军专注着射箭，不防唐军杀到跟前，根本抵挡不了，瞬间溃乱。薛延陀的大军总是五人一组，一人骑马，四人地面作战。唐军副总管薛万彻，率领几千骑兵杀入敌阵，专门抢夺敌军的战马，敌军见战马被抢了，就更加害怕，很快就四处逃散了。唐军趁势追击，斩杀了敌军两千多人，捕获俘虏五万多人。大度设拼命逃脱，薛万彻奋力追铺，最终没有追到，这才撤兵。

李世勣打了胜仗，于是率领兵马回到定襄，上书朝廷告捷。太宗打算下令让李世勣等人直捣薛延陀的老巢，忽然听说左领军将军契苾何力被薛延陀捉去，不禁犹豫起来。原来，契苾何力的母亲姑臧夫人和弟弟贺兰州都督沙门都住在凉州，契苾何力请旨省亲，并顺便招抚各部落。谁知到了凉州，契苾何力得知母亲和弟弟都投降了薛延陀，就连契苾的部落也有大部分要投降薛延陀。契苾何力大惊，道："皇上对我们这么厚恩，我们怎么能辜负呢？"契苾的部众道："夫人和都督都已经投降了，我们现在不去投降，还要等到什么时候啊？"契苾何力道："沙门是为了尽孝，我是为了尽忠，一定不能投降薛延陀。"契苾部众听了这话，竟然将契苾何力绑住，送到至真珠可汗帐前。真珠可汗威胁契苾何力投降，契苾何力拔刀大喊，道："我契苾何力是大唐的将士，怎么能背叛大唐呢？天地日月明鉴我的忠诚！"说到这里，竟然用刀向左耳一挥，把鲜血淋漓的一只耳朵割下，丢向真珠可汗。他瞪着真珠道："看到这只耳朵没？我是不会投降的！"真珠可汗想要杀了他，只有真珠的妻子欣赏他的忠心，从旁劝阻，真珠可汗才没有杀他，只是把他押入大牢。

这消息传入唐廷，太宗对侍臣道："契苾何力一定不会辜负朕的。"侍臣道："他们气味相投，契苾何力到薛延陀，就像如鱼得水，哪里还会顾念陛下的隆恩？"太宗道："契苾何力非常忠心，你们不信契苾何力，朕却相信他。"

正说着，薛延陀派使臣前来，太宗当即召见。来使是真珠可汗的叔父，名叫沙钵罗泥熟。太宗先斥责了薛延陀的反叛罪状，接着问了契苾何力情况，沙钵罗叩头认罪，并赞扬了契苾何力的忠诚，说得太宗非常感动。随即太宗对侍臣道："现在了解契苾何力是什么样的人了吧？"侍臣们都很佩服太宗的先见，全都俯身称赞。沙钵罗呈上贡单，上面列有貂皮三千张，马三万匹，玛瑙镜一架，并表示愿意停战修和，还要请求通婚。太宗道："如果你们可汗真心悔过投降，朕又怎么会吝啬一个女儿呢？但是，你们要先把契苾何力送回，朕才同意和亲。"沙钵罗请求大唐使臣一同前往，于是，太宗命兵部侍郎崔敦礼跟着沙钵罗一起去接契苾何力，并答应真珠可汗娶公主的要求。真珠实现了愿望，于是就放回了契苾何力，并和崔敦礼约定了婚期。

崔敦礼和契苾何力回来见太宗，太宗见他左耳已经被割下，伤口还没有痊愈，不禁感动地流泪。契苾何力却潇洒地说："臣受陛下厚恩，性命都抛之身外，何况是一只左耳呢？"太宗赐了契苾何力很多金帛，并加封他为右骁卫大将军。

过了没多久，真珠可汗派侄子突利设来唐进贡。他献上五万匹马，牛和骆驼各一万头，羊十万只。太宗在殿中赐宴，殷勤款待，并且答应把新兴公主嫁给薛延陀。然而，契苾何力却密奏太宗，劝阻婚约。太宗道："天子无戏言，朕已经答应了，怎么能反悔呢？"契苾何力

道:“臣听说和亲最好是下重礼并亲自迎娶，我们可以让真珠可汗亲自来迎娶公主，臣料他不敢来。只要他不来，我们就可以正大光明的悔婚了。真珠可汗一直性情很暴躁，肯定会因为没有求成婚而郁愤成疾，加上他国内不太平，臣可以断定不出二三年，真珠可汗肯定会忧郁而死的。到时候他的两个儿子争夺王位，内外纷乱，那么就会不战自灭了。”

太宗点头赞同契苾何力的说法，于是让突利设转告真珠来迎娶公主，并说太宗要亲自送公主到灵州，与真珠面会。真珠得到消息后非常高兴，想要亲自前往灵州，臣下都不同意，都来劝阻。真珠不听他们的劝阻，搜刮各部落的马羊作为聘礼。薛延陀本来就没有多少牲畜，只能向各部落调取，一路上都是沙漠，马羊吃不到草，喝不到水，很快就死了很多，而且还过了约定的婚期。太宗本来就想悔婚，于是借这个理由责备真珠失约，拒绝履行婚约，灵州也不去了。

第十九回 无可救药的太子

真珠可汗听说大唐下诏悔婚后，只好自悔失约，不敢再请求和亲，但仍然与大唐修和。太宗很是欣慰，就把新兴公主嫁给了长孙曦。

自从皇子李承乾被立为太子后，刚开始的时候是因为年纪小，没有什么过失。谁知长大后，他却越来越游手好闲，不学无术。左庶子于志宁、右庶子孔颖达、张玄素等人多次劝谏他都没有用，反而遭到太子的记恨。于志宁听说太子修治宫室妨害了农事，又沉迷于郑、卫音乐，而且还偏信宦官、亲近女色等，于是，他极力上书劝阻，惹得太子对他非常怨恨，几乎和于志宁势不两立，太子甚至派遣张师政、纥干承基两人去刺杀于志宁。刺客到了于志宁家，看到他穿着粗布麻衣，床上只铺了一张薄被，而且住所也很破旧，不禁良心发现，不忍下手。当即返报太子，只说是不方便行刺，暂时缓一缓，太子这才暂时搁置下来。

魏王李泰想要争夺太子之位，于是趁着太子失德的时候，到处招揽文士著书立说，并且搜考古今地理，写成一本地理图志——《括地志》，呈献给太宗。太宗见他的书确实考察得很详细，也很准确，顿时非常高兴，就增加了每月给李泰的月俸，数量超过了太子。谏议大夫褚遂良随即上书谏阻，太宗误会了他的意思，理解成自己给太子的月俸太少了，于是又下了一道诏书，说太子每月的花销可以不受限制。太子得了这道诏书喜出望外，从此更加挥霍无度。当时，张玄素已经调任为右庶子，于是他上书劝谏太子：

昔周武帝平定山东，隋文帝混一江南，勤俭爱民，皆为令主，有子不肖，卒亡宗祀。圣上以殿下亲则父子，事兼家国，所应用物，不为限制，恩旨未逾六旬，用物已过七万，骄奢之极，孰有过此？况宫臣正士，未闻在侧，群邪淫巧，暱近深宫，在外瞻仰，已有此失，居中隐密，宁可胜计，苦药利病，苦言利行，伏惟居安思危，日慎一日，节糜费以成俭德，则不胜幸甚！

张玄素劝谏的目的是希望太子能改过自新。谁知，第二天早朝，他路过东宫门外时，突然被人暴打一顿。张玄素被打得皮破血流，晕倒在地上。朝臣们听到呼救声，赶紧来救他，好不容易把他叫醒了，凶手却早已逃走。张玄素由于被打不能上朝，只能在家待着养伤，一连养了好多天，才渐渐痊愈。他知道是一纸谏书惹的祸，但也没处喊冤，只好自认倒霉，就算了。

当时，魏征已经老了，经常患病，太宗有时候给他手诏，让他封状进言。魏征不忘尽忠上谏，仍然有时候应诏上朝。褚遂良上书太宗，建议太宗要严加管教太子和诸位王爷。太宗对褚遂良说道："如今，群臣中最忠心正直的要算魏征了，我打算让他当太子的老师，教导太子修身治国的道理。"随即太宗下诏令封魏征为太子太师。魏征因病多次推辞，太宗恳求道："存废太子是一件大事，它关系到天下的存亡，您就不要再拒绝了！您就算是帮朕分忧，帮我好好管教太子。"这话说得很诚恳，魏征无话可说，只好勉强接受。无奈年迈力衰，魏征渐渐地卧床不起，太宗多次赐给他药膳，并派中郎将留在魏征家住，并让他每天向自己说明魏征的病情。后来，魏征病得越来越重，于是太宗多次亲自慰问魏征，并跟他谈论国事。太宗有时候带着太子李承乾来看望魏征，并教导他要谨记老师的教诲。

最后一次，太宗还带了小女儿衡山公主到魏征的床前，指着公主对魏征说道："朕要把这个女儿嫁给爱卿的儿子魏叔玉，爱卿看看新媳妇吧！"这时候，魏征已经不能起床，只是感激地流泪，太宗也流下了泪。带着女儿回宫后，太宗晚上做了一个梦，恍惚间看到魏征入朝向他辞别。醒来后，太宗觉得这个梦不吉利，等到天亮，就有人来报，说魏征已经过世了。太宗当下匆匆洗漱，随即亲临魏征的丧礼，抚着棺材跟魏征诀别，失声痛哭。

太宗赐魏征陪葬昭陵，又赐给大量陪葬品，魏征的妻子裴氏说道："魏征向来简朴，如今丧葬的东西太奢华了，这不是魏征想要的。"于是，她拒不接受，只用布车载着灵柩下葬。太宗赐魏征谥号文贞，追封他为司空兼相州都督。临下葬时，太宗登上西楼，遥望昭陵放声大哭，并且亲自写碑文。太宗曾对大臣们说："以铜为镜，可正衣冠，以古为镜，可见兴替，以人为镜，可知得失。魏征死了，朕就像丢了一面镜子一样。"

魏征这个人相貌平凡，但是很有胆识，每次都不怕触犯龙颜，秉直进谏，即使太宗非常生气，他还是面不改色，因此，太宗也有点惧怕他的胆量，魏征的很多谏言太宗都听从了。魏征死后，太宗一直感念不已，又想起从前的功臣，就命令工匠在凌烟阁中画了功臣像，共有二十四人，魏征排第四。其他功臣是：

长孙无忌、赵郡王李孝恭、杜如晦、魏征、房玄龄、高士廉、尉迟敬德、李靖、萧瑀、段志玄、刘弘基、屈突通、殷开山、柴绍、长孙顺德、张亮、侯君集、张公谨、程知节、虞世南、刘政会、唐俭、李世勣、秦叔宝。这时，这二十四人中，杜如晦、魏征、段志玄、屈突通、殷开山、柴绍、长孙顺德、张公谨、虞世南、刘政会、秦叔宝十一人已经去世。

侯君集因为平定了高昌国，功劳很大，却排在后面，心中很是不爽。刚好，这时候，郧国公张亮要出任洛州都督，侯君集给他饯行。他见席间没有旁人，于是喝了几杯酒后，就假装喝醉，瞪着张亮道："你为什么要排挤我？"张亮笑着答道："我什么时候排挤你了？要说你排挤我还差不多。"侯君集气愤地说："我荡平一国，反而惹得天子不高兴，还怎么能排挤你啊？"说着，他又拉着张亮的手说："你与我交往多年，跟我很投缘，我不妨告诉你实话。古人有言：'狡兔死，走狗烹，敌国破，谋臣亡。'现在我们这些功臣就要兔死狗烹了。你想想，我们应该要怎样求生？"张亮知道他想造反，于是试探地问道："我张亮不才，还请大人指教！"侯君集道："你如果能帮我，那我们就一起起兵。你在外，我在内，我们内应外合，就能成功的。"张亮微笑道："你说的话很有道理，等我到了洛州，我们一起行动。"侯君集听到他答应了，非常高兴，随即开怀畅饮，喝到尽兴才告别。张亮连夜进宫向太宗告密，太宗道："爱卿与候君集都是功臣，今天候君集对你说的话旁人不知道，如果因为这些就严惩他，他必定不服，朕随时注意就是了。爱卿一定不要对别人讲！"张亮随即辞行赴任，奉太宗的旨意，一直保密，没有对外说。

太子李承乾知道候君集对太宗不满，于是私下里与他结交，并和他密谋造反。候君集说："魏王很得皇上的宠爱，如果殿下不早点防备，恐怕殿下就会像隋朝的杨勇一样啊！"杨勇是隋文帝的太子，被弟弟杨广篡位杀了。李承乾说："我正是为了这事来找你的，请你帮我想想办法，免得重蹈杨勇的覆辙。"候君集道："我愿为殿下效劳，万死不辞。"说到这里，他又举起手对太子说道："有这样的好手，就应当为殿下指挥。"太子听了这话非常高兴，随即赏给了候君集很多珠宝。

候君集正准备跟太子密谋杀害魏王，偏偏老天不助他们。太子突然得了重病，一时无法行动。当时，东宫有一侍女名叫俳儿，长得非常好看，并且能歌善舞，太子很喜欢她，早晚都不离她。太宗听说了这件事，就立即召俳儿进宫，斥责她蛊惑太子，随即杖责一百下，俳儿竟然断了气，一命呜呼。太子知道俳儿死了，非常伤心，怀疑是魏王告的密，从此更加恨魏王了。俳儿死后，太子非常想念她，还为她立了牌位早晚祭奠，每次来到她的坟前，太子都哭得很伤心。随着怨恨越来越深，太子借口有病，不再上朝，整天在东宫跟家奴游戏玩耍。有时候还让家奴盗窃民间马牛，然后亲自煮熟了吃，并喝酒作乐。有时候酒后兴致正高，就扮作突厥可汗，模仿突厥的语言，命令左右也穿着突厥的衣服，向他朝拜。太子一会儿装死，一会儿大笑，非常情绪化，丑态百出。

太宗的弟弟汉王李元昌做了很多出格的事，他多次被太宗责骂，于是心怀怨恨，跟太子亲近，他们经常在一起游戏。他们把家奴分为左右二队，然后两人假装统帅，号令队伍互相用竹槊刺击。如果家奴不用力，都会被他们两人任意殴打，不顾死活。太子还笑着说："如果我今天做了太子，那明天就在宫内设置大营，到时我和汉王分别扮作将领，一决胜负，岂不是一件乐事？"李元昌回答道："太子做了皇帝，恐怕一做了错事，就会有很多谏官来劝阻，到那时就不能像现在这么自由了。"太子笑道："这有什么难的？一人来谏，我就杀死一人，十人来谏，我就杀死十人，等到杀死了几百个人，看还有谁还敢多嘴？我与汉王就尽情地玩耍吧。"李元昌道："假如不让你当皇帝，你该怎么办？"太子道："不就是一个魏王李泰吗，我明天就把他杀了，叔父就看着吧！"晚上，太子就想了一个法子，派人谎称是魏王的记室，要向皇上告密魏王的罪恶，谁知没有成功。于是，太子又派张师政、纥干承基等人去刺杀魏王，不料魏王早就有所准备，无从下手。

太子不但有断袖的癖号，而且很喜欢结交方士。太宗知道后，就下令将东宫的娈童称心和方士秦英、韦灵符等人一并收入狱中处死，并传召太子上朝，斥责了一顿，太子忍气吞声，不敢说半句话。返回东宫后，太子连忙召集私党李元昌、侯君集、李安俨、赵节、杜荷等人，密谋商议造反的事。太子对他们说："我与李泰水火不容，他先进谗言杀我俳儿，如今又进谗言杀我称心等人，我如果不除了他，他下一步就要害我了。"候君集不等他说完，就起身道：

"我领兵杀入西宫，把他杀了算了？"李元昌道："此人一死，太子就可以当皇帝了，还顾忌什么呢？只是事情成功后，我要向太子索赐一物，太子一定要答应我啊。"太子问是什么东西？李元昌说道："我之前上朝拜见皇上的时候，看到御座旁边有一美人儿，长得非常好看。我后来仔细调查，知道这美人儿不但会弹琵琶，还会唱歌，我真是非常喜欢啊。如果太子做了皇帝，这个美人儿应当赐给我，不要自己拿去了啊！"太子笑道："这算什么，只要事情成功了，我就与叔父一同享富贵，更何况一个美人儿？"杜荷道："事不宜迟，我们要快点行动才是啊。太子不必去杀魏王，只需要殿下假装生病，把皇上骗来，到那时就好动手了。"太子非常高兴道："真好啊，就照这样办。"当下与李元昌等人，割臂为盟，发誓同生死。

太子的死党中，李安俨本来是已故前太子李建成的将士，他非常忠心于李建成。后来李建成败死，太宗觉得李安俨很忠诚，于是召他为中郎将，谁知他还是很忠心于李建成，一直想要谋害太宗。赵节是赵慈景的儿子，是高祖的女儿长广公主所生，曾出任洋州刺史。杜荷是杜如晦的儿子，娶了太宗的第十六女城阳公主。他们本都是皇室亲戚，却勾结在一起阴谋篡弑。

李承乾等人定下盟誓后，正打算行动，突然朝廷传来急诏，命令兵部尚书李世勣火速发兵去齐州平乱，太子对纥干承基说："齐王李祐也想造反吗？他想要造反，为什么不跟我合谋呢？我这里离皇宫不过二十步，随时就可以动手，何必这么麻烦呢？"正说着，忽然有官兵赶到，一把抓住纥干承基。太子惊问怎么回事，官兵答道是奉旨来捉拿纥干承基，不知道什么原因，随即离开。太子还以为自己的谋逆的事被发现，吓得魂不守舍。后来，李安俨告诉他，因为齐王李祐的事牵连到纥干承基，跟太子没有关系，太子这时才稍微心安。但因为京师戒备森严，造反的事只好暂缓。

没过几天，齐王李祐被押送到京城，太宗把他废为庶人，赐令自尽。李祐本是太宗的第七个儿子，受封齐王，兼领齐州都督。他生性轻躁，喜欢游猎。长史权万纪多次劝谏他，他不听。权万纪担心和李祐一起获罪，于是把李祐的过失都上报给太宗。太宗下诏书斥责李祐，李祐心怀怨恨，而且变得更加暴戾。权万纪多次在旁管束他，并不让李祐出封地，还把他的鹰犬都散去，弹劾了李祐左右几十人。太宗派刑部尚书刘德威去查明真相，并召李祐与权万纪入朝。李祐随即跟狎客燕弘亮等人密谋造反，并把权万纪杀了。他还以进京清理乱臣为由，起兵造反。李世勣奉诏去讨伐，还没到齐州，齐州府的兵曹杜行敏等人已经绑上李祐送往京师。太宗也顾不得父子之情，只好将他处死，又杀了几十名叛党。

太子李承乾看到这件事情，不免兔死狐悲，整天惶惧不安。很快，有人告密说太子谋反。太宗下一道诏，把太子李承乾贬为庶人，并把他囚禁起来。

第二十回 太宗亲征高丽

那么告密的人是谁呢？就是被抓去的纥干承基。纥干承基被判定是死罪，他为了能活命，就把太子李承乾的种种逆谋全都对刑部供了出来。太宗听后，非常震怒，随即命长孙无忌、房玄龄、萧瑀、李世勣四人和大理、中书、门下等官员共同审理，结果都是实情。

于是，太宗召太子李承乾觐见，当面严厉斥责。李承乾磕头，道："儿臣已经为太子，还有什么不满足的？但是，李泰一直想夺我的位子，我心有不甘，才会跟朝廷的大臣们勾结自保。大臣们误导我造反，儿臣一时糊涂，才会受到他们的迷惑。如今事情败露，儿臣愿意受死，只是儿臣死后，如果父皇立李泰为太子，儿臣就算是死也不瞑目的。"太宗听到这些话，更加震怒，问群臣道："承乾罪大恶极，应该如何处置？"群臣都面面相觑，没人敢说话。只有通事舍人来济进言，道："愿陛下情与法兼顾，只要能做到既不失为明君，又不失为慈父，让太子得享天年就最好。"于是，太宗把李承乾废为庶人，幽禁在右领军府中，接着搜捕太子同党，把李元昌、侯君集、李安俨、赵节、杜荷等人一并抓来，依次审讯。李元昌无可抵赖，最先认罪。太宗不忍杀弟弟，想要赦免他的死罪。高士廉、李世勣等人都说不应该徇私包庇，争论再三之后，还是下诏赐李元昌自尽。侯君集刚开始不服审讯，太宗召他的女婿贺兰楚石作证，面对铁证如山，侯君集这才无从抵赖。太宗对群臣道："侯君集对国家有功，可否免他一死？"群臣齐声道："侯君集大逆不道，怎么能赦免死罪呢？"太宗于是对侯君集道："今日为国守法，要与卿永别了。以后看到你的遗像，怎么不叫朕痛心啊？"说完，太宗流下眼泪。

侯君集看到这情景，不禁也伏地痛哭起来。临刑时，侯君集对监狱官说："我本不想造反，但是却弄成这样。我为皇上破灭二国，毕竟立过功劳，请转奏陛下，赦免我的儿子，也好给我上坟祭祀。"监狱官把他的话传达给太宗，于是太宗赦免了他的妻子，将他们流放到岭南。李安俨、赵节、杜荷三人审讯查明后，当即斩决。左庶子张玄素和右庶子赵弘智、令狐德棻等人，都因为规谏不力连罪除名。只有于志宁因为多次劝谏，忠心正直，并没有被加罪。纥干承基释放出狱后，被太宗封为祐川府折冲都尉，平棘县公。

自从太子李承乾因谋反的事被废后，魏王李泰就日夜侍奉在太宗身边，非常孝顺。太宗非常喜欢他恭敬孝顺，当面答应立他为太子。中书侍郎岑文本和侍中刘洎等人也劝太宗立李泰为太子，只有长孙无忌请求立晋王李治为太子，太宗笑而不答。长孙无忌退出后，太宗对侍臣们道："昨日，李泰在朕怀中说，能够当朕的儿子非常感恩，他死时就把自己的儿子杀死，然后把皇位传给晋王，这话说得这么可怜，所以朕不忍心不立他为太子啊！”太宗话还没说完，褚遂良连忙劝奏道：“陛下以为可怜，臣实在是觉得忧虑。试想，陛下百年归去后，魏王占据天下，还肯杀掉自己的爱子，传位给晋王吗？陛下前些时候正是因为嫡庶相争，险酿成内变，现在如果想立魏王为太子，那要先把晋王安顿好，才保无忧啊！”太宗迟疑了一会儿，突然泪流满面道：“这事恐怕办不到啊。”随即太宗起身回宫。

魏王李泰担心晋王会被立为太子，于是故意对晋王道：“你和李元昌交情那么深，现在他死了，你能不受牵连吗？”晋王听了这话，总是愁容满面。一次偶然的机会被太宗发现，他就问晋王怎么了，晋王就把事情的经过对太宗说了。

直到这时，太宗才省悟道：“李泰原来这么有心计，朕现在才知道。”随即，太宗出了两仪殿，并让晋王跟着，还召来长孙无忌、房玄龄、李世勣、褚遂良等人来商议，并把李泰的话转述给他们听。太宗皱着眉头说：“我的三个儿子和一个弟弟竟然为了皇位做出这样的事，我活着还有什么意思啊！”说到这里，太宗竟然挺身跃起，从腰间拔出佩刀想要自杀。长孙无忌等人连忙上前劝阻，褚遂良把刀夺去，交给晋王。长孙无忌又问太宗，说道：“立储事大，陛下中意谁，不妨直接册立谁，免得再生什么事端。”太宗道：“我已经决定立晋王了。”长孙无忌连忙接话道：“谨遵皇上圣旨。”太宗于是让晋王拜谢长孙无忌，道：“你的舅舅已经答应了。”太宗又对其他四个人说：“你们已经跟朕的意思一致，不知道外面的大臣什么意见？”房玄龄等人齐声答道：“晋王仁孝，大家都这么认为，请陛下召问百官，他们也不会有异议。”

太宗于是转驾太极殿，召群臣征求意见，说道：“承乾谋反，李泰心思也很凶险，都不能立为太子。卿等以为谁可以立为太子？”大家都说：“不如立晋王。晋王仁孝，应该立为太子。”太宗非常高兴，第二天就下诏立晋王李治为皇太子，大赦天下，又命长孙无忌为太子太师，房玄龄为太傅，萧瑀为太保，李世勣为詹事，李大亮、于志宁、马周苏勖、高季辅、张行成、褚遂良等人为东宫幕僚，辅佐太子李治。其实，当时太宗问大臣意见的时候，魏王李泰就率领一百多名骑兵到永安门探听消息。门官禀报太宗，太宗立即下令卫士把李泰引到肃华门，并把他囚禁于北苑中。

第二天，太宗在承天门楼，颁诏立李治为太子，太宗对大臣道：“如果今天立李泰为太子，那么承乾与治儿都会没命。现在立治儿为太子，那么李泰与承乾还能安然无恙。”

右庶子杜正伦之前是辅佐前太子李承乾的，他把太宗的话告诉了李承乾。太宗知道后，责备他泄密。杜正伦叩头道：“臣只是想太子能改好，所以才敢把陛下的苦心告诉他，臣会以此为戒的。”太宗听了他的解释，这才没有怪罪于他。后来，李承乾造反的事败露，杜正伦被降为交州都督。魏征在世时，曾多次推荐杜正伦、侯君集，说他们有宰相的才能。后来，侯君集被斩，杜正伦辅佐太子不利，太宗于是怀疑魏征跟他们狼狈为奸，随即命人把魏征墓前的碑石去掉，并撤销了魏征儿子魏叔玉和公主的婚事。太宗还把李承乾派到黔州，把李泰派到均州，李承乾在第二年就病死了，用国公礼下葬。李泰被降为东莱郡王，后又晋封为濮王，高宗三年，在郧乡病逝。

当时，太子李治只有十六岁，还不是很成熟。于是，太宗让他每天侍候自己起居，以便遇事对他加以训导。吃饭的时候，太宗就告诉他：“你要知道，有了艰辛的耕作，我们才能有饭吃。”有时看到他乘马，太宗又对李治说：“你骑马要知道马的辛苦，要爱惜马，才能经常骑这些马。”有时看到太子乘舟，太宗又对他说：“水能载舟，亦能覆舟。百姓就像水，君王就像舟，不可不慎重。”太子有时在树下休息，太宗有用“木从绳则正，后从谏则圣”这样的例子来教导他。太子只是默默地听，但从不发表自己的意见。

吴王李恪是太宗的第三个儿子，他善于骑射，能文能武，英武的样子很像太宗。太宗见太子太过柔弱，于是又喜爱起李恪来，打算改立李恪为太子，私下里对长孙无忌道：“太子太过柔懦，恐怕不能主持社稷，我想改立吴王。”长孙无忌非常反对，太宗冷笑道：“你是因为李恪不是你的亲外甥，所以不想立他为太子吧？”长孙无忌叩头解释道：“太子仁厚，将来一定能成为一个仁慈的皇帝，请陛下不要怀疑！举棋不定往往会导致失败，何况立储君这样的大事，怎么能改来改去的呢？”太宗听了他的劝解，这才打消了改立太子的想法。后来，太宗又教导太子用兵打仗的事，每天上朝都让太子跟着，学着处理朝政，用心良苦。

贞观十七年秋季，新罗国派使臣来求援，请求大唐出兵，讨伐高丽。高丽在中国东北，就是现在的朝鲜半岛，岛中分为三国，东北为高句丽，简称高丽，南边是百济，百济东南是新罗。三国中高丽最强，它和百济联盟，密谋瓜分新罗国。

隋朝还没有灭亡的时候，高丽曾多次出兵入侵辽西，并多次跟隋军交战，隋文帝父子连讨多次都没有把它讨平。于是，高丽更加横行无忌，接连入侵新罗。后来，听说大唐建国，兵势强盛，于是派人进贡归附。高祖册封高丽国王高建武为辽东郡王。百济和新罗也相继贡献特产，大唐又册封百济王扶余璋为带方郡王，新罗王真平为乐浪郡王。三个国家都受大唐封赏，但是他们仍然互相攻击。新罗王真平忧虑而死，他只留下一个女儿叫善德，后来被国人拥立为王，勉强支撑危局。

后来，高丽国发生政变，高丽东部有个叫泉盖苏文的酋长，这个人非常残暴，而且还狂妄自大。高丽王高建武跟大臣们商量，密谋把泉盖苏文杀了。谁知，这事被泉盖苏文知晓，他随即带兵杀入王宫，斩了高建武，还把那些谋算他的大臣全都杀了，然后立高建武哥哥的儿子高藏为王，自封为莫离支。他一个人独掌朝廷大事，并且与百济和亲，再次出击新罗。新罗女王善德非常害怕，不知道怎么办，急忙派人向大唐求救。

太宗派使臣带着诏书到高丽国，让高丽撤兵。泉盖苏文拒绝太宗要求，于是太宗召集群臣商议，决定出兵。褚遂良劝阻道：“如今，中原太平，四夷畏服，陛下的威望也越来越高，现在远渡辽海，去讨伐一个小国，要是成功了，那还是件好事，万一没成功，那可是很伤陛下的龙威啊！”太宗说道：“泉盖苏文犯了弑君大罪，现在又违抗朕的旨意，公然入侵邻国，为什么不去讨伐他们？”李世勣接着说道：“之前，薛延陀骚扰我国边境，陛下想要发兵猛追，后来因为魏征劝住，才没有把他们剿灭，否则薛延陀早就平定了。”

太宗点头称赞，道：“就像爱卿说的，这次朕打算亲自讨伐，一定把他们剿灭。”于是，太宗封刑部尚书张亮为平壤道行军大总管，率领军兵四万，长安洛阳三千壮士，战舰五百艘，从莱州渡海，杀向平壤。太宗又命太子詹事李世勣为辽东道行军大总管，率步兵、骑兵共六万人，以及兰河二州投降的番军直奔辽东。

太宗亲自写下诏书，声讨泉盖苏文，诏书中列举了以大击小，以顺讨逆，以治乘乱，以逸敌劳，以悦当怨五项大义，说得理直气壮，慷慨激昂。青年百姓受到鼓舞，纷纷来当兵，其他百姓主动献上攻城的器械。

太宗正要从洛阳出发，忽然京师那边传来急报，说副留守李大亮病故，并递上遗书，原来是谏阻东征。太宗感到很惋惜，随即追封他为兵部尚书、秦州都督，赐谥号为懿，陪葬在昭陵。只是他的遗书没有被太宗采纳。太宗亲自率领各路军兵从洛阳出发，直奔定州。命令太子留在定州城处理朝政，又命太傅高士廉，詹事张行成，庶子高季辅、侍中刘洎，中书令马周等人一同掌管政务。

这时，尉迟恭年纪已经很大了，他也不同意太宗亲征，劝阻太宗道："陛下亲征辽东，太子又在定州，长安、洛阳腹地空虚，如果有什么紧急事宜要怎么抵挡呢？而且，高丽不过是一个偏僻小国，何必劳烦陛下亲自去？不如派其他人去讨伐，相信很快就会扫平他们的。"太宗说道："朕已经留房玄龄守长安，萧瑀守洛阳，爱卿不用担心。如果爱卿还能从军打仗，那可以跟朕一起东征。"尉迟恭不便违抗皇上的命令，只好跟着一起去了。太宗佩带弓箭，并在马鞍后准备了雨衣，日夜兼程，大军很快来到幽州。太宗随即向李世勣面授计谋，让他表面上出兵柳城，虚张声势，暗中渡过辽河，直捣盖平。李世勣遵旨启程，安全抵达盖平城下。高丽兵根本没有防备，突然听说唐军来了，非常慌张，很快被李世勣攻破城池，俘得了敌军二万多人，缴获了粮草十多万石。随后，张亮也率领水军渡海而来，袭击卑沙城。卑沙城靠近海岸，四面都是悬崖，只有西门可以出入，右骁卫将军程名振和副总管王大度在夜里登上西门，砍死守兵几十人，其他敌军四处逃散，唐军杀入城中，捕获了八千多敌兵。

两路大军的捷报传到幽州，太宗非常开心，决定亲自督军作战。中书侍郎岑文本，专掌军中粮械，因为太过疲劳，突然暴毙幽州。太宗得到消息，非常难过，泪流满面亲自去安葬他，然后启驾东征。路上接到李世勣军报，说已经围住了辽东城，高丽派四万人来增援，也被江夏王李道宗击退。太宗放心前进，大军来到辽泽，前面有二百多里的泥淖，太宗命令军兵用簸箕装土填埋，到了泥淖最深处，就下令架桥通过。大军渡过后，太宗又下令拆掉大桥以坚定军心。到了马首山，江夏王李道宗率大军来迎接太宗，太宗对他们慰劳一番。

第二天，太宗亲自带领几百名骑兵来到辽东城下，他看到士兵在背土填濠，于是也下马亲自背土，其他从官也跟着来帮忙，很快就把护城的壕沟填平了。接着太宗与李世勣合兵，把辽东城团团围住。一时间杀声四起。这时南风大作，太宗命精兵爬上竹竿，放火烧毁城楼，将士乘势登城，敌军抵挡不了，四处逃散。李世勣带兵杀入城中，斩杀一万多敌军，俘虏四万多人，大获全胜。于是，太宗把辽东城改为辽州，接着进攻白岩城。城上弓箭和石头像雨点一样密密麻麻地砸下，右卫大将军李思摩脸上中箭，血流满面，太宗亲自为他吮吸血迹，军兵看到这样的情景，都非常感动，于是更加奋勇杀敌。高丽乌骨城主派一万多军兵，支援白岩城，大唐将军契苾何力率领八百名精锐骑兵，杀入敌阵，结果被敌军团团围住。尚辇局奉御薛万备单枪匹马地前去营救，敌军前来拦阻，薛万备大喝一声，声音很洪亮，像打雷一样，吓得敌军纷纷倒退。薛万备随即杀入敌阵，看到契苾何力腰部受了槊伤，就让他跟在自己后面，自己当先开路。他手持着长枪，左挑右拨，把敌军杀散，冲出一条血路，和契苾何力一同回营。契苾何力虽然受了重创，但是勇气不减，只是简单地用布包扎下，随即召集骑兵再次冲入敌阵。太宗连忙派兵策应，杀死了很多乌骨城的军兵，还追击敌军几十里，斩杀了一千多人。唐军见天色已晚，这才收兵回营。白岩城主孙代音听说援兵败退，就知道自己不是对手，连忙派人出城投降。太宗亲自接受投降的俘虏，并把白岩城改为岩州，依然让孙代音做刺史。契苾何力受了重伤，太宗亲自为他敷药，并且把刺伤他的仇人高突勃抓获，让契苾何力自己杀了他，来报之前的仇。契苾何力却对太宗说："我和他彼此各为其主，高突勃冒死刺杀我，实在是很忠勇，臣与他本不相识，也并无仇恨，不应该将他处死。"太宗听了这话，连声说好，于是赦免了高突勃，随即又进攻安市城。

高丽北部耨萨（官名）高延寿、高惠真率领十五万大军来救援安市。太宗对将士们说："高延寿如果把城池连成壁垒，再多储备些粮食，抢我们牛马，使得我军疲乏，这是上策。如果他们没有用上策，把安市城内的兵民一律迁走，再乘夜逃走，这不失为中策。如果他们还不自量力，要跟我军开战，那这就是下策了。朕料他必出下策，卿等看着，朕必定把高延寿活捉。"太宗话还没说完，就有探马来报，说高延寿等人带兵来攻，现在到了距离安市城只有四十里的地方了。太宗非常高兴，道："朕真是料到他会来攻，但又担心他半路逗留，不肯来送死，还想着设法来引诱他速来，一举把他歼灭呢。"于是，太宗召左卫大将军阿史那社尔入帐，命令他带领一千突厥兵前去诱敌，而且只准败，不准胜。阿史那社尔领命前去，一队人刚走了三十多里，就看到敌军奋勇杀来。两军随即开战，唐军战了不到几个回合，假装害怕，转身逃走。高延寿笑着对高惠真道："人人都说唐军强盛，哪知他们这么没用，这真是有名无实啊。"随即率领大军前进，一直追到安市城东南八里，依山布阵。

太宗正带着几百名骑兵登山望敌，只见远远地看到高丽兵快要杀到，立即返回大营，命令李世勣率领一万五千军兵在西岭列阵。长孙无忌率领一万一千精兵从山北出峡谷，冲击敌军后面。太宗自己率领四千骑兵，偃旗息鼓，悄悄地登上北山，在那里提前埋伏好。太宗到了北山，看到李世勣的大军已经在西岭列阵好，正与敌军在交战，两下里跃跃欲动，准备开战。忽然，敌阵后面尘土飞扬，太宗就知道是长孙无忌的军兵已经潜伏到敌军的后面，随即命令擂动战鼓，吹起号角，高举大旗，各路大军一同杀入敌阵。高延寿、高惠真仗着人多势盛，正要分兵抵抗。忽然，有一位白袍将军，手中持着一支方天戟，盘旋飞舞，只见戟，不见人，从那一片白光中，杀倒无数的高丽兵。唐军又纷纷跟进，只见高丽兵东倒西歪，阵势大乱，很快就逃得无影无踪，只剩下空荡荡的战场。这一战大获全胜，太宗非常高兴，随即回营。将士们都来报功，一共杀了敌军两万多人。太宗问将士们："朕刚才看到一位白袍将军，冲锋陷阵，非常勇猛，你们快去把他找来。"将士们接到太宗的旨意后，连忙去查询那人。找到那人后，太宗问他姓名，那人伏地说明情况，随即太宗对他表扬了一番，并当面封他为游击将军，并赐给他金帛和骏马。

唐朝全盛时期

在唐军与高丽交战的时候，出现了一位冲在前面的白袍将军，太宗非常欣赏他，于是给他很多赏赐。这位将军就是大名鼎鼎的薛仁贵。薛仁贵家世代住在龙门，主要靠耕种为生，小名叫薛礼，因为后来建功立业，四海名扬，人人叫他薛仁贵。薛仁贵小时候家里很穷，好不容易娶了一个妻子柳氏，小两口勤俭度日，渐渐积了点钱，薛仁贵想要改葬父母，柳氏说道："我觉得夫君体力过人，武艺出众，又有绝世英姿，应该报效国家。如今，天子要东征辽东，正在招求猛将，这是千载难逢的机会，你为什么不去求得功名呢？等你富贵还乡，再风风光光地改葬双亲也不迟啊！"

薛仁贵觉得妻子的话很有道理，于是就去投奔军营。薛仁贵投入将军张士贵部下，刚好碰到郎将刘君邛引兵围剿土匪，被贼人围困，于是，薛仁贵单枪匹马地去救他，把贼人的首级砍下系在马鞍上，其他贼人看到，都非常惧怕，连忙弃械投降，随即，薛仁贵带着刘君邛安然归来。薛仁贵骁勇无比，安市城一战，深得太宗欣赏，从此威名远扬。

高丽将士高延寿和高惠真带着残兵败将，逃到山里躲起来。太宗下命所有军兵围攻，又派长孙无忌拆了山里的桥梁，逼得他们走投无路。高延寿和高惠真进退两难，没办法，只好带着部众投降。太宗从降军中挑选了耨萨、酋长等三千五百名人，让他们迁居内地，其他的都放回了平壤。高丽各城的守军都弃城逃走，只有安市城还在坚守。太宗把北山改名为驻跸山，在石板上刻下当日功绩，并且写信把这个好消息告诉太子及高士廉。

过了几天，太宗率大军来到安市城南边，他指挥各路大军围攻安市城。安市的守军看到太宗亲自督战，竟然放肆辱骂起来，太宗非常震怒。李世勣察觉后，连忙劝慰道："斗大的孤城，不担心攻不下，等到把城攻破后，城中所有男子全都杀掉，这样就可以替陛下泄恨了。"太宗道："朕是想攻打建安城，只要把建安城攻下，安市就在我们掌握之中了。"李世勣道："建安城在南边，安市城在北边，我军的粮饷都在辽东，如果现在越过安市，去攻打建安，倘若敌军截断了我军的粮道，那该怎么办啊？臣的意思是先攻打安市，只要安市一攻下，我军再往前进，这样才能没有后顾之忧啊。"

太宗犹豫了半天，才说道："朕任命爱卿为将帅，当然是相信你的，你一定不要辜负朕的重托啊！"话还没说完，就有两人进来，跪着说："奴才等既然投降大唐，就不敢不为大唐尽心，只愿早为天子立战功，好让奴才早日回去见妻儿。安市城坚兵勇，他们都奋力抗战，不容易一下子攻破。如今奴才等人带着十多万高丽兵来出击唐军，已经溃败，国人听说我们战败了，都非常担心害怕。乌骨城耨萨，老而无用，如果天子攻打乌骨城，很快就能攻破。此外通往平壤路上的小城，不用开战就可以拿下，然后，天子集粮进兵，长驱直入，平壤必定能被攻破。”太宗听了这话，一瞧，发现是投降的高延寿和高惠真。高延寿已被封为鸿胪卿，高惠真也被封为司农卿，两人既然都做了大唐的官员，都想立下战功报效太宗，所以献上这个计策，太宗也非常认同。只是长孙无忌又劝阻道：“天子亲征跟其他人不同，只能百分百安全，不能冒险行事。如今建安、安市两城，军兵不下十万，如果我军进攻乌骨城，后路被敌军截断，那是很危险的。不如我们先拿下安市、建安两城，再往前进军吧！”太宗听了这话，就没有往前继续进军。

各路军兵仍然围攻安市城，李世勣在西南角，用大炮轰破城墙缺口。城中敌军立即竖起木栅栏，堵住缺口，因此唐军一直攻不进去。江夏王李道宗攻打东南角，他指挥军兵在城外堆起一座土山，和城墙一样高。然而敌军也把城墙加高，防御唐军。

内外两军，一攻一守，对峙了好几天，一直没有分出胜负。李道宗脚上受了箭伤，不能走路，就命令副将傅伏爱带兵守住土山，以防敌军突袭。一天，傅伏爱私自离开军营，刚好土山崩塌，压垮敌军城墙几丈远。然而，这时唐军没人指挥下令，不敢进攻，反而被高丽兵从城缺口出来，一阵乱击，将唐军驱散，把土山占去。当时，李道宗正在营中休息，听到这个消息后，急忙跃起，一瘸一拐地找太宗请罪。太宗正因为土山失守的事，非常生气，看到李道宗进来，便瞪着他道：“你犯的是死罪！朕念你在辽东立过战功，暂时饶了你，今后你一定要小心，不要误了战机。”李道宗连忙磕头拜谢。太宗传傅伏爱进来，责备他不遵守军纪导致土山被夺，随即把他推出斩首，之后又攻打了好多天，始终没有攻下。转眼间已是初冬，天气非常寒冷，草枯水冻，军兵和战马不便久留，而且粮食也不够了，于是太宗决定撤兵回朝。撤兵时，太宗在安市城前，对安市城主说：“朕是因为天气寒冷，才暂时撤军的，等来年春天再来亲征。你们想要出兵追击我们，现在是最好的时机了。”城主在城上向太宗拜别。太宗又在马上扬鞭道：“你们今天能把这座城守住了，一直坚持了两个多月，也算是很忠勇。朕特地赐给你们一百匹布，你们可以出城来拿！”说完就命令侍臣拿出一百匹布，放到城下，随即一声号炮，太宗带着大军回京。城中守兵一直不出来，直到唐军走远了，他们才出城把布匹拿去。

太宗渡过辽河，向西归来，天下起了大雪，寒风刺骨，大军还要通过很多沼泽地，非常危险。大军都疲惫不堪，很多人坚持不住，死在途中。太宗这次亲征高丽，一共攻破了十座城池，收得辽、盖、岩三城七万人口，前后三次大战，杀敌四万多人。大唐的军兵也死了二千多人，战马死了百分之八九十。后来，太宗有些后悔，他在途中叹道：“魏征如果还在的话，一定不会让我出征的。”于是，太宗派使臣到魏征墓前祭奠，还重修了魏征的坟墓，并赏赐了魏征的家属。

大军抵达营州，太宗命令将士把在辽东战亡的军兵骨灰，悉数移至柳城东南，并亲自制作祭文祭奠他们，其他的将士都感动地哭了。游击将军薛仁贵随行在太宗跟左右，太宗对他说："朕的部将全都老了，正想找一位智勇双全的将军担任征讨大事，现在正好得到你，朕非常高兴。这次东征虽然没有成功，但是发现了你这样的人才，也是一件高兴的事。"薛仁贵听了这话，连忙叩头谢恩。

不久，从定州来了使臣，说是奉太子之命先来迎接太宗，太子在临榆关内迎接皇上，于是，太宗率领三千人到临榆关和太子碰面。太子手捧皇袍，帮太宗更换旧战袍。原来，太宗出征时，曾指着身上的战袍对太子说："等朕胜利归来见你时，再换下这件战袍。"辽东一战，经过了夏秋两季，战袍已经很破旧了，但是太宗一直坚持没有换。左右随从请太宗换件新的，太宗道："将士们都穿着破旧的衣服，朕怎么能单独换件新的呢？"因此，太宗一直穿着旧的战袍。太宗换了战袍之后，也让官员出钱和布匹，分给将士们和高丽投降的百姓，大家都高兴得欢呼了好几天。

大军西行到定州的时候，太宗得了风寒感冒，使得面容很憔悴，好几天都吃不下饭，而且一会儿感觉冷一会儿感觉热，很是难受。后来，太宗身上还长了疮，更加痛苦。侍中刘洎私下对其他大臣们说："皇上病得这么重，我看很是担忧啊。"很快，有人把这话告诉了太宗，并且还添油加醋地说了其他的坏话，这使得太宗非常恼怒，随即派人把刘洎撤职了，并让他自尽。中书令马周在太宗面前为刘洎说情，太宗不听他的劝谏，就这样刘洎平白无故地冤死了。

不久，太宗的身体渐渐康复，不久就回到京师。有人告发刑部尚书张亮，说他大兴巫术，收养了五百个干儿子，想要阴谋造反。太宗命令马周审理这个案子，张亮说自己是被冤枉的，请皇上念在他以前立了功，相信他是清白的。马周把他的话转述给太宗，太宗道："张亮养这么多干儿子，是想要干什么？不就是为了造反吗？"于是，太宗再召文武百官商议，大臣们都知晓太宗的意思，全都附和他，说张亮有谋反的意图，应该杀掉，只有将作少监李道裕道："张亮想要造反，事实不清楚，不应该判死罪。"太宗不听他的劝告，还是把张亮杀了。后来，太宗非常后悔，就升李道裕为刑部侍郎，并对大臣们说："之前李道裕在张亮一案中，说的是正确的，朕知道自己做了错事，所以让李道裕掌管刑法，希望以后不要发生冤案。"

又过了几个月，到了贞观二十年夏天，高丽王高藏和莫离支盖苏文派使臣到大唐谢罪，并献上两个美女。太宗笑道："他以为朕是吴王夫差吗，要用美女来迷惑朕？"于是，太宗送回了两位美女，准备派兵讨伐。谁知，薛延陀一再来侵犯大唐，于是，太宗将讨伐的高丽事暂时搁置起来，先去讨伐北边。

此前，真珠可汗已经归附大唐，为什么此时又要入侵呢？原来，太宗东征的时候，真珠可汗因病过世。他本来封庶长子曳莽为突利失可汗，统辖东突厥，封嫡子拔灼为肆叶护可汗，统辖西方的薛延陀。曳莽性情暴躁，而拔灼气量狭窄，两兄弟一直不和。真珠可汗一死，曳莽去奔丧，担心拔灼要杀害自己，于是先返回自己的部落。谁知拔灼怀疑他有异动，于是发兵追击，把曳莽杀死了，并自立为颉利俱利薛沙多弥可汗。拔灼听说太宗东征还没有回，就想乘虚袭击河南，结果被右领军大将军执失思力打败，最后兵败逃到碛北。不久，拔灼又侵略夏州，当时太宗已经回京，于是，太宗派江夏王李道宗会同执失思力，调集西北几个州的兵马讨伐贼军。多弥可汗看到大唐有所防备，不敢随便进攻。于是，执失思力会同夏州都督乔师望，带兵出击多弥，多弥骑马逃去，其他的军兵都被唐军俘获，唐军凯旋而归。回纥的很多部落听说多弥打了败仗，也都趁这个机会攻打薛延陀。多弥屡战屡败，国内非常不稳定，到处蠢蠢欲动。可是，多弥还是不肯改过，他亲信小人，打击旧臣，还多次派兵在边境试探。

太宗封江夏王李道宗和左卫大将军阿史那社尔为瀚海安抚大使，又派右领军大将军执失思力统领突厥兵，右骁卫大将军契苾何力统领凉州及胡兵，代州都督薛万彻，营州都督张俭各自率领军兵，分道进攻薛延陀。薛延陀部众都散成一片沙，听说唐军大举进攻，都吓得要死，到处逃散。他们边逃还边喊："天兵到了！"多弥看到人心已散，就知道守不了了，于是带着几千骑兵往西逃去。谁知路上遇到回纥大军，一阵恶战后，多弥全军覆没，自己也在混战中被杀死了。

回纥酋长吐迷度趁这个机会，占据薛延陀。薛延陀还有七万多人口，他们全都跑到西部避难去了。后来，他们推荐真珠可汗的侄子咄摩支为伊特勿失可汗，收回了故土。咄摩支派使臣到大唐交了降书，表示愿意去掉可汗的名号，请求居住在郁督军山北麓。太宗同意他的请求，并派兵部尚书崔敦礼前去慰问。这时候，江夏王李道宗已经带兵攻到碛北，遇到薛延陀的残兵反抗，于是唐军奋力杀敌，最终把薛延陀的残兵一举歼灭。接着，李道宗与薛万彻传檄回纥各部，命令他们归附大唐。回纥、拔野古、同罗、仆骨、多滥葛、思结、阿跌、契苾、奚结、浑、斛薛等十一个部落，全都交了降书，还向大唐贡献了大量财物，并上奏表文，说愿意俯首称臣，归顺大唐。太宗看了表文，非常高兴，于是大摆宴席，并且加封各个部落的酋长。接着，太宗派右领军中郎将安永寿带着使者，跟着各部落使臣一起回去，给各部落酋长颁发印信。随后，铁勒各部落的使臣几千人，陆续觐见，并请求太宗做他们的天可汗，太宗非常高兴。

随即，各部落酋长都到京城来拜见太宗。太宗在芳兰殿大摆宴席款待他们，并且每五天必须会见他们一次。太宗还更改各部落的名称，改回纥部为瀚海府，仆骨为金微府，多滥葛为燕然府，拔野古为幽陵府，同罗为龟林府，思结为卢山府，浑为皋兰州，斛薛为高丽州，奚结为鸡鹿州，阿跌为鸡田州，契苾为榆溪州，思结别部为蹛林州，白霫为寘颜州。所有的部落都各归原来的酋长管辖，封各酋长都督刺史名号，并赏给他们大量的金银布匹及锦袍。各酋长都非常高兴，欢呼万岁。各酋长辞行的那天，太宗亲自到御天成殿，再次大摆宴席为他们送行，并让乐官演奏十部礼乐助兴，真是一个民族团结，欢乐祥和的场面。宴席结束后，各位酋长再次拜谢太宗，并且都说："臣等既然做了大唐的子民，回去以后，一定在回纥以南，突厥以北开辟一条大道，称为参天可汗道。路上设置六十八个驿站，准备马匹和酒肉，来供给来回的使臣们享用。我们愿意每年贡献貂皮，作为这个事情的费用，并请皇上派文人为各个部落书写奏疏。"太宗对他们提出的要求，一一答应，各酋长非常高兴地离开了长安，从此北疆安定。

后来，太宗又设立燕然都护府，统辖瀚海等六府、皋兰等七州，还特地封扬州都督李素立为燕然都护。李素立上任后，恩威并施地招抚当地的部落，非常受当地部落的爱戴。各部落的人都纷纷送牛马来表示感谢，然而李素立却一律不收，只接受他们一杯薄酒，从此他们更加拥护李素立了。

当时是唐朝的一个兴盛时期，四面八方的少数民族都来归顺大唐。每年元旦的时候，经常有上千的部落使臣来朝拜太宗，太宗非常高兴，对大臣们说："汉武帝征战三十多年，也没有看到多大收获，比不上朕以德服人，少数民族的人都来听从朕的教化呢！"大臣们都跟着附和，竖起大拇指赞美太宗。

第二十二回 天竺、龟兹归降

太宗因为北方已平定，于是计划再次东征高丽。他召集大臣们开会，让大家发表意见。大臣都认为高丽依山建城，地势很险要，不容易攻入，不如派一些军兵去反复干扰他们，让高丽人民没法耕种。这样用不了几年，高丽必定田地荒废，人心涣散，那么鸭绿江以北就可以不战而胜了。

太宗觉得这个提议很好，于是封左武卫大将军牛进达为青邱道行军大总管，右武侯将军李海岸为副总管，率一万多人乘船从莱州进入高丽。太宗还封太子詹事李世勣为辽东道行军大总管，右武卫将军孙贰朗为副总管，让他们率领三千精兵从新城道进入高丽，就这样水陆两路并进。李世勣渡过辽河，来到南苏城，高丽兵闭城拒战，被李世勣攻破。李世勣纵火烧毁了外城，内城被守兵扑救过来，才得以保全下来。李世勣连续进攻了好几天，一直没有成功，于是撤军回去。

牛进达、李海岸等人兵分几路进攻高丽，连打好几次胜仗，后来，大军攻破石城，进逼积利城，高丽军兵出城迎战，牛进达等人在海岸指挥军队猛攻，斩首高丽军兵两千人，高丽军兵退回城中，合力死守。牛进达料想难以快速攻破，就航海回来了。李世勣、牛进达回来陆续向太宗复旨。

太宗又想率军向西征讨。西域有个龟兹国，距离京城约有七千里。当年，唐高祖继位时，龟兹国国王苏代勃駃曾遣使臣来祝贺。贞观四年，苏代勃駃的儿子苏代叠又来进贡过名马。后来，龟兹国向西突厥称臣，不再向大唐朝贡。苏代叠死后，弟弟诃黎失布毕继位，听说西突厥已经归附大唐，就不敢不向大唐朝贡，于是也派使臣献来贡品求和。太宗恨他多年不把大唐放在眼里，于是对来使非常不客气，还打算派兵去征讨。大臣们都不敢说话，但是，却有一位宫中才女，忧心国是，写了一篇奏疏给太宗。上面写着：

臣妾徐惠上言，妾闻以力服人，不如以德服人。盖以德服人者，逸而顺，以力服人者，劳且逆也。今陛下既东征高丽，复欲西讨龟兹，捐有尽之农功，填无穷之巨浪，图未获之他众，丧已成之我军，妾窃疑之。昔秦皇并吞六国，反速危亡之基，晋武奄有三方，反成覆败之业，岂非矜功恃大，弃德轻邦，图利忘危，肆情纵欲之所致乎？是故地广者，非常安之术也，人劳者，乃易乱之源也。妾充役后宫，何敢与闻外政？但心所谓危，不敢不告，宁贻越俎之诛，勿蹈噬脐之悔。伏愿陛下俯察迩言，息事宁人，以安天下，则不胜幸甚！

太宗看完这份奏疏后，不禁赞叹道："这是一份宝贵的奏疏，有了它，我就不发兵了。"这位才女名叫徐惠，据说，她五个月的时候就会说话，四岁的时候就读得懂《论语》《诗经》，八岁就能文，十岁以后就很有才华。她被太宗选进宫后，刚开始封为才人，后来又被封为充容。太宗非常欣赏她的才华和见解，所以，看完奏疏后就听从她的劝告，把西征的事暂时放一边。

后来，太宗接到薛万彻军报，说大军已经渡过鸭绿江，击破了高丽的防兵，杀了敌军头目很多人。太宗听了这个消息，非常高兴，连忙飞书召他们回来休息。

接着，太宗派右卫长史王玄策出使天竺。天竺就是现在的印度国，分东、西、南、北、中五大区，信仰佛教。唐朝初年，中天竺王尸罗逸多，非常善于打仗，几乎每次打仗都获胜，因此，他征服了其余的四个天竺分区。到了贞观年间，大唐僧人玄奘去天竺求取佛经，见到了尸罗逸多。尸罗逸多问玄奘道："听说贵国有一位了不起的皇帝，你能为我讲讲他的事情吗？"玄奘就大概地讲了太宗的神武事迹，以及平定祸乱，降服四夷的情景。尸罗逸多兴奋地说："听你这么一说，我真的好想当面见一见你们的皇上。"于是，尸罗逸多非常优厚地招待玄奘，并让他在全国游历。玄奘共收集到经书六百五十多部，然后返回大唐。尸罗逸多特地派使臣跟着玄奘来到大唐，拜见太宗，还递交了表文。表文上尸罗逸多自称摩迦陀王。太宗翻看表文，但是看不懂他们的文字，于是，玄奘当翻译，把表文说给太宗听。通过玄奘的翻译，太宗了解到尸罗逸多是想表达自己的善意。于是，太宗也派云骑梁怀儆，持符节去天竺慰问。尸罗逸多对国人说道："从古到今，曾有摩诃震旦的使臣来我国吗？"国人都回答说没有。尸罗逸多道："中国就是摩诃震旦。现在派使臣到我国，我们应当出去迎接。"于是，尸罗逸多带着国人在城外恭迎大唐的使臣。后来，尸罗逸多还派使臣跟着梁怀儆入大唐，贡献火珠、郁金和菩提树等礼品，太宗也重重赏赐来使，并送他回天竺。太宗又让玄奘翻译佛经，玄奘就和自己的几十个徒弟，认真翻译经文。他们一共翻译了佛经七十五部，总计一千三百三十五卷。

到了贞观二十二年，尸罗逸多去世了，国内大乱，遗臣阿罗那顺自立为主。大唐不知道发生了什么事情，只是见天竺国多年没有消息，就派王玄策、蒋师仁到天竺访问。两人刚到天竺境内，阿罗那顺竟然发兵来攻击他们。王玄策只带了几十个人，怎么能抵挡得了啊！在随从的奋勇拼杀下，王玄策、蒋师仁两人才得以逃到吐蕃，只是随从全都被杀害，片甲不留。

吐蕃的松赞干布当时已经跟大唐结亲，他听说大唐使臣被天竺袭击，于是就派一千多军兵去救援。王玄策召集临近的部落一同讨伐天竺，泥婆罗国也派了七千多军兵来参战。王玄策和蒋师仁领兵出击，一路兼程南下，直抵茶鏄和罗城。他们猛攻了三个月，登上城墙，天竺兵守不住，纷纷开城逃跑，但还是被王玄策等人带兵追击，杀死了三千人，还有一大半人淹死江中。王玄策等乘胜杀进中天竺，阿罗那顺弃城向东逃去，向东天竺求援，又收集散兵来攻打王玄策。王玄策让蒋师仁为先锋，自己作为后应，与阿罗那顺对阵交战。阿罗那顺打仗不懂得运用兵法，只知道一味地蛮斗，蒋师仁就用了一条埋伏计，把他引进埋伏圈，随即把阿罗那顺团团围住。阿罗那顺顿时上天无路，入地无门，只好束手受缚。其余的天竺兵有的被杀，但大部分投降了。阿罗那顺的妻子居住在乾陀卫，拥有军兵一万多人，还在据险坚守。蒋师仁率军进攻，天竺守兵又大败，阿罗那顺的妻子和儿女都被蒋师仁活捉了。于是，乾陀卫远近的城邑全都归顺过来，唐军一共得到了五百八十多座城池。

东天竺王尸鸠摩也非常惶恐，连忙送来三万头牛马和弓刀璎珞等物品来犒劳唐军。王玄策和蒋师仁这才撤军，并押着阿罗那顺等人凯旋回京。太宗非常高兴，封王玄策为朝散大夫。太宗还召阿罗那顺入朝，责备他攻击唐使，最后，太宗广施恩德，免了他的死罪。

阿罗那顺身边有个人他叫作那逻迩娑婆寐，说是已经有两百多岁了，但是鹤发童颜，外表看起来像个小孩一样，非常令人吃惊。太宗感到很惊讶，问道：“你有什么法术能这么长寿，还不老吗？”逻迩娑婆寐回答，道：“奴才向来信奉道教，得教祖老子真传，经常炼丹服药，所以能长生不老。”太宗听到老子二字，就更加客气地款待他，让他改居招待贵宾的使馆，专门炼丹供自己服用。而且，太宗晚年比较好色，时常觉得自己精力不够，不能逐一临幸后宫妃嫔。现在正好碰着这个方士，太宗觉得真是意外的机缘。古时的秦始皇和汉武帝都想长生不老，活过千年，做个彭祖第二，所以请神医，采仙药，不但没效果，而且死得更快。太宗是个聪明绝顶的君主，不料也被对长生不来着了魔。从此，太宗天天服用丹药，精神非常旺盛，今天翠微宫，明天玉华宫，名义上是休息，实际上是和妃嫔逍遥快活，结果把自己的身体都掏空了。

太宗心爱的王妃杨氏和曾为隋炀帝皇后的萧氏，前后过世了。这两人是太宗的老相好，她们死了，太宗非常伤心。谁知，伤感还没过去，突然，有人告诉太宗，说是天象大变，太白星多次在白天出现，太史官一占卦，说是预示将会有女皇帝出现。民间又流传说：“唐朝三代以后，将有姓武的女人当皇帝，坐拥天下。”这些话传到太宗耳里，太宗感到很心烦，心里想着，武卫将军李君羡，小字五娘，李君羡是个男子，为什么会取个女人的名字呢？并且他是武安人，又被封为武连县公，处处带着武字，莫非说的就是这个人？于是，太宗把李君羡调出京城，出任华州刺史，接着让御史诬告他图谋不轨，随即太宗颁下一道诏谕，把他处死。太宗还不放心，又暗中问太史李淳风道：“那传言到底是真的还是假的啊？”李淳风答道：“臣仰观天象，了解到这人已经在宫中，从今天开始，不出三十年，这女子定能称王，得天下。陛下的子孙，恐怕会被她陷害。”

太宗大惊，说道：“如果真有这样的事，朕就查遍整个皇宫，无论是与不是，只要有可疑的，一律杀死，永除后患。”李淳风道：“天数已定，人不违抗，古话说王者不死，皇上杀了她也没用。而且，从现在起算，到了三十年后，这个人已经老了，或许还能仁慈些，不至于造太大的祸。现在别说不能杀她，就算是把她杀死，说不定上天再生出一个更厉害的人物，到时候恐怕更加狠毒，那么皇上的子孙怕是真要被她赶尽杀绝了。”太宗听了这话，感到很无奈，只好把这件事搁置起来。其实，娇娇滴滴的武媚娘，每天都在旁边服侍太宗，难道太宗就一点都不晓得她姓武，没有怀疑过吗？这其实是太宗太好色了，舍不得下手而已。

太宗平了天竺后，想再次东征高丽。于是今日造战舰，明日备兵粮，打算发动三十万军兵，一举荡平高丽。计划还没定下来，太宗来到玉华宫，让房玄龄守京师。当时，房玄龄已经七十一岁了，年老多病，太宗让他躺着治病。后来，房玄龄的病越来越重，于是，太宗让他搬到玉华宫居住，方便商议政事。房玄龄知道自己活不了多久，于是对儿子说："我受皇上厚恩，无以为报。听说皇上要东征，大家不敢劝阻，我如果再不劝，就是死了也是有罪的。"房玄龄拿不了笔，用嘴口述，让儿子书写，呈给太宗。表文写着：

臣闻老氏有言："知足不辱，知止不殆。"今陛下威名功烈，既云足矣，拓地开疆，亦可止矣。边夷丑种，不足待以仁义。责以重礼，古者以禽鱼畜之，必绝其类，恐兽穷则攫，鸟穷则啄，甚非计也。且陛下每决一重囚，必令三复五奏，进蔬食，停音乐者，以人命之重为感动也，今士无一罪，驱之行阵之间，委之锋镝之下，使肝脑涂地，独不足愍乎？向使高丽违失臣节，诛之可也；侵扰百姓，灭之可也；他日能为中国患，除之可也。今无是三者，而坐敝中国，徒欲为旧王雪耻，为新罗报仇，非所存者小，所损者大乎？臣愿下沛然之诏，许高丽自新，焚凌波之船，罢应募之众，自然华夷庆赖，远肃迩安。臣旦夕入地，倘蒙录此哀鸣，死且不朽矣！谨表。

太宗看完房玄龄的谏文后，非常感动。太宗的女儿高阳公主是房玄龄的二媳妇，刚好碰到公主回宫，太宗对她说："你公公病得这么重，还担心国家安危，真是忠臣啊！"于是，太宗亲自去看他，并拉着房玄龄的手告别，悲痛欲绝，太宗还叫太子去探望房玄龄，又封房玄龄的儿子房遗爱为右卫中郎将，房遗则为朝议大夫。第二天，房玄龄去世，太宗追封他为太尉，谥号文昭公，陪葬于昭陵。只是，房玄龄临终的奏疏虽然情真意切，但是没能改变太宗东征的主意。

太宗一边准备东征，一边还要西讨龟兹。他封番将阿史那社尔为昆邱道行军大总管，契苾何力为副将，连同安西都护郭孝恪，司农卿杨弘礼，左武卫将军李海岸，带领铁勒十三部番兵，共十万军兵，向西征讨龟兹。阿史那社尔带兵出焉耆，来到龟兹北境。焉耆国王阿那支本来跟龟兹联盟，听说唐军入了境，被吓得弃城逃去，来到龟兹。阿史那社尔兵分五路追击，逼得阿那支无路可走，最终被唐军捉住，斩首示众。龟兹吓坏了，各部落的酋长全都逃跑，唐军长驱直入，就像进入无人之地。唐军开到碛石，距离龟兹王城还有三百里，阿史那社尔让伊州刺史韩威先行，右骑卫将军曹继叔跟进，各率数千骑兵。龟兹国王诃黎布失毕，带着大将羯猎颠和部众五万人，前来迎战。韩威手下不过一千多人，担心寡不敌众，于是想出一条诱敌计，还没开始开战就逃走。诃黎布失毕藐视唐军，连忙带军追击，一连追了好几里，突然听到一声炮响，杀出一支人马，拦住去路，这是唐将曹继叔率领的军兵，诃黎布失毕看到大唐有援军，才知道中了诱敌计。他起初看唐军这么少，就放胆进军，谁知路上遇到曹继叔一军，又怀疑他有更多的埋伏，于是急切地想要退避，当下立即策马返奔，部众很快溃散。唐将韩威、曹继叔两人合军追击，一直追了八十多里，杀了很多敌军。诃黎布失毕兵败回城，唐军随即接踵到了城下，大总管阿史那社尔又率军赶到，吓得诃黎布失毕魂飞魄散，左思右想，无计可施，只好带着国相那利、大将羯猎颠冲出西门，逃到保拨换城。阿史那社尔留下郭孝恪守城，自己率领大军追击诃黎布失毕，到了保拨换城下，立即指挥军兵围攻。那利和羯猎颠多次率军出城突围，都被唐军击退。

一天半夜，那利带兵袭击唐营。阿史那社尔早就有防备，指挥军兵杀出，那利趁着月黑无光，慌忙向西逃去，不再回城。城中失去那利主帅，军心不稳，阿史那社尔乘势攻入，诃黎布失毕和羯猎颠来不及逃跑，一同被活捉。

正在唐军庆贺的时候，传来郭孝恪的急报，那利领着西突厥的军兵和自己的残兵一万多人攻城，情况非常危急，恳请火速增援。阿史那社尔立即派韩威、曹继叔两军，去救郭孝恪。韩威、曹继叔两军到达都城时，城已经被攻陷，郭孝恪牺牲了，只有仓部郎中崔义起还率领着守兵，在城内巷战。韩威先率军杀入，曹继叔随即跟进，两军如狼似虎，英勇无比，把敌军一阵狂杀。那利看到情势不对，慌忙出城逃走。曹继叔眼明手快，连忙指挥军兵，紧紧地追着那利。那利没命地乱跑，所有手下残兵都被唐军一路砍杀，已经死的差不多，他也无暇顾及，只顾着自己向大山深谷中跑去。曹继叔一边追一边喊道："番贼哪里逃！你以为绕道袭击我守军是上策，偏偏碰到我曹将军手里，你就是上天入地，我也要把你生擒活捉！"说到这里，曹继叔从弓袋中取出弓箭，射了过去，只听飕的一声，正中那利的后颈。那利疼痛难忍，从马上摔下。部众逃命要紧，也不敢去救他，唐军赶到，随即把他活捉了。曹继叔得胜回城，阿史那社尔也率军跟着回来，远近的小城，一共有七百多座，都来归降，西突厥、安西等国全都望风投降，并且送钱送粮，来犒劳唐军。阿史那社尔立诃黎布失毕的弟弟叶护为龟兹王，并把唐军征讨的功劳刻在石板上，凯旋回朝。

太宗在紫宸殿接受俘虏，诃黎布失毕、那利、羯猎巅三人连忙叩头谢罪。太宗赦免了他们的罪，并封诃黎布失毕为左武卫中郎将，诃黎布失毕等人谢恩退出。太宗对大臣们说："龟兹现在被平定了，只有突厥车鼻可汗不肯归顺，朕还要派兵去征讨。"大群们说："现在正是冬天，北方十分寒冷，不便打仗，等着春暖花开的时候，我们再去攻打，也不迟啊！"太宗同意他们的说法。

转眼间到了贞观二十三年，冬天过去，春天来到，太宗派右骁卫郎将高侃率领回纥、仆骨等各部的番众，去征讨突厥车鼻可汗。

一代圣主唐太宗辞世

突厥的车鼻可汗，原名叫斛勒，本是跟突厥同族，被族人称为小可汗。颉利兵败后，突厥的余众想要拥立他为大可汗。当时，薛延陀非常盛强，车鼻不敢自称为可汗，率领部众投降薛延陀。薛延陀觉得车鼻本身是贵族，而且有勇有谋，大家都很拥护他，担心将来成祸患，于是决定先下手为强，想要杀死他。谁知被车鼻知晓，于是车鼻秘密逃走了。薛延陀发兵追捕，反被车鼻打败。车鼻就在金山北面一带，建营设帐，自称乙注车鼻可汗，随即招兵买马，筹集了三万军兵。他经常率军侵扰薛延陀境内，后来薛延陀被大唐攻破，车鼻就更加嚣张，还派儿子沙钵罗特勒向大唐进贡礼品。太宗让沙钵罗回去，并下令郭广敬将军率军北征，让车鼻亲自入朝觐见。车鼻对郭广敬将军非常客气，并且跟郭广敬约好日期入朝觐见。等到郭广敬还朝复命，车鼻竟然过期不来。太宗又下诏责问他为什么不来，车鼻竟然置之不理。于是，太宗封高侃为行军总管，让他调集铁勒各部的番兵，去攻击车鼻可汗，高侃随即启程。

一天，太宗像往常一样，退朝回宫，忽然感到身体不适，头晕眼花，有些支持不住。于是卧到龙床，休养精神。哪知，到了晚上，太宗更加难受，连忙叫来太医诊治，太医出了方子，但是没有什么效果。到了第二天，病情更加严重，太宗竟然不能起床，只好传出诏旨，让皇太子到金掖门听政。太子听政完毕，就来看望太宗。正好，武媚娘在太宗的病榻前伺候，见太子进来，便向太子行礼。太子平时没怎么注意到她，今天仔细一瞧，觉得她真是沉鱼落雁，闭月羞花，非常好看。而且，武媚娘身材非常袅娜，模样也很轻柔，口中呼出“殿下”二字，已是把太子的魂儿勾去。等到武媚娘礼毕起身，太子这才勉强安定心神，暗地里想着：“我以前看到她的时候，没有觉得她这么好看啊。如今落得更加妖艳了。我父皇年过半百，还有这么年轻貌美的人儿陪着，难怪会生病的。”

太子一边想，一边来到太宗床前，询问病情。太宗道：“我以为服用了天竺神医的丹药，就会永远健康长寿，谁知后来渐渐失效，现在神医也走了，看来我是活不了多久了。”说到这里，太宗感到非常凄凉和不舍。太子说道：“父皇是小病，只要服用几服药就会好的，不用太过担心。”太宗道：“朕从小就带兵打仗，身经百战才创下这份基业。如今天下太平，八方来朝，朕的梦想已经实现，死而无憾了。只是，现在朝中的功臣大多不在，就是活着的功臣也都年老体迈，只有李世勣一人，朕是为你着急啊。”太子说道：“李世勣是非常忠诚，可惜他年纪太老了。”太宗道：“李世勣虽然老了，但是身体还是非常强健的，而且这个人才智出众，朕一直对他另眼相看，应该不会辜负朕。只是你对他没什么恩，将来他未必为你效力啊！”太子听了这话，一直沉默不说话。太宗说了几句话就让太子退去了。太子退出，就看到武媚娘，从此，太子的心中就一直惦记着她。

谁知太宗一病病了两个月，太子每天借口去看望太宗，其实是去看武媚娘。武媚娘也会心的与太子眉来眼去，使得太子更加春心荡漾。经过精心的调治，太宗的病一天一天好转，可是他经不起色诱，在翠微宫住了几天，回来后又面色枯黄。太宗自知情况不妙，于是将太子詹事李世勣，出调为叠州都督。李世勣为人老成练达，一接到通知，就立即拜别太宗，连家都没回，简单地带着行囊上任去了。当时朝廷的大臣们都知道，太宗一直非常优待李世勣。以前，李世勣生病了，太宗还亲自给他喂药，剪下自己的头发给他调配药物。李世勣喝醉了，太宗把自己的衣服盖在他身上，这样的种种关心爱护，远远超出他人。大家都以为李世勣是因为这个才立马出行的。其实，李世勣早就看穿了皇上的心思，知道此次太宗调走他，肯定另有深意，所以立刻就走了，没有逗留。果然，李世勣去后，太宗就对太子道：“朕这时派李世勣外任，就是为你打算。如果他犹豫不决，朕就可以说他抗旨不遵，将他处死。你看他一接到通知，就立即出行，忠心可嘉。我死后，你可以升任他为仆射，他一定会尽力辅佐你，你一定要切记啊！”太子连忙答应。

李世勣外调不久，卫国公李靖就病死了。李靖自从打败了吐谷浑后，因为被人诬告，又担心自己功高盖主，所以闭门谢客，不问政事。太宗东征的时候，召李靖来商议，想要封他为统帅，但见他老态龙钟，于是改任李世勣为统帅。后来，李靖已经七十九岁了，身体很差，一天不如一天。太宗亲自去探望他，流着泪对他道：“爱卿是朕多年的老朋友，一生为国操劳，曾经立下汗马功劳，我就是死了也不会忘记的。”太宗回宫后不久，李靖就过世了。太宗辍朝哀悼，追封李靖为司徒，谥号景武。

自从李靖死后，太宗仍然到翠微宫玩乐。忽然，太宗得了痢疾，肚子疼痛难忍，想要拉却拉不出来，非常痛苦，不久，病情就越来越严重。太子李治进宫侍候，他日夜守候，武媚娘也在床前端茶送药。时间久了，两人眉来眼去，调笑得非常亲热。

一次，太宗昏昏睡着了，武媚娘见太子头上有几根白头发，就笑着说：“殿下年纪这么年轻，为什么会生出白发呢？”太子惊诧道：“果真有白发吗？难道是我老了不成？”武媚娘微笑道：“想是殿下太过操劳，所以才会生出白发，殿下真是仁孝啊！”太子道：“也并不是都是操劳的结果，你可知我的心意吗？”武媚娘瞅了一眼，正要回答，见有侍女进来，便掉头对侍女道：“皇上正在熟睡，你们不要声张，我去去就来，”说着，武媚娘竟然起身到外面去了。太子也趁这机会，溜了出去，跟着武媚娘来到她的卧室中。媚娘故意娇嗔地喊道：“殿下怎么降低自己尊贵的身份，来到臣妾的这里呢？”太子道：“还不是因为想你，所以才生了白发，你应该可怜我啊。”武媚娘听了这话，非常高兴，两人又是一番云雨去了。

过了两三天后，太宗的病情更加严重。他突然对武媚娘说：“朕自从患痢疾以来，一直治病吃药，却没有什么效果，反而病情越来越严重，看来是治不好了。你跟朕多年，朕不忍心丢下你，你想过吗？朕死后你有什么打算？”武媚娘非常聪明，当即跪下道：“臣妾蒙圣上隆恩，本该一死报恩，但皇上的身体不一定不能治好，我也不敢立即去死，臣妾愿意削发为尼，吃斋念佛，为皇上祈求长生，来报答皇上的恩宠。”太宗听了这话，连忙答道：“好！好！你既然有这个想法，今天就可以出宫，省的朕为你操心了。”武媚娘拜谢离去。

听到武媚娘要去当尼姑，太子顿时感觉晴天霹雳。突然，太宗自言自语地说：“武氏应着民间的预言，我想把她赐死，但实在不忍心。好在她自愿削发为尼，天下没有尼姑做皇帝的，这样就是我死了也安心了。”接着，太宗又对太子道：“你去叫长孙无忌、褚遂良进来。”太子听了这话，连忙出去，让太监去叫长孙无忌和褚遂良，自己忙着跑到武媚娘的卧室，跟她告别。看到武媚娘在收拾东西，太子哭着说：“你甘心撇下我么？”武媚娘道：“皇命难违，只好去了。”说到“了”字，武媚娘已经是泪下如雨，语不成声。太子也含泪道：“你怎么会自愿削发为尼呢？”武媚娘道：“如果不这么说，恐怕臣妾就要被杀掉了。”太子暗暗点头。媚娘又接着道：“殿下如果真的想臣妾，臣妾愿意等待殿下。只怕将来有一天，殿下当上皇帝，后宫佳丽美不胜数，会把我抛到九霄云外去的。”说到这里，武媚娘扑簌簌地流下泪来。太子用手指着天，发誓道：“我如果辜负你，不得好死。”武媚娘连忙用手捂住太子地嘴说：“殿下的情谊，我已经心领了，但求一件信物作为纪念。”太子随即从腰间解下一个九龙玉佩，递给武媚娘。武媚娘刚接到手里，就有宫女跑进来说：“万岁爷传召殿下，请殿下快去接旨！”太子听了，也顾不得跟武媚娘诀别，只说了“后会有期，务宜保重”两句话，就急急忙忙地跑到太宗的寝宫了。

刚进门，就听到太宗说：“太子仁孝，你们要好好辅佐他，不要辜负我的一片苦心！”两人异口同声地回答：“遵旨”。太子进来向两人行了礼，站在一旁。太宗对太子说：“长孙无忌和褚遂良两位爱卿辅佐你治理国家，你就不用担忧了。”太宗又对褚遂良道：“长孙无忌这么多年一直对朕忠心耿耿，朕打天下的时候，他就多次立下战功。朕死后，你一定要防小人挑拨离间，诬陷忠良。”随后，太宗又传来太监问道：“武才人已经出宫了吗？你去传旨，叫她快点出宫，不必再来见朕。”太监领旨而去。太宗又感觉肚子疼痛地要命，一会儿就疼晕过去，好不容易才醒了过来。

太宗让褚遂良代写遗诏，然后又把各位妃嫔和太子妃王氏，一并叫来见最后一面。褚遂良写好了遗诏，呈上给太宗过目。太宗大概看了一下，就交给长孙无忌。然后握着太子的手，指着太子妃，对长孙无忌和褚遂良道：“朕的儿子和儿媳就托付给你们了。”太宗还想再多说几句话，已经说不出了。没过一会儿，太宗就走了。一代圣主，就这样过世了，享年五十三岁。

当时，所有人正要放声哀悼，长孙无忌摇手道：“等等！”太子问为什么不行。长孙无忌道：“这里是行宫，不便治丧，请太子殿下立即还朝，召集文武百官奉迎先帝，这才合乎礼法。”褚遂良也赞成。于是，太子离开翠微宫，回到大内。长孙无忌，褚遂良把太宗的遗体用车装着，运回大内，由太子率领文武百官迎上大殿，宣读遗诏，然后发丧。

太子停止了东征，举国哀悼太宗，几百名各国使臣也都哭着参加葬礼。唐太宗在位二十三年，文治武略卓越，是中国历史上一位威德兼备的圣主，他的很多治国安邦的事迹都被后人传为千古美谈。

太子李治继承皇位，大赦天下，文武百官各升官阶一级。史家因他后来庙号叫作高宗，所以称他为高宗皇帝。高宗封长孙无忌为太尉，召李世勣回京，封他为开府仪同三司。不久，高宗又加封李世勣为左仆射，晋为司空，遵从了太宗的遗命。太宗名叫李世民，过世后，“世民”两字都不能提。李世勣就把世字除掉，叫作李勣。太宗于贞观二十三年五月驾崩，八月安葬在昭陵。番将阿史那社尔和契苾何力，因为受太宗的恩遇，请求殉葬，高宗不同意。后来，高宗命人用石头雕刻了被大唐征服的各国君王的石像，一共十四尊，陪列在太宗的陵墓旁边。

第二年，高宗改年号为永徽，立太子妃王氏为皇后。皇后是并州祁县人，是同安长公主的侄孙女。同安长公主觉得王氏为人贤良淑德，就告诉太宗，于是太宗就把她娶来当儿媳妇。王氏的父亲叫王仁祐，因为女儿的关系，被封为陈州刺史。高宗即位后，王氏被封为皇后，王仁祐就被封为魏国公，母亲柳氏被封为魏国夫人。高宗加封褚遂良为河南郡公，让他和长孙无忌共同辅政朝政。另外，高宗封礼部尚书于志宁为侍中，太子少詹事张行成兼任侍中，右庶子高季辅兼任中书令。高宗每天带着十个刺史上朝，询问百姓的疾苦，商议国家大事。永徽初期的大唐，繁荣昌盛，国泰民安，颇有贞观的样子，到了秋季，高宗又接到右骁卫郎将高侃的捷书，说是已经捉住了突厥车鼻可汗。大臣们都来庆贺。

原来，高侃受太宗之命出征，到了阿息山，车鼻可汗征召各部军兵，来抵抗唐军，谁知没有一个部落的军兵来。车鼻孤掌难鸣，只好带了几百名骑兵仓皇逃去。高侃带兵猛追，一直追到金山。这时候，车鼻的骑兵，大都被驱散，只剩下车鼻一人，被唐军活捉回来，当下奏凯还朝。高宗也想效法父亲，于是赦免了车鼻的罪，封他为左武卫将军，且命令突厥的残余部众仍然待在郁督山下，特设狼山都督府，统辖蕃部，封高侃为卫将军，设置单于、瀚海二都护府。单于设三都督，分领十四州，瀚海设七都督，分领八州，各以原有的部落酋长为都督、刺史。从此，东突厥的各个部落全都向大唐称臣了。

但是，西突厥已经投降的几个部落再次叛变。高宗派左武侯大将军梁建方，封右骁卫大将军契苾何力为弓月道行军总管，右骁卫将军高德逸为主帅，封右武侯将军萨孤吴仁为副将，让他们率领三万军兵，加上回纥的五万军兵，一同讨伐西突厥。唐军活捉了处月部酋长朱邪孤注，梁建方下令把朱邪孤注斩首示众。唐军正准备乘胜追击，突然接到朝廷的旨意，让梁建方等人火速回朝，梁建方不敢违抗圣旨，只好带兵回京。

原来，房玄龄的次子房遗爱和妻子高阳公主，想要谋反。高阳公主向来被太宗宠爱，和房遗爱结婚后，古话说疼儿连媳，疼女连郎，所以房遗爱也很得宠。房遗爱的兄弟房遗直，早年被封为银青光禄大夫，权力非常大。公主嫉妒他，等公公死后，公主就唆使房遗爱在太宗面前诬陷房遗直。太宗调查真相后，就把高阳公主痛骂了一顿，从此，公主内心很恨太宗。有一次，房遗爱带着公主去打猎，到一座寺院休息。寺中有个叫辩机僧人，长得非常英俊，又会讨人开心，并且请公主在寺里留宿。公主竟然跟辩机勾搭在一起，她另外找了两位美女陪房遗爱。房遗爱得了两个美人，自然是非常高兴，也不管公主。公主更是乐得与辩机勾搭，公然地出双入对，像夫妻一样。后来，公主与辩机的事情泄露，太宗觉得很没面子，就下令把辩机斩首，另外把公主身边的十多个奴婢全部杀死。公主一点悔意都没有，反而更加怨恨太宗不近人情，杀死了她心爱的情夫。太宗去世的时候，高阳公主虽然参加了葬礼，但是她没有一点悲伤的表情，太宗死后，高阳公主更加放纵，很多男人都借着谈仙说鬼为名，出入公主的府邸，就连治病的医生公主也不放过，荒唐事传得人尽皆知。后来，高阳公主害怕东窗事发，惹来祸端，就唆使房遗爱，勾结薛万彻、柴令武等人，打算立荆王李元景为帝，废去高宗。薛万彻曾娶了高祖的女儿丹阳公主为妻，柴令武是柴绍的儿子，也娶了太宗的女儿巴陵公主为妻。两人都是驸马都尉，因为与高宗的关系不好，所以就和房遗爱合谋。荆王李元景是高祖的第七个儿子，听说他们想要拥他当皇帝，也就随声附和。房遗直知道后，担心自己受到牵连，于是暗中告知了长孙无忌，长孙无忌把这事告知了高宗，高宗就命令长孙无忌审理此案。高阳公主知道是房遗直告密，于是派人去诬告房遗直，说他要谋反。长孙无忌查明真相，房遗直没有谋反，谋反的是房遗爱、高阳公主、薛万彻、柴令武等人，随即把他们押入大牢，依法处死。

武昭仪狠心杀女儿

房遗爱及公主等谋反的罪状证据确凿，长孙无忌把案件的审理结果上报高宗，高宗这时候也顾不得什么手足私情，随即下令逮捕房遗爱下狱，然后再让长孙无忌审讯。房遗爱是个贪生怕死的人，一上刑具，就把同谋供了出来。长孙无忌冷笑道："我想与你同谋恐怕不止这些人吧！"房遗爱答道"没有了。"长孙无忌道："荆王李元景地位低微，都想当皇帝，难道吴王李恪等人就没有参加吗？我劝你老实供招，如果有人主使，你可减轻罪行，何必跟着别人去死呢！"遗爱听了这话，还以为是长孙无忌替他帮忙，教他牵出吴王李恪，就好免除死罪，因此随口承认，说吴王李恪也参与了谋反，谁知刚好中了长孙无忌的诡计。

原来，以前太宗在世时，因为李承乾被废，太宗开始打算立魏王李泰，后来又要立吴王李恪，这都被长孙无忌阻止，因此，高宗才得以继位。过后，魏王李泰被贬到均州，到贞观季年，才被晋封为濮王。高宗即位后，下令让李泰开府置官，没过多久，李泰就病死了。吴王李恪文武双全，威望很高，高宗封他为司空，兼任梁州都督。长孙无忌担心李恪得势报复自己，就打算先下手为强，于是借刀杀人，置他于死地。现在有了房遗爱的供词，李恪受牵连，立即被打入大牢。

长孙无忌向高宗呈上卷宗，房遗爱、薛万彻、柴令武及荆王李元景、吴王李恪等人按照大唐的法律，当斩。高阳公主、巴陵公主也该赐死。高宗看了卷宗，对大臣们说："房遗爱等人罪该万死，但他们都是我的亲人，可不可以免除他们的死罪？"兵部侍郎崔敦礼抗议，道："陛下虽然仁慈，但这毕竟是谋反罪，如果不杀他们，今后如何立法呢？"高宗长叹了几声，只好同意处死他们。李恪临死前大声喊道："长孙无忌，你丧心病狂，陷害忠良！如果李氏祖宗有灵，一定会灭你九族的，一定不会让你作威作福的！"长孙无忌等人还不肯罢休，把江夏王李道宗、执失思力、宇文节等人全部牵扯进来，发配边关。房遗直因为父亲忠诚，自己没有参与进来，所以免了死罪，被贬为铜陵尉。

高宗继位三年，因王皇后没有生出儿子，于是太子之位一直空着，高宗很是郁闷。后宫刘氏生了个儿子，名叫李忠，刘氏地位微贱，她的儿子如果被立为太子，一定跟皇后亲近，于是，王皇后的母舅柳奭与褚遂良、韩瑗、长孙无忌、于志宁等人经过商量，请求立李忠为皇太子。高宗同意，行了立储的礼仪，并让王皇后抚养李忠，王皇后很满意。

但是，后宫有一位萧良娣，长得挺漂亮，非常受高宗的喜爱，被封为萧淑妃，萧淑妃生了个儿子，叫李素节，因为母亲很得宠，李素节于是被封为雍王。王皇后非常妒忌萧淑妃，经常在高宗面前说萧淑妃母子的坏话。然而，这个萧淑妃也不是个软柿子，怎么能忍受得了，免不了对王皇后反唇相讥。高宗既不便袒护王皇后，也不便袒护萧淑妃，左右为难。于是，高宗索性不管她们两人，自己去找心上人了。

一天，正是太宗去世三周年的忌日，高宗亲自到佛寺去上香。他并不是迷信佛法，亲自去祭奠太宗，其实是为了去找武媚娘。武媚娘自从出宫后，就来到白马寺。她剪去头发，刚开始还能安心念佛，可是时间一长，武媚娘就和寺中的和尚冯小宝勾搭在一起。冯小宝这个人身材魁梧，相貌英俊，所以武媚娘很喜欢他。

武媚娘听说皇上要来，心想高宗肯定是来见自己的，于是精心打扮一番，出门迎接。果然，高宗看到武媚娘还是那么迷人，不禁怜爱之心涌上心头。高宗匆匆上过香后，就让侍卫在外面等候，自己拉着武媚娘进了禅房。两人互诉三年间的相思之苦，泪流面面，难舍难分。临走前，高宗承诺让武媚娘留起头发，自己一定早日召她回宫。

高宗回宫后，竟得了相思病。他茶不思，饭不想，天天惦记着武媚娘。王皇后看到高宗这个样子，便问高宗是怎么回事。高宗就把实话告诉了她，谁知，王皇后不但没有阻止，反而请高宗赶快把武媚娘招进宫中。

原来，高宗一直宠着萧淑妃，王皇后总是吃她的醋，所以，王皇后就想只要武媚娘进了宫，萧淑妃必然失宠，对方多一个敌人，自己多一个帮手，多好啊！高宗看到王皇后是这样赞同的态度，心里非常高兴，于是隔三岔五地派内侍去探望武媚娘，看她头发长了多少。说也奇怪，武媚娘的头发也争气，长得非常快，没多久就长出了一头的乌发。武媚娘再添点假发，盘成云髻，居然和在后宫的时候一样迷人。

很快，武媚娘跟情僧冯小宝告别，并跟他订下以后见面的时机，然后跟着内侍进了宫，拜见高宗。高宗见她还是那么美丽迷人，越看心里越高兴，于是就带她去见王皇后。皇后竟含笑相迎，武媚娘连忙跪下，接连磕头，两人都说着恭维的话，气氛非常融洽。

王皇后让武媚娘在正宫左侧居住，并且拨了一些宫女去伺候她。到了傍晚，高宗和皇后给武媚娘接风。高宗坐在上面，武媚娘坐在下面，王皇后坐在高宗旁边，三人说说笑笑，气氛非常融洽。武媚娘装作谦恭的样子给皇后看，一点儿都不敢放肆，但是等到酒席散后，王皇后回宫，高宗就拥着武媚娘进了房间，风流快活去了。

高宗接回武媚娘，越看越喜欢，不知道要如何安置她，才算安心。再加上王皇后在旁边说着好话，天天赞美这武媚娘，说她如何殷勤，如何温恭，更让高宗喜欢得不得了，当即进封武媚娘为昭仪。武昭仪只巴结皇后，根本不把萧淑妃放在眼里，萧淑妃又是嫉妒，又是愤恨，于是向高宗告状。谁知，高宗不但不理睬她，反而对她更加冷淡。就这样，武昭仪成功地挤倒了萧淑妃，接下来就是要花一些心思扳倒皇后。

王皇后对待宫女非常严格，武昭仪就百般笼络宫女，每次得了赏赐就全部分给她们。宫女们都非常喜欢她，甘心做武昭仪的心腹。从此，她们就把皇后和她母亲的一举一动都告诉了武昭仪。

永徽五年闰四月，武昭仪身怀六甲，很希望自己能生一个儿子，谁知生了一个女儿。武昭仪非常失望，想着竟然生女儿没有用，索性就利用女儿来陷害皇后。

一天，武昭仪在宫中闲坐，忽然来报说是皇后驾到。武昭仪急忙叫宫女过来，对她说了几句话，自己就闪入侧室躲着。王皇后来到西宫，所有宫女都跪地相迎，王皇后问武昭仪到哪儿去了，宫女们都说她去御园采花了。

王皇后听宫女们这么说，就在西宫随便坐着，突然听到床上有小孩的哭声，就起身到床边，抱起武昭仪的女儿，逗弄一番。王皇后自己没有孩子，看到别人的小孩，非常喜欢，一抱着武昭仪的女儿，就非常怜爱。那女孩被她逗得改哭为笑，过了好一会儿，就又睡着了。于是，王皇后把小孩放下，用被子盖好，见武昭仪还没有回来，等不及，就走了。

武昭仪听说皇后走了，就从侧室出来，悄悄地来到床前，拉开被子一瞧，只见女儿正睡得很熟。她竟狠了心肠，咬定牙齿，提起两手，扼住女儿的喉咙，掐死了自己的女儿。可怜这女孩被扼死，连声音都叫不出来，四肢一抖，就断气了。武昭仪仍然用被子盖住女儿，等待高宗的到来。

高宗每天退朝，都会来到武昭仪这里，跟她谈情说爱，因此不到半刻，高宗就来了。武昭仪手上拈着花朵，迎接高宗入宫。高宗笑着对武昭仪道："美人爱花，把花儿跟你这位美人比，花都要被比下去了啊。"武昭仪微笑道："皇上这么夸奖臣妾，臣妾怎么敢当啊？不过臣妾本来就很爱花，所以正从御园采花，恭候御驾。"

高宗没有说什么，就看向床内道："女儿还在睡觉吗？"武昭仪道："已经睡了好久了，这时候应该醒了。"说着，就让侍女去抱女孩，谁知女打开被子一瞧，吓得半天说不出话来。武昭仪假装催促道："莫非还是在睡觉，怎么还不把她抱来啊？"侍女才说了一个"不"字。武昭仪又假装不懂什么意思，自己跑到床前去抱女儿，她手还没碰到女儿的身体，嘴里就大声惊叫起来，惹得高宗非常惊疑，连忙来到床边，发现女儿已经死了，忍不住泪流满面。

武昭仪哭着问侍女道："我去御园采花，不过就一会儿的工夫，好好一个女婴儿，为什么被闷死了？莫非你们跟我有仇，谋害了我女儿？"所有侍女听了这话，全都慌忙跪下，都说不敢。武昭仪又道："你们如果都是好人，难道是有鬼么？"侍女们回答道："只有皇后娘娘来到了这里，曾看到她坐在床前抚弄公主，没过一会儿就走了。"武昭仪听了这话，顿时号啕大哭起来，边哭边怨着王皇后。高宗开始不信，沉着脸道："皇后不会下此毒手的，你不要怀疑！"武昭仪听到高宗这么说，就让宫女们退出去，然后哭哭啼啼地说了皇后一大堆坏话，高宗越听越生气，不由得大怒道："如此恶毒的女人，天理难容！如果你不说，我还被蒙在鼓里呢。我一定要把她废掉。"

武昭仪又假装害怕，连忙向高宗摇手，并说道："废后这么大的事，陛下不能因为我的几句话，就草率地决定，而且满朝的大臣都不知道内情，难道他们不站出来反对的？还请皇上三思，宁可赶走臣妾，也不能废了皇后啊。"高宗道："只有长孙太尉是朕的舅舅，而且他当面受了父皇的嘱托，朕跟他商量下，就能解决了。"武昭仪见高宗心意已定，就要跟他一起去。高宗欣然同意，于是，当天晚上，高宗就带着武昭仪来到长孙无忌的王府。

长孙无忌听说高宗突然来访，不知是为了什么事情，只好穿戴整齐，出门恭迎高宗。高宗带着武昭仪一同下车，来到长孙无忌的府里，长孙无忌连忙叫出自己的妻妾出来相陪。说了半天，高宗还没有要走的意思，长孙无忌只好摆酒席招待。餐桌上，武昭仪问起长孙无忌的儿子，长孙无忌就让他们出来拜见高宗。长孙无忌的大儿子名叫长孙冲，已经封为秘书监，另外还有宠姬生的三个儿子，都只有十几岁，还没有封官。

武昭仪就对高宗说："皇舅是国家元勋，理应全家受封，请陛下施恩加封，也算报答皇舅了。"高宗听了这话，连忙当面加封了长孙无忌的三个儿子。长孙无忌当着高宗的面拒绝，然而高宗不同意，长孙无忌只好让三个儿子谢恩。然后，高宗借着酒意，说了一些皇后的不是，像什么皇后没有生出孩子，还说皇后喜欢嫉妒等等。长孙无忌装着听不懂的样子，跟高宗说着其他的话。高宗不高兴，随即下令散席，打算回宫。武昭仪还是谈笑如常，跟长孙无忌的妻妾握手告别。

第二天，武昭仪派人给长孙无忌送去很多金银珠宝，长孙无忌冷笑几声，也只是象征性地收了几件东西，其他的都退了回去。到了晚上，礼部尚书许敬宗来找长孙无忌，他对长孙无忌说高宗要改立皇后的事，劝他不要反对，长孙无忌断然拒绝许敬宗的劝解。许敬宗没办法说服长孙无忌，只好怏怏离去。又过了几天，高宗想要封武昭仪为宸妃，侍中韩瑗和中书令来济，都上奏劝阻。他们说按照本朝宫中的制度，只有贵妃、淑妃、德妃、贤妃等名号，并无宸妃名号，皇上不应该特别增设其他名号。于是，高宗又不便下诏，只好暂时搁置这件事。

阴柔凶险的武昭仪只好日夜等待时机，夺取后位。刚好，武昭仪再次怀孕，十月怀胎之后生了个儿子。高宗非常高兴，给他取名李弘，特别地宠爱这个儿子。

武昭仪有了儿子，就多了一重希望，于是想出一条最凶最毒的办法陷害皇后。她跟宫女们串通，让她们备一个木偶，上面写着高宗的名字和出生的日期，然后用钉子钉住，暗中藏到皇后的床下，然后秘密告诉高宗，让高宗亲自去检查。高宗到皇后那里一搜，果然找出了木偶，高宗不由地怒气冲天，指问皇后道："朕与你有什么仇？你要这样诅咒朕。"皇后感到莫明其妙，只吓得浑身乱抖，并跪着解释道："臣妾真的不知道这件事，还请皇上明察！"高宗大怒道："明明在你的床下，还想抵赖吗？"皇后又哭着解释道："臣妾跟随陛下多年，陛下应该了解臣妾，难道臣妾会无缘无故地谋害陛下吗？"高宗根本不听皇后的解释，也不理皇后，拿着木人来到武昭仪宫里。武昭仪还装出一副很生气的样子，等看到高宗已经气愤难平了，她又好言相劝，请高宗保重龙体。当天晚上，高宗就在武昭仪那里留宿，武昭仪在他枕边说了一夜，直到很晚才睡觉。

第二天，早朝过后，高宗对长孙无忌、褚遂良、李勣、于志宁说道："朕有要事跟你们商量，你们先在这里等一下！"说完，高宗就走了。这时，有个太监出来，低声说："今天皇上要废掉皇后，看来势在必行，你们就别阻拦了。"

长孙无忌很生气，把这个太监呵斥走了。一会儿，传来圣旨，贬吏部尚书柳奭为荣州刺史，升中书舍人李义府为中书侍郎。

长孙无忌看完圣旨后，对李勣道："柳奭是皇后的亲舅舅，现在无故被贬，李义府是个阴险小人，与许敬宗狼狈为奸，我已经奏请外放贬谪，现在反而升官，皇上的意思很明显了。这次是不得不与皇上争辩了，还望大家齐心协力！"李勣不说话。

褚遂良接着说道："太尉是皇舅，李司空又是功臣，如果你们讲的话皇上不听，皇上就会背负弃亲忘旧的恶名。只有我褚遂良出身卑微，又没有什么功劳，却占着高位，当年曾奉先帝遗诏，今天如果不以死相争，还有什么脸面见先帝的在天之灵？"话还没说完，高宗就传召他们。

四人连忙入殿，只听高宗说："皇后竟然敢用巫术谋害朕，朕决意将她废弃。"褚遂良立即下跪，劝阻道："皇后出自名家，贤良淑德，应该不会做出这样的事情。"高宗从袖子里拿出木人，又讲了当时的情形。褚遂良又道："皇上怎么知道不是别人陷害的？会不会有人买通宫女暗中藏在皇后的床下，皇上如果仔细追查，一定能查得水落石出的。"

高宗又说道："就算这件事情不是皇后做的，皇后没有生出孩子，也已经犯了六出之罪。现在，武昭仪性情贤淑，又生了个皇子，正好代替王皇后，朕已经决定这么做了。"褚遂良大声反对，道："陛下难道忘记先帝的遗命了吗？先帝在临终前，曾拉着您的手，对我们说：'好儿，好媳，今天就托付给你们了。先帝的话还在耳边，皇上怎么就忘记了呢？况且皇后并没有什么大错，实在不该废啊。"高宗听了这话，非常不高兴，长孙无忌接着说道："褚遂良说得有理，还望皇上三思啊！"高宗这才道："爱卿们先退下，我们明天再说。"

长安令裴行俭听说了这件事，就去找长孙无忌了解情况。他问长孙无忌："听说皇上要废皇后，改立武昭仪为皇后，这事是真的吗？"长孙无忌回答道："确有此事。"裴行俭道："武昭仪如果立为后，那是国家的大祸，太尉要尽力拦阻啊。"长孙无忌叹息道："不是不想阻拦，是担心阻拦没用啊？"裴行俭又叮嘱了长孙无忌几句就走了。当时，袁公瑜也在场，裴行俭一走，他就去通报武昭仪的母亲杨氏，杨氏连夜进宫告诉武则天。第二天凌晨，高宗就下旨，贬裴行俭为西州长史。

长孙无忌、褚遂良等人，凌晨入朝，正好碰到贬斥裴行俭的诏书下来。长孙无忌就对褚遂良道："又一个被贬了，我们要怎么办？"褚遂良道："还是像昨天商量好的办。"长孙无忌左右一看，发现文武百官都在，只是没有看到李勣，便道："李司空为什么还不来啊？"正说着，景阳钟响起，天子临朝，长孙无忌等人鱼贯而入。

当着文武百官的面，高宗又提起要废掉皇后的事，褚遂良立即下跪，上奏道："陛下如果一定要废掉皇后，也应该选择其他妃嫔代替，但是就不能选武昭仪。武昭仪之前是先帝的女人，天下人都知道，现在要再立为皇后，岂不是要被人笑掉大牙？"说完，褚遂良就不停地磕头，直到额头流血，又接着说："如果陛下一定要坚持立武昭仪为皇后，臣请求辞官归田。"

高宗恼羞成怒，命令左右把褚遂良拉出去。褚遂良正起身想要出去，突然帘子后面传出女人的声音："何不杀了此贼？"长孙无忌听出是武昭仪在说话，连忙站出来，说道："褚遂良是顾命大臣，即使有罪也不应该妄杀。"韩瑗、来济等人也极力反对，高宗这才让褚遂良退朝。

李勣装病不去早朝，武昭仪就知道他是有意帮助自己，于是当晚就劝高宗秘密把他召进宫，商量改立皇后的事。当天晚上，高宗召李勣进宫，跟他商议易后的事。李勣从容答道："这是陛下的家事，何必问外人呢！"高宗笑着道："还是爱卿的话有理，朕已经决定了。"

第二十五回　高宗易后

许敬宗是杭州新城人，就是隋朝忠臣许善心的儿子。许善心被宇文化及杀死后，许敬宗辗转投靠了大唐。因为许敬宗文章写得好，当了个文学馆学士，后来一路迁升到礼部尚书。武昭仪得宠后，许敬宗乘机巴结她，成了武昭仪的心腹。李义府是个见风使舵，笑里藏刀的人，他从不得罪人。李义府本是东宫幕僚，高宗继位后，他才当上中书舍人。长孙无忌恨他奸佞，曾上奏弹劾他，请求高宗把他贬为壁州司马。李义府得到消息后，连忙找许敬宗求救。许敬宗的外甥王德俭向来有点小智慧，就教他连夜上奏，请高宗改立皇后。高宗看了奏折，非常高兴，赐给李义府很多珠宝，并升任他为中书侍郎。

高宗贬褚遂良为潭州都督，来警示朝中的大臣们。侍中韩瑗极力反对，替褚遂良打抱不平，说他忠心为朝廷，是国家的栋梁，不应该被贬。高宗不听他的劝解，韩瑗又接连上奏，苦口婆心地用妲己、褒姒来形容武昭仪，用微子、张华来形容褚遂良，说得非常痛切，但是高宗一句都听不进去。

永徽六年十月，高宗下诏废王皇后为庶人，立武昭仪为皇后。武昭仪的阴谋得逞后，许敬宗就在朝廷扬言道："田地里的农民多收了十斛麦子，就想着换妻子。我们的天子整个国家都是他的，那么天子想要废一后，立一后，也是人之常情，有什么大惊小怪，议论纷纷的呢？"李义府等人也来附和，跟他们一个鼻孔出气，都赞同易后。武昭仪当上了皇后，索性再用一计，把萧淑妃也拉下了马。从此，萧淑妃和王皇后一同被打入冷宫。

李勣、于志宁奉诏成为册封皇后的礼官，两人恭恭敬敬地捧着金玺绶带，呈献给武昭仪。武昭仪头戴金冠，身着盛装，美得像天仙一样，她由侍女们簇拥着，缓缓登上金殿，行受册大礼。行过了受册大礼后，高宗欣喜若狂，又为武则天开了一个特例，允许她乘车直达肃仪门。

高宗的内外政事，多与皇后商议。武氏没有被封为皇后时，就一意地揣摩皇上的意思，多方迎合，即使有意想要进谗言，那也都是非常地委婉。现在后位已经到了手，每次跟高宗商议的时候，就非常强势，渐渐地有些骄傲和野心。高宗慢慢地有所察觉，有时想起王皇后和萧淑妃的好处，但因为武氏防得非常严，高宗不便亲自去探望，所以一直拖着。

一天，皇后回娘家了，高宗就趁这个机会，跑到冷宫，探视王皇后和萧淑妃。高宗来到冷宫门前，只见双门紧闭，用一大锁钳住兽环，密不透风，旁边开了一个小槅门，用来送食物的，空间非常狭小。高宗看到这种情形，不禁很有感触，眼泪快要流下来了。过了好久，高宗才喊道：“王后良娣，你们还好吗？朕来看你们两人了。”说完，就听到有二人凄惨地回道：“臣妾等人被废，怎么还有尊称呢？”高宗又道：“你们虽然已经被废，但是朕还是记着你们。”说到这里，冷宫里又传来哭泣声：“陛下若是念及旧情，就让臣妾等人重见天日，请求皇上把这里封为回心院，我们感激不尽。”高宗回答道：“朕自有办法，你们不必过于悲伤。”说完，就回宫了。

武氏回宫后，马上就有人告知她这件事。这可把武氏气得要死，立即向高宗责问。高宗害怕武氏，不敢承认。武氏心有不甘，竟然假传圣旨，将王皇后、萧淑妃两人各打一百大板，并且把她们的手脚砍断，投进酒缸里。就这样，王皇后和萧淑妃被活活地折磨死了。萧淑妃临死时，骂武氏道：“你这个心狠手辣的妖妇，我死后变成利猫，你就是老鼠，我一定时时咬着你的喉咙，要你求生不得，求死不能。”武氏把两人害死后，又逼高宗下旨，将她们的家人全都流放，戍守边境。后来，武氏又要高宗改年号，把永徽改为显庆。

许敬宗又来讨好武氏，他上奏高宗道：“太子李忠出身低微，本来就不是嫡传的皇子，现在皇上已经有了嫡传的皇子，就应该修正名分才好。”太子李忠听到许敬宗的话，就知道自己的太子之位保不住，于是主动辞去太子之位。高宗就降李忠为梁王，立武氏的儿子李弘为太子，追封武氏的父亲武士彟为司徒，赐爵周国公，谥号忠孝公，加封武氏的母亲杨氏为代国夫人。

当时，褚遂良被贬到潭州，正准备上任，又奉诏调迁桂州，等到了桂州，又被贬为爱州刺史。侍中韩瑗，中书令来济，也一同被贬。韩瑗被贬为振州刺史，来济被贬为台州刺史。这都是许敬宗、李义府两人的杰作，诬陷他们图谋不轨，所以一再被贬。

武氏还不满足，又指使许敬宗、李义府两人诬陷长孙无忌等人，想要把他们全都害死。许敬宗、李义府两人当然照办，只是长孙无忌是高宗的亲舅舅，而且又是先帝的重臣，所以一直没有成功扳倒他，没办法，只有等待时机。

李义府这个人又贪财又好色，洛州有个妇女淳于氏犯了通奸罪，被押在大理狱中。李义府听说她长得很漂亮，就暗中吩咐大理丞毕正义，偷偷地把她放出来，准备收来做自己的小妾。正卿段宝玄知道后，心有不平，就秘密上奏高宗。高宗就派人去查，李义府担心毕正义说出了实情，就逼迫毕正义自杀了。高宗知道是李义府做的手脚，想要继续追查，却被武氏阻拦，就这样不了了之。

这件事激怒了侍御史王义方，他实在看不下去，想要揭发，但是因为家里有老母要养，一直犹豫不决。后来，他进屋对母亲说：“儿子官居御史，却眼睁睁地看着奸臣害人。如果不揭发，就是不忠；如果揭发无效，对儿子不利，惹得母亲担心，又是不孝。我该怎么办呢？”母亲正色道：“我听说汉朝王陵的母亲，为了儿子的名声，自杀身亡。你如果是为国尽忠，我就是死了，也没有遗憾了。”

王义方听了母亲的话，就坦然入朝，在朝堂上面奏高宗，道：“李义府迫害六品寺丞，是否应该问罪？”高宗还没来得及说话，李义府就出来反驳。王义方道：“这件事情证据确凿，李义府想要为自己辩解，就到大理寺当堂对质，不应该在朝堂上争辩。”李义府仍不肯退下，后来被王义方三次呵斥，这才退下。王义方接着大声拿着奏章朗读。高宗听完后，只说了句：“你这是在侮辱大臣。”没过多久，高宗贬王义方为莱州司户，李义府仍然逍遥法外，还被晋封为中书令，兼检校御史大夫，高宗让他跟长孙无忌、许敬宗等一起修订礼仪，威风依旧。

先前，因为行军总管梁建方，奉诏班师，西突厥尚未平定。到了显庆元二三年，西突厥乙毗咄陆可汗去世，他的儿子颉苾达度设，自号真珠叶护，与贺鲁有仇，俩人互相攻击。真珠派使臣到大唐，表示愿意讨伐贺鲁，并且希望大唐给予援助。

于是，朝廷撤销瑶池都督府，封右屯卫大将军程知节为葱山道行军大总管，让他率军西征贺鲁，并派丰州都督元礼臣，册封真珠叶护为可汗。元礼臣来到碎叶城，被贺鲁阻拦，不能继续前进，只好带着册封的礼册回来。程知节带兵杀入西突厥境内，遇到歌逻禄、处月二部落的军兵来迎战。程知节把敌军杀得片甲不留，接着继续带兵杀到鹰沙川，又被西突厥两万骑兵和其他部落的两万多军兵拦住去路。唐军先锋总管苏定方，非常英勇，带着五百骑兵冲进敌阵，杀了个十进十出，杀得番兵丢盔弃甲，四处逃散。苏定方得胜收兵，报告程知节，程知节对他赞不绝口。副总管王文度暗中妒忌，反而在程知节面前诬陷苏定方，说道：“冒险进兵，只能侥幸一时，只有以守为攻才是上策。”程知节半信半疑，王文度看他有所怀疑，于是，王文度又谎称自己接到高宗的密旨，让他指挥大军，不得轻易进兵。

程知节信以为真，一切都听他的指挥。王文度下令收兵扎营，一直按兵不动。时间一天天地过去了，军兵的士气也一天天地衰弱了，好多战马都瘦的瘦，死的死了。苏定方感到很郁闷，于是对程知节说道：“我军奉命出征，不就是为了讨伐逆贼吗？而且，皇上既然任命您为行军总管，怎么会让副总管指挥大军呢？这件事很奇怪，不合常理，不如您抓住王文度，报告皇上，看皇上怎么解决！”程知节摇头道：“圣旨怎么能随便传的？我如果违抗圣旨，那不是要遭天谴么？”苏定方知道劝了没用，就闷闷不乐地离开了。

大军驻扎了一个多月后，才开始进兵到怛笃城，番兵头目出城投降。王文度对程知节道：“这些番兵等我们走了，他们又会反叛，不如把他们都杀了，抢了钱财再回去。”苏定方反对道：“杀投降的军兵，抢劫钱财，都是不义的行为。这样做就等于自己就是贼人，怎么称得上讨伐叛贼呢？”王文度不听他的劝解，命令唐军杀人抢夺财物，程知节无法阻止他，只得让他妄为。大家都满载而归，只有苏定方没有取任何东西。等到大军回长安，王文度的阴谋败露，按照假传圣旨判死刑。他慌忙贿赂主审官，这才减轻罪行，免除死罪。程知节也被罢了官。只有苏定方有功无过，被封为伊丽道行军总管。高宗命他率领燕然都护任雅相，和副都护萧嗣业，一同率领回纥各部落的番兵，从北路再次讨伐西突厥。另外，高宗又派前朝降酋阿史那弥射和阿史那步真两人，作为流沙道安抚大使，从南部招降西突厥部落，一剿一抚，分两路出发。

西突厥贺鲁集中全国兵力，带领十万大军前来应战，在曳咥河西岸列阵，阵长有十多里。苏定方亲自担当先锋，只率领步兵一万人，加上回纥骑兵一万人跟敌军对垒。他命令步兵在南面据守，自己率领骑兵在北原列阵，严阵以待。贺鲁见唐军不多，抢先攻打步兵，攻了三次都没有成功。苏定方见他士气渐渐地衰落，马上带领骑兵出击。唐军个个奋勇杀敌，很快把敌军的阵势打乱，追杀敌军三十多里，杀了敌军几万人，一直到晚上才收兵。

第二天早上，两军再战，西突厥部众大多数投降，贺鲁带着残兵向西逃去。这时，天降大雪，平地积雪两尺多深，唐军有人请求等雪晴后再追敌。苏定方道："敌军以为积雪太深，我军不会进攻，从而松懈下来，这时候率军追击，敌军肯定没有防备，打他们个措手不及，我军一定会大获全胜的。不然等他们跑远了，再追就来不及了。"于是，苏定方下令继续前进，沿途收降番兵。

唐军来到双河堡，碰到一支自己的队伍，大将正是南道大使阿史那步真。阿史那步真从南路进兵，所到之处，敌军都投降了，几乎是兵不血刃，长驱直入，很快就和北路大军相会了。

苏定方非常高兴，两军日夜兼行，径直来到一座深谷前。苏定方登上山遥望，看到前面有一处猎场，番兵正在驱赶野兽，首领正是沙钵罗可汗贺鲁。苏定方笑着说："这回一定要抓住他。"随即指挥唐军，翻越山岭杀过去。

贺鲁听到唐军的杀喊声，吓得骑马就逃。番兵被唐军杀得四处逃散，大部分都被唐军杀死了。唐军夺得鼓纛，却找不到贺鲁，苏定方不觉叹息道："又让那贼人逃跑了，恐怕以后很难抓到他了。"突然，旁边闪出一名将士道："就让我去追吧，不管结果如何，总要把逆虏抓住，大总管不妨先回京。"苏定方一看是萧嗣业，便道："副都护既然愿意效劳，还有什么可说的？"当下拨兵万人，跟着他一起去，自己从容班师。后来，萧嗣业传来捷报，说是已经抓住了贺鲁，苏定方感到很欣慰。

边塞平定后，苏定方率领大军回朝，把俘虏贺鲁献给了高宗。贺鲁在囚车中曾对萧嗣业道："我本来是个亡奴，被先帝所救。先帝待我很好，我却辜负了他，应该遭报应。我听说中国杀犯人都在闹市，我对不起先帝，应该在先帝陵前伏法，还请将军代我奏明！"萧嗣业回京后，把贺鲁的话转述给高宗听。高宗觉得贺鲁很可怜，没有杀他，不久，贺鲁就病死了，草草葬在颉利墓的旁边。

苏定方请求在西突厥设置濛池、昆陵二都护府，封阿史那弥射为兴昔亡可汗，管领西突厥五咄陆部落，封阿史那步真为继往绝可汗，管领西突厥五弩失毕部落，朝廷同意。只有真珠叶护，因为没有得到唐朝的册封，心里很不满，于是兴兵作乱。高宗派兴昔亡可汗率兵出击，与真珠叶护在双河激战，最终真珠叶护战死，从此西域安定。

龟兹国被征服后，国王布失毕等人被俘入京，留官京师。高宗初年，龟兹国发生变乱，酋长争立，唐廷于是遣还布失毕，仍然立他为王，免得纷争。谁知，布失毕不久又被部将那利杀死，唐廷派兵杀死那利后，立布失毕的儿子素稽为王。

高宗又将设在高昌境内的安西都护府迁至龟兹，让安西都护麴智湛驻扎龟兹，加封左骁卫大将军，统辖龟兹、于阗、碎叶、疏勒四镇，及吐火罗、嚈哒、罽宾、波斯等十六国，设置府州八十多座。

百济灭亡

褚遂良被贬到爱州后，担心被奸人继续陷害，无法保全今生，于是上表自陈道：

往者濮王即魏王泰、承乾交争之际，臣不顾死亡，归心陛下，是时岑文本刘洎，奏称承乾恶迹已彰，身在别所，其于东宫不可少时虚旷，请且遣濮王往居东宫，臣又抗言固争，皆陛下所见。卒与无忌等四人，共定大策。及先帝大渐，独臣与无忌同受遗诏，陛下在草土之辰，不胜哀痛，臣与无忌区处众事，咸无废阙，数日之间，内外宁谧，力小任重，动罹愆过，蝼蚁余齿，乞陛下哀怜，谨此表闻！

此时的高宗已经非常惧怕武则天，不管褚遂良怎样地口吐莲花，也是无益，因此一直压着表文，不交议也不批答。褚遂良忧郁成疾，不久就去世了。武则天听说褚遂良病死了，还觉得来不及陷害他，留有遗憾，于是立即封许敬宗为中书令，教他加害长孙无忌等人。许敬宗千方百计寻找机会下手，一直都没有得逞。

有一次，洛阳人李奉节上告，说太子洗马韦季方和监察御史李巢等人，狼狈为奸，想要造反。武则天命令许敬宗审讯，许敬宗就让韦季方把长孙无忌牵连进来，诬告长孙无忌谋反，韦季方想要自杀，没有成功。许敬宗就向高宗上奏，说韦季方勾结长孙无忌想谋反，因为事情泄露，情急之下才自杀。高宗感到非常惊讶，根本不相信，道："不可能有这样的事。长孙无忌是我的亲舅舅，怎么可能谋反呢？"许敬宗说道："臣经常审问他们，长孙无忌想要造反的迹象很明显，皇上如果再不动手，恐怕就晚了。"高宗不自觉地流下眼泪，道："真是我李家不幸啊！亲戚总是想造反，之前是高阳公主跟房遗爱谋反，现在舅舅也要谋反。如果情况属实，要怎么处置啊？"许敬宗又说道："房遗爱只是个乳臭未干的小儿，与一女子谋反，怎么能成功呢？然而，长孙无忌与先帝同取天下，而且他身为宰相三十年，天下都很忌惮他的威望。如果他想谋反，一呼百应，陛下将派谁去抵抗呢？如今真是上天有灵，用这个小案子就可以发现奸人，皇上要事先防备啊！"高宗慢慢地回道："等查明了真相再决定吧。"

当日许敬宗没有再审，第二天早朝，他谎称道："昨天夜里，我已经再次审讯韦季方了，韦季方供认长孙无忌跟他一起谋反。臣反问他：'长孙无忌是皇室至亲，一人之下，万人之上，又是前朝忠臣，为什么要谋反？'韦季方答道：'长孙无忌曾劝皇上立梁王（李忠）为太子，韩瑗、褚遂良等人都参与了这件事，现在韩瑗、褚遂良等人都已经被治罪，梁王也被废黜，长孙无忌怕被牵连，所以和我同谋。'皇上，臣说的都是事实，请赶紧把长孙无忌捉拿正法，不要再犹豫了。”

高宗又哭着说道：“舅舅就算真要谋反，朕也不忍心杀他啊。”许敬宗又说道：“汉朝的薄昭是汉文帝的舅舅，也立过大功，后来犯了杀人罪，汉文帝就哭着命他自裁，天下人都称汉文帝是明君。现在长孙无忌犯的罪更重，是谋反，皇上决不能姑息。古人说：‘当断不断，反受其乱。’臣担心皇上再拖延下去，将来发生变故就追悔莫及了。”高宗不知不觉中被许敬宗说服了，在没有亲自审问舅舅的情况下，贬舅舅为扬州都督，安置在黔州，韦季方被砍头。许敬宗又上奏道：“长孙无忌谋反一案，褚遂良、韩瑗、柳奭等人都参加了，于志宁也是同党，请皇上一并问罪。”于是，高宗追撤褚遂良、柳奭、韩瑗的官爵，并免去于志宁的官职。原来，高宗改立皇后时，于志宁虽然没有劝阻，但也没有支持，所以武氏恨他，命许敬宗把他一同陷害。

然后，许敬宗将柳奭、韩瑗二人处斩，还逼长孙无忌自杀。高宗把长孙无忌的家人全都处死，只有他的儿子长孙冲，因为娶了太宗的女儿长乐公主，所以免了死罪，被发配到岭南，褚遂良的儿子褚彦甫、褚彦冲被流放到爱州，途中被杀。三家的财产全部没收，就是他们的其他远近亲戚也发配到岭南，降为奴婢。于志宁也被贬为荣州刺史，连高士廉子高履行，也被指为长孙无忌的同党，贬为永州刺史，所有武氏看着不顺眼的人，几乎全部清除干净。此外的前朝老臣，只有李勣一人讨好氏，没有被撤职。其他的像尉迟恭、程知节等人，幸亏先后去世了，才没有卷入被诬陷的漩涡。梁王李忠也有嫌疑，被贬为房州刺史，后来又经过武氏的撺掇，被废为庶人，幽禁在李承乾被废时居住的旧宅。

后来，武氏经常梦到王皇后和萧淑妃要索她的性命，非常害怕，于是就暗地里让道士郭行真进宫，帮她破解噩梦。宦官王伏胜把这件事告诉高宗，高宗正因为武氏专政，心里很不平衡，于是召来侍郎上官仪，暗地里跟他商量废掉皇后。

上官仪说皇后骄横，天下人都怨气冲天，认为应该要把皇后废掉，这样才能平民怨。高宗就让上官仪草拟一份诏书。上官仪刚走，武则天就匆匆赶到，看到诏书就大骂高宗。高宗吓得要死，连忙把责任推到上官仪的身上。上官仪与王伏胜都曾服侍过原来的太子李忠，武氏就让许敬宗诬陷上官仪和王伏胜串通李忠，阴谋造反。这时候的高宗已经没有一点主意，但又惧怕武氏，于是不管什么父子亲情，一道圣旨就把李忠赐死。上官仪和宦官王伏胜被砍头，上官仪的儿子上官庭芝也被处死了，此外还株连了好几十人。从此，军国大权全都掌握在武氏的手上，高宗上朝，武氏在帘子后面坐着，所有的生杀大权全都她说的算，一帮奸臣称皇帝和武氏为二圣。

苏定方自从扫平西突厥后，又在显庆四年，率军出征思结，最终也把思结叛乱扫平了。思结是铁勒别部，曾经由大唐改称蹛林州。思结酋长都曼时叛时服，苏定方偷袭都曼营帐，都曼兵败逃走，苏定方把他抓回，献给了朝廷。

第二年三月，新罗王金春秋向高宗求援。金春秋是女王真德的弟弟，真德在永徽五年病逝，唐廷册封金春秋为新罗王。高丽、百济还是跟新罗不和，合伙攻打新罗，占据新罗三十三城。新罗王金春秋向高宗求救，高宗就派营州都督程名振，和右领军中郎将薛仁贵，去讨伐高丽。打退高丽后，唐军就撤兵了。百济在这次战争中没有受到创伤，于是趁着唐军回朝的时机，又侵略新罗。新罗再次向大唐求援，高宗封苏定方为神邱道行军大总管，让他跟左骁卫将军刘伯英等人率领十万大军，水陆齐进出征。高宗又封金春秋为嵎夷道行军总管，让他挑选新罗精兵，跟苏定方的大军一起讨伐百济。苏定方从成山渡海，来到熊津江口，正碰到百济军兵前来防堵，于是，苏定方挥军杀去，杀死百济兵几千人，剩下的一半百济兵拼命往回逃。唐军从后追击，一直追到百济国都。百济国王义慈全力出战，但不是唐军的对手。唐军把他们杀得人仰马翻，天昏地暗。幸亏太子隆及次子泰，从内城领兵出来营救，才使得义慈安全地进入内城，关门坚守。苏定方督军攻扑，义慈非常害怕，带着太子隆连夜逃走，留下次子泰守城。泰竟然自立为王。

太子隆的儿子叫文，还留在城中，他私下对左右道："王与太子都还在世，叔父就拥兵自立为王，这样即使能击退唐军，我父子也不能存活了。"说着，他就带着左右军兵出城投降，城中百姓也陆续出来投降唐军。苏定方乘胜猛攻，次子泰打不过，只好开城投降。义慈和太子隆听说国都失守，也只好投降大唐。苏定方先安抚好百济的百姓，然后押着义慈父子班师回朝，留下郎将刘仁愿留守百济都城，熊津地势险要，也特派左卫中郎将王文度，作为都督，抚治百济百姓。

高宗赦免了义慈，加封苏定方为辽东道行军大总管，刘伯英为平壤道行军大总管，程名振为镂方道总管，让他们兵分几路攻打高丽。

高宗还封左骁卫大将军契苾何力为浿江道行军大总管，让他率军去接应苏定方。青州刺史刘仁轨督运东征军粮饷，航海东行，不料遇到飓风，粮船大部分被掀翻，因此刘仁轨被撤职。

百济王义慈原来跟日本通好，结为外援，并派儿子扶余丰到日本，作为人质。百济亡国的时候，百济旧将僧道琛和福信聚集残兵败将，占据了周留城，将扶余丰迎回，立为王，并且派兵围住旧都，想恢复百济国。留守的大唐郎将刘仁愿势单力薄，勉强防守，加上熊津都督王文度，刚一上任就死了，没人帮助，只好火速回京告急。大唐马上重新启用刘仁轨，封他为检校带方州刺史，让他率领王文度的旧部，指挥新罗军兵去增援刘仁愿。刘仁轨慨然前往，在路上他对军兵们道："我此去一定能荡平东夷，颁行大唐历法。大家一定要团结战斗，建功立业的时机到了。"接着，刘仁轨制定军规军纪，非常严明，队伍一路与敌军交战，战无不胜。福信分兵堵住熊津江口，竖起两道栏栅，防守很坚固。刘仁轨和新罗兵一同出击，把两道栏栅一举毁掉，敌军被杀的被杀，溺水的溺水，死伤无数。僧道琛听说福信打败了，就将百济都城撤围，退守任存城中。新罗兵粮食吃完后，撤兵回转。于是，刘仁轨与刘仁愿合军，休整人马，暂时按兵不动。

此时，敌军中发生了内乱。僧道琛和福信两人都自称将军，势力差不多，谁也不服谁，互相攻击起来。僧道琛被福信所杀，福信掌管了兵权，指挥大军抵制唐军。

熊津口是百济国都的一道屏障，于是，刘仁轨与刘仁愿就移师熊津，在那里驻守。朝廷任命刘仁愿为熊津都督，命令等待攻打高丽得胜之后，再行进兵。然后，朝廷又调回刘伯英、程名振，调任雅相为浿江道行军总管，调契苾何力为辽东道行军总管，苏定方为平壤道行军总管，让他们征集三十五路大军，连同番部投降的兵马，立即攻打高丽。

高宗改年号为龙朔，准备亲自出征，被武氏上谏阻止，高宗下诏催促各路人马进军。苏定方先攻到浿江后，之后连连告捷，很快包围了平壤城。高丽莫离支（官名，相当于摄政王）盖苏文，派儿子男生率领几万军兵把守鸭绿江，堵住任雅相的军兵，任雅相不敢前进。这时，契苾何力赶到，主张进攻，当时天气寒冷，江面结冰，契苾何力率军渡过冰面。高丽兵被打得措手不及，立即败走，契苾何力一路追杀，把敌军杀掉了三万多人。男生策马狂奔，还算保全性命。契苾何力想要接着追，不料，任雅相在军中病逝，只好停止进攻，听候朝廷的指示。高宗认为任雅相刚死，行军不利，于是下令契苾何力班师。苏定方久围平壤城，多次进攻不下，再加上天气恶劣，士兵疲乏，也只好收兵。

新罗王金春秋病逝，他的儿子法敏继位，暂时不能援助唐军。高宗下诏给刘仁愿、刘仁轨，说："攻打平壤城的大军返回之后，熊津势单力孤，守住恐怕很难，你们不如转移到新罗。如果金法敏留你们镇守，你们可以暂时留在他那里，否则的话，你们就走海路回来就行了。"刘仁愿看完诏书后，犹豫不决。

这时，刘仁轨焦急地对刘仁愿说："平壤城已经退兵了，又要放弃熊津，百济的敌人就会更加嚣张，高丽也不知道什么时候能灭掉，这么多年的血战，岂不是白费？！而且，熊津是一座孤城，在敌人的中央，一旦我们有所行动，敌人就会乘虚而入。就算我们到了新罗，也不过是做一个客人，万一发生什么变动，我们也难免遭祸，到时候后悔也来不及了。我料想福信凶残悖逆，他们君臣之间相互猜忌，将来内部肯定自相残杀，我们应该坚守，见机行动，一定能获胜的。古话说：'将在外，君命有所不受。'还请总管三思！"刘仁愿道："刺史说得对，我们应该继续坚守，等待时机。"其他将士也都很赞同刘仁轨的说法，于是，刘仁愿让大军严加守备，等待时机。

忽然，百济王扶余丰派人来前，刘仁愿召使者来军中，问明来意。来使道："贵军什么时候退兵啊？我大王好派兵护送呢。"刘仁愿还没来得及回答，刘仁轨就在一边答道："我军很快就回去了，你替我谢谢你们大王的好意，不用他护送了！"来使回去后，刘仁轨道："贼人认为我们撤兵，正是他们得意的时候，趁这个机会进攻，攻其不备。"刘仁愿非常高兴，立即带兵偷袭支罗城，一战就拿下支罗城，并毁去了岘城、大山、沙井等城池的营寨，还杀了很多敌军。福信听到消息，慌忙增兵坚守岘城。刘仁假装放慢进攻，晚上让军兵用柴草填平敌军的战壕。很快，柴草就跟城墙并肩了，将士们攀草而上，一齐登城。守城的敌军来不及抵抗，只好弃城逃走。刘仁轨安安稳稳地占据了岘城，和新罗接通了粮道，有恃无恐。然后，刘仁愿向高宗请求增兵，高宗下令调集淄、青、莱、海诸州军兵七千人，火速赶到熊津，又封右威卫将军孙仁师为熊津道行军总管，让他率军继续进攻。百济王扶余丰正在和福信争权，率领亲兵击杀福信，听说唐军来到，急忙向日本求救。日本齐明天皇亲自赶到筑紫（今日本福冈县一带），调兵援助百济，谁知，齐名天皇在路上生了大病，刚到筑紫就死了。皇太子天智掌管朝政，再派部将阿昙比逻夫、阿部比逻夫等人，出动一百多艘战舰支援百济王，又派三万兵马作为后应。

这时，孙仁师已经来到熊津，与刘仁愿、刘仁轨的大军合军，气势非常强盛。将士们想要进攻加林城。刘仁轨说：加林是水陆要冲，地形险固，我们如果急攻，伤亡肯定很大，缓攻又旷日持久。我们不如直捣周留城，周留城为敌人的巢穴，敌人的头目都聚集在这里。如果攻下周留城，余城不战自下了。”于是，孙仁师、刘仁愿会同新罗王从陆路进兵，刘仁轨与杜爽、扶余隆率领水军及粮船从熊津进入白江，跟陆军会师。刘仁轨大军刚到白江口，就碰到百济王扶余丰与日本兵驾船前来。刘仁轨看到此时是顺风，就马上用火攻，猛烧敌船，一时间火光冲天，海水都烧成了红色。日本将军阿昙比逻夫等人想冒火来战，但是火势太大，这些人全都被烧得焦头烂额，一步都不敢上前。这时，岸上战鼓喧天，唐将孙仁师、刘仁愿等人带兵杀到，阿昙比逻夫等人无心恋战，慌忙转舵逃走了。百济王扶余丰逃到了高丽。唐军立即攻打周留城，扶余丰的儿子忠胜、忠志等人，率兵投降大唐，从此百济灭亡。

捷报传到大唐朝廷，高宗召孙仁师、刘仁愿回朝，留刘仁轨镇守百济。刘仁轨清点户口，安抚百姓，分封官员，修桥，补路，筑坝，颁布唐朝的历法，百姓五谷丰登，人丁兴旺，一片和睦。

刘仁愿回到京城，高宗亲自慰劳。刘仁愿道：“这都是刘仁轨的功绩，不是臣能相比的。”高宗就破格提拔刘仁轨六级官阶，并封为带方州刺史，还替他在京城中修建府邸，安顿他的全家老小，赐给刘仁轨很多的金银财宝。

百济平定之后，大唐正打算进攻高丽，偏偏铁勒部又背叛大唐，屡次攻打大唐边境，于是，高祖派遣将士讨伐铁勒，暂将高丽搁下。

第二十七回 李勣灭高丽

本来，铁勒各个部落归降大唐后，相安无事，这样过了几年，到了龙朔年间，回纥部落酋长比粟，伙同仆骨、同罗两个部落侵犯大唐边境。高宗封左武卫大将军郑仁泰为铁勒道行军大总管，封左武卫将军薛仁贵和燕然都护刘审礼为副总管，封鸿胪卿萧嗣业为仙萼道行军总管，右屯卫将军孙仁师为副总管，让他们各率领大军万人，去讨伐回纥。回纥也召集了十多万人马前来应战唐军。

薛仁贵带着几十名骑兵走在前面，正好与敌军相遇。敌军见他人少，就只挑了几十名精兵前来挑战。薛仁贵大喝一声："番军不要走！来见识见识本将军的箭法。"说完，薛仁贵就拉弓射箭，只听到飕的一声，只见敌军的第一人从马上摔下，当场毙命。薛仁贵又喊道："番兵注意！看本将军的第二箭！"然后第二个骑兵又被射死。薛仁贵再次喊道："看本将军的第三箭！"这次，薛仁贵虚拉一下弓，把番军吓得东躲西藏，胆战心惊。薛仁贵笑着道："像你们这些没用的废物，还来打什么仗？本将军的箭还没出手呢，你们就这么惊慌，我来挑一个大胡子的人，赏给他一箭。"敌军中有个络腮胡子的人，听到这句话就拔马逃跑，薛仁贵从背后一箭穿心，当场落马而亡。三箭射完，唐军大部队也赶到了，敌军都要逃跑，薛仁贵又大喊一声："你们想活命，就赶快投降，否则我军一齐放箭，你们谁也活不了。"敌兵已经被薛仁贵吓坏了，只好全都下马，跪地投降。

薛仁贵收降了两万多人，其余的敌军都从碛北逃跑了。薛仁贵担心投降的敌兵不好控制，发生兵变，就假装命令敌军跟着唐军翻越天山，等到了山顶，薛仁贵又下令，把投降的敌兵一齐推下山谷。天山两旁都是悬崖峭壁，敌军全部坠入山谷，摔死了。薛仁贵带兵追赶北逃的番兵，又是大获全胜，还活捉了叶护兄弟三人。将士们编了句顺口溜："将军三箭定天山，壮士长歌入汉关。"铁勒九姓，吃了这个打败仗之后，哪里还敢再来！高宗封右骁卫大将军契苾何力为铁勒道安抚使，让他带兵安抚投降的部落。契苾何力只带了五百精骑来到铁勒的部落中，番兵全都吓得直哆嗦。契苾何力对他们说："我大唐都知道你们不愿意打仗，是被逼迫的，所以特别派我来赦免你们的叛逆之罪，你们只要把罪魁祸首的人交给我，那么其他的人就都不追究罪责了。"番兵听了这样的话，就捉住叶护及设特勒（官职名）等二百多人，交给契苾何力。契苾何力责备他们造反，将他们立即正法，其他人都没有追究，铁勒部落从此安定。

第二年，高宗又让郑仁泰去扫平铁勒的残兵败将，把燕然都护府设在回纥，改名瀚海都护。把瀚海都护迁到云中古城，改名云中都护，以大漠为界。大漠以北归瀚海，大漠以南归云中。后来，又改称瀚海都护为安北都护府。

这时，西突厥又发生战乱，继往绝可汗阿史那步真，设计害死了兴昔亡可汗阿史那弥射，后来，阿史那步真也死了，阿史那都支和李遮匐带领西突厥剩下的部众，归附了吐蕃。吐蕃松赞干布死后，孙子继位，国相禄东赞摄政，西突厥十姓归附之后，声势更加强大，于是想吞并吐谷浑。吐谷浑可汗诺曷钵被打败后，带着弘化公主逃往凉州。大唐派苏定方统军声援吐谷浑，并且调停两国战事。吐蕃入朝，向高宗面陈吐谷浑罪状，且请求与吐谷浑和亲，高宗不许，于是吐蕃不服，倔强如故。唐朝廷拟招抚西突厥，令其与吐蕃绝好，于是封阿史那都支为左骁卫将军，兼匐延都督，以此遏制吐蕃，阿史那都支接着诏敕，表面上受命，暗中仍与吐蕃连和，偷偷地侵犯大唐边境。

龙朔四年正月，高宗改年号为麟德，准备举行封禅大典。李义府和许敬宗狼狈为奸，趁机卖官，制定新礼仪，改定官名，并参与修订国史和民族志。他们二人拉帮结派，铲除异己，揽权营私，他们的子女家人，也横行霸道，不守国法。

高宗知道一些情况，就当面警告李义府。李义府却不高兴地问："是谁告诉陛下的？"高宗道："你还用问朕吗？"李义府也不谢罪，昂头就走，高宗非常生气。一次，李义府与术士杜元纪穿便装出城，观看风水。有人告诉了高宗，高宗怕他们有阴谋，就派李勣去捉拿他们审问。谁知还真审出了很多罪状，于是，高宗撤了李义府的官职，流放到巂州（今四川省西昌市一带），朝廷内外，个个拍手叫好。只是许敬宗仍然很得势，所有的封禅礼仪，大多数由许敬宗制定。

麟德二年，高宗让许敬宗修订奠献礼仪。皇上先祭拜，皇后再祭，太妃燕氏终祭。文舞用功成庆善乐，武舞用神功破阵乐。礼仪制定后，高宗下诏东行封禅，暂定洛阳宫为东都。高宗带领太妃、皇后等人先到洛阳休息几天，再向东出发。出发时，高宗的仪仗队和护卫队长达几百里。从十月出发，十二月才走到泰山。高宗车驾经过寿张县时，高宗听说有个叫张公艺的人，一家九世同堂，历代都受朝廷的表彰，高宗就前去拜访。高宗问他九世同堂的秘诀时，张公艺就写了一百个"忍"字献给高宗。高宗连声说好，还赏给他很多金银。高宗车驾到达社首山下，驻扎下来。

到了元旦这一天，高宗在泰山南麓祭祀天帝，第二天，高宗祭泰山，第三天高宗拜社首和地神。每次高宗祭拜后，宦官拥着武氏跟着登坛祭拜。武氏用的帷帐非常漂亮，光彩夺目。到太妃的时候，又换一种帷帐，没有武氏登坛那么威风。

祭拜完后，高宗大赦天下，改元乾封。满朝的文武百官全都升官晋爵，让百姓欢聚饮酒七天。返回长安时，路过曲阜，高宗又拜了孔子家祠，封孔子为太师。高宗还专门到亳州，拜老子庙，尊老子为太上元元皇帝。一直到初夏，高宗才回到京城。

因为东征告捷，高宗正想要平定高丽。不料，这时候高丽派使臣来大唐求援。

高丽和大唐是敌人，为什么反过来向大唐求援呢？原来乾封元年，高丽泉盖苏文去世，他的大儿子泉男生代为摄政。有一次，泉男生外出巡视，让弟弟泉男建、泉男产守城。谁知，泉男建自立为摄政王，发兵攻打哥哥男生，男生无家可归，来到保别城，派儿子献诚到大唐求援。高宗立即封契苾何力为安抚使，左金武卫将军庞同善，营州都督高侃一同为行军总管，让他们率军征讨高丽。高宗还封献诚为右武卫将军，让他做向导。

庞同善和献诚首先进入高丽境内，遇上一支守军，被唐军打散。男生率兵前来迎接，男生被大唐封为辽东大都督，兼平壤道安抚大使，并封为玄菟郡公。高宗又封李勣为辽东道行军大总管，兼安抚大使，让他带领左武卫将军薛仁贵等人，水陆并进，援助契苾何力、庞同善等人的军队，并让契苾何力、庞同善等人，接受李勣调配。

李勣渡过辽河，到达新城，召集将士们，说："新城是高丽的西部门户，一定要先拿下来。"随后，李勣指挥军兵占领了城西以南的山冈，从上面俯瞰城中的情况。李勣命令军兵接连向城中射箭，城中的敌军非常害怕，绑着城主前来投降。李勣派契苾何力进城防守，庞同善、高侃为犄角，并留下薛仁贵往来接应各路大军，自己率领大军继续进攻，接连拿下了十六座城池。男建果然带兵来偷袭高侃营寨，被薛仁贵中途击退，大败而归。高侃接着进军金山，金山地势险要，守军又多，见高侃率兵来到，敌军奋力出击，高侃抵挡不住，只好往回撤。高丽兵不肯罢休，随即追赶过来，正好碰到薛仁贵，薛仁贵横冲入敌军中，敌军被分成两截，高侃又指挥战士反攻，两军合击，杀死高丽兵五万多人。两队人马又乘胜追击，接连拿下了南苏、木底、苍岩三座城，声威大振。

薛仁贵还不肯罢休，亲自率领三千骑兵去攻打扶余城。将士们担心他兵太少，劝他不要打，薛仁贵笑着说："兵不在多，只要运用得当，也能打胜仗。"说完，薛仁贵就带兵直达扶余城下。守兵出城迎仗，薛仁贵用一支大戟前挑后拨，把敌军纷纷击落马。薛仁贵的部下，个个都是身经百战的雄兵，杀得守兵弃城逃去，薛仁贵就一举拿下了扶余城。扶余附近的四十多座城池都惧怕薛仁贵的威名，全都不战而降了。

李勣听说薛仁贵把扶余城拿下后，非常高兴，立即派侍御史贾言忠回京报告高宗。高宗得到消息后，也非常高兴，让贾言忠回到前线慰问将士们。李勣亲自到扶余城接应薛仁贵，杀退男建的部众，攻破大行城，又攻破鸭绿江上的防御，直捣平壤城。

贾言忠代皇上慰劳军兵，这使得唐军的士气更加高涨。契苾何力先带兵来到平壤城下，李勣率军接着赶到。两军围攻了平壤城一个多月，高丽王高藏知道守不住，便派泉男产带着九十八个人，打着白旗投降唐军。这时，只有泉男建还不肯投降，并且多次派兵夜袭唐营，但都被唐军击败。男建把军事大权交给僧信诚，僧信诚却暗中派人到唐营，说愿意做内应。五天后，僧信诚开城投降唐军。李勣指挥军兵杀进城中。男建正要自杀，但被唐军拦住捆住，唐军又把百济王扶余丰一并拿下，其余的部众全部投降。李勣下令高丽全境投降。高丽一共有一百七十六座城池，除了被攻破的城池以外，没有一处敢抗命。从此，高丽被大唐平定。

李勣班师回朝，途中接到诏敕，让他将高藏等人先献俘昭陵，再献俘太庙，然后奏请受俘，李勣一一遵旨。高宗在含光殿传见高藏等俘虏，高藏等人跪在大殿的台阶下，高宗下旨，赦免高藏、泉男产等人的罪行，还封了他们官爵。只有泉男建、扶余丰两人，罪大难赦，被流放到黔州、岭南。高宗把高丽分为九个都督府，四十二州一百县，在平壤设立了安东都护府，统辖高丽，任命薛仁贵为检校安东都护，率两万军兵镇守。扶余丰的儿子扶余隆早已投降大唐，朝廷封他为熊津都尉，让他招抚余众，并且替他颁敕新罗，让新罗与他冰释前嫌，友好和睦。新罗王金法敏不敢不从，于是和扶余隆在熊津城会盟。刘仁轨代作盟词，让他们放下兵器，从此和睦，然后刘仁轨带着守兵，航海西还。高宗进封李勣为太子太师。

这一年，高宗改年号总章。总章二年冬季，李勣病重。当时他的弟弟李弼在晋州任刺史，高宗调他回京当司卫卿，照顾李勣。李勣一见到弟弟就心情好了很多，对李弼道："房玄龄、杜如晦两人，一生勤劳、清廉，好不容易撑起门户，却因为儿子的事遭遇灭门之灾，我今天就把我的子孙托付给你了，你一定要替我严厉管教啊！如果他们做了不轨的事，你就先杀了他们，然后上报朝廷，不要让别人笑话我和房玄龄、杜如晦一样。我死后一定不要弄得很奢侈，就给我穿平常的衣服，外加朝服就可以了，如果死后有知，我就可以去拜见先帝了。你一定要照我说的去做，不然，虽然我死了，将来也可能被开棺戮尸呢！"说完，李勣不禁泪流满面，李弼详细地记下哥哥说的话。

后来，李勣病得更重，高宗和皇太子亲自送药给他，李勣立即喝下去。可是家人要找医生给他看病时，李勣却说："我本是个山东的农夫，为天子卖命，做了这么大的官，已经活了八十多岁，还有什么不满足的呢？生死有命，吃药也没用。不过皇上赏赐的药，不敢不喝。此外就不用找医生了。"没过多久，李勣就去世了。李勣对人仁爱，不计较功利。一次姐姐生病，李勣亲自为她煮粥，姐姐说："家里仆人那么多，你何必受累呢？"李勣答道："姐姐这么大年纪了，我为你煮粥，也是煮一次算一次了。"姐姐听了这话，非常感动。李勣每次打了胜仗后，总是把功绩归功于将士，并把所得的金钱布匹全都分给手下，所以手下都愿意拼死为他奋战。高宗听到李勣去世的噩耗后，哭着对大臣们说："李勣对国家忠心，对父母孝顺，历经三朝，功劳显著，没犯过什么过错，可以称得上是社稷之臣。我听说他为官廉洁，如今去世，应该没有什么钱财送终，朕一定要多给一些金银，才对得起忠臣啊！"于是，高宗派人送很多金银给李勣，又追封李勣为太尉，谥号贞武。

第二十八回 高宗废立太子

吐蕃国的国相禄东赞，悉心处理朝政，把吐蕃国治理得越来越强盛。禄东赞有四个儿子，大儿子叫钦陵，他的才智不比父亲差，禄东赞死后，钦陵就继续掌管国事。钦陵的三个弟弟赞婆、悉多、于勃论也很有军事才能，统领军队。因为与大唐有嫌怨，他们率军接连攻破了西域十八个州，又联合于阗，袭击龟兹，攻下拨换城。

这消息传到京城，朝廷撤销龟兹、于阗、焉耆、疏勒四镇，封右卫大将军薛仁贵为逻婆道行军大总管，左卫员外大将军阿史那道真，及左卫将军郭待封为副总管，让他们率军去征讨吐蕃。

薛仁贵等人奉命西行，大军来到大非川，将要前往乌海时，薛仁贵对阿史那道真和郭待封说道："前面就是乌海，乌海路途险峻，听说当地还有很多瘟疫，我军如果深入，实在是死路一条。但是既然奉命前来，又怎能贪生怕死？但是死中也要求生。现在大非岭地势比较平坦，可以修两处栅栏，藏好军需，留一万军兵坚守。我带骑兵急速前进，日夜兼程，攻其不备，一定能战胜敌军的。"郭待封自愿留守，薛仁贵又嘱咐道："我如果到了乌海，就派骑兵回来运军需，你一定要保护好军需，千万不要随便乱动。"郭待封连忙答应。薛仁贵率领骑兵出发，命令阿史那道真跟着，大军日夜兼程往前赶，刚到河口，就遇到好几万吐蕃兵，据险把守。薛仁贵亲自冲锋，手持大戟，杀入敌阵，敌军吓得四处逃散。唐军一拥而上，杀敌无数，夺得了一万多头牛羊。接着，唐军乘胜追击，来到乌海城下。这时，薛仁贵派领一千多骑兵，回大非川接运军需。谁知留守大非岭的郭待封早就把军需送给敌军了。

原来，郭待封曾经当过郑城镇守，职位跟薛仁贵相同，现在却只能当个副将，心里非常不满，不愿意听从薛仁贵的安排，竟然自作主张地带着军需缓慢前进。刚走一半，吐蕃发兵二十万前来拦击，郭待封来不及躲避，只好接战，一番激烈战斗后，被吐蕃兵杀得大败，慌忙逃命，还把几百车军需全都丢了。

薛仁贵还在乌海城等着郭待封，却只等来了阿史那道真一路军兵，并不见郭待封到来。一会儿骑兵来报，说郭待封已经把军需丢了，薛仁贵不禁大惊，道："军需一失，我军还能在这里久留吗？"当下薛仁贵下令退军，从小道回到大非川。郭待封也带着剩余的军兵在大非岭驻扎。两军刚一会师，突然胡哨四起，吐蕃国相钦陵带着四十万大军杀来。薛仁贵正要列阵跟他开战，谁知郭待封的部下已经先逃了，郭待封也骑马逃去，顿时军心大乱。钦陵的部下都是久经训练的劲旅，恁你薛仁贵如何有能耐，握着一枝铁戟，也敌不过四十万蕃兵，两军开战，唐军逃的逃，死的死。薛仁贵知道打不过敌军，连忙跟阿史那道真杀开一条血路，边打边退。直到天黑，钦陵才收军不追。

薛仁贵清点人数，大军十成中已经伤亡七八成了。薛仁贵没办法，只好和阿史那道真商量派使臣议和。钦陵也不想穷逼，只是要求唐军不进入吐谷浑，就可以议和。薛仁贵很无奈，只好答应，然后带着败军回到长安。高宗听到兵败的消息后，非常生气，派大司宪乐彦玮到军中询问兵败的原因，并把薛仁贵、阿史那道真、郭待封三人押到京师，把他们革职查办，全都贬为庶人。

吐蕃于是吞并了吐谷浑，把吐谷浑的余众迁到灵州居住。随后，吐蕃派大臣仲琮来大唐进贡，高宗召见仲琮时，问他吐蕃的风俗怎样。仲琮答道："吐蕃地薄气寒，风俗朴素，怎么能跟中国相比呢？但是，吐蕃法令严整，上下一心，所以能一直这么强盛。"高宗又问道："吐谷浑与吐蕃，都是亲邻，吐蕃叛乱弃和，占据吐谷浑，朕派薛仁贵等人去平定吐谷浑，吐蕃又发兵攻击，这是怎么回事啊？难道我国真的敌不过吐蕃吗？"琮顿道："臣只是奉命来进贡的，其他的事，臣不知道。"高宗认为仲琮很会说话，备了厚礼让他回去。

高宗想要再次出兵西征，但是苦于没有统帅，而且高丽的余部经常叛乱，新罗王金法敏，收留叛徒，从中作乱。于是高宗暂停西征，先处理东征。高宗封高侃为东川道行军总管，让他发兵征讨高丽叛兵，虽然多次告捷，但是一直没有成功。高宗再封刘仁轨为鸡林道大总管，让他跟卫尉卿李弼，燕山总管李谨行等人，一同讨伐新罗的叛王，大获全胜。这次东征，大将李谨行多次立下战功，而且他的妻子刘氏防守伐奴城，多次率兵杀退敌军，被高宗封为燕国夫人。李谨行进封为东安镇抚大使，进逼新罗，三战皆捷。新罗王遣使谢罪，并且进贡财物，高宗才赦免他的罪行。后来，大唐遣送高藏、扶余隆归国，让他们各自抚慰故土人民。高藏被封为朝鲜王，扶余隆被封为带方王，但是，高藏至辽东后谋叛，大唐将他流放而死，扶余隆害怕新罗，始终观望，不敢回故都，不久又退回内地，于是高丽百济，几乎全部并入新罗。这时，刘仁轨已升官至尚书右仆射，出任洮河镇守使，防御吐蕃。

没过多久，大奸臣许敬宗因病辞官，没有多久就死了。高宗封戴至德为左仆射，张文瓘为侍中，郝处俊为中书令，李敬玄同三品。右仆射本来是刘仁轨，因为他出镇洮河，所以暂时虚位以待。偏偏李敬玄与刘仁轨不和，每次刘仁轨向高宗上奏事情，李敬玄就从中阻挠，刘仁轨很是不平。正好，吐蕃屡次侵犯边境，于是，刘仁轨就向高宗推荐道："李敬玄非常有才识，不是臣能所及的，请让他来镇守河西，免得臣误了事。"

高宗不知刘仁轨的隐情，于是命李敬玄代替刘仁轨西征。李敬玄一再推辞，说自己没有领兵的才能。高宗觉得很厌烦，恼怒道："刘仁轨如果要朕亲自去，朕也只好去的，卿为什么总是推辞辞呢？"李敬玄听了这话，这才不敢说话，惶恐地接受皇命。于是，高宗封李敬玄为洮河道大总管，让他率工部尚书检校左卫大将军刘审礼等人，统兵十八万代替刘仁轨镇守。

李敬玄根本不知道怎么用兵打仗，而且非常胆小怕死。刘审礼是一个有勇无谋的人，做事只顾前，不顾后。大军进入吐蕃境内，李敬玄是沿途逗留，刘审礼却带兵往前冲，就这样前后相隔很远，导致刘审礼陷入敌中。吐蕃国相钦陵带着十万军兵，把刘审礼团团围住，刘审礼只望李敬玄来救他，偏偏李敬玄不来，一时冲不出敌阵，身中数箭，被吐蕃兵擒去。钦陵擒住了刘审礼后，就率军来攻打李敬玄。李敬玄听说刘审礼被擒，慌忙退走，逃到承风岭的时候，敌军已经漫山遍野，蜂拥而来。承风岭下面有大沟，李敬玄在大沟的一边坚守，钦陵就在对面高山屯兵，钦陵紧逼唐军，吓得李敬玄愁眉苦脸，不知道怎么办。左领军员外将军黑齿常之（百济降将）颇有胆略，乘着天昏月黑的时候，带着五百名敢死士潜入敌营。钦陵按兵自守，不为所动，怎奈右营部将跋地设带兵逃走，害得钦陵也不能坚持，只好撤军。黑齿常之从容带兵回来，李敬玄才得以退到鄯州。监察御史娄师德有勇有谋，李敬玄战败后，都是他收拾残局，稳定军心。高宗派他到吐蕃议和，吐蕃大将赞婆率军来迎接，娄师德苦口婆心地开导，讲清利害关系，说得赞婆心悦诚服，情愿和好。从此，吐蕃兵多年没有再入侵大唐边境。

从薛仁贵退败，到李敬玄败还，时间已经过八九年，大唐改年号两次，咸亨（总章之后的年号）四年，改为上元，上元二年，又改为仪凤。话说武氏掌权后，高宗得了头眩病，经常不能上朝，所以朝中的大小事情都由武氏说了算。武氏虽然聪明，但是为人阴险毒辣，如果有人不听她的话，跟她对着干，那就是死路一条，就连她的至亲骨肉也不例外。

武氏的母亲杨氏生了三个女儿，大姐早年守寡，妹妹已经身亡，武氏就是二女儿。另外，武氏有两个同父异母的哥哥，大哥叫武元庆，二哥叫武元爽，这两个哥哥和堂兄武惟良、武怀运对武氏的母亲很不礼貌，武氏没有入宫时，经常遭遇他们的白眼，因此武氏母女非常恨他们。武氏得宠后，被封为皇后，母亲杨氏被封为荣国夫人，大姐被封为韩国夫人，武元庆被封为中正少卿，武元爽被封为少府少监，武惟良被封为司卫少卿，武怀运被封为淄州刺史。荣国夫人对武惟良说："你们以前是怎么对待我们的，你还记得吗？现在怎么样呢？"武惟良说："我们因为是功臣的后代，所以入朝为官，现在做了皇亲愈加显赫，但是我反而害怕官位越高，更加危险。"荣国夫人听了这话，更加恨武惟良等人，于是劝武氏贬武惟良为始州刺史，贬武元庆为龙州刺史，贬武元爽为濠州刺史。武元庆忧虑而死，武元爽因事被流放到扬州，也死了。

韩国夫人出入宫中，一来二往，就与高宗勾搭上了。韩国夫人有个女儿，长得非常漂亮，娇小可人。高宗很好色，见一个，爱一个。母女二人都做了高宗的情人。时间一长，被武氏知道了，武氏却装着不知道，仍然和姐姐来往，而且更加亲密。武氏经常和她吃饭，喝酒，一次在酒中放进毒药，将姐姐毒死了。高宗以为韩国夫人是因病死的，还偷偷地哭了几场，为了报答韩国夫人的情意，高宗加封她的女儿为魏国夫人。魏国夫人感激万分，更想以身相报，弄得高宗更加怜爱，几乎要册封她为妃嫔，只是碍着武氏的面子，没有说出口而已。武氏看在眼里，记在心里，等待时机除掉魏国夫人。

一天，武惟良、武怀运入朝觐见，向高宗献上一种非常新鲜好吃的食物。武氏抓住这个机会，想了一计，她派最贴心的人在食物中下毒，然后找魏国夫人来尝鲜。魏国夫人高兴极了，没有防备，吃后肚子就疼得在地上打滚，一会儿就七窍流血而死。武氏连忙派宫女去找高宗，一口咬定是武惟良、武怀运下的毒。武氏哭着说武惟良、武怀运一定是打算毒害皇上，结果魏国夫人倒霉，被毒死了，皇上应该厚葬魏国夫人，还要追究武惟良、武怀运的罪责。高宗失去了心爱的人，又听到武氏这么说，顿时非常恼怒，没有调查真相，就把武惟良、武怀运兄弟二人处斩。武氏还把武惟良、武怀运二人改姓蝮，让韩国夫人的儿子贺兰敏之奉祀武士彟。魏国夫人发丧，贺兰敏之前往吊唁，高宗靠在棺材旁边大哭，贺兰敏之也哀哀痛哭。武氏心想："这个孩子哭得这么伤心，恐怕会怀疑我。"过了几个月，武氏把贺兰敏之贬出京城，贺兰敏之最后死在了被贬的地方。不就，武氏的母亲杨氏病逝，被追封为鲁国夫人，又加封武士彟为太原王，封鲁国夫人杨氏为王妃。

上元元年，高宗自称天皇，封武氏为天后。武氏内心阴毒，但是装得很宽厚仁慈。她写了十二项惠民的改革措施，请高宗施行。这些措施包括加强农桑，减轻赋税，裁军，广开言路，理顺人才选拔制度，教化民风等等。高宗觉得这些措施很不错，同意颁布，文武百官和百姓都夸皇后贤明，高宗也对武氏大加赞美。武氏还祭祀先蚕神，亲自养蚕。

太子李弘仁孝谦谨，是个不错的孩子。他见母亲专权，有时就劝谏母亲几句，忤逆母亲的意思，武氏非常不高兴。有一次，李弘知道萧淑妃有两个女儿，一个是义阳公主，一个是宣城公主，因为母亲的关系被幽禁起来，已经三十多岁了，还没出嫁。李弘请母亲放她们出嫁，武氏更加不高兴，她就把两位公主下嫁给宫中的卫士，从此，武氏就动了杀子之心。

高宗为李弘迎娶裴居道的女儿为太子妃，裴女非常有妇道，但是武氏不喜欢，太子也对裴女白眼对待。上元二年初夏，太子李弘跟着高宗来到合璧宫，武氏亲自赐酒给太子，李弘以为母亲是一片好心，没有在意，就多喝了几杯。临走时好没什么事，一切都好，等回到宫中才觉得肚子疼痛难忍，没过几天就死了，年仅二十四岁。高宗痛失爱子，非常难过，几乎痛不欲生，经过侍臣的多方劝慰，才缓过来，太子死后的丧葬制度使用天子的礼仪。太子妃裴氏，痛失夫君，更因为武则天经常虐待她，她就更加难过了，很快也死了。

李弘有三个弟弟，分别是李贤，李哲，李旦，都是武氏亲生。其中李贤最聪明，读书过目不忘，曾被封为雍王，高宗也很爱他。李弘死后，高宗就立李贤为太子。

两年后，高宗又下诏改年号，改仪凤为调露，然后带着武氏巡幸东都洛阳，命李贤代理朝政。为什么武氏突然去洛阳呢？原来，武氏害死王皇后和萧淑妃后，经常梦到两人披头散发，七窍流血来向她索命，把武氏吓得要死。后来，武氏疑心病越来越重，有时醒着，也觉得他们的鬼魂在身边。所以武氏想换个环境居住，于是她在长安东北角另建了一座蓬莱宫。武氏把蓬莱宫建得非常华丽，比旧宫有过之无不及，武氏和高宗都搬了过去，称旧宫为西皇宫，新宫为东皇宫。住在新皇宫里，武氏还是感觉两个厉鬼在跟着她，于是她召来巫师，多方破解都没有用。正谏大夫明崇俨懂一些旁门左道，就劝武氏迁居到洛阳，这样就能避邪，于是，武氏就和高宗一起来到东都洛阳。

到了洛阳，武氏果然神清气爽，什么厉鬼都没有了。于是，她跟高宗一住就是几个月，听说太子李贤在朝主政非常得心应手，大臣们都夸他贤明，高宗就放心了。不料，明崇俨到武氏面前胡说："太子命薄福浅，当不了皇帝。英王李哲长得像太宗，相王李旦的相貌也是富贵之相，只能在这两个人当中选一个立为太子，这样才能保证江山稳固。”武氏非常信任崇俨，开始后悔当初不该立李贤为太子，只是李贤没有犯错，没有借口废了他。但是，她还是亲自编写《孝子传》《少阳政范》等书，陆续赐给李贤，书中暗含着训斥的意思。李贤本是个聪明人，看出了母亲的意思，于是母子之间渐渐产生了隔阂。

第二年，高宗改年号为永隆，还是与武氏住在洛阳。明崇俨在返回长安的路上，被强盗杀了。武氏怀疑是李贤指使的，于是大力搜索罪证，但找了好长时间都没找到。李贤总是活在恐惧之中，于是，开始沉浸于酒色。李贤将家奴赵道生收为男宠，经常赐给赵道生财物，司仪郎韦承庆上书劝谏，李贤不听，反而斥责韦承庆。韦承庆将此事报告给武氏，武氏就把李贤召到洛阳，派薛元超、裴炎、高智周三个人去搜查东宫，还秘密嘱咐他们一番。然后，三人在东宫搜出铠甲几百具，作为李贤谋反的证据。他们又利诱赵道生诬告太子，说明崇俨是太子害死的。于是，武氏提出大义灭亲，要把李贤处死。高宗出面替儿子求情，武氏这才废李贤为庶人，将他幽禁起来，然后流放到巴州，改立李哲为太子。

第二十九回 裴行俭征虏

西突厥阿史那都支表面上接受唐朝分封，背地里却与吐蕃勾结，入侵安西。高宗想要发兵征讨，但是一直没有合适的人担当这个任务。当时，裴行俭又被高宗重用，提拔为吏部侍郎。裴行俭一人奋然献议，说道："现在吐蕃非常强盛，李敬玄失责，刘审礼殉难，怎能又为西方生事呢？如今波斯王已经死了，他的儿子泥涅斯在京师做人质，何不派人把他送回，到时候从突厥、吐蕃两国经过，相机行事，说不定能不劳而定呢！"高宗同意他的建议，随即派裴行俭送波斯王回去，并封他为安抚大食使。

原来，波斯国在突厥西南，汉晋时本是个强国，后来到南北朝时，势力渐渐衰弱。突厥强盛，经常蹂躏波斯，波斯更加困苦。西方又有一个大食国，陈宣帝时，出了一个谟罕默德。他新创一个教，自封为教主，教徒非常多，他们以传播宗教为名，侵略邻近的国家，波斯就首当其冲被他们攻击。贞观初年，谟罕默德死了，他的后人还是多次侵扰波斯西境。波斯东面被突厥侵扰，西面被大食进逼，几乎快要灭国了，幸亏突厥被大唐歼灭，东面没有了顾虑，但是西面还是被大食进逼。于是，波斯派使臣到大唐进贡，请求大唐保护。

后来，波斯王伊嗣侯被大食国追击，逃到吐火罗，不久过世了。他的儿子卑路斯，跟着父亲避难，后来被吐火罗发兵送回。大食国虽然暂时没有攻打波斯，但是他们始终不肯罢手。没办法，卑路斯只好向大唐求援。当时，高宗正派使臣到西域，分设州县，于是，高宗在疾陵城建立波斯都督府，封卑路斯为都督；卑路斯让儿子泥涅斯到大唐做人质。调露元年，卑路斯去世，泥涅斯应该回国继承王位，于是，裴行俭想乘着护送泥涅斯回国的时机，袭击西突厥。高宗同意了裴行俭的建议，随即派裴行俭送波斯王回去，并封他为安抚大食使。然后，裴行俭又奏请高宗，调肃州刺史王方翼为副将，和他一起出行。

大军到达西州时，正是夏天最热的时候，裴行俭故意放出风声说等天凉再前进。西突厥可汗阿史那都支害怕唐军袭击，于是派人去侦察，听说唐军暂时不前进了，就渐渐地放松了警惕。裴行俭召集安西四镇的酋长，故意对他们道："我生平最喜欢打猎，今天正好想出去放松一下，你们谁愿意和我一起去？"酋长们历代以打猎为生，听说要打猎，都愿意跟着去，连酋长的子弟们，也都欢呼雀跃，要一起去。裴行俭又说道："你们既然愿意跟我一起去，那么就要听我的指挥。"大家又齐声答应。于是，裴行俭挑选了一万番兵，让他们在前面开路。裴行俭走到离阿史那都支营帐十多里的时候，裴行俭派人去向阿史那都支问安。阿史那都支突然看到大唐使臣，一开始心中非常不安，后来见使臣很和气，又听说裴行俭是来打猎的，而且带的都是当地的番兵，所以就放心了。于是，阿史那都支率领五百多亲兵，去拜见裴行俭。裴行俭假装热烈欢迎，但是暗中设下埋伏，等待阿史那都支的到来。阿史那都支一到大营，裴行俭就一声令下，伏兵四起，没费多大力，就把他们全部拿下。阿史那都支还有一个主帅名叫遮匐，在西面防守，裴行俭亲自率领骑兵杀过去。遮匐猝不及防，也只好束手投降。裴行俭捉住两个酋长，大功告成，就留下王方翼驻守安西，修筑碎叶城，并在石头上铭刻文辞，记述功绩。自己押着两个酋长凯旋回京。

高宗很高兴，在宫中赐宴裴行俭，当面夸奖他："你不远万里，孤军深入，兵不血刃，抓住夷族叛党，可以说是文武兼备。"于是高宗封裴行俭为礼部尚书，兼检校右卫大将军。阿史那都支等，在狱中监禁，死于狱中。

不久，高宗又封裴行俭为定襄道大总管，讨伐东突厥。原来，裴行俭出使波斯时，单于大都护府（原云中都护府）忽然发生叛乱，单于大都护府下属突厥酋长阿史德温傅、奉职率所辖二部，擅立阿史那泥熟匐为可汗，背叛大唐，塞北的二十四个州酋长一起造反响应他。高宗派单于府长史萧嗣业，及右领军卫将军苑大智，右千牛卫将军李景嘉等人率军出征讨伐。刚开始，萧嗣业等人百战百胜，渐渐地，萧嗣业等人有些忘乎所以。一天夜里，雨雪交加，沙漠中没有一个行人，萧嗣业认为敌军不会来犯，于是就放松了警戒，在营中大摆酒席。谁知，这时突厥兵全部出动，杀入唐营。萧嗣业在慌乱中先行逃走，其余的唐军顿时溃乱，死的死，伤的伤。最后，苑大智、李景嘉等人引兵断后，萧嗣业等人才逃回了都护府。

接到战败的消息后，高宗非常生气，大发雷霆。萧嗣业被流放到桂州，苑大智、李景嘉被免官。高宗又派裴行俭为行军大总管，与丰州都督程务挺，幽州都督李文暕一起，率领三十万大军，奔赴北方，去平定单于府叛乱。

唐军到了朔州，裴行俭对部将道："行军作战要讲究战略战术，萧嗣业有勇无谋，所以战败，我们千万不要像他那样。"于是，裴行俭假装安排三百辆粮车，每辆车里埋伏五名战士，全都拿着短刀强弩，蜷伏在粮车内，外面用几百名老弱残兵看护着，慢慢地往前走。另外，裴行俭还在险要地方埋伏精兵几千人，接应这支假粮车队伍。突厥的骑兵登高遥望，看到有粮车到来，立即上前攻夺。护粮的老弱残兵全部弃车逃走，任由番兵把粮车抢走。番兵赶着粮车来到有水草的地方，一边解下缰绳喂马，一边到车上取粮，这时，埋伏在车上的战士冲了出来，把番兵杀得人仰马翻，番兵赶紧逃走。接着，路边埋伏的精兵又杀出来，把番兵几乎全都杀死。从此，唐军粮车路过，番兵再也不敢靠近。

唐军来到黑山，泥熟匐和奉职两人，带着骑兵前来迎战。裴行俭按兵不动，任由番兵前来骂阵，裴行俭下令只准守，不准攻。等番兵泄气时，裴行俭命令程务挺、李文暕二将为左右翼，自己为中军，出其不意包抄番军。番将奉职中箭，被唐军捉住，泥熟匐还想逃跑，裴行俭大声喊道："谁能活擒泥熟匐，赏万金！谁能杀死泥熟匐，赏千金！无论我军还是敌军一律给赏。"番兵知道打不过唐军，听到这喊声，连忙倒戈，把泥熟匐刺死，提着他的人头来投降。裴行俭言而有信，马上履行承诺，又用降兵做向导，直攻敌军老巢。阿史德温傅留守巢穴，听说泥熟匐等人全军覆没，吓得魂飞魄散，连忙飞一般逃到狼山去了。大唐派户部尚书崔知悌前往定襄，抚慰将士，并且处置剩下的贼寇，裴行俭率军东归长安。

到了开耀元年，阿史德温傅又迎立颉利的儿子阿史那伏念为可汗，再次侵犯原、庆二州。于是，高宗又派裴行俭去征讨，并封左武卫将军曹怀舜及幽州都督李文暕为副将。

曹怀舜率步兵开路，刚好遇上伏念的大军。伏念用诈降计骗过了曹怀舜，曹怀舜没有防备，被伏念趁机袭击，弃军逃回长城口。裴行俭来到陉口，接到曹怀舜兵败的消息，就按兵不动。接着，裴行俭一面派使臣跟伏念议和，结为同盟，劝他进攻阿史德温傅；一面又向阿史德温傅写信，约他抗击伏念。阿史德温傅和伏念两人一个在外面行军，一个在家里防守，无法见面，正中了裴行俭的反间计。

裴行俭又侦查到伏念的军需藏在金牙山，于是暗中派骑兵去截击，最终把敌军的全部军需都截获了，就连伏念的妻子儿女也一并抓住。伏念惊惶失措，逃到保细沙。裴行俭又使副将刘敬同、程务挺等人连夜追击，逼得伏念没有办法，只得把阿史德温傅绑住，献给唐军。伏念和阿史德温傅都做了俘虏。

突厥被扫平，太子又生了个儿子，名为重照，双喜临门，于是高宗改年号为永淳。刚刚过了一个多月，西突厥的后人阿史那车薄又率领十个部落造反，高宗想要裴行俭率军出征。大军还没出发，裴行俭就因病而亡，享年六十四岁。高宗追封他为幽州都督，谥号献。

裴行俭是闻喜人，从小写得一手好字。他的草书、隶书都写得非常好，跟褚遂良、虞世南齐名。长大后，学习战术，军事才能超乎常人，而且看人很准。当时，华阴人王勃、杨炯，范阳人卢照邻、义乌人骆宾王，都是以文艺著名，李敬玄非常看好他们，于是将他们四人分别介绍给裴行俭。裴行俭私下对李敬玄道：“用人要先看人的气量和见识，后看才华。王勃等人虽然有才华，但是都很浮躁，不适合做官。只有杨炯比较沉稳，可以一用。”李敬玄当时还不信，后来都应验了。王勃渡海落水，受惊吓过度而死。卢照邻得了大病，痛不欲生，自杀而死。骆宾王成了徐敬业的府僚，徐敬业造反死后，骆宾王不知所终。只有杨炯在盈川当县令，一直到老。裴行俭手下的副将，也大多是名将。攻破阿史那都支时，裴行俭曾获得个一玛瑙盘子，宽二尺多，非常漂亮。裴行俭把盘子出示给将士们看，一个将士不小心把盘子打碎了，吓得直哆嗦，一直在地上不停磕头。裴行俭笑道：“不要这么惊慌，你又不是故意的。”每次战胜回朝，裴行俭就把所得的赏赐，全都分给部下，因此裴行俭病死后，将士们都非常不舍。

裴行俭死后，西征没有了统帅，亏得安西都护王方翼与西突厥十部落，在伊犁河交战，大获全胜，阿史那车薄逃走，西突厥才又被平定。

东突厥余党阿史那骨笃禄，阿史德元珍等，又占据住黑沙城，并侵犯并州和单于府北境，杀死岚州刺史王德茂，分兵四处抢掠。唐朝廷又封薛仁贵为右领军卫将军，兼检校代州都督。薛仁贵率兵至云州，阿史德元珍望风而逃。薛仁贵大捷而还，到代州时得病，很快逝世。高宗听闻讣告，追赠薛仁贵为左骁卫大将军。

此时，吐蕃也入寇河源，唐侍御史娄师德，出任河源军经略副使，与吐蕃兵角逐在白水涧旁，娄师德八战八胜，杀得吐蕃灰心丧气，回国去了。高宗封娄师德为比部员外郎，兼左骁骑郎将。娄师德是郑州原武人，以进士出身，转历武阶，度量弘远，智勇深沉。自裴行俭去世后，能文能武的唐臣，要推这娄师德了。

唐室御夷攘狄，除了太宗亲自出征之外，全赖这班武臣猛将。高宗虽然庸弱，还有好几个宿将留遗，出平外乱，所以太宗高宗时代，大唐声威，遍及四方。当时，朝廷依次置都护府，镇抚东南西北，都护府下有都督，有刺史，都督管辖府，刺史管辖州，都护统由唐廷派遣，都督刺史，往往就地选任，番部的酋长大多担任此类职务。这时，唐朝廷一共开列了六个都护府，分别如下：

（一）安东都护府。初治朝鲜之平壤城，后移至辽河沿岸之辽东城。

（二）安北都护府。初治郁督军山之南麓狼山府，后移阴山之麓中受降城。

（三）单于都护府。治山西之大同府，西北之云中城。

（四）北庭都护府。治天山北路之庭州。

（五）安西都护府。治天山南路之焉耆。

（六）安南都护府。治岭南之交州。

这东西南北四方，只有南方用兵最少，不战自服。一些小国陆续入朝，如占婆、真腊、扶南、阇婆、室利佛逝等国，都通使唐廷，唐朝威力，可算得古今少有了。就是海外诸国，也有很多乘着海陆交通工具，来到大唐通商传教，教派又有数种，分别如下：

（一）祆教。系西洋人曾吕亚斯太所创，素尚拜火，故又称拜火教，波斯人大多崇拜此教，后来改宗回教。

（二）摩尼教。系波斯人摩尼所创，源出拜火教，回纥人大多崇拜此教。

（三）景教。即耶稣教之一派。唐贞观年间，波斯人阿罗本，带着景教经典来长安，太宗也很崇信，为建景教寺于京师，高宗时更命各州设景教寺，后改称大秦寺。

（四）回教。即摩诃末教，盛行于大食国。

（五）佛教。汉时已入中国，唐玄奘求经天竺，带归长安，佛教益兴。日本僧道昭最澄空海等，亦入唐传佛法，互证玄理。

这个时期，大唐国力非常强大，当时有句“九天阊阖开宫殿，万国衣冠拜冕旒”的诗传诵，正是大唐民富国强的真实写照。

高宗经常往来东、西两都，外族使臣也跟着来拜见。高宗晚年，武氏专权，经常到光顺门接受各国来使的拜见，摆出一副皇帝的架势。武氏还鼓动高宗，把五岳全部封禅，又下令在嵩山南面特别建造奉天宫。

监察御史里行李善感对高宗劝谏道：“陛下以前封禅泰山，告识太平，求得吉祥，祭祀的隆重程度已经足以和三皇五帝媲美。近年来收成不好，老百姓的日子不好过，这时候如果再大肆建造宫殿，劳民伤财，岂不是让百姓失望？”高宗虽然也明白这个道理，但是他害怕武氏，只好不理会。

武氏这个人不仅喜欢铺张浪费，而且狠毒暴虐。她贬黜杞王李上金和邹王李素节，又逼死了曹王李明，整天行凶逞威，弄得朝廷乌烟瘴气，暗无天日。

杞王李上金，是高宗的妃子杨氏所生，武氏恨杨氏得宠，就把杞王贬到澧州。李素节为萧淑妃所生，萧淑妃被冤死后，李素节被贬为申州刺史。李素节写了一篇《忠孝论》，表明自己的忠诚，仓曹参军张柬之把这篇文章秘密地交给高宗，想要高宗保护李素节，谁知被武氏知道，她找了个借口把李素节贬到袁州。曹王李明是太宗的小儿子，母亲是巢刺王妃。永隆年间，曹王因为太子李贤的事，被贬为零陵王，后来迁到黔州。都督谢祐接到武氏的密旨，把李明逼死了。还有英王李哲的王妃赵氏，是高祖的女儿常乐公主的女儿，高宗对待公主很好，武氏非常嫉妒，于是把气全都撒在英王妃的身上。武氏把英王妃幽禁起来，还不给她吃饭，把英王妃活活饿死在宫中。

武氏一共生了四个儿子，一个女儿，女儿被封为太平公主，最得母亲的宠爱。仪凤年间，吐蕃想要娶公主，武氏舍不得把女儿远嫁，就拒绝了吐蕃的和亲。

后来，高宗见公主喜欢薛绍，就把公主嫁给了薛绍。薛绍的母亲是太宗的女儿城阳公主，她先嫁给了杜荷，杜荷犯罪被杀，她又改嫁薛瓘。

薛瓘有三个儿子，大儿子名叫薛顗，二儿子名叫薛绪，薛绍最小，长得非常英俊。太平公主也长得国色天香，两人真是天造地设的一对，特别恩爱。只是武氏听说薛顗的妻子萧氏和薛绪的妻子成氏都不是什么豪门，竟然让他们两人离婚再娶，她对内侍说道："我的女儿是金枝玉叶，怎么能和那些老百姓的女儿做妯娌呢？"当时，有人提醒说："萧氏是萧侄的孙女，萧侄也是前朝的功臣呢。"武氏听了这话，才没有让他们离婚。

到了高宗末年，高宗又改年号为弘道，并打算去嵩山封禅，于是驾幸嵩山脚下的奉天宫。忽然，高宗头晕得很厉害，眼睛几乎不能看东西了。太医张文仲和秦鸣鹤两人上奏，道："这是肝风上逆，必须扎针才能治好。"当时，武氏正好在旁边，听见二人这样说，非常生气："你们两人是不想活了吗？皇上的身体能用针扎吗？"张文仲和秦鸣鹤两人吓得要死，慌忙跪地磕头。高宗说："太医也是为了给朕治病，想把病治好，怎么说有罪呢？朕头痛得厉害，快点给朕针灸吧。"两人这才敢起身，为高宗进行针灸。还别说，这针一扎，皇上立即感觉好多了。高宗非常高兴地说："朕的眼睛好了，你们两人的手艺不错啊。"武氏听了高宗的话，立即起身拜天道："这都是上天所赐，怎敢不拜谢上天呢？"拜完，武氏转身向内，拿来一百匹彩段，赏赐给两位太医。张文仲和秦鸣鹤两人连忙谢恩出去。不久，高宗旧病复发，还是头晕眼花，于是又召张文仲和秦鸣鹤两人来针灸。武氏说道："针扎一次可以，但是不能再次扎了，况且针灸治疗也不是什么好办法。"随即，武氏请高宗回到东都。

难道武氏这样做是真心爱高宗吗？其实不是。高宗现在已经年过半百，精力衰退，而武氏的年龄比高宗还要大三四岁，偏偏她生得异常丰采，远远地望去并不像五六十岁的妇人。而且武氏身体非常好，高宗反而身体越来越差，于是武氏看他不中用了，当着高宗的面祝他的病赶快好，但背地里希望高宗快点死。

高宗的头晕病非常严重，等回到东都，就一病不起。高宗感到自己快不行了，于是下诏让太子李哲代理朝政，命令裴炎、刘景先、郭正一三人辅佐太子。又过了几天，高宗知道自己活不长了，半夜就召来裴炎等人接受遗诏，随即高宗就归天了。高宗享年五十六岁，在位三十四年，年号改了十四次。

徐敬业造反

中宗是高宗的第七个儿子，原名叫李显，刚开始被封为周王，后来改封为英王，还改名为李哲，哥哥李贤被废后，李哲就被立为太子。高宗驾崩时，有遗诏让太子继位，遇到国家大事，应该听取天后武氏的意见。中宗素来性格柔弱，庸碌无能，一直被强悍的母亲管制着，根本就不能独立处理朝政，当即尊称武氏为皇太后，一切朝政全都归皇太后做主。

武氏临朝听政，加封韩王李元嘉为太尉，霍王李元轨为司徒，舒王李元名为司空，滕王李元婴为开府仪同三司，鲁王李灵夔为太子太师，越王李贞为太子太傅，纪王李慎为太子太保。这几位王公同时受封，无非是因为他们地位尊贵，武氏想笼络他们。武氏又加封刘仁轨为尚书左仆射，岑长倩为兵部尚书，魏玄同为黄门侍郎，裴炎为中书令，刘景先为侍中，然后大赦天下，把中宗元年称为嗣圣元年。过了正月初一，武氏册封太子妃韦氏为皇后，封皇后的父韦玄贞为豫州刺史。中宗非常爱韦后，于是爱屋及乌，想加封韦后的父亲为侍中，裴炎认为韦玄贞没有什么功劳，不应该被封为侍中，于是上朝谏阻。

不料中宗不答应，裴炎与中宗再三力争，惹得中宗发怒，中宗厉声呵斥裴炎，说道："朕就是把江山送给韦玄贞，也没有什么不可以的，何况一个侍中呢？"裴炎听了这话，不禁惶惧，就把中宗的话告诉武氏。武氏听后，就有了废掉李哲的想法。

武氏很小的时候，并州的县令叫袁天纲。这袁天纲是西蜀人，看相的本领非常高。武氏的父亲武士彟听说他很会看相，就邀请他到家里，让他给家里人看相。

袁天纲看到武氏的母亲杨氏，说道："夫人必生贵子。"看到两个儿子武元庆、武元爽，袁天纲又道："两少爷将来官至三品，但不能终身显贵。"后来看到武氏的姐姐韩国夫人，他叹息道："这个女孩也是贵相，可惜死于非命。"侍女把武氏抱过来，说是男孩。袁天纲仔细一看，不禁惊异道："这果真是个男孩吗？要是个女孩就好，那前途就不可估量了。"武士彟笑着说道："如果真是个女孩，将来会怎样呢？"袁天纲回答道："女子有这样的面相，一定会做女皇帝。"武士彟对袁天纲的话半信半疑。等到武氏长大，兄姊间经常以女皇帝三字来说笑。武氏小时候读过很多史书，晓得历朝以来，从没有女皇帝出现过，所以袁天纲的预言，她也只是当个笑话，没有相信。谁知时来运转，福至心灵，武氏由才人进为昭仪，由昭仪进为皇后，由皇后进为太后，步步高升，事事如意，于是武氏想到袁天纲的预言，居然想做女皇帝了。加上中宗徇私，裴炎多次揭发，于是，武氏打算废掉李哲，自己当皇帝。她跟裴炎商量，密令中书侍郎刘祎之、羽林将军程务挺、张虔勖等人，带兵入宫。

二月五日，文武百官一齐来到乾元殿，太后武氏竟然坐在朝堂之上，中宗跟着上朝，刚要坐御位，突然，裴炎宣读太后懿旨，废中宗为庐陵王，命令程务挺等人扶他下殿。中宗愕然，说道："我犯了什么罪？"武则天呵斥道："你要把天下送给韦玄贞，还说自己没有犯罪吗？"中宗无话可说，只得被人拉下去，囚禁了起来。武氏又问群臣道："皇上失德，已经被废，那么现在立谁为皇帝呢？"裴炎立即答道："应该立豫王。"大臣们都非常赞同。

于是，武氏立小儿子豫王李旦为皇帝，改年号为文明，封豫王妃刘氏为皇后，李旦的儿子李成器为太子。武氏把中宗的儿子李重照废为庶人，把韦玄贞发配到钦州。武氏掌管国家政权，皇帝李旦也只是一个虚名。当时，西京长安无主，于是，武氏封刘仁轨为西京留守，刘仁轨因自己身体不好，没有答应。武氏亲自写信劝他，刘仁轨这才奉命前去，上任不久就病死了，武氏下令文武百官全部参加葬礼，追封刘仁轨为开府仪同三司。因为高宗安葬在乾陵，就把刘仁轨陪葬在乾陵。

废太子李贤因谋逆罪被废为庶人，流放巴州，作了一首《黄台瓜词》，词中写道："种瓜黄台下，瓜熟子离离，一摘使瓜好，再摘使瓜稀，三摘犹为可，四摘抱蔓归。"武氏本来就担心李贤谋反，听了一首词之后，越发怀疑李贤怨恨她，于是秘密派将军邱神勣赶到巴州，逼李贤自杀。然后，武氏假装贬邱神勣为叠州刺史，并亲自到显福门哀悼，追复李贤以前的雍王爵位。

没多久，武氏又封邱神勣为金吾将军，直到这时候，人们才知道武氏杀李贤的事。李贤被杀死后，武氏又开始猜忌庐陵王李哲，把他发配房州后来又发配到均州。

然后，武氏改年号为光宅，旗帜多用金色，称东都为神都，并且大改官名，尚书省改称文昌台，仆射改称左右相，六部为天地四时六官，门下省为鸾台，中书省为凤阁，侍中为纳言，中书令为内史，御史台分为左右肃政台。此外大小官制，亦一律变更。武氏尊五代祖武克己为鲁国公，妣为夫人，高祖居常为北平郡王，曾祖俭为金城郡王，祖华为太原郡王，父士彟为魏王，妣皆为妃。在洛阳建立五庙，岁时致祭。同时，武氏开始任用自己的亲属，加封侄子武承嗣为太常卿，同中书门下三品，又封武三思为右卫将军。还有武攸暨、武攸宁、武攸归、武攸望等人，都靠着太后家族，连续升官。从此，大唐就成了武家的天下，因此文官受到排挤，武官受到贬斥。

李勣的孙子李敬业，世袭英国公爵位，任眉州刺史，结果被贬为柳州司马。弟弟李敬猷也被罢官。给事中唐之奇被贬为括苍令，詹事府司直杜求仁被贬为黟令，长安主簿骆宾王被贬为临海丞，御史魏思温被贬为盩厔尉。这几个人都被贬到扬州一带，同病相怜，于是想要造反。他们借匡复庐陵王为名，推荐李敬业为统帅，唐之奇、杜求仁为左右长史，参军李宗臣及薛璋为左右司马，魏思温为军师，骆宾王为记室。他们还找来了一个和李贤相貌相似的人留在军中，假装称李贤没有死，逃难到这里，让他起兵。当地百姓听说后，都支持他们，十几天就召集十多万人马。骆宾王写好檄文，散发到各个州县，一时间，家喻户晓。武氏得到消息后，正打算派人去征讨。忽然接到一纸檄文，随手打开，只见上面写着：

伪临朝武氏者，性非和顺，地实寒微，昔充太宗下陈，曾以更衣入侍，洎乎晚节，秽乱春宫，潜隐先帝之私，阴图后房之嬖。入宫见嫉，蛾眉不肯让人，掩袖工谗，狐媚偏能惑主。践元后于翚翟，陷吾君于聚麀。加以虺蜴为心，豺狼成性，近狎邪僻，残害忠良，杀姊屠兄，弑君鸩母。

武氏看到“弑君鸩母”一句，微笑道：“我什么时候干过这种事？真是血口喷人，谁会相信呢？”

再往下看，写道：

人神之所同嫉，天地之所不容，犹复包藏祸心，窥窃神器，君之爱子，幽之于别宫，贼之宗盟，委之以重任。呜呼！霍子孟之不作，朱虚侯之已亡，燕啄皇孙，知汉祚之将尽，龙漦帝后，识夏廷之遽衰。

武氏又自言自语道：“话虽然不切实际，但文章却写得很好。”再看下去：

敬业皇唐旧臣，公侯冢子，奉先君之成业，荷本朝之厚恩，宋微子之兴悲，良有以也，袁君山之流涕，岂徒然哉？是用气愤风云，志安社稷，因天下之失望，顺宇内之推心，爰举义旗，以清妖孽。南连百越，北尽山河，铁骑成群，玉轴相接。海陵红粟，仓储之积靡穷，江浦黄旗，匡复之功何远？班声动而北风起，剑气冲而南斗平，喑呜则山岳崩颓，叱咤则风云变色。以此制敌，何敌不摧？以此图功，何功不克？公等或居汉地，或协周亲，或膺重寄于话言，或受顾命于宣室，言犹在耳，忠岂忘心？一抔之土未乾，六尺之孤谁托？

武氏又道：“好文采！”转身问左右道：“这篇文章不知道是谁写的？”有一人回答道：“听说是骆宾王写的。”武氏叹息道：“有这样的才华，反而让他流落他乡，难道不是宰相的过失吗？”再看下去，就是结尾文字：

倘能转祸为福，送往事居，共立勤王之勋，无废大君之命，凡诸爵赏，同指山河。若其眷恋穷城，徘徊歧路，坐昧先几之兆，必贻后至之诛。请看今日之域中，究是谁家之天下！

武氏看完后，连声说：“奇才奇才！不过有文韬还要有武略，就算骆宾王能文，那李敬业未必能武。”

于是，武氏命令左玉钤卫大将军李孝逸，率领三十万军兵，去征讨李敬业，然后罢了李敬业的官爵，挖出李敬业祖坟并把棺材砍断，令他恢复徐姓，又召裴炎商量军情。

裴炎的外甥就是薛璋，因为外甥帮助徐敬业造反，所以裴炎不主张讨伐，并说：“皇帝已经长大了，却不能主政，叛党这才有了借口，如果太后让皇上主政，叛党就不战就平了。”武氏听了这话，很不高兴。裴炎走后，武氏又召武承嗣商量。武承嗣道：“叛军多是不懂打仗的老百姓，只要大兵一到，自然就瓦解了。”武氏道：“裴炎却劝我让权呢！”武承嗣道：“裴炎的外甥薛璋就是叛党，他只能这么说。我刚才碰到监察御史崔察，他还说裴炎也是同谋呢。”武氏又召崔察询问，崔察说的跟武承嗣说的一样，并说裴炎如果没有谋反，为什么请太后让权呢？武氏随即把裴炎打入大牢，命令左肃政大夫骞味道，侍御史鱼承晔审讯。裴炎坚强不屈，有人劝裴炎认错求生，裴炎答道：“宰相下狱，还有活着出来的吗？”骞味道、鱼承晔两人把裴炎屈打成招，随即处死。帮他求情的侍中刘景先，及凤阁侍郎胡元范一个被贬为普州刺史，一个被流放到琼州而死。

这时，徐敬业已经出兵渡江，召集将士们商议下一步的去向。魏思温发表意见说：“您以匡复为名，应该率领大军名正言顺地进兵洛阳，那样天下的忠义之士知道您是正义之师，自然会支持响应的。”薛璋在旁边说道：“金陵有王气，而且有长江天险可以固守，不如先取常、润二州，以此为根据地，然后再向北进攻中原。进可以攻，退可以守，这才是好办法。”徐敬业最终听从薛璋的建议，命令唐之奇守江都，自己带兵攻打润州，捉住刺史李思文。李思文是徐敬业的叔父，听说徐敬业起兵造反，他曾派人上报，并且坚守了二十多天，城池才被攻破。李思文被捉后，魏思温请求把他斩首示众，徐敬业不同意，只是让他改姓武，囚禁在牢车中。魏思温感叹道：“徐敬业不顾大义，只顾徇私，恐怕难逃兵败身亡的命运。到时候，我们也都死定了。”

徐敬业攻下润州后，听说李孝逸的大军快要抵达临淮，于是马上回军抵御。徐敬业将兵马驻扎在高邮境内的下阿溪，派弟弟徐敬猷守淮阴，副将韦超、尉迟昭守都梁山。

李孝逸派副将雷仁智攻打徐敬业的大营，被徐敬业杀败，不敢再进攻。监军侍御史魏元忠对李孝逸说道：“天下安危在此一举，如今大军逗留不进，大家都很失望，如果朝廷派别的将军来代替您，将军您如何自处呢？”李孝逸还在犹豫，忽然探马来报，说左鹰扬大将军黑齿常之已经从东都出发，任江南道大总管，来增援李孝逸。魏元忠又向李孝逸进言，道：“黑齿常之来增援，估计朝廷已经有疑心，为今之计，我们应该马上率领骑兵去攻打淮阴或都梁山。徐敬猷和韦超都不是强将，而且兵力不足，很容易把他们打败。我们先除掉徐敬业的掎角，那么徐敬业就好对付了。”李孝逸这才带兵进攻都梁山，斩了尉迟昭，韦超趁夜逃走。随后，李孝逸又带兵进攻淮阴，徐敬猷战败逃跑。随后，李孝逸大军直攻徐敬业。

徐敬业在河边列阵固守。李孝逸的偏将苏孝祥夜里带领五千人用小船渡河进攻。刚渡到一半，徐敬业就得到消息，派兵截击。苏孝祥来不及整军，只好迎面奋战，最终身受重伤，落水而亡，五千军兵淹死了一半。李孝逸率领军队打算退守石梁。忽然，探马来报，说徐敬业的大营上有乌鸦云集。魏元忠与行军管记刘知柔齐声对李孝逸说：“这是敌人要失败的先兆。乌鸦云集，势必营中没人，如今有一个计策可以破敌。”李孝逸问是什么计策？魏元忠道：“顺风而战，利在火攻，将军何不纵火焚敌呢？”李孝逸连声称赞，立即命令军兵手持火把，过河再战。徐敬业正准备整军截击，不料对面火箭接连飞来。河边芦苇非常多，冬天气候干燥，顺风一吹，大火马上烧到阵中，叛军只好后退。李孝逸指挥大军乘胜追击，杀得溪流皆赤，岸草齐红。徐敬业逃回江都，料知无法抵抗，于是烧掉图籍，带上妻儿老小逃往润州。

到了蒜山附近，见有追兵到来，徐敬业慌忙乘舟入江，打算顺流出海，投奔高丽。船行到海陵界时，被风所阻，部将王那相叛变，怂恿军兵杀死徐敬业、徐敬猷以及徐敬业的妻子儿女，共计二十五人，然后带着他们的人头投降了李孝逸。余党唐之奇、魏思温、韦超、薛璋等人，都被李孝逸抓到，随即斩首。只有骆宾王逃走，不知道去哪儿了。等到黑齿常之到江南，已是乱党肃清，不用他再动手了。

武则天屠杀李唐宗室

自从参与废中宗，立豫王后，羽林将军程务挺就出任单于道安抚大使，出兵防御突厥。当时，阿史那骨笃禄及阿史那元珍等人还在塞外出没，所以调遣程务挺去防守。裴炎入狱时，程务挺曾私下上奏，为裴炎申理，武氏很是不高兴。后来，徐敬业败死，有人告诉武氏，说程务挺曾和徐敬业密谋，武氏也没有调查，就派左鹰扬将军裴绍业，去程务挺军中，将他杀掉。程务挺一向机智勇敢，突厥人很害怕他，听说他死了，突厥人都非常高兴，摆酒庆贺。夏州都督王方翼，以前是安西都户，和程务挺关系很好，又是被废王皇后的亲戚，所以也被牵连，发配崖州，不久也死了。

第二年，武氏因为平定了徐敬业，于是又改年号为垂拱，还是把庐陵王李哲迁至房州。

武氏虽然年近六十岁，但她保养得很好，依旧很漂亮。高宗死后，她临朝亲政，大权再握，一个儿子被废，一个儿子居住别殿，就像把他们囚禁了一样，文武百官要杀便杀，没一个敢抗命，但是她还是感到很孤独。

蓦然，武氏想起当年的冯小宝，于是便想办法叫他进宫。二人一见面就翻云覆雨，很是逍遥。但是，武氏又怕别人嘲笑她，于是就想办法让冯小宝当白马寺主，借着超度祖宗的名义往来宫中，两人经常见面。因为，冯小宝家世地位很低，武氏就帮他改名换姓为薛怀义，与驸马薛绍同族，并且命令薛绍称呼他为叔父。

宫廷内外的人都知道薛怀义是武氏的情夫，只是因为武氏的威名，大家都不敢议论。有几个不顾廉耻的狗官竟然来巴结薛怀义，薛怀义刚开始还有所顾忌，后来渐渐骄纵放肆，目中无人，骑着御马在宫中横冲直撞，还有几名宦官在前面开路，显赫无比。有些官员避让不及，被薛怀义的御马撞到，流血倒地。遇到道士，薛怀义就命令他们剃掉头发，遇到朝中的权贵就命令他们下拜，就是武承嗣、武三思等人，遇到了薛怀义，也要到薛怀义的马前行礼。

右台御史冯思勖想用法律将薛怀义绳之以法，谁知，有一次，薛怀义在路上偶然遇到冯思勖，竟然喝令随从，将冯思勖打得半死。

温国公苏良嗣接任刘仁轨的职务，留守西京，武氏特召他为左相，受职入朝。有一天，苏良嗣碰上薛怀义，勉强给薛怀义施礼，薛怀义竟然目中无人，不予理睬。苏良嗣大怒，说道：哪里来的秃和尚，竟敢如此傲慢？”薛怀义一向骄横，听到苏良嗣这样说话，怎么忍得下去，就与苏良嗣吵了起来。苏良嗣命令左右把薛怀义拖出去，打了他几十巴掌，气的薛怀义火星乱冒，急忙跑去向武氏报告。

武氏笑着对薛怀义说：“法师只能在北门出入，南门是宰相出入的地方，怎么能撞到一起呢？”几句话像在薛怀义的秃头上泼了一瓢冷水，把薛怀义的气焰浇灭了，薛怀义没有地方申冤，只好自认倒霉。

武氏担心薛怀义再次闯祸被打，就干脆找借口，说薛怀义有设计才能，让他住在宫中，负责建造维修。补阙王永礼不知道武氏的用意，上奏请求阉了薛怀义，免得他搅乱了后宫。武氏怎么会同意他的请求呢？

又过了一年，武氏假装要把掌管朝政的大权交还给豫王，豫王倒也聪明，连忙上表推辞。因此，武氏还是一直在掌管朝政。

武氏知道自己行为不正，怕宗室和大臣怨恨不服，甚至造反，于是，武则天想出一个鼓励告密的好计策。她在京都城门外设立了一个大铜箱，不论什么人都可以告密，把奏折投进铜箱里，武氏派她最相信的人随时去取。如果有外地人告密，则规定当地的官员要给告密人路费和生活费。假如情况属实，就给告密的人升官，不属实也不问罪于他们。这种制度创行后，那些有个人恩怨的人都想通过告密来搞垮对方，还有心术不正的人编造谎言，想搞个官当当。胡人索元礼就是因为告密有功，被武氏封为游击将军，专门审问罪犯。

索元礼非常残忍，经常审问一人，就要引诱罪犯引出很多无辜的人，这样辗转牵连，造成了很多冤狱。武氏反而说他很能干，多次嘉赏他。尚书都事周兴、来俊臣等人也效仿索元礼，竞相给别人罗织罪名，因为罗织罪名有功，周兴升迁至秋官侍郎，来俊臣升迁至御史中丞。周兴、来俊臣俩人养了几百个无赖，想害谁，就让这些无赖到处告密，密状的内容一样。被告密的人被逮捕后，经过严刑拷打，都屈打成招。他们还用特别制造的各种各样的刑具，和不计其数的酷刑来折磨那些受害的人。渐渐地，大家都很怕他们，因此每次审讯犯人时，只要把那些刑具一丢，犯人就吓得要死。犯人觉得反正都是死，不如随便招供，免得受皮肉之苦，死得快点。所以，朝内的官员和朝外的百姓，一提到索元礼、周兴、来俊臣三人，都害怕得要死，大气都不敢出，话更是不敢多说一句。麟台正字陈子昂看到这样的情景，非常痛心，于是上奏劝阻武则天：

今执事者疾徐敬业首乱倡祸，将息奸源，穷其党与，遂使陛下大开诏狱，重设严刑，有迹涉嫌疑，辞相逮引，莫不穷捕考察，至有奸人荧惑，乘险相诬，纠告疑似，希图爵赏，恐非伐罪吊人之意也。臣窃观当今天下，百姓思安久矣，故扬州构逆，殆有五旬，而海内晏然，纤尘不动。陛下不务玄默以救敝人，而反任威刑以失民望，臣愚暗昧，窃有大惑。伏见诸方告密，囚累百千辈，及其穷竟，百无一实。陛下仁恕，又屈法容之，遂使奸恶之党，快意相仇，睚眦之嫌，即称有密。一人被讼，百人满狱。使者推捕，冠盖如市。或谓陛下爱一人而害百人，天下喁喁，莫知宁所。

臣闻隋之末代，天下犹平，杨玄感作乱，不逾月而败。天下之弊，未至土崩。蒸民之心，犹望乐业。炀帝不悟，专行屠戮，大穷党与，海内豪士，无不罹殃。遂至杀人如麻，流血成泽，天下靡然始思为乱，于是雄桀并起，而隋族亡矣。夫大狱一起，不能无滥，冤人吁嗟，感伤和气，群生疠疫，水旱随之。人既失业，则祸乱之心，怵然而生矣。古者明王重慎刑罚，盖惧此也。昔汉武帝时，巫蛊狱起，使太子奔走，兵交宫阙，无辜被害者，以千万数，宗庙几覆，赖武帝得壶关三老书，廓然感悟，夷江充三族，余狱不论，天下以安。古人云："前事之不忘，后事之师也。"伏愿陛下念之！

陈子昂在谏文里非常反对诬告和酷刑，但是武氏一点都不听劝，依然我行我素。三品官员刘祎之很不认同武氏的行为，私下里对舍人贾大隐说道："太后既然想要废掉昏庸，再立明主，那还来临朝听政干什么？还不如快点把朝政归还给明主，这样好安民心。"贾大隐表面上赞同他的说法，背地里却向武氏告密。武氏怀恨在心，后来又有人诬告刘祎之受贿，还说他跟许敬宗的小妾有染，于是，武氏命令刺史王本立去审问他，王本立宣敕，示于刘祎之，谁知刘祎之却说："不经凤阁鸾台，何名为敕？"武氏听了这个话，怒上加怒，把刘祎之处死了。刘祎之在临刑沐浴时，自己写了好几张表文，内容非常慷慨激昂，没有一个字是向武氏乞怜。麟阁侍郎郭翰和太子文学周思钧两人见了刘祎之的表文，都非常赞叹，谁知又被武氏知道，于是郭翰被贬为巫州司马，周思钧被贬为播州司仓。

将军李孝逸立了很多战功，声望很高，说话时难免有点高傲。武承嗣等人就诬告他要谋反，于是，武氏就把李孝逸贬为施州刺史，后来，武承嗣还编了些坏话诬告他，惹得武氏非常怀疑李孝逸，本来想把他处死的，但念在李孝逸立了很多功劳，最后把他发配到儋州。李孝逸不久就病死在儋州了。

太子舍人郝象贤的爷爷郝处俊生前是中书侍郎，高宗在位时，郝处俊就反对武氏参政，得罪了武氏。如今有人诬告郝象贤，说他图谋不轨，武氏毫不犹豫地让周兴审讯。周兴是罗织罪名的好手，很容易就定了郝象贤谋反罪，按律应该诛灭家族。郝象贤的家人到监察御史任玄殖那里去喊冤，任玄殖替他说情，反而被武氏呵斥，先把任玄殖的官罢免了，然后将郝象贤处斩。郝象贤临刑时，大骂武氏不是个好东西，把她做的种种丑事、恶事、坏事都骂了出来，又从路人手里抢来一根棍子，痛打行刑官。后来，郝象贤被官兵活活打死了。武氏下令把他千刀万剐，还扒了他的祖坟，另外还把他的家人满门斩首。随后，武氏定了一条法令，凡是执行死刑的官员，先将木丸塞到犯人的嘴巴，免得他们胡言乱语。

武承嗣为了讨好武氏，就想方设法派人找了一块石头，在上面刻着"圣母临人，永昌帝业"八个字，并涂上红色，然后让雍州人唐同泰，进宫献给武氏，假装说是在洛河里发现的。武氏非常高兴，连忙来到南郊拜谢上天，又下诏书说要举行大典拜谢洛河，以接受天赐的祥瑞。武氏把那块石头称为"天授圣图"，并把洛河改为永昌河，封洛水神为显圣侯，还把自己封为"圣母神皇"，让文武百官来朝拜她。武氏把献石头的唐同泰封为游击将军，召集各州的都督、刺史及宗室外戚等，在拜洛河之前的十天内赶到东都洛阳，准备护驾并迎接圣图。

当时传出一种谣言，说武氏会借这个机会改朝换代，把李唐宗室召集起来一网打尽。于是，绛州刺史韩王李元嘉、青州刺史霍王李元轨、邢州刺史鲁王李灵夔、豫州刺史越王李贞，以及李元嘉的儿子通州刺史黄国公李譔、李元轨的儿子全州刺史江都王李绪、李灵夔的儿子范阳王李蔼、李贞的儿子博州刺史琅琊王李冲等人，全都害怕起来，不敢去洛阳。

黄国公李譔觉得与其被他灭掉，不如先下手为强，于是他就伪造了一封庐陵王的敕书，交给琅琊王李冲，里面说道：“朕遭幽禁，诸王应该发兵救朕！”李冲也假传庐陵王密命，分告诸王，说武氏要夺李氏的江山。随后，李冲召集五千兵马，先攻打武水县。武水县的县令郭务悌，连忙派人到附近的郡县求救，莘县县令马玄素于是带着一千七百名军兵来援助。马玄素本来想截击李冲，又担心打不过李冲，就带兵进入武水，跟郭务悌一起坚守城门。

李冲带兵来到武水城下，用草车塞住城南门，放火烧城，想乘火冲入城中。谁知大火刚烧起来，风向突然转变，大火反而扑向自己这边，李冲只好撤兵。部将董玄寂暗中对军兵们说：“李冲跟官军作战，相当于叛逆，老天爷都不保佑，所以风向才会反转。”大家听后，觉得有道理，全都不战而逃。李冲知道是董玄寂搞的鬼，于是将他斩首，怎奈军兵失去信心，纷纷逃去，只剩下李冲和几十个家人跟随。

李冲知道无法成功，没办法只好逃回博州。守城兵见他狼狈逃回，随即把他放进城，然后把他杀了。守城兵正准备拿他的首级去邀功，谁知螳螂捕蝉、黄雀在后，左金吾大将军邱神勣奉旨来平乱，博州官员见大将军来了，全都出来迎接。没想到邱神勣起了歹心，拔出佩刀，把那些官兵全都杀了。他又进城乱杀、乱砍了一千多家百姓，然后说这些人都是叛贼杀的，而战乱是由自己平定的，以此向武氏邀功。越王李贞听说李冲起兵了，打算支持儿子，于是也发兵攻打上蔡县。

武氏封左豹韬大将军麹崇裕为中军总管，内史岑长倩为后军总管，张光辅为诸军节度，让他们率领十万大军去攻打李贞，并削去李贞父子的宗室谱籍，改姓虺。

李贞听说李冲战败而死，非常恐惧，连忙派人找寿州刺史赵瓌，商量办法。赵瓌不敢拿主意，他的妻子常乐长公主对来使说：“请你转告越王，从前隋朝杨氏篡夺周朝的天下，周王的外甥尉迟迥尚且举兵勤王，后来虽然失败了，但是永留佳话，今天各位王公都是先帝的儿子，怎么能眼睁睁地看李家的江山危在旦夕，而无动于衷呢？”来使回去把公主的话转告越王李贞，李贞这才决定发兵，这时候，新察令傅延庆也征募了二千多军兵来与李贞会合。李贞对军兵们说：“李冲虽然战败，但是魏、相几个州还有大军二十多万，不久就会来到，你们不要担心！”李贞封自己的女婿裴守德为副将，让他统领所有军兵。但是，这些军兵大部分都是强迫招来的，他们根本不愿意打仗。李贞和裴守德商量，叫和尚、道士一起念经，保佑成功，然后又发给士兵避兵符，说是有神效。

忽然，探马来报，说麹崇裕等人率军将到豫州，距城只有四十里了。李贞吓得面如土色，没办法只好派爱婿裴守德和小儿子李规，领兵出战。很快，两人大败而回，军兵死伤过半。李贞更加担心，于是闭门自守，猛然听到鼓声震天，就知道是城门被攻破了，于是更加不知所措了。裴守德等人也是没办法。李贞的左右对他说：“越王难道想要坐以待毙吗？还是自己想想办法吧。”李贞没有办法，只好和家人一起自杀身亡。崇裕等人入城后，发现李贞等人的尸骸，于是把他们全都砍下头，一并送往东都洛阳。

武氏想要把韩鲁诸王等李氏王公杀尽，于是派监察御史苏珦前去调查其他王公有无通谋的情况。苏珦查无实据，据实禀报武氏。然而武氏一再反问，苏珦反驳道：“太后承蒙先帝的嘱托，应该要以宽容的心对待这件事，各位亲王并没有一同谋叛，为什么要强行说他们犯案了呢？”武氏被他这么一说，也无话可说，只能语气稍温和地说道：“爱卿是文雅之士，我有别的任务交给你办，这个案子就不用你来审了。”随即，武氏改让周兴审理。

很快，周兴就将韩鲁诸王判了谋反罪，然后抓捕了韩王李元嘉、鲁王李灵夔、黄国公李譔和常乐长公主等人，并把他们全部押往东都，逼迫他们自杀。还有霍王李元轨、江都王李绪、东莞郡公李融也都被他们判为越王同谋，全都被抓了起来，李绪和李融被斩首示众。霍王李元轨因为防御突厥，立了战功，免了死罪，后被流放到黔州，病死在路上。纪王李慎是一个胆小怕事的人，李氏王公起兵谋反时，他没有参与，但是也被周兴发配到巴州，后来死在了半路。济州刺史薛顗和弟弟薛绪也因为与琅琊王李沖同谋被诛杀，薛绪的弟弟，驸马都尉薛绍也牵连在内，但是因为薛绍娶了太平公主，免于死罪，受了杖刑，羁押在狱中，薛绍受不住痛楚，很快就死了。

变乱扫平之后，豫州一片狼藉，武氏把狄仁杰派到豫州，让他在那里当刺史，处理后续的事情。

这个狄仁杰是唐朝有名的好官。他字怀英，是太原人，是一个刚正不阿，才华横溢，洁身自好的人。狄仁杰在进京考试的途中，住在旅店，有个寡妇深夜闯进他的客房，想和他私奔，被狄仁杰坚决拒绝。后来，狄仁杰考中科举，不管到哪里任职，人人都竖起大拇指称赞他。狄仁杰曾经在江南任巡抚大使，他烧毁了一千七百多所宣扬巫术迷信的寺庙，只留下夏禹、吴太伯、季礼、伍员四座正规寺庙，吴楚之地的歪风邪气从此被澄清。后来他到文昌任右丞，豫州战乱平定之后，武氏封他为刺史，出任豫州。狄仁杰到了豫州后，查问越王的余党有哪些，谁知，张光辅已经抓了三千多人，说都是乱党。狄仁杰心想：“人命关天，怎么能这样乱抓呢？”经调查后，他下令解除犯人的枷锁，又上奏给武氏，说明情况。奏折的大概意思是：“张光辅抓的人大部分是误判，臣想为他们求情，但又怕惹祸，如果不说实话，臣又怕违背陛下体恤下情的旨意，所以上奏给陛下，让陛下决定。”

很快，狄仁杰接到圣旨，让狄仁杰将这些人全部免死，流放到边境。狄仁杰担任宁州刺史时，当地百姓为他立了块德政碑。这些流放的犯人经过宁州时，当地的百姓告诉他们：“是狄仁杰帮你们活下来的啊！”于是，他们全都来到德政碑下，一边哭一边拜，三天后才上路。这些人到了流放的地方，也为狄仁杰立碑纪念。

当时，张光辅的大军驻扎在豫州，张光辅的部将来到狄仁杰面前邀功，还向狄仁杰索要财物，狄仁杰全都不理睬。因此，张光辅的部将怀恨在心，在张光辅面前说坏话，说狄仁杰不把张光辅放在眼里。张光辅非常生气，就责问狄仁杰：“你一个刺史怎么敢看不起我这个元帅啊？”狄仁杰道：“在河南作乱的只有越王李贞一人，现在李贞已经死了，难道是一万个李贞又复活了吗？”张光辅听不懂狄仁杰的话，又向狄仁杰追问。狄仁杰说：“您是率领十万大军来平乱的，现在变乱已经平定，逆贼首脑已经被杀，但是您却让您的手下抢夺百姓，还要杀死投降的人作为自己的功劳，这不是死了一个李贞，又来了一万个和李贞一样的人吗？我狄仁杰奉命为民除害，恨不得用尚方宝剑杀了你，还会怕你吗？”张光辅被问的无话可说，回到东都之后，他上奏武氏，说狄仁杰狂妄自大，不把自己放在眼里。于是，武氏把狄仁杰连降两级，贬为洛州司马。后来，张光辅被治罪，狄仁杰才又被升为地官侍郎。

武氏除掉李氏王公后，继续举行洛河拜谢大典。当时的场面非常壮观，文武百官，各国使节，护卫仪仗等，简直是人山人海，还有各种各样的珍宝陈列出来。一行人来到洛水岸边，设起祭坛，武氏亲自主祭，俨然是一个从来没有过的女皇帝。事后，武氏又命令薛怀义建造明堂，号称万象神宫，还在明堂北面建了一座天堂，中间供奉巨大神像。武氏封薛怀义为右威卫大将军，兼梁国公。

第二年正月，武氏在神宫祭奠，行完礼后，武氏高坐明堂，接受文武百官和各国使节的朝拜，并把垂拱五年，改为永昌元年，大赦天下。

第三十二回　中国第一个女皇帝

武氏自从拜洛受图之后，就想篡夺李唐皇室，自己称帝。武承嗣一个劲儿地怂恿武氏称帝，武氏族人在朝中也是相继揽权。正直的大臣如苏良嗣等人被陆续免职，索元礼、周兴、来俊臣等酷吏都依附了武氏家族，专干陷害朝廷大臣和李唐宗室的勾当。他们看谁不顺眼，就诬告谁谋反，然后把他们杀掉。

从武氏改元永昌，到第二年又改元天授，一年多的时间，被杀害的李唐王公大臣数不胜数，朝廷上下都活在恐惧的气氛中。其中被杀的李氏宗亲有：

汝南郡王李玮、鄱阳郡公李諲、广汉郡公李谧、汶山郡公李蓁、零陵郡王李俊、东平王李续、广都郡公李璹、嗣恒山郡王李厥、嗣郑王李璥、嗣滕王李修琦（父亲即李元婴，已死），豫章郡王李亶（父亲即舒王李元名也被流放致死）。泽王李上金、许王李素节和他的儿子李璟（其他几个儿子李瑛，李琪，李琬，李瓒，李瑒，李瑗七人，在天授纪元后被杀害）。南安郡王李颖、鄅国公李昭（以上都是高祖、太宗的支派），还有李直、李敞、李然、李勋、李策、李越、李黯、李玄、李英、李志业、李知言、李玄贞这些人。

被杀的唐朝大臣有：

御史大夫骞味道、天官侍郎邓玄挺、内史张光辅、洛州司马弓嗣业、洛阳令张嗣明、陕州刺史郭正一、相州刺史弓志元、蒲州刺史弓彭祖、尚方监王令基、同平章事魏玄同、夏官侍郎崔詧、彭州长史刘易从、梁州都督李光谊、陕州刺史刘延景、右武卫大将军黑齿常之右鹰扬将军赵怀节、辰州刺史刘景先、地官尚书王本立、春官尚书范履冰、胜州都督王安仁汴州刺史柳明肃、太常丞苏践言、曾江县令白令言、太子少保纳言裴居道、将军阿思那惠尚书右丞张行廉、泰州刺史杜儒童、秋官尚书张楚金、麟台郎裴望（及弟司膳丞裴琏）。

以上被杀的人，他们的家属全都流放到边境。并且，因为周书有一篇叫《武成》文章，与自己武姓非常相合，于是武氏命令遵用周正，特改永昌元年十一月为正月，十二月为腊月，夏历正月为一月，把年称为载，改年号为载初，非常牵强无理。武氏还封周汉后为二王，虞夏殷后为三恪，并撤除唐宗室的属籍，召用宗秦客为凤阁侍郎。这个秦客是武氏堂姐的儿子，有点小聪明，他受职后日侍在宫中，还和武氏一起改造十二个字。但是全都毫无道理，非常儿戏。

武氏为了当皇帝，就把自己改为武曌。意思是说自己有日月之明，能照耀整个大地。她还改诏书为制书，封薛怀义辅国大将军，兼鄂国公。薛怀义从此更加胆大，纠集一帮和尚在京城无法无天，没有人敢违抗他们。

有个叫法明的和尚，想要讨好武氏，于是瞎编了一套《大云经》四卷，里面说武氏是弥勒佛转世，就应该当皇帝。武氏非常高兴，立即将《大云经》颁布天下，并且建寺珍藏。

不久，侍御史傅游艺竟然率关中百姓九百多人，上了奏折，请求武氏称帝，把国号改周，并赐嗣皇帝武姓。武氏表面上没有同意，但是却把他升了官。随后，朝中的文武百官，各国使节和一帮和尚、道士、还有老百姓，一共有六万多人联名上奏，请求武氏称帝。

直到这时，武氏才假装勉强同意，随即改大唐为大周，来到则天楼接受文武百官的朝拜，并大赦天下，改年号为天授。群臣加上尊号，称武氏为神圣皇帝。武氏把儿子李旦降为皇嗣，赐他武姓，封皇太子李成器为皇太孙。从此，我国的第一个谋权篡位的女皇帝就诞生了。

过了五天，武氏把自己的祖宗全都封为王公，在东都洛阳立了七座武氏宗庙。她追尊周文王为始祖文皇帝，尊他的妻子姒氏为文定皇后，还追尊四十代祖平王少子武为睿祖康皇帝，尊他的妻子姜氏为康惠皇后；鲁国公武克已被封为太原靖王，现在更是尊为成皇帝，号称严祖，尊他的妻子为成庄皇后；北平郡王武居常已经被封为赵肃恭王，现在更是尊为章敬皇帝，号称肃祖，尊他的妻子为章敬皇后；金城郡王武俭已经追封为魏义康王，现在更是尊为昭安皇帝，号称烈祖，他的妻子尊为昭安皇后；太原郡王武华已经追封为周安成王，现在更是尊为文穆皇帝，号称显祖，他的妻子尊为文穆皇后；魏王武士彟已经追尊为忠孝太皇，现在更是追尊为孝明高皇帝，号称太祖，他的妻子尊为孝明高皇后。

武氏还把李氏宗庙改为享德庙，只供奉高祖以下三代，其他的统统废除。然后把姓武的男子都封各种各样的王，女子们都封为公主，连她的祖籍并州文水县也改为武兴县，也比照汉代丰沛县的故例，本县百姓的后代子孙都永远免除劳役。

武氏的族人和乡邻都沾了她的恩惠，非常高兴，只有太平公主高兴不起来。因为她的丈夫薛绍在李氏王公一案中受到牵连，被杀害了。武氏最疼爱这个女儿，给她加封食邑三千户，但是公主还是不开心。武氏猜想她是驸马死了，就想把女儿找个人嫁了，也许心情会好些。刚好武承嗣死了妻子，武氏就找他当公主驸马，武承嗣当然同意，但公主不同意，还是很不开心。武氏没办法，只好让她自己挑选。公主说："让孩儿自己选，那就选武攸暨吧。"武氏说："武攸暨已经有妻子了，你愿意做他的小妾吗？"公主微笑道："陛下为天下的主人，我是陛下的女儿，怎么能做他的小妾呢？他可以休掉妻子嘛，这只要母亲的一句话就可以了。"武氏同意，马上找武攸暨商量。可是武攸暨最怕老婆，不敢答应武氏的要求，结果惹怒了武氏，武氏竟然派人把武攸暨的妻子毒死了。武攸暨这才安心，娶了太平公主。公主也欢欢喜喜地嫁给了武攸暨，婚仪不减当年，非常风光。

武氏又加封司宾卿史务滋为纳言，凤阁侍郎宗秦客为检校内史，傅游艺为鸾台侍郎平章事。

没过多久，宗秦客因为贪赃枉法被杀头，邱神勣、史务滋、张虔勖、傅游艺一伙人也陆续获罪，依次被杀。当时，周兴已进任文昌右丞，被人告密，说他与邱神勣同谋，武氏就命来俊臣来审讯他。来俊臣与周兴一起吃饭，假装对周兴说："朝廷命我审一罪犯，我担心罪犯不肯招供，那该怎么办呢？"周兴答道："这有什么难的，只要取来一个大瓮，四周用炭烧着，让罪犯坐入瓮中，还不怕他不供认啊。"方俊臣听了这话，连忙取来一大瓮，像周兴说的那样烧炭，然后对他说："有人告发你，还请大人你入瓮！"说着就要对周兴施行，周兴吓得要死，连忙认罪。武氏没杀他，只是把周兴流放到岭南，途中被仇家杀死。索元礼比周兴更加残酷，最终也被砍了头。

这时，唐朝宗室的人已经被杀得所剩无几，就连已故太子李贤的三个儿子义丰王李光顺、义亲王的弟弟李守礼和李守义，都被幽禁在宫中。豫王的几个儿子，除了太子李成器外，其他的儿子也只准在宫内居住，不准外出。武氏表面上赐他武姓，对他们很好，但暗中却防着他们。

凤阁舍人张嘉福为了讨好武承嗣，竟然勾结洛阳人王庆之，鼓动几百人上奏，请求立武承嗣为皇太子。内史岑长倩，当时已经升任右相，非常排斥这样的行为。他说皇嗣就是现在的东宫，不应该再有异议。武氏一直犹豫不决，召集地官尚书同平章事格辅元商议。格辅元也跟岑长倩一样反对。武承嗣相当太子简直想疯了，听说有人反对他，他就恨之入骨，于是暗中让纳言欧阳通诬告格辅元、岑长倩二人谋反，欧阳通不肯听他摆布，后来，来俊臣捏造供词，说格辅元、岑长倩、欧阳通三人共同谋反，三人都被杀了。

武氏又召王庆之，问他为什么要废掉皇太子，王庆之说："现在陛下登基，如果还用姓李的人当太子，是很没有道理的。"武氏听了他的话，一直犹豫不决。然而，王庆之跪在地上一直哀求，不肯离去。于是，武氏赐给他印纸，并对他说："如果你想见朕，可将此纸作为门证，门吏就不敢阻难了。"王庆之这才叩头离去。

武承嗣没有当上皇太子，但是他不甘心，不断让王庆之去请求皇上，立他为太子。王庆之也愿意做他的走狗，每天入宫求见武氏。武氏被王庆之弄得很烦躁，考虑到改立太子非同小可，不能仓促决定，于是就找到凤阁侍郎李昭德来商议。

李昭德笑着说："皇上的天下，应该皇上的子孙继承，哪有侄子继承的道理？如果侄子当了皇帝，会给姑姑立宗庙吗？况且皇上受先皇嘱托，如果立武承嗣为太子，这样一来，谁来祭祀先皇呢？"这一席话，武氏听得恍然大悟，于是，武氏赐给李昭德一根手杖，让他赶走天天来宫里求见的王庆之。

拜别皇上，李昭德正好碰到王庆之进宫。于是，李昭德一把抓住王庆之，把他拖出门外，大声告诉宫廷侍卫："这逆贼要废了皇太子，立武承嗣，我奉旨用杖打死他。"说完，他把手杖交给侍卫，侍卫立即把王庆之打死。

武氏封武攸宁为纳言，启用狄仁杰为地官侍郎同平章事。鸾台侍郎同平章事乐思晦，和右卫将军李安静，他们也和狄仁杰一样刚正不阿，所以武氏家族的人都讨厌他们，想要陷害他们。武氏家族的人又暗地里让来俊臣诬陷狄仁杰等人，因为狄仁杰得到重用，来俊臣觉得一时还扳不倒狄仁杰，于是先从李安静和乐思晦两人下手，诬告他们二人谋反。武氏最讨厌谋反二字，于是让来俊臣严审。李安静朗声道："我是唐室的老臣，想杀就杀，如果说我谋反，那是没有的事。"乐思晦也拒绝认罪，后来还是被来俊臣捏造事实，全都被杀了。

武氏觉得这皇帝当得很舒服，天授二年冬季，武氏改第二年为如意元年。后来，因为武氏长了两颗新牙，又改如意为长寿。此前，武氏派人到全国各地选拔人才，现在因为改年号而加封官员，所以把那些选上来的人全部封了官。

来俊臣得到武氏家族的受命，一心一意编织罪名构陷忠臣。乐思晦和李安静被冤死后，他又想陷害狄仁杰。于是，来俊臣平地起波澜，捏造罪名说狄仁杰谋反，还将同平章事任知古、裴行本、司农卿裴宣礼、左丞卢献、中丞魏元忠、潞州刺史李嗣真等七人一起牵连进来，狠狠地向武氏奏了一本，还请武氏让他们坦白从宽。武氏很讨厌谋反二字，于是让来俊臣审讯这些人。来俊臣先问狄仁杰是如何谋反的，狄仁杰从容说道："我们以前都是大唐的官员，现在是大周的大臣，要说造反，那我们是反了大唐，你要说我们是谋反，那就定罪吧。"来俊臣听了这话，不禁微笑道："好一张利嘴，既然认罪，那就免得我动刑。"等问到任知古等人时，他们知道自己肯定是必死无疑，于是就跟狄仁杰一样干脆认罪。只有魏元忠辩了几句，来俊臣没有多加审讯，就把他们押入牢中等候判决。

这时，判官王德寿来牢里看望狄仁杰，他劝狄仁杰把平章事杨执柔牵扯进来，这样他就可以免死了。狄仁杰厉声呵斥道："皇天在上，可见我的忠心，让我诬陷好人，干些损人利己的坏事，还不如让我死了。"说完，狄仁杰就一头撞在柱子上，顿时血流满面。王德寿吓得要死，连忙说对不起，并吩咐看牢的人好好照顾他，然后离去。

在狱卒看管稍微松散的时候，狄仁杰从衣服上撕下一块布，咬破手指，写了封血书，塞进棉衣里。第二天，王德寿又来看他，他把棉衣转交给王德寿，说道："天气热了，请麻烦把棉衣转交给我的家人，让他们把棉衣里面的棉絮拆掉，明年再用。"王德寿答应了，随即让狱卒送到狄仁杰家。狄仁杰的儿子狄光远拆棉衣时发现了血书，就拿着血书到朝廷诉冤。

武氏拿到狄仁杰的血书，马上找来俊臣问明原因。来俊臣说："狄仁杰等人在牢里住得很舒服，有人照顾，没有用刑，是他们自己承认谋反的。"武氏又问："所有人都认罪了吗？"来俊臣道："只有魏元忠还没有招供。"武氏说道："我要重新审讯，免得冤枉好人。"来俊臣唯唯而退。后来，来俊臣还伪造狄仁杰等人的谢死表，呈现给武氏。

这时，乐思晦的儿子因为父亲犯罪，被籍没入掖廷，他才刚满九岁，长得眉清目秀，而且非常聪明。有一天，武氏偶然碰到他，就问了他的姓名。他从容回答道："臣的父亲是乐思晦，他被人陷害入狱，后来被冤枉致死，我现在成了孤儿，皇上英明，可惜把国家法权交给来俊臣等人管理。皇上如果不相信臣说的话，可以把自己最相信的忠臣交给来俊臣来审讯，肯定也是谋反。"武氏说道："这么小的孩子竟然也知道来俊臣吗？"于是让他暂时退去。

随即，武氏派人到狱中，召狄仁杰等七人进宫觐见，狄仁杰七人一齐喊冤，武氏说："既然你们有冤，为什么先前要招供啊？"狄仁杰回答道："如果不认罪，恐怕早就没命了，哪还有机会见到皇上啊！"武氏又问："你们为什么写谢死表？"狄仁杰等人齐声道："臣等并无此事。"武氏让人取出谢死表给他们看，狄仁杰仔细查看说："这好像是判官王德寿的笔记，我们的笔记都和他们的不一样，显然是捏造的。”武氏听了他们的话，随即放他们回家。武承嗣知道后，跑到武则天那里，问她：“这些人要谋反，皇上为什么放了他们？”武氏说：“得饶人处且饶人，证据不足，他们都是朝中大臣，怎么能乱杀呢？”

武承嗣不甘心，还是暗中勾结台官联名上奏，请求处斩他们七人。来俊臣又上奏，称裴行本罪很重，一定要杀了。秋官郎中徐有功实在看不过去，出面劝阻。因此，武氏没有杀狄仁杰等人，只是贬狄仁杰为彭泽令，任知古为江夏令，裴宣礼为彝陵令，魏元忠为涪陵令，卢献为西乡令，把裴行本、李嗣真流放到岭南。

第三十三回 作死自己的和尚面首

武承嗣是武氏的爱侄，被封为魏王，任职左相，真是一人之下，万人之上。唐朝宗室以及内外文武百官，好多人都被他陷害致死。他还想武氏废了豫王，立自己为太子，不料突然接到圣旨，左丞相一职被罢免。

武承嗣不知道是什么原因，于是暗中询问才知道是侍郎李昭德说了他的坏话。他不由得大怒，说："李昭德啊！李昭德！你敢在我头上撒野，是不想活了吗？我要你死无葬身之地。"武承嗣正恨李昭德要死，忽然听说李昭德升官了，当了宰相，武承嗣更加恼怒了，随即骑马跑到宫中去了。

李昭德本是长安人，他为人正直、豪爽，自从那次把王庆之打死后，武氏很信任他，经常召他商议朝廷大事。李昭德乘机对武氏提议："魏王武承嗣权势太重，应该要好好控制。"武氏道："武承嗣是朕的侄儿，所以特别重任他。"李昭德道："姑侄虽亲，终究不是父子，做儿子还有杀父亲的事发生，更何况是姑侄呢？如今武承嗣位居亲王，又兼任首相，权力太高，我担心陛下未必能长久安天位啊。"武氏听了他的话，顿时醒悟道："朕还没想过这方面，爱卿的话也有道理。"于是，武氏颁下手谕，罢了武承嗣的左相，让李昭德做了同平章事。

武承嗣忿忿不平地跑到宫里，求见武氏。武氏传他觐见，问他的来意。武承嗣道："陛下让臣不当宰相，使得臣的担子卸下，轻松很多，臣真的很感激。但李昭德在朝廷拉党结派，排除异己。如果此人参政，定会导致叛乱的，陛下应该把他贬黜，免得留有后患。"武氏正色，说道："只有让李昭德当宰相，朕才能安心睡觉的。他能为朕分忧，朕为什么要贬黜他呢？"武承嗣想要再说话，武氏摇头，说道："你不必多说，我自有主见。"说完，就拂袖离去。武承嗣碰了一鼻子灰，只好闷闷而回。

李昭德当了同平章事后，尽力制裁酷吏，而且，他禁止官吏与庶民妄自猜测天意。一次，有个人进献一块白石头，上面有红色的条纹，李昭德就问道："这块石头有什么不同寻常的吗？你也拿来乱献？"来人答道："因为这块石头有颗赤心，所以来进献。"李昭德怒斥道："这块石头有赤心，其他石头都要造反吗？"说完，李昭德就举起石头，扔了出去，随即让人把送石头的人赶走了。

没过多久，又有襄州人胡庆用丹漆在乌龟的腹部写着"天子万万年"五个字，来进献。李昭德冷笑道："又是来欺我的吗？"随即把乌龟取来，用刀一刮，字迹全都去掉。李昭德上奏武氏，请求她治胡庆的罪。武氏说："小民无知，但心肠不坏，就饶了他吧！"

监察御史严善思也是一个敢说实话的人，他痛恨诬告之风，于是上奏规劝武氏打压此风。武氏让严善思认真调查。严善思秉公调查，发现大部分告密事件，都是诬告。他共查出八百五十多人参与诬告，并把他们依法制裁了，从此诬告之风被灭掉了。来俊臣恨严善思破坏了他的好事，暗地里与侍御史侯思止、王弘义等人勾结，陷害严善思。最终，严善思被流放驩州。李昭德为严善思辩解，武氏也知道严善思是被冤枉的，于是又召严善思为浑仪监丞。后来，侯思止做了违禁的事，被李昭德察觉，杖死在朝堂上。侯思止目不识丁，因为告密才当上官。他本来被封为游击将军，却想当御史，于是他向武氏请求。武氏对侯思止道："卿不识字，怎么能当御史呢？"侯思止答道："獬豸何尝识字，还不是能触邪吗？"武氏听了他的回答，很是高兴，于是封他为御史。任职后，侯思止与来俊臣等人勾结，残害忠良，后来被李昭德打死，大家都拍手叫好。

武承嗣想当太子的心越来越疯狂，他勾结武氏宠爱的婢女团儿，在武氏面前说谎称豫王妃刘氏和德妃窦氏（玄宗李隆基的生母），想要用巫术害死武氏。武氏信以为真，不分青红皂白地就将两位妃子处死了。可怜豫王李旦只能背地里哭泣，根本就不敢多说什么。尚方监裴匪躬和内常侍范云仙，私下里会见了豫王，后来被武氏知道，结果两人都被处斩。从此没有一个官员敢见豫王。

害死两位妃子后，武承嗣又勾结团儿诬告豫王想要谋反。武氏让来俊臣去审理，来俊臣把豫王身边的人都抓了去。来俊臣高坐堂皇，把刑具一丢，才拍一声惊堂木，就使得那些人毛骨悚然，不寒而栗。起初他们还跪在案前，替豫王辩冤，后来被来俊臣严刑拷打，全都招供说豫王谋反。这时，有人突然闯入法庭，大声说道："你这是屈打成招，你凭什么说皇太子谋反？我是一个乐工，本来这事我无权干涉，但作为有良心的人，这事关系到江山社稷，我就不得不说了。我愿意剖心，替皇太子表明忠心！"说到这里，他拿出一把刀，向自己的前胸猛地刺下，顿时晕倒在地，失去知觉。

武氏听说有人为皇太子剖心喊冤，立即命人把这人抬进宫，并叫御医为他抢救，这人才保住了性命。御医上奏武氏说他没事了，于是武氏就去看他。因为他伤势过重，不能动弹，于是武氏命他免行礼，还问了他的名字和住址。他已经有些知觉了，于是回答道："臣是太常乐工，是长安人，名叫安金藏。"说完，就哭了起来。武氏黯然说道："我自己的儿子，我却不了解他，还害得你差点丢了性命，你真是一个忠臣。"于是，武氏安排人好好照顾他，然后命令来俊臣把豫王的人全都放了。

第二年，长寿三年，武承嗣召集二万六千多人，称武氏为越古金轮圣神皇帝。武氏最喜欢他人阿谀奉承，自然是同意他们的请求。武氏来到则天楼接受尊号，改年号为延载，然后祭祀宗庙，摆酒庆贺。此后，武氏余兴未了，带着武承嗣、武三思以及太平公主等人，到后花园观景。当时是早春，天气还很冷，各种花草刚刚发芽，有的花还没有开放，景色不是那么迷人。武氏就问："这几天天气晴朗，为什么花还没开啊？"武承嗣道："时候还没到。"这时，武三思趁机说道："想必是还没有接到皇上的圣旨，所以不敢开，如果陛下降旨让那些花儿开，那么花神肯定会听话的。”武承嗣说：“那倒未必。”武氏沉默不语。偏偏太平公主上奏，说道：“皇上圣德广布，百神忠顺，只要皇上颁下圣旨，花神也不能抗旨。”武氏听后，当真写了一道圣旨，第二天，果然开了几朵花，武氏笑得合不拢嘴。武氏看到牡丹花没开，马上发怒道：“这花不识抬举，把它贬到洛阳去！”侍卫听命，随即把园中所有的牡丹花都清理去了洛阳。从此，洛阳便成了牡丹之乡。

武氏在酒宴结束后回宫，心里还是不满足，不像开宴时那么喜笑颜开。武三思为了讨好武氏，随即又想出一个法子。他命令各少数民族的酋长，用铜铁铸造成天柱，刻上武氏的功绩，立在宫殿门外，武氏准奏。武三思随即命令姚璹为督作使，让他收集铜铁，为铸造准备。酋长们不敢不听，于是到处花高价买铜铁，又从老百姓那里搜刮了大量的农具，凑足了两百万斤，才刚刚够用。

当年八月，梨花盛开，就有人在武氏面前讨好，说这是好兆头。武氏自己也觉得是好兆头，就摘了几朵，笼在袖子里，上朝给大臣们看。大臣们也称赞祝贺。

只有同平章事杜景佺劝奏，说道：“现在是秋末，树叶都枯黄了，然而这梨花还开着，是不是不合时宜啊？大概是为臣的做得不好吧。”武氏听了这话，感到很惊讶，过来半天才道：“爱卿真是有宰相之才啊！”说完，武氏就退了朝。

这时，李昭德上奏弹劾王弘义，王弘义被流放到琼州。然而，王弘义在途中假称有圣旨将他召回，从汉北返回。李昭德知道后，连忙派侍御史胡元礼去调查。胡元礼查出真相后，就把王弘义杖毙了。来俊臣因为犯贪淫罪，被贬为同州参军。这下急得武氏家族的人不知所措，连忙去勾结朝中的大臣，让他们上奏说李昭德非常专横霸道，目中无人，使得武氏也怀疑起李昭德来。

当时，突厥正来侵犯边境，武氏就把李昭德封为行军长史，跟着朔方道大总管，率领契苾明、曹仁师、沙吒忠义等十八个将军，去边境抵抗突厥。突厥阿史那骨笃禄等人经常侵扰边境。之前，程务挺、黑齿常之两人相继防御边境，阿史那骨笃禄始终不敢深入，后来程务挺、黑齿常之被害，边防无人，阿史那骨笃禄就不怕了，经常来犯。只是，他年老多病，所以一出兵就回去了。延载元年，骨笃禄病死，他的弟弟默啜自立可汗。这个人多次率军攻打灵州，有勇有谋，很难对付。武氏面对这样的劲敌，却用了一个匪夷所思的人物，出任行军大总管，让这个人管辖新平道，后来又让这个人管辖代北道、朔方道。这人就是辅国大将军兼任鄂国公的薛怀义。

薛怀义本来就是个和尚，怎么知道什么兵法？只因他跟武氏的关系不正常，所以享有这样的富贵。平常，武氏和薛怀义都是形影不离的，这次调他去领兵打仗，是为什么呢？原来，薛怀义受封鄂国公后，更加骄横，平时吃喝玩乐，大肆挥霍还不够，竟用国库的钱每月开一次法会。他召集善男善女到寺中，看见漂亮的女孩、妇女，就留在寺里过夜。京城的百姓惧怕他的权势，就是妻子、女儿被欺负，他们也不敢申冤，只好哑巴吃黄连，有苦自己吃。薛怀义还召集了几千名身手较好的和尚做打手，在京城无恶不作。这帮和尚不干什么好事，把京城的很多妇女都糟蹋了。薛怀义在寺中有美女做伴，根本没有心思到武氏那里去。就是武氏召他去，他也是找借口不去，有时就敷衍一下。武氏感到很寂寞，就又找了个年轻、长得英俊的男子，这人便是御医沈南璆。武则天很满意沈南璆，只是担心薛怀义在外闯祸，并且听说他招来很多壮士，于是借着御寇的名义，让他率兵北征。如果薛怀义打胜了也好，如果没胜，他的那帮人死了也就除了后患。武氏怀疑李昭德，于是封他为行军长史，又命一个同平章事苏味道做行军司马，陪着李昭德，掩人耳目。这下，薛怀义得意得不得了，连当朝的宰相都听他调遣。

天下事往往出人所料，薛怀义还没到边境，突厥就撤兵了。薛怀义率军回来，路上跟李昭德商量战事，他不懂打仗，多次跟李昭德发生争执。回到京城后，薛怀义马上在武氏面前说李昭德的坏话，武氏信了他的话，把李昭德贬为南宾尉。后来，杜景佺等人为李昭德求情，也被连累，贬到远州。

薛怀义曾建造了一座巨大的佛像，供放在天堂，这个佛像高三百米，鼻子像一个能装下千斛米的大船，小手指都能坐上几十个人。佛像用油漆漆成后，气势非常宏伟。后来，这座佛像被风吹雨淋，身上多处损坏，武氏命令薛怀义重修。薛怀义以修像为借口，从国库里支出了几百万两银子，监工修筑。三个月后，他报告武氏说巨像已经修好了。武氏对他没有之前那么亲热了，只是冷淡地答了声“知道”。薛怀义看到武氏这样的态度，心想，武氏以前那么离不开他，这回从班师回京，到修造巨像，已经有三四个月没有召他进宫，肯定是另有新欢了。于是薛怀义暗中问宫里人，然而宫里人都不敢告诉他，因此也没查出什么来。

薛怀义左思右想，终于想到一个好计策。他请求在殿前召开一次佛会，武氏同意后，他暗中在殿堂地下挖了一个好大的坑，里面放了很多纸糊的殿阁，还有泥塑佛像。佛会刚开始，他就派人把坑中的东西取出，说是什么神人显灵，是好兆头。一时间，京城的百姓都争先恐后地来看，薛怀义又用无数的铜钱，漫天撒向空中，百姓们都想捡钱，结果引起踩踏，导致很多人被踩死。第二天，薛怀义又在天津桥南摆设斋席，邀请宫里的大小官员来赴宴。官员害怕薛怀义，都来了，只有武氏高居深宫，一点音讯都没有。这下，薛怀义就更加怀疑武氏有新人了。席散后，薛怀义留下几个从前关系好的人，问他们宫里的情况，有个嘴快的人就对他说，御医沈南璆就是武氏的新宠，日夜陪在皇上身边。薛怀义听了这话，非常恼怒，说道：“反了反了。”薛怀义随即送别好友，等到一更以后，薛怀义竟悄悄地来到天堂，放起火来。

天堂在明堂的北边，位置很高，天堂被烧，明堂自然也被一起烧着，当天晚上，风很大，大火烧得越来越大，烧的都城像白昼一样。禁卫军都来救火，直到天明才扑灭。一座金碧辉煌的明堂，就这样被烧成了一堆焦炭，那座宏伟的佛像，也烧断裂了。

这天，武氏正因为自己加上“慈氏”尊号，在宫中大摆筵席。突然听说明堂失火，被吓了一跳。有人说，这是上天谴责的迹象，应该撤去宴席，也有人说，那只是一个供奉神像的地方，不影响大事，并且火烧旺运。武氏微笑不答，只说：“宫里没人注意防火，下次注意就行了。”当下，武氏让薛怀义再造天堂、明堂，还让他铸九州铜鼎和十二铜神，各高一丈，分别摆在神堂的四方。薛怀义纵火，武氏没有治他的罪，于是，薛怀义更加得寸进尺，骄纵起来。而且，他竟然在背后说武氏的坏话，说她不该喜信厌旧，另结新欢。好事不出门，坏事传千里。一时间，他说的话被传得沸沸扬扬，最终传到武氏那里。武氏非常气愤，但还是因为投鼠忌器，没有对薛怀义下手。

过了些日子，到了年终的时候，武氏又改年号为天册万岁，不久又改年号为证圣。文武百官都来朝贺，只有薛怀义不但没有来，还说了很多难听的话，把武氏那些淫荡的丑事全都抖出。这些都传到武氏的耳朵里，武氏这次是忍无可忍，随即找来太平公主商议，怎么除掉薛怀义。太平公主是武氏的爱女，所以武氏的事情，公主都知道。武氏对公主说："薛怀义手下的人，有很多是身手很好的和尚，如果让他们知道了，就麻烦了。"公主笑道："这事就交给女儿去办，母亲放心，我保证让他身首异处。"武氏听了这话很高兴，连忙说："这就靠你了，你一定要小心啊！"公主随即召驸马的堂兄武攸宁，秘密跟他细说了一番，又选了十多名健壮的妇女，秘密告诉她们怎么做。大家唯命是从，分头办事。等到黄昏时候，公主就派武氏心腹去召薛怀义进宫。

薛怀义听说武氏要召他进宫，不禁又是喜欢又是怀疑。喜的是又被召幸了，怀疑的是怎么突然又被召幸。他有点害怕，于是带了几个和尚跟他一起进宫。来到宫门口，薛怀义见宫里没有什么异样，这才放心进去。宫女拦住其他和尚，薛怀义一看，是几个女的，他觉得没有什么好怕的，就叫那些和尚在宫外等着。谁知刚入殿，背后突然遭受一击，痛得他眼花缭乱，跌倒殿中，才呻吟了一声，就被一群妇人按住。这些妇女用着最粗的铁链，把他捆缚起来，再把木丸塞入薛怀义的口中，让他不能说话。薛怀义还想着宫外的和尚来救他，于是杀猪似地狂喊，谁知，武攸宁早就带着一队军兵把那些人杀了。接着武攸宁冲了进来，一刀结束了薛怀义的狗命，还把他的尸体丢到火里，烧成灰烬，并把薛怀义的骨头送到白马寺，压置在佛塔下。

第三十四回 契丹灭亡

薛怀义被杀之后，太平公主给母亲找了个男伴，这人姓张名昌宗，是已故太子少傅张行成的族孙。张昌宗有个哥哥叫张易之，他们二人都长得很秀美，身材魁梧，而且都通晓音律。张昌宗刚满二十岁，更长得眉清目秀，风流倜傥，武氏一看到他就非常中意他。张昌宗还把自己的哥哥推荐给武氏，武氏对他也非常满意，觉得他比张昌宗有过之而无不及。二人轮流把武氏侍候地非常好，很快武氏就封张昌宗为云麾将军，封张易之为司卫少卿，特赐宅第，并赐给奴婢、骆驼、牛马等物，外加美锦五百匹。武氏还加封张昌宗为银青光禄大夫，追赠二人的父亲张希爽为襄州刺史，母亲韦氏和臧氏，并封为太夫人。臧氏是张昌宗的生母，已经四十多了，但是还是很有姿色，真是有其母必有其子啊。臧氏跟尚书李迥秀有私情，武氏竟然同意他们来往，并让李迥秀作臧氏的情夫。从此，张昌宗兄弟二人官运亨通，门庭若市，威震京都。武氏家族的人都要讨好他们，巴结他们。

自从薛怀义死后，武氏仍然派人督造天堂、明堂。第二年，天堂、明堂建成后，规模比之前小些，但是华丽不减当初，改名为通天宫，武氏又改年号为万寿通天。

武氏因为二张兄弟，一直心情非常舒畅，没事就搞什么祭拜、封禅，花钱如流水，又去掉“越古”“慈氏”的尊号，改称自己为天册金轮大圣皇帝，并赐群臣大宴十天，举国狂欢。不料，东北陆续传来战报，这让武氏没心思娱乐，只好调兵遣将，防御北方。

原来，在营州北境有两个部落，分别是契丹和奚。突厥强盛的时候，契丹就臣附了突厥，奚部也向突厥进贡。到了唐武德年间，突厥渐渐衰弱，于是，契丹酋长孙敖曹叩关入朝。到了贞观年间，大唐威名远扬，震撼四方，契丹首领窟哥和奚部首领可度者，率领所有部众归附了大唐。太宗在契丹部设置松漠府，封窟哥为都督，也在奚部设置饶乐府，封可度者为都督，仍然让他们管辖本地，并都赐他们李姓。

太宗征讨高丽时，曾让奚和契丹的部众一起出战。高宗显庆时，窟哥和可度者都已经死了，奚与契丹都叛变，后来由定襄都督阿史德枢宾等人把他们扫平，他们再次归附。

到了万岁通天元年，这时的营州都督赵文翙是一个残酷无情的人，他经常虐待契丹部众，于是，松漠都督李尽忠和归诚州刺史孙万荣，一同出兵攻陷营州，把赵文翙杀死了。李尽忠就是窟哥的孙子，自称无上可汗。孙万荣就是原来契丹酋长孙敖曹的孙子，是李尽忠的先锋。他们二人也不是什么好人，多次带兵到处掠夺，所到的地方生灵涂炭。

武氏接到战报，立即派左鹰扬卫大将军曹仁师，右金吾卫大将军张玄遇，左威卫大将军李多祚，司农少卿麻仁节等人带兵讨伐，还命梁王武三思为榆关道安抚大使，纳言姚璹为副将，带兵陆续出发。武氏还把李尽忠改名为李尽灭，孙万荣改名为孙万斩。

曹仁师的大军来到幽州时，遇到从营州逃回的唐兵。这些唐兵说他们先前被番兵俘虏，被关押在地牢里，现在，唐军大举来伐，番兵自己的粮食吃光，担心打不过，于是就把他们放了。张玄遇、麻仁节两人听了他们的话，心想立功的机会来了，于是就带兵马不停蹄的往前赶。大军来到黄麞谷，又看到许多老弱病残的番兵前来投降，个个面黄肌瘦，都像好几天没有吃饭一样。张玄遇、麻仁节两人看到这样的情景，就更加认为敌军缺粮，心想正好趁这个机会把他们全都消灭。

于是，他们二人快马加鞭地往前赶，一会儿就跑到西硖石谷。西硖石这个地方，地势非常险要，两旁山峦层叠，树木纵横，军兵进去容易出来难。张玄遇、麻仁节二人贪功心切，根本就不顾什么危险，只顾着往前冲。到了夕阳西下，天气阴沉，大军进入羊肠小道，一时间分不清方向，但是他们还是不肯住脚，硬闯进去。

突然，听到一声炮响，大队番兵突然杀来，而且个个都很骁勇善战。番兵前队是长枪兵，专戮唐军面部，后队是挠索兵，专绊唐军马足。唐军都是骑兵，上下不能两顾，顿时人仰马翻，不是被杀，就是被擒。张玄遇、麻仁节两人被杀得措手不及，也被绊马索绊倒，一并被番兵擒去。契丹将领孙万荣搜出两人的兵印，写了一封假情报，送到曹仁师各军，说是唐军大胜。曹仁师部将燕匪石、宗怀昌等人高兴得不得了，也想去分功，于是废寝忘食，昼夜兼程带兵往那里赶去，正走得人困马乏，被契丹伏兵左右夹击，杀得人仰马翻，全军覆没，无一生还。

武氏接到战败的消息，非常震怒，立即封同州刺史建安王武攸宜，为清边道大总管，派他率军征讨契丹。当时大唐兵源不足，武氏只好把全国的囚犯招入军中，甚至连有钱人家的家奴都参军了。武攸宜的大军还未出境，孙万荣就已经进兵崇州和凉州了。凉州都督许钦明的哥哥许钦寂，是龙山军讨击副使，战败，被孙万荣抓获。孙万荣移兵围攻安东，让许钦寂招降安东都护裴玄珪，许钦寂假装答应。等到来到安东城下，许钦寂对裴玄珪喊道："狂贼人不道，必遭天谴，灭亡是迟早的事，裴公要奋力坚守，不要失了忠节。"孙万荣非常生气，随即就把他杀了，接着督兵攻城。由于城上弓箭、石头密密麻麻，军兵招架不住，死伤无数，孙万荣没办法只好退兵。许钦寂的弟弟许钦明也被突厥抓获，也光荣牺牲了，他们兄弟二人被后人称为二忠。

后来，突厥默啜可汗上表大唐，请求和亲，说愿意和大唐一同讨伐契丹。于是，武氏加封默啜为迁善可汗，兼左卫大将军，又派豹韬卫大将军阎知微、左卫郎将署司宾卿田归道带领军兵和默啜一起袭击松漠，默啜出袭的时候，正好遇上李尽忠受惊而死，孙万荣外出，默啜趁机杀入，把李尽忠、孙万荣的妻儿及所有贵重的财物全都掳去。孙万荣无家可归，索性专门侵犯唐境。孙万荣像疯了一样，攻陷冀州，杀死刺史陆宝积，还杀了几千名百姓，接着又率兵攻打瀛州，弄得河北一带的百姓胆战心惊。

魏州刺史独孤思庄，胆小如鼠，他一边把城外的百姓全都赶到城里防守，另一边连忙向武氏上表求援。武氏知道他怯懦，于是再次启用彭泽令狄仁杰去魏州增援。狄仁杰到了魏州后，就马上放百姓回家，并且对他们说："大家不要惊慌，贼寇离我们还远着呢，就是敌军来了，还有我们战士抵挡，大家放心吧。"百姓们听了他的话，全都高兴地回去了。

武氏又派夏官尚书王孝杰、羽林卫将军苏宏晖率领十七万军兵，前去讨伐孙万荣。大军来到东峡石谷，正遇到契丹前锋，双方立即开战。契丹兵只是稍微打了下，就逃走了。王孝杰和苏宏晖不知是计，于是纵兵追击，一路上道路崎岖难行，非常惊险，前方有一座大山，两边都是悬崖峭壁。王孝杰刚刚策马上山，突然契丹兵转来回扑，势如猛虎，所向披靡。岭上喊声连天，苏宏晖还在岭下，他竟然不管王孝杰的死活，马上率军撤回，剩得王孝杰孤奋战军，最终，王孝杰被番兵挤下悬崖摔死了。剩下唐军多半伤亡，逃脱的没有几个人。唐军又战败了。

武攸宜刚到渔阳，听说王孝杰败死，吓得魂飞魄散，不敢前进。孙万荣杀红了眼，又带兵攻破幽州，继而分兵攻破瀛州各县。他们大肆抢夺，然后继续南下。

王孝杰的记室张说连忙飞书回奏朝廷，武氏也慌了起来，于是封右金吾卫大将军武懿宗为行军大总管，派他跟右豹韬卫将军何迦密，一同出兵援助。接着，武氏又封御史大夫同平章事娄师德为清边道大总管，封右武威卫大将军沙吒忠义为清边中道前军总管，让他们二人统兵二十万，即日向北出征。

武懿宗的大军来到赵州，听说契丹兵快要到冀州，于是向南逃去。将士们建议武懿宗坚壁清野，武懿宗不听将士们的建议，很快退还相州，沿途抛弃军械，不可计数。孙万荣再次杀掠冀州，攻破赵州，屠杀百姓。之前，孙万荣攻破王孝杰时，曾在柳城西北四百里处修筑了城池。他让老弱妇女在那里留住，还把器械财物都留在那里，并让妹夫乙冤羽居守。突厥默啜可汗得到情报后，发兵偷袭，侵入新城，抓获乙冤羽，把全城蓄积全都抢走，然后故意把乙冤羽放走，让他去报告孙万荣。

孙万荣勾结奚部，准备夹攻唐军，气焰很是嚣张。偏偏这时乙冤羽来报，说新城失守，害得孙万荣的部众神色沮丧，寝食不安。因为那些部众的家眷都在新城，他们一听说新城沦陷，个个都很惧怕，根本就没了斗志。奚部的军兵看到孙万荣的部众这样的状况，就知道他们杀不过唐军，于是也产生变心。大唐神兵道总兵杨宏基，及清边道前军副总管张九节两人知道后，就跟奚部的人秘密商议，里应外合，夹击孙万荣。

最终，孙万荣的大军被杀灭，孙万荣只好带着几千名骑兵，冲出一条血路，向东逃去。张九节从小路杀出，把孙万荣去路截断，孙万荣进退两难，回马斜奔，到了洛水东岸时，手下已是散尽，只剩下几个家奴。于是，他下马休息，凄然长叹道："如果现在归附大唐，但是罪大难容啊；如果归降突厥，那也是死；如果归降新罗，也是死，怎么办啊？"话还没说完，他的头颅就被他的家奴砍下，献给唐军了。

孙万荣的骁将李楷固、何务整也来到幽州求降。当时，狄仁杰已经升任幽州都督，对待来降的人表示欢迎，把他们送往东都，狄仁杰对待河北百姓也很关心，从不妄杀一人。只有武懿宗为人心胸狭窄，残暴至极，遇到难民来归顺，他就认为是贼寇，叫人把他们开膛破肚，挖心剖胆，非常残忍。

武氏见契丹被灭，终于松了口气，于是大赦天下，改万岁通天二年为神功元年。这次平定契丹，突厥的默啜也帮了不少忙，于是武氏就派阎知微、田归道出使突厥，封默啜为特进颉跌利施大单于，立功报国可汗。阎知微见了默啜，立马下跪叩拜，而田归道却只是鞠了一下躬。默啜认为田归道非常无礼，于是把他扣住，不让他回去。默啜只让阎知微回朝复命，请求和亲，并提出大唐将六州降户及单于都护地返还给他。此外，他还向大唐索要谷种、彩帛、农器、铁等物件。

阎知微唯唯从命，回来拜见武氏，并把他的请求说给武氏听。一时间朝堂上，大臣们你一言我一语，有的说给，有的说不能给，争论不休。武氏考虑好久，才说："你们说的也有道理，朕折中给他一些吧。"随后，武氏拨给突厥几千户居民，还给了谷种四万斛，杂彩五万段，农器三千具，铁四万斤，并且同意默啜的女儿嫁给武承嗣的儿子淮阳王武延秀为妃。

武承嗣越老越好色，家里养了很多美女还觉得不够。他听说右司郎中乔知之有个小老婆叫碧玉，长得天姿国色，能歌善舞，乔知之非常宠爱她，视若珍宝。

于是，武承嗣派自己的佣人到乔知之的家里，谎称家里的姬妾请碧玉去教她们化妆。乔知之不好拒绝，只好让碧玉去武承嗣那里。一去几天，都没见碧玉回来。乔知之一再探问，都被门吏所阻，并且还被他们讥笑，气得乔知之无计可施，于是回来作了一首绿珠怨，让女仆辗转交给碧玉。碧玉正被武承嗣逼迫，一直勉强羁留，得到乔知之的来信后，立即展览，词云：

石家金谷重新声，明珠十斛买娉婷。此日可怜偏如许，此时歌舞得人情。君家闺阁不曾观，好将歌舞借人看。意气雄豪非分理，骄矜势力横相干。辞君去君终不忍，徒劳掩袂伤铅粉。百代离恨在高楼，一代红颜为君尽。

碧玉看完信后，黯然泪下，她已经知道诗中的寓意，是叫她自尽，于是碧玉将诗系裙带间，拼了一命，跳井自杀。武承嗣派人抢救，已是无用，人已经死了，不能复活。武承嗣在碧玉的裙带间发现了这首诗，这才知道是乔知之干的好事。于是他恼羞成怒，勾结私党诬陷乔知之，把他下狱处死，没收家产。

当时，李昭德、来俊臣两人又被启用。李昭德被封为监察御史，来俊臣被封为司仆少卿。两人都不改旧习，李昭德依旧锋芒毕露，来俊臣依旧残暴不仁。听说箕州刺史刘思礼勾结洛州录事参军綦连耀，想要图谋不轨，明堂尉吉顼就告诉了来俊臣。来俊臣让他上书告诉武氏，武氏随即让武懿宗去追查。武懿宗本来就是凶残之人，他胡乱审判，杀死了同平章事李元素、孙元亨等三十六人，还连累了他的亲戚朋友一千多人。这些人有的被降职，有的被流放。来俊臣想把功劳据为己有，于是又向武氏诬告吉顼，吉顼把事情的经过告诉了武氏，这才逃过一劫。

来俊臣重获武氏宠信之后，也千方百计地搜罗美女，还丧心病狂地伪造圣旨夺人妻女。武氏家族的人本来就是跟他一路人，就任由他胡作非为，根本就没有人敢抗议他。只有李昭德向来看不惯他的胡作非为，于是，李昭德搜罗证据，想要揭发他。可是，没等他把奏本上书给武氏，来俊臣就先诬告他谋反，把他打入大牢。

从此，来俊臣就更加放肆胆大，认为自己是天下第一，无人可及，并且想诬告谁就诬告谁，到后来，来俊臣竟然人心不足蛇吞象，想要把皇太子、太平公主，以及武氏家族全都诬告谋反，然后自己独霸大权。武氏兄弟和太平公主察觉后，一齐告发来俊臣的滔天罪状，把他打入大牢。经过刑部审讯核实，按律应该把他处以极刑。但是刑部的奏折送给皇帝三天，依然没有回音。

当时，吉顼已经升任中丞，陪武氏在园中游走，武氏问他外面的情况，吉顼答道："外人都奇怪陛下为什么不杀来俊臣。"武氏说道："来俊臣有功国家，朕不忍将他杀死。"吉顼又答道："来俊臣诬杀忠良，罪恶如山，是国家的大患，如果陛下把他杀了，外人肯定会称陛下圣明，陛下怎么能怜惜这种人呢？"武氏点头同意，回宫后，就下令把李昭德、来俊臣一并拉到集市斩首。大家都替李昭德喊冤，对来俊臣的死拍手叫好。来俊臣被杀后，他的尸体被丢在大街上，因为仇人太多，尸体很快就被千刀万剐了。百姓们都彼此祝贺："从今以后，我们都可以安心过日子了。"

自从来俊臣死后，武氏也开始反省自己。她觉得自己以前听信谗言，妄杀了太多大臣，于是加封徐有功为殿中侍御史，姚元崇为夏官侍郎，魏元忠为肃政中丞，并提升狄仁杰为鸾台侍郎，同平章事。从此，朝中晦气渐渐消散，正气增加。

只有武承嗣、武三思等人，还想着皇太子的位子，多次使用各种手段谋求，狄仁杰感到非常忧心。

第二年，武氏又改年号为圣潜，她被武三思花言巧语迷惑，要立他为太子。于是，武氏趁着文武大臣朝贺赴宴时，征求他们的意见。大臣们都不敢说话，

这时，狄仁杰站出来，反对道："从前太宗皇帝，历经艰辛，手定天下，传位于他的后代。先帝把两个儿子托付给陛下，陛下现在却要把皇位传给其他人，这是不合道理的。况且姑侄之情与母子之情，哪个亲哪个远呢？陛下立自己的儿子为太子，千秋万岁后，还可以在太庙里被供奉，但是如果立侄子，臣还没听说过把姑姑立在宗庙的呢。"

武氏说道："这是朕的家事，卿不必干涉。"狄仁杰道："天子以四海为家，四海以内，那件事不是陛下的家事？我作为宰相，怎么能不管呢？"武氏问道："依你说来，还是立豫王吗？"狄仁杰又道："长幼有序，庐陵王并没有犯过大错，应该召还庐陵，立他为太子。等庐陵王百年过世后，再传给弟弟也行。"

武氏听了他的话，有点感悟，但还是犹豫不决。当天晚上，她梦见一只鹦鹉飞入，却自己折断了两只翅膀，武氏醒来后觉得很奇怪。第二天上朝，她问狄仁杰这梦是什么意思。狄仁杰答道："陛下姓武，鹦鹉就是谐音，两只翅膀就是陛下的两个儿子，陛下把两个儿子保护好，两只翅膀就重新振作了。"武氏觉得他的话很有道理，于是决定放弃立武氏兄弟的想法。

张昌宗兄弟两人跟吉顼经常往来，关系密切。吉顼对他们说道："你们兄弟两人现在享尽荣华富贵，世人都看在眼里，但是如果你们不立大功，恐怕日后很难自保。"二人听了这话很

是惶恐，连忙问他怎么办。吉顼答道:“天下人都没有忘记大唐的圣德，都想立庐陵王为太子。现在，皇上年事已高，天下终归换主。武氏兄弟不得民心，所以，你们为什么不劝皇上立庐陵王为太子呢？如果立了皇上的儿子为太子，那是众望所归，到那时你们就立了大功，不但可以自保，还可以常保富贵。”张氏兄弟齐声道:“多谢你的教诲！”于是，他们在武氏的枕边你一言我一语的，请求立庐陵王为太子。终于，武氏经不住他们的劝说，召庐陵王回宫。

第三十五回 狄仁杰病逝

武氏听了张氏兄弟的话，于是派职方员外郎徐彦伯等人，把庐陵王李哲召回东都。庐陵王与韦妃还有他的儿子们一并接旨回宫，拜见武氏。武氏把他们召回后，却不准他跟别人见面，在外说是为他治病。狄仁杰有些怀疑，也有点担心，于是进宫求见。武氏说起庐陵王时，狄仁杰马上就说："陛下既然已经召回了庐陵王，没什么不让大家见他呢？"

武氏说道："你是在怀疑朕吗？"随即把庐陵王叫出来，狄仁杰一看果然是庐陵王，随即下拜顿首道："庐陵王已经回宫，大家都还不知道，怪不得议论纷纷，还以为是假的。"不久，武氏就召集满朝文武大臣，举行隆重的仪式迎接庐陵王。当时天下一片大喜。

武承嗣因为计划失败，郁郁寡欢，竟然病倒了。他的二儿子武延秀因被指婚给突厥默啜的女儿，到了迎亲的日子，要到突厥去迎亲。武氏派署春官尚书阎知微和署司宾卿杨齐庄，带着一万两黄金和一万匹布帛与武延秀一起去。凤阁舍人张柬之劝阻，说道："从古到今，没有中国亲王娶异族的女儿，请皇上三思啊！"武氏大怒，把张柬之贬为合州刺史。武延秀刚到突厥南部的时候，武承嗣就一命呜呼了。他的大儿子武延基继承了他的爵位。

突厥可汗默啜听说武延秀到来，于是先召阎知微进来。阎知微立即将礼单呈上，由默啜验收。默啜突然变脸道："我的女儿应该许配给李氏，怎么来了个姓武的人？我突厥世代受李氏的恩惠，知道李氏都已遇害，只剩下两个儿子，我准备发兵立他为王，等他们坐正了王位，再嫁女儿也不晚。"阎知微听这一席话，吓得面色如土，不由得跪下叩头，请求他遵守约定。默啜笑道："你不用担心，留在我这里，我封你为南面可汗，怎么样？"阎知微听到"可汗"二字，又喜出望外，连忙拜谢起身。默啜命令左右将士，把武延秀拘住，不准他入见，还写了一封责问武氏的信，让杨齐庄带回去。武氏正在等待和亲消息，谁知杨齐庄回来说突厥悔婚，并把他的信递给武氏看。武氏一看，不禁大怒。信上写着武氏的五项大罪，列述如下：

（一）是前时所给谷种，俱系蒸熟，布种不生。

（二）是金银器多系伪劣，并非真物。

（三）是突厥可汗，曾赏给中使等绯紫，俱被武氏剥夺。

（四）是彩帛统系疏恶。

（五）是突厥可汗贵女，当嫁天子儿，武氏小姓，门户不敌，休得妄想结婚。

最后结语，默啜还扬言要进兵河北，再南下推翻大周，恢复大唐等事情。这可把武氏气得要死。武氏当下封司属卿武重规为天兵中道大总管，封右武卫将军沙吒忠义为天兵西道总管，幽州都督张仁亶为天兵东道总管，让他们统军三十万，出征突厥。她又再封左羽林大将军阎敬容、李多祚为天兵西道后军总管，率领十五万军兵为后援。各路大军陆续出发，渡河向北挺进。

默啜亲自率领十万大军，攻打静难、平狄、清夷等军。静难军使慕容玄崱出城迎降默啜。默啜随即围攻妫、檀等州，接着又分兵攻陷定州，把刺史孙彦高杀了，还杀死了官兵及百姓数千人，然后率军进攻赵州。刺史高叡与妻子秦氏召集所有军兵和家奴，拿着器械登城坚守。默啜见这守城的气势与众不同，所以不敢贸然进兵，就派阎知微到城下招降。阎知微一边对城上的军兵招降，一边和突厥兵手舞足蹈。

守将陈令英登城向下喊道："你一位堂堂尚书，竟然投降突厥，任人摆布，与敌为友，你不感到丢脸吗？"阎知微狡辩道："人生在世但求行乐，何必拘于名节。我让你们来投降，就是这个意思。"高叡也在城楼，他随即用箭射阎知微，阎知微慌忙逃去，回报默啜。默啜随即引兵围城，高叡夫妇率军日夜坚守，不敢松懈。谁知长史唐波若叛变，偷偷放敌兵进城，敌军纷纷进城，高叡夫妇知道已经守不了了，于是喝下毒药等死。敌军把他们二人抬到默啜面前，默啜拿着紫袍和金狮子带，对他们说："只要你们投降，我就给你升官发财，如果不投降，我就杀死你们。"高叡看了一眼秦氏，秦氏道："要杀就杀吧，报效国家，正在今日！"说了两句，就闭上眼等死，高叡也是一言不发，不久，他们夫妻就被杀害了。后来，朝廷赐高叡谥号节，追封为冬官尚书。

赵州被默啜攻陷后，城中的官员和百姓死的死，投降的投降。默啜又率军进攻相州，气焰非常嚣张。武氏贴告示，重金悬赏默啜的人头，只要有人杀了默啜，就可以封王晋爵。武氏调任沙吒忠义为河北道前军总管，封李多祚为后军总管，让他们率军去援助相州，立庐陵王为皇太子，复名为显，赐姓武氏，任命为河北道元帅，率军攻打突厥，又改封豫王旦为相王，兼任太子右卫率。

以前突厥来犯，招募士兵很长时间都招不到一千人。现在太子当元帅，百姓个个欢呼鼓舞，踊跃参军，不到三天就招满了五万多人。太子请求带兵出征，武氏不同意，她命令狄仁杰为副元帅，代理元帅的职责，率军北伐。武氏还亲自为他送行，狄仁杰拜命而去。路上，狄仁杰接到战报，说默啜在赵州、定州疯狂的抢掠杀人，并把无辜的百姓活埋了有八九万人，然后带着金银布匹向北逃走了。

狄仁杰命令各路大军快速追击，自己带着十万骑兵快速追到赵州境外，却没有看到敌人。狄仁杰叹息数声，只好撤兵回到赵州。

到了赵州后，狄仁杰奉旨安顿好老百姓，然后就开仓放粮，修补道路桥梁。狄仁杰自己非常节俭，每天粗茶淡饭，而且不准属下侵犯老百姓一分一毫，因此河北很快就安定了。阎知微被突厥送回，武氏下令将他立即处死，并灭了他三族。各路大军陆续回京，狄仁杰被封为内史。

突厥撤兵后，天下暂时太平，武氏继续在后宫享福作乐。这时，吐蕃的将领赞婆、弓仁都率部队来投降，武氏非常高兴，连忙派羽林军去迎接。原来，吐蕃老国王器弩悉弄年纪大了，他担心钦陵擅权，于是秘密和大臣论岩等人商议，要除掉钦陵。正好钦陵外出，器弩悉弄假装说要打猎，于是召集各路人马，把钦陵的两千多亲党一并杀死。器弩悉弄又派人把钦陵的兄弟召回，钦陵听说有变，坚决不回。于是，器弩悉弄亲自引兵讨伐，钦陵兵败自杀。钦陵的弟弟赞婆和钦陵的儿子弓仁不敢回吐蕃，于是带着七千多人投靠大唐。他们得到大唐的礼遇，欢天喜地地入朝拜见武氏。

武氏当面封赞婆为辅国大将军，兼归德郡王，封弓仁为左羽林大将军，兼安国公，并都赐给他们铁券。赞婆愿意为大唐守边疆，于是武氏又封他为右卫大将军，命令他立即率部众去驻守河源谷。过了一年多，赞婆就病死了，于是武氏追封他为安西大都护，另封御史大夫魏元忠为陇右诸军大总管，和陇右大使唐休璟，率军严防吐蕃。刚好吐蕃的将士麹莽布支率军侵犯凉州，唐休璟率军抵御，把敌军杀了两千多人，莽布支慌忙逃去，唐休璟凯旋归来。

还有一种可喜的事情，就是契丹降将李楷固、骆务整被狄仁杰押送东都，大臣们认为他杀了太多大唐军兵，于是请求武氏把他们杀死。武氏却一直犹豫不决，于是将二人押入大牢。等到狄仁杰回来，武氏问他的意见。狄仁杰奏道："李楷固和骆务整两人非常骁勇，他们既然能为契丹尽力，也必能为我大唐效忠，请陛下对他们好好安抚，不担心他们不为我用。"武氏随即把他们二人放了，还封李楷固为左玉钤卫大将军，骆务整为右武威卫大将军，让他们率军围剿契丹余党。

李楷固和骆务整二人一同来到朔漠，抓了很多余党，回京献俘。武氏非常高兴，于是升任两人为大将军，并且封李楷固为燕国公，赐姓武氏。武氏还大摆宴席庆贺。席上，武氏敬狄仁杰酒："这都是你的功劳，爱卿要干了这杯啊！"狄仁杰喝了这杯酒说："这是陛下的神威，军兵的努力，我有什么功劳呢？"武氏喜欢他谦让，想要赐给他很多金银财宝，但是狄仁杰却一再推辞，什么都没要。

狄仁杰当上宰相，与其说是武氏慧眼识英雄，还不如说是纳言娄师德知人善用，其实连狄仁杰都不知道内情。狄仁杰在和娄师德共事时，还曾排挤过他。娄师德带兵灭掉契丹后，被调为陇右诸军大使，掌管屯田的事，后来又调任为并州长史，兼天兵道大总管。狄仁杰有时跟武氏商讨朝政时，武氏就经常夸娄师德知人善用，然而狄仁杰却不这么认为。他对武氏说道："臣曾和他是同僚，怎么不知他会知人善用啊！"武则天微笑道："朕能够用爱卿，全都是由娄师德推荐的。娄师德能推荐爱卿，难道不是知人善用吗？"狄仁杰不由得感到惭愧，事后对其他大臣们说："娄公真是大人大量，一直让着我，帮着我，我却不知道，实在是对不起他。"从此，狄仁杰一直记着娄师德，想帮助他调回京都。可是娄师德已经七十了，年纪太大，不久就在会州病死了。

娄师德字宗仁，是郑州原武人。他身长八尺，方口厚唇，平生与人无争，遇事就避让，气量非常大。自高宗上元初年间，娄师德任职监察御史，到武氏圣历二年病死，这中间有三十年，在这三十年间，朝中是是非非，大起大落不断，只有娄师德与世无争，光明磊落，没有被殃及。

相传袁天纲的儿子袁客师，和他父亲一样，很会看相。有一次他和朋友一起乘船，看到船上的人鼻子下都有一团黑气，他觉得不好，于是想要带朋友上岸。这时有个身材高大的人挑着担子上了船，于是袁客师小声对朋友说："幸亏来了这个贵人，我们现在安全了。"船刚到江中，突然狂风四起，大浪翻腾，但是这条船却平平稳稳地到达了码头。袁客师问贵人的姓名，那人回答道"娄师德"。这时候的娄师德还没有富贵，但是袁客师已经看出他就是贵人了。后来娄师德病逝，被追封为幽州都督，谥号贞。

武氏年纪越大越放荡。张氏兄弟陪她，她还嫌不够，又选了很多年轻英俊的男子，供她玩乐。她创设控鹤监丞、主簿等官的官职，就是专门给这些人设置的，她还另外选了一些有真正才华的人，当作幌子，掩盖真相。

上官婉儿是已故西台侍郎上官仪的孙女，上官仪被奸人诬告冤死，连家族也被抄了。婉儿长得很漂亮，也很有才华，并且能过目不忘，还写得一手好字，因此，武氏把她留在身边当女官。武氏让她书写圣旨，掌管自己的书信、卷宗，把她当成自己的心腹，甚至在与张昌宗调情时也不避讳。婉儿情窦初开，免不得对张昌宗动了心，而且张昌宗长得很秀美，婉儿于是更加思念他。一天，婉儿跟张昌宗私下调情，被武氏发现，武氏大怒，用刀刺进婉儿前额的发髻，划伤她的面额，并且对她怒吼道："你敢动我的情夫，罪当处死。"后来，多亏张昌宗替她求情，她才免于一死。

中丞吉顼很看不起武懿宗，说他战败到相州，根本没有本事。武懿宗忍耐不住，就和吉顼争辩。武氏出来调解，吉顼还是喋喋不休，惹得武氏大骂起吉顼来，还把他降为固安尉。吉顼临走时得到武氏的召见，他向武氏磕头，说道："虽然皇上已经立了太子，但是外戚的权力依然很强大，还都被封了王，以后恐怕会引起冲突啊！"武氏说："朕也想过这个问题，但是木已成舟，现在没有解决的办法，就暂时这样，以后再想办法。"吉顼再次拜谢道："但愿陛下能想出好办法，这样就是天下的幸事了。"说完，吉顼就径直离去了。左监门卫长史侯祥因吉顼被贬走，于是想要自己补上他的位子，百般钻营，但一直没有成功。武氏又改控鹤监为奉宸府，更增选美少年来当差。右补阙朱敬则上疏劝阻道：

陛下内宠，有张易之昌宗足矣。近闻长史侯祥等，明自媒衒，丑慢不耻，求为奉宸府供奉，无礼无义，溢于朝听，臣职司谏诤，不敢不奏。

这道奏书上表武氏后，大家都为他捏一把冷汗。谁知武氏喜欢他正直，竟然赏他百匹彩缎，想要笼络他，只是在深宫依然追欢取乐。

武氏年纪很大，担心自己的日子不多，就抓紧时间逍遥。她把一切朝政都交给了宰相狄仁杰，非常信任他。狄仁杰一向以恢复大唐为己任，对着武氏却婉言讽谏，屡屡用切情切理的言语，徐徐引导。武氏被狄仁杰的劝说，有所感悟，就更加相信他。有一次，武氏问狄仁杰："朕想找一个人掌管机密文件，你看谁合适？"狄仁杰回答道："苏味道、李峤等人的才学都可以，但能独当一面的只有荆州长史张柬之。"武氏听了他的建议，就把张柬之提升为洛州司马。又过了几天，武氏又问狄仁杰，还有谁合适，狄仁杰说道："上次臣推荐的张柬之用了吗？"武氏说道："已经升任为洛州司马了。"狄仁杰说道："张柬之有宰相之才，不止一个司马呢！”于是，武氏又升张柬之为秋官侍郎。

狄仁杰还推荐了很多品才兼优的人，例如夏官侍郎姚元崇，监察御史桓彦范，泰州刺史敬晖等几十个人，他们后来都成为名臣。有人对狄仁杰道：“天下桃李都在你门下啊！”狄仁杰回答道：“我推荐人才是为国为民，并不是为自己。”

狄仁杰的长子叫狄光嗣，曾做过司府丞。武氏让每位宰相各举荐一名尚书郎，狄仁杰就推荐狄光嗣，于是武氏就升任他为地官员外郎，没想到狄光嗣干得非常出色。武氏对狄仁杰道：“古代有祁奚，他举荐不避亲，你也不愧祁奚了。”

狄仁杰的堂姨卢氏，家住在桥南别墅，有个儿子已经长大成人，从没到过京城。狄仁杰经常去看望她，一次他就对堂姨说：“我现在当了宰相，表弟想当什么官，我会尽力帮他实现的。”堂姨笑道：“当宰相确实好，能有享不尽的荣华富贵，可我只有这一个儿子，不愿让他在朝廷服侍女主呢！”狄仁杰听了她的话，只好作罢。

久视元年九月，一代忠臣狄仁杰因病去世，享年七十一岁。武氏听到噩耗，含着泪说：“朝堂从此再没有这样德智双全的人才了，老天夺我忠臣，未免太急了啊！”随后，武氏追封狄仁杰为文昌右相，谥号文惠。后来，中宗登基，又追封狄仁杰为司空，睿宗朝又加封狄仁杰为梁国公。

第三十六回 神龙政变中宗复位

狄仁杰死后，朝中现有的宰相如苏味道、李峤、陈元方等人，他们虽然各有千秋，但都比不上狄仁杰。

肃政中丞魏元忠和奉宸监丞郭元振，两人相继被调到边关，控制防御突厥和吐蕃。魏元忠出任萧关道大总管，后来调任灵武道。由于他严正军纪，带兵有方，因此贼寇不敢侵犯。郭元振出任凉州都督，他选择险地多加防守，还命甘州刺史李汉通开荒种地，自力更生，于是，凉州一带兵精粮足。

突厥默啜可汗无机可乘，就派使臣到大唐和亲，说他愿意把自己的女儿嫁给皇太子的儿子。武氏想想这样也好，就同意了婚事，从此，边境没有战乱，安宁很多。

魏元忠回京后，还是任旧职，兼检校洛州长史。他为人一向清正廉洁。洛阳令张昌仪是张氏的弟弟，他仗两位哥哥的势力，从不守法，每次长史巷开会，他都自由出入。后来，魏元忠到任，对他多加训斥。张易之的家奴在当地横行霸道，无恶不作，也被魏元忠逮捕，当众处死。张氏兄弟非常痛恨他，但武氏却升魏元忠为同平章事，因此他们更加记恨魏元忠。岐州刺史张昌期是张易之的弟弟，武氏准备封他为雍州刺史，后被魏元忠劝阻。魏元忠对武氏说："臣身为宰相，却办事不力，反而让小人围在陛下身边，实在是罪该万死。"这小人二字，明明是指的就是张氏兄弟，他们听了，就更加恨魏元忠了。

一次，武氏生病了，张氏兄弟就趁机诬陷魏元忠。司礼监高戬曾服侍过太平公主，经常往来宫中，张氏兄弟非常嫉妒他（张氏兄弟和太平公主也有情事），于是诬陷魏元忠和高戬两人，说他们两人觉得武氏年龄大了，行动不便，想要依附太子。这话传到武氏的耳朵里，武氏勃然大怒，立即将魏元忠和高戬押入大牢，随后又召太子、相王及所有宰相，让魏元忠与张昌宗当面对质。双方争论不休，各执一词，没有结果。

武氏想要等病好了，亲自审问。张昌宗没有证人，于是他找人做伪证，心想自己跟凤阁舍人张说关系很好，于是暗中嘱咐张说为自己作证，并且许诺他升官发财。张说答应帮他。谁知，这事被张说的同僚宋璟知晓，就在审讯的这天，宋璟提前在朝房等张说。

张昌宗与魏元忠两人来到武氏面前，为自己分辩。张昌宗说："可以让张说作证，他也听到了魏元忠的话。"武氏随即召张说入朝。张说一到朝门，就碰到宋璟。宋璟对他说："做人大义最重要，举头三尺有神灵，你千万不要和奸臣一党，诬陷忠良啊！就算得罪了小人被害，那也是忠臣，万一有什么事，我一定会为你据理力争，实在不行，我就和你一起赴死。”侍御史张廷珪、左史刘知几两人也站在宋璟旁边，张廷珪援引“朝闻道，夕死则已”的名言勉励张说。刘知几也劝他：“不要晚节不保，为子孙留下骂名。”这些话张说听进去了，连连点头。

魏元忠看到张说进来作证，连忙喊冤道：“张说想要和张昌宗一起诬陷我啊！”张说呵斥道：“你身为宰相，怎么说这样的话呢？”说完，张说拜见武氏。武氏问张说当时的情形，张说还没开口，张昌宗就连忙催道：“还不快说？”张说奏道：“陛下您看，张昌宗在陛下面前就这样逼迫臣，更何况在外面呢？臣实在是没有听魏元忠说过这样的话。”

张昌宗连忙喊道：“张说跟魏元忠一同谋反。”武氏瞪了张昌宗一眼：“你也太信口雌黄了。”张昌宗狡辩道：“臣不敢胡说，张说曾称魏元忠为伊周。伊尹放太甲，周公摄王位，这难道不是想造反吗？”张说正色说道：“张易之兄弟都是小人，他们只听说伊周名，却不知伊周法。之前，魏元忠当上宰相，就经常说自己无功受宠，感到惭愧。臣当时就对魏元忠道：‘大人居伊周职任，正好可以效忠。’伊尹周公是千古忠臣，被历代人所瞻仰，陛下用宰相，不让他效仿伊周，那让他效仿什么样的人呢？臣也知道今天帮了张昌宗，马上就有高官厚禄，而替魏元忠说实话，反而会招来杀身之祸。但是臣认为，一个人的名声很重要，臣宁死不敢诬陷忠良。”武氏没有再问，过了半天才说：“张说是个反复无常的小人，也一并处治。”说完，武氏下座入内。于是，张说和魏元忠一同被关进大牢。

第二天，武氏再次审讯张说，张说还是这么说。武氏又命宰相及武懿宗复审，张说还是跟之前说的一样。正谏大夫朱敬则等人先后上疏，为魏元忠申冤。谁知，武氏竟然把魏元忠贬为高要尉，张说和高戬流放到岭南。魏元忠出狱，向武氏辞行，说道：“臣年纪大了，今天去岭南，九死一生，但臣想陛下总会有一天想起我说过的话。”武氏问道：“将来有什么祸事吗？”魏元忠抬头看到张氏兄弟，就指着他们俩说：“这两个小人图谋不轨，必定犯上作乱。”张氏兄弟连忙下殿叩头，大呼冤枉。

魏元忠被贬出京都，太子的家臣崔贞慎等人在郊外设宴，为他践行。张易之听到消息后，又开始要陷害他们。他写信诬告崔贞慎等人和魏元忠要谋反，并署名“柴明”。武氏命监察御史马怀素审讯，马怀素审讯了很多次，都没有证据，于是故意拖延不审。内使多次催促他查明真相，于是马怀素亲自入殿说明，并请传柴明对质。武氏回答道：“朕不知柴明在哪里，你只要照着案子审讯，为什么要用原告？”马怀素道：“这案子根本没有证据，为什么要诬告他人呢？”武氏大怒道：“卿是想要纵容叛臣吗？”马怀素从容道：“臣怎么敢纵容叛臣？只是因为魏元忠被罢去宰相头衔，崔贞慎等以朋友的身份为他饯行，这样就有人诬告他们谋反，臣实在不敢附和。从前，汉朝的栾布在彭越首级下汇报，汉高祖都原谅了他，况且现在魏元忠的罪状不如彭越，陛下就想诛杀为他送行的人，难道不是太过了吗？陛下操纵天下的生杀大权，如果想取某人的性命，不妨直接点。但是，陛下又要臣去审，臣不敢随便断案，只好据实以报。”武氏听了他侃侃而谈，倒也觉得有理，怒气也消了点，随即说道：“爱卿退去吧！朕已经知道了。”马怀素退后，此案随后搁置不提，崔贞慎等人这才被无罪释放。

魏元忠离开京城后，宋璟经常叹息道：“我不能为魏公申冤，不但辜负了魏公，还辜负了朝廷，这辈子都不会心安了。”

宋璟是邢州南和人，为人正直廉洁。他科举考中进士，官拜凤阁舍人。武氏看他很有才华，非常器重他。有一次，她召宋璟进宫赴宴，并和张氏兄弟同桌。因为张氏兄弟是三品官，宋璟是六品官，于是宋璟就坐在下座。张易之觉得武氏器重宋璟，于是就讨好他。张易之站起身来，对宋璟说道：“宋公是第一名流，怎么能坐在下座呢？”宋璟答道：“小人才疏学浅，张卿却说我第一，真的不明白什么意思啊！”天官侍郎郑果当时也在旁边，于是帮腔道：“宋公怎么叫五郎为卿呢？”宋璟愤然道：“就官职而言，应该叫张卿，你又不是张卿的家奴，为何称张卿为五郎呢？”说得郑果哑口无言，不由地双脸通红，连在座的其他官员都感到不好意思。一直到散席，宋璟都没跟张氏兄弟说话，从此，张氏兄弟对宋璟怀恨在心，经常在武氏面前说他的坏话。幸好，武氏知道宋璟为人忠直，了解他的人品，不管张氏兄弟怎么说，她都没相信。

张氏兄弟的势力一天比一天强盛。当时，无论宫廷内外，只要有人稍微违背他们的意思，就都会受到打击，甚至连命都没有。

旧皇孙李重照是中宗的长子，后来中宗被废，李重照也被贬为庶人。中宗被再次召入东都立为太子，李重照被封为邵王，由于照字与曌字同音，犯了武氏的忌讳，于是改名为李重润。李重润的妹妹永泰郡主，嫁给了武承嗣的儿子武延基。李重润兄妹相见，不免说道张氏兄弟的丑事。张氏兄弟偶然听到，随即到武氏面前告状。武氏爱张氏兄弟胜过爱自己的孙儿，一天没见到他们就感到很难过。骤然听到这样的话，武氏不禁恼羞成怒，随即召重润兄妹入宫，责备他们乱嚼舌根，也不容他们辩解，就命内侍把他们打死了，之后，武氏还没有消气，索性将继魏王武延基也同一天赐死了。

同平章事韦安石看到张氏兄弟这么嚣张，于是揭发他们的各种罪状。当时，根据法令，应该由韦安石与右庶子唐休璟两人审讯张氏兄弟。韦安石等人刚要传讯张氏兄弟，谁知突然传来圣旨，调任韦安石为扬州长史，唐休璟为幽营二州都督。唐休璟知道是张氏兄弟从中作梗，于是在临行时秘密地对太子道：“张氏兄弟这么骄纵，以后肯定会叛乱，殿下应当预先防备，免得遭殃。”太子听从他的建议，唐休璟随即离去。

武氏因为韦安石外调，于是想要选人补缺，一直没有选出合适的人。刚好这时候，突厥支部的酋长叱列元崇，纠集部众侵犯边境，于是武氏封夏官尚书姚元崇为灵武道安抚大使，让他率军出击贼寇。武氏召见他时，让姚元崇用字为名，免得跟叛贼同名。

姚元崇表字元之，是陕州硖石人，后来一直叫姚元之。武氏让他推荐有宰相才能的人，姚元之道：“张柬之沉着睿智，能断大事。他现在已经八十了，请陛下赶紧用他。”武氏同意，等姚元之离去后，即封张柬之为宰相。张柬之之前任合州刺史，代替杨元琰做荆州长史时，和杨元琰泛舟江中，讨论武氏宗族擅权的情况，杨元琰慷慨激昂，甚至哭泣起来。张柬之对他道：“他日你我得志，应当彼此帮助，一同恢复大唐。”杨元琰答应遵守约定。现在张柬之升为宰相，接着他就推荐杨元琰为右羽林将军，并且对杨元琰道：“江上旧约，还记得吗？”杨元琰说道：“一直谨记，没有忘记。”张柬之又暗中拉拢司刑少卿桓彦范，右台中丞敬晖，及右散骑侍郎李湛等人，一同等待时机，密谋恢复大唐。

长安四年秋天，武氏病得很重，几个月没有上朝，只有张氏兄弟侍奉在武氏左右。张氏兄弟担心武氏死后，自己没有保障，于是开始结党营私，以防有变。

不料，外面已经有人匿名说张氏兄弟要谋反，张氏兄弟担心地要命，暗地里找术士李弘泰占问吉凶。李弘泰说张昌宗有天子相，劝他到定州建造佛寺，就可以为自己祈福。张昌宗正在心里暗自庆幸，谁知被许州人杨元嗣知晓，随即向武氏告发。武氏命平章事韦承庆、司刑卿崔神庆、御史中丞宋璟等人审讯张氏兄弟。张昌宗慌忙向武氏辩解，叩头痛哭，说道："李弘泰虽然说了这样忤逆的话，但臣实在没有这个心啊。"

最终，武氏只是定了李弘泰死罪，没有杀张昌宗。于是，司刑少卿桓彦范，及凤阁侍郎崔玄暐又接连上奏，请求武氏严惩张昌宗。没办法，武氏命令刑部调查。司刑卿崔韦昇是崔玄暐的弟弟，他调查后，上报说应当把张氏兄弟处斩，但武氏不同意。

宋璟再次请求治罪张氏兄弟，武氏却说："张昌宗已经向朕自首了，理应减罪。"宋璟答道："张昌宗向你坦白，那是因为形势所迫，不是发自内心的。何况谋反，罪当处斩。像这样的人不杀，还要什么国法？"武氏被宋璟说得无言以对，只好让御史台复审。宋璟随即到御史台审讯张昌宗，还没问几句话，忽然就接到武氏的特赦手谕，让他放了张氏兄弟。宋璟不禁长叹道："没有及时杀死这两个狗贼，真是后悔啊！"张昌宗对宋璟恨之入骨，想要暗地里刺杀他，幸亏有人提前告诉了他，这才逃过一劫。

第二年正月，即嗣圣二十二年，这一年年号改为神龙。武氏病情加重，张氏兄弟仍然得宠，二人暗藏谋反之心，没有改变。同平章事张柬之认为时机成熟，应该除掉张氏兄弟，不能再拖延，于是秘密找来右羽林大将军李多祚到自己的府邸，首先问他道："将军今日的富贵，是怎么来的？"李多祚哭着回答道："都是先帝所赐。"张柬之道："如今先帝的两个儿子，被奸人陷害，很是危险，将军想要报先帝的大德吗？"李多祚道："只要是对国家有利的事，多祚都听相公指挥。"张柬之道："真的吗？"李多祚对天为誓道，"如有虚言，天打雷劈。"张柬之大喜，随即把诛杀张氏兄弟的计划告诉他，李多祚欣然同意。这时，姚元之从灵武来到京都，张柬之也把他召入府邸，跟他商定大计。

很快，张柬之、李多祚和桓彦范、崔玄暐、敬晖、李湛、杨元琰等人相约起义，并邀同司刑少卿袁恕己，左羽林卫将军薛思行、赵承恩，职方郎中崔泰之，库部员外郎朱敬则，司刑评事冀仲甫，检校司农少卿翟世言，内直郎王同皎，率左右羽林兵五百余人，进入玄武门。为了正大光明，还需太子亲自出马下令，于是，王同皎、李多祚、李湛去东宫找太子。但太子却犹豫不决，说："这狗贼是该杀，但太后的病没好，担心她会受惊，还是以后再说吧！"

李湛连忙劝解道，"众将相不顾个人利益，为的就是国家大利，为什么殿下还是这么犹豫不决呢？请陛下自己去跟将士们解释吧。"太子想要去，却又退却，这时，王同皎说道："事不宜迟，迟就会有变，殿下也会大祸临头的。"太子听了这话，这才鼓足勇气跟着众人来到玄武门。将士们看到太子来了，全都非常欢喜，不等太子开口，就把他拥入内殿，杀向后宫。

张氏兄弟听到嘈杂声，慌忙出来探听消息，正好碰到羽林军进来，随即被张柬之指挥羽林军乱刀砍死。接着，张柬之带人闯进武氏的长生殿，喝退殿前侍卫，直接叩门。武氏听到人声嘈杂，知道不好，就强撑着身体爬起来，厉声问道："什么人胆敢作乱？"张柬之等人拥太子入内室，并齐声说道："张易之、张昌宗谋反，臣等奉太命子令，诛杀两个逆贼，担心走漏消息，所以没有提前上奏。臣等自知带兵入宫禁，罪当万死。"武氏瞪着太子，说道："你吃了熊心豹子胆，竟然敢做出这样的事来。既然张氏兄弟已经被杀，那你就可以回去了。"司邢少卿桓彦范说道："太子怎么能回东宫呢？当年先皇把儿子托付给陛下，如今太子已经长大成人，是时候把太子扶正了，请陛下传位于太子，这样才能上顺天意，下服民心。"

武氏舍不得放权，但看到眼前的情形，又不得不放，正考虑怎样回答时，突然看到李湛站在门前，便对他道："你也是诛杀张易之兄弟的将军吗？我待你们父子不薄，没想到也会有今日啊！"李湛是李义府的儿子，听了这话，竟然无言以对。武氏又看到崔玄暐，也对他道："别人当官都是他人推荐的，只有你是由朕亲自提拔的，现在你也和他们一起来逼朕吗？"崔玄暐道："臣这样做是报陛下的大恩大德啊。"武氏无奈地说："罢了罢了！"接着就躺在床上，不再理他们。

张柬之只好拥太子出了大殿，随即命羽林军捉拿张同休、张昌期、张昌仪三人。三人很快就被抓到，随即向太子请命，把他们斩首于天津桥南。接着，张柬之又抓捕张氏兄弟的余党，韦承庆、崔神庆、房融等人也被抓捕入狱。张柬之一边派袁恕己辅佐相王李旦，让他带兵预防叛乱，一边找太平公主劝武氏传位于太子。太平公主因为张氏兄弟害死了高戬，跟他们一直不和，这次张氏兄弟被杀，她也乐得去劝武氏退位。不到半天，武氏就颁布了一道退位太子的圣旨。

于是，太子成功登基，改年号为神龙，大赦天下，只有张氏兄弟的余党没有赦免。文武百官上朝祝贺，中宗传旨大赏有功的将士，加封相王为安国相王，拜为太尉；封太平公主为镇国太平公主；升张柬之为夏官尚书，兼任凤阁鸾台三品；又封崔玄暐为内史，袁恕己为凤阁侍郎同平章事，敬晖、桓彦范为纳言，并赐爵郡公，李多祚赐爵辽阳郡王，王同皎为驸马都尉，兼右千牛卫将军，封爵瑯琊郡公，封李湛为右羽林大将军赵国公，其他有功的人都被论功提升。

过了几天，武氏搬到上阳宫居住。又过了几天，中宗带着百官到上阳宫，加封武氏为则天大圣皇帝。武氏家族的人官位依旧，不升不降。李氏家族的人，曾经被发配、籍没的，都恢复属籍。以前被周兴和来俊臣陷害过的人，全都平反，流放的子女也一律返回。

中宗复国号为唐，郊庙、社稷、陵寝以及官制、旗帜、服色、文字，都和永淳（高宗年号）以前一样。随后，中宗把韦承庆贬为高要尉，把崔神庆流放到钦州，房融流放到房州，把杨再思调回西京，把姚元之调出，任命为亳州刺史。

第三十七回　中宗的糗事

姚元之是这次政变的功臣，当中宗复位时，曾加封他为梁县侯，后来武氏搬到上阳宫时，姚元之曾跟着皇上去看了武氏。他见了武氏，竟然泪流满面。回来后，张柬之、桓彦范就问他："今非昔日，你为什么要哭啊！"姚元之答道："之前是讨伐逆贼，是为了大义，现在是痛别旧君，是不忘私恩。要是因为这样就有罪，那我也甘心。"张柬之把他的话说给中宗听，于是，中宗把他调出为亳州刺史。

李显当上皇帝后，马上立韦氏为皇后，追赠她的父亲韦玄贞为上洛王，母亲崔氏为王妃。左拾遗贾虚已反对，说道："自古以来，没有外姓亲戚被封王的，皇上刚登基，天下人都在看着您，陛下这样做，恐怕有损您的仁德。况且前朝有例子，请陛下三思。"中宗没有理睬他的劝告。

原来，中宗在房州时，与韦氏尝尽艰难困苦，因此对韦氏非常依赖，而且感情很深厚。每次有使臣来时，中宗就吓得要自杀，韦氏经常劝他道："祸福无常，不一定是坏事，有什么紧张的呢？"随即引内使进来，果然没有意外的祸事。于是中宗就更加相信韦氏，对她加倍好，曾经对她发誓道："将来我如果能再见天日的话，一定让你心想事成。"后来，李显继位，立韦氏为后。但韦氏想要效仿武则天参与朝政，于是借着中宗的誓言，干出了许多无法无天的事情来。

张氏兄弟被诛杀后，武氏家族虽然没有升官，但威风不减。洛州长史薛季昶对张柬之说："张氏兄弟不在，武氏家族还在，斩草不除根，春风吹又生啊。"张柬之答道："现在大局已定，有什么好担心的？我认为武氏兄弟不过是案板上的肉，随便剁了，没什么可怕的。"薛季昶出来，叹道："看来我辈是死无葬身之地了。"

朝邑尉刘幽求也对桓彦范和敬晖道："武三思还在，对我们的威胁很大，要尽早除掉，如果晚了，后悔就来不及了。"桓彦范和敬晖二人只是一笑，全都不理睬。

谁知，武三思经常出入皇宫，与后宫的人勾结私通，比武氏在朝时还要威风。中宗一共有八个女儿，其中第七个女儿安乐公主，是中宗被废时，韦氏跟着他到房州的路上生的，当时，他们解衣作褓，于是为女儿取名为裹儿，长到十多岁，非常聪明，长得也很好看，中宗与韦氏都非常宠爱她。后来，中宗返回东宫，家眷一并回来。武氏看到这个孙女，也很喜欢她的秀外慧中，于是把她嫁给武三思的儿子武崇训。安乐公主出嫁时，结婚的仪式非常盛大，武氏命武崇训行亲迎礼，文武百官到来道贺。宰相李峤、苏味道，及郎官沈佺期、宋之问等文士都献上诗文，称颂他们，就连上官婉儿也随同贺喜，献上颂文。

中宗见上官婉儿诗意清新，容色秀丽，就非常喜欢她，中宗继位后，大权在握，就把上官婉儿召为妃子，册封为婕妤，又封上官婉儿的母亲郑氏为沛国夫人。这上官婉儿自从与张昌宗调情被武氏发现后，就不敢再靠近张昌宗了。正好碰到武三思这个大色狼，仗着武氏的势力，经常住在宫中，与上官婉儿眉去眼来，勾搭成欢。后来，上官婉儿被中宗召幸，虽然中宗的床弟风光不如武三思，但是因为是皇恩，也没法推辞，只是敷衍中宗。

皇后韦氏也是个淫妇，平时虽然与中宗表面上很恩爱，但心中却不是很满足。上官婉儿向来很会察言观色，与韦氏相处一段时间后，就已经猜透了她的心思，于是，上官婉儿使出各种伎俩讨好韦氏。果然韦氏非常喜欢她，把上官婉儿当成知己，什么话都跟她说，甚至连床上的事也跟她讲。韦氏对皇上的床事不是很满意，于是，上官婉儿乘势迎合道："皇后与皇上同经患难，理应同享安乐。试想皇上自复位后，今日册妃，明日选嫔，何人敢说声不字？难道皇上可以行乐，皇后就不能行乐吗？"韦氏听了这话，非常高兴，但表面上还是装着很镇定，说道："你这个坏人！我们都是后宫妃嫔，怎么能像乡野村妇去偷汉子啊？"上官婉儿又说道："则天大圣皇帝不就是这样吗？"韦氏不禁一笑。上官婉儿索性走近几步，对着韦氏耳边悄悄地说了几句话，随即离开。一天晚上，趁中宗在别的妃子那里留宿，上官婉儿把一个男人送进韦氏宫中。这人就是武三思。

从此，武三思把中宗的两个老婆抱入怀里，中宗却什么都不知道。韦氏与上官婉儿还经常在皇上面前说武三思的好话，于是中宗加封武三思为司空，位列同中书门下三品，加封上官婉儿为昭容，让她专掌机密文件，把武三思的儿子武崇训跟李裹儿，封为驸马和公主，接着又封散骑常侍武攸暨为定王，兼职司徒，武氏家族的权势又强盛了起来。

直到这时，张柬之等人才恍然大悟，于是上朝奏请中宗削弱武家的权势。此时的中宗根本听不进他人的劝阻。武三思在宫中经常和韦氏玩掷双陆的赌博游戏，中宗还亲自为他们数筹码。武三思如果有两天没有进宫，中宗还跑去看他。监察御史崔皎进谏道："天下刚恢复，人心还没稳，旧势力还在，陛下这样妄行，很有危险啊！"中宗非但不听从他的劝告，反而把崔皎所说的话转告给武三思。武三思听了这话，非常记恨崔皎。

武三思与上官婉儿两人竟然造出一种特殊的圣旨，称为"墨敕"，并宣称"墨敕"是中宗的手谕，不必经过中书门下核查，就可以直接施行。这显然是想要夺宰相的政权，好让武三思等人胡作非为。但是，皇上的机密文件都在上官婉儿掌控中，中宗又是个糊涂虫，所有圣旨都归婉儿代笔，是假是真外人根本分不清。

韦氏陷害中宗庶出的儿子谯王李重福，说李重福的妻子是张氏兄弟的外甥女，李重福是张氏兄弟的同党，于是就用一道"墨敕"，将李重福贬为均州刺史。术士郑普思、尚衣奉御叶静能，他们两人在韦氏面前献媚，大谈妖术，深得韦氏的欢喜，于是韦氏就替两人在皇上面前说好话，又是一道"墨敕"，封郑普思为秘书监，叶静能为国子祭酒。桓彦范、敬晖等人竭力劝阻，拾遗李邕也上疏劝阻，中宗一概不听。只有高宗废除的皇后王氏及萧淑妃两人，被武氏改为姓蟒和枭，经宰相奏请，终于恢复了原姓。

中宗召魏元忠为兵部尚书，提升宋璟为黄门侍郎，其他官员都是韦氏、上官婉儿和武三思等人的走狗，专门干坏事，不干好事。韦氏竟然学武氏，当中宗上朝时，也在旁边垂帘听政。桓彦范奏请皇后不要干预朝政，请皇后把后宫管理好就行了，然而中宗并不理睬。西域僧人慧范非常讨韦氏的欢喜，韦氏竟然称他平乱预谋，特封为银青光禄大夫。

张柬之、桓彦范等人见中宗的行为越来越不像话，就商量先除掉武氏家族，再清除余党。于是，他们带着群臣上表中宗，内容是：

臣等闻五运迭兴，事不两大，天授革命之际，宗室诛窜殆尽，岂得与诸武并封。今天命维新，而诸武封建如旧。并居京师，开辟以来，未有斯理。愿陛下为社稷计，顺遐迩心，降其王爵以安内外，则不胜幸甚！

但是，现在已经晚了。武三思是韦氏和上官氏的淫夫，武攸暨是太平公主的驸马，岂是一本弹劾的奏章就能撼动得了的？！

张柬之等人没有办法，于是找来崔湜，作为耳目，让他秘密监视武氏家族。崔湜是考功员外郎，年轻机灵，很有口才，但是他是个两面三刀的小人。他在武三思等人面前低三下四的献媚，却在张柬之等人面前装作一副正人君子的样子，都把大家骗得团团转。很快，他就把张柬之等人的计划，全部告诉了武三思，武三思引荐崔湜为中书舍人，崔湜从此做了武家走狗。

这时，宣州司士参军郑愔因为贪赃东窗事发，逃到东都。他私下求见武三思，武三思和郑愔关系很好，于是立即跟他见面。郑愔曾是殿中侍御史，后来因为是张氏兄弟的余党，被牵连贬到外地。郑愔见到武三思后，两人稍微寒暄了下，郑愔竟然大哭起来。哭完后，他又大笑不止，惹得武三思疑惑不解，忙问怎么了。

郑愔答道："我哭是担心您被杀害，我笑是因为您遇到了我，能转祸为福。"武三思又问道："什么祸什么福？"郑愔答道："大王虽然得势，但张柬之等五人权势更大，想除掉太后就很简单，更何况是您呢？您和太后能相提并论吗？而且这五个人一直想除掉您，灭您的全族，大王如果不想办法先除掉他们，那就会大祸临头啊！"

武三思被他一说，不禁毛骨悚然，赶紧问他有什么好办法。郑愔微笑道："何不先封他们五人为王，让他们表面上风光，暗中架空他们，让他们有职无权，我们再慢慢弄死他们，一切就容易多了。"武三思大喜道："好办法！好办法！"

于是，武三思在中宗面前把郑愔的罪洗的一清二白，还推荐他当中书舍人。武三思又通过韦氏、上官氏，在中宗面前诬陷张柬之等五人，说他们仗着手中的权势阴谋造反。中宗相信了她们的话，于是就找武三思商议此事。武三思就把郑愔想的办法告诉中宗，于是中宗亲自下旨，封张柬之为汉阳王，桓彦范为扶阳王，敬晖为平阳王，袁恕己为南阳王，崔玄暐为博陵王，让他们只在每月初一和十五上朝，不再管理朝政，改用唐休璟、豆卢钦望为左右仆射，韦安石为中书令，魏元忠为侍中。

当时，河南、河北十七州突然发大水，洪水像猛兽一般，吞噬了无数的生命和财产，损失惨重。右卫参军宋务光借这个机会上奏，说水为阴，这场水灾是后宫干政的结果，要立即停止，不然后果不堪设想，另外他还建议早立太子，并早点削减外戚权势。

中宗勉强把武三思降为德静王，把武攸暨降为乐寿王，还把武懿宗等十二人都撤王封公。这表面上是削弱了外戚的权势，其实军国大权早就掌握在武三思的手中，只不过是掩人耳目罢了。武三思吩咐其他文武百官奏称中宗为应天皇帝，皇后为顺天皇后。中宗非常高兴，随即和韦氏拜谢宗庙，大赦天下。相王李旦和太平公主都加封万户，文武百官跟着加官加禄，然后大摆宴席，热闹非凡。

一天，中宗和后宫妃嫔在外面玩乐了好久，傍晚回宫，有上阳宫人入报，说太后病重，恐怕会出现不测，于是，中宗等人赶紧去看望武氏。武氏看到中宗，提着一口气，千叮咛万嘱咐，让他保护好武氏家族，说完就晕过去了。两天后，武氏就病死了，终年八十二岁。中宗传武氏的遗旨，除去武氏皇帝称号，尊谥武氏为则天大圣皇后，任命中书令魏元忠暂时代理宰相。中宗守丧满三天，由魏元忠主政，传旨准备太后的善后工作。给事中严善思上奏道："鬼神都喜欢安静，不喜欢被打扰。如果开启陵墓，怕要惊动先帝的神灵，况合葬并非古制，不如在陵旁另外选择吉地，较为慎重。"中宗不同意，还是把武氏和高宗合葬在乾陵。

第二年为神龙二年，武三思因桓彦范等人还在京都，心有不甘，于是就上奏中宗，贬桓彦范为洺州刺史，敬晖为滑州刺史，袁恕己为豫州刺史，崔玄暐为梁州刺史，升任僧人慧范等人为五品官员，并赐爵郡县公，封叶静能为金紫光禄大夫。驸马都尉王同皎看到这些不合理的事，心中很是不平，于是在和朋友谈论国事时，大骂武三思，并指责韦后。

前少府监丞宋之问和弟弟宋之逊，因为张氏兄弟的案子，受到牵连，被流放到岭南。两人却胆大妄为的逃到京都，因为和同皎关系好，就藏在同皎的家里。同皎平时议论事情都被宋之逊听到，宋之逊竟然暗地里派儿子宋昙，及外甥校书郎李悛去告知武三思。武三思又让宋昙、李悛到中宗那里告发，说同皎与洛阳人张仲之、祖延庆、武当丞周憬等人暗中勾结杀手，想要刺杀武三思，还要废掉皇后。

中宗派人去审讯同皎，审案的人都是武三思的人，于是很快就把同皎等人定罪斩首，只有周憬逃脱了。周憬逃到比干庙，看到比干的神像，心中非常悲愤，就喊道："比干是古代忠臣，应该知道我的心思。武三思和韦后一对奸夫淫妇，祸害忠臣，危害国家，今后一定没有好下场，可惜我不能亲眼看到了！"说完，他就拔刀自杀了。告密的人，宋之问、宋之逊和宋昙、李悛全都升官，加封朝散大夫。

同皎死后，韦氏看到新宁公主失去丈夫守寡，怕她寂寞，于是就命令她改嫁给自己的堂弟韦濯。

武三思害死同皎后，又来诬陷桓彦范、敬晖等五位老臣，说他们是跟同皎一伙的。随即，桓彦范被贬为亳州刺史，敬晖被贬为朗州刺史，袁恕已被贬为郢州刺史，玄晖被贬为均州刺史，就是那些同时立功的大臣，如赵承恩、薛思行等人都一并外调。但是，武三思还是嫌不够，把这些功臣的官职贬了再贬。最后，武三思还伪造圣旨，派五位老臣的仇人去刺杀他们。当时，张柬之和崔玄晖已经在路上病死，只有敬晖、桓彦范、袁恕己三人被人杀害，薛季昶受到牵连，被贬为儋州司马，后来，薛季昶听说五个老臣遇害，就知道自己躲不过，于是自己买了副棺材，喝药自杀了。

第三十八回 上官婉儿恃宠而骄

武三思害死五位老臣后，权势越来越大，几乎满朝文武百官都成了他的爪牙。其中最著名的被称为五狗，他们是御史中丞周利用、侍御史冉祖雍、太仆丞李俊、光禄丞宋之逊、监察御史姚绍之。这些人整天在武三思的门外守候，只要他一声呼唤，全都过来奉命。

不久，中宗还驻长安，于是相王李旦上奏建议赶快立太子，以固江山。太平公主也非常赞同。中宗欣然答应，于是在没和韦氏、武三思等人商量情况下，就立了卫王李重俊为太子。李重俊是后宫的妃子所生，不是韦氏的亲生儿子，于是韦氏极力反对，中宗这次没有听她的，韦氏很不高兴。武三思也觉得立太子这样的大事，中宗不跟他商量，他也很不满意。

安乐公主李裹儿听说立了太子，她也很着急。原来，韦氏只生了一个儿子，一个女儿，儿子李重润已经被武则天杀了。安乐公主觉得自己是皇后的亲生女儿，而且皇后没有儿子，竟然想当皇太女。现在听说太子已立，她怎么受得了，闹得不可开交。中宗万般无奈，只好劝慰她，并让她在皇宫以外开府设官，她这才罢休。

李重俊立被为太子，但是李裹儿照样看不起太子，她跟丈夫都尉武崇训二人在背地里把太子称为奴隶。

太子看到朝中大多数是武三思的党羽，权势倾斜过重，于是想要发动兵变。他认为魏元忠和李多祚两人为人比较正直，于是就和他们商议。李多祚非常赞成，魏元忠不敢表态。魏元忠这次被起用后，不像以前那样果断，遇事总是犹豫不决，威望大减。这次太子要起兵伐贼，魏元忠担心失败，怕惹祸上身，所以不介入。

这时，酸枣尉袁楚客给魏元忠写了封信，指出朝廷有妇人干政，结党营私，贪赃枉法，政出多门，奢侈腐败，宦官专权等十大过失，建议他修正。信上说：

今皇帝新服厥德，当进君子，退小人，以兴大化，正天下，君侯安得徒事循默哉？苟利国家，专之可也。夫安天下者先正其本，本正则天下固，国之兴亡系焉。太子天下本，古立太子，必慎选师保，教以君人之道，蕴崇其德，所以固根本也。今嫡嗣虽定，师保未端，有本无枝，本将曷恃？此朝廷一失也。女有内则，男有外傅，岂相混哉？幕府者丈夫之职，今公主得开府置吏，以女处男职，所以长阴抑阳也。而望阴阳不愆，风雨时若得乎？此朝廷二失也。

缁衣羽流，不务本业，专以重宝附权门。私卖度钱，自肥私橐，国家多一僧道，即多一游手，此朝廷三失也。唯名与器，不可假人，今倡优之辈，因耳目之好，遂授以官，非轻朝廷，乱正法耶？此朝廷四失也。有司选士，非贿即势，上失天心，下违人望，非为官择吏，乃为人择官，葛洪有言："举秀才，不知书，察孝廉，浊如泥，高第贤良杂如蛙。"此朝廷五失也。阉竖第给宫掖，供扫除，古以奴隶畜之，后世不察，委以事权，竖刁乱齐，伊戾败宋，后汉用十常侍以乱天下，可谓明戒。今中兴以后，阉官得坐升班秩，率授员外，乃盈千人，此朝廷六失也。古者茅茨土阶，以俭约贻子孙，所以爱力也，今外戚公主，所赏倾府库，所造皆官供，高台崇榭，夸奢斗靡，民力耗敝，徒使人主受谤于天下，此朝廷七失也。官以安人，非以害人，今天下困穷，州牧县宰，非以选进，割剥自私，民不聊生，乃更员外置官，十羊九牧，有害无利，此朝廷八失也。政出多门，大乱之渐，近封数夫人，皆先朝宫嫔，出入无禁，交通请谒，此朝廷九失也。不以道事其君者，所以危天下也，危天下之臣，不可不逐。今有引鬼神执左道以惑众者，荧惑主听，窃盗禄位。传曰："国将兴，听于人，将亡，听于神。"

今几听于神乎？此朝廷十失也。凡兹十失，均足召亡，君侯不正，谁与正之？愿君侯留意焉！

魏元忠看完信后，感觉很惭愧，于是不再阻拦太子讨伐逆贼，只是推李多祚出头，自己在一旁观看。

李多祚为人比较骄傲，他认为自己上次讨伐张氏兄弟很简单，这次消灭武三思等人也是一样简单。他觉得武三思等人的罪行滔天，已经人神共愤，只要自己稍微动手就可以除去。

因此李多祚会同将军李思冲、李承况、独孤祎之、沙吒忠义等人，带领羽林兵三百多人，拥着太子李重俊，杀入武三思的王府。武三思正在和一群妻妾喝酒谈天，武崇训也在一旁陪宴，只有安乐公主入宫没有回来，不在席间。猛然听到人声马嘶，都非常惊疑，还没等把侍卫喊来，羽林兵就一拥而入，见一个，杀一个，武三思父子无从脱逃，被李多祚等人依次拿下，押到太子马前。太子斥责他们罪大恶极，亲自拔出佩剑刺死了两个狗贼。接着太子命全力搜查，无论男女老少，全都乱刀砍死。然后，太子命令将军成王李千里和李千里的儿子天水王李禧，分兵守宫城各门，自己和李多祚等人带兵直奔皇宫。

这时，中宗与韦氏、上官婉儿，及安乐公主等人刚吃完晚饭，忽然，右羽林大将军刘景仁踉跄进来，慌张报称太子谋反，已经带兵杀进肃章门了。中宗吓得直哆嗦，说道："这……这怎么得了！"还是上官婉儿有些主见，说道："养兵千日，用兵一时，刘将军难道让叛军攻打皇宫不管吗？"刘景仁碰了一个钉子，连话都答不出来。

安乐公主接口道："你快去调兵来保护皇上，守住玄武门，再通知兵部宗楚客等，立即来护驾！"刘景仁听了这话，连忙离去。上官婉儿又献议道："玄武门楼非常坚固，请皇上皇后等人赶快到楼上去。这样一来可暂避凶锋，二来可以俯宣急诏。"安乐公主也这么认为，于是他们一行人赶到玄武门楼去了。

刘景仁带了一百多骑兵来保驾，中宗让他屯兵玄武门门楼下，自己和韦氏等人登上门楼。宫闱令杨思勖，也一同登上门楼。过了一会，宗楚客、纪处讷，及中书令李峤，侍中杨再思、苏瓌等，也前来请安，这些人带来军兵二千余名，中宗让他们驻守太极殿，关门死守。

李多祚等人已经来到玄武楼下，喧闹声不绝。中宗站在城楼上对李多祚道："朕待卿不薄，你为什么要谋反？"李多祚答道："武三思等人淫乱后宫，陛下难道不知道吗？臣等奉太子令，已经把武三思父子诛杀了。只是宫里还有他们的同党，只要把其他人捉拿归案了，我们就立即退兵，然后主动请罪。"中宗听说武三思父子已经被杀，不由得吃了一惊。韦氏、上官婉儿、安乐公主，她们都忍不住哭哭啼啼，牵住中宗衣襟，请求为他们父子报仇。

中宗急得不知道怎样才好，又听到李多祚大呼道："上官婉儿勾引武三思入宫，她是罪魁祸首，请把她交出来吧，由臣等人自行处置。"中宗待他说完，回头看着上官婉儿，只见上官婉儿两颊发红，突然向前跪下道："臣妾并没有勾引武三思，请皇上明察。臣妾死不足惜，但恐怕他们是想要先除了我，再除皇后，然后是皇上了。"

中宗道："朕在宫中，难道真是不见不闻？怎么忍心把你交给叛贼呢？爱妃先起来，我们一同商议讨伐逆贼的法子。"上官婉儿这才起身。

杨思勖在一旁进言道："李多祚挟持太子，带兵谋反，这等叛臣逆贼，人人得而诛之。臣虽不才，愿率领禁兵出门击贼。"中宗被他一说，稍微胆壮起来，于是说道："爱卿愿意效力，还有什么好说的呢？但是此去一定要小心！"杨思勖领命，立即下楼，带领兵部一千军兵杀出玄武门。

李多祚在楼下按兵不动，正在等中宗的答复。太子前来接应李多祚，见李多祚还没动手，也在后面等待。李多祚的女婿野呼利，曾任羽林中郎将，他手执长戈，冲在前面，攻打玄武门。将军刘景仁守在玄武门，野呼利攻了好几次都没攻下。这时，野呼利看见城门大开，急忙骑马往里面冲，正好碰着杨思勖一刀砍来，野呼利慌忙中闪避不及，被杨思勖劈落马下，杀死了，杨思勖趁势带兵杀出，和李多祚大战。李多祚手下只有二三百人，而且看到野呼利被杀，军兵们都斗志大减，节节败退。最后李多祚、李思冲、李承况、独孤祎之、沙吒忠义等人都战死了，只有太子骑马逃脱。

成王李千里父子听说李多祚等人已经出兵，也开始进攻右延明门。宗楚客、纪处讷等人带兵奋力抵抗，李千里等人寡不敌众，全部伤亡。宗楚客再派果毅军将赵思慎追捕太子，太子率领着一百多人逃到终南山，接着逃到鄠西，随身只剩下几个人了。太子在树林里休息时，被左右刺死，他们把太子的首级献给赵思慎。赵思慎带着太子的首级，回来禀报中宗。中宗毫不痛惜，把太子首级献入太庙，并祭祀武三思及武崇训的灵柩，东宫的官属都不敢接近太子的尸体。

中宗在韦氏和上官婉儿的胁迫下，搜捕太子的同党，连肃章门的几个守卫将领都被杀头了。中宗大赦天下，改年号为景龙，加封杨思勖为银青光禄大夫，杨再思为中书令，纪处讷为侍中，追封武三思为太尉梁宣王，武崇训为开府仪同三司鲁忠王。

先前中宗复位，追念李重润兄妹含冤而死，于是特地封李重润为皇太子，赐谥懿德，封永泰郡主为公主，改墓为陵。安乐公主也请求父皇把武崇训的墓称为陵。给事中卢粲坚决反对，中宗没办法，就把此事搁下。公主因此就很恨卢粲，于是擅自写了一份旨意，让中宗盖印署名，贬卢粲为陈州刺史。

当时，宫廷内外都以为公主是因为夫妻情深，所以才这样做，谁知这位公主是个见异思迁的女人。武崇训在世时，和武延秀来往密切，叔嫂之间就毫不避嫌。后来，武延秀被突厥扣留多年，在那里学会了很多外族的语言和舞蹈，回京后非常张扬。安乐公主当时就非常仰慕他，只恨武崇训在旁边，没法儿与他偷情。现在武崇训死了，她连忙召武延秀入府，表面上是帮忙治丧，暗地里是偷情。武延秀非常好色，他和公主两人臭味相投，一拍即合，渐渐明目张胆起来，像夫妻一样出双入对。中宗听说后，竟然让武延秀娶了公主，并封武延秀为太常卿，兼右卫将军，加封温国公。武延秀入朝谢恩，接着去拜见岳母韦氏。韦氏见他翩翩少年，也很羡慕。因为武三思已死，精神空虚，看到这个爱婿，顿时欲火难耐，调戏女婿后，就和他做了苟且之事。

宗楚客等人上书奏请，称中宗为应天神龙皇帝，韦氏为顺天翊圣皇后，改玄武门为神武门，玄武楼为制胜楼。

安乐公主勾结宗楚客、御史冉祖雍等人，诬告相王和太平公主谋反，中宗就派吏部侍郎，兼御史中丞萧至忠去审理。萧至忠哭着说道："陛下，您想想，当年相王曾在则天皇后前，把天下让给您，而且以绝食相逼，这是大家都知道的事情，您难道要相信别人的诬告，而容不下自己的弟弟妹妹吗？"中宗听了这话，心软了，就没有再提此事了。

宗楚客等人又诬告魏元忠，说他纵子协助逆贼，是李重俊的余党，应该灭三族，中宗没有同意。魏元忠请求辞官，中宗让他以齐公的身份留在朝中，每月初一、十五上朝。宗楚客又拉右卫郎将姚廷筠，让他诬告魏元忠，并且援引前朝侯君集、房遗爱的旧案，作为比例，要贬魏元忠为渠州司马。冉祖雍又告魏元忠谋逆，不应该出佐渠州，杨再思等人一同附和。

中宗听了他们的谏言，非常生气，驳斥道："魏元忠是元老重臣，立过汗马功劳，所以朕才特别关照。朝廷朕说了算，你们数次上奏，到底是什么意思？"杨再思等人听了中宗这番话，这才不敢说什么，但是宗楚客却不死心，再让袁守一弹劾魏元忠，说："李重俊身为东宫太子都已经正法了，何况是魏元忠，应该将魏元忠严刑对待。"中宗不得已，只好再贬魏元忠为务州尉。魏元忠走到涪陵时，得病而死，终年七十多岁。魏元忠是宋州宋城人，为人非常刚直，晚年担心惹祸怕事，声望大减，但最终被奸人所害，很是凄惨。直到景龙四年，睿宗即位，才追封魏元忠为尚书左仆射齐国公。玄宗开元六年，追谥魏贞公。

太子李重俊死后，韦氏、婉儿、安乐公主等人气势更加嚣张，再加上宗楚客、纪处讷等人帮助拉关系，后宫简直变成了朝廷。

景龙二年，宫中忽然传出一个消息，说是皇后的衣服上有五色云凝聚，是祥瑞的好兆头。中宗得到消息，连忙派宫监绘成图样，昭告天下。太常少卿郑愔想要巴结韦氏，说她德容兼备。右补阙赵延禧也跟着讨好道："大周和大唐是一统，孔子曾经说过：'继周而王，百世可知。'陛下继承则天皇帝，续周为唐，可以百世称王天下了。"中宗听了这话，非常高兴，立即加封赵延禧为谏议大夫。

上官婉儿本与武三思私通，所以拟的诏书多半是崇周抑唐。现在武三思被杀，她非常空虚，于是她想文人学士中总有几个风流的人儿吧，于是她怂恿中宗开文学馆，增设学士，选择有文化的人来讨论文学，有时上官婉儿就让这些文人学士陪同自己吃喝玩乐。韦氏和安乐公主等人也很高兴，都不避嫌疑，和这帮文士喝酒言欢，夜以继日，醉了就留宿在文学馆。中宗和韦氏都不懂诗词，由上官婉儿代笔。那些学士们知道诗词不是皇上、皇后写的，却夸他俩写得好，有水平，美得中宗和韦氏乐开了花。从此，上官婉儿的所有请求，中宗都满足她。

上官婉儿趁此机会，请求在宫外建私府，好跟她的情人约会。她的情人是兵部侍郎崔湜，崔湜年少多才，与上官婉儿真是一对佳偶。中宗拨给官银造房，修得有亭台楼阁，花草树木，布置得非常美观，号称洛阳第一家。上官婉儿和崔湜非常满意，两人日夜在这里快活逍遥。中宗还不知道，经常带文臣去那里玩乐，吃饭写诗，还让上官婉儿评论好坏，以便赏罚。相传，上官婉儿出生时，母郑氏梦见一位巨人给他一杆秤道："拿着这杆秤衡量天下文士吧。"等上官婉儿满月时，郑氏开玩笑地说："你能称量天下文士吗？"上官婉儿竟然咿呀地答应，后来果真应验了。

第三十九回 韦皇后谋害亲夫

安乐公主是中宗最爱的女儿，中宗曾答应她开府设官。现在看到上官婉儿在宫外修豪宅，也趁机想要建豪宅，而且要比上官婉儿的房子修得更豪华。公主曾想把昆明池占为己有，中宗认为昆明池是百姓捕鱼的地方，没有同意。公主很不高兴，然后私自霸占老百姓的土地，还找人挖了一个大池子，取名为定昆池。池子有几里地宽，池上造了许多亭台，非常华丽。

安乐公主有七个姐妹。大姐姐新都公主下嫁给武延晖，二姐姐宜城公主下嫁裴给巽，三姐姐新宁公主本来嫁给王同皎。后来王同皎死后，改嫁给韦濯。四姐姐长宁公主下嫁给杨慎交，五姐姐永寿公主下嫁韦鐬，六姐姐永泰公主被武后所杀。还有一个妹妹成安公主，下嫁给韦捷。

这七八个姐妹当中，只有长宁、安乐两公主是韦氏所生。安乐公主才艳动人，很受韦氏的宠爱，其次就是长宁公主了。自从安乐公主开府设官，长宁也跟着学，而且修得跟安乐公主一样豪华。

中宗喜欢玩击球游戏，驸马杨慎交特地开辟了一个球场，用油浇地，平整而又光滑，中宗经常去那里和杨慎交击球取乐。中宗年过半百，还是任意玩乐，没有心思治理朝政。

韦氏的两个胞妹，一个封为郕国夫人，一个封为崇国夫人，再加上上官婉儿的母亲沛国夫人郑氏，三个女人天不怕，地不怕，竟然干出卖官的勾当。当时，只要有人花三十万钱，就能得到“墨敕”一道，圣旨外面套着斜封，交给中书省，中书省不敢不依，只好照办。当时人们把这些买来的官叫作“斜封官”，或者出三万钱，就可以当和尚。当时和尚的势力不小于当官的势力，因为韦氏一帮人都信佛，全国上下都争先恐后地造寺庙，开设经坛。左拾遗辛替否上书谏阻，说“沙弥不可操干戈，寺塔不足禳饥馑”。中宗不听他的劝阻，当时，满大街都是和尚，朝堂上也尽是不学无术之人。

起居舍人武平一是武士彟的后人，入选修文馆学士。他跟武氏家族的人性格不同，独自请求削减外戚的权力，而且愿意从自己开始。中宗没有同意他的建议。武惟良的儿子武攸绪曾经被封为安平王，他这个人清心寡欲，情愿不当官，自己出钱买地，和家奴一起种地，过着平民百姓一样的生活。所有武氏赐给他的衣服和用品，他都没有动。中宗佩服他有志气，一再召他进宫，武攸绪这才入朝。武攸绪拜见中宗时，仍然穿着百姓一样的衣服，还自称山人。亲戚贵族来拜见，武攸绪就说了几句家常话，不久就回去了。临行时，中宗要赐他金银布匹，他不肯要。当时一大帮人都说他愚不可及，后来武家和韦家都被灭门，只有武攸绪平平安安地活了下来。

中宗觉得天下太平，不用操心国事，整天和妃嫔、大臣吃喝玩乐。景龙二年除夕，中宗和所有的王公、驸马、学士一起守岁，并大摆宴席，饮酒作乐。

等到喝得很开心的时候，中宗四处张望，见御史大夫窦从一坐在一旁，便笑问道："听闻爱卿丧偶有几年了，今天晚上朕就为爱卿赐个佳人，与爱卿拜堂成亲，可好么？"窦从一听到中宗这么说，心想中宗肯定会给自己赐个如花似玉的佳人为继室，于是不由得喜出望外，离座拜谢。

中宗随即命令左右入内礼迎，不消半刻，就看到内侍提着宫灯，从屏后出来，随后就是两个宫女，各执宝翣，拥出一位新娘。只见她身著嫁衣，首戴花钗，缓步走进座前。中宗随即命令窦从一跟她交拜，对坐行结婚礼，喝交杯酒，接着宫女揭去面巾，中宗却先大笑起来，侍臣也跟着哄堂大笑。

原来这位新娘，不是绝色的美人，是一位白发苍苍的老妇，满脸的皱纹。她从前本是个蛮婢，因为是韦氏幼时乳母，跟着皇后入宫，现在大约有五六十岁，中宗把她嫁给窦从一，窦从一变喜为惊，心中非常懊恼，但是转念一想她是皇后的乳母，势力不小，自己做了她的夫婿，虽然她相貌不怎么样，但是从此福禄却永保，于是乐得将错就错，模糊过去，当下与老乳母一同谢恩，拜谢皇上和皇后。中宗封老乳母为莒国夫人，呼令左右备车，送新郎新娘回府。

这年元宵节，长安城内外灯火通明，非常热闹。中宗千方百计想出怎么才好玩的办法。他放出千名宫女，让她们在宫外摆摊，由官员当顾客，买东西。一帮年轻的官员正好借这个机会跟宫女搭讪，遇到好看的宫女，就找她买东西，调戏她。宫女们也不害羞，和他们相互调戏。中宗带着皇后、妃嫔、公主等人去游玩，她们感觉很新鲜，市场摆设了三天才撤。

中宗又命令宫女们拔河。宫女们都玩得很开心，拼命拉扯，弄得头发凌乱，满脸通红。中宗一行人看到，哈哈大笑。

第二天中宗大摆宴席，命令参加酒宴的文武大臣都要献节目。于是大臣们有的弹琴，有的蹋球，有的玩投壶等等。只有国子监司业郭山恽向中宗请示说："臣没有什么技能，只能吟诗助酒。"中宗道："爱卿就唱歌吧！"郭山恽于是唱了二十多句，他唱的是《小雅》中鹿鸣三章，和《国风》中蟋蟀三章。中宗点头道："爱卿唱得真好。朕知道你的意思了，赐酒一杯。"

文武官员献完节目，中宗又召来戏班子，让他们跳回波舞。跳完舞之后，中宗对大臣们说："有回波舞，不可无回波词，大家能不能作一首回波词啊？"群臣听中宗这么说，于是绞尽脑汁想怎么作回波词。突然，有一人站起来，大声朗诵一首诗：

回波尔如佺期，流向岭外生归。身名幸蒙啮录，袍笏未列牙绯。

这首回波词是沈佺期所作。沈佺期曾经是考功员外郎，因是张氏兄弟的同党，被流放到驩州。上官婉儿得宠，在民间广招文士，才把他召回朝中封为起居郎，兼修文馆学士。此次借词自嘲，是请求中宗还他的官位。上官婉儿连忙替他说好话，中宗答应道："朕让你官复原职就是了。"沈佺期听了这话，连忙下跪拜谢。

这时，有一个叫臧奉的戏子来到中宗面前，叩头说道：“奴才有一段民间的顺口溜，但词语有些好笑，恐怕得罪皇上，求皇上不要怪罪，只有这样，奴才才敢说。”韦氏随即说道：“恕你无罪，你快说来！”臧奉缓缓吟道：

回波尔如栲栳，怕婆却也大好。外头只有裴谈，内面无过李老。

韦氏听了，不禁哈哈大笑。中宗也微微含笑，并不介意。顺口溜里的御史大夫裴谈在当时是出了名的怕老婆，中宗也一样怕韦氏。臧奉献上这个顺口溜，是在为韦氏脸上贴金，根本不怕得罪中宗。果然不出所料，韦氏命他起来，还赏了他。

谏议大夫李景伯担心大家越说越不像话，侮辱了国体，连忙上前奏道：“臣也有回波词，请陛下指教。”说着，随即大声朗诵道：

回波尔持酒卮，微臣职在箴规。侍宴不过三爵，欢哗或恐非仪。

中宗听了这首词，反而不高兴，脸上挂不住。御史中丞萧至忠一直暗暗瞧着，担心李景伯得罪了中宗，连忙解释道：“这才是真正的好谏官呢。”中宗听了这话，这才没有加罪于景伯，随即传令结束宴会。第二天，韦氏竟然派内侍赏了臧奉很多布匹，臧奉非常高兴。

随后，中宗加封韦巨源、杨再思为左右仆射，同中书门下三品，加封宗楚客为中书令，萧至忠为侍中，韦嗣立同三品，崔湜、赵彦昭为同平章事。

于是，宰相以下，只有萧至忠是一个清官，其他都是昏官，再加上后宫干政，大唐的朝政非常混乱。

一天，监察御史崔琬在朝堂上揭发奸臣，说：“宗楚客、纪处讷两人中饱私囊，与戎狄暗地里勾结，私受贿赂，导致边境发生祸端，请皇上治罪。”中宗让宗楚客在朝堂上为自己辩解，不但不治罪，反而让崔琬和宗楚客结为异姓兄弟，作为和解，因此百姓又称中宗为“和事天子”。

郑愔、崔湜两人卖官贪赃，后来东窗事发，被御史靳桓、李尚隐查出许多赃证。他们入朝弹劾，郑愔、崔湜两人无可抵赖，于是，郑愔被贬到吉州，崔湜被贬到江州。崔湜是上官婉儿的情人，突然听说要把他流放，这教她如何割舍，免不得设法为他周旋。景龙三年冬至，中宗要到南郊祭天，上官婉儿随即为崔湜求情，请求中宗把他召回京城，制定祭祀大典的礼仪程序。中宗同意，甚至连郑愔也一并召归。祭天时，中宗在前，皇后韦氏随后，宰相的妻子、女儿手拿祭祀用品站在一边，称为斋娘。祭祀大典结束后，中宗大加赏赐，所有斋娘的丈夫全都升了官。

第二年元宵节，长安城又是非常热闹。大街小巷大张花灯，锣鼓喧天。韦氏突然想出一个主意，她想要跟上官婉儿及几位公主邀请中宗微服游行。中宗非常高兴，于是换好衣服，打扮如平民模样，带了几千名宫女到大街上游玩。大街上看热闹的人人山人海，你挨着我我挨着你，男女混杂。韦氏和上官婉儿兴致勃勃，和一帮看灯的男男女女，挨挨挤挤，毫不避忌，玩到大半夜才回宫。回宫查点宫女，发现数千名宫女少了一半，可能是趁机逃跑了。中宗因为不便查询，也就不了了之。

又过了几天，中宗和韦氏他们又来到梨园。他们命令三品以上的官员抛球拔河。韦巨源、唐休璟两人因为年老体迈，在拔河的过程中随绳仆地，一时爬不起来，害得手脚乱爬，样子很滑稽，像乌龟一般。中宗及韦氏、上官婉儿等人看了都哈哈大笑起来。

不久，中宗、韦氏等人又游定昆池，中宗命令一起出游的百官作诗。黄门侍郎李日知呈诗一首，其中有两句是："所愿暂思居者逸，勿使时称作者劳。"中宗看了，笑着对他说："爱卿也在效仿郭山恽作诗上谏吗？"李日知道："请皇上明察。"中宗随即起驾回宫，有好几个月没有出来游玩。

这年夏天，中宗游幸隆庆池。隆庆池在长安城东郊，是百姓家的井水溢出，连成了一个几十亩面积的大池塘。朝廷以为是吉祥的预兆，因此赐名隆庆池。

隆庆池北边有个叫隆庆坊的地方，相王李旦的五个儿子在那里建房住居，称为五王子宅。当时有术士传言说："五王子宅中有帝王气。"中宗想要破解，于是特地命人在池旁建起一座采楼，建成后率领大臣在那里摆酒庆功，然后划船游玩，接连玩了一天一夜。

中宗回宫以后，他又宴请散骑常侍马秦客和光禄少卿杨均等人。韦氏见他们二人年轻英俊，心中又动了邪念，于是酒席散后，韦氏派自己的心腹内侍去告知他们二人。秦客比较懂医术，杨均善于烹调，于是他们以此为名，经常进出后宫跟韦氏偷情。韦氏也毫不知羞，趁着中宗在别的妃子那里留宿时，让两人轮流陪她睡觉。

大约过了一两个月，忽然定州人郎岌向中宗告发，说韦氏与宗楚客等人密谋造反。中宗半信半疑时，这事被韦氏知道了，于是韦氏一定要中宗立即杀掉郎岌。没办法，中宗怕老婆，只好把郎岌打死了。

许州参军燕钦融又上奏道："皇后淫乱，干预国政。安乐公主、武延秀及宗楚客等人结党营私，阴谋造反，应该赶紧严惩，以防万一。"中宗看完奏折，召燕钦融当面诘问。燕钦融振振有词，理直气壮，后来被中宗呵斥下去。

谁知燕钦融刚出朝门，就被宗楚客擅自命令骑兵捉拿起来，并把燕钦融扔到殿庭石上，折断脖子而死。中宗得知消息，非常生气，查问骑兵，才知道是宗楚客指使的，他不禁恨恨道："你们眼中难道只有宗楚客，就没有朕吗？"宗楚客知道后，有些害怕，慌忙进宫找韦氏、婉儿等人商量，并对她们说皇上已经察觉了。

韦氏正因为新找了马秦客和杨均两位情夫，担心时间久了，事情败露，于是和马秦客、杨均两人密谋杀掉中宗。马秦客道："臣去配一种药，无色无味，放进饼里，就可以杀死中宗。"韦氏道："事不宜迟，赶快去办！"第二天，马秦客就将药末呈给韦氏，于是，韦氏亲自做饼，把药放入馅中。饼蒸熟后，听说中宗在神龙殿查阅奏章，就派宫女把饼送去。中宗最喜欢吃饼，取了就吃，一连吃了八九个，还一直说饼好吃。

谁知过了一会，中宗肚子剧痛难忍，倒在地上乱滚。内侍连忙跑去报知韦氏，韦氏过了好半天才到神龙殿，假装吃惊地询问。中宗已经说不出话，只是用手指嘴，呜呜不已。没过一会儿，中宗身子不能动弹，两眼一翻，双足一伸，死不瞑目，享年五十五岁。总计中宗继位，刚一个月，就被武氏废掉；后来被幽禁了十四年，回到京城后又当了六年太子，才登上皇位。中宗在位六年，改元两次，最后被自己的妻子韦氏毒死。

第四十回 唐隆之变

韦氏把中宗毒死后，秘不发丧，只是召了几个宰相进宫。她还调集五万军兵把守京城，派左监门大将军兼内侍薛思简等人带领五百军兵去守均州，防御谯王李重福，并且命刑部尚书裴谈，工部尚书张锡，并同中书门下三品的官员都到东都留守。

韦氏还一面跟太平公主、上官婉儿伪造中宗遗诏，立温王李重茂为皇太子。这李重茂是中宗的小儿子，并不是韦氏亲生，当时只有十六岁，由皇后韦氏训政，相王李旦参谋政事。布置好一切后，韦氏才宣布伪造好的遗诏，举行发葬仪式。

宗楚客比较忌讳相王，对韦氏说道："皇后与相王是嫂叔关系，以前嫂叔是不能有联系的，将来临朝听政，这不是说不过去吗？"韦氏道："遗诏已经颁布了，那该怎么办啊？"宗楚客道："皇后放心，臣自有妙计。"

第二天，宗楚客就会同百官奏请皇后临朝，罢免相王参政。韦氏批示相王李旦为太子太师，由自己临朝摄政，改元唐隆，大赦天下，命韦温总掌内外兵马。韦温是韦氏的堂兄，所以韦氏视他为心腹。

又过了三天，韦氏才让太子李重茂继位，尊皇后韦氏为皇太后，立王妃陆氏为皇后。宗楚客与武延秀、赵履温、叶静能等人，以及韦氏家族的人都劝韦氏，让韦氏子弟掌握军权。宗楚客更是暗中劝韦氏改朝换代，还怂恿韦氏谋害小皇帝，但是他又害怕相王和太平公主，于是整天和韦温、安乐公主商议，怎样除掉这两个人。不料这两人还没有除去，自己就都被处死了。

相王李旦有六个儿子。长子叫李成器，他曾被立为太子，相王被贬时，李成器也被降为寿春王。二儿子叫李成义，被封为衡阳王；四儿子名叫李隆范，被封为巴陵王；五儿子名叫李隆业，被封为彭城王；小儿子名叫李隆悌，被封为汝南王，已经早死。李隆基排行第三，是相王的妾室窦氏所生，他能文能武，善于骑射，还精通音律、历法、历象，而且长得一表人才。他刚开始被封为楚王，后来改封临淄王，出任潞州别驾。

景龙四年，李隆基入朝，从此一直留在京城。他知道韦家和武家手握大权，总有一天会成为国家的祸患，所以就暗中结交英雄豪杰，决心挽救大唐。

从前，太宗时代，曾选拔各地精兵一百人充当羽林军，这些人身穿虎皮衣，称为百骑，到武氏时增加到一千骑，到中宗时又增加到一万骑。李隆基秘密跟他们联络，拉拢他们做自己的亲兵。兵部侍郎崔日用平时与宗楚客往来密切，非常了解宗楚客的阴谋，害怕被他们牵连，就把宗楚客等人谋变之事告诉了李隆基。

李隆基立即找来太平公主和公主的儿子薛宗睐，还有内苑总监钟绍京，尚衣奉御王崇晔，前朝邑尉刘幽求，折冲麻嗣宗等人，商议先下手为强，发兵讨伐逆贼。

当时，长安令韦播总是虐待万骑，万骑的军兵都很有怨言。果毅校尉葛福顺、陈元礼找李隆基诉苦，于是，李隆基就跟他们商量讨伐逆贼的事。他们了解后，都非常赞同，也都愿意为李隆基效劳。葛福顺对李隆基道："贤王讨伐逆贼，应当先跟相王说声。"李隆基道："我们举兵讨伐逆贼，无非是为了大唐的江山社稷。事成了，就把功劳归于父王；不成，我们就以身殉责，免得父王受到牵连。而且，今天如果先告知父王，要是父王不同意，反而会导致事情败露，还不如不说的好。"说完，随即，李隆基改换服饰，带着刘幽求等人偷偷进入宫苑中。

当时已经是黄昏，忽然看到天上划过流星，这些流星像雨点，纷纷落下。刘幽求道："天意如此，马上行动。"葛福顺随即拔刀冲在前面，径直来到羽林营，左右乱砍。韦璿、韦播来不及防备，被他们当场杀死。葛福顺拿着两人的头颅喊道："韦氏毒杀先帝，危害大唐社稷，实在是罪大恶极，今天晚上我们要杀尽这帮叛贼，再拥立相王，这样才能安定天下。如果有人胆敢帮助反贼，我一定杀无赦！"

羽林军本来心里就已经归附李隆基了，现在当然听命，于是派人把韦璿等人的首级送给李隆基。于是，李隆基派葛福顺率左万骑攻打玄德门，另派羽林将李仙凫率右万骑攻打白兽门，相约在凌烟阁会面。李隆基率兵在玄武门外接应，静候消息。三更天后，李隆基就跟绍京等人带领军兵杀入太极殿。

韦氏正在太极殿留宿，蓦然听到外面乱哄哄，连忙起来。她只穿了一件小衣单衫就慌忙跑出后门了。正碰上杨均和马秦客，韦氏像是看到救命稻草，连忙急呼救援。二人左右搀扶着韦氏跑进骑兵营，她还求他们保护自己。谁知营中军兵先把杨均和马秦客两人一刀一个砍死，接着来砍韦氏，韦氏吓得要死，全身发抖，不由地哭着哀求饶命。众人都嚷嚷道："你这弑君的淫妇，人人得而诛之，如今还想活命吗？"说着，就有人手起刀落，把韦氏的头砍下，随即将她的首级献与李隆基。李隆基听说韦氏已被除掉，于是传令肃清宫掖，驸马武延秀，尚宫贺娄氏全都被抓获，一并斩首。

当时天已经亮了，刘幽求也带着人杀进宫中，安乐公主住在别的宫院，还不知道宫中发生的事情。她正在洗脸，突然听见一声响声，正要回看，只是头上忽然觉得暴痛，只叫得一声阿哟，头就已经破裂，当场丧命。接着，刘幽求又去抓捕上官婉儿。上官婉儿是个聪明人物，竟然带着宫女出来迎接刘幽求，将前日相王参政的草制从袖中取出，给刘幽求，并托他婉告李隆基，免她一死。刘幽求看到她楚楚可怜的模样，就满口答应帮她。凑巧李隆基进宫，刘幽求就将草制呈上，并替上官婉儿求情。李隆基道："这个淫妇是祸害，怎么能轻饶呢？今天不杀了她，将来会后悔莫及的。"说完，就命令左右军兵砍下上官婉儿首级。接着，李隆基又派人搜捕韦氏一家，连同他们的亲信也全都斩首示众。

全都安定好了后，李隆基去见相王，向他解释了没有事先告知的原因，然后磕头请罪。相王含着泪道："大唐江山全靠你才保住，你的功劳最大，还有什么罪呢？"李隆基随即把相王迎入宫中，然后守住宫门及京城四门，而且还分别派万骑去搜捕韦氏的亲党，先将韦温斩首。

中书令宗楚客穿着破旧的衣服，骑着一头青驴逃出，刚到通化门，就被守门的官兵认出，并拦住。守门的官兵笑着道："你是宗尚书，怎么会到这里来呢？"边说着，边把宗楚客从驴上拖下来，随即掀掉布帽，一刀砍死。那冒冒失失的宗晋卿也随后跑来，兄弟二人一同做了刀下鬼。

相王陪同小皇帝李重茂来到安福门，看望老百姓。司农卿赵履温本是安乐公主那边的人，现在也跑到安福楼下，讨好皇上，并且大呼万岁。谁知还没喊完，相王就让人把他砍头。百姓都很恨他，全都拔刀割肉，很快把他的尸体割尽。韦巨源正准备上朝，有家人告诉他宫里发生政变，劝他逃走，韦巨源不愿意逃走，刚走到大街上就被人杀死了。其他的人如韦捷、韦濯、韦元徼，以及纪处讷、叶静能、张嘉福等人全都被抓到安福门前，一刀一个砍死了。所有韦氏家族的人全都被崔日用领兵杀尽，就连吃奶的小孩都没放过。武氏家族，罪重的杀头，最轻的流放。然后，小皇帝传旨大赦天下，封李成器为宋王，李隆基为平王，让他们两人统领左右厢万骑。薛崇暕加封为立节王，锺绍京封为中书侍郎，刘幽求为中书舍人，并让他们参与机要事务，其他有功的将士全都封赏。

太平公主传小皇帝的旨意，说愿意把皇位让给相王，相王不肯接受。刘幽求来找宋王李成器和平王李隆基，让他们劝相王接受旨意。李隆基道："父王为人非常谦逊，从不和人计较，即便有了天下，也会让给别人，何况小皇帝是他的亲侄子，他怎么会把小皇帝废掉呢？"刘幽求道："相王继承王位是众望所归，民心不可违。相王虽然想要高居独善，恐怕不能如愿，何况江山社稷是大事，皇位是小事，二位王爷还是劝劝相王吧。"李成器、李隆基听了刘幽求的劝解，随即去劝相王。他们对相王说，继承皇位是人心所向，这事关天下安危，劝他登位。相王还是不同意，又经过二人苦苦相劝，相王这才答应。

当天晚上圣旨颁下，封宋王李成器为左卫大将军，衡阳王李成义为右卫大将军，巴陵王李隆范为左羽林大将军，彭城王李隆业为右羽林大将军，加封平王李隆基为殿中监，同中书门下三品，中书侍郎钟绍京和黄门侍郎李日知，一同封为中书门下三品。太平公主的儿子薛崇训，被封为右千牛卫，贬窦从一为濠州司马，王邕为沁州刺史，杨慎交为巴州刺史，萧至忠为许州刺史，韦嗣立为宋州刺史，赵彦昭为绛州刺史，崔湜为华州刺史，郑愔为汴州刺史。安排完了后，第二天就举行登基大典，相王称帝，群臣都跪拜称万岁。拜贺结束后，大臣们又拥相王出殿，来到承天门，大赦天下，史称睿宗皇帝。相王仍封李重茂为温王，加封钟绍京为中书令，加封太平公主万户实邑。

只有立储一事，睿宗想了好久，但因为是立长还是立功问题，一直卡在心中，没有做出决定。宋王李成器了解父亲的意思，于是对睿宗说道："国家安定就应该先立嫡长，国家危难就应先立有功的人，如果没有这样做，必定会让大家失望。儿臣宁死，也不敢居平王之上。"

睿宗还有疑问，于是召群臣商议。

刘幽求进言道："能除天下大祸，就应当享天下大福。平王安定了大唐社稷，救护了大家，功劳最大，德望也很不错。况且宋王已经推辞了，就更应该立平王为太子，请陛下不要犹豫！"群臣也都这么认为，于是，睿宗立平王李隆基为太子。李隆基上表请求立大哥李成器为太子，睿宗不同意。没办法李隆基只好住进东宫。

睿宗封宋王李成器为雍州牧，兼太子太师。追削了武三思、武崇训谥号，开棺暴尸，刨平坟墓，他们的同党越州长史宋之问、饶州长史冉祖雍被流放到岭南，革除则天大圣皇后名号，仍称天后，追谥雍王李贤为章怀太子，封李贤的儿子李守礼为豳王，恢复故太子李重俊的位号，还赠还张柬之等五人的爵位，所有得罪韦氏和武氏而被诛被流放至死的所有官员，全都归还官职，召许州刺史姚元之为兵部尚书，洛州长史宋璟为吏部尚书，俱同中书门下三品，加封李成义为申王，李隆范为岐王，李隆业为薛王，改年号为景云，大赦天下。所有韦氏的余党，没有被查出有罪的全都免罪，不予追究。

睿宗派使者慰问谯王李重福，调任他为集州刺史。李重福整装将行，突然接到洛阳人张灵均的来信。信中对李重福道："大王您身为先帝的长子，本应成为天子，相王虽然有功，但不该继承皇位。东都的百姓都盼望大王到来，大王如果潜入洛阳，发动左右屯营大兵，就可以杀掉留守。拿下东都就会易如反掌，之后再往西平定陕州，往东平定黄河南北，天下就是您的了。"

李重福看完信，高兴坏了，以为是天降奇谋，立即给他回信，约定造反的计划。刚好，郑愔被贬到汴州，路上经过洛阳，张灵均把他留下来，秘密与他商量大事。郑愔正没地方发泄对朝廷的不满，遇着这个机会，何乐而不为。当下就与张灵均等人结谋，预先替李重福草拟制书。

他们立李重福为帝，改年号为中元克复，尊睿宗为皇季叔，李重茂为皇太弟，封郑愔为左丞相，掌管内外文事；封张灵均为右丞相，兼天柱大将军，掌管武事；还封右散骑常侍严善思为礼部尚书，掌管吏部事宜。这帮人派张灵均去接李重福。郑愔留在洛阳，借驸马都尉裴巽的老房子，暗中准备造反，等待李重福到来。

洛阳县官听到消息，报告了当地留守。有的地方官员害怕，连忙逃跑，只有洛州长史崔日知自告奋勇，带兵前去讨伐。

留台侍御史李邕在天津桥遇着李重福，猜到他一定有阴谋，于是急忙来到驻守大营。他对将士们说："谯王得罪先帝，如今无故来到东都，必将发动叛乱，将士们正好趁这个机会立功，争取富贵。"军兵们齐声附和。李邕又告知皇城使快速关闭各个城门，谨防不测。李重福一伙人刚到左右屯营，军兵们就开弓射箭，箭如飞蝗，吓得李重福连忙回头，转到左掖门，想要劫夺留守部众，谁知门已经关上了。

李重福看到门关了，非常懊恼，随即命令命手下纵火焚门。火还没有烧着，那左右屯营兵就已经兵分两路杀来。李重福根本抵挡不了，只好策马逃走，逃进了山谷。留守兵四处搜捕，跟着来到山谷中，李重福无路可走，跳入河里，淹死了。

不久，官兵又抓住张灵均，把他押到牢中。只有郑愔查无下落。原来，郑愔一时无从脱逃，于是想要女扮男装混出城外，但是他样子丑，而且胡须多，最终被崔日知识破，抓捕归来。郑愔被审讯，吓得浑身发抖，说不出话。然而张灵均神色自如，直供不讳，并且瞪着郑愔道："我与此人同谋，难怪会失败啊。"于是两人被牵出都市，同时处死。

平定谯王李重福的叛乱之后，睿宗安排了中宗的后事，把中宗葬在定陵。然后，睿宗着手整顿朝纲，撤销了斜封官、去除"墨敕"，健全了法规制度。政治赏罚分明，百姓安居乐业，人人都说当时有贞观永徽遗风。

只是太平公主持功自傲，睿宗非常信任她，经常跟她商议国家大事。渐渐地，太平公主就有了野心。刚开始，她觉得太子太年轻，没怎么在意。后来见他处事英明果断，就有所忌惮，于是造谣说太子不是长子，不应该立他为太子，要不然的话以后会有祸患。

睿宗不为所动，到了景云二年正月，太平公主上奏睿宗，请他立皇后。睿宗道："已故的妃子刘氏和德妃窦氏，都死于非命，尸骨无存，朕怎么忍心再立皇后呢？"公主道："刘妃是陛下的原配夫人，而且还生下宋王，应该追封为皇后。窦氏跟刘妃没得比，应有嫡庶之分，不能同等。"睿宗同意了，等公主退出后，竟追封刘氏、窦氏两人并为皇后。

公主非常不满，于是勾结私党，散布谣言，说太子勾结姚元之、宋璟想要谋反，然后又拉拢韦安石，被韦安石拒绝。这事被睿宗知晓，睿宗于是秘密召韦安石问道："朝廷都倾心太子，爱卿能为朕访察下他们有没有什么忤逆之事？"韦安石答道："陛下怎么会相信这样的谣言呢？这些谣言是想害太子的，试想太子有功于社稷，为人非常的仁明，天下人都知道，为什么宫中还有这样的谣言呢？这显然是奸人的计谋，请陛下不要轻信。"睿宗突然醒悟道："朕已经知道了，爱卿不要再说了！"

公主因计划没有成功，于是亲自乘坐车子来到光范门，召集宰相，说要更换太子，宰相们都强烈反对。宋璟邀姚元之一同进宫，对睿宗道："宋王是陛下的长子，豳王是高宗的长孙，太平公主从中挑拨，将使东宫不安，不如把宋王、豳王派到外省为刺史，把太平公主和武攸暨安排到东都，这样局势就不会有变了。"

睿宗道："朕只有这一个妹妹，怎么能把她放到东都呢？"姚、宋两人本来是想废了太平公主，但是看到睿宗不同意，只好退出。

又过了几天，睿宗对侍臣道："近日有术士说，五日内当会有军兵袭击皇宫，你们要多加防范。"当时张说已经是宰相，听到睿宗这么说，他就进谏道："奸人想要离间东宫，所以才这么说，如果皇上让太子主政，流言就自然而然地消失了。"姚元之也接着说："张说说的话关系到国家社稷，请求陛下马上实行。"睿宗听从他们的建议，随即命令太子主政，任命宋王李成器为同州刺史，豳王李守礼为幽州刺史，太平公主及武攸暨也被安置到了蒲州。

第四十一回 太平公主叛乱被诛

太平公主接到蒲州安置的圣旨，不由得大怒，立即召太子厉声问道："我为你们父子打算，也算尽心尽力。如今你们反而以怨报德，将我贬到藩州，我想你父亲仁厚，应做不出这样的事情，一定是你从中挑唆。"

太子惶恐道："侄子怎么敢啊？听说是姚宋二人，奏请父皇的，父皇才有此决定的。"公主冷笑说："姚宋所奏，也无非是为你说话，他们害怕我在京城，对你多有不利，所以特地请命，要我远离京城。想想我把李重茂从皇位上拉下来，改立你父亲，也是为你将来继承皇位做打算啊？"太子道："侄儿立即请奏父皇，加罪姚宋二人。"

太子马上上奏弹劾姚宋离间姑兄关系，恳请严办。于是，睿宗贬姚元之为申州刺史，宋璟为楚州刺史，宋豳二王，仍然留居在京城，只有太平公主夫妇，依然遣往蒲州，没有收回成命。公主怏怏而去，临行时由太子饯行，还是埋怨不停。太子连忙安慰道："今天也只是暂时离别，将来侄儿一定请命，包管姑母还能重返京城。"公主这才勉强露出点笑容，与武攸暨一起登车离去。

不久，睿宗召群臣赴宴，在宴会上说："现在朕年已半百，不想理朝政，想传位给太子，爱卿你们觉得何如？"群臣听完，面面相觑，都不敢先说话。唯独太平公主的私党，殿中侍御史和逢尧启奏道："陛下还很年轻，况且被天下百姓所景仰，怎能急着禅让皇位呢？"睿宗听了，半天才说："朕自有分寸。"随后宣布，凡一切政事，都听太子处理，所有军旅死刑，以及五品官员以下的录用和废除，都要和太子商量后之后再上报。太子再三推辞，并且再次请求让位给宋王李成器，睿宗不同意。后，太子又请求召太平公主回京，睿宗允许。太平公主很是高兴，立即回京，往返不过四月，太平公主再次入朝觐见睿宗，睿宗性情本来宽容，兄妹和好如初。

后来，武攸暨病逝，太平公主又成了寡妇。她虽然年过四十，却耐不住寂寞，不想独守空房。有一天，太平公主突然记起当年风流倜傥的崔湜，当即把他秘密召回京城做情人，做起了上官婉儿第二。太平公主又想招揽几个旧官，网罗党羽，扩大势力。

濠州司马窦从一，已复名怀贞，当年在朝时曾依附太平公主，现在也被太平公主召回，和崔湜一起做了太平公主的情人。太平公主在睿宗面前极力举荐。睿宗于是封崔湜为太子詹事，窦怀贞为御史大夫。还有个奸僧慧范，与公主的奶妈通奸，也往来公主府中，经常参与密议，还有岑羲、萧至忠、薛稷等人先前都因罪遭贬，太平公主全都召为爪牙，奏请睿宗官复原职，于是，太平公主的声势又大了起来。

窦怀贞每日退朝，一定会到太平公主处请安。睿宗的女儿西城公主及崇昌公主，她们自愿当女道士，自请出家。睿宗想修筑金仙玉真二观，来安置二个女儿。窦怀贞立即请求太平公主，让她帮忙请求让他负责修筑二观。太平公主因此替他进言，一说便成。于是，窦怀贞非常卖力地修筑道观，亲自督役，才经过几个月，就已经造就两座华刹，前殿后宇，金碧辉煌。西城、崇昌两位公主到了观中，都觉得称心满意，所以不免在睿宗面前赞美窦怀贞，又加上太平公主随时附和，不由得睿宗不信，睿宗竟然封授窦怀贞为侍中，同中书门下三品。

窦怀贞喜出望外，忽然有相士跟他说："如果你位居相位，一定会遭受灾难。"说得窦怀贞又转喜为忧，自己请求解官，朝廷听任他自便。但是不久，窦怀贞又被恢复为尚书左仆射。

崔湜因窦怀贞得志，免不了羡慕，有时与太平欢会，会说到窦怀贞。太平公主说："这有什么难？你想做丞相，只要我在睿宗面前进谏，你便可如愿了。"崔湜跪下磕头，感激涕零，一边又跟太平公主说："同僚中有一个人，叫陆象先，恳请公主也替他引荐。"太平公主道："陆象先与我有什么关系？我为什么要帮他忙。"崔湜回答："陆象先德高望重，我和他一起提升，也是想沾他点光呢。"太平公主这才点头。

第二天上朝，太平公主把陆象先和崔湜同时举荐上去。睿宗道："陆象先一直很有威望，不愧为宰相之才。崔湜却太龌龊，恐怕有负重望。"太平公主仍然固执坚持，睿宗只是摇头。后来见公主快要哭了，才勉强同意。

当时，韦安石和李日知已经被任命为丞相，如果再增加两个丞相，朝政未免有点乱，于是，睿宗调任韦安石为东都留守，李日知为吏部尚书，任命陆象先为同平章事，崔湜为中书侍郎，同中书门下三品，又提升吏部尚书刘幽求为侍中，右散骑常侍魏知古为左散骑常侍，都位列同三品。

第二年，睿宗改年号为太极，不久又改年号为延和。

萧至忠自从投靠了太平公主，被提升到刑部尚书，可以自由出入太平公主的府邸，一次和宋璟相遇，宋璟嘲讽说："萧兄！你也在这，真是出乎我的意料。"萧至忠笑着回答说："宋兄规劝，足见宋兄的好意。"说到"意"字，已经不见踪影。萧至忠有个妹妹，嫁给了华州长史蒋钦绪，蒋钦绪也劝萧至忠说："像你这样的才干，还担忧没有发达的时候吗？"萧至忠默然不答。蒋钦绪退出，不禁长叹说："九代卿族，就要因为萧至忠而覆灭了，这不是可哀吗？"

太平公主得到萧至忠的襄助，侍中岑羲，尚书右丞卢藏用，太子少保薛稷，右散骑常侍贾膺福，雍州长史李晋，羽林大将军常元楷，知羽林军李慈等人，也都做了太平公主的心腹。鸿胪卿唐晙，是太平公主的女婿，当然也和他们一伙。

这年秋天的一个晚上，天气晴朗，西方的太微星旁边突然出现了一颗彗星，光芒夺目。太平公主想趁机挑拨，就秘密派了一个术士去通报睿宗说："彗星出现，是除旧革新的变象。大概是太子要称帝了，请陛下赶紧传位吧！"太平公主本想激怒睿宗，不料却正中睿宗下怀，睿宗毅然道："朕早就想传位，如今天意如此，朕心意已定了。"术士不再说话，慌忙回去报告太平公主。太平公主随即召见自己的心腹，共同商量怎么挽回。大家想了多时，没有什么好的办法，只好上奏劝阻，再做打算。奏疏接连上了很多本，但是睿宗并没有批示，急得太平公主自己前往面阻。但是，睿宗决心已定，任她口吐莲花也是不同意。公主没办法，再派人去劝太子，让他坚决推辞。

太子来到宫中，拜见睿宗，叩头请求道："臣儿仅立微功，作为皇嗣，已是格外承恩，不敢有其他的妄想。如今父皇执意传位给我，是什么意思呢？"睿宗道："江山社稷安稳是你我共同的责任。如今我有困难，故特授于你。转祸为福，希望你不要猜疑！"太子又叩头请辞，睿宗语重心长："你如果想当孝子，就应该听我的话，难道要等我死后即位，才是尽孝吗？"太子无言以对。

第二天一早，睿宗传下手谕，宣布传位太子。太子再次上表推辞，睿宗仍然不许。太平公主追悔莫及，只好对睿宗道："皇位虽然传给太子，但有一些军国大事，太子年轻不懂事，恐怕处理不好啊。"睿宗于是嘱咐太子道："古时候舜帝传位给大禹，还要关注国事，朕虽然传位，岂能忘了国家？所有军国大事我仍会把关，你不必多虑。"太子这才勉强答应。过了几天，太子李隆基继位，尊睿宗为太上皇。太上皇仍然自称为朕，所传的诏书称为"诰"，每五天到太极殿上一次朝。皇帝自称为予，所传的诏书称为"制敕"，每天在武德殿上朝。凡三品以上官员的任免以及重大政事，都奏请太上皇，然后再决定，其余政事都由李隆基裁决。然后传旨大赦天下，当时是玄宗先天元年，封王妃王氏为皇后。

皇后是同州下邽人，父亲名叫王仁皎，玄宗还是临淄王时，娶为王妃，玄宗清剿后宫时，王妃也一同参与了谋划，因此玄宗登基就自然册封为皇后。

玄宗又封王琚为中书侍郎，时常和他商议国事。王琚祖籍河内，年轻有为，才华横溢，精通天文地理。从前，驸马都尉王同皎，很赏识王琚的才能，结交为密友。后来，王同皎起事失败，王琚逃到江都，为富商抄写书籍。商家知道他并非庸才，就把妻子的爱女嫁给他，并且给了很多的嫁妆，王琚这才得以生存下来。一直到睿宗继承皇位，王琚才回京。

当时，玄宗还是太子，有一次出外游猎，路上遇着王琚，见他雍容华贵，气度不凡，就有心结交，于是召他询问。王琚本来就才思敏捷，现在见太子召唤，知道是好机会，便滔滔不绝地讲了很多，还邀请太子到家中深谈，两人非常投机。

王琚又杀牛摆酒，厚待太子，太子非常感动。太子与王琚离别后立即去见睿宗，说王琚如何有才，希望父皇重用他。睿宗因为他未曾获得功名，所以只封他个补诸暨县主簿。太子默然走了。

王琚听说求得一个微末小官，来到东宫拜谢，走到宫廷之中，却又故意慢慢地走，左看看右瞧瞧。东宫侍卫呵止道："太子殿下在室内，怎么可以自由走动？"王琚微笑说："今天有什么殿下，我知道太平公主。"话音刚落，太子已经出门亲自迎接。王琚深表谢意，并促膝说："当初韦氏胡作非为，丧心病狂，人心不服，所以殿下一呼百应，立即就除掉了。如今太平公主仗着有功，更加凶险，左右大臣大多被她利用，天子又因为兄妹关系，格外容忍，实在是陛下的心腹大患啊。"

太子连忙站起来，邀请王琚同坐，对他说道："皇上喜欢太平公主，我如果动手伤害公主，恐怕违背了孝道。"王琚答道："小孝不值得一提，殿下应当考虑大孝。"太子问："什么是大孝？"王琚又说："安宗庙，定社稷，才是大孝。试想太子立过大功，理应继承皇位，如今太平公主竟敢妄图皇位，结党营私，一旦兵变，岂不是连累了江山社稷吗？江山社稷不安定，殿下即使想尽孝，恐怕也没有机会吧。"太子搓手问："你看怎么办？"王琚答道："朝中大臣只有张说、刘幽求、郭元振等人不为太平公主所用，殿下如果和这几个人商议，应当可以成事。"太子大喜，让他不必去赴任，留在府中为他谋事。很快，太子受命监国，五品以下官吏，都是太子说了算，于是，太子封王琚为太子舍人。等到太子登基之后，特别加封王琚为中书侍郎。王琚于是和刘幽求等人商议除去太平。

刘幽求派羽林将军张暐对玄宗道："窦怀贞、崔湜和岑羲都因为公主才升官，他们整天阴谋造反，如果不先发制人，恐怕他们马上就要动手，连太上皇都不能自安，臣已经和刘幽求等人定下计策，只等陛下传旨，就可以施行了。"玄宗连连点头："你们稍等，朕一定找机会实行。"

张暐出去后，正巧遇到侍御史邓光宾，于是邀他进入室内，仔细询问了一番，张暐竟把实话告诉他了。邓光宾等张暐离开后，马上去报告窦怀贞和崔湜。窦崔两人连忙转告太平公主，公主立即跑到睿宗面前告状，一口咬定玄宗要无端加害自己。

睿宗就召玄宗来问，训斥一番，害得玄宗无法解脱，只好推到刘幽求和张暐身上。于是睿宗令他惩办。玄宗迫不得已，只得将刘幽求和张暐押到狱中。窦怀贞、崔湜等人让言官奏称刘幽求等人是在离间骨肉，理当处死。睿宗又想准奏，但被玄宗极力劝说，才减免死刑，然后流放刘幽求到封州，张暐到峰州。封州地在岭海，崔湜又飞信到广州，让广州都督周利贞，杀死刘幽求，但事不凑巧，桂州都督王晙，和刘幽求是旧交，把他留住，才免遭劫难。

第二年，玄宗改年号为开元，元宵节那几天，灯市特别热闹，长安城中灯火亮如白昼，无论大家小户，全是悬灯结彩，点缀升平。

玄宗拥着太上皇到御门观灯，又大摆宴席。玩赏了好几天，玄宗仍然余兴未消，又命令京城延长灯期到二月中旬。

太平公主府中更是热闹，排场和声势都超过皇家，所陈列珍宝光怪陆离，各式各样，真是见所未见闻所未闻。满朝文武大臣登门道贺，显赫无比。左拾遗严挺之和晋陵尉杨相如，先后上奏玄宗，主张力戒奢华，玄宗这才传旨停止灯市，但一个多月的花费，已经是不可胜数了。

太平公主自从刘幽求等人被贬之后，更加嚣张。成天和一帮情人私党密谋造反，还勾结宫女元氏，让她在赤箭粉中下毒。赤箭粉是一种益寿延年的药，玄宗平时经常服用。因此，太平公主就派元氏乘机下毒。

元氏还没来得及下手，就被王琚听说了，赶紧对玄宗道："时局危在旦夕，赶紧动手吧。"玄宗还有些犹豫，这时，代替韦安石出守东都的左丞相张说，派人进献玄宗佩刀一把，暗示玄宗果断行事，铲除太平公主。

荆州长史崔日用上奏劝玄宗道："太平公主密谋造反已经很久了，陛下以前在东宫，身为臣子，如果想讨逆，必须要借助其他的力量，如今陛下已经登基，只要传一道圣旨，谁敢不从？如果再犹豫不决，恐怕后悔莫及了。"

玄宗长叹道："朕也是这样想的，只是怕惊动太上皇，还是不好。"崔日用道："天子应该以安定江山社稷为孝，不应该在区区小节上，万一奸人得志，江山社稷为他人占有，到那时孝在哪里？如果真的惊动太上皇，就请先安定军队，再来收拾逆党，这样就不会有什么政变。"玄宗道："爱卿言之有理，朕一定设法除去祸患，爱卿就留在京城，助朕一臂之力。"第二天，玄宗就封崔日用为吏部侍郎。

太平公主因为玄宗任用王琚、崔日用等人，知道玄宗有意加强防备，加上宫女元氏下毒的计划一时也没有机会，太平公主只好召集私党，重新密谋。

崔湜献计道："将军常元楷、李慈统领羽林兵，如果直取武德殿，逼迫皇上退位，再派窦仆射、萧中书等人带领南卫兵作为接应，不用了半天，便可以大功告成了。"同平章事陆象先因为当初是太平公主举荐的，所以也被她叫去密谋，现在一听公主要起兵造反，愤然起身道："不行，不行！"公主听到"不行"两字，便说："废长立幼，已经是违背了祖上的规矩，现在玄宗又失德，为什么不能废了他呢？"

陆象先道："皇上铲除韦氏立下大功，现在皇上继位，天下归心，并没有什么过错，怎么能说废就废呢？这事恐怕太危险，陆象先不敢参与。"

窦怀贞连忙说道："陆公真是迂腐，不能够商议大事。试问下你的同平章事的高位是哪里来的？今天太平公主密谋大事，不但不献计，反而出来劝阻，很是让人不理解啊。"陆象先道："我正是为太平公主考虑，所以才直言劝阻，否则也不会多说什么了。"大家都在讥讽陆象先，陆象先只好拂袖离去。

太平公主和私党们继续商议，决定按崔湜说的办，约定七月四日动手。正要散座，忽然太平公主的亲儿子薛崇简又来劝阻："此事是万万不可行的，还请母亲三思。"太平公主正在为陆象先的异议不高兴，这时刚好有人前来作梗，顿时竖起双眉，顺眼瞧去，不是别人，是自己的亲生儿崇简，不由得大怒呵斥道："你也敢来阻止我吗？"崇简跪着说："母亲养尊处优，尽享高官厚禄、荣华富贵，难道还不知足吗？"公主怒叱道："小孩子懂什么？休得多言！"崇简又道："事成了并不光荣，事情败露却不仅是耻辱，恐怕全家都要遭殃啊。"

公主听到这话，气得火冒三丈，竟然从旁边抓起一根手杖，劈头盖脸地打过去。崇简连忙抱头，却已经挨了好几下，顿时血流满面。

窦怀贞急忙上前劝解，公主还是不肯罢休，说要打死这个逆子，才能解恨。崇简哭泣道："儿子并非要忤逆母亲，而是母亲要密谋造反啊。"又指责崔湜为奸贼，说得崔湜满面羞惭，几乎无地自容。公主勃然大怒，恨不将崇简一杖打死，大家赶紧拉开崇简，一半人在劝说母亲，一半人在劝说儿子，公主才稍微消了气。

不料事情走漏了风声，左散骑常侍魏知古探听得明明白白，急忙报告玄宗。玄宗也顾不得许多了，当下召来岐王李范，薛王李业（玄宗弟李隆范、李隆业，避玄宗名，减去隆字），兵部尚书郭元振，龙武将军王毛仲，殿中少监姜皎，太仆少卿李令问，尚乘奉御王守一，内给事高力士，果毅将李守德等人商议大计。此外王琚、崔日用、魏知古等人，当然也在座。大家商量好了方法，决定在第二天实施。

第二天是七月初三，玄宗命令王毛仲率兵三百人，在武德殿虔化门埋伏，然后召见常元楷和李慈，两人并不察觉，放心大胆地走到虔化门，被王毛仲拿下，一并斩首。两个武将被诛灭后，玄宗再拘传萧至忠、岑羲、贾膺福等文臣，自然更不费力，手到擒来。玄宗也不细问，立即下令处斩。窦怀贞吓得自尽而死。

太上皇听到变故，就登上承天门楼询问原因。郭元振奏称，窦怀贞等人勾结太平公主，阴谋造反，所以奉皇帝圣旨，一并逮捕处斩。太上皇叹息着回了皇宫。

第二天太上皇下达诰书，称："此后军国大事一律听皇帝处置，朕现在可以移居百福殿，颐养天年了。"

玄宗得了这道诰书，才放心大胆地命令王毛仲、高力士等人去捉拿太平公主。王毛仲等人来到公主府中，只有家奴在，并没有公主下落，急忙出门去找，找了三天，才打探到公主躲在南山寺中。王毛仲立即带兵搜捕，所有公主家眷、私党，一个也没能逃脱，连奸僧慧范和李晋、唐晙等人也一股脑儿押了回来。玄宗随后下旨，令公主自尽，僧人慧范等人斩首示众。太平公主叛乱终于平息。

玄宗初年

玄宗铲除太平公主，又处死了公主的几个儿子。只有薛崇简没有治罪，仍然担任原来的官职，赐姓李氏。公主所有家产全部没收，财物堆积如山，几乎赶上国库，简直是取之不尽用之不竭。僧慧范钱财也多达十万缗，一起查抄没收充公。

李晋是太祖玄孙，本是新兴郡王，现在也受牵连被处死，临刑时不禁流泪道："这次计谋本是崔湜所提出的，如今我死了，崔湜却还活着，这冤不冤啊？"刑官把他的话转告了玄宗，玄宗已经把崔湜流放到窦州，不想再加罪了。

后来，刑讯官审问宫人元氏，元氏供出了崔湜是主谋，于是皇帝传旨在荆州处死崔湜。薛稷被赐死在万年狱，薛稷的儿子薛伯阳由于娶公主为妻的缘故，免于处死，流放岭南，他在流放途中自杀身死。唯独卢藏用被流放泷州，后来因御边有功升迁黔州长史，最后病死在他自己的住所。

玄宗大赦天下，并召见陆象先，说道："听说爱卿曾经劝阻过太平公主，可谓深明大义呀！"陆象先拜谢而出。不久，陆象先却因为替叛党辩护而遭到弹劾，被贬为益州长史。继而，玄宗赏赐功臣郭元振等人，召回了张说、刘幽求，并封张说为中书令，刘幽求为左仆射，加封高力士为右监门将军，管领内侍省。

按照从前唐太宗的制度，宦官最高不能到三品，只能供给俸禄，负责看门、传旨之类的事情。中宗时，七品以上的宦官就达到了一千多人，现在玄宗又破格提拔高力士为将军，竟然位列三品以上，此后，宦官逐渐增多，而且声势显赫，成为玄宗统治时期的一大弊政。

这年冬季，玄宗视察骊山，举行盛大的阅兵仪式，征兵达到二十万。兵部尚书郭元振在操办的过程中违抗圣旨，被押在军旗下，差点处斩。幸亏刘幽求、张说连忙求情道："郭元振讨伐逆党有功，即使现在有罪也应当格外开恩，将功补过，请皇上饶他死罪。"玄宗批准，于是就降了郭元振的官职，流放到新州，然后杀了给事中、知礼仪事唐绍。

见两位大臣受到严惩，各路军马不禁心生畏惧，纷纷震惊失措，队形散乱，只有薛讷、解琬两位将军率领的军兵，不为所动。玄宗见他们治军有方，军队纪律严明，步伐整齐威武，立即派骑兵让他来召见，哪知他军令森严，不准骑兵入内。于是，玄宗只好亲自颁下手诏，他们才来进见。玄宗大为赞赏，当面给予嘉奖，并且重重赏赐了他们。

回来后，玄宗偶然想起了前兵部尚书姚元之，就派人到同州去请。姚元之当初被睿宗贬到申州，后来又转到同州上任，现在终于被玄宗召见。姚元之回来的时候，正碰上玄宗要去打猎，玄宗问姚元之："爱卿会打猎吗？"姚元之回答道："这正是我的强项，我二十岁的时候，曾经以'呼鹰逐兽'为乐，当时我的朋友张憬藏对我说，人臣应该辅佐君王，所以我才折节读书，以致后来当上将相获罪。现在，我虽已老但没有忘掉旧技，今天愿意随同陛下一起打猎。"

玄宗大喜，就和他一起骑马出发了。姚元之果然擅长骑射，箭无虚发，一连射中了好几头野兽，玄宗再三夸奖。打猎完毕，返回行宫后，便和姚元之畅谈天下事。姚元之知道玄宗是个英武的明君，就有意表现自己，把古往今来的治国之道痛快淋漓地讲了一番。玄宗听了好半天，谈得非常投机，竟忘记疲倦。最后玄宗当面承诺道："朕早就知道爱卿有才，打算封你为宰相。"姚元之却执意推辞。

玄宗问他什么原因，姚元之下跪答道："臣有十件事请求，恐怕陛下未必答应，因此不敢从命。"玄宗道："爱卿只管说。"姚元之这才逐条说出，意思如下：一、希望圣上施行仁政；二、希望圣上不要一心开疆拓土。而应该避免战争；三、希望圣上秉公执法，要君民一视同仁；四、希望杜绝宦官参政；五、除租赋之外，不要增加百姓的负担；六、皇亲国戚不出任高官；七、希望圣上对臣下要以礼相待；八、给群臣直言进谏的机会；九、不要大肆营造佛寺道观；十、杜绝外戚干政。

玄宗听他说完这十件事，竟然爽快地答应了，说道："朕都能照办，爱卿大可不必多虑。"姚元之这才叩头拜谢。

第二天，玄宗传旨，封姚元之为兵部尚书，兼中书门下三品，封梁国公。朝廷上下都说皇上用人得当，只有中书令张说素来与姚元之不和，暗中指使御史大夫赵彦昭上奏，说姚言元之不应该封为宰相，玄宗没有理会。

玄宗阅兵后回宫，群臣为玄宗进献尊号，称为开元神武皇帝。玄宗改革官名，改仆射为丞相，中书为紫微省。门下为黄门省，侍中为监，雍州为京兆府，洛州为河南府，长史为尹，司马为少尹，又加封姚远之为紫微令。姚远之为了避开玄宗的"开元"尊号，改名为姚崇。

姚崇担任丞相以来，接连举荐贤才，打击小人。每当有大事一定请教玄宗，玄宗无不批准，朝政焕然一新。这下子就急坏了张说，他害怕姚崇乘机报复，将来难保官位，因此成天胆战心惊。张说暗想，王公大臣中，只有岐王李范深得玄宗的喜爱。李范尊重文人，好结交雅士，张说打算利用的自己的文才与李范联络，托他庇护。于是张说经常退朝余暇之时，乘车来到岐王府中，与岐王谈天说地。

姚崇闻说了这件事，正好借题发挥。一天，姚崇到便殿找到玄宗奏事，走路故意有点瘸。玄宗立即问道："爱卿脚怎么了？"姚崇答道："臣脚没受伤，是心理疾病。"玄宗知道他话里有话，就退下身边的人细问原因。于是，姚崇上奏道："岐王是陛下爱弟，张说身为重臣，却经常乘车出入岐王府上，臣不知道他是什么意思，如果岐王被他迷惑，后患不浅。臣身为丞相，怎么能不忧虑呢？"玄宗大吃一惊："有这样的事情么？朕一定要追究。"当晚就传出圣旨，密令御史中丞等人，追查张说的行为。

张说全然不知，安心坐在自己的私宅中，此时，贾全虚突然来见张说，张说不由得恼怒道："他来见我干什么？"门役答道："他说有紧急事，关系到相公的全家性命，特来求见，告知相公。"

原来，这贾全虚跟张说之间还有一个故事。之前，张说纳了一女子为妾，此女子名叫宁怀棠，字醒花，有闭月羞花之貌，文才也很好。这醒花遇上张说，也算是淑女得配才人，也心满意足。这时，贾全虚应试入都，张说见他是朋友的儿子，就让他留在自己府中，时间一长，他就跟府里的人自然而然就熟了。有一次他与宁醒花相见。这宁醒花见了贾全虚分外喜欢，时常惦念，经常挑逗他。贾全虚是个风流少年，怎有不爱美人的道理。一来二去，两人就情投意合了。刚巧张说因公务需要值班，宁醒花竟偷偷跑出去相会他的如意郎君——贾全虚。两人颠龙倒凤之后，彼此就商量怎么能相守终生，最终决定三十六计走为上计。

到了第二天黎明时分，两人草草收拾就逃走了。等张说值班后回家，竟不见宁醒花，又不见贾全虚，就料到他们一定是因奸逃走，立即派人四处缉捕，两人没逃多远，就被捉回了。张说打算将贾全虚处死。贾全虚对张说说："贪色爱才，人人通病，男子汉死何足惜？但是，主公何必因为一女子，就要杀死国士，难道主公就一直显贵，以后都用不着别人吗？从前楚庄不究绝缨，杨素不追红拂，度量过人，古今称颂，主公为什么如此器量狭小？"张说听贾全虚这样说，竟然回心转意，不仅免了贾全虚的罪，还将宁醒花赐予他。贾全虚后来到内廷机要处抄书，所有大臣密奏，往往比别人先知道。

贾全虚此次得知了消息，特意来密报张说，张说花重金让贾全虚打通关系。果然有钱能使鬼推磨，张说被重罪轻办，最终只被贬为相州长史。

既而，有人状告太子少保刘幽求和詹事锺绍京，说他们私下里抱怨朝廷，玄宗当即下旨查问。两人不肯服罪，眼看就要下狱。姚崇上疏营救，说道："刘幽求等人都有大功，却只封闲职，未免不平衡。如果把他们下狱，恐怕惊动大臣，反而失去人心。"玄宗这才不再追究，只贬刘幽求为睦州刺史，锺绍京为果州刺史。侍郎王琚后来也因罪被贬泽州。御史中丞姜晦和监察御史郭震又弹劾韦安石、韦嗣立、赵彦昭、李峤等人，说他们攀附权贵，不能匡正纲纪，玄宗因此将韦安石等人贬黜为各州别驾。后来，玄宗又贬广州都督周利贞回家种地，终生不再录用。刘幽求、韦安石等人都忧愤而死，其余的人也都陆续去世。温王李重茂被封为襄王，远居房州，于开元二年病死，谥号为殇帝。

玄宗励精图治，放权姚崇，淘汰僧人尼姑，释放多余的宫女，拆除了两京的织锦坊，又在殿前焚烧了大批珠玉锦绣，反对奢侈腐化，倡导勤俭节约。大唐逐渐国泰民安，出现了繁荣昌荣的局面。

宋王李成器等人请献兴庆坊宅为离宫。兴庆坊就是隆庆坊，玄宗李隆基被立为太子，改名为兴庆坊，玄宗当年曾经特制了一套大被和长枕头，和兄弟同床共眠。继位后，玄宗和宋王、岐王等兄弟相见，仍然行家人礼，现在宋王一请求，玄宗当即改旧邸为兴庆宫，并且为诸王修筑府第，围绕在兴庆宫宫旁。玄宗还命人在兴庆宫西面和南面各建一楼，西楼题上"花萼相辉"四个字，南楼题上"勤政务本"四个字。玄宗经常登搂，听到诸王府上有音乐，必定召来同乐，对坐叙谈，和当年一样，或者到诸王府中游玩，谈笑风生，饮酒赋诗，还经常赐给金银。诸王每天从侧门觐见，回府后又奏乐饮酒。击球、斗鸡、架鹰、遛狗成为常事。玄宗丝毫不加禁止，颇有共享荣华富贵的意思。当时有上千只大鸟，汇集麟德殿旁，停留十多天才离开。长史魏光趁机上奏颂扬，说是正因为天子兄弟和睦，才会有这种祥瑞景象。玄宗也曾作诗歌颂这件事，并且赐予宋王：

昔魏文帝诗云："西山一何高？高高殊无极。上有两仙童，不饮亦不食。赐我一丸药，光耀有五色。服之四五日，四体生羽翼。"朕每言服药而求羽翼，宁如天生兄弟之羽翼乎？陈思王之才，足以经国，绝其朝谒，卒使忧死，魏祚未终，司马氏夺之，岂神丸效耶？虞舜至圣，舍象傲以亲九族，九族既睦，平章百姓，今数千载，天下归善焉，此朕废寝忘食所慕叹也。顷因余暇，选仙录得神方云，饵之必寿，今持此药，愿与兄弟共之，偕至长龄，永永无极也。

玄宗兄弟四人中，宋王李成器为人最谨慎，除成器以外，要算申王李成义。两人因避母昭成皇后尊谥，一个改名李宪，一个改名为李撝。岐王李范曾经和玄宗一同诛杀太平公主，有些居功自傲，玄宗曾经告诫诸王要减少与群臣交往，李范不怎么遵守。驸马都尉裴虚己曾经娶睿宗的小女儿霍国公主为妻，后来，裴虚己与岐王游宴，私自挟带谶纬之书，被流放新州。此后，玄宗待李范仍然如故，并且对左右道："兄弟如同手足，怎能互相残害呢？不过是由小人挑唆，妄图依附，朕绝不会因此怀疑他。"左右当然极力歌颂。自古皇帝对待遇兄弟往往刻薄，很少仁爱，像玄宗这样兄弟和睦的，也算是古今罕有了。

玄宗先天初年，突厥可汗默啜和契丹联合，多次侵扰边境。唐朝廷不想兴兵，打算和突厥通使修好。默啜可汗的儿子杨我支来大唐请求许婚。玄宗同意把蜀王的女儿南河公主嫁到突厥。默啜可汗多次催促婚期，玄宗却一再推迟。

开元二年春月，默啜可汗派兵进攻大唐，被大唐杀得大败。并州长史薛讷听说突厥败退，就打算乘势讨伐契丹，一雪前耻。当时正是七月，暑气还没有退，姚崇等人认为乘暑用兵弊多利少，就极力谏阻。薛讷却坚持道："盛夏水草肥美，不缺粮草，正是出兵的绝好机会，一举便可大败敌军。"玄宗把薛讷的话看做一条奇计，派他率兵二万，令崔宣道、胡将、李思敬等八人辅佐，出击契丹。

薛讷率领步兵先至滦河，不料中了契丹兵的埋伏，契丹兵一拥而上，把薛讷围困在中间。崔宣道等人看到情况不妙，不敢上前，于是就眼看着薛讷孤军陷敌，十个人有八九个被杀死了，只有薛讷率着十几个杀出重围，身上都受了重伤才勉强逃走，返回幽州，上报败状。玄宗大怒，杀了一帮副将，并撤了薛讷的官爵。

不久，吐蕃又来侵犯，玄宗再次起用薛讷为羽林将军，和太仆少卿王晙一同出击吐蕃。自赞婆等人投降大唐后，吐蕃王器弩悉弄也有些顾忌，不敢深入骚扰，而且多次派使者求和。唐廷当时正在内乱，也就勉强同意了和议。不久，吐蕃南部反叛，器弩悉弄亲自前往讨伐，却病死军中。国内无主，诸王争位，全靠几个前朝大臣才削平了叛乱，拥立器弩悉弄的儿子弃隶缩赞为王，年龄只有七岁。后来，吐蕃又派大臣悉熏热前来大唐进贡，顺便求婚，中宗许诺将雍王李守礼的女儿金城公主嫁给吐蕃王弃隶缩赞，但是要等到弃隶缩赞成年，才能迎娶公主。

睿宗景云元年，吐蕃来迎娶公主，睿宗命左骁卫大将军杨矩，持节送公主前往。公主到了吐蕃，吐蕃王特筑城给公主居住，并向唐廷求取河西九曲地，作为公主的汤沐邑。杨矩代为申请，竟得到准允。哪知，大唐封给金城公主的九曲地带水草肥美，土地富饶，最适宜畜牧，吐蕃得了这块地方，竟然将它当作根据地，乘虚侵扰边境。

开元二年八月，吐蕃国相坌达延率领十万大军进犯临洮和兰渭。鄯州都督杨矩正吓得自杀身亡。玄宗派薛讷和王晙合力夹击，又调兵步兵十多万人，战马四万匹，准备亲自督行，作为后应。

王晙身材魁梧，智勇双全，时人称他有熊虎相。王晙受命西征后，率领部兵两千名从陇右出发。途中接到探报，得知吐番兵马屯驻在大来谷，连营好几里。

王晙对部众道："敌众我寡，只能智取，不能强攻。"然后，王晙选了七百名壮士，让他们穿上吐蕃的衣服，乘夜色偷袭吐蕃军营，并且当面对他们说："你们去劫蕃营，不必杀人，只要四面大声喊杀，等敌军混乱时，再顺便杀几个，就算功劳。我自然有兵策应。"各壮士领计离去。王晙率军跟进，来到离大来谷约五里的地方，听见前面有喊杀声，知道壮士已逼近敌寨，就命令部兵一齐吹起乐号角，与喊杀声遥相呼应。山谷空荡，声音震耳欲聋，吐蕃首领坌达延从梦中惊醒，急忙命令番兵出马迎敌。蕃兵睡眼昏花，到了营外，被唐军四面拦杀，只见他们所穿服饰和自己一样，还怀疑是本营叛乱，一时无法分辨，只好拿刀乱砍，模模糊糊地杀了一夜。等到天色放亮，唐军已经全部退去，蕃营附近的尸体全是吐蕃的兵卒，没有一个唐军。坌达延检验尸首，数以万计，叫苦不迭，但已是无用了。

王晙大获全胜，听说薛讷已经到达武街，途中被敌军阻击，就又带领勇士去援助薛讷，出兵夜袭吐蕃。坌达延吸取先前失败的经验，赶紧退兵，可是，王晙从左边杀入，薛讷从右边杀入，两路夹攻，杀得尸横满野，洮水的水也不能流动，坌达延抱头鼠窜，仓皇逃去。

唐军斩了一万多蕃兵，缴获牲畜二十多万头。此后，唐将军王晙的威名远震塞外。唐代文武全才的名将，除了李靖、郭元振、唐休璟、张仁愿之外，就要算了王晙了。玄宗听到捷告，大喜，加封薛讷为右羽林大将军，兼平阳郡公，加封王晙为银青光禄大夫，加授清源县男爵，兼任原州都督。

第四十三回　开元盛世

为了控制和防御北疆，玄宗特意设置幽州节度一职，突厥默啜可汗又派使臣来求婚，自称乾和永清大驸马，突厥圣天骨咄禄可汗。玄宗又将约定婚期推迟，拖延过去。

其实，突厥默啜可汗年纪衰老，越来越昏庸暴虐，部众多半不服，葛逻禄、胡禄屋、鼠尼施等部落，先后投降大唐，共约一万多户，大唐将他们迁入河南，再调薛讷为凉州大总管，镇守凉州，调郭虔瓘为朔川大总管，镇守并州，只要突厥有所行动，就讨伐突厥。默啜正恨各部落离散，发兵出击葛逻禄、胡禄屋、鼠尼施等部，于是，玄宗派北庭都护汤嘉惠，左散骑常侍解琬等发兵前往支援，又命薛讷为朔方道行军大总管，与太仆卿吕延祚，灵州刺史杜宾客等人，一共讨伐突厥。

默啜军移向北边，向拔曳固部发起进攻，在独乐水一带大获全胜。默啜军唱着胡歌准备南归，哪知道此时柳林边埋伏着拔曳固的散兵颉质略，等到突厥大军经过，后面只有默啜可汗和随行人员十多人时，颉质略率兵一拥而上，袭击默啜，斩了默啜的头颅，然后很快逃走，将默啜的人头献给了唐军裨将郝灵荃。郝灵荃将默啜的人头传到长安，满朝庆贺。

当时，正赶上太上皇睿宗驾崩，玄宗忙于料理后事，无暇顾及治理突厥，就仍派薛讷等人镇守，然后专门筹备丧葬事宜。睿宗在位仅两年，为太上皇约四年，驾崩时五十五岁，谥为天圣真皇帝，安葬在桥陵。

玄宗自从任用姚崇后，抑制了贵戚、宦官、朝中的弊政越来越少，渐渐出现了政通人和的局面。黄门监卢怀慎担任副丞相，知道自己才能比不上姚崇，遇事就推让，因此时人称为“伴食宰相”。姚崇曾经因为儿子去世请假十多天，政事堆积，卢怀慎不能决断，惶恐地向玄宗请罪，玄宗安慰道：“朕把天下事委托给了姚崇，爱卿只要安坐，以德服人，就足以称职了，不必多虑。”卢怀慎这才从容退朝。

等到姚崇假期满后上朝处理积压的政务，没多久就解决了。姚崇有点暗自夸浮，对紫微舍人齐澣道：“我身为丞相现在能与什么人相比？”齐澣还没来得及回答。姚崇又道：“可比得上管晏吗？”齐澣慢慢答道：“恐怕还赶不上管晏。”姚崇又道：“我赶不上管晏，究竟怎么样呢？”齐澣又道：“你可以算一个救时良相。”姚崇投笔起言道：“救时良相，也不是那么容易得的，我果能如此，也就知足了。”

不久，山东闹起蝗灾，百姓大多烧香设祭，不敢捕杀。姚崇派人前往各州县，赶紧捕杀。卢怀慎认为捕杀蝗虫触怒神灵，出来反对，崇辩反驳道："从前楚庄王吞蛭后反而病愈，孙叔杀蛇后反而有福，现在不忍杀蝗虫，难道就让人民忍受饥饿之苦吗？如果杀害蝗虫有罪，就全部算在我姚崇身上，这样可好？如今如果坐视不管，忍心不救，将来秋收无着，恐怕才是我们的大罪过。"然后命令百姓捕杀蝗虫，一共捕得十四万石，蝗害才平息。姚崇又派御史察视捕杀蝗灾的功绩，作为奖惩官员的依据，于是，蝗虫被捕杀得一干二净，这一年才算逃过了饥荒。

接跟着，副丞相黄门监卢怀慎病故，死前上遗表举荐宋璟、李杰、李朝隐、卢从愿四个人，玄宗颇为赞赏，并对卢怀慎的死深表哀悼。卢怀慎这个人才能虽然有限，但操守却特别清廉，平生不经营资产，俸禄大多给了亲戚朋友，连妻子儿女的吃穿都成问题。所住的房屋很破旧，四下漏风，夏季还漏雨。卢怀慎病重期间，宋璟、卢从愿等人前往探望，看到他家破旧的床单枕席，都非常感动。

见他们来了，卢怀慎拉着二人的手嘱咐道："皇上治国可谓勤勉，但天下太平时间长了，难免懈怠，贪图安逸，将来必然有奸邪之人趁机混进朝堂，你们二人要仔细留意。"卢怀慎死后，家里没有钱办后事，只有一个老家奴请求卖了自己来办丧事。四门博士张晏将此事上奏玄宗，玄宗颇为感动，于是赐锦帛一百匹，米粟二百斛，厚葬了卢怀慎，并追封他为荆州大都督，谥号文成公。

卢怀慎死后，玄宗加封尚书左丞源乾曜为黄门侍郎，副丞相。源乾曜上任不久，姚崇得了大病，请假休养，此后遇到军国大事，玄宗必定让源乾曜咨询姚崇。源乾曜奏对时，玄宗必定要问："爱卿的想法是从姚丞相那里来的吗？"如果不是，就会再派他去问姚崇。

姚崇的家非常简陋，玄宗让他住进四方馆，姚崇说四方馆太过豪华，不敢进去住。玄宗就下手谕道："朕恨不得让你住进皇宫，小小的四方馆爱卿就不必谦虚推辞了。"姚崇这才奉了手谕住进去。

姚崇有三个儿子，长子名叫姚彝，次子名叫姚异，第三个儿子名叫姚弈。姚彝、姚异贪财，受了很多贿赂。紫微史赵诲是姚崇的亲信，也借助势力贪赃枉法，东窗事发之后，姚崇上表营救，触怒了玄宗，把赵诲流放岭南。姚崇知道自己渐渐失宠，于是请求辞官，特别推荐广州都督宋璟来接替自己的位置。于是，玄宗就罢免姚崇的官职，派内侍杨思勖去迎接宋璟。

宋璟很有涵养，在应召的途中，虽然和杨思勖同行，但一直没有与杨思勗拉拢关系。杨思勖一向得宠，回宫后告诉玄宗。玄宗听完后非常赞赏宋璟，因此格外器重，封宋璟为黄门监，又罢免源乾曜的辅政之职，封苏颋为同平章事。

苏颋是前朝丞相苏瑰的儿子，从小聪明绝顶，过目成诵，才思敏捷。现在和宋璟同心协力辅政，朝政更加有声有色。宋璟为人正直，敢于触犯玄宗直言上谏，有时玄宗不肯接纳，苏颋必定解释宋璟的意思，再三奏请，直到玄宗听从建议才罢休，因此两人配合十分默契。

宋璟曾经对人说："我和苏氏父子同在相府为官，苏瑰宽容厚道，是国家贤相，但如果论选拔人才，大公无私，还要数今天的苏颋，这真是父子贤相啊。"

宋璟继姚崇之后主政，治国策略却大不相同。姚崇善于随机应变，宋璟则善于秉公守法，但在整肃法纪，因材任免、减轻赋税、放宽刑罚等方面，两位宰相可以说是如出一辙，所以姚、宋并称，先后辅佐玄宗，使得开元初期的官场风气几乎与贞观时一样清正廉明。宋璟又主张恢复贞观旧制，仍然使用贞观时期的官位名称，并且让史官随宰相上朝。群臣全都支持，玄宗当然准奏，从此朝政中的失误越来越少了。

太常卿姜皎与玄宗是旧交，他在铲除太平公主这件事有功，所以自然在待遇方面受到特殊待遇，经常出入皇宫和妃嫔一起用膳。宋璟劝玄宗保全功臣，但不能过于宠溺，玄宗于是就下旨让姜皎回归田园。

皇后的父亲王仁皎病逝，他的儿子王守一为驸马都尉，曾经娶睿宗的女儿薛国公主为妻，因此请求仿玄宗外祖父窦孝谌的先例，筑坟高五丈一尺。宋璟上疏坚决阻止，说："官居一品，坟高只能一丈九尺，陪陵功臣，坟高也不过三丈。从前窦太尉的坟墓已经属于特殊。韦氏曾经追加父亲的坟墓，结果终于导致灭亡之祸，皇后怎么可以重蹈覆辙呢？臣想，如果既要遵守朝廷制度，又让皇后满意，可以考虑按一品陪陵，最高不过四丈才合适。"

玄宗非常赞同，说道："朕一向主张率先垂范，何况是自己的妻儿，怎么敢有私心呢？爱卿能坚守礼法，直言不讳，实在是朕的荣幸啊。"随后，玄宗传旨按制度安葬，又赏赐宋璟彩绢四百匹。宋璟在相位任职四年，与姚崇为相年数相同。

开元八年，由于宋璟秉公执法，管理文武百官太严，引起很多怨恨。有人就找机会参了他一本，玄宗一怒之下贬了宋璟的宰相之职，改用源乾曜、张嘉贞同平章事。

张嘉贞曾任监察御史，又出任为朔方节度使，由于他很有才，于是玄宗召为副丞相。只是张嘉贞才华横溢，度量不足，难免有些缺憾。源乾曜性格虽然紧谨，但变通不如姚崇，正直不如宋璟，所以开元中期政治就逐渐走下坡路了。

不久，姚崇病逝，享年七十二岁。姚崇生平不信佛道，临终前嘱咐儿子，不准沿袭俗礼，不准请僧人、道士举行法事。还跟儿子说："我做宰相这几年，所言所行都可以表彰，将自己的功绩刻在死后墓铭上，但这个碑文不是一般人可以写的。当今世上要属张说的文章写得最好，但他和我素来不和，如果去请求他帮表述，一定会推辞的。现我有一计，可在我灵座前，陈设一些珠宝，如果他见珠宝不心动，说明他还记着以前的恩怨，你们就火速回归故乡避祸。如果他见珠宝有爱慕之意，你就说是传我遗命，将珠宝如数奉送，当即要求他速成一篇碑文！等他碑文写好，随即刻上墓碑，并一同进献给皇上。我料想张说贪图珍宝，必定利令智昏。如果果然如我所料，张说写的碑文中已经赞扬了我，以后想要寻仇报复，不免自相矛盾，无从下手了。"说完，姚崇就瞑目了。

姚崇的儿子们就依照他的意思，治丧遍讣，设幕受吊。大臣知道姚崇已死，就纷纷来吊唁，张说正好入朝奏事，听说姚崇去世，也来吊唁。姚彝、姚异等人按照父亲的交代，早将珍玩摆列上了。张说吊唁后，见到这些珍玩，不禁上前摩挲把玩。姚彝看到，立即对张说说道："先父曾经有遗言，说同僚中如果有人肯作碑文，立即就将这些奇珍异宝赠给他作为报酬。"张说欣然答应了，姚彝等人磕头拜谢，并且请他快速作成。张说应声而去，一天完稿，写了一篇歌功颂德的碑文。姚崇儿子们立即请来石匠，把碑文刻在墓碑上，然后又将底稿呈献给皇上。玄宗看了也大为称赏，等张说明白过来已经是为时已晚了。

张说不禁懊悔，说道："这简直就是姚崇遗策，我一个活张说，反被死姚崇所算计了。"姚崇死后谥号文献公，追赠太子太保。三个儿子姚彝、姚异、姚弈全都官拜刺史。

张说被重新起用后，升任兵部尚书，同中书门下三品。第二年，出任朔方节度大使，统领各州兵马。原来，张说曾任并州长史，抚慰突厥部落立有汗马功劳，所以文臣转任武职，出任为节度使。

当年，突厥默啜可汗被拔曳固的散兵杀死，人头献给了唐军。拔曳固和回纥等五个部落，全都投降了大唐。只有默啜的侄子阙特勒，立大哥默棘连为毗伽可汗，自封为右贤王，掌握兵权，免不得招集残兵败将，诱降其他部落。仆骨的都督勺磨和突厥往来通使，朔方大使王晙听说后担心他勾结突厥，成为大唐的祸患，于是以议事为借口把他杀死。拔曳固、同罗等部落首领听说勺磨被杀后，又疑又惧，人心思动。

张说到任后，亲自率领二十名轻骑随从，去安抚各个部落。副节度使李宪认为戎狄多诈，上书劝阻。张说回信说："壮士应当见危舍命，现在形势危急，我已经把生死置之度外了。"于是，张说来到各个部落，好言抚慰，晚上就住在番帐，鼾睡有声。各个部落都被感动，这才解除异心。

突厥毗伽可汗用岳父暾欲谷为谋主，暾欲谷足智多谋，素来被国人所敬畏，所有以前归降唐朝的部落，现在都被暾欲谷招揽回去了。

玄宗下诏命令薛讷、王晙追讨，王晙带领拔悉密部众、奚契丹降兵等番汉军兵三十万，讨伐毗伽可汗。先锋官是先前投降大唐的阿史那氏，此人轻率好战，被暾欲谷设计伏击，杀得大败。暾欲谷转而攻打凉州，河西节度使杨敬述派偏将卢公利等人截击，又被打败。

突厥气焰越来越嚣张，兰池都督康待宾本来也是降将，现在听说突厥强盛，就和突厥遥相联络，反叛了大唐，把鲁、丽、含、塞、依、契六胡州一并夺去。

王晙移兵去征讨，康待宾知无法抵挡，就向近处的党项部落求援。于是，党项进攻银城、连谷，张说出兵对阵，大破党项。党项情急乞和，愿助唐师共讨叛胡。康待宾势孤援绝，被王晙一鼓擒住，砍了脑袋。

从此，张说以兵法超群而闻名，出任兵部尚书，又被封为朔方节度使。张说深知责任重大，经常出巡边防。正巧康待宾余党康愿子叛乱，自称可汗，四处抢掠。张说立即带兵征讨，连败康愿子，追到木槃山。康愿子逃到山谷，最终被张说的军队搜获，当地正法。

张说上奏玄宗，建议边防驻军裁撤二十万，让他们回家务农。玄宗认为现今军队规模都是遵循前朝例行的制度，边防常驻六十万人，如果裁去三分之一，未免防务空虚，于是，玄宗传手谕责问张说。张说又上奏道："臣久在疆场，熟悉边情，将帅大多拥兵自卫，役使营私，并非真能制敌。臣听说兵贵精不在多，何必多养兵卒，白白浪费军粮，而且妨碍农事呢？"玄宗这才同意张说的建议，如数撤军。

唐朝初年的军事建制，分天下为十道，置六百三十四府，上府设置兵额一千二百人，中府一千人，下府八百人，没有战事就种地，有战事就杀敌，各府设置折冲都尉，每年冬季操练，轮换保卫京师。

后来天下太平，长久不用兵，士兵们不再打仗，就多数逃亡了，张说又请求玄宗招募壮士，补充京城防卫。玄宗于是命令尚书左丞萧嵩和京、兆、蒲、同、岐、华等各州长官，选府兵十二万，充作“长从”护卫京城，一年换防两次，州县不得调遣，后来又改称“长从”为“彍骑”。从此，府兵制被废，兵、农开始分离。

此后，玄宗改天下十道为十五道，分关内设置京畿道，分河南设置都畿道，分山南为东西二道，分江南为江南东、江南西、黔中三道，每道各置采访使，监察非法。两畿设置中丞，剩余的设置刺史，边镇增设节度使。自开元至天宝初年，共增至十大镇，分述如下：

（一）朔方节度使，管辖灵州，下辖安北、单于二都护府，防御突厥。

（二）河西节度使，管辖凉州，隔断吐蕃、突厥往来通道。

（三）河东节度使，管辖太原，与朔方互为犄角，防御突厥及回纥。

（四）陇右节度使，管辖鄯州，控制吐蕃。

（五）安西节度使，管辖安西都护府，统辖西域诸国。

（六）北庭节度使，管辖北庭都护府，防御突厥余部。

（七）范阳节度使，管辖幽州，控制奚、契丹。

（八）平卢节度使，管辖营州，下辖安东都护府，镇抚室、韦靺鞨诸部。

（九）剑南节度使，管辖益州，西抗吐蕃，南抚蛮獠。

（十）岭南节度使，管辖广州，下辖安南都护府，绥服南海诸国。

这十个藩镇节度使，各管几个州，掌握兵马大权，经略四方。突厥、吐蕃、奚、契丹等外敌虽然屡次扰边，终究不敢深入，而且常被节度使击退，于是，唐朝的军威远震塞外。但后来，藩镇越来越强，终究造成隐患，玄宗没能防备，反而以为四夷震慑，天下太平，乐得纵情声色，于是生出了种种祸端。

第四十四回 红颜再祸水

王皇后受册封以后始终没有生个男孩，渐渐地被玄宗冷落。玄宗生性好色，与王皇后并不恩爱，不过因她是患难夫妻，并参与过扫平内乱，所以才封为皇后。

当时，玄宗宠爱的是姿色出众的赵丽妃，她妖艳动人，能歌善舞，还给玄宗生了个儿子叫李嗣谦。当时，后宫刘华妃已经生了儿子李嗣直，比李嗣谦大一两岁。论理说，皇后没有儿子，就应该立嫔妃所生儿子中年长的，玄宗因为宠爱赵丽妃，竟于开元二年立李嗣谦为皇太子，除赵丽妃外，后宫中还有皇甫德仪，刘才人等，也因姿色美丽而深得玄宗宠爱。皇甫德仪生了儿子李嗣初，刘才人生了儿子李琚，子以母贵，年幼封王，李嗣初是玄宗的第五个儿子，受封为鄂王，李琚是玄宗第八个儿子，封为光王。

玄宗继位后，选武攸止的女儿进宫。这个女孩长得妩媚动人，人又聪明，跟武则天相似，入宫时只有十四五岁，偏颇解风月，很会讨好玄宗，引得这位玄宗皇帝特别爱怜，居然和她朝夕行乐，形影不离，赵丽妃、皇甫德仪、刘才人等人都渐渐失宠。

玄宗册封武氏为惠妃，武惠妃仗着得宠渐渐生了骄气，不但轻视赵丽妃等人，就是连正宫也不放在眼里。王皇后看不过去，免不得当面呵斥，她就怀恨在心，在玄宗面前搬弄是非，哭诉王皇后如何嫉妒蛮横。

玄宗正在爱恋武惠妃，怎么肯让他人得罪美人呢？当下激动地赶到正宫，大声痛骂王皇后，而且说要废了她。王皇后哭诉道："臣妾不过得罪宠妃，没有得罪陛下。就算陛下不念结发旧情，难道也不记得臣妾的父亲用衣服换一斗面，为陛下做生日汤饼的事了吗？"玄宗听到这话，不禁良心发现，怒气也消了一半，于是把废后的问题搁置了好几年。

武惠妃整天想着夺取正宫的位置，满心指望生下一个儿子好封为皇后，整天祈祷神佛，果然神佛有灵，月事没来，十月怀胎，生下一个儿子，面目很是清秀，很像武惠妃。不但武惠妃喜出望外，就连玄宗也高兴极了，取名为李嗣一。哪知没出生一年就夭折了，玄宗非常悲痛，追封为悼王。接下来，武惠妃又怀孕，这次格外注意，吃人参补品一直到分娩，又得了一个男孩，长的相貌清秀，仿佛图画中婴儿，玄宗命名叫李敏，总说他一定可以长成人，不料不到周岁，又染了绝症，无药可医一命呜呼了，于是又追封为怀哀王。不久，武惠妃又生一个女儿，相貌秀丽，没几个月就死了，追号为上仙公主。

连续三个儿女都夭折。生下第四个儿子时，取名为清，那时玄宗和武惠妃，喜中带忧，担心只能生而不能养。碰巧，宋王妃元氏进宫贺喜，见玄宗面带愁容就问他事情缘由，玄宗就如实相告，元氏于是就替他想办法，让玄宗将儿子交给她出宫抚养，正好她自己也刚刚产下孩子，可以代为哺乳。这样，这个孩子才得以长大成人，受封为寿王。

后来，武惠妃又生下一男二女，男孩取名为李琦，女儿号咸宜公主、太华公主，也都成年。

武惠妃生了儿子之后就更加骄横，和王皇后更不相容，时常在玄宗面前搬弄是非，污蔑皇后。玄宗已经着了色迷，禁不住武惠妃挑唆，又想要废皇后。

有一次，玄宗偶然记起老朋友姜皎，想与他密谋废后，就把他召入京师，封为秘书监，和他商量。姜皎认为皇后没有什么大的过错，如果一定要废，只好把她没有生儿子这件事作为话柄，玄宗也认为有道理。

姜皎退出后，竟然和同僚说起了密谋的事，顿时，官员之间辗转相传，闹得满城风雨。玄宗大怒，严厉谴责姜皎。张嘉贞趁机迎合玄宗，弹劾姜皎胡言乱语，构成罪状，请求严惩，于是，姜皎被发配钦州。姜皎行至半途，悔恨交加，得病身亡。王皇后听到消息，更加不安。幸好平时对下人有恩，除了武惠妃之外，没有一个人谈论皇后的短处，所以玄宗还在犹豫，又拖了两年。

皇后的哥哥王守一心想为皇后出主意。他想到了姜皎的传言，废后的事只因皇后没有生儿子，倘如能有幸产一名男孩不就不会被废了，于是整天拜神祈福。

寺僧明悟乘机迎合，说皇后应当祭南北斗星，取霹雳木刻上天地文和皇上的名字，佩带在身上，就能生儿子；不但如此，皇后将来还能达到则天皇帝的位置。王守一得到秘诀大喜，急忙去告诉皇后。皇后不明好歹，当即照办。偏偏有人通知了武惠妃，武惠妃就禀明玄宗，诬告皇后巫蛊等罪。

玄宗突然来到中宫，在皇后身上一搜，果然搜到证物，害得皇后有口难辩，只得说是王守一的主意，是为了求子起见。玄宗早就想废后，只是苦于无词可借，这次得了证据，还管什么真假，立即传旨，大致说是："皇后王氏，天命不祐，华而不实，还有害皇帝的心思，不可以承接宗庙，母仪天下，废为草民。"又将王守一赐死。可怜王皇后弄巧成拙，贬入冷宫，郁郁成病，不久就死了。后宫想念皇后的美德，多半哀痛。就是玄宗也觉得有点后悔，于是用一品官员的礼仪厚葬了皇后。

武惠妃害死王皇后，想让玄宗立自己为皇后，刚好玄宗也有这个意思，召群臣商议。御史潘好礼当即阻拦，群臣也都反对，玄宗这个时候还没有完全昏庸，所以，武惠妃痴心妄想仍旧没能得逞。

天下太平已久，玄宗渐渐奢侈起来，又犯了好大喜功的毛病。张说从北方回朝，代理朝政，为了迎合玄宗的意思，就建议到泰山封禅。玄宗又怕突厥乘虚进犯，便派中书直省袁振，传谕突厥毗伽可汗，征召番臣，随驾到泰山。

毗伽可汗与阙特勒、暾欲谷环坐帐下，对袁振说道："大唐对其他部落不错，还让他们娶了公主，唯独我国求婚，几次不见赏赐，这究竟是什么意思？"袁振答应代为奏请，于是，突厥派大臣阿史德颉利发进贡大唐，随驾东巡。

玄宗先到东都洛阳，准备齐了祭祀用品，于开元十三年冬天起驾，文武百官和四方使臣随行，一路上仪仗器物，连绵几百里不绝。等到了泰山，玄宗亲自在山上祭祀上天，命令百官在山下祭祀五帝百神。第二天，玄宗到社首祭祀地皇灵。第三天，玄宗接受百官朝拜，大赦天下，封泰山神为天齐王。

张说多用亲近官吏办理仪式，仪式结束后大加封赏，而普通官员却没有得到什么赏赐。中书舍人张九龄极力劝阻，也没有被玄宗采纳，而且将军士兵仅得纪念勋章，没有其他赏赐之物，因此大多有怨言。玄宗回朝之后，也知道国库空虚，就加封谋臣宇文融为户部侍郎，开始搜刮百姓，宇文融不顾民生，每年增收税钱数百万。玄宗视宇文融为奇才，大加宠信。张说暗中制裁宇文融，宇文融于是勾结御史中丞李林甫，一起弹劾张说引用术士，徇私纳贿等罪行，应当罢免严惩。

玄宗当即命令源乾曜到御史台彻底审讯，源乾曜曾经因为上奏劝阻封禅的事跟张说不合，因此，源乾曜也说张说行迹不检点，很有可疑。玄宗再让高力士去视察，张说只得花重金贿赂高力士，高力士在玄宗面前说了许多好话，最后玄宗只是罢免了张说的丞相一职，将他贬为集聚贤院学士，专修国史。

玄宗虽然罢免了张说的职务，却仍然很器重他，遇到大事还是会派人去向他咨询。当时，吐蕃使臣来到长安，呈上国书，用的却是他们自己国家的礼仪。玄宗恨他张狂，有意发兵征讨。左丞相源乾曜一向是唯唯诺诺，没什么主见，新任同平章事李元纮、杜暹只知道自保，也不怎么熟悉边境情况。

于是，玄宗仍旧召来张说商议。张说面奏道："吐蕃无礼，本应讨伐，但近十年来和吐蕃打了太多的仗，甘州、凉州等地已经非常疲敝了，如果吐蕃能悔过求和，请陛下大度包容，暂时休战，养精蓄锐，以后再图讨伐不迟。"玄宗听了，只是淡淡的答应了，然后说等和王君㚟商量后，再定对策。

张说知道不便深说，就叩头退出。张说在殿外遇着源乾曜，便对他说："王君㚟有勇无谋，贪功心切，如果和皇上谈起边防的事，必定主张用兵，我说的话不一定管用，只恐怕战事一开，劳民伤财，王君㚟能发不能收，难免误国呀！"源乾曜不置可否，只是含糊答应了事。

王君㚟是到底是什么样的人物呢？他是个瓜州人，曾投入右骁卫将军郭知运麾下，作战骁勇。开元九年，郭知运病死军中，王君㚟被提拔，代替了郭知运，封为河西陇右节度使，管辖凉州军务。

玄宗因要讨伐吐蕃，特地召他上朝，果然不出张说所料，一说要商议战事，王君㚟马上请求发兵。玄宗把西征的全部大权委托给王君㚟，王君㚟当即回到藩镇，调集军队，定下了出征的日期。

吐蕃听说唐军要来征讨，就派部落酋长悉诺逻取道大斗拔谷，转攻甘州，一路烧杀抢掠。王君㚟按兵不动，回避吐蕃的兵锋。这时候，正好天降大雪，天寒地冻，吐蕃兵冻得受不了，只好翻过积石山，准备撤兵西归，王君㚟这才发兵追击，他命令秦州都督张景顺为先锋，自己为中军。王君㚟妻子夏氏，有勇力，也穿上盔甲带着军兵，作为后应。敌人无心恋战，被杀得大败，如鸟兽一般四散奔逃，所有驼车、物资全被唐军夺去。唐军凯旋回营。

王君㚟马上把战绩汇报朝廷，玄宗大喜，加封王君㚟为大将军，兼封晋昌县伯，王君㚟的父亲王寿被封为少府监，玄宗还特别允许他在家里享受俸禄，不必到任。就连王君㚟的妻子夏氏也被封为武威郡夫人，玄宗亲自召见他们夫妇觐见，加以慰劳，还赏赐了王家许多金银财宝。

等到王君㚟谢恩回到藩镇，吐蕃的悉诺逻等人已经攻陷了瓜州，毁坏城墙，而且掳去了刺史田元献和王君㚟的父亲王寿，并分兵攻打玉门和常乐。常乐县令贾师顺登城固守，敌人久攻不下只得撤兵。王君㚟听到警报，急忙率兵援救玉门，悉诺逻打发俘虏，传话给王君㚟，说道："将军号称忠勇报国，为什么不出兵交战？"王君㚟因为父亲王寿被俘虏，不敢出击，只好登城遥望敌阵，泪如雨下。悉诺逻因为出兵多日，粮食快要吃完，不久也撤兵。

当时，西突厥的部落突骑施有个头目叫苏禄，非常善于招抚部众，颇得人心，因为默啜已死，苏禄就纠集三十万大兵，称雄西域，封自己为可汗。开元年间，苏禄曾派使臣到大唐朝拜，玄宗封他为右武卫大将军，加封顺国公，后来又加封忠顺可汗，而且把蕃将阿史那怀道的女儿交河公主嫁给了苏禄。

苏禄与安西都护杜暹发生争执，被安西都护杜暹羞辱一番。苏禄视为奇耻大辱，就勾结吐蕃，进攻安西。这时候，都护杜暹，已升为同平章事，副都护赵颐贞代理大都护事宜，开城出兵，击败虏兵。苏禄因为打了败仗，又听说杜暹当了丞相，一时无法报仇，只得退兵。吐蕃赞普也收兵回国了。

王君㚟想报父仇，率领精兵数千人，奔赴肃州，攻击吐蕃国王赞普，那知吐蕃早已撤兵，王君㚟白费了一番跋涉，免不得沮丧而回，王君㚟来到甘州南巩笔驿，以为太平无事，于是毫不设防，不料瀚海州司马护输等人突然袭击驿馆，来杀王君㚟，王君㚟猝不及防，竟然被刺死。

玄宗接到军报，非常痛惜，追封王君㚟为荆州大都督，又安排地方官护送他的棺椁回乡安葬丧，并且下诏命令张说撰写墓志铭，再命右金吾卫大将军李祎为朔方节度使，另调朔方节度使萧嵩为河西节度副大使，互相呼应，共同防御吐蕃。

萧嵩将刑部员外郎裴宽引荐为判官，和王君㚟的判官牛仙客共同掌军政，又上奏调任建康军使张守珪，为瓜州刺史，修筑城池。正在施工时，吐蕃兵突然杀到，城中军兵大惊失色，没有了斗志。张守珪故作镇定，在城上饮酒作乐，谈笑自若。吐蕃怀疑城中有埋伏，立刻退兵。张守珪于是纵兵追击，斩了几百敌兵，其余的全都抱头逃窜。于是，张守珪赶紧修复城池，招抚流离部众，瓜州重新成为重镇，玄宗传旨在瓜州设都督府，封张守珪为都督。

萧嵩又使了个反间计，假称和吐蕃将军悉诺逻通谋，吐蕃国王弃隶缩赞信以为真，竟然诱杀了悉诺逻。悉诺逻为吐蕃名将，被杀后军中士气低靡，吐蕃因此衰落下来。

后来，萧嵩任河西节度使，和陇右节度使张忠亮在渴波谷大破吐蕃兵，进攻大莫门城。

左金吾将军杜宾客在祈连城下击败吐蕃兵，擒住虏将。瓜州都督张守珪和沙州刺史贾师顺攻破吐蕃大同军。信安王李祎也乘机攻下石堡城。玄宗听到捷报非常高兴，改称石堡城改称为振武军。

吐蕃衰落后，上表大唐请罪，乞求累世和亲。玄宗开始还不愿答应，后来忠王李浚的属下皇甫惟明献计，说与吐蕃和亲可以平息边患，玄宗才派皇甫惟明和内侍张元方出使吐蕃，并写信给金城公主，让她举全城归附大唐。吐蕃国王弃隶缩赞厚待了唐使，又派使臣悉腊随皇甫惟明等人回朝，奉上降书顺表，进贡财物。于是，大唐和吐番划定边境界限，以赤岭为两国分域，立碑为证。当时是开元二十一年。

第四十五回 李林甫毒计害太子

开元十五年，契丹可汗邵固派可突乾到大唐进贡，同平章事李元纮接待他时态度非常傲慢，可突乾怏怏离开。张说对人说道："可突乾长期主政，深得人心，现在不以礼相待，让他失望而回，恐怕会从此产生怨恨，不肯再来进贡了。"果然，隔了两年，可突乾想背叛大唐，被邵固阻拦，可突乾竟然将邵固杀死，另立屈烈为王，而且胁迫奚部落投降了突厥，背叛大唐。

玄宗派幽州长史、范阳节度使赵含章发兵征讨。不久，又有圣旨封忠王李浚为河北大元帅，御史大夫李朝隐和京兆尹裴伷先为副将，命他们统领十八总管出击奚、契丹。李浚与百官在光顺门会面。张说回来后对同僚道："我看忠王的风姿相貌特别像太宗，这大概是社稷之福吧。"

但是，李浚没有亲自出马，而是派朔方节度使李祎为河北道行军副元帅，和赵含章出塞讨伐，击破了可突乾，收降奚部落，胜利班师。

可突乾收拾残兵败将，又来进犯边境。幽州长史薛楚玉派副总管郭英杰、吴克勤等人，率领一万人马以及所收降的奚部落兵马，同可突乾在都山下交战，奚部落的兵马首鼠两端，四散奔逃，唐军被敌兵乘胜追击，郭英杰、吴克勤战死。

玄宗听到兵败的消息，调张守珪为幽州节度使，命令他征讨契丹。张守珪很有谋略，到幽州后立即操练兵马，防守局势焕然一新，可突乾多次进犯都被击退，于是派使者前来诈降，张守建派王悔去抚慰，王悔来到可突乾的营帐，见他言语放肆，知道他没有诚意，就以假对假，敷衍了一番。

可巧，契丹牙官李过折和可突乾产生矛盾，请王悔密谈，说可突乾已经投靠突厥，要带兵杀王悔。王悔很有口才，劝李过折谋杀可突乾，事成之后必定奏请皇上册封，包管李过折有高官厚禄。李过折大喜，乘夜出兵杀死了可突乾和屈烈王，又杀死可突乾的党羽数十人，然后亲自率领人马归降大唐。

王悔当即上报张守珪，张守珪亲自来到紫蒙州抚慰李过折。李过折呈上了可突乾和屈烈的人头，经张守珪验明后，飞马送到唐朝廷，玄宗封李过折为北平郡王，兼任松漠州都督。

几个月后，可突乾的余党涅礼为可突乾报仇，杀死了李过折以及他的全家。只有李过折的儿子刺乾逃到安东。唐朝延封刺乾为左骁卫将军，又派使臣谴责涅礼。涅礼辩解说："李过折太残暴，众兵士不安，将他杀害，并非我主使。今后我仍然愿意归顺天朝。”玄宗明知涅礼的话是诡辩，但因为不愿兴兵打仗，只好将错就错，任命涅礼为松漠都督。从此，边境又要平静了两三年。

当时，源乾曜、杜过、李元纮等人都已经被罢免了丞相之职，玄宗改任户部侍郎宇文融、兵部侍郎裴光庭为同平章事，召河西节度萧嵩为中书令，统领河西。

宇文融以善于敛财得宠，安排了许多官吏为他搜刮民脂民膏，百姓苦不堪言，宇文融反而扬扬得意。现在他登上相位，就对人说：“只要在这位置上坐几个月，就能保证天下太平、国库充实。”此后，宇文融仗权欺人，嫉贤妒能，横行了两三个月，民间怨声载道。

朔方节度使信安王李祎屡立战功，深得玄宗恩宠。宇文融暗中忌妒，乘李祎上朝，唆使御史李寅弹劾李祎。谁知弹劾的奏章还没上，就泄露了风声，李祎急忙觐见玄宗，抢先奏明了宇文融唆使御史的事情，玄宗半信半疑。到了第二天，弹劾的奏折果然呈上，玄宗不免龙颜大怒，立即贬宇文融为汝州刺史，撤了李寅的官职。不久，国库再度空虚，玄宗又想到宇文融，想把他再次召人朝中，偏偏正好有人状告宇文融贪赃枉法，于是玄宗只好将他流放岩州，宇文融病死在途中。

将军王毛仲，因为讨逆有功，加封霍国公，兼任开府仪同三司。此人平步青云，不免趾高气扬，目空一切，越来越骄横。内侍高力士、杨思勖，是玄宗最宠幸的宦官，王毛仲盛气凌人，根本没把他们放在眼里。高力士等人因此愤愤不平，经常在玄宗面前告状。王毛仲的妻子生了个儿子，玄宗派高力士赐给财物，并且封他儿子一个五品官。王毛仲却傲慢地对高力士道：“我儿子难道不能封个三品官吗？”高力士当即回报玄宗，又添油加醋地说了几句。玄宗大怒，立刻传旨贬王毛仲为瀼州别驾，四个儿子一律罢免官职，贬置到边远地方。王毛仲走到半路，又有圣旨到来，逼他自尽。

从此，宦官势力越来越强盛，高力士、杨思勖权倾朝野内外，时间一长，成了大唐的又一弊端。

同平章事裴光庭病逝，玄宗让中书令萧嵩举荐正直之士。萧嵩引荐了尚书右丞韩休，于是，玄宗封韩休为黄门侍郎，同平章事。谁知道韩休登上相位后，刚正敢言，连萧嵩的过失也屡屡指正，萧嵩很是悔恨。

后来，张说、源乾曜先后病死。韩休和萧嵩因为屡有争议也一并被罢免，不久相继病逝。玄宗任用京兆尹裴耀卿为侍中，知制诰兼工都特郎张九龄为中书令，吏部侍郎李林莆南为礼部尚书，同任中书门下品。裴耀卿和张九龄交情很好，共同主持朝政。只有李林甫阴险狡诈，和裴耀卿、张九龄二人性情不合，李林甫想出许多阴谋诡计，搅乱朝纲。

李林甫是长平肃王李叔良的曾孙，李祐的长子，小名哥奴。他生性狡诈，颇得舅舅姜皎的喜爱。姜皎和源乾曜通婚，源乾曜的儿子源蹭，曾经为李林莆求官司门郎中。源乾曜摇头道：“郎官应该有才有德，哥奴怎么能当郎中？”李林甫又多方运动，竟然当上了国子司业。

宇文融当御史中丞时，提拔李林甫担任刑部、吏部两部的侍郎。待中裴光庭的妻子是武三恩的女儿，李林甫曾经与她有私情。高力士一度经常到裴宅走动。裴光庭死后，妻子武氏索性明目张胆地和李林甫勾搭在一起，又托高力士替他吹嘘，推荐李林甫为丞相。高力士因为丞相职位重大，不容易推荐，特别替李林甫想出一个办法，打通内线，找武惠妃帮忙。

武惠妃图谋皇后不成，就打起了改立太子的主意。寿王李清是武惠妃所生，已经渐渐长大，比其他皇子得宠，有了夺储的迹象。高力士趁这个机会，进言武惠妃，说李林甫愿意辅保寿王，请求惠妃援助。武惠妃正要找一个帮手，于是竭力撺掇玄宗加封李林甫为丞相。玄宗被色所迷，果然提拔李林甫为丞相。李林甫也极力支持武惠妃，暗中观察太子及诸王的过失，以便进谗言。

寿王李清娶杨氏为妃，寿王的妹妹咸宜公主下嫁杨洄。这时候，玄宗下令，让所有的儿子一律改名。太子李嗣谦改名为李瑛，五子李嗣初改名为李瑶，八子李据改名为李琚，寿王李清也改名为李瑁。

太子李瑛和弟弟鄂王李瑶、光王李琚，都因为生母失宠而有所不满。李林甫偶然听到了风声，于是告诉驸马都尉杨洄，让他转告武惠妃。武惠妃乘玄宗进宫，跪下请求退居闲宫。玄宗惊问什么原因，惠妃先哭了半天，然后呜咽着说道："太子暗中勾结党羽，要害我们母子，而且指责陛下。臣妾想太子正位已久，关系到国本，陛下干脆把臣妾废掉，陛下也免得挨骂！"

玄宗听了这话，忍不住拍着桌子道："岂有此理，他本来就不是皇后所生，明天朕就把他废掉。"武惠妃又撺掇道："鄂王和光王也与太子是同党，太子一动，二王恐怕也要有变故，还是把臣妾废了吧。"玄宗更加愤怒："李瑶、李琚竟也这么不肖，应当一并废去。"武惠妃见玄宗已经中计，就连哭带劝，请玄宗息怒，保重身体。这时的玄宗皇帝已经被美色迷惑，哪能得逃得出艳妃的掌心呢？当即扶起惠妃，替她擦干眼泪，又好言安慰一番，当晚留在惠妃的住处。

第二天一上朝，玄宗就跟几位宰相提起废太子和鄂、光二王的事。张九龄强烈抗议，据理力争，玄宗始终默不作声，脸上露出不高兴的神色。散朝后，武惠妃秘密派宫奴牛贵儿跑去张九龄道："有废必有兴，您如果愿意援助寿王，相位就能安稳了。张九龄怒叱道："后宫怎么能参与政事？不要再向我饶舌！"牛贵儿走后，张九龄立即详细转告了玄宗，玄宗这才暂时放下改立太子的事。

武惠妃记恨张九龄，就和李林甫串通一气，内外一起排挤张九龄。玄宗本来因张九龄文雅，大加赏识，现在被宠妃和奸相天天撺掇，不免对他冷淡起来。

平卢讨击使安绿山被张守珪派通去征讨奚、契丹叛党。安禄山冒险进兵，被敌人杀得大败，张守珪奏请斩首，安禄山临刑前却大声喊道："大帅要消灭奚、契丹，为什么要杀壮士呢？"张守珪听了暗暗称奇，于是安禄山押送京城，听候朝廷发落。玄宗亲自审问，一看安禄山相貌堂堂，也不忍将他处死，竟然下诏特赦安禄山。张九龄阻止道："兵败辱国，不能不杀。而且安禄山貌有反相，不杀必定为后患。"玄宗没有同意。

朔方节度使牛仙客多次升官，李林甫有心拉拢，再三向玄宗说他好话，于是玄宗要封牛仙客为尚书。张九龄上谏阻拦道："尚书是古时候的纳言，不宜轻易加封，牛仙客恐怕难以担当重任。”李林甫当面反驳道:“牛仙客有做宰相的才能，何止一个尚书？”玄宗于是加封牛仙客为陇西县公，并委以重任。李林甫又对朝中的谏官道:“如今皇上圣明，大家都乐得顺情说好话，你们多言又能得到什么好处呢？”此后谏官就不大说话了。只有补厥杜琎仍然上疏言事，结果被贬为下邽令，从此言路堵塞。牛仙客本来就由李林甫举荐，当然唯唯诺诺，不敢发言。

监察御史周子谅是张九龄举荐的，见李林甫专政，牛仙客谋私，心里愤愤不平，当即上疏弹劾，明着弹劾牛仙客，暗中批评李林南，措辞非常激烈。玄宗大怒，召入周子谅，下令一顿杖打，然后流放襄州。可怜周子谅身上棍伤累累，途中又受到虐待，不久就被折磨死了。李林甫诬陷张九龄说他举荐的人不但没有才，而且结党营私，于是，玄宗贬张九龄为荆州长史。

张九龄老家在曲江，擅长文学，举止风雅，品行端正，虽然因为直言而被贬，却随遇而安，丝毫没有悲伤的神态。晚年以文史自娱，不谈朝政，终年六十八岁，被追封为荆州大都督，谥号文献公。玄宗虽然信任李林甫，排斥张九龄，但心里仍然念念不忘张九龄，每每任用官员，必定要问左右道:“风度像不像张九龄？”后来，安禄山叛乱，玄宗逃奔四川，更加后悔没听张九龄的话，伤心落相之余便派使臣到曲江祭拜。

李林甫挤走张九龄后，又和驸马都尉杨洄密谋改立太子的事。杨洄于是上奏诬告太子和鄂王、光王，说他们伙同太子妃的哥哥驸马薛锈，阴谋造反。玄宗一查，没有证据，就不再过问。杨洄忙向李林甫问计，李林甫给他出了个诡计，让他转告惠妃。惠妃听后大喜，立即派人去召太子和鄂、光二王，假称宫中有小偷，请求他们立即带领兵士进宫防卫。太子和二王不知道是诈，就带兵进去了。惠妃急忙跑到玄宗那里告状，说太子和二王串通谋反，带兵进宫。玄宗派人去查看，果然跟惠妃说的一样，气得暴跳如雷，立即召李林甫来商量。李林甫淡淡地答道:“这是陛下家事，臣不敢多嘴。”玄宗于是写了道手谕，废李瑛、李瑶、李琚为庶人，流放薛锈到襄州，不久又赐三个儿子自尽。

薛锈娶的是玄宗的女儿唐昌公主，他到了蓝田后也被玄宗赐死，李瑛、李琚既好学，又有才干，这次被害致死，人们都替他们喊冤。李瑛舅舅家赵氏和妃子家薛氏，以及李瑶的舅舅家皇甫氏都被牵连，死了好几十人。只有李瑶的妃子韦氏一家，因为韦妃贤德才免于一死。

梅妃的回忆

李林甫勾结武惠妃，害死太子李瑛和李瑶、李琚二王后，又策划立寿王李瑁为太子。李林甫一再劝玄宗立寿王，玄宗却犹豫不决。

原来，玄宗本不是个昏君，只不过被色所迷，凭着一时怒气，把三个儿子同时赐死，但毕竟是父子骨肉，事后回想起来，不免有些后悔。可巧武惠妃染上大病，满口胡言乱语，说什么三人要前来索命。玄宗听说后，不敢再立寿王，并且找来巫师作法祈福，改葬三个儿子，折腾了好多天始终不见效，甚至有人大白天撞见鬼，吓得宫娥彩女们大呼小叫，人心惶惶。好容易挨到残冬，武惠妃的病越来越重，呻吟了好几天，忽然一阵阴风，武惠妃四肢一挺，这个貌美心凶的妃子终于一命呜呼了。玄宗非常悲伤，用皇后的礼仪厚葬了武惠妃，赐谥号为贞顺皇后。

第二年是开元二十六年，玄宗虽然照常上朝，却总是不开心，吃东西没有味道，睡也睡不香。高力士朝夕侍候，就探问缘由。玄宗叹道：“你是我的老家奴，难道还不知道我的心思吗？”高力士道：“莫非是因为太子还没有定下来吗？”玄宗道：“这确实是一件烦心事。”高力士道：“圣上何必如此费心呢！只要立个长子，谁敢有意见。”玄宗道：“说得好，朕意已决，就这么办！”第二天颁发诏书，立忠王李玙为皇太子，改名为李绍，不久又改名为李亨。

皇太子已定，内廷总算平静了些，不料边塞又起纷争。自从西突厥的突骑施可汗苏禄娶了交河公主后，吐蕃、东突厥也都娶了大唐的女儿为妻。苏禄的妻妾生下几个儿子，都封为叶护，花费一天天地多起来，不免征收许多苛捐杂税，导致部落离心离德。这时，苏禄又得了风瘫，半身不遂，没法再管事。部下大首领莫贺达干、都摩支竟然趁夜攻打苏禄，把他杀死。都摩支立苏禄的儿子吐火仙为可汗。莫贺达干不同意，又和吐火仙打起来，并派使臣联系大唐节度使盖嘉运，请他协助自己一同攻打吐火仙。盖嘉运出兵将吐火仙捉住，并把交河公主带回大唐。玄宗任命交河公主的弟弟阿史那昕为西突厥十姓可汗。

莫贺达干听说后，大怒道：“平定苏禄是我的功劳，怎么能另立阿史那昕呢？”于是，莫贺达干怂恿各部落反叛大唐。玄宗命令盖嘉运再去抚慰，而且封莫贺达干为突骑施可汗。莫贺达干阳奉阴违，等阿史那昕到了塞外，竟然派人把他杀死，自封为十姓可汗。后来，玄宗派安西节度使夫蒙灵察去讨伐，杀死了莫贺达干，西突厥才灭亡，突骑施部也逐渐衰亡。

当时，幽州守将赵堪和白真陀罗假传节度使张守珪的命令，通知平卢节度使乌知义，攻击西突厥的余党。乌知义不肯听从，白真陀罗竟然假传圣旨迫令他出兵，乌知义不得已发兵出击，先胜后败。张守珪袒护乌知义，报喜不报忧。后来，朝廷使臣牛仙童奉命去查看，张守珪只好贿赂牛仙童，归罪于白真陀罗，逼令他自尽。牛仙童回报玄宗，当然替张守珪掩饰，哪知众宦官听说他得了贿赂，自己却没分到油水，一气之下揭发了真相。于是，玄宗处死了牛仙童，又贬张守珪为括州刺史。张守珪身患重病，不久就死掉了，乌知义也被贬官，安禄山被提拔为平卢军使，兼任营州都督，不久，又被升任为平卢节度使。

安禄山本来是营州的外族人，旧姓康，母亲阿史德氏曾经当过女巫，住在突厥部落中，她曾经到轧荦山求子，山上供有战斗神的牌位，祈祷后果然怀孕。孩子出生时，天上有亮光照射，野兽大声鸣叫，阿史德氏认为是得了神灵的保佑，于是给孩子取名为轧荦山。范阳节度使张仁愿曾派人搜他家的帐篷，轧荦山被藏了起来，没有被搜走。不久，轧荦山的父亲病逝，母亲阿史德氏改嫁番兵的头目安延偃。轧荦山也随母亲来到安家，改姓为安，改名禄山。后来，因为部落离散，安禄山母子和安氏的儿子安思顺逃到幽州，投到张守珪手下。安禄山打了败仗后，张守珪并没有杀他，而是把他解送到京师，玄宗赦免了他，仍然让他归张守珪调遣。安禄山对张守珪感恩戴德，格外效力。张守珪于是把他认为养子，并且提拔为副将，此后又引荐他为平卢兵马使。

等到张守珪被贬，御史中丞张利贞巡访河北，安禄山对他百般献媚，大加贿赂，张利贞回朝后盛赞安禄山有才能，玄宗于是多次提拔，竟然官拜一方节度使。李林甫一向不学无术，猜忌朝中有才学的将领，因此劝玄宗重用安禄山。安禄山也暗中勾结李林甫以巩固自己的兵权。玄宗于是内事倚靠李林甫，外事倚靠安禄山，自以为天下太平，可以高枕无忧了。

当时有个异人叫张果，据传是古时候尧帝的大臣，活了几千年，玄宗听说就把他请到宫中，见面后果然一派仙风道骨，很有些异能，牙齿掉了当时就能长出来，和原来的一样。玄宗惊叹不已，要把女儿玉真公主嫁给张果，张果坚决不同意，告辞玄宗回到山中。玄宗封张果为银青光禄大夫，赐号通玄先生，赐彩帛三百匹，童子两人，送他到恒山蒲吾县。据说不久张果就死了，也有人说他是飞升成仙，后世称他为张果老，列入八仙。

张果离开后，玄宗开始迷信神仙，而且说自己梦见了老子，说他的遗像在京城西南一百多里的地方，于是派人去找。果然在一座山里找到了遗像，迎进兴庆宫。参军田同秀也上奏，说老子给他托梦，说曾在尹喜的故宅藏了一个灵符，玄宗又派人去求。派去的人拿着灵符回到京城，文武百官都说灵符代表吉祥，纷纷上表请求改定尊号。

于是，玄宗下诏改年号，称开元三十年为天宝元年，自定尊号为开元天宝圣神文武皇帝，并且建了玄元皇帝新庙，亲自祭拜。玄宗又祭祀太庙、天地，大赦天下，赐文武大臣官阶爵位，改称侍中为左相，中书令为右相，左右丞相改为仆射，东都和北都都称为京，州称为郡，刺史改称为太守。

这时，突厥内乱，朔方节度使王忠嗣趁乱攻克左厢各部落，同时，回纥、葛逻禄部落攻下突厥右厢，一举扫灭了突厥。两下里捷报频传，真是喜上加喜。

原来，突厥的毗伽可汗先前派阿史德进贡大唐，随驾东巡泰山，阿史德得了赏赐便回国了。从此突厥多次派使求婚，唐朝廷一直用拖延的手段敷衍突厥。

后来，毗伽可汗被大臣梅录啜毒死，国人立毗伽可汗的儿子伊然为可汗。伊然继位不久又病死了，他的弟弟骨咄继位，遣使上朝，玄宗册封他为登利可汗。登利可汗年龄还小，他的母亲婆匐干预朝政，和臣子饫斯达干私通，滥杀大臣。登利的叔父判阙特勒进攻婆匐，婆匐逃走，登利被杀，另立登利的三弟，登利的三弟不久又被骨咄叶护所杀，骨咄叶护自封为可汗。回纥、拔悉密、葛逻禄三个部落一同起兵进攻并杀死了骨咄叶护，推荐拔悉密酋长为颉跌伊施可汗。回纥、葛逻禄的酋长自封为左右叶护。突厥的其他部众，立判阙特勒的儿子为乌苏米施为可汗。唐朝廷传旨招降乌苏，乌苏不从，唐节度使王忠嗣奉命前去征讨，并约同拔悉密、回纥、葛逻禄三部落左右夹攻。乌苏走投无路，兵败而死，弟弟白眉特勒继位，号为白眉可汗。王忠嗣又进攻白眉，连破突厥右厢十一部落。不料，拔悉密的颉跌伊施可汗和回纥、葛逻禄三个部落之间又互相产生矛盾。回纥酋长骨力裴罗和葛逻禄部落一起，击毙了颉跌伊施，趁胜攻杀白眉，并把白眉的人头传到唐朝廷。

于是，玄宗册封骨力裴罗为怀仁可汗，怀仁可汗向南占据突厥的故地，在乌德鞬山下发展势力，渐渐强大起来。此后，怀仁可汗又吞并拔悉密、葛逻禄等部落，统领十一个部落，分别设置都督，威震塞北。回纥从此越来越强大。

突厥从后魏建国，到此灭亡。乌苏的儿子葛腊多，默啜的孙子勃德支，以及他们的妻子儿女，先后率众投降大唐。玄宗亲自到花萼楼接见，分别封赏，然后大宴群臣，饮酒赋诗，记录盛况，尽兴而回。

玄宗任命朔方节度使王忠嗣兼任河东节度使，王忠嗣修筑城堡，屯兵买马，从此塞外几千里太平无事。边民都称赞道："张仁愿之后，安边的将帅就要数王忠嗣了。"

玄宗送走张果后，又召进方士李浑上、元翼等人，研究起了长生之术。接着玄宗也捣起鬼来，说是听到神仙说话时，说过"圣寿延长"四个字，于是，玄宗就在宫中筑起道坛，炼起了丹药。李林甫等奸臣上表祝贺，上下互相欺骗，没有一点诚意。

这些术士所进献的丹药，无非是些金石水银，吞服下去，不但不能延年益寿，反而把那一腔欲火勾引起来。玄宗大发淫欲，想物色几个美女寻欢作乐，当即命令高力士出使江南，搜寻美女。高力士沿途考察，也没找着合适的，辗转来到闽中的莆田县，才遇到一个佳丽，急忙带回皇宫。

这位美女名叫江采苹，父亲名叫江仲逊，家里世代行医。江采苹长到九岁就能背诵《二南》，并且对父亲说道："我虽然是女子，也应当以这首诗作为志向。"等到十四五岁，更出落得楚楚动人，而且能诗善赋，一经选入宫中，便深得玄宗宠幸。当时，长安的大内、大明、兴庆三宫以及东都大内、上阳两宫中，佳丽不下几千人，却没有一个人的才貌赶得上江采苹。江采苹从小喜爱梅花，宫中的住处旁边种的全是梅花。玄宗特意取名为"梅亭"，等到梅花盛开的时候，江采苹整夜徘徊在花下，舍不得离去。一边赏花一边吟诗作赋，颇有文采。玄宗因为她喜欢梅花，就戏称她为梅妃。

一天，玄宗召集诸王在梅亭设宴，梅妃也在上座陪侍，酒过三巡，玄宗让梅妃吹起白玉笛，笛声婉转悠扬，诸王齐声赞美。吹完后，玄宗又让她跳起了惊鸿舞，舞姿轻盈优美，仿佛是越国西施，又好像是汉宫的赵飞燕。诸王目眩神迷，赞不绝口。等到梅妃跳完，一头秀发竟然一丝不乱，只是脸上稍稍泛红，粉白相间，酷似一枝梅花，娇艳可爱。

玄宗笑着对诸王道："朕的梅妃乃是梅花成仙，如今为我们吹白玉笛，跳惊鸿舞，岂不是满座生辉吗？"随后命梅妃切橙子给大家醒酒，并且让她挨个儿送给诸王。梅妃一一去送，轮到汉王时，汉王已经有了醉意，起身接橙子时，不觉一脚踢着了梅妃的绣鞋。梅妃大怒，顿时转身回宫。玄宗不知道怎么回事，等了半天也没回来，就派内侍去宣召，回报说梅妃的鞋珠脱落，缝好就来。可一直等到酒席散了，梅妃也没回来。玄宗只好亲自去看梅妃，梅妃那时候已经睡着，听说御驾到来，急忙起身相迎，推托说自己胸腹作痛，因此违命，玄宗也就没放在心上。

汉王因为梅妃中途离席，知道是被自己惹怒了，怕她转告玄宗后，自己会被降罪，便和驸马杨洄商量，求他想办法。杨洄教给他一条密计，汉王大喜，第二天就进宫请罪，直言不讳，说自己酒后失检，实在出于无心。玄宗这才知道梅妃说谎，于是安慰汉王，表明自己的大度。汉王谢恩出去后，杨洄来见玄宗，玄宗对他说起梅妃的事，话语里已经有了不满。杨洄见玄宗烦恼，趁机劝他到温泉宫散心，自己可以伴驾出游，沿途为了讨好玄宗，特意引荐了一个美人儿，玄宗派高力士将她秘密召进宫。

第四十七回 一代佳人杨玉环

高力士奉玄宗之命要召的美人，就是寿王李瑁的妃子杨玉环。杨玉环是弘农华阴人，后来迁居到蒲州永乐县的独头村。父亲名叫杨玄琰，曾经当过蜀州司户。杨玉环幼年丧父，寄养在叔父杨玄珪家里，杨玄珪曾经当过河南府的士曹。

开元二十二年十一月，杨玉环嫁给寿王李瑁为妃。高力士来到寿王府邸，传旨宣召杨妃进宫。寿王李瑁不知道怎么回事，只是父命难违，没办法只好召出杨妃，让她随高力士进宫。杨妃却已经看出了几分，又喜又忧，忧的是要离开丈夫，喜的是能够进宫陪王伴驾，即将大富大贵。于是，杨玉环和寿王告别，乘车来到温泉宫。

玄宗正等得心焦，看见高力士回来复旨，当即命令传杨妃觐见。杨妃轻移莲步来到座前参拜。玄宗赐她平身，命令宫中的婢女将杨妃搀起来。这时已是黄昏时分，宫中烛影摇动，阶下月光明亮，玄宗就在灯月下，仔细打量着杨妃，只见她肌肤丰满，身材匀称，面如桃花，眉目传情，果然倾国倾城。玄宗当即设宴接风，让她侍宴。杨妃不敢怠慢，谢过了恩，坐在玄宗身旁。玄宗问杨妃擅长什么技艺，杨妃回答说懂得点音律，玄宗就命高力士取来玉笛给她吹。

杨妃一吹玉笛，玄宗只觉得清音曼妙，音韵铿锵，似乎比梅妃吹的还要纯熟。听得玄宗一边打拍子一边赞不绝口，又亲手写了一篇《霓裳羽衣曲》教她唱。这首曲子是玄宗登女儿山时有感而作，杨妃看过曲子，立即心领神会，依着曲子唱起来，真是字字清楚，声声宛转，玄宗欣喜若狂，亲自斟了三杯美酒赐给杨妃。杨妃一杯接一杯，连饮连干，喝完后，脸红得像桃花，更加明艳。玄宗又赐给金钗等物品，作为定情信物，杨妃含羞接受。当晚杨妃就留在宫里，与玄宗演了一出鱼水同欢的好戏。

第二天，玄宗命令杨妃自己写一份奏折，请求当女道士，赐号太真。然后玄宗让她住进南宫，改称南宫为太真宫，名为修道，实际上是寻欢作乐。接下来，玄宗又另外册封左卫郎将韦昭训的女儿为寿王李瑁的妃子。寿王李瑁无可奈何，只得接受现实。

杨妃聪明伶俐，善于逢迎皇上的心意，玄宗特别宠爱。玄宗曾对宫人们说道："朕得到杨妃，就像得到珍宝一样，这是朕生平第一大快事。"梅妃见玄宗宠爱杨妃，难免嫉妒，于是两位美人开始争宠，毕竟梅妃柔缓，杨妃狡诈，两人互争胜负，结果是梅妃输杨妃赢。杨妃最后被册封为贵妃，梅妃竟然被打入上阳东宫。

玄宗喜新厌旧，败坏人伦，刚开始还担心大臣反驳，后来见宰相李林甫等人都闭口不提，胆子就大了起来，加封杨妃为贵妃的仪式竟然和册封皇后一样。册封贵妃当天，玄宗又追赠贵妃的父亲杨玄琰为兵部尚书，母亲李氏为陇西郡夫人，叔父杨玄珪提升为光禄卿，堂兄杨铦提拔为殿中少监，堂弟杨锜成为驸马都尉，娶了皇上的女儿太华公主。太华公主是武惠妃所生，因为母亲从前得宠，所以公主出嫁时嫁妆非常奢华，玄宗还特意在皇宫旁边赐给了一座府第。

杨贵妃还有一个远亲叫杨钊，他本来是张易之的儿子，张易之被诛杀后，妻子改嫁杨家，他也随母亲过去，成了杨家的儿子。杨钊长大后，不学无术，家里人都瞧不起他，只好到四川去从军，后来当了个都尉。杨玄琰在四川病故，杨钊就近往来，名义上是照顾后事，暗中竟然和杨玄琰的二女儿通奸。杨玄琰有几个女儿，大女儿嫁给崔氏，二女儿嫁给裴氏，三女儿嫁给柳氏，杨玉环是最小的。姐妹几个都有姿色，二女儿守寡，就和杨钊私通。杨玉环得宠后，怀念三个姐姐，就求玄宗把她们迎进京城，并赐给府第。因为杨钊只是远亲，而且他本来就不是杨家的血脉，因此就没理他。

杨钊任满后，因穷困潦倒回不了老家，多亏剑南采访支使鲜于仲通经常给他些钱，鲜于仲通还向剑南节度使章仇兼琼推荐杨钊。章仇兼琼正在考虑李林甫专权，自己难保官位，想要依附杨氏，可巧鲜于仲通向他推荐杨钊，于是乐得顺水推舟，派杨钊到京城献上春季贡品，并给了他很多蜀地特产，作为礼物。

杨钊大喜，昼夜兼程赶到长安，把所带的蜀地特产分给了杨家几个姐妹，说是章仇公所给的。杨玄琰的二女儿家赠送最多，而且杨钊趁机留住在她家，重叙旧情。杨氏姐妹于是一齐赞美章仇兼琼，并在玄宗面前说杨钊善“樗蒱”（一种棋类游戏）。玄宗于是召见杨钊。杨钊长得一表人才，言辞也很机敏，奏对时颇会讨好玄宗，玄宗于是在宫中给他安排了一个职位，后来又改任他为金吾兵曹参军，章仇兼琼也很快被封为户部尚书。章仇兼琼掌管户部后，每每遇到杨氏姐妹取用国库财物，无不立即答应，就是各地所献的奇珍异宝也都献给杨贵妃，让她先挑选使用。岭南经略使张九章和广陵长史王翼都因为所献的珍宝特别精美，讨得杨贵妃的欢心。张九章升为三品官，王翼升为户部侍郎。

一天，玄宗来到翠华西阁，偶然看见梅枝憔悴的样子，心中不禁想起梅妃，就让高力士到上阳宫去宣召梅妃。梅妃骑着马前来，玄宗见她面庞清瘦，早就动了怜香惜玉的念头。梅妃下拜时，玄宗连忙亲自扶住，想说几句好话安慰安慰她，却又不知道说什么。还是梅妃先开口道：“贱妾有罪，没想到今天还有机会见到皇上。”玄宗说道：“朕从来没有忘记你，只是爱妃最近有些消瘦了。”梅妃含泪说道：“过去的一切都过去了，叫人怎么能不瘦呢？”玄宗道：“虽然消瘦，却更显得清雅了。”梅妃道：“还是肥的比较好啊！”玄宗微笑道：“各有各的好处。”随即让宫女斟酒，和梅妃同饮，当晚二人就重温旧梦，睡在了一起。

天亮后，二人还在熟睡，忽然听见声响，玄宗大怒，问道：“什么人敢来胡闹？”话还没说完，外面就听见娇声回答道：“天早亮了，皇上怎么还不去上早朝？”玄宗听见是杨贵妃的声音，不由得大吃一惊，连忙披衣起来。看见梅妃也醒了，就连忙替她披上衣服，和衣抱进账后，让她暂时躲避一下。杨贵妃进来后，看见玄宗坐在床上，便盛气凌人地责问道："陛下到底贪恋什么人，到现在还不上早朝？"玄宗道："朕…朕有点不舒服，正在这里静睡养养神。"杨贵妃冷笑道："陛下何必戏弄臣妾，臣妾早就知道陛下爱恋那梅妖精，因此到现在还不起床。"玄宗道："她…她要是被朕爱恋，又怎么会打入冷宫呢？"杨贵妃道："藕断丝连，如果真不是她，就请陛下现在就把她召过来，让她和臣妾一起去洗温泉，我这就让内侍把她传来。"玄宗无话可说。

杨贵妃又发现了一双女人的花鞋，问玄宗是什么东西，玄宗更难回答，慌乱中怀中又掉下一朵珠花，不禁脸也涨得通红。问急了，玄宗索性倒下身子装睡，闭着眼睛不说话。杨贵妃催逼得越来越厉害，玄宗终于忍不住气恼道："今天我有些不舒服不能上朝了，难道你还不知道吗？"杨贵妃索性把手中的珠花扔给玄宗，转身出去了。

正巧陇右节度使皇甫惟明上朝报捷，玄宗慰劳一番，退朝后又来到杨贵妃宫中。贵妃竟然不出来迎接，直到玄宗进来，才起身行礼，并且冷言冷语地说道："陛下怎么不去上阳宫？"玄宗不等她说完，就打断她道："贵妃就不要再说这件事了！"杨贵妃撒娇道："臣妾情愿退出宫外，让梅妖精住在这里得皇上的宠爱。"玄宗再三安慰，没想到杨贵妃更加唠唠叨叨，而且连哭带骂，闹个无休无止，终于触怒龙颜，玄宗下令让高力士把杨贵妃送到她堂兄杨铦的府中。

杨铦正退朝回家吃饭，突然听说姐姐贵妃回来了，吃了一惊。问高力士怎么回事，高力士把缘由讲了一遍，杨铦皱着眉头问道："我这个妹子生来就这样不懂事，现在触犯了龙颜，今后怎么办呢？"高力士微笑着说道："离离合合也是人生的常事，只要有人出力，一定可以改变。"杨铦听出他话中的寓意，就托他想办法，一再哀求，差点儿要跪下去。高力士连忙答应道："我看圣上很宠爱杨贵妃，这时候只不过是一时气恼，叫我送回来，一两天后，心回意转了，再由我从中说几句好话，一定让他们破镜重圆，不要担心！"杨铦大喜道："仰仗！仰仗！"杨锜、杨钊等人听到消息后，都捏了一把冷汗，前来探望。等到杨铦和他们说明情况，他们都想埋怨贵妃，偏偏贵妃这时早已哭得像个泪人儿一样，也不便再说什么。

杨贵妃这一夜，真是又悔又恨，无心安睡。玄宗也闷坐在宫中，比杨贵妃还要懊怅，真是举止失常，饮食无味。内侍们在旁边供奉，并没犯错，偏偏事事不合皇上的心意，动不动就受到鞭笞。到了夜深人静的时候，玄宗还在那里骂东骂西，骂个不停。一直到鸡都打鸣了，玄宗还不愿睡觉。高力士在旁边侍候，趁机问是不是把贵妃接回来，玄宗于是下令让高力士去迎接贵妃回宫。

玄宗眼巴巴地等着，一看见贵妃进来，正是一日不见，如隔三秋，心中高兴异常。贵妃哭着下拜谢罪，玄宗也自己承认错误。午后，玄宗召来梨园弟子演戏庆祝，并且传来贵妃的三个姐姐一起观看。玄宗称三个姐姐为姨，一边看戏一边端详，杨贵妃的三个姐姐差不多都和贵妃一样漂亮。特别是二姨不施脂粉，天然美艳，更觉得胜人一筹。戏演到很晚才停，玄宗留三个大姨子宴饮。玄宗上坐，杨家姐妹分坐两旁。五人开怀畅饮，酒过三巡，全都有些放肆起来。玄宗目不转睛地瞧着二姨，二姨也暗送秋波，故意卖弄风骚，而且言语也渐渐地不检点了。玄宗恨不得立即把她抱到怀里，一亲芳泽，只因还有其他人在场，才勉强抑制。好容易喝到深夜，三个大姨子才拜谢离去。玄宗拉着杨贵妃就寝，当晚比平时更加恩爱缠绵。

第二天玄宗下诏，封大姨子为韩国夫人，封二姨子为虢国夫人，三姨子为秦国夫人。此后这三位夫人并承恩泽，出入皇宫，权势越来越显赫。杨铦、杨锜也越来越受到恩宠，当时人们称他们为“五杨”。

“五杨”的府中，四面八方的贿赂接连不断。文武百官如果有所请求，只要得到五杨的引荐没有不如意的。五杨的府第并排盖在宣阳里，楼台殿阁林立，好像皇宫一般。每建一所杨府，花费全都不计其数。虢国夫人尤其奢靡浪费，新建府第时仅仅一个中堂的工钱就花费了大约两百万贯。工匠们要求赏赐，虢国夫人当时就赏给五百匹好布，工匠们还嫌少，可见她家花费多少奢侈了。

杨钊很会讨好玄宗，担任国库保管期间理财有术，深得玄宗恩宠，而且多次上奏国库充实，古今罕见。玄宗曾经率领群臣去看，果然金银财宝堆积如山，当即赐给杨钊紫衣金鱼。杨钊又请求为张易之兄弟平反，玄宗竟然也同意，并下诏书道：“张易之兄弟迎接庐陵王有功，应当恢复官爵，子孙世袭爵位。”杨钊又因为名字中暗含有“金刀”两个字，恐怕冲撞了大唐的禁忌，于是请求改名字，玄宗赐名杨国忠，并加封为御史大夫，兼任京兆府尹，一时间荣华富贵和杨铦、杨锜相同。五杨之中又添一杨，当时京城中有歌谣唱道：“生男勿喜女勿悲，生女也可壮门楣。”正是诸杨的真实写照。

唐朝廷和吐蕃关系一度紧张，吐蕃又多次进犯，皇甫惟明调任陇右以后，连连击败吐蕃将领莽布支的军队，先后歼敌数以万计，于是到京师报捷。皇甫惟明觐见玄宗好几次，秘密弹劾李林甫弄权误国，应当罢免治罪。哪知玄宗正信任李林甫，无论怎么弹劾，玄宗一概不信。宦官高力士劝玄宗抑制李林甫，不要让他掌握大权，也险些儿遭到玄宗降罪，最后高力士叩头认罪，才得以幸免。

当时牛仙客已经逝世，刑部尚书李适之升任左丞相，兼任兵部尚书。驸马张洎是张说的二儿子，娶了玄宗的女儿宁亲公主为妻，担任兵部侍郎。李林甫因为这两个人升官不是由自己推荐，未免忌恨。二人凭自己的本事升官，也不愿意巴结李林甫，时间一长，几乎和李林甫成了仇敌。李林甫指使手下人揭发兵部铨曹罪案，逮捕六十多人，命令司法官吉温和罗希奭等人严刑拷打，炼成冤狱，判了重刑，当时号称为“罗钳吉网”，六十多人无一幸免。李适之身在刑部，此案过后他的面上很挂不住，越发和李林甫不和。

租庸转运使韦坚升任刑部尚书，御史中丞杨慎矜兼任租庸转运使。韦坚是李适之的同党，杨慎矜是李林甫的同党。皇甫惟明本来是太子的老朋友，和韦坚往来密切，李林甫就此设下阴谋，暗地里让杨慎矜上疏诬告，说皇甫惟明和韦坚要立太子为皇帝。玄宗信以为真，就派李林甫安排人查办此案。李林甫仍然派杨慎矜等人担任主审官。杨慎矜颠倒黑白，一概判了重罪。玄宗顾及太子，不想大兴冤狱，只是贬韦坚为缙云太守，贬皇甫惟明为播州太守，亲戚朋友被牵连的有几十人。韦坚是太子妃的大哥，太子害怕韦坚一案会牵连自己，于是上表请求和太子妃离婚。玄宗没有理会，太子妃这才得以保全。

李适之虽然没有被株连，但知道自己丞相的位子不稳固，便上书辞官，玄宗下诏贬李适之为太子少保，不再干预政事。后来，将作少匠韦兰和兵部员外郎韦芝，都为哥哥韦坚喊冤。李林甫上奏玄宗，挑起皇上的怒气，玄宗竟然将韦兰、韦芝二人贬谪到岭南，再贬韦坚为江夏别驾，不久又流放到临封，李适之也被贬为宜春太守。

一波未平，一波又起。左骁卫兵曹柳勣诬告赞善大夫杜有邻，说他结交东宫太子，指责玄宗。李林甫奉旨查办，派京兆司法官吉温审理此案。柳勣本来是杜有邻的女婿，可他生性狂放，喜欢结交名士，曾经和淄川太守裴敦复关系亲密。裴敦复又向北海太守李邕推荐柳勣，李邕于是也和柳勣结交。柳勣因为老丈人升官，进京探亲，但是老丈人杜有邻看不惯柳勣的狂傲，经常白眼对待，以致柳勣怀恨在心，竟然无端诬告。

司法官吉温是个杀人不眨眼的人物，干脆把翁婿二人一股脑儿定罪，打死在狱中，妻子和儿女全都流放远方。李林甫顺藤摸瓜，又派罗希奭去查处李邕和裴敦复。罗希奭不分青红皂白，胡乱用刑，将这二人先后拷打致死，并派人密报李林甫，说已经了结了李邕和裴敦复。李林甫更加凶恶，当即奏请玄宗，赐皇甫惟明和韦坚等人自尽。李适之料到自己难以幸免，喝药自杀。连玄宗的旧臣王琚，也因为和李邕交往密切而被牵连进去，由邺郡太守贬为江华司马，后来竟活活被罗希奭逼死。

李林甫担心王忠嗣当丞相，也设法陷害。先说他阻挠军计，接着说他密谋兴兵，想要拥立太子为帝。昏聩糊涂的唐玄宗竟然召王忠嗣进京，命令三法司审讯。王忠嗣的部将哥舒翰随同进京，上殿鸣冤，情愿用自己的官爵赎王忠嗣的罪。玄宗还不相信，坚持要将王忠嗣押进狱中，急得哥舒翰连忙磕头，声泪俱下，最后玄宗也被感动。但最后，玄宗还是被李林甫一伙人迷惑，贬王忠嗣为汉阳太守。

最可悲的是杨慎矜，他先前依附李林甫，害死了韦坚等人，然后升任户部侍郎。后来，杨慎矜渐渐被李林甫所嫉妒，李林甫怂恿中丞王鉷密奏一本，说杨慎矜是隋炀帝的后裔，和术士史敬忠勾结，妄图运用巫术恢复祖业。一个大逆不道的罪名就这样加在了杨慎矜的身上，杨慎矜兄弟二人一同被治罪，妻子儿女被流放边疆。

玄宗认为李林甫是个大忠臣，把天下的岁贡，全部赏赐给李林甫。于是，李林甫更加专横跋扈，内事勾结杨国忠，外事委任安禄山，一定要把大唐江山葬送在他们两人手中。

第四十八回 不安好心的安禄山

李林甫勾结杨国忠和安禄山，一是因为杨贵妃得宠，不得不拉拢杨国忠为后援，二是因为安禄山善于巴结，不能不替他吹嘘。

安禄山出任平庐节度使，又兼任范阳节度使，权力越来越大，而且他为了邀功，屡次出兵侵扰奚、契丹。契丹的首领已经换成了李怀秀，奚的首领也换了李延宠，这两位首领都愿意归附大唐朝廷，并没有进犯。玄宗封李怀秀为松漠都督，封崇顺王，并且把外孙女静乐公主嫁给了李怀秀。李延宠也被封为怀信王兼饶乐都督，娶了玄宗的外甥女宜芳公主。这两位首领自从安禄山屡次侵扰，激成仇恨，于是他们都把大唐的公主杀死，然后背叛朝廷。安禄山于是出兵数万分别征讨奚、契丹，侥幸打了胜仗，赶走了二李，回京告捷。玄宗当即改封别酋楷洛为恭仁王，代管松漠都督府，封婆固为晤信王，代管饶乐都督府。奚、契丹总算平定下来。

安禄山回朝，玄宗召见，大加慰劳。安禄山上奏道："臣生长在塞外，承蒙皇上恩典，不胜荣幸，只有以身许国，才能回报皇恩。"玄宗大喜道："爱卿能以身报国就足够了！"当时太子就在玄宗旁边，玄宗让他和安禄山相见，安禄山却故意不拜。殿前侍监等人当即喝问道："大胆安禄山，见了殿下为什么不拜？"安禄山假装吃惊道："殿下是谁？"玄宗微微沉脸道："殿下就是皇太子。"安禄山又问："臣不识朝廷礼仪，皇太子究竟是什么官？"玄宗道："朕百年后，会将皇帝之位托付给他，所以叫作太子。"安禄山这才谢罪道："愚臣只知道有陛下，不知道有皇太子，罪该万死。"说完才向太子下拜。玄宗认为他淳朴，反而大加赞美。等安禄山退下后，随即下诏封安禄山为御史大夫。安禄山见玄宗中计，便不待召命，随时觐见。玄宗从不拒绝，每次见他必定多方询问。安禄山只是装出一种憨厚的样子，回答有时可爱，有时令人发笑。

安禄山身材魁梧，膀大腰圆，出入后宫久了，竟然和杨贵妃勾搭在一起。玄宗蒙在鼓里，还加封他为东平郡王兼任河北道采访处置使，出巡边关。安禄山没法推辞，只得离开京城，回到藩镇。他心中惦念着杨贵妃，不愿离开京城，便假意招奚、契丹各部落酋长赴宴，暗地里用蒙汗药酒把他们灌醉，杀死了好几十人，然后假装要将他们的首级献给玄宗，请求入朝报功。

玄宗被他欺骗，命令官员给他在京城建筑豪宅，预备他回京居住，而且命令建筑时只求壮丽，不计财力。安禄山到了戏水，杨氏兄弟姐妹全都去迎接，场面蔚为壮观，玄宗也亲自来到望春宫等着安禄山。安禄山觐见的时候，玄宗又再三褒奖，并让他坐在身边。安禄山献上俘虏上千人，玄宗全部赦免，充作安禄山的差役，并且让杨氏兄弟领着安禄山来到新府第，里面器具物品一应俱全，而且多半是金银制成，极其奢华。

安禄山乔迁新居，摆酒大宴文武群臣，又特别请玄宗降旨请宰相来赴宴。玄宗当即亲手下诏书给李林甫等官员，命令他们都去祝贺。李林甫当时正手握大权，群臣都不敢和他相抗，只有安禄山正在得宠，就想和李林甫平起平坐。李林甫假装和他喝酒取乐，但话语中却冷嘲热讽，往往一针见血，安禄山非常惊讶，从此不敢向李林甫自夸，所以李林甫来赴宴的时候，安禄山格外高待。李林甫也恃宠无所畏忌，没有陷害安禄山。

玄宗每天安排杨家兄弟姐妹陪同安禄山，浏览京城名胜，然后饮酒看戏。安禄山享尽了风光，却还不太如意。原来他这次回朝，无非为了杨贵妃一个人，所以私下里向杨贵妃进献了许多珍宝，百般献媚。杨贵妃也经常有厚赐回报，于是，这两人两情相悦，如胶似漆。此前，玄宗称呼安禄山为禄儿，杨贵妃和安禄山曾是假母子，后来竟然成了真夫妻。

一天，宫中为安禄山庆祝生日，玄宗和杨贵妃都赏赐了许多金银财宝。三天后，杨贵妃召安禄山进宫，用锦绣做了个大床单，裹着禄儿，让宫人抬着在宫里游行，宫人们边抬边笑，笑成一片。玄宗问是怎么回事，左右都说是杨贵妃在给儿子举行洗礼。玄宗亲自去看，也不禁好笑，当即赐给杨贵妃洗儿的金银钱，并且厚赏了安禄山。当晚小宴，玄宗和杨贵妃并排而坐，让安禄山在左侧陪饮，尽欢而散。

从此，安禄山出入皇宫，毫无禁忌，有时和杨贵妃对饮，有时和杨贵妃同榻而眠，通宵不出来，流言传得满城风雨，可是玄宗却并不过问。这是什么原因呢？难道玄宗一点也看不出来吗？原来这其中也有一段隐情。原来，玄宗早就看上了虢国夫人，想要召幸，只因杨贵妃防范太严，一时无从下手。这次安禄山回朝，杨贵妃整天和禄儿嬉戏，也没心思详察了，玄宗就趁机召进虢国夫人，和她行起了鱼水之欢。虢国夫人水性杨花，乐得仰承雨露，杜甫曾经作诗讽刺道："虢国夫人承主恩，平明骑马入宫门。却嫌脂粉污颜色，淡扫蛾眉朝至尊。"

安禄山和杨贵妃鬼混了一年多，安禄山甚至把杨贵妃的前胸和乳房抓伤。杨贵妃因为怕玄宗看破，于是做出一个胸罩，罩在胸前。宫中不知道真相，反而以为她不肯露乳，于是纷纷效仿。安禄山也有些害怕起来，不敢时常进宫了。

户部郎中吉温辗转依附安禄山，二人结为兄弟，吉温曾私下对安禄山说道："李丞相虽然表面和大哥亲近，但却总不肯举荐您为丞相。如果大哥向皇上推荐我，我必当上奏，恳请皇上让大哥担当丞相，你我再趁机排挤掉李林甫。"安禄山听完大喜，依计行事。

玄宗也有心加封安禄山为丞相，只是因为安禄山是个武夫，不便当丞相，只好命他再兼任河东节度使。安禄山又推荐吉温为副使，并举荐大理司直张通儒为判官，一同赴任。回到藩镇，安禄山把吉温和张通儒视为心腹，委以军事重任，部将孙孝哲是契丹人，裁缝手艺很出色，安禄山身躯庞大，只有孙孝哲缝的衣服才合身。安禄山提拔他为副将。其他的，像史思明、安守忠、李归仁、蔡希德、牛廷玠、向润容、李廷望、崔乾祐、尹子奇、何千年、武令珣、能元皓、能音耐、田承嗣、田乾真、阿史那承庆等人都是安禄山手下的将校，以骁勇闻名。孔目官严庄、掌书记高尚都有些才学，也做了安禄山的参谋。因此，安禄山部下文武俱备，竟然起了谋反的心思。严庄和高尚还装神弄鬼，援引图谶，怂恿安禄山作乱。

安禄山在奚、契丹投降的人马中，精选了壮士八千多人作为亲军。胡人一向称壮士为曳落河，号称一人可抵挡百人，英勇无比。安禄山打算先出兵攻打奚和契丹，立威扬名，然后再向南进攻。当下，安禄山调集三镇兵马，共得六万大军，用两千奚部落的骑兵作为向导，杀出平卢。不料途中遇到大雨，弓弩筋胶全部脱落。那些奚部落的骑兵全部叛逃，并且暗中和契丹兵联合，反过来袭击安禄山。安禄山猝不及防，被杀得七零八落，只率麾下二十多名骑兵逃进师州，才保住性命。

安禄山收集残兵败将，再次出塞，发誓洗雪前耻，安禄山并且上奏请调朔方节度副使李献忠共同出击奚和契丹。李献忠是突厥人，原名阿布思，突厥灭亡后投降大唐。玄宗以礼相待，赐名李献忠，接连升官至朔方节度副使。李献忠很有谋略，不肯听安禄山调遣。此次安禄山调他北征，明明是公报私仇，李献忠担心被安禄山所害，就又恢复本名阿布思，叛变大唐回归漠北。安禄山按兵不动，后来听说阿布思被回纥打败，就去诱降阿布思的余兵，兵力更加强大。阿布思逃到葛逻禄部落，被葛逻禄叶护押送到京师，伏法被杀。玄宗将功劳归在安禄山头上，传旨嘉奖。

安禄山感念皇恩，不忍心马上反叛，再加上李林甫过于狡猾，也不敢轻易发难。可巧李林甫和杨国忠产生矛盾，结果李林甫失宠，竟然忧郁成疾，卧床不起，于是，朝中格局大变，竟然激出安禄山的叛乱来了。

先是李林甫在和杨国忠较量时渐处下风，后来云南蛮王反叛，剑南节度使鲜于仲通多次讨伐失败。杨国忠念及以前的恩情，替鲜于仲通辩护。李林甫趁机上奏，请求派杨国忠出兵剑南。杨国忠只会赌博，要让他出兵打仗，却全然没有经验，他哭着向玄宗辞行，说李林甫明明是在害他。玄宗就安慰他，让他暂时应付一下，回来就封他为宰相。

李林甫当时已经得病，听说玄宗要封杨国忠当宰相，更加烦闷，病情也越来越重。玄宗派人去探望，回报说已经病危，玄宗急忙调杨国忠回京。杨国忠星夜兼程地赶回来，刚一回到京城就来到李林甫家问候。李林甫流着眼泪道："林甫如今要死了，杨公你必然会升任为宰相，朝中大事就托付给你了。"几天后，李林甫就逝世了。

李林甫当宰相十九年，其间嫉贤妒能，大兴冤狱，杜绝言路，口蜜腹剑，玄宗反而引为左膀右臂，自己深居宫中，贪恋声色，政事全部委托给李林甫，姚崇、宋璟以后的将相，从来没有这么专宠。但姚宋、宋璟、张嘉贞、张说、李元纮、杜暹、韩休、张九龄等各位宰相都各有所长，到了李林甫专政的时候，却一无所长，只知道结党营私，导致天下大乱。

继任杨国忠才能更不如李林甫，骄纵蛮横倒和李林甫相似。凡是李林甫所引用的人全部换掉，而且暗中勾结安禄山，安排阿布思部落的降众诬告李林甫，说李林甫生前曾和阿布思串通谋反。后来，经玄宗派人查问，李林甫的女婿谏议大夫杨齐宣害怕被连累，就做了伪证，炼成冤狱。于是，玄宗下令削去李林甫的官爵，用平民礼法改葬，并把他的子孙全部流放到岭南、黔中，亲戚朋友被牵连的共五十多人。从此，杨国忠的威势越来越强盛，横行霸道，满朝文武无不战战兢兢。

玄宗又改称吏部为文部，兵部为武部，刑部为宪部。杨国忠官拜右丞相兼任文部尚书，选人时不管贤与不贤，仅凭关系远近任免。和自己亲昵的人，必然调任美缺，和自己疏远的人，就委任闲职。官吏全部依附，门庭若市。有人劝陕郡进士张彖道："你为什么不去拜见杨右相，好求个富贵呢？"张彖道："你们以为杨右相像泰山，我看其实是一座冰山。等日头一出，冰山立即就倒，恐怕你们就要失去依靠了。"于是，张彖出京进了嵩山，隐居终身。

杨国忠调鲜于仲通进京，封为京兆尹，鲜于仲通为杨国忠歌功颂德，并刻成石碑。玄宗修改了几个字，鲜于仲通又用黄金填补，说得杨国忠功德盖世，无与伦比。玄宗以为又得到一位贤相，仍然不问朝政，专门在宫中抱着杨贵妃姐妹淫乐，杨贵妃自从安禄山回到藩镇，只好一心一意地献媚侍奉玄宗，惹得玄宗更加恩爱。杨贵妃要什么玄宗便给她什么，杨贵妃爱吃荔枝，可荔枝产自岭南，距离长安有几千里，玄宗特意命人飞马送来，几天就能到达，而且色味不变。

梅妃好几年见不到玄宗，在南宫独自伤感，郁郁寡欢，忽然听说岭南有使者到了，还以为是来送梅花的，后来问宫人，才知道是献荔枝给杨贵妃的，更觉得气恼，整天感叹。后来一想，宫中的太监中，只有高力士权势最大，此时已经升任骠骑大将军，深得玄宗宠信，自己要想再得到皇上的宠爱，只有靠此人才能办到，于是让宫人请来高力士，问道："将军一直侍奉皇上，可知皇上的心意中，还记得有个江采苹吗？"高力士回答道："皇上并不是不记得您，只因碍着杨贵妃的面子不便宣召而已。"

梅妃道："我记得汉武帝时，陈皇后被废，曾经出千金送给司马相如，让他作《长门赋》献给皇上，才重新被召回。现在我只有请您代写一篇《长门赋》送给皇上，或许能挽回皇上的心意。"高力士担心得罪杨贵妃，不敢答应，只推说梅妃文采飞扬，不妨自己写。梅妃长叹几声，提笔写了一篇《楼东赋》，高力士不便推却，只好悄悄地呈给玄宗。赋云：

玉槛尘生，凤奁香殄。懒蝉鬓之巧梳，闲缕衣之轻缘，苦寂寞于蕙宫，但凝思乎兰殿。信漂落之梅花，隔长门而不见。况乃花心飏恨，柳眼弄愁，煖风习习，春鸟啾啾，楼上黄昏兮，听风吹而回首，碧云日暮兮，对素月而凝眸。温泉不到，忆拾翠之旧游；长门深闭，嗟青鸾之信修。忆太液清波，水光荡浮，笙歌赏宴，陪从宸旒，奏舞鸾之妙曲，乘画鹢之仙舟。君情缱绻，深叙绸缪，誓山海而常在，似日月而无休。奈何嫉色庸庸，妒气冲冲，夺我之爱幸，斥我乎幽宫。思旧欢之莫得，想梦著乎朦胧。度花朝与月夕，羞懒对乎春风。欲相如之奏赋，奈世才之不工；属愁吟之未尽，已响动乎疏钟。空长叹而掩袂，踌躇步于楼东。

玄宗看完，想起旧情，也觉黯然神伤，于是拿出一斛珍珠，派高力士转赐梅妃。梅妃不要，又写了一首七言绝句，托高力士带回，再呈给玄宗。玄宗打开一看，只见上面写着：

柳叶双眉久不描，残妆和泪污红销，长门自是无梳洗，何必珍珠慰寂寥。

你侬我侬长生殿

玄宗正在读梅妃的诗句，冷不防有人进来，一把从玄宗的手里夺去。玄宗抬头一看，原来是杨贵妃。杨贵妃从头到尾看了一遍，又扔回给玄宗。忽然又看见桌子上有一张纸，纸上写着一篇《楼东赋》，于是从头到尾看了一遍，不禁大怒道："这个梅妖精，竟敢作这种怨词，诬陷臣妾就算了，居然还敢诽谤圣上，该当何罪？应该立即赐死！"

玄宗默不作声。杨贵妃再三要求，玄宗只得说道："她是因为无聊，写诗解闷，你就不要和她计较了。"杨贵妃道："陛下要是不忘旧情，何不再把她召进西阁，与她私会？"玄宗见杨贵妃提及过去的事，有点气恼，但因为对她宠爱惯了，没办法只好忍住性子，任她絮聒了一番。杨贵妃无可奈何，心里却非常不高兴，从此早晚侍奉时动不动就讽刺几句，玄宗也不理她，只是装聋作哑。

一天，杨贵妃出言苛责，玄宗听了，借着几分酒性，勃然大怒道："你连日来出言不逊，难道朕不敢撵你吗？"杨贵妃也不示弱，大声说道："尽管撵，尽管撵！"逼得玄宗无路可退，于是派内侍张韬光，把杨贵妃送到杨国忠府中。

杨国忠这下子着了急，不知道怎么办。正好吉温进来禀报军务，杨国忠就和他商量，吉温说自己愿意找机会向玄宗进言。于是，吉温来到便殿，等奏完了边关的战事，又从容说道："我听说陛下刚刚赶走了杨贵妃，臣以为不合适。贵妃不过是一个妇人，没什么见识，违抗圣意，罪该万死。但既然蒙陛下宠爱，就应该让她死在宫中，何必让她在宫外受辱呢！"玄宗听了点了点头。

退朝回宫后，玄宗让张韬光赐给贵妃一桌酒菜。杨贵妃哭道："臣妾罪该万死，蒙圣上厚恩，从宽处置，我一再违背圣上旨意，应该立即处死以谢圣上。臣妾除了肌肤和头发外，都是皇上所赐，只好剪下一缕头发聊报皇恩。"说完自己剪掉一绺黑发，交给张韬光，并且哭着说："请替我带话给圣上，就让这绺头发作为我们诀别的信物吧！"张韬光随即回宫交旨。

玄宗正在孤独苦闷，想要再召梅妃来陪侍，正赶上梅妃有病来不了，因此更加抑郁。等张韬光回来禀报，玄宗瞧着这一绺青丝，乌黑发亮，不禁牵动了旧情，当即命令高力士召回杨贵妃。杨贵妃不化妆进宫，跪在地上，一句话也不说，只是不停地哭泣。玄宗非常不忍，亲手将她扶起，并唤来侍女为她梳洗更衣，重新设宴，两人又重新恩爱起来。

从此以后，玄宗对杨贵妃更加宠幸，并且多次和杨贵妃到华清宫游玩，洗温泉浴。温泉在骊山脚下，玄宗命人环山建造宫殿，集灵台、朝元阁、及飞霜、九龙、长生、明珠等宫殿，全都是规模宏伟，气势辉煌。

转瞬间到了七夕，京城一带的百姓都会在院子里摆上瓜果，焚香祷告，称为乞巧。杨贵妃想巩固自己的地位，特别请玄宗来到长生殿，效仿乞巧的民俗。玄宗欣然同意，等到月上半空，命人摆好香案和贡品，点燃蜡烛。贵妃倚着玄宗，低声说道："今晚牛郎织女渡河相会，真是一番风流韵事。"

玄宗道："双星相会，一年只有一度，比不上朕和妃子，能够天天相聚啊。"说到这里，贵妃眼眶一红，扑簌簌落下泪来，玄宗很惊讶，忙问她是因为什么事伤感。杨贵妃回答道："臣妾想牛郎织女，虽然一年只相会一次，却是天长地久，只怕臣妾和陛下不能像他们那样长久。"玄宗道："朕与爱妃活着同床共寝，死后合葬一处，怎么会不长久呢？"杨贵妃边擦泪边说道："臣妾记得汉武帝时，陈皇后被废，孤苦伶仃，臣妾一想起这段历史就会痛心。"玄宗又道："朕不会三心二意，爱妃如果不信，朕可以对着双星发誓。"贵妃听完看了看左右，玄宗就命令宫女内侍暂时回避，然后拉着杨贵妃的手，来到香案前，拱手作揖道："双星在上，我李隆基和杨玉环情深义重，愿生生世世永为夫妇。"贵妃也道："愿如皇上所言，如果违背盟约，双星作证，不得善终。"然后撤去香案，回宫就寝，这一夜的巫山云雨，更加缠绵悱恻。

玄宗擅长诗词，乘着避暑的余闲写了许多诗词，吟咏风花雪月，粉饰太平。乐工李龟年歌声优美动听，经常进宫唱歌。大诗人李白此时也被封为翰林院大学士，深得玄宗的喜爱。

李白本来是唐朝的皇族，字太白。他的祖上曾经做过隋朝的官，因为受到株连被流放到西域，唐朝时回到四川。李白出生时，他的母亲梦见太白星，于是起名为太白。李白十岁就熟读诗书，然后长期隐居在岷山，不愿做官，后来和孔巢父、韩准、裴政、张叔明、陶沔五个人住进徂徕山，共称为"竹溪六逸"。南阳隐士吴筠和李白结为诗酒之交。吴筠被召进京城，李白也跟着进京。礼部侍郎兼集贤学士贺知章，发现李白的诗词，叹为诗仙，于是向玄宗推荐李白。玄宗召见李白，谈起世事，李白呈上一篇奏颂，玄宗大喜，立即赐给酒食，还亲自为他斟酒布菜。

后来，玄宗将他封为翰林院大学士，并准许他随时进宫。李白嗜酒如命，成天泡在酒馆痛饮。李龟年往往到处寻找，才能找到他。李白见玄宗时烂醉如泥，玄宗也不怪罪。李白曾经做了首《清平调》，诗中写景抒情，赞叹杨贵妃的美貌，又把杨贵妃比作赵飞燕，深得玄宗和杨贵妃的赞赏。此后，李白名声大振。

一次，渤海地区呈上一封外国书信，上面的文字，满朝大臣谁也不认识，只有李白一目了然，诵读如流。玄宗很高兴，立即命令李白也用外国文字写一封诏书。李白想奚落一下杨国忠和高力士，就请求玄宗让杨国忠为他磨墨，高力士为他脱靴。玄宗笑着答应，于是召进杨国忠和高力士，一个给他磨墨，一个帮他脱靴。杨国忠是当朝宰相，高力士是大内将军，怎么能忍受这种侮辱？只因为玄宗下旨，不便违抗，只能忍气吞声。李白非常高兴，很快就写好诏书，让外国使者带回去。玄宗赐给李白金帛，李白却不接受，但是请求可以在长安城中随处痛饮，不加禁止。玄宗于是下诏光禄寺，每天送美酒几缸给李白，由他到处去游览，饮酒赋诗，只是杨国忠和高力士始终对这件事耿耿于怀。

高力士找了个机会，劝杨贵妃废去《清平调》，杨贵妃道："李太白的才华当代无双，为什么要把他的诗废去呢？"高力士冷笑着说道："他用赵飞燕来比喻娘娘，试想赵飞燕当年都干了些什么事？他李白敢援引比拟，究竟是什么意思？"贵妃被他一问，也觉得不好意思，沉着脸不说话。原来玄宗也听说过赵飞燕的传说，知道成帝因为飞燕身轻不胜风，为其修筑"七宝避风台"的事，曾经逗杨贵妃道："我的爱妃就不怕风，怎么吹都没事。"

杨贵妃知道玄宗有意讥讽，心里难免介意。现在李白以飞燕和自己相比，杨贵妃本来很高兴，但是没想到被高力士说破，杨贵妃暗想当年赵飞燕私通燕赤凤的事，正和自己私通安禄山相似，于是怀疑李白有意讽刺，不由得转喜为怒。从此，杨贵妃多次在玄宗面前说李白纵酒狂歌，有失人臣的礼数。玄宗虽然非常喜爱李白，但无奈贵妃讨厌，也只好和他疏远，不再召进皇宫。李白也知道自己被小人陷害，就恳求回老家。玄宗当即答应，又赐给他许多金银。李白从此浪迹四方，游山玩水去了。

而这时的杨国忠揽权得势，骄奢无比，就连杨家的家奴都仗势欺人，在京城横行霸道。元宵节晚上，玄宗的女儿广宁公主和驸马都尉程昌裔一起骑着马去看灯。杨家的家奴们也骑着马游行，来到西市门，人流像潮水一般拥挤不堪，公主的家人在前面开路，行人纷纷避让，只有杨家家奴拦着路，不肯退后。

双方争执不下，杨家家奴竟然挥鞭乱打，差点儿打到公主的脸。公主向旁边一闪，从马上跌落。程昌裔慌忙下马扶起公主，那杨家的家奴不分好歹，又抽了驸马几鞭子。公主立即进宫找玄宗哭诉，玄宗虽然命令处死了杨家的家奴，但也责备程昌裔不该晚上出游，并因此把他免了官。

杨家人仗着地位显赫，毫不收敛。虢国夫人一直和杨国忠私通，二人趁着府第相连，日夜往来，荒淫无度。而且，二人入宫觐见时，必定兄妹并马同行，仆人侍女前呼后拥，毫不遮掩，被世人称作"雄狐"。

杨国忠的儿子杨暄参加科举考试，他不学无术，根本不能及格，礼部侍郎达奚珣害怕杨国忠的权势，先派儿子达奚抚向杨国忠请示怎么办。杨国忠发怒道："我儿子要想富贵，还用你们考试吗？"然后骑着马扬长而去。达奚抚连忙报告父亲达奚珣，达奚珣更加害怕，竟然把杨暄评为上等，不久就提拔为户部侍郎。

这时候，关中连遭水旱灾害，百姓闹起了饥荒。玄宗看到阴雨连绵，便担心起百姓的庄稼来。杨国忠却派人取来健壮的禾苗进献玄宗，说天虽然下了很长时间的雨，庄稼却没受什么损害，玄宗竟然信以为真。偏偏扶风太守房琯上报灾情，杨国忠派御史勘查，回报说房琯实属诬奏，玄宗下旨谴责一番。于是群臣全都闭嘴，不敢再谈论灾情。

玄宗曾经问高力士："大雨不停地下，难道是政事有失误吗？爱卿有话尽管直说。"高力士回答道："陛下把大权全都交给宰相，杨国忠赏罚无章，阴阳失度，怎么能不导致天灾呢？说实话的大臣反而遭祸，谁还敢再说话呀？"玄宗大为震惊，但最终为了杨贵妃，不敢罢免杨国忠的丞相之职，杨国忠从此更加骄横。

安禄山身兼三镇节度使，没把杨国忠放在眼里。杨国忠于是和他产生了矛盾，说安禄山权势太盛，必定成为国家的祸患，玄宗没有听他的。

陇右节度使哥舒翰，以前和安禄山一同入朝，安禄山是胡人，哥舒翰是突厥人，两个人言语不和，闹起了意见。后来哥舒翰出击获胜，收还九曲部落，杨国忠于是替哥舒翰请功，请旨加封哥舒翰为西平郡王，兼任河西节度使。杨国忠的用心显然是要和哥舒翰联络，一齐对付大肚子的胡人安禄山。

杨国忠得到哥舒翰的协助，多次上奏说安禄山必反，玄宗仍然不信。杨国忠道："陛下如果不相信臣的话，可以试着派使臣征召安禄山，看他会不会马上就来？"玄宗于是召安禄山进京。没想到安禄山一接到圣旨就立即赶来，完全出乎杨国忠的意料，于是玄宗更加不相信杨国忠的话。

安禄山到长安后，正碰上玄宗到了华清宫，于是又来到行宫朝见，并且哭着对玄宗说道："臣是个胡人，目不识丁，陛下多次提拔，以致被右丞相杨国忠所妒嫉，臣恐怕死无葬身之地了。"玄宗安慰道："有朕替你做主，爱卿不用担心。"等安禄山退下后，玄宗有意加封他为同平章事，让太常卿张洎起草诏书。杨国忠听到消息后，连忙阻止道："安禄山目不识丁，虽然有军功，怎么能升为宰相呢？此诏书一旦传下，臣担心别国将会轻视我大唐朝廷啊。"玄宗这才改封安禄山为尚书左仆射，加封千户侯。

安禄山没当成宰相，听说是被杨国忠阻止，心里更加怨恨，于是请求回到藩镇，并且请求封自己为闲厩群牧等使，封吉温为副使，玄宗一一答应。禄山得寸进尺，又上奏说属下将士先前出征奚、契丹，战功卓著，应当破格封赏，自己打算封将军五百多人，中郎将两千多人，这些请求玄宗全部答应，安禄山就告辞，要回范阳。

玄宗亲自到望春亭为他摆宴饯行，并特赠御酒三杯赐给安禄山。安禄山跪着喝完御酒，叩头道谢。玄宗道："西北之地，就委托爱卿去镇守，不要有负朕的期望！"安禄山当即回答道："臣蒙皇上厚恩，正想报答，只要臣在边关一天，就会死守边关一天，绝不让皇上担忧。"玄宗大喜，亲自解下自己的衣服，披在安禄山的身上。安禄山又惊又喜，慌忙谢恩离去。

回到藩镇后，安禄山对众将道："我这次进京非常危险，今天能脱险回来实在是万幸。可笑那杨国忠成天想杀我，却始终不能损我一丝毫发，我命在天，他杨国忠能把我怎么样？"部将们齐声道贺。于是安禄山大摆宴席，犒赏勇士，精选良马，日夜经营，不遗余力。那深居皇宫的玄宗皇帝，还以为他忠心耿耿，丝毫也不怀疑。

安禄山又派副将何千年上奏，请求用蕃将三十二人代替汉将，玄宗依旧照办。同平章事韦见素刚刚被杨国忠推荐参政，听到消息后，连忙来到杨国忠的府中，对杨国忠说道："安禄山早就有异心，如今又有这种请求，很明显是要谋反了。"

杨国忠跺着脚说道："我早就料到这家伙一定会反，无奈皇上不听我的，说了好多次都没用，怎么办呢？"韦见素道："只有再去进谏了！"杨国忠点了点头，于是两人约好第二天上朝同时上谏。

第二天早晨，上朝时，韦见素刚一开口，玄宗就问道："你们是在怀疑安禄山吗？"韦见素于是极言安禄山谋反，迹象已经显露无遗，安禄山的请求万万不能答应，玄宗却全然不理。杨国忠料到不能阻止，索性不再劝了。退朝后，杨国忠对韦见素说道："我早就说了这是没用的。"

韦见素想了想说道："有了！有了！安禄山离京时，高力士曾经奉命去送行，返回时禀告皇上，说安禄山因为没当成宰相，心里很不痛快。依我之见，与其让安禄山在外，掌握兵权，不如召安禄山回京，给他个虚职，然后让贾循镇守河东，吕知诲镇守平卢，杨光翙镇守范阳，削减他的势力，安禄山就不用担忧了。"

杨国忠听了鼓掌说好，于是二人联名上奏，得到了玄宗的批准，下令起草诏书。

没想到诏书写好后，玄宗没有发出去，只是派遣使臣辅璆琳，带着珍果赐给安禄山，吩咐他暗中观察安禄山有没有反叛的动向。璆琳得了安禄山厚赂，回报说安禄山忠心报国，毫无二心。玄宗于是对杨国忠道："朕早就知道安禄山不会谋反，所以以诚相待，你们却要怀疑他。从今天开始，安禄山的事由朕作保证，你们就不要多虑了。"杨国忠只得退下，韦见素的秘计也只好搁置不提了。玄宗以为天下太平，可以高枕无忧了，更加纵情声色。

第五十回 安史之乱

不久，杨国忠升任司空。长子杨暄娶了延和郡主，官拜银青光禄大夫、太常卿兼户部侍郎，三儿子杨朏娶玄宗的女儿万春公主为妻，杨贵妃的堂弟秘书少监杨鉴，也娶了承荣郡主。杨氏一门，共计有一位贵妃，两位公主，三位郡主，三位夫人，真是贵盛无比，势力空前。

玄宗又加赠杨玄琰为太尉齐国公，加封杨玄琰的妻子李氏为梁国夫人，还在京城中特地修建杨氏家庙，由玄宗亲笔题写碑文，并刻在石碑上。杨玄珪升任工部尚书，韩国夫人的外孙女崔氏嫁给太子的大儿子李豫为妃，虢国夫人的儿子裴徽娶了太子的女儿延光公主为妻，秦国夫人的儿子柳潭则娶了太子的女儿和政公主，柳潭的哥哥柳澄的儿子娶了长清公主。崔、裴、柳三家都和皇帝家联为姻亲，真是一人得道，鸡犬升天。

后来，秦国夫人和杨铦先后死掉，杨国忠就成了杨氏家族的代表人物。所有军国大事，玄宗都交给杨国忠裁决，自己从不过问，成天和杨贵妃及韩、虢二位夫人声色犬马，吃喝玩乐。

一天，玄宗正和杨贵妃一起吃饭，蓬莱宫中的园丁献上一百五十多颗柑橘，其中有两颗长成了合体，玄宗见了很惊喜，就对杨贵妃说道："这柑树是从江陵引进来的，味道甘甜可口，在蓬莱宫中种植，只生成了几株，一向只开花不结果，今年却结了这么多，并且结了这个合欢果，岂不是奇事？"杨贵妃接过合欢果玩赏，玄宗又说道："大概草木也懂得人心，知道朕和爱妃同心一体，所以结出这个合欢果，这是一个吉祥的征兆，应该你我二人一同吃掉。"随即吩咐左右取出小刀，亲自剖开，一半给贵妃，一半自己吃，此外的一百多颗赐给了文武大臣。杨国忠立即上表祝贺，玄宗更加高兴，不但命画工画下合欢柑橘图，留作纪念，还亲自来到勤政楼，大宴文武群臣，并演起大戏让百姓观看，俨然有与民同乐的意思。

当时，京城中有个王大娘，擅长跳一种长竿舞。头顶一根百尺长的竹竿，竿上放一个大木山，再让一个小孩子即兴唱歌。王大娘来回舞着长竿，正好和小孩子的歌声节奏相和。

玄宗拍手称赏，随即命令左右宣召刘晏登楼。刘晏字士安，曹州人氏，从小聪明过人，八岁就在玄宗的行宫献上颂歌，玄宗视为神童，封他为秘书省正字，如今年方十岁，也在楼下看戏，一听到皇上召见立即上楼。

玄宗让他即兴题诗，贵妃插口道："不如就以王大娘戴竿为题。"刘晏应声说道："楼前百戏竞争新，唯有长竿妙入神。谁谓绮罗翻有力，犹自嫌轻更着人。"贵妃笑道："出口成章，不愧神童。”接着，把刘晏抱在膝上为他梳理头发。玄宗握着他的手问道：“朕封你为正字，你究竟修正多少文字了？”刘晏随即答道：“别的字都修正了，只有一个“朋”字还没修正。”玄宗连声称赞，又赐给刘宴牙笏和锦袍，并且当面夸奖道：“这孩子将来必定成才，不必依靠别人。”刘晏叩头拜谢。

玄宗又传李供奉来吹笛子，李供奉就是李謩。他本是吹笛子的能手，因为听说玄宗擅长创作新曲，曾经在华清宫外，偷听曲声，然后将新曲演奏得惟妙惟肖。

有一次，玄宗和高力士一起微服出玩游玩，听到李謩吹笛子，腔调和宫中一模一样，非常惊诧。于是命令高力士挨户查访，得知李謩下落后，立即召他进见，封他为宫内供奉。李謩悉心研究，技艺更有长进，所以玄宗命他登楼吹奏。果然，笛声一响，回环转变，响遏行云。接着，玄宗又让李龟年吹觱篥、张野狐拍箜篌、雷海青拨弄铁拨、贺怀智敲檀板，他们都是乐工中的名角，各有擅长。杨贵妃也兴高采烈，击磬为他们打节奏。玄宗还敲了几通羯鼓算做收场，大家散去，玄宗才回宫。

玄宗晚年，越来越贪图享乐，除了饮酒歌舞之外，不是下棋就是掷骰子，变着法儿消遣。一天，玄宗和兄弟下棋，稍不留神误下了几个棋子，眼看着就要输棋。杨贵妃正在旁边看棋，非常着急，恰好怀里抱着一只白狗，便把狗扔到棋盘上，小狗霎时把棋子爬乱，玄宗不觉大喜，心里特别感激杨贵妃。过了几天，玄宗和杨贵妃掷骰子，杨贵妃已经占上风了，玄宗只有掷出两个四点才能转败为胜。玄宗一边掷，一边连喊“双四”，那骰子转动了半天才停下。玄宗一看，果然是两个四点，高兴得大笑道：“朕的技术如何？”贵妃自然说了好多奉承话。玄宗又回过头对高力士说道：“这两个四点太可心了，应当赐给他们红色。”高力士领旨，就把骰子的四点都用胭脂染成了红色，今天骰子上的四点是红色，就是从唐玄宗开始的。

据说，玄宗掷成双四时，架上的白鹦鹉也连声喝彩。等玄宗走后，杨贵妃忽然向鹦鹉：“雪衣女！你也知道凑热闹吗？”原来这只白鹦鹉产自广南，被安禄山得到后又转献宫中。杨贵妃爱如至宝，称它为雪衣女。自从这只鹦鹉进宫后，经杨贵妃精心教导，不但学会了说话，而且特别善解人意。听到杨贵妃问话，就开口答道：“雪衣女得皇上、娘娘恩宠已经有一年多了，今天还能侍奉皇上、娘娘，将来恐怕就不能了。”贵妃忙问怎么回事？它说它做了个噩梦，梦见被老鹰抓走。杨贵妃道：“梦中的事不能当真，你如果心里不安，我就教你念诵多心经，可以转祸为福。”鹦鹉回答道：“谢娘娘大恩！”杨贵妃就教鹦鹉念多心经。鹦鹉随听随学，杨贵妃念了十多遍，鹦鹉居然也能念诵了。此后杨贵妃每天早起，都要让鹦鹉念经，稍有错误就给它纠正，鹦鹉念得非常纯熟。

大约过了两三个月，玄宗和杨贵妃在后宫闲游，带鹦鹉随辇同行。鹦鹉站在车驾上面，突然飞来一只大鹰袭击鹦鹉，鹦鹉连喊救命，侍从慌忙救护，大鹰虽然飞走了，但鹦鹉已经受伤，过了半天就死掉了。杨贵妃非常伤心，好像死的是自已女儿一样，玄宗也大为叹惜，命人把鹦鹉埋葬在后花园中里，特地修了个坟墓，称为鹦鹉冢。后来，杨贵妃闲着没事就思念鹦鹉，往往暗中落泪，两腮发红，越发娇艳可爱。宫里的侍女却故意模仿，用红粉搽抹两颊，称为泪妆。

杨贵妃有肺渴的毛病，嘴里常含着玉鱼儿，温凉润喉。一天杨贵妃突然牙痛，连玉鱼儿也含不住了，只好闷闷不乐地坐在窗前。玄宗看见她痛苦的样子就安慰道："朕恨不能为妃子分担痛苦啊！"后人传杨贵妃的韵事，除了醉酒出浴以外，还有一幅《病齿图》留传世间，曾有名士在上面题字："华清宫，一齿痛；马嵬坡，一身痛；渔阳鼙鼓动地来，天下痛。"真是说得沉痛。

天宝十四年六月，玄宗和杨贵妃到华清宫避暑。秋天回宫时，安禄山上表献马，一共献上三千匹，每匹配马夫两人，并且派蕃将二十二人护送。玄宗正打算批准，忽然接到河南尹达奚珣的密奏，说安禄山包藏祸心，不可不防。

于是，玄宗派使臣冯神威带着手谕，去召安禄山，说："献马的事宜在冬天进行。十月间爱卿可以来京，朕在华清宫特地修建温泉，给爱卿洗尘。"安禄山接到诏书，竟然不下拜，只是问了句："圣上好吗？"冯神威答了一个"好"字。安禄山又道："马不许献也不要紧，十月时我自然回京，何必再来召我！"说完就吩咐左右带着冯神威去馆舍，不再接见。过了几天就打发冯神威回京，也没有复表。冯神威回来见到玄宗道："臣差点儿见不到皇上了。"玄宗还似信非信。

其实，安禄山早就有谋反之意，只不过还有一些天良，想到皇恩不薄，打算从长计议。但是经不住右相杨国忠多次激怒，安禄山把谋反的事提前了。杨国忠先是剪除安禄山的羽翼，把安禄山的副节度使吉温贬为澧阳长史，又命令京兆尹围捕安禄山的老朋友李超等人，一并处死。

安禄山的儿子安庆宗，娶了玄宗的女儿荣义郡主，留在京师，每逢杨国忠有什么举动，都要密报安禄山。安禄山忍无可忍，就在天宝十四年十一月，暗中和严庄、高尚、阿史那承庆等人密谋，假称接到密旨，让他回朝讨伐杨国忠。诸将没有人敢提出异议，于是安禄山大阅兵马，调集本部及奚、契丹兵共十五万人，浩浩荡荡南下。

这时的玄宗还没有一点防备，仍然亲自来到华清宫，命令修建温泉，等着安禄山到来，好为他洗尘，杨贵妃当然随同前往。

一天，玄宗正和杨贵妃喝酒，忽然见杨国忠踉踉跄跄跑进来说道："安禄山反了！请陛下火速派兵，讨伐反贼。"玄宗大惊道："有这种事吗？恐怕是谣言吧！"杨国忠回答道："河北的郡县都已经投降了贼人，北京留守杨光翽已经被他骗去，还能说他没反吗？"玄宗沉吟着不说话。

杨贵妃在旁边插嘴道："陛下对安禄山这样好，就像父子一样，他要是恃宠生骄，行为放肆，说不定还有可能。至于造反这件事，臣妾想他未必敢做。他的儿子安庆宗还留在京城，他要是造反，难道连儿子都不管了吗？"玄宗随口也答道："我也怀疑是谣传，或者是有人妒忌安禄山，故意诬陷他。"杨国忠见他们一唱一和，气得脸色发青。玄宗让他出去打探消息，他这才退出。

又过了一天，太原守官详细上报了安禄山造反的情况。杨国忠又从内侍辅璆琳那里搜到了安禄山的逆书，书中写明要辅璆琳作内应，上报给玄宗。玄宗这才相信安禄山是真反了，就和杨国忠商议讨伐的事。杨国忠振振有词，夸口道："臣早就料到他必反，但谋反的只有一个安禄山，将士们未必愿意。臣料他不出十天半月，就会兵败身死。"玄宗听了转忧为喜，下令杨国忠拘住辅璆琳，查实后乱棍打死，一面又派使者到东都和河东招募勇士。

当时天下太平已久，百姓根本没有战争准备，突然听说安禄山叛乱，都很害怕。安禄山带兵渡过黄河，所到之处守军全部瓦解，警报连连送达行宫，玄宗也开始害怕了。正巧安西节度使封常清上朝，玄宗当即召见，询问讨贼方略。封常清口出狂言："如今天下太平得太久了，所以听到叛乱都很害怕。只是天下事有顺有逆，战争的形势也会有变化。臣愿意走马东都，打开府库，招募勇士，渡过黄河，取逆贼首级献给陛下。"玄宗大喜，立即封他为平阳、平卢节度使，招兵东征。封常清立即辞行，来到东都洛阳，招募到六万兵马，在河阳桥堵截叛军。

安禄山的大军来到博陵，杀死北京留守杨光翙，又命令田承嗣、安忠志、张孝忠为前锋，直指藁城。

常山太守颜杲卿不能抵挡，就和长史袁履谦出城投敌。安禄山赐颜杲卿金银紫袍，仍然派他镇守常山。颜杲卿表面上接受命令，暗中却修整兵马，为讨贼作准备，还派使者告知堂弟颜真卿合兵接应。颜真卿是颜师古的五世从孙，和颜杲卿是本家兄弟，当时正任平原太守。颜真卿接到大哥的书信后，立即修城筑壕，招募壮丁，充实仓库，立志讨贼。安禄山认为他不过是个白面书生，就没放在心上，只是写了封信给颜真卿，让他招兵防守江津。

颜真卿派司兵李平绕小道，拿着安禄山的反信上奏玄宗。此前，玄宗听说河北的郡县都已经投降叛贼，曾经长叹道："二十四郡，竟然没有一个义士吗？"直到李平来京上奏，玄宗才大喜道："朕不认识颜真卿，却只有他为国效忠啊！"于是，玄宗让李平回报颜真卿，只要讨贼立功，朝廷必有厚赏。

玄宗带着杨贵妃还朝后，斩了安禄山的儿子安庆宗，赐荣义郡主自尽。召朔方节度使安思顺为户部尚书，加封朔方右厢兵马使兼九原太守郭子仪为朔方节度使，加封右羽林大将军王承业为太原府尹，特地设置河南节度使，统领陈留等十三个郡，又任命卫尉卿张介然上任，封程千里为潞州长史，各郡县都设置防御使。

然后，玄宗加封第六个儿子荣王李琬为元帅，左金吾大将军高仙芝为副将，统领大军东征，又在京师征兵十一万，称为天武军，其实都是些乌合之众，不堪一击。高仙芝带领五万人从京师出发，玄宗任令宦官边令诚监军，驻扎在陕州。

安禄山渡过黄河南行，攻陷灵昌郡，进逼陈留郡。河南节度使张介然刚到陈留，安禄山已经率兵赶到，陈留太守郭纳竟然开城投降。剩下一个赤手空拳的张介然，无法抵挡安禄山，只好束手就擒，被叛军杀害。

这时，安禄山才听说儿子安庆宗被杀，不禁痛哭道："我有什么罪？竟然杀了我的儿子。"于是，安禄山把陈留投降的兵卒全部杀光，发泄怨恨，然后带兵进攻荥阳，太守崔无诐率领众人抵抗，结果被安禄山攻破城池，死伤无数。安禄山又率军来到武牢，和封常清对垒。封常清的手下，全是刚招募的新兵，没有经过训练，哪些抵挡得住安禄山的精兵呢？一阵厮杀，顿时败下阵来，封常清逃回东都洛阳。叛军追到洛阳城下，将洛阳城四面包围，封常清出战又败，只能退守城内，却又被叛军的骑兵闯了进来，巷战又败了，只好夺路逃走。

河南府尹达奚珣投降了安禄山，留守李憕及御史中丞卢弈、采访判官蒋清都被安禄山抓获。卢弈斥责安禄山忘恩负义，安禄山大怒，命左右把他们三人杀死，然后派部将段子光拿着他们三人的人头告知河北各郡，并进兵攻打陕州。

封常清逃到陕州，会合高仙芝，对高仙芝说道："贼兵势力太盛，锐不可当，我连日血战都被杀败，看来这里也保不住了，不如退守潼关，也许还能保全长安。"高仙芝听信了封常清的话，连忙赶到潼关，坚守不出。

安禄山命令部将崔乾祐进攻陕州，自己驻扎在洛阳，准备称帝，又任命党羽张通晤为睢阳太守，继续向东进犯。各郡县官员大多投降或望风逃走，只有吴王李祗把守东平，和济南太守李随率兵抗贼。单父尉贾贲奉吴王李祗的命令，招集军民，诱杀了张通晤，山东一带才稍稍安宁了一些。

玄宗封李祗为灵昌太守，兼任河南都知兵马使，又加封第十三个儿子颍王李璬为剑南节度使，第十六个儿子永王李璘为山南节度使。两位王子暂时都不出京城，只派江陵长史源洧和蜀郡长史崔圆代行职权。

玄宗下诏准备御驾亲征，让太子监国。杨国忠大吃一惊，连忙找韩、虢二位夫人商议道："太子一向恨我们杨家，一旦他监国主事，我们兄妹就都危在旦夕了，这可怎么办呢？"虢国夫人吓坏了："不如告诉贵妃，让他留住皇上，不让他亲征，只有这样才能保万全。"杨国忠道："快去快去！"虢国夫人于是邀上韩国夫人，一同进宫告诉杨贵妃。杨贵妃赶紧跑到玄宗面前叩首哭泣，玄宗吃惊地问怎么回事？贵妃流着泪说道："打仗这么危险，陛下为什么一定要冒这个险呢？臣妾受恩深重，怎么忍心您远离呢？只是身为妇人，不能随驾出征，情愿死在这里，回报陛下的大恩。"说完，伏在地上放声大哭。玄宗看到这阵势，亲征的念头又动摇了。

第五十一回 杨贵妃命丧马嵬坡

玄宗因为杨贵妃苦苦哀求，竟然被她打动，打消了亲征的念头。正好监军宦官边令诚从潼关回来，奏称封常清虚张贼人的声势，动摇军心，高仙芝丢弃陕州数百里土地，并且偷减军士的粮食。玄宗顿时大怒，当即命令边令诚带着圣旨回到军中，就地处斩了封常清、高仙芝二人。封常清、高仙芝二人死后，边令诚派将军李承光暂时代理军政。

过了几天，前陇右兼河西节度使哥舒翰，被封为兵马副元帅，统领六万兵马来到潼关。哥舒翰本来是在京城养病，玄宗想借他的威名，而且听说他和安禄山不和，因此特意派他领兵出征，又封御史中丞田良邱为行军司马，起居郎萧昕为判官，蕃将火拔归仁等人也都率部随行。

哥舒翰的病还没有痊愈，不能管事，就把全部军务委托给田良邱。田良邱不敢决断，只好派李承光管辖步兵，王思礼管辖骑兵。两人之间常有矛盾，军令往往不统一，再加上哥舒翰治军太严，对待手下缺少恩德，因此潼关的二十万官兵基本上没什么斗志了。

此时，安禄山留在东都洛阳，自封为大燕皇帝，改年号为圣武，任用达奚珣为侍中，张通儒为中书令，高尚、严庄为中书侍郎，分兵四路出击，威胁黄河南北各郡县。

与此同时，平阳太守颜真卿活捉了安禄山的部将段子光，斩首示众，士气大振。颜杲卿却遭遇贼兵偷袭，急忙派使者去太原求援。太原府尹王承业按兵不动，颜杲卿孤军奋战了几个昼夜，最终被贼兵攻陷。颜杲卿和长史袁履谦与贼兵展开巷战，最后相继被擒，由史思明解送到洛阳。

安禄山气愤地责备颜杲卿，说道："你以前只是个小小的范阳功曹，是我推荐你当了判官，不到几年时间，你的官职超过了太守，我有什么地方对不住你，你居然敢反我？"颜杲卿怒目骂道："你本来只是营州一个放羊的奴才，天子提拔你为三道节度使，恩宠无比，又有什么事对不住你，你居然敢造反？我们颜家世世代代是大唐的臣子，官位都是大唐给的，岂能因为是你推荐的，就要跟着你造反吗？今天我为国讨贼，不幸被擒，恨不能生吃你肉，要杀便杀，不必多言。"

安禄山大怒，命令将颜杲卿、袁履谦等人绑在柱子上一并处死。这二人骂不绝口，最终舌头被割掉，大腿骨被砍断，直骂到最后一口气才慷慨就义。颜氏一家三十多人全部被害。

史思明攻克常山后，继续带兵进攻其他各郡，这些郡县全都望风投降，再次被贼人占有。只有饶阳太守卢全诚始终不肯投降，他登城固守，被史思明围困。

朔方节度使郭子仪刚刚收复云中和马邑，唐朝廷又命令他进攻东都洛阳，讨伐贼寇。郭子仪上表推荐兵马使李光弼，说他有将才，可以独当一面，朝廷于是下诏封李光弼为河东节度使。郭子仪分朔方兵马一万人给李光弼，李光弼领兵出发，进攻常山。

这时，常山已经被史思明攻陷，留下部将安思义据守。安思义听说李光弼到来，急忙召集团练兵三千人和手下的番兵，上城防御。李光弼射书招降，被团练兵得到，团练兵竟然把安思义捉住，送到李光弼军前。李光弼问安思义道："你知道自己会死吗？"安思义不回答。李光弼又说道："你久经沙场，就你看，我此次出兵，能打败史思明吗？如果你是我，你会采取什么计策？如果你的计策可取，我一定不杀你。"

史思义说道："你们大军远道而来必然疲弊，主动出击恐怕讨不到便宜，不如按兵据守。胡人兵马虽然精锐，却不够稳重，一旦不能速胜，必须心浮气躁。那时再战，就不怕不胜了。"李光弼大喜，亲自为安思义解开绳子，当即移军入城。安思义又进言道："史思明如今在饶阳，离这里不过二百里，昨晚我已经给他去信紧急求援，料想他必定前来救援，您应赶紧准备，免得吃亏。"

李光弼马上把弓弩手分为两队，一千人在城上，一千人在城下待命。天还没亮，外边突然鼓角声起，继而喊杀声震天，史思明带着精兵两万人直抵城下。李光弼率五千步兵打开东门出战，敌兵来势凶猛，战斗相当激烈。突然城上一声鼓响，万箭齐发，射死许多贼兵。李光弼又命令城下待命的弓弩手分成四队，从东门冲出，接连放箭，箭头像飞蝗一样。史思明虽然凶悍，到这时也难免惊慌，带兵退去。不久，又有村民告诉李光弼，说有五千贼兵从饶阳来到九门进犯。李光弼当即派遣步骑兵各两千人，偃旗息鼓，悄无声息地掩杀过去，把贼兵杀得一个不留。

史思明退入九门，分兵去拦截常山的粮道。郭子仪亲自带兵去增援李光弼，二人合兵进攻史思明。史思明开城出战，结果大败，贼兵四散而逃。贼将李立节中箭毙命，蔡希德逃走，史思明知道自己无法支撑，带着残兵败将逃到赵郡去了。

郭子仪和李光弼带兵一直追到赵郡，史思明不敢抵挡，又逃到博陵。博陵城池坚固，史思明坚守不出，郭子仪和李光弼久攻不下，只好收兵回营。贼将蔡希德和牛廷玠来增援史思明，史思明再次出兵袭击唐军。

郭子仪等人刚到恒阳，立足不稳，一直坚守不战。史思明驻军时间一长，兵马疲倦，退守嘉山。哪知，郭子仪和李光弼分左右两翼杀来，一时间堵截不住，贼兵纷纷败走，唐军大杀一阵，斩首四万多人，捕获一千多人，就连史思明也中箭落马，披头散发，光着脚匆匆逃走，仍然退守博陵。

唐军声势大振，河北十几个郡都杀了贼兵守将，请求投降。此时，真源县令张巡也攻克了雍邱，击退贼将令狐潮。平原太守颜真卿，当时正任河北采访使，进兵魏郡，击败贼将袁知泰。北海太守贺兰进明和颜真卿合兵，攻克信郡。颍川太守来瑱先后杀敌无数，被贼兵称为"来嚼铁"。高祖之孙嗣虢王李巨改任河南节度使，也带兵化解了饶阳之围。

平卢贼将刘客奴等人写信给颜真卿，说愿意献出范阳赎罪。颜真卿派判官贾载援助他们衣服和粮食，并让自己的儿子作人质，然后上报朝廷，朝廷封刘客奴为平卢节度使，赐名刘正臣。

安禄山听到各处的警报，惊惶得不得了，便招来高尚和严庄责问道："你们都建议我造反，说什么有万全之策，如今前军被阻在潼关不能前进，北边都丢了，退又退不得，还说你们有万全之策吗？"高、严二人无言可答，羞愧退下，好几天都不好意思来拜见。正巧田乾真从潼关退回，劝禄山道："自古帝王创立功业，都有胜有负，怎么可能轻易成功？高尚和严庄都是辅佐的能臣，一旦过分责备他们，让他们离心离德，就不合算了。"安禄山这才清醒过来，又设酒宴款待高尚和严庄，三人和好如初。

安禄山命令崔乾祐从陕州起兵，又派孙孝哲、安神威等人继续进攻，如果再次进攻潼关仍然失败，才回归范阳。计议已定，安禄山仍在洛阳待着。

镇守潼关的元帅哥舒翰两次打退贼兵，他的副使王思礼偷偷地对哥舒翰说道："安禄山造反，以诛杀杨国忠为名义，如果元帅您留下三万人镇守潼关，自己率领精锐回到长安，杀掉皇帝身边的小人，岂不是能建立大功业？"哥舒翰摇头说道："要是照你这样说，就是我哥舒翰在造反，而不是安禄山在造反了。"

杨国忠却每天都在催促哥舒翰出关讨伐贼寇。哥舒翰上奏道："安禄山造反，不得人心，而且贼兵远道而来，速战对他们有利，官兵据险，坚守对我军有利，这个时候应该尽量不与他正面拼杀，不出几个月，贼兵的攻势就会瓦解，到那时就能轻易平息叛乱了。"玄宗很同意他的看法，偏偏杨国忠每天在玄宗面前进谗言，说哥舒翰按兵不动，坐失军机，玄宗被杨国忠蒙骗，连连派人催促哥舒翰出兵。

哥舒翰无奈，只好领兵出征，临行时放声大哭，害得全军害怕，没等打仗就心慌意乱。等到两军对阵，哥舒翰一时大意，中了贼兵的诱敌之计，遭遇袭击，紧接着又被敌人火攻，大败而归，几乎全军覆没。副将火拔归仁劝哥舒翰投降，哥舒翰不同意，火拔归仁竟然将他绑住献给了安禄山。安禄山狞笑道："你向来瞧不起我，现在怎么样？"此时的哥舒翰已经没了血性，跪拜道："臣肉眼不识圣人。"安禄山大喜，封哥舒翰为司空。安禄山见了火拔归仁，怒叱道："你竟敢背叛主帅，不忠不义，留你何用？"说完，命令左右将他推出，一刀劈成两段。然后，安禄山命令崔乾祐留守潼关，催促孙孝哲、安神威等人向西进攻长安。

玄宗听说哥舒翰战败，潼关失守，吓得魂飞天外，急忙召宰相杨国忠等人商议。有的说应该调兵亲征，有的说应该派节度使征兵讨伐，只有杨国忠提议逃往四川，一直讨论到晚上，还是没有拿定主意。忽然又有警报传来："今天平安火没有点燃，大概有紧急情况发生。"玄宗更加惊慌。

原来，唐朝的防卫制度是用平安火报平安，每隔三十里设一处烽火台，早晚各点一次烟，称为平安火。平安火没点燃，显然是出了大事。玄宗又问杨国忠该怎么办？杨国忠回答道："臣曾经兼任剑南节度使，早就命令副使崔图训练士兵、储存粮草，以防不测，眼下远水难救近火，只要皇上的车驾暂时到四川去，就可以有恃无恐，然后再征集各路将帅，四面讨贼，一定能转危为安。”玄宗踌躇半天，才说道：“还是等明天再议吧！”杨国忠等人这才依次离开。

韩、虢两位夫人听杨国忠说大事不好，连夜进宫找玄宗和杨贵妃秘密商议，最终决定于第二天晚间起程逃往四川。之后，两位夫人回去悄悄通报杨国宗。

第二天早朝，玄宗召杨国忠密谈了好半天，然后来到勤政楼，传下几道亲征的诏书，任命京兆尹魏方进为御史大夫兼置顿使，任命少尹崔光远为京兆尹，负责留守长安，任命内官边令诚掌管宫中的钥匙，又命令剑南道做好准备，只说是新任节度使颍王李璬将要到任。一班大臣见了这些诏书，都在私下议论，猜不透玄宗的用意。到了傍晚，又有密诏传给龙武大将军陈玄礼，命令他整顿六军，多赏赐士兵钱物，选九百匹好马留到半夜用。外人全都莫明其妙。

到了第三天早晨，大臣上朝，来到宫门前，殿前侍卫队仍然和往常一样站立。不一会儿，宫门大开，宫里人一下子拥出来，多半散乱着头发，穿着粗布衣服，样子狼狈极了。大臣们一问才知道，皇上和杨贵妃等人早已不知去向，于是皇宫内外乱成了一团。原来，当天黎明，玄宗已经带着杨贵妃和皇子皇孙，连同杨国忠兄妹、同平章事韦见素、御史大夫魏方进、龙武大将军陈玄礼、宫监将军高力士等人，悄悄地出了延秋门，向西逃去。

路过左藏时，杨国忠请求把国库烧掉，以免被贼兵占有。玄宗长叹一声道：“贼兵如果进了京城，抢不到金银财宝，必然屠杀抢夺老百姓，不如把国库留给贼兵，百姓也能少遭点殃。”等到出了京城走过便桥，杨国忠又下令将便桥烧毁，玄宗又道：“百姓也要求生，为什么要断绝他们的去路呢？”于是，玄宗留下高力士救火。高力士领旨，把火扑灭后才继续追赶玄宗。

玄宗走到咸阳望贤宫，派人召见县令准备饭菜，哪知县令早已经逃走，没人肯来供应。时间已经过了中午，玄宗等人都没吃东西，杨国忠买来大饼献给玄宗，玄宗这才没有挨饿。随从的军士没有饭吃，玄宗只好让他们分散到村落中，自己去弄吃的，晚上再集合继续赶路。御驾半夜才到达金城馆驿，官员早已逃走，四周暗无灯火，大家全都筋疲力尽，席地就寝，也不管什么尊卑上下了。

王思礼从潼关逃回，报告说哥舒翰投降了叛贼。玄宗当即封王思礼为陇右河西节度使，马上赴任，让他收拾残兵，再去讨贼。王思礼退下后去见陈玄礼，偷偷和他说道：“杨氏一家祸国殃民，这导致这场叛乱，现在怎么还在皇上身边呢？我早就劝哥舒翰上表诛杀杨国忠，他不肯听，才落得如此下场，将军为什么不为国除奸呢？”陈玄礼点头同意。王思礼于是辞别玄宗，向东上任去了。

玄宗启程来到马嵬驿，正要和杨贵妃入驿休息，忽然听到馆驿门外喊杀声震天，吓得玄宗面如土色，杨贵妃更是浑身发抖，脸色发青，急忙命高力士出去查明原因。高力士回报，称杨国忠父子和韩国夫人已经被禁军杀死。

玄宗大惊，说道：“陈玄礼在哪里？”御史大夫魏方进出去察看，只见外面的禁军已经把杨国忠的人头挂在馆驿门外，正在割他身上的肉。魏方进喊道：“你们怎么敢擅自杀害宰相呢？”话没说完，军士们一拥而上把魏方进砍成几段。

同平章事韦见素出来察看，也被打得浑身是血，退回驿中，报告玄宗，玄宗也没有主意。外面仍然喧闹不休，高力士请玄宗亲自出去抚慰，玄宗这才硬着头皮，拄着手杖出门安慰军士，让他们收队。

军士们仍然围住馆驿的门，并不遵旨，惹得玄宗也焦躁起来，让高力士出去问陈玄礼是怎么回事。陈玄礼回答道："乱臣杨国忠既然已经伏法，贵妃不应该还在皇上身边侍奉，请皇上恩准正法。"高力士说道："这恐怕不太方便请旨。"军士们听了，都大声喊道："不杀杨贵妃，誓不护驾。"一面说，一面要殴打高力士。高力士慌忙退回，向玄宗禀报。玄宗大惊失色，沉着脸一言不发。

京兆司录韦谔是韦见素的儿子，当时也在旁边护驾，下跪奏道："众怒难犯，安危只在一念之间，请陛下赶快决断。"玄宗还在迟疑，外面喧哗声越来越大，军士们眼看就要拥进门来。韦谔跪在地上，叩头请求，流血直流。玄宗跺着脚说道："罢了！罢了！"这时，高力士踉跄着跑进来说道："军士们已经闯进来了，陛下如果再不决断，他们就要自己动手来杀贵妃了。"玄宗不禁黯然泪下，半天才说："我也顾不得贵妃了，你替朕传旨，赐贵妃自尽吧！"高力士这才起身来到馆驿中，带领贵妃去佛堂自尽。韦谔起身来到外面，对禁军喊道："皇上已经赐杨贵妃自尽了。"士兵们这才齐呼万岁。

第五十二回 唐肃宗灵武称帝

杨贵妃接连听到杨国忠等人被杀的消息，心如刀割，已经哭成了泪人。突然，又听到高力士传旨赐死，杨贵妃突然倒地，险些晕了过去。高力士把杨贵妃带到玄宗面前，玄宗心如刀绞，泪流满面。杨贵妃哭着说道："臣妾和圣上永别了。"然后，高力士把杨贵妃引到佛堂，杨贵妃把头伸到长绫套中，两脚悬空，霎时气绝身亡，时年三十八岁，这时是天宝十五年六月。

高力士见贵妃已死，就将尸首移到驿庭，召陈玄礼等人进来验尸。陈玄礼向士兵们宣布了消息，众人欢声如雷。陈玄礼于是让军士们解除武装，叩头谢罪，三呼万岁，然后纷纷散去。玄宗对着杨贵妃的尸首，痛哭了一场，就命高力士迅速下葬，仓促之间找不到棺木，就用被子裹着尸体，埋在马嵬坡下。杨国忠的妻子裴柔和虢国夫人母子逃到陈仓，藏在店中，被县令薛景仙搜捕到，一并处死。

玄宗想继续西行，前军却又逗留不走。玄宗大吃一惊，派韦谔询问原因，将士们说道："杨国忠的部下都在四川，我们去那里，岂不是自寻死路？"韦谔道："你们不想去四川，那你们想去哪里？"将士们议论纷纷，意见不统一，有的说去河陇，有的说去灵武，有的说去太原，还有的竟然说回长安。

韦谔返回禀告玄宗，玄宗犹豫着不说话。韦谔建议道："如果想回京，应该有御贼的兵马，现在我们兵马太少，怎么能回去？不如先去扶风，再决定去向。"玄宗点头同意。韦谔把意见告诉众人，大多数人表示赞成，于是起驾前进。不料一波未平，一波又起，沿途百姓聚集在一起，拦住道路，一边责备玄宗，一边请求玄宗和太子留下来扫平贼寇。玄宗只好安排太子抚慰百姓，百姓见太子留下，才放了玄宗。太子采纳了建宁王李倓和广平王李俶励精图治的建议，加上玄宗临行时又有意传位，当即安抚百姓，承诺自己一定会剿灭叛贼，百姓这才相继散去。

眼看天色已晚，广平王李俶道："天快黑了，此地不可久留，应当找个安稳的去处才是。"建宁王李倓道："太子殿下曾经当过朔方节度大使，可以调动那些臣僚。我还记得几个官员的姓名，河西行军司马裴冕是名门望族，必定不会投敌。我们可以先去找他，再慢慢策划反攻，方为上策。"大众都同意，于是队伍向北前进。太子一行来到彭原，太守李遵开城迎接，并献上衣服和干粮，又分拨几百名士兵保护太子。太子不想进城，又向北来到平凉，得到了几百匹马，又招募到五百多名士兵，大家这才稍稍安定了些情绪，然后派使臣去找玄宗通报消息。

玄宗此时已经离开扶风，向四川进发，来到散关。颍王李璬在前面开路，寿王李瑁紧随其后，一行人辗转来到了河池，剑南节度副使兼蜀郡长史崔圆前来迎接圣驾，并上奏说四川是天府之国，物丰粮足，兵马强壮。玄宗大喜，立即封崔圆为同平章事，并和他一起起程入蜀。到了普安，才接到平凉方面太子派来的使臣，玄宗问明情况，当即对使臣说道："朕早就想传位给太子，现在那里的一切举措，太子尽管见机行事，朕不会牵制。而且朕在这里平安无事，你可以回报太子，不必挂念！"来使领旨离去。

忽然，侍郎房琯进来拜见，他跪在地上哭着上奏道："京城已经失陷了。"玄宗听了长叹几声，又问他陷落后的情形。房琯回答道："自从陛下出了长安，京城无主，非常混乱，臣和崔光远、边令诚等人日夜镇压，秩序才稍稍安定。十天之后，贼兵攻进长安，臣等赤手空拳难以抵挡，本想一死了之，但想到陛下来蜀，未知是否安好，所以一路追随，来见陛下一面，就是死了也甘心！"

玄宗又问道："为什么只有你一个人来？"房琯道："崔光远和边令诚等人，据说已经私通叛贼，剩下的人也都在观望，因此没有人来。"玄宗又问道："张均兄弟，为什么不来？"房琯答道："臣也曾邀他们一起来，他们也同样心存观望，不愿来这里。"玄宗见高力士正站在旁边，就对他说道："你说的应验了吗？"高力士很惭愧，低着头不说话。

原来，玄宗出逃时，朝中大臣大多不知道。逃到咸阳时，玄宗曾和高力士预测，什么人会跟来？什么人不会跟来？高力士当时说："张均、张垍兄弟，世受皇恩，而且和陛下有亲戚关系，一定会先来。而房琯是安禄山所推荐的，而且因为陛下您没让他当宰相，心中不高兴，恐怕未必肯来。"玄宗当时摇头不说话，直到这时才反驳高力士，并封房琯为同平章事。

房琯请求玄宗下诏讨贼，玄宗于是任命太子李亨为天下兵马大元帅，指挥朔方、河北、河东、平卢节度使，出兵收复东西二京。永王李璘出任山南东道、岭南、黔中、江南西道节度使，盛王李琦担任广陵大都督，统领江南东路和淮南、河南等路节度使。丰王李珙担任武威都督，统领河西、陇右、安西、北庭等处节度使。李琦、李珙都是玄宗的儿子，他们都是只挂名不出征。只有永王李璘出兵江陵，招兵买马，难免有些骄气。

太子到平凉后，朔方留守杜鸿渐、盐池判官李涵等人商议道："平凉无险可守，不适合驻军，只有灵武兵精粮足，进可攻，退可守，可以有大作为。如果太子到了那里，北边收集各镇精兵，西边征发河陇的精锐骑兵，向南收复中原，的确是难得的好机会。"

商议已定，盐池判官李涵把朔方兵马及军粮的总数列成表册，进献太子。河西行军司马裴冕也来到平凉进见太子，和李涵一起建议太子转驻朔方。太子大喜，封裴冕为御史中丞。过了几天，杜鸿渐率兵迎接太子来到灵武。

太子来到灵武后，只见宫室帷帐，全都模仿皇宫，膳食服饰也都非常精美。太子感慨道："如今祖宗的陵寝惨遭蹂躏，皇上又奔波在四川，我怎么忍心贪图享乐呢？"于是命左右撤去华账，所有的饮食也一概从减。左右官员都称赞太子俭朴仁德，对他心悦诚服。

接着，裴冕、杜鸿渐等人又联名上书，请求太子遵从玄宗在马嵬驿的旨意，继承皇位，太子不同意。裴冕等人一再上书，太子仍然没有答应，于是裴冕等一同对太子说道："将士们都是关中人，怎能不日夜想着打回老家呢？现在大家不顾道路崎岖，跟随殿下远走他乡，无非是想保着殿下建功立业。如果殿下迟迟不继承皇位，将来人心涣散，前途反而危险。请殿下不要再拘泥于小节了！”

于是，七月甲子日这天，太子在灵武城南楼继位称帝，群臣在楼前三呼万岁，史称肃宗皇帝。

肃宗尊玄宗为上皇天帝，大赦天下，并改当年年号为至德元年，封裴冕为中书侍郎、同平章事。杜鸿渐、崔漪一并封为中书舍人，改关内采访使为节度使，由前蒲关防御使吕崇贲出任，加封陈仓令薛景仙为扶风太守兼防御使，调任陇右节度使郭英乂为天水太守，兼任防御使。新朝廷初建格局，还只是个雏形，大臣不满三十人，武将却非常骄横傲慢。大将管崇嗣上朝时，背对皇上坐着，谈笑自若，丝毫没把肃宗放在眼里。监察御史李勉上奏弹劾，才处治了管崇嗣，肃宗从轻发落，并对左右说道：“我有了李勉，朝廷才有了规矩。”

几天后，新朝廷接到玄宗的旨意，封太子为天下兵马大元帅。这时，肃宗已不便遵旨行事，就派使臣到四川上奏，说明这里肃宗继位的情形。

灵武距离四川上千里，往返需要很长时间。肃宗既然已经称帝，也就顾不上请示玄宗了，当然亲自执政，并且特地召来老朋友李泌辅政。

李泌字长源，长安人，从小才思敏捷，后来上疏分析政事，往往切中时弊。玄宗想要封他官职，李泌坚决不受，后来玄宗让他和太子交游，成为好友。太子常称呼他为先生，而不叫他的名字。偏偏杨国忠专权，恨李泌言辞激烈，上奏把他赶到蕲春，好久才回来，此后一直隐居在颍阳。

肃宗继位后，特地请李泌出山，要封为右丞相。李泌还是竭力推辞道：“陛下屈尊待我，把我当老朋友看待，比宰相还要显贵，如果臣的想法完全能传达给陛下，何必一定要当宰相呢！”于是，肃宗仍然像以前一样对待他，出门和李泌并马而行，进门就和他促膝谈心，遇事一定咨询，李泌的计策一概听从，好像刘备对待孔明一样。李泌替肃宗出了很多主意，对时事分析得非常准确。

河西节度副使李嗣业带领五千兵马，安西行军司马李栖筠带领七千兵马，陆续抵达灵武。郭子仪、李光弼、颜真卿等人听说潼关失守，全都带兵退回。平卢节度使王元臣战败而死，常山和赵郡再次失守。贼将令狐潮又进攻雍邱，幸亏张巡防御有方，才打退了敌兵。

颜真卿听说肃宗继位，就用蜡丸藏了书信，从小路送达灵武。肃宗封颜真卿为工部尚书，兼御史大夫，仍然担任河北采访使，也用蜡丸传达圣旨。颜真卿又向河南、江淮传递消息，各地才知道肃宗继位了，渐渐稳定了军心。

郭子仪率兵五万保卫肃宗，留下李光弼镇守井陉。肃宗见了郭子仪，喜出望外，立即加封他为灵武长史，兼任同平章事，又命令李光弼留守北都，也加封为同平章事。肃宗在灵武的声威渐渐远扬。

九月初，韦见素、房琯、崔涣等人从四川带着传国玉玺和传位诏书来到灵武，肃宗出城恭迎。

原来，玄宗自从传旨讨贼后，就由普安来到川西，太守崔涣接驾，上奏对答很合玄宗心意，立即被封为同平章事。随后，玄宗又到成都，正好灵武的使臣赶到，玄宗问明情况，欣然大喜道："我儿应天时、顺人心，我还有什么可担心的呢？"当即下令改"制敕"为"诰"，命所有大臣奏章中改称自己为太上皇。军国大事，先听取肃宗皇帝的意见，然后再传达太上皇。等到收复两京，自己就不再干预朝政，随后命令韦见素、房琯、崔涣三位丞相为禅位奉诏使。三丞相见了肃宗，宣旨传位，并且奉上玉玺。

肃宗推辞道："近来因为中原混乱，我才暂时代理朝政，不想趁着患难继承皇位。"诸臣一再请求，才把玉玺放在别殿，朝夕拜谒，就像给玄宗参拜一样。肃宗留下韦见素等人辅佐朝政，对待房琯格外优厚。房琯说起话来慷慨激昂，一副才华横溢的样子，肃宗视为奇才，竟然要把收复两京的重任全都委托给他。

贼将孙孝哲等人奉安禄山之命，从潼关进攻，攻陷了长安，崔光远、边令诚等开门投降。孙孝哲进城后搜捕到皇子、皇孙几十人，以及文武百官、内侍宫女几百人，将他们全部囚禁起来，然后派人上报安禄山。安禄山大喜，任命张通儒为西京留守，仍然任命崔光远为京兆尹，并特别给孙孝哲两封书信，一封是说唐室大臣如果肯归降，应当酌情上报封官；另一封是说查明杨贵妃兄妹下落，如果找到，立即送往洛阳。

这两封信送去后，隔天就得到回报，唐朝原丞相陈希烈和张均、张垍等人一律投降，杨氏家眷全部在马嵬驿被斩。安禄山听了，不禁悲痛叹息道："杨国忠确实该死，但为何要害死我阿环妹妹？这个仇我一定要报！"他又忽然想起爱子安庆宗被赐死，更加愤怒，于是传令孙孝哲，除了已经投降的陈希烈张均兄弟应立即来洛阳授官外，所有在京皇亲国戚，无论皇子皇孙，郡主县主，还是驸马郡马，一律处斩，以祭爱子在天之灵。

孙孝哲本来就是一个杀人魔头，接到安禄山的命令之后，除了处斩皇亲国戚之外，包括杨国忠、高力士的余党，还有王公将相留在京城的家眷，也一概杀掉，连襁褓中的婴儿也杀得一个不留。

紧接着，孙孝哲抢掠国库，得了许多金银财宝，于是心满意足，成天吃喝玩乐，从此不愿向西出兵。安禄山封陈希烈和张均兄弟为同平章事，自己也没心思向西进兵了，乐得住在东都洛阳，纵情声色，图个眼前快活。所以玄宗父子，一个在西、一个在北，安然度日，并没有什么追兵。

一天，安禄山找来一班梨园子弟奏乐伴舞，一群大臣也跟着阿谀奉承。猛然听到一阵哭泣声，安禄山惊讶道："哪里来的哭声？"话音未落，竟然有一个人大哭起来。安禄山大怒，命令卫军当场查明。卫军一查，发现乐工中很多人都带着泪痕，其中一个人拿着琵琶，放声大哭，就把他抓到席前，听候安禄山的发落。安禄山怒道："朕在此举行太平盛宴，你这家伙竟敢无故啼哭，实在可恶！"那个乐工竟然大声骂道："安禄山！你本是败军之将，罪该斩首，幸蒙圣恩赦免，封王拜将。你不思报效朝廷，反而兴兵作乱，屠掠京城，逼走圣驾。眼看着恶贯满盈，很快就会遭天杀了，还说什么太平盛宴！"说完把手中的琵琶砸了过去，被安禄山的亲军挡住。那个乐工再次大哭，卫兵们将他绑住，用刀乱砍，霎时间血肉模糊，把一个大唐忠魂送到地府中去了。

安禄山被刺身亡

肃宗继位后，便开始定计讨贼。他本打算封建宁王李倓为元帅，李泌进谏道："建宁王英勇善战，不愧为将才。但广平王是兄，建宁王是弟，如果建宁王建功立业，广平王必然失去威信？"肃宗道："广平王本来就是长子，难道一定要封他当这个元帅吗？"李泌回答道："广平王还没有被册封为太子，如今天下不安定，谁能建功立业，谁就能得到众人拥戴。如果建宁王出兵成功，陛下就算不想立他为太子，到那时，那些帮助建宁王的功臣们又怎么会袖手旁观呢？过去的历史早已有明证，请陛下三思？"

肃宗点头道："先生说得对，朕知道了！"李泌退下来后，建宁王李倓对他说道："先生的意见，正合我的心意。"李泌说道："我李泌只知道为了国家，不会为了某一个人，建宁王用不着怀疑我李泌，也用不着谢我李泌，只要您能始终孝敬父母、友爱兄弟，就是国家之福了。"说完就离开了。

第二天，有诏书下达，任命广平王李俶为天下兵马元帅，统领各路兵马东征。

李俶受命后，上表请求挑选谋臣。肃宗封李泌为元帅府行军长史，李泌当即推辞道："臣不敢任职，请陛下另请高明！"肃宗道："朕本来不敢让先生屈就，但时事艰难紧迫，全仗先生大才辅佐，等乱事平定，一定任凭先生远走高飞。"李泌这才拜谢接受。

从此，肃宗称呼李泌为卿，有时仍然称呼他为先生，以表示优待，肃宗还在宫中设置元帅府。李俶进宫议事时，李泌就留在府中；李泌进宫时，李俶就留在府中。军书政事，毫不积压，宫府联络通畅，朝政焕然一新。

肃宗任命豳王李守礼的儿子李承寀为敦煌王，和蕃将仆固怀恩一道出使回纥，借兵求援，同时又悬赏招揽朔方番夷兵马，跟随官军讨伐逆贼。李泌劝肃宗转驾到彭原，等待西北的援军。肃宗依计转移，到了彭原，房屋更加狭窄，里面作行宫，外面就作为元帅府。

当时，肃宗身边有一个侍妾，母家姓张，是睿宗皇后胞妹的孙女，肃宗当太子时纳为良娣，后来因为韦坚一案，肃宗和韦妃离婚，张良娣就得了专宠。玄宗出逃后，肃宗带着张良娣随行，辗转到了灵武，张良娣日夜侍奉左右，晚上睡觉也一定住在肃宗前面的房间里。

肃宗对她说道："晚上比较危险，你一个女流之辈，应该住在后面，不应该住在前面。"张良娣答道："最近比较乱，如果真有什么不测，妾愿意被他们抓住，这样殿下就可以有时间从帐后逃走避难，宁可祸及我一人，不能祸及殿下。"

肃宗听后，非常感动。不久，张良娣又生下一个男孩，生产才三天，她就起来为战士缝衣裳。肃宗劝她产后不宜过度操劳，张良娣道："如今天下未定，臣妾怎么能只顾自己呢？殿下应当为国家考虑，不要为臣妾担忧。"张良娣不仅善于言辞，而且长得也很漂亮，再加上和肃宗患难相依，事事都能揣摩肃宗心意，难怪肃宗会对她格外钟情，恩爱得不得了。

玄宗派使臣传位时，曾赐给张良娣一个七宝马鞍，张良娣大喜，偏偏李泌找机会上谏道："如今四海分崩离析，陛下应该崇尚俭朴，良娣不应当乘坐这样的马鞍，请陛下摘下鞍上的珠玉，交给国库收藏，留着赏给有功之臣。"

肃宗这时正倚重李泌，只好依着他。张良娣因为这件事情闷闷不乐，肃宗瞧破张良娣的心思，再三安慰，并陪张良娣饮酒、赌博替她解闷。此后，饮酒、赌博两件事，几乎成了习惯，到彭原后，肃宗成天赌博，吵闹声在屋外都听得到，甚至连各地的奏报都被耽误。

李泌在元帅府中，和行宫只有一墙之隔，免不得进宫劝谏。肃宗虽然当面答应，却害怕张良娣不高兴，只是想方设法把声音弄小了而已。

一次，肃宗对李泌说道："张良娣的祖母，就是朕的祖母昭成太后的妹子，太上皇也非常喜欢张良娣，朕想让她当皇后，爱卿认为怎么样？"李泌回答道："册封皇后这件事，应该等太上皇迎回来后，亲自请示，这样才合乎礼节。"肃宗这才作罢。张良娣竭力侍奉，满心指望肃宗能很快册封自己为皇后，偏偏李泌常来捣乱，因此恨不得把李泌赶走，拔掉这个眼前钉，就冷言冷语讥讽李泌。还好肃宗深信李泌，君臣才没产生矛盾，和原来一样和谐。

除了李泌以外，要算房琯最得肃宗的赏识。当时，北海太守贺兰进明派参军第五琦到四川汇报情况，第五琦主张增加赋税以接济军饷，玄宗提拔他为江淮租庸使。第五琦开征盐税，补充军用，而且到彭原上奏肃宗，请求用江淮的赋税购买轻货，运到上游补给军需，肃宗大为赞同。

只有房琯弹劾第五琦横征暴敛，不应当委以重任。肃宗不悦道："军需紧急，没有军饷军心必散，你要罢免第五琦，钱从哪里来？"说得房琯无话可说。

后来，贺兰进明也从北海来觐见肃宗，肃宗任命他为岭南节度使兼御史大夫。面谢肃宗时，贺兰进明说房琯只会说大话，不配当宰相，肃宗于是渐渐和房琯疏远。房琯本来就很自负，怎么肯受人奚落？当即上表肃宗，请求亲自带兵收复两京。肃宗大喜，立即批准，加封房琯为招讨西京兼防御蒲、潼两关兵马节度使，一切参佐由他自己挑选。房琯用户部侍郎李楫为司马，给事中刘秩为参谋，择日起行。李楫和刘秩都是白面书生，不懂兵法，房琯却视为奇才。

于是，房琯兵分三路，派裨将杨希文率领南军，从宜寿出发；刘贵哲率领中军，从武功出发；李光进率领北军，从奉天出发。房琯和中军一起日夜兼程前进，到了便桥，休息一晚。李光进的北军也赶来了，两军同时到达陈涛斜，和贼将安守忠相遇，两军对阵，房琯用两千乘牛车作为前锋，两旁用步骑兵护卫，前去冲锋敌阵，满以为是无坚不摧，没想到贼军中却拥出许多精兵，个个手中都拿着火把，顺风扔过来，霎时间烟尘满天，什么都看不见。这些牛从来没打过仗，突然看到这种情况，都很害怕，纷纷倒退。旁边的步兵和骑兵，反而被牛车践踏，纷纷倒地，这时候贼兵趁势杀过来，官军死的死伤的伤，折损了四万多人。

房琯收集败兵，只剩下不到一万人，又悔又恨。可巧南军到来，房琯就想督军再战，想要报仇雪恨。南军统将杨希文见两军打了败仗，已经没了斗志，手下的士兵也不愿再战。房琯丝毫没有察觉，反而命令有进无退，违令者斩。等到两军交战，没几个回合就被杀得大败，贼兵一拥而上，把房琯围在当中，眼看性命不保，幸好北军统将李光进拼死救援，杀开一条血路，房琯才捡了条命。

房琯检点残兵，只有北军的几千人还跟着，南军和中军大多已不知去向，便惊问李光进道："杨、刘二将到哪里去了？"李光进冷笑道："他两人已经降贼，还提他们干什么？"房琯非常后悔，没办法只有和李光进一起回到彭原，这时候也顾不得肃宗责备，只好亲自前去请罪。

肃宗接到败报，愤怒得很，幸亏李泌讲情，才格外开恩，赦免了房琯。肃宗正要退朝，忽然吴郡太守兼采访使李希言派使者呈上军报，说永王李璘在江淮起兵，公然造反了。肃宗叹道："李璘是朕的弟弟，自幼没有母亲，是朕把他抚养成人的，为什么他要背叛朕造反呢？"

原来，李璘出镇江陵时，谏议大夫高适曾经上谏劝阻玄宗，玄宗不听。等李璘来到了江陵，见租赋堆积如山，顿时萌生了造反的念头。他的儿子李，曾被封为襄成王，年轻气盛，也劝父亲占据江南。李璘于是任用私党薛镠等人为谋士，季广琛等人为将军，暗中招募勇士数万人起兵造反，分兵袭击吴郡和广陵。

吴郡太守李希言得知消息，立即派人飞马到彭原报信，自己率军驻扎在丹阳，防止李璘袭击。李璘率兵进攻丹阳，李希言听到消息后，急忙派副将元景曜等人前去拦截。元景曜出师不利，反而投降了李璘，江淮大为震惊。李希言再次向彭原告急，肃宗当即召高适商议，任命高适为淮南节度使，并且调前颍川太守来瑱为淮南西道节度使，让他和江东节度使韦陟一同合兵讨伐李璘。

江南战事刚刚安排好，河北诸郡又相继陷落。贼将尹子奇和史思明先后攻陷河间、景城。河间太守李奂被杀，景城太守李暐投水自尽。颜真卿派兵救援，也被击败。贼将康没野坡又进攻平原，颜真卿抵挡不住，只好弃城向南逃走。乐安、清河、博平等郡都被贼兵占有。

只有饶阳太守李系和裨将张兴死守孤城，贼兵不能攻克。史思明召集各郡兵士，并力合攻。张兴力拔千钧，从城上扔下巨石，压死贼兵几百人，气得史思明疯狂反扑，接连几昼夜，城池仍然坚守，最终城中粮食吃尽，太守李系自焚身亡，城中群龙无首，这才被贼兵攻破。张兴被擒后，史思明劝他归降，张兴慷慨陈词，不但自己不投降，反而劝史思明弃暗投明，杀掉安禄山，史思明哪里肯听，呵斥张兴不明顺逆。张兴又痛骂史思明，史思明大怒，当即把张兴处死。之后，史思明还是据守博陵。

这时，安禄山也发兵攻入颍水，捉住太守薛愿和长史庞坚，送到洛阳，二人坚贞不屈，惨遭杀害。肃宗接连听到警报，非常恐慌，连忙召李泌问计，李泌从容回答道："臣看贼势虽然强盛，却并无大志，依臣所料，不出两年就能剿灭。"肃宗惊喜道："有这么容易吗？"李泌又答道："贼兵中的骁勇战将，不过史思明、安守忠、田乾真、张忠志、阿史那承庆等几个人，陛下如果派李光弼出兵井陉，郭子仪出兵河东，臣料史思明、张忠志二贼不敢离范阳、常山，安守忠、田乾真二贼不敢离长安。我们用两位元帅，足以控制四员贼将，安禄山占据洛阳，随身只有一个安承庆，如果陛下出兵扶风，和郭子仪、李光弼联手攻击贼兵，让贼兵首尾不能相顾，往来奔命，自然劳苦不堪，我们以逸待劳，贼进我退，贼去我追。等到了来年春天，再派建宁王为范阳节度使，和李光弼南北形成犄角之势，然后直取范阳，攻进贼人的巢穴，管保贼兵后退无路。然后，大军四面围攻贼兵，到那时，就算安禄山再狡猾，也必然被我们所擒了。"

肃宗大喜，当即任命建宁王李倓统领禁兵，李辅国为司马，准备北征。同时，又命令郭子仪、李光弼分兵出击。肃宗自己留在彭原过年，打算来年春天出兵扶风，并且改称扶风为凤翔郡。

时光易逝，冬去春来，转眼到了至德二年的正月初一。肃宗正打算启驾南行，忽然接到了一个天大的好消息，说安禄山被太监李猪儿刺死了。

原来，安禄山自从盘踞洛阳以后，纵情酒色，累得两眼昏花，几乎失明。加上他身体多病，脾气变得异常急躁。左右宦官，稍不如意，就会遭到鞭子抽打。太监李猪儿挨打最多，差点儿连命都丢了。小妾段氏见安禄山多病，恐有不测，就想趁安禄山还在世的时候，立亲生儿子安庆恩为太子，免得受嫡子安庆绪的压制。愁眉泪眼容易动人，安禄山竟然被她迷惑，冒出了废嫡立庶的想法。

安庆绪听到风声，觉察到危险，就和严庄秘密商议。严庄却故意说道："君要臣死，不得不死，父要子亡，子不得不亡，你叫我怎么救你？"安庆绪更加着急，说道："我是嫡子，应该继位，难道任由安庆恩夺我的位子，我就只能束手待毙吗？"严庄冷笑道："自古以来，废一个儿子，立一个儿子，那被废的能有几个保全性命，这也是没办法的事。"

安庆绪急得掉下眼泪，又说道："照你这样说来，就是没办法了。"严庄又道："死中求生，也并不一定没办法。"安庆绪道："兄长快教我！"严庄就在他耳边说道："试想主子和唐朝皇帝名为君臣，实同父子，为什么还要大动干戈，以下犯上，以子攻父呢？可见天下事到了万不得已的时候，就要做万不得已的事情，现在机不可失，你就不要再犹豫不决了。"安庆绪听了，点头称是，却又迟疑道："可惜一时找不到人手。"严庄又说道："要想办这件事，何不找李猪儿？"

安庆绪大喜，就密召李猪儿问道："你受过多少次鞭打了？"李猪儿哭着说道："已经不计其数了。"严庄又问道："照你说来，不死还是侥幸的？"李猪儿道："差不多吧。"严庄召李猪儿来到厢房，对他耳语多时，李猪儿竟然满口答应。

当晚，李猪儿被派去行刺。安禄山心中烦躁，屏退左右，正一个人睡着，李猪儿怀揣着利刃，径直闯入。寝宫门外虽然有人把守，但把守的人都已坐着打盹，况且李猪儿是安禄山的贴身侍监，向来自由进出，守卫就算看见也不盘问。李猪儿推开门，悄悄进去，可巧外面更鼓响起，他趁声揭开帐子，先把安禄山枕头边的宝刀抽了出来。安禄山忽然惊醒，将被子揭开喝问什么人。

李猪儿心中一惊，转念一想他双眼已经看不清楚，何不立刻动手？于是，李猪儿取出明晃晃的匕首，直刺安禄山的大肚子。安禄山忍不住痛，伸手去摸枕边的宝刀，却摸了个空，然后大喊道：“这必定是家贼要谋反。”话没说完，肠子已经流出，血流了一床，安禄山在床上滚了几下，大叫一声，顿时气绝身亡。

李猪儿已经得手，刚要逃出，门外的侍卫就闯了进来。正在危急时刻，严庄和安庆绪带兵闯入，来救李猪儿。李猪儿大喜，就对侍卫道：“诸位要想共享富贵，就快快迎接太子，休得轻举妄动！”侍卫这才垂手站立。严庄命令手下抬开床铺，就在床下挖地三尺，用毡子裹住安禄山的尸体，暂时埋了进去，然后告诫大家不得声张。随后，严庄一边假称主子病重，立安庆绪为太子，择日传位，一面秘密逼迫段氏母子自尽。

两天之后传出伪诏，太子继位，尊安禄山为太上皇，重赏内外诸位将官。大小贼人哪里知道严庄等人的诡计，全都信以为真。安庆绪继位后，在洛阳的伪官员全都来朝贺，各地也争相上表祝贺。又过了一阵子，安庆绪才说安禄山已死，下令发丧。那时，床下的尸首早已经腐烂了，于是草草埋葬了事。

第五十四回 肃宗收复两京

肃宗宠爱张良娣，张良娣在灵武时生下的儿子李佋被封为兴王，子以母贵，这个孩子也得到了肃宗的钟爱。张良娣仗着自己得宠，骄横起来，竟想把自己两三岁的儿子立为太子。为了立自己的儿子为太子，张良娣第一个要除去广平王，第二个要除去建宁王。府司马李辅国本来是个太监，因以狡猾而得宠，现在见张良娣得势，就想方设法奉承讨好。张良娣正想找个帮手陷害二王，两人一拍即合。

建宁王李倓性情直爽，看不上张良娣等人，曾经私下对李泌说道："先生推荐我执掌军事，以尽臣子的责任，我李倓非常感激。但陛下身边有一大害不可不除。"李泌问是谁？李倓说是张良娣。李泌摇头说道："这不是身为人子应该说的话，希望您多忍耐。"李倓不以为然，有时觐见肃宗时，就劝肃宗不要听张良娣的话，并请肃宗赶紧立太子。

肃宗听了几次后，就趁着李泌进见的机会征求他的意见，李泌建议肃宗禀明太上皇再作决定。肃宗道："爱卿言之有理，朕当三思而后行。"就把立太子的事暂时搁置起来了。

安禄山死后，肃宗以为贼人没了首领，自然可以平定，干脆把建宁王李倓出征的问题也搁置不提。李倓有志扫平叛乱，一再进谏，并且说："陛下如果听信妇人的话，恐怕收复两京就没指望了，太上皇也无法迎回来了。"这话叫肃宗怎么能受得了？

张良娣、李辅国二人听到这些话，更是对李倓恨到极点。二人当即一唱一和，说李倓平时早有怨言，恨肃宗没有封自己为元帅，要谋害广平王。此时的肃宗刚把李倓喝退，余怒未消，怎么禁得起他们火上浇油？凭着一腔怒气，立下手谕，把李倓赐死。李倓是个烈性的人，要死就死，竟然喝药自尽。等到李泌得知此事，已经来不及了。可惜一个贤王，死得不明不白，含冤地下。

李倓死后，广平王李俶不免产生了兔死狐悲的念头，他秘密和李泌商量，要除去李辅国和张良娣，李泌劝阻道："您这样做不是重蹈建宁王的覆辙吗？如果能尽孝道，就不会有危险。张良娣一个妇人家，不值得忧虑，只要您遇事忍耐，包管前途无忧。"李俶这才作罢。

肃宗听信谗言杀了儿子，还没等清醒过来，忽然接到太原方面的警报，史思明从博陵、蔡希德从太行、高秀岩从大同、牛廷玠从范阳，共带领贼兵十万进攻太原。肃宗这时才惊讶道："我以为安禄山一死，就没有后患了，谁知贼人竟越来越猖獗了。"然后，肃宗急忙召李泌商议。

李泌上奏道："太原有李光弼，他的才能足以抗拒贼兵，请陛下不用担心！只是陛下应该快点去凤翔，才能振作士气，扫平贼寇。"肃宗点头说道："朕择日起程！"这时，睢阳传来警报，称伪河南节度使尹子奇受安庆绪的命令，率领妫、檀二州的贼兵共计十三万人进逼睢阳，肃宗又惊慌起来，李泌又说道："睢阳太守许远，忠义过人，一定会尽力死守。而且张巡刚刚移师镇守宁陵，张巡和许远亲如兄弟，宁陵和睢阳相隔不远，可以互相照应，应该可以支持，等郭子仪收复了河东，再去增援他们也不迟。"肃宗道："这两处没问题了，朕现在就起驾去凤翔。"

很快，太原传来捷报，李光弼用诈降计使得贼兵放缓了进攻的步伐，暗中挖地道到贼营，出其不意，内外夹击，斩获敌人一万多人，史思明败走，其余的贼人也都没了斗志。不久又接到睢阳捷报，张巡和许远合兵，共得六千八百人，许远守城，张巡出战，连擒贼将六十多人，杀死贼兵两万多人，贼将尹子奇连夜逃跑，睢阳也解围了。肃宗大喜，于是启驾来到凤翔。陇右、河西、西城、安西各路兵马依次前来会师，江淮一带的税赋也陆续送到。

原来，永王李璘叛乱后，广陵太守李成式招降叛将季广琛，叛党纷纷解散。永王李璘败走鄱阳，被江西采访使皇甫侁捉住，砍了脑袋。江淮重新安定，河运畅通无阻。

于是，李泌请求按照原定计划向北进攻范阳，扫除叛贼的老巢，这样不但可以断绝叛贼的退路，而且可以收复两京，天下也就太平了。肃宗却说："朕不是不想听爱卿的计策，只是朕很着急，想先收复西京，迎回太上皇，以尽人子的孝道，不想再等北伐了，请爱卿谅解！"

刚好郭子仪派使者报捷，说已经击败贼将崔乾祐，平定了河东。于是，肃宗加封郭子仪为司空，兼天下兵马副元帅，命他攻打西京。

郭子仪当即派儿子郭旰和兵马使李韶光、大将军王祚渡过黄河，进兵攻破潼关贼兵，杀敌五百多人。正要趁胜进关的时候，安庆绪忽然派来几万援兵截击郭旰。郭旰大败，伤亡一万多人。李韶光、王祚也先后战死，蕃将仆固怀恩保着郭旰渡过渭河，退守河东。

偏偏祸不单行，节度使王思礼调任关内后，贼将安守忠等人进犯，王思礼派兵出战，却被叛贼击败，退守扶风。安守忠追赶到太和关，距离凤翔仅有五十里，凤翔告急，肃宗飞书召郭子仪进来救援。郭子仪星夜赶来救援，中途遇着贼将李归仁，郭子仪奋力杀退贼兵，然后来到西渭桥和王思礼合军，驻扎在潏西。

贼将安守忠、李归仁也联兵进驻清渠，彼此相隔只有一里，两军相持了七天。郭子仪等人固守不战，安守忠想了一个诱敌计，假意退兵，郭子仪也中了贼兵的诡计，带兵追击，追了几里地，才看见贼人骑兵倚山背水摆成一字长蛇阵，郭子仪命令进攻贼兵的中间，没想到贼兵首尾分成两翼夹击官军，官军首尾不能相顾，四散逃走。郭子仪急忙派仆固怀恩等人挡住后路，让败军先走，自己边战边退，退守武功城。随后郭子仪自己请求贬职，肃宗下诏把他贬为左仆射。

当时，山南东道节度使鲁炅困守南阳，被贼将田承嗣长期围困，粮尽援绝，最后突围来到襄阳。河东节度副使兼上党长史程千里，出兵攻打贼将蔡希德，却因为战马跌倒而被擒。灵昌太守许叔冀被贼兵围困，后来败走彭城。睢阳多次打败贼兵，又多次被围，贼将尹子奇发誓攻破睢阳，此时城中兵少粮尽，形势危急。

肃宗连连接到警报，焦虑万分，加上贼兵逼近凤翔，也管不了其他地方了，只好委任郭子仪，决定再次进攻西京。郭子仪临行前，肃宗特意对他说道：“功成与否，在此一举，愿爱卿尽忠竭力，不要辜负了朕的期望。”

郭子仪说道：“这次出兵如果不胜，臣必定以死相报。只是有两件大事请陛下准奏。”肃宗问是什么事？郭子仪提出：一是请元帅广平王李俶亲自督兵，二是请求征兵回纥，一同出击叛贼。肃宗当即准奏，一面命令广平王调集朔方、西域等军大举出征，一面又派使臣到回纥，请求发兵援助。

回纥怀仁可汗的儿子磨延啜继承了父亲的王位，号为葛勒可汗，当时正有意和大唐通好，接到求援信后，立即派太子叶护等人率领四千多精兵赶到凤翔。肃宗亲自引见，厚礼款待，并且让广平王李俶和叶护结拜为兄弟。叶护大喜，称李俶为大哥。于是，唐兵和回纥兵合兵一处，共计兵马十五万，号称二十万，出兵攻打长安。

大军在城西香积寺旁安营扎寨。李嗣业统领前军，王思礼统领后军，郭子仪统领中军。长安城的贼兵也倾巢而出，共十万人左右，与官军南北对垒。

贼将李归仁催马舞刀出来挑战，李嗣业大声喝道：“今日不舍身杀敌，我军还能活命吗？”说着，李嗣业脱去铁甲，手持一把纯钢铸的长刀，一马当先，杀进敌阵，刀光过处，贼兵人头纷纷落地。李归仁舞刀来迎战，李嗣业刀长手快，一刀劈过去，已将李归仁的头盔劈落。李归仁披头散发地逃回，贼兵纷纷败退。李嗣业再接再厉，身先士卒杀入贼阵。回纥太子叶护也率众跟上，趁势杀贼，贼兵顿时大乱。

郭子仪知道贼将诡计多端，就命令仆固怀恩带领精锐士兵防护辎重。果然，贼兵绕到官军阵后偷袭，仆固怀恩率军杀出，一阵横扫，好像风卷残云一般，把贼兵杀得精光。

郭子仪、王思礼两军一齐出击，李嗣业带领前军和回纥精兵已经从前面杀到后面，官军会师，再次夹攻。自中午一直杀到晚上，歼敌六万多人。安守忠、李归仁等人不能再战，纷纷丢盔弃甲，逃回城中。广平王李俶见官军大获全胜，也鸣金收兵。

仆固怀恩建议道：“贼兵今天夜里一定会弃城逃走，请元帅下令追击。”李俶摇头说道：“我军打了一天也很累了，不应该轻易进攻。”仆固怀恩又说道：“打仗贵在神速，能进攻就不能放过，大帅如果考虑到各军辛苦，我仆固怀恩愿意只率三百名骑兵去追赶并抓住贼兵的首领，献给大帅。”李俶还是不同意，仆固怀恩也不好再争，怏怏退下。

到了第二天，有侦察兵来报告，说贼将安守忠、李归仁，以及张通儒、田乾真等人都已弃城逃走。广平王李俶于是整军入长安城，百姓们扶老携幼争着前来迎接，他们纷纷夹道欢呼，喜极而泣。

捷报传到凤翔，肃宗大喜，百官庆贺。当天，肃宗就派使臣啖庭瑶赶往四川，奏明太上皇，并请他回到长安，同时派左仆射裴冕赶到长安，祭告郊庙，宣慰百姓。肃宗又调嗣虢王李巨留守长安，命令广平王李俶继续东征，收复洛阳，只把行军长史李泌召回行宫，不再追随东征。

李泌请求归隐，提出自己有五不可留。肃宗问道："什么叫五不可留？"李泌回答道："臣和陛下交往太早；陛下任用臣太重；恩宠臣太深；臣功劳太高；行为也太传奇。有这五种考虑，所以不可以再留。"肃宗笑道："夜已经深了，先生先去睡吧，以后再议。"李泌又道："陛下如果不同意臣走，就是要杀臣了。"肃宗惊讶地说道："先生怎么这样不放心朕？朕又不是丧心病狂，怎么会妄杀先生？是不是先生多次想北伐，朕没有听你的意见，所以介意。"

李泌答道："并不是为了这件事，是为了建宁王的事。"肃宗道："建宁王听信小人的话谋害兄长，要夺太子之位，朕不得已才将他赐死，先生难道不知道吗？"李泌又说道："建宁王如果真有此心，广平王一定会心怀怨恨，如今广平王每次和臣谈到这件事，都要悲痛地为弟弟喊冤，甚至伤心落泪。而且陛下原来要用建宁王为元帅，臣请求改任广平王，建宁王如果要夺太子之位，应该恨臣才对，为什么反而把我当作忠臣，倍加亲近呢？"

肃宗听到这里，恍然大悟，也忍不住伤心落泪，边哭边说道："先生说得对，朕也知道错了。但事已至此，朕不想再提了。"李泌又道："臣说这番话，不是指责陛下过去的所作所为，而是提醒陛下，警戒将来。"肃宗黯然道："朕不会再干这种事了。先生一番良言，朕当牢记。"李泌又说道："陛下如果真能时常想起臣的话，臣也就没有牵挂了，只是请陛下准臣归隐山林。"肃宗道："还是等到东京洛阳收复之后再说吧。"李泌这才闭口不提了。

转眼间秋去冬来，睢阳急报像雪片一样送来，肃宗催促邻郡迅速增援，并且特别派同平章事张镐出任河南节度使，前去救援睢阳。所幸平洛大军沿途顺手，捷报频传。华阳、弘农接连收复，并献上俘虏的囚犯一百多人，肃宗命令将他们一律斩首，监察御史李勉上谏，肃宗才下诏赦免，于是远近叛贼纷纷归附。

贼将张通儒等人兵败后逃到陕州。安庆绪带领洛阳全部兵马，任命严庄为统帅，去援助张通儒，步骑兵合计十五万人。

郭子仪等人长驱直入，到了新店，前面正遇着大队贼兵依山扎营，气势很盛。郭子仪很担心，就和回纥太子叶护商议，让叶护率领回纥兵绕到山后，袭击贼兵背面。叶护依计而行，郭子仪从正面率军进攻，贼兵仗着一股锐气，居高临下向官军猛扑。官军前锋伤亡很多，节节倒退。突然听见山上一声鼓响，有几十支硬箭射进贼阵。贼兵回头惊呼道："回纥兵来了！"当即吓得四散逃走，郭子仪和回纥叶护前后夹攻，杀得贼兵东倒西歪，尸横遍野。严庄、张通儒等人落荒而逃，连陕州城也不顾了。

郭子仪请广平王李俶乘胜攻入陕州城，再命令仆固怀恩等人分道追击贼兵，官兵如入无人之境。严庄跑到洛阳，狼狈不堪。安庆绪本来嗜酒如命，每天深居简出，狂饮不止，一切军务全靠严庄主持。现在严庄败回，安庆绪惊惶失措，急忙和严庄商议如何对敌。严庄这时早已是垂头丧气，想不出什么好办法，最后只有"三十六计，走为上计。"安庆绪于是聚集党羽连夜出逃，将此前归降的唐将哥舒翰、程千里等人杀死，逃到河北去了。

捷报传到陕州，广平王李俶率大军攻入东京洛阳。不料，回纥兵争先拥进洛阳城，并大肆抢掠，可怜洛阳城内的百姓，先前已经遭到贼兵的蹂躏，这次又遭外族兵马掠夺。骚扰了两昼夜，回纥兵还不满足，郭子仪实在看不下去了，只好请求广平王召来城中父老，筹集了绫罗锦缎上万匹，酬谢回纥，才算休兵。

肃宗得到捷报，当即返回长安。不久，太上皇也从四川回来，天下终于重归太平。李泌再次请求归隐，上奏道："如今两京已经收复，太上皇也回来了，臣的使命已经完成，但求陛下开恩，赐臣归隐！"肃宗伤心地说："先生请起！朕答应先生归山。"

于是，李泌草草整理行装，辞别肃宗。肃宗亲自送李泌出城，洒泪而别。李泌到了衡山，地方官已经奉旨为他在山中修筑了房屋，并送给李泌三品俸禄，李泌从此隐居山林，不问世事。

第五十五回 张巡、许远双忠死义

河南节度使张镐，曾经奉旨前去增援睢阳，因为要调集各军，结果拖延了一些时间。当时，他曾传信给谯郡太守闾邱晓等人，让他们星夜前去救援，没想到闾邱晓等人竟然不听命令，坐视睢阳失守，守将张巡和许远先后英勇就义。等到张镐率军来到睢阳城下，城已经被攻陷三天了。张镐把闾邱晓招来询问，严词责问，然后将他乱棒打死，并派使者到凤翔报信。肃宗听了非常悲痛，因为要起程回京，一切抚恤只有等到了京城后再议，只是让张镐查明张巡和许远的家属情况，迅速上报。

张巡是南阳人，自幼精通武略，曾经考中进士，封为县令。安禄山叛乱的时候，反贼攻陷河南，谯郡太守杨万石投降贼寇，胁迫张巡做长史，并让他到西边去迎接贼军。张巡来到真源，率手下官吏在玄元皇帝庙中痛哭不止，然后起兵讨伐叛逆，招到壮士一千人，向西来到雍邱。正好碰上雍邱县县令令狐潮出去迎接贼兵进城，张巡便先进城防守。

令狐潮带着四万贼兵来夺雍邱，张巡孤军出战，居然杀退了贼兵。令狐潮和张巡过去有交情，就多次引诱张巡投降，张巡用国家大义责备他，始终不从。令狐潮连番进攻，结果城中箭用完了，张巡做了一千多个草人，并给他们穿上黑衣，夜晚用绳子放到城下。令狐潮因为天色昏暗，不方便出战，就命令士兵放箭，张巡将草人拉上来，因此得到了十几万支弓箭，又用来射击贼兵。

不久，张巡又让一些精兵穿上草人的衣服出城，贼兵讥笑他又故技重施，毫不防备，没想到被这些壮士突然杀入，结果大破贼兵。令狐潮多次进攻，张巡派郎将雷万春登城守御，贼兵用飞箭连射，雷万春的脸颊共中了六支箭，雷万春仍然站立不倒，贼兵怀疑是木头人，只听见城上大喊道：“狡猾的奸贼，认得我雷将军吗？”贼兵大惊，张巡趁势杀出，捉住贼将十四人，杀敌一百多人，令狐潮这才逃走。

河南节度使虢王李巨出兵驻守彭城，任命张巡为先锋官。张巡听说宁陵被围，情况紧急，主动率兵前去救援，和睢阳太守许远见面。许远是许敬宗的曾孙，天性忠厚，精通用人之道，颇有祖上的风采。许远和张巡一见如故，二人一论年龄，发现是同年所生，许远大几个月，张巡于是称呼许远为大哥，并发誓拼死相助。城父令姚訚也和他们联合，共同抗击贼寇。贼将杨朝宗率两万兵马袭击宁陵，张巡、许远合军迎战，杀贼一万多人，朝廷下诏提升张巡为河南节度副使。

至德二年，安禄山被刺死，安庆绪派部将尹子奇带领蕃胡各部落骑兵猛扑睢阳。张巡率军援救许远，与贼兵血战二十多天锐气不衰。许远因为自己的军事才能比不上张巡，就专门掌管军粮、战具，一切攻守事宜都由张巡定夺。

张巡连连击败尹子奇，所缴获的车马牛羊，全部分给士兵，自己丝毫不贪。肃宗下诏加封张巡为御史中丞，许远为侍御史，姚訚为吏部郎中。

尹子奇三战三败，于是增兵进攻。张巡不拘泥于现成的兵法，而是随机应变，奇兵层出不穷。张巡曾想射死尹子奇，苦于不认识，于是削蒿草为箭，射进贼营。贼兵以为城中的弓箭用完了，连忙报告尹子奇。尹子奇亲自带兵攻城，张巡的部将南霁云发现了尹子奇，抽弓搭箭射了过去，正中尹子奇左眼。尹子奇疼痛难忍，落荒而逃。张巡从城中杀出，歼敌无数。

张巡因为将士有功，便派人上报嗣虢王李巨，请求发给赏赐。李巨只给了三十个空头衔，还都是军营中的小官，并且命令将睢阳城中的军粮运走了三万斛，转给濮阳的济阴。许远派人据理力争，始终没争下来，李巨反说许远不听管束，要到皇上那里参他一本。许远拗不过他，只好眼睁睁地看他把军粮运走。

济阴得到军粮后立即叛变，并接应尹子奇，这时的尹子奇眼伤已经痊愈，于是又在附近征兵数万人，再次进攻睢阳。尹子奇此次专为报仇而来，因此百般进攻，连用云梯、钩车、木驴等器械，都被张巡击毁，毫不见效。尹子奇不敢再攻，只是深挖战壕，困住孤城。城中的守军本来只有几千人，经过尹子奇的连番进攻，死的死伤的伤，只剩下六百人还能防御，再加上军粮被李巨运走，无粮可吃，起初每人每天能给一勺米，后来军米吃光，只能吃茶纸和树皮了。张巡不得已，只好派南霁云等人突围而出，打算飞报肃宗，或到邻郡去搬救兵。当时许叔冀在谯郡，尚衡在彭城，御史大夫贺兰进明在临淮，却都袖手旁观，不肯出兵救援。

南霁云回到宁陵，和守将廉坦率领三千人马，冒死突围冲进睢阳城中，再一看自己的手下，只剩下一千人了。张巡见到南霁云，知道贺兰进明等人都不肯发兵，不免着急，手下将官无不痛哭，都说要突围逃走。张巡对许远道："睢阳是江淮的保障，如果弃城而去，贼兵必然乘胜南下，到那时江淮就全落进贼人手里了。况且我们饥饿不堪，也走不了多远。在城中固守是死，出城也是死，我想行宫虽远，派去的人也差不多到了，将来总会有援兵，不如坚守待命吧。"许远也赞成张巡的主张。怎奈满城无粮，米吃光了吃茶纸，茶纸吃光了吃战马，战马吃光了吃鸟雀、老鼠，鸟雀、老鼠又吃光了，只得煮皮革吃。张巡的妾霍氏情愿自杀给士兵吃，张巡也只好让她自刎，煮尸体给属下吃。张巡向西下拜道："臣已经尽力了，活着不能报答陛下，死了也要变成厉鬼杀贼。"

贼兵见城上的守军寥寥无几，就从四面攻城，最后攻进城内，张巡、许远以及姚訚、南霁云、雷万春等人都陆续被擒，被推到尹子奇面前。尹子奇想招降他们，张巡等人大骂贼寇，英勇就义。睢阳人后来称张巡、许远为"双忠"，建庙祭祀，称为"双忠庙"。

肃宗从凤翔回归西京长安，百姓欢呼万岁。御史中丞崔器命令先前投降叛贼的一帮官员，全都摘掉官帽，光着脚来到含元殿前磕头请罪。那些在东都洛阳投降叛贼的官员，像陈希烈、张均、张垍、达奚珣等人，也都由广平王押送回西京，来到朝堂前听候惩处，肃宗下令将此人押进狱中。汲郡人甄济、武功人苏源明，虽经安禄山多次胁迫，始终不肯投降，朝廷下诏特别提升甄济为秘书郎，提升苏源明为考功郎中兼知制诰。

回纥太子叶护，也从东京洛阳回师，前来觐见肃宗，说自己军中马少，说要回去取马，然后再来帮助朝廷讨伐范阳，扫清余孽。肃宗大喜，当即封他为忠义王，所有回纥的士兵，都有厚赐，叶护拜谢告辞离开了。

不久，广平王李俶和郭子仪得胜回到长安。肃宗封郭子仪为代国公，派他再次出兵北伐，平定残敌。张镐和鲁炅、来瑱、嗣吴王李祗、李嗣业、李奂等五位节度使出兵河东、河南各郡县，势如破竹，沿途各地大半平定。贼将严庄见大势已去，背叛了安庆绪来降，肃宗封他为司农卿。尹子奇被张镐打败，逃到陈留，陈留人杀死尹子奇，全城投降官军。肃宗非常高兴，修复宗庙，修整宫殿，专等太上皇回京。

十二月间，太上皇回到长安。父子相对，黯然泪下。肃宗请太上皇登上金殿，接受百官朝贺，太上皇看着左右道："我当天子五十年，还不算尊贵，如今身为天子之父，才算是真富贵了。"太上皇又到含元殿抚慰官民，接着到长乐殿谒见九庙神主，痛哭了好半天，然后回到兴庆宫，就此住下。肃宗请求避位，退居东宫。太上皇不同意，把传国玉玺传给肃宗。肃宗哭泣着接受，这才来到丹凤楼，下诏大赦天下，只有和安禄山一起谋反的同党，以及李林甫、王鉷、杨国忠的子孙不在赦免行列。

然后，肃宗封广平王李俶为楚王，加封郭子仪为司徒，李光弼为司空，其余护驾立功的大臣全都论功行赏，加官晋爵。追赠死节的大臣，如李憕、卢弈、蒋清、张介然、颜杲卿、袁履谦、张巡、许远、姚訚、南霁云、雷万春等人，各自加官，子孙赐给世袭爵位。

肃宗把各个郡县下一年的租庸减去三分之一，新近所改的郡名、官名，一律复原，改称蜀郡为南京，凤翔为西京，西京为中京，册封张良娣为淑妃，皇子南阳王李系以下全都加封爵位，又封李辅国为殿中监，晋爵为成国公。当时，韦见素、裴冕、房琯等人都已被罢免宰相之职，肃宗改用苗晋卿为侍中，王屿为中书侍郎，李麟为同中书门下三品，内外官员全部安排妥当。

御史中丞崔器、礼部尚书李岘、兵部侍郎吕諲，奉旨查办先前在两京投降叛贼的官员。崔器和吕諲都主张严办，上奏主张所有投降贼人的大臣应当一律处死。只有李岘用侍御史李栖筠为详理判官，打算根据情节轻重治罪。三个人争议了好几天也没能达成一致，最后请求肃宗定夺。肃宗采纳了李岘的建议，于是把罪名定为六等，最重的处斩，其次赐自尽，再次杖打一百，后面三等流放贬官。张均、张垍兄弟都被列在处死条内，肃宗有意想赦免这两个人，转奏太上皇。

太上皇道："张氏兄弟世代享受国恩，竟然甘心从贼，而且为贼人尽力，罪大恶极，怎么能不杀？"肃宗叩头再拜说："如果没有张说父子，儿臣哪能有今天？我如果不能保全张均兄弟，死后有何脸面去见张说？"说完痛哭流涕。太上皇命左右扶起肃宗，又对肃宗道："我看你的面子，饶了张垍的死罪，流放岭外。张均逆贼，大逆不道，罪不可赦，你就不必再为他求情了。"

肃宗为什么要赦免这两个人呢？原来，肃宗是杨良媛所生，杨氏开始怀孕时，正赶上太平公主掌权，专门和玄宗作对。当时，张说正在东宫陪读，可以进出东宫，玄宗私底下对张说道：“杨良媛怀孕，恐怕太平公主听说后又要当作一个话柄，说我宠幸妃子，在父皇面前搬弄是非，不如用药堕胎，免得她来找碴儿。”张说道：“龙种怎么能轻易堕掉呢？”玄宗道：“为了保全一个没出生的孩子而危害自身，太不值得，我意已决，你去帮我找一服堕胎药，千万要保密。”张说觉得很为难，堕了胎有损母子，不堕胎，太子那里不好交差，只好找了两剂药，一剂安胎，一剂堕胎，送了进去，由杨良娣取用，听凭天命。也是肃宗命不该绝，杨良娣先吃了保胎药，第二剂堕胎药竟然不小心洒掉了。肃宗出生后，太平公主因为谋反被赐死，玄宗才得以继位，杨良娣晋升为贵嫔，后来又生了一个女儿，就是宁亲公主，长大后下嫁给张说的儿子张垍，这就是肃宗母子暗中报恩的原因。

肃宗生平所最恨的是李林甫，最宠爱的是张均兄弟。肃宗继位后曾想掘开李林甫的坟墓，锉骨扬灰，还是李泌极力谏阻，说恐怕太上皇反对，肃宗才作罢。现在肃宗想找太上皇为张均兄弟求情，偏偏太上皇不许，只赦免了张垍一个，肃宗也只能付之一叹了。后来，张垍死在流放地，宁亲公主竟然改嫁给了裴颖。

当时投降叛贼的官员罪名已定，斩了达奚珣等十八人，赐陈希烈等七人自尽，张均也在其中。此外的人或杖打或流放，分别处置，一班寡廉鲜耻的官员，到这时才知道懊悔，但已经来不及了。

第五十六回 史思明降而复叛

史思明自从围攻太原被李光弼击退后，退守范阳，安庆绪封他为妫川王，兼范阳节度使。范阳本来就是安禄山的老巢，安禄山抢来的两京的珍宝，多半运到这里，以至堆积如山。史思明仗着富有越来越骄横，就想把范阳据为己有，不再服从安庆绪的管制。

安庆绪失掉洛阳后，逃到邺郡。李归仁等人带领几万败兵回到范阳，沿途大肆抢掠。史思明乘机招徕，并将李归仁所抢的财物，全部据为己有，势力更加强大。

这时，安庆绪在邺郡四处征兵，蔡希德、田承嗣、武令珣等人先后赶来，又凑了大约六万人马，唯独史思明一兵不发，也不派使者前来。安庆绪就知道他怀有二心，特地派遣阿史那承庆、安守忠、李立节三人带着五千骑兵去范阳，借征兵为名，嘱咐他们侦察情况并伺机偷袭。史思明听说后，早已料到他们不怀好意，就和部下秘密商议，决定投降大唐。

于是，史思明在帐外设下埋伏，自己率着数万人出去迎接。等见到阿史那承庆和安守忠后，史思明连忙下马行礼，非常殷勤。史思明引着二人进入客厅，摆下酒宴，正喝得高兴时，突然掷杯，伏兵突然冲进来，把这三人拿下，然后用财物遣散了那些随同前来的骑兵。

接着，史思明命令部将窦子昂上表唐朝廷，说愿意带领所辖的十三个郡和十三万兵马归降，并命令伪河东节度使高秀岩也上表投降。肃宗大喜，召见窦子昂，抚慰备至，当即下诏封史思明为归义王，仍然兼任范阳节度使，七个儿子都封了高官，又封高秀岩为云中太守，他的儿子也都封了官职，并派内侍李思敬和前信都太守乌承恩前往范阳宣旨抚慰，派史思明率领手下讨伐安庆绪。

史思明受了册封，立即斩了安守忠、李立节两人以表明自己的诚意，只有阿史那承庆和他有交情，逃过一劫。乌承恩到河北各地宣布朝廷旨意，沧、瀛、安、深、德、棣等州都相继归降，只有相州还属于安氏，河北也算基本平复了。

不久，到了至德三年，太上皇加封肃宗尊号，称为“光天文武大圣孝感皇帝”，肃宗也加封太上皇尊号，称为“圣皇天帝”，大赦天下并改年号，称至德三年为乾元元年，册封张良娣为皇后，李辅国兼任太仆卿。

张良娣和李辅国两人内外勾结，权倾朝野，并且多次用“子以母贵”的话暗示肃宗。肃宗认为兴王李佋虽然是皇后所生，但毕竟年纪还小，不便立为太子。肃宗曾经对考功郎中李揆说道：“朕打算立李俶为太子，爱卿以为如何？”李揆下拜称贺道：“这是社稷之福，臣恭贺陛下。”肃宗于是改封楚王李俶为成王，几天后立为太子，改名为李豫。

同平章事张镐一向性情淡泊，不喜欢追逐名利，皇后和李辅国都不喜欢他，经常说他的坏话。一次，张镐上奏肃宗道：“史思明因为叛乱反而得到高官，此人人面兽心，千万不能依靠他。新任的滑州刺史许叔冀，狡猾多诈，遇到大难必然会变节。”肃宗认为他过虑了，不合时宜，竟然把他贬为荆州防御使。张镐所兼任的河南节度使一职，改由崔光远接任。

不到半年，史思明果然反叛大唐，自称大圣燕王。自从张镐被罢免后，李光弼又上奏说史思明凶狠狡诈，必将叛乱，应当派乌承恩就近预防，肃宗还是不信。李光弼又上了第二次密奏，劝肃宗任命乌承恩为范阳副使，派他提防史思明。肃宗这才依计照行。

李光弼为什么要重用乌承恩呢？原来乌承恩的父亲名叫乌知义，曾任平卢节度使。史思明曾在乌知义手下听令，深得偏爱，史思明心存感激，因此乌承恩驻守信都的时候，城池被史思明攻陷后，史思明不但以礼相待，还把他放掉。后来，乌承恩奉旨去宣旨抚慰，史思明对他格外恭敬，敬若上宾。乌承恩有所请求，史思明一般都会同意。李光弼知道他们之间的这层关系，就打算利用乌承恩诱取史思明。肃宗听了李光弼的计策，就封乌承恩为范阳节度副使。

乌承恩秘密联络史思明的部下，劝他们效忠朝廷。其中几个人把他的话转告给了史思明，史思明当然生疑，于是请乌承恩赴宴，并留他在府中住下，还暗中埋伏两个心腹躲在他的床下。然后让乌承恩的小儿子夜晚去拜访自己的父亲，乌承恩私底下对小儿子说道：“我奉命除掉这个叛逆，事成之后，皇上会封我为节度使。”话还没说完，就从床下冲出两个人，大叫着跑了出去。乌承恩知道事情败露，慌得手忙脚乱。

这时，门外的胡兵一拥而入，立即把乌承恩父子拿下，并在乌承恩的行囊中搜到了李光弼的文书，然后一并献给史思明。史思明责怪乌承恩道：“我有什么地方对不住你，你为什么要害我？”乌承恩无言以对，只好说是李光弼主谋。史思明于是召集将领和百姓，向西方大哭道：“臣率领十三万兵马归降朝廷，没有什么对不起陛下，为什么还要杀臣？”说完后，史思明喝令左右杀了乌承恩父子，并把乌承恩的同党两百多人全部杀死。

史思明又捉住唐朝廷的使臣李思敬，命令狄仁智、张不矜起草奏章，请肃宗诛杀李光弼。奏折起草完后，张不矜给史思明看过后，正准备装进信封，却被狄仁智销毁。史思明得知消息后，斥责狄仁智道：“我用你将近三十年，今天你罪当斩首。是你负我，不是我负你。”狄仁智厉声喝道：“人总有一死，能为国尽忠，死也值得。总比跟着你造反，死后遗臭万年要好得多！”

史思明大怒，喝令左右把狄仁智和张不矜处死，另外派人重新起草一份奏折送达唐朝廷。肃宗竟然颁诏书安慰史思明，把责任统统推在乌承恩一人身上，说不是朝廷和李光弼的意思。史思明本来就奸诈，怎么可能听信这些假话。更可笑的是肃宗派九位节度使去讨伐安庆绪，反而安排一个宦官鱼朝恩去做观军容使，监督管制这九位节度使。

这九位节度使都有谁呢？他们是朔方节度使郭子仪、河东节度使李光弼、泽潞节度使王思礼、淮西节度使鲁炅、兴平节度使李奂、滑濮节度使许叔冀、镇西兼北庭节度使李嗣业、郑蔡节度使季光琛、河南节度使崔光远，这九位节度使手下的马兵合起来差不多有五六十万。

肃宗本想任命郭子仪为统帅，但又因为李光弼和郭子仪功劳差不多，怕难以调动，所以不设元帅，特别设置了一个观军容使的名目，派宦官鱼朝恩担任。鱼朝恩哪里懂得什么兵法，那赫赫威名的九位节度使，竟要受一个太监的监督，叫他们怎么能服气呢?

鱼朝恩一顿瞎指挥，各节度使大多模棱两可，没有一个出来做主，互相推诿，几十万大军成了一盘散沙。自乾元元年十月围攻邺城，一直到乾元二年正月还没得手。镇西节度使李嗣业忍不住一腔烦火，亲自带兵攻城，不幸中了敌人的毒箭，不治身亡。

史思明自称大圣燕王，率兵来援助安庆绪。二人轮番侵扰官军，搞得九位节度使疲惫不堪。几次交战都伤亡惨重，不但没讨到便宜，反而被贼兵逼退到河阳。东京留守崔圆，河南尹苏震等人闻讯逃走，洛阳百姓全都躲到山谷里。九位节度使上表请罪，肃宗一律赦免，只是撤了几名小官的官职，然后封郭子仪为东畿、山东、河东诸道元帅，代掌东京留守，指挥军事。

郭子仪因为刚刚兵败，没敢即刻用兵，史思明和安庆绪又得到了喘息的机会。史思明假意和安庆绪改称兄弟，还准备和安庆绪歃血为盟。安庆绪冒冒失失地带着四个弟弟和骑兵三百人，出城来到史思明大营。史思明严阵以待，高坐在胡床上，传安庆绪进见。这时安庆绪才知道情况有变，可惜已经不能再退回了，只好低头服软，屈膝下拜道:“臣无能，丢了东西两都，身陷重围，幸亏大王还记得我父皇，远道而来救援，这才使臣死而复生，臣感激不尽！”说到这里，突然听到案上猛拍一声，史思明大声喝道:“丢掉两都还是小事，你身为人子，竟敢杀父夺权，人神共愤，天地不容，今天我定要为太上皇报仇雪恨！”当即，史思明把安庆绪兄弟赐死，孙孝哲、崔乾祐、高尚也一并处斩，总计安禄山父子谋反，历时三年灭亡。

史思明带兵进入邺城，封张通儒等人官职，收降安庆绪的残兵，留下儿子史朝义守城，自己率兵回到范阳，自称大燕皇帝，建元顺天，立妻子辛氏为皇后，封儿子史朝义为怀王，周挚为丞相，李归仁为元帅，改称范阳为燕京，称州为郡。史思明称帝后，祭天时却刮起暴风，仪式无法举行；铸顺天通宝钱，又仅得一文，其余的都没有铸成，史思明却不肯罢休，分军四出，渡河南下。

这时候的唐肃宗，正宠爱张皇后，信任李辅国。满朝文武有事要上奏都要先告知李辅国，再由李辅国转达给肃宗。李辅国骄横专恣，没人敢违抗。苗晋卿、王玙、李麟等人都因为不合李辅国的心意，相继被罢免，而改用京兆尹李岘、中书舍人李揆、户部侍郎第五琦为同平章事。

鱼朝恩和李辅国本就是同党，从邺城回京后，多次诬陷郭子仪，李辅国也从旁怂恿，不由得肃宗不信，于是下旨将郭子仪召回，改任李光弼为朔方节度使兵马元帅。郭子仪对待部下宽厚而有恩，李光弼则务必严整，接任后整肃军纪，壁垒森严，军营面貌一新。

李光弼巡视各营还没结束，就接到河北传来的警报，说史思明留下史朝清守范阳，自己率众从濮阳进兵，史思明的儿子史朝义兵出白皋，伪丞相周挚兵出胡良，贼兵大将令狐彰兵出黎阳，四路渡河，打算会集汴州。李光弼急忙率兵赶到汴州，对汴州节度使许叔冀说道："你只要守住此城十五天，我一定会调兵来救援，不得有误。"许叔冀答应后，李光弼离去。

等到史思明进攻汴州，许叔冀交战不利，竟然投降了史思明。史思明乘胜向西进发，直抵郑州。李光弼这时正在洛阳调兵，接连接到警报，就和东都留守韦陟商议。韦陟请求暂时放弃东都洛阳，退守潼关。李光弼道："贼兵乘胜而来，锐不可当，东都本来就不容易守，但是我们如此轻易地就放弃五百里土地，贼兵气势岂不是会更加嚣张吗？不如移师河阳，北边和泽州、潞州相连，可进可退，互相照应，使贼兵不敢向西进犯，这才是最好的安排啊！"

于是，李光弼命令韦陟率领东都的官员向西进入关内，让河南尹李若幽率老百姓出城到陕州躲避，自己则率领军士们运着油铁等物品去河阳。半夜时，李光弼率军进入河阳城，可两万人的队伍，粮食只能维持十天，李光弼不慌不忙，从容调度，很快就安排好了防守事宜。

史思明攻陷郑州，越过滑州，一直来到东京城下，发现城内空无一人，于是就率兵进攻河阳，派骁将刘龙仙到城下挑战。李光弼对左右众将说道："谁敢去杀了这个家伙？"仆固怀恩挺身请战。李光弼道："你是大将，而且刚刚加封为大宁郡王，区区一个草寇，何必劳你大驾！"话音没落，裨将白孝德应声说道："末将愿往！"李光弼问他要带多少兵马？白孝德道："何必带兵，看孝德一人一马，怎么取他的脑袋？"李光弼于是选了五十名精兵作为接应，然后在城上击鼓助威。

白孝德手持双枪，跃马杀出。刘龙仙见只他一人一骑，毫不在意，等到白孝德靠近后，正要动手，白孝德却摇手示意，刘龙仙疑心他不是要和自己为敌，就持刀没有进攻。白孝德又往前走了几步，和刘龙仙相距只有十步左右停住，怒目问道："你认得我吗？"刘龙仙就问你是何人？白孝德回答道："我乃大唐将官白孝德。"说完跃马突然杀过去，手中双枪齐刺，刘龙仙急忙躲避，还是被刺中肋下，落荒而逃。随后被白孝德追上，一枪刺入后心，刘龙仙坠落马下，白孝德下马取下他的首级，又翻身上马，举着人头对贼兵喊道："什么人敢再来送死！"贼兵纷纷后退。白孝德从容率领五十名骑兵返回城中，献上人头。李光弼大喜，当即为白孝德记上首功。

史思明折了爱将刘龙仙，一时之间不敢再攻城，只是每天在河边来来回回地给一千多匹战马洗澡。李光弼命人搜集军中母马五百匹，也在河对岸洗澡，贼兵的战马被母马吸引，渡河而来，被官军全部赶进城。史思明丢了一千多匹战马，叫苦不迭。于是，史思明又心生一计，派兵到河清县截断了李光弼的粮道。李光弼也出兵到野水渡，迎战史思明，双方相持了一天，李光弼半夜回了河阳，留下士兵一千人，让部将雍希颢防守，并且嘱咐道："贼将高庭晖、李日越都有万夫不当之勇，今夜必定前来劫营，你只要守着，不必和他们交战，他如果请降，你就把他们带回河阳。"嘱咐完就带军离开了。雍希颢莫明其妙，只好遵令防守。

天快亮时，果然看见一员贼将带着数百名骑兵来到栅栏前。雍希颢对左右说道："来的不是高庭晖，就是李日越，我们就听元帅的号令，只守不攻，看他们想怎么样？"来将到了栅栏下，看见官军非常整齐不紧张，不禁感到奇怪，就喝问官军道："李司空在吗？"雍希颢回答道："昨天晚上已经回城了。"来将又问道："留下士兵多少人？统兵的将领是谁？"雍希颢答道："留下士兵一千人，统兵将领就是我雍希颢。"来将沉吟着不答话。

雍希颢反问道："你是姓李还是姓高？"来将回答说姓李。雍希颢笑道："想必你就是李日越将军了。司空有令，他知道将军一直有颗忠心，只不过暂时被贼人所逼迫，现在特别让我等在这里迎接将军。"来将踌躇了半天，对左右说道："今天跑了李光弼，就算抓住了雍希颢，我这样回去，必死无疑，不如归顺唐朝吧。"其他人都没意见。来将当即投降，雍希颢打开栅栏和他相见，并引他去见李光弼。李光弼非常高兴，对李日越特别优待，当作心腹看待。李日越也非常感激，愿意写信招降高庭晖。李光弼道："不必、不必，他自然会来投诚的。"众将听了更加觉得又惊又疑，就连李日越也暗暗称奇，不知道他葫芦里卖的什么药。谁知过了几天，高庭晖果然率领手下前来投降，李光弼一样优待，并上奏为他们求得官职。

众将见李光弼收降这两人像早就有预料一样，就问李光弼是不是和他们事先约好了？李光弼回答道："我和他们二人素不相识，哪里有什么约定？只不过是根据情理推测罢了。我听说史思明曾经告诉部下，说我只会守城，不会野战。如今我出兵野水渡，他以为我自己送死，必定派李日越等人偷袭我，而且志在必得。李日越听到我回了河阳，无法抓到我，一定不敢回去交差，自然请降。高庭晖的才华和武艺都在李日越之上，听说李日越得到我的宠信，也必定前来投诚，谋占一席之地。现在果然不出我所料，也算是侥幸成功啊。"众将全都拜服。等他们问明高、李二人，一切都如李光弼所言，从此众将更加佩服李光弼，全都对他唯命是从。

史思明连折大将，怒不可遏，大举进攻河阳。李光弼派郑陈节度使李抱玉守南城，自己屯兵中潬。伪丞相周挚进攻南城，被李抱玉用诱敌计出奇兵击退，周挚于是改攻中潬。李光弼又派镇西行营节度使荔非元礼用精兵击退。周挚又改攻北城，史思明又派兵援助，自己攻打南城，互为声援。李光弼登城观望，对左右说道："贼兵虽多却不严整，不足为虑，用不了半天，保管被我军击败。"

李光弼亲自督阵，下令军中道："众将看我的令旗进军，有进无退，违者立斩。"然后，李光弼又将短刀置于靴中，对着将士们说道："我位列三公，不能死在贼人的手上，万一出师不利，各位战死沙场，我也自尽和大家死在一起。"于是，李光弼摇旗指挥将士再次和敌军拼杀。

忽然，郝廷玉往回跑来，李光弼当即命令左右去取郝廷玉的首级，郝廷玉大喊道："战马中箭，不是后退。"李光弼又命令他换马再战。一会儿，又看见仆固怀恩父子倒退下来，李光弼又派人去取他们的首级，仆固怀恩看见有人提刀赶来，只好和儿子仆固瑒硬着头皮向前冲。李光弼手中的令旗迎风舞动不停，众将拼命向前，再接再厉，杀得贼兵大败，周挚逃走。官军歼敌一千多人，俘虏五百多人，史思明也仓皇逃窜。李光弼乘胜再攻怀州。

唐玄宗凄凉的晚年

怀州守将正是安庆绪部下的安太清。安庆绪被史思明杀死后，他投降了史思明，史思明让他任河南节度使。李光弼率军攻打怀州，途中接到圣旨，加封李光弼为太尉兼中书令，李光弼接旨后，继续进兵至怀州城下。

安太清出战被打败，向史思明告急。史思明率兵来增援，李光弼留下部分士兵围城，自己率兵迎战。在沁水旁和史思明大军相遇，两军大战，这一仗杀敌三千多人，史思明逃走后转攻河阳城，又被李光弼侦察得知，回兵截杀，又杀死贼兵一千五百多人。史思明只好退回洛阳，李光弼于是专攻怀州。

安太清身经百战，很有些能耐，一直和官军相持了三个多月，还是无懈可击。李光弼决堤引丹水去灌城，仍然不能攻克，于是再命令郝廷玉暗中挖地道，一直挖进城中，里应外合才终于将怀州攻破，生擒安太清，押到长安。肃宗祭告太庙，改乾元三年为上元元年，大赦天下，增加李光弼食邑一千五百户，其余武官也都论功行赏。

肃宗把太上皇请到大明宫摆酒祝寿，并且邀请太上皇的妹妹玉真公主和太上皇的旧嫔一并侍宴，并召集梨园子弟前来助兴。哪知太上皇反而触景生情，暗暗落泪，勉强喝了几杯，就以自己身体不适为由返回了兴庆宫。为了这件事，宫中竟然又生出许多纠葛。

原来，太上皇逃奔四川时，时常悼念杨贵妃，曾经触景生情，作了一首《雨霖铃曲》，寄托悲思。后来从四川回长安的途中，路过马嵬坡，来到埋葬杨贵妃的地方，太上皇又亲自祭奠，流泪不止。等回到兴庆宫后，太上皇就命令肃宗下诏改葬杨贵妃，偏偏李辅国从中阻挠，说杨贵妃是导致亡国的妇人，能留个全尸已经不错了，怎么能赐葬呢，于是派李揆上奏太上皇，借口说满朝将士都很痛恨杨贵妃，要是改葬的话，恐怕会令将士们不高兴，太上皇这才作罢，只是秘密派高力士前往马嵬坡，简单改葬。

高力士找到杨贵妃的尸首，肌肤已经烂掉，只剩下一副骨架，唯独她胸前佩戴的锦香囊还是完好的，于是把这个锦香囊取下来保留，然后把她的遗骨放进棺材里，另外找了个地方埋葬。高力士又从一名驿卒的老母亲那里赎回一只杨贵妃的袜子，将袜子和锦香囊一并献给太上皇。太上皇得了这两件物品，更加感伤，特地命画工画了幅杨贵妃的肖像，挂在寝室，成天看着肖像叹气。后来，太上皇又想起梅妃江采苹，派人查访，也没有下落，也画了幅梅妃的肖像，题诗纪念。

一天，太上皇睡午觉，仿佛听见梅妃对自己哭诉："当年陛下蒙难，臣妾死在乱军之中，有人见臣妾死得惨，就把尸骨埋在水池东侧的梅树旁。"太上皇醒来后，想到梅亭外面曾有温泉，旁边种着十多棵梅花，派内侍一挖，果然挖到梅妃的尸骨，当下命令用皇妃的礼仪改葬。太上皇哭着祭奠了一番，这才回宫。

从此，太上皇闲居宫中，不是追悼梅妃，就是想念杨贵妃。肃宗非常体谅父亲的心情，时常去探望，还把以前的太监、歌女、乐工一律召回，供太上皇娱乐，排解无聊。怎奈太上皇仍然闷闷不乐，大明宫中的喜庆酒宴，也被他扰得大家很不开心，肃宗也有些不高兴了。

张皇后和李辅国平时就不被太上皇喜欢，这时候就趁此诬陷，说太上皇有不可告人的心思，不可不防，惹得肃宗将信将疑。张皇后的儿子兴王李佋病死，张皇后因悲生怨，归咎于太上皇，说他是老不死的，就是因为他成天哭泣，才殃及自己的儿子。

于是，张皇后和李辅国日夜密谋，想要加害太上皇以泄恨。可巧太上皇到长庆楼散步，一群老者经过楼下，抬头看见太上皇，都跪倒在地，齐呼万岁，太上皇就命令赐给酒食，又召将军郭英乂等人上楼赐宴。

李辅国借机找碴儿，对肃宗说道："太上皇在兴庆宫成天和外人交流，陈玄礼、高力士等人都在密谋商议，可能要对陛下不利，现在六军将士都是灵武功臣，因为太上皇的举动心生不安，我多次向将士们解释，将士们还是不能理解，我不得不据实向陛下启奏。"

肃宗沉吟半天，说道："太上皇仁慈，不会这样做的。"李辅国又说道："太上皇本来没这个意思，但恐怕会受小人蒙蔽，生出事来。陛下身为天下之主，应当为社稷考虑？不能只知道像村野匹夫一般尽愚孝。况且兴庆宫靠近民居，宫墙不深，也不是一个适合安养的地方，不如让太上皇迁居大内，既可以远离喧闹，又可以远离小人，免得被迷惑。"

张皇后也在旁边添油加醋道："李辅国言之有理，今天陛下如果不听良言，将来恐怕要后悔！"肃宗还在犹豫。李辅国退下来，又去怂恿六军将士，让他们集体请愿，求肃宗把太上皇迁到大内西宫居住。肃宗只是落泪，一句话也说不出来。李辅国反而对将士们说道："皇上自然知道你们的意思，会考虑你们的请求，你们退下吧！"将士们这才起身散去。

为了这件事，肃宗郁闷成病。李辅国又假传圣旨，说兴庆宫低洼狭小，不适宜再住，硬是出动卫兵要把太上皇带到西宫。幸亏高力士喝退卫兵，并且命令李辅国为太上皇牵马，才保住了太上皇的一点面子。太上皇住在西宫宫殿中，殿内非常萧条，只剩下几个老太监服侍，器具食物都不充足，尘封窗门，满院都是杂草。中午用餐，多是残羹冷饭，难以下咽。太上皇命人撤去肉食，并且嘱咐道："从今天开始，不必再上什么肉食了，我要终身吃素。"

李辅国假传圣旨迁居太上皇，害怕肃宗降罪，于是先托张皇后求情，又带领六军将士找肃宗请罪。肃宗被他胁迫，反而好言抚慰道："卿等也是为社稷考虑，防微杜渐，朕不会怪罪你们。"李辅国等人欢呼雀跃着跑了出去。

当时，颜真卿已经升任刑部尚书，实在看不下去了，就带着文武百官上表，询问太上皇的生活起居情况。李辅国竟然诬陷颜真卿是朋党，上奏肃宗将他贬为蓬州长史，又将高力士、陈玄礼等人一并弹劾，说他们阴谋叛逆。宫里面又有张皇后日夜游说，肃宗竟然把陈玄礼免官，把高力士流放到巫州。肃宗被张皇后和李辅国所控制，假称自己身体不适，竟然不再向西宫问安，只是派人侍候太上皇起居。就连外事肃宗也不能做主，肃宗本来打算派郭子仪出兵北伐进攻范阳，却被鱼朝恩阻挠，迟迟不能行动。

到了冬天，淮西节度副使刘展造反，大肆侵扰江淮地区。刘展原来是宋州刺史，和御史中丞王铣一同被封为淮西节度副使。王铣贪婪残暴，刘展则刚愎自用。节度使王仲铣上奏王铣的不法行径，将他诛杀，并派监军邢延恩入朝陈述刘展的罪行。邢延恩认为刘展一向很有威名，怕激起他造反，就特地向肃宗献计，请求封刘展为江淮都统，等他解脱了兵权赴任时，在中途将他逮捕。没想到，刘展识破了邢延恩的计策，提出要先得官印，然后再启程。等得到官印，刘展上表谢恩，然后带着七千宋州兵赶赴广陵。

邢延恩无从下手，计划失败，急忙跑回广陵，联络原江淮都统李峘，并约上淮东节度使邓景山，一同发兵抵抗刘展。此时，刘展说李峘造反，李峘说刘展谋反，弄得大家都很疑惑，无所适从。但是，江淮都统的官印已经落入刘展的手中，刘展变得理直气壮。百姓和士兵大多不听李峘的调度，还没等和刘展开战，就都先跑了。李峘逃奔到宣城，邢延恩逃奔到寿州，刘展长驱直入进入广陵，派部将进攻邓景山。邓景山战败，部下士兵纷纷溃散。刘展接连攻陷升、润、苏、湖、濠、楚等州，江淮一带没有一片净土。邓景山和邢延恩非常着急，一面上奏请求调平卢兵来增援淮南，一面派使者用重利诱使平卢节度使田神功，说愿意以江淮的子女财物作为酬劳。

田神功当时正屯兵在任城，听到情况后立即挑选精锐骑兵南下，到了彭城才接到朝廷的圣旨，让他讨伐刘展，他便名正言顺地和刘展开仗。刘展连战连败，丢下城池向东逃走。田神功轻松进入广陵和楚州，纵容士兵大肆抢掠，又派兵分路去追刘展，并且约邓景山和邢延恩等人三面夹攻刘展。刘展穷途末路来到金山，被田神功的部将贾隐林追上后杀死，然后，三路兵马搜剿余党，叛乱才被彻底荡平。平卢军在江淮沿途劫掠十多天，满载而归。

这时候，阴险贪婪的鱼朝恩和李辅国狼狈为奸，成天蛊惑肃宗。范阳该攻却不攻，耽误战机；攻打东京洛阳的条件还不成熟，鱼朝恩却一定要肃宗下旨，催李光弼火速进兵。

李光弼上奏说贼人兵力还很强，不可以轻易进兵。鱼朝恩又责备他故意逗留，每天派使臣催促。李光弼没办法，只好调集大军进攻洛阳，并挑选险要位置扎下大营。仆固怀恩仗着自己功劳大，因为李光弼几次压制，心怀不满，独自带兵在平原扎营。李光弼派人提醒仆固怀恩道："在险处扎阵，可进可退，要是在平原扎营，一旦兵败，很容易全军覆没，史思明不可轻视啊。"仆固怀恩不听劝告，没想到史思明果然率领大军突袭官军，仆固怀恩被杀得大败，甚至牵动后军，连李光弼也支持不住，只好跟着败退。史思明趁势追击，杀死官军几千人，军资器械大多被夺去。李光弼渡河逃到闻喜，河阳、怀州又被敌兵攻占。唐朝廷听到战败的消息，上下震惊，连忙增兵驻扎在陕州。

神策节度使卫伯玉从洛阳败退，到了陕州城，紧急收拾残兵，和前来增援的新军合力固守。不到几天，贼兵就来进攻，统兵将领就是史朝义。卫伯玉带兵出战，大破贼兵，史朝义再退再进，卫伯玉三战三胜。

史思明听说史朝义连败，不禁大怒道："这家伙难以成大事？不如让他快点死！"当即命令史朝义建一座三角城，用来贮存军粮，限一天完成。到了傍晚，史思明亲自去查看，见城虽然建起来了，却没有抹泥，于是痛骂史朝义，说他做事迟缓，并命令工匠立刻加泥，完成之后，史思明才返回大营，但还是怒气冲冲的，边走边说道："等攻克了陕州，一定杀了这家伙！"

史思明要杀儿子史朝义，真是只为了攻打陕州这一件事吗？这其中还另有一段隐情，和安禄山的情况差不多。

史思明是除夕出生，安禄山是正月初一出生，两人的生日只差一天，又是同种同乡，同时投军入伍。安禄山渐渐富贵，史思明却还没有出人头地。有个土豪的女儿辛氏，见史思明身材魁梧，相貌堂堂，便哭着喊着要嫁给史思明。史思明娶了辛氏，非常喜欢，渐渐讨厌起自己先前的私生子史朝义。

后来，史思明得到了安禄山的举荐，逐渐积累功劳做到了将军，辛氏也生了儿子史朝清。史思明暗想："自从我娶了辛氏为妻，接连升官，又得了个大胖小子，想必是我妻子福命过人吧。"从此更加宠爱辛氏和史朝清，越来越讨厌史朝义。只是这史朝义一向为人谨慎，对待手下有恩，而史朝清却为人残忍，不得人心，士兵们大多愿意依附史朝义，怨恨史朝清，所以，史思明自称皇帝并立辛氏为后以后，惟独立太子的事始终没有决定。现在史朝义攻打陕州接连失败，史思明就打算除掉史朝义，立史朝清为太子。

三角城竣工后的第二天，史思明再次命令史朝义进攻陕州，并下令如果一天攻不下就斩首，并在鹿桥驿等待战报。这道命令一下，不但史朝义感到自危，就是史朝义的部下也都惊恐万分。部将骆悦、蔡文景私底下对史朝义说道："陕州城怎么可能一天就攻下呢？看来我们明天就要没命了。"史朝义道："这可怎么办呢？"骆悦答道："主子想要废长立幼，所以借这个机会害你，如今只有强迫主子收回成命，说不定还能活下去。"史朝义低着头不说话。骆悦和蔡文景齐声说道："您要是不忍心，我们就去投降大唐去了！"史朝义急得没办法，不得已对二人说道："你们要好好去请求，不要吓着我父亲！"

于是，骆悦等人率领三百军兵，连夜赶回，谎称有要事禀报，径直来到史思明的住处，四下里找不到史思明，就厉声问卫兵。卫士早已吓得缩成一团，什么也说不出来。骆悦和蔡文景当场杀了很多人，才有人说史思明上厕所去了，并指明了路径。骆悦等人赶到厕所，还是没见到史思明。忽然，墙后有马铃声传来，骆悦等人急忙登上墙一看，只见有一个人牵着马出了马厩，正要跨上鞍。骆悦的部下周子俊弯弓发箭，正中那人的左臂，那人随即堕落马下。周子俊当即跳墙去看，骆悦等人也相继跳出，到了马前仔细一看，正是史思明，于是将他两手反剪，捆绑起来。

史思明受伤没死，就问是什么人反叛。骆悦大声回答道："我们是奉了怀王的命令！"史思明道："我早晨失言了。但为人子怎么可以杀自己的父亲？为人臣子怎么可以杀自己的君主？你们难道不知道吗？"骆悦回答道："安禄山是谁杀的？何况你杀人太多，难道会没报应？"史思明叹息道："怀王，怀王，你真的敢杀我吗？只是可惜太早了，让我到不了长安了。”骆悦也不和他多说话，把他带到柳泉驿，让手下士兵看守着，然后回来报告史朝义道：“大事成功了！”史朝义道：“没吓着我父亲吧？”骆悦回答说没有，然后让许季常去告诉后军情况。许季常返回后，骆悦又劝史朝义道：“一不做二不休，大义灭亲，自古就有！”史朝义已经没有主意，骆悦就到柳泉驿杀掉了史思明，接着，又把史朝清母子捉住，一并杀掉。

史朝义自称皇帝，改元显圣，任命部将李怀仙为幽州节度使，留守燕京。但史朝义所统领的节度使大多是安禄山的旧将，史思明称帝时，就已经有很多是阳奉阴违，这次史朝义再自立为帝，大家就更不愿意听命了。

肃宗仍然命令各道节度使进攻史朝义，并加封李辅国为兵部尚书，执掌全国军务，接着又在大明宫建设道场，诵经念佛，改称宫里人为佛、菩萨，称北门武士为金刚神王，召集大臣顶礼膜拜。肃宗又去尊号及年号，以建子月为岁首，子月朔日，受百官朝贺，如同元日的礼仪。

第二年，河东军叛乱，杀死了节度使邓景山，推举兵马使辛云京为节度使。不久，绛州行营又发生叛乱，前锋大将王元振杀死了都统李国贞。镇西、北庭行营军兵，又杀死了节度使荔非元礼，推举裨将白孝德为统帅。

各地警报络绎不绝，肃宗封郭子仪为汾阳王，统领各道节度使，并兼任兴平、定国等军副元帅。郭子仪奉命来到绛州，招来王元振，将他就地正法。辛云京闻风丧胆，立即配合郭子仪查出乱党几十人，一并处斩，河东各镇总算平静下来。

肃宗得到郭子仪的奏报，心中稍稍宽慰，但自己此时已经被张皇后和李辅国控制，一切举动都不得自由，免不了抑郁寡欢，经常生病。太上皇寂寞地居住在西宫，百无聊赖，惆怅万分，竟然生出了自杀的念头。

第五十八回 史思明父子兵败被杀

就在太上皇郁郁寡欢的时候，四川来了一个方士觐见太上皇，说自己姓杨名通幽，法号叫作鸿都道士，有汉代李少君的法术，能召亡灵来相会。

太上皇大喜，立即命人在宫中设坛，烧符念咒，忙乱了好几天，一点动静也没有。这个杨通幽又禀告太上皇道："贵妃肯定成仙了，没有进入地府，等臣再去找！"杨通幽于是命令坛下的侍从不得妄动，也不能喧哗，自己俯伏在坛前，一动不动，大约过了一天，也不见他醒来，又过了一天，还是这样一动不动，直到过了第三天，才突然起身去见太上皇。

太上皇就问他当底有没有找到？杨通幽回答道："臣已经见过贵妃了，而且拿到了信物，可以作证。"说到这里，就从袖子里取出两件物品，原来是半支金钗和半个钿盒呈给太上皇。

太上皇接过来一瞧，原来是当初召见杨贵妃时的定情之物，只不过缺了一半，忙问是从哪里拿来的？杨通幽答道："臣的元神云游三界，在东海蓬莱仙岛的'玉妃太真院'中见到杨贵妃，得到这个定情信物。贵妃又说当年在长生殿中乞巧，曾和太上皇对天盟誓，讲过'世世愿为夫妇'的话，可作为凭证。"

太上皇听到这里，不禁黯然道："确有此事，此外还有别的话吗？"杨通幽又说道："贵妃还说太上皇是孔圣真人的后身，不久就会升天重聚，再续前缘。"太上皇流着眼泪道："我情愿快点死，好早点团聚，真是早死一天才好啊。"然后命令左右取出金帛，赐给杨通幽。

究竟这事是真是假，无从考评。只是太上皇自从迁居西宫后，很久不吃荤腥，等到杨通幽做完法事后，更是辟谷采气，连续很多天不吃东西。试想一个肉骨凡胎，不吃饭哪能受得了？况且太上皇本来就已经重病缠身，加上心情悲痛，眼看着形同槁木，心如死灰，不久就与世长辞了。据说临驾崩前一天，太上皇还吹了几声紫玉笛，音调极其悲伤，相传有双鹤在庭前徘徊了很久才离去。总计玄宗在位四十三年，在四川避难两年多，回到长安又有五年，享年七十八岁。后人尊谥为大圣大明皇帝，所以后世沿称为唐明皇。

肃宗已经有好几个月没有去见太上皇，突然听到太上皇升天的消息，不免悲悔交集，痛哭流涕，吃不下饭，自己的病情也加剧了，只能在内殿举行哀悼。番国使臣怀念太上皇，有四百多人刺破脸面割破耳朵以示纪念。第二天，肃宗任命苗晋卿代理宰相，辅佐太子李豫主持国政。

这时，楚州献上宝玉十三枚，群臣上表庆贺，并且说太子曾被封为楚王，如今楚州出现宝物，是吉祥的兆头，应当改年号。于是，肃宗改上元三年为宝应元年，然后下诏大赦天下，放回发配边关的罪人。高力士从巫州被赦免，走到朗州时听说太上皇已经驾崩，悲痛万分，口吐鲜血，不久就死掉了，享年七十九岁。

肃宗的病一天比一天重，与此同时，宫中又发生内乱。原来张皇后和李辅国本来是内外勾结，互为援助。后来李辅国专权，连张皇后也受他挟制，逐渐谁也容不下谁。张皇后见肃宗病重，就召太子商议，准备除掉李辅国。太子痛哭流涕道："皇上的病太重，不便禀告。如果突然诛杀李辅国，必然惊吓到皇上，这事还是以后再议吧。"

张皇后见太子这样说，就让太子出去，又召越王李系商议，对他说道："太子仁弱，不能诛杀贼臣，你可以吗？"李系是肃宗的次子，开始被封在南阳，后来迁到越州。他本来就痛恨李辅国，现在听张皇后一说，立即满口答应。然后，李系命令内监段恒俊挑选了二百名精壮的太监，准备伺机除掉李辅国。

不料这件事却被程元振听说，告诉了李辅国。程元振曾经当过飞龙厩副使，和李辅国是一丘之貉，狼狈为奸。李辅国当即召集党徒到凌霄门探听消息。正碰上太子要进宫门，李辅国和程元振就上前拦住道："宫中有变，殿下千万不能进宫。"太子道："有甚么变故？刚才中使召我，说是皇上病危，我难道能因为怕死不进去看望吗？"程元振道："社稷事大，殿下还应当慎重。"

说着，程元振就指挥党羽，拥着太子进了飞龙殿，派兵守着。然后，程元振和李辅国假传太子命令，召集禁兵闯进宫中，搜捕越王李系和段恒俊等人，把他们押进大狱。

张皇后听到变故，慌忙跑进肃宗的寝室，希望躲避劫难。不料，李辅国胆大包天，竟然带着几十个卫兵闯进皇帝寝宫，逼张皇后出来。张皇后哪里肯走，哀求肃宗救命。肃宗当时已经奄奄一息了，见此情景，顿时气喘吁吁地说不出话来。李辅国根本没把皇上放在眼里，硬是扯住张皇后，把她拖了出去，然后又搜捕张皇后同党几十人一同押进冷宫中。可怜肃宗皇帝，独自躺在床上，又惊又怕，又悲又恼，喘息半天也没人理，竟然一命呜呼，享年五十二岁。

李辅国见肃宗已经驾崩，命令手下勒死张皇后，又杀死张皇后同党几十人。越王李系、兖王李僩和段恒俊等人都被一股脑儿杀掉，一个不留。李辅国和程元振一同来到飞龙殿，请太子穿上孝服，出九仙门和宰相等人相见，这时才说起肃宗驾崩的事。代理宰相苗晋卿年过七十，向来胆小怕事。新任同平章事元载，由度支郎中升任，只知道盘剥百姓，巴结权贵，当然也不敢说话。大家全都唯唯诺诺，任凭李辅国安排。

于是，李辅国指挥众人在两仪殿给肃宗办了丧事，太子在灵前继位，四天后进入内殿听政，称为代宗皇帝。李辅国竟然自命为定策功臣，越来越专横跋扈。他曾经对代宗说："你只要在宫中享福就行了，外事自有老奴处理。"代宗听了，心里很不舒服，只是因为他手握兵权，不便指责，只好表面尊重，称呼他为尚父，事无大小都要向他咨询。李辅国更加狂妄，不久又加封自己为司空，兼中书令，程元振也升任为左监门卫将军。

代宗追尊生母吴氏为皇后，加谥号为章敬。废肃宗皇后张氏以及越王李系、兖王李僩为庶人，封长子李适为鲁王、次子李邈为郑王、三子李回为韩王。

李适是代宗的侍女沈氏所生，安禄山攻陷长安时，沈氏来不及出逃，被抓到东都洛阳。后来东京收复才和代宗重逢，仍然留在行宫，没来得及回长安。等到史思明再次攻进洛阳时，沈氏竟然不知去向。代宗派人四处查访，始终没有下落，就把皇后的位子虚设着，只册封了韩王李回的母亲独孤氏为贵妃。那些肃宗的旧侍从，如知内省事朱光辉、内常侍啖庭瑶以及山人李唐等三十多人，全部都被流放贵州。李辅国一向讨厌礼部尚书萧华，也将他贬为峡州司马。程元振忌恨左仆射裴冕，又把他贬为施州刺史。从此，唐朝廷只知道有李辅国和程元振，不知道有代宗。

没过多久，李辅国和程元振两人又开始争权夺势。程元振密奏代宗，请求削减李辅国的权力，代宗于是撤销李辅国的行军司马和兵部尚书之职，并把他放到外任。李辅国这时才起了戒心，上表请辞，代宗下诏罢免了李辅国的中书令职务，晋爵为博陆王。后来，代宗又和程元振想出了一条计策，密派杜济刺杀李辅国，杜济先砍掉李辅国的右臂，然后砍下人头扔进茅厕中。然后，杜济回来报告，代宗让他躲藏起来，假意让官府捉拿凶手，然后刻上一个木头做的脑袋，合在尸体上埋葬了李辅国，追赠他为太傅，谥号却是一个"丑"字。

代宗本来就痛恨李辅国，只因为张皇后生前曾有改立太子的意思，代宗时常心怀恐惧，等后来李辅国杀了张皇后，也算是为代宗除去了一个障碍，代宗反而感激李辅国，所以不想明着杀他，只是暗杀了事。

此后，程元振升任骠骑大将军，独揽大权，并且召郭子仪回朝，想要加害于他。郭子仪早有预感，就辞去了副元帅和节度使的职位，代宗下旨准奏。然后，代宗封鲁王李适为雍王，加封天下兵马大元帅，派他带领大军讨伐史朝义，并且派使臣刘清潭去回纥搬兵求援。

当年，回纥太子叶护回国调集兵马，准备再来帮助大唐讨伐范阳，偏偏葛勒可汗不肯再发兵马，反而向大唐请求和亲。肃宗当时正想倚重回纥，于是就把最小的女儿宁国公主嫁给了葛勒可汗，并且亲自送女儿到咸阳，再三安慰勉励。公主到回纥后，被尊为可敦。太子叶护，因为和肃宗立有旧约，愿意自己领兵去帮助大唐攻打范阳。葛勒可汗仍然不同意，父子之间闹起了矛盾，惹得葛勒可汗动怒，竟然把叶护逼死。后来，葛勒可汗自己也很自悔，派王子骨啜特勒和宰相帝德等人率领骑兵三千，帮助九位节度使一同攻打相州。九位节度使溃败，骨啜特勒等人也跟着跑回了长安。肃宗厚赏之后，将他们送回了回纥。

后来，葛勒可汗又为小儿子移地健向大唐求婚，肃宗把仆固怀恩的女儿嫁给移地健。不久，葛勒可汗病死，宁国公主因为没有儿子就回了大唐。移地健继位，号称牟羽可汗，封仆固怀恩的女儿为可敦，然后派大臣莫贺达干等人到大唐朝贺，并看望宁国公主。

代宗继位，诏书还没送达回纥，史朝义就蒙骗回纥，诈称大唐两次遇上大丧事，中原无主，请回纥出兵，大有好处。牟羽可汗信以为真，于是带兵南行，途中和刘清潭相遇。牟羽可汗就问刘清潭道："大唐不是已经灭亡了吗，怎么会派出你这个使者？"刘清潭回答道："先帝虽然已经驾崩，现在继位的就是当年的广平王，曾经和可汗的兄长叶护一起收复东西两京，并且还每年给贵国好处，难道已经忘了吗？"牟羽可汗无言以对，偕同刘清潭入塞，沿途只见州县空虚，烽火台也无人把守，就有了轻视大唐的意思，免不了嘲笑同行的刘清潭。

刘清潭秘密报告唐朝庭，代宗又派仆固怀恩去安抚，再派雍王李适带兵到陕州迎接回纥可汗。雍王李适带着御史中丞药子昂、兵马使魏琚、元帅府判官韦少华、行军司马李进一起来到回纥大营，和牟羽可汗相见。牟羽可汗高坐在胡床上，让雍王李适拜舞。药子昂上前一步道："雍王是嫡皇孙，现在两宫（玄宗和肃宗）尚未下葬，按礼节不应当拜舞。"

回纥大将车鼻在旁边反问道："大唐天子和我们可汗曾经结拜为兄弟，雍王见我们可汗，就像见叔父一般，怎能不拜？"药子昂争辩道："雍王是大唐太子，将来就是中国之主，怎么可以向外国可汗参拜呢？"车鼻不说话，竟下令军士把药子昂等四个人拖到帐后，各鞭打一百下，然后让他们跟着李适回营。韦少华和魏琚不堪痛苦，当晚就丧了命。

各道节度使陆续会集，他们听说雍王被回纥侮辱，就打算袭击回纥以雪国耻。雍王考虑到叛贼还没有剿灭，不宜再挑起战事，忍辱制止了大家。回纥见官军会集，也有些害怕，主动提出要出兵帮助讨贼。于是，仆固怀恩带领回纥兵为前锋，郭英乂、鱼朝恩殿后，从陕州出发。雍王李适在陕州留守，作为后援。各军向东京洛阳进发。

贼兵几万人在洛阳北郊立起栅栏固守。仆固怀恩派精锐骑兵和回纥兵马绕道南山，从栅栏的东北绕到敌军后面，然后和大军前后夹击，一举将贼兵的栅栏冲破，歼灭大批贼兵。

史朝义亲自率领精兵十万出城援助，在昭觉寺旁列阵，官军多次出击也不见成效。镇西节度使马璘道："关键时刻到了，这时候不出死力，怎么能破贼？"说完一马当先，奋勇突向贼阵。

贼兵的前队多是盾牌手，马璘用长槊拨去两块盾牌，骑马冲进敌阵。官军随着他冲了进去，贼兵顿时大乱，被杀得四散奔逃，逃到石榴园老君庙，敌兵正打算休息一下，官兵又杀到了，贼兵无心再战，互相践踏，尸体堆满了山谷。这一仗官军一共歼敌六万多人，俘虏两万多人。

史朝义带领几百名亲兵，向东逃往郑州。仆固怀恩攻占东京洛阳，乘胜夺取了河阳城，留下回纥可汗驻扎在河阳，命令儿子右厢兵马使仆固瑒和朔方兵马使高辅成，率领步骑兵一万多人，前去追击史朝义，到郑州后连战连捷，史朝义只得继续向东逃到汴州，伪陈留节度使张献诚关闭城门，不接纳他，史朝义只好又逃往濮州，渡河北窜。

这时，官军也依次向北进发，东京无人留守，回纥兵从河阳进入东京，肆意屠杀抢掠，大火烧了十几天，可怜东京的老百姓，三次遭劫，只落得一片断壁残垣、家破人亡。仆固怀恩这时也无暇顾及，听说前军获胜，也亲自前去追赶贼兵。史朝义边战边逃。滑州、卫州，都被仆固怀恩收复。伪睢阳节度使田承嗣等人前来援助史朝义，和仆固怀恩的儿子仆固瑒大战了半日，又被打退，和史朝义一起逃向莫州。

官军争传捷报，并且传檄两河一带，希望贼党自己来投降。果然，伪邺州节度使薛嵩带着相、卫、洺、邢四州向李抱玉投降；伪恒阳节度使张忠志带着恒、赵、深、定、易五州向辛云京投降；田承嗣和史朝义待在莫州城勉强过了残年。

第二年，唐朝廷改年号为广德，并下令让各军继续进剿叛军，加封仆固怀恩为河北副元帅。仆固怀恩命令兵马使薛兼训、郝廷玉等人会同田神功、辛云京两位节度使，进攻莫州。史朝义多次出战都被打败。官军锐气正盛，淄青节度使侯希逸又率大军来到，田承嗣知道自己无力支持，就劝史朝义亲自去幽州调集兵马来救援。史朝义率精锐骑兵五千人，从北门连夜突围逃走。田承嗣立即投降了官军，并且把史朝义的母亲以及妻子儿女，孝敬给了官军。官军收下俘虏，也来不及进城，就去追赶史朝义。

史朝义一路向北，一口气跑到范阳城下，只见城门紧闭，城上早已经竖起了大唐的旗帜，史朝义大吃一惊，险些儿落下马来。再一看，发现城楼上站着一员大将，好像很面熟，仔细一想，记得是范阳兵马使李抱忠，于是对李抱忠说道："你们为什么要背叛我？吃我的俸禄，就应该为我尽忠，因为莫州被围，我特地率骑兵来到这里，调集大军去救援。你们这些人要是还知道君臣大义，就应该洗心悔过，共图大局。"

话没说完，李抱忠已应声说道："现在我们已经投降大唐了，怎么能再反复呢？"史朝义听了，半天才说道："我今天还没吃饭，能让我吃一顿饱饭吗？"李抱忠答应了，让人把食物送到城东。史朝义和部下刚吃完，远远地听到有喊杀声传过来，他们担心是唐军追来了，急急忙忙地逃往广阳。广阳也闭门不接纳他们，最后只有考虑去投奔契丹。史朝义的部下陆续散去，范阳留守李怀仙带兵追赶。史朝义料到自己逃不掉，就在医巫闾祠下上吊而死。李怀仙带着史朝义的人头进献长安。史氏父子从起兵造反到兵败身死，历时四年。

李怀仙、薛嵩、田承嗣、张忠志依次到仆固怀恩的军营请求随军效力。仆固怀恩担心一旦贼人全部剿平，自己会失宠，于是上奏留用这四个贼人。代宗已经厌倦了战争，竟然同意了仆固怀恩的请求，并封薛嵩为相、卫、邢、洺、贝、磁六州节度使，封田承嗣为魏、博、德、沧、瀛五州节度使，李怀仙仍镇守原来的地方，任卢龙节度使。张忠志本是奚人，被赐姓名为李宝臣，仍然统领恒、赵、深、定、易五州，封为成德节度使。同时，代宗下诏大赦天下，所有东都洛阳以及河南、河北的伪官全部投诚，代宗一概既往不咎。于是，叛臣许叔冀以下的官员全都被意外免死，侥幸保全了性命。

第五十九回 威震天下的郭子仪

剿灭史朝义之后，唐廷论功行赏，特别册封回纥可汗为英义建功毗伽可汗，可敦为毗伽可敦，从可汗到宰相，一共赐给食邑二万户，其余大小官员都有封赏，回纥可汗这才满意地离去。代宗又封赏群臣，从正副元帅到各道节度使都加官晋爵。只有山南东道节度使来瑱，本来已经被封为兵部尚书兼同平章事，偏偏程元振和来瑱有矛盾，说来瑱和叛贼私通，竟然把他流放到播州，不久又将他赐死。来瑱的旧部大为不平，就私自推举兵马使梁崇义为统帅，唐朝廷不便讨伐，只好封梁崇义为山南东道节度使留后。梁崇义替来瑱鸣冤，请求改葬，朝廷下旨准许改葬，来瑱才得以归葬故里。

代宗见叛乱已经剿平，就葬玄宗于泰陵，葬肃宗到乔陵，然后又重新划定了各节度使的疆界。幽、莫、妫、檀、平、蓟六州归幽州管辖；恒、定、赵、深、易五州归成德军管辖；相、贝、邢、洺四州归相州管辖；魏、博、德三州归魏州管辖；沧、棣、冀、瀛四州归淄青管辖；怀、卫二州及河阳归泽潞管辖，各设节度使，其余的节度使各自仍管辖原来的地方。

仆固怀恩因功升任尚书左仆射兼中书令，坐镇朔方。代宗派他护送回纥可汗回国，路过太原时，河东节度使辛云京担心仆固怀恩会和回纥合谋袭击自己，因此闭关自守，不敢出来犒劳大军。仆固怀恩恨他不近人情，上表告状，代宗也没管。仆固怀恩就调集朔方兵数万人驻扎在汾州，让儿子屯兵在榆次，部将李光逸屯兵在祁县，李怀光屯兵在晋州，张维岳屯兵在沁州，摆明了是在威胁辛云京。

辛云京见四面都是敌人，更加害怕。刚好宦官骆奉仙来到太原，辛云京殷勤款待，让他回去报告仆固怀恩要造反。仆固怀恩也上奏请求诛杀辛云京和骆奉仙。代宗谁也不处罚，只是好言调停。

仆固怀恩认为自己战功卓著却遭到谗言，十分气愤，就写了一道奏折说道：

臣世本夷人，少蒙上皇驱策，禄山之乱，臣以偏裨决死靖难，仗天威神，克灭强胡。思明继逆，先帝委臣以兵，誓雪国仇，攻城野战，身先士卒。兄弟殁于阵，子姓殁于军，九族之内，十不一在，而存者疮痍满身。陛下龙潜时，亲总师旅，臣事麾下，悉臣之愚，是时数以微功，已为李辅国谗间，几至毁家。陛下即位，知臣负谤，遂开独见之明，杜众多之口，拔臣于汧陇，任臣以朔方，游魂反干，朽骨再肉。前日回纥入塞，士人未晓，京辅震惊。陛下诏臣至太原劳问，许臣一切处置，因得与可汗计议，分道用兵，收复东都，扫荡燕蓟。时可汗在洛，为鱼朝恩猜阻，已失欢心，及臣护送回纥，辛云京闭城不出，潜使攘窃，蕃夷怨怒，弥缝百端，乃得返国。臣还汾州，休息士马，云京畏臣劾奏，故构为飞谤，以起异端。陛下不垂明察，欲使忠直之臣，陷谗邪之口，臣所为拊心泣血者也。臣静而思之，负罪有六：昔同罗叛乱，骚扰河曲，臣不顾老母，为先帝扫清叛寇，臣罪一也；臣男玢为同罗所虏，得间亡归，臣斩之以令众士，臣罪二也；臣女远嫁外夷，为国和亲，荡平寇敌，臣罪三也；臣与子瑒躬履行阵，不顾死亡，为国效命，臣罪四也；河北新附诸镇，皆握强兵，臣抚绥以安反侧，臣罪五也；臣说谕回纥，使赴急难，戡定中原，二陵复土，使陛下勤孝两全，臣罪六也。臣既负六罪，诚合万诛，惟当吞恨九泉，衔冤千古，复何诉哉？臣受恩至重，夙夜思奉天颜，但以来瑱受诛，朝廷不示其罪，诸道节度，谁不疑惧？且臣前后所奏骆奉仙，情词非不摭实，陛下竟无处置，宠任弥深，是皆由同类比周，蒙蔽圣听。窃闻四方遣人奏事，陛下皆云骠骑议之，可否不出宰相，远近益加疑沮。如臣朔方将士，功效最高，为先帝中兴主人，陛下不加优奖，反信谗言。子仪先已被猜，臣今又遭诋毁，弓藏鸟尽，信非虚言。倘不纳愚恳，且务因循，臣实不敢保家，陛下岂能安国？惟陛下图之！

代宗看到仆固怀恩的奏折，就派同平章事裴遵庆，带着圣旨到汾州，抚慰仆固怀恩。仆固怀恩跪着听完圣旨后，抱住裴遵庆的两只脚，边哭边诉苦。裴遵庆连忙扶起仆固怀恩，安慰说皇上很信任他，让他不要担心，并劝他回朝。仆固怀恩以怕被人害死为借口，竟然不肯回京。裴遵庆回来报告代宗，代宗得过且过，竟然不以为意。

这时，从邠州突然传来急报，说是吐蕃进犯，带领吐谷浑、党项、氐、羌各族二十万人，前锋已经到了邠州了。代宗大惊道："外敌怎么来得这么快？莫非边境武将全都死光了。"当即召集群臣商议对策，群臣个个面面相觑，不敢发言。

邠州距离长安不过几百里，吐蕃兵马如此深入，应该早有警报，怎么到现在才听说呢？

原来，当年唐朝廷和吐蕃划定边界，在赤岭立碑，中间和好了几年。等到金城公主病逝后，吐蕃又和大唐起了争端，多次侵扰大唐边境，经河陇各位节度使王忠嗣、哥舒翰、高仙芝等人先后守御，才不能得逞。安史之乱时，所有河陇地区的守军都被征召去救援，边防空虚。肃宗初年，吐蕃主娑悉笼猎赞趁大唐发生内讧，攻陷威武、河源等军，并占领了廓、霸、岷各州。代宗继位后，吐蕃又攻陷了临洮，朝廷派御史大夫李之芳等人前去修好，反而被他们扣押。

一直到广德元年，郭子仪认为吐蕃不能不防，代宗还是不觉省。到了秋季，吐蕃带兵进攻大震关，接连攻陷兰、廓、河、鄯、洮、岷、秦、成、渭各州，河西陇右之地都被他们占领了。边境官吏连连告急，都被程元振封锁消息，代宗一直被蒙在鼓里。直到吐蕃长驱直入到了邠州，代宗才知道。满朝文武全都束手无策，只好再请郭子仪出山，封他为副元帅，让他出兵咸阳。正元帅就用了雍王李适，李适只不过是个皇子，名位虽然尊贵，却无勇无谋。

郭子仪一直在家修养，手下人马大多已经离散，现在仓促招募，只召到了二十多骑兵个。郭子仪派判官王延昌上奏，请求火速增兵，偏偏又被程元振阻拦，见不到代宗。渭北行营兵马使吕月将，部下有精锐士兵两千人，打败了吐蕃的前锋部队，后来因为寡不敌众，战败被擒。吐蕃兵马一直渡过便桥，进攻京师。代宗惊慌失措，带着几个妃嫔和雍王李适一起逃到陕州。文武百官也全都躲得无影无踪，六军也全部逃散。

郭子仪听说京城危急，连忙从咸阳赶来救援。进京城一看，既不见皇上，又没有兵马，满目萧条，不堪入目。正在清理时，突然看见将军王献忠带着五百骑兵拥着丰王李珙等人，打算打开开远门投降吐蕃。

郭子仪责问他们要去哪里？王献忠下马对郭子仪说道："如今皇上到东边去了，天下无主，您身为元帅，何不再立新君，安定天下？"郭子仪还没来得及回答，丰王李珙就接口道："你为什么不说话？"郭子仪道："哪有这种道理？"判官王延昌这时正站在郭子仪旁边，说道："皇上虽然流亡在外，但并没有失德，您身为王爷，为什么要说这种大逆不道的话？"郭子仪斥责王献忠道："你敢投降外敌吗？还不赶快护送诸王到陕州，免得受重罚！"王献忠向来害怕郭子仪，不敢违命，这才带着丰王李珙等人向东去了。

郭子仪见京城没有任何军备，也只好出城另行招募士兵。吐蕃兵马进入京城，高晖首先带兵进入，和吐蕃大将马重英等人纵容士兵烧杀抢掠，整个长安城中一片萧然。高晖等人劫持广武王李承宏为帝，前翰林学士于可被封为宰相。

郭子仪带着三十名骑兵赶往咸阳，来到宿川，对王延昌说道："六军逃散，多在商州一带，你快去招抚，然后调动武关兵马，向北出了蓝田，再进攻长安，吐蕃兵必然撤退。"王延昌于是奉命来到商州，传下郭子仪的军令，招抚涣散的士兵。官军向来服从郭子仪，于是纷纷响应，和王延昌一起到咸阳。郭子仪在咸阳含泪誓师，士气大振。

节度使白孝德发兵救驾，和郭子仪合兵进攻吐蕃。郭子仪派左羽林大将军长孙全绪率领二百精锐骑兵从蓝田出发，临走时传授了一条密计，并派第五琦任京兆尹一职，和长孙全绪同行，并且调宝应军使张知节率领一千人马作为后应。

长孙全绪来到韩公堆，白天击鼓，夜晚点火，作为疑兵之计。光禄卿殷仲卿又招募到一千人马来保蓝田，和长孙全绪联络，再挑选精锐骑兵二百人，渡过浐水，在长安一带打起了游击。

吐蕃兵已经把长安抢掠一空，正打算满载而归，突然听到城里的百姓呼喊道："郭令公从商州调集大军来攻长安了！"紧接着，吐蕃侦察兵也陆续进城，上报称韩公堆方向聚集了大批官兵，正准备进攻长安，吐蕃将领马重英不由得害怕起来。当天夜里，长安城朱雀街鼓声骤起，随后是人马喧哗的声音，模模糊糊听得好像是"郭令公"三个字。高晖听说是郭令公来了，吓得魂飞魄散，连夜向东逃走。马重英也吓坏了，第二天黎明，马重英率领大军向北逃去。其实，郭子仪当时还在咸阳，只是派长孙全绪的部将王甫潜入长安城中，暗中找来几百名少年，趁夜敲鼓呐喊。吐蕃二十万将士，竟然被这"郭令公"三个字吓退。

长孙全绪和第五琦进京，派人向郭子仪报捷。郭子仪转奏行宫，请代宗回京。代宗正在巡视潼关，听说丰王李珙等人来到，倒也没有责备他们。谁知回到行宫，李珙竟然口出狂言，蔑视代宗，群臣纷纷上奏，代宗这才传旨把他赐死。

叛将高晖逃到潼关，被守将李日越活捉，上奏后就地正法。等到郭子仪的捷报传来，代宗当即封郭子仪为西京留守，第五琦为京兆尹，元载为元帅府行军司马。郭子仪奉诏进京，派白孝德、高升等人分兵把守京城郊县，再次上表请求代宗返回京城。

程元振一直嫉妒郭子仪，竟然劝代宗迁都洛阳。本来这次吐蕃进犯，代宗出走，都是因为程元振一人从中作梗，蒙蔽代宗，才酿成此祸。代宗逃到陕州后，多次下诏书征集各道兵马，各个节度使都因为痛恨程元振，竟然没有一个应召，连李光弼也按兵不动。现在程元振竟然又提出迁都，群臣虽然心中不满，却都不敢说话。只有太常博士柳伉上疏弹劾，历数程元振的种种令人发指的罪行，请求代宗务必把这个奸贼斩首以谢天下，说得言辞恳切，大义凛然。这份奏折呈上去，代宗虽然被感动，却说程元振护驾有功，只是撤销了他的官爵，将他放归故里。

代宗下诏回京。左丞颜真卿请代宗先祭拜祖庙，然后再回宫。元载提出反对，颜真卿厉声道："你还想再扰乱朝纲吗？"元载无言以对，从此记恨颜真卿。郭子仪带领百官接驾，代宗进城先祭拜了祖庙，然后才回宫。

第二天，代宗封赏郭子仪等功臣，罢免了苗晋卿、裴遵庆宰相之职，封李岘为同平章事，加封鱼朝恩为天下观军容宣慰处置使，让他掌管禁兵，又封骆奉仙为鄠县筑城使，让他统领鄠县的驻军。

先前代宗在陕州时，颜真卿赶去护驾，他请求代宗召仆固怀恩前来勤王，代宗没答应。等到回京后，第二年的正月，代宗特地让颜真卿去朔方行营抚慰，传仆固怀恩上朝。颜真卿劝谏道："陛下在陕州时，臣要是奉旨前去安抚，用君臣大义去说服他，他或许因为想立功而接受诏令，现在陛下回宫了，他已经无功可图了，怎么还肯应诏呢？陛下不如让郭子仪去代替仆固怀恩，郭子仪曾是仆固怀恩的主将，并且一向很得朔方人心，让他去代替，真可以不战而定了。"代宗听了还是犹豫不决。

这时，正好节度使李抱玉的堂弟李抱真，曾任汾州别驾，他脱身回到京师，上报说仆固怀恩已经有反叛的打算，请求速调郭子仪去镇守朔方。代宗立雍王李适为皇太子，举行册封大典，文武百官纷纷庆贺，也就顾不上去理会仆固怀恩了。耽搁了好几天后，接到了河东节度使辛云京的急报，说是："仆固怀恩已经反了，派他的儿子来进犯太原，已被臣击退，现在叛军向榆次县去了，请求立即发兵征讨！"代宗看过急报后，立即召见郭子仪，封他为关内河东副元帅兼河中节度使，前去征讨仆固怀恩父子。

郭子仪率军刚到河中，就听说仆固瑒已经被部下杀了，仆固怀恩也败走灵州，河东的叛乱很快解决了。

这又是怎么回事呢？原来，仆固瑒为人残暴，自从太原兵败后转攻榆次，久攻不下。他派部将焦晖、白玉去祁县调集兵马援助。焦晖和白玉调兵赶到，仆固瑒指责他们太慢，差点儿治罪，两人怕有不测，就在半夜带兵把仆固瑒杀死了。

仆固怀恩在汾州听说儿子被杀，不免悲痛。忽然，老母亲走出帐外，愤怒地责备仆固怀恩道："国家待你不薄，我叫你不要反叛，你不听我的话，才有今天的结果。我年纪大了，也怕因为这个遭祸，我问你该怎么办？"仆固怀恩无言以对，匆匆离开。他的母亲提着刀出来追赶他，并说道："我为国家杀掉你这个奸贼！"仆固怀恩连忙跑开。他的部下听说郭子仪出兵河中，都在窃窃私语，说没有脸面再见郭令公。仆固怀恩见自己众叛亲离，竟然抛弃老母亲，带着三百名亲兵逃到灵州，杀死朔方军节度使留后浑释之，占据了灵州，据州自守。

郭子仪来到汾州，仆固怀恩的部下争相来拜见，发誓不再叛乱，河东重新安定。代宗下诏加封郭子仪为太尉兼朔方节度使。郭子仪坚决辞去太尉一职，然后上朝谢恩。

这时候，泾原方面又传来急报，说仆固怀恩勾结回纥、吐蕃两国兵马，带兵十万大举进犯。代宗大惊失色，居然还下诏安抚仆固怀恩，说他对大唐有功，不必怀疑，只要来京说明原因，朝廷仍然会加以重任等等。可这时候的仆固怀恩，早已和大唐势不两立，哪里还肯收兵回朝。代宗只好召郭子仪商议，郭子仪答道："仆固怀恩空有勇猛，对部下缺少仁爱，将士们离心离德。而且他的部下大多是臣的部属，必定不忍心和臣刀兵相见，臣料想他不会有什么作为。"

代宗于是派郭子仪出兵奉天，郭子仪派儿子殿中监郭晞和节度使白孝德防守邠州，自己带兵到奉天以逸待劳。敌兵快到时，众将都踊跃请战，郭子仪摇头道："敌军远道而来，希望速战速决，我们则利在坚守，等他们来到城下，我自然有计，谁敢再请战，定斩不饶。"然后，郭子仪命令守军偃旗息鼓，原地待命。

不到一天，仆固怀恩就带领吐蕃兵来到城下，他见城上没有守军，不禁怀疑起来，犹豫多时，看见天色已近黄昏，就退军五里安营扎寨，这天晚上也不敢进攻。到了第二天黎明，仆固怀恩开始鸣鼓进兵，突然听到一声号炮声，响彻山谷，仆固怀恩连忙登高观望，只见那奉天城外的乾陵南面，已经有很多官军摆成一字阵式，非常严整，当中竖着一面帅旗随风飘舞，旗上大写一个"郭"字，仆固怀恩不觉大惊道："郭令公已经到了吗？"吐蕃兵听到郭令公大名，也都吓得纷纷退走。

仆固怀恩只好自己带着部下转攻邠州，远远看见城上插着一面大旗，上面又写着一个"郭"字，吓得他大叫道："郭令公这么快又到了这里，难道郭令公会飞不成？"语没说完，城门突然开启，有一员大将手持长矛跃马冲了出来，大叫道："我奉郭大帅命令，只取反贼仆固怀恩的人头，其他人无罪，不必送死。"仆固怀恩一看，原来是节度使白孝德。正要上前交手，却发现手下兵马已经全部逃走，只剩下自己一个光杆司令。仆固怀恩没办法，只好拨马向灵州逃去。

郭子仪剿灭叛贼，回朝交旨。代宗再三慰劳，又要加封郭子仪为尚书令，郭子仪再次坚决推辞，代宗才收回成命，另外大加赏赐。

这年，李光弼病死在徐州，享年五十七岁，朝廷追赠他为太保，赐号武穆。李光弼是营州柳城人，父亲名叫李楷洛，本来是契丹酋长，武后时期投降大唐，被封为蓟郡公，赐谥号忠烈公。李光弼精通谋略，战功卓著。安史之乱平定后，升任太尉兼侍中，驻守泗州。后来又剿平浙东贼寇袁晁，晋封临淮王。自从程元振、鱼朝恩掌权后，嫉贤妒能，遭到各镇节度使的痛恨。代宗出逃时召李光弼护驾，李光弼也拖延没去。等代宗回到长安，又任命李光弼为东都留守，李光弼竟然借口收税去了徐州。李光弼手下将领田神功等人，见李光弼不受朝廷命令，都不再尊重他，李光弼郁闷成疾，不久就病死了。郭子仪和李光弼本来齐名，只是因为李光弼晚节不保，后人才评价李不如郭，可见人生应当始终如一。

第六十回 郭暧醉打金枝

仆固怀恩逃走后，蜷伏一隅，暂时不敢出兵，代宗改广德三年为永泰元年，庆祝了一番。

由于连年征战，民不聊生，再加上朝廷军费开支庞大，又增加了许多苛捐杂税，老百姓早已不堪重负。如今战事稍稍平定，左拾遗独孤及就上奏代宗，请求裁军减税，以缓解百姓的压力。代宗优柔寡断，心里虽然赞成，却没有立即实行。

更可笑的是代宗开始迷信佛教。他命令文武百官到光顺门去迎接佛像，佛像全由宦官扮演，好像戏中的鬼神一样，有的脸上涂着颜色，有的脸上戴着假面具，后面还跟着两辆彩车，车上供着仁王经，一行人径直前往资圣寺、西明寺。寺庙里，胡僧不空等人高高坐在法坛上讲经说法，文武百官穿着朝服在下面听。

这是怎么回事呢？原来鱼朝恩、元载、王缙等人都信佛，还有兵部侍郎杜鸿渐，这位新任的同平章事，也认为佛法无边，只要虔心皈依，一定能逢凶化吉，遇难成祥，于是在寺中添设座位，多达一百多个，当时称为“百高座”。代宗也经常到寺里听佛经，好像当年的梁武帝一样。

这天，寺里正讲得热闹，忽然奉天、同州、栒邑的官员都派遣使者送上急报，称仆固怀恩又带着外敌来侵犯，已经快到边境了。代宗这次没有像以有那么慌张，而是慢腾腾地说道：“仆固怀恩应该不至于再反，或许是边境的谣传吧。”

话音未落，河中行军司马赵复又呈上郭子仪的奏章，大意是说叛贼仆固怀恩带着回纥、吐蕃、吐谷浑、党项等国大军几十万人马进犯。吐蕃从北边进攻奉天，党项从东边进攻同州，吐谷浑奴刺从西边进攻栒邑，回纥作为吐蕃的后应，仆固怀恩亲自率领着朔方兵，又作为他人的后应，这时已是铁骑如飞，大军压境。代宗这才慌忙回朝，传旨各边镇调兵防守。派出的使臣刚出发，又接到一个大喜报，说仆固怀恩半路上得了大病，已经不治身亡。鱼朝恩、元载等人相继来祝贺，都说是佛法灵验，除掉了反贼，代宗也很高兴。

谁知只隔了一两天，风声又紧，说是仆固怀恩的手下，由叛将范志诚接管，继续进攻泾阳，吐蕃大军也已抵达奉天。

代宗这才停止了“百高座”讲经，召郭子仪屯兵泾阳，命将军白元光、浑日进（浑瑊）屯兵奉天。然后调陈、郑、泽、潞节度使李抱玉镇守凤翔、渭北节度使李光进防守云阳、镇西节度使马璘和河南节度使郝廷玉一同驻守便桥、淮西节度使李忠臣驻守东渭桥、同华节度使周智光驻守同州、鄜坊节度使杜冕驻守坊州、内侍骆奉仙和将军李日越驻守栎厔，布置完毕后，代宗亲自率领六军驻扎在苑中，下旨亲征。鱼朝恩趁机大肆搜刮，抢夺老百姓的私马，并且到处抓壮丁充军，害得百姓担惊受怕，大多跳墙逃走，有的甚至挖地洞逃到郊外躲避。

一天，文武百官正在朝中等待代宗临朝，阁门很久也不见打开，鱼朝恩突然带着十几个禁军带着刀刃来到殿前，对群臣说道："吐蕃大举进犯，已到京郊，我准备保护皇上到河中暂避，大家认为怎么样？"文武百官大惊，不知道说什么好。只有刘给事出班，大声反对道："你要造反吗？如今大军压境，你不同心协力抵御外寇，反而想要威胁天子弃宗庙社稷出逃，不是造反是什么？"鱼朝恩被他这么一反驳，也不觉矮了三分，没趣地退了下去。

代宗上朝和群臣商议军情，可巧奉天方面传入捷报，说朔方兵马使浑瑊援助奉天，袭击虏营，活捉了一员番将，歼敌一千多人。代宗大喜，立即命令使臣颁布下赏赐，随即退朝。

这时，正巧天下大雨，半个多月不停，贼兵不能前进。吐蕃士兵大肆抢掠一番后，撤兵离开了，所过之地都被烧抢一空。代宗听说吐蕃退兵了，更加相信是佛祖保护，又让寺里的和尚开始讲经。谁知那吐蕃兵退到邠州后，遇上了回纥兵，又联军进攻泾阳。

郭子仪当时就在泾阳城，他命令众将严密防守，与敌人相持，并不出战。两国番兵一看城池防守森严，就退兵驻扎在北原，第二天又来到城下。郭子仪派牙将李光瓒到回纥营中，指责他们背信弃义，说如今仆固怀恩已遭天谴，郭令公在此驻扎，欲果要讲和就请 同抗击吐蕃，要交战可以约定时间。

回纥都督药葛罗吃惊地问李光瓒道："郭令公真在城里吗？能不能让我们见见？恐怕是你吓唬我吧？"李光瓒道："郭令公派我来的，怎么会不在？"药葛罗道："如果郭令公真在，能请他来和我们当面商议吗？"李光瓒回来报告郭子仪，郭子仪道："敌众我寡，难以用武力取胜，我朝待回纥不薄，不如挺身去谈判，免得大动干戈。"

众将请求挑选五百铁骑随行，郭子仪道："五百骑兵怎么能抵挡十万大军？不但没有用，反而会坏事。"于是一跃上马，扬鞭出了军营。郭子仪的第三子郭晞，这时正随父在军中，急忙拉住马劝谏道："大人您是国家的元帅，怎么能去当诱饵呢？"郭子仪回答道："如今我们要是和他们开战，你我父子都会死，国家也会更危险，如果能去表示我们的诚意，真有幸和好，不但有利于国家，而且有利于我们家。就算他们不听我的，我为国殉难，也问心无愧！"说到这里，用马鞭击打儿子的手，说道："去！"然后开门出去，背后只跟着几个随从。

快到回纥军营时，郭令公让随从先到营门外高声喊叫道："郭令公来了！"回纥兵听后大吃一惊。药葛罗一看果然是郭令公，当即翻身下马，扔掉弓箭倒身下拜，回纥将士也都下马跪拜。

郭子仪也下马还礼，然后拉着药葛罗的手，责备道："你们回纥曾经为大唐立功，大唐对你们也不薄，怎么又背弃约定，深入我国，宁愿抛弃前功，结下仇怨，背弃过去的恩德来协助叛逆呢？况且仆固怀恩背叛君主，抛弃老母，是个不忠不孝的家伙，你们怎么能帮他呢？如今他已遭天谴，我特地来奉劝你们。如果觉得我说得有道理，肯听我的，就请你们退兵，如果不想听我的，就请你们杀了我，我一死，我的将士们必定会找你们拼命，只怕你们也未必能生还呢。”

药葛罗答道：“仆固怀恩说大唐皇帝驾崩了，郭令公您也不在了，中原无主，我们才来的，如今见了令公您，已经知道仆固怀恩在骗我，而且他已被天诛，我们怎么能和您郭令公交战呢？”

郭子仪进而说道：“吐蕃无道，趁我国有乱，不顾舅甥之情大举进犯，所抢掠的财物不可胜数，如果你们能帮我一起击败吐蕃，这些财物可以都送给你们作为酬劳。”药葛罗大喜道：“我上了仆固怀恩的当，实在对不起令公您，现在一定为郭令公出力赶走吐蕃，将功补过。只是仆固怀恩的儿子是可敦的兄弟，请郭令公恕罪，不要杀他！”郭子仪答应下来，然后和药葛罗立誓结盟。

药葛罗当即派部将石野那等人进京去朝见代宗，然后和奉天守将白元光一起出兵合击吐蕃。吐蕃兵马连夜逃跑，两军日夜兼程地追赶，到灵台西原时遇上了吐蕃的后队，官兵呐喊着杀了过去。吐蕃兵人心思归，哪里还有什么斗志？一时间四散奔逃，伤亡惨重，抛弃了许多辎重。白元光把抢回的财物，全部给了回纥，药葛罗也收兵回国。吐谷浑、党项、奴剌等番兵也全部逃走。仆固怀恩的侄子仆固名臣献出灵州投降。

郭子仪看到连年战乱，害得百姓苦不堪言，回到河中后，郭子仪亲自耕种了百亩土地，属下纷纷效仿。从此，田野里不见了荒地，军队也有了余粮，仿佛在河中一带筑起了一道腹地长城。

赶走了外敌后，京师戒严解除，君臣争相庆贺。鱼朝恩和元载等人在朝中揽权。河北节度使李宝臣、田承嗣、薛嵩、李怀僊四人在外为所欲为，大唐局势岌岌可危。代宗却以为天下太平，从此可以高枕无忧。大臣发生矛盾，代宗竟然当起了和事佬。平卢兵马使李怀玉赶走了节度使李希逸，代宗就下旨召李希逸回京为官，又任命李怀玉为节度使留后，赐名为李正己。汉州刺史崔旰因为剑南节度使严武病逝，请求让大将王崇俊继任节度使一职，代宗另外任命郭英乂为西川节度使，竟然被崔旰赶走，郭英乂逃到简州，竟然被普州刺史韩澄所杀，代宗居然也不加以声讨，只是派杜鸿渐为剑南东西川副元帅。杜鸿渐上任后，得到了崔旰的大笔贿赂，反而说崔旰可当大任，请旨封崔旰为西川节度使，并赐名为崔宁。杜鸿渐回朝辅政，却毫无建树，不久就死了。

仆射裴冕继任不久也病死了。只有元载当宰相多年，权势越来越盛，野心越来越大。因为怕别人告发，元载特别请求代宗，规定文武百官议事，要先告知宰相，然后再上奏代宗。刑部尚书颜真卿上书驳斥，元载却说他诽谤朝廷，竟将他贬为峡州别驾。既而代宗又封鱼朝恩为国子监事，朝廷里奸臣当道，越来越混乱了。

永泰二年十一月，代宗过生日，各地节度使都来庆寿，并献上珠宝珍玩，值钱二十四万贯。中书舍人常衮进言道：“各个节度使敛财献媚，剥削百姓来逢迎皇上，应该让他们退还给百姓。”代宗不同意。

不久又改年号，称永泰二年为大历元年，宫廷内外再次庆贺。忽然，代宗接到郭子仪的奏折，称同华节度使周智光擅杀无辜、目无君上，请求派兵讨伐，代宗不同意，反而派宦官余元仙传旨，特地封周智光为尚书左仆射。周智光见代宗软弱，也不自量力，竟然起兵造反。郭子仪出兵讨伐，很快把叛贼剿灭了。

郭子仪平定叛乱，回朝报告战况，正碰上儿媳妇升平公主和儿子郭暧闹起了别扭，公主竟然驾着车进宫去找父母哭诉。郭子仪听说此事后，将郭暧绑在囚车里，随身带着去见皇上。

原来，郭暧是郭子仪第六个儿子，曾担任太常主簿一职。代宗因为郭子仪功高，特地把第四个女儿嫁给郭暧，郭暧拜驸马都尉。唐朝的规矩是公主下嫁，公婆要给公主行礼，公主可以拱手还礼。公主嫁给郭暧时，也遵照这个规矩，郭暧看不过去，只因为历来如此，也不得不勉强忍耐。

后来，日常起居中，公主难免自大，郭暧忍无可忍，呵叱公主道："你以为你父亲是皇帝就神气吗？我父亲是不屑当天子，所以才不当。"说完就要上前打公主的嘴巴，亏得有侍女在旁边劝阻，才没有打到。公主哪里受过这种委屈，于是带着一肚子的怒气进宫哭诉，又把郭暧说的话学了一遍。代宗道："你确实不知道，郭子仪要真想当皇帝，天下早就不是李家的了。你要孝敬公婆，礼让驸马，千万不要再仗着骄贵惹是生非。"公主还在哭哭啼啼，代宗又劝导了一番。

这时，有人上奏道："汾阳王郭子仪绑子入朝，求见陛下。"代宗于是来到内殿，召郭子仪父子觐见。郭子仪叩头道："老臣教子不严，所以特来请罪。"郭暧也跪在一旁，代宗让左右扶起郭子仪，赐他在旁边坐下来，并笑着说："俗话说得好，'不痴不聋，不作姑翁'，儿女的闺房琐事，何必计较呢？"郭子仪谢恩，并请代宗从重处罚郭暧，代宗也让郭暧起来，和公主一起去后宫见公主的母亲崔贵妃，自己和郭子仪谈了一会儿军政。等郭子仪退下后，又回到崔贵妃宫中劝导这一对小夫妻。此时，崔贵妃已经调停得差不多了，再经代宗劝解，郭暧和公主不敢不依，一起回了家。郭子仪已经在家里等候多时，见郭暧回来，先自正家法，命令家仆杖打郭暧几十下，郭暧没办法，只好自认倒霉。后来代宗为了这件事，还准备改变公主见公婆的礼节。几年后，德宗继位，就把这个礼节改成公主要给公婆行见面礼了。

郭子仪入朝之后，仍然回到是边镇，两年后奉旨回朝，鱼朝恩邀请他去游章敬寺。这个章敬寺本来是一处庄园，曾经赐给鱼朝恩，鱼朝恩改庄园为寺庙，说是要替代宗的母亲吴太后祈福，特意装饰得奢侈华丽。后来，鱼朝恩又因为房子不够，请求将曲江、华清两座宫殿划进寺中一并改造。

卫州进士高郢上书劝阻，说不宜穷工奢华，这时的代宗正迷信佛事，因此一切花费都按鱼朝恩请示的办。寺庙落成后，代宗亲自去上香，剃度僧尼上千人，赐西域僧人不空法号为大辩正广智三藏和尚，赐给公卿俸禄。不空巴结鱼朝恩，有时见到代宗，常说鱼朝恩是佛徒化身，鱼朝恩因此更加骄横，气焰超过了宰相。

元载本来和鱼朝恩勾结，后来因为鱼朝恩经常嘲笑他，渐渐产生矛盾。鱼朝恩邀郭子仪到章敬寺时，元载就秘密派人告诉郭子仪说鱼朝恩要加害于他。郭子仪不听，只带了一个家僮前往。鱼朝恩见郭子仪不带随从，不免吃惊。郭子仪说自己虽然听到些流言，但仍相信鱼朝恩是有诚意的，因此没必要带卫兵。

鱼朝恩感动得老泪纵横，把以前对郭子仪的嫉恨都付诸汪洋大海了。元载见郭子仪没有中计，又想出一个办法，上奏道："吐蕃连年侵犯，邠宁节度使马璘抵挡不住，不如调郭子仪前去镇守邠州，改封马璘为泾原节度使。"代宗当即批准，郭子仪接旨后立即赴任，没有半点迟疑。

第六十一回 软弱的代宗

宦官鱼朝恩掌管禁军，权倾朝野，大臣的奏章都要经他过目同意，政事无不干预。偶尔有一件事没听说，就会不满意地抱怨："天下的事可以不经过我过问吗？"他的养子鱼令徽担任内给使，官职小年纪轻，只能穿绿衣，一次和同僚争论吃了亏，回来告诉鱼朝恩。

鱼朝恩就带着鱼令徽去见代宗道："臣的儿子令徽，官职太低，多次受人侮辱，请陛下赐给他紫衣！"代宗还没来得及回答，偏偏内监已经捧着紫衣站在了旁边。鱼朝恩也不等皇上同意，随手取过来递给鱼令徽，让他穿上，然后才拜谢圣恩。代宗却还强颜欢笑说道："现在他穿上紫衣了，你也该称心了。"鱼朝恩父子昂然退下，从此代宗心里已经开始忌恨鱼朝恩。

元载看出了代宗的意思，就找个机会上奏，请求除掉鱼朝恩。代宗嘱咐他只能暗中想办法，不要泄露机密。元载重金贿赂卫士周皓和陕州节度使皇甫温，让他们对付鱼朝恩。这两个人本来是鱼朝恩的心腹，可见了这许多金银财宝，不由得不动心，于是就和元载串通一气！元载又加封皇甫温为凤翔节度使，皇甫温上朝领旨，元载留他在京城小住，悄悄地定下计策，上报代宗。代宗连声说好，只是嘱咐他们小心行事，不要打草惊蛇，元载答应退下。

寒食节到了，代宗在内殿摆下酒席，宴请皇亲国戚，鱼朝恩也在座。酒宴散席后，鱼朝恩谢恩后正要离开。元载忽然领着周皓、皇甫温等人跑进来，七手八脚把鱼朝恩抓住捆了起来。鱼朝恩大喊自己有什么罪，代宗当场历数他的罪状，鱼朝恩还在大声狡辩，丝毫没有服罪的意思。代宗下令赐他自尽，由周皓等人把鱼朝恩牵出去，把他勒死了，然后传旨撤销鱼朝恩的观军容等使的职位，把他的尸体送回家，只说他是奉旨自尽，又赐给他们家一大笔钱作为丧葬费。

神策军都虞侯刘希暹、都知兵马使王驾鹤是鱼朝恩的党羽，代宗为防止他们人心不安，将他们升官至御史中丞。后来，刘希暹也对朝廷不满，被王驾鹤上奏代宗，代宗让他自尽。所有鱼朝恩的余党从此再也不敢放肆了。

元载除掉鱼朝恩之后，更加得宠，元载仗着受宠变得越来越骄横，自称文武全才，古今不及，开始玩弄权术，贪赃枉法。吏部侍郎杨绾，性情耿直，不肯依附元载。岭南节度使徐浩，搜括南方珍宝，用车子送到元载的家里，元载就自作主张贬杨绾为国子祭酒，加封徐浩为吏部侍郎。

代宗一向很器重李泌，特意派人请他出山。李泌应召来到京城，代宗打算让他当宰相。

经过李泌的一再推辞，才在蓬莱殿的旁边，修了一座书院，让李泌居住，遇到军国大事就去咨询。李泌一直没有娶妻，而且不吃肉，代宗强制他吃肉，还让他娶了前朔方留后李暐的外甥女，在安福里赐给府第，后来李泌生了个儿子取名叫李繁。

偏偏元载暗中妒忌李泌，多次要调李泌出京，免得行事受到李泌的牵制。正好江西观察使魏少游请求精简自己手下的官员，元载说李泌有处理人事的干才，请代宗派李泌去办理。代宗也知道元载有意要调走李泌，便私底下对李泌说："元载容不下你，朕现在派爱卿去江西，不过是暂时的。等朕除掉元载后，会给你报信，那时你就回来。"于是，代宗封李泌为江西判官，并且嘱咐魏少游好生对待，不得怠慢。

李泌南下后，元载更加专横霸道，同平章事王缙和他狼狈为奸，贪污腐败之风盛行。元载有个长辈从宣州来向元载求取官职，元载让他去河北，只给他一纸书信。老头儿很不高兴，到了幽州，打开书信一看，上面只写着元载两个字，老头儿进退两难，不得已试着求见幽州判官。没想到判官看了信后非常敬畏，立即告知节度使把老头儿奉为上宾，留下来好酒好菜地款待了好多天，还赠送千匹绸缎，老头得了一笔小财，高兴得满载而归。这还是因为这个老头儿不是当官的料，所以元载才这样处置，要是稍微有些才能的，一经元载引见，无不立即升为高官。

王缙的威风气势也和元载差不多，元载的妻子、儿女和王缙的弟弟妹妹都仗着他们的势力公然接受贿赂。相反，那些反对元载的人全都遭到打击报复。成都司录李少良上书弹劾元载，元载就利用职权派人诬陷，然后把他处死，就连李少良的友人韦颂和殿中侍御史陆珽也被一并处死。

代宗被元载挟制，很是郁闷，于是传旨召浙西观察使李栖筠上朝，封为御史大夫。李栖筠刚正不阿，受职后，立即弹劾吏部侍郎徐浩、薛邕以及京兆尹杜济虚等人欺君罔上，贪污卖官等罪行。代宗命令礼部侍郎于劭去复查案情，于劭却袒护他们，复查后上奏时把案情说得很模糊，最后代宗还是贬徐浩为明州别驾，薛邕为歙州刺史，杜济虚为杭州刺史，于劭为桂州长史。这四个人全都是元载的党羽，这次无疑是给元载敲了个警钟，可元载还是不知悔改，并且非常痛恨李栖筠，想要陷害李栖筠。李栖筠虽然深得代宗信任，可他见代宗优柔寡断，元载又狡诈多端，不免忧愤交加，得了重病，不久便不治身亡。

李栖筠原籍本是赵州人，迁居到汲郡，有王佐之才，性情刚直不阿，又乐于接受批评，历任东南守吏，政绩卓著，朝廷曾封他为赞皇县子，所以他死后人们多称他为赞皇公。代宗多次想要召他当宰相，因为害怕元载而作罢，没想到刚当御史没多久就去世了，代宗正好想依靠他的力量，偏偏好人不长寿，英年早逝。代宗非常悲伤，特别追赠他为吏部尚书，赐谥号为文献。

代宗因为李栖筠去世，失去了一个得力助手，自己没办法除掉元载，只好暂时忍耐。中间又经历了幽州叛乱，魏博军发难，汴宋军再次作乱，经过全力挽救，才稍稍理出点头绪，谁知，这时贵妃独孤氏又得病身亡。独孤氏因为美貌得代宗专宠，如今爱妃香消玉殒，代宗难免悲伤，当下在内殿祭奠亡灵，追封独孤氏为皇后，赐谥号为贞懿。

好不容易过了一两年，代宗才觉得悲伤逐渐减退，开始专心国事。此时的元载和王缙已经骄横得不得了，代宗实在忍受不了，一时又找不到可能密谋的人，只有左金吾大将军吴凑，是代宗生母章敬皇后的胞弟，于是就找他来密谈。吴凑手握兵权，主张武力除奸，于是和代宗定下计谋。

大历十二年三月，有人告密说元载和王缙夜里开设道场做法事，图谋不轨。代宗来到延英殿，命令吴凑率领禁兵去抓捕元载和王缙，并把他们囚禁在政事堂，并逮捕其家眷和同党下狱，然后命令吏部尚书刘晏、御史大夫李涵、散骑常侍萧听、礼部侍郎常衮等人共同审讯。元载和王缙无从抵赖，全部招认。

左卫将军知内侍省事董秀得了元载不少贿赂，当元载的内应，到这时才被发觉，当场乱棍打死。代宗赐元载自尽，派刑官监视。元载对刑官说自己愿意速死。刑官冷笑着说道："丞相作威作福将近二十年，如今福也享够了，天网恢恢，要受报应了，受点儿罪也是应该的。"于是，刑官脱下臭袜子，塞进元载的嘴里，然后慢慢地把他勒死。

元载的妻子骄侈悍戾，三个儿子没一个是贤能之辈，只知道穷奢极欲，声色犬马。元载被赐死后，其妻子儿女等一并正法，家产没收，金银财宝数以万计，单是胡椒就多达八百石，代宗全部分赐给了中书和门下省的官员。王缙本来应该被赐死，刘晏却说治罪有主犯和从犯之分，应当区别对待，于是只把王缙贬为括州刺史。吏部侍郎杨炎、谏议大夫韩洄和包佶、起居舍人韩会等人都因为是元载的同党而被贬官。代宗余恨未消，又派人挖开元载的祖坟，开棺弃尸，焚毁家庙，才算罢休。然后，代宗封国子监祭酒杨绾和礼部侍郎常衮为同平章事。

杨绾当宰相不到一个月，就染上重病，上奏辞职。代宗不同意，让他到中书省治疗，探讨政事时派人扶着。杨绾很有才干，很快就改革了不少弊端，只可惜天妒英才，不久就去世了。代宗悲痛哀悼，并且对群臣说道："难道是老天不想让朕太平，这才这么快就夺走我的杨绾吗？"然后下诏书追赠杨绾为司徒，赠千匹绸缎，赐谥号文简公。

杨绾是华阴人，为人厚道，立身俭朴。当宰相时，朝野称庆。御史中丞崔宽当时正在修筑高堂大厦，杨绾立即命令拆毁；京兆尹黎幹也被要求裁减随从人数；就连汾阳王郭子仪在府中宴请宾客，也减去五分之四的规模。一时之间大家纷纷效仿，勤俭之风盛行。当时的人们把杨绾比作汉朝时的杨震和晋朝时的山涛、谢安，也可以算是救时的良相了。常衮虽然和杨绾同时当宰相，才识远远不及杨绾。代宗召回李泌，想让他辅政，偏偏常衮从中作梗，代宗只好封李泌为澧州刺史，不过常衮和杨绾一起推荐了颜真卿，让他官复原职，还算深得人心。

代宗后期，藩镇林立。当时，河北四镇首领全都是安禄山和史思明的旧将，手下又都是原来的人马，这些人渐渐嚣张起来。

卢龙节度使李怀仙，性情暴戾，被幽州兵马使朱希彩所杀，朱希彩自称留后。代宗一心只想笼络这些人，不但不追究，还任命朱希彩为节度使。朱希彩的部下不服，又将朱希彩杀死，改推经略副使朱泚为元帅。代宗又把节度使的重任交给朱泚。相卫节度使薛嵩病死后，将士们推他十二岁的儿子薛平接任。薛平让给了叔叔薛萼，连夜带着父亲的棺椁回了老家。薛萼于是自称为留后，代宗也听之任之，并且以朝廷的名义予以任命。

魏博节度使田承嗣，为人非常嚣张跋扈，公然为安禄山和史思明父子立祠祭祀，称他们为四圣，并上表代宗请求让自己为同平章事。代宗派使臣抚慰，要求他毁掉了祠堂，并封他为同平章事。接着把爱女永乐公主，下嫁给田承嗣的儿子田华。于是，田承嗣就更加骄傲放肆，暗中引诱相卫兵马使裴志清，赶走留后薛萼，裴志清率领众人投靠了田承嗣。田承嗣又带兵攻打相州，代宗下诏禁止，没想到田承嗣拒不接受朝廷命令，反而进攻并占领洺、卫两州。

成德节度使李宝臣、平卢节度使李正己向来被田承嗣轻视，于是纷纷上表请求讨伐田承嗣。正好此时，卢龙节度使朱泚上朝，留下弟弟朱滔镇守，请求朝廷任命他弟弟为留后，并由他弟弟朱滔协助讨伐魏博，代宗一一准奏，并下诏贬田承嗣为永州刺史，命令各道兵马分四路进军。于是，李宝臣、朱滔和河东节度使薛兼训进攻田承嗣的北方，李正己和淮西节度使李忠臣进攻田承嗣的南方。

田承嗣虽然强悍，毕竟寡不敌众，他的部下也各怀鬼胎，三心二意，渐渐生出异心，部将霍荣国和降将裴志清先后叛逃。侄子田悦出兵攻打陈留，大败而回，骁将卢子期出兵攻打磁州，被李宝臣等人擒住并押送回京师，斩首毙命。

田承嗣惊恐不安，他想出了一条反间计，派一位能言善辩的人带了魏博的户籍粮册，前去游说李正己，说道："我田承嗣年过八十，死期快到了，我的儿子都不中用，侄子田悦也只是个庸才，今天我所拥有的一切，无非是在替您代守，怎么能劳烦您出兵呢？希望您能明察。"李正己听后大喜，于是按兵不动。

李宝臣抓住了卢子期并献上京师，代宗派中使马承倩带着诏书去褒奖李宝臣。李宝臣只给了马承倩很少的好处，马承倩嫌少，把东西扔在路上，骂着离开了。李宝臣知道后也很气愤，兵马使王武俊就进言道："如今您刚立功，宦官们就敢这样放肆，等他日贼寇荡平，只怕他们更不会把您放在眼里，不如放了田承嗣，说不定还会被朝廷倚重。"李宝臣听后带兵后退。

田承嗣又计上加计，特意派人到范阳境内偷偷地埋了一块大石，大石上镌刻着两句话："二帝同功势万全，将田为侣入幽燕。"石头埋好后，又嘱咐术士前去游说李宝臣，说范阳这个地方有天子之气。范阳本是李宝臣的故乡，突然听到这番话，当然心中窃喜，当即带着术士来到范阳，查看天子之气在哪里。术士来到李宝臣的家里，掘出大石，拿给李宝臣看。李宝臣看了石头上的文字，觉得难以理解，正巧田承嗣送来书信，希望和李宝臣合作，一同进攻范阳。李宝臣以为这正符合大石上文字的意思，就答应了田承嗣的要求，并率先带兵进攻范阳。

范阳是朱滔管辖的地方，朱滔因为两路都退兵了，也退兵回到瓦桥，不提防李宝臣带兵杀了过来，仓促迎战，被打得大败，朱滔换了衣服才得以脱身，连忙命令雄武军使刘坪前去镇守范阳。

李宝臣听说范阳有了防备，不敢轻易冒进，只是催促田承嗣与自己合兵进攻。田承嗣却回信说："河内出事了，没时间陪你玩了，石头上的字，不过是我和你开的玩笑罢了，希望你不要生气。"李宝臣收到回信，又是惭愧又是悔恨，他任令部将张孝忠为易州刺史，带兵七千以防备田承嗣，自己收兵回镇。田承嗣自己却上表谢罪，请求回朝，李正己也替他申请，代宗乐得息事宁人，颁旨特赦，准他和家人上朝觐见。

偏偏这时候汴宋军都虞侯李灵曜，勾结田承嗣，擅自杀害了兵马使孟鉴。代宗下诏，任命李灵曜为濮州刺史，李灵曜拒不接受，代宗又让宦官宣旨，提升他为汴宋留后，他才算勉强受命，但他从此藐视朝廷，并将境内八个州的官吏一律撤换，全都用上了自己人。

这时，代宗才派淮西节度使李忠臣、永平节度使李勉、河阳三城使马燧、淮南节度使陈少游、平卢节度使李正己一同讨伐李灵曜。李忠臣和马燧的队伍来到郑州，李灵曜率兵杀到，李忠臣来不及防备，手下惊慌失措，四散奔逃，李忠臣也逃走了，马燧独力难支，只有退兵。李忠臣检点军士，伤亡了一大半，就想返回藩镇。马燧极力劝阻，决定再次进兵。李忠臣于是招回逃散的士兵，几天后士兵们又集中起来，军容又重新振作起来。这时，陈少游的前军也到了，彼此会合后，与李灵曜在汴州大战一场，李灵曜战败退回城中，依城固守，李忠臣等人就把城团团围住。

田承嗣派侄子田悦去救援汴州，田悦杀败永平军、成德军，直达汴州，就在城北安营。李忠臣夜里派部将李重倩带着数百名精锐骑兵，突然冲进田悦的营里，横冲直撞，杀死敌人几十人。田悦猝不及防，正打算派人合围这帮偷袭者，没想到这时突然鼓声大震，马燧和李忠臣两路人马杀到，田悦知道自己不能抵挡，带兵匆忙逃走。这时候夜深月黑，马倦人疲，大家只顾着逃命，结果自相践踏，死伤无数，又被河阳、淮西两军一阵冲杀，几乎全军覆没，只剩下几个小兵随着田悦一起逃走了。马燧和李忠臣再次围城，李灵曜趁夜开门逃走，汴州平定。永平将领杜如江一路追到韦城，终于抓住了李灵曜，并献给李勉，李勉立即将李灵曜押送到京师，正法了事。

田承嗣没有上朝，而且还帮助李灵曜，作恶多端，不能不讨。代宗又下旨调兵，田承嗣又上表谢罪，柔弱无能的代宗竟然遵循着既往不咎的古训，一并赦免，并且还赐给田承嗣官爵，让他不必上朝。

李忠臣、李宝臣、李正己等人，见田承嗣犯下如此大的罪过还能赦免，觉得自己为国立功，更应该坐享富贵。于是，这些人把所有以前李灵曜所统辖的属地瓜分了，各自据为己有。李正己得到的地盘最多，占得曹、濮、徐、兖、郓五个州，自己迁到郓城，留下儿子李纳防守青州。代宗事事依从，封李纳为青州刺史。

从此，大唐的各道节度使越来越放肆，横征暴敛，欺男霸女，无所不为。唐朝的边镇之祸，从肃宗起日益严重，到代宗时，由于他的软弱无能，使得这一弊端发展到了顶峰。当时也有几个忠臣，如昭义节度使李承昭，治军有方，言行谨慎，只可惜英年早逝，徒留其名。又如久镇永平的李勉，继镇泾原的段秀实，留镇泽潞的李抱真，以及后来调镇河东的马燧，也都忠心耿耿。最有才德的当然非郭子仪莫属了，称得上是唐朝第一名臣。但总体来说，这些忠臣少得像凤毛麟角一般。

大历十四年五月，代宗病危，下诏令太子李适监国。当晚代宗驾崩，享年五十三岁。总计代宗在位十七年，改元三次。代宗留下遗诏，召郭子仪进京代理宰相，太子李适在太极殿继位，称为德宗。

德宗的财税改革

德宗继位后，开始任用新人，他尊封郭子仪为尚父，加封太尉兼中书令，封朱泚为遂宁王，兼同平章事。两人虽然身兼将相之职，实际上都不干预朝政。真正把持朝政的人是常衮，大臣上奏时，常衮往往代替二人签名。

中书舍人崔祐甫和常衮不和，等到德宗继位，一次德宗召群臣商议丧服的事，崔祐甫说应该遵守遗诏，不论大臣还是百姓都穿三天孝服。常衮却以为百姓可以只穿三天，大臣应该穿满二十七天才可以脱下。两人争论多时，常衮于是上奏称崔祐甫任意改变礼节，请求加以贬斥，署名带着郭、朱二人。德宗于是贬崔祐甫为河南少尹。

接着，郭子仪和朱泚都上表称崔祐甫无罪，德宗怪他们自相矛盾，召他们来问原因。二人都说前面的奏折自己并没有签名，是常衮私自签上的。德宗因此怀疑常衮欺君罔上，将他贬为潮州刺史，然后封崔祐甫为宰相，对他格外信任，言听计从，视为左膀右臂。

接着，德宗进行了一系列改革措施：比如，不再让各地贡献珍宝，禁止臣民上奏所谓的祥瑞征兆；宫中不再招募乐工舞伎，放掉驯象，释放一定数量的宫女；百姓有冤屈，可以直接到衙门击鼓，重大案情请三司复审。一时间，气象一新，人民奔走相告。

诏书传到淄青，军士们都放下刀枪道："圣明天子出现了，我们还敢自大吗？"李正己这时候镇守淄青，也不由得害怕起来，愿意献钱三十万贯给朝廷。

德宗接受也不是，不接受也不是，进退两难，特地和崔祐甫一起商议处置方法。崔祐甫请德宗派使臣前去抚慰淄青将士，就把这三十万贯钱作为赏赐。德宗连声说好，然后照办。果然李正己接到诏书后，格外佩服。

德宗生日时，四方献上的金银财宝一概退还。李正己又献上锦缎三万匹，田悦也比照李正己，献上锦缎三万匹。德宗归入国库，充当赋税。国库的开支等工作由吏部尚书刘晏兼管，德宗封刘晏为左仆射。

刘晏本来和户部侍郎韩滉分掌全国财政，但韩滉为人太苛刻，人们对他意见很大。德宗只好把韩滉改封为晋州刺史，专门委任刘晏管理国库收支。刘晏非常有才干，不但足智多谋，而且随机应变，做事细心，他历任转运盐铁租庸使等时的职务，收税时，上利国家，下不伤害百姓，他常说理财首先要养民，户口多了赋税自然就多，他还曾经出台过常平盐法等许多深得民心的财税政策。

安史之乱后，大唐连年用兵，军费开支庞大，多亏用了刘晏的税法才得以平衡收支，充实国库。刘晏自己非常节俭，没有三妻四妾，做事又特别勤奋，大小公务立即裁决，决不拖拉，后人评价他为治事的能臣，理财的妙手。只是任职时间太长，权力甚至超过了宰相，高官显贵，大多出自刘晏推荐，因此有人夸赞他的同时也有不少人说闲话。

崔祐甫又推荐杨炎当宰相，而杨炎和刘晏不和。元载被诛时，杨炎曾经被牵连贬官，当时就是由刘晏定的罪。现在杨炎升任同平章事，怀恨在心，成天想着要报复。他见刘晏因为善于理财而得宠，就在财政上想出两大计策献给德宗。

第一招就是把天下财富全部纳入国库管理。这本是唐朝的旧例，只是肃宗初年，第五琦主管财政，因为京师将领奢侈，开支没有节制，第五琦没法应付，才奏请设立内库，免得宫廷紧张，自己为难。天子哪有精力理财呢，当然委任太监，太监大多当了蛀虫，趁机贪污，户部也无从详查。杨炎请求把全部财富都归入国库管理，扫清多年来的积弊，确实是利国利民的举措，就连德宗也说是好办法。

第二招就是创设实行“两税法”。唐朝初年创立的租庸调税法，历经多年战乱，户口和区划统计有许多已经失实，杨炎请求根据支出制定税收，以百姓现在的居住地为统计依据收税。经商的税率则根据行业贫富不同，收取三十分之一，居民照章纳税，每年分两次收取，夏天不得超过六月，冬天不得超过十一月，叫作“两税法”。德宗一并同意，依次施行。第一条计划简便易行，就在大历十四年冬季移交。第二条“两税法”必须花费时间，于是特地在德宗元年，郑重颁发诏书，并且事先警告官吏，收税不得超过限额，多收一钱就是枉法，必须严厉惩处。百姓们都觉得方便，情愿遵守。

杨炎从此深得德宗赏识，接着，杨炎开始了他的下一步计划，他建议道：“尚书省是国政根本，权力要集中，不应分散到各部门。”于是把刘晏兼任的各项职权全部撤销。杨炎见步步得手，干脆单刀直入，直接攻击刘晏。

德宗还是太子的时候，代宗宠爱独孤贵妃，独孤贵妃生下儿子李迥，曾被封为韩王。宦官刘清潭等人秘密请求立贵妃为皇后，并且多次说李迥出生时有异兆，应该立为太子，后来，因为独孤贵妃病逝，才将这件事搁置起来，但已经让当时的太子，现在的德宗虚惊一场。杨炎想扳倒刘晏，就跑到内殿去拜见德宗，哭着说道：“陛下福大命大，才免遭贼臣陷害，当日，内侍妄图动摇东宫，刘晏其实就是主谋。如今陛下已经继位，刘晏却仍然在朝，臣不能不指出正凶，请求陛下将他严惩。”

德宗本来已经忘了那回事，现在听杨炎突然提起，不禁义愤填膺，当时就想把刘晏逮捕下狱。幸好崔祐甫在旁边劝解，说：“这件事还没有弄清楚，不应该轻信，而且朝廷已经赦免相关的人，就更不应该再追究了。”朱泚等人也上表营救，德宗才免了刘晏的死罪，把他贬为忠州刺史。

哪知杨炎还是不肯罢休，定要置刘晏于死地，他特地安排私党庾准为荆南节度使，密谋除掉刘晏。庾准当即上奏德宗，说刘晏对朝廷心怀不满，并附上刘晏写给朱泚的书信作为证据。杨炎请德宗迅速行刑，这时，首相崔祐甫已经去世，没人营救刘晏，德宗竟然不问虚实，秘密派宦官到忠州将刘晏勒死，然后下诏说是赐他自尽，家属发配岭南。这件冤案牵连数十人，以致满朝喊冤，只有杨炎一人心满意足。

德宗向来不信阴阳鬼神，所以送死养生多遵循礼法，只有术士桑道茂以占卜灵验而得宠。德宗曾经和他谈论将来的祸福，桑道茂回答道："此后三年，京城恐怕有大变乱，陛下难免虚惊。臣看奉天城有天子气，请陛下赶紧派人修缮，增高城墙，以防不测。"德宗于是派京兆尹严郢，征召数千民工，加上神策兵一千人，去修筑奉天城。

当时正是盛夏，皇上突然劳师动众，群臣都莫明其妙。神策都将李晟，本是洮州的名将，身长六尺，万夫莫挡，以前曾在王忠嗣、李抱玉、马璘的麾下，因为抗击番邦有功，被召进神策军中任职。德宗刚刚继位时，吐蕃南诏率军进犯剑南，当时正好西川节度使崔宁上朝，留在京城来不及回去。李晟就奉命出征，结果斩敌万余人，大获全胜，凯旋而回，可以说是大唐的功忠。

接受筑城的命令后，李晟的心里也很纳闷，不知道怎么回事。正巧桑道茂拜见，两人就闲谈起来。桑道茂提到奉天筑城的事，说道："大祸已经不远，为皇上计，不得不这样做。"李晟似信非信。

突然，桑道茂离座下跪，李晟慌忙回礼，扶他起来。桑道茂坚持不肯起来，哭着说："将军将来建功立业，富贵无比，连我的小命也悬在将军手里，只求您开恩，救我一命。"李晟听了大惊，还以为桑道茂有什么叛乱的意图，就回答道："你又没犯什么罪，就算有罪，我李晟又怎么能救得了你？"桑道茂道："今天是没罪，只是罪在将来。"说完，桑道茂就从怀里拿出一张纸，自己署上姓名，右边写着"被贼胁迫"四个字，求李晟签字。李晟看得一头雾水，就笑着问道："你想我怎么个签法？"桑道茂道："只要将军写上'赦罪免死'一句，便不亚于再生父母了。"李晟见桑道茂跪下求自己，又没看出什么谋反的迹象，也不好拒绝，就提笔照着写上，然后交还给桑道茂。

桑道茂又拿出一丈长的绸缎，要换李晟的衣服，李晟越发觉得惊讶，忙问缘由。桑道茂答道："将军虽然签了字，但事情没有证据，拿出来别人也不相信，再请将军换给我一件衣服，并在衣襟上写上'他日为信'四个字，才能作为证物救我的命。"这时，李晟也不禁踌躇起来。桑道茂又说道："这件事不会连累到将军，对我却大有好处。我能大略知道未来的事，所以才敢来求您，希望将军不要怀疑！"李晟这才取过衣服，并在衣襟上题字，然后交给桑道茂。桑道茂拜谢后，起身离去。

建中二年，成德节度使李宝臣病死，他的儿子李惟岳性格柔弱，李宝臣想让他世袭，又怕手下不服，就杀死骁将辛忠义等二十多人。

李宝臣死后，孔目官胡震和家僮王他奴劝李惟岳秘不发丧，并以李宝臣的名义上奏，请求让儿子李惟岳继承职位，德宗不同意。李惟岳于是自称留后，为父亲发丧，又让手下将官联名推荐自己，德宗还是不同意。

魏博节度使田悦和李宝臣关系亲密，也替李惟岳代请世袭爵位，偏偏德宗还是不同意。田悦就邀同淄青节度使李正己作为李惟岳的后援，共同谋划起兵拒命。魏博节度副使田庭玠和田悦是本家，劝田悦要效忠朝廷，自保家族，田悦不以为然。

成德判官邵真，哭着劝李惟岳，请求他押送魏、青两镇来使进京请罪，并且说朝廷嘉奖忠诚，必然封他为节度使。李惟岳正要施行，偏偏被胡震等人知晓并阻止，于是三镇先后造反，并联结梁崇义，约为内应。

德宗派淮西节度使李希烈就近讨伐。有人反对，说李希烈一向放肆，不守法度，如果扫平叛乱，将来恐怕无法控制。德宗不听，又加封李希烈为南平郡王，兼汉南、汉北兵马招讨使。李希烈慷慨誓师，带兵三万，用荆南牙将吴少诚为先锋出兵淮西，半路上却停滞不前。

德宗听说他踊跃出兵，却在中途逗留，就起了疑心。卢杞趁机进言道："李希烈拖延不进兵，恐怕是因为杨炎的缘故。杨炎曾经说过李希烈的坏话，一定是被李希烈听说了，陛下何必爱惜一个杨炎，耽误讨贼大事呢！不如暂时罢免杨炎，等叛乱剿平后再任命他为丞相也无妨。"于是，德宗贬杨炎为左仆射，罢免了他丞相的职位。

其实，李希烈停留不前，无非是因为天降大雨，道路泥泞，不便进兵，并不全是因为杨炎的事。等到天一放晴，李希烈又带兵前进，德宗还以为幸亏听了卢杞的话才令李希烈效力，于是眼巴巴地盼望着他出师告捷。不料没等到捷报，邢、洺一带却连番告急。泽潞留后李抱真也上书请求朝廷派大军迅速救援邢洺，德宗封李抱真为昭义节度使，派他和河东节度使马燧带兵前去救援，再派神策都将李晟率兵出京，会同两镇兵马共同讨伐田悦。

田悦围攻临洺，几个月也没能攻下来。临洺城中粮食吃完了，士兵也大多战死，情况危急，守将张伾带着爱女出来见将士，并让爱女跪下，说道："大家打仗打得这样辛苦，我张伾没别的东西了，愿意卖掉这个女儿，作为将士们一天的费用。"说到这里，声音呜咽，大家都感动得流下眼泪，说道："我们愿尽死力，不敢要什么赏赐。"于是大家齐心合力，把一座粮尽兵少的危城给守住了。

这时，马燧、李抱真合兵八万，向东攻下壶关，击败田悦在东路的守军。田悦派部将杨朝光，率领五千骑兵在邯郸阻挡马、李两军，再让李惟岳出兵五千，帮助杨朝光。马燧率军进攻，杨朝光的五千人马非死即伤。李惟岳的士兵也死得差不多了，只剩得几个焦头烂额地捡了性命。

马燧乘胜来到临洺，接着李抱真和李晟相继来到，三路大军夹击田悦，田悦最终被杀得大败，狼狈逃回。田悦派使者分路去各地讨救兵，当时李正己已经病死，他的儿子李纳擅自统领军务，就调淄青兵马去救援田悦，李惟岳也调成德军去支援，田悦收集散兵游勇，一共得了二万人，驻扎在洹水。淄青兵在东，成德兵在西，首尾相应，气焰又再次高涨。马燧等人屯兵在邺郡，担心兵力不足，就上奏请求调河阳军来协助。朝廷下诏让新任河阳节度使李芃率兵和他们会合，大军和田悦的叛军相持，胜负未分之时，李希烈已经大破叛将梁崇义，进兵襄阳了。

李希烈率大军围攻襄阳。梁崇义还要负隅顽抗，无奈军心已散，叛军争着开城逃跑，没法禁止，眼睁睁看着李希烈大军进入城里，梁崇义无计可施，只得带着妻子儿女投井自尽。李希烈进城后，捞出尸身，砍下人头送往京师。李希烈随即占领襄阳，德宗听说襄阳已平，又加封李希烈为同平章事，另派河中尹李承为山南东道节度使。李承一个人去赴任，李希烈却让他在外馆居住，百般胁迫，妄图阻挠李承留任，自己好霸占襄阳，李承誓死不屈，李希烈大肆掠夺一番后离去。

四镇连兵叛乱

杨炎被罢免宰相后，德宗封右仆射侯希逸为司空，前永平军节度使张镒为中书侍郎兼同平章事。侯希逸任职后不久死去，而张镒性格迂腐迟缓，只知道做些表面文章，并没有宰相之才，卢杞于是独揽大权。

卢杞决心要除掉杨炎，偷偷地对德宗说："杨炎的家庙临近曲江，开元年间，萧嵩曾经想在那里立祠，玄宗不许，可见此地确实有王气，杨炎早有异心，所以才敢违背先皇遗训，在曲江立家庙。"德宗听后怒不可遏，立即下诏贬杨炎为崖州司马，并且派宦官押送，押送途中宦官把杨炎勒死，杨炎的同党河南尹赵惠伯被一并杀害。

卢杞当宰相时，朝中上下都说选对了人，只有郭子仪私下感叹道："此人得志，我的子孙恐怕要为其所害了。"

建中二年六月，郭子仪病危，大臣们多去探视，卢杞也去看望。郭子仪每次接见宾客，妻妾们都不离开他左右，唯独卢杞来时，郭子仪让妻妾们都回避。有人问这是为什么？郭子仪道："卢杞相貌丑陋，内心险恶，如果被妇人瞧见，必然会偷笑，卢杞知道后，必然怀恨在心，我正担心子孙被他所害，为什么自找麻烦呢？"

德宗听说郭子仪病重，派侄子舒王李谟前去传旨问候，这时郭子仪已经不能起床，只能在床上叩头谢恩，不久就病故了，享年八十五岁。德宗辍朝哀悼，并下令群臣去祭奠，丧葬费全部由国库支出，并追赠他为太师，赐谥号为忠武公，陪葬代宗陵园。

郭子仪身为大将军，手握重兵。程元振、鱼朝恩等人百般诽谤，但每当国家有难，只要圣旨一下，无不立即出兵，诽谤对他不起任何作用。鱼朝恩曾经偷偷毁了郭子仪父亲的坟墓，郭子仪进朝时，朝中都认为会有大变故发生，代宗也再三安慰悼唁，郭子仪却哭着说："臣带兵多年，手下士兵常常侵犯别人的坟墓，我多有失察。如今我的先人坟墓被毁，恐怕是报应吧，这也怪不得别人。"从此，满朝大臣纷纷佩服郭子仪的雅量。

郭子仪曾派使者到魏州，魏州统帅田承嗣向西下拜，并对派去的使者说："我不向人屈膝已经好多年了，今天就当为汾阳王下拜。"李灵曜占据汴州时，不问公私财物一概截留，唯独郭子仪的物品不敢接近，并且派兵护送出境。郭子仪一身关系天下安危，差不多有二十年。郭子仪任中书令时，主持官吏的考绩达二十四次，郭子仪的家人多达三千人，八个儿子七个女婿都封为高官，孙子数十个，早晚问安时，郭子仪已经不能认全，只是微微点点头罢了。

相传，郭子仪从原籍华州充军塞外，一次回京催要军饷，返回途中经过银州时正值七夕，风沙迷漫，日月无光，军队不能前进，就在路边的空屋里席地借住一宿。晚上正在蒙眬欲睡时，忽然看见左右发出一片红光，连忙起来查看，只见天空中有一片云彩冉冉落下，云中坐着一位美女，华丽端庄，与凡人不同。郭子仪连忙下跪拜道："今天为七月七日，想必是织女降临，希望您能赐给我长寿富贵。"仙女笑着说道："你本来就是大富大贵大寿之相。"说完霞光又起，云朵慢慢升起，仙女还在俯视着郭子仪，笑容可掬，直到看不见为止，后来果然应验。史官称郭子仪权倾天下，朝中大臣却不妒忌；功高盖世，皇上却不加怀疑；待遇奢侈，议官却不加贬损，真是福德兼备，荣华终始。手下部将，也多是名臣，子孙也多半高官厚禄。这更是郭氏特色，世所罕见。

再说这田悦、李纳、李惟岳联兵叛乱，和马燧等人相持不下。李纳派部将王温等人会同魏博兵马，一同攻打徐州。徐州刺史李洧，本来是李纳的堂伯父，一向和李纳父子串通一气。彭城县令白季庚劝李洧归顺了朝廷，李纳这才出兵攻打伯父李洧。

李洧派牙将王智兴到京城告急，德宗派朔方大将唐朝臣、宣武节度使刘洽、神策兵马使曲环、滑州刺史李澄共同出兵救援徐州。

唐朝臣奉旨出发，军装都来不及置办，旗帜、服装都已经破旧，宣武军看到后不禁嘲笑道："讨饭的也能破贼吗？"唐朝臣听后鼓励将士们道："我们出兵讨伐叛逆，靠的是智勇二字，不靠服饰，只要我们能先攻破贼营，何愁物资器械不足？希望各位奋力向前，博取功名，不要让别人笑话我们。"

唐朝臣挥师前进，正碰上李纳的部将石隐金，率着一万人前来增援王温，在七里沟和唐朝臣的军队相遇。唐朝臣采用兵马使杨朝晟的计策，派杨朝晟带着骑兵潜伏在山谷，自己率领部队倚山列阵，静待李纳的军队到来。

王温听说援兵来了，就和魏博将领崇庆率兵去会合，打算夹攻官兵。哪知到了山谷，被杨朝晟率兵杀出，冲作两段。唐朝臣又率众冲出，杀得王温等人有退无进，有死无生。石隐金打算来接应，刚好宣武军又乘势杀到，将石隐金杀退。王温和崇庆狼狈逃窜，被大河拦住，仓促过河，又被唐朝臣等人掩杀过来，结果淹死了一大半。剩下的四散逃去，徐州解围。朔方军得到大批敌人的器械，旗帜衣服焕然一新，就对宣武军说道："贵军的功劳能及得上我们这些讨饭的吗？"宣武军羞愧难当，无话可说。宣武节度使刘洽听到这话后，颇为不满，移师攻打濮州去了。

马燧等人在漳河岸边驻军，河阳节度使李艽也带兵赶到。马燧命令各军准备十天的口粮，进军仓口，打算和叛军速战速决。官军和田悦隔河扎营，马燧命令士兵在水上造了三座桥，每天分出一部分士兵过桥去挑战，田悦只是坚守不出。马燧命令各军半夜起来吃饭，偷偷出了营门，沿着洹水逆流而上，直奔魏州，只留下一百名骑兵在营中击鼓，并且提前告诫他们道："敌兵要是渡桥过来，你们可以暂时回避，等他们全部过桥后追赶我大部队时，你们迅速毁掉桥梁，千万不要误事。"说完率大军离开。

等到天亮后，田悦探听到消息，急忙率领淄青、成德军四万多人渡桥进攻。只见营门虚掩，知道官军已经离开，连忙带兵去追。马燧已在十里之外列阵以待，等到田悦的士兵追到，已是疲惫不堪。马燧命令河阳军为左翼，神策军为右翼，自己率河东兵为中军，和田悦大战一场。田悦抵挡不住，只得败走，逃到河边时，桥梁已经被毁去。马燧等人率大军追杀过来，这时真是上天无门，下地无路，只好“扑通扑通”地跳进水中。有一半不会水的，都做了水鬼，后队没来得及渡河的，都被马燧等人杀光。

田悦收拾败兵一千人想回到魏州，夜晚走到南郭时，守将李长春闭城不接纳，并打算等官军追到时献城出来投降。偏偏一直等到天亮官军还不到，这才打开城门迎接田悦。田悦一怒之下杀了李长春，调集士兵防守，无奈城里的士兵不到几千人，阵亡将士的家属们遍街都是，并且号哭不止。田悦不禁惊慌害怕起来，他骑着马佩着刀，站立在官府门前，把士兵和百姓招来流着泪说道：“我田悦知道自己不才，多蒙淄青、成德两位父辈的保荐，才得以继承伯父的遗业，现在两位长辈都已去世，他们都有儿子却不能继承他们的爵位，我田悦身怀他们二位的大恩，不自量力，想要抗拒朝廷的命令，这才导致大败，我田悦再不死，如何报答城中父老？只不过我田悦家有老母，不能自己杀自己，情愿让各位拿着我的佩刀，割下我的头拿去向官军投降，免得和我田悦一同受死。”说完，田悦解下佩刀扔在地上，自己也从马上下来。

将士们争着上前将他扶住，都说愿意和田悦同生共死。田悦于是和将士们断发立誓，结为兄弟，同生共死，同时打开府库，又到富贵人家强征军费，得到钱财一百多万贯，用来犒赏士兵。田悦又招来贝州刺史邢曹俊，让他整顿队伍，修缮守备，稳定军心，从此士气复振。

当时，李纳被刘洽大军进逼，退守濮州，只好到田悦那里去借兵，田悦派军使符璘带领三百名骑兵送给李纳。符璘的父亲符令奇告诫符璘，说道：“我已经老了，但纵观安史等叛乱，最后都被镇压，田氏效仿，不久也必然灭亡，你如果能归顺朝廷，使我们家族流芳千古，我死也甘心了。”符璘咬臂为誓，答应了父亲。出城后，符璘就和副使李瑶向马燧投降，田悦灭了符璘一家，符令奇也被残忍杀害。李瑶的父李再春举博州投降官军，田悦的堂兄田昂也举洺州投降官军。

马燧打算进攻魏州，向李抱真营中借取攻城器械。此前，临洺一战缴获的军粮大多被马燧占有，李抱真心下早已不满，现在马燧又要向他借军械，就拒绝了，并且提出愿意独当一面，和马燧分军进攻，河阳等军也因此观望不前。等到马燧督促河阳等军到达魏州城下时，田悦已经拥兵固守，不能立即攻克了。

范阳节度使朱滔奉旨征讨李惟岳。他先派判官蔡雄，前去游说易州刺史张孝忠，劝他归降大唐，共同讨伐李惟岳。张孝忠见田悦的形势日益危急，乐得依从蔡雄，上表投降朝廷。朱滔替他举荐，张孝忠被封为检校工部尚书兼成德节度使。张孝忠的儿子又娶了朱滔的女儿为妻，二人结成姻亲，然后合兵围攻束鹿。

束鹿守将孟祐急忙向李惟岳求救，李惟岳派兵马使王武俊为先锋，自己率军为后应，前去救援束鹿。王武俊一向被李惟岳所嫌弃，只是爱惜他的才干和勇略，才不忍心立即将他除去，这次让他担任前队，王武俊心中暗想：“我要是打败了朱滔，李惟岳军势大振，我回去一定被杀，我何苦自寻死路呢？”于是，王武俊来到束鹿后，和朱滔对垒，却未战先退，不肯出力。

李惟岳想要除掉他，却被王武俊察觉，趁着值宿的机会发动兵变，把软弱无能的李惟岳给勒死了。王武俊搜捕李惟岳的同党，将他们一并斩首，然后把李惟岳的首级传送到京师。从李宝臣占据成德军，经历两代共十九年灭亡。深州刺史杨荣国，定州刺史杨正义陆续归降，河北平定，只有魏州还没攻下。

唐廷论功行赏，把成德分为三块，封张孝忠为易、定、沧州节度使，王武俊为恒、冀都团练观察使，康日知为深、赵都团练观察使。还有德、棣二州划给朱滔，命令朱滔镇守。

朱滔本想求得深州却没能如愿，因此非常失望，于是仍然在深州驻兵。王武俊认为自己亲手杀了李惟岳，功劳在张孝忠和康日知之上，却只和康日知封得一样的官职，并且失去了赵、定二州，也很不高兴。田悦趁机引诱朱滔，朱滔又趁机挑唆王武俊，他们彼此之间定下密约，互相联络，反抗朝廷。

李纳被刘洽大军围住，外城被攻破，惊慌得不得了，于是登城去见刘洽，哭着说自己愿意改过自新。李勉也派人前来劝降，李纳于是让判官房说上朝请降。偏偏中使宋凤朝说李纳是穷途末路，不是真心归降，德宗竟然被他迷惑，将房说扣住，李纳听到消息后只得突围逃走，投奔郓州，后来与田悦会合。

这时，唐朝廷派中使到北边，征集卢龙、恒冀、易定等州官军前去讨伐困守魏州的田悦。王武俊捉住传旨的中使，押送给朱滔。朱滔对众将道：“将士们为国立功，我曾经为大家奏请官职，却没有回音。如今我要和大家出兵魏州，打败马燧，大家看怎么样？”众将都不回答，朱滔再三询问，大家却都说不愿意重蹈安史之乱的覆辙。

第二天，朱滔暗中查访反对自己的将领，抓了几十个人，一律处斩，其余人迫于他的淫威，只好跟随。康日知侦察到朱滔的阴谋，密报给马燧，马燧又转报给德宗，德宗认为魏州没能攻下，王武俊又反叛，朝廷再也没能力去讨伐朱滔了，于是加封朱滔为检校司徒，晋爵为通义郡王。

偏偏朱滔胆子更大，竟然进攻赵州，威吓康日知。王武俊也派儿子王士真前去攻打赵州。涿州刺史刘怦和朱滔是姑表亲，朱滔让他担任幽州留后，刘怦写信劝谏朱滔，朱滔却把信撕碎，并派蔡雄前去游说张孝忠，说愿意和他结成联盟，张孝忠没有答应。

朱滔终于下定决心，反叛朝廷，他率领步骑兵两万五千人向深州出发。刚到束鹿时，士卒又乱了起来，朱滔偷偷查出二百多人，全部处斩，这才平息了内乱，继续带兵南行，进兵宁晋，等待王武俊发兵配合。王武俊率步骑兵一万五千人和朱滔会合，一同救援田悦。田悦听说援军快到了，就命令康愔率兵出城在御河旁和马燧打了一仗，结果大败而回。

德宗封李怀光为朔方节度使，命令他率领朔方军前去讨伐田悦，兼攻朱滔，同时升任马燧为同平章事，晋爵北平郡王，并且大肆搜刮长安富商，接济军费。判度支杜佑，敲诈勒索，老百姓苦不堪言，甚至有上吊而死的。他又从老百姓的口粮中强行借走了四分之一，先后所得二百万贯，整个长安城就像被强盗洗劫过一样。德宗并不知道实情，只是把那些民脂民膏运到前线，盼望能早日剿灭叛贼。

偏偏叛军气焰嚣张，各路官军又不肯同心，互相推诿，因此久攻不下。马燧和李抱真此时又闹起矛盾，朝廷多次派使调解也不见效。王武俊率军进逼赵州，李抱真分出手下二千人前去防守自己的邢州。马燧知道后大怒道："叛贼还没除去，就急着分兵去守自己的地盘，难道是想叫我一个人去打仗吗？"随即，马燧下令军士整顿行装，想要退回到西边。神策都将李晟知道情形后，连忙劝阻马燧，晓之以理，动之以情，马燧这才幡然悔悟，于是只身来到李抱真的大营与之相见，二人重归于好，发誓一起剿灭贼寇。

马燧整理军队，再攻魏州。敌将朱滔、王武俊合军救援，在惬山列阵。这时李怀光的军队也赶来增援马燧，李怀光有勇无谋，中了王武俊的埋伏，被杀得大败，连马燧的兵马也被他牵动，向后败退下去。马燧只得撤兵固守，不料又中了朱滔的水攻计。半夜里，大水淹没官兵大宫，官兵东拦西挡，勉强支持到天亮，出营一看，只见周围一片汪洋，营门内外水有三尺多深。

马燧只好准备钱财向朱滔求和，派了一个口才好的说客前往朱滔大营。朱滔正在决堤放水，淹马燧的大营，忽然接到马燧的来信，上面说河北的事情以后尽归朱滔处置，马燧情愿率兵回朝，求朱滔网开一面，今后一定不再进犯之类的话。

朱滔看完后，不禁狞笑道："马燧啊马燧，你才知道老夫的厉害吗？"马燧的使者趁势阿谀，说得朱滔心里乐开了花，当即命令把渠水堵住，打发回了来使。等使者回到马燧军营，营中已经干燥了。

马燧和各军涉水向西退保魏州。王武俊得知朱滔放走了马燧，深感遗憾，于是劝说朱滔和自己出兵进攻魏州，同马燧等人隔水相持。朱滔又派兵马使承庆等人去救李纳，击败了刘洽，刘洽被迫退守濮阳。

田悦见局势有转机，就提出四镇联合反叛，推举朱滔为盟主。四个叛贼效仿春秋列国的样子，表面上仍然奉大唐为正统，各自加封王号。朱滔自称冀王，田悦称魏王，王武俊称赵王，李纳为齐王，又各自以所管辖的州为官府，设置一帮官吏，俨然成了诸侯国。

唐朝廷又下令淮宁节度使李希烈兼平卢淄青节度使，专门讨伐李纳。河东节度使马燧兼魏博澶相节度使，朔方节度使李怀光被加封为同平章事，专门攻打田悦、朱滔等人的军队。李晟已被加封为御史大夫兼神策行营招讨使。惬山之战前，李晟就已经从魏州北攻赵州，击败并赶走了王士真，然后和张孝忠合兵，向北进攻范阳，谋取涿、莫二州，截断幽州和魏州的通道，这也是釜底抽薪的计策。

千古忠臣颜真卿

李希烈是辽西人，性情极其凶险狡诈，本来没立过什么功劳，自从平了梁崇义之后，仗着有功更加骄横。德宗反而说他忠勇可嘉，封王拜相，兼任数镇节度使，还派他去证讨李纳。李希烈率部众来到许州，屯兵不进，反而派心腹李苴暗中勾结李纳，结为唇齿同盟，想要共同攻打汴州，并假装向河南都统李勉假道。李勉知道他不怀好意，表面上提供方便，暗中却加强戒备。李希烈知道情形后，就改变了主意。李纳多次派出兵马，袭击汴州，并且破坏了汴州的粮道。李勉只好改修蔡渠，凿通运道，以便接济军需。

李希烈又秘密和朱滔等人勾结。朱滔等人和官军相持，几个月都不分胜负，一切军需全仗田悦供给。田悦渐渐供应不上，粮饷万分吃紧，听说李希烈势力强大，就前去求援，说愿意尊李希烈为皇帝。李希烈于是自号建兴王，天下都元帅。从此，李希烈、朱滔、田悦、王武俊、李纳五贼勾结，气焰无比嚣张。

李希烈派部将李克诚袭击并攻占了汝州，抓住汝州别驾李元平。李元平个小无须，一向喜欢大言不惭，中书侍郎关播说他有将相之才，推荐他担任汝州别驾兼知州事，哪知他被捕后，见了李希烈竟然吓得浑身发抖、屎尿齐流。李希烈边笑边骂道："宰相真是瞎了眼，杀你这种人简直污了我的刀，滚吧！"李元平连忙叩谢，叩头如捣蒜。

之后，李希烈又派部将董待名等人四出抢掠，攻取尉氏，围困郑州，东都洛阳大为震惊。德宗召卢杞来商议，卢杞回答道："四镇叛乱，再加上李希烈，简直讨不胜讨，不如派一位儒雅重臣，去加以安抚，说明利害祸福，说不定可以不战而胜呢。"德宗问什么人可派，卢杞应声回答说："谁也赶不上颜真卿！"

德宗于是派颜真卿前去抚慰李希烈。诏书一下，满朝文武大惊失色。原来，卢杞当上宰相以来，专好排挤，杨炎已经被他贬死，继任宰相的张镒，本来就没什么能力，还是被卢杞挤到外地，让他兼任凤翔节度使。老丞相李揆，老成持重，又被卢杞所忌恨，派他出使吐蕃，结果病死在路上。颜真卿掌管刑部，刚正耿直，卢杞却上奏改封他为太子太师，并且想要把他调到外地去任职，颜真卿当时争辩了几句，卢杞记恨在心。现在，卢杞又假公济私，派颜真卿去安抚李希烈。

颜真卿接旨后，立即出发，来到东都。留守郑叔则对他说道："你此去恐怕凶多吉少，不如留在这里等待后命。"颜真卿慷慨地说道："君命难违，我怎么能贪生怕死？"随即写了封家书，寄给儿子颜頵和颜硕，只是嘱咐他们照顾家庙，抚养全家老小，随即向许州进发。李勉听说颜真卿去了许州，急忙上表德宗，请求迅速追他回朝，与此同时，李勉又派人去堵截颜真卿。偏偏颜真卿已经上路，来不及追回了，李勉也只好叹息一番。

颜真卿抵达许州，刚和李希烈见面，忽然有一帮恶少拿着刀闯了进来，围住颜真卿呵斥辱骂，并用刀威胁。颜真卿面不改色，喝问李希烈道："他们要干什么？"李希烈把他们喝退，向颜真卿道歉道："小辈无礼，请别介意！"颜真卿问清楚后，才知道这些少年都是李希烈的养子。当下，颜真卿大声宣读圣旨，李希烈听完后说道："不是我要造反，只因朝廷不谅解我，我能怎么办？"然后，李希烈把颜真卿引到客馆中，逼迫他替自己鸣冤，颜真卿不答应。

李希烈又再派李元平去劝颜真卿，颜真卿呵叱他道："你受国家委任，不能为国家出力，我只恨没能力杀了你，你反而敢来劝我投降吗？"李元平惭愧退下，回去报告李希烈。

李希烈打算送颜真卿回朝，李元平却劝他拘留颜真卿。朱滔、王武俊、田悦、李纳四人分别派人到许州上表称臣，劝李希烈当皇帝。李希烈于是招来颜真卿说道："现在四王都派使来拥戴我，太师看到这种情势，难道还认为只有我被朝廷忌恨吗？"颜真卿愤然答道："这四个叛贼，怎么能称作四王？将军不想自保功业，做一个大唐忠臣，反而把乱臣贼子当作同伴，难道是甘心和他们一起同归于尽吗？"李希烈大为不悦，令人扶出颜真卿。

第二天，李希烈和四位来使一同喝酒，席间又召颜真卿入座，四位使者对颜真卿说道："太师德高望重，天下钦佩，如今李都统要继位当皇帝，太师正好在这里，李都统要寻宰相，除了太师还有谁合适呢？这真是天赐良相啊！"颜真卿怒目而视道："你们听说过颜杲卿吗？他就是我哥哥，曾经骂贼保全节操而死。我今年已经八十了，只知道守节死义，你们不要再胡说八道！"四个人这才不敢再吭声，颜真卿于是起身回馆。李希烈派十名卫兵包围了颜真卿的馆舍，又在院子里挖坑，扬言要活埋颜真卿。颜真卿平静地对李希烈说道："生死有命，你最好一剑杀了我，也好去了你的心病，何必多方恐吓，我要是怕死就不会来了。"李希烈只好婉言道歉。

不久，左龙武大将军哥舒曜被封为东都、汝州节度使，他击败了李希烈的先锋大将陈利贞，攻下汝州，捉住守将周晃。湖南观察使曹王李皋调任江西节度使，斩了李希烈的部将韩霜露，接连攻下黄、蕲各州。

李希烈的部下都虞侯周曾等人，本来听从李希烈差遣前去进攻哥舒曜，却暗中联络李勉，回过头来进攻李希烈，并打算让颜真卿当节度使。不料消息被李希烈探听到，李希烈暗中派别将李克诚率兵偷袭，周曾等人来不及防备，都被杀死，只有同党韦清投奔刘洽，逃得性命。

李希烈的部将董待名等人曾围攻郑州，听说各处失利，相继逃了回来。李希烈的气焰终于被打压了一些，从许州回到蔡州，颜真卿仍然被带去，住在龙兴寺，派兵守着。

这时，荆南节度使张伯仪和李希烈在安州交战，张伯仪大败，连持节都被夺去。李希烈拿着持节给颜真卿看，颜真卿放声大哭，几次昏倒，从此不再和贼人说话。

李希烈派使者向德宗上表，把罪过都归咎在周曾等人身上，表面上非常恭顺，暗地里却勾结朱滔，等待他前来增援。

朱滔此时正和李晟相持，李晟刚好生病，不能带兵，被朱滔趁机袭击，李晟战败逃到易州。朱滔在瀛州休息数天后，王武俊派宋端来见朱滔，催促他迅速还回魏桥，朱滔还想拖延，没想到宋端出言不逊，惹得朱滔大怒，呵斥宋端，让他回去，并对他说道："我朱滔为了救魏博，背叛皇上背弃兄长，现在遇上身体不舒服，暂时没能向南进发，二兄（指王武俊）一定要怀疑，我也管不了。"

宋端回来报告王武俊，王武俊因为之前朱滔放了马燧，心里一直不舒服，这时更是动气。李抱真在魏县驻营，知道消息后，派参谋贾林去诈降王武俊，贾林来到王武俊的军营，对王武俊分析得失，晓以利害，说得王武俊心悦诚服，约定只要朝廷赦免自己的死罪，就可以归顺朝廷，讨伐叛军，报答皇上。于是，魏博一路兵祸稍稍缓解。

李希烈又出兵进攻襄城，哥舒曜登城拒守，却被叛军围困。河南都统李勉派宣武将唐汉臣前去救援，德宗也派神策将刘德信招募三千兵马前去相助，又命令神策军使白志贞招募兵士。白志贞勒令节度使的子弟自备物资装备从军，却只给他们五品的官衔，这些人渐渐地生出怨言，人心动摇。

翰林学士陆贽，字敬舆，嘉兴人，从小才华出众，后来考中进士，历任外尉，后来又升任监察御史。德宗召他住在翰苑，多次召他询问政事得失。陆贽见形势危急，怕发生内变，特地上疏德宗，建议调回神策等六军，保护京城，然后再部署各道节度使专门征讨李希烈，同时减租减息，稳定民心，巩固根本，这些建议全都切中要害，偏偏德宗却视为迂腐之谈，一心只想荡平叛逆，不但没调回一个军兵，反而接连催促李勉、刘德信等人去救襄城。

李勉听说李希烈的精兵都在襄城，料想许州空虚，特地嘱咐刘德信、唐汉臣两将袭击许州。两将奉命出发，没想到中使到来，责备他们违背圣意，立即追回二将，二将狼狈撤退，被李希烈的部将李克诚追击过来，死伤大半。唐汉臣逃奔大梁，刘德信逃奔汝州。李希烈游兵剽掠至伊关，李勉急派部将李坚率四千人助守东都，又被李希烈截住后路，东都和襄城同时告急。

德宗再命舒王李谟为荆襄等道行营都元帅，改名为李谊，封为普王，户部尚书萧复为元帅府长史，右庶子孔巢父为左司马，谏议大夫樊泽为右司马，又传旨调集泾原将士随同出征。

泾原节度使姚令言率兵五千来到京师。当时已经是十月，士兵们冒雨前来，又冻又饿，到京师后满心指望能得到厚赐。不料京兆尹王翃奉旨犒劳大军时，只给他们吃一些粗糠野菜，更不要说什么赏赐了。士兵们愤怒万分，把饭菜全都泼在地上，踩得稀巴烂，并且扬言道："我们将要冒死奔赴沙场杀敌，竟然连一顿饱饭也不给我们吃，还叫我们怎么拼命杀敌？如今琼林、大盈两个国库装满了金银财宝，朝廷竟然不肯拿出一丝一毫赏赐，就别怪我们自己去取了。"于是，士兵们悍然发动兵变，直逼京城。

姚令言正要上朝辞行，突然听到兵变的消息，急忙跑到城外，对大家说道："大家随我东征，只要立功，还怕不能富贵吗？要是真造反的话，只怕会被灭族啊？"军士们不听他的，反而把他扣住，一路冲到通化门。只见有中使奉旨出来安抚，每人赐给一匹布，大家更加气愤并骂道："我们难道是为了这区区一匹布吗？"于是，军士们将中使射死，冲进城中，百姓们吓得四散逃走。

听说乱军进了城，德宗派普王李谊和翰林学士姜公辅一同前去安慰抚谕。乱军在丹凤门列阵、拿着弓箭等待，李谊和姜公辅说不通道理，只好又回来报告。德宗召来禁兵，让他们抵御乱军，不料白志贞所招募的禁兵，全是报的虚名，兵饷全入了白志贞一人的囊中，到了危急时刻，竟然一个人也召不来。

这时，德宗也难免惊慌失措，急忙带着王贵妃、韦淑妃、太子以及各位王爷和公主，从后苑北门逃出，德宗连御玺都来不及拿，还是王贵妃记得，取来系在衣服中。宦官窦文瑒、霍仙鸣，率着左右一百多人随行，普王李谊在前面开道，太子殿后，司农卿郭曙、右龙武军使令狐建，在道上接驾，一行五六百人仓皇向西逃去。

乱军冲进宫内，登上含元殿，大肆抢掠府库，百姓们也趁势进宫窃取库物，京城乱成了一锅粥。姚令言见城中无主，叛乱不能禁止，于是和乱军商议，打算推举朱泚为主帅。朱泚讨平刘文喜后，曾留下来镇守泾原，后来被加封为太尉。后来朱滔谋反，曾经写了封蜡书给朱泚劝他一同谋反，送信的人被马燧截获后送到京师。德宗于是召朱泚上朝，出示朱滔的书信给朱泚看，朱泚悼恐万分，请求赐死。德宗却说兄弟远隔，不是同谋，特地好言安慰勉励，赐给他府第并让他留在京城。姚令言提议拥戴朱泚，众人乐得听从，来到朱泚的府中迎接朱泚。朱泚假意谦让了一番，经乱军一再劝说，就趁半夜进了宫，前呼后拥，来到含元殿，约束乱军，自称代管六军。第二天，朱泚迁居到北华殿，出榜张示。大意说：

泾原将士，远来赴难，不习朝章，驰入宫阙，以致惊动乘舆，西出巡幸，现由太尉权总六军，一应神策等军士及文武百官，凡有禄食者，悉诣行在，不能往者，即诣本司，若出三日检勘，彼此无名者杀无赦。为此榜示，俾众周知。

京城的官吏见到这张榜文，才知道德宗已经西逃。首相卢杞和新任同平章事关播已经在夜里跳过中书省的围墙，微服出城了。神策军使白志贞、京兆尹王翃、御史大夫于颀、中丞刘从一、户部侍郎赵赞、翰林学士陆贽、吴通微等人也陆续向西赶到咸阳，这才和皇上的车驾相遇。

德宗回忆起当初桑道茂的话，决定去奉天。奉天守吏迎接车驾进城，京城百官渐渐跟来。不久，左金吾大将军浑瑊到来，报称朱泚被乱兵拥立，后患无穷，不可不防。德宗当即封浑瑊为行在都虞侯，兼京畿、渭北节度使，并且征各道兵马前来救援。卢杞还替朱泚辩解，德宗也以为朱泚不会反，竟然盼望朱泚能来迎驾，谁知朱泚已经密谋造反，竟然想做起皇帝来了。

光禄卿源休出使回纥，回朝后没得到重赏，心里很不满。现在见朱泚总领六军，就和他密谈，劝他称帝。朱泚喜出望外，立即封了一帮伪官。朱泚认为段秀实失去兵权很久了，必然愿意追随自己，就派人去召。段秀实却闭门不见，派去的人翻墙而入，硬逼着段秀实同行，段秀实这才和妻儿老小诀别，去见朱泚。

朱泚看到段秀实来了，非常高兴。段秀实劝朱泚迷途知返，接回德宗，朱泚默然不答。

段秀实于是表面上和他周旋，暗中联络将军刘海宾和泾原将官何明礼、岐灵岳，打算诛杀朱泚。刚好金吾将军吴溆奉德宗之命到京城来宣慰，朱泚假装受命，暗中却派泾原兵马使韩旻率精锐骑兵三千人去袭击奉天，对外却假称迎接圣驾。

段秀实侦查到阴谋，就对岐灵岳说道："事态紧急，只能以诈应诈了。"然后，段秀实嘱咐岐灵岳窃取姚令言的兵符作为凭信，准备召回韩旻。岐灵岳去了半天，空手而回，说兵符很难窃到。段秀实急中生智，用自己司农卿大印倒着印在纸上冒充兵符，匆匆写了道命令，找了个飞毛腿去追韩旻。韩旻也没仔细看，得令退兵。

段秀实又对岐灵岳道："韩旻要是回来，我们的死期就到了。我会直取朱泚，不成就死，免得连累你们。"岐灵岳道："您是国家的大才，应当保重性命，现在事态紧急，灵岳愿暂时担当此项大任，将来如果能诛杀叛逆，灵岳就算死了也瞑目了。"计议已定，等韩旻的兵一到，果然朱泚感到很意外，当即追问原因。岐灵岳挺身而出，指着朱泚说道："天子蒙尘，必须赶紧迎回来，为什么你反而还要派兵去进攻？我岐灵岳食君之禄，忠君之忧，怎么忍心袖手旁观，所以派人将大军追回来。"朱泚听后怒不可遏，喝令左右将岐灵岳拿下当场斩首。

段秀实又嘱咐刘海宾、何明礼，让他们暗中部署，准备下手。正好朱泚这时急着想称帝，招来一帮人商议，段秀实也在里面。源休执笏入殿，居然和臣子朝见皇帝一样，段秀实瞧着，激起一腔忠愤，恨不得将这班贼臣立即杀死。朱泚开口刚说了几句话，段秀实当即跳起，夺了一块笏板向朱泚扔去，并厉声喝道："狂贼！罪该万死，我段秀实会跟着你造反吗？"朱泚慌忙举臂去挡，笏板打中额头，血流了一脸，朱泚转身逃走。段秀实还要再上前去打朱泚，被李忠臣等人出来拦阻，让卫士拿住了段秀实。段秀实知道事情失败，就对大家说道："士可杀不可辱，我不会听你的，你要杀便杀，我不受你侮辱！"说到这里，大家争着上前举刀乱砍，当即把段秀实砍倒。朱泚一只手掩着额头，一只手向众人摇摆示意道："这是义士，不可乱杀。"等大家停下手来，段秀实早已毙命，一道忠魂，就这样冤死了。

第六十五回 奉天之难

德宗听说段秀实守节而死，后悔当初没有重用他，流泪不止，追赠他为太尉，赐谥号忠烈公。回京后，德宗不但派使臣祭奠，还亲自为他题写墓志铭。这是后话了。

且说德宗因为朱泚叛变，担心奉天守不住，就想要转往凤翔。户部尚书萧复道：“凤翔的兵马大多是朱泚的旧部，臣正担心凤翔节度使张镒不能控制他们，陛下怎么能以身犯险呢？”德宗道：“朕已决定前往凤翔。”

第二天，德宗正准备要启行，忽然有两位将军踉踉跄跄地跑来，德宗一看是凤翔行军司马齐映和齐抗，报称张镒被营将李楚琳所杀，李楚琳自封为节度使，并且率众投降朱泚了。德宗叹息道：“果然不出萧复所料，二位爱卿就在这里护驾吧。”随即，德宗封齐映为御史中丞，封齐抗为侍御史。二人叩拜谢恩。

不久又接到长安急报，说朱泚已经自称皇帝，并且杀死了唐室宗亲很多人，德宗听后更加悲痛。原来，朱泚害死段秀实等人后，前后左右都只剩下一些猪朋狗友，天天劝他称帝。

朱泚就在宣政殿自称大秦皇帝，改年号为应天。大理卿蒋沇打算投奔德宗，出京才几里，就被朱泚派人追回，硬是授给他官职，蒋沇绝食装病，才躲过一劫。朱泚封姚令言为侍中、李忠臣为司空、源休为中书侍郎、蒋镇为门下侍郎兼同平章事、蒋炼为御史中丞、敬釭为御史大夫、彭偃为中书舍人，其余的如张光晟等人都封了节度使。朱泚立侄子朱遂为太子，弟弟朱滔为冀王太尉尚书令，称为皇太弟。

源休劝朱泚杀光唐室宗亲，唐室郡王和王子王孙共七十七人遇害。源休更请求将逃匿的各位大臣一概抓住杀掉，多亏蒋镇在旁边劝解，才让很多人幸免于难。

朱泚发檄文到奉天，招降引诱护驾的各位大臣，并说他会亲率大军，前来攻打奉天，到那时玉石俱焚，后悔就来不及了等等。

德宗非常焦急，又听说襄城被李希烈攻陷，哥舒曜退保东都洛阳，种种不如意的事一件连着一件。刚好此时，右龙武将军李观率领卫兵一千多人来到行宫，德宗急忙命令他招募士兵做好防备，没几天就得到了五千多人，严阵以待，人心才稍稍安定。

泾原兵马使冯河清、知泾州事姚况听说德宗驻扎在奉天，大骂姚令言背叛国家是不忠之臣，然后召集将士流着泪宣誓要誓死保护大唐，并将筹得的器械一百多车运往奉天。奉天正苦于没有武器，得到这批武器胆气更壮，大家纷纷摩拳擦掌，专等叛兵到来。

德宗加封冯河清为泾原节度使、姚况为司马，右仆射崔宁也赶到了行宫，德宗格外高兴，慰问有加。崔宁退下后对众将道："陛下英明神武，从善如流，只可惜被卢杞所误这才有今天。"有人就把这话转告给了卢杞，卢杞当即和王翃密谋陷害崔宁。

王翃伪造了一份崔宁写给朱泚的书信，然后拿给德宗看，德宗看后大惊失色。卢杞这时正好在旁边，趁势进谗言道："臣当初本来是邀崔宁一同前来，崔宁直到今天才来，已经有些可疑了，况且现在又发现他和朱泚有书信来往，明显是和朱泚有勾结，来作朱泚的内应的，希望陛下早做预防，不要上当了。"德宗于是召崔宁进帐，假称是要宣读密旨，却暗中让两位大力士在背后暗算，扼住崔宁的颈部，把他扼死。

德宗又下令命邠宁留后韩游环、庆州刺史论惟明、监军翟文秀率兵三千去守便桥。走到半路上，正碰上朱泚的先锋姚令言和副将张光晟带兵杀来。韩游环对翟文秀说道："敌众我寡，交战必然失利，不如返回奉护驾要紧。"翟文秀还想留下来，奈何韩游环不听，竟然引兵退回了奉天。朱泚大军随后赶到奉天，韩游环和浑瑊率兵出战，抵挡不住叛军，纷纷败退。叛军争着往里闯，浑瑊急忙命令都虞侯高固用草车塞住城门，放火来抵御叛军。火势猛烈，烟火住外直扑，官军乘着火势杀出，用长刀乱砍，杀死叛军很多人，叛军这才退下。朱泚又亲自跑来督战，在城东列营，气焰十分嚣张。

韩游环在城上遥望，见叛军连夜撤毁西明寺，很是忙碌。韩游环对左右说道："叛军连夜毁寺，无非是想借寺里的木材作云梯，要知道寺里的木材全是干柴，一遇到火，就毫不中用，我军只要多准备火把就足以破敌了。"两天后，朱泚率兵运来云梯攻城。城中早已准备了火把，接连扔下，大火迅速把云梯烧焦，叛军有很多从云梯上掉下而死，朱泚只好收兵回营。从此，朱泚每天都会来攻城，浑瑊、韩游环两将多方坚守，或用强弩射贼，或出奇兵骚扰，以致叛军久攻不下。

德宗派使臣四处告急。李怀光首先来奉天救驾，马燧和李艽也带兵赶到，李抱真仍然在临洺防守东路。李晟在定州接到诏书，立即率领四千骑兵向西而行。张孝忠倚重李晟，劝李晟不要去，李晟对大家说道："天子危难，大臣就应当去解救，怎么能袖手旁观呢？"随后，李晟把儿子送到张孝忠的大营当人质，并说愿意让儿子和张孝忠的女儿结婚，还赠送良马给张孝忠。张孝忠这才拨出精兵六百人随李晟同行。

这期间，朱泚重整旗鼓，合兵数万人大举攻城。左龙武大将军吕希倩开城交战，不幸中箭身亡。将军高重捷和吕希倩是好朋友，悲愤交加，发誓报仇。

第二天，高重捷带着精兵数十人冲进贼阵。贼将李日月一向骁勇，挺枪出战，和高重捷大战数十个回合不分胜负。浑瑊出兵接应，李日月不免慌张，手法一松，差点儿被高重捷刺落马下，亏得战马敏捷，跳出圈外，才侥幸逃走。高重捷乘胜追击，却中了埋伏，不幸身亡。德宗看见高重捷的尸首，痛哭流涕，用蒲草扎成头部，厚礼安葬，追赠他为司空。李日月提着高重捷的人头进献朱泚，朱泚也被高重捷感动落泪，叹为忠臣，然后用蒲草扎成身体厚葬。

高重捷的亲兵禀告浑瑊，发誓要和李日月拼命。浑瑊定下密计，命他们到李日月的营前骂阵。李日月持枪出营，将士交锋几个回合后四散奔逃。李日月追赶了一程，正打算不追了，那些士兵又停下来再次痛骂。等李日月追上来，又都走散了，这一追一逃，惹得李日月怒火中烧，卸了甲胄拼命赶来。

这时，官军一齐冲出来，把李日月团团围住，李日月并不惊慌，左挑右拨，无人敢接近，无奈箭如飞蝗，躲不胜躲，等到贼军突围来救援时，李日月已经中箭吐血而死。贼军带着他的尸体突围，回报朱泚，朱泚下令让他葬在长安。

李日月的母亲竟然不痛哭，并且对着儿子的尸体骂道："你这个逆子，国家有什么地方对不住你？你要跟着这帮逆贼造反，如今死也迟了。"后来，朱泚兵败而死，叛党全被诛杀，只有李日月的母亲被免罪，这也算是忠奸有报吧！

自从李日月战死，贼兵士气大落。朱泚派苏玉到陇州，封陇右留后韦皋为中丞，命令他发兵相助。

苏玉来到汧阳，正遇上陇州戍将牛云光，率领五百人来投奔朱泚，两下交谈中，牛云光说韦皋不肯归降，自己本打算设法杀掉韦皋，不幸阴谋泄漏，这才率着众人来投奔。苏玉回答道："韦皋一介书生，不懂兵法，你不如和我一起去陇州，韦皋要是听命就算了，否则你带兵去杀韦皋易如反掌，怕他干什么？"牛云光高兴地点头称是。

于是，二人一同来到陇州，韦皋早已关闭城门守备，苏玉大喊开城，让韦皋迎接诏书。韦皋登上城头问明缘由，先放苏玉进去，接受了任命，然后再次登上城头对牛云光说道："你去而复来，愿意听从新的命令吗？"牛云光答道："我正是因为您有了新的任命，所以才重新回来，愿为您效劳。"韦皋又道："如果你真有这个心，就请放下武器，好让我们不怀疑你。"牛云光以为韦皋好骗，满口答应。韦皋随即出城验收兵械，然后邀牛云光一同进城。

当下，韦皋设宴请苏玉和牛云光入座，正喝得高兴时，突然有几十位壮士冲了进来，将这二人一并杀死。

朱泚听说苏玉被杀，更加愤懑，再次带兵攻城，恨不得立即把奉天踏平。亏得浑瑊、韩游环昼夜血战，才算将奉天守住。只是奉天粮道早已被截断，城中无粮可吃，人人饿着肚子，就是供奉德宗的御食，也不过每天二斛粗米。

德宗召来文武百官道："朕实在无德，应该败亡。各位卿家无罪，不如开城投降，自保身家性命吧。"大臣们都悲愤地流下眼泪，愿意拼死防守。浑瑊见城中粮食吃光，就趁着叛军休息时，乘夜放人出城，采集野菜充饥。并且每天安抚将士，晓以大义，因此大家虽然饥寒交迫，却没有产生造反的念头。

这时候，突然看见叛军中推出一座云梯，高和宽都有好几丈，下面架着大轮子，上面装着五百多精兵前来攻城。浑瑊急忙命令军士们暗中开凿地道通往城外，储备柴火，专等云梯到来。

神武军使韩澄登城观望，见城墙东北角最宽阔，可以容纳云梯，于是派人将引火物资搬到那里。朱泚先派叛军进攻南城，韩游环道："这是声东击西的诡计，快去防守东北角。"韩澄已经在东北角守着，再加上韩游环分兵相助，兵力基本充足。

果然，叛军运来云梯后，在东北角攻城。官军点着火把，一齐扔下去，叛军不敢靠近，只得退去。第二天，北风很大，敌兵的云梯又来了，他们用湿毡子盖在顶上，并且挂上了水囊，上下都载着兵士，上面的士兵拿着武器攻城，下面的士兵灭火，官兵扔火把已经不起作用了。浑瑊等人拼死抵抗，无奈叛军也是拼死前来，弓箭如雨，官军伤亡惨重。浑瑊中箭，包扎好伤口再战，还是抵挡不住。他见形势危急，连忙返回去禀报德宗。

德宗无法可施，只有呜咽流泪，左右大臣唉声叹气，毫无办法。浑瑊回头一想，兵来将挡，除战死外也没有别的办法了，于是请德宗赶紧给将士告身封官，然后再招募死士。德宗就取出空白告身一千多份，交给浑瑊，让他自己去填发。浑瑊含泪誓死，向德宗诀别，德宗也黯然泪下。

这时，外面忽然发出一声巨响，好像城墙坍陷一样，浑瑊急忙辞别德宗，飞马冲了出去，只见外面烟火冲天，并有一股臭气扑鼻而来，他也不知道怎么回事，登城一望，叛军的云梯已经被烧成灰烬，贼兵全都烧成火人了。浑瑊转忧为喜，指挥士兵把登城的贼兵全部杀死。

叛军的云梯是怎么被烧的呢？原来，城墙东北角凿有地道，云梯突然间一个轮子塌陷进去，不能行动，早已潜伏在地道中的唐军，乘机放火焚烧云梯。叛军虽然知道云梯害怕受到火器的攻击，并进行了很好的防护，但是没有想到大火从地下冒出来，凑巧遇着大风，云梯来不及转移，人也来不及逃跑，顿时一起被烧为灰烬，叛军这才退下。浑瑊又回报德宗，并请求趁势出战。德宗让太子督军，兵分三队，从三个城门出发追击叛军。叛军来不及防备，被官军杀死了数千人，官军这才鸣金回城。当晚，朱泚又来攻城，德宗亲自到城上鼓励士兵。贼兵望见皇帝的黄罗伞盖，便用强弩射过来。箭落到德宗跟前，相距不过一尺，幸亏卫士用枪拨落，德宗才没受伤。

德宗正要下城躲避，忽然听到城下有人大叫道：“我是朔方来使，快拉我上城。”守兵连忙扔绳子下去把他拉了上来，此人身上已经中了数十支箭，浑身是血。见了德宗，连忙行礼，然后解开衣服拿出密信。德宗看完了大喜，原来是援兵要到了，忙把这个喜讯传给全城守军，大家欢声雷动。

原来，李怀光的兵马已经到了醴泉，朱泚听说李怀光来到，急忙分兵去截李怀光，却被李怀光杀得大败。接着，各路援兵纷纷赶到，神策兵马使尚可孤从襄阳赶来救援，兵马已到蓝田；镇国军副使骆元光从潼关赶来救援，兵马已到了华州；河东节度使、北平郡王马燧也派行军司马王权和儿子王彙率兵五千，从太原赶来救援，兵马已到了渭桥。四面八方的官军纷纷聚集，吓得朱泚魂飞魄散，连夜收兵逃回长安去了。

奉天解围，大臣纷纷庆贺。卢杞、白忠贞、赵赞等人自认为护驾有功，扬扬得意。这时，有谣言传来，说李怀光要带兵前来拜见德宗，而且有清理奸臣的意思。卢杞难免心虚，急忙对德宗说道：“叛军还占据着长安，李怀光千里之外赶来救援，锐气正盛，何不派他迅速带兵进攻长安，乘胜扫平贼寇呢？”

德宗想想也对，于是派人到李怀光军中，让他不必觐见，迅速带兵收复长安。李怀光不禁失望道：“我不远千里来救驾，和天子近在咫尺却见不到，可见是贼臣卢杞等人从中排挤了。”没办法，李怀光只好带兵赶赴咸阳。李晟来到渭桥，想拜见德宗，德宗也没同意他觐见，而是派他和李怀光一同进攻长安。

李怀光到了咸阳，停滞不前，上表指斥卢杞、白志贞、赵赞三人。德宗正在宠信他们，舍不得处置他们，李怀光再三上奏，德宗仍然不听。李晟也上奏称李怀光之所以逗留咸阳，就是想除掉奸臣，请求德宗当机立断。就连护驾的文武大臣都对卢杞等人不满，纷纷上奏弹劾。德宗这才贬卢杞为新州司马、白志贞为恩州司马、赵赞为播州司马，然后下诏抚慰李怀光。李怀光又斥责宦官翟文秀仗势欺人，胡作非为，应该诛杀。德宗只好诛杀了翟文秀，又督促李怀光进兵。谁知李怀光又冒出一种说法，说必须找到机会才能进兵攻城，仍然按兵不动。

德宗无可奈何，在奉天过了年。转过年，德宗加封陆贽为考功郎中，陆贽上书陈述时政弊端，奏折差不多有几万字，而且请德宗颁布罪己诏。建中五年正月初一，德宗颁诏改称兴元元年，大赦天下，并历数自己的罪过，立志改过自新。这道诏书说得言辞恳切，切中要害，一经颁发，大快人心。此后，王武俊、田悦、李纳都主动去掉王号，上表请罪，只有李希烈仗着兵强马壮，仍然阴谋称帝。

李希烈派人向颜真卿询问礼仪，被颜真卿断然拒绝。继而，李希烈竟自称大楚皇帝，改元武成，设置百官，用私党郑贲、孙广、李缓等人为相，把汴州称作大梁府，在境内设置四个节度使。李希烈在庭中堆满柴火并浇上油，威吓颜真卿，并派部将辛景臻对颜真卿说道：“不想低头，何不干脆自焚？”颜真卿大义凛然，挺身要进入火中。辛景臻连忙阻止，回来报告李希烈，李希烈大为惊叹。

然后，李希烈派部将杨峰拿着伪敕，去通告淮南节度使陈少游和寿州刺史张建封。陈少游早已经和李希烈勾结，当然乐得受命。张建封拿住杨峰，当即处斩，并且上奏德宗称陈少游投降叛贼。

德宗封张建封为濠、寿、庐三州都团练使。李希烈想要攻打寿州，被张建封挡住，士兵不能过去，只好向南进攻蕲、黄、鄂州，也被曹王和鄂州刺史李兼所败，李希烈这才不敢进犯江淮。

德宗封姜公辅、萧复为同平章事。萧复请德宗任贤去佞，抑制宦民，说得非常恳切。德宗却怀疑萧复羞辱自己，把萧复贬为江淮等道宣慰安抚使。因为田悦、王武俊、李纳三人曾上表谢罪，德宗一律恢复了他们的官爵，并派秘书监崔汉衡去吐蕃借兵。吐蕃宰相尚结赞同意派大将论莽罗率兵两万相助，却说要唐朝廷主兵大臣签署命令才能进兵。崔汉衡问他需要什么人签名，尚结赞指名李怀光。于是，崔汉衡回来上报，德宗就派陆贽去找李怀光，让他签署命令。李怀光此时已经心怀不轨，不但不肯签署，而且说出三大害处来。

贝州之战朱滔败走

李杯光见了陆贽，指出向吐蕃借兵的三大害处。第一，如果攻克京城，吐蕃必然纵兵大肆抢掠。第二，吐蕃立功必求厚赏，京城已遭叛军抢掠，国库一贫如洗，拿什么给付筹劳。第三，吐蕃兵马到达后，必定事先观望，我军如果取胜他们就来分功，我军如果兵败他们反而容易叛乱，番兵向来狡诈，不宜轻信。这三大害处说得头头是道，陆贽没有反驳的地方，只好说是奉命来前，如果不签署不好复命。李杯光把眼一瞪道："怎么不让卢杞等人署名，却来逼我？你们辅佐皇上，却不能除掉一个内奸，有什么用？"陆贽碰了一鼻子灰，没办法只好空手回来。

此后，李怀光暗中和朱泚串通，表面上却请求和李晟合兵。李晟担心被他吞并，情愿独当一面，从威阳撤回到东渭桥。之后，李晟密奏德宗："李怀光反叛的迹象已经很明显了，必须死防，应该派他分兵防守蜀汉，不要让他手握重要的兵对队，否则后患无穷。"德宗还在犹豫不决，李怀光却越来越放肆，奏折言辞越来越跋扈。德宗怀疑是受人离间，才导致他心中不满，便下诏书加封李怀光为太尉。李杯光不但不领情，还把德宗赐给的铁券扔在地上发泄不满。

朔方左兵马使张名振，在军营门前大声质问李怀光："太尉眼看着叛贼近在咫尺却不出击，对待陛下的使臣又大不敬，难道真要造反吗？"李怀光答道："我并不是要反，不过因为叛贼势力正强，我正养精蓄锐等待时机，你怎么能口出狂言呢？"接着又道："天子住的地方必有皇城，你赶紧筑一座便城，好迎接圣驾。"张名振只得带领军士筑城，城池竣工后，李怀光却自己住了进去。张名振又进去问道："太尉说是不反，怎么住到这里来了？你不攻打长安，诛杀朱泚建功立业，却占据这座城池，到底是什么意思？"李怀光恼羞成怒，宣布张名振是疯子，下令左右把张名振拉出去处死。

右兵马使石演芬本是西域胡人，李怀光喜爱他有勇有谋，把他收为义子。石演芬是个忠义之臣，他把李怀光的密谋派门客郜成义秘密上报德宗。李怀光有个儿子叫李璀，在奉天护驾，郜成义到了奉天，找到李璀说明情况，李璀当即给父亲写了一封信，劝他悬崖勒马，但不小心把石演芬的事情也叙述在内。

李怀光得到书信，立刻找石演芬呵斥，石演芬大义凛然，痛斥李怀光大逆不道。李杯光大怒，命令左右把他处死，石演芬慷慨就义。

没过几天，李怀光举兵造反，而且写了封密信约韩游环暗中帮助。韩游环觐见德宗，呈上李怀光的书信。德宗道："爱卿忠义，李怀光怎么能诱惑得了呢？只是要除掉李怀光很不容易，你有什么好办法吗？"

韩游环道："李怀光手上有各道兵权，所以敢犯上作乱，而陛下在各地都有守将。如邠州有张昕，灵武有宁景漩，河中有吕鸣岳，振武有社从政，潼关有唐朝臣，渭北有窦舰，这些人都听陛下调遣，陛下如果分别授以兵权，然后夺去李怀光兵权，只给他空头爵位，那时李怀光人单势孤，也就兴不起大浪了。"

德宗又问道："如果夺去李怀光兵权，将来由谁去讨伐朱泚呢？"韩游环道："重赏之下，必有勇夫。邠府兵马数以万计，如果派臣为将领，足以扫平朱泚，何况各地将士必定会前来援助，区区朱泚有什么可怕的呢？"德宗虽然点头，心里却在怀疑。

到了傍晚，浑瑊来报："李杯光派赵昇鸾到此，约臣为内应。赵昇鸾前来自首，臣恐怕李怀光马上就要进攻。这里长期作战，城墙已经严重损毁，不宜再守，陛下不如转移到梁州，越快越好。"德宗听了这话，不禁慌了神，赶紧命令浑瑊部署。浑瑊整顿队伍，德宗带着妃嫔，慌慌张张出了城，留下刺史戴休颜防守。满朝文武狼狈跟随，浑瑊率兵断后，向梁州进发。

李怀光召集队伍，准备攻打河中，而且提出占领后可以随意抢掠，乱贼齐声欢呼。李怀光又派邠州留后张昕前来协助。张昕是李怀光旧将，当然唯命是从。

凑巧此时，韩游环从奉天来防邠州，手下有八百人马，就劝张昕弃暗投明。张昕不但不听劝告，反而引诱韩游环跟他一起追随李怀光造反，韩游环只好装病，暗中却和部将高固、杨怀宾等人联络，准备谋杀张昕。张昕也想暗杀韩游环，不料崔汉衡率吐蕃兵赶到，张昕一时不敢动手。韩游环和高固等人冲进府中，把张昕杀死。

李怀光的儿子李玫当时正在邠州，韩游环却把他放走，让他去招抚叛军。有人问他为什么不杀李玫，韩游环道："杀李玫必然激怒叛军，不如让他回去，让叛军知道自己在邠州的家属全都安全，这样效果会更好。"果然李玫到泾阳后，李怀光立即担心军心变动，准备转移到蒲州，并且写信给朱泚商量对策。

朱泚此时又改国号为汉，而且越来越骄横，看完李怀光的来信，就回信召他进京辅佐自己，还公然自称为朕，称李怀光为卿，摆出皇帝的架子来。李怀光接到回信后，大发雷霆。

原来，朱泚当初勾结李怀光的时候，一直把李怀光当大哥，并约定在关中分别称帝，永远结为邻国，不料现在朱泚突然变卦，哪能不让李怀光动怒。李怀光当即起兵攻打河中，临走前大肆掠夺泾阳等十二个县，害得百姓四处逃散。河中守将吕鸣岳因为兵少难以抵挡，只好迎接李怀光进城。

李怀光又分兵攻打同、坊等州城，坊州先被攻陷，后来又被渭北守将窦舰夺回。同州刺史李杼的部将裴向亲自来到敌将赵贵先的大营，晓以大义，劝赵贵先归顺朝廷。赵贵先被感动，和裴向一起进城防守，因此同州得以保全。

德宗封李晟为河中节度使，兼任京畿、消北、解、坊、商、华兵马副元帅，封浑瑊为朔方节度使，兼任朔方、邠宁、振武、永平、奉天行营兵马副元帅。两个人都兼任同平章事，谋划收复长安，又封韩游环为邠宁节度使，防守邠州，封戴休颜为行营节度使，防守奉天，骆元光防守昭应，尚可孤出兵蓝田，随时听候两位主帅调遣。

李晟合泪受命，然后号召将士慷慨出发。手下有人提醒："元帅全家老小以及神策军的家属都在长安，一旦进攻恐怕都要遭到毒手了。"李晟叹息道："天子有难，怎么敢顾及家室呢？"后来，有巡逻兵抓到了长安的间谍，李晟命人好言慰问，得知是姚令言派来的，就放了回去，并且让他带话给姚令言："你转告姚令言，让他一定要为叛贼守住长安，不要再对贼人也不忠心。"然后，李晟率兵直抵长安，叛贼闭门不出。李晟回到东渭桥准备军械，想要率军大举进攻。

浑瑊率领大军出兵邠州，崔汉衡又带领吐蕃兵来会师。浑瑊决定进兵奉天，和李晟东西相应，共逼长安。长安城内人心惶惶，朱泚慌忙招募能言善辩的人，充当使者，带着重金去贿赂各军。

泾原节度使冯河清多次杀死朱泚的来使，谁知牙将田希鉴被朱泚买通，田希鉴刺杀了冯河清后，甘愿投降朱泚。朱泚当即封他为节度使，并让他帮助贿赂吐蕃。吐蕃得了重金也收兵回国了。

朱泚约弟弟朱滔进攻洛阳，朱滔派人到回讫搬兵，回讫同意发骑兵三千人去助朱滔。回讫不是已经和郭子仪有过约定吗，怎么现在又来帮助朱滔呢？

原来，德宗初年，回讫可汗移地健被堂兄顿莫贺杀害，顿莫贺自立为合骨咄禄毗伽可汗。顿莫贺有个女儿嫁给了奚王，后来奚王被乱军刺死，顿莫贺的女儿逃脱，在赶回娘家的路上遇到朱滔，朱滔对她有意思，并向她求婚。他们情投意合，就结成夫妻了。现在女婿来搬救兵，老丈人当然答应。

朱滔派人联系田悦，说想和他共取洛阳。田悦刚刚和王武俊等人上表请罪，表示愿意听唐朝廷的调度，当然不肯和朱滔勾结。朱滔于是和回讫兵攻打田悦的地盘，夺去馆陶、平恩等州县，抢掠一番后，大摇大摆地离去。田悦闭城固守，不敢出兵。

这时，德宗派孔巢父为魏博宣慰使，到达魏州，对田悦等人分析形势，讲清利害关系，田悦和将士都很高兴。

田承嗣的儿子田绪任魏博兵马使，此人生性凶险，曾经被田悦责打，从此怀恨在心。正巧田悦宴请孔巢父，两人喝得烂醉，田绪带领左右翻墙入内，杀了田悦和他的全家十多口人。然后，田绪假传田悦命令，杀死了田悦的一些重要部将，自己俨然成了魏博军的首领。

朱滔听说田悦已死，以为天助自己，立即率兵攻打贝州，并派部将马定等人攻打魏州，同时派人招降田绪，答应封他为本道节度使。

田绪正在犹豫不决，又赶上李抱真、王武俊等人也派人招抚田绪。田绪于是上表德宗，然后守城待命。德宗封田绪为魏博节度使，田绪这才下决心拒绝朱滔，并到李抱真、王武俊那里求援。

李抱真派贾林去说服王武俊，说道："朱滔志在吞并贝州和魏州，您如果不去救田绪，魏州必然被朱滔攻占。魏州一丢，张孝忠就会投降朱滔。朱滔率领三道兵马进兵常山，再加上回讫士兵，您还能保全性命吗？不如趁魏州没被攻下，和李抱真的昭义军联合救援，合力打败朱滔。朱滔一旦灭亡，朱泚失去援助，必然被官军所灭，那时拨乱反正，天子回京，天下太平，首功当然属于明公您了。”王武俊听了这话，大喜，当即让贾林回去报知李抱真，约在南宫见面。

李抱真得报也大喜，亲自去会王武俊，身边只带了几名随从。王武俊见他很有诚意，深受感动，二人当场结为兄弟，发誓共同灭贼。王武俊称李抱真为兄，言语颇为尊重。李抱真见王武俊真心诚意，也很欣慰，当时开怀畅饮，颇有醉意，就在王武俊的帐后酣睡。王武俊越发感动，等李抱真睡醒出来，王武俊对天发誓道：“我这条命就许给兄长了。”李抱真回营后，立即率军，一同去救贝州。

朱滔听说两路大军就要赶来，急忙命马实去解魏州之国，合兵防御。马实日夜兼程赶到贝州，人马劳顿，请求休息三天，然后再出战。

正在朱滔迟疑不决的时候，回讫首领达干带兵到来，他对朱滔夸口道：“回讫与邻国作战，曾经用五百人破敌数千，就像秋风扫落叶一般。如今受大王金帛美酒，愿为大王立即效力，明天就请大王在高处立马，看回讫兵如何杀敌，定叫他片甲不留。”朱滔的部下杨布也在一旁劝朱滔出战，朱滔欣然同意。

不料，回讫首领有勇无谋，带兵冒进，全部中了李抱真和王武俊的埋伏，被杀得大乱。朱滔率军去救，却被王武俊和李抱真两军相继杀来，如同泰山压顶一般，朱滔叛军死伤无数。接着，朱滔叛军又被逃回来的回讫兵冲乱，自相残杀。朱滔慌忙收兵回营，一时无法控制局面，最终约有一半叛军战死，一半逃散，只剩了数千人回营坚守。

此时，天已经渐黑，又起了大雾，王武俊和李抱真见不便再战，就在朱滔大营附近安营扎寨，到了半夜，忽然看见朱滔的大营中火光冲天，知道他烧毁大营逃跑了。

第六十七回 李晟收复长安

王武俊、李抱真两军听说朱泚逃回，本打算出兵追击，但是，夜间到处都是雾气，王武俊、李抱真恐怕追赶有失，就按兵不动，只是把朱滔所抛弃的粮饷武器，一并收拾好，马上返回了藩镇。

朱滔非常懊恼，怪罪于杨布和蔡雄，将他们斩首以消心头之恨，而且连夜赶回了幽州。因为兵败，朱滔又害怕范阳留守刘怦有所图谋，于是一直踌躇不决，幸好刘怦召集兵马，出城二十里来迎接，他才敢返回范阳。

两人相见，朱滔悲喜交加，还想整顿兵马来一雪前耻，谁料，此时，他的哥哥朱泚也被李晟赶出了长安，逃到泾州去了。

李晟与浑瑊，东西并进，浑瑊下令让韩游环和戴休颜等人西攻咸阳，李晟下令让骆元光和尚可孤等东取长安，分道进军。一天，李晟召集众将商议进取长安的方法，众将认为先取外城，占据坊市，然后再向北攻取宫殿。李晟独自制定计划，说道："坊市地方太小，叛贼和军队在这里厮杀，不仅扰害居民，还对我军的作战不利，不如从苑北进兵，直捣中心，心腹地带受损，叛贼一定逃亡，那时，宫阙没有损坏，坊市也不必惊扰了，才不失为上计。"诸将齐声称这为好计谋。

于是，李晟带兵到光泰门外，监督将士修建防御堡垒，堡垒还没完成，突然发现贼将张庭芝、李希倩等人，率兵前来偷袭。李晟连忙对众将道："我只怕叛贼留守不出战，现如今自己出来送死，真是天助我也。"于是，李晟命兵马使吴诜等人，纵马奋击，两军激战，拼个你死我活，都不肯稍稍退让。

李晟亲自率精锐部队前往，很快将贼骑冲散，追到光泰门，叛军也来反击，再战之后，叛军都向白华门退入，闭关拒守不出战。李晟因天色已晚，不便再攻，就收兵回营了。

第二天，李晟又下令出兵，诸将请求等到西边的军队到来，再出兵夹攻。李晟一脸正色，道："叛军已经战败，不趁机剿杀他们，令他们休养生息，不是又一大失策吗？"

于是，李晟又率兵到光泰门，叛军又来出战，仍然败退。傍晚时分，尚可孤、骆元光依次赶到，李晟下令休息一宿。到了天亮，李晟调遣军队，嘱咐诸将道："今日一定要拿下叛贼，不得有所顾忌，违令者立斩。"诸将都说得令，于是，李晟命令牙前将李演和牙前兵马使王佖带着骑兵进攻，牙前将史万顷带着步兵，一并作为冲锋队，大军一起杀入光泰门，直到苑北神麢村，损毁苑墙二百多步。

叛贼竖起木栅，堵住缺口，从木栅中向官军刺来，先锋部队死伤了很多，稍稍后退，李晟一声呵叱，士气又重新振作了起来。史万顷左手持盾，右手执刀，劈断木栅，步兵继续前进，冒死攻下木栅，把木栅拔去。

王佖和李演率领骑兵随后进入，大军所向披靡。叛贼段诚谏想要拦截官军，被王佖等人砍伤了右臂，倒地被擒。各路军兵分道进攻，姚令言、张庭芝和李希倩等人拼命抗击。李晟命令决胜军使唐良臣等人，一边前进一边奋战，好几十个回合之后，叛贼终于力不可支，溃不成军。

大军随即杀入白华门，像潮水一般涌入，李晟也跟着进来。忽然又有数千名叛贼在大门的右边埋伏着，想要在大军的背后袭击。李晟率领一百多名骑兵回身防御，并且命令左右大喊："李相公来了！"这几个字一说，把叛军都吓跑了。

朱泚听说全城被破，吓得魂不附体，张光晟劝他逃走。于是，朱泚和姚令言等人，率领残兵败将近万人逃跑了，张光晟送朱泚出城之后，自己向李晟投降了。

李晟下令兵马使田子奇，率骑兵追朱泚，再派兵搜捕叛贼余孽。大军擒住了李希倩、敬釭、彭偃等几十人，并把他们带到含元殿前，李晟号令诸军，说道："我依靠将士的力量，到了清禁宫，想到长安的百姓，一直处于叛贼的控制下，如果再去骚扰，就不是为民请命的本意。我与你们相处的时间不短，五天内不能通家信，违反法令要受罚！"稍后，李晟又出示严格军律，安慰居民。

将领高明曜私下藏了一个叛贼的妓女，尚可孤的副将司马伷私自藏了叛贼的一匹马，同时被李晟察觉，二人都被斩首示众了。全军都十分害怕，从此都不敢违反军纪。

李晟让京西兵马使孟涉驻扎在白华门，尚可孤驻扎在望仙门，骆元光驻扎在章敬寺，还派三千牙前兵马驻扎在安国寺，分别镇守京城，并把李希倩等人一起绑在旗下，就地正法。

忽然，有一个刑犯呈入衣衫和一纸判文，李晟仔细检查，不禁感到很惊讶。原来这正是当年自己给桑道茂的判词，以及与他换掉的衣衫，题痕还在，字迹清晰。

于是，李晟就召刑犯进来，当面审视，果然是桑术士，就问道："既然你知道未来的情况，为什么同流合污？"桑道茂说："命运注定，知道自己在劫难逃，所以先前恳求您，寻求赦免。"李晟过了半天才道："我为国家除掉叛逆，不能徇私，只是想到你被迫反叛，情有可原，让我奏明圣上，听候圣上的发落。"

于是，李晟将桑道茂暂时关押在监狱里，其他犯人都正法了。李晟还派掌书记于公异，撰写一个公文，飞报德宗，并附上应该表彰和诛杀的人名，以及其他胁从可以减罪的人名和情状，供德宗御览。德宗收到公文，只见公文上写道："臣已经肃清宫禁，拜谒陵墓，编钟不移，庙貌不变。"看到这公文的内容，德宗不由得伤心落泪道："天生李晟，实际上是为了国家，并不是因为朕。"

德宗读到请求表彰一栏，表中所列第一个是吴溆，说他被盗贼扣押，不愿屈服，被敌军杀害。德宗看到这里，边哭边谈论道："金吾将军吴溆是章敬皇后的兄弟，他与吴凑都是朕的至亲，都立有汗马功劳。朕在奉天时，就想要宣慰朱泚，然而身边没有人敢去，唯独吴溆一人冒险请命，没想到他竟然被杀害，太令人悲痛了。”再看下去，第二个是刘迺，刘迺曾任给事中，代理兵部侍郎。京城失守，他没有跟随，朱泚多次胁迫诱导刘乃，他却假装做哑巴，始终不回答一句话。后来，刘迺听说德宗转而投奔梁州，拍胸呼喊上天，绝食而死。李晟上表中写明始末，德宗又为之洒泪。此外如蒋沇等人，有人已经死了，有人还活着，全都由德宗按官褒录。德宗追封吴溆为太子太保，赐给谥号为忠，追封刘迺为礼部尚书，赐谥为贞。至于表中其他应该诛杀的逆贼，都听从李晟的建议诛杀了，所有受胁迫的人，也都按照李晟的建议，大多赦免无罪。桑道茂因此也得以免罪。

这时，咸阳捷报也传来。浑瑊和戴休颜，韩游环等，已攻克咸阳，浑瑊一一奏明，德宗也免不得要论功行赏，非常忙碌。

隔了几天，又接到两个好消息，一个是田希鉴所奏，说是已经处死朱泚，另一个是李楚琳所奏，说是处死了朱泚的同党源休、李子平，德宗更加欣喜。

原来，朱泚从长安战败逃走，逃到泾州，沿途部将全部溃散，只剩下骑兵数百人，到达泾州城下，城门全部关闭，朱泚叫士兵大声呼喊开门，只见一个人登城和他说道：“我们为大唐天子守城，不希望再看到伪皇帝。”朱泚抬头一望，是节度使田希鉴，就跟他说道：“我曾授予你旌节，你为什么临阵倒戈呢？”田希鉴道：“那你为什么辜负唐朝天子？”朱泚听到他说的话非常生气，命令骑兵放火烧毁城门。田希鉴取出旌节扔入火中，说：“还你旌节！你再不退，不要怪我无情。”田希鉴又对叛军说道：“你们大多是泾原以前的部下，为什么跟着姚令言，自寻死路？现在唐朝天子既往不咎，给你们改过自新的机会，你们归顺，就可以活命了。”泾州士兵听到这话，全都愿意投降。

姚令言在旁边看着，忙上前阻拦，却被士兵乱刀砍死。朱泚恐怕被连累，连忙与范阳亲兵和宗族宾客，向北飞驰而去。于是，泾州士兵投降田希鉴，任由朱泚逃跑了。

朱泚逃到驿马关，被宁州刺史夏侯英拦住，不能前进，转而投靠彭原，跟随他的不过几十人。朱泚的将领梁庭芬，起了反叛之心，与韩旻密谋诛杀他，梁庭芬在朱泚背后暗发一箭，正中朱泚的脖子，朱泚坠落马下，滚入坑中。韩旻上去斩杀并枭取首级，和梁庭芬一同到泾州，投降田希鉴。源休、李子平，转逃奔凤翔，被李楚琳所杀，先后上奏德宗，而且一起将朱泚等人的首级传送到梁州。

于是，德宗命令李楚琳为凤翔节度使，田希鉴为泾原节度使，把他之前串通朱泚的罪状，一概置之不理。德宗又加封李晟为司徒中书令，浑瑊担任侍中，骆元光、尚可孤、韩游环、戴休颜等，各自升官，同时下诏回京，改任梁州为兴元府。

御驾从梁州出发，到了凤翔，正巧赶上朱泚同党李忠臣被捕获，进献到御前，德宗立即下令斩首。李晟又抓获了乔琳、蒋镇、张光晟诸人，并上奏说张光晟虽然是叛党，但抗击敌人时也很有功劳，应免他一死。德宗不肯答应，命令将三人一律正法。然后，御驾再从凤翔动身，一直到长安。浑瑊、韩游环和戴休颜自咸阳迎接，护驾到京师。

李晟、骆元光和尚可孤三人带领步兵、骑兵十多万，出京十里，迎接御驾。李晟首先祝贺德宗讨平叛贼，接着又因为收复过慢而向德宗请罪。德宗停车抚慰，感动得流泪，命左右扶李晟上马，入城回宫。每隔一天，德宗就宴请这些功臣们，李晟在首，浑瑊居次，将相等人又递次排列座位，一片喜气洋洋。

当时还有两个大叛臣，一个是李怀光，一个是李希烈。李希烈已经占据汴州，擅自称帝，分兵攻打陈国境内，掠夺项城县。县令李侃准备弃城逃生。

李侃妻子杨氏说："受到侵犯应当防御，守不住应该就死，为什么要逃走？"李侃皱眉道："兵少并且财物缺乏，怎样能守得下去？"杨氏说："这个城如果不能守，土地被贼寇侵占，仓库的粮食也被贼寇抢走，县里的百姓也成了贼民，国家也会陷入危机。与其如此，不如现在发财散粟招募死士，共守此城，也许会有帮助。"

于是，李侃召集官吏百姓到院子里，杨氏出面说道："县令作为一地之主，应保护你们官吏百姓，但是任期一满就升迁，和你们不一样。你们是生长在这块土地上的人，田地在这，坟墓在这，应当共同死守，不让贼人占领。"大家和声答应。

杨氏又下令说："用瓦石击贼的人，赏一千钱！持刀箭杀贼的人，赏一万钱！"大家都十分踊跃。于是，李侃率百姓登城，杨氏亲自为他们做饭，不一会儿，有一个贼将呐喊而来，杨氏就登上城墙对贼人说道："项城父老，共知大义，誓守此城，即使你们得到这座城，也要不了威风，你们不如到别处去，免得多费心力。"

贼众见是个女人，又听她说话十分迂腐，忍不住大笑起来，杨氏下城后，贼众就进军攻打。

李侃率众抵御，突然之间中了一个箭，忍不住痛，返身下了城，正与杨氏相遇。杨氏说："夫君怎么下城？百姓无主，怎么能守城？即使夫君战死在城上，也千古留名，比死在床上，荣耀得多。"李侃便包扎伤口登上城墙，指挥众人竞相射杀。贼将架上云梯，首先爬了上来，被看守的士兵射中面颊，坠死在城下，叛军看到这样的情形，连忙离去，项城才保全了下来。刺史按他们的功劳往上报奏，德宗下诏封李侃为太平令。

因为项城是个小城镇，李希烈没有时间顾及，又派将领翟崇晖围攻陈州，但还是对峙不下。突然，李希烈听说李希倩被正法，怒不可遏。李希倩是李希烈亲兄弟，李希烈为这件事很生气，派遣使者到蔡州，下令杀害颜真卿以泄愤。

颜真卿见到来使，就问是什么事？使者说："皇上下令要赐死你。"颜真卿道："老臣对社稷无功，本是该死，只是不知道贵使是什么时候从长安出发的？"使者回答道："我从大梁到这里。"颜真卿说："照你说来，你是贼人的使者，怎么冒称皇上的使者呢？"说完，来使就让人将颜真卿缢死，颜真卿享年七十六岁。

曹王李皋驻守江、淮，派遣将领攻克安州，擒获并斩杀了李希烈外甥刘戒虚，之后，李皋又进军厉乡，打跑了李希烈的将领康叔夜，这时，李皋听说颜真卿遇难了，不禁大声痛苦，全军都跟着哭泣，李皋上表陈述颜真卿的大节大义，请求朝廷快点给予褒奖。德宗追封颜真卿为司徒，加谥号文忠。

李希烈亲自率兵攻打宁陵，被刘洽的将领高彦昭所破，逃回汴梁，天天盼望翟崇晖攻克陈州，于是派人催促翟崇晖，又派军队帮助翟崇晖。

刘洽派遣都虞侯刘昌，和陇右节度使曲环等人，率领三万军队，去援救陈州。曲环用伏兵，与刘昌夹击翟崇晖，斩杀了三万五千人，连翟崇晖都被抓了回来，刘洽大军军威大振，远近闻名。

伪节度使李澄，烧去李希烈授给的旌节，举郑、滑二州归附大唐，和刘洽各军一起，进攻汴州。

李希烈恐怕抵挡不住，留下大将田怀珍守汴州，自己逃奔去了蔡州。田怀珍打开城门迎接官军，汴州恢复。朝廷下诏，任命李澄为汴滑节度使，召河南都统李勉入朝。

李勉来到长安，穿着素服等待判罪。这时，李泌又应召进京，授职左散骑常侍，每天在西省，以备咨询。德宗因李勉失守大梁，想贬黜李勉。

李泌独自进言道："李勉忠心正直，不过战略运用得不娴熟，大梁失守的时候，将士们抛弃妻子儿女，跟随李勉到睢阳的大约有两万多名，可以看出他平时管理部下，还是很得人心。而且，刘洽出自李勉麾下，现在完全攻克并恢复了大梁，也足以弥补李勉的过失，还请陛下收回成命！"德宗听了这话，只好收回成命，只是罢黜了李勉都统一职，仍然命令他为同平章事。

浙江东、西节度使韩滉，效忠朝廷，年年向朝廷献贡，有人诬陷他聚集士兵修筑城池，暗中怀有异心，德宗又不免产生怀疑，私下询问李泌。

李泌十分相信韩滉，说韩滉个性忠诚，不附权贵，这是有人故意进行毁谤，希望德宗详细考察。德宗还不肯相信，经李泌再三剖解，努力消除德宗的迷惑，最后，李泌献议道："韩滉的儿子韩皋，现为考功员外郎，现在因为父亲被诽谤，几乎不敢回家探望，现在关中饥荒，一斗米值一千钱，只有江东还算丰收，陛下可以派遣韩皋探亲，让韩滉迅速运送粮食储备，接济关中，以此试探韩滉是否忠心。"

于是，德宗赐韩皋红色品服，派遣韩皋南归，并且对韩皋说："你父亲最近遭受怀疑诽谤，朕都不相信，只有关中粮食短缺，必须由你父亲赶紧筹供，不要延误。"韩皋欢腾跳跃而去，与父亲相见，详细叙述皇上的话，韩滉感动得流下了眼泪，当天发米一百万斛，运送关中。韩皋只停留五天，韩滉就让他返回朝廷。

陈少游听说韩滉发粮，也贡献大米二十万斛进京，偏偏刘洽攻克汴州，得到李希烈起居注，上面写到，某月某日，陈少游上表归顺。这事情一传十，十传百，陈少游也有所闻，免不得羞愧无地，郁病而亡。德宗追赠陈少游为太尉，并赏赐财物给其家人，为他大办丧事。

淮南大将王韶，想封自己为留后，韩滉派遣使者对他说："你敢作乱，我就全军渡江来杀你。"于是，张韶畏惧不敢动。德宗听说，高兴地对李泌说："韩滉不只是镇定江东，而且还能镇定淮南，真不愧是我的臣子。如果不是你知道他的为人，我差点就怀疑他了。"德宗又加授韩滉同平章事，兼江淮转运使。韩滉每月运江淮粟帛，向西入关中，朝廷才算安定下来。

第二年，德宗又改换年号，称为贞元元年，下旨大赦天下。

新州司马卢杞，遇到朝廷大赦回来，转任吉州长史，逢人便说道："我一定会再次得到重用。"果然，没过多长时间，德宗命令给事中袁高拟制诏书，拟任卢杞为饶州刺史。

袁高不肯下笔，上奏道：“卢杞罪责深重，曾导致皇上流离在外，国家满目疮痍，怎么能重用？”德宗没有听从他的劝告，又命令别的官员起草诏书。补阙陈京、赵需、裴佶、宇文炫和卢景亮等人联名上书，极力陈述卢杞的罪状。袁高又重申词，上奏弹劾。

德宗没办法，对李泌说道：“朝廷大臣大多认为卢杞不是忠直之人，我打算让他做个小州的长官，爱卿觉得怎么样？”李勉回答道：“陛下君临四海，如果想用他，即使让他掌管大州，也没有什么不可以。只是会让天下人失望，最后会累及您的圣明。”于是，德宗就只让卢杞担任澧州别驾。后来，卢杞病死澧州。

李泌入朝拜见德宗。德宗皱着眉头对李泌道：“河中没有安定，我派孔巢父去慰问，反被李怀光杀死，这倒是一件非常令人担忧的事啊。”李泌回答道：“现在可以担心的事件，不止这一个方面。李怀光独占河中，杀害了使者，为天下人所弃，将来一定会被大唐军队被消灭，这不值得忧虑。”

德宗又说道：“吐蕃协助讨伐朱泚，我曾答应将安西、北庭等地给他们，如今吐蕃请求实现约定，我不能食言，看来只好割给了。”

李泌劝阻道：“安西、北庭民众性格骁勇强悍，足以控制西域地区，捍卫边疆，为什么拱手让给别人？何况吐蕃曾接受逆贼的贿赂，勒兵观望，大肆抢掠而去，为什么说他们有功劳？陛下绝不应割让土地。”德宗听了李泌分析，于是拒绝了番使。德宗还封李晟为凤翔陇右节度使，晋升为西平王，令他屯田储粮，准备控制吐蕃，再命令浑瑊、骆元光等人去讨伐李怀光。

李晟奉命就要远行，恰逢李楚琳入朝，李晟就请求德宗让李楚琳和他一同前往凤翔，准备路上乘便处死李楚琳，惩治他曾经的叛逆行为。德宗认为京城刚恢复，应当安定下来，不肯答应，留下李楚琳在京城，任金吾大将军。李晟不敢违诏，但是心里不以为然。

李晟到了凤翔，查出当时密谋杀害张镒的将士，共十余人，罪魁祸首叫作王元斌，李晟剖出他的心祭祀张镒，其余的都被斩首，以儆效尤。剩下的凤翔军兵都十分震撼，暗自心惊。

这时，吐蕃以索地为名，入侵泾州，节度使田希鉴写信给李晟，请求增派军队。李晟对亲将史万岁说：“叛贼李楚琳侥幸逃生，叛贼田希鉴还在泾原，我绝不能让田希鉴做漏网之鱼。”于是，李晟命令史万岁率领精兵三千，作为先行部队，亲自率领五千骑兵跟进，奔赴泾州。

吐蕃军兵一向畏惧李晟的威名，听到他到来，陆续都撤离了。当李晟到达泾州，已经是战火平息，塞漠安恬。

田希鉴出城迎接拜见，李晟与他寒暄几句话，两人一起骑马入城，下马登堂，开酒叙旧，聊得很是投机，一点都不露形迹。田希鉴的妻子李氏，和李晟虽然是远亲，细论下来还是同宗，田希鉴让她出来见客，按辈分，李晟为叔父，李晟也认她为侄女，改称田希鉴为田郎。

从此，两人朝夕来往，多次欢宴。逗留了好几天，李晟打算回去，对田希鉴说：“我在这里已经很久了，承蒙你的款待，不免内疚，现在想回去了，也应准备一杯好酒，回报田郎。

而且，你这边各将领大多是旧人，同时请到我们军营，举杯话别。”田希鉴唯唯听命。李晟的军营扎在城外，李晟回营后暗中嘱咐史万岁，布置妥当，准备明天行动。

第二天上午，李晟营中已准备好酒席，等候田希鉴等人的到来，田希鉴与诸将兴致勃勃地出城，来到李晟的营中。李晟将田希鉴等人迎入军营中坐下，并且对径原各将领说：“到这来的人，请自报姓名籍贯，以方便安排座位。”诸将一一报明，按照李晟的安排，鞠躬坐下。

忽然，一个将领报告完毕后，李晟勃然大怒，道：“你有罪，不应列座。”说完，便叫史万岁入帐，指挥军队的士兵，将此人推出斩首。士兵们拿着头回来报告，田希鉴不由得心惊，勉强坐在李晟身边。

李晟笑着告诉田希鉴：“田郎！你也有罪。”田希鉴正想着答辩，已被史万岁上前拖了出来，命令士兵绑住。李晟又正色说道：“天子蒙尘后，你就擅自杀死节度使，接受叛贼的伪命，现在还有脸来见我吗？”说得田希鉴胆战心惊，无话可答。

有勇有谋的窦桂娘

田希鉴被抓住后无话可说，被史万岁押入帐中勒死，各位将士脸色大变，哪里还有心思饮酒。

李晟环顾四周，说道："我奉天子的命令，来这诛杀逆贼，你们都无罪，不妨痛饮几杯。"众将这才定下神来，喝了两三杯，就起座告辞了。李晟就和诸将士一起入城，揭示田希鉴的罪状，又说除了田希鉴之外，对其他人不再问罪，将士们安定下来。

李晟又让右龙武将军李观，代任节度使，叮嘱田希鉴的妻子李氏扶棺回乡，然后，李晟镇定自若地回了藩镇，上报给了朝廷。这时，李晟听说浑瑊等人讨伐李怀光屡战不利，大臣们商议着赦免李怀光的叛逆之罪，皇上派宦官尹元贞去河中抚慰。李晟听说后义愤填膺，极力上谏，弹劾尹元贞，并请求立即治尹元贞死罪，并自愿率兵讨伐李怀光。

德宗因为吐蕃屡次骚扰，不能轻易更换将领，就任命马燧为河东行营副元帅，去援助浑瑊。马燧认为晋、慈、隰三州是河中的咽喉，立即派辩士去说服三州的守将投诚。于是，晋州守将要廷珍、慈州守将郑抗、隰州守将毛朝敭，都举地投降了。

德宗让马燧镇守三州，马燧曾经举荐康日知为晋、慈、隰节度使，康日知因三地失守而没有到任，现在马燧仍然推荐康日知，德宗于是就让康日知镇守。

随后，马燧先攻克了绛州，然后入主宝鼎，和李怀光的部将徐伯文相遇，一场恶战，马燧用箭射死了徐伯文，斩首贼兵万人，再次分兵和浑瑊会合，直逼长春宫，连续打败各路逆贼，包围了宫城。

李怀光的将领相继出城投降。吕鸣岳也和马燧串通，私下约为内应，被李怀光听说后杀死。马燧与诸将商议道："长春宫不攻下，李怀光一定不能抓获。但长春宫守备甚严，不是一朝一夕可以攻下的，我就亲自去劝他归降吧！"马遂来到了城下，叫守将来答话。

守将是徐庭光，曾经和马燧相识，登城看见了马燧，便率领将士在城门上下拜。马燧觉得他有意归降，就抬头说道："我奉命来此，你们可以向西下拜投降。"徐庭光等人又向西下拜。

马燧又说道："你们都是北方的将士，从平安禄山之叛到现在，为国立下了汗马功劳，已经四十余年了，为什么要冒着灭族的危险这么做呢？如果你们肯听从我的话，不仅能避免灾祸，富贵也唾手可得呢。"徐庭光还没来得及回答，马燧又说："你们以为我在骗你们吗？你们要是不相信我说的话，可以用箭射我！”于是，马燧马上脱去衣服，敞开胸脯，任人来射。

徐庭光感动得泪流满面，士兵们也都涕泗横流。马燧又道：“李怀光叛国，和你们没有关系，你们只要坚守不出战就好了。”徐庭光等人应声答应，马燧这才回了营地。

第二天，马燧与浑瑊、韩游环率军进捣河中，留骆元光在城下屯兵，马燧行进到了焦篱堡，守将尉珪率领七百人投降，剩下的士兵闻风逃走了。

马燧正打算渡河，突然得到骆元光的急报，说是徐庭光依旧不服，并多次辱骂。马燧于是再次返回长春宫，问明了原委，原来，徐庭光只服马燧，不服骆元光，于是，马燧又带了几十个骑兵来到城下，让徐庭光开城。徐庭光开门迎接马燧，马燧慰抚将士们，将士们都欢呼道：“现在我们又是君主的臣民了。”

马燧立即上表推荐徐庭光，德宗下诏让徐庭光试任殿中监兼御史大夫。浑瑊对部下说道：“开始，我以为我和马燧用兵的能力差不多，现在才知道他比我高明多了。”马燧降服了徐庭光，率全军渡河。

李怀光听说官军大举进犯，点燃烽火召唤军队，竟然没人肯来，他的部下将士，也都十分惊恐，有的大喊道：“西城投降了。”又有的大喊道：“东城也投降了。”过了不久，将士都投降了。李怀光不知所措，就自杀了。朔方将领牛石俊，砍了李怀光的首级，出来投降。

马燧率领部下入城，捕杀李怀光的亲信阎晏等七人，剩下的都不问罪。骆元光被徐庭光侮辱，心中的怒气不能释怀，竟把徐庭光一刀杀死，然后入城拜见马燧，磕头请罪。

马燧大怒道：“徐庭光已经投降了，你竟然敢擅自做主杀了他，还要我这个统帅做什么？”说到这，环顾左右，要将骆元光推出斩首。韩游环急忙上前，说道：“骆元光杀了一个降将，您想处死他，但是您却杀了一个节度使，难道天子就不发怒吗？”马燧于是叱退了骆元光，不再加罪于他。河中士兵还有一万六千人，都归浑瑊统领，马燧下令让浑瑊镇守河中，从此，朔方军分守邠州和蒲州，不再北返了。

李怀光的儿子李璀，曾说要随同父亲一起自尽，德宗很是怜惜，不想让他死，命他再去河中，劝父亲归顺。李璀多次劝说没有成功，就不敢回去复命了。

这时，陕虢兵马使达奚抱晖，毒杀了节度使张劝，自己掌管军务，要求德宗赐予信符。德宗召李泌商议，李泌请求亲自赴陕州，抓住机会把他收服，德宗于是封李泌为都防御水陆运使，办理陕州事务。李泌辞行时，德宗对他道：“你到了陕州，试着为朕找到李璀，千万别让他死了。”李泌答道：“李璀如果真的贤能，一定和他的父亲都去世了，如果他贪生怕死，也就没什么好找的了。”

等到李泌到了陕州，河中已经平复，李怀光也已经自尽了，李璀杀了弟弟，自刎身亡。这事儿被德宗听到了，十分悲痛，且念李怀光过去的功劳，不应该断后，特地查得李怀光的外孙燕氏，赐姓为李，名为李承绪，封他为左卫率府胄曹参军，继为李怀光后代。并且，德宗命令归还李怀光的尸首，让李怀光的妻子王氏安葬，赐钱百万两，在墓地旁边赐予田地，用来祭祀。

此后，德宗加封马燧兼侍中，浑瑊为检校司空，其余的将士都有赏赐。进讨淮西的将士，德宗都调回到原来的藩镇，各守自己的地方，算是休养生息，不再用兵的意思。

这时，李泌邀请马燧一起去陕州，陕军没有等到达奚抱晖下达命令，就出城投降了，达奚抱晖心想不能与其相对抗，也只好出来迎接。

李泌和马燧一起进城，没有问罪的意思，收缴了簿册，整治粮食储备。有人向李泌告密，李泌都不见，军中镇静像往常一样。李泌召见达奚抱晖对他说道："你擅自杀了朝廷的节度使，应该处死，但当今天子以德待人，我也不愿看你命丧于此，你带些钱财布帛，虔诚地祭拜前节度使，以后不要随意入关了，悄悄找个安全的地方住下来，再偷偷回来接走你的亲属，我倒是可以保证你的安全。"达奚抱晖十分感动，答应后便离去了，陕州就安定下来了。

李泌凿山开渠，从集津到三门，开辟了一条运道，用来方便漕运，几个月就建成了。这时，关中粮食快没有了，禁军都吵闹着索要俸禄，幸亏韩滉运了三万斛大米到陕州，由李泌下令从新运道转给关中。

德宗大喜，跟太子李诵说："我们父子又可以活下去了。"德宗马上派中使拿粮食给神策六军，将士们都高呼万岁。此时，关中连年旱荒，士兵和百姓的脸色都是菜色，粮食运到了，麦子也熟了，市井中开始出现喝醉的人，大臣们都说这是个好兆头，长安城算是恢复了生机。

朱滔听说河中和陕州都被剿平了，十分害怕，上表等待赐罪，不久就被吓死了。将士推选刘怦掌管军事，刘怦上奏朝廷，说得十分恭敬谦逊，德宗于是任命刘怦为幽州节度使。

不就，刘怦病逝，朝廷下诏让刘怦的儿子刘济担任节度使，且调派曹王李皋为荆南节度使，韦皋为西川节席使，曲环为陈、许节度使，招抚朱滔的残臣余党，安抚四方。

此时，李希烈依旧顽固称雄，倔强不服。贞元二年正月，李希烈派大将杜文朝攻打襄州，被山南东道节度使樊泽所擒，三月又发兵偷袭郑州，又被义成节度使李澄所打败，李希烈兵势逐渐衰败，他本人也积忧成疾，卧病在床。他有一个宠妾，本姓窦，叫窦桂娘，是汴州户曹参军窦良的女儿，年轻貌美十分有文采。李希烈入汴州，听说窦桂娘的名声，就派将士到窦良家，强行劫取窦桂娘。窦桂娘对父亲说："父亲不必担心，我此次去一定灭了这叛贼，定能让你享受荣华富贵。"

等到见了李希烈，窦桂娘也不高傲冷峻，任李希烈搂她进入帐中，尽情欢愉。李希烈十分疼爱她，把她视为珍宝，马上册封窦桂娘为伪妃。窦桂娘以色来迷惑他，显摆自己的才华，又以小忠小信来笼络他，因此，李希烈无论大小机密都告诉窦桂娘。

李希烈奔归蔡州，窦桂娘跟李希烈说："我看你的手下中不是没有忠勇的人，但都不如陈光奇，我听说陈光奇的妻子窦氏，十分讨陈光奇的欢心，如果我去和她联络一下感情，将来如果万一遇到什么事，也可保得万全。"李希烈十分赞同，就让窦桂娘和窦氏互相往来。

窦桂娘比窦氏小了几岁，所以叫窦氏为姐姐，日子久了，窦氏也向她诉说肺腑之言。窦桂娘趁机和窦氏说："蔡州这一个小地方，怎么可能敌得过全国？早晚也会失败的，姐姐应该早为自己打算，不免断了后路。"窦氏认为她说得对，从而转告陈光奇。

于是，陈光奇想要谋杀李希烈，但是一直没有机会下手。碰巧李希烈有疾病，陈光奇秘密嘱咐医士陈山甫，在药中下毒。李希烈服药下去，毒性发作，暴毙身亡。

李希烈的儿子并不办丧事，想要诛杀老部将，让新人代替。计划还没有决定，正好有人献上樱桃，窦桂娘对李希烈的儿子说道："先给陈光奇的妻子，免得别人生疑。"李希烈的儿子听她的话，就让窦桂娘派一个侍女去赠送给窦氏。

窦氏看见樱桃里，有一个形色可疑，竟然是一颗蜡丸，外层涂红色，心想有变。她让侍女回去之后，和陈光奇剖开蜡丸一看，里面藏了一张纸，上面写着："李希烈已经死了，就在后堂，他的儿子想要除去旧臣，你们好自为之。"

陈光奇立即转告部将薛育，薛育道："怪不得李希烈府中，整天享乐，昼夜不绝，试想如果李希烈真的病重，哪有这般闲暇？这分明是有阴谋。倘若不先下手为强，我们必死无疑。"

于是，陈光奇马上和薛育率领各自的手下，闯入大门，请求拜见李希烈。李希烈的儿子慌张出来，下拜说道："我愿意去掉皇帝的名号，和李纳一样。"陈光奇厉声喝道："你的父亲反叛，天子有命，下令让我们诛杀逆贼。"于是，陈光奇把李希烈的儿子、妻子诛杀，又把李希烈的头砍下，共得头颅七颗，都献入京城，只没有杀窦桂娘。

德宗因为陈光奇诛杀逆贼有功，任命他为淮西节度使。李希烈的旧部将吴少诚，假装与陈光奇共同进退，暗中却想要为李希烈报仇，不到两个月，吴少诚竟纠结人马杀死陈光奇和两个窦家女子。德宗又封吴少诚为留后。

义成节度使李澄病死了，他的儿子李克宁也秘不发丧，守住城门，宣武节度使刘玄佐（刘洽改名），带兵来到边境，派人告诉李克宁："你竟敢不等皇上颁发诏令，擅自做了节度使，我现在就要讨伐你。"李克宁这才不敢袭位，等待皇帝的诏令。

德宗命工部尚书贾耽，继任为义成节度使，出去镇守郑滑，郑滑自李澄投诚之后，改称为义成军，贾耽到任以后，李克宁才离去。

刘玄佐归镇途中，恰逢韩滉路过边境，就和他结拜为兄弟，一同上京，曲环也一起同行。

到了京城，西边倭寇战事告急，李晟受到了诽谤，一时间朝中谣言四起，又好像要发生什么变故。这到底是什么原因呢？

原来，因为吐蕃要地不成，三番五次进犯，德宗让浑瑊和骆元光转移到咸阳，接应李晟。

李晟派部将王佖，率骑兵三千人去汧城伏击吐蕃，并授予王佖一条密计，说："吐蕃经过城下时，不要轻举妄动，等到看见举着五方旗，穿着虎豹衣的军兵，一定是吐蕃的中心部队，到时候进行伏击，一定能获得胜利。"王佖领计前去。

果然，吐蕃统帅尚结赞盛气凌人的前来，麾下亲兵的旗帜和衣饰，都和李晟说的一样。王佖突然杀了出去，尚结赞惊慌失措逃走，损失了一千多人，退兵数十里。尚结赞对部将说："唐朝良将，只有李晟，马燧和浑瑊三人，我只有除去了他们，才能获得胜利。"

于是，尚结赞转而进攻凤翔，却禁止烧杀掳掠。尚结赞来到凤翔城下，大声喊道："李令公召我来，怎么不出来迎接我？"守将不明所以，也就不作回答，尚结赞却故意留宿一晚才退去。

李晟派蕃落使野诗良辅，与王佖一起合兵追击，又打败了吐蕃的军队，攻入了摧沙堡，摧毁了吐蕃大量的积蓄，然后班师回朝了。邠宁节度使韩游环又袭击了吐蕃兵马，夺回了被抢夺的财物。尚结赞奔逃回国，乘着天气严寒，又入侵盐、夏、银、麟四州，依旧说是李晟召他进来。

李晟有两个女婿，一个是工部侍郎张彧，另一个是幕僚崔枢。张彧仗着家世看不起崔枢，但是李晟又格外优待崔枢，张彧难免有些介怀。给事中郑云逵，曾经是李晟的行军司马，被李晟苛责过，和他也有些过节，而和李晟最有嫌隙的，是左仆射张延赏。张延赏是过去宰相张嘉贞的儿子，曾经因为父亲的功劳当过参军，做官做到西川节度使。德宗初年，吐蕃进犯剑南，李晟率神策军出征，击退了吐蕃军队，班师回朝。张延赏正奉命镇守西川，看到李晟携带一名蜀妓随行，竟然派人抢了过去，李晟因此怀恨在心。后来，德宗去了奉天，张延赏不断进献财物，后来张延赏又去了梁州，还是不断进献，于是，德宗封张延赏为中书侍郎，兼同平章事。

李晟心中不平，竟上奏弹劾张延赏，说他不足以为相。德宗不得已把张延赏降为尚书左仆射。此后，张延赏对李晟的怨恨更深了。现在，张延赏偶尔听说吐蕃有闲言闲语，乐得投井下石，去诬毁李晟。再经过张彧、郑云逵等在一旁的蛊惑，说这位李西平王，和李希烈、李怀光相似，德宗也自然起疑心了。

李晟得知消息，昼夜悲愤，哭得双眼红肿，派自己的儿子入京，上表请求出家为僧。德宗不许，李晟又入朝，面见德宗，称病请求辞职，德宗也不允许。

韩滉向来和李晟交好，趁着入朝的时候，探知了事情的缘由，于是面见德宗，愿意当一个调解人。德宗颇为满意，韩滉和刘玄佐去劝解，让李晟和张延赏同聚一桌冰释前嫌，并结拜为兄弟。

李晟因此再次推荐张延赏为相，德宗仍封张延赏为同平章事，并让两人同时入京赴宴，各赐了彩锦一匹，以示和解。李晟有个小儿子还没娶亲，想和张延赏女儿结为婚姻，张延赏竟严词谢绝了，李晟懊悔地说："武人的性子直，既然已经冰释前嫌了，就不再介怀了，谁知道文人却不这样，表面上和解了，内心却仍然有嫌隙，这不是太可怕了吗？"

韩滉向德宗辞行归镇，临行时推荐兵部侍郎柳浑为相，德宗就让柳浑担任同平章事。柳浑秉性刚正，负有盛名，为世人称赞，只是与张延赏不合。韩滉还镇，没多久就去世了，德宗想要让白志贞担任浙西观察使，柳浑说："白志贞是个小人，不能起用。"但张延赏为了逢迎德宗的心意，竟怂恿德宗，授予白志贞官职。

张延赏又暗中上奏李晟位高权重，不应该再让他带兵了，于是，德宗把李晟留在京城，册封为太尉，兼中书令。张延赏推荐郑云逵去掌管凤翔，德宗念及李晟的功劳，让他自己选择部下代替他的职位。李晟推荐都虞侯邢君牙，于是，德宗封刑君牙为凤翔尹，另外派陈许兵马使韩全义，率步骑一万两千人，和邠宁军一起去盐州，又命马燧领河东军袭击吐蕃，收降河曲六州。

吐蕃大相尚结赞，退兵屯守在鸣沙，听说马燧、浑瑊等人率军大举出击，未免惊惶失措，又因为云南王异牟（阎罗凤孙），被西川节度使韦皋招降，失去了得力助手，于是就派使者到唐廷求和。德宗还没答应，尚结赞又备了厚礼，想要和马燧通好。

李晟上谏道："戎狄之人没有信誉，千万不要和解。"张延赏偏偏与李晟唱反调，主张和议。于是，德宗派左庶子崔澣出使吐蕃。

崔澣和尚结赞相见，谴责他背弃盟约，尚结赞道："我国帮助讨伐朱泚，没有得到丰厚的奖赏，所以东来质问是什么情况，但是诸州容不下我，才导致用兵。我是诚心想要与大唐修好。浑侍中忠信过人，是远近闻名的，应该请他来主持结盟仪式，来证明双方的诚信。"

崔澣返回回报德宗，德宗召浑瑊入朝，命他为会盟正使，兵部尚书崔汉衡为副使，郑叔矩为判官，宋奉朝为都监。双方共议会盟的地点，约在平凉。

浑瑊离开长安时，李晟对他说："这一去十分凶险，要多加小心，不得不防。"张延赏听到李晟的话，就立刻去告诉德宗："李晟不想让两国联盟，所以让浑瑊多加防备，要知道我们怀疑别人，人家也会怀疑我们，还这么结成联盟呢？"德宗于是又召浑瑊入朝，要他以诚信与吐蕃交好，不要妄自猜疑，破坏了与吐蕃的交情。浑瑊领旨而去。

不久，浑瑊遣使入报，说已经订下了盟期，在五月辛未日。张延赏召集百官，拿着浑瑊的奏表对朝臣说道："李太尉说吐蕃不讲信誉，不会轻易议和，如今浑侍中有表到来，说是盟期已定，谅浑侍中也不敢欺瞒皇上吧。"说罢，张延赏十分得意。

李晟也在一旁，忍不住哭着说道："臣生长在西陲，熟悉吐蕃人的性情，虽然定下了盟期，怎么能保证他不临时变卦？我认为皇上不多加防备，迟早会被吐蕃侮辱的。"

于是，德宗命骆元光屯兵潘原，韩游环屯兵洛口，作为浑瑊的援兵。骆元光急忙去见浑瑊，说道："潘原距盟地约七十里，如果有急事，我又这么会知道呢？还是我和你一同前往为妥。"浑瑊答道："皇上嘱咐我要以诚相待，如果带兵用于自卫，就是有违圣旨了。"骆元光回答道："事情贵在预先准备，万一发生什么事就追悔莫及了，以后皇上要是怪罪下来，由我担着。"

于是，骆元光派千骑到浑瑊军营的西面，暗地埋伏，又约韩游环派五百邠宁骑兵，一同埋伏着，并且嘱咐道："倘若有什么变化，你们就西去柏泉，作为疑兵可以分散吐蕃的兵力。"邠宁军依计而行。尚结赞让人到浑瑊的军营，和他相约派兵三千人，站在神坛的东西两侧，四百人穿着常服，随至坛下，浑瑊一一许诺。辛未日辰刻，尚结赞又说双方各派游骑数十名，相互监督，浑瑊也应允了。

哪知，吐蕃在大营左右，伏兵数万人。大唐游骑前往吐蕃，全部都被抓了，一个都没有放还。虏骑却在唐营进出没有约束。浑瑊等人，全然不知吐蕃的诡计，从容来到盟坛，换了服装，准备行礼。突然一声鼓响，万马齐鸣，仿佛广陵怒潮，震动幕外。

宋奉朝刚想要出去看发生了什么，被吐蕃骑兵第一个杀害。崔汉衡惊惶失措，想要逃离，吐蕃士兵追上他把他活捉，像捆猪一样把他捆了出去。只有浑瑊从幕后逃出，幸好得到一匹马，即纵身跃上马背，扯住马鬣，向前飞驰。吐蕃士兵在后追赶，箭矢从背上擦过，幸亏浑瑊趴在马背上，才免受伤，回到营帐之内，一眼望去，只剩下一座空营，追兵依旧紧紧不舍，浑瑊不由着急喊道："天亡我了！"话音未落，营西有一大将喊道："侍中快来！我等在此。"浑瑊向西望去，见有一队官兵整队列着，才觉得是绝处逢生了。

大唐三朝元老李泌

浑瑊逃回营中，营中将士都已经逃跑了，幸好营西还有人严阵以待，来迎接浑瑊，统将不是别人，就是骆元光。

骆元光迎接浑瑊进入营帐，下令让军士拿好兵器，做好准备迎战，且催促邠宁军向西前进。等到吐蕃骑兵追上，突然看见官军阵势严整，吓了一跳，更瞧着西边一带，有官军骑马飞奔而去，害怕官军绕到背后，堵截后路。于是，吐蕃兵立刻收兵回去。

浑瑊与骆元光招集散兵，检点伤亡，伤亡不下两千人，只好叹息，怏怏而归。当日，德宗上朝和宰辅说："现在与吐蕃和好罢兵，算是国家的幸事。"柳浑接着说道："戎狄是豺狼，恐怕不是盟誓可以联合的，今日的事着实让人担忧。"李晟也道："就像柳浑说的那样。"德宗听了这话，脸色大变，呵斥道："柳浑是个书生，不知边防，李晟作为大臣，也这么说吗？"李晟与柳浑都磕头谢罪，德宗拂袖退朝。

到了傍晚，韩游环紧急上奏，报称吐蕃背盟，进犯边境。德宗大惊，马上召柳浑等人入议道："你本是书生，能够料到敌人这样，是我刚才失言了。但吐蕃进犯边境，都城十分危险，到底该怎么办？"柳浑还没有回答。李晟马上说："臣愿意出兵奉天，防御敌军。"德宗还有些犹豫不决。不久，浑瑊奏报也到了，详细报告一切，德宗下令浑瑊屯兵奉天，留着李晟并未差遣。

尚结赞的诡计，第一招是离间李晟，已经得逞；第二招是行贿马燧，谋害浑瑊，然后纵兵进取长安。这计策只进行了一半，没有成功，尚结赞很失望，退回原州，检查捉住的将校，其中最大的是崔汉衡，其次为马燧的侄子马弇，和中使俱文珍。

这时，尚结赞又想了一条计策，把三人松绑，让他们入座道："我想抓浑侍中，不料却抓了你们，十分抱歉。"然后，他又指着马弇说："你是马侍中的侄儿，前日马侍中到石州，如果渡河掩击，我军必败，承蒙侍中放我们一马，才可以全师而返，侍中多次帮我，我怎么能扣留他的侄子？今日特地把你送回去，还请烦转谢过侍中。"说完，便送马弇、俱文珍回去，仍将崔汉衡等拘留。

马弇回去面见马燧，向他说了尚结赞的话，马燧还不知道这是尚结赞的计谋。等到文珍向德宗禀报，德宗竟然信以为真，撤去马燧副元帅节度使的职权，只命他为司徒兼侍中。张延赏也十分担心害怕，假托生病不上朝。

德宗于是封李泌为同平章事。李泌入都受职，和李晟、马燧等一同进见。德宗跟李泌说道："朕要和你约法在先，因你历年来所受的委屈太多了，不要一旦当权，就记恨报仇，如对你有恩的，朕会代你还报。"

李泌答道："臣向来信奉道教，不愿与人为仇，从前李辅国和元载想要害我，现在都已经死去了。就是臣的故友，有的已经显达，有的已经沦亡，臣也没有什么恩德可报的了，臣今日也愿与陛下立约，不知道陛下是否愿意答应？"德宗说："有何不可？"

李泌随即说道："愿陛下不要伤害功臣！如李晟、马燧，功劳高容易遭受妒忌，若陛下听信谗言，加害于他们，恐怕军中将士无不愤怒，再生变乱。陛下应该坦然相待，保证他们的安全。有兵事的时候让他们讨伐，没兵事的时候入朝奉请，岂不是君臣都开心么？二臣也不可自恃有功，恪尽做臣子的义务，天下可长保太平，臣等也都能受到庇佑呢。"

德宗道："朕刚开始听你说，觉得有些奇怪，等到你一层层剖析，实在是安抚社稷的好方法。朕一定和两位爱卿共保安全。"李晟与马燧都伏地拜谢。

德宗又和李泌道："从今日开始，军旅储粮诸事，一概都交给你，吏礼交给张延赏，刑法交给柳浑。"李泌答道："陛下这样用才，就得罪宰相了，宰相职兼内外，天下事咸共平章，如果各有所主，便成为有司，不得称为宰相了。"

德宗笑道："朕知错了，爱卿说得不错。"从此，德宗对李泌更加信任，加封邺侯。李泌又请求恢复吏职，淘汰散官，停止供给，分隶禁军，调边境士兵屯田京师，在边境地区通商，全国调拨粮食物资，救济灾荒，德宗一一允许施行，这些都是挽救时弊的好方法。

德宗喜欢文雅，讨厌莽直，李泌说话多文采，深得德宗欢心。只有柳浑性格很朴直，说话经常用乡村土语，德宗并不喜欢，并且柳浑与张延赏也总是有嫌隙。张延赏让人私下告诉柳浑："你要是少说话，相位就可以保住了。"柳浑正色道："为我向张公道谢了，我柳浑头可断，舌不可禁。"后来，柳浑被罢免为左散骑常侍，相传是被张延赏排挤。

张延赏又与禁卫将军李叔明有过节，想要设法陷害李叔明，并连累东宫。李叔明本是鲜于仲通的弟弟，赐姓为李，有个儿子叫李昪，与郭子仪的儿子郭曙，令狐彰的儿子令狐建，都是卫士。德宗西逃的时候，三人都护驾有功，等到回朝，都担任禁卫将军，十分得宠。

李昪曾经出入郜国长公主府邸，以至于有流言蜚语传出。公主是肃宗的小女儿，颇有几分姿色，初嫁给裴徽，后来又嫁给萧升，萧升去世后，又与彭州司马李万通奸，还有蜀州别驾萧鼎，澧阳令韦恽，也私下相交往。李昪不知检点，也去问津，公主半老徐娘，风韵犹存，竟然无所不容。公主的女儿为太子妃，张延赏想要陷害东宫，于是他先将李昪等人和公主淫乱的事告诉德宗。

德宗下令命李泌探察虚实，李泌慢慢答道："臣想此事关系重大，必有人想要摇动东宫，才来说给陛下听，别人无此能力，大约只有张延赏一人。"德宗道："卿从何处料得？"李泌又道："张延赏与李昪的父亲有过节，李昪现承蒙陛下宠爱，一时无从中伤，郜国长公主是太子妃生母，从此入手，就可以酿成一桩大案了。"

德宗不禁点头道："卿料事十分准确，一说就到点上了。"李泌又道："李昪入居宫中，既已被嫌，应该罢免，免得张延赏再生事端。”德宗依言罢免了李昪，逐渐疏远张延赏。张延赏弄巧成拙，最终郁郁而死。李昪见张延赏去世，少了一个冤家对头，开心得与长公主朝夕言欢，十分亲近。德宗本欲罢免李昪以示惩罚，不想李昪脱离了禁宫，反而更无拘无束了，整天都在长公主府邸待着。德宗大怒，把长公主幽锢府中，流放李昪去岭表，杖毙李万，贬谪萧鼎和韦恽，并召入太子训责一番。太子非常害怕，就把太子妃萧氏休了。

德宗怒气还没消，立即召李泌入朝商议。德宗说道：“舒王已经成年，为人非常孝顺，对待朋友也温和，将来必成大器。”李泌答道：“陛下已经立储，如今想废太子立侄儿，臣实在不解。”德宗道：“舒王幼时，朕已经把他当成自己的儿子，有何分别？”李泌又道：“侄儿终不可为儿子，陛下本来就有嫡嗣，这样做会让人生疑的，难道侄儿一定可以相信么？而且舒王今日尽孝，倘若听到有改变储君的情况，恐怕未必能尽孝了。”德宗勃然大怒道：“卿强违朕意，难道不怕连累家族么？”李泌毫不畏惧道：“臣只是想顾全家族，所以今日尽言，若害怕您的威严，曲意顺承，恐太子废黜，他日陛下也会后悔，必怨臣道：‘朕任你为相，不指出我的过错，害我嫡子，我也要杀了你的儿子。’臣只有一个孩子，既遭冤死，已经绝后，虽有侄辈，恐怕我死了之后也没有祭品享用了。”说到这，李泌呜咽流涕。德宗不禁也为之动容。

李泌又说道：“从古到今，父子之间生嫌隙，多发生惨祸，久远的事不说，建宁王的事不就摆在眼前吗？”德宗道：“建宁叔死的实在冤枉，所以皇考追谥他为承天皇帝，至今回忆，我觉得祖考肃宗皇帝也太性急了。”李泌答道：“臣曾为此事辞官回乡，发誓不近天子左右，不幸今日任职宰相，又看到父子相残之事。而且，当时代宗皇帝，听闻肃宗有易储的打算后，很害怕，臣向肃宗辞行时，向肃宗朗诵章怀太子李贤的《黄台瓜辞》，肃宗也后悔得哭了，还愿陛下不要重蹈覆辙！”

德宗又说道：“贞观开元，也改立了太子，为什么就没有发生变乱？”李泌答辩道：“李承乾谋反，这事被发现了，由亲舅长孙无忌和大臣数十人，询问证据确凿，才下命废斥，但有大臣上奏太宗，请太宗不失为慈父，承乾得以终享天年。太宗听从大臣的建议，也废了魏王李泰。现在太子没有什么过错，怎么和李承乾相提并论呢？况且陛下既然知道建宁王蒙冤，肃宗性急，应当更加详细审慎，不要重蹈覆辙。万一太子有过错，希望陛下效仿太宗，废了舒王，另立皇孙，百代以后，仍然是陛下的子孙。如果像武惠妃害死太子李瑛兄弟那样激起民愤，将是多么惨痛的教训啊！愿陛下不要听信谗言！臣敢为太子担保。假设杨素、许敬宗和李林甫那样的人，得到这个旨意，恐怕早就私下和舒王密谋了。”

德宗说道：“这是朕的家事，与你有什么关系，何必如此力争？”李泌答道：“天子以四海为家，臣如今担任宰相，四海以内，一物失所，臣当负责。况且坐视太子冤枉，不为他力解，臣的罪过就大了。”德宗道：“容朕细细想过，明日再议！”李泌又叩首哭着上谏道：“陛下如果相信臣的话，父子必慈孝如初，但陛下还宫，一定要默默地细细审思，不要暴露一丝丝的想法，倘与身边的人说，恐怕就有小人从中作梗，竞相为舒王效力，太子从此就危险了。”德宗点首道：“朕知道了。”李泌这才退下。

太子暗中遣人向李泌道谢：“如果不是大人相救，我就饮药而亡了。”李泌对来使道：“为我告诉太子，不必担心。但愿太子尽奉孝道，不要表露出什么行迹。”

隔了一日，德宗单独召李泌觐见，哭着和他道：“如果不是你，朕今日就要后悔了。太子仁孝，实在没有别的过错，从今以后，所有军国重务，和朕的家事，均当与爱卿商议了。”李泌乃拜谢，并且辞官道：“臣年事已高，不能再为国家尽忠了，请求告老还乡。”德宗极力宽慰他，不许他辞官。

这时，吐蕃宰相尚结赞，派使臣送还崔汉衡，及同时被掳的孟日华、刘延邕等人，到了泾原，吐蕃使臣与节度使李观相见，再请求和。李观害怕有诈，拒绝和议。

因此，尚结赞再次聚集羌浑部落，大举入寇，进攻陇州及汧阳间，连营数十里。关中十分震惊，连京城都受到了影响。所有西陲屯将，大多数闭关自守，不敢出战。陇右民居，都被抢劫，壮丁妇女都成了囚犯。老弱病残被吐蕃兵斩断手脚抛在路边。邠宁节度使韩游环，及陇州刺史韩清沔，神策副将苏太平等，先后派遣军兵击败吐蕃兵，尚结赞于是大掠离去。

李泌想要联合回纥、大食、云南、天竺，共同讨伐吐蕃，但是害怕德宗记念陕州的事情，对回纥怀恨在心，不敢马上上请。

这时，回纥合骨咄禄可汗遣使向唐廷贡献方物，并请求和亲。德宗不允许，召李泌商议道：“只要我在位，就不会与回纥联姻。”李泌立即进言，道：“陛下不愿和亲，莫非是因为陕州的遗憾么？”德宗道：“就像你说的，朕因为天下多难，不能一雪前耻也就算了，怎么能够议和呢？”李泌又道：“侮辱韦少华等人的是牟羽可汗，牟羽可汗后来侵犯大唐，被现在的可汗所杀，现在的可汗实际上有功于陛下，为什么还要怨他呢？”德宗摇头不回答。

这时，将领报称边境战马匮乏，德宗又与李泌商议。李泌答道：“臣有一条愚计，可使战马的价格低十倍。”德宗喜道：“爱卿有妙计，怎么还不献上？”李泌又道：“请陛下为社稷着想委屈自己，我才敢说。”德宗道：“如果真的是好计，我不怕委屈，你只管说！”

李泌答道：“愿陛下向北与回纥谈和，向南与云南通好，向西结交大食和天竺，这样不但战马可得，就是吐蕃也被我们包围了。”德宗道：“除了回纥以外，其他都可依照你的计谋。”李泌答道：“臣知道陛下怀恨回纥，所以不敢早说，但目前来看回纥最大，应该先和他联结，其他三国还可以从长计议。”

德宗道：“照爱卿说来，应先和回纥结盟，但朕与回纥联盟，就是负了韦少华等人了。”李泌又道：“臣说不是陛下有负韦少华，是韦少华有负陛下。”德宗惊问为什么，李泌答道：“从前回纥叶护率兵护国，臣作为行军司马受命赴宴，不敢掉以轻心，轻易进入回纥军营，等到大军将要出发，才让先帝与之相见，这正是因为回纥乃是豺狼虎豹之辈，不得不预防。陛下持节赴陕，渡河只身潜入番营，如果遇到不测，岂不是很危险？韦少华等人如果没有辜负陛下，应当与回纥可汗，先制定会见礼仪，然后相见，怎么能贸然赴敌？陛下试想一下当日的危险情形，是韦少华辜负陛下，还是陛下辜负韦少华呢？而且，从前叶护入京，协助讨伐逆贼，想要大肆掠夺，先帝曾亲自在马前拜谢叶护，保全京城，当时一路上约十万余人，都说广平王是真正的霸主。先帝在小处受损，大处得益，使得中外都称赞他，况且牟羽身为可汗，举国家之力来援助，陛下都没有下拜，实在足以伸威。如果当时牟羽可汗留住陛下，就算是和陛下欢饮十日，天下也为这寒心。幸好上天相助，牟羽不敢造次，让陛下回到了营帐，陛下如果只感谢韦少华，埋怨牟羽，臣私下认为这是不对的。”

德宗听着，看了看左右，看见李晟和马燧都在一边，便和他们说道：“朕向来怨恨回纥，现如今听了李泌的话，也觉得自己理亏，你们认为怎么样呢？”李晟与马燧同声道：“李泌说的对，请陛下采纳！”

李泌又接着说道：“臣认为回纥不应该遭到怨恨，向来只是宰相处事不够理想，才觉得回纥可怨。回纥再复京城，今可汗又杀了牟羽，何罪之有？吐蕃侵犯我河陇几千里，又攻入京城，让先帝流亡陕州，这是百代必报的耻辱，陛下怎么该怨恨的反而不怨，不当怨恨的反而怨恨呢？”

德宗又说道：“朕与回纥积怨已久，现在却与他和亲，不会被其他的外族笑话吗？况且如果他拒绝了我，这又该这么办呢？”李泌答道：“臣愿意休书一封，按照开元时突厥可汗的先例，让回纥向陛下称臣，来使不得超过二百人，市马不得超过千匹，不得带着中国人和商胡出塞，这五件事如果回纥答应了，请陛下允许和亲，这样，将来大唐威震北荒，震慑吐蕃，一定能如陛下所愿。”

德宗认为不错，就让李泌写信给回纥。回纥派遣使者上表，条件一一答应。德宗大喜，把第八个女儿咸安公主嫁给回纥可汗，先让中使带着公主的画像去回纥，回纥可汗答谢，并约定第二年迎娶公主。

德宗再次召李泌，问收罗云南、大食、天竺的计策。李泌答道：“回纥称臣，吐蕃已经不敢侵犯了。云南苦于吐蕃的赋役，之前韦皋去招抚的时候，已经有意向大唐称臣。大食在西域为最强，与天竺都久仰中国，且世世代代与吐蕃为仇，若派遣使者前去安抚，一定会俯首听命。”于是，德宗选拔使臣前往三国，等到回禀的消息，都和李泌所料的一样，没有差别。

妖僧李软奴，私下结交殿前射生韩钦绪等人，想要作乱，事发被逮捕了，德宗命内侍省审理此案。

李晟听说这事，大惊倒地，好不容易爬了起来，泪流不止说道：“这次恐怕要灭族了。”李晟马上让人去请李泌。等到李泌到达李晟府邸，李晟无暇寒暄，慌忙说道：“我刚刚遭到了毁谤，家中有上千人，这次妖僧谋反，如果有家人误入党中，一定会牵连全家，我该怎么办啊？”李泌劝慰道：“不要紧，不要紧，只要有我在，就不会让你受牵连。”李晟慌忙拜谢。

李泌回府，向皇上上奏，大概写道：“这一起大案，牵引必多，国家刚刚太平，不该因为此案辗转牵连太广，以至于失去了人心，请将李软奴一案，交给台官审理。”德宗当然答应。最终审讯的结果，犯罪的只有李软奴，韩钦绪两人。韩钦绪是韩游环的儿子，逃至邠州，由韩游环押送回京师，与李软奴一同腰斩。韩游环入朝待罪，德宗仍然让他回去镇守藩镇。

吐蕃听说大唐和回纥和亲，也很害怕，收兵不战。德宗下诏令浑瑊回河中屯兵，赐骆元光姓名为李元谅，回华州屯兵。兵马使刘昌分得五千士兵回了汴州，边境士兵都退守凤翔、京兆之间。

贞元四年，泾原节度使李观入朝，在京师做官，任少府监检校工部尚书。李观病逝，改授刘昌为泾原节度使，李元谅为陇右节度使，两将都督兵屯田，军兵粮食丰足，泾陇一带安定。

到了秋季，韩游环因病辞职，德宗令张献甫代替他，张献甫还没到任，将士裴满等人就开始作乱，裴满等人上奏德宗，请求改任前都虞侯范希朝。范希朝向来得民心，因为被韩游环忌恨，逃到凤翔，德宗让他召领神策军。现在，因为裴满等人的奏请，德宗想要改任范希朝。范希朝当面推辞道："臣躲避韩游环而来，现在却代替了他，就好像我与手下串通好的，我怎么敢接受？"于是，德宗封范希朝为宁州刺史，协助张献甫。

回纥可汗因为婚期已经到了，派妹妹骨咄禄毗伽公主和大臣妻子五十人以及兵众千人来迎接公主。德宗亲自到延喜门接见番使。番使奉上表章，里面说："昔日为兄弟，今日为女婿，陛下如果担心西戎，我即出兵帮你除掉，另外，我请求改号回鹘，表示捷鸷如鹘之意。"德宗同意。

德宗想要赐宴答谢骨咄禄公主，于是召李泌来询问礼仪。李泌道："从前，敦煌王李承寀也曾娶回纥女，后来，敦煌王到彭原谒见肃宗时，因为肃宗与敦煌王是堂祖兄弟，肃宗就称呼回纥公主为妇，而不称为嫂。公主也拜谒庭下，那时国势艰难，需要回讫援助，尚且不失君臣大节，何况今日呢。"

于是，内侍引骨咄禄公主到银台门，由长公主三人接待，拜见德宗，到宴会上，由贤妃降阶迎接。骨咄禄公主先拜，然后贤妃回礼。妃与公主坐在席间，皇帝赏赐必拜谢，不是皇上赏赐也离席拜谢。

德宗封嗣滕王李湛然为婚礼正使，右仆射关播护送，和骨咄禄公主等一同西行，并且命令李湛然赐予册书，封合骨咄禄为长寿天亲可汗，咸安公主为长寿孝顺可敦。公主到了回鹘，合骨咄禄可汗盛礼恭迎。

李湛然等人礼毕回国，都得到德宗丰厚的赏赐。可惜不到一年，天亲可汗就病逝了，他的儿子多逻斯继位。消息传到朝廷，德宗又命鸿胪卿郭锋持节册，封多逻斯为忠贞可汗，并且宽慰咸安公主。

第七十回 韩全义掩败为功

李泌觉得自己年纪大了，向皇上请求告老还乡，德宗不允许，李泌又入朝请求罢黜自己宰相一职。德宗道："朕知道爱卿劳苦，但是现在没有贤能的人能够代替你。"李泌说道："天下间不缺乏有才能的人，请陛下留意牧卜、自庆等人。"

德宗道："卢杞忠心清白，尽心竭力，但是别人常常说他奸佞，朕至今还没有明白，究竟奸佞在什么地方？"李泌答道："如果让陛下知道卢杞奸诈，卢杞就不会成为奸佞的人了。陛下如果能及时醒悟，怎么会有建中的祸乱呢？卢杞因为自己的私仇杀了杨炎，派李揆陷害颜真卿，激得李怀光叛变，幸亏陛下后来把他驱赶出去，安慰了人心，上天又有好生之德，否则祸乱就层出不穷了。"

德宗道："建中时的祸乱，不全是人为，你是否也听桑道茂说了？"李泌又道："陛下以为这是命中注定的吗？要知道命数二字，只能是平常人说，国君和国相却不能挂在嘴边，因为君相可以改变命运，与常人不同，如果君王也说命数，那么礼乐政刑，都可以废除了。从古至今，暴君如桀、纣，都说自己是天命所归，君王用命数为自己辩解，恐怕和桀、纣没什么区别了。"

德宗点头，接着又说道："卢杞辅佐的时候十分小心，他跟着朕几年，我每次说话他都恭恭敬敬的。"李泌答道："言无不从，这正是孔子所谓的'一言丧邦'啊！"德宗道："你和卢杞不同，朕说一件事合理，你就会面露喜色，朕说一件事不合理，你就会面露忧色，有时候你的话说得很不顺耳，但也气色和顺，并没有态度傲慢，我被你说服了自然就顺从了，这就是朕喜欢你的原因。"

李泌推荐户部侍郎窦参，说他才思敏捷，可兼任度支盐铁使；尚书左丞董晋，人品端正，可担任门下侍郎。德宗虽然表面上答应了，心中却不这么认为。不久，德宗又让李泌兼任集贤殿崇文馆大学士，来纂修国史。李泌要求把"大"字去掉，只是以学士的身份掌管文学院。

这年八月发生了月食，李泌叹息着说道："东壁图书府今天看到月食，大臣中肯定有人要患难了，我位居宰相兼学士的头衔，恐怕这灾难要发生在我身上。从前燕国公张说，也是因为这个去世的，我位置与他相同，恐怕难逃此劫。"果然隔了一年，李泌一病不起，与世长辞。

李泌从小聪慧过人，七岁时被玄宗知晓其才名并召见。召见李泌时，玄宗正与张说下棋，就让张说试探李泌的才华，张说让他以“方圆动静”为题作一篇赋。李泌立刻问主旨是什么，张说随口说道：“方若棋局，圆若棋子，动若棋活，静若棋死。”李泌亦信口答道：“方如行义，圆如用智，动如骋材，静如得意。”张说叹服，称赞他是奇童。张九龄听说后，称呼李泌为“小友”。后来，李泌侍奉三朝君王，多次立下奇功，只是喜欢谈论神仙，喜欢诡诞之说，被世人所嘲笑，但也好算是一位贤相。李泌六十八岁去世，追封为太子太傅，遗书中仍然向德宗推荐窦参、董晋二人，德宗任命二人为同平章事，并命窦参兼度支盐铁等使。

窦参为人尖酸刻薄，学问不大，喜欢玩弄权术，每当入朝的时候，大臣们都出来了，只有他一人走在最后，却说是核查开支用度，暗中却曲意逢迎，希望得到皇帝的宠信。他还把自己的心腹安排在重要的地方，使其成为自己的耳目。董晋是个滥竽充数的人，只会随声附和，不过能守住底线，安稳谨慎，比起窦参的狡诈阴险，董晋要好一些，但也不是做宰相的料。

前邠宁节度使韩游环，与横海节度使程日华，义武节度使张孝忠，宣武节度使刘玄佐，平卢节度使李纳，先后生病去世了。邠宁节度使由张献甫接任，其他的地方都由他们各自的儿子承袭。程日华的儿子程怀直，张孝忠的儿子张升云，刘玄佐的儿子刘士宁，李纳的儿子李师古，都受到将士的拥戴，上奏请求为节度使留后，德宗都一一同意了。

回鹘忠贞可汗被他弟弟和自己的少可敦（妃妾）毒死，国人又杀了他的弟弟，拥立忠贞的儿子阿啜为可汗，派将军梅录报告丧事，听候皇帝的命令，德宗也没有详细询问，马上派鸿胪少卿庾铤，去册封阿啜为奉诚可汗。咸安公主初嫁天亲，后来嫁给忠贞，现在又嫁给奉诚，祖父孙三人都曾娶她。德宗也任她所为，看作是胡俗惯例，不足为怪。

光阴似箭，冬去春来，很快就到了贞元七年。窦参成了宰相，三年后，权势逐渐大了起来，翰林学士陆贽上书弹劾他，窦参视他为眼中钉，只是因为陆贽得到皇帝的宠爱，不能马上除去，就上奏把他调为兵部侍郎，除去内参机要的职务。

这时，德宗还没有察觉到他的阴谋，不久，窦参上奏称福建观察使吴凑，因为生病不能管理事务，应当另选他人，德宗召吴凑入京，见到他身体健壮，意识清醒，并没有什么疾病，才知道是窦参恶意诽谤，有意排挤他人。于是，德宗立马任命吴凑为陕虢观察使，把原任官李翼除去职务。李翼是窦参的党羽，一被换掉，天下称快。窦参仍然恶性不改，让自己的侄子窦申做给事中，用职权收取贿赂，窦申由此得到一个绰号“喜鹊”。

德宗偶有听说，就警告窦参道：“你的侄子窦申，做了违法的事，将来难免会连累你，不如把他罢黜了吧。”窦参恳请道：“臣的侄子不多，窦申虽然犯了错，也没有其他的恶行，求陛下原谅！”德宗道：“朕不是不想保全你的家人，但人言可畏，不可不防。”窦参仍然不断请求，德宗才罢休。

窦参又害怕陆贽再次受到重用，私下里和谏议大夫吴通元兄弟伪造诽谤的书信，陷害陆贽入狱。偏偏此事被德宗察觉，赐吴通元兄弟死罪，逐窦申为道州司马，窦参亦被贬为郴州别驾。德宗提拔陆贽为中书侍郎，和尚书左丞赵憬一起任同平章事。所有管理度支等事，让户部尚书班宏代理，班宏没多久就去世了。陆贽上奏推荐湖南观察使李巽，任判度支，德宗已经允许，却又突然变卦，想用司农少卿裴延龄。陆贽上言道："度支司需要批准各开支用度，吝啬容易生患，宽松又容易姑息小人，裴延龄是个小人，如果误用了，会伤了皇上你的尊严。"德宗不听从，委任裴延龄为户部侍郎为判度支。

贞元九年，湖南观察使李巽上奏，称宣武留后刘士宁私下给窦参绢五千匹，德宗大怒，想要诛杀窦参。陆贽入谏道："刘晏冤死，罪名尚且不清楚，让叛乱的人有机可乘。窦参十分贪婪，这是天下都知道的事情，但是一定说他和藩镇有交情，图谋不轨，这是言过其实。如果突然处以极刑，反而会让民众感到惊恐。"

于是，德宗再贬窦参为驩州司马，没收了他的家产。但是，内侍仍然不停说窦参的坏话，德宗竟然下旨让窦参自尽，杖杀了窦申，窦氏族人被发配守卫边疆。董晋由于和窦参同事了几年，见窦参得罪了皇上，心里也觉得不安全，于是向德宗请求免职。

德宗同意罢免董晋官职，封他为礼部尚书，并召义成节度使贾耽，为尚书右仆射，与尚书右丞卢迈一同任同平章事。德宗害怕宰相权力过大，会重蹈覆辙，于是命四个人一同辅政，分权管事。哪知，由于任权不专，遇事就相互推诿，每每官员来汇报，四人就面面相觑，谁也不肯下判定。

于是，陆贽奏请皇上按照至德时期的旧例，宰相依次判决官务，十天轮换一次，德宗准许了他的请求。这样，虽然奏章不会堆积了，但是还是不能避免互相顾忌，治事没有什么成绩。陆贽先后上奏治国之道，不下数十万言，对于当时边防政策的弊端，陆贽的上奏十分切合实际，像精兵减负，减政为民，多用良将，开垦荒地这些建议，德宗虽然高度赞赏，但终究还是没有实行。

回鹘在灵州打败吐蕃，派使者献上俘虏。云南王异牟，袭击吐蕃，取得十六城，擒获了王爷五人，并派使者献上捷报，地图和特产及吐蕃所给的金印，请求复号南诏。

德宗派郎中袁滋等人，前往册封异牟为南诏王，赐银窠金印。异牟到大和城受册，很是恭顺，并优待了唐使。袁滋等人尽欢而归，回来把受到优待的详细情况报告德宗。德宗听了很欣慰，于是想要大修神龙寺，报答神灵庇佑。

这时，户部侍郎裴延龄上奏道："同州谷中，有十多棵大树，高约八十丈，可供建造神龙寺的材料。"德宗惊喜道："开元天宝年间，在京城近郊搜求好树木，一百棵中挑不出一棵好的，现在怎么会有如此好的木材？"延龄就奉承道："好的木材，一定要明君出现后才会出现，开元天宝，怎么会有呢？"德宗听了这话，十分开心。

后来，裴延龄又上书道："在粪土中得到白银十三两，缎匹杂货，有数百万，这都是国库剩下来的，应该移入一些进入杂库，以供皇上临时使用。"太府少卿韦少华弹劾裴延龄，说："裴延龄欺君罔上，请令三司查核左藏，粪土中的东西是哪里来的，不过是裴延龄为非法得来的东西找个借口罢了。"德宗没有怪罪裴延龄，也没有怪罪韦少华。裴延龄所言，不能欺骗三岁的孩子，德宗已经年老昏聩，所以麻木不仁。盐铁转运使张滂、司农卿李铦、京兆尹李充，因为所负责的事务与裴延龄相关，经常斥责裴延龄的言论十分荒谬。

陆贽更是想要惩奸除恶，他极力向皇上陈述裴延龄的罪状，大概说：

延龄以聚敛为长策，以诡妄为嘉谋，以掊克敛怨为匪躬，以靖谮服谗为尽节，可谓尧代之共工，鲁邦之少卯，迹其奸蠹，日长月滋，移东就西，便为课绩，取此适彼，遂号羡余。昔赵高指鹿为马，臣谓鹿之与马，物类犹同，岂若延龄掩有为无，指无为有？臣以卑鄙，任当台衡，情激于衷，欲罢难默，务乞陛下明目达聪，亟除奸慝，毋受欺蒙，则不胜幸甚！

这奏章上书后，德宗不但没有怪罪裴延龄，反而待裴延龄更加好了。陆贽再次约了宰相赵憬，当着皇上的面说裴延龄是个奸佞小人，德宗讨厌陆贽说得多了，脸上的表情十分不开心。赵憬却一言不发，退朝后反而向裴延龄告密，裴延龄因此恨陆贽更深了。

有人说陆贽疾恶如仇，恐怕会遭到谗言的陷害，陆贽慨然说道："我上不负天子，下不负所学，其他的就没什么好考虑的了。"没有几天，就有诏令颁下，罢黜陆贽为太子宾客。

第二年，贞元十一年，初夏遇到干旱，裴延龄诬告陆贽、李充、张滂和李铦，说他们趁着干旱造谣，蛊惑人心。于是，德宗贬陆贽为忠州别驾，李充为涪州长史，张滂为汀州长史，李铦为邵州长史。

阳城是定州人，隐居在中条山，以学识和德行闻名，李泌推荐他为谏议大夫，阳城没有推辞，就接受了官职。他人还没到京师，京城的人都想一睹他的风采，料他一定敢拼死上谏。等到入京之后，阳城每天只和他弟弟及宾客饮酒作乐，并无谏言，大家都很失望。河南人韩愈作《争臣论》讥讽阳城，他人也有闲言闲语，阳城仍然不在意，每天依旧饮酒，好像听不见一般。

等到陆贽等人被贬，皇上的怒气还没有消，天下人都十分害怕，没人敢去求情，只有阳城一个人说道："不能让天子听信谗言诛杀好人。"于是，阳城和拾遗王仲舒、补阙熊执易崔锜等人，联名上书，极力陈述裴延龄的奸佞，说陆贽等人是无罪的。

德宗看了之后，勃然大怒，想要降罪于阳城等人，幸好有太子在旁边劝解，乃命宰相宣读口谕，让阳城退下。金吾将军张万福大声称贺道："朝廷有如此直率的臣子，天下从此太平了。"于是向阳城等人拜谢，接着连呼太平万岁，太平万岁！张万福是一个武人，八十多岁，自从他称贺之后，阳城名声大振。

后来，阳城听到德宗想要封裴延龄为宰相，阳城哭着对朝臣们说："如果真的想让裴延龄为相，我就当场撕毁圣旨，免得奸臣误国。"随即，阳城再次起草奏折，列尽了裴延龄的罪状，让李泌的儿子李繁撰写。

李繁本来品行不端，阳城因为他是故人的儿子，嘱咐他修正，哪知他竟私下告诉裴延龄。裴延龄入见德宗，一一向他解释。等到阳城的奏章呈上，德宗反而视为诬告，搁置在一旁不理，并把阳城贬为国子司业，封裴延龄为户部尚书。这时，裴延龄年事已高，因为没有得到相位，时常内心满腹牢骚，谩骂身边的人，还擅自把官府的东西拿回家，没人敢说什么。

第二年，裴延龄就去世了，享年六十九岁，天下的百姓都十分开心，只有德宗痛惜不已，追封为太子太傅。裴延龄曾经推荐谏议大夫崔损，说他的才华可以派上大用场，当时赵憬去世，卢迈老迈，中书省已经有十天无人管理，德宗于是任命崔损为同平章事。崔损没有能力，当上宰相后毫无建树。德宗喜欢他唯唯诺诺，任用了好几年。

当时，太尉中书令西平王李晟，司徒侍中北平王马燧，相继去世。昭义节度使李抱真，也生病去世了，都虞侯王延贵，奉德宗之命继任，德宗给他赐名虔休。

魏博节度使田绪，曾在贞元元年，娶了德宗的妹妹嘉诚公主，代宗的第十个女儿。田绪有三个儿子，幼子名叫田季安，公主抚养作为自己的儿子。田绪于贞元十二年去世，他身边的人推选田季安为留后，德宗任命他为节度使。

山南东道节度使曹王李皋，也生病去世了，德宗让陕虢观察使于頔接任，各藩镇基本太平。

只有宣武军经常发生变乱。宣武节度使刘士宁，淫乱残忍，被兵马使李万荣驱逐，跑回了京师。李万荣被封为留后，他的儿子李迺被封为兵马使，牙将刘沐为行军司马。不到一年，宣武军再次作乱，都虞侯邓惟恭，因李万荣卧病在床，押着李迺送到京师，并杀李万荣的亲信数人。

这次还算德宗有些主见，特授董晋为宣武节度使，让他立即赴任。德宗又害怕董晋太宽容，不能平定，于是又封汝州刺史陆长源为行军司马，跟随董晋一起东行。

董晋日夜兼程赶到宣武军时，李万荣已经病死，邓惟恭代为掌管军事。仓促间，邓惟恭不能违抗命令，只好出来迎接朝廷的节度使。董晋接见邓惟恭不带士兵，语气十分平和，而且仍然让他管理军队，暗中却留意防备他。等到邓惟恭谋乱，董晋已经布置得十分详细。董晋先把乱党抓起来诛杀，然后把邓惟恭拿住，送往京师。

陆长源性情刚直，总想追究宣武军陈年恶行，幸好董晋从容裁抑，军中才安定下来。过了两年，董晋在任职上去世了。陆长源任留后，扬言道："将士军中风气萎靡不振，我应当重整法纪，才可以清除弊端。"军士听了此言，都十分害怕，有的人劝陆长源用金银财宝犒赏三军，陆长源道："我岂能学习河北贼，用钱收买将士们的心？"没多久，军士变乱，陆长源就被杀害了。宣武军监军俱文珍，急忙向宋州刺史刘逸准求救。刘逸准曾为宣武军将领，颇得众心，听到俱文珍的求救，带兵入汴州，安抚人心，请命朝廷。

皇帝下诏封刘逸准为节度使，赐名全谅，谁知没过多久，刘全谅也死了，军中推举刘玄佐外甥韩弘为留后。韩弘曾为兵马使，这次因宣武军屡次作乱，他查出乱党的首领，和党羽三百人，一面列举他的罪状，斩首以儆效尤，另一面向朝廷禀报情况。于是，德宗封韩弘为节度使，他随即整顿军纪，安抚军士，渐渐地汴中安定了下来。

淮西节度使吴少诚，密谋抗命，派人私下约见韩弘，被韩弘所杀。吴少诚知道谋反的事情已经败露，索性举兵发难，掠夺寿州，袭击唐州，杀死镇遏使谢详、张嘉瑜。

这时，陈许节度使曲环去世，陈州刺史上官涚继任为留后。吴少诚趁机袭击，上官涚派军兵前去阻拦，不幸败下阵来，导致贼寇进逼城下。

上官涚刚刚接受任命成为节度使，听说贼寇已经来到近郊，感到很恐慌，想要逃跑。营田副使刘昌裔阻拦道："朝廷刚刚授您节度使之职，怎么现在就要弃城而逃呢？况且城中不缺少将士，十分坚固，昌裔不才，愿意拼死守城。"上官涚听了这话，于是将军事大权交给刘昌裔，召集众人登上城墙抵抗贼寇。兵马使安国宁，想做贼寇的内应，被刘昌裔察出，把他处死。吴少诚围攻多日，刘昌裔趁他懈怠的机会，带着军兵凿破城墙而出，大破敌兵。刘弘又发兵三千，来支援许州，吴少诚逃走了，许州这才得以保全。

听说吴少诚叛乱，德宗夺去他的官爵，令各路大军会师讨伐他。于是，山南东道节度使于頔，安黄节度使伊慎，知寿州事王宗，与上官涚、韩弘联兵，共同讨伐淮西。

起初一切还比较顺利，于頔作为先锋探路，连续攻下吴房和朗山，后来因为军无统帅，号令不一，大家相互猜忌，到达小溵水时，大军很快就溃散了，丢下大量的兵器和粮食被吴少诚捡去，因此，吴少诚的气势越发强大。

西川节度使韦皋，听到诸军失利，上表请求封浑瑊、贾耽为元帅，让他们率领军队出击。他还对德宗说道："皇上如果不愿烦劳老将军，臣愿选拔一万精锐部众，从巴峡到荆楚，惩凶除恶。如果吴少诚悔罪，圣上恩典宽恕他，这样就可以避免两河打仗，休息兵民，不失为一个好计策。如果吴少诚恶贯满盈，被他部下所杀，皇上授予他部下官职，但是这样除去了一个吴少诚，还会生出生另一个吴少诚，祸乱就不断了。"德宗接到奏章还在犹豫，忽然来人报告称中书令咸宁王浑瑊因病去世了，不由得嗟叹道："国家又损失一员大将了。"随即德宗赐浑瑊谥号忠武，准备另外派人去讨伐吴少诚。

当时，宦官窦文瑒、霍仙鸣正得德宗宠爱，担任护军中尉，权倾朝野，内外官吏，多出于他的门下。夏绥节度使韩全义，非常得窦文瑒厚爱，窦文瑒特地向德宗引荐，于是德宗封他为蔡州招讨使，统率十七道兵马，征讨吴少诚。

韩全义这个人没有什么勇气和谋略，只是买通了太监，才担此大任。现在既为大帅，于是他就用十多个太监作为监军。每议军事，太监们高坐帐中，高声喧哗，但是什么也决定不了。再加上天气十分炎热，士兵病的病，死的死，韩全义也不去抚慰一下，这样就失去了军心。

大军来到溵南，淮西将吴秀、吴少阳等人，率兵前来抗击。两军还未交锋，韩全义率领的官军就败退下来。吴秀等人乘势追杀，韩全义连忙往后逃走，退保五楼，后来又是三战三败，节节败退，等到了陈州，各道兵马多半回到了藩镇，只有陈许将孟元阳和神策将苏光荣，还留在溵水，并奋力杀退追兵。

吴少诚带兵回了蔡州，韩全义把战败的罪名归于昭义将夏侯仲宣、义成将时昂、河阳将权文变以及河中将郭湘等人。韩全义把这些人诱骗到帐中，把他们擒住并杀了他们，以示权威，然而将士们更加不服了。

还好吴少诚不知道详情，派人求和，请求韩全义向皇帝上奏。韩全义也乐得代奏，皇帝赦免了吴少诚的罪，恢复了他的官职，召韩全义班师回朝。韩全义回到长安，窦文瑒极力袒护，掩饰败迹，于是，德宗仍然厚待韩全义。韩全义假托腿脚不便，派司马崔放上朝交旨，崔放为韩全义请罪，说这次出征并没有什么功劳。德宗道："韩全义能让吴少诚归降，也是功劳，为什么一定要杀人呢？"韩全义于是拜谢，然后回了夏州。

昙花一现的顺宗

成德节度使王武俊，在贞元十七年去世，他的儿子王士贞被任命为留后，除此之外像滑亳许节度使（义成节度使），由李复、姚南仲、卢群、李元素等人先后交替担任，幸好没什么变故。

徐泗濠节度使张建封病死后，军士们推荐他的儿子张愔为留后，德宗起初任命淮南节度使杜佑兼任徐泗濠节度使，因为军士们抗拒，只好收回成命，再下令命张愔为节度使，把军队改名叫武宁军。

朔方节度使杨朝晟死后，由兵马使高固接任，军心比较稳定。昭义节度使，改用卢从史接任，他也是由军士们拥立的。总之，在德宗时代，藩镇割据，已经不把朝廷放在眼里。德宗又一味地姑息，过一天算一天，只要眼前不出事，就自认为天下太平。

就是朝中的大臣，也大多是一些庸庸碌碌的人物。崔损是裴延龄举荐的，当宰相九年，没有什么建树，反而始终受到重用，直至一病不起时，他才推荐太常卿高郢为中书侍郎，吏部侍郎郑珣瑜为门下侍郎，共同管理政事，其实这两个人也不是什么贤才。还有那辅政多年的贾耽，身处高位，很受器重，却也是个没有决断，只想保全权位的人。宰相都是这样，其他的官员就更加可想而知了。

太学生薛约，上书言事，被流放到连州。国子司业阳城，和薛约有师生情谊，一直送他到郊外，被德宗听说后，把阳城贬为道州刺史，而且派观察使随时考察。阳城自己评价说："我当官很辛苦，政绩很差，只能得末等。"观察使派遣判官到阳城那里收取赋税，阳城把自己绑好后来到狱中，自请处罚，判官只得离开。朝廷又派遣别的判官前去检查，这位判官带着妻子儿女一同前去，却在半路逃走了，阳城因此名声大震。唯独朝廷却把阳城看作是无用之人，闲置不用。京兆尹李实，为政残暴，遇到大旱也不准减免租税，监察御史韩愈请求缓征收租税，却被贬为山阳令，朝政昏庸，由此可见一斑。

太子李诵为人练达，很有忧患意识。他身边有两个关系很好的侍臣，一个是杭州人王伾，另一个是山阴人王叔文，两人都是翰林待诏，出入东宫。王叔文诡计多端，自称深知治国之道。

一次，太子和众多侍读们在一起座谈，谈到宫市（皇上派宦官压低价格买老百姓的物品）的事情，大家都议论纷纷，只有王叔文在旁边一言不发。等到侍臣们都退下后，太子留住王叔文，问他为什么不说话？王叔文回道说："殿下身为太子，只需要对皇上尽孝，经常陪皇上吃饭，按时去问安，不应该谈论其他的事。否则，皇上如果怀疑殿下你在收揽人心，到时候又该怎么解释呢？"太子感激地说："要不是听了先生的话，寡人真不知道问题这样严重，谢谢你的教诲。"于是，太子对他大加宠爱。

王伾擅长书法，王叔文擅长下棋，两人成天陪伴在太子身边，免不了会议论朝政。这两人有时说谁是当宰相的料，有时说谁可以当大将。但他们所提到的将相之才，并不是出自公心，其实全是他们的同党，无非是指望太子登位后能一同升官，相互照应，使自己地位稳固罢了。

当时的翰林学士韦执谊、左司郎中陆淳、左拾遗吕温、进士及第李景俭、侍御史陈谏、监察御史柳宗元、刘禹锡、程异，司封郎中韩晔、户部郎中韩泰、翰林学士凌准等人，都是王叔文和王伾的同党，经常在一起集会，行踪诡秘。

左补阙张正一上书言事，得到德宗的召见。王叔文怕他会在皇上面前揭露他们的阴谋，就让韦执谊去参劾张正一，说他和吏部侍郎王仲舒、主客员外郎刘伯刍等人，互相勾结，不守规矩，之后，张正一被贬，王仲舒和刘伯刍也被贬到很远的地方。从此，朝廷之上没人再敢直言。就是各地的藩臣们，也偷偷地送给王叔文等人钱币，暗中与他们拉关系。

不料，太子突然得了重病，连话都说不出来了。贞元二十一年元日，德宗上殿接受朝拜，王公大臣们，按规矩前来道贺，唯独太子不能觐见。德宗非常悲伤，退朝后就感到不舒服，病情一天比一天严重，过了二十多天还是不能上朝，太子的病情也不见好转。宫廷内外消息断绝，大家不免都有些担心害怕。

一天晚上，皇宫里传出旨意，召翰林学士郑絪和卫次公起草遗诏。两位学士这才知道德宗病危，拿起笔，很快就写好了。

忽然，旁边有一个内侍说道："皇宫里正在商议立储君，还没定下来。"卫次公随即接口说道："太子虽然有病在身，但他是皇上的嫡长子，是人心所向，即使到万不得已之时，也应该立广陵王，否则必然天下大乱。到时候，谁能承担这个责任？"郑絪也说道："这话说得太对了。"宦官李忠言等人料到大臣的意见难以违背，这才传出德宗驾崩的消息，宣布立太子李诵为皇帝。

郑絪和卫次公，写好了继位诏书，立即颁发天下。太子知道人们都在怀疑他的身体，于是强撑着出了九仙门，召见各路军使，京师人心稍稍安定。

第二天，太子李诵在太极殿继位，历史上称他为顺宗，顺宗尊称德宗为神武皇帝。德宗在位二十六年，享年六十四岁，中间改元三次，死后葬在崇陵，和皇后王氏合葬。王皇后就是顺宗的生母，在德宗贞元三年，由淑妃册封为皇后，一向体弱多病，刚刚行完册封大礼就去世了。德宗从此不再册封皇后，只靠贤妃韦氏总管六宫。韦氏聪明贤淑，言行稳重，很得德宗喜爱敬重。德宗驾崩后，她主动请求为德宗终身守陵。

顺宗病情还没痊愈，嗓子不能说话，不能亲自上朝处理政务。每当文武百官奏事时，就在内殿放置帷帐，在帷帐中裁决，然后让内侍出来传旨。百官在帷帐外，常能隐隐看见顺宗左右陪着两个人，一个是顺宗亲信的宦官李忠言，另一个是顺宗宠爱的妃子牛昭容。

外面翰林院中，起草诏书的是王叔文，传达皇帝旨意的就是王伾。王叔文有事要上奏，往往先让王伾进去告诉李忠言，李忠言再转告给牛昭容，再由牛昭容转达顺宗，顺宗往往也是言听计从，没有不准奏的，因此翰林院的权力，几乎高出了中书和门下两省。

王叔文又推荐同党韦执谊当宰相，也得到了批准，于是顺宗封韦执谊为尚书左丞，同平章事，王伾和王叔文也被晋封为翰林学士。韩泰、柳宗元、刘禹锡等人也互相标榜，说自己是伊尹、管仲再世。所有文武百官的升降，都得听他们的安排。王叔文担心其他人不服，也提出几种仁政，请顺宗施行。比如任命杜佑为宰相，兼管宫廷用度开支，罢免了进奉宫市的五坊宦官，召陆贽、阳城回朝做官，把京兆尹李实贬为通州长史等等。这几道圣旨连续颁布，大家都争着称颂新皇上圣明。但是，陆贽和阳城，还没等接到圣旨，都已经在被贬的地方病死了。后来，朝廷下诏追封陆贽为兵部尚书，加谥号为宣，追封阳城为左散骑常侍，又下令让地方官们派人护送他们的遗骨回来安葬，朝中内外都感到惋惜。只有王叔文一帮人，互相庆贺。

侍御史窦群，性情一向刚直，他私下里对王叔文说道：“天下事还不能预料，您应该多少避避嫌疑。”王叔文吃惊地问他为什么？窦群回答说：“李实曾经仗着皇上恩宠，不可一世，当时的您只不过是江南的一名小官员。现在李实被贬了，您是后起之秀，您又怎能保证不会重蹈覆辙呢？”

王叔文对这些忠告不理不睬。窦群退下后，立即写文章弹劾刘禹锡等人祸乱朝政，不应该留在朝堂上。第二天，奏章被呈进去，刘禹锡等人知道了消息，连忙和王叔文商议，想方设法要把窦群赶走。

王叔文把情况转告给韦执谊，韦执谊说：“窦群正直的名声闻名天下，要是突然把他赶走，我们这些人一定会背上不好的名声，还请大家暂时忍一忍，以后再说吧！”王叔文听后很不高兴，但韦执谊始终坚持自己的看法，不想现在就罢免窦群的职务，窦群因此才得以保留职位。

御史中丞武元衡，兼任山陵仪仗使，刘禹锡曾到武元衡面前，请求把自己封为判官，没得到武元衡的同意。王叔文因为武元衡官居要职，偷偷派人用权力和利益引诱武元衡，想让他归附自己，武元衡不答应。于是，王叔文的同党们就进谗言，顺宗把武元衡贬为左庶子。

一班贪权好利之徒，看见王叔文大权见握，不得不对他摇尾乞怜。王叔文和王伾，以及他们的同党几十家，个个都是门庭若市，前去拜访的人日夜不断，而且往往因为不能马上被召见，很多人就在附近住宿，附近的茶楼酒馆中住满了想升官的人，每晚要花费上千贯的食宿费，才能找到地方落脚。这些热心做官的人哪管这些，就是花费再多也不惜东挪西借。王伾又是个最贪婪的人，他按官职高低收取贿赂，肆无忌惮，所得的金银财宝，用一个大柜子收藏，夫妻两人就睡在柜子上，防备盗窃，可算是爱财如命了。

顺宗久病不愈，大臣们很少能见到他的面，于是，大臣们就打算赶快立太子，以防不测，只有王伾和王叔文等人想独揽大权，多方阻挠。宦官俱文珍、刘光锜、薛盈珍等人忌妒二王，就秘密上奏顺宗，请求赶快册立太子。顺宗召来翰林学士郑絪等人商议，郑絪也不多说话，只写了“立嫡以长”四字给皇上看。顺宗点头表示同意。郑絪于是写下诏书，立广陵王李淳为太子，改名为纯。圣旨一经发布，满朝文武大臣争相庆贺。只有王叔文面带愁容，成天念叨杜甫题诸葛祠诗句：“出师未捷身先死，长使英雄泪满襟。”旁人听了多半偷笑，他越发怀疑害怕，每天召集同党谋议，并且常到中书省和韦执谊密谈。

一天中午，王叔文乘车去见韦执谊，门吏出来阻止说：“宰相大人正在吃饭，不方便见客。”王叔文怒骂道：“你敢不让我进去吗？”门吏好言相劝，说：“这是一向的规矩。”王叔文不等他说完，便厉声说道：“什么规矩不规矩的？”门吏只好进入禀告韦执谊，韦执谊也只好出来相迎，和王叔文一同来到房中。

杜佑、高郢、郑珣瑜三个人本来和韦执谊一同吃饭，见韦执谊进了房，都停下筷子等着，好半天才有人出来报告说：“韦丞相已经和王学士在房间一同用餐了，各位相公不必再等了。”杜佑与高郢这才敢接着吃。郑珣瑜草草吃完，感觉特别窝囊，回去就对左右说：“我这个官当得有什么意思，不过是一个陪人吃饭的家伙，不如不干算了！”从此，郑珣瑜称病不出。

韦执谊的岳父杜黄裳曾经担任侍御史，被裴延龄妒忌，十年没有升迁。直到韦执谊当宰相，这才升为太常卿，现在他也劝韦执谊能率领群臣，请求太子主政。

韦执谊惊讶地说：“岳父刚刚升官，怎么就开口过问这些宫禁之事呢？”杜黄裳勃然大怒说：“我受三朝大恩，怎么能因为保一个小小的官职就出卖自己的良心呢？”说完拂袖而去。

韦执谊受王叔文嘱托，特地推荐陆质为侍读使，暗中探听太子的想法，并趁机出主意。陆质给太子讲经时，经常议论朝政，太子把脸一沉，说：“皇上派先生来，无非是为寡人讲经，为什么要讲其他的东西？这些东西寡人实在不想听！”杜质碰了一个大钉子，红着脸退下了。

王叔文又担心宦官们会从中作梗，于是引荐右金吾大将军范希朝为神策京西行营节度使，任命韩泰为行军司马。韩泰很有谋略，深得王叔文等人器重。王叔文推荐范希朝等人，无非是想号令西北藩镇军人，从而抑制宦官。

宦官俱文珍等人看穿了其中的阴谋，连忙派人秘密联络各个藩镇，让他们不要轻易交出兵权。等到范希朝与韩泰来到奉天，传令各藩镇将领来见面，藩镇的将领们以种种借口拖延，始终不去，任凭韩泰足智多谋，这时也是束手无策，只好悻悻地回到京城。

王叔文听到韩泰的回报，正在沮丧，不料圣旨又下，调他为户部侍郎，兼任度支盐铁转运副使。王叔文大吃一惊，对左右说：“我每天到翰林院商量公事，现在把我的院职撤销了，以后还怎么来这里呢？”说完差点哭出来。还是王伾代为申请，王叔文才被允许三五天来一次翰林院。

宣化巡官羊士谔因为公事进京，公开讲述王叔文的罪恶。王叔文大怒，立即找韦执谊商量，想要请旨处斩羊士谔。韦执谊不答应。王叔文又说：“就算不斩，也应当乱棍打死。”韦执谊仍然摇头不答应。王叔文悻悻出去，后来，韦执谊把羊士谔贬为宁化尉。

正巧剑南度支副使刘辟进京，请求统领剑南三川，而且假借韦皋的名义，对王叔文道：

“韦太尉让我向您表达诚意，要是把剑南三川给了我，我必定对您效死相助，否则韦太尉也会埋怨您。”王叔文大怒道：“节度使这么重要的职位怎么能由自己说想当就当？韦太尉也太糊涂了。”于是，王叔文让刘辟退下，然后与韦执谊当面商议，想要斩杀刘辟，韦执谊仍然不答应。王叔文忍无可忍，当面责怪韦执谊，话说得很难听，韦执谊无言以对。

王叔文总说韦执谊忘恩负义，从此两人有了仇隙。不久，王叔文的母亲病危，马上就要去世。王叔文却大摆宴席，邀请众学士和宦官李忠言、俱文珍、刘光锜等人赴宴。酒宴上，王叔文对大家说：“我母亲病重，要是我因为国事而不能亲自侍候她老人家医药，未免不孝，现在我打算请假回家侍候。我在朝多年，任劳任怨，一心为公，从不躲避危险，一旦离开朝廷，诽谤必然随之而来，在座的诸位，如果肯体谅我的忠诚，替我洗刷，叔文不胜感激了。”大家都沉默不语，只有俱文珍冷笑着说：“没做亏心事，怕什么流言啊！王公未免太多心了。”大众随声附和，说得王叔文哑口无言。

隔了一天，王叔文的母亲去世，王叔文也因守孝离开职位。韦执谊无人牵制，变得更加为所欲为，就连王叔文写密信托他办事，他也置之不理。王叔文因此更加气愤，成天谋划东山再起，打算官复原职后先杀掉韦执谊，然后再把反对自己的一帮人一律除尽。王伾给他帮忙，常到各位宦官那里去疏通，而且和杜佑商议，提议让王叔文当宰相，兼管北军，偏偏没人答应，王伾又提议让王叔文任威远军使，也得不到支援。他只好自己出头，接连上了三道奏折，说王叔文如何文武全才，说得天花乱坠，却始终不见回音。王伾知道无济于事，后来自称中风，不再出头了。

西川节度使韦皋，上表请求让太子主政，表中大意是说：“陛下您身体不好，请求暂时让太子亲政，等陛下您身体痊愈了，再让太子回东宫。”韦皋又给太子写信说：“王叔文、王伾、李忠言这些人，不能担当重任，他们结党营私、违法乱纪，恐怕误了国家，愿殿下立即上奏，把这些小人赶走，这样才能天下太平。”荆南节度使裴均、河东节度使严绶也一同上表，意思与韦皋相同，再加上俱文珍等人从中推波助澜，顺宗只好同意太子上朝主事。

太子李纯主事后，任命太常卿杜黄裳为门下侍郎，左金吾大将军袁滋为中书侍郎，兼同平章事，贬郑珣瑜为吏部尚书，高郢为刑部尚书。太子到东朝堂接见文武百官，百官朝拜称贺，太子离开座位，不停地用衣袖擦眼泪。大臣们见太子如此牵挂父皇，交口称赞。

又过了半个月，顺宗禅位给太子，自称太上皇，改年号永贞，大赦天下。又过了五天，太子李纯在太极殿继们位，史称宪宗。宪宗请太上皇在兴庆宫居住，尊封生母王氏为太上皇后，把王伾贬为开州司马，把王叔文贬为渝州司户。升平公主献上美女数人祝贺，宪宗说：“太上皇都没有接受献礼，朕怎么敢违例呢？”于是将美女退还。荆南上表进献毛龟，宪宗又下诏说：“朕只把仁德当作宝物，那些稀奇的东西，都不过是徒有其表罢了，称不上宝物。从今天开始，不要再上奏什么瑞兆，所有珍禽异兽也不要再进献了！”于是天下庆贺，都说宪宗是明君。

剑南、西川节度使韦皋，统领西蜀二十一年，征服南疆，屡次打败吐蕃，爱民如子，功勋无比，官至检校太尉，封南康郡王。宪宗继位后，因为他上表请太子监国，有定策之功，当然再次加官，获得重赏。不料诏书还没有到达西蜀，韦太尉突然归天，一时间全蜀悲痛哀悼，到处给韦皋画像建祠堂，祭祀不断。

韦皋本是长安人氏，长得气宇轩昂，为人豁达。张延赏为女儿挑选女婿，苦于没有合适的，张延赏的妻子苗氏是已故宰相苗晋卿的女儿，善于相术。一见韦皋，就对张延赏道："此人今后必然大富大贵，可招为女婿。"张延赏开始不同意，经苗氏再三怂恿，才召韦皋为女婿。

韦皋当时身份还很低贱，跟随张延赏出镇剑南，他性情狂放，张延赏就有点小瞧他，连仆人婢女也瞧不起他，他也不在意，只有苗氏对待他像以前一样好。张延赏的女儿哭着对韦皋说："韦郎啊韦郎！你堂堂七尺好男儿，文武双全，却在丈人家待着，不怕被人笑话吗？"韦皋听完立即向张延赏辞行。

张女卖掉嫁妆给他作盘缠，张延赏也巴不得韦皋走，也送给他七车财物当盘缠。韦皋出门向东而去，每经过一个驿站，就送回一车财物，经过七个驿站，七车财物全部送完了，只带着妻子所赠的盘缠和布囊、书籍，一直来到京师，投入帅府之中。后来经过辗转推荐，被提升为监察御史，出任陇州行营留事。

后来，德宗逃到奉天，韦皋斩杀牛云光和朱泚来使，被封为奉义节度使，镇守西疆。

贞元初年，韦皋被加封为金吾大将军，代替张延赏的职位。他却改名换姓，称自己为韩翺，张延赏听说韩翺来了，因为这个人他不认识，不免有些生疑，忽然，有下属进来报告说："今天前来代替相公职位的，是韦皋将军，并不是韩翺。"

苗夫人在旁边听到后说："要是韦皋，一定是我们的女婿韦郎。"张延赏笑着说："天下难道就没有同名同姓的官员？咱们这女婿多年没有音讯，我猜八成是死了，怎么可能是他来替我的位置呢？都怪你这妇道人家，太没有见识，害了咱们女儿。"苗夫人说："女婿以前虽然贫贱，我看他气宇轩昂，每次和相公你交谈，从没有一句献媚的话，因此觉得他不简单，今天一定是他回来了。"张延赏仍然不信。

到了第二天，新官进府，果然是张家的女婿韦皋。张延赏没脸出来迎接，只是感叹道："我真是不懂得看人。"于是，张延赏从西门偷偷离开了。

韦皋进内拜见岳母苗夫人，态度很恭敬，和张女相见，那份高兴自然是不用说了。只不过见了张家的那些婢女和仆人，难免想起以前种种，抓了几个，狠狠地处罚了一番，当时就有一两个被打死了，尸体被扔到了蜀江里。

于是，韦皋大开宴席，替苗夫人饯行，随后派兵吏护送她出境。从此，韦皋在西疆统领将士，治理边防，多次打败吐蕃军队，威震西南，使得南诏称臣，各部落纷纷归附。韦皋六十一岁时突然暴毙，宪宗追赠他为太师，谥号忠武。

韦皋死后，节度副使刘辟自称西川、剑南留后，上表请求朝廷赐给旌节。宪宗派袁滋为安抚大使，考察全蜀的情形，另外任命尚书左丞郑余庆为同平章事。

不久，贾耽死了，宪宗提拔中书舍人郑絪为同平章事，一面追究王叔文的余党，连贬韩泰、韩晔、柳宗元、刘禹锡等人为远州刺史，后来又有人上奏说处罚太轻，于是，宪宗再贬韩泰为虔州司马，韩晔为饶州司马，柳宗元为永州司马，刘禹锡为朗州司马，陈谏为台州司马，凌准为连州司马，程异为郴州司马。只有陆质已死，李景俭正服母丧，才得以免去严厉的处罚。最后一道旨意，便是把同平章事韦执谊连降了好几级，贬为崖州司马。第二年，宪宗赐王叔文自尽。王伾、韦执谊、凌准相继病死。

第七十二回 藩镇叛乱迭起

永贞二年，宪宗改年号为元和，为元和元年。正月初一那天，宪宗带领文武百官到兴庆宫朝贺顺宗，献上尊号，称顺宗为应乾圣寿太上皇。大礼完毕后，宪宗这才上朝，接受群臣的庆贺。过了几天，太上皇病情加剧，医治无效，与世长辞，享年四十六岁，在位仅仅半年。

宪宗先是侍候顺宗，现在又要办理丧事，一点闲暇也没有，偏偏刘辟在这个时候居然造起反来。刘辟本想接替韦皋自任节度使，因为宪宗不批准，所以派兵防守官军。宪宗任命袁滋为安抚使，不久又任命他担任西川节度使，封刘辟为给事中。刘辟仍然不肯奉诏，袁滋害怕刘辟，不敢进西川，宪宗听说后，把袁滋贬为吉州刺史。

宪宗本打算派兵征讨刘辟，考虑到自己继位不久，怕力量不够，只好暂时拖延，封刘辟为西川节度副使，兼管节度使的事务。

右谏议大夫韦丹上书，说："这次如果饶了刘辟不杀他，其他的节度使都纷纷效仿，恐怕将来朝廷的命令，没有节度使会听了。"宪宗认为很有道理，因此，宪宗命令韦丹为东川节度使，前去解决西川之事。

没想到刘辟气焰越来越骄横，又上表请求由自己统领三川。宪宗不准，刘辟竟然发兵攻打梓州。推官林蕴极力劝谏阻止，惹得刘辟大怒，将林蕴捆绑起来，多次让人把刀放在他的脖子上，威吓说要杀他。林蕴怒骂道："小子！要杀就杀，我的头难道是你的磨刀石吗？"刘辟感慨地对众人说："这是个忠烈之人，放了他吧！"于是，刘辟把他贬为唐昌尉，然后继续向东增兵，将梓州团团围住。

东川节度使韦丹还没有到任。前任节度使李康一面率领众人抗拒刘辟，一面飞书向朝廷告急。宪宗召集群臣商议讨伐叛逆的事，大家都说蜀道艰险，不易进兵。只有杜黄裳愤然说道："刘辟只不过是一个狂妄书生，只要派一员良将前去证讨，便如同探囊取物，有什么难的！"原来，这个刘辟曾经考中进士，在军中服务，得到了韦皋的信任，他暗暗地贮备自己的力量，图谋不轨，所以才会有今天的变故。杜黄裳知道刘辟是一个无能之人，因此主张讨伐，并推荐神策军使高崇文为将，并请求宪宗不要设置监军，以便军令统一、责任明确。翰林学士李吉甫也同意杜黄裳的话。于是，宪宗命令高崇文率步骑兵五千人作为前军，神策行营兵马使李元奕率步骑兵两千作为后援，并会同山南西道节度使严砺共同讨伐刘辟。

当时的老将有很多，都认为自己会成为征蜀的统帅。谁知道圣旨一下，偏偏用了一个高崇文，让大家都感到很意外。高崇文当时正在长武城驻军，每天训练那五千精兵，时刻做好准备，如今圣旨一下，他即日启程，器械粮草都已准备充足，一路上纪律严明，秋毫无犯。有一兵士犯了军法，被高崇文察觉，立即斩首示众。将士们心惊胆战，更加听命。

高崇文带兵出斜谷，李元奕带兵出骆谷，一同向梓州开进，途中接到警报，说梓州已经失守，李康被擒。高崇文于是引兵急赶，从阆中进入剑门，正碰上刘辟的部将邢泚乘胜前来，高崇文也不和他对话，立即擂鼓，率军猛烈攻击。邢泚慌忙迎战，没打几个回合，就被高崇文杀得大败，逃回梓州。

高崇文追到城下，悬赏攻城，自己亲自冒着弓箭巨石，身先士卒，登上城楼。邢泚见不是高崇文的对手，趁夜打开后门，一溜烟地逃跑了。高崇文攻下梓州后休息一天，打算继续进兵。可巧，刘辟送回了李康，让李康帮着讲情。高崇文呵斥李康说："你败军失守，已经是死罪，还敢替逆贼求情吗？"李康还要辩解，怎奈高崇文铁面无私，立即命令左右把李康推出去斩首。

不久，高崇文又接到严砺传来的军报，说已经攻克了剑州，斩杀了叛贼文德昭（剑州刺史），于是联名上奏报捷，宪宗听到后非常高兴。不久，宪宗又接到韦丹从汉中写来的奏折，请求派高崇文掌管西蜀，于是宪宗封高崇文为东川节度副使。

不料，西川的战事还没结束，夏绥叛乱又起，几乎有遥相呼应的态势。幸亏河东节度使严绶上表请求讨伐叛贼，而且他不等朝廷发兵，就已经先派部将阿跌光进和弟弟阿跌光颜率兵前去平乱。这兄弟二人英勇无比，在河东享有盛名，兄弟联手，足以使叛军丧胆。

后来，夏州兵马使张承金斩了叛党首领，把头颅传送到京师，夏绥的叛乱被荡平。

这叛党首领到底是谁？原来是韩全义的外甥杨惠琳。当初韩全义从溵水战败而回，不上朝就离开了。宪宗还没继位时，就斥责他没有尽到臣子的本分，等到宪宗继位，韩全义很害怕宪宗会惩罚自己，于是重新称罪上朝。杜黄裳逼他退休，韩全义只好回家，韩全义的外甥杨惠琳，趁着韩全义入朝，行使留后职务。宪宗任命将军李演为夏绥节度使，反而被韩惠琳阻拦，因此严绶派兵前往讨伐，不到一个月就平定了叛乱。

高崇文听说了阿跌光颜的威名，特别把他调到蜀地协助自己征讨刘辟。

高崇文亲自带兵攻打鹿头关。这鹿头关距离成都一百五十里，倚山带水，非常雄奇险峻。刘辟一连在关前修筑了八道工事，分兵驻守，抗拒官兵。刘辟的大将仇良辅和刘辟的儿子刘方叔、女婿苏强一同指挥，出来迎战高崇文，结果大败而回。

高崇文率兵攻关，也不能攻下，又因为阴雨连绵不止，进攻不便，情急之下他却想到了一条妙计，命令猛将高霞寓，专门攻打鹿头关左侧的万胜堆。这万胜堆就在鹿头山上，比鹿头关的城墙高出很多，原来有贼将在这里驻守，高霞寓招聚一批死士，任凭敌人弓箭巨石像雨点般落下，冒死向上攀登，前仆后继，并且放火焚烧栅栏，大火烧得叛兵无处可逃，不是被活活烧死，就是被官兵杀死。

万胜堆被夺下后，俯看鹿头关，真可以说是一目了然，了如指掌。叛兵如何指挥作战，官兵早就知道了，因此八战八捷，打得叛兵军心动摇。高崇文又分兵在德阳、汉州击败叛军。

严砺也派遣大将严泰带兵开进绵州石牌谷。

这时，河东部将阿跌光颜和高崇文约定日期会师，没想到途中被大雨阻隔，晚了一天。阿跌光颜听说高崇文治军很严，担心误期被治罪，就深入鹿头关的西面截断了叛兵的粮道，叛兵人心惶惶。

鹿头关守将仇良辅和绵江守将李文悦先后投降了官军。高崇文收复了鹿头关，捉住了刘辟的儿子和女婿，大军长驱直入，直指成都，一路上所向披靡，势如破竹。

刘辟本来把鹿头关当成屏障，猛听说鹿头关失守了，吓得魂不附体，立即和亲信卢文若带着几十个人骑着马向西逃走，打算逃到吐蕃去。高崇文命令高霞寓带兵前去追捕。到了羊灌田，看见前面有些人正在慢吞吞地向西走，细看之下果然是刘辟、卢文若等人。于是，高霞寓奋力追赶，刘辟仓促之中跳进江里，高霞寓的偏将郦定进连忙下马泅水，把刘辟活捉。卢文若先杀掉自己的妻儿，然后自己系上大石头跳进江心，最后落得个葬身鱼腹，尸骨无存。

高霞寓押着刘辟返回，高崇文立即命人把刘辟关在囚车里押送到京师，自己率兵进入成都安定民心，真是秋毫无犯，鸡犬不惊，所有投降的将领一律都得到优待。唯独刘辟的大将邢泚和馆驿巡官沈衍，已经投降了又再次反叛，被下令斩首。高崇文命令军府中的一应事务，都按照韦皋时期的先例处理，从此四川全境太平。

刘辟有两位妻妾，都长得国色天香，监军向高崇文请求献给朝廷，高崇文说："天子命我前来讨伐叛逆，安抚百姓，并没有嘱咐我寻访美女，我怎么能做这种献美女讨好皇上的事呢？"于是，刘辟把这两位美女许配给士兵为妻。

邛州的官员崔从，曾写信劝谏刘辟。刘辟发兵进攻邛州，崔从严防死守，最终保全了邛州。高崇文于是上表推荐，还推荐了唐昌尉林蕴以及一些原来韦皋手下的官员。一些被困城中的官员都前来请罪，高崇文一概赦免，并对他们好礼相待，而且也把他们写进了推荐书，唯独对段文昌说："您以后一定会出将拜相，不应该由我来推荐。"于是，高崇文准备丰厚的盘缠，派人把他送到京师。

刘辟被押往京城，一路上还希望能逃过一死，因此饮食一切照常，能吃能睡。等囚车快到京城大门时，神策兵出来把他拖了进去。刘辟这时候才开始吃惊地说："怎么会这样对我？"

宪宗在兴安楼审问刘辟，问他为什么要反朝廷。刘辟狡辩道："臣不敢反，是下面的人起来造反，我不能制服他们，是被他们逼成这样的。"宪宗又问他："朕派使者前去下诏，你为何不接受？"刘辟不能回答。最后，刘辟被处死在城西南的独柳树下，他的儿子和女婿等人也一同被杀。卢文若的家族也被诛杀。

韦皋的儿子韦行式，曾和卢文若家结亲，按例也应当没入掖庭。宪宗因为他的父亲韦皋立下了大功，下令予以赦免。随即，宪宗对平定叛乱的将士论功行赏，文武百官都前来庆贺。宪宗看着杜黄裳说："这都是爱卿你的功劳啊！"于是，宪宗封高崇文为西川节度使、严砺为东川节度使，另外又封将作监柳晟为山南西道节度使。

柳晟到汉中时，刚好当地的士兵平定了四川回来，突然又接到圣旨让他们继续到梓州去防守，军士们很气愤，想要起兵造反。柳晟快马进城，好言相劝，并问他们说："你们是因为什么而立下功劳？”军士们回答说：“因为诛杀反贼刘辟，因而立功。”柳晟接着说：“刘辟就是因为不接受朝廷的圣旨，才有机会让你们立下大功，现在如果你们违旨，那不是给机会让别人来诛杀，又让别人因此立功吗？”听了这番话，一场危机才化解，军士们都遵照朝廷的旨意，愿意去梓州防守。

当时，杜佑因为年老体弱请求退休，他先是举荐李巽担任度支盐铁转运使，自己再辞去兼任的职务，然后上表请求辞去丞相之位。宪宗因为杜佑德高望重，就加封他为司徒，并封为岐国公，让他每月上两次朝，并每隔三五天就到中书省商议国家大事。杜佑没办法只有听从，后来又再次上表坚持推辞，才获准退休，但仍然让他每月初一、十五上朝，宪宗还多次派宦官前去慰问，待遇非常优厚。

杜佑是长安人，生平好学，当宰相后仍然坚持读书，曾经搜集整理刘秩的《政典》，结合实际集成两百篇，称为《通典》，上奏朝廷后马上颁布实行。杜佑为人平易谦顺，与世无争，人们都乐于和他亲近。

元和七年，杜佑去世，享年七十八岁。宪宗追赠他为太傅，并赐谥号安简。杜黄裳和杜佑是同乡，具有雄才大略，平定西蜀时他功不可没，但为人不拘小节，当丞相时间不长。元和二年，杜黄裳出任河中节度使，封为邠国公，第二年病逝在任上，享年七十岁，宪宗追赠他为司徒，赐谥号宣献。

宪宗提拔武元衡为门下侍郎，封李吉甫为中书侍郎，兼任同平章事。李吉甫是赞皇公李栖筠的儿子，曾经当过太常博士。以前的宰相陆贽怀疑李吉甫结党营私，贬他为明州长史。后来，陆贽被贬到忠州，裴延龄和陆贽不和，故意起用李吉甫为忠州刺史，让他去报复陆贽。没想到，李吉甫却和陆贽结成好友，丝毫不提以前的事，人们都佩服李吉普的雅量。后来，宪宗召李吉甫为翰林学士，参议剿灭西蜀的事，此后颇得赏识，最后升任宰相。

一波未平，一波又起。浙西观察使李锜用重金贿赂权贵，得到了盐铁转运使的美差。李吉甫曾为此事上谏，说：“韦皋积累下很多财富，刘辟因此作乱，李锜已经有反叛的苗头，要是再让他征管盐铁，他凭借长江天险，岂不是加速他造反吗？”宪宗于是调李锜为镇海节度使，撤去他盐铁转运的职务，并让他听从李巽管辖。

李锜虽然少了点权利，却保住了节度使的职位，所以还没造反。后来，西蜀叛乱被剿平，藩镇大多因为害怕朝廷而上朝参拜，李锜也坐不住了，上表请求拜见皇上。宪宗封李锜为左仆射，然后派使者到京口去抚慰，顺便讯问李锜的行期。李锜假意任命判官王澹为留后，装出要起程的样子，却又故意拖延，今天不走，明日又不走，拖延了好多天，还没动身。王澹和敕使再三催促，他反而动起怒来，借口有病，请求到年末再上朝。

武元衡上奏宪宗说：“李锜想上朝就上朝，说不来就不来，如果听任他为所欲为，陛下怎么号令天下呢？”宪宗于是召李锜上朝。李锜无话可说，想立即兴兵造反，却因为王澹和敕使往来频繁，插手军务，心里很不放心，于是，李锜就派五名心腹分别镇守五个州。苏州安排姚志安，常州安排李深，湖州安排赵惟忠，杭州安排邱自昌，睦州安排高肃，并伺机观察各州刺史的动静，做好准备。同时，李锜选练兵马，招集壮丁，将年轻力壮且善于射箭的人纠合在一起，称作挽强军，又把胡、奚等外族士兵称作蕃落军，给这些人十倍的薪饷，让他们留做帐下亲兵。

这时，正值岁末天气寒冷，照例应该给兵士们分发棉衣，李锜暗中和亲兵定下密计。这一天，李锜高坐大帐之中，武士站立两旁。王澹与敕使进见，李锜假装亲热，等王澹等人一出大帐，忽然有几百名带刀士兵大声吵嚷着说："王澹是什么东西，竟敢擅自主管军务？"王澹还没来得及回答，就被这伙人乱刀砍死。

这伙人又把刀架在敕使的脖子上，大声谩骂。李锜装出吃惊的样子出来解救，趁机把敕使囚禁起来。然后，李锜命令李钧统领挽强军，薛颉统领蕃落军，再派公孙玠、韩运等人分别统领各军，防守险要之地，并密派五州守将杀掉各州刺史，反抗朝廷，表面上却还想掩饰，上奏称部下兵变杀了留后大将。

哪知，常州刺史颜防早已瞧破机关，采用门客李云的计策诱斩了李深，又传信给苏、杭、湖、睦四州，通知他们一同发兵讨贼。湖州刺史辛秘也暗中招募民兵数百人，夜袭赵惟忠的军营，把赵惟忠拖出来杀死，坚守湖州。只有苏州刺史李素被姚志安捉住，押送到李锜营中，李锜把李素绑在船舷上，以壮声势，又派兵马使张子良、李奉仙、田少卿等人率精兵三千，去袭击宣州。

当时，宪宗的圣旨已经颁下，因为李锜是皇室子孙，所以削去李锜的属籍和官爵，派淮南节度使王锷为招讨处置使，统率各道行营兵马，征调宣武、义宁、武昌、淮南、宣歙以及浙江东西各军，从宣州、杭州、信州进兵讨伐叛军。

宣州向来富饶，李锜想先占据宣州，所以派张子良等人袭击。张子良等人料知李锜必败，暗中和牙将裴行立商议，准备捉住李锜押送京师。裴行立本是李锜的外甥，李锜所有的谋划他全都知道，现在看见官军压境，为了免遭祸患，就和张子良等人订定密约，里应外合，讨逆立功。

张子良等人带兵出发，到了数十里外，把兵士们召过来说道："李仆射兴兵造反，现在官军已经从四面八方围了过来，常州和湖州的两位守将，已经被斩首示众，形势恶劣，注定失败，现在李锜又让我们跑这么远去进攻宣城，我们何必跟着他而被朝廷灭族？为今之计，我们还不如弃暗投明，说不定还可以变祸为福，你们意见怎么样？"大家齐声回答说："我们都愿意听从将军的号令。"张子良便让大家趁夜返回，藏匿在城下。

裴行立早已经在城楼上探望，看见张子良等人带兵回来，立即在城头上举火接应，城内城外喊杀声震天，响彻全城。裴行立引兵进攻牙门，李锜从睡梦中被惊醒，惊问左右发生了什么事。左右如实通报，李锜又问道："城外的兵马，是什么人带领的？左右回答说是张中丞。李锜又问门外的兵马，是什么人主使的？左右回答说是裴侍御。

李锜吓得从床下掉下来，摸着胸口痛苦地说："裴行立都背叛了我，我还有什么指望呢？"于是，李锜光着脚起床，走到楼下去躲避。亲将李钧带领着三百名挽强兵，冲出庭院，和裴行立等人格斗。裴行立设好伏兵，等李钧一出来，四面围住，把李钧手下这三百人，杀得是七零八落。李钧来不及抵拦，早已被裴行立一枪刺倒，割了首级，悬挂在城墙上。李锜全家抱头痛哭。张子良对城中百姓说明了顺逆祸福的道理，又劝李锜投降请罪。兵士们冲进去拿住了李锜，用布包住拖出城外，押送到京城去了。

神策兵从长乐驿接到李锜，押送到长安。宪宗在兴安门问罪，李锜还想狡辩："臣当初并没有要反的意思，是张子良等人教臣这么干的。"宪宗道："你是元帅，张子良等人谋反，你为什么不把他们斩首，然后上朝？"李锜理屈词穷，和儿子一同被腰斩。

群臣连绵不断，前来祝贺，宪宗怅然道："朕实在无德，导致天下不安定，叛乱迭起，反思起来不免惭愧，有什么值得庆贺的呢？"

宰相武元衡等人请求诛杀李锜的兄弟。兵部郎中蒋乂说："李锜的兄弟是已故都统李国贞的儿子，李国贞在绛州殉难，忠烈卓著，不应该让他绝后啊。"因此，宪宗把李锜的兄弟一律免死，只是把李锜的堂弟、宋州刺史李铦等人贬了官。然后，官府查抄了李锜的家产，运送到京师。

翰林学士裴洎、李绛上奏说："李锜僭越礼仪，奢侈无度，剥削六州人民，聚敛财富，陛下爱民如子，所以兴师问罪，现在如果把这些财宝运回京城，恐怕百姓们会失望。臣请求把这些钱财分赐给浙西百姓，以替代今年的租税，使陛下的圣德惠及百姓，使万民臣服。"

宪宗看后不禁感叹，然后照此施行，又提拔张子良为左金吾将军，封南阳郡王，赐名奉国；封田少卿为左羽林将军，封代国公；封李奉仙为右羽林将军，封邠国公；封裴行立为泌州刺史；追赠王澹为给事中；封赵锜为和州刺史，苏州刺史李素从贼军中被救出，仍然官复原职。镇海军渐渐恢复了平静。

高崇文镇守西蜀已满一年，屡次上表奏称："四川太过安逸，臣难以报效国家，情愿移师镇守边关，以报皇恩。"宪宗于是任命武元衡为西川节度使，调高崇文为邠宁节度使。高崇文不久去世，谥号威武。

宪宗有意求才，特别从科举考试中选拔人才，得到元稹、独孤郁、白居易、萧俛、沈传师等人，分别封给拾遗、校书郎等职位。

白居易字乐天，尤其具有才华，曾经写过一百多篇乐府诗来讽刺时事，流传很广，宪宗特别提拔他为翰林学士。不久，宪宗又选拔品德出众、敢于直言进谏的人才。牛僧孺、皇甫湜、李宗闵等人直言时政的得失，毫不避讳。考官杨于陵、韦贯之把他们列为头等，唯独李吉甫恨这些人言语切直，哭着对宪宗说："皇甫湜是翰林学士王涯的外甥，王涯和学士裴垍一同批阅试卷，不知道避嫌，肯定是有心作弊。"。宪宗不得已，只好罢免了裴垍，把王涯贬为虢州司马，杨于陵被贬为岭南节度使，韦贯之被贬为巴州刺史。

后来，李吉甫病重，留下医官在家住宿以便诊治。御史中丞窦群弹劾李吉甫和术士往来，宪宗经过调查后发现没这种事，于是把窦群贬官。李吉甫也上书请求辞职，宪宗改任他为淮南节度使，起用裴垍为同平章事。

裴垍是绛州人，为人刚正严峻，曾经有老朋友从远方来和裴垍相见，裴垍热情款待。后来老朋友提出想当京兆判官，裴垍立即正色说道："您的才干不能胜任这个职位，我怎么敢因为私交妨害公务呢？以后如果遇到糊涂丞相可怜你，您或许能得到这个职位。现在我当丞相，您就别再提这件事了！”老朋友无奈，只好羞愧地离去。

从此，以后百官们都更加谨慎办事，不敢懈怠。给事中李藩刚正不阿，裴垍对宪宗说李藩有宰相的器量。宪宗正因为郑絪太过圆滑，有换掉丞相的意思，听了裴垍的推荐，就罢免了郑絪，任用李藩为宰相。

元和四年春天，天下大旱，李绛、白居易上奏对策。第一条是减轻租税；第二条是精简内宫，释放宫人；第三条是禁止各藩镇横征暴敛，并免除他们的进奉；第四条是传旨南方各州，不得拐卖良家百姓当作奴婢。裴垍和李藩对这些建议都极力赞成，宪宗也一一批准执行。

没过多久，成德节度使王士贞病死，儿子王承宗自封为留后。王承宗的叔父王士则和幕僚李栖楚担心会连累自己，全都回了京师。宪宗任命王士则为神策大将军，另打算选人去代替王承宗，如果他敢抗旨，就要兴兵讨伐，也好把河北各藩镇世袭的老毛病顺势矫正。偏偏同平章事裴垍和翰林学士李绛先后上奏劝阻，右军中尉吐突承璀提出带兵去讨伐王承宗，两边各执一词，不免争吵起来。

第七十三回 宪宗平藩

王承宗自封为留后，既是藩镇的积习，同时也是看人榜样。最近的一个榜样就是平卢节度使李师道，李师道是李纳的小儿子。李纳死后，长子李师古继承职位。后来，李师古也去世了，判官高沐等人推举李师古异母弟弟李师道为节度副使。

当时，杜黄裳还是丞相，请求宪宗在平卢设官分权，以免遗留后患。宪宗因为夏、蜀相继叛乱，不想再激李师道兵变，于是任命李师道为节度使。

现在，王承宗自封节度使留后，宪宗反而想要进兵去讨伐，裴垍当面上奏，说："李师道的父亲李纳专横跋扈，而王承宗的祖上王武俊曾为国家立下大功，陛下之前同意李师道继承节度使之职，现在却要讨伐王承宗，叫他怎么能心服口服呢？不如等他挑衅时再讨伐也不迟啊。"宪宗又问李绛的意见，李绛回答说："成德军自从王武俊统领以来，父子相传，已经四十多年了，现在王承宗又总揽军中事务，军士们都已经习惯了，要是朝廷再派别人去代替他，恐怕他们未必会接受朝廷的诏令。况且还有很多藩镇跟成德的情况差不多，成德一旦受罚，其他各藩镇肯定会害怕，势必会勾结在一起抗拒朝廷的命令，朝廷又不能坐视不理，肯定会调兵遣将，四面去征讨，到那时就真的劳民伤财了。况且现在关中旱灾还没得到缓解，江淮又发大水，多事之秋，不应该轻易发兵，还是应该暂时缓一缓。"宪宗也觉得有道理。

左军中尉吐突承璀刚从宦官升为黄门，他曾经在宪宗未继位时就侍奉过宪宗，加上为人机警，深得宪宗宠爱。如今，他想暗中夺取宰相的权力，因此极力请求带兵征讨，宪宗又开始犹豫起来。昭义军节度使卢从史，因为父亲去世守丧，一直没有被起用，现在也附会吐突承璀，愿意率本部兵马征讨王承宗。于是，宪宗下诏起用卢从史为金吾大将军，仍然统领本部人马。

王承宗听说朝廷有意征讨，非常害怕，连忙上表辩解，语气格外恭顺。于是，宪宗派遣京兆尹裴武带圣旨，到真定去安抚王承宗。王承宗跪下接旨，起来后，对裴武说："我王承宗怎么敢擅自封自己为留后呢？只是因为军中将士们一再催促，所以没来得及等到朝廷的命令，现在我愿意献出德州和棣州，以表达我的一片诚心。"说完，王承宗盛宴款待裴武，托他在宪宗面前多多美言，裴武也爽快地答应了。好吃好喝几天后，裴武这才回去复命。

于是，宪宗任命王承宗为成德节度使，兼恒、冀、深、赵州观察使，又封德州刺史薛昌朝为保信军节度使，兼德、棣二州观察使。薛昌朝是已故节度使薛嵩的儿子，又是王氏家族的女婿，和王承宗关系非同一般，所以朝廷才特别任命。谁知，魏博节度使田季安派人挑拨王承宗，说："薛昌朝暗中勾结朝廷，所以才被封为节度使，你可不能不防啊！"王承宗被他一激，立即派出几百人冲进德州，把薛昌朝押到真定，关进牢里。

宪宗认为裴武在欺骗自己，想要严惩裴武，幸亏李绛替他解围，这才免罪。宪宗再派中使前去向王承宗传旨，命令他放薛昌朝回去。王承宗不肯听从命令，于是，宪宗就削夺了王承宗的官爵，命令吐突承璀为神策河中东道行营兵马使，兼诸军招讨处置等使，北伐王承宗。

翰林学士白居易上疏极力阻止，上面写道：

国家征伐，当责成将帅，近岁始以中使为监军，自古及今，未有征天下之兵，专令中使统领者也。今神策军既不置行营节度使，则承璀乃制将也，又充诸道招讨处置使，则承璀为都统也。臣恐四方闻之，必轻朝廷，四夷闻之，必笑中国，陛下忍今后代相传，谓以中官为制将都统，自陛下始乎？臣恐刘济即卢龙节度使。张茂昭张孝忠子，任易定节度使，亦称义武军节度使。范希朝时调任河东节度使。卢从史等，以及诸道将校，皆耻受承璀指挥。心既不齐，功何由立？此是资承宗之计，而挫诸将之势也。陛下念承璀勤劳，贵之可也；怜其忠诚，富之可也。至于军国权柄，动关理乱，朝廷制度，出自祖宗，陛下宁忍徇下之情，而自隳法制，从人之欲，而自损圣明，何不审慎于一时之间，而取笑于万代之后乎？臣愿陛下另简良将，毋任近臣，申国威，肃军纪，则立法无阙，而成效可期矣。

宪宗不肯听。度支使李元素、盐铁使李鄘、京兆尹许孟容、御史中丞李夷简、谏议大夫孟简、给事中吕元膺孟质、右补阙独孤郁等人，也都上奏反对，意思和白居易差不多。宪宗不得已，只好改任吐突承璀为宣慰使，削去他诸道兵马使职权，仍然派他会同诸镇节度使，立即进兵讨伐王承宗。

吐突承璀率军刚出京城，魏州统帅田季安就听到了消息。他聚众商议道："王师不越大河，已是二十五年，现在，一旦王师越过魏州去讨伐赵州，赵州如果被剿，魏州恐怕也就危险了，这可怎么办才好呢？"这时，有一员大将超伍说道："主公只要给我五千骑兵，我一定为主公分忧？"田季安听后大声说道："真是位勇士啊！我就听你的！"忽然，旁边座位上又闪出一个人，连声说："不可不可！"田季安正要叱责，看见说话的人是幽州来使谭忠，只好暂时忍住怒气问他原因。

谭忠回答说："朝廷派兵讨伐赵州，我们如果出兵阻拦，等于替赵州挨打，恐怕赵州平安无事，魏州早已经被打烂了。我这里倒是有一条鹬蚌相争、渔翁得利的计策。"田季安忙问是什么计策？

谭忠说道："往年朝廷大军讨伐、平定蜀吴，策略准确，这都是那些能臣们谋划的，和天子无关。现在的天子专门任用那些中使，而不用那些老臣、老将，明明是想在臣子们面前显显自己的能耐，如果朝廷大军一进入魏州境内，就遭到挫折，他们一定会任用那些有才智的人士，认真谋划，选猛将、训练精兵，全力进攻魏州，您这不是替赵州受难吗？为今之计，朝廷大军进入我魏州境内，您可以多加犒赏，并且整顿兵马，表面上说要协助朝廷大军讨伐赵州，暗中写信给赵州，就说讨伐赵州这是卖友求荣的行径，不伐赵又是背叛朝廷，真是进退两难，然后要求赵州送一座城池给我们，好让我们当成捷报上奏朝廷，不必再攻打赵州。这样既对皇上有个交代，也对得起朋友。赵州如果同意我们的这种说法，我们魏州不就渔翁得利了吗？而且还可以借此以图霸业啊。”

田季安听后不禁大喜道：“好计，好计！先生这次来，实在是天助我魏州啊。”于是，田季安一面假意欢迎吐突承璀，一面暗中写信给王承宗。王承宗回信同意，果然把当阳县赠给了魏州。谭忠因为计策已经成功，于是告辞返回。

等到谭忠返回幽州，正赶上刘济在商议军情，刘济说道：“天子命令我攻打赵州，赵州也一定做好了防范，究竟我是伐赵好呢，还是不伐赵好呢？”谭忠应声答道：“天子未必真心派您伐赵，赵也未必真心防备您去讨伐，我认为您可以推迟出兵。”

刘济怒道：“你是让我和王承宗一同造反吗？”说完就把谭忠押下大狱。之后，刘济派人打探赵州的动静，果然没听说赵州有防备的迹象，接着，唐朝廷有旨到来，只让他防守北边，不必伐赵。

刘济感到很惊讶，连忙释放谭忠出狱，问他为什么会这样？谭忠回答说：“金吾大将军卢从史表面上虽然亲近我们，实际上却一直和赵州勾结，他必然为赵州出谋划策，让赵州故意放松防备，一来可以表示赵州不想我们翻脸，二来可以让天子怀疑我们，而卢从使暗中必然派人报告朝廷，说我们和赵州勾结，所以我知道赵州不会严防燕州，天子也不愿意派我们去伐赵。”

刘济又问：“那我现在究竟应该怎么办呢？”谭忠回答说：“天子讨伐赵州，您身为燕州首领，如果按兵不动，正好中了卢从史的诡计。不但天子以为您不忠，赵州人也不会领情，只会落得里外不是人，请您自己想想该怎么办吧。”刘济恍然大悟道：“我知道了！”然后下令道：“全军五天之内全部出发，落后者斩！”于是，刘济亲自统兵七万进攻赵州，连拔饶阳、束鹿等城。

各道兵马汇集定州，吐突承璀也来到行营。因为军中没有统帅，号令不一，接连打了几个败仗，只有张茂昭带领的军队还算纪律严明。卢从史虽然派兵前来会合，暗地里却和王承宗勾结，因此人心不一，军威不振。左神策大将军郦定进骁勇善战，却率领本部人马轻率冒进，被王承宗设伏截击，竟然战败而死，以致全军士气大减，各道兵马都在观望不肯前进。

淮西节度使吴少诚宠爱信任大将吴少阳，喊他为弟弟，关系非常亲密。吴少诚生病后，吴少阳杀死吴少诚的儿子吴元庆，并把吴少诚软禁起来。吴少诚又病又忧，就这样死去了，吴少阳于是自封为留后。宪宗正在河北用兵，无暇顾及淮西，没办法只好加以任命，打算等河北平定后再作计较。不料，河北方面的战况一直是败多胜少，出兵很久却不见什么起色。白居易再次上奏请求撤兵，分析其中利害关系，宪宗仍然不同意。

这时，卢从史派牙将王翊元进京奏事，宰相裴垍和他讲明君臣大义，说得王翊元非常感动，王翊元就把卢从史的阴谋一一告知，并答应如果有计策除掉卢从史，自己一定为国除害。裴垍于是嘱咐他回去后联络各位将士，等筹划好了之后再回京师。

王翊元去而复返，报称兵马使乌重胤等人都愿意弃暗投明，只要朝廷大军一到，就可以下手。

裴垍于是上奏宪宗说："卢从史必将作乱，幸好乌重胤、王翊元等人愿意归降朝廷，现在机不可失，如果不除掉卢从史，恐怕今后再想除他就难了。"宪宗沉思好半天才同意，然后派人密告吐突承璀。

吐突承璀和行营兵马使李听定下计策，先邀请卢从史赴宴，席间取出珍贵古玩赠给卢从史。卢从史大喜，此后常来吐突承璀营中。

一天，吐突承璀又邀请他赌博，等卢从史一进大帐，突然冲出数十名壮士把他捉住，拉到帐后押进囚车，火速送到京师。

卢从史营中的兵士冲出来想和吐突承璀拼命。乌重胤挡住军门，拔刀指着他们大骂道："天子有旨，命令吐突承璀押送卢从史到京城，我早已经听到了密旨，听从命令者有赏，不服从命令者杀无赦。"兵士们这才退回，不敢抗命。

卢从史被押到京师后，拜见宪宗，吓得慌忙请罪，宪宗从轻发落，只把他贬为欢州司马。乌重胤有功，宪宗打算封他为昭义节度使。吐突承璀也上奏说，已经任用乌重胤，让他代理节度使留后。只有翰林学士李绛上奏阻止，奏疏中写道：

昭义五州，据山东要害，向为从史所据，使朝廷旰食，今幸而得之，承璀复以与重胤，臣闻之实为惊心。昨国家诱执从史，虽为长策，已失大体，今承璀又擅移文牒令为留后，并敢代求旌节，无君之心，孰甚于此？陛下昨日得昭义，人神同庆，威令再立，今日忽以授本军牙将，物情顿沮，纲纪大紊。校计利害，更不若从史为之。何则？从史虽蓄奸谋，已是朝廷牧伯，重胤出于列校，以承璀一牒代之，窃恐河南北诸侯闻之，无不愤怒，耻与为伍。且谓承璀诱重胤，使逐从史而代其位，彼人人麾下，各有将校，能毋自危乎？倘刘济张茂昭田季安韩弘李师道等，继有章表，陈其情状，并指承璀专命之罪，不知陛下何以处之？若皆不服，则众怨益甚，若为之改除，则朝廷之威重去矣。臣意谓重胤有功，可移镇河阳，即令河阳节度使孟元阳，调镇昭义，如此则任人之权，仍在朝廷，重胤得镇河阳，已为望外之福，岂敢更为抗拒？况重胤所以能执从史，本以仗顺成功，一旦自逆诏命，安知同列不袭其迹而动乎？重胤军中，等夷甚多，必不愿重胤独为主帅，移之他镇，乃惬众心，何忧其致乱乎？幸陛下采择焉！

宪宗看后认为有道理，于是调孟元阳为昭义节度使，封乌重胤为河阳节度使。

王承宗失去卢从史这条臂膀后，急得团团转，更加上范希朝、张茂昭两队兵马进逼木刀沟，王承宗战事接连失利，不得不上表请罪，把从前的过失都推到卢从史身上。只说自己是误信了别人离间的话，现在才开始醒悟，希望天子给他机会让他改过自新。李师道也替他求情，宪宗也不想将战事拖得太久，决定撤兵，仍然命王承宗为成德节度使，把德、棣二州还给他，令各道兵马回归原镇，分别赐给布帛二十八万匹，加封刘济为中书令。

刘济有好几个儿子，长子刘绲为副大使，次子刘总为瀛州刺史。刘济出兵瀛州时得了重病，不能立即撤回。次子刘总竟然和判官张玘等人密谋杀父。

刘总故意安排人从京师回来，对刘济说："朝廷怪罪您在此逗留没立什么功劳，已经任命您的长子刘绲为节度使了。”刘济听了不禁心中发怒。第二天，刘总又派人来报告刘济说：“朝廷使节已经到太原了。”不一会儿又派人边走边喊：“副使已经继任了。”一时间，弄得人心惶惶，溃不成军。刘济大怒，连杀了主兵大将几十个人，而且急召刘绲来见他，并让张玘的哥哥张皋代管军事。刘济从早晨到傍晚一直没吃没喝，就让总使吏唐弘实弄点喝的东西。唐弘实暗中受了刘总嘱咐，把毒药放进喝的东西里，刘济一饮而尽，当即毒发身亡。等刘绲来到涿州，刘总假传父亲刘济的命令，逼大哥刘绲自尽。可怜刘济父子，都死得不明不白，那杀父杀兄的刘总替父发丧，只说是得病身亡，上表奏报朝廷。宪宗不知是诈，反而任命他继承父亲的职位，不久又加封他为楚国公。

吐突承璀回朝后，宪宗仍然封他为左卫上将军，兼左军中尉。裴垍进谏说：“吐突承璀最先提出要出兵讨伐，使天下疲敝，贻害苍生，却一点战功也没有。陛下顾念旧恩不肯杀他，也可以理解，怎么能不将他贬黜以谢天下呢？”

给事中段平仲、吕元膺更是请求诛杀吐突承璀。李绛上奏道：“不惩处吐突承璀，将来将帅不守规矩，又该怎么约束他们呢？”宪宗这才撤去吐突承璀的中尉之职，贬为军器使，满朝文武争相庆贺。

张茂昭接到朝廷的旨意班师回朝，被加封为检校太尉，兼太子太傅。张茂昭想带领全族人回朝，推荐左庶子任迪简为行军司马，代理自己的职权，宪宗在他数次上表后终于同意。张茂昭把所有钥匙、账薄都交给任迪简后，立即带着妻子、儿女上路，并且对他们说：“人人依恋节度使的职权，试看那些节度使的子孙，有几家能保全性命的？我让你们回朝，正是不想让子孙沾染恶习，丢了身家性命。你们千万不要以为我迂腐啊。”

任迪简上任后，都虞侯杨伯玉、张佐元相继起兵作乱，被将士们所杀，大家共同推选任迪简来主持军务。任迪简和将士们同甘共苦，军心安定，局势很快稳定下来。宪宗下令赐绫绢十万匹，犒赏二州的将士，又封任迪简为节度使。

张茂昭回朝觐见宪宗，宪宗当面慰问，并加封他为中书令，不久又封为河中节度使，张茂昭奉命上任。第二年，张茂昭头上生疮，最后暴病而死，享年五十岁。宪宗追赠他为太师，谥号献武。张茂昭的弟弟张茂宗曾娶德宗的女儿义章公主，张茂宗出任兖海节度使，官至左龙武统军。张茂昭的儿子张克勤后来也官至左武卫大将军。

河东节度使范希朝屯兵河北，宪宗任命王锷为河东节度使，王锷很有才干，他用钱贿赂那些太监，为自己求宰相一职，太监们拿了他的好处，都替他在宪宗面前说好话，最后连宪宗也心动了，暗中下旨到中书省说：“王锷可以兼任宰相。”同平章事李藩，立即取过毛笔蘸上墨，抹去宰相二字，再在左边写上“不可”两个字还给宪宗。

这时，太常卿权德舆任同平章事，他看见李藩的所作所为，不禁大惊失色，说：“圣旨就算有问题，也应该再上书去加以劝阻，怎能用笔去涂改圣旨呢？”李藩从容回答，说：“形势紧急，过了今天就无法阻止了，我不得不破例这样做。”权德舆于是也上奏说：“一直以来节度使兼宰相职位，必定是立下大功的人。现在王锷没立下什么功劳，朝廷又不是万不得已，何必要这样做呢？”宪宗这才作罢。

后来，裴垍中了风，请假养病，三个月还没好，于是，宪宗让裴垍担任兵部尚书，罢去裴垍的宰相职务。宪宗再召李吉甫为宰相。

李吉甫再当宰相后，竟然开始玩弄权术，在宪宗面前诬告裴垍、李藩等人，裴垍、李藩等人被连连贬官。裴垍连病带气，郁郁而终。给事中刘伯刍上表称裴垍忠心，宪宗才追封他为太子太保。

李藩是由裴垍引进的，李吉甫既然已经扳倒了裴垍，就想除去李藩，于是私下里对宪宗说："臣回京时，路上遇到使臣拿着印节去给吴少阳，臣私下里为陛下感到不舒服。"宪宗听后变了脸色，退朝后心想：吴少阳以前是留后，现在封为节度使，李藩曾表示赞成。李藩容不下王锷，却赞成吴少阳加封，这里边恐怕有什么私情吧。于是，宪宗下旨，贬李藩为太子詹事。

李绛曾经当面上奏吐突承璀专横，话语极其恳切，宪宗还是不肯相信。不久，弓箭库使刘希光得到羽林大将军孙璹二万钱的贿赂，为孙璹请求节度使之职，事发后被赐死。吐突承璀也有牵连，宪宗只把他贬为淮南监军。事后，宪宗升任李绛为同平章事。

元义方是吐突承璀的心腹，李吉甫有心勾结吐突承璀，于是提拔元义方为京兆尹。李吉甫第一次当宰相时，德行就已经出问题了，现在再次当丞相，更是倒行逆施，令人气愤。李绛当上宰相后，上奏建议贬谪元义方到外省，宪宗只是调元义方为鄜防观察使，李吉甫对此事很不高兴。李绛又经常和李吉甫在殿前争论，更遭到李吉甫的忌恨。好在宪宗还没有糊涂透顶，曾经对左右说："李吉甫只会阿谀，不如李绛忠直，像李绛这样才算是真宰相呢。"李吉甫这才稍稍收敛。

这时，魏博又发生变故，李吉甫和李绛又有了一番争议，李吉甫主战，李绛主和。

原来，魏博节度使田季安，继承父亲的职位，差不多有二十年。他曾娶洺州刺史元谊的女儿为妻，儿子田怀谏被封为节度副使，他又用族人田兴为兵马使。

田兴从小就熟悉兵法，骑射娴熟，田承嗣曾认为他是位神童，并对田兴的父亲田庭玠说道："这个孩子以后会兴旺我们家族。"因此给他取名叫田兴。田兴做了兵马使后，为人谨守规矩，与人无争。而田季安残暴，喜好杀戮，田兴多次劝他，田季安不但不听，反而疑心他在笼络人心，把他贬为临清镇守，想要找机会将他杀害。田兴假装中风，躺在家里闭门不出，这才得以免除祸端。

不久，田季安病死，田怀谏当时只有十一岁，母亲元氏见田兴深得人心，就召他回来官复原职。唐朝廷听说田季安已死，打算乘机收回魏博的兵权，特派左龙武大将军薛平为郑滑节度使，观察动静。李吉甫请求兴兵讨伐田怀谏，李绛却说魏博不必用兵，自然能归顺朝廷。两边争执很久还没最后决定。

过了好多天，李吉甫又极言用兵的好处，并且说粮草、金银都有准备。宪宗又问李绛。李绛回答说："兵马不可以轻动，就像上年北伐王承宗，四面发兵近二十万，又派出左右神策军从京师出发，天下震动，费用七百余万钱，最终也没成功，白白被人耻笑。现在战争的创伤还没平复，人人都不愿打仗，况且田怀谏只不过是一个乳臭未干的小儿，怎么能统领军兵造反呢？将来必定有别的将领崛起代为主帅，到那时再妥善处置，自然可以不战而胜。如果现在贸然出兵，恐怕不但徒劳无功，反而会激起变故，愿陛下三思。”宪宗这才恍然大悟道：“朕决定不用兵了，”于是，宪宗按兵不动，专等魏博消息。

过了一个多月，朝廷就得到了魏博监军奏报，说魏博的军士推田兴为留后，把田怀谏迁出牙门。田兴静待朝廷诏命，听候处置，果然不出李绛所料。

第七十四回 大唐少有的贤公主

宪宗接得魏博的消息后，连忙召李吉甫、李绛等人商议大计。并且对李绛说道："爱卿料事如神，真有先见之明。现在这件事该怎么办呢？"说到这里，宪宗把魏博监军的奏报递给二李看。

原来，田怀谏年小力弱，军务和政务都交给家僮蒋士则去主持。蒋士则用人不问贤德，只凭自己的好恶爱憎，调动各位将领，惹起众怒，朝廷任命又久久不到，人心更加不安。

田兴凌晨时回府，有几千名将士围拜在田兴面前，请他就任留后。田兴很吃惊，对众人说："大家要是能不冒犯副使，谨守朝廷的法令，申版籍，清官吏，这样我才可以暂时代理军务。"大家都表示愿意听命。于是，田兴率军士进入牙门，杀掉蒋士则等十几个人，把田怀谏母子迁到城外安居，然后托监军上表给宪宗，静候朝廷命令。

李吉甫主张派中使抚慰，再观察变化。李绛却极力反对，他对宪宗说："田兴能安抚属下，忠于朝廷，静待诏命，不趁此时诚意招抚，给以大恩，将来魏博将士也一定上表，请求封他节度使，那时再给予，是恩出自下，不是出自上，到时，田兴以将士为重、朝廷为轻，未必诚心感激啊。"

宪宗还在犹豫不决，转问枢密使梁守谦。这个梁守谦本就是李吉甫的老朋友，当然同意李吉甫的话。

宪宗于是派中使张忠顺为魏博宣慰使。张忠顺出发后，李绛再次进谏宪宗："朝廷恩威得失在此一举，陛下为什么要错失机会呢？臣计算张忠顺的行期，今天也就刚过陕州，臣请求明天早上就写圣旨，加封田兴为节度使，也许还能赶得上。"宪宗又想任命田兴为留后，李绛又上奏说："田兴这样恭顺，不封他为节度使，不能体现朝廷的大恩，请陛下不要再迟疑！"宪宗这才重新派遣使节到魏州，封田兴为魏博节度使。张忠顺还没到，加封的圣旨已经到了魏州，田兴感激涕零，手下的士兵们也无不欢欣鼓舞。

等使臣回报情况时，李绛又上奏说："魏博五十余年不听皇命，现在出现忠臣，静听朝廷的命令，如果不给以重赏，恐怕难以慰服人心，使周围的藩镇羡慕。所以，臣请求拨钱一百五十万贯赐给魏博将士。"宪宗本打算听李绛的建议，偏偏太监们认为赏赐太多，于是宪宗又想把赏赐减少。

李绛因此又进谏说："田兴不贪利，也不怕周边藩镇的反对，毅然听命朝廷，陛下怎么能爱这些小利，而不顾国家大计，让他们失望呢？试想钱财用完了，以后还有，机会一失，就不会再有了。再想，如果国家派十五万人去攻取六州，一年攻克，所花的费用何止一百五十万贯？”

宪宗点头说：“爱卿说得对。朕平时节省衣食，储蓄钱财，就是为了平定四方做准备，否则把钱财白白地放在仓库里，又有什么用呢？”于是，宪宗派司封郎中知制诰裴度，带着一百五十万贯钱犒赏魏博军士，并特许六州百姓免租税一年。军士们得到赏赐欢声如雷。当时正好成德、兖郓各地的军使也在场，见将士们都得到了重赏，也都惊叹道：“倔强没好处，还不如恭顺朝廷呢。”

裴度为田兴分析君臣大义，田兴久听不倦，并请裴度走遍军营，宣布朝廷的命令，又上奏所缺官员九十名，请朝廷选拔任命。田兴遵守法令，克勤克俭，深得人心。河北各个藩镇多次派说客去田兴那里游说，田兴始终不为所动。

李师道传话给宣武节度韩弘说：“我世代和田氏有约定，互相保护支援，现在的田兴不是田氏的本支，又擅自改变了当初的约定，料想你也不愿听到这个消息，我想和成德合兵进攻田兴，你愿意助我一臂之力吗？”韩弘答复他说：“我不知道这些道理，只知道要听朝廷的命令行事，只要你敢出兵，我就会进攻你的曹州。”李师道于是不敢轻举妄动，从此魏博平安无事。

田兴又安葬了田季安，送田怀谏到京师。宪宗任命田怀谏为右监门卫将军，加封田兴为检校工部尚书，兼任魏博节度使，赐名田弘正。

转瞬间已经是元和八年，宪宗见丞相权德舆毫无建树，不称丞相之职，就把权德舆贬为东都留守，召西川节度使武元衡回朝参与政事。不久，李绛因病辞去丞相职位，宪宗封他为礼部尚书，又用河中节度使张弘靖任同平章事。

张弘靖是前朝丞相张延赏的儿子，从小就有才华。张氏家族从张嘉贞到张延赏再到张弘靖，三代都是宰相，当时称他老家为“三相张家”。但自从李绛辞职后，再也没人有李绛这么忠直了。

翰林学士独孤郁是权德舆的女婿，仪表堂堂，才华出众。宪宗曾经感叹说：“德舆找了一个这么好的女婿，难道朕反而比不上大臣吗？”

原来，宪宗子女很多，长子名叫李宁，是纪美人所生，被封为邓王。元和四年，由李绛奏请立李宁为皇太子，但没过两年就病死了。接着，宪宗立三儿子遂王李恒为太子。李恒的母亲郭贵妃是郭子仪的孙女，郭贵妃的父亲郭暧娶升平公主，生了女儿聪明美貌，嫁给宪宗。宪宗继位后册封她为贵妃。群臣曾经请求宪宗，希望立郭贵妃为皇后，宪宗没有同意。当时后宫多美女，可谓美不胜收。宪宗担心贵妃得到皇后的位置，自己会受到限制，所以始终不肯册立皇后。

郭贵妃知书达礼，从没想过晋封皇后。她先生下太子李恒，后来又生了岐阳公主。公主性情贤淑，才貌双全。宪宗于是委托各位宰相，为她挑选公卿子弟做驸马，只要才貌清秀的就有机会选为驸马。但是选了多家都不合适，曾经选中了一两个人，也都担心皇帝的女儿架子太大，不愿意娶公主，都托病推辞，只有太子司议郎杜悰应选。杜悰的祖父就是杜佑，因世袭得官。宪宗在麟德殿召见杜悰，见他彬彬有礼，于是同意了岐阳公主这门婚事，择吉日成婚。

成亲这一天，宪宗亲临正殿送公主下嫁，送亲的车驾从由西朝堂出发，再由宪宗亲自送到延喜门，赏赐宾客喜钱。宪宗在昌化里为公主建府第，并且下令把公主外祖父家（郭子仪家）作为公主别馆。

杜家一直是名门望族，再加上娶公主这样的大喜事，当然竭力操办，极尽奢华。公主毫无骄态，进了杜家后孝顺公婆，尊敬长辈。杜家老少长幼不下数百人，公主全都以礼相待，满门和顺。成婚才几天，公主就对杜悰说："皇上所赐的奴婢恐怕不好驾驭，不如奏请送还，另外买几个寒门奴婢，比较容易支配。"杜悰依计而行，从此，家里清静下来，没有了喧闹声。

杜悰升任殿中少监驸马都尉，不久又出任澧州刺史，公主随杜悰上任，仆从只有十几人，一路上奴婢们都骑着驴，还不准吃肉。州县所给的供应全都拒绝不收。杜悰也廉洁自律，不敢骄侈。后来，杜悰的母亲病重，公主朝夕侍奉，夜里连衣服都不脱，所有药物都要亲自尝过，才给婆婆服用。公婆去世时，公主伤心哭泣。总计岐阳公主在杜家二十多年，没有一件事不遵循法度，杜家上下没有一个人不称颂公主，岐阳公主也确实称得上是大唐罕见的贤公主。

再说淮西节度使吴少阳驻军蔡州，骄横跋扈，私下养了一帮亡命之徒，随时抢夺商旅，充作军需。吴少阳儿子吴元济任蔡州刺史，元和九年，吴少阳病死，吴元济秘不发丧，自己统领军务。

吴元济手下有一员大将，名叫董重质，骁勇善战有谋略，深得吴元济器重。这个董重质就劝吴元济乘机起兵，勾结李师道，赶走严绶，进取中原。吴元济还在犹豫不决之时，判官苏兆、杨元卿，以及大将侯惟清等人，劝他不要背叛朝廷。吴元济杀死苏兆、囚禁了大将侯惟清，幸亏杨元卿提前进京奏事还没回来，才侥幸保住了性命。现在，杨元卿听说吴元济抗命，就把淮西的虚实以及平定蔡州的计策详详细细地告诉了宰相李吉甫。李吉甫于是奏请宪宗调河阳节度使乌重胤转战汝州，兼任怀汝节度使，防守吴元济。

宁州刺史曹华是乌重胤的副将，也主张讨伐吴元济，他上奏宪宗，说："淮西嚣张跋扈了很多年，一直不守规矩，国家常常要用数十万大军来控制淮西，花费不计其数，现在有这么好的机会，正应该加以讨伐，一举荡平，错过了这次恐怕就没有好机会了。"

同平章事张弘靖却说不如派使臣前去吊唁，趁机观察，如果真有谋反迹象，再派兵讨伐也不迟。宪宗于是派遣工部员外郎李君何前去祭吊，并追封吴少阳为右仆射。吴元济不但不迎接朝廷派来的使者，反而派兵四处烧杀抢劫，屠舞阳，焚叶县，掠鲁山襄城，震动整个关东。李君何进不了蔡州，快马返回京师。

李吉甫当时正在详细绘制淮西的地图，准备进兵讨伐吴元济，谁知连图都来不及献，便暴病身亡了。宪宗召李吉甫的儿子呈上地图，然后追赠李吉甫为司空，赐谥号忠懿。

接着，宪宗又升任韦贯之为同平章事，他也主张讨伐淮西。于是，宪宗任命李光颜为忠武军节度使，严绶兼任申、光、蔡等州招抚使，汇集各道兵马讨伐吴元济。魏博节度使田弘正派儿子田布率三千兵马来援助，隶属严绶军中。宣武节度使韩弘也派儿子率兵三万来援助，隶属李光颜军中。严绶进兵蔡州西边，打了个小胜仗便骄傲起来。夜里没有防备，被淮西兵偷袭，带着残兵败将逃了五十多里，退保唐州。

寿州刺史令狐通，刚刚受任为防御使，也被淮西兵杀败，退保州城。朝廷贬令狐通为昭州司户，并派左金吾大将军李文通代替他。随后，朝廷派鄂岳观察使柳公绰发兵五千，由安州刺史李听调遣，前去讨伐吴元济。柳公绰很愤怒，说："朝廷认为我只是个白面书生，不知道领兵打仗吗？"于是，柳公绰自己请求统兵前去效力，朝廷同意后，柳公绰赶到安州，任命李听为都知兵马使，挑选了六千兵马让他统领，并且嘱咐部下说："军中之事都要听李都将的，你们不可以违令！"李听对柳公绰十分敬服。柳公绰号令严肃，恩威并施，因此人人奋勇，每战必胜。

李光颜就是阿跌光颜，因战功卓著所以赐姓李，封节度使，部下将士全都骁勇善战。李光颜一举攻克临颍，然后又在南颍大败蔡军。吴元济特别害怕李光颜，连忙派人向恒、郓二州告急。

恒州是王承宗的驻地，郓州是李师道的驻地，两人都愿意营救，同时上表宪宗，请求赦免吴元济。宪宗不同意，并且催促各道兵马合攻蔡州。李师道发兵二千人，驻扎在寿春，表面上说是帮助官军，暗中援助吴元济，并且收养很多刺客奸人，派人攻打河阴转运院，毁了钱财三十余万贯，谷物二万多斛。河阴是接济官军物资的要地，突然遭此劫难，一时间人心惶惶。

这时，朝廷中许多大臣都请求撤兵，宪宗不同意，又派御史中丞裴度，抚慰淮西行营，并观察用兵形势。裴度很快回京，极力主张攻下淮西，并且上奏李光颜有勇有谋，一定能立下大功。

果然，没几天，李光颜捷报传来，大破蔡军。原来，李光颜在时曲一战中身先士卒，亲自率领精锐骑兵冲时敌阵，往来几个来回，身上多处中箭。部将见主帅都不怕死，自然争着向前冲，杀死叛军数千人，其他的都逃散了。宪宗看完捷报大喜，连连称赞裴度看人有眼光，大有提拔裴度的意思。

裴度字中立，闻喜人，长得体格矮小，没有富贵相，少年时每次科考都没中。洛中有个相士，说他形神怪异，恐怕将来会饿死，裴度不以为然。

一天，裴度到香山寺游玩，看见一个穿着素衣的妇人在虔诚拜佛，走的时候行色匆匆，掉了一件包裹。裴度开始没怎么留意，等到捡到包裹，才知道是这个妇人丢失的，心想追赶已经来不及了，就留下来等这个妇人回来取，天黑了妇人还没回来，这才带着东西回去了。

第二天早晨，裴度又到寺里去守候，寺门刚打开，就看见一个妇人急急忙忙地赶来，边找边哭。裴度问她为什么哭？这个妇人回答说："老父亲无罪被关押，昨天从一位贵人那里借得玉带两条、犀带一条，价值千贯，想拿去贿赂官员，好为父亲求情，没想到到这里拜佛时竟然弄丢了，可怜我父亲再也救不出来了。”说到这里，妇人泪如雨下，痛不欲生。

裴度拿出包裹一看，果然和这位妇人说的一样，就把原物还给这位妇人。妇人拜谢，说愿意留下一条赠给裴度，裴度笑着说：“我如果是个贪心的人，怎么今天又到这里来等你呢？”妇人千恩万谢地走了。后来裴度又和那位相士见面，相士大惊说：“你一定是做了什么好事，所以神色大大不同，今后你应该前程万里，不可限量了。”裴度把这件事告诉了相士，相士感叹着说：“修心可以补相，这话果然不假呀。”裴度当年就考中进士，官越做越大。等到吴元济在蔡州叛乱时，更是被委以重任。

同平章事武元衡被宪宗重用，掌握兵权。叛将李师道的门客定下计策，说：“天子决心要讨伐蔡州，想必是武元衡在极力怂恿，如果刺死武元衡，其他丞相不敢主战，必然争相劝天子撤兵，这才是救蔡州的良策呢。”李师道于是重金请人，进京刺杀武元衡。

这时，平卢牙将尹少卿奉王承宗的密命，为吴元济在京城游说，尹少卿进见武元衡，言语中很不恭敬，被武元衡骂了出来，尹少卿回去报告王承宗。王承宗又上书诬告武元衡，朝廷没有答复。

当时正是盛夏，武元衡早起上朝，出了靖安坊东门，天还没亮。这时，暗处忽然射来一支冷箭，正中武元衡的脸。武元衡忍不住痛，大声惊呼。随后，一群贼人从四面围上，持刀乱砍。仆人们吓得四处逃散，武元衡无处躲避，被活活砍死，头颅也被拿走了。

裴度家住在通化坊，也在这时候上朝，被贼人击伤了头部，掉进水沟里。侍从王义死死地抱着贼人大声呼喊，贼人用刀砍断了王义的手臂，正要上前去杀裴度，忽然裴度的头上现出一道金光，好像被金甲神保护着。贼人们看到这幅情景，吓得四处逃散。裴度虽然受伤，幸好他的帽子里裹着毡子，还不至于损伤颅脑。

一时间，京城人心惶惶。宗命金吾将军及京兆尹等人严查凶犯，然后命宰相出入时，各自增加卫士，大臣们不到天亮都不敢出门。

当时，金吾署中以及府县各处都有刺客留下的书信，里面写着两句话：“不要急着抓我，否则我就先杀掉你”，所以这些部门也不敢加紧抓捕。兵部侍郎许孟客，面奏宪宗说：“自古以来，没有宰相横尸路边，却抓不住一个贼人的事发生，这是朝廷的奇耻大辱，应该加紧追查。”宪宗同意后，许孟客又请求封裴中丞为宰相，加紧搜查贼党，下令如有包庇者株连九族。各部门这才不敢怠慢，四处搜捕。

不久，恒州张晏等数人被抓，由京兆尹裴武、监察御史陈中师严刑讯问，查出张晏等人是由王承宗主使，张弘靖怀疑张晏等人不是真凶，劝宪宗慎重用刑，宪宗不以为然，下令从重惩处，张晏等十多人被一并杀死。

裴度受伤后，卧床修养十多天。宪宗命卫兵到裴度的府上值宿，而且多次派中使询问病情。有大臣请求罢免裴度，以安抚恒州和郓州，宪宗大怒说：“要是罢了裴度的官，就正中奸计，朝廷还有什么纲纪可言？我用裴度一人，足以击败二贼。”随后，宪宗加封裴度为宰相。

裴度带病上朝，面奏宪宗说：“淮西是朝廷的心腹大患，不可不除。况且朝廷已经下令进兵，怎么能半途中止呢？邻近的藩镇又都在看着淮西的形势，一旦半途而废，其他各镇也都要离心离德了。”宪宗道：“爱卿说得好，此后的军事就由爱卿调度，朕誓平此贼才准班师。”裴度奉命出发，立即传旨，督促各道进兵。

李师道听说武元衡虽然死掉了，但征讨反而越来越急，就改变策略，袭击东都洛阳。他曾在东都修建留后大院，兵丁往来不断，官府不敢询问。现在淮西兵叛乱，东都防兵又都到伊阙备战，城里的防守更松懈了。

李师道暗中派贼兵几百人混进东都留后大院中，准备在东都放火抢掠。留守吕元膺还没察觉，幸亏有一个小兵卒跑来报告，吕元膺才知道危险，连忙召回伊阙的守军，围攻留后大院，贼众突围而出，向长夏门逃去。

吕元膺指挥军民共同追捕，抓住数人，立即处斩。吕元膺追查同党，共查到几千人，连自己部下的两名部将都被李师道买通，暗中充当敌军的耳目。吕元膺再次审讯，发现刺死武元衡的人正是李师道门下的暗杀党，并不是王承宗的人所为。于是，吕元膺把两个部将押送京师，并且上表请求讨伐李师道，其他的贼人被一并正法，无一漏网，东都洛阳才得以平定。

第七十五回 李愬活捉吴元济

裴度见淮西各军出兵日久，却不见立功，屡次上书弹劾严绶。宪宗任命宣武节度使韩弘为淮西诸军都统，兼同平章事，专门负责讨贼。不料，韩弘竟然改变了想法，想借着叛贼抬高自己，不愿马上剿平淮西。

当时，李光颜勇冠三军，威震淮蔡，韩弘想讨他欢心，特地在大梁城中找了一个美女，派使者送给李光颜。李光颜摆下酒宴款待来使，席间，使者献上美女，果然国色天香，能歌善舞，仿佛西施再生。满座将领看得目不转睛，无不啧啧称赞。

李光颜对来使说："韩公体谅我行军辛苦，特意送来美女，我深表感谢。但数万将士全都舍家而来，浴血奋战，我李光颜身为统帅，怎么能贪恋美色呢？"说到这里不禁落下泪来。大家听了无不佩服，也都感动得热泪盈眶。李光颜随即吩咐左右取出金银赠给来使，并让他把美女带回去。等使者来道别时，又叮嘱说："请替光颜感谢韩公，光颜以身许国，与叛贼势不两立，决不会背叛朝廷。"韩弘听到回报后也肃然起敬，上表请求增兵，准备合攻淮西。

宪宗又任命户部侍郎李逊为襄、复、郢、均、房节度使，右羽林大将军高霞寓为随、邓节度使。高霞寓专门负责攻讨，李逊门负责后勤供应。

这时，田弘正遭到王承宗袭击，屡战屡败，多次上表请求增援。宪宗调集振武、义武各军一同援助田弘正。张弘靖表示反对，说："两边同时开战，恐怕国力难以支撑，请陛下先剿平淮西，后征讨恒、冀。"宪宗不同意。张弘靖于是自己请求免去丞相职务，出任河东节度使。

第二年正月，幽州节度使刘总上奏，称攻克了武疆，俘虏、斩杀成德兵数千人。于是，宪宗下令削去王承宗的官爵，命河东、幽州、义武、横海、魏博、昭义六道合兵讨伐王承宗。

韦贯之进谏说："陛下难道忘了建中时候的往事了吗？起初朝廷不过只想讨伐魏齐，后来蔡、燕、赵都起兵反抗朝廷，引发朱泚内乱，京城都受到连累，前车之鉴不远，希望陛下不要急于求成。"宪宗不听，只是催促六道快速进兵。昭义节度使郗士美、义武节度使浑镐、横海节度使程执恭和田弘正、刘总等人陆续出师，虽然屡次说打了胜仗，却大多是虚张声势，谎报军情。还有那淮西的各路人马，也是打了胜仗就大肆夸耀，打了败仗就尽量遮掩，以至战事拖延到了六月。高霞寓到了铁城后，被淮西兵偷袭，全军覆没，只有自己逃得性命，实在无法再遮掩了，这才据实上奏，却仍把罪过推到李逊的身上，说他接应不及时，这才导致大败。宪宗把高霞寓贬为归州刺史，李逊也被罢免。朝廷又调荆南节度使袁滋为申、光、蔡、唐、随、邓观察使，在唐州驻扎。袁滋到了地方后，比高霞寓还要懦弱，居然把用来侦查的斥候都撤去了，禁止军兵进入淮西。吴元济分兵围住了新兴栅，袁滋花重金、说好话求他不要急着进攻，吴元济根本不放在眼里。

只有李光颜和乌重胤，屡次打败淮西兵士，攻下了溵水西南的陵云栅。这陵云栅占据着陈蔡要道，吴元济视为险阻，派重兵驻扎，却被李光颜和乌重胤两路夹击，杀得落花流水，淮西叛军士气低落，李师道也闻风丧胆，上表请求归顺。

宪宗因为难以讨伐，也只好暂时笼络，于是，宪宗加封李师道为检校司空。李师道表面上领命，暗地里仍然勾结淮西叛贼，坐山观虎斗。

当时，各军进讨淮西，人数将近九万，旷日持久，始终不见成功。宪宗派中使梁守谦带着数以万计的金银激励将士，并增设淮颍水运使，保证各军粮饷。宪宗又贬袁滋为抚州刺史，改任太子詹事李愬为左散骑常侍，出任唐、随、邓节度使。

李愬是西平王李晟的儿子，也就是安州刺史李听的哥哥，字元直，从小就很孝顺，历任晋、坊二州的刺史，政绩卓著，被加封为金紫光禄大夫兼任太子詹事。

看到淮西战事毫无起色，李愬上表主动请战。宪宗还不了解李愬的才干，不敢轻易任用。新任宰相李逢吉知道李愬德才兼备，特地保荐，宪宗这才委以重任，让他出兵讨伐淮西。

李愬来到唐州，听说士兵们都怕战，就在军中下令道："天子知道我柔弱，所以派我来安抚你们，我没有打仗的本领，你们只要能守住战场，我也就足以保命了。"将士们都信以为真，安心听令。李愬巡视军营，对兵士们很好，也不怎么威严。有人提醒他军纪要严肃，李愬微笑着说："前任袁尚书以恩惠治军，贼人对他毫无防备，现在听说我来代任，必然戒备，如果我仍然按袁公的原则办事，令贼人再度松懈，必定可以出奇制胜了。"

吴元济果然轻视李愬，防守松弛。李愬诚心对待将士，日日勤奋操练，并暗中观察淮西的地势，打探虚实。李愬厚待投降的叛贼，降兵常常感动得落泪。

半年后，李愬知道兵士已经有了战斗力，就准备在元和十二年仲春，袭击蔡州，并上表请求增兵。朝廷增派两千人马给李愬，李愬出兵攻打淮西，步步进逼。

贼将丁士良前来侦探，被李愬的部将马少良设伏抓住，押到军门。营将们都大喜，说道："马士良是吴元济的猛将，多次侵扰我边境，现在被我们抓了，正好挖了他的心泄愤。请大帅体谅我们的心意，将此人诛杀。"李愬点头同意。

等到见了马士良，没想到马士良面对责问，毫无惧色，李愬不禁感叹道："好一个大丈夫，只可惜你不明顺逆，死了也会留下骂名，你要是肯诚心归降，为国立功，不但可以赎罪，还可以流芳千古。"马士良听后跪地请求投降，并说："贞元年间我是安州的部将，后来被吴氏抓住，不但没杀我，反而得到重用，因此就为他们吴氏父子效力。今天被抓，再次获得重生，我愿意尽死报答大人的恩德。"李愬让人为他松绑，又给他衣服、器械，命他为帐下亲将。

李愬想要进攻文城栅，马士良入帐献计道："文城栅是贼人的左膀右臂，贼将吴秀琳拥兵三千依栅坚守，吴秀琳本领一般，全仗着陈光洽为他谋划，陈光洽这个人轻佻而且好战，士良愿意为大人先抓住此贼。吴秀琳失掉臂膀，自然会投降！”李愬听后大喜，便挑选精锐骑兵一千人让马士良率领，前去进攻文城栅，自己静坐等待。不到半天，马士良果然将陈光洽抓住，带了回来，献到帐下。李愬劝陈光洽投降，陈光洽表示愿意写信给吴秀琳，邀他来投降。

吴秀琳回信表示同意投降，于是，李愬派唐州刺史李进诚召吴秀琳出城。李进诚率领八千士兵到文城栅下，没想到守兵竟然一齐向城外放箭，把官军的前队射死、射伤好几十人。李进诚连忙退回，上报称吴秀琳是诈降。李愬笑道：“他这是在等我招抚，我到之后他自然归降。”李愬来到栅前，吴秀琳果然率领众人出来迎接，匍伏在马下。

李愬下马扶起吴秀琳，好言抚慰，吴秀琳引导李愬进城。李愬检阅守军，三千士兵不少一人，于是仍然命令他们留守文城，只是把士兵的妻子儿女迁居到唐州。李愬见吴秀琳的副将李宪器宇不凡，就赐名为忠义，把他调到帐下。一时间，李愬军中士气大振，斗志昂扬。

此时，各路官军陆续渡过溵水，进逼郾城。李光颜率部先到，正遇上贼将张伯良，李光颜率众掩杀过去。张伯良不能抵挡，大败而逃。

郾城县令董昌龄是蔡州人，吴元济让他守郾城，并扣住他的母亲杨氏作为人质。杨氏深明大义，曾叮嘱董昌龄道：“叛逆之人固然可以求生，但是即便是死，我也宁愿你归顺朝廷，你要是弃暗投明，我虽死无恨。”董昌龄受教退出。

等到李光颜围攻郾城，李愬又进攻青陵，截断郾城后路。守将邓怀金找董昌龄商议，董昌龄劝邓怀金弃暗投明，邓怀金派使者对李光颜说道：“城中的将士都愿意归降，只是他们的父母妻子都在蔡州，为今之计只有请您攻城，由城中点燃烽火求救，等蔡州兵赶来救援时，请您带兵迎头痛击，等他战败离去时，然后我们再举城归降，这样我们的父母妻子或许就可以保全了。”李光颜自然同意。

等蔡州兵到来时，早已布置妥当，杀得蔡州兵丢盔弃甲。董昌龄和邓怀金出来投降李光颜，李光颜仍然任命董昌龄为郾城县令，董昌龄的母亲也幸存下来，后来被朝廷封为北平郡太君。

李愬也攻克了青陵城，又分派部将占领西平，进攻朗山，占据青喜城，接着计划攻占蔡州。吴秀琳对李愬说道：“您要想攻占蔡州，必须得到李祐的帮助不可。”李愬道：“李祐把守兴桥栅，我也听说此人骁勇善战，我想设计抓住他了。”

忽然，有探子进来报告说，贼兵到张柴村割麦。李愬问贼兵首领是谁？探子回答说是李祐。李愬大喜道：“我正要捉他，他却自己送上门来了？”于是，李愬召厢虞侯史用诚进帐，嘱咐他如此如此，这般这般。

史用诚依计出发，先在村旁的丛林中埋伏下三百骑兵，然后大张旗鼓地走进村来，直接向贼兵发起进攻。这时，贼兵已将麦子割完，正准备要捆了运回来，突然看见官军杀到，李祐当先冲杀了出来，持刀相迎。史用诚和他战了几个回合，假装气力不支，带兵撤走。李祐拨马追来，渐渐地到了林子里，只见前面林木葱荫，李祐怀疑有埋伏，就停下来不再追赶。

史用诚怕被他瞧破计谋，故意回马叫道："李祐恶贼！我有精兵几千，就埋伏在林子里，你也跟来吗？"李祐一向瞧不起官军，又被他这么一激，索性继续追赶，才进入林中，就被绊马索绊倒。手下急忙赶来相救，已经来不及了，李祐早被官军捆了去。史用诚回过头来杀了一阵，贼兵四散而逃。

史用诚将李祐押到军营，李愬假装怒骂史用诚："我叫你们去请李将军，怎么把他绑来了？快替他松绑！"史用诚连忙替李祐松了绑，并请李祐上座，以宾客之礼相待。李祐被李愬的诚意感动，也表示愿意竭诚投靠。李愬就用他作为谋士，和李忠义一起任自己的幕宾。李愬时常召他们秘密商议大事，有时候谈到半夜。其他的人不知道他人在商议些什么，就担心李祐叛变，多次劝李愬要当心。

李愬对李祐越好，将士们就越猜忌，诽谤更多，甚至有别的军队写信给李愬，说他不应该重用李祐。李愬也担心这些诽谤的话传到朝廷，会受到朝廷的责问，于是李愬握着李祐的手，哭着说道："老天难道不想要我们扫平淮蔡吗？为何你我二人如此情深，却挡不住悠悠众口呢？"李愬在李祐的耳边低声说了几句话，然后出来对大家说道："你们既然怀疑李祐，就把他送回到朝廷去吧，让朝廷来处理他。"

于是，李愬派人押送李祐到京师，提前先派使者秘密上奏，说一旦杀掉李祐，攻打蔡州就不能成功。宪宗当时正宠信李愬，于是放李祐回去，大家这才无话可说。

李愬安排李祐作为散兵马使，准他带刀出入帐中，有时甚至还留下李祐一同睡觉，帐外有人窃听他们谈话，只听到李祐感激的哭声。众将慢慢地减少了对李祐的怀疑。李愬派部将再次进攻朗山，数万淮西兵赶来支援，打败了官军。败将逃回来请罪，李愬却笑着说："我也知道朗山难以攻下。胜负乃兵家常事，不要放在心上。"大家听到失败的消息，都心有不甘，只有李愬谈笑自如。李愬招募敢死队三千多人，亲自操练，称为突骑。一时之间操练未熟，再加上天雨连绵，到处积水，李愬暂且按兵不动。

吴元济见战势越来越严峻，心中非常焦急，于是上表请罪。宪宗命中使前去宣诏，赐他不死。吴元济打算去朝觐皇帝，无奈左右都来劝阻，大将董重质愿意主动出守洄曲，说能确保淮西安然无恙。于是，吴元济把所有亲兵以及守城的精锐，全让董重质带去。董重质一向有勇猛之名，官军都很怕他，不敢靠近。

从元和九年冬，宪宗派各道兵马进讨淮西，到十二年的秋天，还是不见成效，粮草运输疲惫不堪，士兵和百姓苦不堪言。宪宗日夜忧心，非常讨厌打仗，于是召宰相及各位大臣们商议。李逢吉等人都劝皇上撤兵。只有裴度一言不发，宪宗就问裴度的意见。

裴度回答道："臣只知进不知退，要是顾虑各军没什么功劳，臣愿亲自前往督战。"宪宗道："爱卿肯替朕出马，足见爱卿忠心耿耿，只是不知这淮西战事究竟能不能平定呢？"裴度答道："臣最近看了吴元济表文，已经是穷途末路了，只因我们军心不一，不肯合力进攻，所以至今不能取胜。如果陛下派臣去行营，众将担心臣会分功，必定会争着去破贼了。"宪宗大喜，封裴度为同平章事兼节度使，并担任淮西宣慰处置招讨使，督促进兵。

裴度来到郾城的时候，正赶上李愬进攻吴房。根据阴阳家的说法，当天是亡命日，众将劝李愬不要进兵。李愬笑道："正因为今天是亡命日，敌人一定不会防备，我们主动出击，人亡而我不亡，何必多虑？"然后，李愬带兵一举攻克了吴房的外城，得胜收兵。孙献忠率领骁将五百人奋勇追来，李愬奋力交战，斩了孙献忠的首级，才缓缓还营。众将请求乘胜攻城，李愬却说时机还没到，没听大家的意见。

到了冬天，李愬决定袭击蔡州。他先派书记郑澥到郾城，密见裴度。裴度对郑澥说道："用兵交战非出奇不能致胜，李常侍一向有智谋，我非常赞成，请李常侍见机行事！"郑澥告辞后，回来报告李愬，李愬和李祐、李忠义二人又秘密地商议了好几次。

这一天，天气特别冷，阴云密布，李愬升帐调兵，命令李祐、李忠义率突骑兵三千为前队，自己和监军率三千人作为中军，唐州刺史李进诚率三千人断后，留都虞侯史旻等人守文城。

大军出城后，下令向东进发，疾行大约六十里来到张柴村。村中有淮西兵驻守，全都因为天气寒冷躲进帐里，毫不防备，被突骑杀了进去，就像砍瓜切菜一般。连守烽火台的贼兵，也被杀得干干净净，一个不留。李愬占据村子，命令士兵稍稍休整，吃了些干粮，李愬留五百人守城栅，防备朗山方向的敌人，又派兵切断通往洄曲和其他方向的桥梁。布置完毕，天色已晚，外面风声猎猎，雪片飘飘，四面寒气袭人。大家冻得瑟瑟缩缩，偏偏帐中传出号令，要乘夜进兵。众将进帐，问进兵的方向。李愬正色道："到蔡州去抓吴元济。"大众面面相觑，却又不敢违令，只好硬着头皮，冒着严寒前进。

当时，道路两旁被雪遮盖，只有一片白光，途中也分不清高低，就是手中的火炬，也被冷风吹灭了十之八九。军中的旗帜好多都被寒风吹裂。半夜里风雪更大了，不知道吃了多少苦，才走了六七十里，远远地看见岩城。李愬又下令道："蔡州城就在前面，必须格外安静，喧噪者斩！"官军全部闭口。又走了一里多地，看见有一个方形池塘，里面养育着一大群鹅鸭。李愬远远望见，命令军士用棍棒搅打，那群鹅鸭顿时嘎嘎乱叫，大家不免惊慌。此时，城内的守卒全都钻进被窝里睡着了，就是有几个更夫听到点声响，也都以为是这些鹅鸭冻得乱叫，谁也不愿意巡探。

到了四更天，李愬大军集聚城下，李祐、李忠义命令突骑凿城墙为阶梯，逐步攀援，直达城楼。守兵正在熟睡，被突骑全部杀死，然后突骑下城开门，放进大军。到了内城，又如法炮制，连续攻下两城。

李愬来到吴元济的外宅，吴元济还睡着没醒。有人进来报告吴元济道："官军到了。"吴元济听了不信。不一会儿，又有人进来报告道："官军已经进入内城了。"吴元济这才起来穿衣服，猛然听见外面传来官军的口号声，一呼百应，连续不休，才吃惊地问左右怎么回事。

当探知是李常侍的号令时，才害怕地说道："这是什么人，带兵怎么能如此神速？"于是，吴元济率左右登上牙城抵挡。

这时，天已经亮了，吴元济俯视城下，早已被官军团团围住，忍不住害怕起来，吴元济一边盼望董重质带人前来救援，一边勉强支撑。

李愬率兵攻打了半天，城上箭石像雨点一样落下来，急切间不能得手，只好停止进攻，又召众将道："董重质的家属在哪里？快去查明，好好抚慰。"将士领命而去，一查就查到了，并且把董重质的儿子董传道给带了过来。李愬当面安慰他道："你的父亲也是条好汉，你去传我的话，叫他不要再糊涂了，赶快归降，我决不会亏待他，否则只有死路一条。"说完又交给他一封亲笔信。

董传道离去不久，就和他父亲董重质一同来到帐前投降。李愬好言相待，又让董重质招降吴元济。吴元济见董重质已降，半天说不出话来，泪如雨下，就是不肯立即投降。李愬命令李进诚等人再次进攻牙城，并纵火焚烧南门。老百姓也争着帮助官军搬柴草，霎时间火势炎炎，南门很快被烧毁。吴元济不得不束手就擒。

第七十六回 李师道伏诛

吴元济见南门被毁，吓得心胆俱裂，慌忙跪在城上，向官军叩头请罪，威风扫尽。李进诚命令士兵架梯，喊他下来。吴元济不得已下城，由李进诚押着去见李愬。李愬将吴元济关进囚车，押送京师，一面派人飞告裴度。

李愬率军进城，守兵都跪在地上迎接，李愬没有杀一个人，就是吴元济所设的那些官吏以及帐下的仆人，都让他们照旧工作，使他们安心。接着，李愬屯兵在球场，静待裴度到来。

这天，申、光二州以及各镇士兵两万多人一律请求投降。李光颜也赶到洄曲，所有董重质遗留下来的部下，都被李光颜接收。

裴度接到李愬的捷报，先派副使马总赶到蔡州，然后整理仪仗，来到城下。李愬出来迎接，在路旁拜见。裴度想要避开他的大礼，李愬着急说道："蔡州人顽劣不守礼节，不知道尊卑上下已经有好几十年了，希望您以身作则，使他人知道朝廷的尊严，不敢再忽视。"裴度这才接受参拜大礼。

李愬引裴度进城，把蔡州之事交卸完备，仍然退兵到文城驻守。众将这才开始向李愬请教道："将军先前在朗山战败，并不担心，战胜吴房后仍然命令我们退兵。遇到大风雪，却又偏偏让我们进军，孤军深入却毫不畏惧，后来终于成功，事后想来起来，我们还是莫明其妙，希望您能赐教！"

李愬微笑着说道："朗山失利，贼兵仗着胜利而骄傲，防备就不严了。吴房本来容易攻取，但我一旦占领了吴房，贼兵必然逃往蔡州，在那里一旦合力固守，我们又怎么能攻下呢？风雪阴霾这样的恶劣天气，贼兵一定不会防备，而我们孤军深入，没有退路，人人都会拼死一战，所以才能成功，众将听后非常佩服。

李愬对待自己非常节俭，对待将士们却很大方，又会用人，所以能荡平淮蔡叛贼，立下了头功。裴度在蔡州城，也用一片诚心对待手下，并且用蔡州兵作为自己的亲兵。有人劝裴度不能轻信蔡州兵，裴度笑着说："首恶已经被擒，其他的就不追究了。蔡州人难道不是天子的臣民，有什么可以怀疑的？"蔡州人听了，非常感动。

先前，吴氏父子要求很严，蔡州人不准私下交谈，夜里也不准点蜡烛，遇到喝酒的以军法论处。裴度把这些苛政一并废除，只有偷盗和打架的进行处罚，蔡州人这才知道活着的乐趣。

吴元济被官军押解到京师，宪宗在御兴安门受俘。宪宗命令将吴元济砍头，吴元济的两个弟弟三个儿子，都被流放到江陵，不久都被杀死。宪宗还赐给宦官监军梁守谦两把尚方宝剑，让他把贼将一律斩首。

裴度最恨宦官，以前各镇的兵马都是由宦官统领，平白多了很多牵制，后来经裴度上表奏请，让众将号令统一，这才扫平叛贼。如今梁守谦奉旨来到蔡州，准备杀光贼将。裴度坚决反对，只杀了吴元济的亲将刘协庶、赵晔、王仁清等十几个人，其余的全部上书请求从宽处理，又奏请任命副使马总为留后，自己启节回朝。

宪宗加封裴度为金紫光禄大夫，赐爵晋国公，兼任宰相，封李愬为山南东道节度使，赐爵凉国公，加封韩弘兼任侍中，李光颜、乌重胤等人各有封赏，回归藩镇。宪宗又封李祐为神武将军，董重质虽然归降，但因为他是吴元济造反的主谋，被贬为春州司户，然后命令韩愈撰写《淮西碑》文，表扬战功。

韩愈所写碑文大意是把功劳都归于君主和宰相，对武将的功劳却写得不多。李愬认为自己功勋第一，未免心怀不满。李愬的妻子是唐安公主的女儿，唐安公主是德宗的长女，她出入皇宫时，对宪宗说，韩愈的碑文写得不真实。宪宗派人把韩愈的碑文磨去，由段文昌另外撰写。段文昌也是翰林学士，他觉察出皇上的意图，对李愬大加赞美，李愬这才心满意足。

裴度在淮西时，有个叫柏耆的百姓拜见韩愈，说："吴元济被擒，王承宗一定非常害怕，小人愿意带着丞相的书信，劝他悔过投诚。"韩愈转达裴度，裴度写了封信给柏耆，委托他去劝王承宗。王承宗果然很害怕，就向田弘正求救，请求送两个儿子进京当人质，又献上德、棣二州。田弘正代他奏请，宪宗见官军出战不利，王承宗不容易剿平，就采纳了田弘正的意见，赦免了王承宗的罪行。王承宗送儿子王知感和王知信，以及德、棣二州的地图、印信到京师。宪宗恢复了王承宗的官爵，仍然让他统领成德军。

听说淮西被剿平，李师道感到很担心。判官李公度和牙将李英昙等人劝李师道送儿子进京，并献上沂、密、海三州以赎罪。李师道勉强同意，上表朝廷。宪宗于是派左散骑常侍李逊到郓州宣慰，不料李师道竟然在相见时布下重兵，而且语气非常傲慢。李逊严词责问，并说要上奏天子。李师道含糊应答，嘴里虽然说会遵守约定，实际上不过是在敷衍，并没有诚意。

李逊回奏宪宗，宪宗调李光颜为义成节度使，会同武宁节度使李愿、宣武节度使韩弘、魏博节度使田弘正、横海节度使程权，共同出兵讨伐李师道。

自从淮西平复后，宪宗奢侈之心渐起，修麟德殿，疏通龙首池，建承晖殿，大兴土木。判度支皇甫镈和盐铁使程异专门迎合上意，阿谀奉承，宪宗非常宠幸他们，竟然封两人为同平章事，圣旨下发后，满朝文武大为诧异。

裴度、崔群连连上疏进谏，却始终不被采纳。皇甫镈听信李道古的话，推荐方士柳泌、僧人大通给宪宗，说他们能合成长生药。宪宗召柳泌觐见，柳泌奏称天台山多灵草，服用后可以延年益寿。宪宗就封柳泌为台州刺史。

言官们纷纷进谏，都说历代君主宠幸方士，却从来没有让他们治理一方百姓的。宪宗听了很不高兴，并且当面对谏臣们说：“只需要劳烦一个州的百姓，就能让天子长生不老，这又有什么不可以的呢？”群臣知道无可挽回，只能闭口不言。

元和十四年的正月，谣传凤翔法门寺塔中有佛指骨留存，宪宗立即派僧徒去迎佛骨，将佛骨接到宫中，供养三天，然后送回佛寺。王公大臣争着瞻仰布施，唯恐不及。只有正任刑部侍郎的韩愈慨切上谏，道：

佛者夷狄之一法耳，自后汉时始入中国，上古未尝有也。昔黄帝在位百年，年百一十岁，少皞在位八十年，年百岁，颛顼在位七十九年，年九十岁，帝喾在位七十年，年百五岁，尧在位九十八年，年百一十八岁，帝舜及禹，年皆百岁，其后汤亦年百岁，汤孙太戊在位七十五年，武丁在位五十年，史不言其寿，推其年数，当不减百岁。周文王年九十七，武王年九十三，穆王在位百年，当其时佛法未至中国，非因事佛使然也。汉明帝时，始有佛法，明帝在位才十八年，其后乱亡相继，运祚不长。宋齐梁陈元魏以下，事佛渐谨，年代尤促。唯梁武帝在位四十八年，前后三舍身施佛，宗庙祭不用牲牢，尽日一食，止于菜果，后为侯景所逼，饿死台城，国亦浸灭。事佛求福，乃更得祸，由此观之，佛不足信，亦可知矣。高祖始受隋禅，则议除之，当时群臣识见不远，不能深究先王之道，古今之宜，推阐圣明，以救斯弊，其事遂止，臣常恨焉。今陛下令群僧迎佛骨于凤翔，御楼以观，舁入大内，又令诸寺遞加供养，臣虽至愚，必知陛下不惑于佛，作此崇奉以祈福祥也。但以丰年之乐，徇人之心，为京都士庶设诡异之观，戏玩之具耳，安有圣明如陛下，而肯信此等事哉？然百姓愚冥，易惑难晓，苟见陛下如此，将谓真心信佛，皆云天子大圣，犹一心信向，百姓微贱，岂宜更惜身命？遂至灼顶燔指，十百为群，解衣散钱，自朝至暮，转相仿效，唯恐后时，老幼奔波，弃其生业，若不即加禁遏，更历诸寺，必有断臂脔身，以为供养者。伤风败俗，传笑四方，非细事也。佛本夷狄，与中国言语不通，衣服殊制，口不道先王之法言，身不服先王之法服，不知君臣之义，父子之情，假使其身尚在，来朝京师，陛下容而接之，不过宣政一见，礼宾一设，赐衣一袭，卫而出之于境，不令惑众也。况其身死已久，枯朽之骨，岂宜以入宫禁？乞付有司，投诸水火，断天下之疑，绝前代之惑，使天下之人，知大圣人之所作为，固出于寻常万万也。佛如有灵，能作祸祟，凡有殃咎，悉加臣身，上天鉴临，臣不怨悔。

宪宗看到这份奏折，不禁大怒，并拿给宰相看，想要治韩愈死罪。裴度、崔群劝阻道：“韩愈的语气虽然狂妄，但表达的意思却忠诚恳切，陛下应当宽容，以广开言路。”宪宗说：“韩愈说我奉佛太过，朕还可以容忍。至于说到东汉以后信佛的天子，全都半路夭折，这岂不是在咒我吗？韩愈身为人臣，如此狂妄，罪过实难饶恕。”崔群和裴度又再三求情，宪宗才贬韩愈为潮州刺史。

韩愈到潮州后，善于体察民间疾苦。百姓们都说恶溪里有鳄鱼，多次吃掉牲畜，实在是个祸害。韩愈就亲自前去巡视，并且命令属下把一只羊和一头猪投进溪水中，还亲自撰写祭文，对着溪水宣读，感人肺腑，限期让它们离开这里。据说，当天夜里，溪中出现一阵急风，溪水逐渐干涸，鳄鱼竟全部向西迁徙，潮州从此没有了鳄鱼之患。韩愈又上奏宪宗，表达自己的诚意，宪宗也很后悔，想要将他召回。同平章事皇甫镈一向忌讳韩愈耿直，上奏说韩愈为人张狂，只可酌情迁到内地，于是，宪宗改任韩愈为袁州刺史。

再说那李师道本来想要归顺朝廷，准备送儿子入京为人质，但因为妻子魏氏阻拦，就改变了想法。魏氏又勾结小妾蒲氏、袁氏，家奴胡惟堪、杨自温，以及孔目官王再升等人，一同劝李师道，大意是说："节度使管辖十二个州，怎么能无端割让献给朝廷呢？现在，境内兵马不下几十万，即使不献三州，大不了打一仗，如果打不过，到那时再献地也不迟。"

于是，李师道决定再次反抗朝廷。宪宗非常气愤，调兵去征讨。因为武宁节度使李愿多病，郑权又是新任，经验不足，所以，宪宗特地调李愬为武宁节度使。李愿是李愬的哥哥，被召为刑部尚书，再迁乌重胤为横海节度使，让郑权去邠宁镇守。

李愬上任后，会同魏博节度使田弘正一同进逼平卢，连战连胜，捕获平卢兵马使李澄等四十七人，全部送进京师。宪宗一概赦免，分别派到各个行营，让他们戴罪立功。并且命令各行营的众将说："所有降将，如果家有父母，想要回家探亲的，可以给路费放回去。朕只诛杀李师道，其余的全部赦免。"此诏书一下，平卢的军兵相继投降。

李师道一向信任判官李文会和孔目官林英，所有旧将高沐、郭昈、李存等人，都被李文会等人陷害，其中高沐被杀，郭昈和李存被囚禁。幕僚贾直言冒死上谏李师道两次，也被李师道押进大牢。牙将李英昙竟然被勒死。等到官军进逼平卢，李师道属下军心大乱，李师道不得已，只好释放囚犯，再次起用他们，让李文会出任登州刺史。但这一切已经无济于事，李师道军兵屡战屡败。

李愬进拔金乡，韩弘进克考城，楚州刺史李听又进兵海州，兵临东海。田弘正进战东阿、阳谷，连破叛军。李光颜进攻濮阳，收复斗门、杜庄两地。一时间四面楚歌，吓得李师道手忙脚乱，担惊害怕，竟吓出病来。

不久，李愬攻破鱼台，进入丞县，郓州形势更加危急。李师道招募民夫修城，男人不够，就抓女人做事，郓城百姓怨言四起。

都知兵马使刘悟，被李师道派往阳谷防御田弘正。刘悟这个人待兵宽厚，颇得人心，军中称他为"刘父"，但是刘悟和魏博军交战，往往失败。有人到李师道那里去告状，说："刘悟不操练军队，专门笼络人心，今后必为祸患，应当马上除掉。"李师道就暗中派了两个军使，秘密带着自己的亲笔信交给行营副使张暹，命令他找机会杀掉刘悟。

张暹和刘悟是好友，就把密信给刘悟看了。刘悟立即派人秘密逮捕两个军使，就地杀死，又召集众将，说："我们在前线不顾生死，抗击官军，李师道却听信谗言，要来取我刘悟的人头。我死之后，你们恐怕也活不了。如今，官军奉天子之命，只诛杀李师道一人，我们为什么要随他丢了自己的性命呢？我们不如偃旗息鼓，一同回郓城，奉朝廷的命令，铲除叛逆，不但可以免除危亡，而且可以获得功名富贵。"兵马副使赵垂棘半天才答道："能行吗？"刘悟呵叱道："你和李师道是同谋吗？"说完，刘悟拔出佩刀，将赵垂棘砍死，又大声说："现在我们就出发回郓城，违令者立即斩首！"将士们还在犹豫，又被刘悟杀死了三十多个犹豫不决的人。其他的人都害怕了，一齐颤抖着说："我们都听您的！"刘悟又下令说："进了郓城以后，每人赏铜钱百贯，只要不擅拿军用物资，逆党和仇家的东西可以随便抢。"大家都答应了。于是，刘悟命令士兵们先吃饱饭，然后半夜出发，悄悄地回到了郓城。

到了城下，天还没亮。刘悟就先派十个人叩门，只说是刘都头接到密令，连夜赶回。守军不知有变，打开城门，这十个人拔刀就砍，吓得门卒四散奔逃。刘悟又带兵来到内城，内城的守军开门放进刘悟，但是，牙城紧闭，不肯开门。刘悟领兵放火，劈开城门。牙兵不满五百人，起初还有人反抗，后来看见刘悟大军如潮水般涌来，知道抵挡不住，都把弓箭丢在地上，一哄而散。刘悟派人搜捕李师道。

李师道刚刚起床，急忙找到两个儿子，躲进厕所。不料厕所旁边有缝隙，竟然被刘悟的士兵看见了，七手八脚地把李师道父子抓去。刘悟不想见李师道，当下传令推出李师道父子，到牙门外的空地上一起斩首。刘悟再命令都虞侯巡行城市，禁止掳掠，到了中午，全城基本安定。刘悟只把叛党二十多人按罪处死，其余的全部免去死罪。

然后，刘悟派人把李师道父子的三颗人头送到魏博军田弘正的大营，继而搜得李师道的妻子魏氏以及侍妾蒲氏和袁氏等人，一一审讯。魏氏颇有几分姿色，再加上伶牙俐齿，很会打动人，蒲氏和袁氏也是郓城的尤物，几个人一经牵到帐前，立即跪地求饶，个个眉目含泪，楚楚可怜。那倒戈逞强的刘悟，本来就是个假英雄，偏偏遇上了这几个长舌妇人，不由得化刚为柔，生出百般怜爱来了。

第七十七回 游猎无度的穆宗

刘悟见魏氏等人楚楚可怜，不忍心杀掉，让她们返回内室，又派妻子李氏进去好言抚慰一番。

原来，这个刘悟是前平卢节度使刘正臣的孙子，刘正臣为国殉难，叔父刘全谅当了宣武节度使，任命刘悟为牙将。刘悟得罪了他，辗转奔逃，仍回到平卢。李师道的哥哥李师古见刘悟相貌不凡，曾经对左右说："此人将来必定富贵，但恐怕会败坏我家。"于是，李师古让刘悟统领后军，并把堂妹嫁给了刘悟，想让他诚心归附。没想到真如李师古所料，最后，刘悟还是倒戈叛变了。

刘悟让妻子好言抚慰魏氏，姑嫂之间非常融洽。到夜里刘悟要休息时，魏氏又来道谢，刘悟对她很是怜爱，摆酒款待魏氏，蒲、袁二氏也在一旁陪侍。一来二去，三人竟然和刘悟勾搭成奸。

刘悟非常得意，因为朝廷曾经承诺，只要有人能杀李师道，并率众来降，就封给与李师道同样的官爵，于是，刘悟俨然以节度使自居，任命文武官员，更换州县长官，忙得不亦乐乎。

过了三天，魏博行营派人来祝贺。刘悟大摆酒宴，款待来使，席间又命令壮士搏斗，娱乐开心。刘悟力气大，这时也蠢蠢欲动，离开座位，呐喊助威，而且对来使自夸如何勇猛。来使自然当面奉承，引得刘悟心花怒开，连喝了好几大杯。酒宴结束后，来使辞行，刘悟又送给他许多钱财。魏博派来的使者，真是来祝贺的吗？非也，他是受了田弘正的密命，前来侦察刘悟举动的。

田弘正自从得了李师道父子的首级后，立即张榜告捷，又因为担心李师道的首级有假，特意把夏侯澄找来辨认。夏侯澄是李师道的属下，被擒后投降了田弘正。夏侯澄见到李师道的首级，悲痛欲绝，很久才苏醒，抱着李师道的头大哭不止，田弘正也不禁为之动容，称他为义士。这时，田弘正才知道李师道的人头不假，于是立即派人传送到京师。

宪宗大喜，任命户部侍郎杨于陵为淄青宣抚使，把十二州分为三道，郓、曹、濮为一道，淄、青、齐、登、莱为一道，兖、海、沂、密为一道。自从李正己占据淄青，历经李纳及李师古、李师道四任，共计五十四年，名为唐朝廷的领地，实际上是独霸一方，不但可以自己任免官吏，还不向朝廷缴纳税赋，就连淮西、成德各军也都和平卢相似，经宪宗依次平定后，河南、河北三十多个州才重新遵守唐朝廷的约束，不敢再专横跋扈了。

宪宗惩前毖后，想改任刘悟到其他藩镇，又担心刘悟不答应，再起纷争，于是下密诏让田弘正前去侦察。

田弘正表面上和刘悟修好，暗中却派人监视刘悟。等得到使者回报，田弘正不禁冷笑道："匹夫小勇，有什么作为？如果命他改任，必走无疑。"当即，田弘正将侦查情况密报宪宗。

于是，宪宗改任刘悟为义成节度使，并派田弘正带兵进郓城强制交接。刘悟正在纵情酒色，忽然接到朝廷让他改任的圣旨，大吃一惊，又听说田弘正带大军到来，急得神情沮丧，手忙脚乱，夜里就开始准备行装，也顾不得和魏氏等人寻欢作乐。等到天亮后，有人进来报告，说："来了无数的魏博大军，离这里只有数里之地了。"刘悟只得仓皇出来迎接，李公度、贾直言、郭旷、李存等人跟随着，来到离城二里的地方，正好遇着田弘正的人马，大家在客亭相见，寒暄几句后，田弘正就要进城。

刘悟还打算陪同进城，田弘正说："天子的命令不可以违抗。郓城的事现在由我田弘正来料理，假如您还有家眷没带出来，我自然会派人她们护送过来，请不要担心！"刘悟没办法，只有怅然离去。

田弘正除去了刘悟的苛刻禁令，百姓从此安居乐业。后来，田弘正查到李师道的文书，其中有赏王士元等十六人的记录，上面写的是刺杀武元衡案件的奖赏。田弘正按名索捕，将一干人犯全部抓获，押送京师，审讯证实后全部正法。

田弘正被加封为检校司徒，兼同平章事，仍受命回到藩镇；宪宗调任义成节度使薛平为平卢节度使，兼淄、青、齐、登、莱等州的观察使；任命淄、青行营供军使王遂为沂、海、兖、密等州观察使；任淮西留后马总为郓、曹、濮等州的节度使，这样分镇治理，总体上是想削弱藩镇的势力。

没想到，王遂残酷不仁，激成变乱。不到半年，役卒王弁等人责怪王遂在盛夏时大兴土木，用刑太过残暴，把王遂抓住乱刀砍死。王弁自称留后。后来，棣州刺史曹华受命前去沂州，抓住了王弁，在东市将他腰斩，其他的党徒都被消灭。曹华继任沂、海、兖、密观察使，这场祸乱才算平定。

宰相裴度，曾经为宪宗讨平了吴元济，李师道被消灭，裴度也功不可没。裴度上书宪宗，极言宦官专权的祸患比藩镇还厉害。皇甫镈、程异因为与裴度不和，就勾结宦官，百般诬陷裴度。宪宗竟然贬裴度为河东节度使，只是还没有撤销他同平章事的职衔。

不久，程异病死，皇甫镈推荐河阳节度使令狐楚为宰相。令狐楚和皇甫镈是同一年的进士，所以得到引荐。河东节度使张弘靖卸职还朝，正赶上宣武节度使韩弘也回到朝中，并请求留在京师。宪宗于是派张弘靖接替韩弘，加封韩弘为司徒，兼中书令。魏博节度使田弘正也进京朝拜，并申请留在京城，多次请求，宪宗都不批准，任命他兼任侍中，赐给厚礼。田弘正虽然奉命回到藩镇，但兄弟子侄大多留在京城中，宪宗都将他们一一提拔，真是人人羡慕。

宪宗认为河南、河北平定了，各个藩镇也都安稳服帖下来，更觉得天下太平，自己功德显赫。皇甫镈等人趁机献媚，奉宪宗尊号为元和圣文神武法天应道皇帝。度支使、盐铁使等一帮小人，随时进奉钱财，多多益善。以前藩镇作乱时，进奉的名目叫作助军，等到藩镇平定，改助军为助赏。皇上有了新的尊号后，又改称为贺礼，就连左右军中尉也各自献钱万贯。这些钱无非都是他们搜刮上来的民脂民膏。

库部员外郎李渤出使陈许，回朝后大发感慨："渭水以南各县的百姓大多流离失所，很大的原因就是受不了奸臣搜刮。这伙人盘剥百姓谄媚皇上，才导致这种恶果。"皇甫镈等人恨他多嘴，就想找机会陷害李渤。李渤很机警，提前以生病为由辞职归隐。他本来就被人称作少室山人，先前因为朝廷多次征召，才无奈进朝为官。现在被奸臣忌恨，当然不留恋官场，辞官归隐。

台州刺史柳泌奉旨上任，他每天驱使官民上山采药，一年多也没采到一棵仙草，因为担心被治罪，就逃到山里躲了起来。浙东观察使抓捕柳泌押送京城，皇甫镈、李道古等人却替柳泌辩护。最后，柳泌不但免罪，反而被任命为待诏翰林，又让他合成灵药进贡。

宪宗服了他的药以后越来越干渴。起居舍人裴璘上奏："药物只能用于治病，不应该经常服用。况且金石酷热有毒，加重火气，不是脏腑所能承受的。古话说：'君饮药，臣先尝。'请先让柳泌先服用一年，试验利害，然后皇上再服也不迟。"宪宗不但不听，反而把裴璘贬为江陵令。

同平章事崔群被皇甫镈排挤，出任为湖南观察使。知制诰武儒衡是已故宰相武元衡的堂弟，忠直敢言，也被令狐楚忌恨，设了个局把他贬为中书舍人，兼左军中尉。

吐突承璀从淮南回京后仍然得宠，他结党营私，势力越来越大。后来，同党之间发生内讧，内侍宦官王守澄、陈弘志等人和吐突承璀势力相当，互为倾轧。宫廷之中，危机四伏。

宪宗误服金石药物后，性情暴躁，左右宦官随时都有可能获罪致死，因此人人自危。吐突承璀曾和宪宗的次子澧王李恽有很深的交情，以前太子李宁病故时，他曾劝宪宗立李恽为太子，因为李恽的母亲出身低贱，宪宗不同意，立遂王李恒为太子。

现在宪宗病重，吐突承璀又开始策划拥立李恽。太子李恒得知消息，秘密派人向司农卿郭钊问计，郭钊是太子的舅舅，他特意嘱咐使者传话给太子说："殿下只要尽到孝道，静待天命就可以了，不能乱来。"太子于是耐心静待。

到了元和十五年元日，宪宗病重，中途退朝，大臣们都很担心。正巧这时，义成节度使刘悟前来朝拜，宪宗在麟德殿召见他。刘悟出来后，对群臣说："皇上龙体安康，各位不必多虑。"大家听了刘悟的话，还以为皇上已经转危为安了，放心退朝回家。不料过了一夜，宫中竟然传出噩耗，说皇帝驾崩。群臣急忙来到中和殿，只见殿门外已经被中尉梁守谦带兵包围，里面的寝室也被王守澄、陈弘志以及众多宦官把守，不准大臣靠近龙床。陈弘志扬言说："皇上误服金丹，毒发驾崩，真是出人意料，幸好留有遗诏任命太子继位，加封司空兼中书令韩弘代理宰相。太子现在寝室，应当即日正位，然后治丧。"

皇甫镈、令狐楚等人本来就没什么气节，见寝殿内外已经被一班宦官占了先机，料知难以抗争，只好唯唯听命。

陈弘志手段毒辣，密派心腹埋伏在皇宫附近，等吐突承璀和澧王李恽来奔丧时，出其不意将他们杀死。宫中没听说两个人的死讯，都忙着办理太子继位的礼仪和料理丧事。太子李恒在太极殿继位，历史上称为穆宗。

皇甫镈朝贺后回到家里，第二天早晨正要上朝，忽然，中使来传圣旨，历数他的罪状，把他贬为崖州司户参军。皇甫镈不禁落下泪来，等中使离开后，他和家人告别，自己叹息着说："王守澄、陈弘志等人谋反，我身为宰相，不能讨伐叛逆，当然可以说是罪该万死，但要说我引荐方士，以致害死皇上，这点实在是冤枉我啊。"说完，皇甫镈离开京城向南出发，最后竟然死在崖州，天下人拍手称快。左金吾将军李道古也被贬为循州司马，方士柳泌以及僧人浮屠大通被乱棍打死，中尉宦官梁守谦等人都加官晋爵。

穆宗封御史中丞萧俛和翰林学士段文昌为同平章事，尊称生母郭贵妃为皇太后，追赠太后的父亲郭暧为太尉，母亲为齐国大长公主，兄长郭钊晋升为刑部尚书，郭鏦为金吾大将军。太后移居兴庆宫，穆宗常常率百官到宫中探望，豪华显赫，荣耀无比。穆宗既好奢侈，又爱玩乐，继位不久，就在丹凤门宣旨大赦天下，召来歌舞杂耍，纵情玩乐。过了很多天，又来到左神策军中，观看军中勇士徒手搏斗。监察御史杨虞卿等人上疏劝阻，穆宗表面上满口答应，却丝毫不改。

柳公绰的弟弟柳公权书法遒劲，穆宗非常赏识，召为翰林侍书学士。穆宗曾问他："爱卿的书法怎么写得这么好？"柳公权回答说："用笔在心，心正笔自正。"穆宗听了很有感触，知道他是借书法劝谏自己，但江山易改，本性难移，再加上左右一些小人阿谀奉承，每天怂恿，单靠两三个直臣，几句正话，始终无济于事。

江陵士曹元稹很有文才，善于制作歌曲，曾和监军崔潭峻关系很好。崔潭峻记录元稹的一些旧作拿到宫里，宫人们非常喜欢，歌曲宛转悠扬，非常好听。穆宗就问是什么人作的？崔潭峻说是元稹，并且盛赞元稹才华非凡，可以任用。穆宗于是召他进京，任他为知制诰。

中书舍人武儒衡，瞧不起元稹。一天，正是个很热的夏天，同僚在一起吃瓜，元稹也在座，武儒衡看见瓜上有苍蝇，就用扇子挥去，并且说："苍蝇从哪里来的，都聚在这里。"同僚们都大惊失色，惟独武儒衡神色自若，元稹满脸惭愧地退下了。

元稹字微之，宪宗时曾当过左拾遗，不久又封为监察御史，出外办案。后来被人弹劾，被贬为江陵士曹参军。因为他勾结宦官，所以，武儒衡对他格外奚落。但要说起他的文才，和白居易应该在伯仲之间，他的诗作天下称颂，当时人称"元和体"，宫中都叫他元才子。不过，元稹行为不注意，以致身败名裂，可见才德这两个字，的确是缺一不可。

这年六月，宪宗被安葬在景陵。宪宗在位十四年，享年四十二岁。穆宗葬完宪宗，趁着天气秋凉，带着后宫佳丽成天嬉戏，赏赐毫无节制，而且想要开重阳大宴。拾遗李珏和同僚上疏，奏道："先帝刚刚安葬，三年守丧的礼节不可乱，大宴群臣恐怕不合适，应当从缓为宜。"穆宗不听。

到了九月九日，穆宗大宴文武百官，格外丰盛，足足畅饮了一天。既而，谏议大夫郑覃、崔郾等五个人进言说："陛下酒宴过多，游玩无度，每天和戏子混在一起，终究不是正理，就是一切赏赐也应当从俭。钱财都是百姓的血汗，应当赏给有功之臣，虽然国库有余，但总希望陛下爱惜，留到急需的时候再用！”

穆宗自继位后，很久不听大臣谈论政事，现在突然听到朝臣议政，就问宰相说：“这几个人是谁呀？”宰相回答说是谏官。穆宗这才让宰相传话说：“朕听从各位的建议。”宰相传达后，大臣争相庆贺。哪知，穆宗口是心非，只不过是表面敷衍，并没有真心改过的意思。他曾经对给事中丁公著说：“朕听说近来民间百姓也大多喜欢酒宴娱乐，想必是民和年丰，所以才有这样的景象，朕感到很欣慰啊。”丁公著道：“这不是什么好事，恐怕将来会出麻烦。”穆宗惊问什么原因，丁公著回答说：“自从天宝以来，公卿大夫竞相游乐宴饮。长此下去，政事荒废，能不出麻烦吗？愿陛下稍加禁止，这才是朝廷的福分啊！”穆宗似信非信，仍然拖延了事。

不久，冬天到了，穆宗又打算出游华清宫。此时，韩弘已被罢免，令狐楚也被贬为衡州刺史，另外任用御史中丞崔植为同平章事。崔植和段文昌率领文武官员来到延英门，再三上表恳切谏阻，并说御驾出巡，臣等应当随从护驾，请求当面对话。穆宗既不上殿，也不回话。谏官们从中午一直等到晚上，仍然没有回音，不得已陆续散去，约定第二天早晨再来上谏。

不料，第二天宫中传出消息，说皇上的车驾已经从小道出城，前往华清宫了，只有公主、驸马和中尉神策六军使率领禁兵一千多人护驾而去，群臣都叹息不已。好不容易等到天黑，这才听到皇上的车驾已经回宫了，大家才安心返回。

第七十八回 河朔三镇再次沦陷

成德节度使王承宗，自从送人质、割土地后，还算安分守己，于元和十五年十月病故。他的儿子王知感和王知信还留在京师当人质。成德军秘不发丧，而是推立王承宗的弟弟王承元继任节度使。

王承元年方二十，他对将士们说："诸位没忘记先人的恩德，不嫌我年少，让我暂时代理军务，我很感激。我想继承忠烈王武俊公的遗志，效忠朝廷，不知各位愿意追随我吗？"大家欣然同意。

王承元就在偏厅处事，自己不称留后，秘密上表向朝廷请示。朝廷这才知道王承宗已经去世，于是调派魏博节度使田弘正为成德节度使，迁王承元为义成节度使，并且派谏议大夫郑覃宣慰成德军，赐钱一百万贯，分赏给将士们。

将士们听说王承元改任义成节度便，全都哭着挽留。王承元也含泪对大家说道："诸位厚爱，不想我王承元到别的地方去，这份盛情让我感动。但如果让我违背朝廷的旨意，就只会增加我王承元的罪责。以前李师道没被剿灭时，朝廷也曾下诏赦免，召他进京。李师道要走，众将却坚持挽留，后来杀死李师道的就是这些将士，各位不要让我步李师道的后尘。"

说完，王承元又向大家下拜，将士们都不再说什么，唯独大将李寂等十几个人还在强劝，不让他走。王承元忍不住变了脸色，说："我王承元不敢抗旨，你们却敢抗命吗？"随即叫左右绑住李寂等人，推出去斩首，军心这才安定下来，王承元于是到滑州上任去了。

第二年，穆宗改年号为长庆，卢龙节度使刘总奏请弃官为僧，请朝廷另选官员继任。刘总曾经弑父杀兄，骗得节度使的职位，为什么这次又不愿做官，反而要出家呢？原来，刘总虽然得到了心中想要的官位，心里却不免恐惧。每当夜深人静时，总是看见父兄在身旁怒目瞪着自己，他不得已请来僧人诵经拜佛，偏偏佛法不灵，冤魂还是多次骚扰他，甚至是在青天白日，他也感觉父兄跟着自己，因此更加害怕。

又见河南、河北都已经被瓜分，于是，刘总决定弃官为僧，上奏把属地分为三道，幽、涿、营为一道，平、蓟、妫、檀为一道，推荐张弘靖、薛平为节度使；瀛、莫为一道，推荐卢士玫为观察使。他又挑选一些手下的老将像朱克融等人，送到京城，请求朝廷量才录用，还献上战马一万五千匹，然后削去头发，等待朝廷的命令。好几天也不见圣旨下来，他就把印信交代给留后张玘，自己悄悄地离开了。

穆宗接到刘总的奏折后也没在意，仍然宴饮游玩。过了好多天，才让大臣们商议，当时萧俛、段文昌相继被罢免，改用户部侍郎杜元颖为同平章事。

杜元颖是杜如晦的五世孙，和崔植先后加封为丞相，崔植还有些操守，只是处理事务还不够干练，杜元颖却庸碌无能。两人商量了一下，同意刘总为僧，只是对于分道一事，却不完全同意，只答应调河东节度使张弘靖继任，在原来的藩镇内也只割瀛、莫两州，归卢士玫统领。卢士玫曾任京兆尹一职，是刘总妻子的亲戚，刘总因此特别举荐，也有些假公济私的意思在里面。两位丞相也不好不给面子，于是就答应了刘总的这条请求，所推荐的部将朱克融等人，留京选拔任用。

穆宗当然准奏，对这个刘总也下发了两道圣旨，一是准他出家为僧，并赐给他僧服，二是晋封他为侍中，让他统领郓、曹、濮三州，并赐号天平军。两种让他自己选择，传达圣旨的宦官到了幽州才知道，刘总早已离去。留后张玘四处寻找，在定州境内的一座山崖下面找到了刘总的尸骸，于是买棺入殓，并通报刘氏子弟，送回老家安葬。

先前的河北各位统帅，都能和将士们同甘共苦，张弘靖上任后，却故作骄贵，深居简出，政事大多让给各位幕僚去做，所用的判官韦雍等人又都是些年少浮躁的人，出入喧哗扰民，非常令人厌恶。朝廷赏给卢龙军的一百万贯钱，被张弘靖截留了二十万，充作军府杂用。韦雍等人又克扣军士们的粮饷，并且多次辱骂军士们说："如今天下太平，你们这帮家伙能拉两石弓，还不如认识一个丁字。"军士们听了，都有怨言。

正巧朱克融等人被朝廷送回，仍然归本镇使用。朱克融求官不成，白白花了许多旅途费用，等回来见到张弘靖，张弘靖对他也没什么礼貌，表现得很冷淡。朱克融忿忿不平，暗中生出了异心。

这时候，韦雍正好出游，被一名小校冲撞了马头，韦雍命人把小校拉下马，要在街中当众打这名小校，小校不服。韦雍将小校带回后交给张弘靖，张弘靖把他下狱定罪。

当晚，军中发生变乱，士卒冲入帅府，拿住张弘靖，抢掠财物妇女，并杀死幕僚韦雍、张宗元、崔仲卿、郑埙和都虞侯刘操、牙将张抱元等人。只有判官张彻为人一向厚道，大家不忍心对他下手，就和他商议怎么办。张彻骂道："你们这些人为什么要造反呢？将来只怕要被灭族啊。"话还没说完，张彻也被士卒杀死了。士卒们把张弘靖关在蓟门馆，商议另外推举一个人为留后，商量了一夜，也没商量好。

第二天，大家又后悔了，都到蓟门馆谢罪，请求张弘靖原谅。等了半天，也不见张弘靖回答。大家心想，他一言不发，肯定是不愿意原谅我们，我们不能坐着等死，只好另外再立一个统帅了。

于是，众人去迎接老将朱洄来当留后。朱洄就是朱克融的父亲，当时正因病在家，他推说自己年老多病，愿推荐自己的儿子代替自己，众人于是推举朱克融为留后。穆宗听到变故后，把张弘靖贬为吉州刺史，调昭义节度使刘悟（穆宗改任刘悟为昭义节度使）为卢龙节度使。刘悟不愿改任，上表称朱克融势力正强，不如封他为节度使，从长计议。于是，穆宗仍然让刘悟统领昭义军，另外想办法对付朱克融，始终不想封朱克融为节度使。

偏偏一波未平，一波又起，成德兵马使王庭凑竟然勾结牙兵，刺杀了节度使田弘正，王庭凑自称留后。唐朝廷应接不暇，越发惊慌失措。

原来，田弘正迁任成德节度使后，考虑到以前和成德军交战，积有宿怨，担心军士们报复，特地带魏博兵两千人留作自卫，并且上表请求另外支付粮饷。户部侍郎崔俊气量狭小，毫无远虑，不肯照给。田弘正再三上表也没有结果，只好把魏博兵送回原镇。果然，不到半年，成德兵马使王庭凑就聚众作乱，攻进帅府，杀死田弘正及家属二百多人。所有田弘正的下属，亦大多遇害，这个王庭凑竟自称留后。

这时，李愬正任魏博节度使，听说田弘正遇害，义愤填膺，对军士们说："咱们魏博人之所以能享受朝廷恩泽，现如今富乐安宁，究竟是谁给我们带来的好处？"大家齐声回答："是田公弘正。"李愬又说："大家既然都受到了田公的厚恩，现在田公被成德军杀害，你们打算怎么办？"军士们齐声说道："誓死为田公报仇雪恨！"

于是，李愬检阅兵马，主动请命讨伐成德，并拿出宝剑和玉带，派使者赠送给深州（深州属成德管辖）刺史牛元翼，并且传话对他说："过去我的先人用这把宝剑立下赫赫战功，我如今又拿着这把宝剑平定了蔡州，现在我把它赠送给您，请尽力剪除叛贼王庭凑。"

牛元翼本来是成德军的一名猛将，他感谢李愬的知遇之恩，拿着宝剑和玉带，晓示军中，并且让魏博来的使者回去报告李愬，说自己一定誓死尽力。李愬于是上表推荐说牛元翼忠诚可用。不久，圣旨下发，加封牛元翼为深、冀节度使。牛元翼受命后，写信感谢李愬，并约李愬互为援兵，准备即日发兵。

李愬整军待发，忽然得了病，躺在床上起不来，只好赶紧上表，请朝廷选拔贤才代任。朝廷商议后，认为魏人向来听从田弘正，打算起用田弘正的儿子田布继任魏博节度使。穆宗准奏，封田布为检校工部尚书，兼任魏博节度使，召李愬回东都养病。李愬见田布接任，立即交接，回到京城，不久病故，享年四十九岁，朝廷追赠他为太尉，谥号为李武。

田布上任后，住着土房，每月朝廷发给他的俸禄一千贯钱，一分不要，并且卖掉旧房产，一共得了十余万贯钱，全部分给将士们，发誓要为父报仇。

这时，朱克融却日益猖獗，不仅诱降莫州都虞侯张良佐，赶走了刺史吴晖，还煽动瀛州军士捉住观察使卢士玫，将他送到幽州囚禁起来。不久，朱克融又和王庭凑联络，合攻深州。

朝廷派殿中侍御史温造为起居舍人，兼任四面诸军宣慰使，协调各道军事。各路兵马大多观望不前，穆宗再调裴度为镇州四面行营都招讨使。裴度受命出发，翰林学士元稹和知枢密魏弘简暗中勾结，谋求当宰相，他们担心裴度立功后会得到重用，妨碍自己升官，因此百般阻挠，凡是裴度所奏的军事建议，大多不予执行。裴度于是上疏弹劾，奏折上写着：

陛下欲扫荡幽镇，先宜肃清朝廷，河朔逆贼，只乱山东，禁闱奸臣，必乱天下。是则河朔患小，禁闱患大。小者臣与诸将必能剪灭，大者非陛下觉悟制断，无自驱除。臣自兵兴以来，所陈章疏，事皆切要，所奉诏书，多有参差，蒙陛下委付之意不轻，遭奸臣抑损之事不少。臣素与佞幸，无甚仇隙，不过恐臣或有成功，曲加阻抑，进退皆受羁牵，意见悉遭蔽塞，但欲令臣失所，使臣无成，则天下理乱，山东胜负，悉不顾矣。为臣事君，一至于此。若朝中奸臣尽去，则河朔逆贼，不讨自平，若朝中奸臣尚存，则逆贼虽平无益。陛下倘未信臣言，乞出臣表，使百官集议，彼不受责，臣当伏辜。臣不胜翘首待命之至！

奏折上去后却没什么反应。裴度接连又上了两道奏折，痛陈魏弘简、元稹两个奸臣，穆宗这才贬魏弘简为弓箭库使，元稹为工部侍郎，暗地里仍然宠幸如故。

横海节度使乌重胤率领全部兵马前去救深州，独挡幽、镇东南各军。乌重胤老成持重，见贼势正盛，不易剿除，就筑下深沟高垒，按兵不动，观察敌情，等待机会。左领军大将军杜叔良很会讨好权贵，深得宦官喜爱。宦官就诬陷乌重胤逗留误事，想让杜叔良去代替他。穆宗信以为真，迁乌重胤为山南西道节度使，派杜叔良代替他统领横海军，兼任深州行营节度使。杜叔良赶到深州，和成德军交战，屡战屡败，博野一战，伤亡七千多人。杜叔良狼狈地逃了回来，连旗帜都丢了。穆宗这才知道是自己误用了，另调凤翔节度使李光颜为忠武军节度使，兼任深州行营节度使，代替杜叔良。

自从宪宗征讨四方以来，国库早已用空，穆宗继位后奢侈无度，加上大举用兵，天天需要军饷，国库捉襟见肘，入不敷出。朝中大臣为了节省开支，上奏道："王庭凑杀害田弘正，朱克融囚禁张弘靖，罪有轻重，不应同时讨伐，请陛下暂时赦免朱克融的罪行，专门讨伐王庭凑。"穆宗于是任命朱克融为卢龙节度使。朱克融被赦免后，不但不知悔改，反而派兵四出，先攻陷弓高，接着围攻下博。

前翰林学士白居易为人正直，屡遭妒忌，先后被贬为江州司马、忠州刺史，长庆初年才又回朝升任中书舍人，他目睹时世艰难，忍无可忍，又再次上书穆宗说：

自幽镇逆命，朝廷讨诸道兵计十七八万，四面攻围，已逾半年。王师无功，贼势犹盛。弓高既陷，粮道不通，下博深州，饥穷日蹙。盖由节将太众，其心不齐，朝廷赏罚，又复误用，未立功者或已拜官，已败衄者不闻得罪，既无惩劝，以至迁延，若不改张，必无所望。请令李光颜将诸道劲兵，约三四万人，从东速进。开弓高粮路，令下博诸军解深州重围，与元翼合势，令裴度将太原全军，兼招讨旧职，四面压境，观衅而动，若乘虚得便，即令同力剪除，若战胜贼穷，亦许受降纳款，如此则夹攻以分其势，招谕以动其心，必未及诛夷，自生变故，仍诏光颜选留诸道精兵，余悉遣归本道，自守土疆。盖兵多而不精，岂惟虚费资粮？兼恐挠败军陈故也。诸道监军，请皆停罢，众齐令一，必有成功。又朝廷本用田布令报父仇，令领全师出界，供给度支，数月以来，都不进讨，非田布固欲如此，实由魏博一军，累经优赏，兵骄将富，莫肯为用。况其军一月之费，约需钱二十八万缗，若更迁延，将何供给？此尤宜早令退军者也。若两道止共留兵六万，所费无多，既易支持，自然丰足。否则兵数不抽，军费不减，食既不足，众何以安？不安之中，何事不有？况有司迫于供军，百端搜括，不许则用度交缺，尽许则人心无餍，自古安危，皆系于此，伏乞圣虑察而念之！

穆宗看完奏折后，仍然毫不在意。崔植、杜元颖也故意拖延，不过问这些事，还有那西川节度使王播，因为贿赂宦官得到宠幸，被升为盐铁使，不久当了宰相，他只知道逢迎拍马，不谈政治。

到长庆二年，魏博再次作乱，河朔三镇相继沦陷。

原来，魏博节度使田布对牙将史宪诚特别偏爱，封他为先锋兵马使，军中的精锐部队都归他调度。史宪诚前军出发，田布跟进，大军来到南宫，遇到天降大雪，军队不能前进，粮饷又没运到。田布就命令调拨河北六州的租赋，供给军需。将士们不高兴，他们对田布说："我们出境作战，一向都是由朝廷供给军饷，现在您搜刮六州百姓的血汗钱，虽然肥了国库，却苦了六州人民啊！"田布默然不答。将士们退出转告史宪诚。史宪诚早已蓄谋造反，因此不但不加以劝慰，反而从旁煽动，于是军心更加涣散。

后来，朝廷下诏书分魏博军给李光颜，让他去救深州，于是田布的军队纷纷溃乱，归附史宪诚。田布只带领中军八千人回归魏州，又召集众将商议，打算再次出兵。众将更加不情愿，都吵着说："田尚书如果能效仿先王田承嗣那样拥兵自立，我们情愿和你共生死，否则我们也无能为力了。"田布想再和他们商议，众将全都拂袖而去。

田布不禁黯然落泪说："报仇的事无法实现了。"然后，田布写了封遗表，说明当时的情况，并把表文交给幕僚李石，然后来到父亲灵前，抽刀说道："事到如今，我只有以死谢罪了。"说完，田布剖腹自尽，年仅三十八岁。

史宪诚听说田布已死，立即宣告大众，表示愿意效仿田承嗣拥兵自立，叛军当然拥立史宪诚。史宪诚于是上奏朝廷，说田布因为战事不利，报仇无门而自杀了，现在众将士拥护自己。唐朝廷也不细察，只封田布为右仆射，谥号田孝人，然后封史宪诚为节度使。

史宪诚表面上归顺朝廷，暗中却和幽、镇勾结，于是，王庭凑的气焰更加嚣张。幽、镇军围攻深州，官军虽然三面支援，却都因为缺衣少粮，连冻带饿，无心恋战，就连名将李光颜也只能闭关自守。

招讨使裴度写信给幽、镇两州，以大义对他们进行责备，朱克融撤围退走，王庭凑虽然引兵后退，但还是留着不少兵士驻守。裴度打算专门讨伐一个王庭凑，无奈朝中有一个元才子是裴度的死对头，始终妒忌他成功，多次劝穆宗赦免王庭凑的罪过。穆宗竟然让裴度回朝，加封他为司空，并任东都留守，然后封朱克融和王庭凑为检校工部尚书，各兼节度使。朱克融释放出张弘靖、卢士玫，上表称谢。王庭凑虽然表面受命，却依然派军留在深州城下。

穆宗颁旨，让兵部侍郎韩愈前去宣慰王庭凑，满朝大臣都认为韩愈这一去太危险，诏书中也有"能去就去，不去也可"两句。韩愈却慨然说道："大臣为国尽忠，大不了一死，怎么能不去呢？"说完当即出发，直达镇州。王庭凑命令军兵拔刀列队，迎接韩愈。韩愈却毫无惧色。

王庭凑对韩愈说："多年战事不断，都是军士们所为，我王庭凑本心也不想这样。"韩愈厉声说道："天子认为您有将帅之才，才授予你节度一职，难道您连几个强健的军兵都无法辖制吗？"

这时，有兵士上前，说道："先太师（王武俊）为国赶走叛贼朱滔，现在血衣还在，我成德军哪里背负朝廷了，为什么要把我们看做盗贼？"

韩愈答道："你们还记得先太师，真是不容易。试想从前叛贼安禄山、史思明、吴元济、李师道等人的后代，现在还有在朝为官的吗？但是，昔日田弘正公率领魏博军归顺朝廷，子孙都在朝廷任高官。王承元也曾率军归顺朝廷，十五六岁就被封为节度使，刘悟、李祐，如今都身为节度使，这些你们又知不知道呢？”大家听了，都无言以对。

王庭凑担心军心动摇，让大家退下，并对韩愈说：“侍郎这次来，想让我怎么办？”韩愈回答说：“敢问尚书，你既然接受朝廷的命令，为什么始终围攻深州不退呢？”王庭凑说：“我马上退兵就是了。”随即，王庭凑设宴款待韩愈，并赐给厚礼，送他回京城，深州之围顿时就解了。

牛元翼率领十几名骑兵出城，逃往襄阳，家属却陷落在城中。深州守将臧平等人率众出来投降。王庭凑责怪他拥兵自守，杀了臧平等一百八十多人，从此，成德军六州（恒、定、易、赵、深、冀）、卢龙军九州（幽、蓟、营、平、涿、莫、檀、妫、瀛）、魏博军六州（贝、博、魏、相、卫、洛），全都专权跋扈，不再听从朝廷命令，河北一带又不再属于大唐所有了。

第七十九回 郭太后怒叱奸臣

昭义节度使刘悟因不肯调任，仍然留在原镇。昭义监军刘承偕在皇宫时深得太后宠爱，太后视他为养子，后来，刘承偕当了昭义监军，恃宠傲物，曾经在将士们面前侮辱刘悟，而且暗中和磁州刺史张汶勾结，打算把刘悟押送到京师。刘悟视破了他的阴谋，鼓动将士杀死了张汶，并捉住刘承偕，准备杀了他。幕僚贾直言责备刘悟，说："您要效仿李师道吗"刘悟这才没有杀刘承偕，而是把他押下大狱。

当时，裴度正奉旨回朝，穆宗问他该如何处置这件事。裴度说："臣早就知道刘承偕因宠生骄，专横跋扈，刘悟不堪忍受，曾写信给我，让我托宦官赵弘亮转奏陛下，陛下难道没听说吗？"穆宗道："朕没听说，但是这刘承偕作恶，刘悟为什么不早点上奏呢？"

裴度道："臣与陛下近在咫尺，提的意见和建议，陛下都不一定会采纳，何况是千里之外一人之言，皇上会听吗？"穆宗道："以前的事就不要再提了，现在该如何处置呢？"裴度回答道："陛下如果想让昭义的将士为您效力，就应该把刘承偕斩首示众。"穆宗道："朕倒无所谓，只是太后曾视他如同养子，还应当三思啊。"裴度建议流放刘承偕，穆宗赞成，于是下诏书把刘承偕流放到边关。刘悟于是放出刘承偕，上表谢恩。

不久，武宁副使王智兴赶走了节度使崔群，朝廷认为武力征服太难，就任命王智兴继任节度使一职。这时候，崔植、杜元颖被陆续免去丞相职务，元稹终于当上了宰相。元稹劝穆宗远调裴度，让他出镇淮南，圣旨一下，舆论纷纷谴责，大臣们全都请求留下裴度。穆宗这才留下裴度为宰相，派王播代替裴度镇守淮南，兼任盐铁转运使。

裴度和元稹同时担任宰相，当然水火不相容。元稹屡次要害裴度，但苦于没有机会。宦官大多和裴度不和，特地鼓动穆宗召用李逢吉。李逢吉曾经当过东宫侍读，出任山南东道节度使，此人诡计多端，暗中勾结宦官，现在又被推荐为兵部尚书，这摆明了是在排挤裴度。

没想到，这个李逢吉心肠更狠，刚一上任，就想把裴度和元稹一起干掉，自己好夺取相位。他命人到左神策军营，诬告元稹，说元稹和裴度有仇，要找人刺杀裴度。

神策中尉上奏穆宗，穆宗立即派尚书左仆射韩皋、给事中郑覃和李逢吉一同审问，没有实证，李逢吉回复穆宗，说："查无实据，但事出有因。裴、元二位丞相，同职不同心，所以才有这种谣言，请圣上定夺。"

穆宗中计，把裴度贬为尚书右仆射，贬元稹为同州刺史。有几个言官为裴度打抱不平，上疏穆宗："裴度没罪，不应该免除丞相职位，元稹早有阴谋，虽然没成功，却不能说没有原因，应该从重处罚。"穆宗不得已，再贬元稹为长春宫使，但就是不恢复裴度的相位，竟然任命李逢吉为同平章事。

穆宗见天下基本太平，内外无事，就率领神策军到骊山打猎，车马仪仗夹道陈列，极其铺张。回宫后，又整天和太监玩马球。一次，有一个太监落马，惊马冲到驾前，差点儿撞倒穆宗，幸亏左右用力拉住了马缰绳，穆宗才没受伤。但穆宗已经受惊成了风疾，两脚抽搐，不能走路，好几天不见上朝。

李逢吉等人多次请求觐见，都没听到答复。裴度三次上疏请求立下太子，而且多次进入内殿求见，穆宗不得已只好勉强上殿，裴度请求迅速下诏立太子，以安民心。李逢吉请求立景王李湛为太子。

原来，穆宗在位两年，没有立皇后，有五个儿子，长子李湛封为景王，是后宫王氏所生，李逢吉请求立李湛为太子，就是根据立嫡以长的道理。穆宗犹豫不决，又经文武大臣接连陈请，这才立景王李湛为太子，册封李湛的母亲王氏为妃，不久穆宗病愈。

第二年春天，户部侍郎牛僧孺升任为同平章事。御史中丞李德裕是前朝丞相李吉甫的儿子，声望本来高出牛僧孺，谁知牛僧孺当了宰相，李德裕反而被贬为浙西观察使，李德裕料想是李逢吉在私底下袒护牛僧孺，为牛僧孺报私仇，这才把自己挤出京，因此闷闷不乐。

李逢吉又秘密勾结宦官王守澄，陷害裴度，将他贬为山南西道节度使。当时，韩愈任吏部侍郎，又升任为京兆尹，六军不敢犯法，曾经私下议论道："此人敢烧佛骨，怎么惹得起呢？"李逢吉也忌他刚直，又想出一箭双雕的奸计，既害韩愈，又连带御史中丞李绅。李绅曾经排斥王守澄，王守澄托李逢吉陷害李绅。

于是，李逢吉便故意制造矛盾，使韩愈和李绅因为官场礼仪而产生摩擦，李逢吉就上奏穆宗，说他们二人有矛盾，穆宗就改任韩愈为兵部侍郎，改任李绅为江西观察使。等二人谢恩时，穆宗让他们各自讲明前因后果，这才知道是李逢吉从中挑拨，于是，穆宗仍让韩愈就任吏部侍郎，李绅任户部侍郎，并打算换人当宰相。

不料，没过多久，穆宗旧病复发，竟然卧床不起，连元旦都不能接受朝贺。穆宗正值壮年，为什么会一病再病呢？

原来，穆宗效仿他的父亲，服用金石药物，以致燥烈难当，损伤了元气。处士张皋，曾经上书劝谏穆宗不要重蹈宪宗覆辙，穆宗也当面答应，背地里仍然服用不停，以致病入膏肓。穆宗命令太子李湛监国。

太子李湛当时年仅十六岁，有宦官请郭太后临朝，太后怒叱道："你们想让我效仿武氏吗？武氏称帝，几乎颠覆了江山社稷，我家世代忠贞，岂能和武氏相提并论？即使太子年少，也可以选拔贤相辅政，只要你们不干预朝政，国家自然就太平了。试想从古到今，女子为天下元首的，真能治国安邦吗？"说着把宦官呈上的制书，随手撕裂，扔到废纸篓里。

太后的哥哥郭钊正任太常卿一职，他听说宫中有让太后临朝的建议，就给太后写信说："母后临朝，是历朝历代的弊政，要是太后果然同意太监们的奏请，臣愿意先带着儿子们辞官回家。”太后流着泪说：“祖先遗德，哥哥高义，我虽然是女流之辈，又怎么能违背祖训呢？”于是，郭太后写信回复哥哥郭钊，表示绝不干预后宫之外的事。

当天晚上，穆宗驾崩，年仅三十岁，在位仅四年。太子李湛在太极殿继位，史称敬宗。敬宗仍然用李逢吉代理宰相，尊称郭太后为太皇太后，尊母妃王氏为皇太后，次弟李涵仍封江王，三弟李凑仍封漳王，四弟李溶仍封安王。还有一位叫宋若昭的女官，才华出众，穆宗非常敬爱，宫中尊称为先生，继续在宫中留任学士。

宋若昭是贝州人，父亲宋廷芬以文学著名。宋廷芬的儿子大多很愚蠢不成才，倒是五个女儿才艺超群，长名名叫若莘，次女就是若昭，接着就是若伦、若宪、若荀。五女之中，若莘、若昭才艺更好，且都性情高洁，都不愿嫁人，一心钻研学问。若莘曾经著有《女论语》十篇，阐明妇道，若昭又为这本书作注释。贞元年间，昭义节度使李抱真赞扬五女的才能，德宗召进宫中当场面试，五女对答如流。德宗很是赞赏，把她们都留在宫中封为女学士，宪宗时对她们仍然十分宠爱。元和末年，若莘病死，被封为河内郡君。穆宗继位后，又封若昭为尚宫，敬宗改元后不久，若昭因病去世，敬宗赠其梁国夫人，若伦、若荀也都早年去世，敬宗于是任命若宪代替若昭为宫中文书。

敬宗继位后，童心未泯。没过几天，敬宗就领着太监去中和殿击球。过了两天，敬宗到飞龙院蹴鞠。又过了几天，敬宗又召集乐工在蹴鞠场旁奏乐。此后，敬宗游乐习以为常，比他父亲穆宗还要更荒唐。敬宗每天赏赐宦官、乐工不计其数，白天和太监游戏，夜晚就和后宫喝酒淫乐。敬宗第一个宠爱的妃子就是右威卫将军郭义的女儿，敬宗还是太子时，郭氏就因为姿色被选进东宫，敬宗即将即位时，这个郭氏就生了一个男孩，取名李普，敬宗对她自然更加宠幸。此外，敬宗又选了好几个美人陪侍，春宵苦短，早上哪能及时起床。文武百官每天上朝，都要在紫宸门外等上几个时辰，年老体弱的官员几乎站立不住。

一天，敬宗上朝更晚，大臣们望眼欲穿，好不容易才看见敬宗升殿。快要退朝时，左拾遗刘栖楚进谏敬宗，劝他不要玩物丧志，沉迷于声色犬马，应当励精图治，奋发图强。最后，刘栖楚用力磕头，血流满面。敬宗听了这番话不知所措，看着李逢吉，想让他阻止。李逢吉上前制止了刘栖楚，刘栖楚又谈起了宦官的事情，才说了几语，敬宗双手乱挥，赶他出去。刘栖楚道：“不用臣的建议，臣愿以死上谏。”牛僧孺怕敬宗动怒，也代替传旨说：“所奏的事情已经知道了，你可以到门外去等候。”李逢吉、牛僧孺都说刘栖楚忠直，敬宗命宦官把刘栖楚打发回家，自己退朝回宫，仍旧寻欢作乐去了。

第二天敬宗下诏，提升刘栖楚为起居舍人，刘栖楚辞官不接受。其实这个刘栖楚并不是什么赤胆忠臣，他其实是李逢吉的心腹，不过想借此机会博取正直的名声而已。

李逢吉内结宦官，外联同党，当时有“八关十六子”的传闻，“八关”是指张又新、李续、张权舆、李虞、李仲言、姜洽、程昔范，连刘栖楚在内，共计八人。此外还有八个人在旁边奉承，所以叫作“八关十六子”。朝中大臣如果有所请求，必须先买通这“八关十六子”，才能传达给李逢吉，然后才能如愿。

李逢吉一直忌恨李绅，秘密地嘱咐李虞和李仲言，让他们去找李绅的短处。李虞是李逢吉的家族子弟，李仲言是李逢吉的侄儿，两人找不出李绅的短处，趁着敬宗继位，就和李逢吉密秘商议，贿赂宦官王守澄，让他去诬告李绅。

王守澄对敬宗说："李绅等人本来打算立深王李悰（穆宗的弟弟）为皇帝。幸亏李逢吉极力挽回，陛下才能登基。"敬宗虽然昏庸，听了这番话，也并不深信。李逢吉又亲自进谗言，请求立即罢免李绅，敬宗于是贬李绅为端州司马。张又新为了升官，讨好李逢吉，上奏说贬李绅太轻，应当处死。

敬宗差点儿被迷惑，幸亏翰林侍读学士韦处厚，极力营救，为李绅辩解，敬宗才作罢。这些奸党还不满足，每天上奏折诬告。敬宗查阅先前遗留下来的文书，找到裴度、杜元颖等人请求立自己为太子的奏折，李绅也名列其中，李绅的冤屈这才大白于天下。敬宗把所有诬告李绅的奏章一并毁去，却没有再次起用李绅。

那时候，韩愈也被李逢吉忌恨，但他此时已经抱病在床，几个月后就病死了。敬宗追封他为礼部尚书，赐谥号文公。

韩愈，字退之，南阳昌黎人，父亲韩仲卿曾当过武昌令，政绩卓著，官至秘书郎。韩愈三岁时丧父，随哥哥韩会贬官岭南。韩会在岭南病故，韩愈由嫂子郑氏抚养成人。他从小聪明过人，过目不忘。长大后精通六经百家学问，下笔雄奇，后来考中进士。进朝当官后，所得的俸禄全部周济亲朋。嫂子郑氏去世后，他守丧报德。韩愈刚正耿直，门下弟子很多，如李翱、皇甫湜、贾岛、刘乂等人，都以诗文见称。韩愈的文章古朴典雅，主张文以载道，卓然自成一派。

当时的文章能和韩愈齐名的莫过于柳宗元了。柳宗元因为是王叔文的同党，被贬到永州，后来又迁任柳州刺史，最终死在柳州。柳宗元的一生颠沛流离，经常借文章抒发胸中的郁闷，文风顿挫雄浑，人称柳柳州。韩愈曾经称赞柳宗元的文笔，雄深雅健像司马相如，所以对他也非常器重。柳宗元的墓志铭就出自韩愈的手笔，韩、柳二人的文才旗鼓相当，不相上下。可惜柳宗元因巴结王叔文被后人耻笑，不如韩愈有威望，后世称韩愈为昌黎伯。

敬宗游猎无度，不理朝政，内由王守澄、梁守谦等人掌权，外由李逢吉、牛僧孺专政，宫闱相隔，内外不通，以致祸起萧墙。

这造祸的罪魁祸首说起来好笑，一个是卖卜术士苏玄明，一个是染坊工人张韶。这两个不伦不类的人物，也奢望起做皇帝来了。

苏玄明和张韶交情不错，一天，张韶问起自己的祸福，苏玄明替他占卜，掷过铜钱，忽然大惊道："可喜可贺，你很快就能登上皇帝的宝座了！我也能居宰辅之位，这真是意外的洪福呢。"张韶不禁大笑着说："你是占卜的人，我只是个染工，怎么可能进朝门，坐上龙椅，真是说梦话，好笑好笑！"苏玄明正色说道："我的卜卦是很灵验的"张韶还在大笑不止。苏玄明又道："眼下正是发迹的日子，你想皇帝昼夜游猎，时常不在宫里，不趁此机会图谋大事，还等什么？"张韶被他说得也动心了，便问他："宫中防卫森严，我们怎么进去呢？"苏玄明道："我自有妙计，包管你坐上龙椅，你要是不信，也随你，只是错过这么好的一次机会，实在是可惜。"张韶忙问他有什么妙计，苏玄明对他耳语几句，顿时让这个染坊工匠眉飞色舞，喜极发狂道:“我做皇帝、你当宰相，哪怕只有一刻也是好的。”于是两人合作，秘密找来染工、无赖一百多人，把他们藏进柴草车中，混进宫门。张韶和苏玄明冒充车夫，守门的宦官见车载过重，上前来盘问，被张韶抽刀杀死，然后命令同党下车，换上太监的衣服，持刀大喊着杀进皇宫。

敬宗正在清思殿击球，突然听到殿外有吵闹声，急忙派人出外探望，正好碰到乱党拿着刀冲过来，慌忙紧闭殿门。敬宗吓得六神无主，仓促间从左角门逃奔左禁军。左神策中尉马存亮，突然听说敬宗到来，急忙出来迎驾，抱着敬宗的脚流下泪来，并亲自背敬宗进营，然后派大将康艺全带领骑兵进宫讨贼。敬宗对马存亮说道:“两宫音讯隔绝，不知道是否平安，这可怎么办呢？”马存亮又命兵马使尚国忠带领五百名骑兵，前去迎接太皇太后和太后同进营中，再命令尚国忠前去援助康艺全。

这时，张韶等人已经冲进了清思殿，登上了皇帝的宝座，和苏玄明一边吃东西，一边说道:“你的占卜，果然灵验，我已经做过皇帝，你也做过了宰相，我们赶快出去吧。”语音未落，康艺全已经领兵杀到，张韶和苏玄明同时毙命。还有几个余党，藏在宫中，搜查了一昼夜，全部抓获问斩，皇宫这才安定。

当天夜里，宫门全部关闭，敬宗在左军中留宿，大臣们全都不知他在哪里，人心惶惶。第二天，敬宗回宫，宰相李逢吉等人进来拜贺，然后查问守门的宦官，都有谁放纵盗贼进来，共查出三十五人，依法应当处死。敬宗却只是杖打了一顿，仍然让他们守门，并厚赏两军立功的将士。

第八十回 灭烛之变敬宗被弑

翰林学士韦处厚为人正直，忠心为国，他见敬宗不思悔改，就上朝当面启奏道："先帝就是因为贪恋酒色，才导致折寿，臣当时没有以死相谏，现在皇上登基一年，臣怎么能不以死相谏呢？"敬宗颇为赞赏，赐他绸缎一百匹，银器四套。

不久，敬宗将穆宗安葬在光陵。当时，吏部侍郎李程、户部侍郎窦易直都已经升任为同平章事。两人任职一个多月后，牛元翼在襄阳病死，成德节度使王庭凑竟然把牛元翼留在深州的家属全部杀害。

敬宗听到噩耗，感叹自己任用丞相不当，才导致叛贼如此猖獗。韦处厚于是极力推荐裴度，说他德高望重，天下闻名，不应当被弃置不用。李程也劝敬宗重用裴度，敬宗这才加封裴度为同平章事，但仍然没有把他召回朝廷。接着，宦官李文德阴谋叛乱，事情泄漏后被处斩。但是，敬宗还在宠信宦官，丝毫不引以为戒，仍然吃喝玩乐，荒淫无度。

第二年，敬宗改年号为宝历，亲自到南郊祭祀，回到丹凤楼后，大赦天下。唐朝制度，凡是遇上大赦，先由卫尉建一座金鸡，让囚犯们站在金鸡下，然后敲鼓宣布圣旨，再释放囚犯。这天正在击鼓，忽然看见有几十名太监，拿着棍棒，乱打一名囚犯，竟把这个囚犯打得昏死过去，过了很久才苏醒。

原来，这个囚犯就是鄠令崔发。崔发当邑令的时候，听说有人殴打百姓，就命令衙役把人犯抓起来，细细审问后才知道是五坊太监，这时，崔发已经知道自己惹祸了，于是好好安慰他们后让他们离去。

第二天，崔发就被关进了牢里，这一关就是几十天，终于等到皇上大赦天下。崔发也跟着犯人们站在金鸡下，希望得到宽赦，没想到太监们不想他被赦免，所以打了他一顿，天子脚下，这般大胆，要是敬宗稍稍有些头脑，就应该立即严惩太监，偏偏这敬宗倒行逆施，只宽赦了其他犯人，就是不赦免崔发，还把他关在狱中。

谏议大夫张仲方等人上书劝谏，敬宗都不听。李逢吉上奏说："崔发敢抓宦官，的确是犯了大不敬之罪，但崔发的母亲已经八十多岁了，自从崔发下狱以来，积忧成疾，陛下现在正以孝治天下，还望格外开恩！"敬宗这才说："其他劝谏的官员们都只说崔发是冤枉的，没人说他不敬，也没人提及他有老母要赡养，真如爱卿所言，朕怎么可能不赦免他呢？"

于是，敬宗让宦官释放崔发让他回家，并慰劳崔发的母亲。崔发的母亲当着宦官们的面，狠狠地打了自己儿子四十棍，宦官们这才高兴地离去。牛僧孺实在看不下去了，又担心得罪宦官不敢上奏，于是多次上表请求出京任职，敬宗迁牛僧孺为节度使。

浙西观察使李德裕听说敬宗亲近小人，经常不上朝，上书六点建议呈上去，建议恳切率直，切中要害。敬宗却仍然荒淫如故。

到了五月五日，敬宗前往鱼藻宫去观看赛龙舟，因嫌龙舟太少，就特别命令盐铁转运使王播督造二十艘龙舟，预计需要半年的转运费。张仲方等人极力上谏，才减掉一半。

裴度出任山南西道节度使已经两年了，言官们多次在敬宗面前夸他忠心，敬宗也曾派使者前去慰问。因为敬宗不理朝政，裴度请求觐见敬宗，当面指出问题。李逢吉百般阻挠，他的私党张权舆还故意制造谣言，污蔑裴度，敬宗也似信非信，韦处厚从旁极力为裴度辩解，李逢吉等人的奸计才没有得逞。

昭义节度使刘悟病死，儿子刘从谏秘不发丧，伪造刘悟遗表，想当节度使留后。司马贾直言责问道：“你父亲带十二州地盘归顺朝廷，功劳不小，只是由于擅杀磁州刺史张汶的缘故，沾染上不干净的恶名，以至羞耻而死。你现在不过是个晚辈，怎敢如此大胆，欺骗朝廷！况且，父亲死了却既不哭，也不发丧，到底想干什么？”

刘从谏这才发丧，只是伪造的遗表已经送进了京城。宰相李程等人都说不应该轻易答应，只有李逢吉和王守澄说不如同意他的请求。最后，敬宗竟然封刘从谏为留后，不久封为节度使。李程和李逢吉因此不和。

李程的族人水部郎中李仍叔和袁王李绅、长史武昭关系密切，三人在一起喝酒。酒酣耳热时，武昭发起了牢骚，李仍叔应声说道：“我族中相公李程也想给您显要职位，无奈李逢吉从中作梗，不能如愿。”武昭不禁激动起来，说：“我先前随裴相讨伐淮西，裴相因我有功，多次上表举荐，始终不得重用，想必都是这班狐群狗党从中阻挠，我当不当官倒无所谓，试想裴相德高望重都被他们排挤出去，国家有这种奸贼，怎么能安生？我一定要为国家杀了这帮贼人！”说完，武昭就要出去。

李仍叔怕他闯祸，连忙拉他，却禁不住武昭力大，挣脱手走了。武昭走到半路，遇到金吾兵曹茅汇，又谈起要杀李逢吉的事，曹茅汇听他说话发狂，知道他酒醉了，急忙把他拉到房里，好言相劝。武昭慢慢地酒醒了，就告辞回家了。不料隔墙有耳，二人的一席话儿，马上有人转告了李逢吉，李逢吉笑道：“两条大鱼入网了。”于是，李逢吉找人告发，逮捕武昭、曹茅汇入狱。

李仲言让人传话给曹茅汇，说：“你只要说是李程主使武昭干的，就可以无罪，否则必死无疑。”曹茅汇慷慨说道：“诬陷别人的事，我不干！”等对簿公堂时，曹茅汇竟然把李仲言嘱咐他的话和盘托出，于是李仲言也被治罪。结果，武昭被处死，曹茅汇被流放到崖州，李仍叔被流放到道州，李仲言也被流放到象州。李逢吉一番巧计至此全部落空。裴度、李程毫发无损。

这时，前尚书李绛被封为左仆射，李绛一向忠直，这下子李逢吉又多了一个对头，一时之间没办法摆平，只好和李绛周旋。这时，天气已到仲冬，敬宗想去骊山的温泉中洗澡，李绛率张仲方等人跪在殿外劝谏阻止，敬宗不理会。张权舆当时任左拾遗，也想借这个机会讨个忠直的名声，他来到紫宸殿下叩头劝谏，说秦始皇游幸骊山，导致亡国，唐玄宗在骊山修建宫殿，安禄山就犯上作乱。

敬宗却说："骊山有这么凶险吗？朕听了你们的话，更要试一试，看看是不是像你们说的这样？"第二天敬宗就启程前往骊山，在温泉中洗澡，天黑了才返回来，还说大臣们是大惊小怪。

李绛听了这话不禁叹息，又刚好自己脚上有毛病，就自请辞职。敬宗封他为太子少师，到东都镇守。李逢吉刚刚松了一口气，没想到李绛刚走，裴度又回来了，真是防不胜防，不由得暗暗叫苦。

裴度回朝时已经是残冬。第二年春天，有诏书加封裴度为司空，兼同平章事，急得李逢吉心慌意乱，成天和"八关十六子"编造谎言谣言，诬蔑裴度。无奈敬宗的天平已经倾向裴度，渐渐疏远了李逢吉，任凭李逢吉花言巧语，也无可奈何。

一天，裴度在中书省喝酒，左右忽然报称官印丢失，大家全都大惊失色，裴度却谈笑自若。不一会儿，又有人来报，说官印已经找到了，裴度也没说什么。有人问裴度为什么这样从容？裴度回答说："这肯定是有官吏偷去，写了个什么假文书，如果急着搜查，把他逼急了，说不定就把官印扔进水里或者烧掉了。不如从容镇定，等他用完自然还会送回来。"人们都佩服他的见识和度量。

敬宗又要到东都洛阳游玩，劝谏的文书一天就有很多呈上来，可敬宗根本不理。裴度上奏道："国家设有两个都城，本来就是供皇帝修养的，只是近年来国家多难，东都的宫殿半多已经荒废，陛下如果一定要去，应当命人加以修整，然后再去也不迟。"敬宗道："文武百官都说朕不该去，只有你同意，朕很欣慰。但如果真像你说的那样，朕不去也可。"于是，敬宗打消了去游玩的念头，只是派人修整宫殿。

这时，卢龙节度使朱克融再次挑衅，他扣住赐衣使者杨文端，故意说杨文端无礼，所赐的衣服都是破的，硬要向朝廷索要锦帛三十万匹作军饷，说如果得到这些赏赐，就派五千工匠帮助维修东都洛阳，并静候皇帝车驾东巡。

敬宗恨他专横跋扈，想派一位重臣去声讨。裴度建议道："朱克融多行不义必自毙，陛下不必另派重使，只要颁一道诏书，说是宦官无礼，送回来朕自然责问。衣服不够新，朕已责成有司办理，东都的宫殿维修已经快要竣工了，就不麻烦爱卿远路劳工了。朝廷不是吝惜布帛，只是单单给了你朱克融，未免厚此薄彼，怕别的藩镇有意见。陛下这样说，朱克融的阴谋就不攻自破了。"敬宗按照裴度的话写下了诏书，果然朱克融送回了杨文端。

不久，幽州发生兵变，朱克融及长子朱延龄被部下杀死，士兵们拥立朱克融的小儿子朱延嗣为留后。朱延嗣仍然暴虐，又被都知兵马使李载义所杀，李载义自称是恒山王李承乾的后代，上疏诉说朱氏父子的罪行。敬宗不细追究，就封李载义为节度使。从此，敬宗对裴度更加信任，派李程出镇河东，李逢吉出镇山南东道，同时撤销了他们的宰相职务。

裴度多次劝敬宗早些上朝，并且劝他改掉吃喝玩乐的毛病。敬宗临朝比以前早了，但仍然沉迷游戏不能自拔，尤其喜好击球、手搏等游戏。他嫌宦官们没有力气，又常常受伤，就出钱招募大力士，禁军以及很多节度使都选大力士进献敬宗。敬宗将他们带在身边，常常一起游玩。敬宗又喜欢深夜捕狐狸，叫作夜打猎。大力士稍微鲁莽无礼，往往被发配边关。宦官偶尔犯了小错误，动不动就被鞭打，流血不止。因此敬宗身边的人，又怨又怕。

十二月辛丑日，敬宗夜晚打猎回宫，和宦官刘克明、田务澄、许文端，以及击球军将苏佐明、王嘉宪、石从宽、王惟直等共二十八人饮酒。酒过三巡，敬宗进内室换衣服，忽然殿上的蜡烛被吹灭了，众人也不惊慌，只听见内室中一声惨叫，好像是敬宗的声音，刘克明这才命令左右点燃蜡烛。

不一会儿，苏佐明从内室出来对刘克明说："大事已成，赶快筹备后事吧。"刘克明说道："不如迎立绛王。"于是，刘克明假传圣旨，宣翰林学士路隋进宫，对他说皇上暴崩，留下遗命，让绛王李悟暂时统领军国大事。路隋知道有诈，但也不敢细问，只好按照他的话拟好遗旨。田务澄、苏佐明等人，忙去迎接绛王李悟进宫。

绛王李悟是宪宗的儿子，敬宗的叔叔，他见宦官来迎，好似喜从天降一般，冒冒失失地来到宫中。此时，天已黎明，文武百官上朝，只见刘克明、苏佐明等宦官先宣读遗诏，接着令人拥着绛王李悟出了紫宸殿，在走廊上接见文武百官，百官都面面相觑，一言不发。只有裴度平静地说："裴度等人只知道遵旨行事，皇上突然驾崩，遗言犹在，应该遵行。"刘克明连忙插话说："裴公是三朝元老，一切政策，全仗裴公主裁。"裴度又道："我已经老了，你等看着办吧。"

裴度回到家里，决定讨伐叛逆，一时却想不出什么好办法。可巧，中尉宦官梁守谦来见，裴度把他请了进来，对他说："我正要请中尉，今天的事情你看怎么办？"梁守谦回答道："弑君逆贼，可杀可恨。"裴度又说道："我们都在宫外，你们在宫内，究竟是否是弑逆，还要查个明白。"梁守谦道："没什么可查的，听说逆贼刘克明还要把我辈全部驱逐，所以我来求见司空，一起想办法。"

裴度道："中尉手握禁兵，一呼百应，何不赶快讨伐叛贼，否则机会就会稍纵即逝了。"梁守谦道："除掉贼人，绛王也就不能继位了。"裴度回答道："这个自然，名不正，言不顺。"梁守谦问："是否应立皇子李普呢？"裴度半晌才答："皇子太小，不如立江王李涵。"染守谦当即联络枢密使王守澄、杨从和以及右神策中尉魏从简，用牙兵迎接江王李涵进宫，然后调左右神策飞龙兵讨伐贼党，一概斩首，连绛王李悟也死在乱军之中。

裴度率文武百官拜见江王，请他继位，江王素服出来相见，哭着推辞。裴度和百官再三劝江王称帝，继而说服太皇太后下令，江王才在宣政殿继位，改名为李昂，称为文宗。然后，文宗为敬宗发丧，葬在庄陵。可怜十八岁的敬宗皇帝，在位仅仅两年，只因荒淫过度，白白丧命在奴才手里，尸体暴露好几天才入殓，这也是咎由自取吧。

文宗虽然只有十七岁，却颇懂孝道，他尊称生母萧氏为皇太后，郭氏为太皇太后，称王太后为宝历太后，当时号称三宫太后。文宗每五天问一次安，凡鲜果美味以及四方供奉，必定先供奉宗庙，接着送到三宫，然后再自己享用。文宗去奢从俭，励精图治，裁减冗官，还提拔韦处厚为同平章事，每逢奇日上朝，关心国事。百姓向往太平，全都奔走庆贺。但是，文宗也有一大短处，就是缺少主见，军国大事不能果断裁决，常常和宰相等人商议已定，后来又半路变卦。

第二年，改年号为太和，韦处厚见文宗太过柔弱，请求辞官。文宗再三安慰，不让他辞职。淮南节度使兼盐铁转运使王播，千方百计想当宰相，行贿花费的银器以千计，绫绢数以十万计，经过宦官权贵再三吹捧，文宗才召他回朝封为同平章事。于是，小人再次当道。

勉强过了一年，到太和二年三月，有诏命全国推举人才，由文宗亲自面试，命题大体包括如何教化百姓、如何考核官吏、如何管理财政等方面。昌平进士刘蕡看到宦官祸国殃民，特意呈上万言书，历数种种弊端，并提出对策，结尾尤其感人：

臣闻不宜忧而忧者国必衰，宜忧而不忧者国必危。陛下不以国家存亡，社稷安危之策，降于清问，岂以布衣之臣，不足与定大计耶？或万几之勤有所未至也。臣以为陛下所先忧者，宫闱将变，社稷将危，天下将倾，四海将乱，此四者国家已然之兆，故臣谓圣虑宜先及之。夫帝业不易成，亦不易守，本朝开国二百余年，其间圣明相因，未有不用贤士近正人而能兴者。伏愿陛下思开国之艰，杜篡弑之渐，居正位，近正人，远刀锯之残，亲骨鲠之直，辅相得以专其任，庶寮得以守其官，则朝政自理。奈何以亵近五六人，总揽国务，臣恐祸稔萧墙，奸生帷幄，曹节侯览。复生于今日，此宫闱将变也。臣按春秋定公元年春王不言正月者，以先君不得正其终，则后君不得正其始，故曰定无正也。今忠贤无腹心之寄，阍寺专废立之权，陷先帝不得正其终，致陛下不得正其始，况太子未立，郊祀未修，将相之职未归，名器之宜不定，此社稷将危也。天之所授者命，君之所存者令，操其令而失之者，是不君也，侵其命而专之者，是不臣也。君不君，臣不臣，此天下所以将倾也。晋赵鞅以晋阳之兵叛，入于晋，书其归者，能逐君侧之恶以安其君，故春秋善之。今威柄陵夷，藩镇跋扈，有不达人臣大节而首乱者。将以安君为名，不究春秋之微而称兵者，且以逐恶为义，政刑不由于天子，征伐必出自诸侯，此海内之将乱也。今公卿大臣，非不欲为陛下言之，虑陛下不能用也。臣下既言而不行，言泄而祸且随之，是以欲尽其言，则有失身之惧，欲尽其意，则有害成之忧，徘徊郁塞以须陛下感悟，然后得尽其启沃，陛下何不于听朝之余，时御便殿，召当时贤相老臣，访持变扶危之谋，求定倾救乱之术，塞阴邪之路，屏狎亵之臣，制侵陵迫胁之心，复门户扫除之役，戒其所宜戒，忧其所宜忧，既不得治其前，当治其后，既不能正其始，当正其终，则可以虞奉典谟，克成丕构矣。昔秦之亡也，失于强暴，汉之亡也，失于微弱，强暴则奸臣畏死而害上，微弱则强臣窃权而震主，伏见敬宗不虞亡秦之祸，不翦其萌，还愿陛下深轸亡汉之忧，以杜其渐，诚能揭国柄以归于相，持兵柄以归于将，去贪臣聚敛之政，除奸吏因缘之害，惟忠贤是进，惟正直是用，内宠便僻，无所听焉，如此而有不万国欢康，兆庶苏息者，臣不信也。夫制度立则财用省，财用省则赋敛轻，赋敛轻，则人富矣。教化修则争竞息，争竞息则刑罚清，刑罚清则人安矣。尤有进者，古时因井田以制军赋，闲农事以修武备，提封约卒乘之数，命将在公卿之列，故兵农一致，而文武同方，用以保乂邦家，式遏乱略。太宗置府兵台省军卫，文武参掌，闲岁则櫜弓力穑，有事则释耒荷戈，所以修复古制，不废旧物。

今则不然，夏官不知兵籍，止于奉朝请，六军不主武事，止于养阶勋，军容合中官之政，戎律附内臣之职，首一戴武弁，疾文吏如仇雠，足一蹈军门，视农夫如草芥，谋不足以翦除奸凶，而诈足以抑扬威福，勇不足以镇卫社稷，而暴足以侵害闾里，羁绁藩臣，干陵宰辅，隳裂王度，汩乱朝经，张武夫之威，上以制君父，假天子之命，下以御英豪，有藏奸观衅之心，无伏节死难之谊，岂先王经文纬武之旨耶？昔龙逢死而启商，比干死而启周，韩非死而启韩，陈蕃死而启魏，今岂之来也，有司或不敢荐臣之言，陛下又无察臣之心，退必戮于权臣之手，臣幸得从四子游于地下，固臣之愿也，岂忍姑息时忌，窃陛下一命之宠乎哉？

考官左散骑常侍冯宿和太常少卿贾餗等人读了刘蕡的策论，全都惊叹佩服。只是因为王守澄、梁守谦等人盘踞要职，势力逼人，一旦录取刘蕡，他必然会遭祸，只好将他割爱。

当时，有二十二人中第，全部封官。道州人李郃也被封为河南府参军，他却愤然道：“刘蕡落选，我们却登科，这公平吗？”于是，李郃联合同时入选的裴休、杜牧、崔慎由等人联名上疏，愿意把自己的功名让给刘蕡，以支持刘蕡的正直。文宗也害怕宦官的势力，左右为难，只好搁置不提。后来，刘蕡始终没被任用，仅由牛僧孺等人召为幕僚，但不久也被宦官诬陷，贬为柳州司户参军，抑郁而死。

第八十一回 接连不断的战火

同平章事韦处厚，字德载，京兆人，因为考中进士而得官，为人耿直。太和二年冬季，横海留后李同捷叛乱，韦处厚多次上朝商议军情，不料早晨起来遇上风寒，上朝时竟然晕倒在大殿前。文宗急忙派宦官把他送回府上，没想到第二天就去世了，朝廷追赠他为司空。随后，窦易直被免除了宰相一职，改任兵部侍郎翰林学士路隋为同平章事。

李同捷究竟如何叛命？原来，横海军管辖沧、景、德、棣四个州，以前乌重胤任职时最为恭顺。之后，乌重胤迁任到山南西道，横海军由杜叔良接任，杜叔良被免职后，德州刺史王日简升任横海节度使，并被赐名为李全略。后来，朝廷任命李光颜兼镇横海军，封李全略为德、棣节度使。李光颜上任不久，仍然请求统领忠武军。敬宗末年，李光颜病逝，朝廷追赠他为太尉，谥号忠。忠武军由王沛、高瑀依次接任。李全略和李光颜同时去世，李全略的儿子李同捷自封留后，敬宗毫不过问。

文宗元年，乌重胤复任横海节度使，调李同捷为兖海节度使。李同捷不愿意调任，借口将士强留，拒不接受任命。同时，李同捷拿出许多金银财宝和美女，贿赂河北各个藩镇，希望与他们相互勾结。

卢龙节度使李载义抓住李同捷派来的使者，连同使者带来的贿赂，一并献给朝廷。魏博节度使史宪诚和李同捷世代联婚，暗中帮助李同捷。这时，韦处厚还没有去世，很怀疑史宪诚，裴度却说史宪诚对朝廷没有二心。韦处厚严词责问史宪诚，跟他说，裴度很信任他，让他不要辜负朝廷，更加不可以辜负裴度。史宪诚心里很后悔，于是不敢再和李同捷往来。成德节度使王庭凑曾经替史宪诚代求节度使一职，文宗不许，于是王庭凑拿出军械和盐粮，暗中接济李同捷。

李同捷造反后，武宁节度使王智兴自愿率领本部三万人马，自备五个月的粮饷，讨伐李同捷。平卢节度使康志睦继薛平之后任节度使，也愿意协助征讨。

奏章陆续入京，于是，文宗命令乌重胤、康志睦、李载义、史宪诚，会同义成节度使李听、义武节度使张璠各率本镇军马，讨伐李同捷。

乌重胤深得军心，屡战屡胜，偏偏天不增寿，中途去世。文宗因为他功勋卓著，追赠他为太尉，赐谥号为懿穆。乌重胤字保君，是河东将领乌承泚的儿子，多次镇守重镇，始终遵守礼法，幕僚如温造、石洪等人，都是一方名士。乌重胤去世时，有部将二十多人，刺破大腿祭祀，可见他平时多么关爱下属。

王智兴上奏，推荐保义节度使李寰，接替乌重胤，文宗准许。李寰从晋州赴任，他为人残暴，部下目无军纪，到了行营后，按兵不动，只知道索要粮饷。只有王智兴还算出力，接连攻克棣州、无棣，康志睦也攻下蒲台，二人相继告捷。史宪诚仍然首鼠两端，暗中观望事态发展，只有长子史唐忠心耿耿，哭着劝自己的父亲，并且自己率着两万五千人马杀奔德州，攻克平原，其余的官军大多徘徊不前。

王庭凑出兵援助李同捷，在边境布置重兵，以牵制史唐，同时派人前去贿赂沙陀酋长朱邪执宜，打算和他联手。

沙陀本来是西突厥的部落，唐太宗时归附，朝贡不断。德宗贞元年间，中原发生很多变故，北庭不通，于是，沙陀的酋长尽忠归降吐蕃。后来，回鹘攻占了吐蕃的凉州，吐蕃怀疑是尽忠做向导，就命他迁到黄河以北地区。尽忠非常害怕，和儿子朱邪执宜带着部下三万余人又来投降大唐，途中被吐蕃兵追击，尽忠战死，他的儿子朱邪执宜带领残兵来到灵州，叩关请降。节度使范希朝据实上奏朝廷，朝廷下令在盐州设置阴山府，任命朱邪执宜为兵马使，率众居住。

现在，王庭凑唆使朱邪执宜反叛朝廷，遭到了朱邪执宜的毅然拒绝。王庭凑没办法，又怂恿魏博兵马使元志绍带兵攻打魏州。

史宪诚上表告急，唐廷派金吾大将军李祐为横海节度使，专门攻打王庭凑，又派义成节度使李听，调集沧州行营的官军，去救魏博。李听和史唐合兵击败了元志绍，元志绍投降昭义军，既而自杀而死。李祐会同李载义各军，攻克德州，进逼沧州，直达外城。

沧州是李同捷的老巢，李同捷见外城被破，顿时惊慌失措，连忙给李祐写信悔罪投降。李祐派部将万洪进城安抚，顺便留守，并把详细情况上奏朝廷，静等朝廷下达旨意。

文宗派谏议大夫柏耆去宣慰叛军。柏耆来到李祐大营，出言不逊，钳制众位将领，众将都愤愤不平。柏耆又疑心李同捷有诈，自己带着几百官军进了沧州城，引诱李同捷回京，并让他带上家眷即日启程。万洪对柏耆说这件事应该转告李祐，柏耆却怒骂道："我奉天子之命前来处理李同捷的事，就是你的主帅李祐也不能违抗朝廷的命令，你有什么权力，敢来阻拦？"万洪不服气，分辩道："李同捷反叛已经三年了，幸亏我主帅努力杀贼，才能使得反叛的臣子归服，最后献地归顺朝廷，否则凭你一个远来的官员，靠着三寸不烂之舌就能说降叛贼吗？你凭什么借着天子的威风藐视功臣呢！"万洪话还没说完，冷不防被柏耆一刀砍倒去，结果了性命。接着，柏耆押着李同捷等人出城，也不进李祐军营，取道将陵，向西进发。途中，柏耆听说王庭凑发兵，要来劫李同捷，就把李同捷斩首，人头传送京师。

柏耆这种做法，无疑是在争功。前线将士浴血奋战三年，好不容易扫平李同捷，却被一个草包柏耆摘了桃子，几乎把将帅的功劳一概抹杀。那些将帅怎能甘心忍受？于是，将帅们接连上表，都说柏耆搜刮了大量的金银财宝，担心李同捷告发，所以反把他杀死灭口。文宗贬柏耆为循州司户参军，又把李同捷的妻儿老小流放到湖南。

李祐见柏耆回京，就带领官兵进沧州城接管。当时，李祐已经抱病，进城后又听说万洪惨死，更加觉得悲痛，病情加剧。于是，李祐上奏朝廷请求找人代替自己，并提到万洪有功反而被害之事，深感自己愧对将士。

文宗看完奏折不禁愤慨，又把柏耆流放到爱州。不久，李祐病故，讣告传到京中，文宗把柏耆赐死，然后派卫卿殷侑为横海节度使。殷侑来到沧州，安抚百姓，鼓励农桑，和士兵同甘共苦。一年后，兵精粮足；两年后，百姓丰衣足食；三年后，人口增加一辈，百业俱兴，横海再次成为东海重镇。

史宪诚看到沧景平定，就派儿子史唐上表请求归顺，情愿割地称臣。唐朝廷赐史唐改名史孝章，加封史宪诚兼职侍中，调任河中节度使；派李听兼任魏博节度使，并从魏博分出相、卫、澶三州，归史孝章管辖，又封史孝章为相卫节度使。

李听接到朝廷指令后，屯兵馆陶，迟迟没有上任。与此同时，史宪诚搜刮府库，整治行装，将士们很愤怒，私下商量："主帅卖地求荣，现在又要席卷金银财宝离去，难道要把我们这些当兵的饿死吗？"于是，将士辗转煽乱，激成兵变，士兵们乘夜闯进军府，杀死史宪诚和监军史良佐，另推都知兵马使何进滔为留后。

何进滔下令道："大家既然逼我上台，就必须听从我的号令，我才敢担这个责任。"大众都表示同意。何进滔于是抓捕叛乱的首要人物，责备他擅自杀掉军使和监军，把他斩首示众，然后为史宪诚发丧，自己也素服痛哭，要求所有的将领和士兵都来祭拜，同时上表朝廷讲明原因。

李听听说魏州发生兵变，立即带兵前去弹压。何进滔率领魏博将士攻打李听。李听没有戒备，被何进滔的大军杀进营中，李听昼夜逃跑，一直跑到浅口，人马伤亡过半，辎重器械，全都扔了。幸亏昭义军出来救李听，这才把追兵拦截。

李听回到滑台，上报兵败的情况。御史中丞温造，上奏弹劾，说李听接到朝廷旨意故意拖延逗留，这才导致出现魏博叛乱之事，希望严惩李听。文宗柔弱，只是召李听回朝，把他贬为太子太师。又因为河北长期用兵，缺少粮饷，无法再讨伐何进滔，文宗只好封何进滔为魏博节度使。史孝章也把相、卫、澶三州交还何进滔管理。何进滔很有权术，大家都愿意听他的命令。

王庭凑因为帮助了李同捷，被剥夺官爵。李同捷垮台之后，王庭凑上表谢罪，自愿交出景州赎罪。文宗得过且过，竟然返还景州，重新恢复了王庭凑的官爵，于是河北一带勉强维持安稳局面。

裴度因为年高多病，多次请辞，文宗都不答应。裴度又推荐说李德裕有大才，朝廷可以重用，于是，文宗先封李德裕为兵部侍郎，准备下一步用为宰相。

偏偏吏部侍郎李宗闵和李德裕有过节，他暗地里贿赂宦官王守澄等人，推荐自己为相。文宗在王守澄等人的胁迫下，只得同意。李宗闵喜出望外，设法排挤李德裕。

正好李听回朝，于是，李宗闵奏请文宗，派李德裕出镇义成军，又引荐牛僧孺为兵部尚书，作为帮手。这时，王播病死，牛僧孺继任宰相后，和李宗闵一起对付李德裕。

李德裕刚到滑州接任义成军节度使，朝廷又下诏书，调任他为西川节度使，让他防御南诏。李德裕到任后，建造边楼，每天登楼察看周围的山川形势，并召集一些老人和贩夫走卒，询问道路的远近，地方的险易，一一画成图，非常详尽。从此，南到南诏，西到吐蕃，所有的城郭堡寨，李德裕全都了如指掌。同时，李德裕每天训练士卒，修葺堡垒，安排哨探，囤积粮草，严防死守，整个西蜀很快安定下来。

当初，南诏进攻成都时，朝廷曾经调东都留守李绛为山南西道节度使，让他招募士兵救援成都。李绛招兵一千人前去救援，后来南诏求和，李绛接到圣旨后遣散新军，并按圣旨要求每人只发给几斗小麦，新军怏怏而退，都很失望。

监军杨叔元因为到任后没有得到李绛的贿赂，暗中怀恨，煽动新军说军饷太薄。新军大乱，开始烧杀抢掠。李绛正和幕僚们在一起喝酒，听说发生兵变，李绛登上城楼。有人劝李绛溜下城逃走，李绛慨然说道："我是统帅，怎能逃走？你们可以走。"幕僚大多散去。只有牙将王景延和推官赵存约留在身边不肯走，李绛也挥手让他们走。王景延下城和叛军交战，被乱军所杀。赵存约还跟着李绛不走，李绛焦急地说道："乱军快来了，为什么还不快走？"赵存约回答道："我赵存约受明公知遇之恩，要死同死，决不一人偷生。"刚说完，乱兵已经一拥上城，可怜李绛和赵存约先后遇害。

杨叔元上奏，报告兵变，还诬陷说是因为李绛克扣新军的军饷所致。谏官崔戎等人纷纷上表替李绛鸣冤，并揭露杨叔元激怒乱军的罪状。文宗追赠李绛为司徒，赐谥号贞，并派御史中丞温造继任山南西道节度使，扫平叛乱。

温造走到褒城时，正碰上兴元都将卫志忠征蛮归来，两人定下密计，当即合兵来到兴元，守住府门。温造不动声色，只说是犒赏士卒。那些乱军靠着杨叔元的势力，还在想着去领赏，不料卫志忠指挥牙兵，把他们团团围住。见一个杀一个，杀死了八百多名，只逃走了一百多人。

温造对杨叔元说道："监军是朝廷的命官，为何煽动乱军，杀害主帅？"杨叔元见无可抵赖，就跪在温造面前，捧着温造的靴子，哀求饶命。温造答道："等待上表朝廷，只怕朝廷也未必会饶过你。"当下命令把杨叔元下狱，上奏请朝廷发落。后来，文宗下发诏书，只是把杨叔元流放到康州，然后放了杨叔元。

第二年，太和五年，卢龙副兵马使杨志诚煽动手下，赶走节度使李载义，又杀死莫州刺史张庆初，朝廷震惊。

当时，朝廷元老裴度多次请求辞官休息，文宗不忍心放他走，把他加官为司徒，限他每隔三五天到中书省来一次，处理军国大事。牛僧孺、李宗闵两人妒忌裴度，屡进谗言，裴度也申请辞职，文宗任他为山南东道节度使，升任尚书右丞宋申锡为同平章事。

当下，由李宗闵、牛僧孺、路隋、宋申锡四位宰相，一同入朝，商议卢龙军的善后事宜。牛僧孺认为武力征服劳民伤财，没什么用处，不如派人抚慰，如果能让杨志诚防御边境，也就不必计较顺逆了。其他三个宰相表示同意。

于是，文宗封杨志诚为留后，召李载义进京，拜为太保。李载义从易州到京师，不到几十天，又被封为山南西道节度使。文宗又调温造为河阳节度使，再封杨志诚为卢龙节度使。

宋申锡为人忠厚正直，不依附宦官，被文宗提拔为宰相，并时常被召进宫中，文宗与他商议如何除掉宦官。宋申锡引荐吏部侍郎王璠为京兆尹，并把密旨透露给王璠，可是王璠竟然转告了郑注。

郑注是翼城人，身材很小，两目近视，早年当过江湖游医，善于见风使舵，诡计多端。郑注听到这番机密，连忙转告王守澄。王守澄连忙和郑注商量对策。郑注想出一个办法，决定诬陷宋申锡，说他企图立漳王为帝，郑注又安排神策都虞侯豆卢著先去告发，然后由王守澄密告文宗。漳王李凑是文宗的弟弟，颇有威望，文宗听了王守澄的话，不免对弟弟产生了怀疑，于是立刻命令王守澄审讯宋申锡。王守澄立即召集党羽，打算派两百骑兵去屠杀宋申锡的家人。

飞龙厩使马存亮虽然也是个宦官，却良心未泯，他据理力争道："宋相罪状尚未查明，就要杀他全家，岂不是要激起众怒，万一京中发生变乱，怎么控制？不如召问其他宰相，再作决定。"

王守澄只好派宦官去找其他三位宰相，到中书省商议，宋申锡也要参加，却被宦官拦住，对他说："我们奉命传召，并没有宋公您的大名。"宋申锡自知得罪了宦官，只得退下。

牛僧孺、李宗闵三位宰相进了延英殿，文宗对几个人讲了宋申锡的"阴谋"，牛僧孺、李宗闵等人惊得目瞪口呆，好半天才答道："请确实查明，才可以定罪。"于是，文宗命王守澄去抓捕漳王内史晏敬则和朱训，以及宋申锡的亲吏王师文等人，审问虚实。王师文逃走，晏敬则和朱训被押下神策大狱，屈打成招。

左常侍崔玄亮等人极力上谏，请求把这桩案件移交刑部再审。文宗却道："朕已经和大臣商议好了。"崔玄亮叩头流泪说："杀一匹夫还要慎重，何况还是宰相呢！"文宗这才又召宰相商议。牛僧孺道："宰相是一人之下，万人之上，人臣极品，现在宋申锡已经身为宰相，还有什么不满足的呢？臣料想宋申锡不至于做出这种事。"文宗略略点头。

郑注担心再审有变，就劝王守澄上奏文宗，把宋申锡等人贬官。于是，朝廷贬漳王李凑为巢县公，贬宋申锡为开州司马，晏敬则和朱训被处死。马存亮义愤填膺，当即辞官而去。宋申锡病死在开州，漳王李凑不久也病故。又过了很多年，直到王守澄、郑注相继伏法后，朝廷才追复宋申锡的官爵，追封漳王李凑为齐王。

第八十二回 朋党之争

维州城地处西川边境，在岷山西北面，一面倚山，三面临江，本来是唐朝领土，后来被吐蕃占领，称为无忧城，吐蕃派大将悉怛谋在这里居守。悉怛谋听说蜀帅李德裕仁德，很得人心，就率众投奔了成都。

西川节度使李德裕大喜，立即派兵占据了维州城，并上奏朝廷说：“维州是我大唐的西川保障，自从维州陷落，四川形势让人担心，现在故土重归，对内足以保护整个蜀地，对外足以抵制吐蕃，就算吐蕃来争，维州可战可守，也足以控制抵御。”

文宗看了上奏，召集文武百官商议，大家都同意李德裕的意见，只有牛僧孺反对，他说：“吐蕃是个大国，就算丢了一个维州，对它来讲没什么大的损害，最近吐蕃和我们修好，我国对待外面的国家，总要以守信为上，如果接纳他们国家的背叛之人，他们一定会说我们失信，要是他们一怒之下，发兵前来，要不了三天就可以打到咸阳桥，京城到时候都来不及守备，就算得到了维州，也远在西南数千里之外，对我们有什么用呢？”

文宗本来就懦弱，听牛僧孺说得这样危险，禁不住害怕起来，就命李德裕归还维州，并让他抓住悉怛谋送给吐蕃。李德裕虽然不忍心，但因为怕牛僧孺再次加害，没办法只好照圣旨执行。

吐蕃得到悉怛谋后立刻处死，手段极其残酷，李德裕听到消息，不胜叹息。西川监军王践言也认为朝廷失策，很是痛心。后来，王践言奉召进京任职，对文宗谈起这件事，说大唐朝廷送回悉怛谋，既便宜了吐蕃，又让那些有心依附朝廷的外族失望，实在是失误。文宗听后也感到后悔，怪牛僧孺失策。牛僧孺非常不安，多次上表请求辞官，文宗让他出任淮南节度使，并召李德裕回朝当宰相。

李德裕回来，和他有过节的李宗闵非常不安。工部侍郎郑覃和李德裕是莫逆之交，一直被牛僧孺、李宗闵忌恨，李德裕升任宰相后，立即把郑覃引荐为御史大夫。

给事中杨虞卿等人都是牛僧孺、李宗闵的朋党，李德裕又请求把他们调任为刺史。文宗曾经和李德裕、李宗闵等人谈论朋党的弊端，李宗闵说道：“臣向来痛恨朋党，所以杨虞卿等人虽然都有才华，臣也不给他美差。”李德裕笑道：“给事中还不算美差吗？”李宗闵不禁失色，主动请辞，出任为山南西道节度使。没过多久，文宗调李载义镇守河东，并把盐铁转运使王涯升任为同平章事。

卢龙节度使杨志诚赶走李载义后，骄横枉法，多次派人上朝请求兼任仆射，朝廷只封他一个吏部尚书的兼职。杨志诚很愤怒，竟然扣留朝廷使臣魏宝义。文宗不得已，只好封他为右仆射，另外派使臣前去抚慰。

殿中侍御史杜牧见朝廷一味姑息，愤然写下一纸奏折，名为《罪言》，纵论河北形势，大意是：

天宝末，燕盗起，出入成皋函潼间，若涉无人地。郭李辈兵五十万，不能过邺，人望之若回鹘吐蕃，无敢窥者。国家因之，畦河修障，戍塞其街蹊。齐鲁梁蔡，传染余风，因以为寇。以里拓表，以表撑里，浑顷回转，颠倒横邪，天子因之幸陕幸汉中，焦焦然七十余年。宪宗皇帝浣衣一肉，不畋不乐，自卑冗中拔取将相，凡十三年，乃能尽得河南山西地。惟山东未服。今天子圣明，超出古昔，志于平治，若欲悉使生人无事，应先去兵。不得山东，兵不可去，窃谓上策莫如自治，何者？当贞元时，山东有燕赵魏叛，河南有齐蔡叛，梁徐陈汝白马津盟津襄邓安黄寿春，皆戍厚兵十余所，才足自护，不能他顾，遂使我力解势弛，熟视不轨者无可如何，因此蜀亦叛，吴亦叛，其他未叛者，迎时上下，不可保信。自元和初，至今二十九年间，得蜀得吴，得蔡得齐，收郡县二百余城，所未能得者，唯山东百城耳。土地人户，财物甲兵，较之往年，岂不绰绰乎？亦足自以为治也。法令制度，品式条章，果自治乎？贤才奸恶，搜选置舍，果自治乎？障戍镇守，干戈车马，果自治乎？井闾阡陌，仓廪财赋，果自治乎？如不果自治，是助虏为虏，环土三千里，植根七十年，复有天下阴为之助，则安可以取？故曰上策莫如自治。中策莫如取魏，魏于山东最重，于河南亦最重。魏在山东，以其能遮赵也，既不可越魏以取赵，尤不可越赵以取燕，是燕赵常取重于魏。魏常操燕赵之命，故魏在山东最重。黎阳距白马津三十里，新郑距盟津一百五十里，陴垒相望，朝驾暮战，是二津虏能溃一，则驰入成皋，不数日间耳。故魏于河南亦最重。元和中举天下兵诛蔡诛齐，顿之五年，无山东忧者，以能得魏也。昨日诛沧，顿之三年，无山东忧，亦以能得魏也。长庆初诛赵，一日五诸侯兵，四出溃解，以失魏也。昨日诛赵，罢敝如长庆时，亦以失魏也。故河南山东之轻重在魏，非魏强大，地形使然也。故曰取魏为中策。最下策为浪战，不计形势，不审攻守是也。兵多粟多，驱人使战者便于守，兵少粟少，人不驱自战者便于战，故我尝失于战，虏常困于守。自十余年来，凡三收赵，食尽且下，郗士美败，赵复振，杜叔良败，赵复振，李听败，赵复振，故曰不计地势，不审攻守，为浪战，最下策也。

李德裕一向看重杜牧的才华，对他很是欣赏。杜牧因为李德裕的提携，累迁至左补阙一职，并任史馆的修撰，后来又任膳部员外郎，只是他生性喜好游玩，贪恋酒色。

牛僧孺出任淮南节度使时，杜牧曾经随同为书记。公职之外，成天喝酒游乐。扬州历来烟花柳巷聚集，十里青楼，名妓如云，杜牧整天和她们混在一起，饮酒留诗成为常事。待到入居台省，杜牧往往说话中肯，让人信服。后来，杜牧到外地任职，曾任黄州、池州、睦州、湖州各州刺史，豪游畅咏，不减当年，当时，人们认为他的诗材可以和杜甫相比，因此称他为小杜。后来，杜牧官至中书舍人，却始终不被大用，最终抑郁而亡。

晚唐的著名诗人，除元稹、白居易之外，还有孟浩然、卢纶、李益、司空曙、李商隐等，都享有盛名。

李贺，李唐宗室，字长吉，七岁就能作诗，韩愈、皇甫湜怀疑不是真的，亲自去贺家当面试验，果然李贺大笔一挥，当即赋诗一首，一鸣惊人，韩愈和皇甫湜都叹为奇才。后来，李贺作了数十篇乐府诗，被封为协律郎，当时李贺二十七岁，后来，李贺自称看见一位红衣使者，前来召他去作《白玉楼记》，就去世了。

白居易自从进谏穆宗，没得到重用后，被外调为杭州刺史。每当公务闲暇，就到西湖去游玩，白居易在西湖中筑堤，蓄水灌溉田地，可浇灌千顷土地，人称白堤。白居易又疏通李泌所开的六井，老百姓有水可以喝，都受到了他的恩泽。不久，白居易被任命为左庶子，管理东都，后来又被调为苏州刺史。文宗即位后被召为刑部侍郎。

后来，白居易看见李德裕、李宗闵二李两党相争，不愿留在京城，称病仍然回到东都。想到自己在官场沉浮半生，始终也无法施展才华，白居易干脆和弟弟白行简，以及族人白敏中流连诗酒之中，享受亲情天伦之乐。他还在东都的居所，疏通泥沼种上树，开凿了八节滩，靠着香山脚下建了一座石楼，闲暇时就来这里游览，自称醉吟先生，也叫香山居士。

武宗初年，白居易去世，享年七十五岁，朝廷赐谥号为文。刘禹锡也在这个时候病故，刘禹锡历任各州刺史，后来被封为集贤殿学士，不久又被封为检校礼部尚书，也算得享天年。

卢龙节度使杨志诚如愿以偿，得到右仆射的兼职后，踌躇满志，得寸进尺，竟然密制天子的服饰，萌生了当皇帝的念头。后来，杨志诚越来越骄横，终于激起众怒，被卢龙军赶走，卢龙军另外推举部将史元忠主持军务。史元忠把杨志诚所做的皇帝器物全部上交，文宗封史元忠为留后，并把杨志诚流放到岭南。

杨志诚带领家属以及亲兵几十个人，狼狈地逃往太原。李载义当时正镇守河西，在半路上寻仇，把杨志诚的妻儿老小全部杀掉，本来要杀杨志诚，但因为没有朝廷的旨意，李载义的幕僚劝阻，杨志诚这才捡了条命，只身赶到岭南。刚刚松了口气，一道正法的圣旨传来，送他去了西天。后来，史元忠被封为卢龙节度使。

成德节度使王庭凑死后，部下拥护王庭凑的次子王元逵为留后。王元逵遵守法度，每年向朝廷进贡纳税。文宗为了嘉奖他，特地把绛王李悟的女儿寿安公主，下嫁王元逵。从此，王元逵更加恭顺谨慎。

外患稍稍平息，内讧又起。王守澄和郑注狼狈为奸，侍御史李款连连上奏折弹劾，文宗下旨追查。王守澄把郑注藏在右军中。

左军中尉韦元素、枢密使杨承和、王践言也都痛恨郑注，左军中尉李弘楚向韦元素献计，以看病为名，诱杀郑注，韦元素同意。李弘楚立即找来郑注，郑注见韦元素并没有什么毛病，知道有诈，于是从容应对，叩头阿谀韦元素，几句奉承话出口，就把韦元素的一片杀心，消化干净。韦元素亲手把他扶起来，请他入座，二人聊得出了神。李弘楚屡次用眼神示意韦元素，韦元素却目不转睛，一心一意和郑注交谈。谈了多时，郑注起身告辞，韦元素又赐给他很多金银。李弘楚不便下手，非常生气，辞官而去。不久，李弘楚身染重病，一命呜呼。

王守澄觐见文宗，替郑注辩解，并且推荐郑注为侍御史，任神策判官。文宗害怕王守澄，只好答应，诏书一下，朝野震惊。

不久，文宗偶感风寒，嗓子失音说不出话，王守澄引荐郑注为皇上治疗。文宗服了他的几服药后，果然灵验，渐渐地能出声了，从此，郑注得到了文宗的宠爱。

李仲言在遇赦回家的路上，遇见了李逢吉，李逢吉正调守东都，想要再当宰相，就委托李仲言去贿赂郑注，作为内应。李仲言和郑注是老相识，自然格外照顾。郑注把李仲言引荐给王守澄，李仲言的口才不亚于郑注，说得王守澄很开心，于是王守澄把李仲言推荐给文宗。文宗见他相貌堂堂，应对敏捷，也认为是个旷世英才，当面答应任用。

第二天上朝，李德裕坚决反对任用李仲言，并说李仲言心术不正，不能重用。文宗又征求宰相王涯的意见，王涯正要回答，忽然看见李德裕向他摇手，不免有些支支吾吾。文宗发现不对，回头一看，见李德裕的手还在举着，很不高兴地退朝了。不久，文宗封李仲言为四门助教。

李仲言和郑注都痛恨李德裕，就一同引荐李宗闵回朝做宰相，同时请求派李德裕出镇兴元军。文宗已经开始怀疑李德裕，就按照他们的话下了诏书。李德裕觐见文宗，仍然希望留在朝廷，于是，文宗封李德裕为兵部尚书，免了宰相之职。等到李宗闵当上了宰相，还是下令让李德裕出镇浙西。

尚书左丞王璠，曾泄露宋申锡的密谋，参与了诬陷漳王的冤案。现在又和郑注等人进谗言，说李德裕也曾经暗中勾结漳王，图谋不轨。

文宗大怒，召王涯、路隋等人商议，打算从严处理。路隋说道："李德裕身为宰相，不应当有这种事，臣愿以官位担保。"文宗虽然消了点火气，但不免迁怒于路隋，竟然命令他，代替李德裕赴浙西任职，贬李德裕为宾客分司，同时，提拔李仲言为翰林侍讲学士。赐李仲言改名为李训。

御史贾餗性情轻浮急躁，因为和李宗闵、郑注关系密切，也想通过行贿当宰相，结果如愿以偿，继路隋之后被封为宰相。贾餗喜出望外，忽夜晚上做梦，遇见亡友沈传师，瞪着眼睛对他说："你要完了，为什么要贪恋相位呢？"说着，沈传师又在贾餗的胸前拍了一掌，把贾餗打醒了，吓得贾餗浑身冷汗。又过了几天，贾餗又梦见沈传师说道："你再不醒悟，后悔就来不及了。"一面说，一面摇着手走了。贾餗还想要追问明白，被沈传师一把推醒。贾餗心想既然亡友告诫，自己看来是凶多吉少，就想辞官回归故里。早晨起来，贾餗和妻妾们谈到梦中情形，妻妾们都贪恋眼前的富贵，都说做梦不必当真。贾餗转念一想，自以为有恃无恐，不至于有什么祸患，于是安心任职，继续享受高官厚禄，拥着娇妻美妾，坐享太平。不料祸福无常，一念之差，后来竟招至灭门之祸。

京城中谣言四起，说郑注私自炼丹，是用小儿的心肝合成丹药。吓得全城百姓都把小孩子藏在家里，不让外出。郑注也觉得奇怪，就想把这件事嫁祸给仇人杨虞卿，于是上奏，称谣言是由杨虞卿家人捏造出来的。杨虞卿当时正是京兆尹，凭空被诬陷，被押下大狱。李宗闵急着要救杨虞卿，被文宗当面骂退。郑注和李训又接连陷害李宗闵，文宗把李宗闵贬为明州刺史，杨虞卿也被贬为虔州司马。

李训想当宰相，又怕大臣不服，就先引荐御史李固言为同平章事。当时，郑注也被封为翰林侍读学士。郑注和李训为文宗规划治国安邦的大计，都说首要任务就是除掉宦官，其次是收复河北。两人讨论策略，好像胸有成竹一般。文宗早就想除掉宦官，苦于没有办法，又担心朝中大臣勾结朋党，互相倾轧，所以，文宗经常说，扫平河北叛军容易，除去朝中朋党却很难。

现在，李训和郑注两人提出的对策头头是道，而且两人又不属于二李朋党中任何一党，于是，文宗对他们二人大加宠信，视为心腹。哪知，其实李训和郑注是十足的小人，成天想着打击报复，凡是有点儿小矛盾的，不是说他贿通宦官，就是说他勾结二李，不是贬官就是流放。他们担心王守澄权力太大，一时对付不了，就想出了一条以毒攻毒的计策，劝文宗任用宦官仇士良为神策中尉，以消减王守澄的权势。

仇士良本来就和王守澄有仇，就和李训、郑注合谋提出一个大奸计来，想借宪宗死得不明不白一事做文章，从而铲除王守澄。宫廷里其实都怀疑宪宗之死是王守澄、陈弘志等人所为，经仇士良证实后，都主张追究凶犯，伸张正义。

此时，陈弘志正出任兴元监军，李训密嘱仇士良，让他暗中派心腹诱陈弘志进京，而且特地赐给皇帝封杖，叫他半途了结陈弘志。几天后，仇士良心腹报告，说已经把陈弘志诱杀了。李训大喜，再次和郑注去劝文宗，加封王守澄为左右神策军观容使，外出巡视。王守澄表面上升职，暗里却被撤去兵权。

郑经、李训两人又弹劾李德裕、李宗闵，说他们私下贿赂宦官韦元素、王践言以及宫人宋若宪等人，请求将他们从严查处。于是，文宗贬李德裕为袁州长史，李宗闵为处州长史，韦元素、王践言等人都被流放到岭南，连宋若宪也被赐死。

至此，掌权的太监已经被除掉了一半，接下来，王守澄被赐喝毒酒自尽，文宗对外只说他是暴病身亡，追赠为扬州大都督。除此之外，当年的逆党梁守谦、杨承和等人也被一并杀光，掌权宦官基本被铲除干净。

李训铲除宦官有功，文宗提拔他出任同平章事。郑注也想当宰相，偏偏李训暗中阻挠，借口宦官还没除尽，必须内外联合，才能成功。李训让文宗派郑注出任凤翔节度使，同平章事李固言不知道李训的计划，说郑注不适合派出。文宗因为李固言没有顺从旨意，竟免了他的丞相之职，贬他为山南西道节度使，统领兴元军。随即，郑注被封为凤翔节度使，文宗让他立即赴任。

李训又推荐御史中丞舒元舆升任同平章事，引荐王涯兼任榷茶使，为了给人公正的印象，还提升裴度兼任中书令，加封令狐楚、郑覃为左右仆射，并秘密勾结河东节度使李载义、昭义节度使刘从谏，打算把宦官铲除干净，独揽朝纲。当时的王涯、贾餗、舒元舆三位宰相，都是见风使舵之人，不敢有什么反对意见。其他中尉、枢密、禁卫各位将领，也都是这样的人，只知道阿谀奉承。

第八十三回 甘露事变

李训想要除尽宦官，一开始他和郑注定下计策，等郑注到藩镇后，挑选几百名壮士作为亲兵，假装进京保护王守澄的葬礼，等宦官们前来送葬时，让这些亲兵将他们全部杀死。彼此商议已定，郑注启程去了凤翔。

没想到，李训又变卦了，他担心事成之后郑注得了大功，自己反而会落在郑注之后，就和舒元舆等人密谋，另外派大理卿郭行余，为邠宁节度使，户部尚书王璠为河东节度使，让他们多多招募壮士，作为杀手，又提拔刑部郎中李孝本为御史中丞，京兆少尹罗立言代行知府之职，提升京兆尹李石为户部侍郎，太府卿韩约为左金吾卫大将军。这些人除李石之外，都是李训的私党，分别安排在重要位置，这样一旦大功告成，不但能杀尽宦官，就连合谋的郑注也可以一并除去。

太和九年十一月间，文宗到紫宸殿上朝，文武百官鱼贯而入，分班站立。韩约匆匆上奏，说："左金吾厅后面的园子里，石榴树上夜降甘露，这是个吉兆，因为陛下的圣明，才会有这种吉兆出现。"李训和舒元舆率领文武百官下拜道贺，并且请文宗亲自去观看。

文宗同意后，坐着车驾出了紫宸门，来到含元殿，先派李训等人前去察看究竟，李训等人好半天才回来，却说没看到甘露，不便宣布。文宗道："有这种事吗？"于是，文宗派宦官仇士良、鱼弘志等人带着宦官再去查看。

仇士良等人一走，李训马上召郭行余、王璠两人上殿受命。王璠浑身发抖不敢上前，只有郭行余应召上殿。当时，郭行余、王璠两人已经募集了几百名杀手，都带着刀，站在丹凤门外待命。河东亲兵也陆续进来，邠宁兵却观望不定，没有到来。仇士良等人来到金吾厅，刚好碰见韩约，见他行色慌张，额头冒汗。仇士良不觉惊讶地问道："将军慌什么？"话没说完，忽然，风吹起帷幕，仇士良看见里面埋伏着甲兵。仇士良慌忙转身，向含元殿跑去。

李训见仇士良等人跑回大殿，急忙对金吾卫士喊道："快快上殿护驾，每人赏钱一百贯。"金吾兵正要上殿，那仇士良眼明手快，已经先指挥宦官扶着文宗上了车驾，从殿后毁墙逃出。李训上前拉着车驾，对文宗说："臣还没奏完事，陛下稍等片刻。"仇士良大喊道："李训反了！"文宗说李训未必真敢反，仇士良不听，竟冲上来打李训，被李训打倒。李训从靴中拔出刀来要杀仇士良，没想到被宦官们救走。

罗立言率着京兆巡逻的士兵三百余人，从东边赶过来，李孝本率领御史台的下人二百多人，从西边赶过来，会同金吾卫士一起，上殿杀死宦官十几个人。

仇士良命令宦官们挡在外面，自己引着皇帝车驾往北走，来到了宣政门外，李训还在后面紧追不舍。宦官郗志荣力气很大，挥拳去打李训，把李训打倒在地，车驾乘此机会冲进门内，然后将大门紧闭。李训见事情败露，无法成功，急忙从旁边人身上换了件衣裳，骑马逃出。郭行余、王璠等人也逃得无影无踪。含元殿中，寂静无人，一时间，天下又变成宦官的了。

宰相王涯和贾餗本来没有参与密谋，见殿中忽然大乱，也不知道出了什么事，仓促间，二人只好回到中书省静候消息。舒元舆也随即赶到，他也装着不知道发生了什么事，对王涯和贾餗说道："究竟是什么人造反？皇上肯定会召你我去商议的。"

午餐时间，大家正准备吃饭，忽然有人进来报告说："左神策军副使刘泰伦、右神策军副使魏仲卿带领禁兵一千多人，从后门杀过来了。"舒元舆听后第一个逃掉，王涯和贾餗不知所措，也狼狈逃走。文武百官和金吾兵一千多人争着夺门逃走，没等跑出去一半，禁兵已经杀到，好像砍瓜切菜一样，砍死了六百多人。

仇士良下令关闭各个宫门，搜查各司衙门，逮捕贼党。各司的官吏和担负警卫的士卒，以及正在贩卖的商人全部被杀，尸体狼藉，流血遍地。仇士良又派骑兵一千余人追捕逃跑的人，舒元舆和王涯都被禁兵捉回左军，严刑拷打。王涯已经七十多岁了，哪里经受得起，只好屈打成招，说自己和李训谋反，要立郑注为帝。

王璠逃回家，也被抓到左军。他见王涯等人都在一旁，就质问道："你们谋反，为什么要牵连上我呢？"王涯回答道："老弟先前当京兆尹时，如果不向王守澄告密，哪至于会有今天呢？"王璠哑口无言。禁军又搜捕同党，并趁机抢劫大臣家里的财物，简直就像强盗一般。民间的流氓无赖也趁火打劫，假称是禁兵，烧杀抢掠。一时间京城乌烟瘴气，火光冲天，烟尘蔽日，就这样吵吵嚷嚷地过了一天一夜。

第二天，百官上朝时，禁军持刀，夹道站立，只准每位大臣带一名随从。文武百官战战兢兢来到宣政门，门还没开，四下一看既没有宰相、御史，也没有带班的官员，一片混乱，毫无秩序。

好容易等到升殿，文宗问宰相王涯等人为什么没来？仇士良回答道："王涯等人谋反，已被关进狱中。"说完将王涯的供词呈上。文宗略略看了一下，召来左仆射令狐楚和右仆射郑覃等人上殿，把供词递给他们看，并问道："这是王涯的手笔吗？"二人回答道："笔迹确实是王涯的，王涯果真谋反，罪不容诛。"

于是，文宗留他两人参政议政，并起草诏书，宣告天下。令孤楚在写李训、王涯谋反一事时，用语模棱两可。仇士良很不高兴，就反对令孤楚当宰相，只同意郑覃任同平章事，继而，仇士良又让文宗升户部侍郎李石，与郑覃同为宰相。

这时，外面的流氓无赖还在抢掠，神策将军杨镇、靳遂良等人，各率五百人出面镇压，杀死十几个人，混乱才渐渐平息。

贾餗换了衣服躲进一户老百姓家中。后来听说各处都有禁兵把守，料想不能逃脱，就骑着驴来到兴安门，途中遇到禁兵，就自己承认说："我就是宰相贾餗，不幸被奸人诬陷，你们可以送我去左右两军。"禁兵于是把他押送到右军。李孝本改穿绿衣，用帽子遮着脸，单人匹马逃奔凤翔，在成阳西被追兵抓住，也被押送回京师。

李训从殿中逃出后，直奔终南山，想要投奔寺僧宗密，宗密和李训关系密切，打算将他剃度为僧，方便躲藏，偏偏其他僧侣害怕私藏罪犯，招来祸患，把李训赶出山门。李训转而投奔凤翔，却被杬厔镇遏使活捉，押送京师。半路上，李训料想自己难免一死，又担心到京城后难免受辱，就对解差说道："得到我虽然可以让你们升官发财，但你们人太少，一进京城，必然被禁兵抢走，不如带我的人头前去。"解差于是砍下李训的人头，送回京城。

仇士良命令左神策军把王涯、王璠、罗立言、郭行余、贾餗、舒元舆、李孝本等人，连同他们的家属一并斩首示众，并把他们的人头和李训的人头一起悬挂在兴安门外。王涯因为为官苛刻激起民愤，百姓见他处死，无不拍手称快。

令狐楚被封为盐铁转运使，左散骑常侍张仲方升任京兆尹。朝廷又派人带密旨去凤翔，命令监军张仲清立即把郑注斩首。

郑注本来带领五百亲兵，按照约定已经到了扶风。路上听说李训的事情败露，连忙返回凤翔。张仲清采用牙将李叔和的计策，邀请郑注过府饮酒。郑注仗着有卫兵，贸然赴约。张仲清迎接郑注，进入客厅，格外殷勤。李叔和又带着郑注的卫兵出去喝酒，然后再带着刀来到客厅，见郑注正和张仲清喝茶谈话，就抢步上前，一刀下去，把郑注的人头砍下。然后，厅后伏兵齐出，门吏又把外门关上，将郑注的卫兵，杀得一个不留，副使钱可复、节度判官卢简能、观察判官萧杰、掌书记卢弘茂等人也被一并处斩。郑注以及钱可复等人的家属，也都被全部杀掉。只有卢弘茂的妻子萧氏，临刑时边哭边骂道："我是太后的妹妹，你们谁敢杀我？"大家害怕，她才得免一死。

韩约躲了好几天，半夜偷偷地溜出崇义坊，被神策军看见，一把抓住，送到左军中。于是，所有本案人犯，全部一网打尽，仇士良、鱼弘志等人，全都加官晋爵。

甘露事变之后，一切生杀任免，全由两个中尉宦官主持，文宗已经如同木偶一般。文宗能保全性命，已经是大幸，哪里还敢再和宦官怄气？

仇士良、鱼弘志等人气焰嚣张，上威胁天子，下欺凌宰相，每次到延英殿议事时，仇士良都傲然上座。郑覃和李石发表意见时，往往被仇士良当面呵斥，或者拿李训、郑注谋反的事驳斥。郑覃和李石齐声反驳道："李训和郑注确实是叛乱的罪魁祸首，但不知李训和郑注是何人引荐的，竟然闹出这等大祸。"仇士良听到这话，也无话可说了。

宦官们痛恨李训和郑注等人，从此牵连不断，接连打击异己，整天不是杀人就是贬官，满朝文武不得安生。

一天，文宗上朝，问宰相道："京城近来太平吗？"李石回答道："京城基本太平，只是最近天气特别寒冷，恐怕是杀人太多所致。"郑覃也建议道："罪人和亲属已经全部处死，其余的人可以不必追究了。"文宗点头退朝。接连过了好几天，却并不见有赦免的旨意。

忽然，京城谣言又起，说有贼寇到了。百姓四散奔逃，尘埃四起，文武百官也没命地乱跑，京城大乱。郑覃和李石正在中书省中办事，一看周围的官员，已经逃走了一半。郑覃也不禁惊慌起来，对李石说道："我们也出去躲避一下吧。"李石平静地说道："宰相之位很重要，不能轻动。何况事情的虚实我们还不知道，我们镇定，说不定还可以消除祸患，要是连宰相都走了，那就真的乱了。况且如果真有大乱，咱们又往哪里躲呢？"听了这番话，郑覃才勉强坐下。

李石镇定自若，从容安排防守事宜。左金吾大将军陈君赏，率兵把守望仙门，军容整齐，戒备森严。一帮民间的恶少，手拿刀枪，准备趁乱抢掠。幸好城内有李石，城外有陈君赏，从容坐镇，才平安无事。到了晚上，毫无变动，人心这才安下来。

这谣言也是事出有因。原来，王守澄没死时，曾经和宦官田全操等人有矛盾，李训和郑注趁机献计，派田全操等六人巡查盐、灵等州，秘密让各地镇帅就地捕杀。等到王守澄已死，李训和郑注被杀，接到密令的镇帅都不敢下手。仇士良等人成功后，便把这六个人召了回来。

田全操等人余恨未息，在途中扬言道："我们回京后，只要看见穿着儒冠儒服的，不论贵贱，一律杀死。"这话传回京城，这才导致人人惊恐，以讹传讹，好像有强贼要来进攻的样子。田全操等人进城后，毕竟人少势孤，不敢惹祸，再加上仇士良等人杀死了很多人，也怕激起众怒，所以没有动手，这场乱事就结束了。

几天之后，赦免的诏书终于颁布。凡是罪人的亲党，除去前面已经处死的，以及指名搜捕的之外，一概不再追究。畏罪潜逃的官吏，也不再追捕，全部官复原职。这道诏书一下，阴霾渐渐散去，天空终于放晴。

只是禁军仍然骄横残暴，京兆尹张仲方向来懦弱，不敢过问。李石见他不能胜任，就上奏请求让他出任华州刺史，改派司农卿薛元赏继任。

薛元赏刚正不阿，很有气节。有一次，薛元赏偶然到李石府中，听到李石和一个禁军部将大声争辩，于是大步来到客厅中，正色对李石说道："相公辅佐天子，约束四海，如果不能制服一个军将，让他如此无礼，将来怎么能制服天下呢？"说完，薛元赏喊来侍从，拿住军将，命令带到下马桥候审。薛元赏来到下马桥时，那名军将已经被扒掉军服，跪在道旁，薛元赏立即命令行刑，忽然有一宦官前来，说是奉仇中尉的命令，请薛大尹过去谈话。薛元赏道："正有公事，办完就来。"接着，薛元赏处死军将，然后改穿白衣，去见仇士良。

仇士良冷笑道："狂妄书生太大胆，竟敢处死禁军大将吗？"薛元赏回答道："中尉是国家大臣，宰相也是国家大臣，宰相的属下如果在中尉面前失礼，中尉将如何处置呢？中尉的属下在宰相面前失礼，难道可以轻饶吗？中尉是国家重臣，理当维护国法尊严，如今，薛元赏已经穿着囚服而来，任凭中尉处置，生死由命！"仇士良见他理直气壮，反而和颜悦色的安慰，又好酒好菜地招待一番，薛元赏才起身告辞。

转年元旦，文宗在宣政殿接受百官朝贺，然后大赦天下，改年号为开成。昭义节度使刘从谏上表，责问王涯等人的罪名，其中有"内臣擅领甲兵，妄杀无辜，流血千门，僵尸万计，臣当习练兵马，以清君侧"之类的话。

仇士良等人得知后，非常害怕，就劝文宗加封刘从谏，晋爵司徒，刘从谏又上表推辞，有“死未申冤，生难受禄”的话，并且历数仇士良等人的罪恶，请求将这帮宦官正法。仇士良虽然口头上说刘从谏是想借机叛逆，但心里也非常惊慌，因此言行稍稍收敛。此后，郑覃和李石才能够稍微正常发表意见，就连文宗也借此保住了性命，得以苟延残喘。

令狐楚又上奏说王涯等人全家被杀后，尸体暴露野外，请官府安排下葬，文宗也答应下来，安排京兆尹收葬王涯等十一个人的尸首。仇士良余恨未消，竟然私自派人去发掘坟墓，把他们的尸骨扔进了渭水。

第八十四回 动过手脚的遗旨

前御史中丞李孝本是唐朝宗室，李孝本被杀后，有两个女儿被刺配在右军，这两个女孩都是豆蔻年华，花容月貌，文宗听闻她们长得漂亮，就下召让她们进宫。拾遗魏谟上书谏阻，文宗为了嘉奖他正直敢谏，加封魏谟为补阙，不久又升为起居舍人，负责撰写《起居注》，记录皇帝的言行。

一次，文宗派人来取《起居注》去看，魏谟拒绝了，说："《起居注》一书不过是教人君向善的，陛下只要力行善政，何必看它呢？如果陛下看的话，史官难免有所避讳，那样记录的历史就不真实了。"文宗这才不看。

又有一次，文宗在便殿召见群臣，举起龙袍的袖子对大臣们说："这件衣服已经洗过三遍了。"群臣都称赞文宗俭朴，只有中书舍人柳公权上谏道："陛下贵为天子，富有四海，当任用贤人，罢免奸佞之徒，赏罚分明，才能国泰民安。只是穿洗过的衣服，还不过是细枝末节。"文宗笑道："爱卿倒是个忠直之臣，不如改任谏议大夫。"柳公权于是得到了提升。

但是，朝中内讧还没有平息，结党之风又兴盛起来。李固言当宰相不久，出任为西川节度使，改任工部侍郎陈夷行为同平章事。

到了开成三年的正月，李石上朝议事，忽然听到前面有弓箭声，李石连忙躲闪，左右四散逃走，马吃惊后往家里跑，又有一个人在门口袭击李石，亏得李石伏住马上，马的尾巴被砍断，李石受了轻伤。

文宗知道后，命令神策军派兵护卫李石，并且传旨搜捕暴徒，竟然一无所获。李石想来想去，一定是宦官派人干的，如果自己再继续当这个宰相，恐怕性命难保，不如趁早辞官，免得被害。于是，李石上表称病，请求辞去宰相职位。文宗知道李石忠诚，确实不便强留，只好仍然让他挂着宰相的官衔，出任荆南节度使，另外选拔户部尚书杨嗣复和户部侍郎李珏为同平章事。

杨嗣复和李珏二人与郑覃、陈夷行不和，多次发生口角，文宗曾经当面调解，四位宰相虽然嘴里答应，但彼此的成见总难消除。杨嗣复和李珏极力排挤郑覃，更要重召李宗闵当宰相，郑覃、陈夷行一致反对，还是文宗代做调解人，任命李宗闵为杭州刺史，总算暂时解决了一场争端。第二年，郑覃和陈夷行终于被杨嗣复、李珏所排挤，辞官退位。

不久，大唐又痛失一位四朝元老，他就是司徒中书令晋公裴度。

太和末年，裴度改任东都留守，目睹时事艰难，加上自己已经年老体衰，不愿再过问国事。甘露之变后，裴度更是饮酒作诗，自娱自乐。

开成二年，裴度又奉旨出任河东节度使，不得已启程赴任。易定节度使张璠病死，他的儿子张元益想要自封为留后，经过裴度派使者讲清祸福的道理，这才归顺朝廷。

裴度到任一年，因为老病，请求回到东都，第二年去世，享年七十六岁。文宗震惊之余非常沉痛，辍朝哀悼，追赠他为太傅，赐谥号文忠，当时人们都把裴度比作郭子仪，评价极高。裴度身后没留下遗表，文宗派人去问，找到半篇遗稿，上面提到储君没定，深感忧虑，并没有提到私事。去使带着半篇遗表献给文宗，文宗更加叹惜。

唐朝自宪宗以来，穆宗、敬宗、文宗三朝都没有册立皇后。文宗生有两个儿子，长子名叫李永，是后宫王德妃所生，次子名叫李宗俭，十岁就病死了。李永被封为鲁王，大臣大多请求立他为太子，文宗却想要立敬宗的儿子李普为太子，一直拖着没决定。

到了太和二年，李普竟然夭折了，文宗很是悲伤，追赠李普为悼怀太子，又将立太子一事耽搁了好几年。一直到太和六年，才立李永为皇太子。太子李永的母亲王德妃相貌平平，并不招文宗喜爱。后宫有个杨贤妃，生得花容玉貌，伶牙俐齿，文宗爱如掌上明珠，对她言听计从。后来，王德妃被人诬陷致死。李永又是个不成器的家伙，整天吃喝玩乐，亲近小人。那杨贤妃每天在文宗面前进谗言，总是说李永的不是。文宗听多了，心里不禁怒火中烧。

开成三年九月，文宗召见群臣时说："太子行为不检点，不能继承大位，应该废掉。"群臣都叩头劝谏道："太子还小，最近虽然有些过失，将来自会改正。况且太子关系国家根本，不能轻易废立，还望陛下三思！"给事中韦温说道："陛下只有这一个儿子，没有很好地教导他，以致他会出现今天的情况，这难道全是太子一个人的过失吗？"文宗这才不高兴地退朝了。

文宗召太子回少阳院，让侍读窦宗直、周敬复二人，为太子讲授经典，让他深明大义。可太子却始终不能痛改前非，那杨贤妃又暗中让坊工刘楚才等人以及宫中女优一起来诋毁太子。文宗只要听到不好听的，就召太子当面责备。过了一个多月，一天夜里，太子在少阳宫中暴毙，五官流血，四肢发青，文宗亲自察看，见他死得凄惨，也不禁悲从中来，暗想暴毙的原因，好像是中毒，但又找不到证据，只好安葬了事，谥号庄恪。

又过了一年，群臣再次请求册立储君。杨贤妃又趁机进言，请求立穆宗的儿子安王李溶为皇太弟。文宗和宰相商议，李珏提出立弟不如立侄。于是，敬宗的小儿子陈王李成美被立为皇太子。

一天，文宗到会宁殿看戏，看见有个小孩子顺着一根长竿往上爬，一个中年男子在下面保护，样子很担心。文宗奇怪地问左右，这个中年男人是什么人，左右回答说是小孩的父亲。

文宗忽然黯然流泪道："朕贵为天子，却不能保全一个儿子，岂不可叹？"说完起驾回宫，立即召来刘楚材等人和女优张十十等人，当面叱责道："陷害太子的，就是你们这帮家伙，现在太子已死，要你们偿命！"然后，文宗命令左右把他们押赴京兆尹，当天处死。

从此，文宗忧郁成病，卧床很多天后，勉强起来到赐政殿，召值班的学士周墀进来问道："朕可以跟前代哪位君主相比？"周墀回答道："陛下是当代的贤君，可比古时候的尧舜。"文宗道："朕怎么敢和尧舜相比？想是和周赧王、汉献帝相比，不知道怎么样？"

周墀吃惊地说："周赧王、汉献帝都是亡国之君，怎么比得上陛下你呢？"文宗道："周赧王和汉献帝，只不过是受制于强大的藩国，今天朕却被家奴所控制，恐怕还不如周赧王、汉献帝呢。"周墀跪在地上流泪。从那以后，文宗连饭也渐渐吃不下了，身体越来越差，到了开成五年元日，竟然卧床不起。第二天晚上，文宗召见枢密使刘弘逸、薛季棱，又让杨嗣复、李珏进宫，嘱咐他们辅佐太子监国。

宦官中尉仇士良、鱼弘志听到消息，闯进寝宫，对文宗说道："太子年幼，而且患病，应当另应太子。"李珏道："储位已定，怎么能随意改变？"仇士良和鱼弘志愤愤而出。

没想到到了夜间，仇士良和鱼弘志竟然颁发伪诏书，立穆宗第五个儿子颍王为皇太弟，执掌军国大事。并说："太子李成美年纪太小，不能继承皇位，仍然封为陈王。"

第二天早晨，文武百官齐集思政殿，颍王已经上殿接见百官。杨嗣复、李珏等人知道是宦官伪造圣旨，但是不敢揭露，假意周旋了一番，随即退朝。又过了两天，文宗驾崩，年仅三十二岁，共计在位十四年，改元两次。颍王李炎继位，称为武宗皇帝，任命杨嗣复代理宰相。

仇士良劝武宗除去杨贤妃、安王李溶、陈王李成美三人，武宗乐得答应，一道诏书，赐三人自尽。仇士良等人还在埋怨文宗，唆使武宗把以前得宠的内臣，几乎斩尽杀绝。其他人都不敢多说话，只有谏议大夫裴夷直上疏劝谏阻止，没想到奏折呈上后像石沉大海一样，音讯全无。

武宗追尊生母韦氏为皇太后，迁萧太后到积庆殿，称积庆太后。过了几个月，武宗罢免杨嗣复宰相一职，提升刑部尚书崔珙为同平章事。又过了几个月，武宗又罢免李珏，召入李德裕，封为同平章事，并把文宗葬于章陵。

魏博节度使何进滔病死后，他的儿子何重顺自称为留后，上表请求圣旨加封。武宗考虑到自己刚刚继位，不想立即声讨，就让他就任魏博节度使一职，并赐名为何弘敬。

第二年，武宗改年号为会昌，枢密使刘弘逸、薛季棱密谋举兵，攻杀仇士良，事情泄露被捕，武宗下诏赐死，并封杨嗣复为湖南观察使，李珏为桂管观察使。仇士良想害死杨、李二人，上奏道："杨、李二人当初不愿陛下登基，现在既然外调，恐怕图谋不轨，应当尽早除去才是。"武宗性情颇为残忍，听了仇士良的话，立即派宦官去杀杨、李二使。

听到这个消息，户部尚书杜悰急急忙忙骑着马，去见李德裕，进门后来不及寒暄，便大声说道："天子刚刚继位，就想要杀两位过去的宰相，这件事不能不管。"

当时，太常卿崔郸和御史大夫陈夷行都当上了宰相，于是，李德裕邀请崔珙、崔郸、陈夷行，四位宰相联合上奏，连哭泣带叩头，极力上谏劝阻，武宗这才给了个面子，勉强同意不杀，把杨嗣复贬为潮州刺史，把李珏贬为昭州刺史。

此时，回鹘可汗的兄弟嗢没斯以及宰相赤心、那颉啜，分别率兵来到天德城外，求买粮食，而且请求归附。天德军使田牟想出兵迎击，借以邀功，于是，田牟写了封假奏折到朝廷，说："回鹘叛将嗢没斯等人侵犯边塞，臣愿出兵驱逐，安定边境。"武宗看到奏折后，召集群臣商议对策。

回鹘怎么会突然提出归附呢？原来，自从德宗送咸安公主和番后，回鹘主天亲可汗不久就病死了，天亲可汗的儿子多逻斯继位，大唐封他为忠贞可汗，才不到一年，忠贞可汗被弟弟所杀。不久，国人又杀了忠贞可汗的弟弟，改立忠贞的儿子阿啜，阿啜被封为奉诚可汗。奉诚可汗在位五年就病死了，他无子可传，国人便拥立宰相骨咄禄为可汗。骨咄禄也得到了大唐的册封，称为怀信可汗，在位十年后去世。怀信可汗的儿子也得到了受封，称为腾里可汗。

宪宗初年，腾里可汗多次派使者入朝，使者和摩尼（回鹘僧人）一同前来。回鹘使者回去后，摩尼留在了中国。以前，唐朝廷多次援助回鹘，回鹘人也有很多进入内地，他们曾经请求在京城内外建摩尼寺，后来，河南太原各地建了很多摩尼寺。这些僧人彼此往来，不免狼狈为奸，后来被遣送回回鹘。唐穆宗曾派宪宗的女儿太和长公主，下嫁回鹘。文宗末年，回鹘部将勾录莫贺勾结邻部黠戛斯，合兵十万，攻打回鹘，回鹘可汗被叛军杀害。可汗的兄弟嗢没斯和国相赤心、那颉啜等人无家可归，这才来投奔大唐。

大臣们大多同意田牟的意见，只有李德裕意见不同，他说道："回鹘穷途末路，应派臣安抚，赐给粮食，其必然感恩图报，愿意为我所用。从前，汉宣帝收服呼韩邪，就是用的这种办法，愿陛下不要犹豫！"武宗道："不知太和长公主生死如何？"李德裕道："正好让使臣顺便问明公主下落。"于是，武宗派使臣到天德城，告诫田牟不要轻举妄动，并且让田牟顺便探听公主下落。

朝廷的使臣刚走，太和长公主就派人来朝，报称回鹘已经立乌介特勒为可汗，请求朝廷册封。这又是怎么回事呢？

原来回鹘被破后，公主也被黠戛斯俘虏，黠戛斯首领是汉将李陵的后裔，自称和李唐是一家，因此派使臣达干送公主归唐，趁机求和。当时，回鹘的残余部落立乌介为可汗，乌介在半路上截击达干，达干战死，乌介又劫持公主南下，进逼天德城。振武军节度使刘沔，出兵驻扎在云伽关，严阵以待，乌介见讨不到便宜，就胁迫公主上表请求册封。

不久，乌介又派使者求借振武一城，说是给公主和可汗居住。来使叫作颉干伽斯，武宗召他觐见，问他为什么推立乌介为可汗。颉干伽斯道："乌介可汗是昭礼可汗的亲弟弟，深受部众爱戴。"武宗道："城不方便借，朕可以借给粮米，让你们的乌介可汗收复国土去吧。"然后，武宗派右金吾大将军王会，拨二万斛军粮，赐给乌介部队。

哪知乌介表面接受唐朝廷的命令，等王会南归之后，仍然在边境驻扎，不肯退兵，并且纵兵四处侵扰，赤心、那颉啜等人也阴谋进犯边境，还是嗢没斯把他们的阴谋告诉了田牟，田牟这才诱引赤心来到帐下，设伏把他击毙。那颉啜纠集赤心的残余人马，向东跑到大同，联结室韦、黑沙等番兵，向南窥视幽州。

这时，卢龙节度使史元忠已经被牙将陈行泰所杀，陈行泰又被张绛所杀，雄武军使张仲武，起兵赶走了张绛，平定了幽州。武宗下旨，让张仲武做卢龙留后。

张仲武听说那颉啜入境，出兵痛击，杀得那颉啜只身逃跑，投奔乌介，乌介把他杀死后，进犯云朔，在横水一带抢掠了大量财物，十万人马驻扎在大同，对抗大唐，不但索要粮食牛羊，而且向朝廷索要嗢没斯。

武宗已经加封嗢没斯为金吾大将军，赐爵怀化郡王。得到乌介前来骚扰的消息后，又把嗢没斯所带领的军队封为归义军，拜嗢没斯为归义军使，赐姓为李，赐名思忠，命他责令乌介撤军，不得提出无理要求。乌介不肯奉诏，于是武宗调刘沔为河东节度使，兼招抚回鹘使，张仲武为东面招抚回鹘使，李思忠为回鹘西南面招讨使，三路大军在太原会师，共同讨伐乌介。

刘沔很有武略，出兵雁门关，和乌介相持。起初，刘沔和乌介交战没有得利，于是，刘沔按兵不动，故意示弱，只派李思忠、张仲武两军骚扰乌介的两翼。乌介见刘沔不敢出兵，以为他胆小无能，因此不以为意，移兵进攻振武军。

刘沔派麟州刺史石雄和都知兵马使王逢，带领沙陀部落的人马袭击乌介的大帐，刘沔亲率大军接应。石雄到了振武，登城看回鹘的营帐，见有几十辆毡车，侍从大多穿红戴绿，样子很像汉人，就派侦察兵打探，回报是太和长公主的大帐。石雄派人去告知公主：“大唐即将出兵攻打可汗，请公主和侍从自保，不必惊慌，静候恭迎。”公主答应下来。

石雄在城下挖了十多条地道，半夜带兵杀出，直攻乌介可汗的营帐。乌介毫无防备，突然听说官军杀到，吓得手足无措，连忙从帐后逃出，辎重全部都丢弃了。石雄追到杀虎山，大破乌介部众，乌介身受重伤，带着几百名亲兵向北逃跑。石雄一举歼敌一万多人，又收降番兵两万多人，然后回兵迎接太和长公主，将她送回京师。

第八十五回 一代将才李德裕

太和长公主回到京师，武宗颁下圣旨，让宰相等文武百官到章敬寺前去迎接，又命四百名神策军前去迎接公主进城。公主祭拜过宪宗、穆宗的宗庙，无限感伤。然后，公主脱下华服和首饰，自称和亲无功，有负国恩。

武宗派宦官慰问了一番，仍让她不改装束，前去拜见太皇太后，公主母女重逢，悲喜交集。第二天，圣旨颁下，加封公主为安定大长公主，让她居住在兴庆宫附近，以便母女团聚。

武宗任命太仆卿赵蕃为安抚黠戛斯的使者。黠戛斯为古坚昆国，唐朝初年改名为结骨，位置在西突厥的西面。贞观年间，曾到大唐来朝贡，经历太宗、高宗、中宗、玄宗四个朝代，一直通使不断。后来，回鹘强盛起来，才被隔绝，不得往来。

结骨酋长叫作阿热，他们经常受到回鹘的侵扰抢掠，回鹘渐渐衰落后，阿热自称可汗，和回鹘大战了很多年，大约用了二十年时间，才终于大破回鹘，送太和长公主回唐。后来，听到乌介杀死了大唐来的使者，结骨再派注吾合素一路东来，希望能尽释前嫌。注吾合素在途中经历了一两年，才到达大唐，献上名马两匹，并上书请求册封。

武宗派赵蕃前往抚慰，并让李德裕起草诏书。李德裕认为黠戛斯必须称臣，再说他们是李陵之后，应当按照子孙的礼仪交往才能册封。武宗表示赞同，命李德裕写下诏书：

考贞观二十一年，黠戛斯先君，身自入朝，授左屯卫将军兼坚昆都督，迄于天宝，朝贡不绝。比为回鹘所隔，回鹘陵虐诸蕃，可汗能复仇雪耻，茂功壮节，近古无俦。今回鹘残兵不满千人，散投山谷，可汗既与为怨，须尽歼夷，倘留余烬，必生后患。又闻可汗受氏之原，与我同族，国家承北京太守即汉李广。之后，可汗乃都尉指李陵。苗裔，以此合族，尊卑可知。今欲册命可汗，特加美号，缘未知可汗之意，姑遣太仆卿赵蕃喻意，待赵蕃回日，当别命使展礼，以慰可汗之望。先此谕知，毋负朕意！

这时，武宗正信任李德裕，凡是和回鹘、黠戛斯交涉的事件，一定要和李德裕认真商议过后，再决定，所有的诏书，也大多是由李德裕起草的。李德裕请武宗让翰林学士们去做，武宗道："学士们不能尽如人意，只有爱卿动笔，朕才放心。"因此抚慰黠戛斯的诏书，也是由李德裕动笔的。

赵蕃带着圣旨和注吾合素同行到了黠戛斯，黠戛斯可汗愿意归附，并答应协助剿灭乌介。于是，武宗调幽州、太原、振武、天德四镇兵马，会同黠戛斯剿除乌介，并且派给事中刘濛为巡边使，打算收复河湟四镇十八州。

自安史之乱后，河湟陷落吐蕃已经多年，现在因回鹘衰败，吐蕃又爆发内乱，唐朝才有了收复失地的打算。刘濛是忠臣刘宴的孙子，武宗同情刘宴冤死，特别派刘濛出巡，命令他预备器械粮草，等回鹘平复后，进兵攻打吐蕃。

这时候，昭义军节度使刘从谏病死，儿子刘稹秘不发丧，胁迫监军崔士康上奏，称刘从谏病重，请求任命刘稹为留后。武宗看了奏折后立即召李德裕、崔珙等人商议，当中还有两位新任宰相，一个是淮南节度使李绅，是代替崔郸的后任，另一个是尚书右丞李让夷，是代替陈夷行的后任。陈夷行到河中镇守，崔郸到西川镇守，所以改任李绅和李让夷为相。这二李和李德裕合成为三李。

李绅和李让夷都上奏道："回鹘的残兵还没有剿灭，边境还需要警备。如果再进讨昭义军统辖的泽州、潞州等地，恐怕国力不支，不如让刘稹暂时管理军事。"但是，李德裕建议道："泽州、潞州的情况和河朔三镇不同，河朔叛乱已久，人心难以感化，所以历朝历代都置之度外。昭义军向来忠义，过去因为国家用人不当，才导致他们失望，现在刘从谏病危，不如趁机收复。"武宗道："朕也正有此意。"于是，武宗派供奉官薛士幹前去安抚，让刘从谏回东都养病，并召刘稹上朝，加官晋爵。

薛士幹走到半路，刘稹已经为刘从谏发丧，抗旨不遵，薛士幹急忙回来报告。武宗怒从心起，召李德裕商议道："先前，爱卿曾说刘氏嚣张跋扈，不应该承袭职位，现在这个刘稹公然抗命，朕想要声讨他，应该怎么做呢？"李德裕回答道："刘稹依靠的不过是河朔三镇，只要魏博和镇州两藩镇不能相互援助，刘稹也就无能为力了。现在，朝廷应该迅速派遣重臣，前去通知王元逵、何弘敬，让他们协助讨伐刘稹，成功以后，将士们都有重赏，只要这两镇听命于朝廷，不去阻挠官军，刘稹小儿，还有什么可怕呢？"

武宗听了大喜，立即命令李德裕起草诏书，颁给成德节度使王元逵和魏博节度使何弘敬，其中写道："朕要讨伐昭义军统辖的泽、潞地区，爱卿如果能忠于职守，立为榜样，自然福及子孙后代。"武宗看完后，点头称许，并立即派遣两位使者让他们分头去送，又赐卢龙节度使张仲武诏书，令他专讨回鹘，并调忠武节度使王茂元为河阳节度使，邠宁节度使王宰为忠武节度使，待命出征。

不久，得到成德、魏博两镇的奏报，二镇表示都愿意听从朝廷的命令。于是，朝廷剥夺刘从谏和刘稹的官爵，加封王元逵为泽潞北面招讨使，何弘敬为泽潞南面招讨使，加上河东节度使刘沔，河中节度使陈夷行，河阳节度使王茂元，合力讨伐刘稹，再调武宁节度使李彦佐为晋绛行营招讨使，会合各军，五路齐进。王元逵接到圣旨，当天就从赵州出兵，途经临洺，进逼尧山。

刘沔正在镇守昂车关，他分兵在榆社驻扎，何弘敬在肥乡驻扎，进逼平恩，陈夷行驻扎在冀城，进攻冀氏。王茂元出兵万善，另派兵马使马继等人进兵天井关。只有李彦佐从徐州出发后，前进迟缓，又上表请求在绛州休整，并提出增兵的要求。

李德裕上奏武宗道："李彦佐逗留观望，没有讨贼的意思，他的请求不但不能答应，还应当下诏斥责，命令他立即进军冀城。”武宗依言颁下诏书，李德裕又推荐天德军防御使石雄，做李彦佐的副将，并调石雄为晋绛行营节度副使，又命令王元逵取邢州，何弘敬取铭州，王茂元取泽州，李彦佐、刘沔取潞州。五路大军各有专攻，职责明确。

刘从谏去世之前，多次上表揭露仇士良的罪恶，仇士良于是造谣说刘从谏图谋不轨。现在刘稹反叛，仇士良更有借口了，总是在宫中扬言，说果然不出自己所料。

因为仇士良有拥立的功劳，武宗曾经封他为观军容使，表面上尊宠无比，心里对他却很怀疑顾忌，因此，武宗派出讨伐泽潞的官军一概不用禁军。仇士良嫉妒李德裕，多次进谗言陷害，偏偏武宗极其信任李德裕，丝毫不信仇士良的鬼话。同平章事崔珙庸碌无能，武宗将他罢免，提升中书舍人崔铉为宰相。

仇士良见自己渐渐失去权势，就告老还乡，武宗下旨批准。宦官们都来送他出宫，仇士良暗中叮嘱道：“天子不能让他闲下来，必须经常用一些奢靡华丽的东西来取悦他的心志，这样日积月累，天子没空理正事，然后我们才可以得志。要是让天子读书礼士，知道前代兴亡，他一定会警惕，会疏远我们，这是最重要的地方，一定不要忘记。”

仇士良一走，李德裕少了一个牵制，正好全心全意帮武宗规划剿贼事宜。

王元逵攻克宣务栅后，进兵尧山，击败刘稹的救兵，上书报捷。李德裕建议武宗加封王元逵为同平章事，以激励其他主帅。此时，王元逵的前锋已经攻进邢州境内，何弘敬却还没有出兵。王元逵秘密上表，揭露何弘敬心怀鬼胎。李德裕上奏：“忠武军战功显赫，声威远播，主帅王宰年富力强，谋略超群，请陛下调王宰率领忠武军，取道魏博，直抵磁州，何弘敬必然害怕，这是攻心的良策。”武宗立即命令王宰挑选步骑精兵直奔磁州。何弘敬听说后，果然很害怕，他担心忠武军到来后会导致兵变，急忙出兵先赶到磁州。河阳兵马使马继等人在科斗寨驻扎，被刘稹的牙将薛茂卿袭击，全军惨败，马继被擒。

王茂元担惊受怕，忧郁成疾，上奏报称兵败。于是，朝廷里又议论纷纷，都说：“刘悟有功，不应当让他绝后。而且刘从谏练兵十万，存粮十年，不易攻破，不如趁早班师。”武宗听了群臣的议论，不免动摇起来，又召李德裕询问。

李德裕道：“胜负乃兵家常事，愿陛下不要听信外面的闲话，此次出兵一定可以成功。”于是，武宗对群臣说道：“此后如果再有人说撤兵，朕就把他赶到逆贼的领地，斩首示众。”此后，议论才渐渐消失。

李德裕又建议调王宰全军支援河阳，委任王宰兼行营攻讨使，武宗也全部照办。

这时候，何弘敬上奏，说已经攻克了肥乡、平恩，杀敌无数，于是，武宗对几位宰相说道：“何弘敬连拔两县，再想脚踏两只船也不可能了，可以解除怀疑了。”随即，武宗加封何弘敬为检校左仆射。接着，王茂元在军中病故，武宗又提升河南尹敬昕为河阳节度使，专门负责粮饷运输，接济后勤，并把战事全部委托给王宰。

王宰治军严谨，叛军非常害怕。因为在科斗寨一战中独建奇功，却没有得到重赏，叛将薛茂卿心里很不高兴。他听说王宰率大军在万善驻扎，就秘密联系王宰，愿意作为内应。

于是，王宰率兵进攻天井关，薛茂卿应付了一下，立即带兵后退，把天井关让给了王宰。薛茂卿又让王宰进攻泽州，王宰怀疑有诈，不敢进兵，错失了机会。刘稹探知到了薛茂卿的隐情后，就设下计策把他诱到潞州杀死，又杀害了他全家，然后改用兵马使刘公直来阻击王宰。王宰进攻泽州出师不利，刘公直乘胜夺回了天井关。

不久，王宰整兵再战，大破刘公直，攻下陵川。刘沔此时也攻克了石会关，因为破回鹘时，刘沔抢了迎接太和长公主回朝的大功，卢龙节度使张仲武记恨刘沔，朝廷担心张仲武从中牵制，就改任刘沔为义成节度使，另将前荆南节度使李石调任河东。河东所有府库的财物，都被刘沔运到了义成军中。等到李石就任，发现兵少而且粮饷不足，形势很困难。都将杨弁趁机煽动士兵，竟然发生兵变。李石等人带领家属连夜逃走，才保住性命。宰相李德裕调兵征剿，并补发军饷，才平息了叛乱。杨弁被押送京师，当即处斩。

河东平定以后，朝廷召回李石，贬为太子少傅。河中节度使陈夷行因病请求退隐，朝廷允准，改由崔元式继任，又调崔元式镇守河东，任命石雄为河中节度使。石雄和王宰有过节，王宰怕石雄立下大功，故意放缓进攻，使刘稹能够专门攻打石雄。李德裕打探到隐情，上奏武宗道："行军作战全仗锐气，不经激发难以成功。陛下先前命令王宰进兵磁州，何弘敬才抢先出师取得胜利。如今，王宰又迟迟不进攻，请陛下再把刘沔调任河阳，让他率领两千义成军直抵万善，驻扎在王宰后面，王宰恐怕刘沔前来争功，必然进攻。王宰一旦进军，刘沔又可作为后应，这才是一举两得啊！"武宗照办。王宰果然像李德裕所料的那样，进攻泽州。

刘稹率领叛军打了一年，军心渐渐懈怠，再加上都神牙郭谊、王协，以及宅内兵马使李士贵等人专权，只知道聚敛钱财，有功不赏，将士们更加离心离德。刘从谏的妻子裴氏是故相裴冕的孙女，她有个弟弟裴问把守邢州，裴氏曾多次劝刘从谏归顺朝廷，刘从谏死后，裴氏担心刘稹会兵败丧命，就让他召回裴问执掌军政。

李士贵害怕裴问回来后，自己的大权会被夺走，急忙对刘稹说道："山东三州全靠五舅镇守，如果五舅回来，谁能守住山东三州呢？"刘稹年轻没什么见识，信以为真，于是没有召回裴问。

裴问招募五百军兵，号为夜飞军，其中许多是富商子弟。叛将刘溪前往邢州征税，大肆搜刮，往往拘禁富商。夜飞军听说父兄被拘，当然向裴问喊冤。裴问找刘溪理论，刘溪出言不逊，激起众怒。裴问就和刺史崔嘏杀了刘溪归顺大唐，举州投降了王元逵。洺州守将郭钊和磁州守将安玉听说邢州已经投降了大唐，也投降了何弘敬，山东三州全部归顺。

李德裕提出封给事中卢弘止为山东三州留后，并且调任山南东道节度使卢钧为昭义节度使。武宗还有些踌躇，李德裕道："如果不另外选帅，而让王元逵、何弘敬二人占领山东三州，朝廷将如何对付呢？"武宗恍然大悟，立即下诏。

李德裕又说道："昭义军的根本在山东，现在山东三州归降，潞州一定也要生变了。"武宗道："朕料想郭谊等人一定会诛杀刘稹，前来赎罪。"李德裕道："皇上圣明，要不了几天就会有好消息。"没过多久，王宰那边传来军报，说刘稹已诛，郭谊请求投降。

原来，郭谊是刘稹的心腹，刘稹抗命反叛，都是郭谊主谋。现在，山东三州全部丧失，郭谊不免害怕，就和王协密谋，准备杀死刘稹赎罪，于是派心腹董可武去劝刘稹，说道："山东三州反叛，现在请问留后怎么打算？”刘稹答道：“现在城里还有五万兵马，我们应当闭门自守，再图良策。”董可武道：“五万人怎么可能长久坚持？为留后考虑，咱们不如归顺朝廷，让郭谊当留后，咱们带着太夫人和家眷、钱财回东都，这不是个保全自身的好计策吗？”刘稹又说道：“郭谊他真的不会负我吗？”董可武道：“我已经和郭谊商量好了，绝不负你。”刘稹于是带郭谊进入内室，再和他当面约定，然后告诉刘从谏的妻子裴氏。裴氏道：“归顺朝廷当然是好事，可惜为时已晚。你们自己看着办吧。”刘稹思来想去，也没有更好的办法，于是任命郭谊为都知兵马使。

没过多久，郭谊派董可武去请刘稹，说是商议公事。刘稹跟着董可武出了牙门，来到北宅，和郭谊等人相见，大家一起喝酒作乐。酒过三巡，董可武上前拉住刘稹的手，另外一名将领崔玄度从后面举起了刀，只见刀光一闪，刘稹人头落地。郭谊又把刘稹全家老少全部杀掉，只留下裴氏不杀，关押起来。接着，郭谊把刘稹的首级献给王宰，并递上降书顺表。王宰立即上奏朝廷，满朝庆贺。

第八十六回 武宗灭佛

听说泽、潞二州归降，刘稹被斩首，武宗就和李德裕等人商量善后事宜。李德裕当面启奏道："泽、潞两州已经平定，邢、洺、磁三州（昭义军统辖泽、潞、邢、洺、磁五州）没必要再设置留后，只需要派遣卢弘止去三州宣慰就可以了。"武宗问道："郭谊又该如何处置？"李德裕回答道："刘稹胆敢抗拒朝廷的命令，全都是因为有郭谊等人做主谋，到了势孤力竭的时候，他又卖掉刘稹以求朝廷的奖赏，这种人不杀，怎能惩治恶人呢？"武宗点头说道："爱卿说得对极了！"

郭谊献上刘稹的首级，满心指望朝廷能够封赏，让他当节度使，却好几天不见诏书，就对部将们说道："大概朝廷是要把我调到别的藩镇，所以才这么慢。"

这时候，却忽然接到消息，说河中节度使石雄带兵来了。郭谊很害怕，但这时也不能再抵挡，只好率众出迎。石雄和使臣张仲清一同进城，以封官为名把郭谊等人诱到军中。石雄命令左右把郭谊拿下，其余的如王协、董可武、安全庆、李道德、李佐尧、刘武德等人也一并抓住，全部押送京师。唐朝廷已经得到了刘稹的首级，悬挂在都门上示众，又命令石雄挖开刘从谏的坟墓，砍下人头，挂在城头示众三天。

刘从谏的妻子裴氏由石雄带回京城，听候发落。武宗考虑到裴氏出身名门，弟弟裴问又率先归顺，不忍心诛杀裴氏，打算下诏免她死罪。偏偏刑部侍郎刘三复坚决反对，只好把裴氏赐死，然后通知他弟弟收尸安葬。所有郭谊、王协、董可武等叛将一律正法。

武宗加封李德裕为太尉，赐爵卫国公。李德裕上朝推辞，武宗道："朕只恨没什么官可以赏给爱卿，爱卿就不要推辞了。"李德裕这才拜谢退下。

昭义节度使卢钧到潞州上任后，立即抚慰兵民。卢钧一向宽厚仁爱，镇守襄阳时就深得人心。一进入天井关，昭义的散兵们都闻风归附，也都受到厚待。卢钧到潞州后，军民融洽，昭义地区很快安定下来。

武宗听从李德裕的建议，割泽州归属河阳，削减昭义军的势力，免得产生后乱，然后传旨各道官兵一律回归本镇，论功行赏。

李德裕又追究起维州守将悉怛谋归降的事，想要归罪于牛僧孺。但是，武宗只是追赠悉怛谋为右卫将军，却并没有追究牛僧孺的罪责。李德裕上奏道："刘从谏占据泽、潞十年，太和年间曾经上朝，牛僧孺、李宗闵执政，却不留刘从谏在京，放他回归藩镇，才酿成今天的大祸。而且听昭义孔目官郑庆说，刘从谏每次收到两人送来的书信，看完后都会烧毁，可见他们二人暗中勾结刘从谏，幸亏陛下扫平叛逆。如果想清源正本，还是应当处置牛李二人。”武宗缓缓说道：“以后再议吧。”李德裕始终不满意。

过了一些天，河南少尹李述递上奏折，其中大略写道，牛僧孺听说刘稹失败而死，失声叹息。这一下子惹恼了武宗，马上贬牛僧孺为循州长史，把李宗闵流放到封州。

李德裕带领文武百官，向武宗进奉尊号，称武宗为“仁圣文武章天成功神德明道大孝皇帝”，武宗不受。经李德裕等人五次上奏，方才答应。接着，武宗祭拜天神、宗庙，大赦天下，赐文武官员官阶勋爵，大宴群臣，庆贺了好几天。这时候，皇太后王氏（敬宗生母）得病身亡，喜事变成了为丧事，宫中免不了又是一番忙碌。太后谥号恭僖，葬在光陵东园。

同平章事李绅因脚痛病辞职，不久出任为淮南节度使。武宗召原淮南节度使杜悰进朝，封为右仆射，兼同平章事。杜悰本是岐阳公主的夫婿。文宗年间，公主病故，杜悰由澧州刺史升任凤翔节度使，又从凤翔调任淮南。

武宗听说扬州歌妓善于行酒令，就派淮南监军挑选几个人进贡。监军转告杜悰，请他帮着挑选，杜悰摇头说道：“我不奉诏，怎么能随便进献歌妓呢？”监军回报武宗说杜悰不肯遵旨挑选，武宗感叹道：“杜悰能识大体，朕真是惭愧。”于是，武宗召杜悰为宰相。

杜悰上任后，喜好宴饮，不太管事，武宗又罢了他的宰相之职，让他出任西川节度使。后来，李绅在任职期间病逝，杜悰再次被调往淮南。杜悰被罢免宰相时，崔铉也同时被免职，武宗改任户部侍郎李回为同平章事。李回是唐室宗族，很有胆识，征讨泽潞时，曾经奉诏宣慰河朔三镇，并督促进兵，三镇全都敬畏佩服，因此被武宗所器重，特地加以提拔。但军国大事，武宗仍然专门让李德裕处理。李回、李让夷不过奉命执行，只要署名签字就算尽职。

李德裕见西域的战事还没有结束，就上奏道：“回鹘衰微，乌介穷途末路，应当乘此机会荡平回鹘，收复河湟，望陛下遣使臣赐张仲武诏书，命他早日平定北疆，建功立业。”武宗按照他的意思下诏，催促张仲武进攻乌介。张仲武几次出兵，收降回鹘残兵败将有数万人。巡边使刘濛又报称吐蕃内乱，可乘机收复河湟。武宗正准备大举西征，偏偏没等出师就大病缠身。一位英明果断的皇帝，渐渐地形神瘦弱，力不从心了。

武宗继位时只有二十七岁，改元后只过了五年，这时只有三十二岁，正是年富力强，大有作为的时候，怎么会疾病缠身，支撑不住呢？提到这病根，还得从头说起。

自从高祖李渊立老子庙，尊老子为太上玄元皇帝以来，唐王室后世子孙当作成例，对待方士，一律加以厚恩，所以道教盛行一时。此外，又有佛教、袄教、摩尼教、景教、回教五种宗教流行。

佛教自汉代到唐代，越传越盛。唐太宗时，僧人玄奘到西域取经，带回佛经六百五十多部，译成华文辗转流传，此后，僧侣越来越多。

武宗以前，全国的佛寺多达四万多所，僧尼达四十万人。其余四种宗教，全是从西洋传入，唐朝廷也批准他们传播，没有加以禁止。其中，摩尼教众在京都建有摩尼寺，景教在京都建有大秦寺。

武宗专信道教，不准异教流行。于是，武宗将国中的大秦寺、摩尼寺一并撤毁，并赶走外国的教徒，这些人多半死在了回国的路上。京城女摩尼七十人无处栖身，全部自尽，两千多名景僧、祆僧一并还俗。

武宗还下令京都和东都，只准留佛寺两所，每寺留僧人三十人，各道也只保留一寺，其余的全部毁去。僧尼勒令还俗，田产归官，寺材用于修缮官府、驿站，铜像钟磬，熔化制钱，共计，武宗一朝毁掉寺院四千六百多座，房屋四万多间，还俗僧尼二十六万零五百多人，没收良田数千万顷，奴婢十五万人。

自古以来，帝王排斥佛教的共有三个人，即魏太武帝、周武帝及唐武宗，佛家称为“三武之祸”。武宗排斥异教不遗余力，却专心致志的迷信道教。

武宗继位初年，就召来方士赵归真为自己讲法，称赵归真为道门教授先生，还在宫中筑一座望仙观给他居住。只要稍有空闲，武宗就会到观中听讲法典，特别虔诚。赵归真引荐道徒，为武宗修炼合金丹，说是长生不老的仙药，武宗服药下去之后，感觉精神陡长，一夜能临幸几个妃子，畅快无比。哪知情欲太浓，元气消耗，各种壮阳的药物，多半是催命的毒药。武宗成天服用这种药，渐渐容颜憔悴，身体越来越虚弱。

当时，武宗专宠的妃子，第一位要算王才人。王才人是邯郸人氏，穆宗时选进宫中，当时年仅十三，能歌善舞，亭亭玉立，袅袅如花。武宗身材魁梧，王女身材修长，一对璧人仿佛天作之合，当然情投意合，卿卿我我。

武宗继位后，封王氏为才人，夜夜宠幸，武宗每次出外打猎，王才人必定骑马跟随，王才人有时也能拉动轻弓，射倒几只小禽小兽。武宗越发宠爱，打算立她为皇后。偏偏李德裕说她没有儿子，家世又浅，恐怕贻笑天下，武宗这才作罢。但后宫佳丽没有人能超过王才人，武宗宁可把正宫的位置空着。武宗病重的时候，王才人曾经劝他少服丹药，武宗却说没事，还说赵归真告诉自己这是在换骨，应该瘦损，所以越服越病，越病越服。

渐渐地，武宗性情变得更加急躁，往往喜怒无常，他曾问李德裕，说道：“近来外面情况怎么样？”李德裕回答道：“陛下近来喜怒无常，大家都很害怕，现在天下太平，希愿陛下能宽待臣民。”武宗听完后不说话，返入内室去了。

原来，李德裕专政多年，才能虽然出众，度量却不大，所有恩怨一概设法报复。方士赵归真得宠，李德裕再三斥责，被赵归真痛恨。泽潞一战，又是由李德裕奏明武宗，不准宦官参预，这才成功。因此所有的宦官都视李德裕为眼中钉，总想把他赶下台。

于是，宦官们开始勾结方士，每天在武宗面前进谗言。时间一长，武宗就开始信了，只是表面上仍然敷衍而已。李德裕虽然上疏请辞，也不见武宗答应。李德裕又主张精简官吏，先后罢免郡县官吏约两千多人。李德裕的意思本来是为国家除去弊政，减少开支，并非为了公报私仇。但此时抱怨声已经四起，因为武宗还有些信任李德裕，所以小人们一时扳不动他。

到了会昌六年的正月，武宗已经无法上朝，李德裕忙于处理朝廷政务，也没过问宫里的事。不料，左神策中尉马元贽等人却在宫中，密谋立储君的事，不久竟然传出一道诏旨，立光王李怡为皇太叔，代理军国政事。

皇太叔李怡是谁呢？原来，先前叛臣李锜被杀时，他的家属充入宫中作为杂役，其中有位郑氏，是李锜的小妾，颇有美色，被宪宗宠幸纳入后宫，生下一个儿子，取名为李怡，排行十三。李怡从小少言寡语，长大后被封为光王，更加韬光养晦，与众不同。

后来，武宗病重，马元贽等人趁此机会，生出异心，准备选立储君，好当功臣。武宗本来有五个儿子，不过年龄都太小，这帮宦官就决定拥戴光王。于是，宦官们伪造诏书，说皇子年幼无知，让皇太叔处理国事。李德裕等人并不知道其中的阴谋，还以为是武宗的意思，因此也不敢反驳。

会昌六年六月甲子日，武宗病危，王才人在床边站立，武宗瞪着她看了好半天，好不容易说出一句："我要和你永别了。"王才人忍着泪道："陛下鸿福齐天，怎么能说这种不祥的话呢？"武宗再想说话，偏偏喉中已经被痰塞住，不能再说了，只好用手指着嘴，两眼注视着王才人。王才人已猜透圣意，发誓道："陛下万岁以后，妾愿以身相殉。"武宗这才稍稍露出点笑容，模模糊糊地说了一个"好"字，然后一言不发，不久驾崩。武宗在位六年，享年三十三岁。王才人把自己的金银细软分给左右，接着解下腰带自缢身亡。

马元贽等人拥立光王李怡继位，改名为李忱，史称宣宗。宣宗命令李德裕暂时代理宰相事宜。宣宗虽然朝见百官时满脸悲伤，但是裁决政务，却果断干练。满朝文武这才知道他深藏不露，并不柔弱。继位礼仪结束后，宣宗问左右道："刚才手拿表册的大臣就是李德裕吗？怎么他每次看我，都让我不寒而栗呢？"

接着，宣宗尊生母郑氏为皇太后，追赠王才人为贤妃。几个月后，宣宗把武宗安葬在端陵，并把王贤妃陪葬在陵旁。

宣宗从心底里排斥李德裕，继位才几天，就以迅雷不及掩耳之势贬李德裕为检校司徒，出任荆南节度使。这道圣旨，不但出乎李德裕的意料，朝中所有人都觉得意外。接着，宣宗又罢免李让夷宰相一职，改任翰林学士白敏中和兵部侍郎卢商为同平章事，而且把牛僧孺、李宗闵、崔珙、杨嗣复、李珏五人一并调任内地。李宗闵还没有启程就病死在封州。道士赵归真被处死，宣宗仍然恢复佛寺，京中新建八座寺院，不久又让各地寺庙全部修复。刘玄静法术高深，辞官回到衡山，宣宗听说后，将他请进京城，亲自授予他三洞法箓。

转眼就是元旦，宣宗改年号为大中，受百官朝贺，大赦天下。接着碰上大旱，从正月到二月滴雨未降，宣宗于是节衣缩食，重新审理京师囚犯，放出宫女五百人，之后果然天降大雨，官员百姓交口称赞。

同平章事白敏中本来是李德裕引荐到翰林苑的，现在李德裕失势，白敏中升任宰相，不但不替李德裕说话，反而一味讨好皇上，让周围的人揭发李德裕的罪过，宣宗贬李德裕为太子少保。过了半年，又贬李德裕为端州司马。又过了一年，又被贬为崖州司户参军，李德裕最后竟病死在崖州，享年六十三岁，仇家们拍手称快。正直的人都替李德裕喊冤。

宣宗曾经问白敏中，说道："朕以前为宪宗送葬时，路上下起大雨，文武百官都四散避雨，只有一位山陵使身材高大，胡子很多，他没跑，攀住灵舆，冒雨不避，这个人是谁？"白敏中回答说是令狐楚，已经去世了。宣宗问他有没有子嗣？白敏中回答说："令狐楚有个儿子叫令狐绹，很有才干。”宣宗就召令狐绹进见，问起天下大事，令狐绹对答如流，于是宣宗加封令狐绹为知制诰，不久又升任翰林学士。

令狐绹两次梦见李德裕请求他安葬自己。上朝后，令狐绹就请宣宗允许李德裕归葬，宣宗正要重用令狐绹，也就同意了他的请求。多年以后，宣宗去世，懿宗继位，采纳左拾遗刘邺的话，追封李德裕为太子少保兼卫国公，赐尚书左仆射。

第八十七回　宣宗之治

太皇太后郭氏在兴庆宫安度晚年，历经穆宗、敬宗、文宗、武宗四朝，几个皇帝都很孝敬。宣宗和太皇太后本来是母子相称，应该格外亲近，偏偏宣宗却不肯孝敬郭氏，对她很是淡薄。究其原因，原来是由生母郑氏引起的。

郑氏十几岁时，相面的就说郑氏能生天子，因此李锜将他纳为小妾。后来李锜被杀，郑氏当了太皇太后的侍女。太皇太后当时还是贵妃，宪宗出入往来，见郑氏秀色可餐，于是和她上演了一出龙凤配。妇人家容易嫉妒，况且这个郑氏是罪犯的小妾，皇上说宠幸就宠幸，哪能不让郭氏气愤呢？在宪宗面前又不便申诉，一腔郁闷只好往郑氏身上发泄。郑氏难免挨打受骂。现在郑氏身为太后，母以子贵，当然要报复。宣宗也想为母亲出气，所以对待这位太皇太后，难免失礼。郑氏又说宪宗突然暴崩，太皇太后也曾参与其中，惹得宣宗更加悲痛仇恨，看这太皇太后就像仇人一样。

太皇太后年老体衰，忽然遭此变故，怎能禁受得起？悲感交集，郁闷无聊。一天，太皇太后登上勤政楼，眺望了一会儿，忽然想跳楼，多亏身后有个侍女将她抱住，这才没出事。宣宗听说这件事后，很不高兴。不料到了夜里，太皇太后竟突然驾崩，宫中议论纷纷，大多说是服毒自尽。宣宗余怒未消，不打算让她和宪宗合葬。

太常官王皞直言上谏，说应该合葬，宣宗很生气，让宰相白敏中支责问王皞。王皞大声反驳，说道："太皇太后是汾阳王的孙女，历经五朝，母仪天下，怎么能因为一点不明不白的事情，就废了正嫡大礼呢？"白敏中听他这样说，更加怒形于色，王皞丝毫不畏惧，义正词严，并且斥责白敏中引导君主为恶。白敏中正要上奏宣宗，正巧这时候走过来一位新任宰相，拍着手说："皇上圣明，臣子才会忠直，古时候就有这样的话，今天终于有幸见到忠直的臣子了。"

来的这个人姓周名墀，曾是兵部侍郎，此时因为卢商罢相，和刑部侍郎马植一同官拜同平章事。周墀性情忠直，所以才会说这样的一番话。白敏中听到周墀称赞王皞，也不免顾忌三分，再去上奏时语句较为平和。但宣宗还是不高兴，把王皞贬为句容令。后来，直到懿宗咸通年间，王皞重新被起用为礼官，又提起这件事，才让郭氏配飨宪宗。

宣宗贬去王皞后，对周墀也讨厌起来。当时，宣宗打算收复河湟，周墀却反对用兵，更加触怒了宣宗，就把周墀贬为东川节度使。

其实，这收复河湟的想法，其实早在武宗时就形成了。河湟陷落吐蕃后，唐朝廷一时无法收复，一是由于国家多变故，二是由于吐蕃正强盛。到了武宗时期，正碰上吐蕃发生内乱，收复河湟正好是个绝佳的机会。

吐蕃自从尚结赞之后，君主和丞相多半昏庸软弱。吐蕃赞普乞立赞死后，传位给儿子足之煎，足之煎又再传位给可黎可足，可黎可足长年生病不能管事，把政事委托给臣子，吐蕃更加混乱。到可黎可足的弟弟达磨赞普继位，更加残暴不仁，国人离心离德，灾异频发。勉强拖了三四年，到了武宗会昌二年，达磨死去，没有儿子继位，达磨宠爱的王妃綝氏和一个奸诈的丞相勾结，立自己哥哥尚延力的儿子乞离胡为赞普，年仅三岁，王妃与奸相共同执掌朝政。

大臣结都那不肯朝拜，愤然道："先王子孙那么多，为什么要立綝家的儿子为王？老夫无权无勇，不能拨乱反正，只有一死来报答先王的大恩大德了。"于中，结都那拔刀刺脸，痛哭而出。奸相鼓动党羽，追杀结都那，又把他家族全部屠杀干净。这一行径顿时激起了民愤。

吐蕃的洛门川讨击使论恐热，为人狡诈，很有谋略，他召集属下说："贼人擅自立綝氏为王，又屠杀忠良，并且没有得到大唐的册封，怎么能立为赞普呢？我们应当共举义旗，诛杀妖妃和贼臣，替天行道。"

于是，论恐热和青海节度使约定同盟，然后起兵，自称国相，进兵渭州，连破守军。

鄯州节度使尚婢婢，本姓没卢，名叫赞心，他宽厚勇猛，很有谋略。论恐热假借讨贼的名义，实际是想篡国，担心尚婢婢袭击他的后路，就主动带兵攻击。尚婢婢假装和他结交，不但派人犒劳他的军队，还送了不少钱财。论恐热以为尚婢婢胆小怕事，就退兵回到大夏川。哪知，尚婢婢设下埋伏，前来引诱论恐热，论恐热陷入埋伏圈，被他杀得七零八落，大败而逃。此后又接连交战多次，都被尚婢婢打败。尚婢婢写了一份声讨檄文，历数论恐热的罪状，并且写道："你们本来就是大唐的子民，现在吐蕃无主，你们正好可以归降大唐，不要被论恐热利用。"这时，唐朝巡边使刘濛得知了此事，立即派使者上报宣宗，并趁机收复了河湟地区。

这时，回鹘已经基本平定，宣宗见回鹘已经平定，就想攻打吐蕃。

正好吐蕃秦、原、安乐三州，以及石门等七关都派人前来，表示愿意归降。宣宗诏令太仆卿陆耽为宣谕使，再派泾原节度使康季乐，收取原州及石门驿、藏石峡、木峡、六盘、制胜六关，灵武节度使朱叔明，收取安乐州，邠宁节度使张君绪，收取萧关，凤翔节度使李玭，收取秦州。各州收复后，改安乐州为威州，各地节度使派人送河陇百姓一千多人到京城朝拜天子。

宣宗亲自来到延熹门接受朝拜，河陇百姓欢呼雀跃，高呼万岁。宣宗传旨发给路费送回，准许他们开垦三州七关的土地，五年内不收租税。士兵如果能开垦土地的，朝廷拨给耕牛及种粮，戍守边州的士兵加倍赐给衣食，三年一轮岗。此外，尚未收复的州县，命令各地量力收复。

西川节度使杜悰取得维州，立即告捷。宰相白敏中等人，见宣宗收复了河湟，极力歌颂宣宗的功德，奉上尊号。

宣宗说道："宪宗时期就有了收复河湟的打算，还没成功，先帝就驾崩了，朕不过是侥幸完成了先帝的遗志，应当加顺、宪二庙的尊号，朕却不敢当。"于是，宣宗加谥顺宗为至德弘道大圣大安孝皇帝，宪宗为昭文章武大圣至神孝皇帝。

第二年四月，同平章事马植因为和中尉马元贽结党营私，被贬为常州刺史。朝廷另外任命御史大夫崔铉和户部侍郎魏扶为同平章事。魏扶刚上任就去世了，朝廷又任命户部尚书崔龟从和兵部侍郎令狐绹当宰相，白敏中出任招讨党项都统制置使。

党项屡次侵扰边境，宣宗却很不愿意用兵，崔铉建议派大臣前去安抚，于是宣宗任命白敏中出任招讨制置大使。白敏中派边将史元出兵，大破党项九千多个营帐，党项大为惊恐，情愿求和，不敢再犯。白敏中上表告捷，宣宗准许党项归顺，并派白敏中同他们定下和约。办理之后，宣宗调任白敏中充、兖、邠、宁节度使，不必回朝。

吐蕃的论恐热与尚婢婢交战，尚婢婢虽然得胜，但撤兵后，论恐热又大肆抢掠河西各州，对待部下很残暴，部下中有很多怨言。论恐热扬言说："我现在就去大唐借兵五十万，平定尚婢婢。"于是，论恐热进大唐都城求见宣宗。宣宗派左丞李景让把他安置在宾馆，问他想要什么。论恐热态度骄横，说想当河渭节度使，李景让回去禀报宣宗，宣宗不答应。宣宗在大殿上召见他时，也只大略地问了几句，没什么抚慰的话。论恐热告辞时，朝廷也只是平常对待。论恐热回到落门川后，招集队伍，想要祸患边关。当时，正碰上雨下个不停，没什么吃的，部下都走了，只剩下三百多人，论恐热没办法，只好逃向廓州。

沙州首领张义潮，带着瓜州、伊州、甘肃、兰州等十个州的地图，献给唐朝廷，从此，河湟全部归大唐所有。宣宗封张义潮为沙州防御使，不久又升他为义潮节度使。

宣宗收复了河湟，大唐几年之内平安无事，只是宰相换了几个人。先是崔龟从被罢免了职务，改任户部侍郎魏謩和礼部尚书裴休，接着崔铉调到外地上任，裴休又被免职，又另外任命工部尚书郑朗和户部侍郎崔慎由为同平章事。不久，魏謩、郑朗、崔慎由又被罢免。兵部侍郎萧邺和户部侍郎刘瑑以及诸道盐铁转运使夏侯孜，相继当上了宰相。刘瑑病死后，兵部侍郎蒋伸又继任宰相。幸好国家安定，大家按部就班，倒也没什么优劣可言。

卢龙节度使张仲武死后，他的儿子张直方为留后，张直方荒淫暴虐，被士兵赶走，士兵另推牙将周琳为留后。第二年，周琳又死了，士兵们又立张允伸为留后，宣宗也没有过问，任他自生自灭。

接着，成德节度使王元逵逝世，军中推立王元逵的儿子王绍鼎为留后。王绍鼎在位两年病终，弟弟王绍懿代立，都得到了唐朝廷的封爵。武宁军叛乱了两次，先赶走节度使李廓，由卢弘止代替，后赶走节度使康季荣，由田牟代替，这两次都是由朝廷特别委任，不是军人拥立。

岭南都将王令寰作乱，囚禁了节度使杨发，不久被后任节度使李承勋扫平。湖南都将石载顺赶走了观察使韩琮，很快被山南东道节度使徐商扫平。江西都将毛鹤赶走了观察使郑宪，很快被观察使韦宙讨平。宣州都将康全泰赶走观察使郑薰，很快也被淮南节度使崔铉讨平。

以上种种乱事，都是刚起事就被剿灭。

宣宗安享太平岁月，其中也有几件值得赞扬的美政。宣宗对待生母特别孝敬。郑太后的弟弟郑光出任河中节度使，回朝奏对时，话语很浅薄，宣宗就把他留为右羽林统军，不再让他统治百姓。太后多次说郑光贫穷，宣宗也不过多给他一些钱财，始终不给好官他做。

还有，宣宗的长女万寿公主下嫁起居郎郑颢，惯例是用银子装饰车辆，宣宗命令改银为铜，以俭朴召示天下，并且教导公主要谨守妇道，不要轻视夫家，干预政事。

有一次，郑颢的弟弟郑顗得了重病，宣宗派宦官前去探视，回宫后，宣宗问公主在哪里？宦官回答，说在慈恩寺看戏，宣宗大怒道："我一直奇怪士大夫家为什么不愿意和我家结婚，现在才明白了。"于是，宣宗立即召来公主，当面斥责道："小叔子有病，你还有心思去看戏？"公主认错。从此，王公贵族都安守礼法，不敢放肆。

宣宗的二女儿永福公主本打算下嫁于琮，一次公主和宣宗一同吃饭，稍不顺心，就发脾气，把筷子折断了，宣宗大怒道："这种坏脾气还有资格当士大夫的妻子吗？"随后，宣宗改让四女儿广德公主嫁给于琮为妻，并且下诏说："国家教化从夫妇开始，凡是有了子女的公主、郡主一旦守寡，就不得再嫁。"这些美政，全都和道德有关，可谓一朝模范，史官称宣宗明察善断，用法无私，从谏如流，不滥封赏，孝顺节俭，爱惜民物。人们都说，大中时期的政治，可以媲美贞观时期，所以称他为小太宗。

宣宗在位十三年，年满五十，因为年老体衰，不得不服用药物。他误信术士李元伯，用了许多金石燥烈的药物。开始服用时倒还有些效果，到了大中十三年秋季，药性突然发作，背上生疮，好几天不能见大臣。

宣宗有十一个儿子，长子名叫李温，曾被封为郓王，但不得宣宗的欢心。宣宗最爱的是三儿子夔王李滋，打算立他为太子，因为担心立幼不立长被大臣反对，所以一直拖着。等到宣宗病危时，才秘密嘱咐枢密使王归长等三人，准备立夔王李滋为太子。

右军中尉王宗实向来和王归长不和，王归长等人担心他从中作梗，就伪造了一份圣旨，调他为淮南监军。不料却被左军副使元实看破，元实让王宗实求见皇上，以辨别真假，然后再上任。王宗实恍然大悟，于是入寝殿求见宣宗。

王宗实刚到寝殿外，就听到里面传来哭声，宣宗已经归天。王归长、马公儒、王居方正在安排后事，打算拥立夔王李滋继位。王宗实呵叱道："御驾已崩，为什么不先发丧？却在这里鬼鬼祟祟，背地设谋，你们到底想干什么？"说完，王宗实从袖子里取出假圣旨，往地上一摔道："皇上病危，怎么能有这份诏书？显然是你们在捣鬼。你们竟敢假传圣旨，敢当何罪？"

王归长等人只有内柄，并无外权，忽见王宗实进来，已有三分惧怕，况又被他三言两语，说透隐情，更加觉得情虚畏罪，吓得面如土色，跪地求饶。王宗实说道："立长子为太子，是从古至今的公理，你等既然已经知道有罪，还不赶快去迎接郓王，或许还可以将功赎罪。"几个人连忙爬起来，去迎接郓王李温。不大一会儿，郓王已经赶到，先在御榻前痛哭一场。王宗实又召进元实，命令他立即起草诏书，立郓王李温为皇太子，改名为李漼。

第二天，宣宗大殓，停柩殿中。太子李漼在灵柩前继位，召见文武百官，加封令狐绹为司空。等百官退朝后，立即传出一道圣旨，拿下王归长、马公儒、王居方，说他们伪造圣旨，当日处斩。总计，宣宗在位十三年，享年五十岁。

太子李漼继位后，称为懿宗。懿宗罢免同平章事萧邺和令狐绹，召荆南节度使白敏中为宰相，兼任司徒，再封兵部侍郎杜审权为同平章事。

这时候，有使臣从南诏回京，报称："南诏酋长丰祐去世，儿子酋龙继任，藐视大唐。"

原来，宣宗驾崩后，唐朝廷按照旧例，给外族发去讣告。南诏自从被韦皋收服后，一直比较恭顺。到丰祐当酋长时，渐渐生出了反叛的想法，现在丰祐去世，儿子酋龙继位，接到大唐使臣的讣告后，大怒道："我国也在大丧，怎么没听说唐朝来凭吊？而且唐朝诏书是赐给故王的，和我无关，何必厚待来使呢？"于是，酋龙没有接见来使。大唐使臣等了好几天，愤然离去。

朝廷认为酋龙未曾派使臣报告继位事宜，而且有意抗命，就没有册封他。偏偏酋龙自称皇帝，国号大礼，竟发兵攻陷播州。懿宗正准备改年号，一时也没过问。

第二年元旦，懿宗改年号为咸通，赏赐百官，大赦天下。懿宗正准备征剿南诏，忽然浙东观察使郑祗德上表告急，说浙东土贼裘甫造反，连败官军多次，攻陷象山，又占领了郯县，请朝廷紧急派将南征。

第八十八回 王式智平浙东

浙东土贼裘甫本来是一个土匪，他纠集地痞无赖，横行乡里。因为江浙一带长期太平无事，官军战斗力大大下降，防务空虚，他便乘势揭竿造反，攻进象山。观察使郑祇德派兵征讨，反而被他扫得干干净净，非逃即死。

于是，裘甫攻占郯县，打开府库，招募壮士，聚众多达几千人。郑祇德又派讨击副使刘勍、副将范居植率兵出击，在桐柏观前大战一场。哪知贼势非常猖獗，范居植阵亡，刘勍逃回，侥幸捡了条命。

郑祇德更加害怕，又派牙将范君纵、副将张公署、望海镇将李珪，招集新兵五百人，出兵剡西。三人遇见敌兵，立即杀了过去。贼兵也不恋战，很快撤退。三将渡过溪水追击，人马刚渡过一半，没想到溪水暴涨，很多士兵被水冲走了。三将急忙带领残兵向后退去，偏偏后面钻出许多凶悍的贼寇，恶狠狠地拦在岸边，三将这才知道中计，进不能进，退不能退，没办法只好投水自杀。

裘甫连战连胜，威风大震，附近的盗贼纷纷投奔，还有各地的亡命之徒也陆续聚集，人马达到三万之众，分为三十二队，裘甫自称天下都知兵马使，居然改年号为罗平，铸成玉玺，上书“天平”二字，用刘暀为军师，刘庆、刘从简为偏帅，大造兵器，储藏粮草，大有吞并两浙的气势。

郑祇德无计可施，接连上表告急，并且向邻道求援。浙西派牙将凌茂贞率兵四百人，宣歙派牙将白琮率兵三百人，一同赶到浙东。两将见盗贼人多势众，不敢进兵，只是远远地驻扎，作壁上观。

朝廷知道郑祇德懦弱，增兵也没用，就采用宰相夏侯孜的建议，特地任命前安南都护王式为浙东观察使，召回郑祇德为太子宾客。

王式受命上朝，懿宗问他讨贼的方法，王式回答道：“只要兵多，贼人一定会被攻破。”懿宗没讲话，旁边就有宦官插嘴道：“出兵多，费用肯定很大。”王式应声说道：“兵多就一定能攻破贼人，看起来好像花费挺多，其实是更节省。要是兵少不能胜过贼人，时间拖得越久，贼人的势力越来越大，只怕到时候江淮的盗贼，都互相串通一气，一旦阻断道路，到时候粮草接应不上，到那时的花费不知道要多少。”懿宗这才对宦官说道：“王式的话有道理，应该多出兵。”于是，懿宗下诏调忠武、义成、淮南各军，联合扫平叛乱，各路官军都归王式调遣，王式立即率兵出征。

此时，裘甫正在分兵进攻衢、婺、台、明各州，他自己亲率一万多人进攻上虞，进入余姚，接着攻破慈溪，攻陷奉化，占领宁海，因为连战连胜，所以大设酒宴，开怀畅饮。

忽然，有探马来报，说朝廷已经派王式，统领各道兵马杀来了。裘甫不觉变了脸色，用筷子敲着桌子道："这可怎么办呢？"刘暀帮他出主意道："兵来将挡，水来土掩。我们有数万雄兵，难道还没打就先怕了吗？现在王式带兵前来，我听说他智勇无敌，要不了四十天就能到这里，兵马使您应该迅速带兵攻占越州，依靠越州坚固的城池，占据越州府库，再派精兵五千人守住西陵，然后在沿浙江一带修筑坚固的工事严密拒守，并且集中战船攻占浙西，只要能攻克浙西，我们就乘胜过大江，去掠取扬州的钱财货物，作为我们军饷，修葺石头城，作为我们的国都，再派刘从简带领一万精兵沿海南行，攻战福建，照这个办法，唐朝廷进贡赋税的交通要道都被我们占据，我们就不用担心了。"裘甫犹豫着，说道："今天已经喝醉，明天再商议吧。"刘暀见他迟疑不决，心里了很不高兴，就也以喝醉了为由退了出来。

裘甫想了一夜也没想到什么好主意，暗想王式虽然有盛名，却不知道是不是有真本事，不如派人假意投降，窥探一下他的动静。

于是，第二天，裘甫派人带着一份降书来到官军大营。王式刚到西陵，遇着贼使，便对左右说道："这是来窥探我军虚实的，并且想让我军骄傲懈怠。"于是，王式传见使者，看过降书，厉声道："裘甫真要投降，应当把自己绑来见我，我自然会饶他不死，否则就是没有诚意，如果想战，尽管来战，不要施什么缓兵计来骗我。"贼使听完，红着脸离去。接着，王式来到越州，与郑祗德交接军政，第二天，王式摆酒为郑祗德饯行，然后严申军令，操练人马，不到三天，军中阵容整齐，焕然一新。

交战之前，贼兵派出很多间谍混进了官兵，还有许多官兵和贼人通谋，所有城中的动静，都被贼人掌握。王式侦察到了实情，把那些通敌的官兵一一抓住斩首，并严把营门，没有通行牌的一律不准出入。他还命人夜间分段巡逻，布置格外周密，让贼兵无计可施。

贼将洪师简、许会能率兵来投降。王式对他们说道："你们能归顺朝廷是明智的，但必须先立战功才能升官。"然后，王式让他们率领降兵为先锋，立功赎罪。

王式又命令各县开仓放粮，救济贫苦百姓。有人问，军粮吃紧，为什么还要放粮呢？王式却说自有主张。

有人请求在远郊分设烽火台，方便报告贼兵的远近多寡，王式又微笑着不回答，而且还故意挑选体弱的军兵，让他们骑着健壮的马匹，作为通信兵。大家都暗暗惊讶，只是不敢问。

王式检阅各营，挑选四千精兵，命令他们领导各军分路讨贼，临行前严申军令道："不得惊扰百姓，要优待俘虏，多抢贼人的钱财，少杀官吏。"此后，官军抓捕贼党后不但全部释放，而且发放路费。这些被抓的贼兵深受感动，情愿以死效命，其他的贼兵也纷纷投降。接着，王式分官军为东南两路，节节进剿。南路军转战到唐兴，大破贼将刘暀、毛应天，毛应天败死，刘暀逃走。东路军到宁海，也连拔贼寨。

王式还嫌兵少，再上奏调忠武、义成、昭义各军，共同援助越州。大军合围，贼兵无处可逃，精锐尽出海游镇，想要和官军决一胜负，偏偏又被南路的官军所败，逃进甬溪洞中。官军围住洞口，贼兵又出洞再战，又被杀退。

此外各处的贼寨也大多被官军捣破。义成将高罗锐进攻宁海，收集散民达七千多人。王式听到捷报频传，说道："贼兵又饿又累，一定会逃到海上，大海这么大，想要抓他们不容易，应该立即前去截住他们，防止他们逃远了。"

于是，王式命令罗锐派兵迅速赶到海口，截住逃窜的贼兵，又命令望海镇将云思益和浙西将王克容，率领水军在海上巡逻，防止贼兵四散逃走。

贼将刘从简正从宁海向东而来，准备航船下海，没想当水军杀到，急忙弃船登陆，躲进山谷之中，所有的船都被官兵给毁了。听到消息后，王式高兴地说："贼兵无处可逃了。现在，只有黄罕岭一路可以深入剡县，只是可惜现在没有足够的兵力可以切断这条通道，但他们跑不了，一定会被我所擒。"

果然，裘甫带领残贼从黄罕岭逃去，占据了剡县。王式传令东南两路大军，加速进攻。贼兵登城固守，久攻不下。诸将建议从上游堵住溪水进城，断了贼人的饮水之源。

贼人有所防备，轮番出战，三天里，连战八十三次，贼兵虽然屡败，官军也很疲惫。裘甫派使者请求投降，众将都请求王式答应他。王式却微笑着说："贼人还不是真降，不过想稍微休息一下。我军应当乘此急攻，胜败在此一举。"不久，贼兵果然再次出击，三战三败。裘甫、刘晊、刘庆等人率领一百多人出降，出城几十步远远地和官军问答。官军立即绕到裘甫后面，前后合围，把裘甫等人擒住，押到越州。王式命令把刘晊、刘庆等二十几人就地斩首，押送裘甫到京师。

只有剡城还被贼将刘从简占据，官军因为贼首已经被抓获，稍一疏忽，被刘从简带领着五百人突围而走，逃向大兰山。众将连忙追赶，好不容易攻克了大兰山山寨，刘从简又逃走了。

台州刺史李师望，悬赏激励，果然有几百名前来投降的贼人，带着刘从简的首级前来献功。李师望转报王式。

王式因为贼寇已经被荡平，召集众将回到越州，摆酒犒劳。众将乘着酒兴，争着问王式奥秘："末将等人都在军中多年，久经战阵，今年跟着您一起大破贼人，却有好几件事不明白。敢问将军军粮紧急，为什么要开仓放粮呢？"王式回答道："贼人往往用粮食引诱饥民，现在我先给百姓粮食，百姓能吃饱饭，谁愿意当强盗啊？况且各县都没有守军，贼人一旦攻进城中，仓里的粮食就都便宜贼人了，何不先拿去赈饥岂不是更好！"

众将又问道："为什么不设置烽火台呢？"王式又回答道："烽火台是催促救兵的，我的兵马全在城中，无兵救援，举烽火只会惊扰自己，反倒自取其乱了。"

众将又问为什么派体弱的士兵为通信兵，王式又回答说："通信兵如果都用健壮的士卒，遇敌好斗，全都战死了谁去通报呢。"于是众将都下拜道："将军智谋，我等望尘莫及，佩服佩服。"当天，大家都尽欢而散。

不久，圣旨颁下，加封王式为右散骑常侍，众将也各有封赏。其实这次征剿浙东之所以成功，前敌当然全靠王式，然而内政却多亏了夏侯孜。夏侯孜当初大力举荐王式，并且写信给王式道："将军只管调兵遣将，所需军费，只要有我在朝，一定不会耽误。"王式心里有底，因此没有了后顾之忧，所有请求是无不应允，因此不到几个月，就剿平了贼寇。裘甫被押到京师，当然是做了刀下之鬼。

浙东乱贼扫平后，朝廷又准备进攻南诏。当时，安南都护李鄠已经收复播州，正打算向南诏进兵。此前李鄠到安南时，曾杀死安南土著的首领杜守澄，安南土著想要报仇，于是暗中带领南诏的兵马乘虚攻陷安南首府交趾。

李鄠猝不及防，只好逃奔武州，向朝廷告急。朝廷商议后决定派邕、管以及邻道的兵马去救安南，另调盐州防御使王宽为安南经略使，贬李鄠为儋州司户。李鄠还没有接诏，正在调集士兵大破土著，准备再取安南，将功抵罪，不料王宽带着诏书前来，已经把他贬黜了。后来王宽又举报李鄠曾经杀死杜守澄的罪状，朝廷又把李鄠流放到崖州。

因为杜氏势力强盛，朝廷一时难以征服，所以只能暂时笼络杜氏。朝廷还特意封杜守澄的父亲杜存诚为金吾将军，并为杜守澄平反。但是，蛮人并没有因此就感恩戴德，南诏也越来越横行。

咸通二年，南诏又攻占了邕州，经略使李弘源弃城逃奔峦州，后来见南诏兵退才又回城。

前任邕管经略使段文楚，此时已经升任为殿中监，朝廷命他再次奉命复任，并贬李弘源为建州司户。懿宗刚刚免了白敏中的宰相一职，加封左仆射杜悰为宰相。杜悰建议派使臣招抚南诏，却听说南诏又进犯巂州，转攻邛崃关，招抚之事只好作罢。

转瞬间又是一年，安南经略使王宽多次呈上紧急奏章，说是南诏连连进犯安南。懿宗特别封前湖南观察使蔡袭代任安南经略使，并且调集许、滑、徐、汴、荆、襄、潭、鄂等各道兵马，都归蔡袭调遣。官兵兵力强盛，贼寇这才败退。

左庶子蔡京性情狡诈，当时的宰相却偏说他有才干，奏请派他统领岭南。蔡京上奏请求把岭南分为两道，以广州为东道，邕州为西道。朝廷依照他的提议，任命岭南节度使韦宙为东道节度使，任命蔡京为西道节度使。

蔡袭率领大军镇守安南。蔡京怕他立功，特地上奏称："南蛮已经逃得远远的了，边境安宁，多留守兵耗费太大，不如各自撤回。"朝廷同意，命令蔡袭撤兵。蔡袭多次上奏说边关不可不防备，南蛮奸诈，请求留下五千人驻守。怎奈一班行尸走肉的大臣目光短浅，始终搁置不提。

这时候，徐州发生兵变，士兵们赶走了节度使温璋。徐州兵马曾经号称武宁军，自从王智兴镇守徐州后，招募勇士三千人，号称"银刀军"，这些人骄横不法，一人反叛，往往千人响应，节度使动不动就被驱赶。所以，宣宗时田牟到任后，给他们的赏赐不计其数，这些人才稍稍安宁。田牟死后温璋继任，银刀军听说温璋一向严厉，对他心怀猜忌。温璋虽然诚心慰抚他们，却始终不能合他们的心意，还是被他们赶走了。

于是，朝廷下旨调王式镇守徐州，让他带许、滑两军随行。许军就是忠武军，滑军就是义成军，两军先跟随王式扫平浙东，现在还没有回藩镇，正好跟随王式奉命启程。

王式来到徐州，银刀军见他势力强盛，不敢不出城相迎，王式不动声色，好言劝慰，进城后大宴士兵三天，说自己是要归镇，只是路过此地而已。银刀军暗地欢喜，以为终于拔去了眼中钉，乐得一醉方休。

不料，到了夜里，突然有无数士兵杀进大营，一直杀到天亮，把一帮骄兵一股脑儿杀尽。

王式先斩后奏，朝廷认为他处理得非常妥当。朝廷下令改武宁为徐州团练使，隶属兖海，划徐州归淮南，另外设置宿泗观察使，留二千人守徐州，其他的都分属兖、二宿州，命令王式分配将士到各处，然后将许滑两军都遣回本镇，并召王式回京，封他为左金吾大将军。

王式是王播的侄子，父亲名叫王起，曾进入翰林院，是侍讲学士，出任东都留守，官至尚书左仆射，封魏国公，平生饱学，死后谥号文懿。王起以文学扬名，儿子王式以武功著称，父子扬名，富贵终身。

岭南西道节度使蔡京残暴苛刻，曾经设炮烙之刑虐待士兵和百姓，后来被众人赶走，逃到藤州。朝廷听说此事后，下诏将蔡京贬为崖州司户，蔡京不肯去，走到零陵时，被下旨赐死，改用桂管观察使郑愚为岭南西道节度使。

安南自从撤走守军后，防卫空虚，南诏于是号召当地土著，带兵五万进犯。经略使蔡袭上表告急，懿宗下诏调京南、湖南兵二千，桂管兵三千受郑愚节制，前去救援安南。

俗话说得好："远水难救近火。"南诏兵此时已经在围攻安南首府交趾，蔡袭闭城坚守，一面飞书请求增援，懿宗虽然又下令，调山南东道弓弩手一千人，前往救急，可一时之间又不能到达。交趾城危急万分。

好不容易挨过残冬，到了咸通四年正月，城中兵尽粮绝，被蛮兵攻陷。蔡袭巷战半天，一直战到孤身一人，身中十多箭，情急之下大吼一声，杀开一条血路，跑往海滨。安南监军已经先逃出了城，下船逃命去了，等到蔡袭仓皇赶到，船早已经离岸，后面蛮兵又追到，蔡袭忍不住仰天落泪道："蔡袭如今只有以死报国了。"说完，蔡袭跳海而死。

当时，有官兵四百多人，因为城陷出逃，跑到城东水边，四下里找不到船，部将元惟德对大家说："现在没船可渡，总之是个死，不如和他们拼了，杀死一个够本，杀死两个赚一个！"将士齐声答应，于是他们返回东罗门，一阵乱砍乱杀，结果杀死蛮兵两千余人。终因寡不敌众，四百人全部阵亡。

急报飞达京城，懿宗下旨，调回各道兵马，分兵保护岭南。蛮兵又进攻东西江，围攻邕州，岭南西道节度使郑愚，害怕得不得了，急忙上表请求辞职，说自己是个文臣，没有武略，请求迅速任命武臣上任。

于是，懿宗调义武节度使康承训，镇守岭南西道，调荆、襄、洪、鄂四道兵马归他调遣，又调右监门将军宋戎为安南经略使，发山东兵万人前往防御。各道兵马陆续赶到，粮饷的运输却特别艰难。润州人陈磻石请旨，制造了一千艘大舟，从福建运到广州，吃饭问题才稍稍得到了缓解，但是，大船下海有时遇着飓风不免沉没。官军就抓住船夫，让他们偿还，有时候甚至抢夺商船运送军粮，把他们原有的货物遗弃岸上。船夫和商人告状无门，多半跳海自尽。

赫赫战功的高骈

岭南西道节度使康承训毫无谋略，到了邕州，正碰上贼兵大举进攻，他无计可施，只会不断上奏请朝廷增兵。

懿宗下旨许、滑、青、汴、兖、郓、宣、润八道兵马前去救援。各路兵马陆续到齐后，他又自恃兵多，毫不防备，远郊也不设哨探，好像没事一样。

蛮兵进攻邕州，康承训才接到警报，派出六道兵马，约有一万人，前去迎战。六道士兵都是刚到此地，道路不熟，就用土著当向导。土著却和蛮人私通，竟然把官军引到绝地。一声暗号之后，蛮兵从四面杀到，把官军截成数段，官军无处可逃，一万人死了八千，只有天平军二千人还在后面，转身逃回。康承训听到消息，吓得手足无措。

节度副使李行素带人修整战壕，刚刚完工，蛮兵就来了，把邕城团团围住。众将请求趁夜前去偷袭蛮兵的军营，康承训不批准，有个天平军的小校再三力争这才被允许。

小校立即召集勇士三百人，趁夜出城，悄悄摸到蛮寨，连呐喊带纵火，一阵乱砍，杀敌五百余人。蛮兵大惊解围离去。康承训这才命大军追击，可惜已经晚了，只杀死了二三百蛮兵。康承训却上奏告捷，说是大破蛮贼，朝廷信以为真，互相庆贺，加封康承训为检校右仆射。此外，报功受赏的全都是康承训的亲朋好友，那个夜袭敌营的小校却一级也没有升迁。从此，军心涣散，怨声载道。

岭南东道节度使韦宙知道康承训的所作所为，上书宰相。康承训也很担心事情败露，多次上表称病，朝廷降康承训为右武卫大将军，调容管经略使张茵前去镇守岭南。张茵胆小如鼠，不敢进军，于是同平章事夏侯孜特地推荐骁卫将军高骈出任安南都护，兼任经略招讨使。

高骈是高崇文的孙子，深得家传，文武全才，在神策军中威望很高。高骈少年时，看见两只大雕并排高飞，抽箭祈祷说："我要是有富贵的命，就让我射中一只。"然后一箭射去，两只大雕居然一起落下，高骈很欣慰。后来，高骈官至右神策军都虞侯，时人称他为"落雕侍御"。

此次，高骈受命南下，先到海门整顿操练兵马一年多，监军李维周和高骈关系不好，多次催促高骈出兵，高骈于是率领五千人打头阵，约定李维周发兵接应。李维周当面答应，等高骈启程后，却按兵不动。高骈进兵到南定峰州，正碰上蛮兵割稻子，便立即掩杀过去。蛮兵猝不及防，顿时四散奔逃，收获的稻子都被官军捆了回来，当作粮饷。

捷报送到海门，李维周隐藏不报，好几个月也不向朝廷传达消息。懿宗不免怀疑，传旨诘问李维周。李维周反而上奏说高骈驻军峰州按兵不动。当时朝中已经换了几任宰相，懿宗询问大臣，大臣们信以为真，奏请另换统帅。

于是，懿宗派左武卫将军王晏权，代替高骈镇守安南，并召高骈回京，准备予以重罚。

高骈这时候还没得到消息，他乘胜进攻交趾，杀死了很多敌兵，将交趾城团团围住。安南蛮兵统帅杨思缙已经回国，换了一个段酋迁据守交趾。段酋迁出城冲杀多次，都被高骈的队伍打败，眼看交趾城就可以攻下了。

高骈派偏校王惠赞、曾衮二人，驾着快船，进京报告战况。海上航行时，王惠赞、曾衮远远地看见前面有很多艘大船，悬着旌旗而来，两人都很惊异。正巧海中还有别的游船，他们就去询问这些大船的来历。游船中有人告诉他们，说是新经略使和监军的船。

王惠赞、曾衮两人更加又惊又疑，彼此商议，说道："高经略连战连胜，朝廷为什么要换用别人呢？莫非是监军李维周忌妒，有功不报，我们要是被他们看见，肯定会夺去我们的表文，将我们扣住，不如暂时先找个地方躲避，等他们过去了，我们再走。"

于是，王惠赞、曾衮将船摇进海岛之间，等大船过去后，才日夜兼程赶赴京师。懿宗接报后大喜，立即加封高骈为检校工部尚书，仍然镇守安南。

这时，高骈已经收到了王晏权的牒文，料想是监军舞弊，于是把军事交给副将韦仲宰，只率领麾下一百多人回京。到海门时，高骈接到加封的圣旨，于是返回去继续进攻交趾城。

王晏权一向懦弱，李维周贪婪奸诈，二人虽然来到了军前，众将全都不愿意为他们所用，他们二人也觉得扫兴，等到高骈又返回军中，圣旨也随即颁下，召他们二人回京，两人只好奉旨回去。

高骈回到前线，又指挥官兵攻城，他亲自冒着弓箭石块，身先士卒，一举攻下交趾，共歼敌三万多人，再乘胜进攻，连破蛮敌，杀死酋长。蛮人从此不敢反抗，纷纷归降，一共收降一万七千多人。

捷报传到朝廷，懿宗接受宰相的建议，在安南设置静海军，以高骈为节度使，然后大赦天下，命令安南、邕州以及西川各军各自保护疆域，不必再进攻南诏，并且命令西川节度使刘潼，招抚南诏王酋龙，如果能和大唐重归于好，一切就不再追究，再加封岭南东道节度使韦宙为同平章事，其余众将也全部论功行赏。

这时候，吐蕃将领拓跋怀光杀掉了论恐热，并将他的首级送到京师。唐朝廷因为南诏败退，吐蕃衰落，西南边境都已平安无事，庆贺了好几天，仿佛从此国泰民安了。

懿宗一向喜好吃喝玩乐，并沉迷音乐，供养的乐工达到五百人之多，每月大宴有十几次，各种佳肴全都齐备。有几次懿宗出行，随从多达十几万人，耗费不计其数。乐工李可及善于演奏新鲜乐曲，竟然被提拔为左威卫将军。左拾遗刘蜕一再进谏，反而被贬为华阴令。同平章事曹确上奏说李可及不能当将军，懿宗也不听。

到咸通九年，桂州守军叛乱，杀死了都将王仲甫，推举粮料判官庞勋为主帅，一路北上，烧杀抢掠。州县接连上奏报警，奏折如同雪片一般。皇帝和大臣们这才手忙脚乱起来，商议了几次，终于想出了一个权宜之计，派宦官高品、张敬思去赦免叛军的罪过，命令他们停止侵扰，立即回归徐州。

原来，之前南诏叛乱，徐州奉旨招募士兵，共计有八百人前往支援，其中有都虞侯许佶以及军校赵可立、姚周、张行实等人，他们本来是徐州的盗贼，后来参军入伍。这些人出兵桂州时，与官府约定三年轮岗，可到了第六年，官府还不放他们回来，守军们都有怨言。于是，许佶等人煽动众人叛乱，杀死了都将，由庞勋带领北归。

叛军得到使臣的抚慰后，暂时停止了抢掠。许佶等人又商议道："我们的罪比银刀军还严重，朝廷传旨赦免，无非是想暂时笼络，等我们到了徐州，必定是死路一条。"于是，大家都拿出自己的财产，购造旗帜、战甲，经过浙西来到淮南。

淮南节度使令狐绹派人慰劳，并送去粮草。都押牙将李湘上谏令狐绹，说："徐州叛军擅自回归，势必作乱，虽然朝廷还没有下旨对他们进行征讨，但作为藩镇大臣，也应该随机应变才对。高邮一带河岸陡峻，河水又狭又深，只要我们把草船点燃，堵住他们前面，再派劲兵，截住他们的后路，然后就可以将他们一网打尽。如果让他们出了淮南，必成心腹大患。"令狐绹一向胆小怕事，又因为没有圣旨不便行事，就放他们过了淮南。

庞勋等人过了淮南，刚好碰到徐泗观察使崔彦曾，奉旨前来安抚，来使传达皇上的旨意，让他不用担心。庞勋花言巧语地为自己辩解，态度表现得非常恭敬。

等来到徐城，庞勋和许佶等人又对大家说："我等擅自回来，无非是想见妻儿老小，现在我们听说上头有密旨，说等我们到了以后，立即将我们一网打尽。与其自投罗网，不如一齐反了，怎么样？"大家信以为真，都齐声说好。

庞勋又提出条件，让崔彦曾给自己设立独立大营，并打击原来徐州军中的异己势力。崔彦曾召集众将商议，众将全都义愤填膺，要求铲除庞勋这帮败类。崔彦曾于是调集四千三百人马，任命都虞侯元密为将领，带领三千人讨伐庞勋，然后派人通告宿、泗二州，历数庞勋的罪恶，约他们共同出兵打击。

元密率大军来到任山后，逗留不前进，只是派侦察兵穿着老百姓的衣服，背着柴火，前去侦察贼人的行踪，打算等贼兵到了以后，再设下埋伏进行打击。没想到侦察兵被贼人捉住了，经过严刑拷打泄露了官军的真实情况，于是，贼兵偷偷地带兵进逼符离。宿州城内的五百守军到濉水来防御，望风而逃，贼兵于是开始进攻宿州。

观察副使焦潞刚刚摄行州事，城里无兵可守，只好弃城逃命。庞勋于是带着部下进城，自称兵马使留后，发放钱财和粮食，名为赈济穷苦人民，实际上是在选募士兵，只要是谁不愿意，就立即杀死，一天之内，就招了几千人，庞勋让这些人上城防守。

元密听说庞勋攻陷了宿州城，也开始带兵进攻，大军驻扎在城外。贼兵用火箭射城外的茅屋，大火漫延到官军的营帐。官军们正在扑救时，没提防贼兵们突然出城袭击，慌忙迎战，死伤了三百人。

贼兵们又回到了城里，大肆抢掠城里的船只，把物资和粮食装上船，然后顺流而下，打算到江湖里去做盗贼。天亮时，贼兵已经走得干干净净。官军们发现急忙去追赶，追了大约二三十里，才看见贼兵在岸边整舟待发，岸上也有一些贼兵，三三两两在林间穿行。

元密连忙带兵进攻，快靠近贼船时，突然啸声一响，冲出很多贼兵前来拦截。官军奋力拼杀，哪知道岸上的贼兵却从林子里绕到官军的后面，从背后杀过来，官军腹背受敌，顿时大乱。官军且战且退，仓促中不认识路，竟然陷进沼泽中。贼兵追上来用箭四面齐射，元密和手下大概死了一千人，还有几百残兵，也全部投降，没有一个人能逃回徐州。庞勋从降兵中得知彭城空虚，于是立即率兵北渡濉水，翻山进攻。

崔彦曾还没有得到元密兵败的消息，直到贼兵入境，才有人来报告，崔彦曾急忙招募城里的壮丁登城守御。但是城里的百姓胆小怕事，根本就没有什么斗志。有人劝崔彦曾快点投奔兖州，崔彦曾大怒道："我是元帅，和城池共存亡是我的本职，怎么能逃走呢？"说完拔出佩刀，将劝他的人杀死。

过了两天，贼兵来到城下，有六七千人，气焰嚣张。城外的居民，庞勋好言抚慰，并不侵扰百姓，百姓都争着归附他，甚至帮他们一起攻城，他们有的放火烧门，有的搭梯攀墙，守军也无心抵抗，一哄而散，眼看着城池就要被攻下。

崔彦曾高坐堂上，贼兵们将他拉下来，关进馆中。尹勘、杜璋、徐行俭三人无处可逃，都被贼兵抓住，开膛剖腹，非常残忍地将他们三人及家人全部杀害。

庞勋高坐公堂，召来判官温庭皓，命令他起草表章，向朝廷请求加封他为节度使。温庭皓道："这件事太大了，不是一下子就可以写好的，请允许我回家去慢慢写，这样才能不被朝廷驳回。"庞勋答应了。

第二天早晨，庞勋派人来取稿，温庭皓跟着去见庞勋，从容回答道："昨天没有当面拒绝你，只不过是想见一见妻子，当面告别，现在我已经和妻子告别了，现在特地前来受死。"宠勋注视他很久，狞笑着说："书生真的不怕死吗？我庞勋能取徐州，还怕没有人能起草表章，你不肯做没关系，现在我暂且寄下你这颗头，改天再和你算账。"

温庭皓退下后，庞勋又找来文官周重，命令他起草，周重唯命是从，按照宠勋的要求写完，宠勋看后大喜，立即派牙将张琯带着奏折进京，又封许佶为都虞侯，封赵可立为都游奕使，其他党羽各有封赏。庞勋接下来连日招兵，分别把守要害。

泗州刺史杜慆是杜悰的弟弟，他听说庞勋已经占据了徐州，急忙修缮城池，整顿守备。

庞勋的亲信李圆带领两千人进攻泗州，他先派一百名精兵进城招降杜慆。杜慆假意答应，开城迎进贼兵，一百人刚进城，就命令关住城门，杀得一个不留。

第二天，李圆开始进攻，城上早已有了防备，弓箭和石块像雨点一般落下，杀死贼兵好几百人。李圆退兵到城西，请求庞勋增兵救援。庞勋又派一万大军去援助李圆。

广陵人辛谠生性侠义，隐居山林不愿做官，他和杜慆交情深厚，现在见泗州被围，就进城去见杜慆，劝杜慆带领全家逃走。

杜慆回答道："平安时坐享国家俸禄，危难时却弃城池而逃，这种负君负国的事，我不敢做，我誓死和将士们坚守，与此城共存亡。"辛谠深受感动，慨然道："您能如此忠勇，我也愿意跟你同生共死，等我回家诀别，去去就来。"于是，辛谠回到广陵家里，和家属诀别，再返回泗州。

途中遇到避乱的泗州百姓，扶老携幼，一路逃来，其中有几个认识辛谠的，告诉他叛军已经把泗州城团团围住了，劝他不要去送死。辛谠微笑不答，等来到城下，果然见贼兵正在围攻，只有西门的水路留着个缺口。他只身一人划着小舟，从西门侥幸进了城。

杜慆和他相见后很高兴，立即任命他为团练判官。都押衙李雅富有勇略，协助杜慆严防死守，并且侦察到敌兵松懈，于是出奇兵痛击叛贼。贼兵败退，回到徐州城，大家这才稍稍放心。

不久，朝廷降旨讨伐叛贼，封右金吾大将军康承训为义成节度使，兼徐州行营都招讨使，封神武大将军王宴权为徐州北面行营招讨使，封羽林将军戴可师为徐州南面行营招讨使，调集各道兵马来讨伐庞勋。康承训又上奏请求调发沙陀的三部落，并派朱邪赤心率兵随行，懿宗同意了他的请示。

因为泗州告急，朝廷特派淮南监军郭厚本带兵前去救援。郭厚本赶到洪泽湖，听说庞勋的部下吴迥又带领数万人再次围攻泗州，吓得心惊胆战，不敢再前进。

杜慆日夜盼望救兵，等了很久也没有等到。辛谠半夜里乘小船，偷偷地摸出西门，来到洪泽湖求见郭厚本，敦促他进兵。郭厚本假意和他约定，等辛谠返回泗州城后，仍然按兵不动。

这时，贼兵攻城越来越急，并将西门围住，搬草填濠沟，准备用火攻计。城中情况紧急万分，辛谠再次请求出城搬救兵。杜慆说道："上次去都没求来，这次去有什么用？"辛谠愤然道："这次去如果求来救兵，我就跟着一起来，否则就是死别。"然后，辛谠又划上小船，扛着木门，抵挡弓箭和石块，好不容易才突出重围，见到了郭厚本。

辛谠说到城里危在旦夕，泪如雨下，郭厚本颇为感动，打算发兵去救援。这时淮南都将袁公弁说道："贼兵势大，我们自己都自顾不暇，怎么还能救别人？"

辛谠瞪着眼睛喝骂道："贼兵正在猛攻泗州城，现在城池危在旦夕，你们奉命过来支援，现在却逗留不进攻，难道不是有负国恩吗？要是泗州城守不住了，淮南会成为下一个战场，到那时你还躲得了吗？我现在就杀了你，然后再自杀。"说到这里，拔剑而起想要杀袁公弁。

郭厚本急忙将辛谠一把抱住，袁公弁这才走脱。辛谠回望泗州城方向痛哭不止。淮南的军士也都感动得落泪，郭厚本这才答应分兵五百人随着辛谠去救援泗州城。

辛谠对着五百人下拜，然后一同回城。远远望见贼兵耀武扬威，气势猖狂，有一个士兵失声道："贼人好像已经进城了，我们不如回去吧。"辛谠不觉大怒，一手扯住这名士兵，把剑架在他的脖子上。其他人连忙劝阻，辛谠呵斥道："临敌妄言，扰乱军心，按律应当斩首。"

大家见说不过他，就上前去抢救那名士兵。辛谠勇武有力，愤然把士兵举起，大家见抢也抢不下来，只好哀求他不要处死小兵。辛谠答道："如果大家能勇敢杀敌，我就放了这家伙。"官军这才奋勇前进，辛谠把小兵放下，大家纷纷登岸杀贼，喊杀声震天。杜慆在城上望见，也出兵接应，内外夹攻，贼兵败走，追杀了十多里才收兵回城。

第九十回 溺爱不明的懿宗

听说吴迥败退，庞勋又派许佶带领几千贼兵助攻泗州。濠州的贼将刘行及杀了刺史卢望回，占领了濠城，也派党羽王弘立带兵前去会合。

听说贼兵又到了，杜慆忙向周围各镇告急。镇海节度使杜审权派都头翟行约带领四千人去救泗州，快到城下时，被贼兵迎头痛击，翟行约战死，官兵全军覆没。

淮南节度使令狐绹也派牙将李湘带兵前去救援，到了洪泽湖，会同郭厚本、袁公弁进兵都梁城，和泗州隔淮河相望。贼兵打败了翟行约后，渡过淮河围住了都梁城，李湘带兵出战，被贼兵打败，退进城中，城门还来不及关闭，就被贼兵冲了进来，把李湘抓住了，郭厚本也被抓住了，只有袁公弁逃脱了。

许佶将郭、李二人押送到徐州，庞勋大喜，进兵占据淮口，并分派党羽丁从实等人，向南进攻舒庐，向北侵略沂海，连连攻占沭阳、下蔡、乌江、巢县，滁州，丁从实等人杀死刺史高锡望，之后又转攻和州。

和州刺史崔雍居然引贼进城，和贼兵一同登楼共饮，贼兵乘着酒兴在城中大肆抢劫，屠杀军民八百多人。都招讨使康承训听说贼势太盛，从新兴退守到宋州。

于是，泗州城更加孤立无援，粮食也快吃完了，每人每天只能吃几碗稀粥。义士辛谠又再次请求到浙淮去求救，夜里他率领敢死队十个人，手拿长斧，乘着小船偷偷地出了水门，冲进贼兵水寨之中。贼兵没料到官兵会突然杀到，纷纷乱了阵脚，辛谠这才夺路逃了出去。等到了天亮，贼兵才知道辛谠只有十个人，于是，贼兵分水陆两路派兵去追赶。辛谠的小船非常轻快，急驶到三十里开外，才得以逃脱。

辛谠来到扬州拜见令狐绹，又到润州求见杜审权。杜审权派牙将赵翼率领两千人马，带着淮南稻米五千斛、盐五百斤去救泗州。辛谠又转奔浙西，借兵马粮草去了。

徐州南面招讨使戴可师仗着自己勇猛，率部冒进，率领麾下三万人渡过淮河一路向南，连破淮河一带的贼兵，直逼都梁城下。城中贼兵较少，他们登上城楼说道："刚才正和都头商议投降，请官军往后退一点，我们马上就投降！"于是，戴可师后退五里下寨。等到第二天再去一看，已经只剩下一座空城，贼兵守城的都不知哪儿去了，他还以为是贼兵怕了自己，于是开始骄傲起来，居然毫不防备。

这一天，天降大雾，濠州贼将王弘立带着数万贼兵，冲杀过来。官军猝不及防，被杀得大败，将士们被杀死的或是被水淹死的，大约有两万多人。器械粮草损失殆尽，戴可师也被贼将所杀。

庞勋自以为自己天下无敌，开始纵情淫乐，他抢到了几十个美女，整天寻欢作乐。叛贼军师周重进谏道："骄奢淫逸，必然难成大事，就算现在得到了也终会失去，就算成功也一定会失败，何况现在还没有成功，怎么可以这样呢？"庞勋仍然执迷不悟，每天纵酒淫乐。

第二年，咸通十年，唐朝廷任命右威卫大将军马举，继任徐州南面招讨使，又因为王宴权畏敌不敢前进，把他撤了回来，改任泰宁节度使曹翔，代任徐州北面招讨使，然后命令河北诸镇发兵协助剿匪。

这时候，魏博节度使何弘敬已经去世了，他的儿子何全皞继任为留后，奉旨出征，何全皞派部将薛尤率领一万三千人，进驻丰、萧，和曹翔驻扎在滕、沛的军队形成犄角之势。康承训召集各道兵马，总共七万多人，从宋州到柳子镇大营，连在一起有三十多里。

庞勋的贼兵四面出击，徐州城中只剩下几千人，庞勋开始感到害怕了。于是，他每天从到早到晚招募百姓当兵，百姓不愿应征，大多挖地道藏身，以免被胁迫。

庞勋焦灼万分，调回各处贼兵退守徐州。此时，魏博军已经攻克丰县，贼将王敬文败走，想要投降，被庞勋诱回杀死。海州、寿州各路的贼寇，也大多被官军杀败。

辛谠又借到了浙西的官军，回到楚州。贼兵水陆布兵，大船相连锁住淮水，切断水路。辛谠选拔敢死士队几十个人作为先锋，让米船三艘和盐船一艘在前，乘风直进，冒死拼杀，不管对方弓箭石块像雨点一样落下来，只是有进无退。辛谠带领敢死队用大斧子砍断铁锁，终于渡过淮河，抵达泗水城。

城上守军本来已经抱着必死的念头了，忽然看见辛谠到来，好像绝处逢生一般，欢声雷动。

杜慆带领各位将领出城相迎，两人握着手激动得流下泪来，等进城后，两人登上城楼向南望去，远远地看见官军战船旗子上写着浙西字号，却被贼兵阻挡不能靠近，辛谠又率领敢死队出城驾着船向贼阵猛冲。

贼兵见他来势凶猛，只有躲避，辛谠于是顺利地迎接浙西军一同进入城中。接着，辛谠又率领四百精兵，前往润州去借粮。贼兵在两岸夹击，辛谠转战一百多里，来到广陵，沿途经过自己的家也不进去，从润州借到盐和米两万石，钱一万三千贯，回到斗山。贼将布满战舰在中途截击，双方大战，从卯时打到未时不分胜败。辛谠命令勇士们改乘小船，冲到贼船两边，引火烧船，贼船被烧，不战自乱，辛谠趁机杀出，平安抵达泗城。泗州得到了军粮，重新巩固起来。庞勋也知道泗州地处江淮要塞，一心想要占领，所以多次增兵助攻，偏偏不能如愿。

徐州又被康承训围攻，多次交锋却没讨到什么便宜。康承训本是个庸帅，没什么能耐，可他手下的朱邪赤心却骁勇善战，部下三千骑兵，冲锋陷阵，无坚不摧，所以屡败贼兵。

贼将王弘立从淮口撤回，主动请战，愿率军出击康承训。庞勋大喜，立即命令他渡过濉水，前去进攻鹿头寨。王弘立连夜进军，偷偷来到鹿头寨边，一声令下将寨子团团围住。

这时，天刚蒙蒙亮，王弘立率领贼兵猛扑，满以为这次一定是大功一件，谁知寨门一开，冲出沙陀的铁骑兵，纵横驰骋，无人敢挡，贼兵望风披靡。寨中官军争相出击，杀得贼兵尸横遍野，血流成河。只有王弘立单人匹马逃脱。

官军追到濉水，贼兵淹死之人不计其数，这一仗官军共歼敌两万多人。庞勋怪罪王弘立，想要将他处斩，周重替他说话，庞勋这才没杀他，让他戴罪立功。王弘立收集残兵败将，只有几百人，他请求攻占泗州城以赎罪，于是，庞勋增兵，让王弘立前去进攻泗州城，同时，庞勋继续胁迫百姓，纵兵搜刮富家钱财以及商人的货物作为军饷，以致民不聊生，怨声载道。

康承训大破王弘立，进军柳子寨，和贼将姚周打了大小几十仗，姚周支持不住，弃寨逃回宿州。宿州的守将梁丕和姚周有过节，他打开城门，把姚周骗进城内杀死。

庞勋听到报告大吃一惊，准备亲自出战，周重献计道："柳子寨地势险要兵精粮足，姚周也有勇有谋，现在柳子寨被攻破，形势危如累卵，不如调集全部兵力与官军决一死战。况且崔彦曾等人长久地被关在城中也不是好办法，请一律处斩，断了他们的念想。"许佶等人也表示赞成，于是庞勋杀了崔彦曾和温庭皓，并砍断了郭厚本、李湘的手脚，送到康承训军中展示。

然后，庞勋命令城中的男子全部到球场聚集，如果胆敢藏着不出来的，都处以灭族之罪。百姓们无奈，只好到球场聚集。庞勋从中挑选到三万名壮丁，造好旗帜，自称天册将军，封庞举直为大司马，让他和许佶等人留守徐州。

庞举直是庞勋的父亲，庞勋认为父亲对自己行礼不好，想免去庞举直行礼，有人劝说庞勋，道："将军正要展示军威，不能顾念私情。"于是，庞举直来参见儿子庞勋。庞举直受封后立即带领队伍出城，连夜赶往丰县，打败了魏博的军队，然后带兵向西进攻康承训，前锋直逼柳子寨。正巧，有个淮南败卒，从贼营中逃到康承训大营，报告了贼人的行动计划，康承训厉兵秣马，设下埋伏等候。

庞勋的前队刚到柳子寨，就陷入埋伏。等到庞勋率后队赶来时，正遇到前队失败逃回，庞勋惊惶失措，部下又都是乌合之众，这时候只恨爹娘生的脚短，来不及逃走，顿时自相践踏，溃不成军。庞勋脱掉战甲，改穿布服，仓皇逃回彭城。正在庞勋惊魂未定时，围攻泗州的吴迥也狼狈地逃了回来，报称被招讨使马举打败，王弘立阵亡，自己难以支撑，只好退保徐城。

庞勋叫苦不迭，忽然又接到濠州急报，说马举从泗州出兵围攻濠州，濠州的大寨被官军烧毁，请求火速增援。宠勋急忙派吴迥去救濠州。

康承训赶走了庞勋，一路势如破竹，到达宿州后围攻多时不能攻克。宿州的守将梁丕，因为擅自杀了姚周，被庞勋撤换，改任张玄稔据守。

张玄稔和张儒、张实等人分派城中数万兵马，出城安营扎寨，倚水设障，负隅顽抗。张实写信到徐州，为庞勋出主意说："现在朝廷的大军几乎都在城下，西方必定空虚，将军可出兵攻打宋亳，断他后路，他一定会回去解围，将军就在半路设下埋伏，迎头迎击，我们再出兵，从后面追赶，咱们前后夹攻，一定可以破敌。"

庞勋正担心康承训步步进逼，再加上曹翔的部将朱玫攻克了丰县，又攻占了下邳，形势越来越危急，急得不知所措，整天求神拜佛，希望神灵保佑。收到张实的书信后，庞勋仍让庞举直、许佶留守，自己带兵出城西行，并回信给张实。

张实与张儒每天抵抗官军，官军放火焚烧寨子，张儒和张实两人没办法抵挡，只好退保外城。康承训率军猛攻，城上箭像飞蝗一样射下，射死了几千官军，康承训只有暂时退兵，只派说客到城下，劝他们投降。张儒和张实等人哪里会听？

张玄稔是徐州的旧将，沦落在贼窝，心中常常感到忧愤，夜里，他召集关系亲密的几十个人密谋归国，得到了众人的赞成，于是他让心腹张皋出去告诉康承训，定下日期杀贼，自己愿意作为内应。康承训大喜，厚待张皋，承诺按照约定行事，并让张皋回去复信。

于是，张玄稔派部将董厚等人，埋伏在柳溪亭，然后邀张儒和张实进入亭子里喝酒。酒喝到一半，以掷杯为号，董厚等人拿着刀冲进来，手起刀落，把二张杀死，并搜捕、杀死二张的同党，城中一片混乱。张玄稔帖出布示安民，说明利害关系，人心才安定。

第二天，张玄稔开门投降，跪着来到康承训面前，流着泪谢罪。康承训下座抚慰，亲自将他扶起，立即宣读圣旨，加封他为御史中丞，给了很多赏赐。张玄稔又献计道：“现在宿州城投降，周围地区还不知道，只要我们诈称城被攻陷了，带领兵马赶到符离和徐州，贼兵们不会怀疑，这样就可以将他们全部擒获了。”康承训同意了。

张玄稔回到城里，让部下夜里背着数千捆柴草，扔到城下，一等天亮，就点燃柴草。然后，张玄稔率领部队赶往符离，假称是败军。符离的守将开城把他们放了进去，被张玄稔一刀杀死，然后号令军民，劝他们投降，众人都愿意听命。张玄稔收了上万士兵，又急忙赶赴徐州。

庞举直和许佶已经有所耳闻，登城拒守。张玄稔带兵围城，先劝告守城的士兵们道：“朝廷只是诛杀造反的逆党，不杀良民，你们为什么要替这帮反贼守城呢？要是再犹豫不决，只怕就要死无葬身之地了。”守兵们听了，有的丢掉战甲，有的投靠官军，下城逃去了。

崔彦曾过去的属下路审中，开门迎接官军，庞举直和许佶从北门逃走。张玄稔急忙派兵去追，杀了庞举直和许佶，周重等人跳水自尽。所有以前镇守桂州的叛兵，按名字一一抓捕，连他们的亲属也一概诛杀，徐州这才平定。

庞勋带兵二万，从石山向西逃窜，沿途烧杀抢掠，鸡犬不留。康承训带领八万大军向西追击，以朱邪赤心为先锋，追赶庞勋到亳州。庞勋正在大肆掠夺，突然遇到沙陀的骑兵，不战而溃，逃到蕲水。官军早已在那里等候多时，一见贼兵，立即冲杀上去，贼兵大多淹死，庞勋也死于乱军之中。庞勋的尸体几天之后才被人找到，接着被砍首示众。继而远近叛贼纷纷投降，一场叛乱到此荡平。

朝廷论功行赏，懿宗加封康承训为同平章事，兼任河东节度使，杜慆为义成节度使，张玄稔为右骁卫大将军，辛谠为亳州刺史，朱邪赤心被特别召见，赐姓名为李国昌，加封左金吾上将军；随即在云州设置大同军，封他为节度使，并处理徐州后事，在徐州设置观察使，统领徐、濠、宿三州。朝廷在泗州设置团练使，划归淮南，不久又在徐州设置感化军，特设节度使以防叛乱。康承训后来被大臣弹劾，说他讨伐庞勋时一再逗留，虚报战功，被贬到恩州当司马。

懿宗在位十年，也没有册立皇后，唯独宠幸淑妃郭氏。郭氏生下一个女儿，很多年不能说话，有一天忽然开口说道："今天终于活了。"懿宗大为惊异，等到长大成人，相貌平平，却深得懿宗喜爱，封为同昌公主。

右拾遗韦保衡俊美文雅，被郭淑妃赏识，就和懿宗商量，愿把同昌公主嫁给他为妻。出嫁时，懿宗拿出宫中大量珍宝古玩，作为嫁妆，并在皇宫附近赐给一座宅第，窗户都用珍宝装饰，一切器皿非金即银，耗费约五百万贯铜钱，婚礼仪式极尽奢华，就是从前的太平和安乐两位公主跟她相比，也稍逊一筹。

韦保衡娶到这个贵妇，当然奉若天神，不敢得罪，除了上朝办事以外，每天呆在内宅和公主厮守。郭淑妃爱女情深，经常去探问，甚至留在公主的府第，深夜不归，皇宫里面免不了生出一种谣言，说是丈母娘和女婿关系不清不楚。当时，懿宗宠爱郭妃和女儿，由着她们，毫不过问。韦保衡后来被封为翰林学士。

咸通十一年间，曹确被罢免宰相职位。韦保衡竟然和兵部侍郎于悰、户部侍郎刘瞻同时升任宰相。因为韦保衡是皇亲国戚，老宰相路岩就和他串通一气，狼狈为奸。一班蝇营狗苟的大臣，乐得巴结奉承，遇到反对的人，这帮大臣就群起而攻之，当时，人们把韦保衡和路岩称作"牛头马面"，无非说他们阴险可怕。

天有不测风云，人有旦夕祸福。公主成婚才一年多，就得了一种绝症，卧床不起，二十多个医官同时诊治，也没想出什么起死回生的方法，勉强写了一两张药方，死马当活马医，没过几天，公主竟然香消玉殒，一命呜呼。郭淑妃突然失去爱女，当然痛悼，就连懿宗也悲伤落泪，亲自制作了一首挽歌，命令群臣一起哀唱，还命令文武百官全部去祭祀公主，又追封公主为卫国公主，谥号文懿。然后，懿宗抓捕二十多个医官，说他们用药错误害死了公主，竟然不容他们分辩，一律处斩，并且把医官的亲人一共三百多人全部下狱。

宰相刘瞻召集言官，让他们劝阻皇上，言官却都因为皇上喜怒无常，为保全自己，都不敢上谏。刘瞻只有自己起草奏折呈上，其中大略写道：

修短之期，人之定分，昨公主有疾，医官非不尽心，而祸福难移，竟成蹉跌。械系老幼，物议沸腾，奈何以达理知命之君，涉肆暴不明之谤。

懿宗看了奏折很不高兴，置之不理。刘瞻又和京兆尹温璋等人极力劝谏，顿时触怒了懿宗，把他骂了出来，随即把刘瞻贬为荆南节度使，把温璋贬为振州司马。温璋感叹道："生不遇时，不如一死了之。"随后，温璋竟然喝药自杀了。

韦保衡又与路岩一同诬陷刘瞻，说他和医官合谋，在药里放了毒药，于是懿宗又把刘瞻贬为康州刺史。路岩还不满意，在地图中见驩州离都城最远，又想办法把刘瞻贬为驩州司户。

第二年正月，懿宗安葬同昌公主，懿宗和郭淑妃坐在延兴门目送灵车，非常悲痛。护丧的仪仗长达数十里，用金子做成童男童女，奇珍异宝不计其数，服饰玩物多达一百二十车，锦绣珠玉更不用说。乐工李可及作哀乐，并率领数百人跳地衣舞，起舞者都用珍宝作为首饰，跳完后珍珠散落一地，任凭百姓拾取。最后，所有服装玩物，全都被葬进坟墓中，与泥土做伴。

韦保衡的老师王铎（王播的侄子），以前在礼部任校文。韦保衡发达后，举荐王铎继刘瞻后任。王铎却轻视韦保衡，议政时常有争议。

路岩本来和韦保衡勾结，后来却因为彼此争权而产生矛盾，于是，韦保衡在皇上面前进谗言，贬路岩为西川节度使。路岩出城时，京城百姓争着拿瓦块、石头去砸他。

当时，正任京兆尹的薛能前来为他送行，路岩不禁冷笑着说："京城的百姓有劳您去治理，今天我奉命西行，百姓却用瓦片和石头为我饯行，这就是你治理的效果吗？"

薛能回答道："过去宰相被贬到藩镇的例子多得很，上面也从没派人去保护，老百姓也从来没有用瓦片和石头去招呼的，为什么今天你出去，就会有这种情况呢？看来这还要你自己问问自己，究竟是因为什么让老百姓这么恨你呢？"路岩被他这么一反驳，自己也觉得很羞愧，连忙离去。等路岩来到西川，正碰上南诏退兵，全境平安，侥幸无事。

此前，南诏主酋龙从安南败退，转面侵略成都，接连攻陷了嘉、黎、雅三州，成都告急。幸亏当时的西川节度使卢耽和东川节度使颜庆复联兵出击，才打败了蛮兵。将军宋威又奉命支援，杀死蛮兵无数。成都过去没有战壕，颜庆复开始修筑城门，挖掘战壕，设置营寨，守备渐渐坚固，蛮人才不敢进犯。

朝廷要处置路岩，于是把卢耽调走，任命路岩接任。路岩沉迷酒色，一切政务全都委任亲将边咸、郭筹。边咸、郭筹两人狼狈为奸，独断专行。路岩曾经到校场阅兵，边、郭站在旁边，如果有什么话要说，就写个纸条传递，看完就烧掉，军中纷纷猜疑。这件事被朝廷知道了，改任路岩为荆南节度使。

路岩走后，由礼部尚书刘邺继任。后来，于悰也被韦保衡陷害，贬为韶州刺史。于悰的妻子广德公主是懿宗的亲妹妹，跟着于悰来到韶州，和于悰形影不离，于悰才得以保全。于悰被贬后，朝廷改用刑部侍郎赵隐为宰相，一切政务按部就班。

到了咸通十四年正月，懿宗派人到法门寺奉迎佛骨，言官多半上谏劝阻，甚至说宪宗因为迎入佛骨才导致驾崩。懿宗道："朕如果能见到佛骨，死而无恨。"

这年，从春天到夏天，佛骨才被迎进京师，懿宗顶礼膜拜，极其虔诚，宰相和文武百官纷纷献上金银财宝。佛骨被迎进皇宫供养，懿宗传旨大赦天下。过了两个月，懿宗竟然患病，医治无效，弥留时匆匆册立了太子，不久就驾崩了，享年四十一岁，共计在位十四年。

第九十一回 黄巢起义

懿宗有八个儿子，全是后宫所生，不分嫡庶。长子是魏王李佾，次子是凉王李侹，以后依次是蜀王李佶、威王李偘、普王李俨、吉王李保、寿王李杰，最小的是睦王李倚。根据无嫡立长的故例，论起来魏王李佾应该继位，偏偏左神策中尉刘行深、右神策中尉韩文约私下合谋，竟把懿宗第五子普王李俨立为皇太子。

李俨是王氏所生，年仅十二岁，母亲家世微贱，全仗两个带兵的宦官决定。懿宗已经弥留，哪里还知道什么后事。刘、韩就伪造圣旨，传位给普王。宰相韦保衡、刘邺、赵隐三个人，多一事不如少一事，根本不管什么继承皇位的问题。王铎已经被罢职，更加袖手旁观。

到懿宗入殓时，普王李俨在灵柩前继位，称为僖宗。僖宗的母亲王氏已经去世，被追尊为皇太后，加谥号为惠安，加封韦保衡为司徒。

不到两个月，韦保衡被言官弹劾，因罪免职，被贬为贺州刺史。不久又被人告发，说他和郭淑妃有暧昧情事，被贬为澄迈令，继而赐死。路岩的罪行同时被揭发，被贬为新州刺史，随后又被流放到儋州，第二年被赐自尽。边咸、郭筹也相继被处死，另任兵部尚书萧仿为同平章事。

第二年元旦，僖宗改年号为乾符。关东地区水灾旱灾相连，民不聊生。翰林学士卢携建议遭灾的州县一概免税，并开义仓赈济灾民。僖宗依照提议下诏，谁知地方官吏竟然没人执行。

不久，宰相赵隐被罢免，朝廷封华州刺史裴坦为宰相，不久裴坦病故，朝廷只得又召回老丞相刘瞻，让他官复原职。刘瞻字幾之，祖籍彭城，后来迁到桂阳，生平清正廉洁。所得的俸禄都拿去救济贫困百姓，他被贬到驩州，天下人都为他感到冤屈。僖宗将他召回，封为刑部尚书，再封为同平章事。长安百姓听说刘瞻回京，纷纷出钱请人演戏表示欢迎。刘瞻上任三个月，去除弊政，风气一新。

同事刘邺以前曾在韦保衡、路岩面前诋毁过刘瞻，现在担心刘瞻报复，不免心虚，就邀请刘瞻一起喝酒，两人尽兴而别。哪知道，刘瞻喝完酒回家后，竟一病不起，不久就去世了。人们都说是刘邺有意毒死了刘瞻，只是抓不到证据。

兵部侍郎崔彦昭继刘瞻后任，崔彦昭颇有才干，与萧仿和谐共事，很能抓住要领。因为刘邺毒死刘瞻的嫌疑太大，崔彦昭特地上表弹劾，圣旨颁下，贬刘邺为淮南节度使。翰林学士卢携和吏部侍郎郑畋相继升任宰相。

四个宰相的才干和谋略并不差，可惜僖宗年纪太小，闲暇时就和皇宫里的一帮小孩子追逐游戏，对大臣的奏议往往搁置不理，或者交给枢密使田令孜去处理。

田令孜是一个宦官，本来是个小小的马坊使，读书识字，很有些心思，僖宗在普王府时就已经和田令孜朝夕相处，称他为阿父。继位后，僖宗提升他为枢密使，当作左膀右臂。田令孜专会讨僖宗欢心，所有僖宗爱吃的水果食品，他都亲自去采购，然后拿到御榻前，和僖宗对坐，分食畅饮，还经常带领一帮小孩子进宫陪僖宗玩耍，赏赐数以万计。

僖宗担心国库空虚，田令孜就为他出主意，命各司增加赋税，有不服上告的，就交给京兆尹处死。僖宗根本不懂民生艰难，只要国库取之不尽，方便他任意挥霍，于是，僖宗更加宠幸田令孜，加封他为中尉。田令孜独揽大权，趁机索要贿赂，根据贿赂的多少封官，一切任免都不例外，满朝文武都不敢过问。

于是，朝堂上皇帝年少昏聩，宦官弄权，弄得人怨沸腾，不久，天变交作灾荒四起，饿殍载道，朝廷也不赈灾，官员也不抚恤，已至内乱迭起，盗贼到处横行，官军不能控制。

当时，有两大强盗最为猖獗：一个是濮州盗贼王仙芝，另一个是冤句盗贼黄巢。王仙芝是贩卖私盐出身，长年行走江湖。黄巢善于骑射，性格仗义，结交很广，屡次参加科举考试都没有考中，灰心丧气之下同王仙芝一起贩起了私盐。

王仙芝于乾符元年聚众数千人，在长垣起兵造反，第二年就搜集到几万人马，攻陷了濮州、曹州。天平军节度使薛崇出兵围剿，却被他打败。黄巢听说王仙芝得利，马上起兵响应，抢掠州县。此外各处盗贼也都遥相呼应，四处侵扰，从山东到淮南，几乎没有安宁的地方。

朝廷命令淮南、忠武、宣武、义成、天平五军节度使，分别征讨强盗，剿抚并施。同平章事萧仿目睹时事艰难，多次规劝僖宗勤政。偏偏被田令孜等人所忌恨，不断地加以驳斥。萧仿最后抑郁病死，吏部尚书李蔚代任。

右补阙董禹上谏劝阻僖宗游猎击球，受到僖宗赏赐。邠宁节度使李侃是宦官的义子，他特地为他的假父请求加封官阶，董禹上书辩驳，语言侵犯了宦官，枢密使杨复恭就进宫进谗言，僖宗把董禹贬为柳州司马。从此，朝廷上下言路闭塞，内外隔阂。

王仙芝等贼寇气焰嚣张，率军进逼沂州，平卢节度使宋威上表请求率兵讨贼，朝廷任命宋威为诸道行营招讨使，凡各镇所派的讨贼将士，都归宋威节制调遣。

宋威等各道官兵到齐后，出击王仙芝，大战一场，杀贼无数，王仙芝逃走。外面遥传说王仙芝已经战死，宋威就上奏称贼人首领已经被歼灭，剩下的不足为虑，各道兵马也让他们全部回去，自己也回到了青州。

百官听了捷报，都上朝庆贺，没想到过了三天，王仙芝又重新出现，转而进攻阳翟、郏城，地方官飞书上奏。

于是，唐廷命忠武节度使崔安潜发兵，前往征剿，接着命令昭义、义成两镇各自派出步骑兵保护东都宫室。朝廷加封左散骑常侍曾元裕为招讨副使，出守东都；命山南东道节度使李福，选步骑兵三千人，守住汝、邓重要通道；命邠宁节度使李侃、凤翔节度使令狐绹，选步兵一千，骑兵五百守陕州潼关。各道将士本来奉宋威之命回归本镇，现在又说要重新与敌人交战，都心怀抱怨，各自观望。

王仙芝得以由齐入豫，攻陷汝州，抓住了刺史王镣。王镣是王铎的堂弟，王铎正由郑畋推荐，重新当上了宰相，崔彦昭被贬为太子太傅。王铎一听到王镣被抓住了，急忙上奏僖宗，请求招抚王仙芝，给王仙芝官阶。

这时，王仙芝转而攻陷郢、复二州，在申光、舒寿、庐通一带大肆抢劫，并和黄巢一起向西进攻蕲州。王镣这时还在贼人手中，他劝王仙芝投降当官。蕲州刺史裴渥和王铎关系亲密，王镣特地写信给裴渥，让裴渥为王仙芝奏保。裴渥答应了王镣，收敛兵士也不出战，一边开城迎王仙芝和黄巢三十多人一同进城，设酒款待，并厚赠了很多礼物，一边到朝廷上奏。

不久，朝廷敕使到来，加封王仙芝为左神策军牙将。裴渥和王镣一齐向王仙芝道贺，王仙芝也笑逐颜开。

偏偏黄巢没有得到加封，他不由得勃然大怒，指着王仙芝说道："我和你一同立誓，横行天下，现在你一个当官走了，试问剩下的五千多人，怎么安身？"说到这儿，黄巢提起拳头就去打王仙芝。王仙芝躲避不及，左额上已中了一拳。其他贼人也都附和黄巢一起喧哗。

王仙芝被众人所逼，只好不接受朝廷的任命，继续做强盗，在蕲州大肆抢劫，毁坏民房无数。裴渥逃到鄂州，朝廷来的使者逃奔到襄州，王镣仍然被贼人所扣。贼兵三千人归王仙芝统领，两千人归黄巢统领，两人分道扬镳。

乾符四年，王仙芝攻陷鄂州，黄巢攻陷郓州、沂州，然后二人合兵攻打宋州。平卢节度使宋威带兵去援助宋州，反被贼兵包围，幸亏左威卫上将军张自勉，带领忠武军七千人前来救援，杀死贼兵两千多人，贼人才解围逃去。

宰相王铎和卢携想让张自勉归宋威统领，宰相郑畋却认为张自勉不会服从宋威，两人肯定产生争执，于是坚决反对。王铎和卢携于是自请免职，郑畋也请求回泸州养病，僖宗都不准许。

王铎和卢携两位宰相，又重新提议让张自勉解职回朝，改由张贯为将，让他率领忠武军七千人，隶属宋威统领。郑畋又和他们力争，双方在朝廷上辩论。

郑畋一个人争不过他们两人，于是回去再起草奏折。奏折上面大概写着："王仙芝造反，忠武节度使崔安潜曾请求会师征剿，至今贼人也不敢入境。他又以本道兵马给张自勉，让他去解宋州之围，这才使得江淮漕运流通，没落入敌手，现在突然让张自勉罢职回来，换将统兵，并归宋威统领，微臣观察这宋威忌恨别人有功，忌讳自己失败，所上奏的情况大多不是真实情况，如果敌兵突然出现，又该如何支撑？臣请求分四千人归宋威统领，另外三千人仍归张自勉统领，这样才是两全之策。"等等。

卢携仍然不以为然，郑畋又弹劾宋威欺瞒朝廷，以致多次兵败，应早点罢免，意见也不见采用。从此，宋威更加有恃无恐，专门欺骗朝廷，冒称立功。

这时，招讨副都监杨复光派人招抚王仙芝，王仙芝派猛将尚君长等人请降，宋威却在半路上截击，捉住了尚君长等人，献入京师，说是临阵活捉。后来，杨复光上奏说尚君长等人是来投降的，并非宋威所捉。僖宗派侍御史归仁绍审问，始终不能审明。结果，尚君长等人被拉到狗脊岭，一刀一个，斩首了事。

王仙芝听说朝廷诱降后，竟然施暴杀人，气得暴跳如雷，派黄巢大肆抢掠蕲、黄二州，自己去攻打荆南。黄巢被曾元裕打败，逃回濮州。

王仙芝来到荆南城下，当时正值乾符五年的元旦。荆南节度使杨知温只懂得风花雪月，对用兵打仗却是一窍不通。元旦那天，天降大雪，杨知温还在摇头晃脑地作诗，并且向属下夸耀。忽然，听到城外喊杀声连天，这才知道贼兵来了，急忙召集将领，调兵守城，外城已经被攻破，将领们连忙堵住内城，请杨知温登城御敌。部将知道杨知温没用，连忙派人到山南东道告急。

山南东道节度使李福率兵援助，恰好有五百沙陀兵留在襄阳，于是带上同行。到了荆门和贼兵相遇，沙陀骑兵奋勇出击，大破贼兵。王仙芝闻风而逃，逃到申州，又被曾元裕大杀一阵，击毙上万人，曾元裕又招降了近万人。王仙芝从蕲州出兵侵略以来，沿途胁从百姓加入贼兵，人马已经达到七八万，这次一下子丧失两万人，吓得仓皇逃窜，荆南重新安定下来。

曾元裕接连报捷，朝廷才把招讨使的职务交给曾元裕。命令宋威回到青州，封张自勉为副使，把杨知温贬为郴州司马。曾元裕掌握兵权后，和张自勉分头追杀贼兵，追到黄梅，然后合兵四面围剿，歼灭敌兵五万多人。

王仙芝走投无路，被诸军追上乱刀砍死。余党头目尚让是尚君长的弟弟，他招集残余的部队投奔了黄巢。黄巢正在攻打亳州，见尚让到来，当然欢迎。于是，尚让推举黄巢为冲天大将军，改年号为王霸，设置官署官吏，先攻陷沂州、濮州，然后分兵攻陷朗州、岳州。

朝廷派曾元裕移守荆襄，再任命张自勉为东南面行营招讨使，调河南兵一千人到东都，和宣武、昭义军两千人一同保卫行宫。朝廷又任命左神武大将军刘景仁为东都应援防遏使，管辖三镇的军士。河阳节度使郑延休领兵三千驻扎河阴，作为东都的后援部队。

黄巢攻打中州等地，都被击败，于是派人给天平军送信，表示愿意归降。天平节度使张裼上奏朝廷，朝廷封黄巢为右卫将军，命令他在郓州解散部众。哪知黄巢使的是缓兵之计，等官军稍稍松懈，他立即带兵渡江，接连攻陷虔、吉、饶、信等州，顺道进入浙江。

朝廷决定调高骈为镇海节度使，专门防御黄巢，并计划与南诏和亲，以求得边境安宁。谁知，偷安不安，防乱生乱，大同军又起变故。叛军杀死防御使段文楚，推举李克用为留后。

李克用是李国昌的儿子，李国昌就是朱邪赤心。李克用任沙陀副兵马使，出兵防守蔚州。李国昌由大同调任振武军节度使，正赶上荒年，粮饷运输跟不上，防御使段文楚竟然克扣士兵的衣服和粮饷，执法也非常严苛，导致士兵怨声四起。

沙陀兵马使李尽忠和牙将康君立、薛志勤、程怀信、李存璋等人私下商议道："现在天下大乱，朝廷的号令失去了作用，这正是英雄建功立业的时候。段军使苛毒残暴，成不了大事。李公功大官高，闻名天下，儿子李克用勇冠三军，如果我们推戴他，北方唾手可定，我们就可以大富大贵了。"康君立等人齐声表示赞成。然后，康君立偷偷来到蔚州，劝李克用起兵，除掉段文楚。李克用道："我父亲现在在振武军中，等我禀明父亲之后再举兵也不迟。"康君立道："事不宜迟，迟则生变，恐怕会夜长梦多啊。"李克用答应了，然后招募士兵一万人，直奔云州。

李尽忠听说李克用快到了，就在半夜率领士兵，攻进牙城，捉住段文楚和判官柳汉璋等人，押进狱中，并派人移交给李克用，然后推举李克用为防御留后。李克用率军来到斗鸡台下，李尽忠把段文楚等人赶到李克用营前，李克用命人剐死段文楚，并吩咐将士上表，请朝廷封赏。朝廷不同意，正要责问李国昌，李国昌已经上表请求，立即辞去大同防御使职务，并表示如果李克用造反，自己就率本部兵马前往讨伐，决不会溺爱儿子，而背叛国家。

僖宗任命太仆卿卢简方为大同防御使，李克用拒不接纳，朝廷又调任卢简方为振武节度使，恢复李国昌的大同节度使之职。哪知，李国昌忽然变卦，竟然撕去圣旨，杀死监军，和李克用合谋叛逆，派兵进攻宁武及岢岚军。

当时，幽州节度使张公素被部将李茂勋驱逐，李茂勋代理军务。他听说大同军发生叛乱，就上表推荐儿子李可举，说李可举雄才大略，愿意讨伐大同，并且请求朝廷封李可举为节度使，自己隐退。

僖宗本来打算让他出兵平乱，封他为幽州节度使，后来见他上表申请，就答应他的请求，让他儿子李可举代替父亲统领大军，会同昭义节度使李钧合兵讨伐李国昌父子。李可举又约吐谷浑酋长赫连铎、白义诚、沙陀酋长安庆、萨葛酋长米海万，联兵夹攻。

赫连铎有勇有谋，日夜进兵，直达振武。李国昌猝不及防，被赫连铎攻入，慌忙带领五百骑兵，逃往云州。云州紧闭城门不让他们进去，只好转投蔚州。赫连铎缴获振武军的物资器械，追击李国昌到云州，并乘势进城。赫连铎又听说李克用在新城驻扎，就带一万人马去攻击，三天没能攻下。李国昌从蔚州去援助儿子，赫连铎这才撤退。

朝廷又任命河东宣慰使崔季康为河东节度使，兼代北行营招讨使，和李可举、赫连铎的部队共同讨伐沙陀军。李可举和赫连铎合兵进攻蔚州。李国昌率兵抵挡，双方相持不下。

李克用另带一队人马来到虏城，攻击李钧。李钧和崔季康的官军刚到洪谷，就遇上天降大雪，士兵相继冻伤，冷不防李克用杀到。沙陀的铁骑本来就凶悍，再加上长年生长在沙漠，天性耐寒，越是大雪飘飘，越是精神旺盛，可怜那些河东、昭义两镇的士兵，又冻又怕，怎么能招架得住，只好拼命乱逃。崔季康押着后队侥幸逃生，李钧在前军，竟然战死在乱军之中。李克用乘势杀入雁门关，进犯忻、代二州。

第九十二回 黄巢称帝

这时已经是僖宗七年，改元为广明元年，忻州和代州的刺史严防死守，才使得二州没有陷没。

李克用转而进攻晋阳，攻进太谷，朝廷下旨，派汝州防御使诸葛爽，率东都防御兵前去救河东，又命太仆卿李琢为蔚朔等州招讨都统。李琢是前西平王李晟的孙子，治军严整，有勇有谋，接到旨意后立即出发，率领一万人马来到代州，和幽州节度使李可举、吐谷浑都督赫连铎一同讨伐李克用。

李克用派部将高文集镇守朔州，自己带领人马抵挡李可举。赫连铎派辩士进入朔州城，劝高文集投诚。高文集被感动，于是带着李克用的大将傅文达和沙陀酋长李友金，一同投降李琢，并打开城门迎接官军。李克用听说高文集投降唐朝廷，顿时大怒，引兵去攻击，李可举派行军司马韩玄绍，在药儿岭截击李克用。

药儿岭道路非常崎岖，韩玄绍埋伏后，专等李克用到来。李克用来到岭旁时，天色已晚，将士们请求逃选一个险要的地方，扎营休息一夜。李克用发怒道："我恨不得今夜就踏平朔州，哪里还有闲工夫在这里休息？"将士们不好违令，只好继续前进。一路上高高低低，到处一片漆黑，难以分辨，忽然听到一声号炮响，有一彪人马突然杀了出来，把沙陀兵冲乱了。

李克用还自恃自己骁勇，手拿一支长槊，在前面开路，左挑右拨，把官军赶到两旁，带兵急进。官兵也不紧追，只是慢慢地跟在后面。李克用顾不上管后面，只是一味地向前闯，天色越来越昏暗，药儿岭的路也越来越窄，号炮声接连不断，岭上岭下，都有官军杀到，都在大喊着，说要捉住李克用。

这时，李克用也不禁慌乱起来，想着还是逃命要紧，只好改骑马为步行，把所有的战马塞住两旁，杀出一条血路，狂奔而去。等到官军们挑开战马，来杀李克用时，他已经走远了。他的部将李尽忠、程怀信等人被杀死，这一仗，一万多沙陀兵被杀死。

李克用虽然侥幸逃脱性命，但却已是全军覆没，狼狈地逃到蔚州。正赶上李国昌被李琢和赫连铎合军杀败，父子相见，好似哑巴吃黄连，有苦说不出。父子二人自知蔚州难以把守，索性弃城北逃，逃到鞑靼去了。

李琢、李可举等人接连告捷，朝廷加封李可举兼职侍中，封李琢为河阳节度使，封赫连铎为云州刺史兼大同军防御使，封白义诚为蔚州刺史，米海万为朔州刺史。

赫连铎听说李国昌父子逃往鞑靼，特地派人进入鞑靼部，用金帛向他们索要逃犯。

鞑靼属于靺鞨别部，一向居住在阴山，专门以游猎为生，李克用进入鞑靼后，和鞑靼首领一起游猎，以高超的射箭技艺赢得了鞑靼首领的欣赏。

一次，两人一起喝酒时，李克用感叹道："我得罪了大唐天子，现在已经无处可以效忠了，如今黄巢造反，将来一定是朝廷的心腹大患，如果天子肯赦免我的罪过，使得我有机会和您一同杀贼立功，岂不是人生一大快事吗？"鞑靼首领佩服他为人豪爽，而且知道他没有在这里长留的意思，于是谢绝赫连铎派来的使者，仍让他们父子暂时住在这里。

这时候，黄巢正渡江南下，进犯浙江。平卢节度使宋威病死，由曾元裕接任，东南各处形势渐渐吃紧。镇海节度使高骈命令部将张璘和梁缵，分兵讨伐黄巢，两人连败黄巢，收降贼将秦彦、毕师铎、李罕之等人。

王仙芝的余党曹师雄进攻两浙的州县，杭州募兵使都将董昌等人奋勇抵抗。董昌部下有个临安人，名叫钱镠，他作战勇敢，多次击败贼党，因功被升为兵马使，浙江逐渐安定。

黄巢开山路七百多里，由浙江杀往福州。福州观察使韦岫惊慌失措，弃城逃走。黄巢写信给浙东观察使崔璆和广州节度使李迢，让他二人保荐自己当天平节度使。二人都上奏朝廷，朝廷不答应。

僖宗认为黄巢贪得无厌，很担忧。王铎上奏道："臣当宰相这么长时间，却不能替陛下分忧，心里很惭愧，臣愿意带兵出征，剿平叛贼。"僖宗很高兴，就任命王铎以宰相身份，出任荆南节度使，兼南面行营招讨都统。王铎又上奏，调泰宁节度使李系为副使。

李系是李晟的曾孙，空有口才实际上却没有勇略，王铎因为他出身将门，特地请朝廷任命他为行营副都统，兼湖南观察使，让他带精兵五万镇守潭州，截住岭北的重要通道。

黄巢又自己上表，请求担任广州节度使。僖宗让大臣们商议，只答应任命黄巢为护卫东宫的一个小官。黄巢把朝廷圣旨扔在地上，愤愤地说道："大唐朝廷不给我广州，难道我自己就不会去拿吗？"随即，黄巢领兵到广州，四面架起云梯，攻进城中，捉住节度使李迢，逼他写奏折，让黄巢当节度使。

李迢愤慨地说："我世代蒙受国恩，头可断，奏折不能写。"黄巢立即把他斩首，然后分兵侵略岭南州县。岭南有很多的传染病，黄巢的贼兵四处侵扰，不免被传染，每天都要死很多人。有人劝黄巢回到北方，再图大事。黄巢于是从桂州编筏，取道湘江，经过衡、永二州，直达潭州。李系不敢出战，吓成一团，黄巢当天就攻陷了潭州，守兵大多被杀死，只有李系只身逃到朗州去了。

黄巢的属下尚让乘胜进逼江陵，号称有五十万大军。江陵守军不到一万人，守将王铎知道守不住，就托词要去山东南道找节度使刘巨容，联兵抗击黄巢，留下部将刘汉宏居守江陵，自己竟然率领手下逃奔到襄阳去了。刘汉宏的手下不过只有三千人，而且一大半都是羸弱无用的人，于是索性弃官做起了强盗，在江陵大肆抢劫，满载而去，尚让轻轻松松地就占领了江陵。

黄巢听说尚让得胜，王铎逃到北方，就进兵攻打襄阳。山南东道节度使刘巨容和江西招讨使曹全晸一起赶到荆门，抵御贼兵，刘巨容在林中设下伏兵，诱贼进入埋伏，贼人大败，十成中伤亡了七八成。黄巢渡江向东逃走，有人劝刘巨容乘胜追击，刘巨容感叹道："国家反复无常，战事紧急的时候随意封赏，稍微安定一点，就过河拆桥，有时反而被治罪，不如放贼远逃，或许还可以使我们立功呢。"于是，刘巨容按兵不动。

曹全晸却不肯放弃，渡江追击贼兵，途中接得朝廷的命令，让泰宁都将段彦模代替他当招讨使，于是，曹全晸也怏怏而回。

因为王铎没什么功劳，唐朝廷就把他贬为太子宾客分司，又加封卢携为同平章事。卢携推荐高骈，说他定能平定黄巢。高骈的部将张璘，屡次打败黄巢，僖宗很满意，所以调高骈为淮南节度使，兼任盐铁转运使。

宦官们认为国库不足，请朝廷向富户和胡商征收财货，只有高骈上奏道："天下之所以有盗贼兴起，都是因为饥寒交迫，富户胡商还没有达到这种田地，不能再让他们挨饿受冻，再逼他们去当强盗了。"僖宗才没有这么做。

僖宗仍然嬉戏无度，赏赐毫无节制。左拾遗侯昌业曾上书劝谏，并且斥责田令孜迷惑皇上，危及社稷。一番恳切地忠言，反而惹得僖宗大怒，竟然赐侯昌业自尽。

从此，僖宗更加放荡，整天沉迷于骑射、剑法、音律、赌博。最爱玩的就是蹴鞠和斗鸡，还和各家王公赌鹅。在京城里，一只鹅的价钱涨到五十贯铜钱。更可笑的是击球赌博决定官员任免的事，田令孜曾经给他的亲党求官，僖宗就找他们来玩击球，得胜的封大官，输了的封小官，真是荒唐至极。

只有任命郑从谠为河东节度使，僖宗还算是人尽其才。郑从谠外柔内刚，多谋善断，遇到将士合谋作乱，往往能够预先知道，提前就处理好。部将张彦球预谋作乱，郑从谠喜爱他智勇双全，并且知道他是被胁从，特别安慰了一番，流着泪和他诚心交谈。张彦球感动得热泪盈眶，愿意为他效命，郑从谠于是交给他兵权，并上奏调刘崇龟、崇鲁、赵崇为参谋。这几个人都是当时的名士，人们称郑从谠的幕府为小朝廷。

同平章事卢携推荐高骈为诸道行营都统，征剿黄巢。高骈接诏后，调集各道兵马，并且就近招募壮丁，得到七万大军，声威大振。部将张璘渡江出击贼兵，多次打败黄巢的军人，收降贼将王重霸、常宏。

黄巢从饶州退守到信州，被张璘追到城下，率兵猛攻，黄巢的手下大多战死。黄巢于是用金银贿赂张璘，并且写信给高骈，乞求投降，求高骈代为保奏。高骈也想引诱黄巢前来，就停止了进攻。当时，昭义、感化、义武等军全都赶到了淮南，高骈担心各军分功，就奏称贼人已经是穷途末路，很快就能平定，不必麻烦各道相助，将其他各军全部调回原地。

哪知，黄巢狡猾得很，他见高骈中计，竟然再向高骈挑战。高骈催促张璘进剿，却被黄巢用埋伏计，将张璘杀死，然后分兵攻陷睦、婺两州，再攻入宣州，黄巢自己率队伍渡江向北进攻，围攻天长、六合，气焰再度嚣张起来。

淮南将领毕师铎建议高骈派出重兵，全力剿匪，高骈却因为张璘已死，各道兵马又已撤回，担心自己不是黄巢的对手，不敢出兵，只好上表告急。朝廷指责高骈误事，高骈于是假称自己中风，不再出战。

朝廷调集河南各道官兵驻守溵水，并派泰宁节度使齐克让驻军汝州，准备抵御黄巢。哪知祸不单行，忠武军又在许州叛乱。两个部将杀掉节度使，然后编造谎言，说自己是平乱，朝廷竟然不加考虑，马上封二人为节度使。各道兵马到了溵水，听说许州不太平，也全部散去。

黄巢顺利渡过淮河，经过颍、宋、徐、亳一带，沿途秋毫无犯，只是抓了些壮丁，充作部兵。黄巢自称天补大将军，传檄各道，劝他们各守城寨，不要和自己作对，自己只是想进兵东都，顺道到京师向皇帝问罪，和其他人无关。

齐克让得到了这份檄文，急忙上奏朝廷。僖宗大惊，赶紧召集宰相商议。卢携称病不到，豆卢瑑、崔沆建议调集关内兵马以及神策军，把守潼关，田令孜却建议逃往四川，而且举出玄宗的事情为例子。豆卢瑑也随声附和。

僖宗不禁黯然泪下，缓缓地对田令孜说道："卿还是先为朕发兵把守潼关吧。"田令孜推荐左军骑将张承范、右军步将王师会、左军兵马使赵珂，说他们有勇有谋，可以任用。僖宗召见这三人，当即封张承范为兵马先锋使，兼任潼关制置使，王师会为制置关塞粮料使，赵珂为勾当寨栅使。三人拜谢出朝，僖宗封田令孜为左右神策军内外八镇及诸道兵马都指挥制置招讨使，封飞龙使杨复恭为副使。

兵马还没派出，东都已经被攻陷。原来，东都留守刘允章一见黄巢来攻，马上派人恭迎，开城投降。黄巢大喜，进城后也假仁假义地揭榜安民，禁止部下掳掠，全城安然无事。

齐克让连忙上表告急，奏称黄巢已经占领东都，自己收兵退守潼关，请求火速调拨粮饷和援兵。僖宗急命张承范等人挑选神策军弓弩手二千八百人，前去援助潼关。

这些神策军，大多是富家子弟，靠贿赂当的兵，平时作威作福，从来没打过仗，一听说要出征，吓得父子对哭，妻妾拉扯，没办法纷纷取出家财，雇用贫民顶替出征。这种受雇的百姓哪晓得怎么打仗？只是为了得点钱，勉强去顶替。

张承范点齐人数，上朝辞行，僖宗到章信门楼亲自抚慰。张承范道："黄巢拥兵十万大举来攻，势不可当，齐克让只有一万人，饿着肚子抵抗，现在派臣率领二千多人去援助，兵力不足，粮饷不继，臣实在觉得寒心，还望陛下立即催促各道精兵速来救援，或许可以勉强据守。"

僖宗道："卿等先去救急！朕立即调兵支援。"张承范和王师会出兵来到潼关，和齐克让驻扎了几天，既没看到粮饷运到，也没见到援兵赶来，非常焦急。黄巢贼兵却漫山遍野地杀来，呐喊声传出几十里。

齐克让出军接战，拼死抵抗，怎奈粮饷未到，士兵饿着肚子打仗，军心散乱，顿时溃散。齐克让只得逃进关中，潼关的左边有个山谷，平时禁止人往来，叫作禁阬，官军仓促之间忘记把守，败军从山谷进入，贼兵也随着跟进，夹攻潼关。

张承范把仅有的军资全部散尽，分给士兵，让他们拒守，一面飞书向朝廷告急，催促援兵和粮饷。无奈兵饷没来，贼兵进攻越来越猛烈，勉强守了一天，箭也射完了，贼兵却丝毫不退，并且，贼兵驱赶老百姓填平壕沟，越过战壕，纵火焚关，城楼都被烧毁。官军纷纷逃跑。王师会自杀，张承范、齐克让逃走。

黄巢攻破潼关，又攻陷华州，留下贼将乔钤把守，自己率兵直奔长安。

唐廷连连接到警报，非常惊慌，只好颁下诏书，封黄巢为天平节度使，让他立即上任。这时的黄巢一心想做皇帝，哪里还肯受命。僖宗急得没办法，每天召集宰相等人议事。卢携屡次不到，被贬为太子宾客分司，另外封尚书左丞王徽、户部侍郎裴澈为同平章事。

这时，张承范逃回京城，报称潼关失守，田令孜担心被僖宗责怪，把罪过全推在卢携身上，卢携有口难分辩，喝药自杀。僖宗来到南郊祭天，祈求神灵保佑。回到朝中正要议政，田令孜忽然奏报："贼兵来了，陛下不如投奔四川吧！"僖宗大惊道："有这种事吗？"田令孜又道："臣已召集神策兵五百人护驾，请陛下赶快启行。"僖宗被他一吓，慌忙回宫，只带了妃嫔三人和福、穆、潭、寿四位王子，踉踉跄跄地逃了出去。田令孜指挥神策兵五百名护驾西行，出金光门而去。

黄巢叛军为什么这么快就攻进了攻安呢？原来，凤翔、博野援兵前来救助长安，到了渭桥，见田令孜招募的新军衣服华丽，不禁大怒道："你们有什么功劳，反而享受如此待遇，我们出生入死，却要挨饿受冻？"于是，援兵抢去新军的衣服，出城当了贼兵的向导，贼兵气势汹汹地直取京师。

皇上跑了，京中无主，士兵和老百姓都冲进官府的仓库，盗取钱财。这时候。百官们才知道皇上的车驾向西走了，有几个出城去追的，大多数是手足无措，不知该怎么办。

到了日落时分，黄巢的前锋大将柴存进入京城，金吾将军张直方和一群大臣在灞上恭迎叛贼到来。黄巢乘着黄金车驾，一身戎装，昂然进入京城。黄巢的党徒们都衣着光鲜，乘着铜车跟在后面。数十万骑兵手拿武器紧跟其后。所有的辎重从东都到京师千里相连，京城的老百姓都来夹道围观，贼兵们看见老百姓衣衫褴褛的，就分些金银财物，百姓齐声欢呼。

黄巢进春明门，登上太极殿，有数千名宫女出来迎接。黄巢大喜道："这真是天意。"于是，黄巢派部下守住宫廷，自己住在宫外田令孜的家里，还是自称将军，并且重新申明军纪，约束手下。过了几天，贼兵渐渐放肆，四处骚扰，接着焚烧抢掠，到处杀人，看见有富贵人家，就上去抢光杀光。黄巢也禁止不了，索性一不做二不休，大杀唐廷宗室，然后带领家眷住进皇宫，自称大齐皇帝，大赦天下，改年号为金统。

黄巢将唐朝廷三品以上的官员全部罢免，四品以下的仍然官居原职，立妻子曹氏为皇后，加封尚让、赵璋、崔璆、杨希古为宰相，郑汉璋为御史中丞，李俦、黄尚儒为尚书，孟楷、盖洪为左右仆射，王播为京兆尹，许建、米实、刘塘、朱温、张全、彭攒、季逵等人为将军。

朱温是砀山人，父母去世得早，家境贫寒，和两个哥哥寄养在萧县刘崇家。刘崇曾经对他大加侮辱，刘崇的母亲批评刘崇，说道："朱温不是一般人，你们应当好好对待他。"后来朱温加入黄巢手下，成为黄巢的部将。

黄巢进京后，命令朱温屯兵东渭桥，防御唐军，又征召唐朝廷大臣，命令他们仍然回朝做官。大臣多数不敢露面，于是黄巢全城搜捕，被抓到的大臣一律斩首。

第九十三回 黄巢败亡

田令孜护驾西行，日夜奔逃，不敢休息。逃到骆谷时，凤翔节度使郑畋迎驾，请僖宗留下来讨贼。僖宗不肯，郑畋启奏道："四川道路艰难，不便奏报，陛下如果委任臣讨贼，还请把兵权交给臣，好让臣见机行事。"

僖宗答应了，住了一晚，又启程向兴元进发。郑畋送到十里之外才返回来，召集部将商议抗贼的事情，部将开始都不愿出兵，郑畋勃然大怒道："你们都想让我投降贼寇吗？"话还没说完，怒气上冲，竟然晕倒在地。部将把他扶进寝室，用药灌服，好半天才苏醒过来，但身子已经不能动弹，嘴里也说不出话来了，只是痛哭流涕。

部将见郑畋如此忠义，不禁良心发现，都愿意为他效命。郑畋摆手让他们暂且退下。第二天，部将们又过来探视他的病情，郑畋还不能说话，部将们都叹息着离开。

监军袁敬柔突然召开将领会议，部将们都去参加，只见监军陪着一位贼人派来的使者，盛筵款待，乐声铿锵，大家都很惊讶。监军袁敬柔说道："现在新天子颁下诏书，我们应该听命，只因郑节度使中了风，所以就由我代他签名，并写谢表。"说到这时，部将们都哭了起来。贼使吃惊地问是怎么回事？幕僚孙储说道："郑节度使中了风，不能出来待客，所以大家很悲伤。"贼使也觉得扫兴，酒宴结束后就离开了。

有人把刚才的情形报告给郑畋。郑畋从床上一跃而起，说道："人心还在，贼人就要完蛋了。"于是，郑畋召集部将，歃血为盟，然后加固城池，修缮器械，训练士卒，密约邻道，合兵讨贼。各路兵马纷纷响应，到凤翔集结。郑畋拿出钱财犒赏官兵，官兵士气大振。黄巢的丞相尚让率兵进攻，被郑畋的部将宋文通一举杀退。黄巢又再派遣部将王晖，带着书信去招降郑畋。郑畋撕碎来书，杀死王晖，又让儿子郑凝绩到僖宗的行宫报捷。

僖宗早已经到了兴元，下旨让各道出兵收复京师。义成节度使王处存哭着前来支援，并派一千人从小路赶到兴元，保卫皇上的车驾。

河中节度使王重荣本来已经向黄巢示好，可黄巢派使者每天来要钱粮。王重荣对部下说道："我本来想让这里太平点，没想到反而更苦，看来黄巢此贼不除，我们是得不到安生的。"于是，王重荣把黄巢派来的使者杀死，整顿军队开始抵抗叛贼。

黄巢派朱温进攻，王重荣慷慨誓师，结果大败朱温，夺得粮草和武器四十多船，再派使者和王处存结盟，率兵驻守渭北，同时向僖宗的行宫报捷。

僖宗在兴元过完了残年，第二年的元旦，改广明二年为中和元年，跟随皇帝逃难的官员们因为捷报频传，都互相庆贺。僖宗想要待在兴元，等候京城收复，偏偏田令孜认为这里储藏不丰富，劝僖宗到四川去。西川节度使陈敬暄也派步骑兵三千人前来迎接。

于是，僖宗来到成都，陈敬暄迎接僖宗进城，把府衙作为行宫。这时候，兵部侍郎萧遘和太子宾客分司王铎也先后抵达行宫，僖宗把他们都任命为同平章事。

僖宗又担心南诏会乘机进攻，特意派使臣前去招抚，愿意同他们和亲，并任命高骈为东面都统，率军征讨黄巢，封河东节度使郑从谠，兼任前行营招讨使，特别任命郑畋为京城四面诸军行营都统，所有抗敌的将士都由郑畋任免。郑畋奏调泾原节度使程宗楚为副都统，前朔方节度使唐弘夫为行营司马，传檄四方，再次征兵讨贼。

黄巢再派尚让率兵五万进攻凤翔。郑畋安排唐弘夫，在要害处伏下重兵，自己带兵数千人在高冈上列阵，故意布下很多张旗帜，引诱贼人前来进攻。贼兵一直认为郑畋只不过是个书生，不懂兵法，现在又见他在山冈上列阵，犯了兵家大忌，于是贪功冒进。贼兵争先恐后冲到龙尾陂时，被唐弘夫从侧面进攻，冲断贼兵。贼兵前后不能相顾，彼此不能相救，不觉心慌意乱，难以招架。郑畋又带兵冲下山，高喊杀贼，贼兵腹背受敌，又不知道郑畋兵力多少，只觉得有无数雄师覆压下来，顿时东跳西蹿，情急之中只想着逃生。谁知道逃得越快，死得越多，互相践踏了大半天，丢下了两万多颗头颅。尚让仓皇逃脱，跑回了长安。程宗楚、唐弘夫等人乘胜追击，直抵京城，又约请河中节度使王重荣、义成节度使王处存、权知夏绥节度使拓跋思恭作为后应。大家兴高采烈，聚集在长安城下。

尚让已经进城报告了黄巢，黄巢听说大军压境，无心固守，立即带兵撤离了长安，向东逃去。程宗楚从延秋门杀入，唐弘夫跟进，王处存也率领精兵五千杀进京城，京城老百姓欢呼出迎，有的拿瓦块击打贼兵，有的把捡到的箭械送给官军，不到一天，全京城恢复，再没有一个贼兵。程宗楚担心众将分功，就没有通报其他军队，只是命令士兵们解甲休息。手下士兵缺乏明令约束，开始奸淫掳掠。

贼兵露宿灞上，得知官军混乱，而且没有后军接应，立即杀了个回马枪，轻而易举杀进城门。程宗楚和唐弘夫毫无防备，仓促迎战。手下的军兵正在大肆抢夺，一时无法调集，可怜程宗楚和唐弘夫二人，手下只有数百名士卒，不堪一击，相继阵亡。

王处存当时也在城内，他急忙召集部众，出城回营。黄巢再次攻进长安，因为先前百姓迎接官军，于是纵兵屠杀，流血成河，血洗京城。各道官军听到消息，一并退去，贼势更加猖狂，还给黄巢上尊号，称为“承天应运启圣睿文宣武皇帝”。

代北监军陈景思正带着沙陀酋长李友金等人，前来救援京师，到了绛州，准备渡河。绛州刺史瞿稹也是沙陀人，前来迎接白景思，并说道：“贼兵气势正盛，我军不能轻进，不如先回代北，招募数万精兵后再来讨贼。”陈景思于是和瞿稹一同返回雁门招兵勤王，十几天就招到了三万人，都是粗犷、凶悍北方胡人，瞿稹和李友金不能控制。

李友金是李克用的族父，想乘此机会让朝廷召回李克用父子，于是就劝陈景思上表奏功，请求赦免李克用父子的罪过，令他统领代北的士兵戴罪立功。陈景思上奏后，朝廷同意了。李友金于是率领五百骑兵，带着诏书来到鞑靼，请求赦免放回李克用父子。李克用非常高兴，立即率领鞑靼各部士兵一万人，驻扎在雁门。李克用还写信到河东，说是奉旨讨伐黄巢，让招讨使郑从谠准备物资和粮草，同时向汾东进兵。

郑从谠担心李克用还有异心，故意关闭城门做好防备，没有答应李克用的请求。李克用亲自来到城下大喊，请求和郑从谠见面。于是，郑从谠登上城楼和他对话，答应给李克用钱财和粮食，等李克用离开后，他派人送去铜钱一千贯和大米一千担。李克用还不满意，攻陷忻、代二州后，就在代州驻扎，按兵不动。东面都统高骈，虽然出兵东塘讨贼，但也口是心非，拖延观望。

自从程宗楚等人在长安兵败后，郑畋声威大挫，僖宗加封他为司空兼同平章事，继续任都统，想让他立志收复故土，无奈郑畋空有讨贼之志，也无可奈何。

忠武节度使周岌此时已经投降了黄巢，但他的监军杨复光则是个对朝廷忠心耿耿的宦官，因此经常和周岌言语不和。一天，在酒席宴上，杨复光劝周岌道："大丈夫感恩图报，见义勇为，朝廷待你不薄，你为什么要背叛朝廷、甘心投降贼寇呢？"周岌也忍不住流下泪来，缓缓答道："我不能独自抗贼，所以阳奉阴违，今天找您，正为此事。"杨复光立即起身离座，和周岌立下盟誓。然后，杨复光立即派养子杨守亮追到驿馆，杀死了黄巢派来的使者，然后召集士兵，亲自带领三千人马奔蔡州而去。蔡州刺史秦宗权一向嚣张跋扈，不听周岌的命令。杨复光进城后晓以大义，秦宗权也感到惭愧，派部将王淑带兵三千，跟随杨复光去进攻邓州。

邓州正被黄巢的大将朱温围困，所以官军急着去解围。王淑虽然跟随前往，路上却一再逗留拖延，被杨复光处斩，王淑率领的军兵也被杨复光兼并。杨复光再召忠武军牙将鹿晏弘、晋晖、王建、韩建、张造、李师泰、庞从等人进兵，大败朱温，攻克邓州，一直追赶到蓝桥，这才收兵。

黄巢派属下王玫为邠宁节度使，原邠州镇将朱玫起兵讨贼，推举别将李重古为节度使，自己率兵讨伐黄巢，在兴平和黄巢的部将王播接战，失利退兵，返回奉天。

僖宗寄居在成都已经半年，因为各处官军有胜有负，一直没能收复长安，僖宗不免焦躁起来，但却始终信任田令孜，封他为行宫都指挥处置使，又因为田令孜器重陈敬暄，僖宗就拜陈敬暄为相。陈敬瑄上奏，请僖宗派西川左黄头军使李鋋，前去讨伐黄巢，右使郭琪留守成都。田令孜犒赏护驾诸军，却唯独不犒赏西川军。

于是，郭琪鼓动手下作乱，焚烧街市，田令孜下令关闭城门，登上城楼，命令各军进攻郭琪。郭琪连夜逃走，渡江逃奔广陵，去依靠高骈。

田令孜从此更加骄横，蔑视宰相，所有军国大事全由自己处决，宰相不得参与。左拾遗孟昭图痛心宦官之祸，愤然上疏，中间写道：

治安之代，遐迩犹应同心；多难之时，中外尤当一体。去冬车驾西幸，不告南司，遂使宰相以下，悉为贼所屠，独北司平善。前夕黄头军作乱，陛下独与田令孜及诸内臣，闭城登楼，并不召宰相入商，翌日亦不闻宣慰朝臣，臣备位谏官，至今未知圣躬安否，况疏冗乎？夫天下者，高祖太宗之天下，非北司之天下。天子者，九州四海之天子，非北司之天子。北司未必尽可信，南司未必尽无用，岂天子与宰相，了无关涉？朝臣皆若路人，臣恐收复之期，尚劳宸虑。尸禄之士，得以宴安。臣躬被宠荣，职司补衮，虽遂事不谏，而来者可追，还愿陛下熟察！

这道奏疏呈上去后，田令孜隐藏不报，反而假传圣旨，贬孟昭图为嘉州司户。孟昭图刚走，田令孜就派人在蟆颐津把他淹死。从此，天怒人怨，靖陵天上下起血雨，河东霜打禾苗，流星如雨在成都陨落。一时间叛乱四起，不胜枚举。

感化军牙将时溥，杀死节度使支祥，贿赂田令孜，朝廷反而任命为留后。寿州屠夫王绪和妹夫刘行全带领五百人，居然也兴兵作乱，攻陷寿州和光州。秦宗权反而保奏王绪为光州刺史，固始县佐王潮本来是个才子，现在也投到王绪手下。

凤翔节度使郑畋，兼京城四面诸营司空，被自己的行军司马李昌言围困。郑畋无法控制，只得离去，投奔行在。

僖宗下诏贬郑畋为太子少傅分司，又封李昌言为凤翔节度使，时溥为感化节度使，命令他们讨伐黄巢，并且多次催促高骈进军。

高骈和镇海节度使周宝都出自神策军，情如兄弟，因为封地挨着，所以少不了有争论，渐渐地就有了矛盾。高骈让周宝前来支援，周宝知道高骈并不是真心实意，因此也不应召，高骈于是上表，称周宝将要作乱，自己不方便离开藩镇，于是罢兵还府。

首相王铎听说高骈没有诚意讨伐叛贼，非常气愤，就主动请命出征。于是，僖宗任命王铎为诸道行营都统，兼义成节度使，让他见机行事，讨伐黄巢，并罢免了高骈都统的职衔，只留任盐铁转运使。

中和二年正月，王铎从成都出兵，上奏推举太子少师崔安潜为副都统，忠武节度使周岌、河中节度使王重荣为左右司马，河阳节度使诸葛爽、宣武节度使康实为先锋使，感化节度使时溥为催遣纲运租赋防遏使，右神策观军容使西门思恭为诸道行营都监，又任命义成节度使王处存、鄜延节度使李孝昌、夏绥节度使拓跋思恭为京城东西北三面的都统，封杨复光为左骁卫上将军，兼南面行营都监使，并赐号夏州军为定难军，鄜坊军为保大军，一同开进关中。

僖宗继续任命郑畋为司空，兼同平章事。郑畋等人商议，撤去高骈盐铁转运使的职务，只给他一个侍中的虚衔，表示笼络。高骈丧权失利，很不高兴，上表诋毁朝廷。僖宗命令郑畋起草诏书，对高骈痛加责备，高骈因此和朝廷决裂，不再进贡赋税。

王铎会同各道兵马进逼黄巢。黄巢的部将朱温见形势紧急，多次向黄巢请兵防御河中。黄巢被官军逼攻，军兵和粮饷空虚，无法调遣。

朱温见黄巢大势已去，变计归顺大唐，于是杀死监军严实，带兵归降王重荣。王重荣告知王铎，王铎替朱温上奏，请封官职。僖宗封朱温为河中行营招讨副使，赐名朱全忠。

各道官军还有些害怕黄巢的气焰，不敢轻易进兵。王重荣找监军杨复光商议，杨复光建议召用李克用，并且说："李克用之所以观望，是因为和郑从谠有矛盾，如果能说服郑公，让他和李克用修好，李克用必定肯来，那时一定可以扫平叛贼。"王铎派人去召李克用，并说服了郑从谠。郑从谠不得已，只好给李克用写信，劝他不计前嫌，杀敌报国。

李克用这才率军四万进兵河中。部兵们都穿着黑衣，沿途行军如飞，特别剽悍，贼党望风而逃，边跑边喊："乌鸦兵来了，快逃生吧！"王铎奏请封李克用为雁门节度使，李克用受任后格外踊跃。

中和三年正月，李克用进兵攻击沙苑，大破黄巢的弟弟黄揆，直捣华州。王铎又请求朝廷，封李克用为东北面行营都统，杨复光为东面都统监军使，陈景思为北面都统监军使。

僖宗答应，正准备下旨施行，田令孜怕王铎的功劳太大，于是建议僖宗罢去王铎的兵权，让他回到义成军中。僖宗于是下诏，让王铎回藩镇，任命田令孜为十军十二卫观军容使。

成德节度使王景崇（王元逵的孙子）去世，王景崇的儿子王镕年仅十岁，继承为留后，朝廷封他为检校工部尚书，命令他调拨粮食补充军需。

李克用得到王镕的军粮，士气更盛，马上围攻华州。黄巢派尚让前去救援，李克用和王重荣率军在零口设下埋伏，大败尚让，然后，李克用进军渭桥。

忠武将庞从、河中将白志迁等人也率军相继进攻，黄巢也倾巢而出，到渭桥拦截官军。李克用跃马横槊，率领沙陀大军充当头阵，无坚不摧，任凭黄巢身经百战，见了李克用，也吓得连连后退。庞、白二将也不肯落后，奋勇杀贼，贼兵三进三退，官军三战三捷，更有义成、义武各军陆续杀到，杀得贼兵四散奔逃。

李克用等人追到长安城下，猛攻了一昼夜，第二天由光泰门杀入京城。黄巢巷战失败，焚烧皇宫，出城远逃，黄巢的丞相崔璆被抓住，其他人非死即降。

黄巢离开京城后，担心官军会追上，沿途抛撒珍宝引诱官军。官军争抢着金银珠宝，谁也不愿意追贼，黄巢这才逃远。

杨复光派人向僖宗告捷，文武百官上朝祝贺。僖宗留忠武军二万人防守京师，传旨把伪丞相崔璆就地处斩，加封李克用、朱玫以及保大节度使夏侯逵为同平章事，升陕州为藩镇，任命王重盈为节度使，又建延州为保塞军，任命保大军司马李孝恭为节度使。各道镇帅中，李克用年仅二十八岁，最为少壮，兵也最强，他破黄巢，收复长安，立下头功。因为，李克用一只眼睛不太好使，世人称为独眼将军。

各路兵马进京后，乘机四处抢掠，和贼兵没什么两样。长安的民居所剩无几，好好的一座首都，除四面城墙外，几乎成了一片瓦砾场。回首当年，大家都唏嘘不已。各路人马也都不愿久留，有的回归本藩镇，有的继续追击贼人。

黄巢从蓝田进入商山，派骁将孟楷，前去攻打蔡州，秦宗权出战不利，竟背叛大唐投降了黄巢。黄巢又和秦宗权合兵围攻陈州。陈州官兵拼死固守，并不时开城出击，杀敌无数。黄巢大怒，更加疯狂进攻，并且抢来活人当粮食吃。陈州守将紧急向邻镇求援。

当时，朱温已改名朱全忠，受命为宣武军节度使，他会同周岌、时溥，带兵救援陈州，在鹿邑杀败贼党，后来，黄巢拼全力反扑，官军势力渐渐不支，于是转向李克用告急。

李克用战事缠身，过了好久才率领五万人马去救陈州，此时，陈州被围已经快三百天了，官军和贼兵打了大大小小几百场仗，虽然历经艰辛，却始终没有懈怠。

等到李克用一来，贼将尚让被打败，黄巢只得逃往汴州。尚让带领五千败兵转攻大梁。朱全忠又写信给李克用，请他火速增援。李克用追赶贼兵到中牟，乘贼兵渡河时发起进攻，歼敌一万多人。尚让请求投降，黄巢越过汴河，向北逃走，李克用紧追不舍，在封邱杀死贼兵数千人，又在兖州杀死贼兵数千人，追到冤句时，黄巢已经逃远了。官军抓住了黄巢的小儿子。李克用因为粮草快要用完，自己带兵回到了汴州，派尚让继续追击黄巢。黄巢手下这时只剩下一千人，逃到了泰山。时溥又派部将陈景瑜和尚让合兵追到狼虎谷。

黄巢屡战屡败，自知难免一死，对外甥林言说道："我本来是想清除皇上身边的奸臣，整顿朝廷，结果事情成功了，我却不舍得退下来，所以是我自己害了自己。你可以取我的首级献给天子，这样可以保住富贵。"林言不忍下手，黄巢于是自杀。林言这才把黄巢的头砍下来，并杀了黄巢的兄弟妻子，准备用盒子把头装上献给时溥，途中被博野的沙陀军抢去，沙陀军把林言的头也取走了，一起送到时溥军中。

时溥又派兵搜查狼虎谷，搜到黄巢的姬妾几十人，连同黄巢的首级一同献到行宫。共计黄巢从造反到最后败亡，一共经历了十年，杀人无数，也算是历史上的一大浩劫。唐室江山，虽然侥幸保住，但气数也快要尽了。

第九十四回 僖宗被挟去凤翔

僖宗听说巨寇已经荡平，非常高兴。不久，黄巢的人头被辗转送到成都行宫，僖宗当即命人把黄巢的人头悬挂在城门示众。黄巢的妻妾也被押解到成都，僖宗下令，一律处斩。

李克用带兵回到汴州，朱全忠开城出迎，盛情邀请李克用进城，并把上源驿作为客馆，大摆酒宴款待。李克用年轻气盛，免不了多喝了几杯，醉后话也多，言多必失。朱全忠假意谦恭，李克用却更加傲慢，朱全忠暗中忌恨，竟然起了歹心，想要把李克用置于死地。

当晚，朱全忠设宴犒劳李克用的兵士，让部将不停地劝酒，把他们灌得酩酊大醉。朱全忠返回内室，召集部将杨彦洪进来商议，定下一条计策，暗暗叫士兵把大路用车塞得水泄不通，然后发兵围攻上源驿，喊杀声惊天动地。

李克用喝醉了睡得正香，毫无知觉。帐外的亲兵只有薛志勤、史思敬等十几个人，都已惊醒，猛然看见汴州兵杀了进来，知道有变，急忙拿起武器拼杀，让郭景铢进去叫醒李克用。郭景铢叫了很多声，也听不见回答，急忙把李克用拉到床下，用水浇他的脸，这才弄醒了李克用。

这时，李克用才瞪着眼拿着弓，走了出来，薛志勤看见李克用出来了，连忙拈弓发箭，射死几名敌兵，想要夺路逃走。无奈，汴州兵放起火来，到处烟雾弥漫，连眼睛都打不开，大家忍不住叫起苦来。没想到老天有眼，突然雷电交加，大雨倾盆，把火都浇灭了。李克用酒意还没消散，还有些支撑不住，幸亏薛志勤灵活勇敢，他扶住李克用，招呼左右，跳墙突围，趁着闪电的光芒寻路逃走。汴州兵守住桥不让他们过去，薛志勤奋力死战，终于逃脱，史思敬孤身断后最终战死。薛志勤保护着李克用登上尉氏门，然后用绳子滑下城来，逃走了。监军陈景思手下三百多人，本来是和李克用一同进城的，现在已全部遇害。

朱全忠听说李克用逃走了，连忙和杨彦洪一起乘着马去追赶。杨彦洪对朱全忠说道："胡人紧急情况，一定会骑马，您要是看见有骑马的胡人，就连忙发箭射死他，不要让他逃走了！"朱全忠点头答应，两人一同出城。杨彦洪看见前面有人走动，飞马急追。朱全忠落在后面，因为天黑无法辨认，错误地以为杨彦洪是沙陀的将士，一箭射去，杨彦洪当场毙命。而李克用却早已经逃远了。

李克用的妻子刘氏颇多谋略，随李克用住在军营。天亮后，李克用逃回大营，想要立即带兵去攻打朱全忠，报仇雪恨。刘氏道："夫君为国讨贼，本来是忠臣，现在汴州人不义，谋害夫君，夫君应当到朝廷那里说明是非。如果不打招呼就举兵攻击，反而使他有借口了。”李克用这才带兵返回北方，并写信责问朱全忠。

朱全忠回信狡辩说，这次兵变与他无关，是朝廷派来的使臣和杨彦洪密谋的，杨彦洪已经被自己杀掉，请李克用谅解！李克用明知是假，却毫无办法，只能怀恨在心。

等回到晋阳，李克用当即上奏道："朱全忠忘恩负义，竟然要谋杀我，监军陈景思属下的三百多人全部被他杀死，请求陛下立即派使查问，发兵讨罪！”僖宗看完不禁大惊，暗想黄巢才刚被剿灭，自己刚想过几天太平日子，怎么能再起兵打仗呢？

于是，僖宗和宰相等人商议，下诏和解。李克用不服气，八次上表，极言朱全忠包藏祸心，将来必定成为国家的祸患，请朝廷削去他的官爵，派自己率本道兵马去讨伐，除掉这个罪魁祸首，才能免去后顾之忧。僖宗仍然不同意，只是派宦官杨复恭等人安慰李克用，说是天下刚刚安定，让他顾全大局，以稳定为主。李克用勉强遵旨，心里却很不平衡，暗中操练兵马，准备以后报仇。

李克用有个养子叫嗣源，本来是胡人，原名叫必信烈，年方十七岁，李克用爱他骁勇，收为养子。上源一役，李嗣源跟着李克用出生入死，身先士卒，更加得到李克用的宠爱。还有韩嗣昭、张嗣本、骆嗣恩、张存信、孙存进、王存贤、安存孝七人，也都是年轻力壮，愿意当李克用的养子，当时号称八义儿，分别统领部众。

李克用又上奏，请求封弟弟李克修为潞州节度使，朝廷不敢不同意，只是把昭义分为两镇，泽、潞为一镇，邢、洺、磁为一镇。李克修管辖泽、潞二州，李克用又晋爵陇西郡王。

杨复光收复长安后，不久病故，军中将士痛哭了好多天。只有田令孜嫉妒他的威名，听说他去世非常高兴。田令孜和杨复光的弟弟枢密使杨复恭有矛盾，就上奏贬杨复恭为飞龙使。幸好僖宗对杨复恭很宠爱，没有听信谗言，杨复恭才得以保全官职。

田令孜、陈敬瑄两人见盗贼已经剿灭，又专横跋扈起来。田令孜为判官吴圆求做郎官，郑畋没有答应。陈敬瑄自恃有功，想在朝中位列宰相之上，郑畋则引用前朝的例子反对。于是，两个奸臣合起来陷害郑畋，僖宗贬郑畋为太子少保，用兵部尚书裴澈代替他当了宰相。从此，田令孜和陈敬瑄更加肆无忌惮，干脆挟制天子，为所欲为。

这时候，降贼叛唐的秦宗权，纵兵四出，侵掠汴州，朱全忠和他交战，形势不利，于是向天平军请求支援。

天平军节度使朱瑄本是天平牙将，任濮州刺史。在黄巢叛乱时，节度使曹全晸和哥哥的儿子曹存实先后阵亡，幸亏朱瑄守住郓州，击退了贼兵，后来，朱瑄因为功劳被封为节度使，手下有三万士兵。他接到朱全忠的来信，派堂弟朱瑾赶到汴州去救急。朱瑾来到合乡，打败了秦宗权的军队，秦宗权退去，解了汴州之围。朱全忠出城犒劳军队，厚待朱瑾。等到朱瑾告别时，朱全忠又托他带信给朱瑄，说要与朱瑄结拜为兄弟。

秦宗权又到别的藩镇抢劫，比黄巢还要残暴。北到卫滑，西到关辅，东到青齐，南到江淮，都被他蹂躏，千里之地看不到炊烟。

此时，鹿晏弘也占据兴元，指挥手下四处侵扰，王建、韩建、张造、晋晖、李师泰等人率领手下跟随鹿晏弘。但是，因为鹿晏弘好猜疑，所以这些人人心不齐。

田令孜派人前去招抚，王建等人率领数千士兵，来到皇上的行宫，拜田令孜为义父，王建等人被封为将军，受命去进攻鹿晏弘。鹿晏弘只得离开兴元，转而攻陷襄州，山东南道节度使刘巨容，仓皇逃往成都。刘巨容有炼汞成银的秘方，田令孜没有弄到手，竟然把刘巨容害死，并把他灭族。鹿晏弘占据了襄阳，又侵略周边的房州和邓州，接着进攻许州。忠武节度使周岌弃城逃跑。鹿晏弘进城后，封自己为留后。

僖宗正打算回京，怕路上不太平，耽误行程，不得已只好封鹿晏弘为节度使，并且派使者去招抚秦宗权。

当时，王铎任中书令，上奏道："汴州和许州接壤，朱全忠在汴州，已经难以控制，再加上一个鹿晏弘，这两人一定会成为国家的祸患，不如把朱全忠召回来，授予他一个别的官职，这才是釜底抽薪的妙计。"僖宗怕朱全忠不肯听朝廷的命令，到时候反而会节外生枝，所以，最后只是任命王铎为义昌节度使，让他就近监视控制。

义昌军在沧州地界，太和年间创设，和汴、许相近。王铎受命后，立即携带家眷起程。王铎平时生活奢侈，侍妾仆从不下一百人，还有很多箱物品非常惹人眼目。经过魏州时，魏博节度使乐彦祯的儿子乐从训奉父命出迎王铎，以尽地主之谊。

乐从训少年好色，瞧着王铎的侍妾，全是穿珠戴翠，花容月貌，不由得垂涎三尺。把王铎迎进馆驿后，他想出了一条计策，命令亲兵换去军服，扮作强盗，自己扮着强盗头子，乘夜来到客馆中，破门而入，杀掉王铎，接着抢走了金银财宝，又把一班娇妻美妾一并掳走，风流快活去了。

乐彦桢爱子情深，把儿子杀人抢劫的事瞒了个严严实实，只说是王铎遇到强盗，上表报告僖宗，然后把王铎的尸首装殓入棺，送回老家。僖宗正在安排回京的事，哪有心思查问，乐得糊涂过去。

僖宗起驾回京。一路上百业俱废，满目苍凉，令人触景生悲。等进了长安城，更觉得荆棘密布，狐兔纵横。回到皇宫，只有几个年老的太监出来迎接，所有以前的宫嫔采女全都不知去向，连懿宗最爱的郭淑妃也无影无踪。僖宗不禁仰天长叹。

一波未平，一波又起，各藩镇之间争权夺势，又动起了兵戈，闯出一场大祸。

僖宗回京后，能够有效管辖的不过河西、山南、剑南、岭南等数十州。义武节度使王处存对朝廷还算忠心，并且和李克用关系亲密。卢龙节度使李可举和成德节度使王熔互相勾结，两人忌恨李克用和王处存，就秘密约定瓜分义武的领地。李可举派部将李全忠攻陷易州，王熔也派部将攻打无极县。王处存连忙到李克用那里告急，李克用率兵救援，大破成德军。王处存也夜袭卢龙兵，击败了李全忠，收回了易州。李全忠败回幽州，担心被治罪，竟然反攻李可举，李可举抵挡不住，后退无门，于是全家自焚。李全忠自封为留后，朝廷听之任之。

田令孜为了增强权势，开始招募禁军，但是，藩镇各自征收租税，不上供朝廷，田令孜一时腾不出军饷，拿什么供养新军？田令孜想出一个办法，奏请征收安邑、解县两地的盐赋，充作军需，而且由自己兼任两地的榷盐使。没想到有人出来反对。

原来，两地的盐税，本来由盐铁使征收，充作国用，到中和年间，河中节度使王重荣截留盐赋，只是每年献盐三千车，上供朝廷。现在，王重荣眼看所得的余利要被田令孜夺去，当然不肯干休，便上奏反驳田令孜。

田令孜竟然想办法把王重荣迁为泰宁节度使，调王处存镇守河中，齐克让镇守义武。王重荣连盐税都不肯割舍，宁愿和田令孜争论，现在田氏要他放弃河中，他能从命吗？

王重荣当然不肯。于是，王重荣再次上表弹劾田令孜，说他离间君臣，共列出了十大罪过。田令孜于是秘密勾结邠宁节度使朱玫、凤翔节度使李昌符攻击王重荣，更催促王处存迅速赶赴河中。

王重荣知道自己惹了祸，也向李克用求救。此时，李克用埋怨朝廷不降罪于朱全忠，正在招兵买马，准备攻打汴州，忽然听到王重荣求救，就答复王重荣，说等自己先剿灭朱全忠，再扫平这些鼠辈。王重荣又催促李克用，说："等将军您从关东回来，恐怕我已经被抓住了。不如先清除皇上身边的奸臣，再抓朱全忠也不迟。"

李克用听说朱玫、李昌符也在暗中依附朱全忠，于是上奏："朱玫和李昌符与朱全忠互相勾结，要共同灭了臣，臣不得不自救，已招集蕃汉兵十五万，决定明年春天渡河，北讨二镇，然后灭掉朱全忠，以报仇雪恨，为国除奸。臣不会惊扰京城，愿陛下不要责备臣擅自行动。"僖宗看后大惊，连忙派使臣劝解，李克用不答应。

朱玫想让朝廷讨伐李克用，多次派人偷偷地混进京城，烧杀抢劫或是刺杀近臣，诬陷说是李克用干的，京师震动，谣言四起。

田令孜派朱玫和李昌符以及神策鄜延灵夏等军队，共计三万人出击沙苑，讨伐王重荣。王重荣又请求李克用救援，李克用率兵赶到，和王重荣同到沙苑，与朱玫、李昌符等人对垒，并且上表，请求立即诛杀田令孜以及朱玫、李昌符。

僖宗下诏和解，李克用怎么肯听命？于是，双方即日开战。朱玫和李昌符根本就不是李克用的敌手，王重荣的人马也是精锐部队，打了半天，朱、李二人的手下纷纷逃散，各自败回本镇。李克用进逼京城。田令孜听到败报大惊失色，急忙挟持僖宗出走凤翔。长安的宫殿，刚刚经过京兆尹王徽修补，整理好了十分之一二，现在又被乱兵所毁。

听说僖宗出走，李克用就把军队撤回河中，和王重荣联名上表，请皇上回宫，并继续上表请求诛杀田令孜。僖宗再封杨复恭为枢密使，准备回京，偏偏田令孜提出再次逃奔兴元，僖宗不同意。

谁知，到了夜里，田令孜竟然带兵进入行宫，胁迫僖宗逃往宝鸡，当时的随从只有几百人，宰相等人都不知道，只有独翰林学士杜让能在宫中值班，连夜出城赶上圣驾。

第二天，太子少保孔纬等人陆续赶到。僖宗携带着祖宗的灵位匆匆赶路，中途遇到强盗，把先帝的灵位全部抢走了。落在后面的朝臣陆续追赶圣驾，也被乱兵所劫，官服都被抢走。

僖宗加封孔纬为御史大夫，让他召回百官。孔纬返回凤翔宣读诏书，宰相萧遘、裴澈等人都恨田令孜挟兵弄权，于是谎称有病，不出来相见，其他百官也都以没有官服为借口不去。

孔纬哭着说道："即使是百姓中的亲友有急事，我们也应当援助，况且天子蒙尘，臣子竟然奉召不去吗？"百官无话可答，只好借口置办服装，等几天再去。

孔纬气愤地说："我的妻子得病快死了，我都顾不上，你们却这样迟疑，希望你们好自为之，孔纬告辞了！"于是，孔纬出来拜见李昌符，请他派骑兵送他到行宫。李昌符被他的忠义感动，赠送给他官服，并派兵护送孔纬到宝鸡。

朱玫和李昌符二人本来和田令孜合谋，不料联军失败后，僖宗出走，两人也突然变计，和田令孜反目成仇。

这时，宰相萧遘命令朱玫追回车驾，朱玫当即带兵五千来到凤翔，又联合凤翔兵马一同追赶僖宗。田令孜得报，又挟持僖宗向西逃走，命令神策军使王建、晋晖为清道斩斫使。一路上到处是盗贼，王建率领长剑手五百人在前面开路，僖宗才得以前进。僖宗把传国玉玺交给王建，让他背着，二人相互搀扶着攀登大散岭。

凤翔兵马追到，焚掉栈道一丈多宽，眼看栈道就要折断，王建拉着僖宗从烟火中跳过去，才得以脱险，夜里僖宗睡在木板上，枕着王建的膝盖稍稍休息，醒来后，僖宗解下御袍赐给王建道："上面有泪痕，赐给爱卿作为纪念吧。"王建拜谢。吃过饭后，僖宗又起程进入大散关，然后闭关抵挡朱玫的兵马。朱玫久攻不下，无奈撤回，路过遵涂驿，看见肃宗的玄孙襄王李煴病倒在馆驿中，不能跟随僖宗一起走，朱玫就挟持着他一同返回凤翔。

碌碌无为十五年

朱玫挟持襄王李煴回到凤翔，马上和文武百官商议，说当今皇上无德，导致天下大乱，百姓遭殃，应该另立李煴为帝。说完，朱玫又用武力胁迫文武大臣，另外组建了一个伪朝廷。淮南节度使高骈受封为中书令，兼任江淮盐铁转运副使，和州刺史吕用之受封为岭南东道节度使，两人都很高兴。

只有凤翔节度使李昌符，本来和朱玫共同策划立李煴为帝，现在李煴已经当了皇帝，朱玫独掌大权，李昌符自己却一点好处也没捞到，非常失望，于是上书僖宗，报称朱玫擅自拥立襄王为帝，应加以声讨。僖宗下诏，加封李昌符为检校司徒，让他就近讨伐朱玫。

田令孜因为犯了众怒，知道自己在朝廷里待不下去了，于是就推荐枢密使杨复恭为左神策中尉，自封为西川监军，去投靠陈敬暄。

杨复恭瓦解了田令孜的党羽，任王建为利州刺史、晋晖为集州刺史、张造为表州刺史、李师泰为忠州刺史，然后和新任宰相孔纬、杜让能等人商议回京的事。还没商量出结果，忽然接到报告说，朱玫派部将王行瑜率领五万邠宁河西兵前来进攻行宫，已经攻占了凤翔，各道的贡赋也都被截断，转运到长安去了。

僖宗大惊，因为他寄居在兴元，身边的官员、卫士不在少数，现在赋税被截，眼看就要挨饿，怎么能不惊慌呢。杜让能献计道："以前杨复光和王重荣一同攻破黄巢，关系特别好，杨复恭是杨复光的哥哥，如果派杨复恭给王重荣写封信，晓以大义，想必王重荣会归顺陛下。王重荣一来，李克用也会服从，讨伐逆贼也就不难了。"

于是，僖宗亲自写诏书给王重荣，并附上杨复恭的书信，遣使臣送往河中。王重荣果然听命，而且献上绢帛十万匹，表示愿意讨伐朱玫，以赎自己的罪过。僖宗正要抚慰李克用，可巧李克用也上表行宫，说自己愿意讨伐朱玫和襄王李煴。

原来，李煴也曾经通知李克用，说自己已经被藩镇推戴为帝，希望李克用支持。李克用大怒，撕毁来书，囚禁来使，上表僖宗，申请进兵征讨。朝廷派护驾都将杨守亮，率兵两万，从金州出发，会同王重荣、李克用共同讨伐朱玫。

朱玫的部将王行瑜，从凤州进兵兴州，一路上势如破竹，僖宗急忙命令神策都将李茂贞等人出兵抵御。

李茂贞是博野人，本姓宋，名文通，因保驾有功，被赐姓为李。李茂贞很有能力，和王行瑜交战多次，每次都大获全胜，收复了兴州。杨复恭又悬赏关中，承诺如果能得到朱玫的人头，立即封为节度使。

王行瑜被李茂贞杀败，正在焦急，忽然听说檄文中的封赏条件，不禁转忧为喜，秘密和部下商议道："这次我们无功回去，肯定是一死，如果我们斩了朱玫的首级，平定京城，迎接圣驾，还能被封为节度使，这岂不是个绝好的机会吗？"大家欣然同意，于是，王行瑜引兵返回长安。朱玫立朱煴为帝，改年号为建贞，独揽大权。听说王行瑜擅自带着部队回来，朱玫立即召他来质问。王行瑜率兵进来，朱玫瞪着眼睛道："你擅自回京，是想要造反吗？"王行瑜也厉声答道："我不造反，特来诛杀反贼。"说完，王行瑜指挥左右把朱玫擒住，立刻斩首，又杀掉朱玫的同党一百多人，京城大乱。

郑昌图、裴澈急忙保着襄王李煴，逃奔河中。王重荣正要发兵，有人来报襄王李煴到来，王重荣一跃而起道："他自己来寻死，这可就怪不得我了。"王重荣当即带兵出迎，引诱李煴等人进入城中，然后手起刀落，把李煴杀死。郑昌图和裴澈无处逃避，也只有束手就擒。

王重荣派人把李煴的人头用盒子装好送到僖宗的行宫，僖宗考虑到李煴只是胁从，所以仍将其归葬。同时，僖宗加封李茂贞为武定节度使，王行瑜为静难节度使，然后下诏剥夺田令孜的官爵，将他流放到端州。

田令孜躲在陈敬暄那里，并没有前往流放地。郑昌图和裴澈被下旨处死，连萧遘也被杀死在岐山。对那些接受李煴伪封的朝臣，刑部都要处死，杜让能再三力争，才保全了十之七八。

僖宗回到凤翔，节度使李昌符担心圣驾回京后自己会失宠，就借口皇宫还没有修整完，强留僖宗在凤翔住下。僖宗也得过且过，将就几天。偏偏各道接连传来警告，不是擅自继承节度使，就是互相攻击。僖宗虽然得报，也是无可奈何。

淮南都将毕师铎，曾经被高骈派去镇守高邮，控制秦宗权。秦宗权最后没带兵入境，毕师铎却先倒戈了，这是怎么回事呢？

原来，高骈的心腹吕用之，用道家邪术迷惑高骈，得到军职，又找来私党张守一、诸葛殷为助手，每天对高骈讲道，指天画地，诡辩风生，说得高骈神魂颠倒，非常信服。

高骈起初和郑畋有矛盾，吕用之对高骈说道："宰相派刺客来刺杀您，刺客今天就来了。"高骈很害怕，连忙问吕用之该怎么办。吕用之联系好张守一后，让高骈穿着女人的衣服，躲在其他房里，自己代替高骈睡在他床上，晚上故意把铜器扔在地上弄出很大的声响，又偷偷地把猪血洒在地上，做出格斗的样子。等天亮后，才把高骈请回来，并说道："差一点我就抓住他了。"高骈看见寝室中的血迹，非常感谢，认为张守一对自己有再生之恩，厚赠了很多金银财宝给他。

吕用之等人暗中奸淫掳掠，无恶不作。吕用之好色，听说毕师铎有美妾，非要亲眼见见。毕师铎自然不答应，吕用之是色中饿鬼，他趁着毕师铎不在家时，硬闯进他家召见美妾，言谈时不免冒犯。毕师铎回家后知道此事，怒斥美妾，此后和吕用之结仇。

后来，毕师铎驻守高邮，心中越来越不满，心腹众将也都劝毕师铎，回城诛杀吕用之。

毕师铎就联合淮宁军使郑汉章、高邮镇遏使张神剑，几个人割臂滴血，喝了一杯同心酒。大家推举毕师铎为行营使，回京讨伐吕用之。毕师铎初战很不顺利，后来看见广陵城城坚兵多，越发胆怯，连忙派部将孙约前往宣州，到观察使秦彦那里求援，并承诺破城以后恭迎秦彦为帅。秦彦于是派出大将秦稠率领三千人援助毕师铎，大举攻城。

吕用之让讨击副使许戡出城犒劳毕师铎，没想到被毕师铎杀了。吕用之没办法，只有大肆搜索城中的壮丁，不论官吏书生，全部用刀架在脖子上胁迫他们登城，从早到晚不能休息，弄得全城怨声四起，都有反叛的意思。毕师铎射了一封书信进城，劝高骈赶快诛杀吕用之、张守一和诸葛殷，可是书信被吕用之得到，并立即毁掉，然后吕用之带领一百多名士兵去见高骈。

高骈吓得躲在寝室，很久才说话道："节度使居室无恙，你为什么要领兵进来，莫非是要造反吗？"接下来命令左右赶出吕用之。吕用之从此和高骈决绝，然后继续带兵抵御。此时，外城已经被攻破，吕用之慌忙从内城冲出，向北逃去。

毕师铎带兵在城里四处抢掠，高骈不得已只有派人和他议和，愿意撤去部队和防备，和毕师铎见面。毕师铎这才来见高骈，双方见面会谈，尽宾主之礼。高骈任命毕师铎为节度副使，兼左仆射，郑汉章等人也各有封赏。都虞侯申及对高骈说道："逆党不多，各门还没有被逆党下令把守，您只有趁夜出发，招募各镇的兵马回来占领这座城，就还可以转祸为福，要是拖延一两天，只怕逆党稳固了，就来不及了。"高骈还在犹豫不决。

到了第二天，毕师铎便派兵分别把守各处城门，搜捕吕用之的亲党，把他们全部处死，同时派人催促秦彦过江。毕师铎得了兵权，野心渐渐膨胀，竟然逼着高骈到南宅居住，派兵监守，并把高骈的亲党十多人一概押进监狱，高家多年的积蓄都被乱兵劫掠一空。不久，毕师铎捉到了诸葛殷，当街打死诸葛殷。

吕用之从广陵逃出，手下还有一千人，听说郑汉章的妻儿还在淮口，就率兵进攻，十几天也没能攻下来。郑汉章带兵回来救援，吕用之只得投奔杨行密。杨行密正任庐州刺史，先前和吕用之有些交情，现在吕用之落魄，前来投靠，杨行密不便拒绝，就留他住在军中。高邮镇遏使张神剑向毕师铎索要钱财，没能如愿，也来投奔杨行密。海陵镇遏使高霸以及曲溪人刘金、盱眙人贾令威也率兵投到杨行密的军营。杨行密的兵马增加到一万七千多人，声势颇盛，张神剑又送来了粮草，军中更加有了底气，于是步步进逼，来到了广陵城下。

这时，秦彦已经进入广陵，自称代理节度使。他听说杨行密带兵前来进攻，就闭城自守，只派毕师铎和部将秦稠领兵八千出城西，迎战杨行密。杨行密军势正猛，毕师铎招架不住，逃回广陵，秦稠战死，八千人只剩下一两千人。

秦彦再派毕师铎、郑汉章为将，带领全城兵马出战城西，绵延数里，和杨行密相持。杨行密把金帛粮米集中到一个寨子里，寨子里只留下老弱残兵把守，寨子外边却暗藏精兵。等到两军交战时，杨行密假装战败，绕过寨子向西逃走。广陵兵进入空寨，争抢金银财宝，突然一声鼓响，伏兵四起，杨行密带兵杀回，广陵兵无法抵挡，几乎全军覆灭。毕师铎和郑汉章侥幸逃回，秦彦此后不敢再战。

高骈被幽禁在道观中，还是成天祈祷长生不老，无奈秦彦和毕师铎给他的粮食越来越少，眼看就要断炊了。秦彦和毕师铎因为出兵屡战屡败，就怀疑是高骈从中作梗，因此更加忌恨他。

这时，有个叫王奉仙的妖尼对秦彦说道："扬州出现异象，应有灾祸，必须死掉一个大人物，才能确保无后顾之忧。"秦彦于是派部将刘匡时去道观杀了高骈，又杀了高骈的家眷，一并就地掩埋。消息传到城外，杨行密命令将士披麻戴孝，对着广陵城大哭三天，然后宣告军中将士，誓破此城。

秦彦和毕师铎屡次派兵出战，打了大小数十仗，都被杨行密杀败。城中的粮食早已吃光，连草根树皮都吃没了，甚至用白泥作饼，发给士兵。士兵们怎么肯活活地饿死，不得不抢活人来吃。秦彦的部下更是凶残，把人命看得像鸡狗一样，以致城里到处血流遍地。吕用之的部将张审威，暗中率领部下登城，开门放进外兵，守军不战自败。秦彦和毕师铎急忙召妖尼王奉仙问计，王奉仙回答道："走为上策，"于是，秦彦和毕师铎一行人出开化门，直奔东塘。

杨行密率军进城，改葬了高骈及其家眷。城中的遗民只有几百家，全都饿得奄奄一息。杨行密运来军粮发给百姓，人们才又活过来。杨行密自称淮南留后，并且派兵追击秦彦、毕师铎。秦、毕二人狼狈地投奔孙儒去了。

孙儒以前任忠武军指挥使，镇守蔡州。部下有个叫马殷的一向骁勇，和孙儒一同抗拒黄巢。后来，秦宗权叛变后，孙儒等人都依附秦宗权，秦宗权命令孙儒攻占了郑州，孙儒又进取河阳，并自称节度使。前东都留守李罕之和濮州人张全义，联合出兵抵抗孙儒，孙儒于是放弃河阳，移兵向东。

李罕之收复了河阳城，张全义也收复了东都，因为担心孙儒又回来，二人便一同向河东求救。李克用得到了两人写来的求救书信，就上表推荐李罕之为河阳节度使、张全义为河南令。张全义很会治理百姓，劝农桑，轻徭薄赋，各县的户口逐渐恢复，到处一片生机。宣武节度使朱全忠又纠合兖、郓兵马大败秦宗权，因此，河南一带更加太平。

凤翔节度使李昌符本来打算挟持天子，号令藩镇，后来却和杨复恭的养子杨守立因为争道而互相殴打。僖宗派宦官调解，李昌符不答应，反而放火烧毁了僖宗的行宫。杨守立急忙带领禁军杀败李昌符，李昌符退保陇州。僖宗派李茂贞去征讨，李昌符屡战屡败，走投无路，只好自杀。李茂贞被加封为凤翔节度使，行宫稍稍安稳。

淮南屡遭变乱，始终没能安静。秦宗权派弟弟秦宗衡，率领一万兵马渡过淮河，和孙儒一起合兵攻打广陵，大军就在城西安营扎寨。秦彦和毕师铎也带兵来会合，大有吞并扬州的气势。

后来，秦宗权被朱全忠打败，秦宗权召秦宗衡等人回到蔡州一同抗拒朱全忠，孙儒知道秦宗权不能坚持很久，于是称病不去。秦宗衡多次催促他，结果把孙儒惹怒了，假意邀请秦宗衡喝酒，喝到一半时，孙儒竟拔剑砍死了秦宗衡，砍下他的头献给了朱全忠。

同时，孙儒和秦彦、毕师铎一同进攻高邮，张神剑仓促迎战，结果只有弃城逃到广陵。

孙儒进了高邮城后大肆杀戮。

高邮的残兵七百人逃到广陵城，杨行密担心他们叛乱，派手下众将，趁夜把七百人全部活埋。第二天，杨行密又把张神剑诱到府中，将他一刀两段，还诱来海陵镇遏使高霸兄弟，也把他们一并杀死。当初，吕用之投奔杨行密时，曾经诱惑杨行密，说高骈的府中藏有五万锭白银，埋在内宅。杨行密记在心里，进城后向吕用之要银子。吕用之本来就是谎言，哪里取得出银子，当然瞠目结舌。杨行密派人把高骈府里里外外挖了个遍，也没挖到银子，一气之下把吕用之劈成两截。张守一投降杨行密，说可以为众将采练仙丹，并且想要干预军政大事，后来也被杨行密所杀。

僖宗听说淮南大乱，任命朱全忠兼任淮南节度使。因为杨行密势力太强大，朱全忠上表请为留后。

河阳节度使李罕之和张全义关系亲密，后来听说张全义非常勤俭，而且自己亲自种田，就笑他是庄稼汉，而且多次向张全义征求粮食和布帛。张全义勉强供应，李罕之还是不满足，竟然派兵抢掠，而且带兵攻下了绛州，转而进攻晋州。河南的将领不无愤怒，于是都怂恿张全义夜袭河阳。张全义攻下河阳，李罕之跳墙逃走，张全义把李罕之的家属全都抓住了，并自己兼任河阳节度使。李罕之逃奔到泽州，借李克用的兵马，进攻河阳，朱全忠发兵来救，击退河东军，命令丁会为留后，仍让张全义任河南令。张全义深感朱全忠之恩，一心依附朱全忠。

河中牙将常行儒作乱，杀死了王重荣，王重荣的弟弟王重盈为哥哥报仇，杀死了常行儒。僖宗让王重盈接替哥哥的职位。魏博牙将罗弘信擅自杀掉乐彦桢父子，僖宗也封他为魏博留后。唐朝廷这种赏罚倒置，助长猖狂之风的例子，当时已经见惯不怪。

僖宗从凤翔回到京城，天寿已尽，一病不起。

第九十六回 王师兵败

僖宗回京时已经病重，勉强祭拜过太庙，大赦天下，改光启五年为文德元年，进宫后便躺下了，无力上朝。因为僖宗的儿子年幼，群臣准备立皇弟吉王李保为储君，唯独杨复恭请求立皇上的另一个弟弟寿王李杰。

李杰是懿宗的第七个儿子，懿宗后宫王氏所生，僖宗两次出奔，李杰都跟随左右，深受器重。现在杨复恭一再提议，僖宗当然点头，于是，僖宗下诏，立寿王李杰为皇太弟，代替军国大事。中尉刘季述率领禁兵，迎接寿王住在少阳院，召宰相孔纬、杜让能进见。群臣见寿王李杰体格魁梧，很有一股英气，都觉得他是个有道明君，私下庆幸。

第二天，僖宗驾崩，遗诏命皇太弟继位，改名为李晔。僖宗在位十五年，改元五次，享年仅二十七岁。寿王在灵前继位，称为昭宗，加封宰相孔纬为司空，韦昭度为中书令。韦昭度当初追随田令孜，深得僖宗宠幸，没想到竟当上了宰相。昭宗又封户部侍郎张浚为同平章事。不久，昭宗派韦昭度为西川节度使，兼任招抚制置使。

昭宗为什么突然派韦昭度为西川节度使呢？原来，西川节度使陈敬暄，包庇田令孜、诱杀高仁厚，越来越骄横。利州刺史王建，占据了阆州，和续任东川节度使顾彦朗互相联络，准备暗中对付陈敬暄。陈敬暄找田令孜商量，田令孜说王建是自己的干儿子，可以招降，于是写信招抚。王建果然听话，率领手下精兵一千人和侄子王宗鐬等人，来到鹿头关。哪知陈敬暄又听信参谋李义的话，派人阻止王建，不准他进关。王建不禁大怒，破关而入，直达成都。

田令孜登楼抚慰，让他退兵。王建下拜道："义父既然召我前来，为什么又派兵赶我？我王建只能进不能退，如今只好辞别义父，回去做贼了。"田令孜无话可说，只好回报陈敬暄。陈敬暄登城拒守，王建向顾彦朗那里借得几千士兵，急攻成都，三天也没有攻克，只得退守汉州。陈敬暄上表朝廷，请求发兵讨伐王建。朝廷派宦官出面和解，陈敬暄不听，反而断绝了向朝廷的贡赋。

王建得知消息，正好找到借口，立即上表请求讨伐陈敬暄，说自己愿意戴罪立功，并求借邛州为屯兵的地方。顾彦朗也代他向昭宗申请，昭宗正恨藩镇跋扈，想借此发威，于是派韦昭度出镇西川，召陈敬暄为龙武统军。

陈敬暄拒不接受，昭宗于是割出邛、蜀、黎、雅四州，设置永平军，封王建为节度使，和韦昭度一起讨伐陈敬暄，并宣布陈敬暄的罪状，剥夺他的官职。韦昭度和王建会师进攻，一时没能得手，只好拖延下去。

朱全忠受命讨伐蔡州，多次打败秦宗权，蔡州部将申丛捉住秦宗权，出来投降，朱全忠将秦宗权押送到京师，可巧，这一天昭宗改年号为龙纪，百官庆贺，再加上又抓住了这个多年横行的强盗，更上喜上加喜。

但是，秦宗权的余党孙儒还在到处骚扰，秦彦、毕师铎、郑汉章等人都被他杀了，他还带领部队攻进了广陵。

杨行密逃到庐州，收集残余的部队进攻宣州，宣州的赵锽没想到杨行密会突然杀到，来不及抵抗，再加上粮食没有准备好，只好仓皇出逃，中途被杨行密的部将田頵抓住，宣州城也被杨行密占领。杨行密进入宣州后，其他将领都在争抢金银财宝，只有徐温煮粥散给饥民。朱全忠和赵锽过去有过节，派人去搜查赵锽的下落。杨行密把赵锽斩首后，把人头送给朱全忠，同时上表朝廷，说自己是为国除奸。朝廷也不细细查问问，就封他为宣歙观察使。杨行密转而攻陷常州，刺史杜棱被杀害，杨行密留下田頵把守常州。孙儒又从广陵过来争夺常州，田頵又一次失败逃走，常州又被孙儒占领。就这样，各方势力大战不止，江淮之间遍地狼烟。

朱全忠和李克用之间的仇怨越来越深，两人都想扩大地盘，吞并对方。朱全忠攻下洛、孟等州，李克用也攻下邢、磁、洺各州。朱全忠又勾结云中防御使赫连铎，以及卢龙节度使李匡威，三镇一同上表请求讨伐李克用。

昭宗改称尊号，改龙纪二年为大顺元年。看见三镇送上来的奏折，昭宗召宰相们商议。杜让能等人都不同意，其他大臣也大多不赞成攻打李克用，只有张浚极力主张道："先帝两次被迫离京，都是沙陀兵所为，臣一直担心他们会和河朔地区勾结，现在两河的藩镇共同请求讨伐他，这正是千载难逢的机会，机不可失，愿陛下把兵权给臣，臣只要半个月就可以扫平李克用。"

杨复恭反驳道："先帝南迁，虽然是由于藩镇跋扈，但朝中大臣处置问题不当，也有责任。现在国家刚刚太平，怎么能再起战事呢？"昭宗沉吟了半天，才开口说道："李克用有兴复社稷的大功，现在要乘人之危去讨伐，未免不公。"谁知孔纬也赞成张浚的建议，上奏道："陛下所言是一时的大体，张浚所言是为长远打算，还求陛下支持张浚的建议。"

昭宗见两位宰相同意讨伐李克用，而且自己对杨复恭擅权也不满，不想听杨复恭的，于是对张浚和孔纬道："此事事关重大，朕特地交给你们二位处理，千万不要给朝廷抹黑！"随即，昭宗封张浚为河东行营都招讨制置使，封京兆尹孙揆为副使，并且任命朱全忠为南面招讨使，王熔为东面招讨使，李匡威为北面招讨使，赫连铎为副使，出兵讨伐李克用。

张浚奉诏出师，临行前对昭宗说道："等臣先除去外忧，然后再为陛下除去内患。"杨复恭在外面偷听，知道这话和自己有关，于是，杨复恭到长乐陂为张浚饯行，并带上美酒要和张浚欢饮，张浚一再推辞，杨复恭半开玩笑地说道："您这次兵权在握，大军出征，是想要故意摆出这种威风的样子吗？"张浚回答道："等扫平贼寇回来再威风不迟，眼下怎么敢摆什么威风呢？"杨复恭假笑着告别离去。

张浚离开京城西行，朝廷召宣武、镇国、静难、凤翊、保大诸军一同会集晋州。朱全忠乘势进攻昭义。昭义军节度使本来是李克用的堂弟李克修，李克用曾经巡查潞州，因为李克修怠慢，便对他横加责骂，李克修羞惭不已，后来得病死了，弟弟李克恭代替他当了留后。李克恭性情骄傲残暴，不懂军事，牙将安居受作乱，杀死了李克恭，然后写了封书信给朱全忠，说自己愿意归附。于是，朱全忠派河阳留后朱崇节，率军前往潞州受降，到了潞州，安居受已经被众人杀了，别将冯霸拒战不利，率军投奔李克用。

于是，朱崇节顺利地进了潞州城，李克用派部将康君立、李存孝围攻潞州。李存孝是李克用的养子，非常骁勇强悍，他来到城下，和朱崇节交战了两次，朱崇节哪里是他的对手，被杀得大败，退回城中防守，急忙向朱全忠求援。朱全忠派猛将葛从周，率领精骑兵一千名，趁夜突破包围，进入潞州援助，并派别将李谠等人，到泽州进攻李罕之，以牵制李克用，而且上奏催促孙揆迅速支援潞州。

张浚也担心昭义被朱全忠占领，立即请旨，任命孙揆为昭义节度使，催促他赶赴昭义。孙揆从晋州出发，一路上大摆阵势，威风八面。部队来到长子西谷中，忽然冲出一支队伍，为首的是一个少年，手拿铁抓，来到孙揆马前大叫道："孙揆哪里走！"孙揆急切之间想要拔剑招架，谁知已经被来将活捉了去。孙揆的部下想要冲上来救他，都被敌军骑兵杀退，死伤无数。

到底是谁捉住了孙揆呢？原来就是李存孝，李存孝听说孙揆就要到潞州了，就率领三百名骑兵，埋伏在长子谷，伏击孙揆，果然把孙揆捉住了，押送到李克用那里。李克用召孙揆进见，引诱他，想让他投降，并答应让他当河东副使，孙揆愤然道："我是天子的大臣，兵败而死，理所当然，怎么能听你们这些叛贼的呢？"李克用大怒，残忍地杀害了孙揆。接着，李克用又下令让李存孝去救泽州，直达汴州营寨。汴州部将邓季筠自以为骁勇无敌，亲自带兵出战，和李存孝没打几个回合，就被李存孝活捉，余众逃散。李谠也狼狈逃走，李存孝、李罕之又合军追击，斩获汴州军一万多人，一直追到怀州才收兵返回。李罕之仍然驻扎在泽州，李存孝继续进攻潞州，葛从周、朱崇节等人都忌惮李存孝的英勇，也弃城逃走。于是昭义军归李克用所有。李克用任命康君立为昭义留后、李存孝为汾州刺史。李匡威攻打蔚州，也被李克用的养子李嗣源击退。

李嗣源为人谨慎持重、廉洁自律，从不多说自己的功劳，别的将领大多喜欢夸耀自己的战绩，李嗣源却说："你们都喜欢用嘴巴打仗，我李嗣源只会用手打仗。"众将领这才羞愧地退下。

听说汴军节节败退，张浚还不肯班师，率军出了阴地关，李克用派李存孝领兵五千到赵城驻扎。镇国军节度使韩建，夜里率三百精兵，去劫李存孝的大营。没想到，李存孝早有防备，使了一个空城计诱使韩建杀入，等到韩建慌忙退回时，李存孝出兵袭击，亏得韩建策马狂奔，才算侥幸逃生。静难、凤翔各军，听说韩建偷袭失败，都非常害怕，不战而逃，连禁军也溃散了。李存孝乘胜追击，直达晋州西门。张浚出战又打败了，各镇兵马陆续退去，只剩下禁军和宣武军共计一万人闭城防守，不敢再出战。

李存孝攻城三天，眼看就要攻克，他却忽然号令军中，道："张浚是宰相，擒获他也没什么好处，天子的禁军更不应该加害。"于是，李存孝退兵五十里安营扎寨。张浚和韩建这才有机会开城逃回。李存孝占据晋州，又攻占了绛州，并大肆抢掠慈、隰各州。

听说张浚败回，唐朝廷的君臣都很惊慌，只有杨复恭自鸣得意。此时，李克用又连上两表，一再陈冤，说是有人故意加害自己，并表示愿意听从朝廷指挥。

于是，昭宗严惩张浚，把他罢职，孔纬也被牵连免官，昭宗改任兵部侍郎崔昭纬、御史中丞徐彦若为宰相。李克用第二次递上奏折时，昭宗再贬孔纬为均州刺史，张浚为连州刺史，然后专门赐给李克用诏书，让他官复原职，回归晋阳。不久，昭宗又加封李克用为中书令，又贬张浚为绣州司户。张浚到蓝田后，转而投奔华州去依附韩建，并秘密向朱全忠求救。朱全忠上表替张浚鸣冤，昭宗不得已只有听之任之。孔纬到商州后又跑回来，也寄居在华州。

李克用得志，声势越来越强盛，由于他父亲李国昌早已经去世，所以沙陀兵马以及代北的将士全部归李克用管辖。李克用转攻云州，赫连铎败走吐谷浑，后来被李克用追上杀死。李克用又转攻王熔，由于李匡威出兵解救王熔，李克用才没有穷追猛打，只是饱掠一番，得意而回。

朱全忠想要进攻李克用，想借道魏博，罗弘信不同意，于是，朱全忠派丁会、葛从周袭击魏州，自己亲率大军继续进兵，五战五捷。罗弘信不得已只好求和，朱全忠这才撤军。从此，魏州依附汴州。徐州节度使时溥也和朱全忠闹翻，双方多次开战，一时间，东南西北，群雄逐鹿，真不知道究竟是谁的天下了！

韦昭度、王建两军奉旨西征。韦昭度毫无韬略，只知道沿途故意拖延逗留，一切军事方面的事宜，全听王建的处置。王建率军攻占了邛州，招降了西川大将杨儒，杀死了刺史毛湘，又平定了简、资、嘉、定四州，大军进逼成都，却累攻不下。

韦昭度率领着各道兵马十几万人故意逗留不进，还请求赦免陈敬暄的罪过，并撤回各道兵马。朝廷居然同意，按韦昭度的意思下了诏书，令王建等人率兵返回藩镇。王建接到诏书，愤然长叹道："眼看就要大功告成，为什么要撤兵呢？"参谋周庠在旁边建议道："将军为什么不先请韦公还朝，然后自己攻打成都，成就霸业呢？"王建点头称赞，当即上表，称陈敬暄和田令孜罪不可赦，臣愿意完成使命，为国除害。

同时，王建又劝韦昭度道："关东的藩镇互相吞并，这是心腹大患，大人您应该早回朝堂，和天子一起谋划怎么平定关东，陈敬暄只不过是小毛病，只要全权交给我王建去办理，很快就可以解决。"韦昭度有点犹豫不决。王建抓住韦昭度最信任的属下骆保，把他的肉割下来煮着吃，说他犯了私盗军粮的大罪。韦昭度非常害怕，于是称病回朝，把印节都交给了王建。

王建和韦昭度分别后，奋力攻城，陈敬暄抵挡不住，田令孜登上城头对王建说道："老夫从前待你不薄，你为什么苦苦相逼呢？"王建回答道："父子大恩，王建不敢忘，但朝廷命我王建来此，无非是因为陈公拒命，不得不奉命行事。"田令孜下城，找陈敬暄商量，陈敬暄无可奈何，只好开城投降，并献出节度使的旌节印信。

王建率军进城，自称西川留后，把陈敬暄派到新津，给他一个县的租税，然后奏称收复了成都，陈敬暄自甘退让，应该让他的儿子陈陶就任雅州刺史。昭宗当然照准，并封王建为西川节度使。

东川节度使顾彦朗病逝，军中推顾彦朗的弟弟顾彦晖为留后，顾彦晖上奏朝廷，秉明情况后，也被朝廷任命为节度使，并赐给节度使的旌节印信。朝廷的使臣宋道弼带着诏书，离开京城，中途被山南西道节度使杨守亮扣押，这个杨守亮还发兵攻打东川。

杨守亮姓訾，因为拜杨复恭为义父，所以冒姓杨，杨守亮以前是扈跸都将，后来得以镇守山南，这全是杨复恭一手提拔。杨复恭独揽大权，各位义子又都在各藩镇驻守，他同时又收养了宦官六百人，这些人大多被安插在禁军中，这样内外勾结，威风无比。

昭宗的舅舅王瓌请求当节度使，杨复恭不答应，王瓌就怒骂杨复恭，杨复恭假意同意他当节度使，然后奏请王瓌任黔南节度使。等到王瓌走到桔柏津时，却被杨守亮在中流挡住，拨翻了王瓌的船，导致王瓌落水溺死。昭宗听到噩耗，也怀疑是杨复恭主使的，这时，正巧天威都将李顺节也将杨复恭的阴谋禀告了昭宗。诏宗大怒，贬杨复恭为凤翔监军，杨复恭称病不去上任，说自己愿意退休回家。于是，朝廷下旨赐他上将军，让他退休回家。

杨复恭的住所靠近玉山营，杨复恭养子杨守信是玉山军使，杨复恭和他一起密谋作乱。昭宗听说这件事后，亲自来到安喜门，命令李顺节等人，攻打杨复恭的府第。杨复恭和杨守信只好带领家眷来到兴元，去投靠杨守亮。杨守亮决定造反，他抓住宋道弼，并派绵州刺史杨守厚去攻打东川。东川节度使顾彦晖急忙求王建救援，王建发兵到梓州，杨守厚才退兵。杨守亮以讨伐李顺节为借口，想从金商通道，袭击京师。幸亏金州防御使冯行袭在半路上截击，大败杨守亮，他才没有得逞。

杨守亮、杨守厚都是杨复恭的养子，就连天威都将李顺节，原名叫作杨守立，也是杨复恭的义子。昭宗担心杨守立好勇作乱，特地召为侍卫，赐姓名为李顺节，让他掌管六军钥匙，提升为天威都将，目的是加以笼络。李顺节骤然富贵，开始和杨复恭争权，所以杨复恭的密谋，大多由李顺节告知朝廷。

后来，杨复恭被逐出朝廷，李顺节越发骄横，出入宫廷都带兵相随。中尉刘景宣等大臣多次被他侮辱，于是连连上奏昭宗，请求除掉李顺节，昭宗同意。刘景宣等人便引诱李顺节来到银台门，把他杀死，百官都拍手称贺。昭宗也颇感欣慰，于大顺三年正月改年号为景福。

凤翔节度使李茂贞、静难节度使王行瑜、镇国节度使韩建、同州节度使王行约、秦州节度使李茂庄相继上表，说杨守亮接纳叛臣杨复恭，请求出兵征讨。王行瑜等人又请求加封李茂贞为山南西道招讨使。

昭宗接到各表，召集群臣商议，大家都说李茂贞如果得到山南，恐怕就无法再控制了，不如下诏和解。昭宗颁诏说要和解，五个节度使纷纷抗命。李茂贞、王行瑜竟然擅自发兵攻打兴元，然后由李茂贞上表，自求招讨使职衔，而且奉上杜让能、西门军遂的手书，手书里面有埋怨诽谤朝廷的话。昭宗忍耐不住，再次召群臣商议，宰相大多面面相觑，不敢发言。昭宗不得已封李茂贞为招讨使。

李茂贞进兵攻占兴元，杨复恭和杨守亮等人全部逃往阆州，李茂贞又自请镇守兴元。朝廷特改任李茂贞为山南西道节度使，将他凤翔节度使的职务撤销。可是李茂贞不肯奉命，昭宗无计可施，只好含含糊糊地拖延过去。

这时，成德节度使王熔被李克用带兵进攻。卢龙节度使李匡威率兵去援助王熔，击退了李克用。李匡威带兵返回，没想到走到半路上，他的弟弟李匡筹竟然占领官府，自称留后，不想让李匡威回镇，并且用兵符追回兵马。李匡威的部下闻风而散。

这时，李匡威退路已断，没办法只有逃奔镇州，这也算是李匡威自作自受，这到底是怎么回事呢？原来，李匡筹的妻子很漂亮，李匡威很羡慕，只是因为李匡筹在身边，没办法下手。后来找了个机会，趁着李匡筹夫妻喝醉了，将弟弟的妻子给奸污了，李匡筹从此恨极了哥哥李匡威，因此才有了这件事。李匡威逃到镇州，王熔像父亲一样敬重他，不想这李匡威又想要算计王熔，镇州人不服，杀死了李匡威。

李匡筹听到消息非常高兴，于是安心占有幽州。幽州部将刘仁恭，先前由李匡威派遣，驻守蔚州，过了时间也没人去替代，现在刘仁恭听说李匡筹擅自立自己为留后，也带兵进攻幽州，失利后投奔河东，依附李克用。

此时，杨行密袭击并杀死了孙儒，被封为淮南节度使。朱全忠攻下徐州，感化节度使时溥，登上燕子楼，全家自焚。王建杀死陈敬暄、田令孜，上奏朝廷，只说陈敬暄谋反，田令孜私通凤翔。

昭宗也无可奈何，只好置之不理。福建观察使陈岩病逝，都将范晖自称留后，范晖骄狂不仁，被王潮攻击而死。王潮代替他当了观察使，不久又想要当节度使。就这样，整个中原群雄角逐，分崩离析。

到了景福二年的秋天，李茂贞抗旨不遵，公然责备昭宗。昭宗恼羞成怒，把来表摔在地上，准备再次出兵。

第九十七回 三镇再叛

李茂贞自认为有功，不但骄横跋扈不听王命，而且上表讥讽昭宗，说昭宗软弱无能，连一个太监杨得恭都对付不了，对待藩镇，也只会唯唯诺诺，没有一点力度，这个皇帝当得太窝囊。

昭宗看完，禁不住怒火中烧，当时就打算发兵征讨，让宰相杜让能专管兵事。杜让能进谏道："陛下初登皇位，国家还不太平，李茂贞近在国门，不能和他结怨，万一出兵不利，恐怕后悔莫及。"昭宗叹息，道："朝廷地位一天不如一天，下面的人都不把皇命放在眼里了，朕不能眼看着这样不管。爱卿你只需要替朕调集兵马，运输粮饷，朕自然会委派各位王爷出兵，成败和爱卿无关。"

杜让能知道劝不住，只有说道："陛下就算一定要出兵讨伐，也应该和各位大臣一起商量，集思广益，不应该把这么大的事专门委托给臣一个人。"

昭宗道："爱卿身居宰相之职，和朕休戚相关，不能因为怕困难而逃避。"杜让能哭着说："臣怎么敢因为害怕而逃避？但现在形势不允许，只怕日后就算我白白当了一回晁错，却不能消除七国之祸，所以有些犹豫不决。如果陛下一定要把这件事交给臣，臣怎么敢不奉命，以死报国呢？"

昭宗听了这话，这才高兴起来，命令杜让能在中书省常驻办公，计划调度，因此，杜让能一个月也没有回家。

偏偏另一位宰相崔昭纬暗中勾结邠、岐节度使，替做耳目，杜让能早晨说的话，两个藩镇晚上就能知道。李茂贞还派人偷偷混进京城，聚众为自己鸣冤，并向朝中大臣投掷石块。昭宗大怒，立即任命覃王李嗣周为京西招讨使，神策大将军李鐬为副使，讨伐李茂贞，又派出宰相徐彦若为凤翔节度使，命令李嗣周带着三万禁军，送徐彦若赴任，然后出兵驻扎在兴平。

李茂贞联合王行瑜的军队，一共六万人，来到枧屋，抵抗禁军。禁军大多是新招募的少年，哪里打得过两镇的雄兵？一听说两镇兵来了，没等开战就先怕了。等到李茂贞等人进逼兴平，禁军多数已经吓跑了。李嗣周和李鐬也只得逃回京城。

李茂贞乘胜进攻三桥，京师震动，人心惶惶。

这时，宰相崔昭纬偷偷地写信给李茂贞，信上说："出兵并不是皇上的意思，全是杜太尉一人的主意。”于是，李茂贞把军队驻扎在临皋驿，上表列出杜让能的罪状，提出要杀杜让能。昭宗一再罢免杜让能的官职，想保住他的性命，李茂贞却苦苦相逼，一定要把杜让能处死。昭宗无奈，只得把杜让能赐死，连杜让能的弟弟户部侍郎杜弘徽也被迫自尽。

昭宗又召东都留守韦昭度为司徒，御史中丞崔胤为户部侍郎，兼同平章事，加封李茂贞为凤翔节度使，兼山南西道节度使，并升任中书令。王行瑜晋爵为太师，加号尚父，特赐军符铁券，两镇兵马这才撤回。从此，朝廷的一举一动都要受邠、岐二镇控制，完全失去了自主权。

景福三年，昭宗改年号为乾宁，李茂贞带兵上朝，故意炫耀兵力，过了很多天才带兵回到藩镇，没人敢反对。内政大乱，外患更加严重。朝廷任用王师范为平卢节度使，任用钱璆为镇海节度使，任用柳玭为泸州刺史，刘隐为封州刺史，这几个官职由朝廷任命，还算为朝廷保留了一点面子。

其他藩镇根本没把朝廷放在眼里。杨行密擅自攻取庐、歙、舒、泗各州，所任免的官吏根本就没通知朝廷。孙儒的余党刘建锋、马殷向南来到洪州，招集党羽，得到十万多人，攻下潭州，杀死了节度使邓处讷，并自称留后。王建也擅自攻下彭州，杀死了节度使杨晟和马步使安师建。

李克用曾经为养子李存孝上表，请求让他任邢、洺、磁州的节度使。没想到李存孝却被兄弟李存信陷害，无处申诉，不得已暗中勾结王熔和朱全忠，背叛了李克用。李克用亲自带兵围攻邢州，李存孝防守了一年，最后城中粮食没了，这才不得不出来，向李克用谢罪。李克用将他拿下后押回晋阳，准备用车裂之刑将他处死。李存孝骁勇绝伦，李克用很是怜惜，心想用刑时众将必然为李存孝求情，偏偏众将嫉妒李存孝，没有一个人求情，可怜这样一员猛将，就这样命丧黄泉了。李存孝的部将薛阿檀，勇猛不亚于李存孝，因为和李存孝一起策划反叛，害怕事情败露，也自杀了。

李克用失去二人，心中非常难受，好几天不理军事。过了半年，李匡筹屡次侵犯河东，李克用这才重新振作，出师北伐，攻占武州，收降新州，连败李匡筹的兵马，直捣幽州。李匡筹仓皇逃往沧州，被义昌节度使卢彦威所杀。幽州军民，开城欢迎河东军。李克用来到节度使府，命令刘仁恭和养子李存审处理后事，又上表推荐刘仁恭为卢龙节度使，朝廷不敢不从。

这时，护国节度使王重盈病逝，军中推举王重荣的养子王珂为留后。王珂是王重荣哥哥的儿子，王重荣收为养子。王重盈的儿子王珙曾当过保义节度使，他联合弟弟晋州刺史王瑶，一起和王珂争夺继位。

王珂是李克用的女婿，当然向李克用告急，李克用为王珂说话，向朝廷请封节度使。朝廷准许王珂为留后。王珙和王瑶不肯罢休，就贿赂王行瑜、李茂贞和韩建三帅，于是，三帅上表，称王珂不是王重盈的儿子，不应当继承。昭宗回答说，已经先答应了李克用的请求，不便食言。三帅心里当然很不痛快。

当时，李茂贞刚刚攻下阆州，赶走了杨复恭。韩建抓住了杨复恭及其余党多人，上奏昭宗，然后一并斩首。两镇立下大功，声望大增。偏偏在王珂、王珙争位一事上，三个节度使联名上奏，竟碰了一鼻子灰，面子上很过不去。王珙更是派人挑拨三帅，说道："王珂和河东李克用联姻，将来必定对您三位不利，不如先下手为强，找个机会讨伐河东！"

于是，王行瑜首先发兵，派弟弟同州刺吏王行约，攻打河中，自己和李茂贞及王建，各率精骑数千人进京。

三帅到了京城门外，列开阵营。昭宗登上安福门，在城上俯身问道："卿等不经过奏请，就带兵闯入京城，想要干什么？如果不能听从朕的调遣，就请你们退位让贤。"王行瑜、李茂贞听了这话，一时哑口无言。只有韩建说了几句进京的理由，昭宗传旨赐宴。三帅酒宴之后，又提出要废掉宰相韦昭度，处死前宰相李谿。昭宗不愿答应，又不敢毅然拒绝，只得用"从长计议"四个字来对付三帅。没想到，这三帅出了殿门，竟然招呼手下，捕杀韦昭度和李谿以及枢密使康尚弼等人，又提出封王珙为河中节度使，把王珂迁到同州。昭宗被他们胁迫，只好暂时答应。三帅又密谋废帝，打算另立昭宗的弟弟吉王李保为帝。

这时，忽然听说李克用起兵勤王，眼看就要入关了，三帅都各怀戒心，于是，三帅各自留兵三千人防卫京城，然后匆匆返回本镇去了。

后来，昭宗得知三帅起兵犯上是崔昭纬暗中怂恿，就决定换掉这个宰相，再起用孔纬为同平章事，张浚为诸道租庸使。听说张浚又要被重新任用，李克用立即上表抗议，表中甚至有"张浚早晨被封为宰相，我晚上就带兵回京城"这样的话。昭宗派人抚慰，表示并没有让张浚当宰相。李克用又上表说王行瑜、李茂贞、韩建带兵犯上，残杀大臣，罪该万死，自己愿意带兵南下，为国讨贼。然后，李克用写下讨伐文书送到三镇，斥责他们的罪状。王行瑜等人全都惊惶失措，李克用长驱直入来到绛州，刺史王瑶闭城守御，相持十天，被李克用攻破，斩首示众。接着，李克用进兵河中，王珂在路边迎接，李克用来不及进城，立即率军赶赴同州，王行约弃城逃走。

王行约的弟弟王行实，当时是左军指挥使，他想劫持昭宗到邠州，就奏称京师附近已经被攻破，李克用要造反，请圣驾转到邠州。右军指挥使李继鹏和枢密使骆全瓘却请昭宗去凤翔。昭宗道："李克用的军队现在还驻扎在河中，就算来了，朕自有办法对付，卿等只需要各自按抚好自己的部队，不要动摇才好。"两人这才怏怏退下。

李继鹏本来姓阎名珪，因为拜李茂贞为义父，所以改名易姓。骆全瓘和李继鹏等人正在安排，预备劫持昭宗去凤翔。这件事被中尉刘景宣知道后，告诉了王行实。王行实也预备把皇上劫持到邠州。

到了傍晚，李继鹏又来请昭宗出发，昭宗不肯。谁知，王行实竟然招来王行约，带领左军攻打右军，两边厮杀，喊杀声震天。昭宗知道情况下，急忙登上奉天楼，传旨让他们两边停下来不要厮杀，并且令命都头李筠，率部下士兵，到楼前守卫。

李继鹏竟然带领凤翔兵，进攻李筠，箭划过昭宗的衣服，扎在楼柱上。左右慌忙扶昭宗下楼，李继鹏又纵火焚烧宫门，烟尘蔽日，宫中大乱。幸亏京城还有盐州六都兵马驻扎，昭宗急忙调来防卫，左右两军才相继退走。昭宗到李筠的军营避乱，护驾都头李居实率兵赶到，昭宗才稍稍放心。

不久，又有谣言传来，说王行瑜和李茂贞要进京迎接圣驾。昭宗担心被他们胁迫，于是命令李筠和李居实两人带兵护驾，出了京城，绕过南山，寄宿在莎城镇。官吏和百姓追随圣驾，约有数十万人，一路上又饥又渴，加上担惊受怕，到了莎城镇，已经死掉三分之一。夜里又遭盗贼抢劫，官吏和百姓哭声遍野。文武百官大多没跟上圣驾，只有户部尚书薛王李知柔陪侍左右，昭宗任命他为中书令兼置顿使。不久，崔昭纬等人也来到了莎城，昭宗又移驾到了石门镇。

听说昭宗出逃，李克用派判官王瓌打探行踪，自己带兵攻打华州。韩建登城对李克用说道："我对将军没有失礼，将军为什么攻打我？"李克用应声答道："你身为人臣，逼迫天子，如果这叫有礼，什么叫无礼呢？"说完就指挥军队进攻。韩建也极力防守，双方相持不下。

这时，宦官郗延昱带着圣旨，来到李克用军中，报称邠、岐二镇有劫驾的意图，请即刻救驾。李克用听后放弃了对华州的进攻，移兵驻扎在渭桥。

昭宗又派供奉官张承业，去见李克用，李克用把他留下来做监军，然后派部将李存贞为先锋，又派史俨统领三千骑兵，到石门镇护驾，再命令李存信、李存审，会同保大节度使李思存，去梨园寨攻打王行瑜，擒住敌将王令陶等人，押送行宫。

李茂贞听到消息很害怕，急忙召回李继鹏，把他斩首，将人头传到石门镇，上表谢罪，并且遣人向李克用求和。昭宗也派延王李戒丕，去告知李克用，让他暂时放过李茂贞，专门征讨王行瑜。李克用领命，派儿子李存勖回报昭宗。

李存勖年仅十一，相貌魁梧，昭宗称他是奇儿，并用手摸着他的头顶道："你一定是国家的栋梁，今后一定要尽忠朝廷。"李存勖拜谢而回。昭宗当即任命李克用为邠宁四面行营都招讨使，保大节度使李思存为北面招讨使，定难节度使李思谏为东面招讨使，彰义节度使张鐇为西面招讨使，一同讨伐王行瑜。

李克用再次上表请圣驾回京，并愿调拨骑兵三千，驻守京城三桥，防御京师，昭宗这才回都。

到了京城，宫殿被烧毁，还没有修建好，没办法昭宗只好寄居在尚书省。百官随驾奔波，颠沛流离，大多面色憔悴，形色苍凉。宰相孔纬在途中染上风寒，不久病死。昭宗又提拔了几个宰相，可惜都不能称职。只有王抟比较有名望，但势单力薄，也无济于事。昭宗只能加封李克用为行营都统，兼任昭义节度使，封李罕之为检校侍中，兼行营副都统，而且特意把后宫中的魏国夫人陈氏赐给李克用。

陈氏才色双全，李克用非常喜爱，当然感恩图报，愿意以死效忠。随后，和邠宁军交战多次，战无不胜。李克用又命令李罕之、李存信等人急攻梨园，堵绝敌军粮道。城中没粮可吃，自然溃散。李罕之等人纵兵出击，歼敌一万多人，并抓住了王行瑜的儿子王知进和大将李元福。李克用亲自去督战，王行约、王行实等人相继逃去。

王行瑜率领五千精兵退守龙泉寨，并且派人到凤翔告急。李茂贞发兵五千去援救，半路上却遇到沙陀将士风卷残云一般杀来，顷刻间被杀得四散奔逃。王行瑜又弃寨进入邠州，李克用追到城下，王行瑜登城大哭，对李克用道："我本来没罪，胁迫皇上的事都是李茂贞和李继鹏干的，请将军讨伐凤翔，我愿意绑上自己上朝谢罪。"李克用答道："王将军何必谦虚呢？我奉旨讨伐三贼臣，其中就有你的大名，你想自己去请罪，我却不敢擅自答应啊。"王行瑜知道大势已去，半夜里带着家眷逃走。李克用进入邠州，封上府库，安抚居民，禁止士兵四处骚扰百姓，百姓赞不绝口。王行瑜逃到庆州境内，被部下所杀，人头传到京师，邠宁平定。

李克用退兵回到渭北，昭宗封李克用为晋王，加封李罕之兼任侍中，让河东大将盖寓任容管观察使，其余李克用的子弟及部将，全部论功行赏。

李克用派书记李袭吉上朝谢恩，并趁机上奏道："近来天下不太平，强悍的臣子嚣张跋扈，如果我们乘着这次打胜仗的气势，顺势取下凤翔，这可是一劳永逸的好事。臣现在正在渭北驻军，听候朝廷的调派。"

昭宗却迟疑不决，担心李克用强盛，自己再受挟制，于是就给李克用回复诏书，嘉奖他的忠勇，又写道："跋扈不臣的只有一个王行瑜，李茂贞和韩建最近已经悔罪，现在应该休兵养民，不宜再战。"李克用这才停止进攻，私底下对使臣说："朝廷似乎怀疑我有异心，其实我只是担心李茂贞不除，关中永无宁日。"

李克用撤兵后，李茂贞仍然骄横如故，河西众多州县被他占据。还有浙东威胜节度使董昌，野心膨胀，想让朝廷封他为越王，朝廷没有允许，他竟然自称大越罗平国皇帝，改年号顺天，让手下人称他为圣人。

新任镇海节度使钱镠上表，称董昌叛逆，不可不杀。昭宗于是任命钱镠为浙东招讨使，让他带兵攻打董昌。钱镠派部将顾全武、许再思等人，进兵浙东，董昌发兵迎战，屡战屡败，最终被杀死，全家三百多人被诛杀。钱镠把董昌的人头献上京师。浙东才恢复太平。昭宗加封钱镠兼职中书令，贬宰相王搏为威胜节度使。钱镠鼓动两浙官吏和百姓共同上表，请求朝廷让自己兼领浙东。昭宗不得已仍然留王搏为宰相，任命钱镠为镇海、威胜两军节度使，改威胜军为镇东军。钱镠又派顾全武等人收复苏州，淮南兵逃走。从此，吴越一带成为钱氏的地盘。

第九十八回 刘太监废主

李克用从晋阳撤兵时，朱全忠正在攻打兖、郓二州。兖、郓是天平军的属地，节度使朱瑄兄弟曾经帮助朱全忠，击败秦宗权，朱全忠和他们约为兄弟，结成了同盟。朱全忠兼并了徐州后，一心想要吞并兖、郓，只是苦于没有借口，不便出兵。后来，朱全忠想到了一条妙计，诬陷朱瑄，说他利诱宣武军兵，阴谋造反。朱瑄怎么肯平白无故地被人冤枉，自然写信争辩。朱全忠立即派部将朱珍、葛从周袭击曹州，并夺取濮州。从此，河东一带连年战争，胜负不定。

乾宁二年，朱全忠大举进攻兖州，朱瑄派部将贺瓌、柳存、薛怀宝率军一万多人前去袭击曹州，没想到被朱全忠知道消息，连夜派人去追，贺瓌、柳存和薛怀宝在巨野南被擒获，兖军被擒获的有三千多人。朱全忠再次来到兖州城下，看见朱瑾在巡城，就把抓到的俘虏推了出来，指着他们对朱瑾说："你的哥哥已经败了，你还不快投降？"因为没听到郓州失陷的消息，朱瑾料到是朱全忠说了谎话，于是，朱瑾将计就计，假意说自己愿意投降。朱全忠大喜，派使者朱琼去受降。

朱瑾身披铠甲出城，立马桥上，让猛将董怀进埋伏在桥下，等朱琼一到，就突然杀出，把朱琼抓进了城。不一会儿，朱琼的人头就被扔出城外。朱全忠大怒，也把柳存和薛怀宝杀死，因为贺瓌勇猛过人，不舍得杀，留为己用，然后带兵回镇，只命葛从周继续屯兵在兖州。

听说兖州被围，情况紧急，朱瑄多次派使者到河东，请李克用出兵救援。李克用发了几千兵马，派史俨、李承嗣为将，借道魏州，去援助兖、郓二州，继而又派李存信率领一万骑兵作为后应，再次向魏州借道。魏博节使罗弘信开始时非常支持李克用，顺利放过史俨的兵马，等到李存信快要到时，他却接到朱全忠的书信，说李克用想要吞并河北，不要中了他假途灭虢的诡计。罗弘信信以为真，于是发兵三万，夜袭李存信。李存信毫无防备，当即被杀得大败，物资粮草和各种器械，全都丢得干干净净。

李克用见李存信逃回，才知道罗弘信归附了朱全忠，便兴兵前去进攻魏博。朱全忠正派大将庞师古，会同葛从周的军队，进攻郓州，一听说李克用攻打魏博，急忙调葛从周赶赴洹水，援助魏博。

李克用带兵进攻葛从周，葛从周命令士兵们挖了很多深坑，然后引河东将士来追击，结果李克用的士兵很多人掉进坑里，被抓去不少。李克用一时性起，骑着马去救援，谁知道一脚踏空，也掉进坑里，险些被汴军所擒。幸亏李克用眼明手快，拈弓射死一名汴州的将领，这才脱险逃回。于是，李克用只好率领河东军撤退。

河东兵退去后，葛从周又继续进攻兖、郓二州，连破朱瑄兄弟，兖、郓的地界几乎全部被汴军占据。李克用再次发兵救援，却被魏军阻截，无法前进。

朱全忠又命庞、葛二将，合力攻打郓州，朱瑄兵少粮尽，不敢再出战，只是凿濠引水，做成护城河，巩固防守。庞师古等人趁夜修筑浮桥，冒险渡过护城河，直逼城下。朱瑄料到守不住，弃城逃奔到中都。葛从周带兵追击，朱瑄被野人捉住，献到葛从周军中。朱全忠占据郓城，任命庞师古为天平军留后，葛从周押送回朱瑄后，又命令葛从周袭击兖州。

朱瑾正担心城中缺粮，于是留下部将唐怀贞守城，自己和河东将领史李承嗣，一同出外劫掠，接济军需。唐怀贞孤立无援，突然听说汴军来了，大惊失色，只好开城投降。葛从周攻进兖州，抓到了朱瑾的妻子，并将她送往郓城。

朱瑾的妻子颇有姿色，朱全忠起了歹念，强行霸占，淫乱了几天，才带兵返回汴州。到了封邱，正碰上爱妻张氏带人来迎接。这位张夫人祖籍砀山，很有智略，朱全忠非常敬畏，军府大事必经夫人参谋。这次朱全忠因为心中有鬼，见到妻子时不禁带着三分惭愧。张夫人瞧破了机关，稍加盘问，就得知朱全忠已经强占了朱瑾的妻子，便笑着说："妾虽然是妇人，却不会嫉妒，何妨请来见见。"朱全忠找来朱瑾的妻子见面，张夫人拉着朱瑾妻子的手，哭道："兖、郓将领和我丈夫本是同姓，约为兄弟，因为小事起了摩擦，最后动了刀兵，让妹妹受辱，将来汴州失守，恐怕我也不免像妹妹一样下场啊！"

这一番话，说得朱瑾的妻子无地自容，泪如雨下。朱全忠也自觉羞愧，汗流满面，只好送朱瑾的妻子到佛寺当尼姑，并斩了朱瑄。从此郓、齐、曹、棣、兖、沂、密、徐、宿、陈、许、郑、滑、濮各州，全都归了朱全忠。只有王师范保有淄青一道，还算独立，但也和朱全忠通好，不敢擅自行动。

朱瑾见兖、郓二州都丢了，走投无路，只好和史俨、李承嗣带领残兵败将，去投奔杨行密。杨行密到高邮迎接，并上表请求封朱瑾为武宁节度使。淮南兵过去只善于水战，骑射都不熟练，现在得到河东兖、郓的兵马，水陆兼备，军威大振。

听说杨行密收留朱瑾，朱全忠就发兵袭击，派庞师古屯兵清口，葛从周屯兵安丰，自己带领中军屯兵宿州。杨行密和朱瑾统兵三万，出兵抵抗汴军。

朱瑾听说庞师古的营地地势比较低下，就打算决淮河水灌入敌营，于是向杨行密献计。杨行密打算先进攻寿州，李承嗣建议说："朱公的计划非常好，清口一旦破敌，朱全忠的兵马势必士气大落，咱们就不需要进军了。"杨行密于是依照朱瑾的建议行事。

朱瑾让士兵偷偷地引来淮河水，有人报告庞师古，庞师古还说这是妖言惑众，将报信的人杀死。等到朱瑾率军逼近大营，庞师古才仓促迎战，这时，正碰上淮河水涌来，军营全淹没了，士兵们惊慌失措，庞师古也乱了方寸，不料这时候，杨行密又率大军杀到，和朱瑾合力夹攻。汴军大败，庞师古死于乱军之中。

葛从周听到败报后吓得连忙退兵，又被杨行密等人乘胜追击，差一点全军覆没，朱全忠也扫兴退兵。

杨行密设宴款待众将，称李承嗣很有谋略，上表请求封他为镇海节度使，对史俨的赏赐也很丰富，各自赐给他们宅第和姬妾，两人非常感激，尽心为杨行密效力，并多次立功。李克用也派人写信，请求杨行密退还史俨和李承嗣二人，杨行密留住不放，回信中只说等日后再让他们回去。从此，杨行密得以占据江淮，朱全忠也不能和他争锋了。

梧州司马崔昭纬被贬后，沿途逗留，不肯去往被贬之地。同时，武安军正发生乱事，节度使刘建锋，私通亲兵陈赡的妻子，被陈赡所杀，军中另立马殷为留后。崔昭纬就以此为借口，推说兵荒马乱，道路难走，一面给朱全忠写信，求他挽回，没想到朱全忠置之不理。唐朝廷听说后，就派宦官追到荆南，赐他自尽，大快人心。

李茂贞、韩建两人一直和崔昭纬相互勾结，听说他被赐死，非常生气，都想找机会向昭宗发难。可巧昭宗正在扩充殿后四军，补选数万人入伍，派延王李戒丕等人统领，以护卫皇宫。李茂贞借机上表，诬说延王要带兵讨伐自己，他要带兵上朝说明情况。昭宗看完奏表大惊失色，急忙向河东告急。偏偏远水难救近火，河东方面还没联系上，李茂贞已经率领凤翔兵马，逼近京城。

覃王李嗣周带领卫军，前去阻挡李茂贞，李茂贞连谈判的机会也不给他，直接率领大军杀退李嗣周，直逼长安城下。延王李戒丕建议昭宗投奔太原，昭宗于是草草整装，带着嫔妃、皇子等几十人，偷偷出了都城，跑到渭北。

韩建派儿子韩从允，带着奉表，请昭宗去华州，昭宗知道韩建不怀好意，不肯答应，只是任命韩建为京畿都指挥兼安抚制置，以及催促诸道纲运等使，然后起驾去了富平。韩建再次上表，再三请求，文武官员也不愿意远走他乡，昭宗只好召来韩建，当面商议去留。

韩建来到富平，拜见昭宗，叩头哭着说："如今藩镇跋扈，不止李茂贞一人，陛下如果远去，谁来守护宗庙园陵？臣只怕车驾一旦渡河，就再也没有回来的机会了。如今的华州虽然兵力微弱，但防守关中还绰绰有余，臣在那里已经待了十三年，各种准备充足，而且那里距离长安不远。只要陛下肯屈驾光顾，臣愿意为陛下竭尽全力。"于是，昭宗来到华州，把华州的府衙做了行宫。

昭宗到华州后，韩建立即请求罢免崔胤的宰相职位，改任尚书左丞陆扆为同平章事。王抟也被相继罢免宰相职位，用左谏议大夫朱朴代替。崔胤偷偷地求朱全忠替他想办法，并且教朱全忠营修东都的宫殿，上表迎接皇上的车驾。朱全忠照这个意思上表，极力说崔胤是忠臣，不应该被免职，自己愿意带兵前来迎接圣驾。韩建听后不免惊慌，于是又封崔胤为宰相，并派人告知朱全忠。崔胤重新当上宰相后，又开始排挤陆扆，诬陷他勾结李茂贞。际扆被贬为硖州刺史。

李茂贞率大军进入长安后，放了一把火，将重修的宫殿和街道烧了个精光。昭宗听说后，当即任命宰相孙偓，为凤翔四面行营招讨使，前去讨伐李茂贞。这时，李茂贞却上表请罪，说愿意赞助重修宫室的钱财。

韩建暗中袒护李茂贞，阻止孙偓出兵，而且奏称睦、济、韶、通、彭、韩、仪、陈八位宗室王公，密谋劫持圣驾，去往河中。昭宗半信半疑，召韩建来问，韩建假称有病不来。昭宗没办法，又让八王去找韩建问明情况，韩建又拒绝不见，却再次上谏昭宗，请八位王公回到家中，精选师傅，学习诗书，不准带兵参政。

昭宗身陷虎口，不敢拒绝，只得把八王所领的军兵遣散。韩建又提出撤去殿后四军，昭宗也不敢不听。至此，天子的亲军全部被撤销。

捧日都头李筠，曾经立下大功，韩建诬陷他谋反，请旨将他处死。李筠被冤杀后，韩建还不满足，索性大开杀戒，带兵包围各个王公的府第，拿住覃王李嗣周、延王李戒丕、通王李滋、沂王李禋、彭王李惕、丹王李允以及韶王、韩王、陈王、济王、睦王等十一人，把他们押到石堤谷，诬陷他们造反，然后将他们全部杀害。

然后，韩建又强迫昭宗，立德王李裕为皇太子，李裕是何淑妃所生，韩建讨好何氏，立李裕为皇太子，并请求册封何氏为皇后。从宪宗以来，唐朝好几代都没有立皇后，现在又重新进行册封皇后的大典，但是条件简陋，一切从简。宰相孙偓奉旨不行，被撤去招讨使职位，并罢免相位。朱朴也被罢免，王抟虽然又被封为宰相，却已经没法再维持国政了。

这时，东川被王建吞并，节度使颜彦晖自杀。威武节度使王潮逝世，弟弟王审知代理军府事宜。魏博节度使罗弘信逝世，他的儿子罗绍威自称留后。当时，这些藩镇虽然都上表奏报，但昭宗哪里还敢辩论，不过是有求必应，滥给诏书了事。

回鹘别部庞特勒后裔，以及南诏新任酋长舜化先后上书，唐朝廷也没空搭理，幸好，当时边境各国大多衰微，无力进犯，所以边疆还算安宁。

听说李茂贞又进犯京城，李克用准备再次发兵救援。李茂贞向来害怕李克用，于是假称改过，连连上表谢罪。后来，李茂贞又听说朱全忠在修整洛阳宫，有迎驾的意思，李茂贞急忙上表行宫，提出愿意修复皇宫，迎接昭宗回归长安。

韩建已经和李茂贞串通一气，也劝昭宗回都，于是，昭宗任命韩建为修宫阙使。韩建和李茂贞一同写信到河东，表示愿意和李克用修好。李克用此时正在进攻幽州，乐得答应，于是，韩建等人带着圣驾回了京城。

幽州节度使刘仁恭上任后，李克用派亲兵一千人，监督刘仁恭，所有租赋，除供给军需外，全部输送到晋阳。后来，昭宗出奔华州，李克用向刘仁恭征兵，一同前去救援，刘仁恭不答应，还出言不逊，扣住来使。李克用大怒，亲自率兵去攻打幽州，中途因为喝了酒，被刘仁恭的部将单可及，设下埋伏杀败，逃回晋阳。刘仁恭怕李克用会报复，急忙和朱全忠联络，朱全忠会同幽州、魏博两镇兵马，趁机攻克了邢、洺、磁三州。

昭宗回京后，大赦天下，并颁布罪已诏，改年号为光化，然后任命太子宾客张有孚为河东、汴州宣慰使，替双方和解。李克用想要听从朝廷的意见，朱全忠却不答应。

这时，正巧昭义节度使薛志勤病逝，泽州守将李罕之从泽州进入潞州，把昭义军占为已有。李克用派人前去责问，李罕之联络朱全忠，请他援助自己。朱全忠于是上表，推荐李罕之任昭义节度使。李克用派李嗣昭，袭取泽州，抓住了李罕之的家属，并把他们押送回晋阳。李罕之惊恐成病，最后竟一病不起。

朱全忠急忙派部将贺德伦，代替李罕之，镇守潞州。李嗣昭又移师围攻潞州，贺德伦趁夜逃走，泽、潞二州又重归李克用所有，李克用上表请求封孟迁为留后。

刘仁恭和魏州闹起矛盾，大举进攻贝州。魏博节度使罗绍威，向汴梁求援，朱全忠派部将李思安等人，率兵救援魏博，大破幽州，斩杀刘仁恭的骁将单可及。单可及是刘仁恭的妹夫，骁勇绝伦，绰号单无敌，这次单可及中了李思安的计策，陷入埋伏，兵败身死，这一下幽州军兵士气低落。没办法，刘仁恭只好亲自带兵出战，又被汴州部将葛从周杀退，死伤无数，只有他和儿子刘守文狼狈地逃回来。

葛从周乘胜进攻河东，打败承天军，部将氏叔琮又攻克辽州。李克用派部将周德威，击败氏叔琮，活捉氏叔琮的骁将陈夜叉，氏叔琮逃走，葛从周也撤军了。

保义军叛乱，杀死节度使王珙，另推都将李璠为留后。李璠又被都将朱简所杀。朱简和朱全忠同姓，于是写信向朱全忠求和，改名朱友谦，愿意当朱全忠的干侄子。朱全忠笑着答应来使，从此，陕、虢一带都成了朱全忠的领地。

朱全忠又北攻镇州，成德节度使王熔求和，并献上儿子作为人质。义武节度使王郜，驻守定州，也被朱全忠的部将张存敬打败，逃奔晋阳。兵马使王处直投降朱全忠，用布帛十万匹犒劳朱全忠的部队，朱全忠这才撤军，并为王处直上表，请求节度使之职。从此，河北各镇也沦为朱全忠的地盘，朱全忠的势力已占据中原大半地方，各藩镇都没法比了。

宰相崔胤依靠朱全忠做外援，多次和昭宗策划除掉宦官。枢密使宋道弼、景务修，结党营私，勾结岐、华二镇，抵制崔胤。王抟上奏道："人君应当识大体，不应当意气有事。宦官专权已经有几十年了，谁不知道其中的弊端？但从目前的形势看，很难迅速除掉宦官，应当等外患平息之后，再惩内凶。"

昭宗转告崔胤，崔胤就说王抟依附宦官，千万不能让他当宰相。昭宗又怀疑崔胤心怀不轨，把崔胤免职，让陆扆当了宰相。崔胤怎么肯善罢甘休，于是求朱全忠出头，硬要昭宗贬逐王抟、宋道弼、景务修等人。昭宗只好贬王抟为崖州司户，流放宋道弼到驩州、景务修到爱州，再次任用崔胤为宰相。崔胤更是进一步向昭宗请命，赐王抟等人自尽。

从此，崔胤专权，势震中外。宦官人人自危，又不甘心失败，竟然闯出一场废立皇帝的大祸来。

当时，中尉刘季述统领左军，他曾经和韩建一起谋杀诸王，为人心狠手辣。一次，昭宗夜宴归来，酒后乱性，亲手杀死了几名太监和侍女。第二天快到中午时，昭宗还在后宫酣睡，刘季述竟然带领禁军一千多人，破门而入，问清了事情的经过，然后回到金殿召集文武百官，命令崔胤等人联名上书，说皇上无德，请太子李裕继位监国。

接下来，刘季述带领禁军，大呼小叫地闯进思政殿，杀死宫人多名，继而逼迫昭宗交出传国御玺。刘季述还用银杖敲地，仿佛父亲教训儿子一般数落昭宗："你不听我的话，又不按我说的办，这样的罪过你有几十件，你还有什么话说？"说完，刘季述命令太监把昭宗以及后宫嫔妃、侍从十多人幽禁在少阳院，又亲自上锁，派禁军把守，只在墙上凿了个洞，送水送饭。当时天气寒冷，公主等人没有棉衣，撕心裂肺的哭喊声一直传到宫墙之外。

刘季述迎接太子进宫，假传圣旨让太子李裕继位，改名为李缜，奉昭宗为太上皇，何皇后为皇太后，加封文武百官爵位，重赏将士。以前昭宗宠信的大臣、内侍一律处死。因为担心崔胤到朱全忠那里告密，刘季述派养子刘希度到汴州，答应把唐室江山送给朱全忠。

第九十九回 宦官扫尽悍将引来

刘季述派刘希度来到汴州，情愿把大唐的社稷作为赠品送给朱全忠，而崔胤这时也密召朱全忠，让他进京铲除宦官。

朱全忠看完两封密信，犹豫不决。副使李振进言道："王室有难，正是助您早成霸业的机会，现在您是国家的中流砥柱，刘季述身为太监，竟敢囚禁天子，如果您不能讨伐，将来怎么号令诸侯呢？况且幼主继位，天下大权全归了宦官，如果您不行动，岂不是失去先机了吗？"朱全忠恍然大悟，立即把刘希度拿下，派亲信张玄晖进京，和崔胤共谋除奸。

神策军指挥使孙德昭听说刘季述废帝，非常愤慨。崔胤得知后，就让判官石戬前去游说孙德昭说："自从皇上被幽禁，大臣们没有不切齿痛恨的，现在只有刘季述和孙仲先等几个人作乱，您如果能杀了这两个人，迎接皇上复位，岂不是大功一件，千古留名？要是再犹豫不决，只怕这件大功劳会被别人抢走。"

孙德昭哭着说："在下只不过是一名小校，国家大事怎么敢擅自行动呢？如果相公有命令，德昭一定万死不辞！"石戬立即把情况告诉崔胤，崔胤割断衣带写了封密信，让石戬转交给孙德昭。孙德昭又联系右军都将董彦弼、周承诲等人，在安福门外埋伏下兵马，准备除夕动手。

这时，已经是光化二年的残冬了。转眼就是除夕，宫廷内外全都在团圆守岁，通宵畅饮，孙德昭等人安排士兵，分头潜伏下来。没过多久，天色见亮，鸡声报晓，宦官王仲先骑马上朝，刚到安福门外，就被孙德昭拿下，一刀砍作两段。

孙德昭提着王仲先的首级来到少阳院，叩门大叫道："逆贼已被杀了，请陛下出来慰问将士！"何皇后正和昭宗面对面哭泣，突然听到呼喊声，开始还不相信，问道："逆贼如果真被杀了，首级在哪里？"孙德昭连忙将王仲先的首级从洞中递进来。何皇后拿过来给昭宗看，果然不错，于是昭宗破门而出。

崔胤这时也来了，大家一同请昭宗登上长乐门楼，崔胤率领文武百官前来庆贺。周承诲擒住了刘季述、王彦范，并将他们押到楼下，命人乱棍打死，还诛杀作乱的逆党二十多人，其他几名宦官带着太子藏匿在左军中，并献上传国御玺。

昭宗道："李裕还年弱，又被宦官胁迫，不算罪过，可以回到东宫。"然后，昭宗降李裕为德王，让他恢复原来的名字。

孙德昭被赐名叫做李继昭，周承诲赐名为李继诲，董彦弼也被赐姓李，李继昭加封为静海节度使，李继诲加封为岭南西道节度使，李彦弼加封为宁远节度使，全都兼任同平章事职衔，当时人称“三使相”。昭宗又加封崔胤为司徒，朱全忠为东平王。李茂贞听说昭宗复位，也特地从凤翔进京，昭宗封他为岐王。然后，昭宗改年号为天复，大赏功臣子孙。

崔胤、陆扆联名上奏：“国家祸乱，都由宦官带兵引起，请求陛下任命臣崔胤统领左军，臣陆扆统领右军。这样，宦官不敢作乱，诸侯也不敢进犯京城了，皇上的地位就稳固了。”李茂贞听了这番话，认为崔胤是想除掉各诸侯，大加反对。

昭宗召李继昭、李继诲、李彦弼三人进宫商议，三人说道：“臣等多年任职军中，没听过书生可以当元帅的。而且禁军如果归宰相统领，必然多有变故，不如仍然归大内统领。”于是，昭宗又任命枢密使韩全诲、凤翔监军张彦弘为左右军尉，并起用袁易简、周敬容为枢密使。

李茂贞辞行，还归藩镇，崔胤和李茂贞商议，决定留下三千人马当作京城护卫，监督宦官。李茂贞同意，派养子李继筠为将，率领三千人留京。谏议大夫韩偓道：“留下这支兵马，日后一定会成为国家的祸患。”崔胤不肯听。

很快，半年就过了。昭宗召韩偓问道：“宦官大多作恶多端，该怎么处置呢？”韩偓认为已经错过了斩草除根的时机，现在时过境迁，无法再大肆杀戮，只能处死几个罪大恶极的头目，而且提出当前的主要问题在于藩镇权力太大，朝廷没有实权，如果朝廷逐渐收回实权，宦官则不会掀起大风大浪。

昭宗被韩偓的一番话说得心服口服，也就不想铲除宦官了。崔胤却一直没有放弃努力，逐渐派人夺取宦官的权力。韩全诲等人找昭宗哭诉，求昭宗放过宦官，并且挑选了几个知书达礼的美女，安排到宫中，嘱咐她们探听崔胤的消息。崔胤再有动向，很快就被宦官得知。接着，宦官教唆禁军找皇上喧闹，说崔胤克扣士兵的冬衣。崔胤当时身兼三职，昭宗不得已，只好撤掉崔胤盐铁使的职务。崔胤知道泄漏了机密，害怕引火烧身，不得不向朱全忠求救，求他带兵进京，铲除皇上身边的小人。

朱全忠刚刚拿下了河中的晋、绛等州，斩了王珂，又攻下了河东的沁、泽、潞、辽等州，威震四方，奉旨兼任宣武、宣义、天平、护国节度使。他接到崔胤的书信之后，立即从河中回到大梁，准备马上发兵。

韩全诲听说朱全忠发兵的消息，急忙找李继昭、李继诲、李彦弼，以及李继筠等人阴谋劫驾，找算先去凤翔，李继昭一个人坚决反对，韩全诲等人认为形势迫在眉睫，非行动不可，于是便增兵分别把守宫中各门，对所有进出人员都严格盘查。

昭宗听说后，连忙召韩偓商量，韩偓也想不出什么好办法。韩全诲竟然派人带兵上殿，请昭宗到凤翔避难。昭宗支支吾吾，说等晚上再商量，韩继诲等人暂且退下。昭宗写下封亲笔信，派人偷偷地交给崔胤，里面写着：“我为江山社稷考虑，肯定会到西边去，你们只管到东边去吧！”

当晚，韩全诲见了昭宗，一再胁迫昭宗去凤翔。昭宗不回答，韩全诲退下后，竟然派兵胁迫各位王公和宫中的侍从，起身先去了凤翔。

这时，正好朱全忠有表到来，请昭宗搬迁到东都洛阳。两下交相逼迫，满朝文武大惊失色。

韩全诲等人又带兵上殿，厉声奏道："朱全忠打算劫持天子去洛阳，逼天子禅位，臣等愿意保护陛下到凤翔，然后调兵坚守。"昭宗不同意，拔出剑登上乞巧楼，韩全诲等人也跟随着来到楼上，硬逼着昭宗下楼。昭宗没办法，只好下楼，刚走到寿春殿，李彦弼就已经在皇宫放火，烟火冲天，简直比强盗还要凶悍。昭宗只好和后妃以及各位王公一百多人，出殿上马，边走边哭。一路上吃了很多苦，到了田家碹，李茂贞才来迎驾，把昭宗接到了凤翔。

朱全忠发兵来到赤水，听说昭宗已经离去，就准备撤兵。左仆射张浚建议道："韩建是李茂贞的私党，现在正好顺便去攻取，否则必为后患。"于是，朱全忠带兵去攻打华州，韩建料想自己不是对手，就出城投降，并献上白银三万两补充军需。朱全忠封韩建为忠武节度使，派兵送他上任，并任命前商州刺史李存权为华州刺史。

继而，朱全忠又接到崔胤的来信，请他赶快去迎接圣驾。朱全忠便顺道来到长安，崔胤率领文武百官，到长乐坡迎接。朱全忠进城后，因为李继昭不肯附和逆党，对他格外礼待，任命他为两街制置使，并予以重赏，李继昭把自己的八千部下全部献了出来。朱全忠派判官李择和裴铸，赶赴凤翔上奏，说自己是接到密诏和崔胤写来的书信才率兵上朝。

此时，昭宗已经成了傀儡，一切行动全由韩全诲和李茂贞等做主，昭宗被迫答复朱全忠，只说自己是避灾来到凤翔，并不是宦官劫持的，所有以前的密诏都是崔胤伪造的，还让朱全忠只管回归本镇，不必来凤翔。

李茂贞派部将符道昭，在武功驻军，抵挡朱全忠。朱全忠和崔胤接到伪诏，知道不是出于昭宗的本意，于是，朱全忠派康怀贞领兵数千，作为前军，朱全忠自己亲率大军跟进，向凤翔进发。

康怀贞打败符道昭，大军直抵凤翔城下，朱全忠也随后赶到。李茂贞登上城头对朱全忠说道："天子避灾，并不是因为臣子们无礼，请不要听信谗言。"朱全忠应声答道："韩全诲劫持天子，所以我特地前来问罪，并且迎接圣驾回宫。岐王要是没和他们合谋，何必多做解释。"李茂贞见解释没用，就逼着昭宗登楼，让他自己告诉朱全忠，并让他退兵。

朱全忠本非真心勤王，只不过经不起崔胤苦劝，这才勉强前来，现在，昭宗当面让他退兵，他也乐得听命离开，移师邠州。

邠宁节度使李继徽，本来是李茂贞的养子，他听说朱全忠移师来进攻，没法抵挡，只好出城投降。朱全忠带兵进城，李继徽设宴相待，并且让妻子出来敬酒。

朱全忠见她长得非常美艳，不由得四肢酥麻，心也醉了。等到宴罢回营，心痒难耐，想了半天，终于想出一条计策。天亮后，朱全忠便带兵去再见李继徽，让他恢复本来的姓名杨崇本，仍让他镇守邠州，但必须交出妻子和儿子作为人质，送去河中。

李继徽害怕他的兵威，没办法只好听从。朱全忠带着李继徽的妻子和儿子一同随军退出邠州。突然，听说河东部将李嗣昭从沁州打到晋州，来救援凤翔，接应李茂贞，连忙分兵前去防御，自己却匆匆地回到河中，安置李继徽的妻子和儿子。夜里，朱全忠就把李继徽的妻子召进房里，不管她愿意不愿意，把她宽衣解带，发泄兽欲。

天复元年残冬，河东部将李嗣昭，在平阳击退朱全忠的部下，又会同周德威攻克了慈、隰二州，进逼晋、绛二州。朱全忠连连接到警报，急忙派侄子朱友宁和部将氏叔琮，率精兵十多万攻击河东。河东兵少，还不到汴军的一半，听说汴军大兵压境，吓得斗志全无。周德威出战失利，密令李嗣昭率后军先退，自己率领兵士边战边退。氏叔琮和朱友宁长驱追击，大败河东军，捉住了李克用的儿子李廷鸾。

李克用接到败报，连忙派李存信领兵，前去接应。到了清源，发现河东军大多丢盔弃甲，狼狈逃回，随后就是追赶的汴军。李存信登高远望，只见汴兵漫山遍野，吓得魂飞胆丧，慌忙撤军退回晋阳。汴军攻占了慈、隰、汾三州，乘胜进攻晋阳城。周德威和李嗣昭刚一进城，其余的部下还没完全逃回来，李克用关上城门仓促迎战。李克用巡城俯视，只见氏叔琮等人攻势很猛，不由地长叹道："我不该相信李茂贞，派兵去进攻凤翔，这次被汴军围攻，恐怕城是保不住了。"

于是，李克用召集众将一同商议，想要向北转移到云州。李存信同意这个意见，但李嗣昭、李嗣源和周德威却不同意，一齐劝阻李克用，李克用才改变了主意。李嗣昭和李嗣源多次招募死士，夜袭汴军大营，颇有斩获。汴军被再三惊扰，不得安宁，又因为连降大雨，军中瘟疫流行，氏叔琮等人只得撤兵。李嗣昭和周德威出城追击，又收复了慈、隰、汾三州，河东士气才重新振作。但是，李克用经过这场虚惊，已经不敢主动出击汴军，与汴军相争了。

寄居凤翔半年之后，昭宗任命兵部侍郎卢光启负责行政事务。韩全诲提出罢免崔胤，李茂贞推荐给事中韦贻范为宰相，昭宗不敢不听。然后，李茂贞分道征兵，准备讨伐朱全忠。

因为杨行密占据了江淮地区，朝廷特别降旨，加封他为吴王，兼任讨汴行营都统。王建占据了两川，也由昭宗颁诏，让他出师讨伐汴军，其实这全都是韩全诲和李茂贞强迫昭宗下的旨意。杨行密和王建也是阳奉阴违，打着自己的小算盘。

崔胤因为要被罢免，情急之下哭着请朱全忠救援。于是，朱全忠发兵五万，再次奔赴凤翔。李茂贞出军抗击，在虢县和汴军相遇，双方打了一仗，李茂贞大败逃回。朱全忠进军到凤翔城下，穿上朝服对着城楼，边哭边拜，说："臣只想迎接圣驾回宫，不想和岐王争高低。"然后，朱全忠兵分五寨，围攻凤翔。

李茂贞出兵抗击，屡战屡败。保大节度使李茂勋是李茂贞的弟弟，他得知情况后带兵救援凤翔，被汴军将领康怀贞打败。朱全忠派部将孔勍、李晖乘虚进攻鄜坊，李茂勋进退无路，只好向朱全忠投降，并改名叫周彝。李茂贞的养子李继远、李彦询等人，都投靠了朱全忠，再加上王建又占领了山南各州镇，弄得李茂贞是焦头烂额，孤立无援，每天坐守孤城，愁眉不展。

汴军称城上的人是劫天子的贼，城上的人骂汴军是夺天子的贼，彼此一攻一守，相持了几个月。

最后，凤翔城中粮食吃光了，天气又到了隆冬时节，连下雨雪，城里冻死饿死的人不计其数，人肉每斤值一百个铜钱，狗肉每斤值五百个铜钱，昭宗每天吃的也是这些。昭宗把后宫财物、首饰都拿出来充作军需，但仍然有很多士兵溜出去投降汴军。

李茂贞也无计可施，就密谋诛杀宦官，自赎前罪，于是，李茂贞写信给朱全忠，把过错把归到韩全诲的身上，请朱全忠护驾回都，朱全忠回信表示同意。李茂贞得到回信，马上独自去见昭宗，提出诛杀韩全诲等人，并和朱全忠议和，然后护送圣驾回京。

昭宗当然乐于从命，就派殿中侍御史崔构、供奉官郭遵训带着诏书，去慰问朱全忠，双方秘密订下协议。当时已经是岁末，双方约定以正月为期，杀光宦官。朱全忠应允，让崔构等人回城，并让士兵们放慢攻城速度，就在凤翔行营过了残年。

天复三年正月，李茂贞搜捕韩全诲以及李继筠、李继诲、李彦弼等十六人，将他们一并斩首，改任第五可范为左军中尉，仇承坦为右军中尉，王知古、杨虔朗为枢密使。昭宗派翰林学士韩偓，带上韩全诲等人的首级去汴军大营，朱全忠拜受了圣旨，但围攻的兵马仍然没撤。

李茂贞怀疑崔胤从中作梗，就请昭宗下诏书召崔胤来觐见，并让他率领文武百官到行宫来。没想到崔胤竟然迟迟不来，昭宗连下六七道诏书，还是不见崔胤前来。没办法，昭宗只得让朱全忠写信招来崔胤，于是，朱全忠故意写信给崔胤，信里说道：“我不认识天子，请你快来，帮我辨别真假。”崔胤这才来到凤翔，进城拜见昭宗，请皇上回京。

李茂贞无法挽留，于是请求昭宗把女儿平原公主，赐给自己的儿子为妻。昭宗无奈，只得把平原公主下嫁给李茂贞的儿子李侃，随即启驾出城，来到朱全忠的大营。

崔胤又在昭宗的侍从中搜到宦官七十二人，全部斩首。朱全忠拜见昭宗，痛哭流涕，并叩头请罪。昭宗让韩偓扶起朱全忠，边哭边说：“大唐的江山社稷，全靠爱卿才得安宁，朕和宗族，也全赖爱卿才得以再生，爱卿真可以说是对王室有再造之恩了。”说完解下玉带，赐给朱全忠，朱全忠拜谢，然后派侄子朱友伦带兵，护驾先走，自己带兵断后。圣驾来到兴平，才由崔胤召集文武百官前来迎接昭宗。昭宗又封崔胤为司空，兼同平章事，仍然统领三司。

等到昭宗回京，朱全忠也随后来到。朱全忠和崔胤一起上殿面奏，说宦官带兵干预朝政，危害社稷，建议斩草除根。昭宗唯命是从，任由朱全忠指挥士兵，大肆搜捕宦官，捕到左右中尉以及枢密使等数百人，只留下黄衣小太监三十人打扫宫庭，其余的一律斩首。冤哭声传出很远。接着，昭宗任命崔胤兼管六军。崔胤越来越专权放肆，一心残害异己，并且上奏昭宗，请求让皇子担任诸道兵马元帅，封朱全忠为副帅。

昭宗想要任命德王李裕，崔胤按照朱全忠的密旨，主张立年级小的，于是，崔胤特地提出，任用昭宗的第九个儿子辉王李祚。昭宗不敢拒绝，全部照办，并且加封崔胤为司徒兼侍中，朱全忠晋爵为梁王，赐号“回天再造竭忠守正功臣”，朱全忠的部将们都各有封赏。朱全忠奏请留下步骑兵一万人，戍守京城，任用朱友伦为宿卫使，张廷范为宫苑使，王殷为皇城使，蒋玄晖为卫使，然后，朱全忠才辞别昭宗，回到汴州。

第一百回 朱全忠弑主唐朝灭亡

朱全忠辞行回归藩镇，昭宗在延喜楼亲自设宴，为他饯行。席间昭宗赐朱全忠诗一首，朱全忠也和了一首，又献上《杨柳枝词》五首，这里边无非都是些纸上风光。

朱全忠上奏推荐清海节度使裴枢，说他可以担当大任，并且提到自己和李克用并没有深仇大恨，请昭宗好言抚慰李克用。昭宗自然唯命是从。

朱全忠启程回藩镇，文武百官送他一直到长乐驿，崔胤更是远远地送到灞桥，一直到半夜才返回来。昭宗还派人召崔胤回话，问到朱全忠是否平安，然后摆酒奏乐，一直到快天亮才结束。

李克用听说崔胤受宠，对左右笑道："崔胤外面倚靠强大的藩镇的力量，在内就胁迫柔弱的皇上，权力太重，积下的怨恨必然很多，势必会引发矛盾，国破家亡的日子不远了。"接着又听说朱全忠请求抚慰河东，不禁冷笑道："这家伙想要攻打淄青，害怕我乘虚袭击汴州，所以假装慈悲呢！"

朱全忠为什么要攻打淄青呢？原来，平卢节度使王师范曾接到凤翔伪诏，出兵讨伐朱全忠，攻克了兖州。朱全忠回到汴州时，王师范正派兵围攻齐州。朱全忠派朱友宁援助齐州，打退了王师范，并乘胜攻陷了博昌、临淄二县，直抵青州城下。王师范向淮南求援，杨行密派部将王茂章去救，和王师范共破汴军，追斩朱友宁，汴军伤亡殆尽。朱全忠接报大怒，亲自统兵二十万，日夜兼程向东进发。王师范带兵抗击，大败而回。王茂章的手下也不过只有几千人，眼看支持不住，连忙收兵退回。朱全忠留下杨师厚攻打青州，命令葛从周攻打兖州，自己率其余的军队回到汴州。杨师厚接连打败王师范的部队，捉住了王师范的弟弟王师克，王师范担心弟弟被杀，不得不投降。在王师范的授意下，兖州守将刘鄩也投降了葛从周。朱全忠上表，推荐刘鄩为保大留后，王师范为河阳节度使。谁知，朱友宁的妻子到朱全忠那里哭诉，求朱全忠给自己的丈夫报仇。朱全忠不得已，只好将王师范杀死，并把他一家老小全部杀光。

这时，山南东道节度使赵德諲病逝，他的儿子赵匡凝归附朱全忠，得到朱全忠的推荐，得以继承父亲的职位。赵匡凝让弟弟赵匡明占据荆南，让他做了荆南的留后，每年按时上贡朝廷，也算是各藩镇中的一位忠臣。

因为妻子被朱全忠霸占，邠宁节度使杨崇本心中气愤难平，于是，杨崇本又恢复自己本来的姓名，叫作李继徽，并派使者对李茂贞说道："大唐江山快完了，朱温太猖狂了，义父怎么忍心坐视不管呢？"于是，李茂贞与李继徽合兵一处，进犯京城，逼迫昭宗降罪朱全忠。朱全忠担心他们再次劫驾，特意出兵驻守在河中。

左仆射张浚辞官后住在长水，王师范举兵起事时，想找张浚做参谋，结果没成功，朱全忠担心留下张浚是个祸患，吩咐河南尹张全义，杀掉张浚。张浚的二儿子张格孤身一人逃脱，从荆南逃到四川，投奔王建。这时，王建已经被朝廷晋封为蜀王，他和朱全忠本来就不相容，因此，王建就把张格留在身边，像对待自己子侄一样对他。

朱全忠驻守河中，就想乘势篡夺大唐江山，私下里和崔胤书信往来，表露了自己的心迹。崔胤竟然良心发现，不愿意已从朱全忠，却又不敢明目张胆地反对。于是，他外表仍然和朱全忠亲近，暗中却开始抵制。他向朱全忠提出："长安离李茂贞不远，不可不防，六军十二卫徒有虚名，我愿意去招募兵马补足，使您免去后顾之忧。"这番话被朱全忠看破了意图，表面上应允，私底下却密令手下壮士进京应征，以探查隐情。崔胤还蒙在鼓里，每天和京兆尹郑元规等人，兴高采烈地整治装备。当时，宿卫使朱友伦击球落马，重伤而死，朱全忠怀疑是崔胤干的，就密令张廷范、王殷、蒋元晖等人，查出朱友伦击球时的同伴，杀掉了十几个人，又派侄子朱友谅代管宿卫，并秘密上表，称崔胤专权乱国，请昭宗追查党羽，一并严惩。

昭宗不得已，只好罢免了崔胤的宰相之职，另外加封礼部尚书独孤损，为同平章事，和裴枢一起分管六军三司，又提升兵部尚书崔远、翰林学士柳璨，一同辅政。

崔胤虽然被罢了相，但仍然担任太子少傅，住在京师。不料，朱友谅接到朱全忠的命令，竟然带领长安守军，突然闯进入崔胤的家里，将崔胤砍死，朱友谅又将京兆尹郑元规等人抓来，杀得一个不留。

昭宗正要召问朱友谅，朱全忠的奏折已经送到了京城，他请昭宗迁都洛阳，以免被邠、岐二州牵制。同平章事裴枢也收到了朱全忠的来信，昂然上殿，催促百官出行，第二天，又驱赶百姓奔赴洛阳。可怜京城百姓离乡背井，一路上号哭不断，边哭边骂道："贼臣崔胤，是你招来朱温倾覆了大唐江山，让我们流离失所。"张廷范、朱友谅等人派人监察，发现心怀不满的就狠狠痛打，血流遍地。

昭宗不愿意离开，怎奈前后左右全都变成了朱全忠的心腹，硬要逼着他起驾东行。于是，天复四年正月下旬，昭宗带着后妃及诸王等人，离开长安。车驾刚出京城，张廷范已经接到朱全忠的命令，带兵役拆毁皇宫，以及官家私宅，取得做房子的材料，顺渭河漂流而下，直达洛阳。长安成为废墟，洛阳却大兴土木。

朱全忠征集两河各镇的工匠数万人，命令张全义负责修造东都的宫殿，日夜赶造，所需材料，都是取自长安。昭宗走到华州，百姓们夹道欢呼万岁，昭宗哭道："不要再喊万岁了！朕不能再当你们的君主了！"

二月初，昭宗来到陕州，因为东都宫殿还没有建成，只好暂时停留。朱全忠从河中来朝见，昭宗请他赴宴，并让他与何皇后相见。何皇后捂着脸对朱全忠哭道："从今以后皇上和我就全靠你了。”宴席结束后，朱全忠退下，住在自己在陕州的私宅中。

昭宗任命朱全忠兼管左右神策军，以及六军诸卫事务。朱全忠在自己的私宅中设宴，邀昭宗赴宴，并当面请求，让自己先赶赴洛阳，去督促修理宫殿，昭宗当然同意。昭宗大宴群臣，并替朱全忠饯行。酒过数巡，其他大臣都辞退离开了，留下朱全忠在座，还有忠武节度使韩建在座。何皇后从内室出来，亲自捧着玉杯，劝朱全忠喝酒。这时，后宫的晋国夫人来到昭宗身旁，咬着耳朵说了几句话，朱全忠不免生疑，韩建又偷偷地踩了一下朱全忠的右脚，于是，朱全忠假称喝醉，从宴席上离开。

第二天，朱全忠就奔赴洛阳，临行时，上书奏请改长安军为佑国军，封韩建为佑国节度使。昭宗虽然准奏，心下却暗怀鬼胎，夜里秘密写下诏书，派使者到西川、河东、淮南各处去告急。诏书大意是说“朕被朱全忠逼着迁到洛阳，形同幽禁，一切决定都要他同意，朕的旨意没人听，爱卿等人可以集合各镇兵马，希望快点来救朕”等。

不久，夏天到了，朱全忠上表，称洛阳宫殿已经修好了，请昭宗赶快上路。当时，司天监王墀上奏说，星象有变，时间大约就在秋天，不利于东行。于是，昭宗想拖延到冬天，然后再去洛阳，多次派人去向朱全忠解释，说是皇后刚生完孩子，不便上路，想等到十月再走，而且用医官使阎佑的诊断药方作证据。朱全忠担心昭宗徘徊生变，就派牙将寇彦卿带兵到行宫，狐假虎威，强迫昭宗立即起程。昭宗拗不过他，只好动身。

朱全忠到新安接驾，暗中吩咐医官许昭远，诬告阎佑之、王墀和晋国夫人要谋害元帅，将他们一并处死。自从崔胤被杀后，六军全部消亡，现在御驾左右，全是朱全忠的耳目，皇帝、皇后的一举一动，全在朱全忠的掌握之中。

昭宗在东都的御殿接受朝拜，改年号为天祐，改陕州为兴唐府，又封蒋玄晖、王殷为宣徽南北院使，张廷范为卫使，韦震为河南尹兼六军诸卫副使，召朱友恭、氏叔琮为左右龙武统军，共同掌管皇宫防卫，提升张全义为天平节度使，加封朱全忠为护国、宣武、宣义、忠武四镇节度使。这些任免事宜，昭宗毫无主权，事事看朱全忠的脸色。此后，昭宗又封钱镠为越王，罗绍威为邺王，昭宗还指望他们能热心王室，报恩救驾。

这时，李茂贞、李继徽、李克用、刘仁恭、王建、杨行密等人全都送来檄文，声讨朱全忠，都说要兴复大唐。

朱全忠正要西攻李茂贞，却担心昭宗还有英气，不免生变，就想乘势废了他，以便篡夺大唐江山。于是，朱全忠派判官李振到洛阳，与蒋玄晖、朱友恭、氏叔琮等人共同策划阴谋。这几个人只知道有朱全忠，不知道有昭宗，干脆想出绝计，做出弑君的大事来。

深秋的一天晚上，昭宗正在睡觉，蒋玄晖率领牙官史太等一百多人，夜叩宫门，借口说是有紧急军事，要当面上奏皇帝。宫女裴贞一开门，他们就一拥而入，裴贞一慌张地说道：“就算有急奏，又何必要带兵呢？”话还没说完，裴贞一就被砍了一刀，晕倒在门前。

蒋玄晖在后面大喊道：“皇上在哪里？”昭仪李渐荣披着衣服先起来，开门一看，只见刀光剑影，知道不好，便凄声说道：“我宁可你们杀了我，请不要伤害皇上。”昭宗穿着单衣，光着脚，跑出寝殿的大门，正碰上贼人们持刀进来，昭宗慌忙绕着柱子奔走。李渐荣抢上几步，用身子挡住昭宗，被贼人杀死。昭宗走投无路，也被贼人杀死，年仅三十八岁，在位一十六年，改元六次。

何皇后披头散发地跑出来，正巧碰着蒋玄晖，连忙向他求饶。蒋玄晖不忍下手，命她回到大内。然后，蒋玄晖假传圣旨，称宫中李渐荣、裴贞一等人弑君叛逆，理当诛杀，又立辉王李祚为皇太子，改名为李柷，代理军国之事。

第二天，蒋玄晖等人又假传何皇后旨意，命令太子李柷在灵前继位。李柷是何皇后所生，年仅十三岁，哪里懂得什么大政。昭宗死后，匆匆入殓，何皇后等人都不敢高声大哭，草草了事。

朱全忠听说昭宗驾崩，假装惊惶，倒地痛哭，然后求见小皇帝，上奏称朱友恭、氏叔琮管教士兵不严，应当处死。小皇帝先把二人贬官，然后又赐他们自尽。朱友恭是全忠养子，临死时，向人大呼道："朱全忠为了堵住天下人的悠悠之口，就把我出卖。但是，骗人容易，骗鬼神难，像他这样，以后肯定断子绝孙！"

新皇帝李柷上殿临朝，称为昭宣帝，尊何皇后为皇太后，让她居住在积善宫，号为积善太后。天平节度使张全义来朝贺，被加封为河南尹，兼忠武节度使，掌管六军防卫事宜，又任命朱全忠兼任天平节度使，朱全忠受封后回到大梁。

已故宰相徐彦若，曾经出任清海军节度使，徐彦若病逝后，留下遗表推荐封州刺史刘隐继任为留后。刘隐重金贿赂朱全忠，得到了他的庇护，当上了节度使。

转眼又是一年，昭宣帝不敢改元，仍沿用昭宗纪元，称天祐二年。朱全忠已经决意篡唐，特地派蒋玄晖邀集昭宗的几个儿子，到九曲池赴宴。这九人包括德王李裕、棣王李祤、虔王李禊、沂王李禋、遂王李祎、景王李秘、祁王李祺、雅王李禛、琼王李祥。朱全忠殷勤款待，灌得诸王酩酊大醉，然后命令武士进去，将他们一一掐死，将尸体扔进池塘里。昭宣帝哪敢过问，只是把昭宗安葬到和陵，算是尽了人子送终的义务。

到了夏天，西北方出现彗星，星光划破长天，占星家认为这个变化应在君臣，恐怕有杀身的大祸。

新任宰相柳璨专会巴结朱全忠，就把平时忌恨的人物列成一张表，密送朱全忠，并且传话说："这些人都诽谤过您，可以全部诛杀，以应星象之变。"朱全忠还有些迟疑，判官李振又进言道："大王想图大事，不杀尽这些人恐怕不能得志。"

于是，朱全忠上奏，贬独孤损为棣州刺史、裴枢为登州刺史、崔远为莱州刺史、吏部尚书陆扆为濮州司户、工部尚书王溥为淄州司户、太子太保致仕赵崇为曹州司户、兵部侍郎王赞为潍州司户。此外，朝中稍有声望的官员都一律贬官，朝廷变得空空如也。李振还不肯罢休，又劝朱全忠斩草除根。

原来，这个李振屡次考试都没考中进士，所以很仇恨这些进士及第的人，想把他们一网打尽。于是，朱全忠派兵到白马驿，截住裴枢等三十多人，全部杀死，投尸到河里。这一下，李振终于泄愤了。朱全忠独揽大权，又被封为诸道兵马大元帅，另外设立幕府。

赵匡凝兄弟和杨行密等人联络一气，声言要匡复大唐，朱全忠派杨师厚带兵攻取襄阳，进而攻陷江陵。赵匡凝逃奔到广陵，赵匡明逃到成都，朱全忠乘胜进攻淮南，亲率大军来到襄州，部将敬翔极力谏阻，朱全忠却不采纳，而是接着进兵枣阳。路上遇到大雨，朱全忠还是不肯撤军，继续进兵光州。途中道路艰险泥泞，人马疲乏，士兵多半逃亡，朱全忠没办法，只好撤兵。光州刺史柴再用引兵偷袭朱全忠的后队，斩首三千多人，缴获的器械数以万计。朱全忠后悔不听敬翔的话，很是烦躁，因为急着篡夺大唐的江山，就撤回了大梁。

朱全忠撤回之后，杨行密却气数已尽，他生了一年多的大病，长子杨渥曾出任宣州观察使，喜欢踢毬，好饮酒，没有什么名望。但是，因为其他孩子都还小，杨行密不得不把杨渥召回来嘱咐后事，并且让牙将徐温、张颢共同辅助。不久，杨行密病死，杨渥继承父职当上了节度使。

这时，朱全忠也无暇过问，只是秘密嘱咐蒋玄晖等人，逼迫昭宣帝禅位。蒋玄晖和柳璨等人商议，决定先让昭宣帝封朱全忠为相国，总理军国大事，晋封魏王，兼加九锡殊礼。朱全忠一心想称帝，嫌进展太慢，愤而不受命。蒋玄晖和柳璨很害怕朱全忠怪罪，于是急躁起来，干脆直截了当地对昭宣帝说："天下百姓都想拥戴梁王朱全忠为帝，陛下应当顺应民心，择日禅位！"

昭宣帝年幼无知，朝政全部由朱全忠一伙人主持，所有圣旨，全是一班狐群狗党伪造而成。这群叛党先伪造了一份圣旨，然后由柳璨送到大梁，传达禅位的意思。朱全忠托词拒绝，柳璨只好回来。

何太后住在积善宫，得知消息后，每天以泪洗面，唯恐母子性命不保，暗中派侍从阿秋、阿虔，出宫去找蒋玄晖，乞求传位之后，保全母子性命。

不料，王殷等人找着借口，诬称蒋玄晖、柳璨和张廷范在积善宫夜宴，和太后焚香为誓，密谋恢复大唐江山。朱全忠不问真假，立即命令王殷等人捕杀蒋玄晖，然后焚尸。王殷又说蒋玄晖私通太后，由宫人阿虔和阿秋牵线，互通往来。于是朱全忠密令王殷等人，进积善宫，刺杀何太后。阿秋和阿虔都被乱棍打死，又把柳璨、张廷范拿下，柳璨被处死，张廷范被车裂。

柳璨被推出上东门外，自己仰天大喊道："卖国贼柳璨，该死！该死！"这消息传到各藩镇，那些反对朱全忠的镇帅自然多了个借口，纷纷声讨朱全忠的罪行，讨伐的声音格外激烈。朱全忠吓得一时之间不敢篡位，又拖延了一年。

魏博节度使罗绍威，娶朱全忠的女儿为儿媳妇，因为手下军士嚣张跋扈，自己不能控制，就派人密告朱全忠。朱全忠发兵驻扎在深州，故意说要去进攻幽州和沧州，暗中援助罗绍威。正巧，朱全忠的女儿得病死了，朱全忠逃选一千名精兵，冒充挑夫，把兵器装在筐里挑进魏州城，说是来送葬的，朱全忠自己亲率大军押后，会同罗绍威夜晚袭击牙军，杀掉部将八千家，老少不留。

罗绍威很感激朱全忠，盛情款待朱全忠。朱全忠贪恋美色，在这里一住就是半年，罗绍威到最后只好勉强供给，所杀的牛、羊、猪等，怕不下七千万头，物资和粮食的耗费不计其数，多年的积蓄一空。等到朱全忠引兵渡河，去进攻沧州，罗绍威肩上的担子才松了下来，这时，他后悔得肠子也青了。

朱全忠来到沧州城下，率军围城。刘仁恭搜括兵民，共得到十万人马，从幽州出兵，驻扎在瓦桥关，然后向河东求援。李克用认为刘仁恭反复无常，不肯救援，还是李存勖进谏，请李克用出兵共同抵御朱全忠。李克用这才调集幽州兵马，攻打潞州，牵制朱全忠。潞州节度使丁会，本来是朱全忠举荐的，因为听说朱全忠杀了皇帝和皇后，也觉得于心不忍，现在听到李克用进攻朱全忠，竟举城投降。李克用留李嗣昭为昭义节度使，让丁会到河东，并给他很厚的赏赐。

朱全忠听说潞州失守，又回到魏州，罗绍威出迎朱全忠，并且进言道："如今四方起兵，和您结怨，无非以保护唐朝廷为名，大王不如趁早灭唐，断绝了他们的借口。"

朱全忠这才匆匆回到藩镇。唐朝廷派御史大夫薛贻矩，去慰劳朱全忠。薛贻矩到了大梁，请求以臣礼拜见，并对朱全忠说道："大王功德过人，天下仰慕！当今皇帝想效尧舜禹的故事，把帝位让给您，您就不要再推辞了！"朱全忠听了，心里非常欢喜，当即赐厚礼送回使臣。

回京后，薛贻矩劝昭宣帝禅位，昭宣帝只好下诏书，准备于天祐四年二月禅位，朱全忠假意上表推辞。唐宰相张文蔚、杨涉等人又一同请求昭宣帝让位，并赶到大梁请求朱全忠接受昭宣帝的请求，朱全忠还是假意不接受。张文蔚等人又回到东都，再次请昭宣帝降旨禅位，老奸巨猾的朱全忠这才接受。

于是，张文蔚担任册礼使，礼部尚书苏循为副使，杨涉为押传国宝使，翰林学士张策为副使，薛贻矩为押金宝使，尚书左丞赵光达为副使，六个唐朝廷的大臣，带领着文武百官，把唐朝二百八十九年的江山，拱手送给了大盗朱全忠。

朱全忠接受了传国玉玺，改名为朱晃，居然穿上龙袍，做起大梁皇帝来了。唐朝从此灭亡，昭宣帝被废为济阴王，迁居到曹州，由朱全忠派兵看守。第二年，朱全忠把他毒死，追封为哀帝。等到后唐明宗继位，才改哀帝谥号为昭宣帝，昭宣帝在位只有三年，死时年仅一十七岁。

唐朝从高祖李渊起，到昭宣帝李柷为止，共经历了二十一位皇帝，十四代，二百八十九年。唐朝的历史就此终结。